Über dieses Buch

Ein verhängnisvoller Name und eine schöne Unbekannte mit dem roten Schal bringen schicksalhafte Verstrickungen und tödliche Gefahr in die spannende Handlung dieses klassischen Kriminalromans, der bereits 1866, bei seinem Erscheinen, die Leser im viktorianischen England in Atem hielt. ›Der rote Schal‹ ist nach dem sieben Jahre zuvor erschienenen Bestsellerroman ›Die Frau in Weiß‹ das zweite Hauptwerk von Wilkie Collins, von dem T. S. Eliot später sagte, er habe »die ersten und besten modernen englischen Detektivromane« geschrieben. So ist der von Arno Schmidt wiederentdeckte und übersetzte (›Die Frau in Weiß‹) Klassiker des englischen Kriminalromans ein Vorfahr also des schottischen Arztes Sir Conan Doyle und der englischen Lady Agatha Christie? Der Leser überzeuge sich selbst.
Zwei junge Freunde, die beide den verhängnisvollen Namen Allan Armadale tragen, stehen unter dem Fluch ihrer Väter gleichen Namens, Rivalen bis zum Mord. Zwanzig Jahre nach der unentdeckten Tat auf einem französischen Frachter erfährt der Sohn des Mörders, der sich Ozias Midwinter nennt, das Geheimnis der tödlichen Feindschaft und den Fluch, der über dem Namen Armadale liegt. Der sensible Grübler mit den dunklen Augen kämpft verzweifelt gegen die Schatten der Vergangenheit an, die seinen Freund, den ahnungslosen, ewig heiteren Allen Armadale bedrohen. Wer ist vor allem die betörend schöne Gouvernante Lydia Gwilt? Ist sie die geheimnisvolle Unbekannte mit dem roten Schal, von der die tödliche Gefahr ausgeht? Viele Spannungs- und Gruseleffekte, Liebe und Verstrickungen durchziehen die Handlung bis zur Lösung des Rätsels aus dem Jahre 1851.

Der Autor

Wilkie Collins, 1824–1889, ist der Begründer des englischen Sensationsromans. Er war mit Dickens befreundet, in dessen Zeitschriften seine Romane in Fortsetzungen erschienen. Im Urteil der Kritik von Dickens bis zur Gegenwart erscheinen ›Die Frau in Weiß‹, ›Der rote Schal‹ und ›Lucilla‹ als seine Hauptwerke. Als Fischer Taschenbuch erschienen: ›Lucilla‹ (Bd. 8135).

Wilkie Collins

Der rote Schal

Roman

Fischer
Taschenbuch
Verlag

31.–33. Tausend: April 1986

Ungekürzte Ausgabe
Veröffentlicht im Fischer Taschenbuch Verlag GmbH,
Frankfurt am Main, Januar 1978
Titel der Originalausgabe: ›Armadale‹
Übersetzt von Eva Schönfeld
Lizenzausgabe mit freundlicher Genehmigung
des Goverts Verlages im S. Fischer Verlag GmbH, Frankfurt am Main

Umschlaggestaltung: Rambow, Lienemeyer, van de Sand
Illustration: Jan Buchholz / Reni Hinsch
Gesamtherstellung: Clausen & Bosse, Leck
Printed in Germany
1580-ISBN-3-596-21993-0

Inhalt

DRITTES BUCH

VIERTES BUCH

LETZTES BUCH

EPILOG

Vorwort

Der geneigte Leser, auf dessen Großherzigkeit ich nun schon aus Erfahrung vertrauen darf, wird, wie ich abermals zu hoffen wage, die etwa vorhandenen Qualitäten dieser Erzählung zu würdigen wissen, ohne daß ich im voraus um Nachsicht bitte. Er wird erkennen, daß alles wohlüberlegt und gewissenhaft ausgearbeitet ist, und möge das Ergebnis demgemäß beurteilen – mehr verlange ich nicht.
Allerdings werden sich auch einige Leser finden, die es hier und da stört, vielleicht sogar ärgert, daß *Der rote Schal* in mehr als einer Richtung die engen Grenzen überschreitet, die sie der modernen Erzählkunst zubilligen. Solche Personen werde ich durch keine noch so glänzenden Argumente umstimmen können, wie es die Zeit selbst für mich tun wird, wenn sie mein Werk bestehen läßt. Ich fürchte nicht, daß meine Absichten fortwährend verkannt werden, vorausgesetzt, daß die Ausführung ihnen gerecht geworden ist.
Unsere gegenwärtigen Moralprediger und Scheinheiligen mögen dieses Buch höchst gewagt finden; doch gemessen an der wahrhaft christlichen Moral, die für alle Zeiten gilt, besteht seine Kühnheit nur darin, daß es die Dinge beim rechten Namen nennt.

London, im April 1866

Der Verfasser

Vorgeschichte

I

Die englischen Kurgäste

In Wildbad war soeben die Badesaison des Jahres 1832 eröffnet worden.
Schon senkten sich die ersten Abendschatten über das friedliche deutsche Kurstädtchen, und die Postkutsche war jeden Augenblick zu erwarten. Vor dem Tor des stattlichsten Gasthofes standen die Honoratioren von Wildbad nebst ihren Gattinnen zum Empfang der ersten ausländischen Kurgäste bereit: der Bürgermeister als Vertreter der gesamten Einwohnerschaft, der Doktor als Vertreter der berühmten Heilquellen und der Wirt als Vertreter seines eigenen, wohlrenommierten Hauses. In respektvollem Abstand von dieser erlesenen Gruppe drängte sich das schaulustige Volk, unter dem sich auch einige Bauern in der landesüblichen Tracht eingefunden hatten, die Männer in schwarzen Jäckchen, engen Kniehosen und Dreispitzen, die blondzopfigen Frauen mit silberverschnürtem Mieder und züchtigem Busentuch; dahinter verbarg sich die Blaskapelle des Ortes in einer etwas entfernteren Ecke, um die Gäste sofort beim Erscheinen mit dem ersten Ständchen des Jahres zu begrüßen. Die Waldgipfel rechts und links leuchteten noch in den letzten Strahlen der sinkenden Sonne, und das frische Abendlüftchen brachte den ganzen Duft der hohen Schwarzwaldtannen mit.
Die Frau des Bürgermeisters wandte sich mit ausgesuchter Höflichkeit an den Wirt und fragte: »Herr Wirt, haben sich für den ersten Tag der Saison bereits ausländische Gäste bei Ihnen angemeldet?«
»Jawohl, Frau Bürgermeisterin«, erwiderte der Angeredete nicht weniger höflich und titelbewußt als sie, »zwei Herren mitsamt Anhang. Der eine hat mir durch seinen Bedienten schreiben lassen; der andere hat augenscheinlich geruht, es eigenhändig zu tun. Beide sind, nach ihren Namen zu schließen, Engländer. Verzeihen Sie gütigst, Frau Bürgermeisterin, wenn ich zögere, diese Namen auszusprechen; ich werde sie, um Fehler zu vermeiden, lieber der Reihe nach buchstabieren. Gast Numero eins, ein hochgeborener Herr (er hat den Titel Mister), unterschreibt sich mit den acht Buchstaben A, R, M, A, D, A, L, E, ist krank und reist im eigenen

Wagen. Gast Numero zwo, ebenfalls hochgeboren (auch er betitelt sich Mister), besitzt lediglich vier Buchstaben, nämlich N, E, A, L, und scheint nicht ganz so krank zu sein, denn er reist mit der Postkutsche. Seine Exzellenz mit den acht Buchstaben haben mir durch dero Diener auf französisch schreiben lassen; Seine Exzellenz mit den vier Buchstaben hingegen taten es auf deutsch. Wir haben die Zimmer für die Herrschaften aufs beste hergerichtet. Mehr wüßte ich vorläufig nicht zu sagen.«

»Vielleicht«, meinte die Bürgermeisterin und wandte sich nun an den Arzt, »haben Sie, Herr Doktor, schon mehr von diesen vornehmen Fremden gehört?«

»Nur von dem Erstgenannten, Frau Bürgermeisterin; genauer gesagt: nicht von ihm selbst, sondern von seinen bisherigen Ärzten, die mir einen Krankenbericht übersandt haben. Es muß sich um einen sehr schweren Fall handeln. Gott helfe ihm!«

»Die Postkutsche kommt!« ertönte in diesem Moment eine Kinderstimme aus dem Hintergrund.

Die Blaskapelle zückte augenblicklich die Instrumente, und die übrige Versammlung erstarrte in gespanntem Schweigen. Wirklich, aus der gewundenen Waldschlucht hörte man näher kommendes Räderrollen und Schellengeklingel – aber war es nun der Privatreisewagen mit Mr. Armadale oder die Postkutsche mit Mr. Neal?

»Blast, Freunde!« rief der Bürgermeister den Musikanten zu. »Postkutsche oder Privatwagen, was gilt's – wir empfangen die ersten Kranken des Jahres. Bieten wir ihnen ein herzliches Willkommen!«

Die Kapelle schmetterte einen munteren Ländler, zu dem die Kinder sofort zu tanzen begannen, bis die Eltern sie hastig aus dem Weg zerrten, denn eben jetzt erschienen die ersten düsteren Schicksalsbotinnen auf der heiteren Szene, und zwar in Gestalt mehrerer draller Schwarzwaldmädel, deren jede einen leeren Rollstuhl vor sich herschob, um am Halteplatz Aufstellung zu nehmen und, parzengleich strickend, der hilflosen Gelähmten zu harren, die schon damals zu Hunderten (heute sind es Tausende) in den Heilquellen Wildbads Genesung zu finden hofften.

Die echt weibliche, unersättliche Neugier der Bürgermeisterin war noch nicht befriedigt. Sie zog jetzt die Frau des Gastwirts ein wenig beiseite und flüsterte ihr folgende dringliche Frage zu:

»Sagen Sie, Frau Wirtin, haben sich die beiden vornehmen Fremden aus England denn deutlich ausgedrückt? Zum Beispiel – werden sie von Damen begleitet?«

»Der, der mit der Postkutsche kommt, sicherlich nicht«, erwiderte die Wirtin. »Aber der im Privatwagen: ja. Er bringt ein Kind mit, er bringt seine eigene Pflegerin mit, und er bringt« – die Wirtin

machte eine Kunstpause, um die Spannung genußvoll zu steigern –, »er bringt auch seine Frau Gemahlin mit.«
Die Frau Bürgermeisterin strahlte, die Frau Doktor strahlte, und die Frau Wirtin nickte beiden vielsagend zu, denn in allen drei Seelen herrschte nur noch ein und derselbe Gedanke: Sie würden die neuesten ausländischen Moden zu sehen bekommen!
Inzwischen war das sich nähernde Gefährt in Sicht gekommen, und sein leuchtendes Gelb behob jeden Zweifel. Es war die frisch gestrichene Postkutsche, deren Mittel- und Rückabteil zehn deutsche Reisende entstiegen, das heißt, drei mußten vorsichtig herausgehoben, in Rollstühle gesetzt und so zu ihren verschiedenen Quartieren im Ort weitertransportiert werden. Im Vorderabteil hatten nur zwei Passagiere gesessen, nämlich Mr. Neal und sein Diener, mit dessen Hilfe er ohne allzu große Beschwerden über das Trittbrett kam; offenbar beschränkte sich seine Lahmheit auf einen Fuß. Auf dem gepflasterten Platz angelangt, bediente er sich zur weiteren Stütze eines unauffälligen Spazierstocks. Die Bläser intonierten ihm zu Ehren den Walzer aus dem *Freischütz*, was er mit einem leicht gereizten Blick quittierte. Überhaupt dämpfte seine persönliche Erscheinung den Enthusiasmus des wohlmeinenden kleinen Kreises, der zu seiner Begrüßung bereitstand. Mr. Neal erwies sich als ein Herr in mittleren Jahren, hochgewachsen, hager, mit strengem Gesichtsausdruck und kalten grauen Augen unter buschigen Brauen, vorstehenden Bakkenknochen und schmalem, verkniffenem Mund – jeder Zoll ein Schotte.
»Wo ist der Besitzer dieses Hotels?« fragte er in mühelosem Deutsch und nahm dann mit eisiger Unnahbarkeit die dienstbeflissene Vorstellung des Wirtes zur Kenntnis. »Schicken Sie zum Arzt«, fügte er hinzu, »und sagen Sie ihm, daß ich ihn unverzüglich zu sehen wünsche.«
»Ich bin schon zur Stelle«, meldete sich der Doktor und trat vor, »und stehe Ihnen jederzeit zur Verfügung.«
»Danke«, erwiderte Mr. Neal kurz. Er sah den Doktor ungefähr so an wie einen Hund, der auf den Pfiff seines Herrn selbstverständlich gekommen ist. »Wegen meines eigenen Falles werde ich Sie morgen vormittag um zehn konsultieren. Im Moment möchte ich Ihnen nur eine Botschaft ausrichten, die ich unterwegs übernommen habe. Auf der Straße hierher überholten wir einen Reisewagen mit einem offenbar schwerkranken Herrn; ich nehme an, er ist Engländer. Die ihn begleitende Dame hat mich gebeten, Sie gleich nach meiner Ankunft zu informieren, daß der Patient schon beim Verlassen des Wagens ärztliche Hilfe brauchen wird. Der Wagen ist durch einen Unfall leicht beschädigt und kann nur langsam fahren. Es wird daher genügen, wenn Sie sich in einer Stunde

wieder hier vor dem Hotel einfinden. Soweit die Botschaft. – Wer ist dieser Herr, der mich augenscheinlich dringend zu sprechen wünscht? Der Bürgermeister? Aha. Mein Diener wird Ihnen meinen Paß vorlegen, Sir, falls es sich darum handelt. Nicht? Sie heißen mich lediglich willkommen und bieten mir Ihre Dienste an? Sie sehen mich unsäglich geschmeichelt. Sollte Ihre Autorität ausreichen, das Programm Ihrer Blaskapelle abzukürzen, so täten Sie mir damit gleich den ersten Gefallen. Musik ist meinen Nerven nicht zuträglich. Wo ist der Wirt? Ich wünsche jetzt die Zimmer zu sehen. Nein, ich brauche Ihren Arm nicht; mein Stock genügt mir auch zum Treppensteigen. Herr Bürgermeister, Herr Doktor – halten wir einander nicht mit weiteren Formalitäten auf. Guten Abend.«

Die beiden wackeren Männer, solchermaßen abgefertigt, sahen dem davonhinkenden Schotten mißbilligend nach und schüttelten stumm die Köpfe. Die Damen gingen jedoch, wie üblich, einen Schritt weiter und machten ihren aufgestauten Gefühlen in unmißverständlichen Worten Luft. Dieser Mann benahm sich skandalös – er hatte nicht die geringste Notiz von ihnen genommen! Die Frau Bürgermeisterin konnte soviel Flegelei nur der natürlichen Grobheit eines Wilden zuschreiben, während die Frau Doktor geradezu von der angeborenen Brutalität eines Schweins sprach . . .

Die weitere Wartestunde zog sich in die Länge. Verstohlen kroch das Dunkel an den waldigen Hängen höher und höher empor, ein Stern nach dem andern erschien am Himmel, und einige Fenster des Gasthofs erhellten sich. Schließlich zerstreuten sich auch die letzten müßigen Gaffer, und der ruhelos auf und ab schreitende Doktor blieb als einzige lebende Seele auf dem Platz zurück. Noch fünf Minuten, noch zehn, noch zwanzig las er von seiner Taschenuhr ab, ehe das erste schwache Geräusch durch die abendliche Stille an sein Ohr drang und ihm das Nahen des erwarteten Wagens ankündigte. In schleppendem Schritt, wie ein Leichenwagen, fuhr er endlich auf den Platz und hielt vor dem Tor des Gasthauses.

»Ist der Doktor da?« ließ sich eine französisch sprechende weibliche Stimme aus dem Dunkel des Wageninnern vernehmen.

»Ja, Madame, hier bin ich«, erwiderte der Doktor, nahm die Laterne aus der Hand des herbeieilenden Wirtes und öffnete den Schlag.

Das erste, was er im Strahl der Laterne sah, war das Gesicht der Dame, die zu der Stimme gehörte – einer jungen, dunklen Schönheit, deren ausdrucksvolle schwarze Augen voller Tränen standen. Dann zeigte sich auch das verschrumpelte Gesicht einer alten Negerin, die der Dame gegenüber im Rücksitz saß. Das dritte Gesicht war das eines kleinen schlafenden Kindes auf dem Schoß der Negerin, der von der Dame mit einer raschen, ungeduldigen Handbewegung bedeutet wurde, zuerst auszusteigen. »Bitte schaffen Sie die beiden aus dem Weg«, sagte sie zu der Wirtin, »schaffen Sie sie in ihr Zimmer – bitte!« Erst nachdem dies geschehen war, stieg sie selbst aus.

Der Schein der Laterne fiel nun ungehindert bis zur anderen Wagenseite und beleuchtete den vierten Reisenden, der bisher unsichtbar geblieben war.

Er lag hilflos auf einer gepolsterten Tragbahre. Sein langes Haar quoll wirr unter einer schwarzen Kappe hervor, seine weitoffenen Augen bewegten sich unruhig hin und her; doch im übrigen war sein Gesicht so ausdrucks- und gedankenlos wie das einer Leiche. Jeder Versuch, aus dem Mienenspiel Rückschlüsse auf das einstige Wesen des Patienten zu ziehen, auf seinen Charakter, sein Alter, seine Lebensstellung, mußte an dieser bleifarbenen Leere scheitern. Nichts sprach aus ihm als der schleichende Tod, dessen wissenschaftlicher Name Paralyse ist. Der kundige Blick des Doktors glitt über die untere Körperhälfte des Kranken, und der schleichende Tod erwiderte auf die stumme Frage: Hier bin ich schon. Der Blick des Doktors glitt weiter hinauf, über Hände und Arme bis zur Mundpartie, und der schleichende Tod flüsterte hämisch: Dahin komme ich auch noch!

Angesichts eines so gnadenlosen Schicksals hätte jedes Wort hohl und überflüssig geklungen. Man konnte nur noch der Frau, die weinend neben dem Wagenschlag stand, mit praktischen Hilfeleistungen sein Mitgefühl beweisen.

Während die Bahre in den Gasthof getragen wurde, blieben die umherirrenden Augen des Kranken sekundenlang auf dem Gesicht der Frau haften, und zugleich öffnete er die Lippen.

»Das Kind?« brachte er mühsam auf Englisch hervor, als kostete ihn schon diese kurze Lautfolge eine ungeheure Anstrengung.

»Es ist gut untergebracht«, antwortete sie leise.

»Und . . . meine Schatulle?«

»Die trage ich selbst. Hier, sieh! Ich gebe sie nicht aus den Händen; sei unbesorgt.«

Hierauf schloß der Kranke zum erstenmal die Lider und sagte nichts mehr. Man trug ihn behutsam die Stiegen empor. Der Wirt und das Hausgesinde sahen aus achtungsvollem Abstand zu, wie sich eine Tür hinter der Bahre, der Frau und dem Doktor schloß, hörten, wie die Frau drinnen sofort in lautes Schluchzen ausbrach, sahen den Doktor nach einer guten halben Stunde wieder herauskommen, merklich bleich gegen seine sonstige gesunde Gesichtsfarbe, bestürmten ihn um nähere Auskunft und erhielten nichts als die magere Vertröstung: »Wartet bis nach der Untersuchung morgen. Heute kann ich noch nichts sagen.« Aber sie alle kannten

ihren Doktor gut genug, um gerade aus seiner Eile und Wortkargheit auf das Schlimmste zu schließen.
Das also war der Einzug der ersten englischen Kurgäste in Wildbad, im Mai des Jahres 1832.

II

Von der Festigkeit des schottischen Charakters

Am nächsten Morgen, pünktlich um zehn, sah Mr. Neal auf seine Uhr und stellte zu seinem Befremden fest, daß der zu dieser Stunde bestellte Arzt ihn warten ließ. Er wartete noch längere Zeit vergebens. Als der Doktor endlich in sein Zimmer trat, war es beinahe elf.
»Ich habe Ihren Besuch um zehn Uhr erbeten«, lautete Mr. Neals Begrüßung. »In meinem Land pflegen Ärzte pünktlich zu sein.«
»In meinem Land«, entgegnete der Doktor prompt, aber ohne jede Bosheit, »gleichen die Ärzte allen anderen Leuten – mit anderen Worten, auch sie sind machtlos gegen Zwischenfälle. Ich bitte sehr um Verzeihung, Sir, daß ich so spät komme, aber ich bin durch einen überaus traurigen Fall aufgehalten worden. Es handelt sich um Mr. Armadale, dessen Wagen Sie gestern überholt und dessen Botschaft Sie freundlicherweise ausgerichtet haben.«
Mr. Neal betrachtete seinen ärztlichen Berater mit grämlichem Staunen, denn einen so spürbaren Grad von Teilnahme und Besorgnis konnte er sich nicht erklären.
»Darf ich Sie daran erinnern«, sagte er, »daß Sie sich jetzt mit *meinem* Fall zu befassen haben und nicht mehr mit Mr. Armadales?«
»Gewiß«, versicherte der Doktor eilig und versuchte seine Gedanken gewaltsam von dem Patienten loszureißen, den er soeben verlassen hatte. »Ich habe schon bemerkt, daß Sie ein wenig hinken. Lassen Sie mich bitte den lahmen Fuß sehen.«
Mr. Neals Leiden mochte in seinen eigenen Augen ernsthaft genug sein, aber vom medizinischen Standpunkt aus waren die Symptome unbedeutend. Er litt an einer rheumatischen Versteifung des einen Knöchelgelenks. Nach dem üblichen Frage- und Antwortspiel, das knapp zehn Minuten dauerte, verschrieb der Arzt die nötigen Bäder, die Konsultation war damit beendet, und der Patient legte seinem Berater mit betontem Schweigen nahe, sich zu verabschieden.
Dieser stand auf, zögerte jedoch und sagte plötzlich: »Es ist mir

klar, daß ich Ihre Zeit und Ihre Geduld über Gebühr in Anspruch nehme, aber . . . Verzeihen Sie, ich muß noch einmal auf Mr. Armadales Fall zurückkommen.«
»Darf ich fragen, wer oder was Sie dazu zwingt?«
»Die einfache Christenpflicht gegenüber einem Sterbenden«, erwiderte der Doktor.
Mr. Neal zuckte etwas zusammen, denn das Wort »Christenpflicht« hatte einen verborgenen, aber hochempfindsamen Nerv in ihm berührt. »Wenn es so ist, haben Sie Anspruch auf meine volle Aufmerksamkeit«, sagte er ernst. »Meine Zeit gehört Ihnen.«
»Fürchten Sie nicht, daß ich Ihre Güte mißbrauche«, sagte der Doktor und nahm noch einmal Platz. »Ich werde mich möglichst kurz fassen. Mr. Armadales Krankengeschichte ist in Stichworten folgende: Er hat den größten Teil seines Lebens auf der Insel Barbados verbracht und sich nach seinem eigenen Geständnis dort mancherlei Extravaganzen und Lastern hingegeben. Vor drei Jahren hat er geheiratet, und bald danach zeigten sich die ersten Symptome einer beginnenden Paralyse. Die Ärzte empfahlen ihm vor allem die Rückkehr ins europäische Klima, und er hat seitdem vorwiegend in Italien gelebt, ohne das Fortschreiten der Krankheit dadurch im mindesten aufhalten zu können. Nach einem besonders heftigen Anfall hat er es mit der Schweiz versucht, und aus der Schweiz ist er hierher nach Wildbad geschickt worden. Soweit hat mich sein letzter Arzt brieflich informiert; der neueste Befund ist das Resultat meiner eigenen Untersuchung. Mr. Armadale ist viel zu spät zu uns geschickt worden – sein Fall ist hoffnungslos. Die Lähmung breitet sich vom Rückenmark mit beängstigender Schnelligkeit auch in der oberen Körperhälfte aus. Er kann die Finger noch ein wenig bewegen, aber er kann schon nichts mehr halten. Was die Sprache betrifft, so kann er sich gerade noch zur Not verständlich machen, aber heute oder morgen ist er vielleicht nicht einmal dazu mehr imstande. Ich gebe ihm äußerstenfalls noch eine Woche zu leben. Das alles habe ich ihm, natürlich so schonend wie möglich, auf sein eigenes Verlangen gesagt. Trotzdem war die Wirkung entsetzlich. Der Kranke geriet in eine Erregung, die sich mit Worten nicht beschreiben läßt. Ich nahm mir daraufhin die Freiheit, ihn zu fragen, ob seine irdischen Angelegenheiten nicht genügend geordnet seien. Nein, daran lag es nicht. Sein Testament liegt bei seinem Rechtsanwalt in London; er ist vermögend und hinterläßt Frau und Kind wohlversorgt. Daher stellte ich noch eine Frage, und diesmal traf ich offenbar den Nagel auf den Kopf: ›Haben Sie sonst etwas auf dem Herzen, was Sie vor Ihrem Tode unbedingt noch erledigen möchten?‹ Der tiefe Erleichterungsseufzer, den er von sich gab, bejahte die Frage deutlicher als die wortreichste Erklärung. ›Kann ich Ihnen helfen?‹ fragte ich.

›Ja‹, brachte er mit langen Pausen hervor, ›ich habe noch etwas zu schreiben – ich *muß* es schreiben – wissen Sie ein Mittel, daß ich noch einmal eine Feder halten kann?‹ Er hätte mich ebensogut fragen können, ob ich Wunder wirken könne. Ehrlicherweise mußte ich verneinen. ›Kann ich Ihnen dann nicht diktieren?‹ fuhr er fort, und leider mußte ich ihm auch dies abschlagen. Ich verstehe zwar ein paar Brocken Englisch, kann es aber weder sprechen noch schreiben. Mr. Armadale hingegen versteht Französisch, wenn langsam gesprochen wird – wir verständigen uns auf diese Weise –, kann aber nicht einen fertigen Satz auf Französisch bilden, und von der deutschen Sprache versteht er kein Wort. In dieser Verlegenheit sagte ich nun, was wohl jeder an meiner Stelle gesagt hätte: ›Warum wenden Sie sich überhaupt an mich? Ihre Gattin steht Ihnen doch jederzeit zur Verfügung; soviel ich weiß, ist sie eben jetzt im Nebenzimmer –‹, und damit wollte ich aufstehen, um sie zu holen. Mr. Armadale hielt mich jedoch zurück, selbstverständlich weder mit Worten noch Bewegungen, aber mit einem Blick, in dem ein solches Entsetzen, ja Grauen stand, daß ich vor Staunen wie angewurzelt sitzen blieb. ›Aber ist Ihre Gattin nicht der geeignetste Mensch für ein privates Diktat?‹ wagte ich einzuwenden. ›Der letzte auf Erden!‹ erwiderte er. ›Wie soll ich das verstehen?‹ sagte ich. ›Wollen Sie wirklich mir, einem völlig Fremden, Dinge anvertrauen, die Sie sogar vor Ihrer Frau geheimhalten?‹ Sie können sich mein Erstaunen vorstellen, als er darauf, ohne einen Moment zu zögern, nur ein heftiges Ja hervorstieß. Ich saß in Verwirrung und Verlegenheit da und schwieg. ›Wenn *Sie* einem englischen Diktat nicht folgen können‹, fing er wieder an, ›bringen Sie mir jemand anderen.‹ Ich versuchte mich dieser Zumutung zu erwehren, aber er begann so furchtbar zu stöhnen – aus seiner halbgelähmten Kehle klang es fast wie das flehentliche Winseln eines Hundes –, daß ich ihm eiligst, nur um ihn zu beruhigen, versprach, mein möglichstes zu tun. ›Heute noch!‹ brach er aus. ›Heute, eh mich die Sprache ebenso im Stich läßt wie meine Hand!‹ ›Ja, heute‹, versprach ich. ›Geben Sie mir nur eine Stunde Zeit.‹ Er schloß beruhigt die Augen und murmelte nur noch: ›Schicken Sie mir solange meinen kleinen Jungen herein.‹ Für seine Frau hatte er offenbar wenig übrig, aber als er jetzt das Kind erwähnte, quollen ihm Tränen unter den geschlossenen Lidern hervor. Leider hat mich mein Beruf nicht so hart gemacht, Sir, wie es manchmal vielleicht notwendig und wünschenswert wäre, und als ich das Kind hereinholte, geschah es so schweren Herzens, als wäre ich gar kein Arzt, sondern irgendein mitfühlender Mensch. Muß ich befürchten, daß Sie diese meine Schwäche verurteilen?«

Der bittende Blick des Doktors prallte an Mr. Neals steinerner

Miene ab wie an einem Felsen des Schwarzwalds. Mr. Neal lehnte es eindeutig ab, sich in eine Diskussion einzulassen, die nicht im Bereich nüchterner Tatsachen fest verankert blieb.

»Fahren Sie fort«, sagte er kühl. »Ich vermute doch wohl richtig, daß Sie noch nicht am Ende sind?«

»Ist der Zweck meiner Erzählung nicht schon klar?« fragte der Doktor dagegen.

»Allerdings – endlich. Sie fordern mich auf, mich in Dinge einzumischen, gegen die ich bis jetzt einen berechtigten Argwohn hege. Ich kann mich zu diesem Ansinnen nicht näher äußern, ehe ich Genaueres weiß. Haben Sie es nicht für nötig befunden, die Gattin dieses Herrn über das seltsame Gespräch zu unterrichten und ihre Ansicht zu erbitten?«

»Natürlich habe ich das getan!« verwahrte sich der Doktor gekränkt gegen den unausgesprochenen Zweifel an seiner Redlichkeit, der in Mr. Neals Frage lag. »Und ich muß sagen, ich habe noch nie eine so zärtlich ergebene und verzweifelte Ehefrau gesehen wie diese arme Mrs. Armadale. Sobald wir allein waren, setzte ich mich zu ihr und nahm ihre Hand . . . Warum nicht? Ich bin ein unscheinbarer alter Mann, der sich solche Freiheiten herausnehmen darf, ohne daß –«

»Darf ich Sie bitten, Ihre Erzählung auf das Notwendigste zu beschränken?« unterbrach Mr. Neal und zog ungeduldig die buschigen Brauen zusammen. »Mir ist wichtiger zu wissen, ob Mrs. Armadale Ihnen Auskunft darüber erteilen konnte, was ihr Gatte mir diktieren will, und warum er sie nicht an diese Aufgabe läßt!«

»Das kann ich Ihnen sogar mit ihren eigenen Worten wiedergeben«, entgegnete der Doktor. »›Der Grund, warum er mir jetzt sein Vertrauen verweigert‹, sagte sie, ›ist, glaube ich, derselbe, der mir von Anfang an den Zugang zu seinem Herzen verwehrt hat. Ich bin nämlich nur die Frau, die er geheiratet hat, aber nicht diejenige, die er liebt. Die ist ihm von einem Nebenbuhler entrissen worden. Ich wußte es schon vor unserer Eheschließung, aber damals habe ich mir eingebildet, ihn allmählich über die Vergangenheit hinwegtrösten und für mich gewinnen zu können. Ich habe es so innig gehofft – bei der Trauung und dann noch einmal, als ich die Mutter seines Sohnes wurde. Was aus meinen Hoffnungen geworden ist, brauche ich Ihnen nicht zu sagen – Sie haben es ja mit eigenen Augen gesehen.‹ ›Ist das alles, was Sie über seine Vergangenheit wissen?‹ fragte ich. ›Bis vor kurzem war es alles‹, erwiderte sie. ›Aber neulich in der Schweiz, als es fast schon so schlimm um ihn stand wie jetzt, erfuhr er durch puren Zufall, daß jene andere Frau, die mein Leben zerstört und vergiftet hat . . . kurz, daß jene andere Frau ihrem Mann ebenfalls einen Sohn geboren habe. Von Stund an zeigte sich mein Mann von einer mir unbegreiflichen Todesangst besessen; mir war nur deutlich, daß er weder für sich noch für mich etwas fürchtete, sondern nur seinen eigenen Sohn bedroht sah. Noch am gleichen Tag ließ er (ohne ein Wort zu mir) seinen Arzt zu sich bitten. Halten Sie mich für ehrlos, für gemein, wie Sie wollen – ich lauschte an der Tür. Und da hörte ich ihn sagen: »Ich muß meinem Sohn etwas beichten, sobald er alt genug ist, solche Dinge zu verstehen. Werde ich das noch erleben?« Der Arzt drückte sich um eine klare Antwort herum, und in der folgenden Nacht (immer noch ohne ein Wort zu mir) schloß mein Mann sich in seinem Zimmer ein; er hatte damals noch genügend Gewalt über seine Gliedmaßen. Was tut eine Frau, wenn sie so behandelt wird wie ich? Sie lauscht wiederum an der Tür. Ich hörte ihn vor sich hinmurmeln: ‚Ich erlebe sein Heranwachsen nicht mehr . . . Ich muß ihm vor meinem Tode alles schreiben.' Dann kratzte seine Feder auf dem Papier, kratzte, kratzte, kratzte stundenlang, und dazwischen hörte ich ihn immer wieder stöhnen und schluchzen. Ich rief ihn, ich flehte ihn an, mich hereinzulassen; umsonst. Die grausame Feder kratzte, kratzte, kratzte – das war die einzige Antwort, die ich bekam. Wie lange das dauerte, weiß ich nicht. Jedenfalls hörte plötzlich das Kratzen auf, und drinnen herrschte Totenstille. Ich bettelte flüsternd durchs Schlüsselloch, ich beschwor ihn mit den zärtlichsten Namen, aber nun antwortete nicht einmal die grausame Feder mehr; Todesschweigen antwortete. In meiner Angst schlug ich mit meinen Fäusten verzweifelt auf die Tür los, bis die Dienstboten heraufkamen und die Tür mit Gewalt aufbrachen. Es war zu spät, das Unheil war geschehen. Mein Mann hatte über diesem unseligen Brief einen Schlaganfall erlitten, und wir fanden ihn so weit gelähmt vor, wie er seitdem geblieben ist. Der Brief ist unvollständig, und sein einziger Gedanke dreht sich darum, wie er ihn vor seinem Tode noch beenden kann. Das ist die Bitte, die er an Sie gerichtet hat.‹ Soweit Mrs. Armadales eigene Worte, Sir. Sind Sie nun von der Notwendigkeit überzeugt, die mich zwingt, Sie an das Sterbelager Ihres Landsmannes zu bitten?«

»Vorläufig«, erwiderte Mr. Neal, »sehe ich nur, daß Sie sich allzusehr von Ihren Gefühlen mitreißen lassen. Dafür ist die Sache jedoch zu schwerwiegend, und ich wünsche nicht hineingezogen zu werden, bevor die letzten Unklarheiten beseitigt sind. Erheben Sie nicht so flehend die Hände; Ihre Hände beantworten keine Frage. Wenn ich diesen mysteriösen Brief zu Ende schreiben soll, halte ich mich schon aus reinen Vernunftgründen für berechtigt, nach dem bisherigen Inhalt zu fragen. Mrs. Armadale scheint Ihnen ja zahlreiche eheliche Intimitäten anvertraut zu haben, zweifellos zum Dank für Ihr rührendes Händchenhalten. – Hat sie

dabei zufällig auch eine Andeutung über diese unfertige briefliche Beichte fallen lassen?«
»Das konnte sie gar nicht«, erwiderte der Doktor, plötzlich ebenfalls sehr kühl und formell, womit er zeigte, daß selbst seine Langmut Grenzen hatte, »denn ehe sie sich genug gefaßt hatte, um wieder an den Brief zu denken, war ihr Mann halbwegs zu sich gekommen und hatte veranlaßt, daß die Blätter in seiner Schatulle eingeschlossen wurden. Sie weiß, daß er in der Folgezeit immer wieder versucht hat, den Brief zu vollenden, und daß ihm die Feder jedesmal aus den Fingern gefallen ist. Die Ärzte rieten ihm dann, als letztes Mittel die Heilquellen Wildbads zu versuchen, aber nach dem heutigen Untersuchungsresultat wissen sowohl Mr. Armadale als auch seine Frau, daß es keine Hoffnung mehr gibt.«
Mr. Neals Gesicht hatte sich mehr und mehr verfinstert, und er sah den Arzt an, als hätte dieser ihn persönlich beleidigt.
»Je länger ich Ihr Ansinnen überlege«, sagte er, »desto weniger gefällt es mir. Können Sie nach bestem Wissen und Gewissen versichern, daß Mr. Armadale noch im Vollbesitz seiner geistigen Kräfte ist?«
»Ja, das steht zweifelsfrei fest.«
»Billigt seine Frau Ihre Vermittlung und meine etwaige Einmischung?«
»Sie billigt sie nicht nur, sondern sie hat ausdrücklich darum gebeten! Sie sind der einzige Engländer in Wildbad außer Mr. Armadale; Sie sind der einzige, der einem sterbenden Landsmann diesen letzten Dienst erweisen kann!«
Dieses Argument trieb Mr. Neal weit hinter die Kampflinie zurück, aber der Schotte in ihm verteidigte das bißchen Boden, auf dem er noch stand, bis zum äußersten.
»Einen Moment«, sagte er. »Ihre Worte klingen sehr verpflichtend, aber sind sie auch korrekt? Bin ich wirklich der einzige hier, der diese Verantwortung übernehmen kann? Wildbad hat schließlich einen Bürgermeister, einen Mann, dessen Amt sein Eingreifen eher rechtfertigt –«
»Einen prächtigen Mann«, unterbrach der Doktor, »der nur einen entscheidenden Fehler hat: Er versteht keine Sprache außer Deutsch.«
»Meines Wissens hat Stuttgart eine englische Gesandtschaft«, beharrte Mr. Neal.
»Zwischen hier und Stuttgart erstreckt sich noch meilenweit der Schwarzwald. Selbst wenn wir sofort einen Boten abschickten, könnte die Gesandtschaft uns vor morgen nicht helfen, und bis dahin ist Mr. Armadale möglicherweise völlig sprachunfähig. Ich weiß nicht, welche Folgen die Erfüllung seines letzten Wunsches für seinen Sohn oder andere Leute haben kann; ich weiß nur, daß

es bezüglich der Erfüllung heißt: jetzt oder nie, und daß Sie der einzige sind, bei dem die Entscheidung liegt.«

Diese kurze und bündige Erklärung gab den Ausschlag. Mr. Neal saß in der Zwickmühle. Mit einem Ja setzte er sich dem Vorwurf der Leichtfertigkeit, mit einem Nein dem der Unmenschlichkeit aus. Er dachte minutenlang schweigend nach, während der deutsche Arzt ihn unverwandt ansah.

Endlich entschloß sich Mr. Neal zu der endgültigen, schicksalsschweren Antwort, die von ihm verlangt wurde, ohne zu verhehlen, wie unangenehm ihm das Ganze war.

»Sie setzen mir die Pistole auf die Brust«, sagte er und stand auf.

»Unter diesen Umständen bleibt mir keine Wahl, als Ihnen meine Hilfe zuzusagen.«

Die warmherzige Natur des Doktors bäumte sich gegen die trockene Kälte dieser Zusage auf. »Wollte Gott«, brach er inbrünstig aus, »ich könnte genügend Englisch, um Ihre Stelle an Mr. Armadales Sterbebett einzunehmen!«

»Abgesehen davon, daß Sie den Namen des Herrn unnützlich führen«, erwiderte der Schotte, »bin ich hierin ganz Ihrer Meinung. Ich wünschte es auch.«

Damit verließen sie gemeinsam das Zimmer, ohne ein weiteres Wort zu wechseln.

III

Der Schiffbruch

Der Doktor klopfte am Vorzimmer von Mr. Armadales Appartement, aber niemand meldete sich. Daraufhin traten sie einfach ein und fanden sowohl das Vorzimmer als auch das kleine anschließende Wohnzimmer leer.

Mr. Neal brach sein Schweigen. »Ich muß erst Mrs. Armadale sprechen«, sagte er bestimmt. »Ich weigere mich, irgendwelche weiteren Schritte zu tun, ehe sie mich in eigener Person dazu ermächtigt hat.«

»Sie ist wahrscheinlich bei ihrem Mann«, meinte der Doktor und ging auf die nächste Tür zu. Die Hand schon auf der Klinke, zögerte er jedoch, drehte sich noch einmal um und sah seinen mürrischen Begleiter bittend an. »Wenn ich vorhin ein bißchen heftig geworden bin, Sir, möchte ich mich jetzt von ganzem Herzen entschuldigen. Und eins noch . . . verzeihen Sie, wenn ich

Sie bitte, dieser bedauernswerten Dame nur mit der rücksichtsvollsten Schonung zu begegnen ...«
»Nein, das verzeihe ich nicht«, versetzte Mr. Neal barsch. »Mit welchem Recht unterstellen Sie mir, daß ich es an Rücksicht und Schonung gegen eine Dame fehlen lassen könnte?«
Der Doktor sah ein, daß jede Diskussion zwecklos war, bat gottergeben noch einmal um Verzeihung und ließ den unzugänglichen Menschen für einige Minuten allein. Mr. Neal starrte aus dem Fenster, ohne daß die anmutige Frühlingslandschaft, die sich draußen ausbreitete, den geringsten Eindruck auf ihn machte, und legte sich Wort für Wort zurecht, was er Mrs. Armadale zu sagen beabsichtigte, bis er die Stimme des Doktors hinter sich hörte:
»Mrs. Armadale ist hier.«
Er drehte sich rasch um und sah im hellen Mittagslicht eine Frau von unverkennbar europäisch-afrikanischer Blutsmischung; der europäische Einschlag zeigte sich in der Feinheit des Gesichtsschnitts, der afrikanische im warmen Goldbraun der Haut – eine Frau auf dem Höhepunkt ihrer Jugendschönheit, die sich mit angeborener Grazie bewegte, mit faszinierenden dunklen Gazellenaugen voller Dankbarkeit zu ihm aufsah und ihm stumm die kleine braune Hand hinstreckte, wie man einen langersehnten Freund begrüßt. Der Gesamteindruck brachte Mr. Neal zum erstenmal in seinem Leben völlig aus dem Konzept. Alle Vorbehalte, alle Worte, die er sich so klug zurechtgelegt hatte, verflüchtigten sich spurlos aus seinem Hirn. Der dreifache Panzer von Mißtrauen, Selbstbeherrschung und Reserve, mit dem er sich in allen Lebenslagen zu wappnen pflegte und den noch keine Frau durchbrochen hatte, fiel in Gegenwart dieser Frau von selbst. Mit dem ersten Blick hatte sie ihn in die Knie gezwungen und besiegt. Er beugte sich schweigend über die dargereichte Hand, und dieser Handkuß war seine erste aufrichtige Huldigung an das weibliche Geschlecht überhaupt.
Mrs. Armadale ihrerseits war unsicher und verlegen. In glücklicheren Zeiten hätte ihr weiblicher Scharfblick sicherlich erkannt, worauf Mr. Neals Stummheit zurückzuführen war, aber unter den obwaltenden Umständen dachte sie an alles andere als an die Wirkung ihrer Schönheit. Sie glaubte in der sonderbaren Haltung des Fremden Hochmut und Widerwillen zu erkennen und mußte ihren ganzen Mut aufbieten, um das notwendige Gespräch zu beginnen.
»Unser gütiger Doktor hat mir gesagt, Sir, daß Sie nur meinetwegen zögern, sich meinem Mann zur Verfügung zu stellen«, sagte sie leise und ließ, merklich erbleichend, den Kopf sinken. »Bitte denken Sie nicht weiter an mich ... Ich bin Ihnen so dankbar, denn die Wünsche meines Mannes ...« Ihre Stimme schwankte,

aber sie nahm sich zusammen und vollendete den Satz tapfer: ». . . die Wünsche meines Mannes sind auch die meinen.«

Mr. Neal hatte sich inzwischen so weit gefaßt, daß er ihr antworten konnte. Er bat sie leise und ernst, sich alle weiteren Erklärungen zu ersparen. »Ich wollte nur jede mögliche Rücksicht auf Sie nehmen und alles vermeiden, was Sie verletzen könnte«, sagte er, wobei fast etwas wie Röte in seine fahlen Wangen stieg, während ihre sanften Augen in seinem Gesicht forschten und er schuldbewußt der vielen Einwände gedachte, die er vor kurzem noch erhoben hatte.

Der Doktor nutzte den günstigen Augenblick, öffnete die Tür zum Krankenzimmer, und wenige Sekunden später sah sich Mr. Neal unwiderruflich in die Verantwortung verstrickt, die ihm nun einmal aufgezwungen worden war.

Das Zimmer war in prunkvollem deutschem Geschmack ausgestattet, mit gemalten Blumengirlanden und Amoretten an der Decke, auf denen fröhliche Sonnenkringel spielten; eine goldene Stutzuhr tickte auf dem Kaminsims, Spiegel glänzten an den Wänden, und der geblümte Teppich hatte alle Farben des Regenbogens. Und inmitten dieser lichten, glitzernden, bunten Staffage lag der Gelähmte mit seinen rastlos umherirrenden Augen und den erstarrten Zügen, den Oberkörper an viele aufeinandergetürmte Kissen gestützt, die hilflosen Hände leichenhaft reglos vor sich auf der Bettdecke. Am Kopfende stand mit grimmigem Gesichtsausdruck die runzlige schwarze Pflegerin, und mitten auf dem Bett spielte das weißgekleidete Kind mit einem Zinnsoldaten, einem kleinen Reiter, den es über die steifen Hände des Vaters springen ließ, immer abwechselnd über die rechte und die linke, und die Augen des Vaters folgten diesem ewigen Gehüpfe mit gebannter Aufmerksamkeit, einmal rechts, einmal links, wie die Augen eines wilden Tieres seine Beute belauern – ein entsetzlicher Anblick.

Doch als Mr. Neal auf der Schwelle erschien, ließen die rastlosen Augen von dem Spielzeug ab und hefteten sich inständig fragend auf den Fremden. Die starren Lippen begannen mühselig zu arbeiten und formten endlich mit gaumiger, behinderter Aussprache die Worte:

»Sind Sie . . . der Mann, der . . .«

Mr. Neal trat bis zum Bett vor, während Mrs. Armadale und der Doktor sich in den Hintergrund des Zimmers zurückzogen.

»Man hat mir Ihre traurige Lage geschildert, Sir«, sagte er, »und ich stehe Ihnen gern zu Diensten. Mein Name ist Neal, Sekretär des Wappenamtes in Edinburgh, woraus Sie schon entnehmen mögen, daß Sie bei etwaigen vertraulichen Mitteilungen meiner absoluten Diskretion sicher sein dürfen.«

Da die schönen Augen der Frau ihn im Moment nicht mehr

verwirrten, konnte er sich dem Gelähmten gegenüber von seiner besten Seite zeigen. Er sprach ruhig und ernst und traf genau den richtigen Ton zwischen Sachlichkeit und Mitgefühl. Der Anblick des Totenbettes hatte ihm Haltung gegeben.

Nach einer kurzen Pause, in der er vergeblich auf Antwort wartete, fügte er hinzu: »Wie ich gehört habe, möchten Sie mir etwas diktieren?«

»Ja!« stieß der Sterbende hervor, und der ohnmächtige Zorn über seine Hilflosigkeit, den er mit Worten nicht mehr ausdrücken konnte, funkelte aus seinen Augen. »Meine Hand ist gelähmt ... die Sprache versagt immer mehr ... fangen wir an!«

Fast gleichzeitig hörte Mr. Neal hinter sich das Rascheln von Frauenkleidern und das leise Quietschen von Laufrollen auf dem Teppich: Mrs. Armadale schob den Schreibtisch quer durchs Zimmer ans Fußende des Bettes. Es war höchste Zeit für Mr. Neal, sich noch einmal gegen immerhin mögliche unangenehme Folgen seiner Hilfsbereitschaft abzusichern. Ohne sich nach Mrs. Armadale umzusehen, stellte er daher die unumwundene Frage:

»Darf ich mich zuvor noch erkundigen, Sir, um was für ein Schriftstück es sich handelt?«

Das zornige Glitzern in den Augen des Kranken verstärkte sich. Seine Lippen arbeiteten, aber er brachte keine Antwort zustande. Mr. Neal versuchte es mit einer anderen Frage:

»Was soll mit dem Schriftstück geschehen, wenn es fertig ist?«

Diesmal reichte es wenigstens zu ein paar verständlichen Worten:

»Sie versiegeln es in meiner Gegenwart und schicken es an meinen Tes ... Testa ...« Mr. Armadale stockte und sah gequält zu Mr. Neal auf.

»An Ihren Testamentsvollstrecker, wollten Sie sagen?«

»Ja.«

»Es ist also ein Brief, den ich dann zur Post geben soll? Handelt es sich um eine Änderung Ihres Testaments?«

»Nein.«

Mr. Neal überlegte. Die Sache wurde immer geheimnisvoller. Bisher hatte er als einzigen Hinweis auf den Inhalt des Briefes nur die verworrenen Andeutungen des Doktors, die ihm die Situation nicht behaglicher machten. Sollte er sich dieser höchst bedenklichen Verantwortung nicht doch noch im letzten Moment entziehen? Aber bevor er seinen Zweifeln Ausdruck verleihen konnte, fühlte er sich von Mrs. Armadales Seidenkleid gestreift, ihre zartgliedrige, dunkle Hand legte sich auf seinen Arm, und ihre nachtschwarzen, sanften Augen flehten ihn demütig an.

»Mein Mann fürchtet, es könnte zu spät werden«, flüsterte sie. »Würden Sie die Güte haben, ihn zu beruhigen, indem Sie jetzt am Schreibtisch Platz nehmen?«

Sie bat ihn darum – sie, die übergangene Ehefrau, die das erste Recht zu Mißtrauen und Verzögerungstaktik gehabt hätte! Angesichts dieser Selbstverleugnung hätten wohl die meisten Männer augenblicklich kapituliert. Nicht so Mr. Neal, der Schotte genug war, um wenigstens eine einzige, allerletzte Einschränkung zu machen.
»Ich werde schreiben, was Sie mir diktieren«, sagte er, nun wieder zu Mr. Armadale gewandt. »Ich werde das Schreiben dann in Ihrer Gegenwart siegeln und persönlich an Ihren Testamentsvollstrekker schicken. Dazu bemerke ich jedoch ausdrücklich und bitte Sie, sich gegebenenfalls daran zu erinnern, daß ich bis jetzt völlig im Dunkeln tappe und mir daher meine eigene Handlungsfreiheit vorbehalten muß, sobald die Dienstleistung, die ich Ihnen zugesagt habe, abgeschlossen ist.«
»Sie versprechen mir, zunächst den Brief zu schreiben?«
»Ich habe es Ihnen bereits versprochen, Sir, unter der soeben genannten Bedingung.«
»Jede Bedingung ist mir recht, wenn Sie nur Ihr Versprechen halten. Meine Schatulle«, fügte er kurz und befehlend hinzu, wobei er seine Frau zum erstenmal ansah.
Sie gehorchte eilfertig und brachte den verlangten Gegenstand von einem Stuhl in der Ecke. Beim Zurückkommen gab sie der grimmig schweigenden Negerin, die noch immer wie eine Bildsäule am Kopfende des Bettes stand, einen flüchtigen Wink, das Kind zu nehmen und sich mit ihm zu entfernen. Aber kaum hatte sich die Negerin angeschickt, den wortlosen Befehl auszuführen, als Mr. Armadale sie katzenhaft anfunkelte und »Nein!« sagte. »Nein!« wiederholte das frische Stimmchen des Kleinen, der keineswegs gesonnen schien, den wunderschönen Spielplatz auf der Steppdekke aufzugeben. Die Negerin ging allein hinaus, und der Junge ließ seinen Zinnsoldaten triumphierend in verdoppeltem Tempo auf dem gelähmten Leib seines Vaters hin und her galoppieren. Das liebliche Gesicht der Mutter verzerrte sich einen Moment vor Eifersucht.
»Soll ich die Schatulle aufschließen?« fragte sie, indem sie den Zinnsoldaten ziemlich brüsk beiseite schob. Ihr Gatte bedeutete ihr mit den Augen, unter das Kopfkissen zu greifen, wo er den Schlüssel versteckt hatte. Sie schloß auf und brachte eine Anzahl beschriebener, zusammengehefteter Blätter zum Vorschein. »Sind es diese?«
»Ja«, erwiderte er. »Geh jetzt.«
Mr. Neal, der am Schreibtisch Platz genommen hatte, und der Doktor, der im Hintergrund ein Belebungsmittel zusammenrührte, tauschten unwillkürlich einen Blick. Es war beiden unsäglich peinlich, Augen- und Ohrenzeugen sein zu müssen, wie die Frau

hinausgewiesen wurde.
»Geh jetzt!« wiederholte Mr. Armadale unerbittlich.
Sie sah auf das glücklich spielende Kind, gegen dessen Anwesenheit er nichts einzuwenden hatte, und eine aschenfarbene Blässe trat langsam in ihr exotisches Gesicht. Sie sah auf den Schicksalsbrief, der für sie ein Geheimnis mit sieben Siegeln war, und der eifersüchtige Argwohn gegenüber jener anderen Frau zerriß ihr das Herz. Sie tat einige Schritte zur Tür – und kehrte um. Mit dem Mut der Liebe und Verzweiflung drückte sie die Lippen auf die Wange ihres sterbenden Gatten und flehte ihn unter heißen Tränen zum letzten Mal an: »Allan! Bedeutet dir meine Liebe denn gar nichts? Habe ich nicht alles versucht, dich glücklich zu machen? Nun soll ich dich so bald ganz verlieren – und du schickst mich hinaus! Bitte, bitte, tu es nicht, Liebster! Laß mich bei dir bleiben!«
Ihr tonloses Stammeln, ihr schüchterner Kuß, die Erinnerung an die Fülle der Liebe, die er empfangen und nie erwidert hatte – alles das rührte das Herz des Sterbenden, wie ihn seit dem Tage seiner Heirat nichts mehr berührt hatte. Er stieß einen tiefen Seufzer aus, und sein Blick wurde weicher.
»Laß mich bleiben«, flüsterte sie noch einmal.
»Es wird dich nur quälen«, murmelte er.
»Nichts ist so qualvoll, wie von dir weggeschickt zu werden!«
Er zögerte, und sie hielt in banger Erwartung den Atem an.
»Ein Weilchen vielleicht«, brachte er endlich heraus.
»Ja! Ja!«
»Wirst du gehen, wenn ich es dir sage – ohne Widerrede?«
»Ich werde gehen.«
»Schwöre es mir!«
Die letzte, ungeheure Erregung, in der er sich befand, schien seine Zunge gelöst zu haben. Er sprach die schweren, feierlichen Worte: »Schwöre es mir!« mit einer Deutlichkeit, die ihm bisher bei keinem anderen Wort gelungen war.
»Ich schwöre es dir!« sagte sie ebenso feierlich, worauf sie neben dem Bett in die Knie sank und einen leidenschaftlichen Kuß auf seine leblose Hand drückte. Mr. Neal und der Doktor hatten in stillschweigender Übereinkunft die Gesichter von der Szene abgewandt. Die kurze Stille, die folgte, wurde nur von den kleinen Geräuschen des spielenden Kindes unterbrochen.
Der Doktor war der erste, der den Bann, der die Erwachsenen gefangenhielt, zu brechen wagte, indem er sich dem Patienten näherte und besorgt Puls und Atmung prüfte. Mrs. Armadale erhob sich von den Knien und brachte, mit Genehmigung ihres Gatten, das unfertige Manuskript zu Mr. Neal an den Schreibtisch. Mit dunkel geröteten Wangen, schöner denn je in ihrer tiefen

Erregung, beugte sie sich dicht an sein Ohr, während sie ihm die Blätter übergab, und flüsterte ihm zu: »Lesen Sie alles von Anfang an vor. Ich will und muß es hören!« Ihre Augen glühten; ihr Atem streifte seine Wange; aber ehe Mr. Neal eine Antwort fand, war sie schon wieder bei ihrem Gatten. Wiederum hatte ein Moment genügt, den nüchternen Schotten völlig unter ihren Willen zu zwingen.

Er erkannte es selbst, runzelte die Stirn über seine Schwäche und blätterte unschlüssig in den Papieren.

»Falls Sie noch irgendwelche Korrekturen zu machen wünschen, Sir«, begann er in kurzangebundenem, geschäftsmäßigem Ton, »ist es vielleicht am besten, ich lese Ihnen das bisher Geschriebene laut vor.«

Mr. Armadales Augen richteten sich forschend von seinem Kind auf die Frau.

»Willst du es wirklich hören?« fragte er. Sie senkte stumm bejahend den Kopf und griff verstohlen nach seiner Hand. Er bedachte sich noch eine Zeitlang und sagte dann mit plötzlichem Entschluß: »Also fangen Sie an. Aber hören Sie sofort auf, wenn ich halt sage.«

Es war gegen ein Uhr mittags, und unten erklang gerade die Glocke, die die Gäste zum Essen rief. Das Geräusch von Schritten und vergnügten Stimmen drang in das stille Krankenzimmer, während Mr. Neal das Manuskript vor sich glattstrich und zu lesen begann:

»Dieser Brief ist für meinen Sohn bestimmt und soll ihm übergeben werden, sobald er alt genug ist, seinen Inhalt zu verstehen. Da für mich keine Hoffnung mehr besteht, sein Heranreifen zu erleben, bleibt mir nichts übrig, als alles das, was ich ihm lieber einmal unter vier Augen gesagt hätte, dem Papier anzuvertrauen.

Mein Schreiben hat drei Gründe. Erstens soll mein Sohn die Begleitumstände der Heirat erfahren, die eine englische Dame meiner Bekanntschaft vor einigen Jahren auf Madeira schloß. Zweitens muß er die Wahrheit über den bald darauf erfolgten Tod des Gatten besagter Dame an Bord des französischen Frachtschiffs *La Grâce de Dieu* wissen. Drittens will ich meinen Sohn vor künftigen Gefahren warnen – Gefahren, die sich gespenstisch aus dem Grabe seines Vaters erheben können, wenn sich die Erde schon längst über seiner Asche geschlossen hat.

Der Teil der Geschichte, der zur Heirat besagter englischer Dame führte, begann, als ich die Besitztümer der Armadales und damit auch den unseligen Namen erbte.

Ich war der einzige überlebende Sohn des früh verblichenen Mathew Wrentmore und wurde auf dem Besitz unserer Familie auf

der britischen Insel Barbados geboren. Mein Vater starb, als ich noch ein Kind war. Meine Mutter verzog mich in blinder Liebe; nie schlug sie mir etwas ab, ich konnte tun, was ich wollte. Kein Wunder, daß ich meine Kindheit und Jugend in Müßiggang und Genußsucht verbrachte, worin ich durch meine Umgebung – Sklaven und Halbfreie, für die mein Wille Gesetz war – noch bestärkt wurde. Ich bezweifle, daß es in England je einen jungen Mann meiner Kreise gegeben hat, der so ungebildet war wie ich; ja, in der ganzen Welt dürfte es kaum einen Menschen gegeben haben, der so zuchtlos und ungestraft seinen Leidenschaften frönen durfte.
Meine Mutter war eine romantische Seele und hatte etwas gegen den schlichten Namen meines Vaters. Ich wurde deshalb nach einem reichen Vetter Allan Armadale getauft, der ausgedehnte Ländereien in unserer Nachbarschaft besaß – seine Plantagen waren die ertragreichsten der ganzen Insel – und sich bereit erklärte, mein Pate zu werden, obgleich er selbst in England lebte und seinen karibischen Besitz nie gesehen hatte. Nachdem er das übliche Patengeschenk zu meiner Taufe geschickt hatte, schlief die Korrespondenz zwischen ihm und meinen Eltern vollständig ein.
Ich war schon ein junger Mann von einundzwanzig Jahren, als meine Mutter zum erstenmal wieder einen Brief von Mr. Armadale erhielt, in dem er sich erkundigte, ob ich noch am Leben sei, und mir bejahendenfalls die Erbschaft seiner karibischen Güter in Aussicht stellte.
Dieses unverhoffte Glück fiel mir nur deshalb in den Schoß, weil Mr. Armadales eigener und einziger Sohn sich offenbar noch schlechter aufgeführt hatte als ich. Er war mit dem Gesetz in Konflikt gekommen, und sein Vater hatte ihn für immer verstoßen. Da sonst kein naher männlicher Verwandter vorhanden war, hatte Mr. Armadale sich auf sein Patenkind besonnen und mir die Erbschaft angeboten, unter der einzigen Bedingung, daß ich und meine männlichen Erben den Namen Armadale annähmen. Der Vorschlag wurde von uns dankbar akzeptiert, die notwendigen Formalitäten sofort eingeleitet und ohne besondere Schwierigkeiten erfüllt, und wenige Wochen später erhielt ich über Mr. Armadales Rechtsanwälte die Nachricht, daß der Tod meines Wohltäters mich zum reichsten Großgrundbesitzer auf Barbados gemacht hatte.
Dies war das erste Glied in der Kette der Ereignisse, die sich daran schloß. Das zweite folgte etwa anderthalb Monate danach.
In unserem Verwaltungsbüro war gerade eine Stelle frei, und unter den Anwärtern, die sich meldeten, war ein junger Mann meines Alters, der erst kürzlich auf die Insel gekommen war und sich als Fergus Ingleby vorstellte. Er gefiel mir auf den ersten Blick. In meinen Augen war er der vollendetste Gentleman, den man sich

vorstellen konnte, und verfügte über einen gesellschaftlichen Schliff und persönlichen Charme, wie er mir unerfahrenem Inselbewohner noch nie vorgekommen war. Gewohnt, meinen Impulsen und Launen jederzeit nachzugeben, bestand ich auf seiner Anstellung, obwohl seine Zeugnisse lückenhaft waren.

Mein Wille war Gesetz, wie schon gesagt, und ich setzte ihn auch diesmal durch.

Meine Mutter mißtraute Ingleby von Anfang an. Als sie sah, wie die Freundschaft mit diesem Untergebenen von Tag zu Tag enger wurde und ich ihm ein Vertrauen schenkte wie niemandem sonst (ich hatte immer gern mit Untergebenen verkehrt, schon weil die Auswahl an gleichrangigen Gefährten gering war), und nachdem sie alle Mittel erschöpft hatte, uns auseinanderzubringen, versuchte sie als letzten Ausweg, mich zu einer Reise nach England zu überreden, mit der ich selbst schon lange geliebäugelt hatte. Um ihren Zweck nicht zu deutlich durchblicken zu lassen, fing sie es sehr klug an, mein oberflächliches Interesse an einer solchen Reise anzufeuern. Sie schrieb an einen alten Freund und Verehrer, den inzwischen verstorbenen Stephen Blanchard von Thorpe-Ambrose in Norfolk, einen sehr begüterten Witwer mit erwachsenen Kindern. (Später entdeckte ich, daß meine Mutter in diesem Brief auf frühere zarte Bande anspielte, die zwischen ihr und Mr. Blanchard bestanden hatten, aber am Widerstand der beiderseitigen Eltern zerbrochen waren, und daß sie die Möglichkeit andeutete, ihr Sohn und seine Tochter könnten vielleicht zusammen das Eheglück finden, das ihnen versagt geblieben war – eine Vorstellung, die ganz dem romantischen Gemüt meiner Mutter entsprach.) Ich wußte von alledem nichts, bis meine Mutter mir den Antwortbrief Mr. Blanchards zeigte, der mich von meinem Busenfreund Fergus Ingleby weglocken sollte.

Allerdings war Mr. Blanchard im Moment nicht in England, sondern auf Madeira, weil die Ärzte ihm aus Gesundheitsgründen einen Klimawechsel verordnet hatten. Seine Tochter hatte ihn dorthin begleitet. Er dankte meiner Mutter herzlich für ihren Brief und schlug vor, daß ich ihm, falls ich mich bald zur Abreise entschlösse, doch auf dem Wege nach England einen Besuch auf Madeira abstatten könnte. Sollte sich dies nicht machen lassen, so sei er zu einem bestimmten Termin von seinem Erholungsaufenthalt zurück und würde mich jederzeit auf seinem englischen Landgut Thorpe-Ambrose mit offenen Armen empfangen. Im übrigen entschuldigte er sich, daß er nicht länger schreiben könne, weil seine Sehkraft leider sehr nachgelassen habe, und daß er schon mit diesem kurzen Handschreiben gegen die strenge Vorschrift des Arztes verstoße; doch sei die Versuchung, einer so lieben alten Freundin selbst zu schreiben, allzu groß gewesen.

So reizend dieser Brief abgefaßt war, hätte er an sich wahrscheinlich keinen besonderen Eindruck auf mich gemacht, wenn der Absender nicht ein Miniaturporträt von Miß Blanchard beigefügt hätte, auf dessen Rückseite die halb scherzhaften, halb zärtlichen Worte gekritzelt standen: ›Meine Tochter würde zu sehr erröten, wenn ich ihr von Ihren Erkundigungen erzählte; darum möge dies gemalte Abbild (ohne ihr Wissen) Ihre Fragen beantworten. Das Konterfei ist wohlgelungen (wie die junge Dame selbst). Sollten unsere Kinder einander mögen, liebe Freundin, so erleben wir vielleicht in ihnen noch ein spätes Glück.‹

Ich weiß nicht, wie ich es schildern soll: Der Anblick dieses Bildes fuhr mir wie ein Blitzstrahl in die Seele. Scharfsinnigere Leute als ich hätten diesen außerordentlichen Eindruck wahrscheinlich auf meinen damaligen unausgeglichenen Gemütszustand zurückgeführt, auf den Überdruß, den ich unbewußt gegen die bisherigen seichten Vergnügungen empfand, und das Verlangen nach neuen, reineren Lebenszielen. Ich war weit entfernt von so nüchterner Selbstbeurteilung; ich nannte alles, was mir widerfuhr, Schicksal, und ich nenne es jetzt noch so. Es genügte mir zu wissen, und ich wußte es sofort mit unfehlbarer Sicherheit, daß der bloße Anblick dieses Mädchenantlitzes mein besseres Ich in mir erweckte und mich über alle Niedrigkeit erhob, wie es noch keine Frau in meinem Leben vermocht hatte. In diesen sanften Augen las ich mein Schicksal. Ich wünschte mir nichts mehr, als dieses Mädchen zur Gattin zu gewinnen. Beim Schlafengehen legte ich die Miniatur unter mein Kopfkissen; mein erster Blick am nächsten Morgen galt ihr: Die feste Überzeugung (nenne es Aberglauben, wenn Du willst), einen Wink von oben erhalten zu haben, bestand unvermindert fort und wies mir den Weg, den ich zu gehen hatte. Ein Schiff, das in vierzehn Tagen nach England absegeln sollte, lag im Hafen. Seine Route führte über Madeira, und ich sicherte mir unverzüglich einen Platz.«

An dieser Stelle wurde Mr. Neal von einer leisen, kläglichen Frage unterbrochen: »War es eine Weiße? Oder ein Mischblut wie ich?«
Er blickte auf und sah, daß Mrs. Armadale die Hand ihres Gatten losgelassen hatte und mit abgewandtem Gesicht dasaß. Das heiße afrikanische Blut brannte in ihren dunklen Wangen, als sie wiederholte: »War sie eine Weiße?«

»Ja«, sagte Mr. Armadale kurz, ohne sie anzusehen.

Ihre Hände verknoteten sich krampfhaft im Schoß, aber sie sagte nichts mehr. Mr. Neal nahm mit zusammengezogenen Brauen die unterbrochene Vorlesung wieder auf.

»Der einzige, von dem mir der Abschied schwerfiel, war mein vertrautester Freund Ingleby. Seine Überraschung, als er von meinem plötzlichen Reiseentschluß hörte, und seine Niedergeschlagenheit gingen mir so nahe, daß ich ihm zu meiner Rechtfertigung Mr. Blanchards Brief und das Porträt seiner Tochter zeigte. Sein Interesse an beidem stand dem meinen kaum nach. Als treuer Freund nahm er an allem lebhaftesten Anteil, und er erkundigte sich nach der Familie und den Vermögensverhältnissen von Miß Blanchard. Und nachdem ich ihm erzählt hatte, was ich wußte, rührte er mich durch die Großherzigkeit und Selbstlosigkeit, mit der er mich zu meinem Vorhaben ermutigte. Wir gingen an diesem Tage in strahlender Laune auseinander. Aber über Nacht wurde ich plötzlich von einer rätselhaften Krankheit befallen, die sowohl mein Leben als auch meinen Verstand bedrohte.
Ich habe keinen Beweis, daß Ingleby etwas damit zu tun hatte. Auf Barbados gab es mehr als eine Frau, der ich schweres Unrecht angetan hatte. Vielleicht war es einer gerade an diesem Tage gelungen, sich auf die landesübliche Weise an mir zu rächen. Ich kann niemanden direkt beschuldigen. Ich kann nur sagen, daß meine alte schwarze Kinderfrau mein Leben rettete, indem sie, wie sie später erklärte, sofort ein bekanntes Gegenmittel gegen ein ebenso bekanntes Gift anwandte, das von Eingeborenen mit Vorliebe benutzt wurde. Als ich zum erstenmal wieder meine Umwelt erkannte, war das Schiff, mit dem ich hatte fahren wollen, längst unterwegs.
Ich fragte nach Ingleby: Er war nicht mehr da. Man legte mir Beweise für Betrügereien vor, die ich trotz aller Parteilichkeit nicht aus der Welt reden konnte. Man hatte ihn während meiner Krankheit hinausgeworfen und seitdem nichts mehr von ihm gehört, außer daß er die Insel verlassen hatte.
Während der ganzen qualvollen Krankheitszeit war das Miniaturporträt Miß Blanchards nicht von meiner Seite gekommen; während der Genesung war es mein einziger Trost, wenn ich an die verpaßte Gelegenheit dachte, und zugleich meine einzige Ermutigung für die Zukunft. Es ist nicht mit Worten zu beschreiben, wie die Zeit, die Einsamkeit und das Leiden meine Gefühle verstärkten. Meine Mutter hatte Mr. Blanchard von meiner Erkrankung benachrichtigt, aber keine Antwort erhalten. Sie erklärte sich bereit, ihm noch einmal zu schreiben, wenn ich ihr dafür verspräche, nicht abzufahren, bevor ich vollständig genesen sei. Aber meine Ungeduld ertrug keinen Aufschub mehr. Soeben lag wieder ein Schiff nach Madeira im Hafen. Ich prüfte noch einmal die Daten in Mr. Blanchards Brief, entnahm daraus, daß ich ihn noch auf der Insel vorfinden würde, und ließ mich auf der Stelle in die Passagierliste eintragen. Und diesmal war ich, ungeachtet der Vorstel-

lungen meiner Mutter, bei Ausfahrt des Schiffes an Bord.
Die frische Seeluft brachte mich rasch zu Kräften, und als ich mich nach einer ungewöhnlich schnellen Reise am Ziel sah, war ich wieder ich selbst. An einem zauberhaft stillen Abend, den ich nie vergessen werde, stand ich, *ihr* Bildnis auf dem Herzen und im Herzen, vor dem weißen Hause, in dem sie wohnte. Ich wagte mich nicht gleich hinein, sondern stahl mich durch ein Seitenpförtchen in den Park, um mich erst ein wenig zu sammeln. Dort erblickte ich jedoch eine Dame, die sich allein auf dem Rasen erging. Sie wandte mir zufällig das Gesicht zu, ohne mich zu sehen – und wer beschreibt meine Gefühle, als ich das Modell meines Porträts, die Erfüllung all meiner Träume in ihr erkannte!
Mein innerer Aufruhr war zu heftig, als daß ich ihr jetzt gleich hätte vor Augen treten können. Ich zog mich unbemerkt zurück, begab mich zum Haupteingang des Hauses und fragte den öffnenden Diener zunächst nach Mr. Blanchard. Doch Mr. Blanchard war bereits zur Ruhe gegangen und durfte heute nicht mehr gestört werden. Hierauf faßte ich Mut und fragte nach Miß Blanchard. Der Diener lächelte. ›Die junge Dame heißt nicht mehr Miß Blanchard, Sir‹, sagte er, ›sie ist jetzt verheiratet.‹ Manch einer wäre an meiner Stelle wohl wie vom Donner gerührt zu Boden gestürzt, aber ich hatte heißeres Blut, ich sah buchstäblich rot und packte den Mann wie rasend am Kragen. ›Das ist gelogen!‹ brüllte ich und schüttelte ihn, als hätte ich einen meiner eigenen Sklaven vor mir. ›Es ist wahr!‹ keuchte der Mann und bemühte sich vergebens, von mir loszukommen. ›Ihr Gatte ist drinnen im Hause!‹
›Wie heißt er, du Schurke?‹
Und darauf nannte der Diener keinen anderen Namen als meinen eigenen, mir ins Gesicht hinein: ›Allan Armadale.‹
Du, mein Sohn, wirst ohne weiteres die Wahrheit erraten. Fergus Ingleby war der verstoßene Sohn meines Paten, dessen Name und Erbschaft mir zugefallen waren. Ich hatte ihn seines Geburtsrechtes beraubt – und er hatte sich an mir gerächt.
Ich muß auf die Art, wie er seinen Betrug durchführte, etwas näher eingehen, um die späteren Ereignisse zu erklären (ich vermeide absichtlich das Wort ›rechtfertigen‹).
Ingleby hat selbst eingestanden, nach dem Tode seines Vaters mit dem Vorsatz nach Barbados gekommen zu sein, mich nach besten Kräften auszuplündern und mir auch sonst zu schaden, soweit er nur konnte. Meine Vertrauensseligkeit gab ihm dazu mehr Gelegenheit, als er je zu hoffen gewagt hätte. Er hatte den Brief unterschlagen, in dem meine Mutter Mr. Blanchard von meiner Erkrankung benachrichtigte, und dann schleunigst seine fristlose Entlassung provoziert, um mit demselben Schiff, das eigentlich ich hatte benutzen wollen, nach Madeira zu reisen. Nach seiner An-

kunft war er zu Mr. Blanchard gegangen und hatte sich ihm vorgestellt – nicht unter dem Decknamen Ingleby, dessen ich mich hier der Klarheit halber weiter bedienen werde, sondern unter dem Namen Allan Armadale, der ihm von Geburts wegen allerdings ebensogut zustand wie mir. Seine betrügerischen Pläne stießen kaum auf Hindernisse. Er hatte es ja nur mit einem kränklichen, halbblinden alten Herrn zu tun, der meine Mutter seit Jahrzehnten nicht mehr gesehen hatte, und mit einem arglosen, unschuldigen jungen Mädchen. Nach allem, was ich ihm erzählt hatte, war es ihm ein leichtes, jede Frage zufriedenstellend zu beantworten. Sein Aussehen, seine weltmännischen Manieren, die auch mich so für ihn eingenommen hatten, und vor allem seine gewandte Art, mit Frauen umzugehen, taten ein übriges – er gewann im Handumdrehen Miß Blanchards Zuneigung, während ich noch auf dem Krankenbett lag. Als ich langsam genas und ihr Bildnis anschwärmte, hatte Ingleby Mr. Blanchard bereits um die Hand seiner Tochter gebeten und die Erlaubnis erhalten, sich noch vor Verlassen Madeiras mit ihr trauen zu lassen.
Soweit war dank der Sehschwäche des alten Herrn alles gut gegangen. Er hatte sich damit begnügt, dem ›Sohn‹ Grüße an die Mutter aufzutragen und ihre von Ingleby erfundenen Gegengrüße zu hören. Aber als der Hochzeitstag festgesetzt war, fühlte Mr. Blanchard sich verpflichtet, ein förmliches Schreiben aufzusetzen, in dem er seine alte Freundin feierlich um ihre Genehmigung bat und sie zur Hochzeit einlud. Diesen Brief diktierte er seiner Tochter, und Ingleby, der keine Möglichkeit mehr sah, die Absendung zu verhindern, entschloß sich, seiner Braut, deren er jetzt völlig sicher war, unter vier Augen die Wahrheit zu sagen. Da sie noch nicht volljährig war, brachte er sie dadurch in eine besonders schwierige Lage. Schickte sie den Brief ihres Vaters ab, so war das Resultat ein baldiger Skandal und Trennung für immer, es sei denn, sie brannten vorher miteinander durch, wobei sie jedoch kaum hoffen durften, nicht binnen kurzem wieder aufgespürt zu werden. Das Ziel jedes Schiffes, das die Insel verließ, war bekannt, und Mr. Blanchards schnelle Privatjacht, die im Hafen lag, hätte jedes mit Leichtigkeit eingeholt. Es blieb ihnen nur der Ausweg, den Brief an meine Mutter zu unterdrücken und die Wahrheit erst einzugestehen, wenn sie sicher verheiratet waren. Welche Verführungs- und Überredungskünste Ingleby anwandte, um Miß Blanchards Liebe zu mißbrauchen und sie zu seiner eigenen Niedrigkeit herabzuziehen, weiß ich nicht. Auf jeden Fall zog er sie herab. Der Brief kam nie an sein Ziel, und Mr. Blanchard wurde – mit Wissen und Willen seiner Tochter – aufs schändlichste hintergangen.
Nur eine Vorsichtsmaßnahme war noch zu treffen: Sie mußten einen Antwortbrief meiner Mutter fabrizieren, denn diesmal er-

wartete Mr. Blanchard natürlich ein persönliches Schreiben, und zwar noch vor der Heirat. Ingleby hatte den unterschlagenen Brief meiner Mutter als Muster bei sich, verfügte jedoch nicht über die Geschicklichkeit, ihre Handschrift glaubwürdig zu fälschen, und Miß Blanchard weigerte sich entschieden, es auch nur zu versuchen – sie litt schon genug unter ihrer passiven Teilnahme an dem scheußlichen Betrug, dessen Opfer ihr eigener Vater war. Doch auch in dieser schwierigen Lage fand Ingleby ein williges Werkzeug, und zwar in Gestalt einer zwölfjährigen Waise, einem wahren Wunderkind, was frühreife Anstelligkeit und Gerissenheit betraf, das Miß Blanchard aus romantischem Mitleid ins Herz geschlossen und als Zofe aus England mitgebracht hatte. Das Nachahmungstalent dieses fragwürdigen Geschöpfes beseitigte alle Schwierigkeiten. Ich habe den gefälschten Brief, den sie nach Inglebys Anweisungen und – leider! – mit Einwilligung ihrer jungen Herrin schrieb, mit eigenen Augen gesehen und muß gestehen, daß ich selbst mich hätte täuschen lassen. Später sah ich auch das Mädchen, und mein Blut erstarrte bei ihrem Anblick. Wehe jedem, der sich mit ihr einläßt, falls sie heute noch am Leben ist! Nie kann es auf Erden ein Weib gegeben haben, das von Grund auf verdorbener, lügnerischer, gleisnerischer war als sie!
Der gefälschte Brief, in dem meine Mutter ihren Segen gab und ihr Fernbleiben entschuldigte, räumte das letzte denkbare Hindernis aus dem Weg, und als ich auf Madeira eintraf, waren Ingleby und Miß Blanchard (wie der Diener mir wahrheitsgemäß gesagt hatte) Mann und Frau. Mein Erscheinen auf der Szene beschleunigte lediglich das nachträgliche Geständnis, das sie dem alten Herrn ohnehin schuldeten. Ingleby selbst bekannte ihm jetzt mit schamloser Unverfrorenheit die Wahrheit. Er hatte nichts mehr zu verlieren; er war verheiratet, und die Mitgift seiner Frau war der Verfügungsgewalt des Vaters entzogen. Ich übergehe hier meine eigenen Unterredungen mit Vater und Tochter und beschränke mich auf meine Abrechnung mit Ingleby. Zwei Tage lang war es den Bemühungen seiner Frau und des Geistlichen, der sie getraut hatte, gelungen, uns auseinanderzuhalten. Am dritten Tage fing ich es klüger an und stellte den Mann, der mich tödlich verletzt und beleidigt hatte – allein, Auge in Auge.
Rufe Dir ins Gedächtnis zurück, wie er mein Vertrauen mißbraucht und mein erstes und einziges edleres Verlangen schmählich durchkreuzt hatte; denke an meine leidenschaftliche, unbeherrschte Natur – und male Dir den weiteren Verlauf dieser Begegnung selbst aus. Ingleby war größer und stärker als ich und genierte sich nicht, seine körperliche Überlegenheit geltend zu machen. Er ohrfeigte mich.
Die Wirkung dieser letzten, äußersten Beleidigung brauche ich

wohl nicht zu beschreiben. Ich ging augenblicklich zu einem englischen Offizier, den ich auf der Seereise von Barbados nach Madeira kennengelernt hatte, erzählte ihm die ganze Geschichte und bat ihn, dem verhaßten Gegner meine Forderung zu überbringen. Der Offizier teilte meine Meinung, daß ein Duell unvermeidlich sei, und begann die damals schon genau festgesetzten Regeln für solche Ehrenhändel zu erörtern. Ich unterbrach ihn. ›Verschonen Sie mich mit Ihren Regeln! In diesem Fall genügen zwei Pistolen und ein Taschentuch! Ich bestehe auf einem Kugelwechsel aus nächster Nähe!‹ Der Offizier erhob sich, als hätte ich ihn persönlich gekränkt. ›Sie verlangen von mir, einem Mord und einem Selbstmord beizuwohnen‹, sagte er steif. ›Unter diesen Umständen ziehe ich meine Einwilligung, Ihr Sekundant zu sein, zurück.‹ Er verließ mich, worauf ich mich hinsetzte, die Forderung, wie ich sie soeben mündlich formuliert hatte, auf ein Blatt Papier warf und sie Ingleby durch einen Boten schickte. Während ich auf Antwort wartete, betrachtete ich mich im Spiegel. Mein Gesicht zeigte noch alle fünf Fingerabdrücke von Inglebys Hand. ›Es gibt Leute, die wegen geringerer Gründe ein Blutbad anrichten und Morde auf ihr Gewissen laden!‹ dachte ich.

Inglebys Antwort kam bald. Er nahm meine Bedingungen ohne weiteres an und bestellte mich für den nächsten Morgen um drei Uhr an einen einsamen Ort tief im Innern der Insel. Ich war ihm dankbar – jawohl, aufrichtig dankbar! – für diese Antwort, denn ich hatte für den Fall, daß er sich drücken wollte, bereits einen grauenhaften anderen Entschluß gefaßt, von dem mich seine Zusage erlöste.

Am nächsten Morgen war ich vor Tau und Tag zur Stelle. Ingleby war noch nicht da. Ich wartete zwei Stunden. Er kam nicht. Endlich dämmerte mir die Erkenntnis auf, daß der Feigling mich abermals an der Nase herumgeführt hatte. Ich machte mich auf den Weg zu Mr. Blanchards Haus, aber unterwegs kam mir plötzlich eine Idee, und ich lenkte meine Schritte statt dessen zum Hafen. Meine Ahnung hatte mich nicht betrogen: Ingleby hatte, nachdem er meine Forderung erhalten und mich möglichst weit aus dem Wege geschickt hatte, keine Zeit verloren und war noch am selben Nachmittag mit seiner Frau an Bord eines Schiffes, das nach Lissabon fuhr, geflohen.

Ich fragte den Hafenmeister, ob Mr. Blanchard von der Abreise seiner Tochter unterrichtet sei. Ja, er hatte die Flucht entdeckt, aber erst, als das Schiff auf hoher See war. Diesmal nahm ich mir Inglebys Intrigantenkünste zum Beispiel. Statt mich wie ein Tölpel offen an Mr. Blanchard zu wenden, ging ich erst ein Stückchen weiter und sah mir seine Privatjacht an.

Der Anblick des schnittigen, schnellen Segelschiffes sagte mir alles, was der Eigentümer mir vielleicht verschwiegen hätte: Man traf dort fieberhafte Vorbereitungen für eine Ausreise. Die gesamte Besatzung war an Bord, mit Ausnahme einiger weniger, die Landurlaub hatten und sich auf der Insel herumtrieben. Ich bemerkte, daß der Steuermann Ersatzleute anzuheuern versuchte, und wußte augenblicklich, was ich zu tun hatte. Da ich selbst eine Jacht besaß und die heimischen Gewässer oft damit befahren hatte, kannte ich die Aufgaben eines Matrosen gut genug. Ich besorgte mir schleunigst bei einem Trödler die nötige Ausrüstung, kehrte verkleidet zum Hafen zurück und bot dem Steuermann meine Dienste an. Ich weiß nicht, ob ihn leichte Zweifel an meiner Echtheit beschlichen, denn obwohl meine Antworten auf seine Fragen zufriedenstellend waren, zögerte er etwas; aber die Zeit drängte, die Besatzung war immer noch nicht vollständig, und schließlich nahm er mich doch. Eine Stunde später erschien auch Mr. Blanchard und wurde in die Kajüte geleitet; er war an Leib und Seele völlig gebrochen. Wiederum eine Stunde später waren wir auf See, bei günstigem Wind und den klaren, glitzernden Sternenhimmel über uns. Das Schiff mit den Flüchtlingen, das wir verfolgten, war ein französischer Holzfrachter mit dem Namen *La Grâce de Dieu*. Man wußte nichts weiter von diesem Schiff, als daß es auf dem Wege nach Lissabon vom Kurs abgekommen war und Madeira nur notgedrungen angelaufen hatte, um Verpflegung und Leute an Bord zu nehmen, denn an beidem mangelte es. Die Vorräte hatten sie auffüllen können, die Besatzung hingegen nicht, denn die Matrosen trauten der Seetüchtigkeit des Schiffes nicht, und die verdächtigen Visagen der bisherigen Mannschaft waren erst recht nicht einladend. Als Mr. Blanchard von diesen bedenklichen Tatsachen hörte, bereute er bitterlich die harten Worte, die er seiner Tochter im ersten Zorn ins Gesicht geschleudert hatte, nachdem Inglebys gemeiner Betrug und ihre Mithilfe aufgedeckt worden waren. Er beschloß augenblicklich, ihr Zuflucht an Bord seiner eigenen Jacht zu gewähren und zu ihrer Beruhigung auch ihren schurkischen Gatten vor meinem etwa drohenden Zugriff zu schützen. Es bestand kein Zweifel, daß die schnelle Jacht die schwerfällige *Grâce de Dieu* bald einholen würde; die einzige Sorge war, daß wir in der Dunkelheit an ihr vorbeisegeln könnten. Doch nach einiger Zeit setzte eine plötzliche Flaute ein; es wurde lastend schwül und unheimlich still, und als der Befehl kam, alle Hauptsegel zu reffen, wußten wir, was uns erwartete. Eine knappe Stunde später brach der Gewittersturm los, und die Jacht kämpfte mit haushohen Wogen. Doch sie war ein solide ausgerüsteter, starkgebauter Dreihunderttonner und hatte einen Steuermann, der sein Handwerk verstand und sie unbeschädigt durch alle Fährnisse brachte. Mit dem neuen Tag ließ der heftige Südwestwind etwas nach, und die See war nicht mehr so schwer. Kurz vor Sonnenaufgang hörten wir durch das Rauschen und Brausen einen schwachen Kanonenschuß, der uns alle an Deck rief: Offenbar war da ein Schiff in Seenot.

Wenig später hatten wir es gesichtet – es war der Holzfrachter, *La Grâce de Dieu,* schwer angeschlagen, mit gebrochenen Masten, schon halb im Sinken. Wir hatten drei Rettungsboote, und der Steuermann, der mit Recht ein baldiges Wiederaufleben des Sturmes befürchtete, befahl, zwei davon sofort auszusetzen. So wenig Menschen das Wrack an Bord hatte, genügte ein Boot doch nicht zu ihrer Rettung, und bei dem unsicheren Wetter war es besser, zwei Boote auf einmal hinüberzuschicken, als zwei Rettungsfahrten hintereinander zu riskieren.

Selbstverständlich drängte ich mich zu den Freiwilligen, die sich für das Rettungswerk meldeten, und kam ins zweite Boot. Das erste Boot, das drüben ankam, war im Handumdrehen überfüllt, und wenn es nicht rechtzeitig wieder abgestoßen hätte, wären sowohl die Schiffbrüchigen als auch unsere Matrosen dieser kopflosen Panik zum Opfer gefallen. Daher verabredete die Besatzung des zweiten Rettungsbootes, daß zunächst vier Mann von uns an Bord gehen sollten; zwei (darunter ich) hatten vor allem Mr. Blanchards Tochter in Sicherheit zu bringen, während die anderen zwei die feige Restbesatzung daran hinderten, sich vor ihr in das Boot zu drängen. Die übrigen drei Matrosen hatten genug damit zu tun, das Boot vor dem Zerschmettern an der Bordwand zu bewahren. Welche Eindrücke meine Kameraden hatten, als sie *La Grâce de Dieu* enterten, weiß ich nicht – ich sah keinen Menschen außer der schnöde geraubten Geliebten, die ohnmächtig an Deck lag. Wir ließen sie ins Boot hinab, ohne daß sie die Besinnung wiedererlangte. Der Rest der Besatzung – es waren nur noch fünf – wurde mit Brachialgewalt gezwungen, anständig einer nach dem andern einzusteigen, sobald die ständige Wellenbewegung es erlaubte. Ich stand als letzter oben, und da ein Rundblick mich vergewisserte, daß keine lebende Seele mehr an Bord war, kletterte ich den anderen nach, erklärte unser Werk für beendigt, und wir legten uns aus Leibeskräften in die Riemen, um unter dem bedrohlichen Heulen des wiedereinsetzenden Sturmes schnellstens zu unserem Schiff zurückzugelangen.

Der Wind hatte auf Nord gedreht, und der Steuermann hatte alle Maßnahmen getroffen, um diesen einzigen günstigen Umstand des schweren Wetters auszunützen. Wir flogen pfeilschnell unter dem winzigen Behelfssegel, das wir zu setzen wagten, südwärts dahin. Plötzlich kam der Maat und schrie mir ins Ohr, um den Donner zu übertönen: ›Mr. Blanchards Tochter ist zu sich gekommen und fragt nach ihrem Mann. Wo ist er?‹ Ja, wo war Ingleby?

Keiner an Bord wußte etwas von seinem Verbleib. Die Jacht wurde von einem Ende zum andern ergebnislos durchsucht. Niemandem war ein Vorwurf daraus zu machen – aber das brachte die Tatsache nicht aus der Welt, daß er fehlte.
Der Sturm tobte den ganzen Tag und machte es uns unmöglich, zu dem Wrack zurückzukehren und Nachforschungen anzustellen. Wir konnten nur vor dem Wind laufen, wenn wir nicht selbst einen Schiffbruch erleiden wollten. Gegen Abend waren wir wieder auf der Höhe von Madeira, der Wind legte sich, und in den ersten Morgenstunden liefen wir sicher in den Hafen ein. Mr. Blanchard und seine Tochter wurden an Land gebracht. Der Steuermann begleitete sie, befahl uns aber, an Bord zu bleiben, denn er käme gleich zurück und hätte uns dann etwas zu sagen, was uns alle anginge.
Er ließ uns antreten und teilte uns mit, daß wir auf Mr. Blanchards Befehl sofort wieder auslaufen müßten, um das Wrack nach dem Vermißten zu durchsuchen. Die Dame sei in einem beklagenswerten Zustand, und der Arzt fürchte um ihren Verstand, wenn nichts zu ihrer Beruhigung unternommen werde. Der Sturm habe nachgelassen, und das Wrack sei sicher noch aufzufinden, denn die Holzladung gäbe ihm Auftrieb, solange der Rumpf noch halbwegs zusammenhielte. Wenn der Mann an Bord gefunden werde, sei er lebend oder tot zurückzubringen. Mr. Blanchard habe in jedem Fall eine hohe Belohnung versprochen, die unter die Besatzung verteilt werden würde.
Hierauf antwortete die Besatzung mit drei Hurras und machte sich unverzüglich wieder ans Werk. Nur ich bat, mich von dem neuen Unternehmen zu beurlauben. Ich entschuldigte mich mit Überanstrengung und Übelbefinden und sagte, ich müßte mich für die nächsten vierundzwanzig Stunden ins Bett legen. Alle sahen mich befremdet an, aber keiner sagte etwas, und der Steuermann ließ mich achselzuckend gehen.
Ich verbrachte den Tag in einer Hafenkneipe, und gegen Abend brachte eines der Lotsenboote, die mit der Jacht hinausgefahren waren, die erste Nachricht vom Schicksal der *Grâce de Dieu*. Das Unternehmen war insofern erfolgreich gewesen, als es gelungen war, das Wrack abzuschleppen. Ingleby war jedoch ertrunken in der Kabine aufgefunden worden. Die Jacht brachte seinen Leichnam zurück, und am nächsten Tag wurde er auf dem protestantischen Friedhof Madeiras begraben.«

»Halt!« unterbrach die Stimme des Kranken den Vorleser, der eben eine Seite umblättern wollte.
Im Zimmer waren seit Mr. Neals letztem Aufblicken einige Veränderungen vor sich gegangen. Die Sonne schien jetzt direkt auf das

Sterbebett, und das Kind lag friedlich schlummernd in dem goldenen Licht. Der Doktor war, durch den perlenden Schweiß auf Mr. Armadales Stirn gewarnt, aufgestanden, um dem Patienten abermals ein Kräftigungsmittel zu geben. Der Stuhl, auf dem Mrs. Armadale gesessen hatte, war leer. Als das »Halt!« ertönte, hatte sie sich sofort erhoben, war an die Wand zurückgewichen, wo ihr Mann sie nicht mehr sehen konnte, und stand dort angelehnt, die Augen in fiebriger Spannung auf die restlichen Manuskriptseiten in Mr. Neals Hand geheftet.

»Wo ist sie?« fragte Mr. Armadale ärgerlich und sah auf den leeren Stuhl. Der Doktor zeigte stumm auf die Frau, der nichts anderes übrigblieb, als sich zu zeigen.

»Du hast geschworen, hinauszugehen, wenn ich es sage! Geh jetzt!« befahl er.

Mr. Neals Hand zitterte auf dem Manuskript, so sehr er sich auch Mühe gab, seine Nerven in der Gewalt zu behalten. Der unbestimmte Verdacht, der schon während des Vorlesens sein Hirn durchkreuzt hatte, verdichtete sich jetzt zur Wahrscheinlichkeit. Nun kam die letzte Enthüllung des Geheimnisses, das der Sohn erst in reiferen Jahren, die Mutter aber nie erfahren sollte.

Sie schwieg. Sie sah ihren Mann nur an und legte ein letztes Flehen – vielleicht auch ein letztes Adieu – in ihrem Blick. Er würdigte sie keiner Beachtung; seine Augen wichen ihr erbarmungslos aus und wanderten zu dem schlafenden Kind. Sie wandte sich wortlos ab und erfüllte ihr Versprechen, indem sie unter dem atemlosen Schweigen der beiden fremden Zuschauer das Zimmer verließ.

Ihre Haltung war so erschütternd, daß es Mr. Neal aufs äußerste widerstrebte, mit der Vorlesung fortzufahren, und dem Doktor, weiter zuzuhören. Er bat kurz um die Erlaubnis, sich bis nach Beendigung des Briefes zurückziehen zu dürfen, aber der Patient gestattete es ihm nicht. Hierauf nahm Mr. Neal das Wort.

»Der Doktor und ich sind durch unsere Berufe beide an Schweigepflicht gewöhnt. Aber ich habe auch die Pflicht, Sie, ehe wir fortfahren, noch einmal zu fragen, ob Sie sich ganz im klaren sind, was Sie uns zumuten. Soeben haben Sie Mrs. Armadale, die Ihnen am nächsten steht, vor unseren Augen ihrer natürlichen Vertrauensstellung verwiesen. Warum sollen gerade wir, zwei völlig Fremde, ihren Platz einnehmen?«

»Eben *weil* Sie Fremde sind«, erwiderte Mr. Armadale.

Diese Worte waren keineswegs geeignet, Mr. Neals Mißtrauen zu beschwichtigen. »Ist es Ihnen denn so gleichgültig«, fuhr er fort, »welchen Eindruck die nächsten Seiten dieses Briefes möglicherweise bei uns hervorrufen?«

»Ja. Ich schone Sie nicht. Ich schone auch mich nicht. Ich schone nur meine Frau.«

»Sie zwingen mich zu sehr ernsten Schlüssen, Sir«, sagte Mr. Neal. »Wenn ich den Brief nach Ihrem Diktat beenden soll, muß ich vorher auch den Rest des bereits Geschriebenen laut vorlesen, damit ich in der Person des Doktors wenigstens einen Zeugen habe.«
»Lesen Sie.«
Der Doktor nahm widerstrebend seinen alten Platz ein. Ebenso widerstrebend blätterte Mr. Neal die nächste Seite um und fuhr mit der Vorlesung fort.

»Ehe ich diesen Toten endgültig ruhen lassen kann, habe ich noch einiges zu sagen. Ich habe beschrieben, wo und wie man seine Leiche fand. Ich habe noch nicht beschrieben, auf welche Weise er starb.
Man hatte Ingleby noch an Deck gesehen, als die beiden Rettungsboote auf das Wrack zukamen, ihn aber in der nachfolgenden Verwirrung aus den Augen verloren. Um diese Zeit stand das Wasser schon fünf Fuß hoch in der Kabine und stieg von Minute zu Minute. Da man unter dem Leichnam das Schmuckkästchen seiner Frau gefunden hatte, erklärte man sich den Hergang folgendermaßen: Nachdem er gesehen hatte, daß Hilfe kam, mußte er sich an den wertvollen Schmuck erinnert haben und schnell noch einmal hinuntergestiegen sein, um ihn zu holen. Möglicherweise war er, während er nach dem Kästchen tauchte, einen Moment bewußtlos geworden und so ertrunken. Aber eine Entdeckung der Jachtbesatzung beim Wiederaufsuchen des Wracks wies auf eine andere Möglichkeit hin, die allen die Haare zu Berge stehen ließ. Die Kabinentür war nämlich von außen zugeschlossen! Hatte irgend jemand versehentlich den Schlüssel umgedreht, ohne zu wissen, daß Ingleby noch dort war? Es war höchst unwahrscheinlich, daß jemand in der allgemeinen Panik daran gedacht hätte, irgendeine Tür hinter sich zu schließen. Hieraus ergab sich der noch grauenhaftere Schluß, daß jemand es in mörderischer Absicht getan hatte, um Ingleby mit voller Überlegung dem Tod des Ertrinkens auszuliefern ...
So war es. Die Hand eines Mörders hatte Ingleby eingeschlossen – meine Hand!«

Mr. Neal fuhr vom Schreibtisch auf, und auch der Doktor sprang auf die Füße und wich unwillkürlich von der Bettkante zurück. Beide blickten, starr vor Entsetzen, auf den Sterbenden, der da lag, sein schlafendes Kind an der Brust, und ihren Blick zurückgab wie der von Gott und Menschen verlassene Kain.
Im selben Moment wurde die Tür zum Nebenzimmer durch einen dumpfen Fall erschüttert. Der Doktor, der am nächsten stand,

öffnete sie schnell, trat hinaus und schloß sie sofort wieder hinter sich.
Mr. Neal kehrte dem Bett den Rücken und wartete schweigend das Weitere ab. Das Geräusch hatte weder das Kind geweckt noch die Aufmerksamkeit des Vaters erregt, der nach den furchtbaren Geständnisworten seines eigenen Berichtes von allem, was um sein Sterbelager vorging, weit entfernt zu sein schien. Im Geiste war er wieder auf dem Wrack, und seine schon erstorbene Hand drehte zum aberhundertsten Mal den Schlüssel um.
Im Nebenzimmer wurde geklingelt, hastige Schritte und erregte Stimmen ließen sich vernehmen; dann, nach kurzer Stille, kam der Doktor zurück. »Hat sie gelauscht?« flüsterte Mr. Neal ihm auf Deutsch zu. »Ja. Die Frauen bemühen sich um sie ... Sie hat alles gehört. Großer Gott, was sollen wir nur tun?« Doch bevor Mr. Neal eine Antwort fand, meldete sich die Stimme des Kranken wieder. »Lesen Sie weiter!« befahl er, als ob nichts geschehen wäre.
»Ich lehne es ab, mich weiter mit Ihrem schändlichen Geheimnis zu befassen«, erklärte Mr. Neal. »Sie sind nach eigenem Geständnis ein Mörder. Suchen Sie sich einen anderen, der weitere Sekretärdienste für Sie verrichtet!«
»Sie haben mir Ihr Versprechen gegeben«, war die ungerührte Antwort. »Wenn Sie nicht für mich schreiben, werden Sie wortbrüchig.«
Dies brachte Mr. Neal zum Schweigen, und er sah den Sterbenden an. Dem irdischen Gericht bereits entzogen, hatte er nur noch diesen einzigen, bohrenden Wunsch, den Brief an den Sohn zu vollenden. »Noch ein Wort, Doktor«, flüsterte Mr. Neal, wieder auf Deutsch. »Beharren Sie auf Ihrer Meinung, daß er die Sprache verliert, ehe wir einen offiziellen Vertreter der Gesandtschaft aus Stuttgart herbitten können?«
»Sehen Sie sich seine Mundpartie an«, erwiderte der Doktor nur, »und urteilen Sie selbst.«
Mr. Neal warf einen kurzen Blick auf die bleichen, verzerrten Lippen – und begab sich an seinen Schreibtischplatz zurück. »Ich lasse mir nicht einmal von einem Mörder vorwerfen, daß ich mein Wort breche«, sagte er kalt. »Aber erinnern Sie sich daran, daß ich mir nach Einlösung dieses erzwungenen Versprechens meine volle Handlungsfreiheit vorbehalten habe, und ich werde sie gebrauchen, sobald ich von Ihrem Anblick erlöst bin.«
»Pst – nehmen Sie auf seinen Zustand Rücksicht!« mahnte der Doktor flüsternd.
»Bitte setzen Sie sich wieder hin, Doktor«, sagte Mr. Neal und deutete auf den leeren Stuhl. »Ich lese und schreibe nur in Ihrer Gegenwart. *Sie* haben mich in diese Sache hineingezogen, und ich

kann dafür verlangen, daß Sie bis zum Schluß als Zeuge dabeibleiben.«
Der Arzt setzte sich ohne Widerrede. Mr. Neal nahm das Manuskript wieder auf und las den Rest ohne Unterbrechung vor.

»Ich bekenne meine Schuld und sage kein Wort zu meiner Verteidigung. Statt dessen werde ich jetzt den Hergang des Verbrechens schildern.
Ich dachte überhaupt nicht an Ingleby, als ich auf den Frachter kam und die geliebte Frau ohnmächtig daliegen sah. Mein einziger Gedanke war, sie heil und sicher ins Rettungsboot zu bringen. Dann, und erst dann fiel mir der Feigling wieder ein, der sich der Abrechnung mit mir entzogen hatte. In dem allgemeinen Durcheinander konnte ich unbemerkt nach ihm Ausschau halten. Da ich ihn nirgends erblickte, vermutete ich zunächst, er sei schon im ersten Boot; aber plötzlich sah ich ihn triefend naß aus der Kabine steigen und an die Reling treten. Er sah mich nicht. Offenbar wollte er nur wissen, ob er noch Zeit zu einem zweiten Tauchversuch hätte, denn er sagte vor sich hin: ›Ja, noch einmal!‹, drehte sich um und verschwand wieder in der Kabine. Ich ging ihm nach. Der Teufel in mir flüsterte mir zu: ›Erschieße ihn nicht wie einen Mann – ersäufe ihn wie einen Hund!‹ Als ich die Treppe hinunterblickte, tauchte sein Kopf eben wieder aus dem Wasser auf. Einen Moment sahen wir einander starr in die Augen – und dann machte ich die Tür zu und drehte den Schlüssel um. Eine Minute später hatte ich mich unter die letzten Leute gemischt, die von Bord gingen. Dann, im Boot, kam jede Reueanwandlung zu spät. Der Sturm tobte, und wir ruderten um unser Leben.
Mein Sohn! Du wirst fragen, warum ich Dich aus dem Grab heraus mit einem solchen Geständnis belaste, statt es Dir liebevoll zu ersparen. Lies weiter, und Du wirst meine Gründe verstehen.
Ich schweige von meinen Qualen, ich bettle nicht um ein gnädiges Andenken. Ich fühle, daß meine Kräfte schwinden, und ich will mich kurz fassen. Ich verließ Madeira, ohne die Frau wiederzusehen, um die ich den furchtbarsten Schmerz erlitten und der ich den furchtbarsten Schmerz zugefügt hatte. Bezüglich Inglebys Tod hatte sich der Verdacht inzwischen auf die Besatzung des französischen Frachters konzentriert. Zwar konnte keinem von ihnen ein ausreichendes Mordmotiv unterstellt werden, aber da fast alle von früher her irgend etwas auf dem Gewissen hatten, traute man ihnen auch dieses Verbrechen zu und verhörte sie dementsprechend, wenn auch ohne Ergebnis. Erst später hörte ich zufällig, daß der Verdacht schließlich auf mich gefallen war. Die Witwe erkannte mich nach der flüchtigen Beschreibung des Aushilfsmatrosen, der die Fahrt auf der Jacht mitgemacht hatte und dann spurlos

verschwunden war. Von diesem Augenblick an wußte sie, wer ihren Gatten ermordet hatte – und warum. Aber ich galt durch irgendeine Falschmeldung für tot, und daran liegt es vielleicht, daß ich allen gerichtlichen Nachforschungen entging, wahrscheinlicher aber daran, daß außer Ingleby selbst kein Mensch gesehen hatte, wie ich die Tür schloß, und somit ebensowenig Beweise gegen mich vorlagen wie gegen die früher Verdächtigten. Außerdem scheute die Witwe wohl die Enthüllungen, die eine Anzeige unvermeidlich im Gefolge gehabt hätte. Wie dem auch sei: Mein Verbrechen ist, soweit irdische Richter in Frage kommen, bis zum heutigen Tage ungesühnt geblieben.

Ich kehrte unter falschem Namen nach Barbados zurück. Das erste, was ich im Hafen erfuhr, war der Tod meiner Mutter. Daraufhin hatte ich nicht mehr das Herz, die alte Umgebung wieder aufzusuchen und einsam dort mit den Gewissensqualen zu leben, die mich Tag und Nacht peinigten. Ohne an Land zu gehen und mich bei irgendeinem der früheren Freunde sehen zu lassen, ließ ich mich von dem Schiff an seinen endgültigen Bestimmungshafen weitertragen, nach der Insel Trinidad.

Dort lernte ich Deine Mutter kennen. Es wäre meine Pflicht gewesen, ihr von vornherein die Wahrheit über mich zu sagen, aber ich war ehrlos genug, sie ihr zu verschweigen. Ich hätte ihr nie das sinnlose Opfer zumuten dürfen, ihre freie, heitere Jugend an eine Existenz wie die meine zu fesseln – und ich tat ihr das Unrecht an, sie zu heiraten. Sollte sie noch am Leben sein, wenn Du diese Zeilen liest, so sei barmherzig und verheimliche ihr die Wahrheit weiter. Sie soll nie erfahren, welchen Auswurf der Menschheit sie geheiratet hat; das ist das einzige, was ich für sie tun kann. Bemitleide sie, wie ich sie bemitleidet habe. Dieser Brief sei ein heiliger Pakt zwischen Vater und Sohn allein!

Als Du geboren wurdest, zeigten sich die ersten Anzeichen meiner unheilbaren Krankheit, und Deine Taufe mußte wegen eines besonders schweren Anfalls in meiner Abwesenheit stattfinden. Erst hinterher erfuhr ich, daß Deine Mutter Dir, wie auch andere liebende Mütter tun, den Namen Deines Vaters gegeben hatte. Auch Du heißt also Allan Armadale. Und schon damals, obwohl ich manches noch nicht wußte, was ich jetzt weiß, konnte ich Dich nie ohne unbehagliche Vorahnungen ansehen, wenn ich an den fatalen Namen dachte.

Sobald es mir besser ging, wurde die Notwendigkeit, mich endlich wieder um meinen Besitz auf Barbados zu kümmern, unabweisbar. So phantastisch es Dir erscheinen mag: Ich war damals nahe daran, Dich – selbst auf Kosten der Erbschaft – von dem Zwang zu befreien, den damit verbundenen Namen Armadale weiterzutragen. Aber die politischen Ereignisse nötigten mich um Deinetwillen zur Vorsicht. Man redete in den Kolonien bereits viel von der bevorstehenden Sklavenbefreiung. Niemand konnte sagen, welchen Wert unsere westindischen Plantagen behalten würden, falls die drohende Umwälzung wirklich stattfand. Ich wußte nicht, ob Du die ausgedehnten Armadaleschen Besitzungen nicht eines Tages bitter brauchen würdest, denn mein Erbe von Vaters Seite war, daran gemessen, sehr klein. Merke Dir, wie Dein Name vom Schicksal bestimmt wurde und wie er Dir gegen meinen Willen geblieben ist.

Meine Gesundheit hatte sich im gewohnten Klima etwas gebessert, aber nicht für lange, und die Ärzte rieten mir, künftig in Europa zu leben. Ich mied England (den Grund brauche ich Dir nicht zu sagen) und fuhr mit Dir und Deiner Mutter nach Frankreich. Von dort zogen wir nach Italien. Wir probierten alle möglichen Kurorte aus. Es half nichts. Der Tod hatte mich in den Krallen und folgte mir, wohin ich auch gehen mochte. Ich ertrug es als verdiente Strafe. Mein einziger Trost warst Du. Alle Wärme, deren mein Herz noch fähig war, wandte ich Dir zu. Und die letzten glücklichen Momente meines irdischen Daseins verdanke ich Deinen unschuldigen Blicken und Deinem harmlosen Kinderlachen, mein Sohn.

Augenblicklich sitzen wir in Lausanne, und hier schreibe ich in nächtlicher Einsamkeit diesen Brief an Dich. Der Anlaß ist ein Schreiben eines früheren Freundes, das ich mit der heutigen Post erhielt und aus dem ich zum erstenmal wieder Genaueres über die Witwe des von mir Ermordeten erfuhr. Mein Freund hat sie gesehen und gesprochen und ihr auch erzählt, daß die seinerzeit auf Madeira umlaufende Nachricht von meinem Tode ein Irrtum war. Er wundert sich, warum seine Mitteilung, ich lebe, sei verheiratet und hätte einen kleinen Sohn, sie so auffällig erregt hat, und bittet mich, wenn möglich, um Aufklärung. Über sie selbst spricht er in Ausdrücken wärmster Teilnahme. Sie habe sich, jung und schön, wie sie immer noch ist, ganz in einem Fischerdorf an der Küste von Devonshire vergraben, denn ihr Vater sei gestorben, und die übrige Familie habe sich erbarmungslos von ihr zurückgezogen. Das alles hätte mir noch tiefer ins Herz geschnitten, als es der Fall war, wenn nicht meine ganze Aufmerksamkeit plötzlich von einem Satz gefesselt worden wäre, der mir fast die Besinnung raubte, nämlich: ›Übrigens hat auch sie einen kleinen Sohn namens Allan Armadale.‹

Nie hatte mich auch nur der Schatten des Gedankens gestreift, daß die Witwe des Mannes, den ich auf dem Gewissen habe, nach seinem Tode noch ein Kind zur Welt gebracht haben könnte. Aber das Kind ist da, ein Jahr älter als Du, und die Mutter hatte ihm, da sie mich ja tot glaubte, unbedenklich den Namen ihres eigenen

Gatten gegeben. Damit gibt es nun schon in der zweiten Generation zwei Allan Armadales – wie in der ersten. Und die tödliche Ironie des Schicksals bedroht nun die Söhne wie einst die Väter. Harmlose Gemüter mögen nichts Besonderes an dieser zufälligen Namensgleichheit finden, aber ich, der ich mit meinem ungesühnten Verbrechen ins Grab sinke, sehe daraus künftige Gefahren aufsteigen . . . Hirngespinste eines Sterbenden? Nein, es steht schon in der Bibel, daß die Sünden der Väter an den Kindern heimgesucht werden, und wohin ich auch blicke, sehe ich die lebenden Beweise dieser furchtbaren Wahrheit. Ich sehe die Laster der Väter, an denen Kinder und Enkel zugrunde gehen; ich sehe die Schande der Eltern, die das Kind sein Leben lang verfolgt; ich sehe mich selbst und mein Verbrechen wie eine böse Saat, die –«

Hier brach das Manuskript unvermittelt ab. Der Schlag hatte den Schreibenden getroffen, und die Feder war für immer seiner Hand entfallen.

Der Kranke wußte genau, daß er an dieser Stelle stehengeblieben war. Kaum hörte Mr. Neal mit der Vorlesung auf, so heftete er in merklicher Erregung den Blick auf den Doktor und lallte mühsam: »Ich weiß, was ich noch diktieren muß. Helfen Sie mir, es auszusprechen.«

Der Doktor gab ihm schweigend eine weitere Dosis des Belebungsmittels und deutete Mr. Neal mit einer Handbewegung an, er möge sich ein wenig gedulden. Es dauerte nicht lange, bis der Sterbende seine letzten Energien so weit zusammengerafft hatte, daß er Mr. Neal selbst aufforderte, die Feder zu ergreifen und folgendes stockende, aber wohlüberlegte und klare Diktat niederzuschreiben:

»Mein Sohn! Die einzige Hoffnung, die ich für Dich habe, klammert sich sonderbarerweise an einen großen Zweifel, nämlich ob wir die Herren oder die Sklaven unseres Schicksals sind. Vielleicht kann der freie Wille des Menschen doch etwas ändern, und deshalb höre auf den Rat, den ich Dir aus dem Grabe zurufe: Meide, solange Du lebst, alle Personen, die, sei es direkt oder indirekt, mit dem Verbrechen Deines Vaters in Verbindung stehen! Meide die Witwe des Ermordeten! Meide die kupplerische Zofe, die ihre Hand damals zu einer Fälschung hergab! Und meide vor allem Deinen Namensvetter! Verstoße lieber Deine besten Freunde, falls sich herausstellen sollte, daß sie mit der einen oder anderen dieser Personen auch nur das geringste zu tun haben. Verlasse die Frau, die Du liebst, wenn sie Beziehungen zu diesem Kreise hat. Nimm notfalls einen falschen Namen an. Lege Gebirge und Meere zwischen Dich und jenen anderen Armadale, erscheine undankbar und herzlos, handle wider Deine Natur – alles ist besser, als daß Du nur einmal die gleiche Luft mit diesem Menschen atmest. Nie dürfen sich die beiden Armadales auf dieser Welt begegnen – nie, nie, nie! Ich bin am Ende. Wenn ich nicht fürchten müßte, daß Du, ohne die Hintergründe zu wissen, meinen Rat nicht ernst genug nehmen könntest, hätte ich Dir diese Enthüllungen erspart. Du liegst unschuldig schlummernd an meiner Brust, armes Kind, während ein Fremder die Worte niederschreibt, die immer mühseliger von meinen gelähmten Lippen fallen. Denke daran, welche übermenschliche Gewalt mich noch auf dem Sterbebett dazu getrieben haben muß, diesen warnenden Schatten über Deine Jugend zu werfen, und wieviel Mut dazu gehörte. Vergiß die Warnung nie! Und verzeih mir, wenn Du kannst.«

Der Kranke verstummte. Dies waren die letzten Worte des Vaters an den Sohn.

Mr. Neal legte die Feder hin, las das soeben Geschriebene laut und deutlich vor und fragte mit erbarmungsloser Sachlichkeit, ob noch etwas hinzuzufügen sei. Es war nichts mehr hinzuzufügen.

Mr. Neal faltete das Manuskript, steckte es in einen großen Umschlag und siegelte es mit Mr. Armadales Siegel. »Adresse?« fragte er geschäftsmäßig und schrieb dann nach neuerlichem Diktat: *An Allan Armadale junior, z. Hd. von Godfrey Hammick, Esq., Notariat Hammick und Ridge, Lincoln's Inn Fields, London.* – »Soll Ihr Rechtsanwalt den Brief öffnen?« setzte er nach kurzem Überlegen hinzu.

»Nein! Er soll den Brief meinem Sohn geben, ungeöffnet, sobald er in der Lage ist, die Gedanken Erwachsener zu verstehen.«

»Dann werde ich eine datierte Notiz auf den Umschlag setzen«, sagte Mr. Neal, dessen logischer Beamtenverstand keine Unterlassung duldete, »und zugleich erklären, wieso meine Handschrift auf diesem Dokument erscheint.« Er tat es, las die kurze, unmißverständliche Notiz wiederum laut vor, unterschrieb mit Namen und Adresse und forderte den Doktor auf, als Zeuge und medizinischer Sachverständiger, der Mr. Armadales schreibunfähigen Zustand bestätigte, ebenfalls zu unterzeichnen. Hierauf schob er den Brief in einen zweiten Umschlag, den er mit dem Vermerk »Persönlich!« an den Rechtsanwalt Mr. Hammick adressierte.

»Sie bestehen darauf, daß ich dies abschicke?« fragte er schließlich und hielt den Brief so hoch, daß der Sterbende ihn sehen konnte.

»Geben Sie ihm noch etwas Zeit!« flüsterte der Doktor. »Eine Minute – um des Kindes willen! Vielleicht ändert er seinen Entschluß doch noch.«

»Ich gebe ihm fünf Minuten«, erwiderte Mr. Neal und legte seine Uhr vor sich auf den Schreibtisch, unerbittlich bis zum letzten.

Sie warteten, die gespannten Blicke auf Mr. Armadale gerichtet. Er hatte sich schon beim Diktieren der Adresse unheimlich verändert. Die bis dahin starren Gesichtsmuskeln waren in regellose Zuckungen geraten, die sich rasch bis in die obere Körperhälfte ausbreiteten. Die leichenhaften Hände begannen mit flatternden Bewegungen auf der Decke hin und her zu tasten. Der Doktor fuhr auf und gab Mr. Neal mit erschrockenem Gesicht einen Wink, näher zu kommen. »Fragen Sie ihn gleich«, flüsterte er drängend. »In fünf Minuten kann es zu spät sein!«
Mr. Neal trat ans Bett und blickte auf die zuckenden Hände. »Ist das ein schlechtes Zeichen?« fragte er leise.
Der Doktor nickte ernst und wiederholte seine Aufforderung. Mr. Neal hielt den gewichtigen Brief dicht vor die Augen des Sterbenden. »Wissen Sie, was das ist?«
»Mein Brief!« kam die tonlose Antwort.
»Wünschen Sie immer noch, daß ich ihn abschicke?«
Mit letzter, ungeheurer Anspannung seines schwindenden Bewußtseins stieß Mr. Armadale hervor:
»Ja!«
Mr. Neal drehte sich um und ging mit dem Brief in der Hand zur Tür. Der Doktor folgte ihm mit tiefer Bewegung, als wollte er ihm noch etwas sagen; aber als ihn der kalte, abweisende Blick des Schotten traf, zog er sich schweigend zurück und wandte sich wieder seinem Patienten zu. Dessen Augen wanderten jetzt verzweifelt von dem schlafenden Kind auf seine unbeherrscht zuckenden Hände und hoben sich plötzlich flehend zum Gesicht des Doktors, das sich über ihn beugte. Der gute Mensch verstand diese stumme Sprache augenblicklich: Er hob die hilflose Rechte und legte sie sanft auf den Kopf des Kindes, wo sie krampfhaft bebend liegenblieb. Dann lief das Beben über Arm und Brust aufwärts; das bleiche Gesicht wurde plötzlich blaurot und wieder fahl, und in derselben Sekunde hörte das Beben auf. Es war vorbei.
Das Fenster des Sterbezimmers stand weit offen, als der Doktor, das Kind auf dem Arm, auf den Korridor trat. Er begegnete Mr. Neal, der eben von seinem Gang zurückkehrte.
»Haben Sie den Brief . . .?« begann er zagend, von Zweifeln gepeinigt.
Drei Worte genügten Mr. Neal, um den Satz zu vollenden und dem Verhängnis seinen Lauf zu lassen:
»Zur Post gegeben.«

Erstes Buch

I

Das Geheimnis Ozias Midwinters

An einem milden Maiabend des Jahres 1851 zog sich der würdige Geistliche Decimus Brock, der gerade als Tourist in Castletown auf der Insel Man weilte, mit ernsten Sorgen in sein Gasthauszimmer zurück. Er trug schwer an einer persönlichen Verantwortung, mit der er, obendrein unter Zeitdruck, irgendwie ins reine kommen mußte; doch das Wie war ihm vorläufig noch unklar.

Der Pfarrer hatte das reife Alter erreicht, in dem jeder vernünftige Mensch, soweit sein Temperament es gestattet, sich möglichst wenig von sinnlosen Konflikten und Privatkümmernissen tyrannisieren läßt. Darum suchte Mr. Brock auch jetzt keine sofortige Entscheidung zu erzwingen, sondern setzte sich erst einmal geruhsam in Hemdsärmeln hin, um zu überlegen, ob die Klemme, in der er sich befand, wirklich so ausweglos sei, wie sie ihm im ersten Augenblick erschien. Dabei glitten seine Gedanken unversehens in die Vergangenheit zurück – denn seine heutigen Sorgen wären ohne die Ereignisse früherer Jahre und seine langjährige Bindung an einen bestimmten kleinen Menschenkreis gar nicht möglich gewesen.

Das erste Glied in der Kette war der Besuch einer fremden Dame gewesen, die ihn vor vierzehn Jahren um eine Unterredung in seiner Pfarre an der Küste von Somersetshire gebeten hatte.

Die Dame war noch jung und wirkte infolge ihres zarten, hellen Teints und ihrer wohlerhaltenen Figur sogar jünger, als sie war. Ihr Ausdruck und ihre Stimme verrieten eine leichte Melancholie, die auf leidvolle Erfahrungen hindeutete, ohne aufdringlich zu sein. Sie hatte ihren kleinen Sohn mitgebracht, einen hübschen blonden Jungen von acht Jahren, der vor Beginn des eigentlichen Gesprächs zum Spielen in den Pfarrgarten geschickt wurde. Auf der Visitenkarte, mit der die Dame sich angemeldet hatte, stand der Name »Mrs. Armadale«. Mr. Brock war sehr interessiert.

Mrs. Armadale teilte ihm zunächst mit, daß sie Witwe sei. Ihr Mann war kurz nach der Heirat ums Leben gekommen. Sie selbst war nach diesem Schicksalsschlag unter dem Schutz ihres Vaters nach England zurückgekehrt und hatte ihr nachgeborenes Söhnchen auf dem Familienlandsitz in Norfolk zur Welt gebracht. Nicht

lange danach war auch ihr Vater gestorben, und die Haltung der letzten ihr verbliebenen Verwandten, zweier Brüder, ihr schon vorher durch Meinungsverschiedenheiten und Mißverständnisse entfremdet, hatte ihr den weiteren Aufenthalt im Vaterhaus unmöglich gemacht. Diese Kluft ließ sich wohl lebenslänglich nicht mehr überbrücken. Sie hatte daraufhin einige Jahre in der benachbarten Grafschaft gelebt und sich ausschließlich der Erziehung ihres Söhnchens gewidmet. Sie sei sich jedoch klar, daß der Junge jetzt ein Alter erreicht habe, in dem der Unterricht der Mutter nicht mehr genüge. Erschwerend käme hinzu, daß sie, die ohnehin Vereinsamte, sich natürlich nicht von ihm trennen wolle, außerdem aber auch die fremden und womöglich schlechten Einflüsse fürchte, denen er in einem Internat ausgesetzt wäre. Ihre Lieblingsidee sei daher, ihn zu Hause zu behalten, privat unterrichten zu lassen und ihn so, bis er völlig herangewachsen sei, vor allen Gefahren und Verlockungen der Außenwelt zu bewahren.
An ihrem bisherigen Wohnort war kein Privatlehrer zu finden. Sie hatte daher Erkundigungen eingezogen, von einem verfügbaren Häuschen in Mr. Brocks Gemeinde gehört und außerdem erfahren, daß der Pfarrer selbst früher des öfteren Privatschüler angenommen habe. Ihre große, dringende Bitte sei nun, ob er sich unter irgendwelchen Bedingungen entschließen könne, dies noch einmal zu tun und der Lehrer ihres Sohnes zu werden.
Wenn Mrs. Armadale reizloser gewesen wäre oder Mr. Brock sich hinter einer treusorgenden Ehehälfte hätte verschanzen können, so wäre der Opfergang der jungen Witwe wahrscheinlich ergebnislos verlaufen. Aber wie die Dinge lagen, prüfte der Pfarrer wohlwollend die ihm vorgelegten Referenzen, bat um eine kurze Bedenkzeit und willigte dann ein. Er beugte den Nacken unter das Joch und nahm diese neue Bürde der Verantwortung auf sich. Man schrieb das Jahr 1837.

Mr. Brocks Erinnerung machte nun einen Sprung ins Jahr 1845. Der Schauplatz war immer noch der gleiche, ein Fischerdorf in Somersetshire, und die handelnden Personen waren wiederum Mrs. Armadale, ihr Sohn Allan und er selbst.
Der Pfarrer hatte in den verflossenen acht Jahren nicht allzu schwer an seiner Last zu tragen gehabt. Der Junge machte seinen beiden Erziehern keinen nennenswerten Kummer. Mit den Büchern hatte er zwar nicht viel im Sinn, aber nicht etwa aus Mangel an Intelligenz, sondern aus einer angeborenen Unfähigkeit, sich auf trockene Theorien zu konzentrieren. Er war zu lebhaft, ja, es ließ sich leider nicht leugnen, leichtsinnig im höchsten Grade; er folgte blindlings jedem Impuls, ohne sich vorher zu überlegen, wohin das führen konnte. Andererseits mußte man zu seinen

Gunsten sagen, daß sein Gemüt offen war wie der lichte Tag – er war der hilfsbereiteste, warmherzigste, freundlichste Junge weit und breit. Dabei bewahrten ihn eine gewisse Selbständigkeit und ein gesundes eigenes Urteilsvermögen weitgehend vor der Verzärtelungsgefahr, die ihm von den überängstlichen Erziehungsmethoden seiner Mutter drohte. Als echter Engländer liebte er die See über alles, und je älter er wurde, desto schwieriger war es, ihn von Fischern und Bootszimmerleuten wegzuholen. Sein höchster Zukunftstraum war eine eigene Werft, und vorläufig lernte er beim praktischen Zugreifen alles, was nötig war, sich wenigstens ein eigenes Boot zu bauen. Mr. Brock, in der weisen Einsicht, daß eine solche Beschäftigung in den Mußestunden am besten geeignet war, Allan von den Dummheiten seiner Altersgenossen abzuhalten und ihn zugleich mit seiner Isolierung auszusöhnen, brachte die Mutter mit nicht geringen Schwierigkeiten dazu, ihren Sohn gewähren zu lassen, und mit sechzehn Jahren war der junge Armadale technisch so weit, daß die heißersehnte eigene Jacht unter seinen Händen zu entstehen begann.

An einem Sommerabend, als Mr. Brock seinen Schüler wieder emsig am Werk wußte, ging er Mrs. Armadale besuchen, wie gewöhnlich die zusammengefaltete *Times* in der Hand. Die Freundschaft zwischen den Nachbarn hatte im Laufe der Jahre längst in geregelte Geleise gefunden. Einmal hätte der Pfarrer seiner stillen Verehrung für die junge Witwe fast in Form eines Heiratsantrags Ausdruck gegeben, aber ihr vorbeugender Appell an seine Nachsicht hatte ihm für immer die Lippen verschlossen; er wußte daraufhin ein für allemal, daß in ihrem Herzen kein anderer Platz für ihn zu erhoffen war als der eines Freundes. Er schätzte sie hoch genug, um sich auch damit zu bescheiden, zumal die friedlichen Beziehungen nie durch Eifersucht verbittert wurden und Mr. Brock nicht zu befürchten brauchte, daß je ein anderer Mann mehr Erfolg bei Mrs. Armadale haben könnte als er. Keiner der in Frage kommenden Herren aus der näheren Umgebung brachte es über eine kühle Grußbekanntschaft hinaus. In ihrer selbstgewählten ländlichen Zurückgezogenheit schien sie gegen alle Versuchungen gefeit, die an jede andere Frau ihres Alters und ihrer Gesellschaftsstufe unfehlbar herangetreten wären. Der Pfarrer stellte sich dreimal wöchentlich, wie es längst zur ehernen Regel geworden war, mitsamt seiner *Times* bei Mrs. Armadale zum Tee ein und las ihr vor, was außerhalb ihres engbegrenzten, gleichförmigen Lebenskreises in der großen Welt geschah, soweit es sie überhaupt interessierte.

An diesem bestimmten Abend nun nahm Mr. Brock wieder einmal den Armsessel ein, in dem er immer saß, trank die eine Tasse Tee, die er immer trank, und öffnete die Zeitung wie immer, während

Mrs. Armadale sich wie immer zum Zuhören in die Sofaecke setzte, wie immer mit der ewig gleichen Handarbeit beschäftigt. Doch dann geschah etwas gänzlich Programmwidriges. »Du meine Güte!« rief der Pfarrer, statt mit dem Vorlesen zu beginnen. Seine Stimme rutschte dabei eine Oktave höher, und sein Blick hing starr an einer Stelle auf der ersten Seite.

Eine derart dramatische Einleitung der abendlichen Vorlesungen war Mrs. Armadale in all den Jahren noch nicht vorgekommen. Sie sah mit einiger Neugier von ihrer Handarbeit auf und ersuchte ihren geistlichen Freund um eine nähere Erklärung.

»Ich traue meinen Augen kaum!« sagte Mr. Brock. »Hier steht eine Annonce, eine Bekanntmachung, ein Aufruf . . . an Ihren Sohn! Hören Sie nur:

ALLAN ARMADALE *wird hiermit aufgefordert, sich persönlich oder schriftlich mit Messrs. Hammick and Ridge (Lincoln's Inn Fields, London) wegen einer für ihn äußerst wichtigen Angelegenheit in Verbindung zu setzen. Alle Personen, die Angaben über den derzeitigen Aufenthalt des Obengenannten machen können, werden gebeten, desgleichen zu tun. Um Irrtümer auszuschließen, machen wir ferner bekannt, daß es sich bei dem vermißten* ALLAN ARMADALE *um einen fünfzehnjährigen Burschen handelt und diese Anzeige auf Wunsch seiner Verwandten und Freunde erfolgt.*«

»Das sind ganz andere Verwandte und Freunde«, bemerkte Mrs. Armadale. »Mein Sohn ist jedenfalls nicht gemeint.«

Ihr Ton kam Mr. Brock etwas merkwürdig vor, und ihr Gesicht erschreckte ihn geradezu, als er von der Zeitung aufblickte. Ihre zarten Farben waren fahl erblichen, und ihre Augen wichen den seinen mit wirrem Ausdruck aus. Sie schien binnen zwei Minuten um mindestens zehn Jahre gealtert zu sein.

»Verzeihen Sie«, stotterte Mr. Brock, da er fürchtete, ihr unwissentlich auf irgendeine Weise zu nahegetreten zu sein, »aber der Name Armadale ist so selten . . . Ich konnte mir einfach nicht denken, daß es zwei Personen . . .«

»Es *gibt* zwei«, unterbrach Mrs. Armadale mit starrer Miene. »Mein Allan ist sechzehn, wie Sie wissen, während das Alter des vermißten jungen Menschen mit fünfzehn angegeben wird. Schon daraus ersehen Sie, daß die beiden nichts miteinander zu tun haben, und ich bete zu Gott, daß mein Allan sein Leben lang nie etwas von dem anderen hört und sieht! Sie sind erstaunt, lieber Freund, aber . . . Wollen Sie es mir gütigst erlassen, Ihnen diesen sonderbaren Ausbruch zu erklären? Es hängt mit einer unglückseligen Schicksalsverkettung zusammen, die mich einst betroffen hat und über die ich nicht sprechen kann, nicht einmal zu Ihnen – die Erinnerung ist zu schmerzlich. Wenn Sie mir bitte helfen wollen, sie zu ertragen, rühren Sie bitte mit keinem Wort mehr daran. Wollen Sie noch etwas für mich tun? Wollen Sie mir versprechen, unter gar keinen Umständen mit Allan darüber zu reden und dafür zu sorgen, daß diese Zeitung ihm nicht in die Hände fällt?«

Mr. Brock versprach selbstverständlich alles und ließ Mrs. Armadale zartfühlend allein. Er kannte und verehrte sie zu lange, um nach diesem eigenartigen Zwischenfall etwa an ihrer makellosen Vergangenheit zu zweifeln. Aber er konnte sich nicht verhehlen, daß ihr Mangel an letztem Vertrauen ihn etwas enttäuschte, was ihn bewog, die Anzeige zu Hause noch einmal sehr sorgfältig durchzulesen.

Dabei wurde ihm klar, daß Mrs. Armadales Beweggrund, sich in einem weltabgelegenen Fischerdorf zu vergraben, nicht so sehr der war, Allan immer unter den Augen zu behalten, als zu verhindern, daß sein Namensvetter ihn je ausfindig machen sollte. Aber warum graute ihr so vor einer möglichen Begegnung? Hatte sie selbst etwas zu fürchten, oder fürchtete sie nur für Allan? Eine Jugendverirrung Mrs. Armadales hielt der Pfarrer in seiner Loyalität nach wie vor für ausgeschlossen. Er verbrannte die Zeitung eigenhändig und verbot sich energisch alle weiteren Fragen. Genug, es gab einen zweiten Allan Armadale auf der Welt, offenbar einen jugendlichen Vagabunden, da er durch einen Zeitungsaufruf gesucht werden mußte – aber mit seinem Schüler hatte er nichts zu tun, und damit hatte er, Decimus Brock, sich schon um Mrs. Armadales willen zufriedenzugeben. Was sollten weitere Nachforschungen nützen? Und hier machte seine Erinnerung wieder einen Sprung über fünf Jahre hinweg und hielt im letztvergangenen Jahr 1850.

Allans Charakter hatte sich in diesen fünf Jahren nicht verändert. Aus dem Jungen von sechzehn war einfach (wie Mr. Brock sich auszudrücken pflegte) ein Junge von einundzwanzig geworden. Unbeirrbar gutmütig, offenherzig und heiter stürzte er sich in alle möglichen Unternehmungen, ohne nach den Folgen zu fragen. Seine Neigung zur See hatte sich mit den Jahren noch verstärkt. Nach dem ersten kleinen Segelboot arbeitete er jetzt, unterstützt von zwei Handwerksgesellen, an einem soliden Fünfunddreißigtonner mit allem Drum und Dran. Mr. Brock hatte pflichtschuldigst versucht, seinen Ehrgeiz auf höhere Ziele zu lenken; er hatte ihm die Universität Oxford gezeigt, um etwa schlummernde Studiengelüste in ihm zu erwecken, und ihn sogar nach London mitgenommen, um seinen Horizont durch das Erlebnis der Großstadt zu weiten – vergebens. Allan hatte sich auf diesen Abstechern glänzend amüsiert, ohne sich davon im geringsten beeinflussen zu lassen. Diogenes höchstpersönlich hätte dem irdischen Gestrampel nach Macht, Geld und Ruhm nicht gelassener zusehen können. »Ist es nicht besser, nach seiner eigenen Fasson selig zu werden«, hatte er philosophisch gefragt, »statt sich krampfhaft nach anderen Leuten zu richten, die den Weg zum Glück selber nicht wissen, aber einem dauernd einreden wollen, der oder jener wäre der einzig richtige?« Von diesem Moment an hatte Mr. Brock seinem Schüler nicht mehr dreingeredet, und Allan baute vergnügt an seiner Jacht weiter.

An Mrs. Armadale war die Zeit leider nicht ebenso spurlos vorübergegangen. Ihr Gesundheitszustand gab zu ernsten Befürchtungen Anlaß. Ihre nachlassenden Kräfte wirkten sich unheilvoll auf ihr Gemüt aus; sie wurde immer nervöser und reizbarer, verbohrte sich in pessimistische Wahnideen und verließ kaum noch ihre vier Wände. Dabei war äußerlich in diesen fünf Jahren nichts geschehen, was nach dem einmaligen Schock jener Zeitungsannonce ihren Frieden hätte stören können. Nie rührte der Pfarrer an das verbotene Thema; nie hatte Allan auch nur die leiseste Ahnung von der Existenz eines Doppelgängers – und doch bewachte Mrs. Armadale ihren Sohn mit einer ständig wachsenden, nörgelnd ausartenden Unruhe, die Mr. Brock mehr als einmal ernste Zerwürfnisse zwischen Mutter und Sohn befürchten ließ. Doch Allan überstand dank seiner Gutmütigkeit und aufrichtigen Kindesliebe all diese Prüfungen, ohne daß ihm je ein hartes Wort entfuhr. Mit einer rührenden Geduld, die man seinem quecksilbrigen Temperament kaum zugetraut hätte, hielt er alles aus bis zum Ende.

So standen die Dinge, als das nächste bemerkenswerte Ereignis eintrat. Mr. Brock wurde an einem grauen Novembernachmittag durch den unerwarteten Besuch des Dorfgastwirts beim Entwurf seiner nächsten Predigt gestört. Die Neuigkeit, die der Wirt nach vielen Entschuldigungen zu erzählen hatte, war folgende:

Zwei Landarbeiter hatten vor einigen Stunden einen jungen Mann zu ihm gebracht, den sie in offensichtlicher Geistesverwirrung auf einem Acker gefunden hatten. Der Wirt hatte dem armen Kerl eine Kammer eingeräumt und den Arzt kommen lassen, dessen Diagnose »Gehirnfieber« lautete und der dringend abgeraten hatte, den Patienten ins nächste Spital schaffen zu lassen, da er den Transport in seinem jetzigen Zustand wahrscheinlich nicht überleben würde. Was sollte er, der Wirt, nun tun? Das einzige Gepäck des Fremden bestand, nebenbei bemerkt, aus einer kleinen Reisetasche aus schäbigem Stoff, die auf dem Acker in seiner Nähe herumgelegen hatte.

Mr. Brock war nicht nur Pfarrer, sondern auch Friedensrichter in seinem Landkreis und kannte als solcher seine Richtlinien. Als erstes begab er sich mit dem Wirt schleunigst zum Gasthaus, um

den Fall persönlich zu inspizieren. Vor der Tür erwartete ihn bereits Allan, der die Neuigkeit auch schon gehört hatte. Der Dorfarzt stieß zufällig im gleichen Moment dazu, so daß sie das Gasthaus zu viert betraten.
Sie fanden den Sohn des Wirts und den Hausknecht damit beschäftigt, mit vereinten Kräften einen schmächtigen jungen Menschen in einem Sessel festzuhalten, wobei er den beiden stämmigen Burschen trotz seines erbarmungswürdigen Aussehens erheblich zu schaffen machte. Der dunkle Teint, die großen, glühenden Augen und der starke schwarze Haar- und Bartwuchs ließen vermuten, daß es sich um einen Ausländer handelte. Sein Anzug war etwas abgetragen und von Ackererde beschmutzt, aber die Wäsche darunter war sauber. Auf den mageren, nervösen Händen stachen mehrere blasse Narben gegen die olivbraune Haut ab. Seine Zehen, mit denen er haltsuchend umherfuhr und sich gelegentlich irgendwo anklammerte, zeigten trotz der behindernden Socken eine Gelenkigkeit, wie man sie normalerweise nur bei Naturkindern findet, die gewöhnt sind, barfuß zu gehen. Im übrigen gestattete die fieberhafte Erregung, in der er sich befand, keinerlei Urteil über seine Person. Nach einer flüsternden Beratung zwischen Pfarrer und Arzt wurde der Kranke mit einem Beruhigungsmittel zu Bett gebracht, worauf man in einem anderen Zimmer seine Sachen durchsuchte, um vielleicht einen Ausweis oder irgendeine Adresse zu finden, die es erlaubte, sich mit den Angehörigen des Kranken in Verbindung zu setzen.
Die Reisetasche enthielt nichts als ein paar Kleidungs- und Wäschestücke und zwei zerlesene Bücher: Die Tragödien des Sophokles im griechischen Original und Goethes *Faust* auf Deutsch. Beide trugen auf den Vorsatzblättern die mit Tinte geschriebenen Initialen O. M. – und kein Wort mehr.
Nun waren die Sachen an der Reihe, die der Fremdling bei seiner Auffindung auf dem Leibe getragen hatte. Eine Börse (Inhalt ein Sovereign und ein paar Shilling), eine Pfeife, ein Tabaksbeutel, ein Taschentuch und ein kleiner Trinkbecher aus Horn kamen zum Vorschein. Dann, endlich, fand sich in der Brusttasche ein zerknittertes Papier: ein Zeugnis, handgeschrieben, datiert und unterzeichnet, aber ohne jegliche Adresse.
Soweit man nach diesem Dokument gehen konnte, enthüllte es eine kurze, traurige Geschichte. Der Fremde war demnach eine Zeitlang Hilfslehrer an einer Schule gewesen, aber bei den ersten Anzeichen seiner Krankheit fristlos entlassen worden, da der Direktor fürchtete, es könnte etwas Ansteckendes sein und die Kinder (und damit auch die Rentabilität seiner Schule) gefährden. Sonst hatte er an dem scheidenden Hilfslehrer nicht das geringste auszusetzen. Im Gegenteil, er lobte seine Fähigkeiten und seinen

Charakter in den höchsten Tönen und wünschte ihm von ganzem Herzen, daß er mit Gottes Hilfe (aber nicht mit seiner) recht bald (aber nicht auf seine Kosten) wieder völlig genesen möge.
Wenigstens ging aus diesem Zeugnis der Name des Fremden hervor. Er stimmte mit den Initialen in den beiden Büchern überein und lautete, absonderlich und häßlich genug, Ozias Midwinter. Mr. Brock legte das Papier beiseite. Der Schulmeister hatte zweifellos mit voller Absicht seine Adresse unterdrückt, um, falls der entlassene Hilfslehrer irgendwo starb, nicht zur Verantwortung gezogen zu werden. Nach diesem Musterbeispiel christlicher Nächstenliebe schien es ein hoffnungsloses Unterfangen, andere Freunde des armen Teufels aufspüren zu wollen; wahrscheinlich hatte er gar keine. Er mußte also vorerst hier im Gasthaus bleiben. Die Kosten mußten notfalls durch eine Sammlung im Dorf oder aus der Kirchenkollekte bestritten werden. Nachdem er den Wirt diesbezüglich beruhigt hatte, verließ Mr. Brock in tiefen Gedanken das Wirtshaus, ohne zu merken, daß Allan ihm folgte. Er hatte seinen Schüler in der letzten halben Stunde überhaupt kaum bemerkt, da dieser sich ungewöhnlich ruhig und ernst verhalten hatte. Als er sich jetzt zu Mr. Brock gesellte, hatte er aber schon seine übliche gute Laune wiedererlangt. Wer ihn nicht kannte, hätte ihn für herzlos halten müssen.
»Eine traurige Geschichte«, seufzte der Pfarrer. »Ich weiß wirklich nicht, wie wir diesem armen Menschen durchhelfen sollen.«
»Schlagen Sie sich alle Sorgen aus dem Kopf, Sir«, antwortete Allan mit seinem üblichen heiteren Gleichmut. »Ich habe das eben noch schnell mit dem Wirt geregelt.«
»Du?!« platzte Mr. Brock erstaunt heraus.
»Was ist denn dabei? Ich habe nur angeordnet, daß unser Freund, der rausgeschmissene Hilfslehrer, fürstlich zu versorgen und zu behandeln ist, und wenn der Wirt und der Doktor später ihr Geld haben wollen, sollen sie nur getrost zu mir kommen.«
»Mein lieber Allan«, sagte der Pfarrer sanft verweisend, »Großzügigkeit ist gut und schön – aber wann wirst du wohl endlich lernen, erst zu denken und dann zu handeln? Du verschwendest schon mehr Geld auf deine Jacht, als du dir leisten kannst!«
»Die ersten Decksplanken haben wir schon gelegt, denken Sie mal ...« Allan fing mit Feuereifer das Stichwort auf. »Wenn Sie schwindelfrei sind, lade ich Sie hiermit zu einer Probebesichtigung ein. Ich helfe Ihnen auf die Leiter und ... Pardon, ich fürchte, wir sind vom Thema abgekommen. Wovon sprachen wir doch gerade?«
»Du kommst vom Thema ab, so oft du den Mund aufmachst«, bemerkte der Pfarrer kopfschüttelnd. »Diesmal ist die Sache zu ernst, Allan. Du hast dich in Unkosten gestürzt, für die du viel-

leicht gar nicht aufkommen kannst. Nichts gegen deine menschliche Teilnahme, aber –«
»Ach, wegen dem da brauchen Sie sich keine übertriebenen Sorgen zu machen. Der kommt drüber weg. In einer Woche ist er wieder auf den Beinen. Ein kapitaler Bursche!« lachte Allan, der grundsätzlich von jedem nur das Beste annahm und nie verzweifelte. »Laden Sie ihn mal mit mir zusammen zum Essen ein, Mr. Brock? Ich würde gern bei einem Glas Wein herauskriegen, wie er zu dem sonderbaren Namen gekommen ist. Ozias Midwinter! Seine Eltern sollten sich schämen!«
»Möchtest du mir wenigstens eine Frage beantworten, bevor ich hineingehe?« fragte der Pfarrer, indem er mit erlahmender Geduld vor seiner eigenen Gartenpforte stehenblieb. »Die Rechnung kann auf zwanzig bis dreißig Pfund ansteigen, bis der Mann gesund ist. Woher gedenkst du soviel Geld zu nehmen?«
»Was sagt der Schatzkanzler in solchen Fällen?« war Allans Gegenfrage. »Wenn der nicht zahlen kann, behilft er sich eben mit irgend so einem Dingsda . . .«
»Einem Schuldschein?«
»Richtig. Ich mach's wie der Schatzkanzler, ich überreiche meinen ehrenwerten Freunden ebenfalls einen Schuldschein. Meine süße kleine Jacht frißt bei weitem nicht alles auf. Und wenn ich wirklich knapp bei Kasse sein sollte, machen Sie sich nur keine Sorge, Sir. Ich kenne keine falsche Scham. Ich geh' mit dem Hut herum und sammle Almosen. Zum Teufel mit Pfund, Shilling und Pence! Ich wollte, sie machten kurzen Prozeß mit sich wie die drei Beduinen im Zirkus. Wissen Sie nicht mehr, Mr. Brock? ›Ali nimmt jetzt eine brennende Fackel und läßt sich von seinem Bruder Muli verschlucken; Muli nimmt eine brennende Fackel und läßt sich von seinem Bruder Hassan verschlucken; Hassan nimmt eine brennende Fackel und verschluckt sich selbst, womit die Vorstellung sich in Wohlgefallen und völligem Dunkel auflöst.‹ Grandiose Idee – so etwas hat endlich mal Witz! Wo waren wir stehengeblieben? Wir sind schon wieder vom Thema abgekommen. Ah, natürlich: Geld! Was mir einfach nicht in meinen harten Schädel will«, fuhr Allan in einem Atem fort, unbekümmert darum, daß er einem anglikanischen Geistlichen die neueste sozialistische Lehre predigte, »ist, daß die Leute sich so an ihr Geld klammern. Warum geben die, die zuviel haben, nicht denen etwas ab, die zuwenig haben, und machen das Leben für alle gleich angenehm und gemütlich? Sie ermutigen mich doch immer zu folgerichtigem Denken, Mr. Brock. Na, da haben Sie nun eine klar durchgeführte Idee, und bestimmt nicht die schlechteste.«
Mr. Brock gab seinem Zögling einen scherzhaften Rippenstoß mit dem Stock. »Geh nur an deine Jacht«, sagte er. »Ich glaube, aller

Verstand, den dein Wirrkopf hergibt, steckt in deinem Werkzeugkasten an Bord.« Erst als er ins Haus ging, murmelte er sorgenvoll vor sich hin: »Was aus dem Jungen bloß noch werden soll! Unmöglich, das zu sagen – ich bin kein Hellseher. Manchmal bereue ich wirklich, daß ich soviel Verantwortung für ihn übernommen habe.«

Es dauerte drei Wochen, nicht eine, bis der Fremdling mit dem lächerlichen Namen sich wenigstens auf dem Wege der Besserung befand. Allan, der täglich nach seinem Ergehen gefragt hatte, stellte sich auch als erster am Krankenbett ein, als der Arzt die Besuchssperre aufhob. Das mochte noch als natürliches menschliches Interesse oder auch Neugier hingehen, da das langweilige Dörfchen keine anderweitigen Abwechslungen bot. Aber im Laufe der Zeit dehnte der junge Armadale seine Besuche immer auffälliger aus, und der Doktor (ein mißtrauischer älterer Herr) gab dem Pfarrer einen Wink, sich einzuschalten und nach dem Rechten zu sehen. Hierauf entdeckte Mr. Brock, daß Allan sich wieder einmal von seinen Impulsen hatte mitreißen lassen und dem Fremden nicht nur seine stürmische Freundschaft angetragen, sondern ihn sogar dringend aufgefordert hatte, sich in der Nähe niederzulassen und gewissermaßen sein Leben zu teilen.

Bevor noch Mr. Brock mit sich zu Rate gehen konnte, wie er sich diesem jugendlichen Enthusiasmus gegenüber verhalten sollte, erhielt er ein paar Zeilen von Allans Mutter, mit denen sie um seinen möglichst baldigen außerplanmäßigen Besuch bat.

Er fand Mrs. Armadale am Rande eines Nervenanfalls, der lediglich auf ein Gespräch mit ihrem Sohn zurückzuführen war. Allan hatte den ganzen Vormittag bei ihr gesessen und von nichts als seinem neuen Freund geredet. Der Mann mit dem furchtbaren Namen (wie die arme Frau ihn konsequent umschrieb) hatte Allan, wie sie seinen Erzählungen entnehmen mußte, nach allen Regeln der Kunst über seinen Lebenslauf und seine Familie ausgehorcht, seinen eigenen aber völlig im dunkeln gelassen. Daß er irgendwann zur See gefahren war und etwas von Schiffen verstand, hatte Allan genügt, ihn auf der Stelle zu seinem Busenfreund zu ernennen. Nun beschwor Mrs. Armadale den Pfarrer, nach schärfsten und unvernünftigsten Bekundungen des Mißtrauens gegen den Fremden (». . . eben *weil* er ein Fremder ist!« war eine ihrer bezeichnenden Antworten), nicht zu ruhen, bis er den Mann mit dem furchtbaren Namen dazu gebracht hätte, seine Karten offen auf den Tisch zu legen. »Erkundigen Sie sich genauestens nach seinen Eltern!« forderte sie erregt. »Wahrscheinlich ist er ein Landstreicher, der unter falschem Namen hier herumspioniert!«

»Meine liebe Freundin«, versuchte der Pfarrer zu beschwichtigen, »mögen auch manche Ihrer Zweifel berechtigt sein: Der Name dieses Mannes ist bestimmt echt! Kein Mensch auf Erden würde sich freiwillig ein so scheußliches Pseudonym wie Ozias Midwinter zulegen!«

»Wie dem auch sei – gehen Sie, ich bitte Sie, und nehmen Sie ihn schonungslos ins Gebet. Woher wissen wir, daß seine Krankheit nicht zu irgendeinem hinterhältigen Zweck simuliert war?«

Der Pfarrer wußte es. Aber er wußte auch, daß ein ganzes Ärztekollegium Mrs. Armadale nicht hätte überzeugen können. Er zog es daher vor, zu schweigen und ihren dringendsten Wunsch zu erfüllen, indem er sich unverzüglich zum Wirtshaus begab.

Ozias Midwinter bot, obwohl er nun nicht mehr fieberte, einen erschreckenden Anblick. Man hatte ihm während seiner Krankheit, der Kompressen und Einreibungen wegen, den Kopf rasiert und nun mit einem alten, gelbseidenen, viermal geknoteten Taschentuch umhüllt. Seine übergroßen, glühenden Augen, die fahlbraunen, eingefallenen Wangen, die schwarzen Bartstoppeln, die langen, abgezehrten, krallenähnlichen Finger – alles das brachte den guten Pfarrer von vornherein etwas aus der Fassung. Aber auch als er sich an diese Äußerlichkeiten gewöhnt hatte, wurde der Gesamteindruck nicht viel angenehmer. Mr. Brock mußte sich im stillen eingestehen, daß das Wesen des Fremden ihn abstieß. Er teilte zum Beispiel die allgemeine Meinung, daß ein ehrlicher Mensch jedem, mit dem er gerade spricht, fest und offen ins Auge zu blicken hat. Wenn dieser Ozias Midwinter es ehrlich meinte, hielt er sich jedenfalls nicht an die Regel, denn er konnte den Blick ebensowenig stillhalten wie den ganzen übrigen Körper – was natürlich auch eine Folge der kaum überstandenen Krankheit sein mochte. Den soliden angelsächsischen Rücken des Pfarrers überlief jedesmal ein leichtes Gruseln, wenn er die rastlosen braunen Knochenfinger und die unwillkürlichen Zuckungen des hageren Gesichts sah. ›Gott verzeih mir‹, dachte er, ›ich würde ihn am liebsten auch wieder in die Welt hinausjagen wie jener Schulmeister – und sei es nur Mrs. Armadale zuliebe!‹

Das Gespräch, das er auftragsgemäß führte, wurde nicht sehr aufschlußreich. Er mochte noch so geschickt auf den Busch klopfen – Ozias Midwinter verstand es noch geschickter und immer auf die höflichste Art, sich jedem direkten Zugriff zu entziehen.

Das wenige, was er sagte, klang oft allzu unglaubwürdig, wie gleich zu Anfang die Behauptung, er sei erst zwanzig Jahre alt. An die Schule wollte er überhaupt nicht erinnert werden; es sei zu grausig gewesen, und er habe die Stellung als Hilfslehrer auch nur zehn Tage innegehabt, ehe er zu kränkeln anfing und hinausgeworfen wurde. Wie er auf den Acker gekommen war, wo die Arbeiter ihn gefunden hatten, konnte er nicht sagen. Er erinnerte sich nur noch, erst eine lange Strecke mit der Eisenbahn gefahren

zu sein – mit welchem Ziel? Ja, wenn er das noch wüßte! –, und dann sei er zu Fuß an der Küste entlanggewandert, einen Tag durch oder auch eine Nacht, das wußte er nicht mehr; nur daß er das Meer hatte rauschen hören – das war sicher. Das Meer spielte überhaupt eine große Rolle in seinen Gedanken, weil er einmal Schiffsjunge gewesen war. Dann war er bei einem Buchhändler gewesen, und dann eben Hilfslehrer, und da er auch damit kein Glück gehabt hatte, müßte er nächstens etwas anderes versuchen. Was, sei in seinem Fall ja ziemlich egal, es ende doch wieder mit einem Fehlschlag, weswegen er übrigens niemandem einen Vorwurf mache. Es liege nur an ihm selbst. Hilfreiche Freunde habe er nicht, und was seine Verwandten betreffe, so bitte er, über sie schweigen zu dürfen. Er wisse seit Jahren nichts mehr von ihnen; vielleicht seien sie längst tot, und für *sie* sei *er* ohnehin tot.
Alles dies sagte Ozias Midwinter in einem melancholisch-sachlichen Ton, als sei er schon siebzig und blicke mit der Resignation des Alters auf ein verpfuschtes Leben zurück, das ihn innerlich kaum noch etwas anging.
Der Pfarrer konnte es den Leuten nicht verargen, wenn sie Ozias Midwinter lieber mieden, denn seine eigenen Gefühle waren denkbar zwiespältig. Allerdings sprach wiederum zweierlei gegen das Mißtrauen, in dem seine Verwirrung resultierte. Erstens hatte Midwinter sein Geld von einer weit entfernten Sparkasse kommen lassen und sowohl den Wirt als auch den Arzt bezahlt. Ein Landstreicher hätte das überhaupt nicht getan, und ein Mensch von gewöhnlicher Gesinnung hätte seine Verpflichtungen damit für abgegolten gehalten. Aber Midwinter sprach, zweitens, weiter von seinen Dankespflichten und in diesem Zusammenhang besonders von Allan – und zwar mit einer Inbrunst, die nach dem gleichgültigen Ton, mit dem er seine früheren Erlebnisse abgetan hatte, nicht nur überraschend, sondern geradezu peinlich wirkte. Zum stummen, aber lebhaften Unbehagen des Pfarrers schien es Midwinter aufrichtig zu wundern, daß er in einem christlichen Land christlich behandelt worden war. »Gott ist mein Zeuge!« rief er in wildem Gefühlsausbruch. »Einen Menschen wie Mr. Armadale habe ich nie gekannt oder auch nur von einem gehört!« Im nächsten Moment aber irrten seine Augen wieder von Mr. Brock ab, das Licht in ihnen erlosch, und er kehrte zu seiner unnatürlich kargen, gefaßten Redeweise zurück. »Entschuldigen Sie, Sir. Ich habe so lange schlechte Erfahrungen gemacht, daß alles Bessere mir wie ein Wunder vorkommt.« Mr. Brock, von widerstreitenden Empfindungen hin und her gerissen, erhob sich zum Gehen, streckte Midwinter spontan die Hand hin und zog sie verwirrt wieder zurück. Midwinter verschränkte die Arme betont auf dem Rücken und sagte ruhig: »Sie haben es gut gemeint, Sir. Ich verdenke es

Ihnen nicht, daß Sie sich die Sache noch einmal überlegen. Ein so fragwürdiger Mensch wie ich kann nicht verlangen, daß ein Herr in Ihrer Stellung ihm die Hand reicht.«

Mr. Brock verließ das Gasthaus einigermaßen ratlos und knöpfte sich erst einmal Allan vor, ehe er sich mit so unbefriedigenden Ergebnissen zu Mrs. Armadale zurückwagte. Vielleicht hatte der Fremde im Gespräch mit Allan seine Zunge weniger gehütet, und Allan plapperte ihm auf Befragen bestimmt alles freimütig aus, was er wußte.

Aber auch hier war alle Diplomatie umsonst. Allan brauchte wirklich nicht zum Reden über seinen neuen Freund genötigt zu werden, indessen kam auf diesem Wege nichts Wichtiges ans Licht – aus dem einfachen Grunde, weil Midwinter ihm nichts Wichtiges erzählt hatte. Die jungen Leute unterhielten sich stundenlang über Seefahrt und Schiffbau, und Allan erklärte, schon viele wertvolle Anregungen von Midwinter erhalten zu haben. Jetzt kreiste ihr Gespräch vor allem um den bevorstehenden Stapellauf der Jacht. Ja, natürlich hatten sie auch über andere Dinge gesprochen, Midwinter war sehr vielseitig, aber Allan konnte sich so auf Anhieb nicht an Einzelheiten erinnern. – Ob er im Eifer des Gefechtes niemals seine Verwandten erwähnt habe? – Nein, mit denen schiene er ja irgendwie verkracht zu sein. Zum Teufel mit seinen Verwandten! – War er nicht etwas empfindlich in bezug auf seinen sonderbaren Namen? – Nicht im geringsten. Als vernünftiger Kerl ging er mit gutem Beispiel voran und lachte selber darüber.

Mr. Brock ließ noch nicht locker. Seine nächste Frage war: Was fand Allan eigentlich an diesem Fremden, daß er ihn so auffällig allen anderen Leuten vorzog? – Nun, Allan fand bei ihm genau das, was er bei den andern vermißte. Die jungen Männer der Nachbarschaft paßten sämtlich in ein und dieselbe Schablone; jeder einzelne war gesund, muskulös, laut, dickköpfig, außen wohlgewachsen und innen roh; alle tranken dieselbe Biersorte und rauchten den lieben langen Tag den gleichen Tabak aus den gleichen kurzen Pfeifen; jeder rühmte sich, das beste Pferd zu reiten, den besten Jagdhund zu haben und abends den besten Wein in ganz England zu trinken; alle wuschen sich mit eiskaltem Wasser und prahlten damit unter Verwendung feststehender Redensarten; Schuldenmachen war ein Kavaliersspaß und Wetten die nobelste Tat, zu der ein sterbliches Wesen sich aufschwingen konnte. Nichts gegen diese Clique, es waren alles zweifellos prächtige Burschen – nur so sterbenslangweilig. Darum empfand er, Allan, die Begegnung mit Midwinter als wahres Gottesgeschenk – endlich konnte er mit einem Menschen reden, der kein Abklatsch aller übrigen war, sondern bei seiner eigenen Art blieb und seinen eigenen Lebensweg ging.

Der Pfarrer hob sich alle Einwände für später auf und ging zu Mrs. Armadale, der er jetzt im stillen die Hauptschuld an dieser unerwünschten Entwicklung geben mußte. Hätte sie den Horizont des Jungen nicht so eifersüchtig beschränkt und ihn beizeiten etwas mehr von der weiten Welt draußen sehen lassen, so hätte die Gesellschaft eines Ozias Midwinter wohl beträchtlich weniger Anziehungskraft auf ihn ausgeübt.
Obwohl er nichts für das magere Ergebnis seiner Nachforschungen konnte, fürchtete er sich etwas vor dem neuerlichen Gespräch mit Mrs. Armadale, und seine Befürchtungen waren nur zu berechtigt. Was er auch zur Abmilderung sagen mochte, stieß auf taube Ohren; sie verbohrte sich förmlich in ihren Argwohn und verlangte rigoros, daß der Pfarrer diesen Verkehr zwischen ihrem Sohn und dem Fremden ein für allemal unterbinde. Wenn er sich nicht einmischen wolle, werde sie Midwinter eigenhändig einen entsprechenden Brief schreiben. In ihrer maßlosen Erregung kam sie sogar plötzlich selbst auf das seit fünf Jahren totgeschwiegene Thema zurück, indem sie erklärte, der vermißte Armadale, der damals durch Zeitungsinserat gesucht wurde, und der Vagabund Midwinter könnten durchaus ein und dieselbe Person sein . . .
Der tiefbetroffene Pfarrer, der einen schweren Streit voraussah, wenn die Mutter in dieser hysterischen Geistesverfassung irgendwelche Schritte unternahm, versprach, Midwinter jetzt mit aller Entschiedenheit vor die Wahl zu stellen, entweder einen lückenlosen Lebenslauf beizubringen oder auf seine Freundschaft mit Allan zu verzichten. Dafür rang er Mrs. Armadale ihrerseits das Versprechen ab, sich in Geduld zu fassen, bis der Arzt Midwinter für reisefähig erklärte, und die Sache ihrem Sohn gegenüber solange mit keinem Wort zu berühren.
Eine Woche später konnte Midwinter sich zum erstenmal in der Pony-Chaise des Wirtshauses von Allan herumkutschieren lassen, und in zehn Tagen meinte der Arzt, er bedürfe nun keiner weiteren Pflege. Am Abend dieses Tages sah der Pfarrer die beiden Freunde zufällig auf einem Heckenweg beim Bewundern des Sonnenuntergangs. Er wartete, bis sie sich voneinander verabschiedet hatten, und folgte Midwinter dann auf dem Rückweg zum Wirtshaus.
Sein Entschluß, schonungslos aufrichtig mit dem Mann zu sprechen, geriet beinahe ins Wanken, als er von hinten beobachtete, wie unsicher er noch ging, wie ihm der Anzug um den Körper schlotterte und wie schwer er sich auf seinen billigen Knotenstock stützte. Nachdem er ihn eingeholt hatte, begann er das Gespräch deshalb aus Menschlichkeit mit einem kleinen Kompliment über das hohe Niveau von Midwinters Lektüre: Nicht jeder sei imstande, Sophokles und Goethe im Original zu lesen, und woher er denn diese erstaunlichen Sprachkenntnisse hätte? – Midwinters feines

Ohr hörte aus den freundlichen Fragen sofort den falschen Ton heraus. Er sah den Pfarrer durch die einbrechende Dämmerung forschend an und sagte unvermittelt: »Deswegen sind Sie mir nicht nachgekommen. Sie wollen mir etwas ganz anderes sagen.«
Hierauf gab es kein Ausweichen mehr. Nach einer langen, sanft verschnörkelten Einleitung, die sich Midwinter schweigend anhörte, rückte der Pfarrer endlich dem Kern der Sache näher. Noch hätte jeder andere kaum begriffen, worauf er eigentlich hinauswollte, als Midwinter ihn mit den Worten unterbrach, er könne sich das Weitere ersparen.
»Ich habe schon genug verstanden, Sir. Ich teile durchaus Ihre Meinung, daß ich kein geeigneter Kamerad für Mr. Armadale bin, der einer ganz anderen Gesellschaftsklasse angehört als ich. Die beste Art, ihm für seine Güte zu danken, ist daher, sie nicht länger in Anspruch zu nehmen. Ich reise morgen früh ab; verlassen Sie sich darauf.«
Damit war das Gespräch beendet; er ließ sich auf nichts mehr ein. Mit einer Selbstbeherrschung, die für einen Menschen seines Alters und seines Temperaments bewundernswert war, zog er höflich den Hut, verbeugte sich und ging allein weiter.
Der Pfarrer schlief in dieser Nacht nicht gut. Am nächsten Morgen wurde ihm ein Brief aus dem Gasthaus gebracht, und der Bote erzählte, daß der sonderbare fremde Herr in aller Frühe aufgebrochen sei. Midwinter bat Mr. Brock in kurzen Worten, den beigefügten offenen Zettel zu lesen und nach eigenem Ermessen an Allan weiterzugeben oder auch nicht. Der Inhalt des Zettels bestand nur aus zwei Zeilen: »Mr. Brock kann nichts dafür – er hat recht. Nochmals Dank und adieu. O. M.«
Selbstverständlich schickte der Pfarrer diesen knappen Abschiedsgruß sofort an Allan weiter und fügte ein paar beruhigende Zeilen an Mrs. Armadale bei. Dann erwartete er mit recht gemischten Gefühlen den Besuch seines Zöglings, der sicherlich gleich nach Empfang des Zettels herbeistürmen und eine Art Rechtfertigung von ihm verlangen würde. Und das eine war leider nicht abzustreiten: Was auch Midwinter zu verbergen haben mochte – sein Verhalten war tadellos gewesen. Es hatte Mr. Brocks Mißtrauen beschämt und Allans gute Meinung gerechtfertigt.
Der Vormittag zog sich hin, ohne daß Allan erschien. Dies brachte den Pfarrer vollends durcheinander. Nachdem er vergebens im Hof des Schiffbauers nach ihm gefragt hatte, ging er zum Häuschen der Armadales, und dort erfuhr er vom Dienstmädchen eine Neuigkeit, die ihn bewog, sofort kehrtzumachen und zum Gasthaus zu eilen. Der Wirt bestätigte seine schlimmsten Befürchtungen. Der junge Armadale war vor einigen Stunden mit einem offenen Brief in der Hand hergekommen und hatte »geradezu

drohend« gefragt, in welcher Richtung sein Freund heute früh das Dorf verlassen habe. Er, der Wirt, hätte den jungen Herrn noch nie so aufgeregt gesehen, und die grützdumme Hausmagd hätte noch Öl ins Feuer gegossen, indem sie gleich austratschte, Mr. Midwinter hätte sich gestern abend in seinem Zimmer eingeschlossen, und sie hätte durchs Schlüsselloch gesehen und gehört, daß er einen regelrechten Weinkrampf hatte. Auf dieses alberne Gewäsch hin hätte Mr. Armadale einen feuerroten Kopf bekommen und wäre unter gotteslästerlichen Flüchen zum Stall gestürzt, um sich augenblicklich ein Pferd satteln zu lassen und hinter Ozias Midwinter herzugaloppieren.
Mr. Brock beschwor den Wirt, alles dies für sich zu behalten, falls auch Mrs. Armadale sich hier nach ihm erkundigen ließ, und ging schweren Herzens heim, um die weitere Entwicklung abzuwarten.
Zu seiner Erleichterung tauchte Allan am Spätnachmittag bei ihm auf.
Er trug eine verbissene Zielstrebigkeit zur Schau, die seinem alten Lehrer und Freund völlig neu an ihm war. Er erzählte in dürren Worten, daß er Midwinter auf der Landstraße eingeholt und nach einem vergeblichen Versuch, ihn zur Rückkehr zu bewegen, gedroht hätte, sich wie eine Klette an ihn zu heften, wenn er ihm nicht wenigstens sagte, wohin er wollte. So hätte er mühsam das Ziel – London – und schließlich auch eine dortige Adresse aus ihm herausgebracht. Zu diesem Zweck hätte er Midwinter aber erst regelrecht erpressen müssen und beschämenderweise sogar seine »Dankespflichten« als Druckmittel gebraucht, was er sich kaum verzeihen könnte. »Aber was wollen Sie«, schloß Allan heftig und schlug mit der Faust auf den Schreibtisch des Pfarrers, »ich hab' den armen Kerl nun mal gern, und ich denke nicht daran, ihn wegen spießiger Vorurteile aufzugeben! Keine Sorge, daß ich meine Mutter belüge, Mr. Brock. Ich überlasse es Ihnen, ihr die Sachlage auf Ihre Art und zu einer von Ihnen gewählten Zeit klarzumachen. Ich gebe Ihnen und meiner Mutter Bedenkzeit. Aber dies ist mein letztes Wort: Ich stehe zu meinem Entschluß. Midwinters Adresse ist in meinem Notizbuch gut aufgehoben, und wenn er nach Ablauf der Bedenkfrist nicht zu mir kommen darf, wann er will, dann gehe *ich* zu meinem Freund Midwinter.«
Dabei blieb es einstweilen, und das war alles, was bei dem Versuch, den unerwünschten Fremdling wieder in die weite Welt abzuschieben, herausgekommen war.

Einen Monat danach war man bereits im neuen Jahr 1851, das gleich zu Anfang den tiefsten und schmerzlichsten Eindruck in Mr. Brocks Gedächtnis hinterlassen hatte – die Erinnerung an Mrs. Armadales Tod.

Diesem war ein seltsamer Zwischenfall vorausgegangen. Schon drei Tage nach Midwinters Aufbruch war der Pfarrer auf einem Gang durchs Dorf von einer gutgekleideten Dame in Schwarz nach dem Weg zu Mrs. Armadales Haus gefragt worden. Die Dame war tiefverschleiert und trug als modische Aufhellung nur einen roten Fransenschal aus schwerer Seide um die Schultern. Sie war dem Pfarrer völlig fremd. Er gab ihr die erbetene Auskunft, und als sie sich höflich dankend abwandte, bemerkte er außer ihrer Eleganz auch die vornehme Anmut ihrer Bewegungen. Wer das wohl sein mochte?

Eine Viertelstunde später sah er die verschleierte Dame mit dem auffälligen roten Schal schon zurückkommen. Sie ging diesmal zum Gasthaus, sprach kurz mit der Wirtin, und der Pfarrer fragte den Wirt, den er gleich darauf zum Stall eilen sah, ob die Dame schon wieder wegführe. Ja, erwiderte der Wirt, sie sei zwar mit dem planmäßigen Omnibus von der Bahn gekommen, wolle aber für den Rückweg ein standesgemäßeres Gefährt benutzen und habe ihn deshalb um seine Mietkutsche ersucht.

Der Pfarrer ging seiner Wege, konnte jedoch seine Gedanken nicht gleich von der fremden Dame losreißen, was ihn etwas verwunderte – schließlich ging sie ihn ja wirklich nichts an. Als er nach längerer Zeit von seinen Seelsorgepflichten heimkehrte, erwartete ihn der Dorfarzt mit einer alarmierenden Neuigkeit. Vor etwa einer Stunde war er in größter Hast zu Mrs. Armadale geholt worden und hatte sie in einer bedenklichen Nervenkrise vorgefunden. Nach Anwendung der üblichen Beruhigungsmittel hätte sie sich einigermaßen gefaßt, und er persönlich befürchte keine weiteren Folgen; aber da sie inständig um einen sofortigen Besuch des Pfarrers gebeten hätte, habe er ihr den Gefallen getan und ihr versprochen, selbst zum Pfarrhaus zu gehen und die Bitte auszurichten.

Mr. Brock, dessen Menschenkenntnis und Anteilnahme viel weiter reichten als die des Dorfarztes, sah auf den ersten Blick, daß Mrs. Armadales Zustand zu ernstesten Befürchtungen Anlaß gab. Sie bombardierte den Pfarrer sofort mit Fragen, ohne ihn überhaupt zu Worte kommen zu lassen. Ob er die Person gesehen hätte, die heute – angeblich als harmlose Besucherin – zu ihr gekommen sei? – Ja. – Ob Allan sie gesehen hätte? – Nein. Allan sei ja wie immer den ganzen Tag in seiner Schiffbauwerkstatt.

Diese Antwort schien Mrs. Armadale etwas zu beruhigen, denn sie stellte ihre dritte Frage, obgleich es die sonderbarste von allen dreien war, in gefaßterem Ton: Ob Mr. Brock glaube, daß Allan eine Weile auf sein Steckenpferd verzichten würde, um seine Mutter auf Wohnungssuche in einen anderen Teil Englands zu begleiten? Der Pfarrer fragte verblüfft, warum Mrs. Armadale

denn so plötzlich an einen Umzug denke, und ihre Antwort bestürzte ihn noch mehr: Weil sie weitere Besuche dieser Person fürchte und, abgesehen von ihrem eigenen Wunsch, sie nie wiederzusehen, unter allen Umständen eine Begegnung zwischen ihr und ihrem Sohn verhindern müsse; um dieser Gefahr auszuweichen, würde sie sogar, wenn nötig, England verlassen und ihre Tage irgendwo in der Fremde beschließen. Mr. Brock besann sich auf seine Erfahrungen als Friedensrichter und fragte, ob die Frau Geld von Mrs. Armadale verlangt hätte. – Ja. Trotz ihrer dezenten Eleganz hätte sie behauptet, »in Bedrängnis« zu sein, Geld gefordert und es auch bekommen . . . Aber das sei jetzt nicht das Wichtigste; wichtig sei nur, weiteren Besuchen dieser Frau zu entgehen. Mr. Brock wagte in wachsendem Erstaunen eine sehr persönliche Frage: Wie lange sei es her, seit Mrs. Armadale diese Bekannte – denn eine Bekannte müsse es wohl sein – zuletzt gesehen habe? – Oh, sehr lange, länger, als Allan auf der Welt sei, genau gesagt, seit dem Jahr vor Allans Geburt.
Der Pfarrer wagte sich behutsam weiter vor. »Hängt diese Person«, fragte er, »irgendwie mit den traurigen Erinnerungen an Ihre Jugend zusammen?«
»Ja«, erwiderte Mrs. Armadale gepreßt, »mit den schmerzlichen Erinnerungen an die Begleitumstände meiner Heirat. Sie war damals noch fast ein Kind, aber schon in eine Sache verwickelt, deren ich mich bis zu meiner letzten Stunde schämen werde.«
»Können Sie mir mehr über die Frau sagen, ohne Ihren persönlichen Kummer zu berühren? Wenn Sie mir mit einigen Angaben helfen, kann ich Sie bestimmt vor ihr schützen. Wie heißt sie zum Beispiel?«
Mrs. Armadale schüttelte den Kopf. »Ihr Mädchenname nützt uns nichts mehr. Sie hat inzwischen geheiratet, wie sie mir gesagt hat.«
»Ohne Ihnen den neuen Namen zu nennen?«
»Ja. Den hat sie mir standhaft verschwiegen.«
»Und was wissen Sie von ihrer Familie?«
»Sie war schon damals verwaist. Ein Paar, das sich Onkel und Tante nannte – ob sie es wirklich waren, weiß ich nicht –, brachte sie in die Dorfschule auf dem Gut meines Vaters. Es waren schlechte Menschen, und sie sind gleich danach verschwunden. Wir haben nie mehr etwas von ihnen gehört.«
»Das Kind blieb also unter der Obhut Ihres Vaters?«
»Unter meiner. Wir reisten damals für mehrere Monate nach Madeira. Das elende Ding hatte sich bei mir einzuschmeicheln gewußt, und mein Vater erlaubte mir, sie mitzunehmen und zu meiner künftigen Zofe . . .«
Sie stockte verwirrt, und als Mr. Brock sie behutsam zum Weiter-

sprechen bringen wollte, stand sie hastig auf und ging erregt im Zimmer auf und ab.
»Nein, fragen Sie nichts mehr!« stieß sie laut und heftig hervor. »Ich habe sie aus guten Gründen entlassen, als sie zwölf Jahre alt war. Seitdem habe ich bis zum heutigen Tag nichts von ihr gesehen und gehört. Ich habe keine Ahnung, wie sie mich nach so langer Zeit wieder aufgespürt hat – ich weiß nur, daß es ihr gelungen ist. So wird sie auch ihren Weg zu Allan finden und seine Seele gegen mich vergiften. Helfen Sie mir, ihr zu entgehen! Helfen Sie mir, Allan aus ihrer Reichweite zu bringen, bevor es zu spät ist!«
Der Pfarrer sah ein, daß es eine sinnlose Grausamkeit gewesen wäre, weiter in sie zu dringen. Er versprach ihr auf jeden Fall seinen Beistand und redete ihr dann zu (denn dies schien ihm am nötigsten), einen anderen Arzt zu Rate zu ziehen. Seine Begründung, deren Vernunft auch sie anerkennen mußte, war, daß sie für die beabsichtigte Reise Kraft brauchte und die Hausmittelchen des Dorfarztes wohl doch nicht ganz ausreichten. Mit diesem Argument überwand er ihre gewohnheitsmäßige Abneigung gegen Fremde und sicherte sich ihre Einwilligung, telegraphisch einen Arzt aus Bristol herbeizurufen.
Dieser war am nächsten Vormittag zur Stelle und bestätigte nach der Untersuchung Mr. Brocks schlimme Ahnung. Der Dorfarzt hatte Mrs. Armadale von Anfang an falsch behandelt, und seine Irrtümer waren nicht mehr gutzumachen. Der gestrige Schock hatte das Unheil vollendet. Die Tage der Patientin waren gezählt. Dennoch hofften Allan, der seine Mutter innig liebte, und ihr alter Freund bis zuletzt – vergebens. Einen Monat später war alles vorüber, und Allan vergoß die ersten bitteren Schmerzenstränen seines Lebens am offenen Grab seiner Mutter.
Sie war friedlicher gestorben, als der Pfarrer zu hoffen gewagt hatte, indem sie ihr kleines Vermögen noch bei völlig klaren Sinnen dem Sohn vermachte und ihn selbst feierlich der weiteren Obhut ihres einzigen Freundes auf Erden anempfahl. Der Pfarrer hatte sich in den letzten Tagen dringend erboten, ihren noch lebenden Brüdern zu schreiben und eine Versöhnung herbeizuführen; aber darauf hatte sie nur traurig gemeint, er möge es gut sein lassen – es sei zu spät. Selbst auf dem Totenbett schreckte sie noch davor zurück, Licht in die dunkle, quälende Geschichte ihrer Vergangenheit zu bringen und die Seelenlast, die sie unaufhörlich bedrückt hatte, von sich abzuwälzen. Nur ganz zuletzt flüsterte sie, nach einem herzzerreißenden Blick auf ihren am Bett knienden Sohn, dem Pfarrer zu:
»Hüten Sie ihn vor seinem Namensvetter! Hüten Sie ihn vor der Frau mit dem roten Schal!«
Danach brachte sie kein Wort mehr über die Lippen, das auch nur

von fern auf die Schatten der Vergangenheit oder die Gefahren, die sie von der Zukunft befürchtete, angespielt hätte. Sie nahm ihr Geheimnis mit ins Grab.

Nach den Trauerfeierlichkeiten hielt Mr. Brock es für seine Pflicht, Mrs. Armadales Brüder wenigstens von ihrem Tod in Kenntnis zu setzen. Er bekam auf beide Briefe postwendend Antwort. Die erste, die der Pfarrer las, war nicht von dem älteren Bruder, sondern von dessen einzigem Sohn, der ihn seinerseits vom Ableben seines Vaters unterrichtete. Als nunmehriger Besitzer der Ländereien in Norfolk lud er seinen Vetter Allan mit schlichten, herzlichen Worten zu einem baldigen Besuch in Thorpe-Ambrose ein, wann immer es ihm passe. Das Zerwürfnis der älteren Generation brauche sich seiner Meinung nach nicht auf die Jugend zu übertragen. Er für sein Teil würde sich jedenfalls aufrichtig freuen, seinen Vetter endlich kennenzulernen.

Der andere Brief wirkte nach diesem sympathisch offenen Schreiben wie ein Guß kalten Wassers. Mrs. Armadales jüngerer Bruder war noch am Leben und konnte, wie er sich ausdrückte, weder vergeben noch vergessen. Die Erinnerung an den Gatten, den seine verstorbene Schwester gewählt, und die Art, wie sie sich damals gegen seinen Vater betragen hatte, hätte alle Bande der Zuneigung oder auch nur der Achtung für immer zerrissen. Unter diesen Umständen könnte ein weiterer Briefwechsel für alle Beteiligten nur peinlich sein, und er bäte höflichst, die Korrespondenz hiermit abschließen zu dürfen.

Mr. Brock zeigte Allan wohlweislich nur den ersten Brief (den anderen vernichtete er sofort) und redete ihm zu, der Einladung seines Vetters nach Thorpe-Ambrose zu folgen. Aber Allan lehnte ab. »Ich werde diesem Arthur Blanchard gern die Hand schütteln, wenn sich unsere Wege zufällig einmal kreuzen sollten«, sagte er, »aber ich will niemals in einem Hause zu Gast sein, aus dem meine Mutter mehr oder weniger vertrieben worden ist.« Dabei blieb er, ungeachtet der versöhnlichen Haltung des jungen Blanchard und der Vernunftgründe Mr. Brocks, dem Allans isolierte Stellung in der Welt ernstliche Sorgen zu machen begann. Bei einem Besuch in Thorpe-Ambrose hätte er doch endlich passende Freunde finden und nützliche Verbindungen anknüpfen können. Doch alle Hinweise dieser Art prallten an Allans Hartnäckigkeit ab, und schließlich blieb dem Pfarrer nichts anderes übrig, als das Thema fallenzulassen.

Die Wochen reihten sich gleichförmig aneinander. Allan zeigte wenig von der jugendlichen Elastizität, die man gerade bei ihm erwartet hätte; es war fast unnatürlich, wie er sich in seinen Gram vergrub. So kam der Frühling heran, und Mr. Brock, der es dringend nötig fand, seinen Schutzbefohlenen durch einen Szenenwechsel aufzurütteln, schlug ihm eine gemeinsame Reise nach Paris vor – vielleicht auch noch weiter, falls Allan daran Gefallen fände. Auf diesen Plan ging Allan bereitwilliger ein als auf alle Ermahnungen zur Pflege der Familienbeziehungen; er erklärte sogleich, in Begleitung seines alten Freundes sei ihm jedes Reiseziel recht. Der Pfarrer nahm ihn beim Wort, und Mitte März reiste das ungleiche Paar ab.

Doch schon in London fand sich Mr. Brock mit neuen Sorgen konfrontiert: Allan, der seit der Erkrankung seiner Mutter nicht mehr von Ozias Midwinter gesprochen hatte, erklärte plötzlich zu Mr. Brocks unangenehmer Überraschung, diese selbstverständliche Rücksicht hätte keineswegs bedeutet, daß er seinen Freund vergessen hätte, und er gedenke ihn jetzt vor der Weiterreise nach Paris zu besuchen.

Was sollte Mr. Brock dagegen sagen? Midwinter hatte sich nichts zuschulden kommen lassen, was ihm das Recht gab, Einspruch zu erheben, einerlei, was die überreizten Nerven der armen Mrs. Armadale auch für ein Schreckgespenst aus dem Hilfslehrer gemacht haben mochten. Wenn er sich weigerte, in Allans Vorschlag einzuwilligen – dann adieu, Vertrauen und Kameradschaftlichkeit zwischen ihm und seinem ehemaligen, nun aber längst erwachsenen Schüler! Mr. Brock verließ sich also insgeheim (mehr, als er sich offen eingestand) auf Midwinters selbstverleugnende Zurückhaltung und ließ Allan seinen Willen.

Während Allans Abwesenheit ging Mr. Brock selbst ein Stündchen spazieren. Als er ins Hotel zurückkehrte, sah er die Morgenzeitung im verlassenen Frühstückszimmer herumliegen, und da er nicht wußte, wie er die Zeit sonst totschlagen sollte, setzte er sich hin, um sie zu lesen. Zerstreut überflog er die erste Seite, doch plötzlich wurde seine ganze Aufmerksamkeit von einem Inserat gefesselt: Wieder, wie vor fast sechs Jahren, sprang ihm der fettgedruckte Name ALLAN ARMADALE ins Auge.

Zeugen gesucht! An alle Behörden, Küster, Totengräber und sonstige Personen. – Zwanzig Pfund Belohnung erhält, wer glaubhaft beweisen kann, daß ALLAN ARMADALE, *einziger Sohn des verstorbenen Allan Armadale aus Barbados, geboren 1830 in Trinidad, nicht mehr am Leben ist. Weitere Auskunft erteilen auf Anfrage: Messrs. Hammick and Ridge, Lincoln's Inn Fields, London.*

Jetzt begann sich sogar Mr. Brocks mäßige Phantasie zu regen und nach dem geheimnisvollen roten Faden zu tasten, der zwischen diesen beiden, sechs Jahre auseinanderliegenden Bekanntmachungen und dem, was er persönlich miterlebt hatte, bestehen mußte. Doch wohin das alles noch führen sollte, entzog sich seiner Vor-

stellungskraft. Im Moment beunruhigte ihn besonders Allans Abwesenheit – er wußte selbst nicht, warum. Plötzlich hatte er es sehr eilig, seinen Zögling von England wegzulotsen, damit nicht womöglich noch über Nacht etwas Unliebsames dazwischenkam.
Allans baldige Rückkehr ließ ihn aufatmen. Der junge Mann berichtete ratlos und niedergeschlagen, daß er zwar Midwinters Adresse, nicht aber ihn selbst ausfindig gemacht hätte. Seine Wirtin hatte ihm nichts weiter sagen können, als daß Midwinter wie immer zum Essen in ein nahes Speiselokal gegangen, bis jetzt aber nicht zurückgekehrt sei. Daraufhin hatte Allan sich in das genannte Lokal verfügt und dort erfahren, Midwinter sei allerdings Stammgast; er pflege täglich um die gleiche Zeit sein bescheidenes Mahl hier einzunehmen und nach dem Essen noch eine halbe Stunde lang die Zeitung zu lesen. Heute hätte er die Zeitung jedoch schon nach zwei Minuten plötzlich hingeworfen und sei in größter Eile davongestürzt – wohin, wüßten sie natürlich nicht. Allan hatte nun keine Möglichkeit mehr gesehen, als noch einmal Midwinters Wirtin aufzusuchen und einen Zettel für seinen Freund zu hinterlassen, auf dem außer der Hoteladresse die Bitte stand, doch herüberzukommen und ihm vor der Weiterreise nach Paris noch auf Wiedersehen zu sagen.
Der Rest des Nachmittags und der Abend vergingen, ohne daß Allans verschwundener Freund sich blicken ließ. Auch der nächste Morgen brachte nichts, was die Fortsetzung der Reise hätte verzögern oder gar verhindern können, wofür Mr. Brock heimlich seinem Schöpfer dankte. Ozias Midwinter war, obwohl vorübergehend beklemmend nahe, freundlicherweise im Dunkeln geblieben. Was mochte die Zukunft bringen?

Das nächste Ereignis, bei dem Mr. Brocks Erinnerung stehenblieb, hatte am siebenten April stattgefunden. Allem Anschein nach fiel es ganz aus dem Zusammenhang des bisher Erlebten.
Die Reisenden waren um diese Zeit noch in Paris. Mr. Brock konnte sich zu dem Erfolg seiner Idee gratulieren: Allan war wieder sein früheres munteres Selbst und nahm alle neuen Eindrücke bereitwillig auf, zumal er inzwischen einen Brief von Midwinter bekommen hatte, der ihn und auch den Pfarrer durch seine Normalität beruhigte. Midwinter schrieb, er bedaure sehr, daß Allan ihn neulich vergeblich gesucht habe, aber der Grund sei eigentlich erfreulich – er sei just an dem Tage in den Besitz einer kleinen Leibrente gekommen, die ihn für den Rest seines Lebens wenigstens vor den schlimmsten Existenzsorgen bewahre. Dieser für ihn völlig überraschende Glückszufall hätte ihn genötigt, Hals über Kopf eine kleine Reise zu unternehmen, um alles amtlich zu regeln. Die Zukunftspläne, die ihm unter diesen neuen Vorausset-

zungen durch den Kopf gingen, seien noch nicht spruchreif, aber er werde sie Allan zu gegebener Zeit gern mitteilen, wenn er sich dafür interessiere.
Allan war in seiner übersprudelnden Begeisterung nicht davon abzuhalten gewesen, sofort zur Feder zu greifen und Midwinter vorzuschlagen, sich ihm und Mr. Brock für den Rest der Reise anzuschließen. Die postwendende Zusage, die er bestimmt erwartet hatte, blieb jedoch zu seiner Enttäuschung aus, und es dauerte fast vierzehn Tage, bis zum siebenten April, bis endlich ein Brief für ihn auf dem Frühstückstisch lag. Er griff begierig danach, warf einen Blick auf die Adresse – und schob den Brief ungeduldig beiseite. Es war nicht Midwinters Handschrift. Allan widmete sich mißmutig seinem Frühstück und bequemte sich erst auf Mr. Brocks Mahnung, den Brief zu öffnen und zu sehen, was der unbekannte Schreiber von ihm wollte.
Er begann mit denkbar gleichgültiger Miene zu lesen, fuhr aber dann plötzlich mit einem lauten Ausruf des Erstaunens vom Tisch auf und reichte Mr. Brock, der sich mit Recht über diesen ungewöhnlichen Temperamentsausbruch wunderte, den Brief hinüber. Mr. Brock las – und Allans fassungsloser Gesichtsausdruck spiegelte sich haargenau in seinen eigenen Zügen wider.
Sie hatten beide allen Grund, ihren Sinnen nicht zu trauen. Der Brief enthielt die fast unglaubliche Nachricht, daß der Tod binnen einer einzigen Woche nicht weniger als drei Mitglieder der Familie zu Thorpe-Ambrose ereilt hatte und Allan Armadale damit zum Erben eines Grundbesitzes, der jährlich achttausend Pfund abwarf, aufgerückt sei!
Erst nach wiederholtem gemeinsamem Lesen begriffen Allan und sein Mentor die näheren Einzelheiten.
Der Brief kam von dem Rechtsanwalt der Familie in Thorpe-Ambrose. Er teilte Allan zunächst den Tod seines fünfundzwanzigjährigen Vetters Arthur, seines achtundvierzigjährigen Onkels Henry und dessen einundzwanzigjährigen Sohnes John mit. Hierauf folgte ein Auszug aus dem Testament des verstorbenen Mr. Blanchard, Allans Großvater mütterlicherseits. Dieser hatte, wie üblich, die Ansprüche der männlichen Nachkommen vor diejenigen der weiblichen gesetzt. Die Erbfolge ging erst über Mr. Blanchards Söhne und dessen männliche Nachkommen an die männlichen Nachkommen der Tochter weiter. Da nun aber die beiden jungen Männer, Arthur und John, unverheiratet gestorben waren und Henry Blanchard nur noch eine Tochter hinterließ, war Allan der rechtmäßige Erbe des gesamten Grundbesitzes von Thorpe-Ambrose. Der Rechtsanwalt schloß diesen außergewöhnlichen Bericht mit der Bitte um Instruktionen und erklärte sich gern bereit, jede gewünschte Auskunft zu liefern.

Es war sinnlos, sich in langen Vermutungen zu ergehen, wie es zu dieser Situation gekommen sein mochte, an deren Möglichkeit weder Allan noch seine Mutter je im Traum gedacht hätten. Das einzig Vernünftige war, unverzüglich nach England zurückzukehren. Aus den folgenden, unvermeidlichen Schreibereien und Unterredungen ging allmählich die seltsame Geschichte der drei Todesfälle klar hervor.

Mitte Januar, als der Pfarrer an Mrs. Armadales Brüder geschrieben hatte, um ihnen den Tod der Schwester mitzuteilen, hatte die Familie zu Thorpe-Ambrose noch fünf Personen umfaßt: Arthur Blanchard, der damalige Besitzer, lebte mit seiner Mutter im Herrenhaus, während sein Onkel, Henry Blanchard, der schon lange verwitwet war, mit Sohn und Tochter in der Nachbarschaft wohnte. Um die Familienbeziehungen noch enger zu gestalten, hatte sich Arthur Blanchard mit seiner Kusine verlobt. Die Hochzeit hatte mit allem erdenklichen Glanz unter Beteiligung der ganzen Umgebung im kommenden Sommer stattfinden sollen, sobald die junge Dame ihr zwanzigstes Lebensjahr vollendet hatte.

Im Februar waren dann zwei Reisen notwendig geworden. Henry Blanchards Sohn John war gesundheitlich etwas anfällig, und sein Vater reiste deshalb auf ärztlichen Rat mit ihm nach Italien. Anfang März verließ auch Arthur Blanchard das Gut, allerdings nur für ein paar Tage, weil er einige geschäftliche Angelegenheiten in London persönlich ordnen mußte. Die endlosen Verkehrsstockungen in den Straßen ärgerten ihn während seines kurzen Aufenthalts dermaßen, daß er sich entschloß, einen der Themsedampfer zu benutzen – und dieser Entschluß kostete ihn das Leben.

Auf dem Dampfer bemerkte er in seiner Nähe eine Dame, die ihm schon vorher durch ihre eigentümliche Unschlüssigkeit aufgefallen war; sie hatte beizeiten am Kai gestanden, sich aber offenbar noch lange besinnen müssen, bevor sie als letzte an Bord gekommen war. Sie trug ein elegantes schwarzes Seidenkleid mit einem roten Fransenschal und hielt ihr Gesicht hinter einem dichten schwarzen Schleier verborgen. Die Anmut und Eleganz ihrer Gestalt erweckten in Arthur Blanchard eine flüchtige Neugier auf ihr Gesicht, aber sie hob weder den Schleier, noch blickte sie auch nur in seine Richtung. Nachdem sie ein paarmal den Platz gewechselt hatte, ging sie plötzlich rasch zum Heck – und in der nächsten Sekunde ertönte ein Alarmschrei des Steuermanns, worauf die Schrauben sofort stoppten. Die Frau mit dem roten Schal war über Bord gesprungen.

Sämtliche Passagiere stürzten an die Reling und gafften, während einzig der junge Blanchard, ohne einen Augenblick zu zaudern, der Lebensmüden nachsprang. Er konnte ausgezeichnet schwimmen und erreichte sie gerade im rechten Moment, als der Wasserdruck sie wieder an die Oberfläche trieb. Mit Hilfe der Dampferbesatzung kamen Retter und Gerettete wohlbehalten ans Ufer. Die ohnmächtige Frau wurde auf dem nächsten Polizeirevier rasch wieder zu sich gebracht, während Arthur ordnungsgemäß seine Personalien angab. Der diensttuende Inspektor riet ihm dringend, ein heißes Bad zu nehmen und sich trockene Kleider holen zu lassen, aber Arthur, der sein Lebtag noch nicht krank gewesen war, lachte nur über solche Vorsichtsmaßnahmen und setzte sich, wie er war, in eine Droschke, um in sein Hotel zurückzufahren. Vierzehn Tage später war er tot.

Die Hiobsnachricht erreichte seinen Onkel (und künftigen Schwiegervater) Henry und dessen Sohn John in Mailand. Eine Stunde nach Empfang waren die beiden in ihrem eigenen Reisewagen bereits auf dem Rückweg nach England. Man warnte sie von allen Seiten vor der Überquerung der Alpen, denn die Schneeschmelze hatte in diesem Jahr ungewöhnlich früh eingesetzt und die Pässe waren kaum befahrbar; doch die Ungeduld der Herren, nach dieser Familienkatastrophe wieder daheim zu sein, duldete keinen Aufschub. Erst nach Tagen fand man Menschen, Pferde und Wagen zerschmettert in einem Abgrund wieder – eine Lawine hatte sie mit sich in die Tiefe gerissen.

So löschten drei Leben kurz hintereinander aus, und wenn man die Ereignisse genau zurückverfolgte, konnte man sagen, daß der selbstmörderische Sprung einer fremden Frau in die Themse den jungen Armadale zum Erben von Thorpe-Ambrose gemacht hatte.

Wer war diese Fremde? Arthur, ihr Lebensretter, hatte es nicht mehr erfahren. Doch auch der Vernehmungsbeamte, der sie in vorläufigen Gewahrsam nahm, der Geistliche, der ihr ins Gewissen redete, die Zeitungsreporter, die sie umdrängten, erfuhren es nie. Auf die Frage nach ihrem Motiv erklärte sie zum allgemeinen Erstaunen lediglich, trotz ihrer damenhaften Eleganz »in Bedrängnis« gewesen zu sein. Dem Geistlichen gegenüber hatte sie tiefste Zerknirschung bekundet, aber die Personalien, die sie angab, stellten sich später als falsch heraus, die Rührgeschichte, die sie erzählte, war glatt erfunden, und Angehörige, Freunde und Bekannte, an die man sich hätte wenden können, besaß sie angeblich nicht. Die Leiterin einer Wohltätigkeitsanstalt hatte sich erboten, die Unglückliche bis auf weiteres unter ihre Fittiche zu nehmen, aber ihr guter Wille wurde schlecht belohnt. Die Fremde verschwand bei Nacht und Nebel aus dem wohltätigen Institut und blieb trotz aller Nachforschungen unauffindbar.

Während diese nutzlose Suche (auf Allans ausdrücklichen Wunsch) noch fortgesetzt wurde, waren die Erbschaftsformalitäten schon so weit gediehen, daß der neue Besitzer von Thorpe-

Ambrose nur noch das Datum seines Einzugs ins Herrenhaus zu bestimmen brauchte.
Da man ihn hierbei nicht mehr gut bevormunden konnte, benahm sich Allan warmherzig und großzügig wie immer. Er weigerte sich rundweg, in Thorpe-Ambrose einzuziehen, ehe Arthurs Mutter und ihre Nichte, die natürlich noch dort wohnten, sich so weit von dem dreifachen Schicksalsschlag erholt hätten, daß sie ohne Überstürzung an die Regelung ihrer Zukunft denken könnten. Er schrieb den Damen sofort in diesem Sinne, und die Damen machten von der Großzügigkeit des jungen Mannes, ungeachtet ihrer vornehm widerstrebenden Floskeln, nur zu gern Gebrauch. Allans Rechtsberater waren nicht wenig verdutzt, als der Erbe von Thorpe-Ambrose eines Morgens in Begleitung Mr. Brocks ihr Kontor betrat und seelenruhig erklärte, die Damen seien so gütig gewesen, seine Vorschläge anzunehmen, und er werde daher seinen Einzug noch um weitere zwei Monate verschieben.
Die Rechtsanwälte starrten ihn an – und Allans gutmütige blaue Augen gaben den Blick ebenso starr zurück.
»Was ist daran so erstaunlich, meine Herren? Warum soll ich den Damen nicht noch ein bißchen Zeit gönnen? Wenn sie eine Atempause brauchen, die armen Dinger – bitte schön. Meine Rechte? Meine Stellung? Pah! Ich hab's nicht eilig, den großen Herrn zu spielen, das liegt mir sowieso nicht. Ich habe für die nächsten zwei Monate etwas viel Besseres vor, und das hätte ich auf jeden Fall getan, egal, ob das Haus geräumt ist oder nicht: Ich mache nämlich erst mal eine ordentliche Kreuzfahrt mit meiner Jacht. Wissen Sie überhaupt schon, daß ich mir daheim in Somersetshire eigenhändig eine Jacht gebaut habe? Und nun will ich Ihnen mal was sagen, Sir« – Allan packte im Eifer des Gefechtes den Senior der Rechtsanwälte beim Arm und schüttelte ihn aufmunternd –, »Sie sehen jämmerlich nach Stubenluft aus, eine Seefahrt würde Ihnen auch gut tun – kommen Sie doch einfach mit! Und Ihre Partner natürlich auch, wenn sie wollen, und Ihr Schreiber da – ein todanständiger Kerl, der hat schon lange Ferien verdient. Wenn wir in der Kajüte ein bißchen zusammenrücken, ist Platz genug für alle. Zum Teufel mit Thorpe-Ambrose! Wenn Sie sich ein prachtvolles Segelschiff gebaut hätten, würden Sie sich auch nicht auf dem Land verkriechen und es da sitzen lassen wie eine Ente ohne Wasser, und das kurz vor der Jungfernfahrt – nicht um drei Königreiche! Was sagen Sie zu *diesem* Argument, meine Herren Sachverständigen? Ich halte es für unwiderleglich – und ich für mein Teil fahre morgen nach Somersetshire ab.«
Damit eilte der frischgebackene Gutsbesitzer ins Vorzimmer und lud den Schreiber persönlich zu seiner Kreuzfahrt ein, und zwar mit einem Schlag auf die Schulter, dessen Knall sogar die Herren

nebenan zusammenzucken ließ. Verwundert sahen sie zu Mr. Brock hinüber. Ein Klient, dem sich unverhofft die Möglichkeit eröffnete, in der begüterten Aristokratie Englands eine Rolle zu spielen, und der diese Möglichkeit nicht augenblicklich wahrnahm, war ihnen noch nicht vorgekommen.
»Er muß eine sehr eigenartige Erziehung genossen haben«, bemerkte schließlich einer der Rechtsanwälte zu Mr. Brock.
»Eine *sehr* eigenartige«, seufzte der Pfarrer.

Und nun, einen Monat später, saß Mr. Brock schon mitten in der Gegenwart, das heißt: in seinem Logis auf der Insel Man. Alles, was er in der Erinnerung heraufbeschworen hatte, hing mit der neuen, bohrenden Sorge zusammen, die ihm heute den Schlaf raubte. Diese Sorge, vor sechs Monaten zum erstenmal aufgetaucht, hatte ihn nun bis zur Insel Man verfolgt, und zwar in Gestalt Ozias Midwinters.
Allans glänzende Zukunftsaussichten hatten an seiner närrischen Vorliebe für den damals aufgelesenen Unglücksraben nichts geändert. Im Gegenteil, er hatte sich zwischen den vielen notwendigen Besprechungen in London die Zeit genommen, seinen Freund zu besuchen, und als er mit Mr. Brock endlich wieder der heimatlichen Somersetshire-Küste entgegenfuhr, saß Midwinter als Dritter im Zugabteil.
Midwinters geschorenes Haar war inzwischen nachgewachsen, und sein Anzug zeigte, daß es ihm auch finanziell leidlich ging, aber sonst war er noch ganz der alte. Er begegnete Mr. Brocks mangelhaft verhülltem Mißtrauen mit der früheren, klaglosen Resignation, schwieg sich weiterhin hartnäckig über sein Vorleben und seine Familie aus und erging sich nur in geradezu unbeherrschten Ausdrücken des Erstaunens und der Dankbarkeit, wenn von Allan und seiner Gutherzigkeit die Rede war. »Ich habe wirklich getan, was ich konnte, Sir«, sagte er entschuldigend zu Mr. Brock, als Allan ein Weilchen in der Fensterecke schlief. »Ich bin ihm nach Möglichkeit aus dem Wege gegangen und habe nicht einmal seinen damaligen Brief beantwortet. Meine eigenen Gefühle für den einzigen Menschen, der mir nie mißtraut und mich nie schlecht behandelt hat, brauchen Sie dabei gar nicht in Betracht zu ziehen. Ich könnte meine eigenen Gefühle außer acht lassen – aber nicht Allans. Seinesgleichen gibt es nicht noch einmal auf Erden, und einem solchen Menschen wirft man die angetragene Freundschaft nicht vor die Füße. Wenn wir uns wieder trennen sollen, müssen er oder Sie es veranlassen, nicht ich. Der Herr hat gepfiffen«, fügte er mit unterdrückter Leidenschaft hinzu, wobei zornige Tränen in seine dunkelglühenden Augen traten, »und man kann dem Hund wohl kaum einen Vorwurf daraus machen, wenn

er dem Pfiff seines Herrn folgt.«
Wieder einmal trug Mr. Brocks Menschlichkeit den Sieg über seine Bedenken davon. Er wollte doch erst geduldig abwarten, wie sich das engere Beisammensein anließ, ehe er sich ein Urteil über Allans Freund erlaubte.
Die Jungfernfahrt der Jacht sollte an der walisischen Küste entlanggehen. Für einen bejahrten Mann wie Mr. Brock hatte das Abenteuer keinen übermäßigen Reiz, aber er fuhr lieber mit, als daß er Allan ganz allein mit Ozias Midwinter ließ. Außerdem hoffte er, daß der Undurchsichtige in der ungeniert-herzlichen Atmosphäre an Bord allmählich etwas aus seiner Reserve herausgehen würde. Dies traf nur teilweise zu: Midwinter war zwar zu allem zu gebrauchen und ging gern auf jedes Gesprächsthema ein, besonders wenn Allan anfing, aber kein Wort entschlüpfte ihm über sich selbst. Der Pfarrer erkundigte sich nach den Begleitumständen der kleinen Erbschaft, die er gemacht hatte, und ob er sich nicht bei dieser Gelegenheit mit seinen etwa noch lebenden Verwandten in Verbindung gesetzt hätte, worauf Midwinter antwortete: Nein, es hätte sich um eine rein juristische Angelegenheit gehandelt, die mit keiner Wiederaufnahme irgendwelcher Beziehungen verbunden wäre und ihm übrigens außer dem Geld auch eine Sorge . . . Hier stockte er plötzlich mitten im Satz, als hätte er schon zuviel über sich verraten.
Der Pfarrer packte die Gelegenheit beim Schopf und fragte ohne Umschweife, worauf sich Midwinters Sorge bezöge. Ob das Geld nicht reichte? Oder war sonst ein Haken an der Erbschaft? – Nein, nichts dergleichen; es handelte sich nur um einen Brief, der seit Jahren auf ihn wartete und von dem er erst beim Besuch der Rechtsanwaltsfirma, die seinen Nachlaß verwaltete, erfahren hatte. – Ob man ihm diesen Brief nicht ausgehändigt hätte? – Noch nicht. Der Partner, der ihn in Verwahrung hatte, war auf Reisen und hatte ihn bei seinen Privatdokumenten eingeschlossen, so daß man vor seiner Rückkehr nicht herankonnte. In der zweiten Maihälfte wurde er übrigens zurückerwartet, und er, Midwinter, denke daran, sich den Brief postlagernd nachschicken zu lassen, wenn er wüßte, wo sie um diese Zeit sein würden. – Hatte er familiäre Gründe für diese Ungeduld oder, um seinen eigenen Ausdruck zu wiederholen, Sorge? – Nein, er war nur neugierig. Es war doch ein seltsames Gefühl, von einem Brief zu hören, der schon jahrelang für ihn dalag, ohne die leiseste Ahnung von seinem Inhalt zu haben. – Und damit wandte Midwinter das schmale braune Gesicht von Mr. Brock ab und widmete seine Aufmerksamkeit wieder der Angelschnur, die er über die niedrige Bordwand ausgeworfen hatte.
Wind und Wetter begünstigten die Jungfernfahrt der kleinen

Jacht, die sich großartig bewährte. In der Hälfte der veranschlagten Zeit waren sie schon bei Holyhead an der walisischen Küste, und Allan lechzte nach weiteren Abenteuern in bisher unbekannten Gewässern. Als neues Ziel schlug er die Insel Man vor, und da erfahrene Leute beständiges Wetter prophezeiten und man im Notfall immer mit dem planmäßigen Dampfer von der Insel nach Liverpool gelangen konnte, hatte Mr. Brock nichts dagegen einzuwenden. Er war sogar ganz froh, endlich eine Postlageradresse zu wissen, die er Allans Rechtsanwälten und seinem eigenen Pfarramt für etwaige dringende Nachrichten angeben konnte. Er schrieb also beiden Stellen ein paar entsprechende Zeilen, und als er damit auf das Postamt von Holyhead ging, traf er dort Midwinter, der eben einen Brief in den Kasten gesteckt hatte – woraus der Pfarrer schloß, daß auch er sich seine Post nach Douglas auf der Insel Man nachschicken lassen wollte.

Am folgenden Nachmittag setzten sie wieder die Segel für die Weiterfahrt nach Norden.

Einige Stunden lang ging alles gut, aber bei Sonnenuntergang frischte die Brise in verdächtigem Maße auf und wurde allmählich zum Sturm, und nun mußte sich zeigen, ob Allans stolzes Werk wirklich das Prädikat »seetüchtig« verdiente. Die Jacht verdiente es; sie hielt die ganze Nacht tapfer durch und brachte die Reisenden am nächsten Morgen wohlbehalten in den kleinen Hafen von Castletown. Die Schäden, die hier und da im Takelwerk entstanden waren, konnten binnen einer Woche leicht behoben werden. Man einigte sich deswegen darauf, solange in Castletown zu bleiben. Allan war voll beschäftigt, Hilfskräfte aufzutreiben und sich um die Reparaturen zu kümmern, Mr. Brock erforschte die nähere Umgebung, und Midwinter pilgerte täglich zu Fuß nach Douglas und zurück, um nach postlagernden Briefen zu fragen.

Der erste, dem er einen Brief mitbrachte, war Allan, der jedoch wenig entzückt war, auch hier von »diesen langweiligen Federfuchsern« belästigt zu werden, und das Schreiben seiner Rechtsanwälte nach flüchtigem Durchlesen achtlos in die Tasche stopfte. Dann, am fünften Tag ihres Aufenthaltes, kam der Pfarrer an die Reihe: Er erhielt einen Brief aus Somersetshire, der zu seinem Kummer all seine weiteren Ferienpläne über den Haufen warf. Der Amtsbruder, der seine Vertretung übernommen hatte, war unerwartet abberufen worden, und Mr. Brock blieb nichts anderes übrig, als gleich morgen früh mit dem Dampfer von Douglas nach Liverpool überzusetzen und mit dem Abendzug heimzufahren, um rechtzeitig zum nächsten Sonntagsgottesdienst wieder dazusein.

Sein persönliches Mißgeschick wußte er mit christlicher Geduld hinzunehmen – was ihn belastete, war das Verantwortungsgefühl

für Allan. Gegen Midwinter hegte er immer noch Mißtrauen. Wie also sollte er sich in dieser Zwangslage den beiden jungen Männern gegenüber verhalten? Das war das Problem, das ihm seit Erhalt des Briefes keine Ruhe ließ und für das er auch jetzt, um ein Uhr nachts, keine Lösung gefunden hatte. Am liebsten hätte er Allan nach Thorpe-Ambrose geschickt – aber jetzt war erst Ende Mai, und die Damen Blanchard blieben noch bis Mitte Juni im Herrenhaus. Und für eine übereilte Rückkehr Allans nach Somersetshire konnte er keinen zwingenden Grund vorbringen, selbst wenn die Reparaturen an der Jacht schon fertig gewesen wären, was nicht der Fall war. Wie Mr. Brock die Sachlage auch drehte und wendete: Er sah keine andere Möglichkeit, als Allan am Wendepunkt seines Lebens unter dem alleinigen Einfluß eines Menschen zu lassen, den er als aufgelesenes Treibgut kennengelernt hatte und bis zum heutigen Tage nicht klar durchschaute.
Was wußte er von Midwinter? Auf jeden Fall hatte er trotz seiner Jugend schon ein bewegtes Leben hinter sich. Er konnte ebensogut und mit Verstand von Büchern sprechen, wie er als Steuermann, Matrose, Koch und Steward zu gebrauchen war; es schien ihm sogar Spaß zu machen, seine unvermutete Geschicklichkeit in all diesen Dingen – sei es Herumklettern im Takelwerk oder Tischdecken – zur Schau zu stellen. Da er im Lauf der Tage auch heiterer und ungezwungener geworden war, konnte der Pfarrer jetzt besser verstehen als früher, was Allan eigentlich an dem Burschen fand. Aber was weiter? Gab es unwiderlegliche Beweise für Midwinters Charakterfestigkeit und Zuverlässigkeit, für die Lauterkeit seines Lebenswandels, seiner Ansichten und Absichten? Kaum. Er schien sich schon an recht zweifelhaften Orten und in noch zweifelhafterer Gesellschaft herumgetrieben zu haben; hin und wieder gebrauchte er einen richtigen Vagabundenjargon, und, was noch bezeichnender war, er hatte einen sehr leichten Schlaf und fuhr beim geringsten Geräusch in die Höhe – das war nach Mr. Brocks Erfahrung ein typisches Merkmal aller, die jeden Moment einer unangenehmen Überraschung gewärtig sein mußten. Und dann, immer wieder: diese unnatürliche Verschwiegenheit! Heute zum Beispiel war er, nachdem er Mr. Brocks Brief abgeliefert hatte, stundenlang aus dem Gasthof verschwunden, ohne seinen Gefährten zu sagen, was er vorhatte. Übrigens hatte er auch nicht erwähnt, ob er selbst Post erhalten hatte oder nicht. Er war erst bei einbrechender Dunkelheit zurückgekehrt, hatte sich kommentarlos angehört, daß der Pfarrer seine Ferien vorzeitig abbrechen mußte, und war gleich nach dem Essen wortkarg und düster in sein Zimmer gegangen. Nein, zu seinen Gunsten sprach wirklich nicht viel – einzig und allein seine Dankbarkeit Allan gegenüber.

»Wenn ich nur einen gleichgesinnten Freund hier hätte!« dachte der Pfarrer. »Wenn mir nur jemand in dieser vertrackten Situation zur Hilfe käme!«
Er zuckte zusammen, denn wie zur Antwort auf diesen Stoßseufzer klopfte es leise an der Tür. Er holte tief Atem, um seine Nerven zu beruhigen, stand von der Bettkante auf und öffnete. Der nächtliche Besucher war Ozias Midwinter.
»Sind Sie krank?« fragte der Pfarrer, als er sich von seiner Verblüffung erholt hatte.
»Nein . . . Aber ich muß jetzt endlich alles erzählen«, war die seltsame Antwort. »Darf ich hereinkommen?«
Auf eine stumme Handbewegung des Pfarrers trat er mit niedergeschlagenen Augen ein. Er war bleich bis in die Lippen und hielt etwas auf dem Rücken verborgen.
»Ich habe Licht unter Ihrer Tür gesehen«, fuhr Midwinter fort, »und ich kann mir natürlich denken, welche Sorgen Ihnen den Schlaf rauben. Morgen früh müssen Sie abreisen, und es gefällt Ihnen gar nicht, Mr. Armadale mit einem fremden Menschen wie mir allein zu lassen.«
Mr. Brock entschloß sich trotz seiner Verwirrung, völlig offen mit dem Menschen zu reden, der aus freien Stücken zu ihm gekommen war und diese Worte gesagt hatte.
»Ihre Vermutung ist richtig«, sagte er. »Ich nehme bei Allan Armadale schon seit langem die Stelle des Vaters ein, und bei seiner Jugend lasse ich ihn nur ungern in alleiniger Gesellschaft eines Mannes, den ich immer noch nicht kenne.«
Ozias Midwinter trat an den Tisch und heftete die Augen auf das Neue Testament, das dort zwischen einigen anderen Dingen lag.
»Sie haben Ihrer Gemeinde im Lauf eines langen Lebens viel aus diesem Buch gepredigt«, sagte er, ohne die Stimme zu erheben. »Hat es Sie auch Barmherzigkeit gegen die elendesten Ihrer Mitmenschen gelehrt?« Er sah Mr. Brock zum erstenmal gerade ins Gesicht und brachte langsam die Hand hinter seinem Rücken zum Vorschein.
»Lesen Sie das, und – um Christi willen – haben Sie Erbarmen mit mir, wenn Sie wissen, wer ich bin.«
Er legte ein umfangreiches Manuskript auf den Tisch. Es war der Brief, den Mr. Neal vor neunzehn Jahren in Wildbad zur Post gegeben hatte.

II

Die Enthüllung

Der erste kühle Morgenhauch drang durchs Fenster, als Mr. Brock die letzten Zeilen des Bekenntnisses las, worauf er das Manuskript schweigend von sich schob und fortfuhr, mit gesenktem Kopf vor sich hinzublicken. Der betäubende Schlag, der ihn gleich zu Anfang durchzuckt hatte, war bereits überwunden. Mehr als die Enthüllung von Midwinters Herkunft beschäftigte ihn jetzt die Erinnerung an die Frau, die seine späte Liebe gewesen war und die den jämmerlichen Verrat, den sie an ihrem Vater geübt, ihr Leben lang vor ihm geheimgehalten hatte . . .

Ein Beben des Tisches schreckte ihn aus seinem kleinlichen Privatkummer auf. Eine magere braune Hand stützte sich schwer auf die Tischkante. Der Pfarrer überwand sein instinktives Widerstreben und hob die Augen zu dem Mann, der ihm schweigend im Zwielicht der Kerze und der grauen Dämmerung gegenüberstand – dem aufgelesenen Vagabunden, dem anderen Erben des fatalen Namens Armadale.

Mr. Brock fröstelte. Die volle Bedeutung dessen, was er gelesen hatte, kam ihm erst jetzt wieder zum Bewußtsein. Seine unwillkürliche Abwehrbewegung entging dem andern nicht.

»Steht das Verbrechen meines Vaters *mir* im Gesicht geschrieben?« fragte er mit erstickter Stimme. »Ist das Gespenst des Ertrunkenen mit mir in dieses Zimmer gekommen?«

»Ich möchte diese Dinge so sachlich und freundlich wie möglich mit Ihnen bereden«, erwiderte der Pfarrer. »Bitte tun auch Sie mir Gerechtigkeit an und glauben Sie nicht, daß ich fähig wäre, Sie für das Verbrechen Ihres Vaters verantwortlich zu machen.«

Midwinter neigte den Kopf und nahm das Bekenntnis vom Tisch.

»Haben Sie es genau durchgelesen?« fragte er ruhiger.

»Wort für Wort.«

»Hat Ozias Midwinter Ihnen –«

»Warum nennen Sie sich noch so?« unterbrach der Pfarrer. »Ich weiß doch nun, wie Sie wirklich heißen!«

»Seit ich die Beichte meines Vaters gelesen habe, ist mir mein lächerlicher Deckname lieber denn je. Gestatten Sie mir, meine Frage zu Ende zu sprechen: Hat Ozias Midwinter Ihnen nun endlich reinen Wein eingeschenkt, Mr. Brock?«

Der Pfarrer umging eine direkte Antwort. »Wenige Leute in Ihrer Lage«, sagte er, »hätten den Mut gehabt, mir diesen Brief zu zeigen.«

»Lassen Sie sich davon nicht zu sehr zugunsten des Vagabunden

beeinflussen, den Sie damals vom Acker aufgelesen haben, Sir! Das Geheimnis meiner Herkunft ist gelüftet, aber Sie wissen noch nichts über meinen weiteren Lebenslauf, Sie haben ein Recht darauf, alles zu erfahren, und Sie sollen es erfahren, ehe Sie mich mit Ihrem Schützling allein lassen. Möchten Sie sich erst eine Weile ausruhen, oder soll ich gleich anfangen?«
»Gleich«, sagte Mr. Brock, dem der wahre Charakter seines Gegenübers immer unklarer wurde. Alles, was Ozias Midwinter tat und sagte, nahm gegen ihn ein, besonders der sarkastische, fast herausfordernde Ton, den er angenommen hatte und mit dem er sich wohl auch bei jedem anderen Zuhörer alle Sympathien verscherzt hätte. Und nun, statt sich an den Tisch zu setzen und seine Geschichte im wahren Sinne des Wortes unter vier Augen zu erzählen, wandte er sich unhöflich ab, setzte sich aufs Fensterbrett und starrte blicklos in das Manuskript seines Vaters, in dem seine mageren Finger unaufhörlich herumblätterten. So begann er zu reden, und in seiner Stimme lag eine seltsame Mischung aus gespielter Gleichgültigkeit und Wehmut:

»Den Anfang meiner Geschichte kennen Sie. Mein Vater erwähnt hier, daß ich als kleines Kind an seiner Brust schlief, als er seine letzten Worte auf dieser Welt sprach und ein Fremder sie für ihn niederschrieb. Dieser Fremde hat seinen Namen und Stand, wie Sie vielleicht bemerkt haben, auf dem Umschlag angegeben: Alexander Neal, Sekretär des Wappenamtes zu Edinburgh. Er wurde dann mein Stiefvater. Meine früheste Erinnerung an ihn ist, daß er mich mit einer Pferdepeitsche verprügelte.«
»Erinnern Sie sich auch an Ihre Mutter?« fragte Mr. Brock nach einer kurzen Pause.
»O ja. Sie pflegte abgetragene alte Sachen für mich zusammenzuflicken, während die beiden Kinder, die aus ihrer zweiten Ehe hervorgingen, immer neue Kleider bekamen. Ich weiß noch, wie die Dienstboten mich hänselten, bis ich außer mir geriet und meine Lumpen zerriß, worauf die Pferdepeitsche wieder in Erscheinung trat. Ein anderes Erinnerungsbild aus diesen Jahren: Ich bin bei Wasser und Brot in der Rumpelkammer eingesperrt und frage mich stunden- und tagelang, warum meine Mutter und mein Stiefvater wohl meinen bloßen Anblick verabscheuen. Diese Frage wurde mir erst gestern durch den Brief meines Vaters beantwortet. Ich war den beiden eine dauernde Erinnerung an das schreckliche Geheimnis, das sie gern vor aller Welt gehütet hätten und das eines Tages auch mir enthüllt werden würde. Es gab kein Entrinnen: Die Beichte lag beim Notar, und ich wuchs vor ihren Augen heran – ich, ein häßlicher Balg mit dem Mulattenblut meiner Mutter im Gesicht und dem Mörderinstinkt meines Vaters im Herzen –, und

so etwas sollte eines Tages ihr Mitwisser sein! Heute wundere ich mich über nichts mehr, weder über die Pferdepeitsche noch über die Lumpen noch über die Brot-und-Wasser-Diät in der Rumpelkammer. Alles ganz folgerichtig, Sir. Schon das Kind begann die Sünden seines Vaters abzubüßen, wie es im Buche steht.«

Der Pfarrer betrachtete das dunkle, verschlossene Profil. »Ist das der Stumpfsinn des Vagabunden«, fragte er sich, »oder die schamhaft verhüllte Verzweiflung eines unglücklichen Menschen?«

»Dann kam ich in die Schule«, fuhr Midwinter fort. »Natürlich in eine möglichst billige. Sie lag in einem gottverlassenen Winkel Schottlands, und ich wurde dort unter Hinweis auf meinen schlechten Charakter abgeliefert, was mir eine vorzügliche Starthilfe war. Der Rohrstock des Lehrers und die Fußtritte meiner Kameraden vollendeten meine Erziehung. Ich erspare Ihnen ausführliche Schilderungen, zumal sich auch hier meine angeborene Undankbarkeit zeigte; eines schönen Tages brannte ich nämlich durch. Der erste Mensch, dem ich draußen begegnete, fragte mich nach meinem Namen. Ich war noch so jung und so dumm, daß ich Auskunft gab; infolgedessen befand ich mich am gleichen Abend wieder in der Schule und erhielt eine Privatlektion, die ich nie mehr vergaß. Unverbesserlich, wie ich war, lief ich nach ein paar Tagen zum zweitenmal davon. Der scharfe Wachhund war mittlerweile auf mich gedrillt worden; diese Narbe auf meinem Handrücken, die sich von den übrigen so eindrucksvoll abhebt, stammt von ihm. Weitere Narben, die ich dem Herrn des Hundes verdanke, kann ich Ihnen nicht zeigen, da sie sich sämtlich auf dem Rücken befinden. Aber – sollte man einen solchen Grad von Verderbtheit für möglich halten? – ich brannte zum drittenmal durch, und dieses Mal gelang es mir. Bis die Nacht hereinbrach, war ich schon weit weg auf öder Heide und verzehrte die schuleigenen Haferflocken, die ich mir als Proviant in die Tasche gestopft hatte. Dann streckte ich mich im Windschutz eines grauen Felsklotzes auf dem Heidekraut aus und war selig. Man sagt, Kinder fürchten sich allein im Dunkeln – wieso, hab' ich nie begriffen. Ich war ja endlich allem entronnen, dem Rohrstock, den Fußtritten, dem Wachhund, der Pferdepeitsche, der Mutter und dem Stiefvater! Mein erster wahrer Freund, der Felsklotz, beschützte mich, und kein Junge in ganz Schottland konnte sich in dieser Nacht geborgener fühlen als ich!«

Dem Pfarrer wurde allmählich bewußt, daß Midwinters Charakter vielleicht doch nicht ganz so unerklärlich war, wie er bisher angenommen hatte.

»Als ich aus meinem tiefen, erquickenden Schlaf erwachte«, erzählte die sachliche Stimme weiter, »saß ein stämmiger älterer Mann mit einer Fiedel neben mir, und auf der anderen Seite saßen zwei dressierte Hündchen. Der Mann stellte mir ein paar Fragen, die ich, aus Erfahrung klug geworden, nicht ganz wahrheitsgemäß beantwortete, aber er legte auch keinen besonderen Wert darauf. Statt dessen holte er ein ordentliches Frühstück aus seinem Knappsack, und ich durfte mitessen und nachher mit den Hunden herumtollen. ›Nun hör mal zu‹, sagte er schließlich, als ich genügend Zutrauen zu ihm gefaßt hatte, ›du scheinst dreierlei zu brauchen: einen neuen Vater, neue Geschwister und einen neuen Namen. Schön, du kannst mich als Vater haben und die Hunde als Brüder, und wenn du versprichst, daß du mir keine Schande machst, geb' ich dir sogar meinen Namen als Gratiszugabe. Ich bin Ozias Midwinter senior, und du bist Ozias Midwinter junior – einverstanden? Das Frühstück hat dir geschmeckt, wie ich sehe. Wenn du nun auch ein gutes Mittagessen haben willst, komm mit.‹ Er stand auf und ging los, die Hunde hinter ihm, und ich trottete den dreien nach. Sie werden nun wissen wollen, Sir, wer und was mein neuer Vater war. Das ist mit wenigen Worten gesagt: ein halber Zigeuner, ein Trunkenbold und Grobian, ein Gelegenheitsdieb – und mein bester Freund, bevor ich ... Aber bleiben wir bei Ozias Midwinter. Er lehrte mich schottische Tänze, Radschlagen, Stelzenlaufen und Moritaten, die ich zu seiner Fiedel sang. Wir durchzogen das ganze Land und zeigten unsere Künste auf Jahrmärkten. Manchmal versuchten wir unser Glück auch in großen Städten, wo wir uns in sehr gemischter Gesellschaft produzierten. Ich muß mit elf Jahren ein ganz netter, lebhafter Junge gewesen sein, und besagte Gesellschaft, besonders die Weiber, waren immer ganz hingerissen von mir und meiner Leichtfüßigkeit. Mir gefiel dieses Vagabundenleben. Die dressierten Hunde und ich lebten wirklich wie Brüder. Alles teilten wir miteinander: Essen, Trinken, Schlafen, Tanzen und Prügel. Wie oft kuschelten wir uns in kalten Nächten unter freiem Himmel eng zusammen und winselten ein bißchen! Sie brauchen mich deswegen nicht zu bemitleiden, Sir, ich erzähle nur die reinen Tatsachen. Und, wie gesagt, das Leben gefiel mir trotz aller Härten durchaus, und ich hing an meinem Pflegevater Midwinter, so grob er auch sein konnte. Tausende von armen Leuten hätten ihn ebensogern gehabt wie ich, denn er ließ mich wenigstens nicht hungern. Das Essen, das er mir gab, war meistens gestohlen, aber die Hunde und ich bekamen reichlich davon ab. Er prügelte uns auch nur selten, wenn er nüchtern war; nur im Rausch machte es ihm Spaß, uns quieken zu hören. Da er im Vollrausch starb, genoß er dieses Vergnügen bis zum letzten Atemzug. Das passierte, nachdem ich ungefähr zwei Jahre lang mit ihm herumgezogen war. Wir nächtigten wieder einmal draußen auf der Heide, unter freiem Himmel. Er hatte uns gut gefüttert und selber gewaltig getrunken, und danach wollte er sich auf gewohnte Art mit seinem Stock amüsieren. In seiner übermütigen Laune drosch er so auf mich ein, daß er das Gleichgewicht verlor und vornüber in eine Pfütze fiel. Da lag er nun und rührte sich nicht mehr. Die Hunde und ich beobachteten ihn aus sicherem Abstand, denn wir dachten, es wäre nur eine Finte, um uns wieder heranzulocken. Diesmal dauerte das wohlbekannte Komödienspiel aber so lange, daß wir uns schließlich doch heranwagten. Mit Mühe und Not wälzte ich ihn auf den Rücken – er war ein großer, schwerer Mann –, und dann sahen wir sein Gesicht und merkten, daß er tot war. Nun heulten wir jämmerlich um Hilfe, aber es war so einsam, daß uns niemand hörte, und gegen Morgen nahm ich schweren Herzens die Fiedel, die Stelzen und den Stock, sagte meinen Brüdern, daß wir uns nun eben allein durchschlagen müßten, und so zogen wir weiter und ließen die Leiche liegen, wo sie lag. Es mag Ihnen unbegreiflich erscheinen, aber ich habe meinen Pflegevater lange betrauert, und ich trage seinen häßlichen Namen mit einem gewissen Stolz. Sonst war zum Stolz leider nicht viel Anlaß mehr. Wir traten auf Jahrmärkten auf wie früher, aber ohne Midwinter hatten wir kein Glück. Erst wurde mir der tüchtigste meiner beiden kleinen Brüder gestohlen – ein hochbegabter Clown –, dann auch die Fiedel und die Stelzen. Der Kerl, der sie mir mit Gewalt wegriß, war stärker als ich. Tommy und ich (Pardon, Tommy hieß der zweite Hund) schlossen uns nach diesen Mißgeschicken enger zusammen als je zuvor, als ahnten wir schon, daß auch wir für immer getrennt werden würden. Eines Tages gerieten wir unwissentlich in fremdes Eigentum – nicht als Diebe, damit Sie nichts Falsches denken; unser Meister hatte uns nur das Tanzen beigebracht, nicht das Stehlen –, und weil der Wald so grün und das Wetter so schön war, konnten wir der Versuchung nicht widerstehen, ein bißchen herumzutoben. Kinder und Hunde haben diesen merkwürdigen Trieb, auch wenn sie halb verhungert sind. Aber der Herr, dem der Wald gehörte, hatte einen Wildhüter, der seine Pflichten ernst nahm; plötzlich hörte ich den Knall einer Flinte – und das übrige können Sie sich denken. Gott erspare jedem das Elendsgefühl, das mich überkam, als ich zu Tommy stürzte und ihn aufhob. Der Jagdhüter wollte ihn mir aus den Armen reißen – ich biß ihn dafür wie das wilde Tier, das ich geworden war. Nun schwang er einen Knüttel – er hätte ebensogut auf die dicken Bäume ringsumher einschlagen können. Der Lärm machte zwei junge Damen aufmerksam, die eben vorüberritten. Es waren die Töchter des adligen Herrn, auf dessen Grund und Boden ich mich widerrechtlich befand. Sie waren zu wohlerzogen, um ihre Stimmen gegen geheiligte Rechte zu erheben, aber ich tat ihnen leid; sie sagten dem Wildhüter, er solle mir den toten Hund lassen, und nahmen mich mit nach Hause. Nie werde ich vergessen, wie ich schluchzend an einer Veranda vorbeiging, auf deren Brüstung sich sechs oder sieben Junker lümmelten, sämtlich Sportsleute vom Scheitel bis zur Sohle, und sich über mich und die blutige kleine Leiche in meinen Armen lustig machten. Ich beklage mich nicht über dieses Gelächter, denn es hatte das Gute für mich, daß es den Unwillen der beiden jungen Damen erregte. Die eine führte mich in ihren eigenen Blumengarten und zeigte mir eine Stelle, wo ich meinen Hund begraben durfte und wo er, wie sie mir versicherte, für immer ungestört ruhen sollte. Die andere ging inzwischen zu ihrem Vater und überredete ihn, dem armen kleinen Vagabunden eine Chance zu geben. So wurde ich der jüngste und niedrigste Lakai in einem hochherrschaftlichen Hause . . . Sie haben mir auf der Kreuzfahrt vermutlich schon einiges davon angemerkt, Sir. Manchmal sahen Sie mich sehr sonderbar an, wenn ich den Tisch so manierlich deckte und nie etwas vergaß. Nun wissen Sie, wo ich das gelernt habe. Auch sonst habe ich mir beim Gemüse- und Schuheputzen manches von der besseren Gesellschaft abgeguckt. Aber mein Glück dauerte nicht lange. Noch ehe ich aus meiner ersten Livree herausgewachsen war, gab es einen Skandal. Es war die uralte Geschichte: Loses Geld hatte offen auf dem Tisch gelegen und war verschwunden; die gesamte Dienerschaft mußte zum Verhör antreten; alle hatten makellose Zeugnisse bis auf den Jüngsten, der nur auf Probe da war – folglich konnte es kein anderer gewesen sein als er. Oh, ich konnte noch von Glück sagen, daß meine gütige Herrschaft mich nicht der Polizei übergab, die mich wegen des gestohlenen Geldes (das ich nicht einmal gesehen, geschweige denn angerührt hatte) ins Gefängnis gesteckt hätte; ich wurde nur hinausgeworfen. Im nächsten Morgendämmer nahm ich Abschied von Tommys Grab und zog in meinen alten Kleidern weiter – im reifen Alter von dreizehn Jahren.«

»Haben Sie nie daran gedacht, wieder nach Hause zu gehen?« warf der Pfarrer ein.

»Ich ging nach Hause, Sir. Die nächsten Nächte verbrachte ich wieder auf offener Heide – wo war ich denn sonst daheim? Dann trieb mich der Hunger wieder in die Städte und in schlechte Gesellschaft. Zwei Matrosen waren die nächsten, die sich meiner annahmen; ich war flink und anstellig und wurde Schiffsjunge auf einem Handelskahn. Schiffsjunge sein heißt: die dreckigste Koje von allen haben, Abfälle essen, Männerarbeit leisten und dafür in regelmäßigen Abständen mit dem Tauende verprügelt werden. Ich vergalt es meinen Wohltätern mit dem üblichen Undank, indem ich wieder einmal weglief. Ein paar Frauen fanden mich halb tot an der öden Nordküste der Insel Skye. Sie nahmen mich mit in ihr Dorf, und ich bekam Arbeit bei den Fischern. Hier gab's kein Tauende, oder nur selten, aber das Abrackern in Wind und Wetter

hätte einen weniger abgehärteten Jungen als mich umgebracht. Ich hielt bis zum Winter durch, und dann konnten die Fischer mich nicht mehr brauchen. Sollte ich ihnen einen Vorwurf daraus machen? Die armen Kerle hatten über den Winter genug eigene Mäuler zu stopfen; die Gemeinde war bitterarm; sie konnten nicht noch einen halbwüchsigen Burschen mit durchfüttern, der gar nicht zu ihnen gehörte. Ich sah ein, daß ich jetzt nur in einer größeren Stadt einige Überlebenschancen hatte, und ging nach Glasgow. Dort lief ich beinahe dem Löwen in den Rachen . . . Ich hütete für ein paar Pence einen leeren Wagen in der Hauptstraße, als ich plötzlich in nächster Nähe die Stimme meines Stiefvaters hörte. Er hatte auf dem Bürgersteig einen Bekannten getroffen, und nun standen sie beide da und redeten – ich traute meinen Ohren nicht – von mir. Ich war glücklicherweise hinter dem Pferd verborgen. Als ich dem Gespräch entnahm, daß ich gesucht würde und einmal schon fast entdeckt worden wäre, stand mein Entschluß fest, das Land auf dem schnellsten Wege zu verlassen. Ich stahl mich als blinder Passagier an Bord eines Überseeschiffes und wurde erst aufgestöbert, als das Schiff auf hoher See war und man nur noch die Wahl hatte, mich über Bord zu werfen oder als billige Arbeitskraft zu behalten. Auf diese Weise kehrte ich zur christlichen Seefahrt zurück, lernte eine Menge, sah viele Länder und wäre vielleicht mein Leben lang dabei geblieben, wenn ich mein unseliges Temperament besser im Zaum gehalten hätte. Aber gewissen Provokationen war ich einfach nicht gewachsen, und deshalb kam ich eines Tages in Ketten nach Bristol und wurde wegen versuchter Meuterei ins Gefängnis gesteckt . . . Ich danke Ihnen für die Geduld, Sir, mit der Sie sich das alles anhören. Der Rest meiner Lebensgeschichte ist schnell erzählt. Wenn ich mich recht erinnere, haben Sie sich damals in Somersetshire über die beiden Bücher gewundert, die ich bei mir hatte?«
Mr. Brock nickte bestätigend.
»Diese beiden Bücher markieren einen Wendepunkt meines Lebens. Als ich aus dem Gefängnis kam – ich war damals gerade siebzehn geworden –, war mir die Lust auf weitere Seereisen vergangen, aber auch das alte Landstreicherdasein lockte mich nicht mehr. Ich fühlte mich gräßlich allein. Gott! Was hätte ich dafür gegeben, wenigstens Tommys kalte kleine Nase wieder einmal in der Hand zu spüren . . . Aber warum rede ich davon? Sie sollten mich durch Ihre Geduld nicht so zum Schwatzen ermutigen, Sir . . . Kurz und gut, eines Tages stand ich nach vielem ziellosen Herumstrolchen vor einem Buchladen in Shrewsbury und starrte ins Schaufenster, bis ein alter Mann an die Tür kam und mich fragte, was ich da suchte. ›Suchen Sie Arbeit?‹ fragte er, denn das war wohl nicht schwierig zu erraten. ›Wenn Sie's billig

machen, nehme ich Sie vielleicht.‹ Ich war so glücklich über die Aussicht, wieder etwas zu tun zu bekommen und mit einem menschlichen Wesen reden zu dürfen, daß ich mich ohne Feilschen bereit erklärte, für einen Shilling pro Tag Ladendiener, Laufbursche und Hausknecht bei ihm zu werden, alles zusammen für einen Shilling. ›Wie schön!‹ werden Sie denken. ›Nun hatte er doch endlich mal einen Freund.‹ Was ich hatte – oder, besser gesagt, wer mich hatte –, stellte sich bald heraus: Es war einer der übelsten Geizhälse und Blutsauger in ganz England. Aber gerade darum paßten wir großartig zusammen. Sein einziges Lebensziel war, jemanden zu haben, der ihm für einen Hungerlohn alle Arbeit abnahm, meines war nur noch das Dach über dem Kopf. Sonst hatten wir nicht das kleinste gemeinsame Interesse. Zwei Jahre lang, vom ersten bis zum letzten Tage, blieben wir einander wildfremd und wechselten kein Wort über das Nötigste hinaus, obwohl wir zusammen wohnten. Ein trauriges Leben für einen jungen Menschen? Nun, es hätte noch schlimmer sein können. Als Geistlicher und Gelehrter werden Sie schon ahnen, was mir das Dasein erträglich machte . . .«

»Die Bücher!« sagte Mr. Brock.

»Ja, die Bücher«, wiederholte Midwinter, und seine Augen leuchteten einen Moment auf. »Sie wurden meine treuesten, zuverlässigsten Freunde, die mich nie mißbrauchten und nie verrieten! Darum waren die zwei Jahre im Hause des Geizkragens die besten, förderlichsten Jahre meines Lebens. Die einzige reine Freude, die mir je zuteil wurde, holte ich mir aus den Regalen. Die Kundschaft des Ladens war spärlich, und ich saß stundenlang allein und ungestört hinter dem Tisch und las, während er in seinem staubigen Kontor über dem Hauptbuch hockte – dem einzigen Buch, das *er* liebte. Eines Morgens aber kam er nicht herunter, und als ich nachsehen ging, lag er krank im Bett und konnte nicht aufstehen. Einen Arzt wollte er nicht, dazu war er zu geizig; aber zufällig kam an diesem Tag ein alter Doktor in den Laden, der manchmal etwas bei uns kaufte, und dem sagte ich Bescheid. Er ging hinauf, und ich las weiter, aber nach einer Weile kam der Doktor wieder herunter und störte mich von neuem. ›Ich mag dich nicht sehr, mein Junge‹, sagte er, ›aber ich halte es für meine Pflicht, dir zu sagen, daß du dich demnächst nach einer anderen Stelle umsehen mußt, und möchte dir raten, dir ein Zeugnis geben zu lassen, bevor es zu spät ist.‹ Ich dankte ihm kühl und befolgte seinen Rat. Denken Sie nun etwa, mein sterbender Herr und Meister hätte mir das Zeugnis umsonst gegeben? Der nicht! Noch auf dem Sterbebett feilschte er mit mir. Er war mir einen Monatslohn schuldig und weigerte sich rundweg, eine Zeile zu schreiben, ehe ich ihm die Schuld erlassen hatte. Drei Tage darauf starb er in dem glücklichen Bewußtsein, mich noch zum Schluß betrogen zu haben, und ich stand wieder einmal auf der Straße. Diesmal glaubte ich freilich an bessere Zukunftsaussichten. Ich hatte mir in den zwei Jahren ganz leidliche Kenntnisse in Latein, Griechisch und Deutsch angeeignet, und außerdem hatte ich ja nun endlich ein Zeugnis in der Tasche. Und doch half mir alles nichts – ich war in der Stadt nicht beliebt. Die einfachen Leute verachteten mich, weil ich mich dem berüchtigten Geizkragen ›verkauft‹ hatte, wie sie es auffaßten, und was ich den höheren Klassen getan habe, weiß Gott allein . . . Auf gebildete Leute (außer Mr. Armadale) machte ich immer einen unangenehmen Eindruck, sie lehnten mich auf den ersten Blick ab, und ich sah bald ein, daß ich mir alle übertriebenen Hoffnungen aus dem Sinn schlagen mußte. Das Zeitungsinserat einer Schule, die zu jämmerlichen Bedingungen einen Hilfslehrer suchte, ermutigte mich zu einer Bewerbung, und diese Stelle bekam ich. Wie es mir darin erging und was weiter aus mir wurde, brauche ich Ihnen nicht mehr zu erzählen. Meine Vorgeschichte ist zu Ende, das Geheimnis Ozias Midwinters ist gelüftet, und Sie wissen nun alles von mir – auch das Schlimmste.«

Eine kurze Stille folgte. Dann stand Midwinter vom Fensterbrett auf und kam mit dem Wildbader Manuskript an den Tisch zurück.
»Ich habe versprochen, Ihnen reinen Wein einzuschenken«, sagte er rauh. »Habe ich mein Wort gehalten?«
»Zweifellos«, erwiderte Mr. Brock. »Sie haben sich damit ein Anrecht auf mein Vertrauen und meine Teilnahme erworben. Ich müßte ein Herz von Stein haben, wenn ich nach Anhören dieser Kindheits- und Jugendgeschichte nichts Wärmeres für Sie empfände.«
»Danke, Sir«, sagte Midwinter ernst und einfach. Dann erst setzte er sich endlich an den Tisch, dem Pfarrer gegenüber, und fuhr fort: »In wenigen Stunden müssen Sie aufbrechen. Soweit es an mir liegt, möchte ich gern alles tun, um Ihre Sorgen zu erleichtern. Wie soll ich mich in Zukunft Ihrem Zögling gegenüber verhalten? Der Brief meines Vaters hat ein schweres Problem aufgeworfen, das wir bisher noch gar nicht ins Auge gefaßt haben.«
Er hielt plötzlich inne und sah nervös auf die Kerze, deren blasses Flämmchen immer noch mit dem heller und heller werdenden Tageslicht kämpfte. »Entschuldigen Sie die sonderbare Anwandlung eines sonderbaren Menschen«, sagte er mit schwachem Lächeln, »aber diese Kerze irritiert mich . . . Ich möchte das neue Thema nur im Licht des neuen Tages besprechen.«
Er löschte die Kerze, und die zarte Morgenhelle füllte still und beruhigend das Zimmer. »Noch einmal muß ich Ihre Geduld in Anspruch nehmen«, fuhr Midwinter fort, »indem ich kurz auf

mich und meine Angelegenheiten zurückkomme. Ich habe vorhin schon erwähnt, daß mein Stiefvater Nachforschungen anstellen ließ, nachdem ich aus der schottischen Schule verschwunden war. Er tat das nicht aus plötzlicher Zuneigung, sondern einfach als mein gesetzlicher Vormund und auf Veranlassung des Testamentsvollstreckers meines Vaters. Die Güter auf Barbados waren verkauft worden (um die Zeit der Sklavenemanzipation, die den britischen Besitz dort ohnehin ruinierte), und ein Teil des Erlöses war nach dem Letzten Willen meines Vaters für meine standesgemäße Erziehung bestimmt. Infolgedessen waren sie verpflichtet, nach mir zu suchen. Vor sechs oder sieben Jahren soll schon einmal ein öffentlicher Aufruf in der Zeitung gestanden haben, den ich nie gesehen habe. Nach meinem einundzwanzigsten Geburtstag erschien eine zweite Suchanzeige, in der etwaigen Zeugen meines Todes sogar eine Belohnung versprochen wurde, und diese Anzeige bekam ich zu Gesicht. Ich meldete mich sofort bei der angegebenen Rechtsanwaltsfirma und erfuhr nach Feststellung meiner Identität, die einige Schwierigkeiten machte, daß ich mit dem Tage meiner Volljährigkeit Anspruch auf das halbe Restvermögen hätte; nur im Fall meines Todes wäre dieser Anspruch auf meine Mutter übergegangen. Nach einer Konferenz in Anwesenheit meines Stiefvaters, auf dessen Privatäußerungen ich hier nicht einzugehen brauche, wurden meine Rechte anerkannt. Mein Vermögen ist in Staatspapieren angelegt – natürlich unter dem Namen, den ich gesetzmäßig führe.«
Mr. Brock hielt einen Moment den Atem an. Er sah jetzt, worauf der junge Mann hinauswollte.
»Zweimal jährlich muß ich meine Unterschrift als Allan Armadale leisten, damit mir mein Einkommen ausgezahlt wird. Zu allen anderen Zeiten und bei allen anderen Gelegenheiten kann ich mich nennen, wie es mir beliebt, und ich gedenke bei dem Namen Midwinter zu bleiben. Als Ozias Midwinter hat Allan Armadale mich kennengelernt – und für ihn will ich bis ans Ende meiner Tage Ozias Midwinter heißen. Wie Sie auch entscheiden mögen, Sir, ob Sie mir trauen oder nicht, dieses eine kann ich Ihnen versichern: Ihr Schutzbefohlener wird das gräßliche Geheimnis, das ich Ihnen mitgeteilt habe, nie erfahren. Für mich bedeutet es wahrhaftig kein Opfer, die bisherige Rolle weiterzuspielen. Im Gegenteil, es wäre unausdenkbar grauenhaft, ihm eingestehen zu müssen, daß wir Namensvettern sind. Das Geständnis würde ja nicht beim Verbrechen meines Vaters stehenbleiben, sondern notwendig bis zur Heirat seiner Mutter zurückführen; eins ergäbe sich aus dem andern . . . Und ich weiß, wie heilig Allan die Erinnerung an seine Mutter hält. Gott ist mein Zeuge – nie soll ihm diese Erinnerung durch *mich* getrübt werden!«

Diese schlicht und inbrünstig gesprochenen Worte rührten eine der tiefsten Saiten in der Seele des Pfarrers an und versetzten ihn an Mrs. Armadales Sterbebett zurück. Nun saß ihm der Mann gegenüber, vor dem sie ihn in blinder Abneigung gewarnt hatte – und dieser selbe Mann erlegte sich freiwillig die Verpflichtung auf, ihr eigenes schmähliches Geheimnis um des Sohnes willen zu wahren! Mr. Brock schämte sich jetzt seiner zahlreichen früheren Bemühungen, eine Freundschaft zu zerstören, die diesen Unglücklichen zu soviel selbstverleugnendem Opfermut begeisterte. Er reichte Midwinter zum erstenmal mit voller Überzeugung die Hand und sagte warm: »Im Namen der Toten und im Namen ihres Sohnes – ich danke Ihnen.«

Midwinter schwieg eine Weile. Dann schlug er wieder das Manuskript seines Vaters auf.

»Nachdem diese vordringlichste Frage bereinigt ist, müssen wir, glaube ich, noch auf ein paar Einzelheiten dieses Briefes eingehen. Das Absonderliche meines Verhaltens gegen Sie und Allan, besonders mein Schweigen über persönliche Dinge, das Sie so oft merklich beunruhigt hat, dürfte ja nun hinreichend erklärt sein. Sie können sich vorstellen, wie überrascht und neugierig ich war, als ich damals aus meinem Fieber zu mir kam, zum erstenmal mit Bewußtsein den Namen Allan Armadale hörte und begriff, daß nicht ich damit gemeint war . . . Sie verstehen gewiß auch, warum ich Allan nicht gleich erzählte, wir seien Namensvettern, denn mit dem Geständnis, einen Decknamen zu tragen, hätte ich meine ohnehin zweifelhafte Stellung vollends unterminiert – wenn nicht bei Allan, so doch bei Ihnen und allen anderen. Daß ich aus denselben Gründen hartnäckig meinen wenig vertrauenerweckenden Lebenslauf verschwieg, wird Sie nun ebensowenig wundern. Damals brauchte ich mich nicht so zur vollen Aufrichtigkeit verpflichtet zu fühlen wie jetzt, seit gestern nachmittag – seit ich die Beichte meines Vaters gelesen habe. Kommen wir also ohne weitere Umschweife zu . . .« Seine Stimme schwankte plötzlich, und die Hand, die das Manuskript hielt, zitterte. ». . . zu dem Mord auf der *Grâce de Dieu* und zu der Warnung, die mich erst jetzt aus dem Grabe meines Vaters erreicht hat.«

Fast tonlos, als ob er fürchte, daß Allan, der in einem der Nebenzimmer schlief, ihn belauschen könnte, las er noch einmal die letzten beschwörenden Worte vor, die der Sterbende einst in Wildbad einem Fremden in die Feder diktiert hatte.

»Meide die Witwe des Ermordeten! Meide die kupplerische Zofe, die ihre Hand damals zu einer Fälschung hergab! Und meide vor allem Deinen Namensvetter! Verstoße lieber Deine besten Freunde, falls sich herausstellen sollte, daß sie mit der einen oder anderen dieser Personen auch nur das geringste zu tun haben. Verlasse die Frau, die Du liebst, wenn sie Beziehungen zu diesem Kreise hat. Nimm notfalls einen falschen Namen an. Lege Gebirge und Meere zwischen Dich und jenen anderen Armadale, erscheine undankbar und herzlos, handle wider Deine Natur – alles ist besser, als daß Du nur einmal die gleiche Luft mit diesem Menschen atmest. Nie dürfen sich die beiden Armadales auf dieser Welt begegnen – nie, nie, nie!«

Midwinter schob das Manuskript etwas von sich, ohne aufzublikken. Er glich jetzt wieder ganz der verdächtigen, undurchsichtigen Figur, die der Pfarrer bis vor wenigen Stunden in ihm gesehen hatte. Jeder andere hätte in Kenntnis seiner Geschichte gesagt: »Dieser unstete Blick, diese schlechte Haltung ... Er ist eben doch der echte Sohn seines Vaters!«

»Warum«, fragte Mr. Brock langsam, »haben Sie mir gerade diesen Absatz vorgelesen?«

»Um mich zu restloser Aufrichtigkeit zu zwingen«, erwiderte Midwinter sofort. »Ich habe vielleicht mehr von meinem Vater in mir, als Sie denken – und das müssen Sie in Betracht ziehen, ehe Sie meine weitere Freundschaft mit Mr. Armadale gutheißen. Wissen Sie, wie mir zumute war, als ich gestern den Brief erhielt und ihn, von unbestimmten Ahnungen gepeinigt, erst an einer einsamen Strandstelle entsiegelte und las? Mitten im hellsten Sonnenschein und im Glanz der Wellen glaubte ich die körperliche Nähe meines Vaters zu spüren, als ob er jede meiner Regungen beobachtete. Und als ich nun gar seine letzte Warnung las und mir klarmachte, daß, was er sterbend am meisten befürchtet hatte, schon eingetroffen sei – da ergriff mich dasselbe Grauen, das ihn in den letzten Augenblicken seines Lebens ergriffen haben muß. Ich kämpfte mit mir, wie *er* es gefordert hat. Ich versuchte alle weicheren Empfindungen rücksichtslos auszumerzen; ich versuchte mich eiskalt an den Gedanken zu gewöhnen, wirklich Gebirge und Meere zwischen mich und den Mann zu legen, der denselben Namen trägt wie ich – und der mein Freund ist. Erst nach Stunden brachte ich mich soweit, hierher zurückzukehren, auf die Gefahr hin, Allan Armadale gleich wieder zu begegnen. Ich traf ihn schon auf der Treppe dieses Hauses, und als ich ihn ansah, drängte sich mir die Vision auf, wie *mein* Vater *seinen* Vater angesehen haben muß, ehe sich die Kajütentür zwischen den beiden schloß. Ziehen Sie daraus Ihre eigenen Schlüsse auf meine Veranlagung, Sir. Wahrscheinlich werden Sie den Schicksalsglauben meines Vaters als heidnisch verwerfen, aber ich kann nicht leugnen, daß ich ihn zumindest gestern geteilt habe. Es wurde Nacht, ehe ich den Weg zu ruhigeren und lichteren Gedanken fand und der Einfluß dieser furchtbaren Warnung nachließ. Wollen Sie wissen, was mir geholfen hat, mich nach diesem schlimmsten Schlag wieder aufzurich-

ten und mich über allen Aberglauben zu erheben?«
»Die reine Logik?«
»Logik hat mit Gefühlen nichts zu tun.«
»Das Gebet?«
»Diese Zuflucht blieb mir versagt.«
»Wenn Gott Sie nicht erleuchtet hat – was dann?«
»Etwas ebenso Mächtiges.«
»Was kann das sein?«
»Meine Liebe zu Allan Armadale.«
Der Pfarrer schwieg erschüttert. Vielleicht mißverstand Midwinter sein Schweigen, denn er warf ihm einen scheuen, zweifelnden Blick zu und stand plötzlich auf, um sich wieder aufs Fensterbrett zu setzen und, wie vorher, das Gesicht abzuwenden.
»Habe ich nicht das Recht, so zu reden?« fragte er. »Habe ich meine Ergebenheit noch nicht genug bewiesen? Sie kennen nun mein Leben, Sir – begreifen Sie nicht, daß Allans offenherzige Freundschaft mir wie ein Wunder erschienen ist und ich sie mit Gefühlen erwidere, die nur mit dem allumfassenden Wort ›Liebe‹ bezeichnet werden können? Ja, ich liebe ihn! Ich kann nicht anders! Ich würde jederzeit mein Leben für ihn hingeben, obgleich es mir durch seine Freundschaft kostbar geworden ist; ich würde ...« Ihm versagte die Stimme. Seine Stirn sank ans Fensterkreuz, und er brach in Tränen aus. Doch auch jetzt hörte er nicht auf, um die harte Selbstbeherrschung zu ringen, die ihm in Fleisch und Blut übergegangen war. »Verzeihung«, brachte er stockend hervor. »Geben Sie mir ... eine Minute Zeit ... Ich werde Ihnen nicht noch einmal so ein peinliches Schauspiel ...«
Er nahm sein Versprechen wörtlich. In einer Minute war er imstande, zwar abgewandten Gesichts, aber ruhig und gefaßt weiterzusprechen.
»Um auf die Erleuchtung zurückzukommen, die mich bewog, Sie tief in der Nacht hier aufzusuchen, so kann ich nur wiederholen, daß ich ohne meine tiefe, brüderliche Liebe zu Allan Armadale nie mit der seelischen Belastung fertig geworden wäre, die mich nach Erhalt dieses Briefs zu Boden drückt. Ich sagte mir plötzlich: Wenn der Gedanke an die Trennung von Allan dir das Schlimmste von allem ist – dann ist dieser Gedanke falsch. Ich atme schon seit geraumer Zeit die gleiche Luft und wohne unter einem Dach mit dem Sohn des Ermordeten. Folgt daraus unerbittlich, daß ich die Sünde meines Vaters fortsetzen muß, indem ich ihn ebenfalls, sei es im wörtlichen oder übertragenen Sinn, tödlich verletze? Ist mir nicht vielmehr die Möglichkeit gegeben, das Verbrechen meines Vaters zu sühnen, indem ich Allan mein ganzes Leben weihe und sein Wohlergehen mein erster und letzter Gedanke ist? Ich glaube, dieser Vorsatz ist besser als feige Flucht. Und nun bin ich hier, um

die Entscheidung in Ihre Hände zu legen. Ihr Zögling steht vor einem unerwarteten neuen Lebensabschnitt, in dem er dringend einen zuverlässigen, gleichaltrigen Freund braucht. Darf Ozias Midwinter dieser Freund sein oder nicht?«

Der Pfarrer beantwortete diese rückhaltlos offene Frage mit gleicher Offenheit.

»Ich glaube jetzt an Ihre Ehrlichkeit, und ich glaube an Ihre Liebe zu Allan. Wer diesen Eindruck bei mir erwecken konnte, hat auch Anspruch auf mein volles Vertrauen. Ich lege Ihrer Freundschaft nichts mehr in den Weg. Ich vertraue Ihnen.«

Midwinter sprang auf die Füße. Sein dunkles Gesicht leuchtete, und er sah Mr. Brock endlich mit einem festen, langen, unbeirrbaren Blick in die Augen. Dann griff er so leidenschaftlich nach dem Manuskript, daß einzelne Blätter sich aus der Klammer lösten und über den Tisch flatterten. »Lassen Sie mich das jetzt verbrennen Lassen wir die schreckliche Vergangenheit zu einem Haufen Asche zusammensinken, ehe wir für diesmal Abschied nehmen!«

»Einen Moment!« sagte Mr. Brock. »Es gibt einen Grund, warum wir es noch einmal ansehen sollten.« Er zog das Manuskript an sich und sah die letzten Seiten durch. »Ich habe dieselben Ansichten über den Aberglauben Ihres Vaters wie Sie; aber hier ist noch eine Warnung, die Sie auch um Allans willen nicht vergessen sollten. Die ganze Vergangenheit können Sie nicht hinter sich verbrennen, denn eine der handelnden Personen von damals ist noch am Leben. Lesen Sie selbst.« Er schob Midwinter das Blatt zu und drückte den Zeigefinger auf eine bestimmte Stelle.

»Meide die kupplerische Zofe, die ihre Hand damals zu einer Fälschung hergab . . .« las Midwinter halblaut.

»Daran wollte ich Sie erinnern«, sagte der Pfarrer. »Ich weiß, daß die Zofe aus den Diensten ihrer Herrin entlassen wurde, als die Herrin heiratete. Ich weiß, daß sie sich letztes Jahr in Somersetshire wieder begegnet sind, denn ich habe ihr leider selbst den Weg zu Mrs. Armadales Haus gesagt, und ich weiß auch, daß ihr unwillkommener Besuch Mrs. Armadales Tod beschleunigt hat. – Antworten Sie nicht gleich; ich sehe, daß ich Sie erschreckt habe.«

Midwinter wartete gehorsam. Sein dunkles Gesicht war fahl erblichen, und das begeisterte Leuchten seiner Augen war erloschen. War der Kampf in seiner Brust doch noch nicht beendet? Gewann die ererbte Neigung zum Aberglauben wieder Macht über ihn?

»Können Sie mir einige Anhaltspunkte geben, damit ich mich vor ihr hüte?« fragte er nach einer langen Pause. »Wie heißt sie?«

»Ich kann Ihnen nur sagen, was ich von Mrs. Armadale weiß«, antwortete Mr. Brock. »Die Zofe hat ihr gegenüber erwähnt, daß sie in der langen Zwischenzeit geheiratet hätte, aber alles übrige scheint sie mit Stillschweigen übergangen zu haben. Sie erklärte nur, sie sei in Bedrängnis und brauche Geld. Nachdem sie es erhalten hatte, verließ sie das Haus, ohne ihren jetzigen Namen oder ihre Adresse anzugeben.«

»Sie sagten, Sie hätten sie im Dorf gesehen und ihr den Weg gezeigt. Wie sieht sie aus?«

»Ich weiß nicht. Ihr Gesicht war tief verschleiert.«

»Aber irgendeinen Gesamteindruck müssen Sie doch gehabt haben!«

»Das allerdings. Als sie sich mir näherte, fiel mir die Anmut ihrer Bewegungen auf. Sie hatte auch eine schöne, ebenmäßige Gestalt und war etwas über Mittelgröße. Dem Benehmen nach hätte ich sie für eine vornehme Dame gehalten, zumal sie ihre Frage in angenehmem, gewinnendem Ton stellte. Ihre Kleidung bestand, wenn ich mich recht erinnere, aus einem schwarzen Seidenkleid, schwarzem Hut, dichtem schwarzem Schleier und einem rotseidenen Schal mit Fransen. Schade, daß ich Ihnen keine bessere Beschreibung –«

Er hielt mitten im Satz inne, denn Midwinter hatte sich erregt über den Tisch gebeugt und ihm die Hand auf den Arm gelegt.

»Was ist denn?« fragte er erstaunt. »Kennen Sie die Frau etwa?«

»Nein. Aber erinnern Sie sich nicht an die Beschreibung der verhinderten Selbstmörderin, deren Sprung in die Themse die eigentliche Ursache war, daß drei Blanchards hintereinander starben und Allan so plötzlich Erbe von Thorpe-Ambrose geworden ist?«

»Ich erinnere mich an den Polizeibericht, aber –«

»*Jene* Frau«, fuhr Midwinter in steigender Erregung fort, »fiel ebenfalls durch ihre Anmut und ihre schöne Figur auf und trug ein schwarzes Seidenkleid, einen schwarzen Hut mit dichtem schwarzem Schleier und dazu einen roten Fransenschal ...« Er ließ Mr. Brocks Arm abrupt los und nahm seinen Platz wieder ein. »Wenn es nun dieselbe wäre?« flüsterte er vor sich hin. »Gibt es Rachegeister, die sich an unsere Fersen heften? Verfolgt uns das Schicksal in Gestalt dieser Frau?«

»Aber, aber!« mahnte der Pfarrer mit nachsichtigem Lächeln, obgleich er im stillen selbst etwas über die Möglichkeit eines unheimlichen Zusammenhangs erschrak und sie deshalb instinktiv leugnete. »Lieber junger Freund, Sie scheinen Ihren Aberglauben doch noch nicht so ganz überwunden zu haben. Was Sie vorhin über das Resultat Ihrer inneren Kämpfe gesagt haben, hat mir viel besser gefallen.«

Midwinter senkte dunkel errötend den Kopf und seufzte schwer. »Nun zweifeln Sie wieder an meiner Aufrichtigkeit«, sagte er leise. »Ich kann es Ihnen nicht verdenken.«

»Mein Glaube an Ihren guten Willen steht ein für allemal fest«, erwiderte Mr. Brock. »Ich sehe nur, daß Ihre neue Rüstung noch schwache Stellen hat, und ich mache Sie darauf aufmerksam, um Ihnen zu helfen. Panzern Sie sich gegen alle Anfechtungen doppelt und dreifach mit Ihrem gesunden Menschenverstand! Es gibt wirklich keinen vernünftigen Grund, anzunehmen, daß die Frau in Somersetshire und die verhinderte Selbstmörderin aus London ein und dieselbe Person sind. Muß ein alter Mann wie ich einen jungen darauf hinweisen, daß es in England Tausende von Frauen gibt, die eine hübsche Figur haben und wissen, wie gut ihnen die elegante Zusammenstellung von Schwarz und Rot steht?«

Midwinter ging begierig auf diesen Hinweis ein – allzu begierig vielleicht, wie ein schärferer Beobachter als der Pfarrer wohl gefunden hätte.

»Sie haben recht! Es gibt nicht nur Tausende von solchen Frauen, sondern Zehntausende! Ich verschwende mit meinen törichten Phantasien nur Kraft und Zeit, statt mich an Tatsachen zu halten. Sollte diese Person je den Versuch machen, Allan zu belästigen, wie sie schon seine Mutter belästigt hat, so muß ich gewappnet sein, um ihr das Handwerk zu legen. Wenn ich nur mehr über sie wüßte . . .« Er begann in den verstreuten Manuskripten herumzusuchen, bis ihm ein Blatt in die Finger kam, das seine Aufmerksamkeit fesselte. »Hier ist endlich etwas Positives: Als Mrs. Armadale heiratete, war die Zofe zwölf Jahre alt. Daraus ist leicht ihr heutiges Alter zu errechnen – Allan ist zweiundzwanzig, folglich muß sie jetzt um fünfunddreißig sein. Ich weiß also schon zweierlei: ihr Alter, und daß sie irgendwelche Gründe gehabt haben muß, sich nicht näher über ihre Ehe auszulassen. Das ist nicht viel, aber für den Anfang muß es genügen.«

Er sah, nun wieder zuversichtlich, zu Mr. Brock auf. »Bin ich jetzt auf dem richtigen Wege, Sir? Ist Ihr Verweis auf fruchtbaren Boden gefallen?«

»Sie sind ein gelehriger Schüler«, lobte der Pfarrer, der, wie die meisten Engländer, ein grenzenloses Mißtrauen gegen die edelste aller menschlichen Fähigkeiten, die Phantasie, hegte, »und auf diesem Wege werden Sie auch in eine glücklichere Zukunft finden.«

»Meinen Sie?« murmelte Midwinter zerstreut, denn er blätterte schon wieder in den Papieren und hielt plötzlich mit dem tonlosen Ausruf: »Das Schiff!« inne.

»Welches Schiff?« fragte Mr. Brock.

»Das Schiff, auf dem das Verbrechen geschah«, erklärte Midwinter, zum erstenmal mit einem Unterton von Gereiztheit. »Das Schiff, auf dem mein Vater in mörderischer Absicht den Schlüssel der Kajütentür umdrehte . . .«

»Was ist damit?« erkundigte sich Mr. Brock.

Midwinter hörte ihn nicht mehr. Seine Augen liefen gebannt über die Zeilen des Blattes, das er in der Hand hielt.
»Ein französischer Holzfrachter«, murmelte er vor sich hin, »*La Grâce de Dieu* . . . Das Wrack wurde abgeschleppt . . . war also noch reparaturfähig. Wenn der Schicksalsglaube meines Vaters zuträfe . . . hätte ich auf einer meiner vielen Seereisen . . . diesem Schiff begegnen müssen.« Er sah plötzlich auf und sagte entschieden: »Ich bin jetzt ganz sicher, Sir. Es handelt sich um zwei verschiedene Frauen, die nur zufällig beide einen auffälligen roten Schal trugen, und nicht um ein und dieselbe.«
Mr. Brock schüttelte verwundert den Kopf.
»Es freut mich, daß Sie zu diesem Schluß gelangt sind«, sagte er trocken. »Nur die Art und Weise kommt mir noch etwas unorthodox vor.«
Midwinter sprang auf, raffte das Manuskript mit beiden Händen zusammen und schleuderte es in den leeren Kamin. »In Gottes Namen, verbrennen wir es endlich!« rief er. »Solange noch ein Fetzen davon vorhanden ist, werde ich ihn lesen, und solange ich lese, hat mein Vater Gewalt über mich, ganz gleich, wie ich mich wehre!«
Mr. Brock zeigte schweigend auf die Zündholzschachtel. Sekunden danach stand das Manuskript in hellen Flammen. Als der letzte Rest verkohlt zusammensank, atmete Midwinter tief auf.
»Ich fühle mich wie Macbeth nach Banquos Verschwinden«, behauptete er mit fiebriger Lustigkeit, »ich bin wieder ein Mann! – Aber Sie sehen müde aus, Sir«, fügte er gedämpft hinzu. »Kein Wunder, ich habe Sie zu lange vom Schlafen abgehalten; dafür will ich Sie nun in Ruhe lassen. Seien Sie unbesorgt, ich vergesse Ihre Lehren nicht, und ich schütze Allan vor jedem Feind – sei es Mann oder Frau. Tausend-tausendmal Dank, Mr. Brock! Als elendster Mensch auf Erden kam ich in dieses Zimmer, und nun verlasse ich es so froh und heiter wie die Vögel, die da draußen singen!«
Gerade in diesem Moment fielen die ersten Strahlen der aufgehenden Sonne durchs Fenster und trafen genau das Aschenhäufchen im Kamin. Midwinters empfängliche Phantasie belebte sich bei diesem Anblick sofort aufs neue.
»Sehen Sie nur!« sagte er glücklich. »Die goldenschimmernde Zukunft über der Asche der Vergangenheit!«
Unerklärlicherweise empfand der Pfarrer bei diesen Worten statt Mitfreude – Mitleid. Und noch, als die Tür sich längst hinter Midwinter geschlossen hatte, ertappte er sich mit unbehaglichem Erstaunen bei dem völlig widervernünftigen Gemurmel:
»Armer Kerl . . . Armer, armer Kerl!«

III

Tag und Nacht

Der Pfarrer war abgereist. Die beiden jungen Männer hatten ihn pünktlich zur Abfahrtszeit des Dampfers nach Douglas gebracht, waren dann nach Castletown zurückgekehrt und hatten sich vor der Gasthaustür getrennt – Allan, um nach seiner Jacht zu sehen, und Midwinter, um den versäumten Schlaf wenigstens etwas nachzuholen.

Er verdunkelte sein Zimmer, legte sich hin und schloß die Augen, aber der ersehnte Schlaf wollte sich nicht einstellen. Sein empfindliches Nervensystem reagierte mit übertriebenem Verantwortungsgefühl auf Mr. Brocks ehrendes Vertrauen. Er fürchtete alles mögliche, wenn er Allan auch nur ein paar Stunden allein ließ, bis der Entschluß, wieder aufzustehen und Allans Spuren zu folgen, ihn nicht nur keine Überwindung kostete, sondern geradezu eine Erlösung war.

Er fand seinen Freund beim »Aufräumen« in der Kajüte der Jacht. Wie alle von Natur unsystematischen Leute überkam ihn von Zeit zu Zeit der reinste Ordnungsfimmel, und das Resultat seiner lobenswerten, wenn auch fehlgeleiteten Energie war gewöhnlich ein unüberbietbares Chaos. Jetzt kniete er mit wildem Eifer inmitten eines Sammelsuriums verschiedenartiger Gegenstände am Boden.

»Wo kommt bloß all das Zeug her!« sagte Allan, als er Midwinter gewahrte, und blickte mit unerschütterlicher Ruhe auf das Durcheinander. »Weißt du was, mein Lieber? Ich hätte erst gar nicht anfangen sollen.«

Midwinter lächelte und kam seinem Freund mit der natürlichen Handfertigkeit des erfahrenen Seemanns zu Hilfe. Vor allem nahm er sich des umgekippten Kleiderspinds an, dessen Inhalt in weitem Umkreis verstreut lag. Er stellte es wieder aufrecht an die Wand und sammelte die Dinge auf, die vermutlich hineingehörten. Dabei stieß er auf ein altmodisches Miniaturbildnis in ovalem, mit Brillantsplittern besetztem Rahmen.

»Hierauf scheinst du nicht viel Wert zu legen«, bemerkte er und zeigte es Allan. »Wer ist das?«

Allan reckte den Hals. »Ich lege sogar den allergrößten Wert darauf, denn ich habe es von meiner Mutter«, erwiderte er. »Es ist ein Bild meines Vaters.«

Midwinter drückte ihm die Miniatur hastig in die Hand und ging ans andere Ende der Kajüte. »Du weißt wohl am besten, wohin die Sachen aus deinem Spind gehören«, sagte er, indem er Allan den

Rücken zudrehte und sich mit anderen Gegenständen beschäftigte. »Ich werde lieber hier hinten aufräumen . . .«
Doch der Stellungswechsel half ihm nichts; der Teufel schien ihm auch hier nur das Privateigentum seines Freundes in die Hand zu spielen. Das nächste war Allans Tabaksdose. Statt des Pfeifenstopfers, der normalerweise hineingehörte, steckte ein dicker, verknüllter Brief darin.
»Hast du den mit Absicht hier aufbewahrt?« fragte Midwinter. »Ist der Brief von Bedeutung, oder kann er weg?«
Allan konnte zu seinem Stolz sofort Auskunft geben. Es war einer der Briefe von »diesen langweiligen Rechtsanwälten«, die er nachgeschickt bekommen, nach kurzem Überfliegen aber »zu baldiger Erledigung« beiseite gelegt hatte. »Das kommt davon, wenn man besonders gewissenhaft sein will!« beklagte er sich. »Ob du es glaubst oder nicht, ich habe den Brief eigens in die Dose gesteckt, um ihn nicht zu vergessen, denn jedesmal, wenn ich mir eine Pfeife stopfen wollte, würde ich ihn sehen, und jedesmal, wenn ich ihn sah, würde mir einfallen, daß ich ihn noch beantworten müßte. Lach nicht! Es war ein wohldurchdachtes System, und es hätte glänzend funktioniert, wenn ich nicht irgendwann total vergessen hätte, wo die Dose ist. Ob ich's diesmal mit einem Knoten im Taschentuch versuche? Du hast ein so prachtvolles Gedächtnis, Midwinter – vielleicht bist du dann so gut und erinnerst mich ab und zu daran, wozu ich den Knoten in mein Taschentuch gemacht habe.«
Midwinter sah hier zum erstenmal eine Gelegenheit, Mr. Brock würdig zu vertreten.
»Am besten beantwortest du den Brief jetzt gleich«, schlug er vor, »dann sind alle Knoten überflüssig. Hier hast du dein Schreibzeug.«
»Gute Idee«, gab Allan zu. »Das schlimme ist nur, daß ich nicht recht weiß, was und wie ich antworten soll. Ich brauche einen vernünftigen Rat. Komm, setz dich her, wir erledigen das gemeinsam.«
Er fegte lachend alles, was auf dem Kajütensofa lag, auf den Boden, und Midwinter nahm, von seiner Heiterkeit angesteckt, ebenfalls lachend neben ihm Platz. Es war ein denkwürdiger Moment, obwohl die beiden in ihrer jugendlich-heiteren Laune keine Ahnung von seiner künftigen Tragweite hatten. Doch ehe sie wieder von ihren Plätzen aufstanden, hatten sie unwissentlich den ersten unwiderruflichen Schritt in das dunkle, dornige Labyrinth ihres gemeinsamen Lebens getan . . .
Rein sachlich gesehen, handelte es sich um folgende Fragen, die Allan seinem Freund zur Mitentscheidung vorlegte:
Ein Gut wie Thorpe-Ambrose brauchte natürlich einen tüchtigen

Verwalter. Der bisherige, ein durchaus vertrauenswürdiger und erfahrener Mann, hatte dem neuen Besitzer sofort seine Dienste angeboten, aber leider keine Gnade vor seinen Augen gefunden; denn Allan war insgeheim fest entschlossen, diese Stelle für seinen Freund Midwinter offenzuhalten, aus dem einfachen Grunde, weil Midwinter dann zum Daueraufenthalt an seiner Seite verpflichtet sein würde. Er hatte also das Gesuch des ehemaligen Verwalters kurzerhand abgelehnt, ohne Mr. Brock einzuweihen (denn von dieser Seite war kaum Zustimmung zu erwarten) und ohne Midwinter (der nichts von Gutswirtschaft verstand und wahrscheinlich auch nicht zugestimmt hätte) ein Wort von seinen Plänen zu verraten.

Allans unbekümmerter Entschluß hatte natürlich einige Schwierigkeiten im Gefolge, die sich jedoch – seiner Ansicht nach – mit Hilfe der Rechtsanwälte leicht lösen ließen. Erstens mußte ein Rechnungsbeamter nach Thorpe-Ambrose geschickt werden, um die Bücher des scheidenden Verwalters zu prüfen, und zweitens mußte dessen Wohnung, ein für sich stehendes Cottage, vermietet oder verpachtet werden, wenn sie nicht sinnlos leerstehen sollte (denn Allan gedachte seinen Freund bei sich im Herrenhaus einzuquartieren). Diese Angelegenheit war also einem Makler der nahen Kreisstadt übergeben worden – und soweit waren die Dinge gediehen, als Allan zu seiner Kreuzfahrt aufbrach. Er hatte keinen Gedanken mehr daran verschwendet, bis er auf der Insel Man einen postlagernden Brief seiner Rechtsanwälte erhielt, dem zwei Mietgesuche beigefügt waren. Allan wurde gebeten, sich möglichst umgehend zu äußern, welches der beiden er annehmen wolle.

Nachdem Allan sich die Sache einige Tage lang der Bequemlichkeit halber aus dem Kopfe geschlagen hatte, war er jetzt endlich gezwungen, sich zu entscheiden, und nach einer langen und verworrenen Erklärung der Umstände bat er Midwinter um seinen Rat. Statt einer Antwort stellte Midwinter jedoch zwei sehr natürliche und sehr peinliche Fragen: Hatte Allan denn schon einen neuen Verwalter in Aussicht? Und, wenn ja, warum setzte er ihn nicht in das für ihn bestimmte Cottage?

»Das wirst du schon sehen, wenn wir nach Thorpe-Ambrose kommen«, schmunzelte Allan geheimnisvoll. »Ja, ich habe einen in Aussicht – nennen wir ihn mal vorläufig XYZ –, und ich will ihn ins Herrenhaus nehmen, weil ich höllisch scharf bin, wie du weißt, und ihm so besser auf die Finger sehen kann. Schau mich nicht so zweifelnd an! Ich kenne den Burschen. Der braucht hin und wieder einen kräftigen Schubs. Wenn er wüßte, was ihm blüht, würde er sich womöglich hinter falscher Bescheidenheit verschanzen und nein sagen. Ich muß es einfach so einrichten, daß er plötzlich im

Herrenhaus sitzt wie die Maus in der Falle, ehe er weiß, wie ihm geschieht – und dann bleibt ihm ja wohl nichts anderes übrig, als sich ordentlich um meine Interessen zu kümmern. XYZ ist nämlich im Grunde gar kein übler Kerl. Ich stell' ihn dir in Thorpe-Ambrose vor, und wie ich euch beide kenne, werdet ihr euch glänzend miteinander vertragen.«
Allans humoristisches Zwinkern und sein ganzer Ton hätten jedem, der etwas mehr vom Glück verwöhnt war als Midwinter, seine Absicht verraten. Midwinter jedoch wäre nicht einmal bei noch gröberen Anspielungen darauf gekommen.
»Im Moment ist also gar kein Verwalter auf dem Gut?« fragte er beunruhigt. »Wird da nicht alles furchtbar vernachlässigt?«
»Ach was!« winkte Allan lässig ab. »Ein amtlicher Rechnungsprüfer steckt solange seine Nase in die Bücher, und einmal wöchentlich taucht noch irgendso ein pflichttreuer Federfuchser im Büro auf. Klingt das nach Schlamperei? Lassen wir also die Verwalterfrage einstweilen auf sich beruhen und wenden wir uns dem Cottage-Problem zu. Welchen von den zwei Bewerbern würdest du als Pächter nehmen, wenn du an meiner Stelle wärst?«
Midwinter las die beiden Schreiben aufmerksam durch. Das erste war von keinem Geringeren als dem Rechtsanwalt, der Allan damals in Paris vom Tod der drei Blanchards und seiner unverhofften Erbschaft in Kenntnis gesetzt hatte. Nun schrieb er, das Verwalterhaus in Thorpe-Ambrose hätte ihm wegen seiner reizenden, ruhigen Lage schon immer in die Augen gestochen. Er sei ein alter Junggeselle und Bücherwurm und wolle nach aufreibenden Dienststunden nichts als seinen Frieden. Daher glaube er Mr. Armadale versichern zu dürfen, daß er im Fall einer Einigung mit einem stillen, anspruchslosen Nachbarn rechnen könne, der auch für die beste Instandhaltung des Hauses sorgen würde.
Das zweite Angebot kam, über Vermittlung des Maklers, von einem völlig Fremden, einem Major a. D. namens Milroy. Seine Familie bestand aus einer kränklichen Frau und einer eben erwachsenen Tochter. Er fügte tadellose Referenzen bei und war ebenfalls sehr erpicht auf das Cottage, weil seine Frau eine absolut ruhige Umgebung brauchte.
»Na, welche vaterländische Institution ziehen wir vor?« fragte Allan. »Die Justiz oder die Armee?«
»Das ist doch schon so gut wie entschieden«, meinte Midwinter. »Den Rechtsanwalt kennst du persönlich. Natürlich hat er den Vorrang.«
»Das habe ich mir gedacht. Wenn man andere Leute um Rat fragt, kriegt man nie den Rat, den man möchte. Ich will den Major.«
»Warum?«

Allan zeigte bedeutungsvoll auf die Briefstelle, wo die drei Worte standen:
». . . eben erwachsene Tochter.«
»Die Idee, einen alten Bücherwurm und Junggesellen auf meinem Grund und Boden spazierengehen zu sehen, ist nicht besonders verlockend«, erklärte er dann, »– aber eine junge Dame! Das ist was anderes! Und ich bin überzeugt, daß Miß Milroy ein ganz besonders charmantes Mädchen ist. Ozias Midwinter! Glätte deine gestrengen Falten und stell dir mal vor, wie sich ein schimmerndes Musselinkleidchen zwischen den Baumstämmen ausnimmt – wie ihre Elfenfüßchen in deinen Obstgarten huschen und weiße Zähne sich in stibitzte Pfirsiche graben – wie ihr Händchen sich nach deinen Veilchen im jungen Gras ausstreckt – wie ihr anbetungswürdiges Näschen sich deinen Rosen nähert! Was hat der anspruchslose Junggeselle dagegen in die Waagschale zu werfen? Ein Paar rheumatische Gamaschenbeine und eine Perücke. Nein, mein Freund! Die Dame Justitia ist eine hochachtbare Person, das stelle ich nicht in Abrede – aber Miß Milroy ist mir lieber.«
»Allan, kannst du eigentlich nie ernsthaft über eine ernste Sache reden?«
»Ich geb' mir ja Mühe! Natürlich weiß ich, daß ich den Rechtsanwalt nehmen müßte; aber was kann ich dafür, wenn ich dauernd nur Miß Milroy vor meinem inneren Auge sehe?«
Midwinter ließ sich auf nichts ein und hielt seinem Freund eine lange, vernünftige Rede, an der Mr. Brock seine Freude gehabt hätte, und zu seiner Genugtuung hörte Allan auch ungewöhnlich geduldig zu.
Als Midwinter fertig war, griff Allan jedoch plötzlich in die Tasche, brachte eine Halbkronenmünze zum Vorschein und sagte munter:
»Weißt du was? Ich habe einen ganz neuen Vorschlag: Knobeln wir es aus!«
Seine Verrücktheit war unwiderstehlich. Midwinter konnte beim besten Willen nicht ernst bleiben. Allan profitierte davon, indem er schnell hinzufügte:
»Sagen wir, Ziffer ist der Major, Wappen der Rechtsanwalt – einverstanden? So, und nun lasse ich die Münze trieseln. Paß auf!«
Er schnippte die halbe Krone so geschickt auf den Tisch, daß sie sich längere Zeit wie ein Kreisel um sich selbst drehte, ehe sie nach einer Seite umfiel.
»Ziffer!« rief Allan triumphierend. »Der Major!«
»Aber das kannst du doch nicht im Ernst gelten lassen«, wandte Midwinter ein, als Allan seine Schreibmappe an sich heranzog und die Feder eintauchte. Er hatte die Knobelei für eine von Allans humoristischen Einlagen gehalten.
»Und wie ich kann!« erwiderte Allan. »Das Glück hat für mich und

Miß Milroy entschieden, zwei zu eins, du bist überstimmt, da hilft nun kein Dreinreden mehr, der Major hat oben gelegen und kriegt das Cottage. Und jetzt schreibe ich die Antworten persönlich. Wenn ich sie den Federfuchsern überlasse, ziehen sie die Korrespondenz ins Endlose.«

Er schrieb die beiden Antworten tatsächlich in je zwei Minuten. Die eine lautete: »Sehr geehrter Herr, ich nehme Major Milroys Angebot an; teilen Sie ihm bitte mit, daß er jederzeit einziehen kann. Hochachtungsvoll Allan Armadale«, die andere: »Sehr geehrter Herr, ich bedauere, Ihnen mitteilen zu müssen, daß das Cottage bereits verpachtet ist. Ihr sehr ergebener . . . undsoweiter«, worauf Allan die Feder hinwarf und bemerkte: »Möcht' mal wissen, warum die meisten Leute sich so anstellen, wenn sie einen Brief schreiben sollen. *Mir* macht das gar keine Schwierigkeiten.«

Fröhlich pfeifend adressierte und frankierte er die beiden gewichtigen Schreiben. Bis jetzt war ihm nicht aufgefallen, wie still sein Freund geworden war. Erst als die Briefe postfertig dalagen, blickte er auf und sah, daß Midwinter seltsam starr die Halbkronenmünze auf dem Tisch betrachtete. Allan hörte erstaunt zu peifen auf.

»Was ist denn nun schon wieder mit dir los?«

»Ich denke nur nach«, antwortete Midwinter.

»Worüber?«

Midwinter nahm die halbe Krone und gab sie ihm zurück. »Ich habe nur darüber nachgedacht«, sagte er dann leichthin, »ob es so etwas wie ›Zufall‹ wirklich gibt.«

Eine halbe Stunde später waren die beiden Briefe im Kasten, und Allan, der bisher fast ständig mit der Überwachung der Reparaturarbeiten an Bord beschäftigt gewesen war und so gut wie nichts von der Umgebung kannte, schlug einen ausführlichen Bummel durch Castletown vor.

Nun dürfte es auf dem ganzen Erdball, soweit er überhaupt bewohnbar ist, kaum einen Ort geben, der dem Wanderer so wenig Sehenswürdigkeiten bietet wie diese Inselmetropole. Die Hafen- und Schleusenanlagen, der Miniaturleuchtturm, die flache Küste rechts und die flache Küste links waren den jungen Leuten schon bekannt. Im gähnend leeren Stadtinnern befand sich das »Kastell«, ein viereckiges graues Gemäuer, das der Stadt den Namen gegeben hatte, ferner der Sockel eines Denkmals, das der Inschrift zufolge einem gewissen Governor Smelt gewidmet sein sollte, dessen Statue jedoch durch Abwesenheit glänzte; ferner eine Militärkaserne, vor der ein einsamer, seelisch gebrochener Soldat Wache hielt. Die vorherrschende Farbe der Stadt war ein verwaschenes Grau. Von den wenigen Läden war etwa die Hälfte mangels Kundschaft geschlossen. Ein paar Schiffer lungerten hoffnungslos

herum, die Jugend des Ortes lehnte rauchend, stumm und verzweifelt an einer Windschutzmauer, einige zerlumpte Kinder bettelten Allan und Midwinter mechanisch an, verschwanden aber schon wieder im Nichts, ehe sie die Hand in die Tasche stecken konnten, als sei die Aussichtslosigkeit ihres Unterfangens über allen Zweifel erhaben. Grabesstille lag nicht nur über dem Kirchhof, sondern über der ganzen Stadt. Nur ein Gebäude machte einen tröstlichen und wohlhabenden Eindruck; bei näherem Zusehen stellte es sich als eine Art Konditorei heraus, und bei noch näherem Zusehen (vorsichtshalber durchs Schaufenster) konnte der interessierte Fremde die Schüler des nahen College of King William erblicken – da ging doch endlich etwas vor! Die jungen Studenten saßen mit baumelnden Beinen und langsam mahlenden Kinnbacken auf hohen Stühlen und stärkten sich mit Pasteten und Törtchen in einer Atmosphäre ewigen, grauenvollen Schweigens.
Hieran zerbrach selbst Allans kühner Vorsatz, sich in Castletown auf Biegen und Brechen zu amüsieren, und er schlug einen Ausflug in die weitere Umgebung vor. Midwinter erklärte sich zu allem bereit, und sie kehrten zunächst einmal ins Hotel zurück, um sich nach lohnenden Zielen zu erkundigen. Ihnen wurde eine wahre Flut von Auskünften zuteil, nur nicht die, die sie haben wollten. Sie erfuhren alles Wissenswerte über Recht und Verfassung der Insel Man sowie über die Sitten und Gebräuche der Eingeborenen, die England zu Allans innigem Vergnügen als ziemlich unbedeutende, in einiger Entfernung liegende Nebeninsel betrachteten. Den beiden Bewohnern dieses Anhängsels wurde stolz auseinandergesetzt, daß man hier noch nach eigenen Gesetzen lebte, die jährlich einmal vom Gouverneur und den beiden Oberrichtern von einem Hügel herab verkündet wurden, und zwar in einer Kostümierung, die der Feierlichkeit des Anlasses entsprach. Das inseleigene Parlament, House of Keys genannt, war dem der Nachbarinsel weit überlegen, da seine Mitglieder sich einfach gegenseitig wählten und auf die Mitwirkung des Volkes verzichten konnten.
Allan hätte sich stundenlang weiter von diesen und vielen anderen Lokaleigentümlichkeiten unterhalten lassen, wenn Midwinter, der inzwischen den Wirt beiseitegenommen hatte, sich nicht mit der Bemerkung eingeschaltet hätte, daß es wohl Zeit wäre, aufzubrechen, wenn Allan wirklich noch etwas an einem Ausflug läge. Die West- und Südküste sollte landschaftlich am schönsten sein, und in dem Fischerstädtchen Port St. Mary könnte man auch zur Not übernachten. Wagen und Kutscher stünden zur Verfügung. Allan ging begeistert auf die Anregung ein, und zehn Minuten später waren er und Midwinter in Richtung auf die wildzerklüftete Westküste unterwegs.

Bis jetzt hatte sich seit Mr. Brocks Abreise nichts ereignet, was Midwinters nervöse Wachsamkeit auf besondere Proben gestellt hätte. Auch der bedauerliche Unfall, der ihnen nach kaum zwei Meilen Fahrt zustieß, bedrohte seinen Schützling nicht persönlich. Das Pferd stürzte und verletzte sich so ernsthaft, daß der Kutscher nicht weiterfahren konnte. Die jungen Leute mußten entweder zu Fuß nach Port St. Mary gehen oder umkehren.
Sie entschieden sich für die Fußwanderung, waren aber noch nicht weit gekommen, als ein offener Einspänner sie einholte, in dem ein einzelner Herr saß. Dieser hielt, stellte sich höflich als Dr. Hawbury vor und erbot sich, nachdem er ihr Ziel erfragt hatte, sie mitzunehmen, da er als Arzt von Port St. Mary in nächster Nähe des Städtchens wohnte. Allan nahm die Einladung freimütig an; er war immer gern zu neuen Bekanntschaften bereit und brauchte keine fünf Minuten, um mit dem Doktor auf freundschaftlichstem Plauderfuß zu stehen, während Midwinter, still und reserviert wie meist, im Rücksitz saß. Vor der hübschen Villa des Doktors stiegen sie aus und verabschiedeten sich, nicht ohne daß Allan noch wortreich die Fenstertüren, die direkt auf den Rasen und zu den Blumenrabatten führten, bewundert und seinem neuen Freund fast die Hand aus dem Gelenk geschüttelt hätte.
Port St. Mary selbst erwies sich als verkleinerter Abklatsch von Castletown, aber die wilde, offene Hügellandschaft ringsumher verdiente ihren Ruf. Allan und Midwinter erforschten sie, soweit es in ein paar Stunden möglich war, genossen noch einen feurig prangenden Sonnenuntergang und begaben sich dann in das »Hotel« des Städtchens, um sich ein Nachtquartier zu sichern und ihr Abendessen zu bestellen. Der erste Tag ohne Mr. Brock war friedlich und harmlos vergangen. Die Unzulänglichkeiten des Hotels reizten eher zum Lachen als zum Ärger: so zum Beispiel die hoffnungslos stupide Kellnerin, die angebrannte Suppe und die altmodische Klingelschnur, die Allan in der Hand blieb, als er daran ziehen wollte, und im Fallen eine Porzellanschäferin vom Kaminsims fegte, die natürlich in Scherben ging.
Midwinter war nach der schlaflos verbrachten Nacht und dem ausgefüllten Tag so müde, daß er keinen guten Gesprächspartner mehr abgab, während Allan noch sehr munter und unternehmungslustig war und nicht daran dachte, jetzt schon zu Bett zu gehen. »Bleib doch hier auf dem Sofa«, meinte er schließlich, »ich gucke mich mal ein bißchen um«, und damit schlenderte er in die Diele hinaus. Der glückliche Zufall (wenn es ein glücklicher war, was sich noch herausstellen wird) wollte, daß er dort, in der sogenannten Bar, die in einer Ecke der Diele eingerichtet war, auf keinen anderen als Dr. Hawbury stieß, der eben hereingekommen war und sich von der Wirtin einen Erfrischungstrunk kredenzen

ließ. Auf Allans höfliche Frage, ob er sich dazusetzen dürfe, reichte ihm der Doktor liebenswürdig das eben gefüllte Glas aus der Hand der Wirtin weiter. Allan schnupperte – und verzog unwillkürlich das Gesicht. Dann lächelte er entschuldigend und bat um Whisky statt Brandy. Der Doktor betrachtete ihn mit fachmännischem Interesse. »Ein klarer Fall von Idiosynkrasie«, diagnostizierte er, während er das abgelehnte Glas selbst nahm, und Allan gestand, daß tatsächlich schon der bloße Geruch von Brandy einen unüberwindlichen Widerwillen in ihm errege. So albern es klänge: Er rieche und schmecke Brandy sofort aus jedem Gemisch heraus, ganz gleich, wie sehr und womit er verdünnt sei, und ihm werde unweigerlich übel davon. Von diesem »Fall« ausgehend, kam man auf Idiosynkrasien im allgemeinen, deren Erforschung ein besonderes Steckenpferd Dr. Hawburys war; er erzählte angeregt, daß er zu Hause eine ganze Reihe höchst merkwürdiger Krankengeschichten aus diesem Spezialgebiet hätte, deren einige Allan sicherlich Spaß machen würden. Ob er und sein Freund nicht für den Rest des Abends zu ihm kommen wollten? Er müßte zwar noch einen Patienten besuchen, aber in ungefähr einer Stunde sei er frei. Allan nahm die Einladung von Herzen gern an, und nachdem der Doktor zur Beendigung seiner Besuchsrunde aufgebrochen war, kehrte er seinerseits in die Wirtsstube zurück, um nach Midwinter zu sehen und ihm das Abendprogramm mitzuteilen. Er fand seinen Freund halb ausgestreckt auf dem Sofa; das Lokalblättchen war seiner schlaffen Hand bereits entsunken.

»Mit wem hast du denn da draußen gesprochen?« murmelte er schläfrig.

»Mit Dr. Hawbury. Er erwartet uns in einer Stunde auf eine Zigarre und einen gemütlichen Schwatz. Du kommst doch mit?«

Midwinter erklärte sich mit einem unterdrückten Seufzer einverstanden. In seiner überwältigenden Müdigkeit war er weniger denn je zu neuen Bekanntschaften aufgelegt, aber er fühlte sich nun einmal als Mr. Brocks Stellvertreter und mußte als Aufpasser mit, damit Allan in seiner naiven Offenherzigkeit keine Dummheiten machte.

»Schön, und was machen wir in der Zwischenzeit?« fragte der Unverwüstliche und hob das Lokalblättchen vom Boden auf. »Steht da irgendwas Lesenswertes drin?«

»Ich weiß nicht, ich war zu müde«, erwiderte Midwinter. »Wenn du etwas Interessantes findest, lies es vor.« Auf die Weise gelang es ihm vielleicht am besten, wach zu bleiben.

Mangels aufregender Tagesberichte brachte das Blättchen hauptsächlich Auszüge aus kürzlich erschienenen Büchern. Dabei hatte man einem Werk, das ganz nach Allans Geschmack war, den meisten Platz eingeräumt: einer spannenden Abenteuergeschichte aus dem wildesten Australien, deren verwegene Helden sich in der Steinwüste verirrt hatten und bereits dem Verschmachten nahe waren. Allan überflog einige Sätze, verkündete seinem Freund, daß man hier wirklich das Gruseln lernen könnte, und begann eifrig vorzulesen.

Midwinter zwang sich unter Aufgebot aller Energie, genau zuzuhören. Er verfolgte konzentriert den Dialog der vom Dursttode Bedrohten, die sich zum Weitermarsch entschlossen, solange die Kräfte reichten; er litt ihre verzweifelten Bemühungen mit, während eines plötzlichen Wolkenbruchs das Wasser aufzufangen, und sog im Geist, wie sie, an den regennassen, nur zu schnell trocknenden Kleidern; er war bei dem Spähtrupp, der allein vorauszog, während die andern schon vor Entkräftung liegen blieben, und endlich die lebensrettende Wassergrube fand ... Alles das faßte Midwinter noch mühsam auf, obgleich Allans Stimme immer schwächer und ferner wurde und das Zimmer sich allmählich verdunkelte. Endlich erstarb auch das letzte kaum vernehmbare Geraune, und wonnige Stille umhüllte den total erschöpften jungen Mann.

Das nächste, was er hörte, war ein heftiges Geklingel an der Eingangstür, das ihn augenblicklich auf die Füße brachte. Außer ihm war niemand mehr im Zimmer, die Uhr zeigte fast Mitternacht, und der plötzliche Alarm an der Haustür durchzuckte ihn wie eine unbestimmte, böse Ahnung. Sekunden später stand er Dr. Hawbury gegenüber.

»Entschuldigen Sie die Störung ... Nein, nein, keine Sorge, es ist nichts passiert.«

»Wo ist mein Freund?« fragte Midwinter.

»Auf der Mole«, antwortete der Doktor. »Deshalb bin ich hier. Ich fühle mich natürlich in gewissem Grade verantwortlich für meine Gäste, und ich glaube, jetzt sollte ein besonnener Mensch – wie Sie – bei ihm sein.«

Der Wink genügte. Midwinter folgte dem Doktor augenblicklich hinaus und erfuhr auf dem Weg zur Mole, daß der Doktor im Laufe des angenehmen, von vielerlei Gesprächen gewürzten Abends unglücklicherweise seine Freude am Segeln erwähnt und sogar verraten hatte, daß seine hübsche kleine Privatjolle draußen im Hafen läge. Daraufhin war Allan nicht mehr zu halten gewesen und hatte seinen Gastgeber mit Bitten bestürmt, ihm das Boot zu zeigen. Die schöne, milde Mondnacht draußen hatte dann genügt, um ihn mit unbezwingbarer Sehnsucht nach einer Mitternachtspartie zu erfüllen. Diesen Gefallen konnte ihm der Doktor nun leider aus beruflichen Gründen nicht tun, weil er jeden Moment zu einer bevorstehenden schwierigen Entbindung abgerufen werden konnte. Angesichts von Allans Hartnäckigkeit, der durchaus se-

geln wollte, auch allein, hätte er, der Doktor, sich keinen anderen Rat gewußt, als Midwinter zu holen, denn eine solche Fahrt allein um Mitternacht – mochte Mr. Armadale auch noch so see-erfahren sein – schiene ihm doch zu riskant.
Inzwischen hatten sie die Mole erreicht. Allan war schon im Boot, hißte mit größter Selbstverständlichkeit das Segel und schrie den Ankommenden ein jubelndes »A-hoooii!« entgegen.
»Da bist du ja endlich, alter Junge! Höchste Zeit für eine romantische Mondscheinfahrt!«
Midwinter wandte ein, daß ihm Segelpartien bei Tageslicht, nach ausreichender Nachtruhe, mindestens ebenso lieb seien.
»Nachtruhe!« lachte Allan, dessen draufgängerischer Unternehmungsgeist durch die lange Sitzung nicht gelitten hatte. »Hören Sie sich das an, Doktor! Als ob er neunzig wäre! Hab' ich dich noch immer nicht lange genug schlafen lassen, du altes Murmeltier? Mach mal erst richtig die Augen auf und sieh dich um, und dann sprich von Nachtruhe!«
Er deutete mit großer Geste auf die silberglitzernde See und den Vollmond, der am wolkenlosen Himmel hing. Midwinter sah genug, um zu wissen, daß jeder weitere Einspruch zwecklos war. Er wandte sich mit resigniertem Lächeln zu Dr. Hawbury.
»Wann wechselt die Flut?«
Der Arzt sagte es ihm.
»Sind die Riemen im Boot?«
»Ja.«
»Ich bin lange zur See gefahren«, erklärte Midwinter und stieg die Stufen der Mole hinunter. »Sie können mir Ihr Boot ohne Bedenken anvertrauen – und auch meinem Freund.«
»Gute Nacht, Doktor!« schrie Allan, als sie abstießen. »Ihr Whisky war köstlich – Ihr Boot ist ein Herzblättchen – und Sie sind der netteste Kerl, den ich je getroffen habe!«
Der Doktor lachte und winkte, und das Boot glitt mit geschwelltem Segel aus dem Hafen. Midwinter saß am Ruder.
Sie segelten unter günstiger Brise in südwestlicher Richtung an der Küste entlang, deren Klippen sich immer steiler und malerischer auftürmten. Tief eingefressene, tintenblaue Klüfte gähnten zwischen den grell beleuchteten Felsmassen. Als sie an dem Spanischen Kap, einem kühn aufragenden Küstenvorsprung, vorbei waren, sah Midwinter bedeutungsvoll auf die Uhr, aber Allan bettelte so herzbewegend, noch eine halbe Stunde zuzugeben und einen Blick in den sagenumwobenen Sund zu werfen, daß er nicht nein sagen konnte. Die Szenerie, der sie sich näherten, war wirklich grandios: auf der einen Seite die wildgezackte Südküste der Insel Man, auf der anderen die dunkle Masse des sogenannten »Kalbes«, einer kleinen Nebeninsel, und dazwischen der berühmte

und berüchtigte Sund-Kanal mit seiner unberechenbaren Strömung.

Wieder sah Midwinter auf die Uhr.

»So, jetzt sind wir weit genug«, sagte er energisch. »Ich drehe bei. Gib acht auf die Schot!«

»Nein, halt!« schrie Allan vom Bug her. »Großer Gott, sieh doch! Da, gerade voraus, liegt ein gestrandetes Schiff!«

Midwinter brachte das Boot etwas vom Wind und spähte in die Richtung, die Allans ausgestreckte Hand wies. Es stimmte: Mitten zwischen den Felsmassen beider Inseln lag ein aufgelaufenes Wrack einsam und verlassen in der stillen Nacht, eine dunkle, gespenstische Silhouette unter dem fahlen Mondschein.

»Richtig, meine Hilfsleute haben mir ja davon erzählt«, sagte Allan in großer Aufregung. »Es liegt schon seit Wochen da – ist in einer pechschwarzen Nacht auf Grund gelaufen und soll nächstens abgewrackt werden; der arme alte Handelskahn ist nur noch das Brennholz wert. Sehen wir's uns mal von nahem an!«

Midwinter zögerte. Natürlich erwachte auch in ihm die drängende Anteilnahme des einstigen Matrosen; aber der Wind hatte sich leicht gedreht, und er mißtraute den tückischen Strudeln und Untiefen des Kanals. Er sprach seine Bedenken aus.

»Unsinn!« erwiderte Allan. »Der Mond scheint ja taghell, und wir brauchen höchstens zwei Fuß Wasser unter dem Kiel.«

Fast im gleichen Moment erfaßte die Strömung das Boot und zog es in den Kanal, dem Wrack entgegen.

»Segel reffen«, kommandierte Midwinter ruhig, »und Riemen heraus. Wir kommen jetzt schnell genug hin, ob wir wollen oder nicht.«

Mit vereinten Kräften brachten sie das Boot an die weniger gefährliche Seite des Kanals, die dem »Kalb«, der kleinen vorgelagerten Insel, am nächsten war. Dicht vor dem Wrack übergab Midwinter beide Riemen seinem Freund, nahm den Bootshaken und erfaßte damit bei nächster günstiger Gelegenheit eine vom Vordersteven hängende Strickleiter. Die Leine des Segelbootes zwischen den Zähnen, kletterte er hinauf, band das eine Ende fest und warf das andere Allan zu. »Ordentlich festzurren«, sagte er. »Ich seh' erst mal nach, ob es an Bord sicher ist.« Damit verschwand er hinter der Bordwand.

»Nanu?« rief ihm Allan nach, baß erstaunt ob dieser übertriebenen Vorsichtsmaßnahme. »Soll ich etwa hier warten? Den Teufel werde ich!« Er befestigte die Bootsleine rasch an der vorderen Ducht, erklomm ebenfalls die Strickleiter und schwang sich im nächsten Moment an Deck. »Na, ist es der Fliegende Holländer oder sonst was Grausiges?« erkundigte er sich sarkastisch, als Midwinter sich nach ihm umdrehte.

»Nichts dergleichen«, erwiderte Midwinter lächelnd. »Alles leer.«
Nach einer kleinen Inspektionsrunde vom Bug zum Heck gab Allan das kritische Urteil ab: »Der Kasten war nie viel wert. Im allgemeinen bauen die Franzosen bessere Schiffe.«
Midwinter wandte ihm rasch das Gesicht zu.
»Die Franzosen?« wiederholte er nach einer sonderbaren Pause. »Wieso kommst du jetzt gerade auf die Franzosen?«
»Na, weil das doch ein französisches Schiff ist!«
»Woher weißt du das?«
»Von meinen Arbeitern. Die wissen natürlich alles darüber. Morgen früh wollen sie mit dem Abwracken anfangen.«
Midwinter schwieg eine Weile. Allan wunderte sich über seine veränderte, bleiche Gesichtsfarbe. Es mußte wohl am Mondlicht liegen.
»Weißt du dann vielleicht auch«, fragte er schließlich, »in wessen Auftrag es fuhr?«
»Für irgendeine Bauholzfirma. Es war ein Holzfrachter.«
Midwinters magere Hand packte krampfhaft Allans Schulter, und er unterdrückte nur mit Mühe ein plötzliches Zähneklappern wie im Schüttelfrost.
»Haben sie dir auch . . . den Namen gesagt?« flüsterte er tonlos.
»Den Namen? Laß mich mal einen Moment nachdenken . . . Sachte, alter Junge, meine Schulter ist nicht aus Eisen!«
Midwinter lockerte sofort seinen Griff und fuhr sich mit der Hand über die schweißnasse Stirn. »War der Name womöglich . . . *La Grâce de Dieu*?«
»Donnerwetter, kannst du hellsehen?« fragte Allan verblüfft. »Stimmt genau – *La Grâce de Dieu.*«
Midwinter machte unvermutet einen Satz von ihm weg an die Reling.
»Das Boot!« schrie er entsetzt – ein Alarmruf, der Allan in Sekundenschnelle an seine Seite brachte. Was seine Sorglosigkeit diesmal angerichtet hatte, war nur allzu klar. Auf silbriger Mondbahn glitt soeben ein langgestreckter dunkler Gegenstand außer Sicht – das Boot des Doktors.

IV

Schatten der Vergangenheit

Die Freunde standen einander gegenüber, Midwinter im Schatten der Bordwand, Allan im vollen Licht, und sahen sich einen Moment schweigend an, bis Allans unerschütterlicher Humor die Oberhand gewann und das Groteske der Situation hervorkehrte. Er setzte sich auf die Reling und brach in schallendes, herzhaftes Gelächter aus.

»Meine Schuld«, gestand er freimütig, »nichts zu machen. Das Boot ist weg, und wir sitzen in der Falle! Komm mal aus dem Winkel da 'raus, Midwinter, ich seh' dich kaum. Große Frage: Was nun?«

Midwinter rührte sich nicht. Allan verließ die Reling, stieg auf den Bugaufbau und spähte aufmerksam in die Tiefe.

»Eins ist sicher«, fuhr er fort. »Bei der Strömung und den heimtückischen Klippen da unten können wir uns nicht durch Schwimmen aus der Klemme ziehen. Sehen wir uns die Lage mal von achtern an. Na los, rühr dich, Genosse!« Damit schlenderte er, Hände in den Hosentaschen und fröhlich vor sich hinsummend, zum Heck.

Midwinter schüttelte seine Betäubung ab und folgte ihm langsam. Sein Fuß stockte mehrmals; er taumelte, und einmal sah er sich verstohlen um, als glaubte er schleichende Schritte hinter sich zu hören. »Noch nicht!« flüsterte er dann und durchforschte mit starren Augen die leere Luft. »Ich werde ihn achtern sehen, die Hand an der Kajütentür . . .«

Das Heck war, im Gegensatz zu den anderen Teilen des Wracks, von herumliegendem Gerümpel frei. Nur der niedrige hölzerne Aufbau, der die Kajütentreppe überdachte, ragte noch von den Deckplanken auf. Ruder- und Kompaßhaus waren nicht mehr da – aber der Kajüteneingang mitsamt der Tür war unversehrt geblieben.

Allan war schnurstracks zum Heckbord gegangen, um auch von dort Ausschau zu halten. Er konnte weit und breit nichts entdekken, was mit irgendeinem Boot Ähnlichkeit hatte. »Komm mal her!« rief er. »Du hast bessere Augen als ich; vielleicht sind doch ein paar Fischer in Rufweite.«

Keine Antwort. Er drehte sich um und winkte ungeduldig. Midwinter hatte ihn gehört, denn er sah einen Moment auf; aber er stand noch vor der Kajüte, als wäre da eine unsichtbare Reling, die ihn am Weitergehen hinderte.

Allan kehrte zu ihm zurück. »Was ist denn da Besonderes zu

sehen?« fragte er, dem starren Blick des Freundes folgend. »Ob die Tür abgeschlossen ist?« Er streckte die Hand nach der Klinke aus, aber Midwinter packte ihn plötzlich mit eisernem Griff am Arm. Als er seine Umklammerung etwas lockerte, zitterten seine Finger merklich.

»Na hör mal, stehe ich unter deiner Aufsicht?« fragte Allan halb verwundert, halb amüsiert. »Du scheinst mal wieder ziemlich mit den Nerven herunter zu sein, mein Junge. Was gibt's da zu starren? Hast du irgendwas Verdächtiges gehört? Vielleicht sind Ratten da unten – die wollen wir getrost ungestört lassen. Du siehst freilich aus, als ob du eher Gespenster als Ratten vermutest. Nur keine Bange! Hier gehen keine ertrunkenen Matrosen um, einfach weil hier keiner ertrunken sein kann – dazu hätte in solcher Landnähe erst das Schiff auseinanderbersten müssen. Siehst du etwas, was ich nicht sehe? Der gnädige Himmel bewahre uns (wie die alten Weiber sagen) – siehst du etwa einen Geist?«

»Ich sehe zwei!« war die dumpfe Antwort. Midwinter mußte sich auf die Lippen beißen, um dem plötzlichen, wahnsinnigen Drang, die Wahrheit herauszuschreien, zu widerstehen. »Zwei«, wiederholte er abgerissen keuchend, »einen wie dich, der in der Kajüte ertrinkt – und einen wie mich, der hier oben den Schlüssel in der Tür umdreht!«

Allan sah ihn nur einen Moment verblüfft an – dann platzte er aufs neue mit seinem schallenden, ungenierten Lachen heraus.

»Einer . . . der den Schlüssel umdreht . . . das ist gut!« ächzte er, als er wieder zu Atem kam. »Dein Geist benimmt sich aber verdammt gemein, Master Ozias! Da werd' ich meinen lieber schnell 'rauslassen, damit er Fersengeld geben kann!«

Bei seiner überlegenen Körperkraft war es ihm ein leichtes, Midwinters Hand endgültig abzuschütteln und die Kajütentür aufzureißen. »He, du da unten!« schrie er übermütig hinunter. »Allan Armadales Geist, komm an Deck!« Lachend, in grauenhafter Ahnungslosigkeit, sah er in die dunkle Todeszelle seines Vaters, bis er mit einer angewiderten Grimasse den Kopf zurückzog. »Puh, wie das nach fauligem Wasser stinkt! Die Kajüte scheint vollgelaufen zu sein.«

Das stimmte. Gerade an dieser Stelle hatte das verborgene Felsenriff die Planken aufgerissen, und das Wasser war durch das Leck eingedrungen.

Die fatale Parallele war vollständig. Die Kajüte war heute, zur Zeit der Söhne, im gleichen Zustand, in dem sie zur Zeit der Väter gewesen war.

Allan stieß die Tür gleichmütig mit dem Fuß zu und drehte sich dann nach seinem Freund um, dessen anhaltendes Schweigen ihm plötzlich zum Bewußtsein kam. Die Ursache dieses Schweigens

war nicht schwer zu erkennen: Midwinter war in Ohnmacht gefallen. Steif und still lag er auf dem Rücken, und sein Gesicht war im Mondlicht wachsbleich wie das eines Toten.
Augenblicklich war Allan an der Seite seines Freundes. Er bettete dessen Kopf auf sein Knie und sah sich hilflos um. »Was nun?« murmelte er. »Kein Tropfen Trinkwasser in der Nähe . . .« Hierbei fiel ihm ein, daß Dr. Hawbury ihm ein Taschenflakon Whisky auf die Fahrt mitgegeben hatte. Mit dem Ruf: »Gott segne den braven Doktor!« zog er es hervor, schraubte es auf und flößte Midwinter vorsichtig ein paar Tropfen ein. Das scharfe Belebungsmittel wirkte fast sofort auf Midwinters empfindliches Nervensystem; er hüstelte schwach, seufzte und öffnete langsam die Augen. »Was ist los – habe ich geträumt?« fragte er mit einem leeren Blick in Allans besorgtes Gesicht. Dann wanderten seine Augen höher hinauf und trafen die nackten Masten und Rahen, die wie ein schwarzes Gerippe in den Nachthimmel ragten. Er verbarg schaudernd das Gesicht an Allans Knie und flüsterte: »Nein, kein Traum . . . Kein Traum . . .«
»Du warst übermüdet«, erklärte Allan, »und dieses dumme Abenteuer hat dir den Rest gegeben. Ich mache mir wirklich Vorwürfe. Da, nimm noch einen ordentlichen Schluck, das wird dir gut tun. Ich lehne dich jetzt hier an die Bordwand – so. Kannst du schon allein sitzen, oder kippst du wieder um?«
»Warum allein? Warum bleibst du nicht bei mir?« fragte Midwinter benommen.
Allan zeigte auf die Reste der Takelage. »Ich will mal auf den Besanmast steigen und sehen, ob kein Haus in Rufweite ist. Am Morgen kommen ja sowieso Leute zum Abwracken, aber so lange sollst du nicht durchhalten müssen, wenn es nicht unbedingt nötig ist.«
Ob Midwinter zuhörte oder nicht, war ungewiß. Seine Augen hingen wieder furchtsam an der Kajütentür. »Geh nicht hinein!« flüsterte er. »Mach die Tür nicht auf – bitte!«
»Nein, nein«, versicherte Allan begütigend. »Ich klettere jetzt auf den Mast und komme dann gleich wieder zu dir.« Er zögerte; Midwinters stumme Verzweiflung war so spürbar, daß sie ihn in Verlegenheit setzte. »Bist du mir böse?« fragte er kurzentschlossen auf seine offene, gutmütige Art. »Es ist alles meine Schuld, ich weiß – und es war brutal und dumm von mir, daß ich dich ausgelacht habe, wo ich doch schon viel früher hätte merken müssen, daß du dich nicht wohl fühltest. Verzeih mir, Midwinter. Und sei mir nicht mehr böse!«
Midwinter hob langsam den Kopf, und sein dunkler, gramvoller Blick forschte mit einer seltsamen Inständigkeit in Allans klaren Zügen.

»Böse –?« wiederholte er sehr leise und weich. »Wie könnte ich *dir* je böse sein? Armer Junge, war es etwa dein Fehler, daß du mir deine Freundschaft geschenkt hast, als es mich als Todkranken in euer Dorf verschlug? Und war es mein Fehler, daß ich alsbald in glühender Dankbarkeit an dir hing? War es unser Fehler, daß wir uns brüderlich vertrauten, ohne zu wissen oder zu fragen, wohin unser gemeinsamer Weg führt? Nun sind wir hier . . . und der Tag wird kommen, Allan, an dem wir beide den Tag unserer ersten Begegnung verfluchen. Drücken wir uns am Rande des Abgrunds noch einmal die Hand, Bruder – drücken wir uns die Hand, solange wir noch Brüder sind!«
Allan wandte sich rasch ab. Er war jetzt überzeugt, daß sein Freund noch nicht wieder ganz bei klaren Sinnen war. »Halt dich lieber an den Whisky!« empfahl er heiter, schwang sich in die Reste des Takelwerks und erklomm den Besanmast.
Es war zwei Uhr vorbei; der Mond neigte sich dem Untergang zu, und die tiefere Dunkelheit, die der Morgendämmerung vorangeht, sammelte sich allmählich um das Wrack. Kein Laut war zu vernehmen außer dem monotonen Glucksen des Wassers; kein Licht blinkte an einem der beiden Ufer; selbst der letzte Windhauch war eingeschlafen. Sogar Allan empfand das Bedrückende der Stunde, während er von der Mastspitze aus vergeblich Umschau hielt, und seine eigene Stimme erschreckte ihn im ersten Moment, als er dem Freund seine Beobachtungen mitteilte.
»Ich glaube, da ist ein Haus – rechter Hand, auf der Hauptinsel. Sieht aus wie ein weißes Gehöft in einer Wiesenmulde . . . Ich werde auf jeden Fall mal hinüberrufen.« Er umklammerte den Mast fester mit Armen und Beinen und legte die Hände als Schalltrichter vor den Mund. Aber der Laut stockte ihm in der Kehle; er ließ die Hände noch einmal sinken und murmelte vor sich hin: »Es ist so unheimlich still – man traut sich beinahe nicht zu rufen! Midwinter?« fügte er etwas lauter hinzu und sah hinunter. »Du erschrickst doch hoffentlich nicht, wenn ich jetzt losbrülle?« Er lachte unsicher, spähte wieder zu dem undeutlichen weißen Geviert auf dem Festland und dachte: »Nein, es wäre doch zu dumm, extra in den Mast zu klettern und dann nicht zu rufen!« – Er formte den Schalltrichter von neuem, und diesmal kam sein »Hallooo!« mit voller Lungenkraft. Die Felsen warfen mehrere langgezogene, allmählich ersterbende Echos zurück. Sonst antwortete nichts als das Glucksen der Wellen.
Midwinter war inzwischen aufgestanden und ging an Deck hin und her, immer in nächster Nähe der Kajüte. »Er wird ungeduldig«, dachte Allan, »ich muß es noch einmal versuchen.« Er holte tief Luft, seine Stimme schallte mit höchster Lautstärke über das Wasser, und diesmal antwortete etwas: das Muhen aufgeschreck-

ter Kühe. Allan lauschte und wartete gespannt. Wenn das weiße Viereck in der Grasmulde da drüben ein Bauernhof war, würde die Unruhe unter den Tieren wahrscheinlich die Menschen wecken; aber wenn es nur ein Sommerpferch war, würde weiter nichts passieren. Das Muhen schwoll ein paarmal an, verebbte, hörte schließlich ganz auf – und nichts geschah.

»Noch einmal!« sagte Allan nach einem Blick auf die rastlos unter ihm hin und her wandernde Gestalt. Zum drittenmal schallte sein langgezogener Ruf. Zum drittenmal lauschte und wartete er.

Plötzlich hörte er außer dem fernen Brüllen des Viehs auf der Hauptinsel ein unvermutetes Geräusch hinter sich, am gegenüberliegenden Ufer, auf dem sogenannten »Kalb« – ein hartes, metallisches Geräusch, als würde irgendwo ein schwerer Türriegel zurückgestoßen. Allan drehte sich hastig in die neue Richtung und strengte seine Augen an, konnte aber kein Haus sehen. Im letzten Schein des schwindenden Mondes waren die Schatten zwischen den Felsen und Bodenerhebungen zu tief, so daß er nichts mit Sicherheit erkannte.

»Na, jedenfalls scheine ich endlich jemanden aus den Federn geholt zu haben!« rief Allan ermutigend zu Midwinter hinunter, der immer noch seltsam teilnahmslos auf und ab schritt. »Sieh zum ›Kalb‹ und paß auf, ob sie reagieren!« Damit nahm er noch einmal alle Kraft zu einem letzten Hilfeschrei zusammen.

Der Schrei wurde nicht beantwortet, sondern schrill und boshaft nachgeäfft – von einer grauenhaft wilden, teuflisch kreischenden Stimme, die kaum einem Menschen, sondern einem tobsüchtigen Tier zu gehören schien. Allans Hände wurden eiskalt, ihm schwindelte, er packte den Mast fester und starrte mit angehaltenem Atem in die Richtung, aus der das höhnische Echo gekommen war. Nach kurzer Pause kreischte es von neuem, jetzt schon viel näher, und plötzlich fuhr eine menschenähnliche Gestalt aus den tiefen Schatten, erklomm einen Felsbrocken, vollführte darauf wahre Bocksprünge und kreischte aus vollem Hals weiter. Von weitem mischte sich eine jammernde Frauenstimme in das dämonische Treiben, in einem unsichtbaren Fenster glomm rötliches Licht auf, und ein zorniger, heiserer Männerbaß ließ sich vernehmen. Dann erschien eine zweite schwarze Gestalt neben dem Felsen, riß die erste, die sich wild sträubte, herunter und zerrte sie gewaltsam in die Finsternis zurück. Das schrille Gekreisch verlor sich in der Ferne, der heisere Männerbaß rief noch etwas Unverständliches, Drohendes zum Wrack hinüber, die Frau verstummte, der Türriegel knallte zu, das rote Licht erlosch – der ganze Spuk war vorüber, als wäre er nie gewesen. Still und reglos wie zuvor lagen beide Inseln in den immer tiefer werdenden Schatten, und nur das ewige, monotone Wassergeplätscher durchdrang das Schweigen der Stunde.

Allan kletterte vom Mast herab und gesellte sich wieder zu seinem Freund.

»Nun müssen wir leider doch auf die Arbeiter warten«, meinte er. »Ich muß gestehen, daß mir die Lust vergangen ist, nachdem ich diesen Wahnsinnigen hervorgelockt habe. Wer konnte aber auch so was ahnen! War es nicht gräßlich?«

Midwinter, der auf halbem Wege bei seinem ruhelosen Hin- und Hergehen unterbrochen worden war, sah Allan mit dem benommenen Ausdruck eines Menschen an, der nicht recht weiß, wovon der andere redet. Man hätte glauben können, alles, was sich soeben auf der Insel abgespielt hatte, wäre ihm vollständig entgangen. »Gräßlich?« wiederholte er vage. »Gräßlich ist nur dieses Wrack.« Damit wandte er sich ab und nahm seinen unterbrochenen Gang wieder auf.

Allan bückte sich nach der Whiskyflasche, die noch an der Bordwand stand, und frischte seine Lebensgeister mit einem kräftigen Schluck auf. Dann sah er auf die Uhr, rief erleichtert: »Drei!«, setzte sich auf die Planken und lehnte sich behaglich an die Reling. »Nun dauert's nicht mehr lange bis zum Tagesanbruch; bald werden die ersten Möwen aufwachen. Ich muß schon sagen, Midwinter, für einen Mann, der in Ohnmacht gefallen ist, hast du eine ganz beachtliche Ausdauer. Jetzt marschierst du schon mindestens eine Stunde hin und her . . . Komm doch her, rauche eine Zigarre mit mir und mach's dir bequem. Oder hat dein Dauermarsch irgendeinen tieferen Sinn?«

»Ich warte«, sagte Midwinter.

»Worauf?«

»Auf das nächste, was dir oder mir oder uns beiden geschieht, bevor wir von Bord sind.«

»Also, mein lieber Freund – so sehr ich mich vor deiner höheren Einsicht beuge, finde ich doch, daß uns schon genug passiert ist. Mir reicht's jedenfalls.« Er nahm wieder einen Schluck, zündete sich eine Zigarre an und plauderte auf seine übliche, harmlose Art weiter. »Meine Phantasie ist nicht so ausschweifend wie deine, und deshalb hoffe ich, als nächstes erscheinen die Arbeiter in ihrem Boot. Ich habe dich, scheint's, zu lange dir selbst überlassen, als ich oben auf dem Mast war. Nun erzähl mal, was du dir wieder ausgemalt hast, während ich die armen Kühe wild gemacht habe.«

Midwinter hielt plötzlich im Gehen inne. »Soll ich es wirklich sagen?« fragte er in seltsamem Ton.

»Na bitte – ich lausche gespannt.«

Wieder überkam Midwinter die quälende Versuchung, seinen aufreizend gleichmütigen Freund ein für allemal aus seiner Sicherheit zu reißen. Er sah schweigend auf Allan hinunter, der sich jetzt behaglich gähnend auf dem Deck ausstreckte, und eine teuflische innere Stimme flüsterte ihm zu: »Sag's ihm! Treib ihm endlich diese unbarmherzige, überlegene Heiterkeit aus! Laß ihn nicht in seiner arglosen Ruhe! Gestern hast du dich noch in törichter Sicherheit gewiegt, weil dir das Schiff, auf dem die Mordtat geschah, nie auf deinen Reisen begegnet ist . . . Und nun? Was wiegt nun schwerer, deine kindische Hoffnung oder die Warnung deines Vaters? Sag sie ihm lieber beizeiten, Wort für Wort, damit auch er weiß, was ihm bevorsteht – ihm, der jetzt die gleiche Luft mit dir atmet . . .«

So flüsterte der innere Versucher. So rührte der Gifthauch aus dem Grab des Vaters an das Herz des Sohnes.

Allan wunderte sich über die lange Stille und drehte schläfrig den Kopf über die Schulter. »Ach, natürlich schon wieder in Gedanken versunken!« stellte er gähnend fest.

Midwinter trat einen Schritt näher.

»Ja, in Gedanken über die Vergangenheit«, stieß er hervor, ». . . und über die Zukunft.«

»Vergangenheit und Zukunft?« wiederholte Allan, indem er sich eine angenehmere Lage suchte. »Erinnere mich bloß nicht an die Vergangenheit, die besteht für mich vor allem aus dem Boot des Doktors, das die Zukunft hoffentlich wiederbringt. ›Man muß bei allem die praktische Seite ins Auge fassen‹, wie unser lieber alter Brock immer zu sagen pflegt. Und unter diesem Motto denke ich jetzt auch ans nächste Frühstück, sehr intensiv sogar.«

Midwinter zögerte einen Augenblick, ehe er von neuem ansetzte. »Ich denke an deine und meine Zukunft, wenn unsere Lebenswege –«

»Es wird Tag!« rief Allan dazwischen. »Sieh mal zur Mastspitze auf – eben war sie noch schwarz, jetzt wird sie zusehends hell! Entschuldige, was wolltest du gerade sagen?«

Midwinter schwieg. Der Schmerz, den der innere Kampf in ihm ausgelöst hatte, erstickte ihm jedes Wort in der Kehle. Seine Zuneigung zu Allan war zu stark. Er wandte das Gesicht ab und dachte: »Oh, mein Vater! Hättest du mich damals lieber gleich ins Grab mitgenommen, statt mich diesen Tag erleben zu lassen!«

Aber nun ließ Allan nicht locker. »Was wolltest du noch über die Zukunft sagen?« beharrte er. »Ich war abgelenkt und habe ungezogenerweise mal wieder nicht hingehört.«

Midwinter nahm sich zusammen. »Du hast in deiner üblichen Gutherzigkeit den Plan gefaßt, mich nach Thorpe-Ambrose mitzunehmen. Ich dagegen glaube bei näherem Überlegen, daß ich wegbleiben sollte. Keiner kennt und erwartet mich dort, und . . .«

Wider Willen geriet seine Stimme ins Schwanken. Je mehr ihm

vor der Fortsetzung ihrer Gemeinsamkeit graute, desto verlockender malte seine Phantasie die Glücksmomente aus, auf die er verzichtete.
Allan dachte jedoch schmunzelnd an den Bären, den er seinem Freund bezüglich der Verwalterfrage aufgebunden hatte. Ahnte der gescheite Midwinter nun etwas, oder ahnte er nichts? Er mußte ihn einmal auf die Probe stellen. »Sprich dich nur aus, auch wenn es der größte Unsinn ist«, ermunterte er, »nur vergiß nicht, daß du dich schon so gut wie verpflichtet hast, mir beim Einzug in Thorpe-Ambrose zu helfen und vor allem dein Urteil über den neuen Verwalter abzugeben.«
»Ich rede jetzt nicht von deinem Verwalter und deinem Gut«, brach Midwinter leidenschaftlich aus, »ich rede ausnahmsweise von mir! Von mir, verstehst du? Ich kann und darf mich nicht dauernd an dich hängen! Wenn du wüßtest, wer ich bin . . .« Er brach unvermittelt ab und trat ein paar Schritte in den Schatten zurück. »Großer Gott, ich bring's nicht über die Lippen«, flüsterte er tonlos.
»Als ob ich das nicht wüßte!« meinte Allan kopfschüttelnd. Doch sein Stutzen dauerte nur eine flüchtige Sekunde; dann kam sein natürlicher Humor wieder zum Durchbruch. Er griff nach der Whiskyflasche, schüttelte sie prüfend und fragte anzüglich: »Hast du vielleicht ein bißchen zuviel von dieser Medizin genommen, während ich auf dem Besanmast war?«
Sein unerschütterlicher Gleichmut trieb Midwinter allmählich zur Raserei.
Er kam wieder heran und stampfte zornig mit dem Fuß auf.
»Jetzt hör mir endlich zu! Du weißt nicht, wer ich bin und in was für Kreisen ich mich seit frühester Jugend herumgetrieben habe! Ich war Ladendiener und Laufbursche, ich habe Dreck gefegt, Bücherpakete geschleppt und vor fremden Türen auf das Geld dafür gewartet –«
»Ich wollte, ich hätte mich je im Leben so nützlich gemacht«, unterbrach Allan seelenruhig. »Hut ab, mein lieber Junge!«
»Ich war ein Vagabund, ein Strolch, ein Landstreicher«, fuhr Midwinter in steigender Erregung fort, »der Handlanger und Prügelknabe eines Zigeuners! Ich habe mich für einen halben Penny auf Jahrmärkten produziert! Ich habe Moritaten gesungen und mit dressierten Hunden um die Wette getanzt! Ich habe in einer Lakaienlivree gesteckt, bei Tisch aufgewartet und Stiefel geputzt! Ich war ganz ordinärer Smutje auf einem Handelskahn und Mädchen für alles bei halbverhungerten Fischern – und das ist noch nicht das Schlimmste! Was hat ein Aristokrat wie du mit mir gemein? Willst du dich etwa mit mir in der Gesellschaft zeigen, in die du als Herr von Thorpe-Ambrose gehörst? Du bist ja schon

blamiert, wenn du nur meinen Namen nennst! Stell dir mal die Gesichter vor, wenn der Butler im gleichen Atemzug ›Allan Armadale‹ und ›Ozias Midwinter‹ in den Saal ruft!« Er brach in lautes, bitteres Lachen aus.

Gegen dieses Lachen war selbst Allan nicht immun. Er richtete sich auf den Ellbogen auf und sagte mit ungewohntem Ernst: »Ich kann Spaß vertragen, Midwinter, aber jetzt treibst du es zu weit. Ich erinnere mich, daß du schon einmal so ähnlich dahergeredet hast, als du kaum genesen warst und eines Morgens Knall und Fall aus unserem Dorf davongegangen bist. Dein Verhalten hat mich damals zu der Frage genötigt, ob gerade ich es verdiente, von dir mit allen Mitteln zurückgestoßen zu werden. Zwinge mich nicht, die Frage zu wiederholen. Mach dich über mich lustig, soviel du willst, mein Junge, aber bitte auf andere Art. *Diese* Art tut mir weh.«

Allans schlichter Appell schien Midwinters empfindsames Gemüt tief getroffen zu haben. Er ging wortlos zum Bug, setzte sich auf einen Haufen Gerümpel und fuhr sich benommen mit der Hand übers Gesicht. Obwohl der Schicksalsglaube seines Vaters nun wieder völlig von ihm Besitz ergriffen hatte und er keinen Moment mehr zweifelte, daß die Frau mit dem roten Schal, die letztes Jahr in Somersetshire aufgetaucht war, mit der verhinderten Selbstmörderin aus London identisch war, obwohl das Grauen, das er beim Lesen des Wildbader Briefes empfunden, sich hier an Bord des Unglückswracks ins kaum noch Erträgliche gesteigert hatte, war ihm Allans Mahnung so zu Herzen gegangen, daß sie selbst den Aberglauben besiegte. »Warum sollte ich meinen Freund verletzen?« argumentierte er leidenschaftlich gegen den inneren Versucher. »Wir sind noch nicht am Ende. Diese Frau wird noch einmal erscheinen. Ich kann es nicht verhindern . . . Warum sollte ich ihm alles erzählen? Das Unglück ist schon geschehen – unsere Wege haben sich gekreuzt, und die Warnung ist zu spät gekommen. Warten wir ab, was die Zukunft bringt.«

Mit diesem Gedanken erhob er sich, ging zu Allan zurück, setzte sich neben ihn und nahm seine Hand. »Verzeih«, sagte er leise. »Ich hoffe, ich habe dich nun zum letztenmal gekränkt.« Einem plötzlichen Einfall folgend, griff er zur Whiskyflasche und versuchte sich in Allans Redestil: »Und das begießen wir jetzt mit Doktors Hawburys Seelentröster!«

Allan lachte entzückt. »So gefällst du mir, alter Knabe! Horch – die ersten Vögel! ›Willkommen, holder Morgen‹«, sang er übermütig und schlug Midwinter herzhaft auf die Schulter. »Sind die Grillen nun endgültig verjagt? Weißt du, daß du mich einen Moment geradezu mit deiner Angst angesteckt hast, uns würde noch was Unangenehmes zustoßen, bevor wir von Bord kommen?«

»Blödsinn«, sagte Midwinter wegwerfend. »Manchmal fürchte ich, mein Kopf ist seit dem Gehirnfieber damals noch nicht ganz in Ordnung gekommen – ich hab' eine Hummel unter der Kappe, wie man in Schottland sagt. Reden wir von etwas anderem. Ob wohl der Bericht des Maklers über deine künftigen Pächter, diesen Major Milroy und seine Familie, vollständig ist? Vielleicht bringt er außer Frau und Tochter noch eine Dame mit?«
»Oho!« rief Allan. »Fängst du auch schon an, Nymphen im Obstgarten zu sehen und von entsprechenden Rendezvous zu träumen? Noch eine Dame – das würde dir so passen, was? Aber wenn nun keine mehr da ist? Dann müssen wir wohl noch mal eine halbe Krone zücken und ausknobeln, wer als erster sein Glück bei Miß Milroy versuchen darf.«
»Keinesfalls«, lehnte Midwinter in genau demselben scherzhaften Ton ab, »du bist der Gutsbesitzer und hast als solcher den Vortritt. Ich ziehe mich bescheiden in den Hintergrund zurück und warte auf die nächste Gelegenheit.«
»Abgemacht. Ich werde einen Aufruf an den gesamten Damenflor von Norfolk gut sichtbar im Park aushängen«, versprach Allan. »Irgendwelche Spezialwünsche betreffs Größe, Figur, Haarfarbe? Wie alt soll sie sein?«
»Fünfunddreißig«, antwortete Midwinter.
Der tollkühne Versuch, sich durch die Anspielung auf das Alter der Frau mit dem roten Schal über seinen eigenen Aberglauben lustig zu machen, war kaum heraus, als seine Stimmung wieder umschlug. Er erhob sich hastig, überhörte Allans harmlose Neckereien und nahm sein rastloses Hin- und Hergehen von neuem auf. Das Licht im Osten verstärkte sich von Minute zu Minute und enthüllte allmählich die ganze Trostlosigkeit des Wracks. Aber ringsum wurde es schön; der klare Himmel versprach einen heiteren, sonnigen Tag. Zwischen den schroffen Klippen, wo nachts nur Schwärze gewesen war, zeigte sich samtiges Grün, auf dem der Tau funkelte. Midwinter stand eine Weile am Bug, besann sich und kehrte zu Allan zurück. Bei Morgenanbruch pflegten die Fischerboote auszufahren; vielleicht sichteten sie eines in der Nähe und konnten es anrufen. Aber beim Näherkommen bemerkte er, daß der Freund schlief, und ging leise an ihm vorbei zum Heck. Von dort aus spähte er in die Weite, bis er plötzlich ein leises Stöhnen hinter sich hörte. Er zuckte zusammen, eilte zu Allan, kniete neben ihm nieder und sah forschend in das Gesicht des Schlafenden.
»Er träumt!« flüsterte er.
Ja, die Gespenster der Nacht spotteten der Morgenhelle und hatten sich auf den gestürzt, der es am wenigsten erwartete. Allans sonst so heiteres, offenes Gesicht war qualvoll verzerrt, Schweißperlen

glitzerten auf seiner Stirn, und die nicht ganz geschlossenen Lider ließen das blinde Weiß der Augäpfel erkennen. Seine Finger kratzten und zuckten unruhig auf den Deckplanken. Ab und zu war es, als versuche er Worte zu stammeln, ohne einen verständlichen Laut hervorzubringen. Hatte vielleicht das Schicksal selbst beschlossen, dem andern in einer Vision alles zu zeigen, was einst hier vorgefallen war? Reglos kniete der Sohn des Mörders neben dem Sohn des Ermordeten.

Der Konflikt, der sich im Unterbewußtsein des Schläfers abspielte, steigerte sich zusehends. Sein hilfloses Stöhnen wurde lauter, seine Hände hoben sich und griffen zuckend in die leere Luft. Midwinter überwand sein Grauen so weit, ihm wenigstens ganz leicht die Hand auf die Stirn zu legen – und es war erstaunlich, wie diese hauchzarte, tröstliche Berührung wirkte. Allans Stöhnen hörte auf, das verzerrte Gesicht glättete sich, und die Arme sanken langsam herunter. Eine Sekunde später kam er schon völlig zu sich und richtete sich mit einem Ruck auf, als hätte ihn ein Fanfarenstoß geweckt.

»Du hast geträumt«, erklärte Midwinter auf Allans noch schlaftrunkenen, verwirrten Blick.

Allan sprang vollends auf die Füße und sah sich mit ärgerlichem, erstauntem Ausdruck an Deck um. »Himmel, sind wir denn immer noch hier?« rief er. »Wahrhaftig, die Sonne ist kaum aufgegangen . . . ich kann höchstens eine Viertelstunde geschlafen haben! Aber das sag' ich dir, und wenn wir noch tagelang auf dem verdammten Kasten bleiben müssen – zum Schlafen kriegt mich hier keiner mehr!«

»Was hast du denn geträumt?« fragte Midwinter sonderbar abrupt.

»Kann ich nicht so ohne weiteres erzählen. Warte ein bißchen, bis ich meine Gedanken wieder halbwegs beisammen habe.«

Sie gingen eine Weile nebeneinander an Deck hin und her. Midwinter sah seinen Freund forschend von der Seite an. Plötzlich blieb er stehen und sagte:

»Allan, sieh mir mal einen Moment gerade ins Gesicht!«

Allan tat es. Er war noch immer etwas benommen und wunderte sich über Midwinters neue absonderliche Anwandlung – aber kein Schatten von Mißtrauen, verstörtem Wiedererkennen oder Abwehr trübte die Offenheit seines Blicks. Midwinter war der erste, der sich abwandte, um seine inbrünstige Erleichterung zu verbergen. Allan hatte also die furchtbare Mordgeschichte der Vergangenheit nicht im Traum gesehen, soviel war klar. Wie aber, wenn er einen Blick in die Zukunft getan hätte?

Nach einem weiteren gemeinsamen Rundgang hielt Midwinter die Ungewißheit nicht länger aus.

»Ist dein Kopf jetzt wieder klar?« fragte er drängend. »Dann erzähl mir doch –«

Er kam nicht dazu, seinen Satz zu beenden, dann Allan stieß plötzlich einen Freudenschrei aus, rannte zum Heckbord und winkte aufgeregt mit beiden Armen. Midwinter folgte ihm und sah ein großes Fischerboot in rascher Fahrt auf den Sund zukommen. Vorne stand eine Gestalt, die ihnen beiden bekannt vorkam, und erwiderte Allans Winken mit heftigem Hutschwenken. Es war Dr. Hawbury. Das Boot schoß heran, der Steuermann grüßte mit einem fröhlichen Ahoi, und wenige Minuten später kletterte der Doktor an Deck.

»Dem Himmel sei Dank, daß Sie nicht beide ertrunken sind!« war sein erstes Wort. »Welcher Wind hat Sie denn ausgerechnet hierher geblasen?«

Die Frage war eigentlich an Midwinter gerichtet, aber Allan nahm eifrig das Wort, um das ganze Abenteuer zu erzählen, seinen Leichtsinn zu entschuldigen und den Doktor seinerseits stürmisch zu fragen, ob das Boot gerettet sei, was dieser bejahte. Midwinter stand dabei, sprach kein Wort, beachtete niemanden und nichts außer Allan, den er fortwährend ansah und dem er wie ein Hund folgte, als sie in das Fischerboot kletterten. Sein eigenartiges Wesen – er errötete und erbleichte abwechselnd und konnte die Hände nicht stillhalten – erregte Dr. Hawburys berufliche Neugier. »Mit dem möchte ich nicht das Nervensystem tauschen«, dachte er, »nicht für alle Reichtümer der Welt!«

Während der Rückfahrt nach Port St. Mary berichtete der Doktor auf Allans Fragen ausführlich, daß sein Boot gegen Morgen bei Port Erin an der Westküste von einigen Fischern gesichtet und ins Schlepptau genommen worden war. Da sie es als sein Eigentum erkannten, hatten sie an Land sofort einen Boten geschickt, und er, der Doktor, hatte sich natürlich große Sorgen um den Verbleib der beiden Freunde gemacht. Bei diesem ruhigen Wetter konnte ihnen nirgends ein Mißgeschick zugestoßen sein als am Sund, weswegen er und seine Helfer unverzüglich in diese Richtung aufgebrochen waren. Nun, nach erfolgreich abgeschlossener Rettungsaktion, bot der gastfreundliche Doktor den Freunden noch an, sich ein paar Stunden in seinem Hause auszuruhen, da es zu früh war, um die Leute im Gasthof zu stören, und nachher gemütlich mit ihm zu frühstücken.

Midwinter, der die ganze Zeit sichtlich mit eigenen Gedanken beschäftigt gewesen war und nicht zugehört hatte, benutzte die erste Gesprächspause, um Allan am Ärmel zu zupfen und leise zu fragen: »Kannst du mir jetzt deinen Traum erzählen?«

Allan zog ungeduldig die Brauen zusammen. Er war froh, über den Alpdruck hinweg zu sein, und die Hartnäckigkeit, mit der Midwin-

ter ihn daran erinnerte, begann ihn nachgerade abzustoßen. Es kostete ihn etwas Mühe, im gewohnt leichten Ton zu erwidern: »Na schön, du läßt mich ja sonst doch nicht in Frieden; bringen wir's also meinetwegen rasch hinter uns.«
»Nein!« sagte Midwinter und warf wie erwachend einen Blick auf den Doktor und die Ruderer. »Lieber nicht jetzt . . . aber sobald wir allein sind.«
»Wenn Sie Ihr Nachtquartier noch einmal sehen wollen, meine Herren«, warf der Doktor in diesem Moment ein, »müssen Sie's jetzt tun. Gleich schiebt sich die Küste dazwischen.«
Die beiden Armadales sahen sich schweigend um. Einsam und allein hatten sie das gespenstische Wrack in geheimnisvoller Mondnacht angetroffen. Einsam und allein entschwand es unter der leuchtenden Morgensonne ihren Blicken.

V

Schatten der Zukunft

Als Dr. Hawbury seine Gäste am Frühstückstisch wiedersah, fiel ihm der Kontrast zwischen den beiden ungleichen Freunden mehr denn je auf. Der eine setzte sich vergnügt und hungrig an den reichgedeckten Tisch, nahm, ohne sich nötigen zu lassen, von allem Gebotenen und erklärte strahlend, noch nie so wunderbar gefrühstückt zu haben. Der andere trank kaum eine halbe Tasse Tee, lehnte alles andere ab und zog sich dann unhöflich in die Fensternische zurück. Es war nur natürlich, daß der Gastgeber sich diesen Eindrücken entsprechend verhielt. Mit Allan lachte und scherzte er kameradschaftlich, während er Midwinters Formlosigkeit mit der etwas gezwungenen Bemerkung quittierte: »Ich fürchte, Sie haben sich von den Strapazen der Nacht noch nicht ganz erholt.«
»Ach, Strapazen machen ihm weiter nichts aus, Doktor«, antwortete Allan für seinen Freund. »Ich habe ihm etwas erzählt, und das bedrückt ihn jetzt. Bitte, ich kann nichts dafür – er wollte es ja unbedingt wissen. Aber wenn ich gewußt hätte, daß er an Träume glaubt, hätte ich schön den Mund gehalten.«
»Träume?« Dr. Hawbury sah Midwinter kritisch von oben bis unten an. »Bei Ihrer Konstitution ist es nicht verwunderlich, wenn Sie oft von Träumen geplagt werden.«
»Anders herum, Doktor, Sie haben mich mißverstanden!« lachte Allan. »Ich habe geträumt – nicht er. Da staunen Sie, was? Es war

aber auch unter ungewöhnlichen Umständen, auf diesem verflixten Wrack, kurz bevor Sie kamen, und ich kann nicht leugnen, daß es ein recht häßlicher Alpdruck war. Darum –«

Midwinter tat zum erstenmal den Mund auf und unterbrach ihn mit der gereizten Frage: »Mußt du Dr. Hawbury unbedingt etwas erzählen, was ihn unmöglich interessieren kann?«

»Gestatten Sie«, sagte der Doktor scharf, »Mr. Armadale sprach mit mir, und was er sagt, interessiert mich.«

»Bravo!« rief Allan. »Ja, ich bitte Sie inständig um Ihr weiteres Interesse – vielleicht können Sie ihm dann den Unsinn ausreden, den er sich in den Kopf gesetzt hat. Ob Sie's glauben oder nicht: Er hält meinen Traum für eine Warnung; ich soll verschiedenen Personen in Zukunft aus dem Wege gehen, und eine dieser Personen, behauptet er, wäre – er selbst! Haben Sie je so einen Nonsens gehört? Ich habe mir die größte Mühe gegeben, ihm zu erklären, daß alles nur davon kommt, daß ich mir gestern den Magen verdorben habe. Setzen Sie Ihrer Güte die Krone auf, Doktor, und bescheinigen Sie mir eine schwere Indigestion; ich zeig' Ihnen auch gern die Zunge!«

»Danke, Ihre gesunde Gesichtsfarbe genügt mir«, erwiderte Dr. Hawbury. »Ich versteige mich zu der Behauptung, daß Sie gar nicht wissen, was Indigestionen sind, wenigstens nicht aus eigener Erfahrung. Erzählen Sie mir lieber Ihren Traum, dann werden wir die wirkliche Ursache bald haben.«

Allan deutete mit der Gabel auf Midwinter.

»Wenden Sie sich an meinen Freund, der hat ihn viel besser im Kopf als ich. Sie werden lachen, er hat ihn sogar aufgeschrieben, regelrecht zu Protokoll genommen und mich zum Schluß unterschreiben lassen, als ob's mein letzter Wille wäre, haha! Nur heraus damit, alter Junge, du hast ihn in der Brieftasche!«

»Ist das dein Ernst?« fragte Midwinter und brachte die Brieftasche so widerstrebend zum Vorschein, daß der Doktor ärgerlich errötete.

»Bitte, bemühen Sie sich nicht, wenn es Ihnen auch nur im geringsten mißfällt, mich ins Vertrauen zu ziehen«, sagte er mit einer ausgesuchten Höflichkeit, die verriet, wie gekränkt er war. »Unsinn!« rief Allan. »Komm, gib's her!«

Diesmal richtete Midwinter sich nicht nach seinem Freund, sondern verließ die Fensternische, näherte sich dem Doktor und hielt ihm ein paar beschriebene Notizbuchblätter hin. »Entschuldigen Sie«, sagte er dabei leise und mit niedergeschlagenen Augen. »Unangenehmer, hinterhältiger Bursche«, dachte der Doktor, während er ihm kühl dankte. »Sein Freund ist tausendmal soviel wert wie er.« Midwinter kehrte schweigend an seinen Platz zurück. Sein Gesicht drückte jetzt die seltsame Resignation aus, die

schon Mr. Brock einst verwundert hatte.
Dr. Hawbury legte das Manuskript vor sich auf den Frühstückstisch und las:

Allan Armadales Traum

In den frühen Morgenstunden des 1. Juni 1851 befand ich mich mit einem etwa gleichaltrigen Freund auf dem Wrack eines französischen Holzfrachters, der *Grâce de Dieu,* die im Sund zwischen der Insel Man und dem sogenannten »Kalb«, einer Nebeninsel, auf Grund gelaufen war. Da wir die Nacht schlaflos verbracht hatten, überkam mich die Müdigkeit, und ich schlief für kurze Zeit an Deck ein. Mein Gesundheitszustand war gut wie immer, und die Sonne war schon im Aufgehen. Trotzdem träumte ich. Soweit ich mich jetzt, nach einigen Stunden, erinnere, war die Reihenfolge meiner Traumeindrücke folgende:
1. Ich sah meinen Vater. Er nahm mich schweigend bei der Hand. Es war in einer Schiffskajüte.
2. Um uns stieg langsam das Wasser. Mein Vater und ich versanken.
3. Eine kurze Bewußtlosigkeit folgte; dann hatte ich das Gefühl, allein im Dunkeln zu sein.
4. Ich wartete.
5. Das Dunkel öffnete sich wie ein Vorhang, und ich sah, wie auf einem Gemälde, einen großen, einsamen Teich, der von offenem Grasland umgeben war. Am jenseitigen Ufer leuchtete der rote Abendhimmel.
6. Am diesseitigen Ufer stand der Schatten einer Frau.
7. Es war nur ein Schatten, kein lebendes Wesen – im Traum weiß man das. Daß es der Schatten einer Frau war, sah ich an dem langen Kleid.
8. Es wurde dunkel wie zuvor. Nach kurzer Pause öffnete sich der Vorhang zum zweitenmal.
9. Ich befand mich in einem Zimmer vor einem langen Fenster, das bis auf den Boden reichte. Das einzige Dekorationsstück, das ich sah oder an das ich mich erinnere, war eine Statuette auf einer Säule neben mir. Aus dem Fenster sah ich eine Rasenfläche und Blumenrabatten. Es regnete. Der Regen schlug prasselnd gegen das Glas.
10. Plötzlich merkte ich, daß ich nicht allein war. In geringer Entfernung von mir, am gleichen Fenster, stand der Schatten eines Mannes.
11. Der Schatten war im einzelnen so unkenntlich wie derjenige der Frau, aber im Gegensatz zu dieser bewegte er sich. Er streckte einen Arm in Richtung der Statuette aus, und die Statuette fiel vom Podest und zerbrach auf dem Boden.

12. Ich war erregt und verwirrt. Ich bückte mich beklommen und betrachtete die Scherben. Als ich mich wieder aufrichtete, war der Schatten des Mannes verschwunden, und es wurde dunkel.
13. Das Dunkel öffnete sich zum drittenmal, und ich sah die beiden Schatten, den männlichen und den weiblichen, zusammenstehen.
14. Rundherum war nichts. Jedenfalls kann ich mich an die Umgebung nicht erinnern.
15. Der Schattenmann stand mir näher als die Schattenfrau. Ich hörte ein Geräusch, als würde etwas eingegossen. Sie berührte mit einer Hand den Schattenmann und reichte ihm mit der andern ein Glas. Er nahm es und reichte es mir. Ich setzte es an den Mund, und im selben Moment wurde mir entsetzlich schwach vom Scheitel bis zur Sohle.
16. Mir wurde schwarz vor Augen.
17. Weiter weiß ich nichts. Ich erwachte, fühlte die ersten Sonnenstrahlen auf meinem Gesicht, und mein Freund sagte mir, ich hätte geträumt. Allan Armadale

Nachdem der Doktor das seltsame Protokoll zu Ende gelesen hatte, klopfte er mit den Fingerspitzen darauf und blickte überlegen lächelnd zu Midwinter hinüber.
»Soviel Leute, soviel Meinungen«, sagte er. »Ich stimme keiner Ihrer Ansichten zu, sondern gestatte mir eine eigene. Ihre Theorie, Mr. Armadale, dürfte bereits erledigt sein; das Nahrungsmittel, das Sie nicht vertragen, ist noch nicht erfunden. Und Ihr verehrter Freund«, er wandte sich wieder Midwinter zu, wobei er den Vorgenuß des Triumphes über einen Mann, den er nicht mochte, ein wenig zu deutlich durchblicken ließ, »hat sich eine Theorie zurechtgemacht, die wir zunächst untersuchen wollen. Wenn ich recht verstehe, Mr. Midwinter, halten Sie diesen Traum also für eine Warnung übernatürlicher Mächte an Mr. Armadale persönlich? Ihn bedrohen Gefahren beziehungsweise gefährliche Personen, denen er klüglich aus dem Wege gehen sollte? Darf ich fragen, wie Sie zu dieser Traumdeutung gekommen sind? Und ob Sie spezielle Gründe haben, gerade diesem Traum so überragende Bedeutung beizumessen?«
»Sie haben das Wesentliche meiner Auslegung erfaßt«, antwortete Midwinter, der dem Blick und Ton des Arztes seine kälteste Reserve entgegensetzte. »Erlauben Sie mir, die Gründe für mich zu behalten.«
»Genau dasselbe hat er mir auch gesagt!« warf Allan ein. »Wissen Sie was? Ich glaube, er hat gar keine Gründe!«
»Sachte, sachte!« sagte der Doktor. »Es sei ferne von mir, in irgend jemandes Geheimnis einzudringen. Reden wir also von meiner eigenen Ansicht über die Bedeutung Ihres Traumes. Mr. Midwin-

ter wird hoffentlich nicht beleidigt sein, wenn ich die einzelnen Punkte ganz sachlich und nüchtern unter die Lupe nehme. In meinem Beruf ist man gewohnt, wissenschaftlich vorzugehen. Träume sind nichts als Reflexe von Eindrücken, die der Schläfer im wachen Zustand gehabt hat. Betrachten wir also Ihre Traumbilder noch einmal im einzelnen.« Er nahm das Manuskript wieder zur Hand. »Richtig, hier sehe ich schon eines, das einen Eindruck widerspiegelt, den Sie in meinem Beisein gehabt haben. Wenn Sie so gut sein wollen, meinem Gedächtnis ab und zu nachzuhelfen, traue ich mir zu, eins nach dem anderen zu enträtseln. Können Sie mir sagen, was Sie gesagt, gedacht und erlebt haben, bevor Sie auf dem Wrack eingeschlafen sind? Mehr als vierundzwanzig Stunden brauchen Sie kaum zurückzugehen.«

»Ich will's gern versuchen«, sagte Allan. »Wo soll ich anfangen?«

»Was haben Sie zum Beispiel gestern getan, ehe wir uns auf der Landstraße trafen? Sie sind natürlich morgens aufgestanden und haben gefrühstückt. Und dann?«

»Dann haben wir einen Wagen gemietet«, fiel Allan ein, »und sind von Castletown nach Douglas gefahren, um meinen alten Freund und Lehrer, den Pfarrer Brock, zum Dampfer zu bringen. Mein Freund und ich kehrten zurück und trennten uns vor der Tür des Gasthofs. Midwinter ging hinein, und ich sah nach meiner Jacht . . . Ehe ich's vergesse, Doktor, Sie haben mir versprochen, sie sich anzusehen und eine kleine Probefahrt mitzumachen!«

»Gewiß, gewiß. Aber bleiben wir jetzt beim Thema, wenn es Ihnen recht ist. Was taten Sie als nächstes?«

Allan wußte nicht weiter. In Gedanken war er bereits auf hoher See.

»Ich meine, was taten Sie an Bord der Jacht?«

»Oh, richtig! Ich habe aufgeräumt – das heißt bei mir, ich habe ein heilloses Durcheinander veranstaltet. Glücklicherweise kam Midwinter mir nach und half. Ich habe noch gar nicht gefragt, ob Ihr Boot wirklich heil geblieben ist? Ich möchte selbstverständlich für jeden Schaden aufkommen, und –«

Der Doktor gab es auf, Allans Gedächtnis auf diese Weise bei der Stange zu halten. »Versuchen wir es anders«, sagte er gottergeben. »Ich werde die Traumbilder der Reihe nach durchgehen und die dazugehörigen Fragen stellen. Also, Punkt eins und zwei. Sie waren im Traum mit Ihrem Vater in einer Schiffskajüte und versanken mit ihm im steigenden Wasser. Darf ich fragen, ob Sie die Kajüte des Wracks betreten haben?«

»Das konnte ich ja gar nicht«, erwiderte Allan prompt. »Sie war vollgelaufen. Ich öffnete die Tür, sah es und machte die Tür wieder zu.«

»Ausgezeichnet! Der Wach-Eindruck ist klar genug. Beim Ein-

schlafen tat das unaufhörliche Gluckern und Strömen, das Sie im Ohr hatten, ein übriges – es ist kein Wunder, wenn man dann von Ertrinken träumt. Ein Umstand ist allerdings noch aufzuklären –«
»Der wichtigste«, sagte Midwinter vom Fenster her.
»Ich war im Begriff, davon zu sprechen«, wies ihn der Doktor kühl zurecht. »Die Erscheinung von Mr. Armadales Vater. Ist Ihr Vater noch am Leben?«
»Nein. Ich habe ihn nie gekannt. Er ist schon vor meiner Geburt gestorben.«
»Das kompliziert die Sache ein wenig«, gab der Doktor unangenehm überrascht zu. »Woher wußten Sie dann überhaupt, daß die Traumgestalt Ihr Vater war?«
Allan überlegte angestrengt. Midwinter rückte etwas näher und sah den Doktor zum erstenmal gespannt an.
»Haben Sie vor dem Einschlafen zufällig an Ihren Vater gedacht? Kennen Sie ihn von Beschreibungen . . . oder von Bildern?«
»Aber natürlich!« rief Allan wie erlöst. »Midwinter! Erinnerst du dich an die Miniatur, die du gestern beim Aufräumen gefunden hast? Du sagtest noch, ich schiene keinen großen Wert darauf zu legen, da ich sie so herumliegen ließe, und ich sagte: im Gegenteil, sehr großen, denn es wäre ein Porträt meines Vaters –«
»Und das Traumgesicht glich dem Porträt?«
»Haargenau! Bravo, Doktor! Jetzt wird's wirklich interessant!«
»Na, und was sagen Sie, Mr. Midwinter?« fragte Dr. Hawbury selbstzufrieden.
Midwinter kehrte eilig an den Tisch zurück und setzte sich neben Allan. Wie er sich schon einmal vor der Tyrannei seines eigenen Aberglaubens in den gesunden Menschenverstand Mr. Brocks geflüchtet hatte, suchte er nun bei Dr. Hawburys streng wissenschaftlicher Traumanalyse Zuflucht. »Ich bin ganz Allans Meinung«, sagte er mit plötzlicher Begeisterung, »jetzt wird es interessant. Weiter, bitte weiter!«
Der Doktor bedachte ihn mit einem merklich milderen Blick. »Sie sind der erste Mystiker, den ich treffe«, sagte er anerkennend, »der Vernunftgründen zugänglich ist. Vielleicht bekehre ich Sie ganz und gar, bevor diese Untersuchung beendet ist. Also weiter im Text.« Er sah einen Moment ins Manuskript. »Die Pausen zwischen den einzelnen Traumbildern können wir wohl übergehen. Sie bezeichnen das momentane gänzliche Ausschalten der Hirntätigkeit, das man ›Tiefschlaf‹ nennt. Wir kommen somit zu Punkt fünf, der ein neues Traumgesicht bringt: einsamer Teich, Sonnenuntergang, der Schatten einer Frau am Ufer. Sehr schön. Nun sind Sie wieder an der Reihe, Mr. Armadale. Wie sind Sie auf den Teich gekommen? Das offene Land ringsumher ist klar; das haben Sie gestern durchfahren. Aber wir haben hier herum keine Teiche

oder Seen, und da Sie eine längere Kreuzfahrt hinter sich haben, können Sie in den letzten Tagen auch nichts dergleichen gesehen haben. Liegt es vielleicht wieder an einem Bild – oder einem Buch – oder einem Gespräch mit Ihrem Freund?«
Allan sah Midwinter an. »Haben wir über Teiche geredet? Meines Wissens nicht.«
Midwinter zuckte plötzlich zusammen und wandte sich an den Doktor. »Haben Sie zufällig noch die gestrige Nummer der *Manx News?*«
Dr. Hawbury brachte die Zeitung aus einem Ständer zum Vorschein. Midwinter schlug die Seite mit dem Buchauszug auf, aus dem Allan gestern abend so animiert vorgelesen hatte, bis Midwinter einschlief. Da waren sie, die Verdurstenden in der australischen Wüste – und da, als Höhepunkt der Erzählung, war die breite Wassergrube, die in Allans Traum zum Teich geworden war!
»Behalten wir die Zeitung noch hier«, meinte Dr. Hawbury, als Midwinter ihm die Stelle zu seiner größten Genugtuung gezeigt hatte. »Wenn Reisegeschichten solchen Eindruck auf Mr. Armadale machen, brauchen wir sie vielleicht noch. Der Teich wäre also erklärt. Und der Sonnenuntergang? Davon steht hier nichts. Haben Sie in den letzten Tagen irgendwo einen besonders roten Sonnenuntergang gesehen?«
»Aber ja, erst gestern!« rief Midwinter, während Allan noch nachgrübelte. »Weißt du nicht mehr? Wir sind in den Klippen über Port St. Mary spazierengegangen und –«
»– und da haben wir einen hochdramatischen roten Sonnenuntergang erlebt«, fiel Allan ein, »und wir haben uns über Mr. Brock unterhalten und uns gefragt, ob er in Liverpool wohl rechtzeitig den Zug erwischt hat . . . Na bitte, ist mein Gedächtnis nicht blendend? Wenn es mal richtig in Schwung kommt, ist kein Halten mehr! Und dann sind wir –«
»Einen Moment«, bat der Doktor lächelnd, »wir brauchen nur das zu erwähnen, was für die Traumanalyse notwendig ist. Also den Teich, das offene Land und den Sonnenuntergang hätten wir. Wie steht es nun mit der Frau oder, richtiger, mit ihrem Schatten? Wie kommt dieser mysteriöse Schatten in Ihre Traumlandschaft?«
Allan versank wieder in ratloses Schweigen, und Midwinter wartete mit angehaltenem Atem, die brennenden Augen auf den Doktor gerichtet. Die Pause dehnte sich ziemlich lange aus.
»Nur Geduld«, sagte der Doktor schließlich gefaßt. »überlassen wir den Schatten eine Weile sich selbst, dann kommen wir ihm vielleicht von einem anderen Punkt her auf die Spur. Gestatten Sie mir die Bemerkung, Mr. Midwinter, daß es nicht ganz einfach ist, einen Schatten zu identifizieren, aber das ist kein Grund zur

Verzweiflung. Wir werden die ›Dame vom See‹ schon irgendwo wiedertreffen.«
Midwinter antwortete nicht. Von diesem Moment an begann sein Interesse nachzulassen.
»Was war denn die nächste Szene?« Dr. Hawbury sah kurz ins Manuskript. »Mr. Armadale steht an einer Fenstertür, aus der er den Rasen und die Blumenrabatten überblicken kann und an die der Regen schlägt. Seine einzige Gesellschaft sind eine Statuette und der Schatten eines Mannes. Der Schatten streckt den Arm aus; die Statuette fällt zu Boden und zerbricht. Mr. Armadale bückt sich ärgerlich und betrübt nach den Scherben (beachten Sie, meine Herren, daß sich hier momentweise die Logik des Schläfers einschaltet; Ursache und Wirkung ergeben einen klaren Zusammenhang), und damit ist die Traumszene beendet. Mit anderen Worten: Es folgt wieder eine kurze Phase des Tiefschlafs, in der sich das Gehirn ausruht. Sie wollten etwas dazu sagen, Mr. Armadale? Hat die Szene Sie vielleicht an ein tatsächliches Erlebnis erinnert?«
»Und wie! Gestern habe ich ja selber eine ›Statuette‹ zerbrochen! Es war nichts anderes als eine Porzellanfigur, die im Gasthof auf dem Kaminsims stand und die dran glauben mußte, als mir die Klingelschnur in der Hand blieb. Fabelhaft, wie sich alles Schritt für Schritt auflöst – wie beim Rätselraten. Nun bist du an der Reihe, Midwinter!«
»Nein, ich, wenn Sie gestatten«, sagte der Doktor. »Ich beanspruche nämlich die Glastür, den Rasen und die Blumenrabatten als mein rechtmäßiges Eigentum. Tür und Gartenaussicht befinden sich nebenan, und bei Ihrem bewundernswerten Gedächtnis werden Sie sich nun wohl auch daran erinnern, daß Sie schon gestern so gütig waren, beides von außen zur Kenntnis zu nehmen und mir höchst schmeichelhafte Komplimente deswegen zu machen!«
»Stimmt«, sagte Allan vergnügt. »Fehlt nur der Regen, der im Traum an die Tür schlug. Wir haben seit mindestens einer Woche keinen Tropfen Regen gehabt.«
»Hm . . . vielleicht finden wir den Regen, wo auch das andere Wasser war«, murmelte der Doktor und griff nach den *Manx News,* um den Buchauszug noch einmal zu überfliegen. »Da! Der Wolkenbruch, den die Verdurstenden in der Wüste erlebten, ehe sie an den rettenden Teich kamen! Es ist ja klar, daß diese quälende Szene Ihnen besonderen Eindruck gemacht hat und sich daher mit Ihren Wach-Eindrücken vermischte!«
»Und der Männerschatten an der Tür?« erkundigte sich Midwinter mit untadeliger Höflichkeit. »Lassen wir den einfach beiseite wie den Schatten der Frau?«
Dr. Hawbury spürte die Ironie und sträubte augenblicklich das Fell.

»Wenn Sie Muscheln am Strand suchen, Mr. Midwinter«, entgegnete er, »heben sogar Sie, wie ich annehme, zuerst die nächstliegenden auf. Ich bemühe mich, auf dieselbe Art an die Tatsachen heranzukommen, die Mr. Armadales Traum zugrunde liegen. Gönnen Sie den beiden Schatten doch ein kleines Tête-à-tête ... wir werden sie früh genug stören. Alles zu seiner Zeit, lieber junger Mann, alles zu seiner Zeit!«

Sein Ton zeigte deutlich, daß der kurze Waffenstillstand zwischen ihm und Midwinter schon vorüber war. Midwinter zog sich schweigend wieder in die Fensternische zurück, und der Doktor kehrte ihm ostentativ den Rücken. Allan, der das stumme Duell überhaupt nicht bemerkte, da er grundsätzlich jeden nach seiner Art selig werden ließ, schlug mit seinem Besteck einen fröhlichen Trommelwirbel und rief wißbegierig: »Weiter, Doktor, weiter! Mein Gedächtnis läuft jetzt wie geschmiert!«

»Fein«, sagte der Doktor und kehrte mit einiger Selbstüberwindung zum Thema zurück. »Dann erinnern Sie sich wohl auch an unser gestriges Zusammentreffen in der Bar?«

»Natürlich! Sie waren so nett, mir gleich das Glas zu überreichen, das die Wirtin gerade für Sie gemischt hatte. Und ich mußte ablehnen, weil Brandy darin war und mir von Brandy, wie ich Ihnen sagte, hundeelend wird.«

»Richtig. Und die Abneigung gegen Brandy hat Sie bis in den Traum verfolgt. Sie haben die Schatten eines Mannes und einer Frau zusammen gesehen; Sie haben sogar das Eingießen gehört (erst Brandy, dann Wasser); das Glas wurde vom Schatten der Frau (der Wirtin) an den Schatten des Mannes (meiner Wenigkeit) und von diesem an Sie weitergereicht. Daraufhin wurde Ihnen hundeelend zumute, um mich Ihrer eigenen Worte zu bedienen. Schlimm, diese prosaische Auslegung – nicht wahr, Mr. Midwinter? Nur wird sie Ihr Freund leider Wort für Wort bestätigen können. Damit haben wir sowohl den Schatten der Frau als auch den Schatten des Mannes identifiziert, und zwar in sämtlichen Traumszenen. Die Wirtin und ich haben uns den Spaß erlaubt, noch ein wenig in Mr. Armadales Unterbewußtsein herumzugeistern. Nehmen Sie Ihr wertvolles Manuskript mit Dank zurück, Mr. Midwinter. Es beweist wieder einmal die rationale Grundlage aller Träume.« Dr. Hawbury drehte sich mit der erbarmungslosen Höflichkeit des Siegers voll zu Midwinter um und händigte ihm seine Notizen wieder aus.

Allan war begeistert. »Wunderbar! Eine lückenlose Traumdeutung von A bis Z!« rief er. »Es lebe die Wissenschaft!«

»Lückenlos; Sie haben wieder das rechte Wort gefunden«, bemerkte der Doktor geschmeichelt. »Leider scheinen wir Ihren Freund trotzdem noch nicht ganz überzeugt zu haben.«

»Nein, ich bin nicht überzeugt«, sagte Midwinter. »Das heißt aber nicht, daß ich Ihnen unrecht gebe. Ich bitte, mich nicht mißzuverstehen.«
Seine Stimme war ruhig, fast traurig. Er hätte sich so gern vernünftig überzeugen lassen, aber die Oberflächlichkeit der Beweisführung hatte seinen Glauben an übernatürliche, schicksalhafte Einflüsse wieder verstärkt. Nun war es ihm ganz gleich, was der Doktor sagte; er war an einer weiteren Diskussion nicht interessiert. Dr. Hawbury war jedoch nicht gesonnen, dieses allzu tolerante Gewährenlassen kampflos hinzunehmen.
»Habe ich etwa nicht jede Spur gewissenhaft zurückverfolgt?« fragte er herausfordernd.
»Das streite ich ja gar nicht ab«, antwortete Midwinter resigniert.
»Habe ich die lebendigen Originale der beiden Schatten gefunden?«
»Zu Ihrer Zufriedenheit und zu der meines Freundes – ja. Nicht zu meiner.«
»Ach nein? Wissen Sie eine einleuchtendere Erklärung?«
»Die erwarte ich von der Zukunft.«
»Welch tiefsinniger Orakelspruch, Mr. Midwinter! Im Moment haben Sie also keine Ahnung, wer die beiden Schatten sein könnten?«
»Doch. Ich glaube, der Schatten der Frau wird sich als eine lebende Person entpuppen, die mein Freund heute noch nicht kennt, und der Schatten des Mannes als – ich.«
Dr. Hawbury wehrte einen beabsichtigten Einwurf Allans mit einer Handbewegung ab und sagte: »Finden Sie es nicht etwas kühn, die Schattengestalt eines Traumes mit einer unbekannten Person gleichzusetzen?«
Sein sarkastischer Ton trieb eine leichte Röte in Midwinters bräunlichblasse Wangen.
»Die Traumlandschaft, die mein Freund gesehen hat, war sehr deutlich«, erwiderte er. »Darum glaube ich, daß das lebende Urbild des Schattens ihm zuerst dort begegnen wird.«
»Logischerweise«, fuhr der Doktor fort, »müssen Sie selbst demnächst eine Statuette zerbrechen, in Gegenwart Ihres Freundes und an einer Fenstertür, wie ich sie habe. Und das ganze Malheur muß sich bei Regen abspielen. Glauben Sie das?«
»Ja.«
»Daraus folgt, daß Sie auch für das nächste Traumgesicht eine eigene Auslegung haben? Die bislang unbekannte Frau und Sie werden an einem nicht näher gekennzeichneten Ort zusammenkommen und Mr. Armadale ein nicht näher gekennzeichnetes Getränk anbieten, von dem er die Besinnung verliert? Glauben Sie das im Ernst?«

»Ich glaube es im Ernst.«
»Und, um auf den Ablauf der Traumszene im ganzen zurückzukommen, Sie halten das ganze für eine Warnung höherer Mächte an Mr. Armadale? Sie halten seine Zukunft, sein Leben und sein Glück für bedroht?«
»Ja. Das ist meine feste Überzeugung.«
Dr. Hawbury erhob sich, legte das geistige Seziermesser hin – und nahm es nach kurzem Überlegen noch einmal auf.
»Nur noch eine Frage. Haben Sie einen tieferen Grund, sich in derart geheimnisvollen Anspielungen zu ergehen, obwohl die natürlichen Erklärungen des Traumgeschehens klar zutage liegen?«
»Ja, aber die Gründe kann ich Ihnen und meinem Freund leider nicht sagen.«
Der Doktor sah auf die Uhr. Seine Miene sagte deutlich: Ich verschwende hier nur meine Zeit.
»Wir reden aneinander vorbei«, sagte er laut, »und damit wir das nicht bis ins unendliche fortsetzen, schlage ich vor, die Diskussion abzubrechen. Verzeihen Sie meine Eile: Ich muß in die Praxis, die Patienten warten. Auf jeden Fall habe ich *Sie* überzeugt, Mr. Armadale. Das Gespräch war also nicht ganz vergebens. Bitte, bleiben Sie noch sitzen und rauchen Sie in Ruhe Ihre Zigarre. In einer Stunde stehe ich Ihnen wieder zur Verfügung.« Er nickte Allan herzlich zu, verbeugte sich steif vor Midwinter und verließ das Zimmer.
Kaum war er draußen, so wandte sich Allan mit der ihm eigenen, naiven Unbefangenheit an Midwinter:
»Gott sei Dank, daß Ihr mit eurer Spiegelfechterei fertig seid, du und der Doktor. Würdest du mir jetzt einen ganz großen Gefallen tun?«
Midwinters Gesicht erhellte sich. Dieser netten, treuherzigen Art hatte er vom ersten Tage an nicht widerstehen können.
»Mit Vergnügen. Welchen?«
»Reden wir nicht mehr von dem blöden Traum, ja?«
»Ich werde nicht mehr davon reden.«
»Und auch nicht mehr daran denken? Bringst du das fertig? Bitte!«
»Gedanken lassen sich nicht so ohne weiteres eindämmen, Allan, aber ich will es versuchen.«
»Braver Junge! Dann gib das Zeug am besten gleich her –« Er griff nach dem Manuskript, aber Midwinter war schneller und versteckte es auf dem Rücken. »Nun stell dich doch nicht wieder so an! Ich möchte es gar zu gern als Fidibus für meine Zigarre benutzen.«
Midwinter kämpfte sichtlich mit sich. »Und ich möchte lieber noch ein Weilchen warten«, sagte er langsam, »ehe ich's dir als Fidibus überlasse.«

»Wie lange? Bis morgen?«
»Länger.«
»Bis wir von der Insel absegeln?«
»Länger.«
»Ach, zum Teufel, nun gib mir schon eine klare Antwort! *Wie* lange willst du warten?«
Midwinter verstaute das Manuskript sorgfältig in seiner Brieftasche.
»Bis wir in Thorpe-Ambrose sind«, sagte er unbetont.

Zweites Buch

I

Briefwechsel

1. Ozias Midwinter an Mr. Brock

Thorpe-Ambrose, 15. Juni 1851

Lieber Mr. Brock,
vor einer Stunde, gerade als die Dienstboten das Haus abschließen wollten, sind wir hier angekommen. Allan war von der langen Reise sehr müde und ist gleich zu Bett gegangen. Ich sitze allein in der Bibliothek und möchte Ihnen noch rasch Bericht erstatten, obwohl die Uhr auf dem Kaminsims eben Mitternacht geschlagen hat. Sie wissen ja, daß ich nicht viel Schlaf brauche.

Allan hat Ihnen schon von der Insel Man geschrieben, daß wir eine Nacht zusammen auf dem Wrack der *Grâce de Dieu* verbracht haben. Sie werden verstehen, lieber, verehrter Mr. Brock, daß ich mich dazu nicht näher äußern möchte. Mit Gottes Hilfe werde ich den schweren inneren Kampf, der sich durch diese Nacht erneut hat, siegreich überwinden. Ich gebe mir die erdenklichste Mühe.

Unsere Ausflüge zu Lande und zu Wasser, als die Jacht endlich repariert war, sind nicht weiter erwähnenswert. Wichtig ist erst der Brief, den Allan gestern früh im Hafen von Douglas erhielt. Sie kennen ihn – er verlegt und verliert alles, und so ist auch dieser Brief im Moment nicht greifbar. Ich will den Inhalt daher wiedergeben, solange mein Gedächtnis noch frisch ist.

Der Brief war von Mrs. Blanchard, der Mutter des verstorbenen bisherigen Besitzers von Thorpe-Ambrose, und enthielt die Nachricht, daß sie und ihre Nichte am 13. das Herrenhaus geräumt haben, um sich nach Italien zu begeben. Wahrscheinlich werden sie sich in der Nähe von Florenz niederlassen. Sie haben Freunde dort, kennen und lieben das Land von früheren Reisen her und sind wohlhabend genug, um sich das Leben nach ihrem Geschmack einzurichten. Dafür hat das Testament des alten Mr. Blanchard gesorgt.

Die nächste Seite des Briefes brachte für Allan eine unerfreuliche Nachricht. Mrs. Blanchard hat ihm nochmals in den angenehmsten Wendungen für die Großzügigkeit gedankt, mit der er ihr und ihrer Nichte den Auszugstermin freigestellt hat. Im Zusammenhang damit schrieb sie aber, daß alle Gutsnachbarn, Pächter und Bauern jetzt so zu seinen Gunsten voreingenommen seien, daß sie einen großartigen Empfang für ihn veranstalten wollten. Zu diesem Zweck, schrieb Mrs. Blanchard, hätten die Honoratioren der Gegend schon mehrere Zusammenkünfte einberufen, und Allan werde in Kürze mit einem offiziellen Schreiben gebeten werden, das Datum seines feierlichen Einzugs in Thorpe-Ambrose bekanntzugeben.

Nun können Sie sich schon denken, warum wir so überstürzt von der Insel Man aufgebrochen sind. Nach Lektüre dieses gutgemeinten Briefes hatte Allan nur noch das eine Bestreben, dem angedrohten feierlichen Empfang zu entgehen. Das einzige Gegenmittel war seiner Ansicht nach, in Thorpe-Ambrose einzutreffen, bevor das offizielle Schreiben der Honoratioren ihn erreichen konnte.

Ich habe mein möglichstes versucht, ihm den Standpunkt seiner künftigen Nachbarn plausibel zu machen, aber Sie wissen ja – gegen seine Impulse und seinen unerschütterlichen Humor ist man machtlos. In zehn Minuten hatte er seine Siebensachen gepackt, und in weiteren fünf Minuten hatte er Befehl zum Auslaufen der Jacht gegeben. Mir blieb nur die Wahl, mitzufahren oder ihn allein fahren zu lassen. Was die Dienerschaft von Thorpe-Ambrose über unser plötzliches Erscheinen dachte, ist ja nicht wichtig; ich fürchte nur, daß die ganze Nachbarschaft verärgert sein wird, wenn es sich morgen herumspricht, daß der neue Gutsbesitzer unangemeldet da ist und der geplante Empfang somit ausfällt.

Was die Dienerschaft betrifft, so hat Mrs. Blanchard einstweilen alles beim alten gelassen. Allan soll, wie sie schreibt, selbst entscheiden, wen er behalten will. Nur ihre Zofe und die ihrer Nichte hat sie natürlich nach Italien mitgenommen. Ein drittes Hausmädchen hat sie fristlos entlassen müssen, weil, wie sie sich etwas gewunden ausdrückt, ›die betreffende Person sich leichtfertig mit einem Fremden eingelassen hat‹.

Nun werden Sie mich wohl auslachen – aber ich will ganz offen sein. Seit den Erlebnissen auf der Insel Man achte ich so ängstlich auf alles, was Allans Zukunft beeinträchtigen könnte, daß ich gleich einen der Diener wegen dieses entlassenen Hausmädchens ins Verhör genommen habe.

Ich erfuhr lediglich, daß ein Fremder auf verdächtige Weise hier herumgestrichen ist und dem Hausmädchen den Hof gemacht hat. Da die Betreffende eine ältere, häßliche Person ist, vermutete man andere als die üblichen Beweggründe für seine Galanterie. Seit ihrer Entlassung hat auch er sich nicht mehr blicken lassen. Weiter weiß man nichts, und ich hoffe, daß es für Allans Zukunft be-

langlos ist. Alle anderen Dienstboten beschreibt Mrs. Blanchard als vollkommen vertrauenswürdig. Wenn Allan ihrem Rat folgt, wird er sie behalten.
Das war der Inhalt von Mrs. Blanchards Brief. – Nun bitte ich Sie vor allem, in Allans Namen und mit seinen herzlichsten Grüßen, so bald wie möglich und so lange wie möglich hierherzukommen. Meine Privatwünsche tun nicht viel zur Sache, aber auch ich habe meine Gründe, Sie sehnsüchtig zu erwarten. Allan hat mir in aller Harmlosigkeit eine Verantwortung aufgeladen, mit der ich allein nicht fertig werde. Nach langem spaßhaftem Drumherumreden hat er schließlich seinen Plan verraten – ich soll sein neuer Gutsverwalter werden!
Wie bestürzt ich über diese Eröffnung war, brauche ich Ihnen nicht zu schreiben. Allans Güte bringt mich in eine Notlage, gegen die mir alle früheren null und nichtig erscheinen. Natürlich habe ich eingewendet, daß ich aller Fachkenntnisse und Erfahrungen auf diesem Gebiet ermangle, was Allan jedoch mit der großzügigen Bemerkung abtat, ich würde es schon lernen, und er ließe mir eigens zu dem Zweck einen Berater aus London kommen, der Thorpe-Ambrose schon von früher her kennt.
Glauben Sie, lieber Mr. Brock, daß ich es wirklich lernen kann? Wenn ja, werde ich Tag und Nacht arbeiten. Andernfalls – und ich fürchte, die Fähigkeiten eines Gutsverwalters lassen sich von einem so jungen und unerfahrenen Menschen, wie ich es bin, nicht so leicht erwerben – bitte ich Sie, herzukommen und Allan wieder zur Vernunft zu bringen. Nur Sie können ihn bewegen, einen erfahrenen, älteren Mann an meiner Stelle zu engagieren. Ich trete gern zurück, wenn es seinen Interessen dient. Welche Enttäuschung ich auch erleben mag, *er* wird es nie erfahren.

Immer Ihr ergebener und dankbarer
Ozias Midwinter

PS – Haben Sie seit Ihrer Rückkehr nach Somersetshire irgend etwas von der Frau mit dem roten Schal gesehen oder gehört? Wenn ja, vergessen Sie bitte nicht, es zu erwähnen.

D. O.

2. Mrs. Oldershaw an Miß Gwilt

Damensalon Diana Street, Pimlico, Mittwoch

Meine liebe Lydia,
um Zeit zu sparen, schreibe ich Dir nach einem langen Arbeitstag im Salon auf meinem Geschäftspapier. Seit unserem letzten Treffen habe ich nämlich Nachrichten bekommen, die ich Dir unverzüglich zustellen lassen muß.

Der Reihe nach: Ich glaube nach eingehenden Überlegungen, daß Du bei dem jungen Armadale am weitesten kommst, wenn Du über Deine Jugenderlebnisse auf Madeira den Mund hältst. Seiner Mutter gegenüber hattest Du natürlich eine sehr starke Position. Sie hat Dich in einem bedauernswert zarten Alter für einen Betrug an ihrem Vater mißbraucht und Dich, nachdem Du Deine Schuldigkeit getan hattest, an die Luft gesetzt. Es geschah ihr nur recht, daß sie Dich nach mehr als zwanzig Jahren plötzlich wiedersehen mußte, mittlerweile als Mutter eines erwachsenen Sohnes, dem sie begreiflicherweise kein Wort über ihre blamable Heiratsgeschichte erzählt hat.
Stehst Du nun dem jungen Mann gegenüber ebenso günstig da? Wenn er kein hoffnungsloser Idiot ist, wird er Deine Darstellung, für die Du nach so langer Zeit keine unwiderleglichen Beweise beibringen kannst, einfach als Verleumdung abtun, und mit der Armadale-Goldgrube ist es aus. Wohlgemerkt, ich bin durchaus Deiner Meinung, daß die Schuld der Mutter noch keineswegs abgezahlt ist und Du Dich jetzt, nachdem sie Dir entwischt ist, an den Sohn halten mußt – nur mußt Du Dir nun eine andere Methode ausdenken, ihn gehörig auszuquetschen.
Welche Methode? Damit komme ich zu meinen Neuigkeiten.
Du hast schon selbst die Möglichkeit erwogen, diesem jungen Glückspilz lediglich mit den Waffen des Charmes und der Intelligenz beizukommen. Das schien mir gleich am aussichtsreichsten und hat mich nach Deinem Weggehen so beschäftigt, daß ich meinen Rechtsanwalt mit zwei Zeilen bat, das Testament des alten Blanchard beim Erbschaftsgericht einzusehen. Seine Auskunft ist so über alles Erwarten gut, daß mein Rat an Dich sich von selbst ergibt.
Da gibt's nur eins, Lydia: Packe den Stier bei den Hörnern – heirate ihn!!!
Es ist mein voller Ernst. Der Aufwand lohnt sich mehr, als wir beide je vermutet haben. Werde nur erst Mrs. Armadale und schere Dich den Teufel um alle nachträglichen Enthüllungen. So lange er lebt, wickelst Du ihn um den Finger, und im Fall seines Todes bekommst Du laut Testament (an dem er nichts ändern kann) eine lebenslängliche Rente von zwölfhundert Pfund jährlich!! Unabhängig davon, ob Kinder vorhanden sind oder nicht. Dieser Punkt steht zweifelsfrei fest; mein Rechtsanwalt hat ihn mit eigenen Augen geprüft. Natürlich hatte der alte Blanchard damals seinen eigenen Sohn und dessen eventuelle Witwe im Auge. Er hat aber keinen Namen genannt, sondern immer nur die Formel »mein gesetzmäßiger Erbe« gebraucht, und das ist nun der junge Armadale – daran ist nicht zu rütteln. Angle ihn Dir, mein Kind, er ist jedes persönliche Opfer wert!

Du wirst nun wieder einwenden, Du wärest zu alt für ihn.
Nun paß mal gut auf, Lydia. Wir beide brauchen uns über die niederschmetternde Wahrheit, daß Du fünfunddreißig bist, nichts vorzumachen – aber das mußt Du ja nicht überall ausposaunen. Auf Dein Aussehen kommt es an. Mein Urteil darüber dürfte wohl eines der sachverständigsten von ganz London sein. Ich kenne unsere reizenden Geschlechtsgenossinnen seit zwanzig Jahren in- und auswendig und genieße den Ruf, auch die schauderhaftesten alten Fratzen und Figuren auf neu zu polieren – und ich sage Dir ehrlich, daß Du ohne alle Hilfsmittel noch nicht wie dreißig aussiehst. Wenn Du meine Ratschläge bezüglich Kleidung befolgst und ein paar meiner Tinkturen und Cremes benutzt, kannst Du unter Garantie noch drei Jahre abziehen. Es soll mir nicht auf das Geld ankommen, das ich Dir vorschieße. Laß Dich nur mal richtig durch meine erprobte Altweibermühle drehen, und Du kommst so heraus, daß Dich kein Mann auf Erden für älter als siebenundzwanzig hält (außer wenn Du vor Nervosität die halbe Nacht nicht schläfst, aber dann, meine Teure, wirst Du Dich klugerweise in Dein stilles Kämmerlein zurückziehen, und es ist ganz egal, wie alt und zerknittert Du aussiehst).
»Na schön«, wirst Du sagen, »und wenn ich auch mit Gottes und Deiner Hilfe wie siebenundzwanzig wirke – das sind bei einem so jungen Burschen immer noch mindestens sechs Jährchen zuviel.«
Meinst Du? Deine eigene Lebenserfahrung sollte Dich eines Besseren belehrt haben. Jeder weiß, daß gerade junge Männer sich vorwiegend in reifere Frauen verlieben. Welcher junge Mann hat uns in unserer ersten Jugendblüte wirklich zu schätzen gewußt? (Heute habe ich besagte Jugendblüte für fünfzig Guineen auf die unappetitlichen Schultern einer Person gezaubert, die dem Alter nach Deine Mutter hätte sein können!) Wer, wollte ich fragen, weiß ein siebzehnjähriges Frätzchen zu würdigen? Junge Männer etwa? Von wegen! Da laufen uns nur die alten Schwerenöter nach, die mindestens schon vierzig sind.
Und die Moral von der Geschicht'? Du hast mit Deinem nicht nur hübschen, sondern auch klugen Köpfchen gerade jetzt die besten Chancen. Du kannst sehr charmant sein, wenn Du willst, und wenn Du wieder im Vollbesitz Deiner alten Energie bist (nach Deinem letzten Verzweiflungsausbruch auf dem Dampfer, der, wie ich zugebe, eine natürliche Reaktion auf unerhörte Zumutungen war), dann brauchst Du kein Zureden mehr. Das Glück ist auf Deiner Seite – denk doch nur an die nie geahnten Folgen, die Dein Sprung in die Themse hatte! Wenn der edelgesinnte Bubi Dir damals nicht nachgesprungen wäre, hätte der andere Bubi – Armadale – niemals Thorpe-Ambrose geerbt. Es sieht ganz so aus, als ob das Schicksal Dich zur Herrin von Thorpe-Ambrose bestimmt

hätte . . . »Unergründlich sind des Schicksals Wege«, wie der Dichter sagt.
Schreib mir ja oder nein, aber bitte etwas beschleunigt.

Deine getreue alte
Maria Oldershaw

3. Miß Gwilt an Mrs. Oldershaw

Richmond, Donnerstag

Du altes Luder,
ich lege mich nicht auf Ja oder Nein fest, ehe ich mich noch einmal ganz ausführlich im Spiegel betrachtet habe. Und wenn Du wirklich mein Wohl im Auge hättest und nicht nur Dein eigenes, wie üblich, würdest Du wissen, daß mich nach allem, was ich durchgemacht habe, schon beim bloßen Gedanken an eine Wiederheirat das kalte Grausen packt.
Inzwischen kann es natürlich nichts schaden, wenn Du mich weiterhin auf dem laufenden hältst. Du hast aus den Verkäufen, die Du für mich getätigt hast, noch zwanzig Pfund übrig: Bitte schicke mir zehn Pfund davon per Postanweisung für meinen Lebensunterhalt, und ziehe für die anderen zehn diskrete Erkundigungen über Thorpe-Ambrose ein. Ich möchte wissen, wann die beiden Damen Blanchard endlich ausziehen und wann der junge Armadale in der alten Asche des traulichen Familienkamins zu stochern anfängt. Ich glaube, Du stellst Dir das Spiel mit ihm zu leicht vor. Wenn er seiner Mutter nachschlägt, dieser gemeinen Heuchlerin, ist er ein zweiter Judas Ischariot.
Ich fühle mich in der neuen Wohnung sehr wohl. Der Garten ist voller Blumen, und jeden Morgen weckt mich ein entzückendes Vogelkonzert. Außerdem habe ich ein recht gutes Klavier gemietet. Der einzige Mann, um den ich noch einen Pfifferling gebe (krieg keinen Schreck, er ist schon seit längerer Zeit tot, und auf seinem Grabstein steht der Name BEETHOVEN), leistet mir die beste Gesellschaft, die ich mir wünschen kann. Die Wirtin würde mir auch gern Gesellschaft leisten, wenn ich sie nur ließe, aber ich lasse sie nicht. Ich hasse Weiber. Der neue Pfarrer hat der anderen Mieterin gestern einen Besuch abgestattet; ich traf ihn zufällig vor der Haustür, und obwohl ich fünfunddreißig bin, wurde der arme Mann bei meinem Anblick blutrot. Welche Farbe er wohl angenommen hätte, wenn eins der Vöglein unter dem Himmel herabgeflattert wäre und ihm meine Geschichte ins Ohr gezwitschert hätte?
Soviel für heute, Mutter Oldershaw. Herzlichst Deine . . . (Wer hat bloß die Unsitte erfunden, jeden Brief mit einem holden

Schwindel abzuschließen? Na, Du nennst Dich ja auch meine »Getreue« . . .!)

Also – herzlichst Deine
Lydia Gwilt

PS – Deine gräßlichen Puder, Schminken und Mixturen kannst Du für Deine Kundinnen aufbewahren; an meine Haut kommen sie nicht, das verspreche ich Dir. Wenn Du Dich wirklich nützlich machen willst, besorge mir lieber ein anständiges Schlafmittel. Ich knirsche nachts immer so mit den Zähnen, daß ich fürchte, nächstens brechen ein paar heraus – und dann adieu, Schönheit!

4. Mrs. Oldershaw an Miß Gwilt

Damensalon, Pimlico, Dienstag

Meine liebe Lydia,
jammerschade, daß Dein letzter Brief nicht an Mr. Armadale adressiert war; Deine charmante Offenheit hätte ihn augenblicklich betört. Ich bin Deinen Stil gewöhnt und lese ihn meistens sogar mit Vergnügen. Aber jetzt sei gefälligst mal ernsthaft. Ich habe Nachrichten aus Thorpe-Ambrose, die für Dich nicht nur ein Anlaß zu witzigen Glossen sein sollten.
Gleich nach Erhalt Deines Briefes habe ich mich mit einer Privatdetektei am Shadyside Place in Verbindung gesetzt. Es schien mir geraten, diesmal nicht auf die Leute zurückzugreifen, die mir sonst gelegentlich zur Verfügung stehen und uns beide kennen. Dich habe ich überhaupt nicht erwähnt. Natürlich ist dies nicht die billigste Art, Erkundigungen einzuziehen, aber die diskreteste.
Der Chef der Auskunftei und ich verstanden einander in fünf Minuten, und der richtige Kundschafter für unsere Zwecke – ein herrlich blöd aussehender junger Mann – war sofort zur Stelle. Binnen einer Stunde war er nach Thorpe-Ambrose unterwegs. Heute, Dienstag, ist er zurückgekommen und hat einen ausführlichen Bericht über das Resultat seiner Reise nach Norfolk vorgelegt.
Um zunächst Deine beiden Fragen zu beantworten: Die Damen Blanchard gehen am 13. ins Ausland, und der junge Armadale segelt zur Zeit noch irgendwo mit seiner Jacht herum. In Thorpe-Ambrose redet alles von dem großartigen Empfang, den man ihm bereiten will. Da die Festreden und der ganze übrige Klimbim Gegenstand langer Komiteeberatungen sind, dürfte der Geehrte kaum vor Ende des Monats eintreffen.
Unser gerissener Blödling hat seine Informationen auf dem nicht mehr ungewöhnlichen Wege bezogen, sich an das häßlichste Weib unter der gesamten Dienerschaft des Herrenhauses heranzumachen. Wenn so eine, die normalerweise nicht die leisesten Chancen

mehr hat, auch nur von fern einen Verehrer wittert, stürzt sie sich auf ihn wie ein verhungerter Köter auf einen Knochen. Für unseren Vertrauensmann war es also ein leichtes, allen Gesindeklatsch von ihr zu erfahren und mir gewissenhaft weiterzuerzählen. Das meiste war bedeutungsloses Gewäsch, und ich verlor beim Zuhören beinahe die Geduld, aber schließlich kam doch noch etwas Wissenswertes.

Auf dem weitläufigen Gartengrundstück von Thorpe-Ambrose steht in einiger Entfernung vom Herrenhaus noch ein sehr hübsches, geräumiges Cottage, das bis jetzt als Verwalterhaus gedient hat. Der junge Armadale hat sich nun aus unbekannten Gründen entschlossen, es zu verpachten, und der Pächter (nebst Anhang) ist bereits eingezogen. Es handelt sich um einen verarmten Major a. D. namens Milroy, einen harmlosen Trottel, der nichts als irgendwelche technischen Basteleien im Kopf hat und mit einer invaliden Frau geschlagen ist. Wie es scheint, ist sie dauernd bettlägerig, denn sie hat seit Jahren eine eigene Pflegerin, und die Dienerschaft von Thorpe-Ambrose hat sie bis dato nicht zu Gesicht bekommen. Das ginge uns alles wenig an, wenn der Major nicht eine sechzehnjährige Tochter hätte!

Das, meine Liebe, ist ein Umstand, den wir leider ernst nehmen müssen. Das junge Ding soll keck und munter sein und recht nett aussehen (der Teufel hole sie!), ist allerdings immer schlecht angezogen (dem Himmel sei Dank!) und hat nicht die besten Manieren (dito). Sie hatte immer nur Hausunterricht, aber die letzte Gouvernante hat geheiratet, und der Major weiß nicht, was er machen soll, da die Erziehungsbedürftigkeit seiner Tochter selbst ihm noch ins Auge springt. In ein Internat schicken will er sie nicht. Wozu er sich entschließt, bleibt also abzuwarten. Er hat den Damen Blanchard in Begleitung der Tochter eine Antrittsvisite gemacht, bei der diese Probleme zur Sprache kamen.

Du wirst nun hoffentlich meine Ansicht teilen, daß die Armadale-Angelegenheit nicht mehr lange hingetrödelt werden darf. Du hast gewissermaßen Familienansprüche auf den jungen Mann, und wenn Du trotz Deiner sonst aussichtslosen Lage auf ihn verzichtest, teile es mir bitte umgehend mit. Ich werde mir dann erlauben, Dir den Restbetrag von 27 (in Worten: siebenundzwanzig) Shilling zu überweisen und mich künftig ausschließlich meinem eigenen Geschäft widmen. Solltest Du Dich aber entschließen, Dein Glück in Thorpe-Ambrose zu versuchen, ehe es die Majorstochter tut (denn die tut es zweifellos), so laß mich wissen, wie Du der Doppelaufgabe gerecht zu werden gedenkst, das Herz Mr. Armadales zu entflammen und die kleine Milroy auszuschalten.

Stets die Deine,
Maria Oldershaw

5. Miß Gwilt an Mrs. Oldershaw

Richmond, Mittwochvormittag

Sehr geehrte Mrs. Oldershaw,
bitte überweisen Sie mir umgehend meine siebenundzwanzig Shilling und widmen Sie sich in Zukunft Ihren eigenen Angelegenheiten.

Hochachtungsvoll
L. G.

6. Miß Gwilt an Mrs. Oldershaw

Richmond, Mittwochabend

Geliebtes altes Scheusal,
behalte die siebenundzwanzig Shilling und verbrenne mein Billetdoux von heute morgen. Ich habe mich anders besonnen.
Ich hatte eine gräßliche Nacht hinter mir, als Dein Brief kam und mich in Wut versetzte. Inzwischen war ich reiten, und soeben habe ich eine Hühnerbrust und ein gutes Glas Wein zu mir genommen. Danach sehe ich manches mit freundlicheren Augen an, auch Dich. Bist Du nun so simpel, oder tust Du nur so, um mir das Vergnügen zu lassen, Dich zu »durchschauen«? Was Du mir als Haupthindernis hinstellst, ist natürlich meine beste Chance, unauffällig nach Thorpe-Ambrose zu kommen, und zwar in der bescheidenen Gestalt einer Gouvernante für das schlecht erzogene Majorstöchterchen. Du wolltest nur nicht als erste den Vorschlag machen, damit Du, wenn etwas schiefgeht (was sehr möglich ist), keinerlei Verantwortung hast und Dich damit trösten kannst, daß alles nur meine Schuld war!
Habe ich Sie durchschaut, verehrte Mrs. Oldershaw? Ich werde mich zum Dank nach Ihren Wünschen richten und Sie zu gegebener Zeit als Referenz nennen.
Dafür wirst Du mir hoffentlich auch noch einen letzten kleinen Wunsch erfüllen. Ich möchte das bißchen Galgenfrist, das mir voraussichtlich noch bleibt, auf meine eigene Art verträumen dürfen. Sei so gut und erspare mir das ganze Drum und Dran, Hin und Her, Für und Wider Deiner großangelegten Pläne. Denke für mich, bis der Moment gekommen ist, in dem ich wieder mitdenken muß.
Ich höre lieber auf, sonst verfalle ich doch wieder in den Ton, den Du nicht magst. Heute abend bin ich gerade in der richtigen Laune, einen Ehemann bis aufs Blut zu ärgern, ein stupides Kind zu ohrfeigen oder mit dem Kopf an die Wand zu rennen. Siehst Du es gern, wenn die Nachtfalter im Sommer Selbstmord in der Kerzenflamme begehen? Ich ja – manchmal.

Gute Nacht, Frau Isebel. Je länger Du mich in Frieden hier läßt, desto besser. Die Landluft bekommt mir. Ich bin schon merklich aufgeblüht.

L. G.

7. Mrs. Oldershaw an Miß Gwilt

Dienstag

Meine liebe Lydia,
ich kenne einige Leute, die sich beleidigt zurückziehen würden, wenn sie ständig solche impertinenten Briefe erhielten. Aber ich mag Dich nun mal so von Herzen gern! Und wenn ich jemanden mag, meine Teure, ist es so furchtbar schwer, mich zu beleidigen! Reite nächstes Mal nicht so lange und begnüge Dich mit einem halben Glas Wein zum Abendessen. Deine Nerven werden es Dir danken.

Sehr gescheit, daß Du dem Thorpe-Ambrose-Projekt im Prinzip nicht abgeneigt bist. Wenn Du Pech hast und der Major eine andere Gouvernante engagiert (worauf ich noch zurückkommen werde), mußt Du Mr. Armadales Bekanntschaft eben auf anderem Wege suchen. In jedem Fall wirst Du meine Hilfe brauchen, und daher ist zunächst die Frage zu klären, inwieweit ich Dir helfen kann und will.

Meine liebe Lydia: Eine Frau mit Deinem Aussehen, Deinen Manieren, Deiner Bildung und Deinen Talenten hat es nicht schwer, auch in die gehobenen Gesellschaftskreise zu kommen, wenn sie über einiges Geld verfügt und für den Notfall respektable Beziehungen nachweisen kann. Reden wir zuerst vom Geld. Ich mache mich anheischig, ein kleines Startkapital für Dich aufzutreiben, unter der Bedingung, daß Du Dich angemessen erkenntlich zeigst, sobald der Armadale-Preis gewonnen ist. Mein Rechtsanwalt wird das in hübschen, sauberen Ziffern und Buchstaben zu Papier bringen, und wir können den Kontrakt unterschreiben, wenn wir uns in London sehen.

Nun zu den Referenzen. Meine Dienste stehen Dir auch hier zur Verfügung – unter einer weiteren Bedingung. Du wirst Dich in Thorpe-Ambrose unter Deinem Mädchennamen Gwilt vorstellen, zu dem Du ja nach dem gräßlichen Fiasko Deiner Heirat sowieso gern und freiwillig zurückgekehrt bist. Ich halte nichts von romantischen Phantasienamen. Als Mitwisserin zahlloser delikater Affären (meine Kundinnen vertrauen mir alles mögliche an) habe ich die Erfahrung gemacht, daß ein falscher Name in den meisten Fällen nicht nur überflüssig, sondern gefährlich ist. Von der Sorge, daß der junge Armadale herausbekommt, wer Du bist, sind wir ja

glücklicherweise dank seiner Mutter befreit, die wahrhaftig ihre Gründe hatte, Eure einstige Zusammenarbeit vor jedermann, insbesondere ihrem Sohn, geheimzuhalten.
Nun dreht es sich nur noch darum, ob, wie und wann Du als Gouvernante in den Haushalt des Majors kommst. Bist Du erst einmal darin, so wirst Du mit Deinen ausgezeichneten Sprach- und Musikkenntnissen keine Schwierigkeiten haben, die Stelle so lange wie nötig zu behalten – vorausgesetzt, daß Du Dein Temperament zügelst. Nur: Wie erfahren wir den richtigen Zeitpunkt?
Ich weiß von unserem Agenten, daß die Damen Blanchard dem Major auf seine Frage keine abkömmliche Gouvernante aus dem Nachbarn- und Freundeskreis nennen konnten. Er wird also wohl in absehbarer Zeit eine Annonce aufgeben. Aber unter welcher Adresse oder Chiffre? Das ist die große Frage. Wenn er eine Londoner Chiffre angibt, besteht überhaupt keine Hoffnung, sein Inserat aus den Dutzenden gleichlautender Inserate herauszufinden. Aber vielleicht haben wir das Glück, daß er die Angebote direkt nach Thorpe-Ambrose erbittet. In diesem Fall zweifle ich nicht daran, daß Du das Rennen machen wirst, auch wenn sich mehrere Bewerberinnen melden sollten. Wir wissen bereits, was die andern nicht wissen, nämlich daß der Major ziemlich knapp bei Kasse ist und deshalb nur Damen mit bescheidenen Ansprüchen in die engere Wahl ziehen kann. Wir werden die Bewerbung dementsprechend abfassen. Und was den Stil betrifft, so brauchen wir beide kaum zu befürchten, daß uns irgend jemand aussticht, nicht wahr, meine kluge Lydia?
Aber das liegt alles noch in der Zukunft. Bleibe vorläufig, wo Du bist, träume nach Herzenslust, und überlaß es mir, täglich den Inseratenteil der *Times* durchzuackern. Wir haben keine Eile. Die kleine Milroy kann Dir bei Mr. Armadale nicht zuvorkommen, solange er nicht da ist, und er wird schon aus Eitelkeit brav wegbleiben, bis alle Girlanden fertig sind und die Festredner ihre Huldigungsansprachen auswendig können.
Komisch, nicht, daß soviel von der Entscheidung dieses armseligen Majors abhängt? Ich habe beinah nur noch die eine Frage im Kopf: Wird er ein Inserat aufgeben, und, wenn ja – wird darunter London stehen oder Thorpe-Ambrose?

Ich bin, meine liebe Lydia,
Deine Dir zärtlich ergebene
Maria Oldershaw

II

Allan als Gutsbesitzer

Am Morgen nach seiner späten Ankunft war Allan schon beizeiten munter und besah sich die Umgebung seines neuen Heims vom Schlafzimmerfenster aus, nicht ohne das verwirrende Gefühl, daß niemand fremder im eigenen Haus sein konnte als er.
Sein Schlafzimmer befand sich über dem großen Eingangsportal, der Terrasse und der Freitreppe. In der Ferne schlossen schöne Baumgruppen die Aussicht ab. Zwischen den Stämmen zogen noch leichte Morgennebel dahin, und hinter den Gittern, die den Garten vom Weideland trennten, grasten friedliche Kühe. »Und alles das, weit und breit, gehört mir!« dachte Allan baß erstaunt. »Ich kann's beim besten Willen noch nicht in meinen dicken Schädel kriegen!«
Er machte schnell Toilette, verließ das Zimmer, ging den Korridor entlang und öffnete jede Tür zu einer kurzen Inspektion. Es waren alles Schlaf- und Ankleidezimmer, sämtlich hell, geräumig, hübsch möbliert und ohne Bewohner, ausgenommen das Zimmer neben Allans, in dem Midwinter noch schlief. Vom ersten Korridor kam Allan in einen zweiten, der rechtwinklig davon abbog und zur Treppe führte. »Kein romantisches Spukschloß«, dachte Allan und betrachtete mit Wohlgefallen die mit bunten Läufern belegten Steinstufen und die durchsonnte, moderne Halle. »In diesem Haus werden sich Midwinters reizbare Nerven wohl endlich beruhigen!« Allans flüchtiger Eindruck war ausnahmsweise zutreffend: Das Herrenhaus von Thorpe-Ambrose stand erst knapp fünfzig Jahre an Stelle des alten Schlosses, das man wegen Baufälligkeit abgerissen hatte. Hier gab es keine malerischen, düsteren Winkel, knarrenden Wendeltreppen und verborgenen Kammern, in denen sich ein traditionsbewußtes Gespenst hätte wohl fühlen können. Es war ein echt englisches Landhaus der klassizistischen Epoche, deren Prinzipien noch durch den nüchternen Kaufmannsverstand seiner Erbauer gefiltert waren. Von außen erinnerte es an eine moderne Fabrik, die sich bemüht, wie ein antiker Tempel auszusehen. Von innen war es ein Muster luxuriöser Wohnlichkeit in allen Teilen, vom Keller bis zum Dach. »Ganz nach meinem Geschmack!« dachte Allan zufrieden, während er die breiten, bequemen Stufen hinabschlenderte. »Der Teufel hole alle sagenumwobene Romantik! Ich will's sauber und gemütlich haben, und damit basta.«
Unten in der Halle sah sich der neue Gutsherr allerdings etwas unsicher um, denn er wußte nicht, welche der vier vorhandenen

Türen er zuerst öffnen sollte. Er wählte aufs Geratewohl die erste rechts und betrat einen großen Salon. Hier überraschte er das erste lebende Wesen, das ihm heute begegnete, und zwar in der reizvollen Gestalt eines jungen Mädchens, das, nach dem mitgeführten Staubwedel zu schließen, mit entsprechenden dienstlichen Obliegenheiten betraut war, diese aber im Moment zugunsten eines übermächtigen Naturtriebs vernachlässigte. Mit anderen Worten: Das Kammerkätzchen betrachtete hingerissen das eigene Gesicht in einem großen Spiegel über dem Kamin.
»Na, na, erschrecken Sie doch nicht so!« meinte Allan freundlich, als das Mädchen zusammenzuckte und ihn in sprachloser Verwirrung anstarrte. »Sie haben ja völlig recht – Ihr Gesichtchen ist mehrere Blicke wert. Und wer sind Sie? Aha, das Stubenmädchen. Und wie heißen Sie? Oh, Susan! Reizend – ein Lieblingsname von mir. Wissen Sie auch, wer ich bin, Susan? Ihr neuer Herr, obwohl ich nicht danach aussehe. – Ihr Zeugnis? Richtig, ich erinnere mich, Mrs. Blanchard hat Ihnen ein erstklassiges Zeugnis gegeben. Natürlich bleiben Sie, keine Sorge. Nur immer hübsch brav sein, Susan, blütenweiße Häubchen und Tändelschürzen tragen, nett aussehen und ordentlich Staub wischen, ja?«
Nach dieser erschöpfenden Zusammenfassung der Pflichten eines Stubenmädchens begab sich Allan in die Halle zurück, wo er abermals auf ein Lebewesen stieß, zur Abwechslung auf ein männliches, das sich formvollendet verneigte wie ein Vasall vor seinem Lehnsherrn.
»Na, wen haben wir denn da?« mutmaßte Allan. »Sind Sie der Mann, der uns heute nacht ins Haus gelassen hat? Nein – hab' ich mir schon gedacht. Ein Lakai, vorzüglich – erstklassiges Zeugnis, klar. Sie können mein Leibdiener werden. Ha, Leibdiener! Als ob ich nicht schon als kleiner Junge gelernt hätte, mich selber anzuziehen! Was ist das hier für ein Zimmer? Aha, das Frühstückszimmer. Und das daneben ist natürlich der Speisesaal. Himmel, der Tisch ist ja so lang wie meine Jacht, wenn nicht länger! Wissen Sie schon . . . Wie heißen Sie übrigens? Ah, Richard. Also, Richard, wissen Sie schon, daß ich eine selbstgebaute Jacht habe? Bei der nächsten Fahrt nehme ich Sie als Steward mit – wie gefällt Ihnen das? Wenn Sie nicht seekrank werden . . . Oh, Sie *werden* seekrank? Pech. Reden wir nicht mehr davon. Wohin führt diese Tür? In die Bibliothek, man sieht's. Mehr was für Midwinter als für mich. Mr. Midwinter ist der Herr, mit dem ich gestern angekommen bin, und, merken Sie sich's gleich, Richard: Sein Wort gilt hier wie das meine. Sagen Sie das auch den andern. Herrje, noch eine Tür! Billard- und Rauchzimmer, sehr schön. Und hier ist ja schon wieder eine Treppe – wohin . . . Oh, da kommt wer herauf. Nur keine Eile, Madam, wir sind alle nicht mehr in der Jugend

Maienblüte – lassen Sie sich nur Zeit.«
Die Angeredete war eine ältere, korpulente Dame des Typs, den man nach allgemeiner Übereinkunft »mütterlich« nennt. Vierzehn Stufen trennten sie vom Herrn des Hauses; sie erklomm sie mit vierzehn Pausen und vierzehn asthmatischen Seufzern. Die erfindungsreiche Natur übertrifft sich selbst in ihren immer neuen Abwandlungen des Ewig-Weiblichen. Manchmal nimmt sie die Musen und Grazien zum Modell, manchmal einen soliden, wohlgefüllten Schmalztopf. In letzterem Falle kommt das Idealbild der Köchin zustande, und Allan brauchte daher gar nicht erst zu fragen, wen er vor sich hatte.
»Wie gut Sie aussehen, Mrs. Gripper!« begrüßte er sie herzlich. »O ja, *Ihren* Namen habe ich mir gemerkt, denn ich betrachte Sie als wichtigste Person des ganzen Haushalts. Mein Appetit ist nämlich enorm. Anweisungen? Nein, ich habe keine besonderen Anweisungen, ich verlasse mich ganz auf Sie. Kräftige Suppen und saftige Hammelkeulen – das halte ich, um es kurz zu machen, für die Grundlage einer gesunden Ernährung. Ei, wer kommt denn da? Das kann nur der Butler sein – noch eine überragende Persönlichkeit. Wir werden uns später zu einer Weinprobe in den Keller begeben, Mr. Butler, und wenn ich dann noch kein abschließendes Urteil über die Bestände habe, fangen wir einfach von vorn an . . . Hallo! Da kommen ja immer mehr! Gut, gut, nur keine Unruhe – ich weiß, Sie haben alle erstklassige Zeugnisse, und ich freue mich, daß Sie alle bleiben wollen. – Wovon sprach ich doch gerade, Mr. Butler? Ach ja, vom Wein. Nun passen Sie mal gut auf: Zur Feier des Tages sollen die Leute alle tüchtig auf meine Gesundheit trinken. Sorgen Sie bitte für den nötigen Stoff – gut und reichlich! Man muß die Feste feiern, wie sie fallen, nicht wahr, Mrs. Gripper? Ich geh' jetzt vor dem Frühstück für ein halbes Stündchen an die frische Luft. Wie komm' ich in den Garten? Hier? Nein, danke, ich brauche keine Führung, Richard. Will mal sehen, ob ich es fertigbringe, mich auf meinem eigenen Grundstück zu verirren!«
Damit schritt Allan pfeifend hinaus. Die Neuordnung des Haushalts war zu seiner restlosen Zufriedenheit erledigt. »Ich weiß nicht, warum die Leute immer so über Dienstbotenprobleme jammern«, dachte er. »Was meinen sie bloß damit? Ich habe keine.« Er stieg die Freitreppe hinunter, öffnete eine schmiedeeiserne Pforte am Rande der pompösen Auffahrt und trat in einen dichtbepflanzten Heckengang. »Hübsch und schattig; hier kann man in Frieden seine Zigarre rauchen«, urteilte Allan. »Ich muß mir nur täglich dreimal einhämmern, daß alles wirklich mir gehört!«
Der Heckenweg öffnete sich auf einen großzügig angelegten, in allen Farben leuchtenden Blumengarten, den eine niedrige, mit einem Torbogen versehene Mauer auf der einen Seite vom Obst-

garten trennte. Auf der anderen führte eine sanft abfallende Rasenfläche in eine Art italienischen Park. Allan besah sich die zahlreichen Statuen und Springbrunnen und wanderte auf gewundenem Pfad durch das anschließende Wäldchen weiter. Bis jetzt war er keiner Menschenseele begegnet. Aber als er sich dem Rande des Gebüschs näherte, hörte er Stimmen und blieb lauschend stehen. Es waren zwei, eine alte und eine junge, die vernehmlich miteinander stritten.
»Hat gar keinen Zweck, Miß«, knarrte die alte. »Ich darf so was nicht erlauben, und ich erlaub's auch nicht. Was würde Mr. Armadale dazu sagen?«
»Wenn Mr. Armadale der Gentleman ist, für den ich ihn halte, Sie alter Umstandskrämer«, erwiderte die junge Stimme in hellem Zorn, »würde er sagen: ›Aber bitte, Miß Milroy, mein Garten steht Ihnen zur Verfügung, und Sie können sich selbstverständlich so viele Sträußchen pflücken, wie Sie wollen.‹«
Allans blaue Augen funkelten vor Vergnügen. Er schlich sich lautlos heran, bis er die Sprechenden sah – eine junge Dame, die ihm den Rücken zukehrte, und einen alten Mann, der unerbittlich wie ein Erzengel vor ihr stand (eine Harke ersetzte das Flammenschwert) –, und trat dann überraschend mit den Worten aus dem Gebüsch hervor:
»Aber bitte, Miß Milroy, mein Garten steht Ihnen selbstverständlich zur Verfügung, und Sie können sich so viele Sträußchen pflücken, wie Sie wollen.«
Die junge Dame quietschte auf und fuhr herum. Der hochgehobene Saum ihres Musselinkleidchens entglitt ihrer Hand, und die darin gesammelten Blumen fielen ihr zu Füßen.
Der alte Mann verzog keine Miene. Er wandte sich Allan zu, als wäre die junge Dame gar nicht vorhanden, und sagte sein offenbar längst eingelerntes Sprüchlein her:
»Untertänigst willkommen auf Thorpe-Ambrose, Sir! Mein Name ist Abraham Sage. Ich bin hier schon über vierzig Jahre als Gärtner beschäftigt und hoffe, Sie werden mich gütigst in Ihren Diensten behalten.«
Seine wohlgesetzten Worte waren in den Wind gesprochen, denn sein Brotherr lag ebenfalls der jungen Dame zu Füßen, um die verstreuten Blumen aufzulesen und seine ersten Eindrücke von Miß Milroy aus der Froschperspektive zu bilden.
Sie war hübsch – nein, eigentlich nicht sehr hübsch, aber bezaubernd. Ein bißchen enttäuschend . . . Nein, entschieden bezaubernd. Nach strengen Schönheits- und Modebegriffen war sie zu kurz und zu mollig für ihr Alter. Nach Männerbegriffen war ihre Figur gerade richtig. Ihre Händchen waren so niedlich rund und mit Babygrübchen versehen, daß man ihre Röte gern als Merkmal

strotzender Jugendfrische in Kauf nahm. Ihre Füßchen konnten nichts dafür, daß sie in alten, schiefgetretenen Schuhen steckten, und ihrer reizenden Schulterlinie konnte das verunglückte Musselingebilde, das sie bedeckte, erst recht nichts anhaben. Auf jeden Fall hatte Miß Milroy wunderschöne, dunkelgraue, klarblickende Augen und lichtbraunes Haar, das (soweit der schäbige alte Gartenhut es nicht verbarg) die dunkle Tiefe der Augen noch mehr betonte. Was wogen dagegen all die kleinen Unvollkommenheiten? Sicher, die Nase war zu kurz, der Mund zu groß, das Gesicht zu rund und zu rosig. Die grausame Unbestechlichkeit eines modernen Photographen hätte das alles ohne Erbarmen bloßgestellt, und auch die Bildhauer der Antike hätten Miß Milroy bedauernd aus ihren Ateliers komplimentiert. Alles zugegeben! Und trotzdem war das Mädchen mit Liebreiz gesegnet wie nur selten eines. Venus höchstpersönlich hatte bei ihr unsichtbar Pate gestanden. Der Effekt: Allan war bis über beide Ohren in sie verliebt, noch ehe er ihr die zweite Handvoll Blumen überreichte.
»Bitte, bemühen Sie sich doch nicht, Mr. Armadale!« protestierte sie lieblich verwirrt. »Ich schäme mich ja so! Natürlich durfte ich nicht so einfach in Ihren Garten . . . Und dann war ich gleich wieder so vorlaut! Wie soll ich mich jetzt nur entschuldigen? Oh, Mr. Armadale, was müssen Sie von mir denken!«
Allans Zunge, die noch nie ein Kompliment ausgesprochen hatte, löste sich. »Ich denke«, sagte er kühn, »daß ich ein unverschämtes Glück gehabt habe, Ihnen gleich am ersten Morgen hier zu begegnen!«
Er war ein hübscher, lebhafter junger Mann, und seine Worte trafen keine verwöhnte, gelangweilte Frau, sondern ein junges Mädchen, in dem die Frau eben erst erwachte – und daß es der Herr von Thorpe-Ambrose war, der ihr zu Füßen kniete, tat dem ganzen keinen Abbruch. Miß Milroys zerknirschter Gesichtsausdruck glättete sich allmählich. Sie lächelte und sah angelegentlich auf ihre Blumen.
»Ich habe eine tüchtige Strafpredigt verdient, Mr. Armadale – und statt dessen machen Sie mir Komplimente.«
»Komplimente? Es ist die reine Wahrheit!« rief Allan und sprang elastisch auf die Füße. »Sie sind das hübscheste und netteste – oh, Pardon, Miß Milroy! Jetzt war *ich* vorlaut!«
Eine Frau muß sich beizeiten an vielerlei Bürden gewöhnen, und eine der schwersten ist wohl (wenigstens mit sechzehn) die der Würde. Miß Milroy tat, was sie konnte, um ihre Lachlust zu bezähmen.
Der Gärtner hielt die kleine Pause, die dadurch entstand, für eine günstige Gelegenheit, sich wieder bemerkbar zu machen.
»Untertänigst willkommen auf Thorpe-Ambrose, Sir«, begann er

sein Sprüchlein unverdrossen von neuem. »Mein Name . . .«
Er kam nicht dazu, seinen Namen auszusprechen. Miß Milroy sah nur kurz in seine unerschütterliche Miene – und um ihre Haltung war es geschehen. Allan folgte dem schlechten Beispiel und stimmte schallend in ihr Lachen ein. Der weise Hüter der Gärten verzog auch jetzt keine Miene; er war weder erstaunt noch beleidigt. Er wartete lediglich, bis den beiden die Luft ausging, um sein persönliches Anliegen in Erinnerung zu bringen.
». . . Abraham Sage. Ich bin schon über vierzig Jahre hier beschäftigt und hoffe . . .«
»Aber ja, aber ja!« rief Allan, nach Atem ringend. »Ich behalte Sie mit Wonne weitere vierzig Jahre, wenn Sie jetzt den Mund halten und sich trollen!«
»Ergebensten Dank, Sir«, sagte der Alte respektvoll, rührte sich aber nicht vom Fleck.
»Na, und –?« fragte Allan.
Abraham Sage räusperte sich umständlich, nahm die Harke aus der einen Hand in die andere und betrachtete das nützliche Werkzeug mit gesammelter Aufmerksamkeit, als sei der Text seiner weiteren Rede zwischen den Zinken festgeklemmt. »Bei nächster Gelegenheit, Sir«, fuhr er leidenschaftslos fort, »möchte ich mir untertänigst erlauben, Ihnen meinen Sohn zu empfehlen. Vielleicht paßt es Ihnen im Laufe des Tages? Ergebensten Dank, Sir. Mein Sohn trinkt nicht, kann kutschieren und mit Pferden umgehen, ist ein treues Mitglied der anglikanischen Kirche und sonst ohne Anhang.« Nachdem Abraham Sage seinem Sprößling solchermaßen den Weg geebnet hatte, schulterte er die Harke und schlurfte von dannen.
»Wenn das kein Musterexemplar eines treuen Dieners ist!« lachte Allan. »Ich werde mich hüten, einen neuen an seine Stelle zu setzen und mich von dem übers Ohr hauen zu lassen. Ihnen wird er auf jeden Fall nicht mehr in die Quere kommen, Miß Milroy. Sämtliche Blumenbeete von Thorpe-Ambrose stehen Ihnen zur Verfügung, desgleichen alle Obstbäume und Beerensträucher. Haben Sie nur die Güte, tüchtig davon Gebrauch zu machen.«
»*Sie* sind die Güte selbst, Mr. Armadale. Wie soll ich Ihnen nur danken?«
Allan ergriff die Gelegenheit, eine weitere Schmeichelei anzubringen und darunter höchst raffiniert eine Leimrute zu verbergen. »Sie könnten mir zum Beispiel gleich einen großen Gefallen tun«, erwiderte er, »indem Sie mir helfen, mein Grundstück zu verschönen.«
»Du meine Güte! Wie denn?« fragte Miß Milroy unschuldig.
Allan hielt den Moment für gekommen, die Leimrute (in Form seines dargebotenen Arms) offen zu zeigen und lächelnd zu sagen:

»Sie brauchen Ihren Morgenspaziergang nur in meiner Gesellschaft fortzusetzen.«
Die Möglichkeit zu einem ersten kleinen Flirt kam Miß Milroy nicht ungelegen, wenn auch unverhofft. Sie legte errötend ihr Händchen in seinen Arm – zauderte – und nahm es plötzlich wieder weg.
»Ich glaube, es schickt sich nicht, Mr. Armadale«, flüsterte sie und studierte mit ungeheurer Aufmerksamkeit ihre Blumen. »Müßte nicht wenigstens eine alte Dame dabeisein? Macht so etwas nicht einen schlechten Eindruck ... ich meine, weil wir uns doch noch gar nicht richtig offiziell kennen? Verzeihen Sie meine dummen Fragen, aber ich *muß* fragen; mit meinem Anstandsunterricht war's noch nicht weit her, ich bin bis jetzt kaum in Gesellschaft gewesen, und neulich hat eine Dame zu Papa gesagt, ich wäre zu naseweis für mein Alter. Was sagen Sie dazu?«
»Ich sage: Ein Glück, daß die betreffende Dame jetzt nicht hier ist«, erwiderte Allan frank und frei, »denn wir würden uns unweigerlich in die Haare geraten. Was die Etikette im allgemeinen betrifft, so kann kein Mensch diesbezüglich ahnungsloser sein als ich, und deshalb kann ich zur Frage der Anstandsdame nur bemerken: Mir persönlich wäre eine solche im Moment ganz ungewöhnlich lästig. Ihnen nicht?« Er bot ihr aufs neue den Arm. »Bitte!«
Miß Milroy löste sekundenlang ihren Blick von den Blumen, um ihn schräg aufwärts zu Allan gleiten zu lassen. »Sie sind so obstinat wie der Gärtner! Es ist bestimmt ein Fehler ...« Und damit nahm sie ohne weitere Ziererei seinen Arm und wandelte an seiner Seite über die Wiese, die voller Gänseblümchen stand – jung und frisch in der sommerlichen Morgensonne.
»Wohin kommen wir nun?« fragte Allan. »Wieder in einen Garten?«
Sie lachte. »Wie komisch, Mr. Armadale, daß Sie Ihren eigenen Grund und Boden noch nicht kennen! Sehen Sie Thorpe-Ambrose heute wirklich zum erstenmal? Muß ein sonderbares Gefühl sein ... Nein, jetzt bitte keine Komplimente mehr; wir haben keine alte Dame dabei, und Sie dürfen mir nicht den Kopf verdrehen. Ich will mich lieber als Wegweiser nützlich machen. Sehen Sie, durch dieses Gatter kommt man wieder in den Park, und dieser Weg führt über eine kleine Holzbrücke und dann ... nun, wohin meinen Sie wohl? Zu dem reizenden Cottage, das Sie Papa freundlicherweise überlassen haben. Oh, wenn Sie nur wüßten, wie froh wir waren, als Ihre Einwilligung kam!«
Daß Allan hierauf zu neuen, sehr naheliegenden Komplimenten ansetzte, verstand sich von selbst, aber Miß Milroy unterbrach ihn sofort mit der koketten Drohung:
»Ich lasse Ihren Arm los, wenn Sie in der Tonart weiterreden! *Wir*

haben Glück gehabt, Mr. Armadale. Papa sagt täglich, daß er Ihnen zu ewigem Dank verpflichtet ist. Und ich habe noch tiefere Gründe, mich verpflichtet zu fühlen.«

»Sie, Miß Milroy?«

»Ja; es überrascht Sie vielleicht, aber wenn Sie Papa nicht als Pächter genommen hätten, wäre ich wahrscheinlich in irgend so ein gräßliches Internat geschickt worden.«

Allan dachte beschämt an die halbe Krone, mit der er so leichtfertig das Schicksal eines jungen, ahnungslosen Mädchens ausgeknobelt hatte . . .

»Sie verstehen sicher nicht, warum ich einen solchen Horror davor habe«, fuhr Miß Milroy eifrig fort, da sie das ungewohnte Schweigen ihres Begleiters falsch auslegte. »Wenn ich das Schulleben schon in meiner Jugend kennengelernt hätte – ich meine, im Normalalter –, würde es mir jetzt wohl nichts weiter ausmachen. Aber ich hatte immer nur Privatunterricht und war nie mit einer ganzen Schar von Gleichaltrigen zusammen. Es war eine unglückliche Zeit damals; Papa hatte gerade sein Vermögen verloren und Mama fing an zu kränkeln, und er behielt mich zu Haus, um wenigstens *einen* Trost zu haben. Lachen Sie nicht; ich glaube, ich habe meinen Zweck ganz gut erfüllt. Ohne mich und seine Uhr –«

»Wieso Uhr?«

»Richtig, das können Sie ja nicht wissen. Papa ist nämlich ein Bastelgenie. Sie werden sich meiner Meinung anschließen, wenn Sie die Uhr einmal zu sehen bekommen. Er hat die weltberühmte Uhr des Straßburger Münsters als Modell für die zahllosen technischen Einzelheiten benutzt. Natürlich hat sein Kunstwerk nicht annähernd dasselbe Format, aber, denken Sie nur: Er fing damit an, als ich acht Jahre alt war, und jetzt, nach weiteren acht Jahren, ist er noch immer nicht ganz fertig! Einige seiner Freunde waren ziemlich verdutzt, daß er sich ausgerechnet zu der Zeit, als unsere häuslichen Sorgen anfingen, auf so eine Spielerei warf – in ihren Augen war es nur eine Spielerei –, aber Papa hatte darauf nur die goldrichtige Antwort, daß Ludwig der Sechzehnte sich auf die Kunstschlosserei verlegte, als es *ihm* schlecht ging – und das mußten sie gelten lassen.« Sie stockte und errötete plötzlich. »Da schwatze ich nun drauflos, als ob wir seit Jahren befreundet wären! Die Dame neulich hatte schon recht, daß ich zu naseweis und vorlaut bin. Es ist wahr, ich werde immer gleich viel zu zutraulich, wenn ich jemand . . .« Sie verschluckte eben noch rechtzeitig das Ende des Satzes.

»Bitte, genieren Sie sich doch nicht, erzählen Sie weiter!« flehte Allan. »Wir haben genau denselben Fehler, wenn es einer ist – ich nehme auch nie ein Blatt vor den Mund. Und in diesem besonderen Fall *müssen* wir uns sogar ganz schnell näherkommen . . . ich meine, weil wir doch Nachbarn sind, und ich . . . Himmel, ich bin so ein ungehobelter Bursche und weiß einfach nicht, wie man so was auf vornehme Art sagt, aber ich lege jedenfalls größten Wert auf – äh – gutnachbarliche Beziehungen zwischen Cottage und Herrenhaus. Sind Sie nun beruhigt? Und wollen Sie weiter erzählen?«

Miß Milroy lächelte. »Nun hab' ich ganz den Faden verloren . . . Irgend etwas Wichtiges wollte ich Ihnen noch sagen. Das kommt davon, daß ich Ihren Arm genommen habe, Mr. Armadale; ich könnte mich viel besser konzentrieren, wenn wir einzeln gingen. Sie wollen nicht? Dann müssen Sie aber meinem Gedächtnis auf die Sprünge helfen. Wo war ich vor der Abschweifung mit Papas Sorgen und der Uhr?«

»Im Internat!« sagte Allan mit rühmenswerter Geistesgegenwart.

»Nein, eben *nicht* im Internat«, berichtigte Miß Milroy, »aber sonst haben Sie's genau getroffen, das war's, vielen Dank. Es ist nämlich bitterer Ernst, Mr. Armadale, daß ich in eins gekommen wäre, wenn Sie Papa eine Absage erteilt hätten. Aber nun durften wir hier einziehen, und die Damen Blanchard waren ganz reizend und schickten uns einige ihrer Dienstboten zur Hilfe, worauf Papa und ich ihnen natürlich einen persönlichen Besuch machten, um uns zu bedanken. Gott, was sind das für vornehme Damen! Die Ältere so voller Haltung und Güte, und die Jüngere . . . also der stand die Trauer einfach bezaubernd, rank und schlank und interessant blaß, wie sie ist . . . Mein Schönheitsideal. Ich bin überzeugt, daß Sie sie sehr bewundern.«

»Erstens kenne ich sie gar nicht«, entgegnete Allan prompt, »und zweitens ist mein Schönheitsideal gerade jetzt –«

Miß Milroy zog augenblicklich die Hand aus seinem Arm, ließ aber auf seinen zerknirschten Blick hin Gnade vor Recht ergehen und legte sie wieder zurück.

»Zu merkwürdig, daß Sie der Erbe sind und die Damen Blanchard nie gesehen haben!« fuhr sie dann fort. »Nun, um auf meine Schulprobleme zurückzukommen: Nachdem ich ein Weilchen mit Miß Blanchard geplaudert hatte, hörte ich Mrs. Blanchard im Gespräch mit Papa meinen Namen nennen und spitzte natürlich die Ohren. Sie fragte ihn, ob meine Erziehung schon abgeschlossen wäre, und daraufhin schüttete ihr Papa sein Herz aus. Meine frühere Gouvernante hat nämlich vor einiger Zeit gekündigt, um zu heiraten, und niemand konnte uns eine neue empfehlen, wenigstens keine mit einigermaßen vernünftigen Gehaltsansprüchen. Papa sagte nun zu Mrs. Blanchard, das Risiko eines Zeitungsinserats sei doch nach allgemeinem Urteil sehr groß; wegen Mamas Krankheit laste die ganze Verantwortung auf ihm, und es bliebe ihm nun wohl kaum etwas übrig, als mich in ein Pensionat zu schicken. Aber Mrs. Blanchard schüttelte den Kopf – ich hätte ihr dafür auf der Stelle um den Hals fallen mögen – und sagte: ›Ich habe mit einer Annonce die besten Erfahrungen gemacht, Major Milroy. Meine Nichte kann man wohl als perfekte Dame bezeichnen, nicht wahr? Und *ihre* Gouvernante haben wir durch eine Annonce bekommen. Sie war über zehn Jahre bei uns, woraus Sie auf ihre Fähigkeiten schließen mögen.‹ Oh, ich wäre ihr am liebsten zu Füßen gesunken! Ich sah gleich, daß Papa gebührend beeindruckt war, und auf dem Nachhauseweg sagte er zu mir, er werde sich die Sache noch einmal durch den Kopf gehen lassen. Das dauert bei ihm immer ein bißchen, aber ich bin so gut wie sicher, daß er sich nun zum Inserieren entschlossen hat. Nun wissen Sie, warum ich Ihnen so verpflichtet bin, Mr. Armadale, denn ohne Sie hätten wir nie das Cottage bekommen und nie die engelhafte Mrs. Blanchard kennengelernt, und ich säße in diesem Moment wahrscheinlich schon hinter Schloß und Riegel – weiß Gott, wo.«

Inzwischen war das Cottage hinter einer Wegbiegung in Sicht gekommen. Eine Beschreibung erübrigt sich – die zivilisierte Welt kennt den englischen Cottagestil. Es war das typische »trauliche Landhäuschen«, das wir alle in den ersten Zeichenstunden auf Papier gebannt haben: mit Strohdach, wildem Wein, Butzenscheiben, Holzveranda und Vogelkäfig, alles bis ins Kleinste ausgeführt und fein säuberlich schraffiert.

»Ist es nicht wonnig?« fragte Miß Milroy. »Bitte, kommen Sie doch mit hinein!«

»Darf ich? Wird es Ihrem Herrn Vater nicht zu früh sein?«

»Das spielt keine Rolle; Papa wird sich glücklich schätzen, Sie zu begrüßen.«

Miß Milroys Optimismus war berechtigt, denn ihr Vater empfing Allan wirklich sehr herzlich, obgleich ihn die jungen Leute beim Schreiben störten und er im ersten Moment etwas verwirrt war. Ein schärferer Menschenkenner und Beobachter als Allan hätte sofort die ganze Lebensgeschichte des Majors von seinem hageren Gesicht ablesen können. Dies war ein Offizier vom alten Schlage, aus bester Familie, einst ein schneidiger Draufgänger, aber nun durch unverdiente Schicksalsschläge schon lange zu ödem Schattendasein verurteilt. Infolgedessen hatte er außer seinen häuslichen Sorgen nur noch einen einzigen Gedanken im Kopf, nämlich sein mechanisches Steckenpferd, zu dem er sich, da sein Geist für andere Ambitionen nicht ausreichte, geflüchtet hatte.

»Ich freue mich herzlich, Sie zu sehen, Mr. Armadale«, sagte er mit der farblosen Stimme, die vielen Monomanen eigentümlich ist. »Es drängt mich schon lange, Ihnen meinen Dank dafür auszusprechen, daß Sie mir dieses Haus verpachtet haben, und Ihr freundlicher Besuch gibt mir die angenehmste Gelegenheit dazu.

Haben Sie schon gefrühstückt? Wenn nicht – darf ich Sie ohne alle Zeremonien bitten, an unserem bescheidenen Tisch Platz zu nehmen?«

»Mit dem größten Vergnügen, Major Milroy, wenn ich Ihnen wirklich nicht zur Last falle«, antwortete Allan mit unverhohlener Begeisterung. »Ich höre zu meinem Bedauern, daß Ihre Gattin leidend ist. Vielleicht sollten Sie doch erst fragen, ob ihr mein unangemeldeter Besuch recht ist. Man weiß ja, nicht immer ist ein fremdes Gesicht so früh am Morgen . . .«

»Sehr zartfühlend, Mr. Armadale«, unterbrach der Major, »aber in diesem Fall ist jede Rücksicht überflüssig. Mrs. Milroy ist leider ständig an ihr Zimmer gefesselt. – Würdest du jetzt bitte Tee machen, liebes Kind?« wandte er sich so unvermittelt an seine Tochter, daß selbst Allan den Wink verstand und weitere Erkundigungen nach Mrs. Milroys Krankheit unterließ.

Miß Milroy hatte die Frage des Vaters jedoch überhört, da sie anderweitig beschäftigt war. Während die Herren Höflichkeiten austauschten, hatte sie den Frühstückstisch fertig gedeckt und sich dann an den Schreibtisch des Majors begeben, den sie mit der ungenierten Neugier des verwöhnten Kindes inspizierte. Jetzt drehte sie sich schnell mit einem Ausruf der Überraschung um und hielt einen Briefbogen, den sie unter dem Löschblatt hervorgezogen hatte, in die Höhe.

»Seh' ich recht, Papa? Hast du dich wirklich und wahrhaftig aufgerafft, endlich einen Anzeigentext zu verfassen?«

»Ja, ich bin gerade damit fertig geworden«, erwiderte der Major leicht abwehrend. »Laß das jetzt liegen, Kind, wir haben Besuch!«

»Oh, Mr. Armadale ist völlig im Bilde. Ich habe ihm unterwegs alles über unser Gouvernantenproblem erzählt.«

»Ja, bitte, schließen Sie mich nicht aus«, bat Allan. »Ich bin ja in gewisser Weise mit interessiert – indirekt natürlich –, da eine künftige Gouvernante immerhin auch zu meinen künftigen Nachbarn zählt.«

Miß Milroy hatte inzwischen den Text aufmerksam durchgelesen und sagte nun eifrig:

»Alles sehr schön, Papa, nur eins gefällt mir nicht: Warum hast du unsere Adresse nicht angegeben? Warum sollen sich die Bewerberinnen an Großmama in London wenden?«

»Mein liebes Kind! Du weißt so gut wie ich, daß deine Mutter sich nicht um diese Angelegenheit kümmern kann. Und ich selbst fühle mich absolut außerstande (selbst wenn ich zu diesem Zweck nach London ginge), fremde Damen nach ihren Zeugnissen und Lebensläufen auszufragen. Deine Großmutter hingegen wohnt ohnehin am rechten Ort, und sie ist auch die einzig geeignete Persönlichkeit, eine kluge Wahl zu treffen.«

»Aber ich möchte die Bewerbungsschreiben doch selber lesen!« schmollte das verwöhnte Kind. »Manche sind sicher furchtbar komisch, und –«
»Verzeihen Sie, Mr. Armadale«, wandte sich der Major an Allan, wobei zum erstenmal ein Fünkchen Humor in seinen Augen zu entdecken war, »und lassen Sie sich diese etikettewidrige Auseinandersetzung zur Warnung dienen: Sollten Sie je eine eigene Tochter haben, so machen Sie nicht meinen Fehler – und greifen Sie von Anfang an streng durch!«
Allan lachte, und Miß Milroy fuhr frisch ermutigt fort: »Und außerdem will ich mitbestimmen, welche Briefe wir in die engere Wahl ziehen. Schließlich handelt es sich um *meine* Gouvernante. Weißt du was, Papa? Wir lassen die Briefe einfach hierher aufs Postamt kommen, lesen sie gemeinsam durch und schicken nur die, die in Betracht kommen, an Großmama. Dann kann sie die Damen in ihre Wohnung zitieren und nach Herzenslust ausfragen und die beste aussuchen – ganz deinem Wunsch gemäß, Papachen. Aber mich ganz im dunkeln zu lassen, wäre einfach unmenschlich – finden Sie nicht auch, Mr. Armadale? Laß mich die Londoner Chiffre durchstreichen, bitte, bitte – sei lieb!«
»Wir kommen niemals zum Frühstück, wenn ich nicht nachgebe, Mr. Armadale«, sagte der Major lächelnd. »Also tu, was du willst, mein Kind. Solange Großmama das letzte Wort spricht, ist alles übrige ziemlich unwichtig.«
Miß Milroy ergriff mit einem kleinen Juchzer die Feder und tauchte sie ein.
Dann strich sie die letzte Zeile ihres Vaters durch und schrieb statt dessen folgendes hin:
Schriftliche Bewerbungen an: M., Thorpe-Ambrose, Norfolk, postlagernd.
»So!« sagte sie und eilte geschäftig an den Tisch. »Ich bin ja schrecklich gespannt, wer sich darauf meldet! – Möchten Sie lieber Kaffee, Mr. Armadale? Entschuldigen Sie, daß Sie so lange fasten mußten, aber . . . es frühstückt sich doch wirklich gemütlicher, wenn man alle Geschäftsangelegenheiten von der Seele hat, nicht wahr?«
In bester Laune setzten sie sich zu Tisch – schon jetzt gute Nachbarn und gute Freunde.

Drei Tage später schaffte sich ein Londoner Zeitungsjunge ebenfalls die letzte Geschäftsangelegenheit von der Seele, bevor er frühstücken ging, indem er das letzte *Times*-Exemplar des Pakets, das er täglich auszutragen hatte, vor Mrs. Oldershaws Tür in Pimlico niederlegte.

III

Gesellschaftliche Verpflichtungen

Eine volle Stunde, nachdem Allan zu seinem Erkundungsspaziergang aufgebrochen war, kam auch Midwinter herunter. Vom ungewöhnlich langen Schlaf erquickt und seelisch ausgeglichen, bewunderte auch er die großen, luxuriösen Wohn- und Empfangsräume im Parterre. »Ich bin ja von meiner Lakaienzeit her an hochherrschaftliche Umgebung gewöhnt«, dachte er in heiterer Ironie, »aber das Haus damals war nichts gegen dieses! Ob Allan auch so angenehm überrascht ist wie ich?« Dann zog die Schönheit des Sommermorgens auch ihn ins Freie. Munter überquerte er die Terrasse und die Freitreppe, wobei er eine der schottischen Melodien vor sich hinsummte, die ihm aus dem einstigen Vagabundendasein im Ohr geblieben waren. Die schöne Gegenwart vergoldete selbst die jammervollsten Erinnerungen seiner Kindheit. Der Gartenzaun brachte ihn fast in Versuchung, eins seiner alten Kunststücke darauf zu probieren; aber da er zwei Diener in seiner Nähe sah, unterließ er es eben noch rechtzeitig und fragte die Leute stattdessen, ob sie wüßten, wo Mr. Armadale sei.

Sie gaben ihm lächelnd Auskunft. Mr. Armadale sei vor längerer Zeit in *die* Richtung da gegangen (sie wiesen mit ausgestrecktem Zeigefinger in den Heckengang) und habe, dem Vernehmen nach, Miß Milroy getroffen. Midwinter dankte und nahm vergnügt die Spur des Freundes auf, bis ihm im Blumengarten ein plötzlicher Einfall kam, der ihn zur Umkehr bewog. »Nein«, sagte er sich leise lachend, »wenn Allan schon die junge Dame getroffen hat, bin ich im Moment ganz überflüssig. Ich werde mir die landschaftlichen Schönheiten auf der Rückseite des Hauses zu Gemüte führen.«

Er entdeckte auf diese Weise die Ställe und Wagenremisen, eine von Lorbeergebüsch kaschierte Mauer und den Personal- und Lieferanteneingang, der direkt auf die Landstraße führte. Der Hof war von den beiden Seitenflügeln des Hauses eingeschlossen, und die wohlgepflegten Rasen- und Blumenstreifen, die ihn schmückten, gaben auch hier der reinen Zweckdienlichkeit einen luxuriösen Anstrich. Midwinter schaute im Vorbeigehen neugierig in die Parterrefenster. Lagen hier die Dienstbotenkammern? Nein, die mußten sich in einem anderen Teil des Hauses befinden, denn das erste Fenster der Reihe gehörte zu einem Geräteraum, und die beiden nächsten Räume waren leer. Das vierte Fenster unterschied sich von den andern dadurch, daß es bis zum Boden ging und gleichzeitig als Tür diente, die im Moment halb offen stand. Ange-

zogen von einigen Bücherregalen, die er an der gegenüberliegenden Wand bemerkte, ging Midwinter hinein.
Die Bücher waren weder zahlreich noch besonders attraktiv; Midwinter begnügte sich damit, die Titel auf den Einbänden zu lesen, ohne eines in die Hand zu nehmen. Romane und Erzählungen von Miß Edgeworth und deren emsigen Nachahmern, *Waverley* von Sir Walter Scott, Gedichte von Mrs. Hemans, ein paar illustrierte Prachtausgaben, typische Repräsentativgeschenke im Geschmack der Zeit – das war alles. Midwinter schickte sich schon an, das Zimmer wieder zu verlassen, als ihm eine Einzelheit, die er beim Hereinkommen nicht bemerkt hatte, ins Auge fiel und seinen Schritt hemmte. Es war eine Statuette auf einer hölzernen Säule, eine verkleinerte Kopie der berühmten Florentiner Niobe. Midwinters Blick wanderte von der Statuette zur Tür und wieder zurück, und sein Herz drohte sekundenlang auszusetzen. Es war eine Fenstertür, eine Glastür, und der Blick von innen führte auf Rasen und Blumen. Irgend etwas in ihm wehrte sich verzweifelt gegen die halbverwischte Erinnerung, die deutlicher werden wollte und sich im Pochen seines Herzens schon ankündigte. Der Kampf war vergebens. Erbarmungslos klar stand die Szene vor ihm, die Allan als zweites Traumbild gesehen hatte – und um Midwinters frohe, unbeschwerte Morgenstimmung war es geschehen.
Äußerlich bewahrte er eine bewundernswerte Haltung. Niemand hätte ihm eine besondere Gemütsbewegung angemerkt; er stand nur da und sah sich die spärliche Ausstattung des Zimmers an, als hätte er keinen Schock, sondern höchstens eine kleine melancholische Anwandlung hinter sich. Der Boden war mit irgendwelchen ausländischen Bast- oder Schilfmatten belegt; zwei Korbsessel und ein einfacher Tisch waren außer den Bücherregalen die einzigen Möbel. An einer der schlicht tapezierten Wände stand ein kleiner Ofen, von der anderen führte eine Tür ins Innere des Hauses. Midwinter wandte sich wieder den Büchern an der dritten Wand zu, und diesmal nahm er einige herunter.
Das erste, das er aufschlug, enthielt die verblaßte Eintragung: »Jane Armadale. Von meinem geliebten Vater. Thorpe-Ambrose, Oktober 1828«. Das gleiche stand auch in den anderen Bänden, und Midwinters Kenntnis der Namen und Jahreszahlen verhalf ihm ohne weiteres zu der Folgerung, daß Allans Mutter diese Bücher geschenkt bekommen hatte, als sie von Madeira zurückgekehrt war und in Thorpe-Ambrose ihrer Niederkunft entgegensah.
Dann geriet Midwinter ein Gedichtband der Mrs. Hemans in die Hände, in dem etwas anderes stand, wenn auch in derselben Schrift, nämlich Verse, die beide Seiten des Vorsatzblattes füllten und *Abschied von Thorpe-Ambrose* betitelt waren. Darunter stand das Datum: März 1829 – zwei Monate nach Allans Geburt.

Diese Verse, an sich ohne jeden literarischen Wert, gaben Aufschluß über den damaligen Seelenzustand der Schreiberin. Das Zimmer, in dem Midwinter stand, war darin geschildert, mitsamt Gartenaussicht, Glastür, den Bücherregalen, der Niobe und einigen anderen schmückenden Gegenständen, die dem Zahn der Zeit zum Opfer gefallen sein mochten. Hier hatte die von ihren Brüdern verachtete, ihren ehemaligen Freunden entfremdete Witwe des Ermordeten ihre einsamen Tage hingebracht, bis das Kind geboren war. Ihr einziger Trost, die verständnisvolle Güte ihres Vaters, und ihr entsetzlicher Schmerz bei seinem zu frühen Tode füllten viele Zeilen – glücklicherweise zu holprig und klischeehaft ausgedrückt, als daß ein Nichteingeweihter die wahre Tragödie dahinter auch nur hätte ahnen können. Ein kurzer Hinweis auf ihre nunmehr völlige Vereinsamung und ihren Entschluß, Thorpe-Ambrose zu verlassen, folgte. In den Schlußversen legte Allans Mutter eine Art Gelübde ab, sich rigoros von allem zu trennen, was sie noch mit dem Vaterhaus und der Erinnerung an die unglückselige Vergangenheit verband, selbst von den kleinsten Souvenirs, und ihr neues Leben unter einem neuen Stern zu beginnen – der Liebe zu dem Sohn, den Gott ihr geschenkt hatte und dem von nun an all ihr Sinnen und Trachten, ihre Zärtlichkeit und ihre Hoffnungen geweiht sein sollten.

Midwinter stellte das Buch mit einem tiefen Seufzer ins Regal zurück und öffnete kein anderes mehr. »Wo ich auch bin«, dachte er bitter, »zu Lande oder zu Wasser – das Verbrechen meines Vaters verfolgt mich überall.« Er wandte sich zur Tür, hielt aber noch einmal inne und warf einen letzten, langen Blick in den vernachlässigten kleinen Raum. »Kann auch das noch Zufall sein? Allan sieht das niegesehene Zimmer seiner unglücklichen Mutter im Traum, und am ersten Morgen, den wir hier verbringen, gerate ich hinein – nicht er, sondern ich. O Allan, Allan! Wie soll das alles noch enden?«

Der Gedanke war kaum zu Ende gedacht, als er draußen Allans Stimme hörte, die nach ihm rief. Er trat hastig auf den Rasen hinaus, und im gleichen Augenblick kam Allan um die Ecke, sichtlich angeregt, aber auch etwas beschämt, weil er bei seinen neuen Nachbarn alle Freundes- und Gastgeberpflichten vergessen hatte. Midwinter möge es ihm *bitte* nicht übelnehmen.

»Ich bin noch nicht lange auf und habe dich daher gar nicht vermißt«, erwiderte Midwinter, »und es freut mich außerordentlich, daß deine Pächter einen so guten Eindruck auf dich gemacht haben.« Er versuchte Allan dabei zum Hauptflügel des Hauses zurückzudirigieren; doch hatte Allan inzwischen die offene Glastür bemerkt und ging neugierig hin, um sich das so auffällig von allen anderen abgesonderte kleine Zimmer anzusehen. Midwinter folgte ihm mit angehaltenem Atem. Ob Allan sich jetzt an seinen Traum erinnerte? Nein. Nicht der leiseste ahnungsvolle Schauer berührte sein argloses Herz.

»Na, da hast du ja gleich die richtige Klause für dich ausfindig gemacht!« lachte er. »Das sieht dir ähnlich! Hierher wirst du dich vermutlich flüchten, wenn die Creme der Gesellschaft zu Besuch kommt – und ich fürchte, bei diesen grauslichen Gelegenheiten werde ich mich öfters an deine Fersen heften. – Fehlt dir was? Du machst so ein niedergeschlagenes Gesicht . . . Himmel, natürlich, dir muß der Magen ja schon bis zum Boden hängen! Unverzeihlich von mir, daß ich dich habe warten lassen! Mal sehen, wohin diese Tür führt – ah, in einen Korridor –, da werden wir ja wohl irgendwie in den Hauptflügel und somit ins Frühstückszimmer gelangen. Keine Angst, ich leiste dir Gesellschaft, obgleich ich in dem Cottage schon zum Frühstück eingeladen worden bin; aber ich habe nicht viel gegessen – ich habe mich an Miß Milroys Anblick geweidet, um es poetisch auszudrücken. Gott, was für ein entzückendes Wesen! Wer da nicht ganz durcheinandergerät, ist selbst dran schuld. Und wenn du erst ihren Vater und seine grandiose Uhr kennenlernst, fällst du hintenüber. Sie ist doppelt so groß wie die berühmte Straßburger und hat das kunstvollste Glokkenspiel aller Zeiten!«

Unter diesen Lobeshymnen auf seine neuen Freunde drängte Allan Midwinter durch den langen Korridor, der, wie er richtig vermutet hatte, an der Treppe endete, die zur Halle hinaufführte. Doch konnte Allan selbstverständlich nicht an der Küche vorbeigehen, ohne schnell hineinzugucken und der Köchin eine Ansprache zu halten.

»Da sind Sie ja, Mrs. Gripper, Hüterin der Töpfe und Pfannen und des heiligen Herdfeuers! Alle Wetter, wie das prasselt! Sie erinnern mich an die Jünglinge im feurigen Ofen – wie hießen die Burschen nur? Welch ein Glück, daß Sie nicht singen. Frühstück bitte, sobald es Ihnen beliebt. Reichlich Eier, Schinken, Wurst, Brunnenkresse, Marmelade, Kaffee und so weiter. Sie haben das Privileg, zwei ausgesprochene Schlemmer bekochen zu dürfen, Mrs. Gripper – Feinschmecker und Genießer!« Er zog den Kopf zurück und marschierte in gehobenster Stimmung weiter. Erst im Frühstückszimmer vertraute er seinem Freund etwas leiser an: »Unter uns, Midwinter, diese Prunkgemächer sind alle eine Nummer zu groß für mich. Ich weiß noch nicht, ob ich mich je daran gewöhnen werde. Meine Begriffe von Behaglichkeit sind niedrige Decken, solide Küchenschemel und dergleichen . . . Der Mensch braucht nicht viel hienieden, aber das braucht er lange. Schon wieder falsch zitiert, was? Immerhin ist damit in Kürze gesagt, was

ich meine, und zum Korrigieren ist später auch noch Zeit.«
»Entschuldige«, unterbrach Midwinter seinen Redefluß, »da liegt etwas, was vielleicht nicht soviel Zeit hat.«
Er zeigte nervös auf einen Brief, der neben Allans Gedeck lag. Nach der ersten Entdeckung des heutigen Morgens fürchtete er hinter jeder Kleinigkeit ein weiteres bedrohliches Omen.
Allan öffnete den Brief, überflog ihn und reichte ihn achselzuckend hinüber. »Verstehst du, was er will?«
»Sir«, las Midwinter halblaut vor, »ich gestatte mir, Ihnen zu Ihrem Einzug in Thorpe-Ambrose zu gratulieren und Ihnen gleichzeitig ein Angebot zu unterbreiten. Falls Sie unter den obwaltenden Umständen Ihre Rechtsangelegenheiten nicht weiterhin in der Obhut von Mr. Darch . . .« Er stockte.
»Darch ist unser alter Freund, der hiesige Rechtsanwalt«, erläuterte Allan im Glauben, Midwinter hätte nur den Namen vergessen. »Weißt du noch, wie wir damals in der Kajüte ausgeknobelt haben, wer das Cottage kriegen sollte? Der Major war der Gewinner, und Darch war der Verlierer.«
Midwinter äußerte nichts dazu, sondern fuhr mit dem Vorlesen des Briefes fort: ». . . nicht weiterhin in der Obhut von Mr. Darch belassen wollen, bin ich gern bereit, Ihr ehrendes Vertrauen vorausgesetzt, künftig Ihre Interessen zu vertreten. Meine Londoner Agentur wird Ihnen auf Wunsch jede nähere Auskunft erteilen. In Erwartung Ihrer baldigen Antwort verbleibe ich mit vorzüglicher Hochachtung Ihr sehr ergebener A. Pedgift senior.« Midwinter legte den Brief hin und fragte nachdenklich: »Wie kommt er denn zu der Annahme, daß du Mr. Darch nicht weiter mit deinen Rechtsangelegenheiten betrauen willst?«
»Möcht' ich auch wissen!« erwiderte Allan. »Natürlich behalte ich ihn! Erstens war er seit Olims Zeiten der Rechtsanwalt der Familie hier und weiß mit allem auf dem Gut Bescheid, und zweitens hat er mir den historischen Brief nach Paris geschrieben, durch den ich von der Erbschaft erfuhr . . . Grund genug, ihn zu schätzen!«
Midwinter betrachtete zweifelnd das Schreiben Mr. Pedgifts. »Leider scheint da schon etwas nicht in Ordnung zu sein, Allan. Dieser neue Anwärter hätte sich doch nie an dich gewandt, wenn er nicht gute Gründe zu der Vermutung hätte, daß du deinen Rechtsberater wechseln willst. An deiner Stelle würde ich mir darüber sofort Klarheit verschaffen und an Mr. Darch schreiben. Vorläufig brauchst du ihm ja nur mitzuteilen, daß du in Thorpe-Ambrose eingetroffen bist und er dich jederzeit sprechen kann. Ehe das geschehen ist, würde ich auf Mr. Pedgifts Brief gar nicht eingehen.«
Das Gespräch wurde durch den Eintritt des Lakaien, der das Frühstück servierte, unterbrochen. Wenige Minuten später erschien

der Butler, einer der würdigsten Vertreter seines Standes mit untadeligen Manieren, wohlmodulierter Stimme, vertrauenerweckender Miene und ansehnlicher Kolbennase. Sein ganzes Auftreten zeigte, daß er seinem Herrn eine wichtige Mitteilung zu überbringen hatte; aber Allan, der sich auf physiognomische Feinheiten nicht verstand und dessen Geist noch mit dem Brief beschäftigt war, hielt ihn mit der grob-direkten Frage davon ab: »Wer ist Mr. Pedgift?«

Der Butler eröffnete ihm daraufhin augenblicklich den reichen Schatz seiner Lokalkenntnisse. Mr. Pedgift war der andere der beiden Rechtsanwälte, deren sich die nahe Kreisstadt rühmte – noch nicht ganz so lange am Ort freilich, auch nicht so wohlhabend und daher nicht ganz so hochangesehen wie der alte Mr. Darch. Die Spitzen der Gesellschaft hielten an Mr. Darch fest, aber auf seine Art war auch Mr. Pedgift sehr tüchtig und aller Ehren wert; es gab sogar Leute in der Nachbarschaft, die ihn Mr. Darch vorzogen. Denn – mit Verlaub gesagt – der alte Darch hatte Haare auf den Zähnen, und es war nicht immer leicht mit ihm auszukommen, während Mr. Pedgift sachlich *und* höflich war.

Nach dieser Information nahm der Butler klug die Gelegenheit wahr, ohne Aufenthalt auf sein eigentliches Anliegen zu kommen, nämlich den Gutsherrn respektvoll auf den bevorstehenden Mittsommer-Zinstag und das damit verbundene traditionelle Festmahl hinzuweisen. Die Bauern und Pächter waren gewöhnt, ihre Einladungen mindestens eine Woche vorher zu bekommen. Da nun die Zeit drängte und für dieses Jahr noch keine Regelung getroffen war – in Ermangelung eines Verwalters, der das alles sonst erledigt hätte –, mußte wohl irgendeine Vertrauensperson in die Bresche springen. Er, der Butler, hätte genügend Überblick und wäre gegebenenfalls bereit . . .

An dieser Stelle öffnete Allan den Mund, wurde aber seinerseits von Midwinter unterbrochen, der ihm die Absicht, ihn frischfröhlich als neuen Verwalter zu proklamieren, nur zu deutlich vom Gesicht ablas. »Warte noch!« sagte er leise und schnell. »Warte, bis wir die Sache unter vier Augen besprochen haben!«

Der Butler bewahrte vorbildliche Haltung, als er sich so abrupt vom Schauplatz entlassen sah. Nur eine gewisse Röte in seiner Kolbennase verriet, daß er sich gekränkt fühlte, während er sich mit einer Verbeugung zurückzog.

»Dies gehört zu den Dingen, die nicht mehr mit einem Spaß abgetan werden können«, sagte Midwinter, als sie allein waren. »Du mußt den Leuten am Zinstag einen Mann präsentieren, der die Verantwortung übernehmen kann, und in einer Woche kann ich mir die Grundbegriffe nicht aneignen – beim allerbesten Willen von der Welt nicht. Ich bitte dich inständig, setze dich nicht aus falsch verstandener Freundschaft vor der ganzen Nachbarschaft in ein schiefes Licht! Es wäre mir schrecklich, wenn ich die Ursache –«

»Nur ruhig Blut!« unterbrach Allan, den Midwinters Ernst doch etwas beeindruckte. »Wenn ich gleich nach London schreibe und den Mann kommen lasse, der hier schon ab und zu nach dem Rechten gesehen hat, seit der alte Verwalter fort ist – bist du dann zufrieden?«

»Nein, Allan. Die Zeit ist knapp, und der Mann ist möglicherweise im Moment nicht frei. Versuch's lieber erst in der Nachbarschaft. Du wolltest ja an Mr. Darch schreiben. Schicke ihm doch gleich einen Boten und frage ihn, ob er uns in dieser Angelegenheit raten kann.«

Allan stand seufzend auf und ging an ein Seitentischchen, auf dem sich Schreibzeug befand. »Damit wir endlich in Ruhe frühstücken können, du alter Quälgeist!« bemerkte er, worauf er in Windeseile eine seiner lakonischen Episteln aufs Papier warf. »Sehr geehrter Mr. Darch! Bin soeben mit Sack und Pack hier eingezogen. Wollen Sie freundlichst meine Rechtsangelegenheiten übernehmen? Den ersten Rat brauche ich gleich. Kommen Sie doch bitte im Lauf des Vormittags her und bleiben Sie zum Essen, wenn irgend möglich. Ihr sehr ergebener Allan Armadale!« Er las Midwinter den Text mit unverhohlener Bewunderung der eigenen stilistischen Gewandtheit vor, adressierte das Schreiben und zog die Klingel. »So, Richard, das bringen Sie persönlich hin, und die Antwort bringen Sie gleich zurück. Und wenn Sie dabei irgendwelche Stadtneuigkeiten hören, können Sie sie mir nachher auch erzählen.« Seelenvergnügt setzte er sich wieder an den Frühstückstisch. »Nun soll noch mal einer sagen, ich wäre meiner neuen Stellung nicht gewachsen! Noch bin ich keine vierundzwanzig Stunden hier, und schon bewege ich mich mit der Sicherheit eines Alteingesessenen – oder etwa nicht?«

Nach dem Frühstück gingen die Freunde in den Park, um die Rückkehr des Dieners dort zu erwarten. Es wurde Mittag, es wurde ein Uhr – und noch immer ließ Richard sich nicht blicken, geschweige denn der Rechtsanwalt. Allan kümmerte dies wenig; er döste angenehm im Schatten einer Buche; doch Midwinter trieb die Unruhe ins Haus, um Erkundigungen einzuziehen. Er erfuhr, daß die Stadt nur zwei Meilen entfernt lag, aber da gerade Markttag war, hatte Richard sicher viele Bekannte getroffen und sich festgeschwatzt.

Endlich, eine halbe Stunde später, erschien der saumselige Bote bei den jungen Herren unter der Buche.

»Keine Antwort von Mr. Darch?« fragte Midwinter, da Allan zu träge war, auch nur den Kopf zu heben.

»Mr. Darch war beschäftigt, Sir. Ich soll nur ausrichten, daß er seine Antwort später schicken wird.«
»Und was gibt's Neues in der Stadt?« murmelte Allan verschlafen, ohne die Augen zu öffnen.
»Nichts Besonderes, Sir.«
Allan fragte nicht weiter, und der Mann zog sich so spürbar erleichtert zurück, daß Midwinters Verdacht, er habe nicht ganz wahrheitsgemäß geantwortet, sich befestigte. Nach kurzem Überlegen stand er auf, ging Richard nach und holte ihn bei der Auffahrt vor dem Haus ein.
»Richard«, sagte er leise, »ich glaube, Sie haben *doch* etwas in der Stadt gehört, was Sie Ihrem Herrn nur nicht gern erzählen möchten – stimmt das?«
Der Diener errötete verlegen. »Ich weiß nicht, wie Sie das erraten haben, Sir, aber . . . leider stimmt es.«
»Wenn Sie es mir sagen wollen, nehme ich Ihnen die Verantwortung ab, es Mr. Armadale beizubringen.«
Nach einigem verwirrtem Gestotter bequemte sich Richard zu einem klaren, ausführlichen Bericht. Das Städtchen hatte einem aufgestörten Wespennest geglichen. Wohin er auch gekommen war, hatte Allans plötzliche Ankunft das Tagesgespräch gebildet, und die öffentliche Meinung war leider sehr zu seinen Ungunsten umgeschlagen. Man hatte doch einen großen feierlichen Empfang geplant; erst gestern hatte das Komitee nach langen, ernsten Beratungen alle Einzelheiten festgelegt: die Errichtung von Triumphbogen und Fahnenmasten, den Blumenschmuck, die weißgekleideten Jungfrauen, die Reihenfolge der Begrüßungsreden, das Programm der Musikkapelle und schließlich das Feuerwerk am Abend. Das Geld dafür war gesammelt, und der Pfarrer war im Begriff gewesen, Mr. Armadale brieflich um die Bekanntgabe seines Einzugsdatums zu ersuchen. Nun war das alles durch Allans Eigenmächtigkeit ins Wasser gefallen – welch ein Affront gegen die ganze wohlmeinende Einwohnerschaft! Alle Welt war überzeugt (was ja unglücklicherweise auch zutraf), daß er von den Vorbereitungen irgendwie »Wind bekommen« und sich »wie der Dieb in der Nacht« ins Haus geschlichen hätte, um allen, insbesondere den Honoratioren, einen Streich zu spielen. Kein Wunder, daß ihre Empfindlichkeit nun bis ins Mark getroffen war. Allan hatte sich das Wohlwollen seiner neuen Umgebung von vornherein und gründlich verscherzt.
Midwinter hörte sich diese Hiobsbotschaft schweigend an. So grotesk manches auch klang, wußte er doch nur zu gut, daß es um Allans künftige Position ging und hier schleunigst Abhilfe geschaffen werden mußte.
»Wie ist es mit Ihnen persönlich, Richard?« fragte er. »Ist Ihnen

Mr. Armadale sympathisch, soweit Sie das nach so kurzer Bekanntschaft sagen können?«

Diesmal antwortete der Diener ohne Zögern: »Ja, Sir. Einen gutmütigeren und netteren Herrn kann sich niemand wünschen!«

»Dann werden Sie ihm sicher gern helfen, mit seinen Nachbarn wieder ins reine zu kommen. Wir gehen jetzt ins Haus und besprechen alles Nötige.«

Eine halbe Stunde später kehrte Midwinter, eine Liste in der Hand, in den Park zurück. »Wer hätte geahnt«, dachte er mit einem kleinen, melancholischen Lächeln, »daß die Erfahrungen, die ich als Lakai gesammelt habe, eines Tages Allan zugute kommen würden!«

Der Stein des Anstoßes schlummerte sanft im grünen Gras, den Strohhut auf dem Gesicht, mit aufgeknöpfter Weste und Ziehharmonikahosen, die bis über die Wade hinaufgerutscht waren. Midwinter weckte ihn hartherzig und erzählte ihm kurz und bündig, wie die Sache stand.

Allans Gemütsruhe wurde dadurch nicht im geringsten beeinträchtigt. »Ach, hol' sie der Teufel!« war sein ganzer Kommentar. »Jetzt rauche ich erst mal eine Zigarre.« Midwinter nahm ihm die Zigarre wortlos aus der Hand, hielt ihm die mitgebrachte Liste unter die Nase und sagte eindringlich, das seien die Adressen der Nachbarn, denen er einen Antritts- und Entschuldigungsbesuch abstatten müsse, und zwar unverzüglich, Abfahrt in einer Stunde. In Allans weitaufgerissenen blauen Augen malten sich Ungläubigkeit und Bestürzung. Was! Wollte Midwinter ihm tatsächlich Schwalbenschwanz, Angströhre und weiße Glacéhandschuhe aufzwingen?! Sollte er, kaum dem Affentheater des öffentlichen Empfangs mit Girlanden, Ehrenjungfrauen und so weiter entgangen, das nicht viel weniger lächerliche Theater mitmachen, in der Gegend herumzukutschieren, Lakaien hinten und vorne, um die gnädigen Herrschaften einzeln aufzusuchen und sich zu entschuldigen, weil er noch einen Rest von Verstand im Kopf hatte? Nein – wenigstens nicht heute. Heute wollte er noch einmal zu den reizenden Milroys, und er hatte ihnen auch versprochen, seinen Freund Midwinter mitzubringen. Die gute Meinung des Landadels konnte ihm gestohlen bleiben! Er brauchte keine Freunde außer denen, die er schon hatte und die ihm völlig genügten. Mochte ihm doch die ganze Nachbarschaft die kalte Schulter zeigen – er, der Herr von Thorpe-Ambrose, kümmerte sich einen feuchten Staub darum. Er hatte es nicht nötig, um ihre Gunst zu buhlen!

Midwinter wartete, bis Allan sich ausgetobt hatte, ergriff dann mit sanftem Druck seine Hand und sagte: »Ich bin, wie immer, ganz deiner Meinung. Willst du mir trotzdem einen großen Gefallen tun? Wenn du diese Leute nicht deinetwegen besuchen willst –

würdest du es vielleicht *meinetwegen* tun?«
Allan sah überrascht in das flehende Gesicht seines Freundes, stöhnte laut – und gab nach. Auf dem Weg ins Haus betrachtete er neidvoll die Kühe, die friedlich hinter dem Holzgatter grasten und sich des Blätterschattens erfreuten. »Sag's den Nachbarn nicht weiter«, flüsterte er vertraulich, »aber manchmal wäre ich gern ein vierbeiniges Rindvieh unter soviel zweibeinigen!«
Im Haus trennten sie sich; Allan, um sich für die Besuchsrunde anzukleiden, und Midwinter, um für das pünktliche Vorfahren des Wagens zu sorgen. Allans Toilette zog sich, wie vorauszusehen, ziemlich in die Länge. Zunächst bewunderte er seine frischgedruckten Visitenkarten, dann öffnete er den Kleiderschrank und besichtigte eingehend sämtliche, auch die ungeeignetsten Garderobenstücke, wobei er den Landadel von Norfolk in die tiefste Hölle wünschte. Ehe er sich noch eine dritte Abhaltung ausdenken konnte, erschien diese in der hochwillkommenen Gestalt Richards, der ihm einen Brief brachte; Mr. Darch hatte seinen eigenen Diener als Boten geschickt. Allan schloß sofort den Kleiderschrank und widmete sich konzentriert der Lektüre des Briefes, der folgendermaßen lautete:

Sir,
ich bestätige den Empfang Ihres geschätzten Heutigen, in dem Sie mich mit zwei Vorschlägen beehren: a) mit der Übernahme Ihrer Rechtsangelegenheiten, b) mit einer Einladung in Ihr Haus. Bezüglich a) gestatte ich mir, dankend abzulehnen. Bezüglich b) möchte ich mir die Bemerkung erlauben, daß meine Selbstachtung es mir verbietet, Ihr Haus zu betreten, nachdem Sie mich als Pächter des Cottage abgelehnt haben. Ich habe mich zweifelsfrei vergewissert, Sir, daß meine Bewerbung Sie gleichzeitig mit der Major Milroys erreichte. Dennoch haben Sie es für gut und richtig befunden, einem völlig Fremden, der sich über die Vermittlung eines Maklers an Sie wandte, den Vorzug zu geben – vor einem Mann, der Ihren Verwandten durch zwei Generationen treue Dienste geleistet hat und der erste war, der Sie selbst von dem wichtigsten Ereignis Ihres Lebens unterrichten durfte. Wenn dies Ihre Begriffe von einfachster Höflichkeit und Gerechtigkeit sind, muß ich mit Bedauern darauf verzichten, weiterhin zu Ihren Freunden zu zählen.

Hochachtungsvoll
James Darch

»Richard!« schrie Allan und sprang mit hochrotem Kopf auf. »Ist der Bote noch da? Festhalten! Soll warten! Feder, Tinte, Papier! Himmelkreuzdonnerwetter, was sind das für Leute hier – haben sich alle gegen mich verschworen, um mich ins Bockshorn zu jagen, was? Denen werd' ich's zeigen!« Er ergriff die Feder und holte zu einer flammenden Erwiderung aus.

Sir,
Sie können mir . . .
Hier spaltete sich die Feder und machte einen dicken Klecks, was den begeisterten Schriftsteller zum Einhalten und damit zu kurzer Überlegung zwang. »Zu plump«, dachte er, »ich werd's ihm lieber in seinem eigenen kühlen und schneidenden Stil geben.« Er nahm eine frische Feder und einen neuen Bogen und schrieb:

Sir,
Sie erinnern mich an einen irischen Witz. Ich meine die bekannte Geschichte, wo ein Spaßvogel bemerkt: »Die Gegenseitigkeit ist ganz meinerseits.« Ihre Gegenseitigkeit, Sir, ist ganz Ihrerseits. Erst lehnen Sie es ab, mein Rechtsberater zu sein, und dann beklagen Sie sich noch, daß ich mir gestatte, mir meine Pächter selber auszusuchen.

Er überlas das Geschriebene und lächelte glücklich. »Gut!« dachte er. »Glasklar und beißend ironisch zugleich! Wo hab' ich bloß dieses Talent her?« Der Rest des Briefes war schnell geschafft:
Bezüglich b), womit Sie mir meine Einladung freundlichst wieder in die Zähne rammen, darf ich Ihnen mitteilen: Mein Gebiß hält viel aus. Weiter habe ich Ihnen zu beiderseitiger Erleichterung nichts mehr zu sagen, weder als Freund noch als Pachtwirt.
Allan Armadale

Er nickte befriedigt, adressierte einen Umschlag und schickte Richard mit dem Brief hinunter. »Darch muß ein dickes Fell haben«, sagte er laut, »wenn *das* nicht durchdringt!«
Das Geräusch eines vorfahrenden Wagens riß seine Gedanken zu den weiteren Tagesgeschäften zurück. Er sah aus dem Fenster, wie Midwinter wartend auf der Terrasse hin und her ging, und warf ihm den Brief des Rechtsanwalts zu. »Ich bin gleich fertig – lies mal das inzwischen! Ich hab' ihm schon die gebührende Antwort erteilt!«
Damit zog er sich vom Fenster zurück und kleidete sich tatsächlich in Rekordzeit um. Seine Stimmung hatte sich wunderbar gehoben; nach der Antwort an Mr. Darch fühlte er sich imstande, sich der ganzen Nachbarschaft gegenüber glorreich zu behaupten. »Mögen sie sich die Mäuler zerreißen, wie sie wollen – jedenfalls kann keiner sagen, ich hätte Angst vor ihnen!« Mit Zylinder und Handschuhen bewaffnet, stürzte er aus dem Zimmer in den Korri-

dor, wo ihm Midwinter mit dem Brief in der Hand und mit sehr besorgtem Gesicht entgegenkam.

»Kopf hoch, alter Bursche!« schrie Allan, der die Besorgnis seines Freundes wieder einmal falsch auslegte. »Wenn Darch dir keinen Helfer für die Verwaltungssachen schickt, wenden wir uns eben an Pedgift!«

»Daran habe ich eben gar nicht gedacht, Allan. Ich überlege nur, was wir mit Darch machen. Sicher, er ist ein alter Griesgram, aber du mußt zugeben, daß seine Vorwürfe nicht ganz unberechtigt sind. Kann ich deine Antwort sehen?«

»Die ist schon unterwegs! Man soll das Eisen schmieden, solange es heiß ist – war schon immer mein Grundsatz. Nun mach dich bloß nicht verrückt mit dem Zinstag und den Abrechnungsbüchern. Hier hast du das Schlüsselbund – einer davon gehört zum Büro, und da kannst du in Gottes Namen hineingehen und dich in die Bücher vertiefen, bis ich wiederkomme. Ich regle gleich alles mit Pedgift, Ehrenwort!«

»Einen Moment!« sagte Midwinter und vertrat ihm resolut den Weg. »Über Mr. Pedgift ist uns nichts Nachteiliges bekannt, aber du kennst ihn doch noch gar nicht und solltest erst nähere Erkundigungen einziehen, ehe du ihm deine Angelegenheiten anvertraust. Warte wenigstens bis morgen! Dann können wir heute abend noch einmal darüber reden.«

»Hab' ich dir nicht eben gesagt, daß ich das Eisen schmiede, solange es heiß ist? Traust du mir etwa keine Menschenkenntnis zu? Ich hab' doch Augen im Kopf, alter Junge! Damit durchschaue ich jeden in zwei Minuten – durch und durch, und dann handle ich entsprechend. Und nun halt mich bitte nicht länger auf! Ich bin gerade so großartig in Form für meine Visiten, und wenn ich das nicht ausnutze, läßt die Stimmung womöglich wieder nach.«

Damit schob er Midwinter beiseite, eilte zum Wagen, sprang hinein und fuhr zylinderschwenkend davon.

IV

Weitere Ereignisse

Midwinter sah dem Wagen mit umdüstertem Gesicht nach. »Ich habe mein möglichstes getan«, seufzte er, als er sich schließlich zum Haus zurückwandte. »Mr. Brock persönlich hätte auch nicht mehr ausrichten können!«

Der Anblick der Schlüssel in seiner Hand gab seinem selbstquäle-

risch übersteigerten Pflichtgefühl eine neue Richtung. Er fragte einen Diener nach dem Büro – es sah dort aus wie in einer Rumpelkammer, da ein Teil der alten Möbel aus dem Verwalterhaus provisorisch darin aufgestapelt war –, kramte einige Bücher hervor und versuchte verzweifelt, sich auf diesem ihm völlig fremden Gebiet zurechtzufinden. Rechnungen, Pachtverträge, Pläne, selbst die Korrespondenz – für ihn war alles unverständlich. Er mußte es aufgeben; ohne fachmännische Anleitung vergeudete er hier nur seine Zeit. »Hätte ich doch damals in Shrewsbury Geschäftsbücher lesen gelernt statt der erhabenen Literatur!« dachte er bitter. »Die Gesellschaft von Philosophen und Dichtern war ohnehin zu hoch für mich armen Vagabunden!«
Das ganze Haus war ihm im Moment verhaßt; es erinnerte ihn an alle die Geldprotzen, die ihn früher ungestraft hatten beleidigen dürfen, und er sehnte sich plötzlich glühend nach seinen einsamen Wanderungen über die öde Heide. In dieser Stimmung holte er Hut und Stock aus seinem Zimmer und unternahm wenigstens einen Spaziergang in die Richtung, die er heute früh gemieden hatte, um Allan und die Tochter des Majors nicht zu stören.
Er durchschritt den Heckengang, die Gärten, das Wäldchen, folgte dem Pfad über die Brücke und erreichte das Cottage, das er auf den ersten Blick als das umstrittene Verwalterhaus erkannte. Sinnend blieb er stehen. Dieses Haus wäre nie leer geworden und nie an den Major verpachtet worden, wenn Allan nicht so vorschnell und unüberlegt ihm, Midwinter, den Verwalterposten aufgezwungen hätte . . .
Der Sommernachmittag war warm und windstill. Alle Fenster des Cottage standen offen, und aus einem der oberen hörte Midwinter plötzlich eine grelle, scharfe, halb wütende, halb weinerliche Frauenstimme, die sich offenbar wortreich über irgend etwas beklagte, obgleich Midwinter die einzelnen Sätze weder verstehen konnte noch wollte. Er zog sich peinlich berührt tiefer ins Gebüsch zurück. Zwischen dem schrillen Gekeif ließ sich ab und zu eine tiefe, begütigende Männerstimme vernehmen, und einen Moment erschien ein junges Mädchen am Fenster, dessen Anblick Midwinter unwillkürlich innehalten ließ. Allans Beschreibung nach mußte es Miß Milroy sein, obwohl ihr Gesicht jetzt keineswegs strahlte, sondern abgespannt und verzweifelt war. Übrigens warf sie nur einen kurzen, geistesabwesenden Blick hinaus und wandte sich gleich ins Zimmer zurück, um auszurufen: »Oh, Mama, wie *kannst* du nur so schreckliche Dinge sagen!« Midwinter beeilte sich, weiterzukommen, um nicht noch mehr zu hören. Doch erlebte er ungewollt noch eine kurze, bezeichnende Szene mit: Von der anderen Seite her kam ein Botenjunge an die Haustür, gab dem öffnenden Dienstmädchen ein Paket ab und fragte frech: »Na, wie

geht's der Missus? Man hört's ja schon von weitem!« Das Mädchen holte zu einer Ohrfeige aus, und der Junge entwischte lachend. »Wie es ihr geht!« murmelte das Mädchen erbittert vor sich hin, ehe es die Tür schloß. »Es wäre eine Erlösung für alle, wenn Gott die Missus endlich . . .«

Midwinter konnte sich den Rest denken. Allan hatte bei der begeisterten Schilderung seines Morgenbesuches nichts dergleichen erwähnt. Das häusliche Elend der Milroys war ihm also noch verborgen geblieben.

Fünf Minuten später hatte Midwinter einen Parkausgang erreicht, der auf die Landstraße führte. Er wanderte nach alter Gewohnheit weiter, tief in Gedanken versunken, ohne viel nach rechts oder links zu schauen. Als es ihm endlich einfiel, auf die Uhr zu sehen, war es höchste Zeit zum Umkehren, wenn er nicht später als Allan zu Hause sein wollte. Er kehrte also um – und befand sich nach einer Viertelstunde plötzlich an einer dreifachen Straßenkreuzung, die seiner Aufmerksamkeit auf dem Hinweg völlig entgangen war. Kein Wegweiser klärte ihn auf, in welcher Richtung Thorpe-Ambrose lag, und die Landschaft bot keine besonderen Kennzeichen; überall breiteten sich die gleichen, von Entwässerungsgräben durchzogenen Wiesen aus, Vieh weidete hier wie dort, und nur ein paar Kopfweiden und eine weit entfernte Windmühle ragten in den niedrigen Horizont. Midwinter sah zweifelnd noch einmal auf die Straße zurück, die er soeben gegangen war, und bemerkte nun zu seiner Erleichterung eine schwärzliche Gestalt, die sich rasch auf ihn zu bewegte. Endlich jemand, den er nach dem Weg fragen konnte!

Die Gestalt blieb auch im Näherkommen schwärzlich und hob sich scharf von der blendenden Helle der sonnenbeschienenen Landstraße ab. Es war ein hagerer, älterer, ärmlich-respektabel aussehender Mann, der von oben bis unten in tiefe Trauer gekleidet war. Unter dem umflorten Biberhut saß eine billige braune Perücke, die ebensowenig Anspruch auf Naturtreue erhob wie das falsche Gebiß, das nicht einmal den Versuch machte, seinen allnächtlichen Aufenthalt im Wasserglas zu verleugnen. Der Mann führte eine Aktentasche mit sich, die so schlottrig, mager und abgenutzt aussah wie er selber.

Als Midwinter sich höflich fragend an ihn wandte, schoß ihm all das bißchen Blut, das er noch haben mochte, in die hohlen Wangen, und seine wäßrig-farblosen Augen zwinkerten in mitleiderregender Verwirrung. Er hätte sich nicht furchtsamer gebärden können, wenn ihn unversehens ein Löwe angefallen hätte. Midwinter sah zum erstenmal seine eigene Scheu vor Fremden wie in einem Zerrspiegel, hundertfach vergrößert – und das bei einem Mann, der ihm an Jahren weit überlegen war!

»Thorpe-Ambrose, Thorpe-Ambrose?« stotterte er. »W-welches meinen Sie bitte, Sir, die Stadt oder das Gutshaus? Verzeihen Sie, d-daß ich frage . . . aber . . .«, er lächelte verzweifelt, als sei er gewöhnt, trotz aller angestrengten Höflichkeit von jedermann derb angefahren zu werden, »aber sie heißen nämlich beide Thorpe-Ambrose.«
»Das wußte ich noch gar nicht«, sagte Midwinter. »Ich meine das Gutshaus.« Er unterdrückte seine eigene Nervosität, so gut er konnte, und sah seine menschenfreundliche Absicht dadurch belohnt, daß der Trauermann ein wenig Mut faßte und sogar den knochigen Zeigefinger auszustrecken wagte. »Da rechts, Sir, und beim nächsten Kreuzweg links . . . bitte . . . wenn Sie so gütig sein wollen. Ich selbst muß leider schon hier abbiegen . . . Mein Ziel ist die Stadt. Andernfalls hätte ich mich gern . . . mit Ihrer Erlaubnis . . . als Führer angeboten. Schönes Wetter heute, Sir, nicht wahr? Sie können unmöglich fehlgehen – zuerst rechts, und an der nächsten Kreuzung links. Oh, bitte, bitte, keine Ursache! Verzeihen Sie, daß ich . . . daß ich Sie so lange aufgehalten habe. Wünsche noch einen angenehmen Spaziergang und . . . und . . . Guten Morgen.«
In seinem Bestreben, gewandt und flüssig zu reden (was er augenscheinlich durch vieles Reden zu erreichen hoffte), hatte er sich zum Schluß so verhaspelt, daß er plötzlich davonstürzte, als sei Midwinters Versuch, ihm zu danken, mehr, als er aushalten konnte. Binnen weniger Minuten glich seine entfliehende Gestalt wieder dem schwärzlichen Fleck auf der sonnenhellen Straße, als den Midwinter ihn zuerst erblickt hatte.

Allan war noch nicht zu Hause, als Midwinter ankam. Sonst hatte der Butler, der ihn empfing, nichts Besonderes zu melden, außer einem »Gruß von Major Milroy, und er müsse Mr. Armadale zu seinem Bedauern bitten, von dem vereinbarten Abendbesuch abzusehen, da Mrs. Milroy leidend sei«. Midwinter hatte ja nun einen Begriff von Mrs. Milroys Anfällen, die vermutlich nicht selten waren; doch enthielt er sich jeder Bemerkung und zog sich in die große Bibliothek zurück, um seinen Freund dort zu erwarten.
Endlich, nach sechs, hörte er die wohlbekannte vergnügte Stimme in der Halle. Allan kam mit langen Schritten in die Bibliothek, drückte Midwinter in den Sessel zurück, aus dem er sich gerade erheben wollte, und rief lachend:
»Jetzt zeig mal deinen Scharfsinn, alter Junge! Was ist der Unterschied zwischen Herkules und mir? – Na? – Also: Herkules hat bekanntlich den Augiasstall ausgemistet, und ich habe einen enormen Mist gemacht! Haha! – Warum lachst du nicht? Herrje, er hat

die Pointe nicht verstanden! Noch mal von vorn: Was ist der Unterschied zwischen Herkules –«

»Um Himmels willen, Allan, kannst du nicht einen Moment ernsthaft reden?« unterbrach Midwinter. »Ich sitze hier wie auf Kohlen und will endlich wissen, wie deine Visitenrunde abgelaufen ist!«

»Aber das hab' ich dir ja eben in vollendet klassischer Form erzählt! Mit anderen Worten: Du hättest meine Mittagsruhe unter der schönen Buche lieber nicht freventlich stören sollen. Der Effekt ist, daß ich in der allgemeinen Wertschätzung noch um weitere drei Stufen gesunken bin und mich, mathematisch ausgedrückt, bereits im Minus befinde.«

»Wenn du noch viele Witze dieser Art loswerden mußt, ehe du vernünftig zu erzählen anfängst – ich kann warten«, sagte Midwinter resigniert.

»Ich witzele gar nicht, lieber Junge. Es ist blutiger Ernst. Ich werde dir den Verlauf meiner ersten Visite haarklein schildern, dann hast du das Musterexemplar für alle übrigen. Als mildernden Umstand muß ich vorausschicken, daß ich wirklich die besten Absichten hatte. Ich bin zwar in höchst aggressiver Laune losgefahren, weil ich mich so über Darch geärgert hatte, das gebe ich zu – aber unterwegs hat sich das gelegt. Ich trat also sanft wie ein Lamm in den ersten Salon und weiß selber nicht, wieso ich trotzdem in sämtliche Fettnäpfchen getreten bin. Ogottogott . . . Ich wurde, wie gesagt, in den ersten piekfeinen Salon mit demselben Stutzflügel geführt, den ich nachher in jedem anderen Haus, aber auch in *jedem*, wiedergesehen habe. Und in jedem lag die gleiche Bücherauswahl zur Ansicht bereit: eins über christliche Lebensführung, eins über den Herzog von Wellington, eines über die Jagd und eins über gar nichts, mit prachtvollen Illustrationen. Dann erschienen Papachen und Mamachen, er mit Silberhaar und sie mit Spitzenhäubchen, ferner der hoffnungsvolle Sohn, schweinchenrosa im Gesicht und mit strohblondem Backenbart, ferner das Töchterchen des Hauses mit Apfelbäckchen und gewaltiger Krinoline. Ich, hocherfreut, schüttele allen reihum die Hand – was sie merkwürdigerweise gleich etwas aus der Fassung zu bringen schien. Daher beeile ich mich, die peinliche Sache mit dem vereitelten Volksfest aus der Welt zu schaffen, indem ich meine Entschuldigungen stammle. Sie hören mit steinernen Gesichtern zu, als ginge alles zum einen Ohr hinein und zum andern heraus, und darum rede ich den Herrn des Hauses nun direkt an: ›Unter uns, Sir – ist so ein Gerede nicht gräßlich? Stundenlang wird einem erzählt, was man für ein wundervoller Mensch ist, und dann muß man sich nach jeder Rede tiefbewegt bedanken und jedem einzelnen seinerseits erzählen, was für ein wundervoller Mensch *er* ist, und so weiter und so weiter bis zum Übelwerden . . . Können Sie's mir verdenken, daß ich dem lieber aus dem Wege gegangen bin?‹ So mein Appell von Mann zu Mann, in der nettesten, überzeugendsten Art; aber wie's scheint, war's doch nicht das Richtige. Ich glaube jetzt, sie hatten alle schon ihre Reden auswendig gelernt und waren wütend, daß sie sie nicht anbringen konnten. Nun, die Dame des Hauses wechselte taktvoll das Thema und fragte mich nach meinem früheren Leben – das wollten sie doch alle gar zu gern wissen. Na, du weißt, ich bin kein Geheimniskrämer und tat mein möglichstes, ihren Wissensdurst zu befriedigen – aber hol' mich der Teufel, wenn ich sie nicht schon wieder schwer enttäuscht habe! Als sie erfuhren, daß ich weder in Eton noch Harrow noch Oxford noch Cambridge gewesen bin, waren sie sprachlos. Ich glaube, sie hielten mich für so was wie einen Aussätzigen. Jedenfalls gefroren sie zu Eis, und ich sank wieder eine Stufe tiefer. Beherzt, wie ich bin, plauderte ich trotzdem weiter und fing an, von der schönen Landschaft zu schwärmen – das, meine ich, war doch ein unverfängliches und für sie schmeichelhaftes Thema. Die Damen sagten nichts dazu, aber die Herren tauten zu meinem unaussprechlichen Erstaunen plötzlich auf und überschütteten mich mit Ausdrücken des Bedauerns. Meine Jagd sei in den letzten Jahren erbärmlich verlottert, und ich würde meine liebe Mühe haben, auch nur eine anständige Meute zusammenzukriegen. Ich ließ sie eine Weile reden, und dann trat ich wieder ins Fettnäpfchen, indem ich sagte: ›Ach, nehmen Sie sich das nicht so zu Herzen! Ich habe nicht den geringsten Jagdehrgeiz. Wenn ich ein Tier in meinem Wald sehe, denk' ich nicht dran, es totzuschießen – soll es doch herumhüpfen und sich seines Lebens freuen!‹ Du kannst dir nicht vorstellen, Midwinter, was daraufhin für ein Engel durchs Zimmer flog. Du hättest nur ihre Gesichter sehen müssen! Wenn sie mich vorher für einen Aussätzigen gehalten hatten, hielten sie mich jetzt für einen gemeingefährlichen Irren. Damit war die erste Visite beendet, und die anderen verliefen mehr oder weniger genau so. Ich konnte gar nicht verhindern, daß meine unverzeihlichen Fehler jedesmal wieder zur Sprache kamen: erstens, daß ich kein Redner bin, zweitens: daß ich nicht studiert habe, drittens, daß es mir keinen Spaß macht, hinter einem stinkigen Fuchs oder einem verstörten kleinen Hasen herzugaloppieren. Mit diesen drei Fehlern ist man als Landedelmann unmöglich. Im großen und ganzen bin ich bei den Damen noch am besten weggekommen, denn die fingen meistens an, von Mrs. Blanchard und ihrer Nichte zu reden, und da brauchte ich immer nur herzlich zu nicken. Somit stimmten wir völlig darin überein, daß Mrs. Blanchard und ihre Nichte gut daran getan hätten, nach Florenz zu gehen, wo sich ihre leidgeprüften Seelen nach den schweren Ver-

lusten, die sie erlitten haben, an den Meisterwerken der italienischen Renaissance wieder aufrichten könnten. *Jede* Dame, ich schwöre es dir, bediente sich mindestens einmal der Vokabeln ›leidgeprüft‹, ›schwere Verluste‹ und ›italienische Renaissance‹. Und wir waren uns einig, daß der Anblick von Meisterwerken wunderbar tröstend ist. – So, und nun habe ich nur noch zu sagen, daß mich keine zehn Pferde wieder auf eine Besuchsrunde kriegen. Ich bin in den Salons fehl am Platz. Laß mich in Zukunft bitte auf meine Art weitermachen – ich bin mit den paar guten Freunden, die ich habe, vollauf zufrieden –, und verlange von mir, was du willst, nur nicht, daß ich noch einmal den Salonlöwen spiele!«
Midwinter hatte schweigend zugehört, ohne den Kopf zu heben. Jetzt sagte er leise, mit spürbarer Anstrengung: »Wie du willst. Ich habe es gut gemeint.«
»Klar«, sagte Allan. »Aber nun Kopf hoch, alter Junge: *Deine* Affären sind im besten Gange! Meinen einzigen erfreulichen Besuch habe ich mir nämlich bis zum Schluß aufgespart – den bei Pedgift und Sohn. Das sind die beiden nettesten Rechtsanwälte, die ich je gesehen habe! Und was noch mehr ist, sie schicken dir einen erfahrenen Fachmann, der dich im Handumdrehen in die Geschäfte einführt.«
Midwinter sah rasch auf, und obwohl er nichts sagte, standen seine Zweifel ihm deutlich im Gesicht geschrieben.
»Natürlich habe ich sofort deine Sorgen erwähnt«, erläuterte Allan, »kaum daß wir ein Glas auf unsere neuen Beziehungen getrunken hatten. Ein phantastischer Sherry, nebenbei bemerkt – ich habe gleich dieselbe Marke für uns bestellt – wo war ich? Ach ja, bei deinem Einpauker. Pedgift senior verstand nach zwei Worten, was ich brauchte, und sagte, er hätte genau den richtigen Mann dafür in seinem Büro. Er wird ihn dir mit dem größten Vergnügen zur Verfügung stellen, damit du für den Zinstag gerüstet bist.«
Jetzt konnte Midwinter nicht länger schweigen. Er fragte Allan unnachsichtig aus und erfuhr folgendes:
Der angekündigte Helfer hieß Bashwood. Er war seit einiger Zeit (wie lange, wußte Allan nicht) in Mr. Pedgifts Diensten. Vorher war er Gutsverwalter eines adligen Herrn (Name vergessen) in West-Norfolk gewesen. Diese Stellung hatte er wegen irgendeiner Geschichte mit seinem Sohn (keine Ahnung) verloren. Pedgift bürgte jedenfalls für seine Zuverlässigkeit. Nein, gleich könnte er ihn nicht entbehren, erst ein paar Tage vor dem Zinstermin, aber das sei kein Grund zum Nervöswerden; Pedgift lachte nur über die Idee, daß die Pachtangelegenheiten irgendwelche Schwierigkeiten verursachen könnten. Mr. Bashwood würde in zwei Tagen alles in Ordnung bringen, und alle übrigen Verwaltungsfragen hätten Zeit bis hinterher.

»Hast du diesen Mr. Bashwood selbst gesehen, Allan?« fragte Midwinter, dessen Bedenken sich eher vermehrt als zerstreut hatten.
»Nein, er war in Pedgifts Auftrag unterwegs. Sie beschreiben ihn als anständigen älteren Mann, ein bißchen vergrämt und nervös und furchtbar schüchtern mit Fremden – aber er versteht seine Sache, und man kann sich absolut auf ihn verlassen. Das sind Pedgifts eigene Worte.«
Midwinter hatte bei der Beschreibung aufgehorcht. Dieser Mr. Bashwood und der Trauermann, den er heute nach dem Weg gefragt hatte, schienen einander auffallend ähnlich zu sein. Sollte da schon wieder das Schicksal – oder der Zufall – seine Hand im Spiel haben? Midwinter beschloß, bei jedem künftigen Schritt doppelt achtzugeben, und fragte deshalb:
»Würdest du Mr. Bashwood zuerst zu mir schicken, bevor wir ihn wirklich nehmen?«
»Natürlich, gern! Du sollst ja schließlich mit ihm arbeiten, nicht ich!« erwiderte Allan und sah auf die Uhr. »Aber weißt du, was für ein Bonbon ich noch für dich habe? Du sollst jetzt das reizendste Mädchen von Norfolk kennenlernen! Wir haben gerade noch Zeit, vor dem Essen eine Stippvisite in dem Cottage zu machen.«
»Das geht heute nicht mehr«, sagte Midwinter und richtete Major Milroys Botschaft ohne eigenen Kommentar aus. Allan war ein wenig erstaunt und enttäuscht, dachte sich aber offenbar nichts weiter dabei. Im Gegenteil, er sah in Mrs. Milroys Leiden eine gute Gelegenheit, sich der Familie besonders angenehm zu machen. »Ich werde ihr morgen früh ein Körbchen Erdbeeren schicken, mit meinen besten Genesungswünschen«, verkündete er strahlend. »Was meinst du dazu?«
Am nächsten Morgen erwies es sich, daß Allans Aufmerksamkeit verschwendete Liebesmühe gewesen war. Das Körbchen Erdbeeren wurde eine halbe Stunde nach Empfang von Mrs. Milroys Pflegerin wieder im Herrenhaus abgeliefert, nebst dem kurzen und scharfen mündlichen Bescheid: »Mrs. Milroy läßt bestens danken. Sie verträgt keine Erdbeeren.«
Wenn diese schroffe Ablehnung Allan beleidigen sollte, verfehlte sie ihren Zweck. Er tat die Laune der Mutter mit einer Handbewegung ab und sprach nur in um so zärtlicheren Tönen von der Tochter. »Arme Kleine – warum hat *sie* die Erdbeeren dann nicht bekommen? Mit so einer Mutter hat sie's bestimmt nicht leicht!« Er ließ sich auch nicht abschrecken, täglich zum Cottage zu gehen und höflich nach dem Befinden der Familie zu fragen, aber die Tochter bekam er bei diesen Gelegenheiten nicht zu sehen. Midwinter wartete auf Mr. Bashwood und mit besonderer Sehnsucht auf einen Brief Mr. Brocks. Beiden Freunden wurde auf diese

Weise die Zeit lang. Allans Visiten wurden formell durch Abgeben der Karten erwidert; danach ließ sich kein Mitglied der höheren Kreise mehr blicken. Das Wetter war und blieb so schön, daß Allan ganz unruhig wurde. Da ihm Miß Milroys Anblick verwehrt war, bekam er allmählich Heimweh nach seiner Jacht.

Endlich, am 20. Juni, kamen wieder zwei Nachrichten aus der Außenwelt. Eine war von dem Rechtsanwalt, Mr. Pedgift, und kündigte Mr. Bashwood für den nächsten Tag an, die andere war von Mr. Brock und riß beide Freunde augenblicklich aus ihrem Trübsinn. Der Pfarrer schrieb, er müsse in diesen Tagen wegen einer Vormundschaftssache nach London fahren und hoffe unter seinen dortigen Amtsbrüdern einen zu finden, der bereit sei, ihn für einige Zeit zu vertreten; in diesem Fall werde er von London aus unverzüglich nach Thorpe-Ambrose weiterreisen. Dann könnten sie sich mündlich über alles unterhalten. Nur auf Midwinters Sorgen wegen der Verwalterstelle wolle er jetzt gleich summarisch sagen, daß er eigentlich keinen Grund sähe, warum Midwinter das dazu Nötige nicht lernen sollte. Bei seinem Fleiß und seiner Intelligenz würde er sehr bald in seinen neuen Pflichtenkreis hineinwachsen und seinem Freund damit unschätzbare Dienste tun.

Midwinter war selig über diese Ermunterung, die er so bitter nötig hatte. Er las den Brief wieder und wieder, als müsse er sich jedes Wort unauslöschlich einprägen, und Allan brauchte keine Hemmungen zu haben, ihn in dieser Gesellschaft allein zu lassen und früher als sonst seine eigenen Wege zu gehen. Selbstverständlich wollte er sich wieder nach Mrs. Milroys Befinden erkundigen – oder, genauer gesagt, zum vierten Male den Versuch unternehmen, seine Bekanntschaft mit Miß Milroy zu vertiefen. Der Tag hatte so gut begonnen, daß er auch diesbezüglich wieder Hoffnung hegte.

Und wirklich: Als er aus dem Wäldchen trat, sah er Miß Milroy an derselben Stelle, wo sie sich zuerst getroffen hatten, hin und her gehen, als warte sie auf jemanden.

Sie zuckte ein wenig zusammen, als sie ihn bemerkte, kam ihm dann aber ohne Zögern entgegen. Ihr Aussehen war nicht so gut wie neulich. Stubenluft und Kummer hatten ihre Spuren hinterlassen, und außerdem war sie im Moment sehr aufgeregt.

»Ich dürfte es wahrscheinlich gar nicht gestehen, Mr. Armadale«, begann sie atemlos, ehe er zu Wort kommen konnte, »aber ich habe mich heimlich von zu Haus weggeschlichen – auf gut Glück –, weil ich Sie unbedingt sprechen muß! Ich bin so verzweifelt, daß Mama Ihr freundliches Geschenk auf so häßliche Weise zurückgeschickt hat! Wollen Sie versuchen, ihr zu verzeihen? Bei gesunden Leuten wäre eine solche Unhöflichkeit ja kaum entschuldbar, aber, sehen Sie . . . sie ist seit Jahren krank und hat fast immer Schmerzen, und da weiß sie manchmal einfach nicht, was sie sagt und tut. Ich *mußte* Ihnen das sagen. Bitte, bitte, Mr. Armadale – vergeben und vergessen Sie!«

Allan war jetzt selbst nicht wenig verwirrt. Ihre schwankende, klägliche Stimme, in der sich die ernsthafte Überzeugung ausdrückte, er müsse tödlich beleidigt sein, ging ihm wirklich nahe. Daher bemächtigte er sich zunächst einmal ihrer Hand und drückte sie in seiner Verlegenheit immer fester, während er stammelte: »Aber meine liebe Miß Milroy – noch ein Wort, und Sie sehen mich weinen! Ihre Frau Mutter hat mich nicht die Spur beleidigt, Ehrenwort! Ich weiß doch, daß man bei einer Kranken nicht alles auf die Goldwaage legen darf! – Beleidigt!« rief er, energisch in seine natürliche Tonart zurückkehrend. »Es wäre mir ein Vergnügen, jeden Tag einen Korb zu bekommen – ich meine, zurückzubekommen –, wenn Sie mich dafür allmorgendlich hier auf der Wiese erwarten!«

Miß Milroys stubenblasse Wangen begannen sich wieder leicht zu röten. »Oh, Mr. Armadale, Ihre Güte ist einfach grenzenlos . . . Wenn Sie nur wüßten, wie erleichtert ich bin!« Nach diesem letzten Stoßseufzer fand auch sie mit der Elastizität eines Kindes ihr Lächeln und ihren mutwilligen Ton wieder. »Finden Sie nicht, Mr. Armadale, daß Sie meine Hand nun lange genug gehalten haben?«

Ihre funkelnden Augen bewogen Allan, seinem inneren Drang zu folgen und das Händchen zu küssen, statt es loszulassen. Miß Milroys Teint wurde dadurch mit Zauberschnelle rosiger denn je. Sie riß Allan ihre Hand weg, als hätte er sie verbrannt, sagte sehr hoheitsvoll: »Das schickt sich aber nun wirklich nicht, Mr. Armadale!« – und wandte schnell das Gesicht ab, um ihr glückliches Lächeln zu verbergen.

»Ich . . . ich wollte mich nur entschuldigen, weil ich Ihre Hand versehentlich zu lange festgehalten hatte«, stotterte Allan. »In der besseren Gesellschaft entschuldigt man sich doch immer mit Handkuß . . . hab' ich gehört.«

Frauen haben angeblich keinen Sinn für Logik, aber es gibt Ausnahmen. Miß Milroy war eine Ausnahme. »Wenn die Etikette es vorschreibt«, sagte sie, »sei es verziehen. Ich hoffe nur, daß Sie mich nicht irreführen . . . Nun, wie dem auch sei, Sie werden nicht mehr oft Gelegenheit haben, mir Anstandsunterricht zu geben. Den wird man mir jetzt ohne Ihre Assistenz erteilen.«

»Was!« rief Allan erschrocken. »Sie werden doch nicht etwa ins Internat geschickt?«

»Schlimmer, Mr. Armadale. Meine neue Gouvernante kommt.«

»So schnell?«

»Ich hätte sagen sollen: Sie ist im Anzug . . . wenn Sie's so genau wissen wollen. Wir haben heute früh einen ganzen Stoß Bewerbungen auf unser Zeitungsinserat bekommen. Papa und ich haben sie alle gelesen und sortiert, und erstaunlicherweise haben wir uns beide wie aus einem Munde für dieselbe Bewerberin erklärt – ich, weil ihr Brief am nettesten formuliert war, und Papa, weil sie die bescheidensten Ansprüche stellt. Er schickt den Brief nun an meine Londoner Großmama, damit sie die Dame persönlich beäugt, und wenn die Unterredung zufriedenstellend ausfällt, woran ich nicht zweifle, wird sie engagiert. Ich bin einesteils nervös, denn eine neue Gouvernante ist immer ein zweischneidiges Schwert; andernteils bin ich froh, daß ich nun bestimmt nicht ins Internat muß; und ein bißchen freue ich mich sogar auf die Dame, denn sie schreibt wirklich ganz reizend. Ihr Stil versöhnt einen beinahe mit ihrem scheußlich unromantischen Namen.«

»Wie heißt sie denn?« fragte Allan. »Brown? Grubb? Scraggs? Oder noch schlimmer?«

»Nein, nein, soo furchtbar nun auch wieder nicht . . . Gwilt heißt sie. Das ist unpoetisch genug. Aber sie hat ein blendendes Zeugnis von einer Mrs. Mandeville, die sehr vornehm sein muß, erstens dem Namen nach, und zweitens, weil sie in demselben Londoner Stadtteil – in Bayswater – wohnt wie Großmama. – So, Mr. Armadale, nun muß ich aber zurück, ich bin schon viel zu lange weggeblieben, und Papa wartet auf sein Frühstück. Nochmals tausend Dank – wegen Mama, Sie wissen schon – und auf Wiedersehen!«

»Wollen Sie mir nicht zum Abschied die Hand geben?« fragte Allan.

Sie tat es mit der anzüglichen Bemerkung: »Diesmal brauchen Sie sich ja für nichts zu entschuldigen!« Aber als ihre Augen sich trafen, geriet das kindliche Händchen doch wieder irgendwie an Allans Lippen. »Diesmal«, erklärte er hastig, »diesmal ist es . . . ein Zeichen meiner Hochachtung.«

Sie trat zwei Schritte zurück und brach in Lachen aus. »Nur gut, daß Miß Gwilt bald auf mich aufpaßt!« rief sie lustig, raffte ihr Röckchen und lief pfeilgeschwind nach Hause.

Allan stand da und sah ihr in stummer Verzückung nach, bis sie um die Wegbiegung verschwand. Dann begann er höchst eigenartigerweise mit Überlegungen, die zum erstenmal seine neue Stellung als Gutsherr von Thorpe-Ambrose mit einbezogen. »Ob die Nachbarn mich mehr respektieren würden, wenn ich ein verheirateter Mann wäre?« sinnierte er. »Muß mal scharf darüber nachdenken. Und wenn mir morgen noch ebenso zumute ist wie jetzt, lege ich die Frage Midwinter vor.«

Aber am nächsten Morgen, als Allan, fest entschlossen, Midwinter wirklich zu konsultieren, ins Frühstückszimmer kam, war Midwinter nicht da. Der Diener sagte, er hätte ihn vor einer Weile in der Halle gesehen, wo er einen mit der Frühpost für ihn angekommenen Brief vom Tisch genommen hätte; damit sei er dann vermutlich wieder in sein Zimmer gegangen.
Allan ging sofort hinauf und klopfte an Midwinters Tür.
»Darf ich reinkommen?«
»Im Moment bitte nicht«, war die Antwort von innen.
»Ist irgendwas los? Schlechte Nachrichten?«
»Nein, nichts. Ich fühle mich heute nur nicht besonders wohl. Bitte, frühstücke ohne mich. Ich komme hinunter, sobald ich kann.«
Allan zuckte die Achseln und kehrte leicht enttäuscht ins Frühstückszimmer zurück. Nun mußte er die ernsthaften Pläne zur Festigung seines Ansehens, die Midwinter sicher gefreut hätten, noch auf unabsehbare Zeit für sich behalten. »Komischer Kauz!« dachte er. »Warum verkriecht er sich nun schon wieder?«
Midwinter saß derweile am Fenster seines Zimmers, einen offenen Brief in der Hand, und starrte in den Park hinaus. Der Brief war wieder von Mr. Brock und lautete:

Mein lieber Midwinter,
ich muß Ihnen in aller Eile schreiben (die Post geht gleich ab), daß ich soeben in den Kensington-Gärten die Frau mit dem roten Schal gesehen habe. Sie war in Begleitung einer achtbar aussehenden älteren Dame. Da ich sie im Gespräch deutlich Allans Namen nennen hörte, bin ich ihnen bis zu ihrer Wohnung gefolgt und habe nun wenigstens ihre Adresse. Seien Sie versichert, daß ich sie nicht aus den Augen lasse, ehe ich nicht weiß, ob sie womöglich einen Vorstoß nach Thorpe-Ambrose plant. Sie hören von meinen weiteren Unternehmungen. Leben Sie wohl für heute, und regen Sie sich nicht auf.

Stets Ihr
Decimus Brock

Midwinter las den kurzen Brief zum zehntenmal, faltete ihn dann zusammen und verwahrte ihn in seiner Brieftasche, Seite an Seite mit der Niederschrift von Allans Traum.
»Unternimm, was du willst, Mr. Brock«, murmelte er. »Was sein soll, wird sein. Wenn die Zeit kommt, ist auch die Frau zur Stelle.«

V

Mutter Oldershaw auf der Wacht

1. Von Mrs. Oldershaw (Diana Street, Pimlico) an Miß Gwilt (West Place, Old Brompton)

20. Juni 1851, 8 Uhr abends

Meine liebe Lydia,

vor etwa drei Stunden habe ich Dich ohne alle Förmlichkeiten in mein Haus am West Place geschubst, Dir dringend empfohlen, Dich nicht zu rühren, ehe Du wieder von mir hörst, und die Tür von außen zugemacht. Ich kann nichts dafür, daß Du so lange auf eine Erklärung meines seltsamen Benehmens warten mußtest. Seit unserem Lustwandel in den Kensington-Gärten ist noch allerhand passiert.

Vorsicht! Geh heute unter keinen Umständen mehr auf die Straße und auch nicht ans Fenster! Du wirst gleich erfahren, warum. Es hängt alles mit dem hochwürdigen geistlichen Herrn zusammen, dem wir auf unserem Spaziergang unglücklicherweise begegneten und der dann mit so verdächtiger Beharrlichkeit unseren Spuren folgte, ohne zu erröten. Ich argwöhnte ziemlich bald andere Motive bei ihm als Du, meine liebe Lydia, nämlich daß es sich diesmal um keinen der üblichen Bewunderer handelte, sondern um einen Feind. Ich hatte nur keine Zeit mehr, Dich darauf aufmerksam zu machen. Im Moment war es wichtiger, Dich vor ihm in Sicherheit zu bringen und dann die Probe aufs Exempel zu machen. Dies bewerkstelligte ich, indem ich meinerseits seinen Spuren folgte.

Daß Du den Pfarrer aus Somersetshire, den Du damals nach dem Weg zu Mrs. Armadales Haus gefragt hast, gleich wiedererkanntest, wundert mich nicht – er hat ja einen ziemlich einprägsamen Charakterkopf. Nur ob er *Dich* wiedererkannt hat, mußte ich zweifelsfrei feststellen. Zum Glück war Dein Gesicht damals wie heute tief verschleiert, und heute hattest Du ein helles Sommerkleid an, während er Dich nur in Schwarz gesehen hat – und trotzdem war ich leider überzeugt, daß er genau wußte, wem er folgte. Warum? Weil das Pech es wollte, meine Liebe, daß wir gerade von dem jungen Armadale sprachen, als er aufkreuzte, und das, in Verbindung mit Deiner Figur und Deiner berühmt melodischen Stimme, mußte unweigerlich seine Aufmerksamkeit erregen. »Wenn schon«, wirst Du sagen. Aber überlege mal scharf, Lydia: Ist es nicht höchst wahrscheinlich, daß der Pfarrer mit Mrs. Armadale befreundet war? Und daß sie ihm in diesem Fall all ihre Ängste nach Deinem erschreckenden Wiederauftauchen anver-

traut hat? Und daß sie ihn gebeten hat, ihren Sohn vor Dir zu schützen, nachdem Du unvorsichtigerweise gedroht hast, Du würdest Dich gegebenenfalls an ihn wenden und ihm das ganze blamable Geheimnis enthüllen?
Nun verstehst Du wohl, warum ich Dich in so unhöflicher Hast sitzenließ und mich an die Fersen des hochwürdigen Herrn heftete. Als ich ihn schließlich in einer stillen Straße ansprach, geschah es, wie ich mir schmeichle, mit der frömmsten, ehrerbietigsten Miene von der Welt. An meinem Respekt vor der Kirche und ihren Vertretern konnte er nicht zweifeln.
»Darf ich mir wohl eine Frage erlauben, Sir? Kennen Sie zufällig die Dame, mit der ich vorhin im Park spazierengegangen bin?«
»Darf ich mir die Frage erlauben«, parierte er nicht ungeschickt, »warum Sie das wissen wollen?«
»Weil ich, falls Sie meine Freundin kennen, eine sehr delikate Angelegenheit mit Ihnen erörtern möchte, die sich . . . auf eine verstorbene Dame und ihren überlebenden Sohn bezieht.«
Er war sichtlich verdutzt. Dennoch hielt er klüglich den Mund und wartete erst mal auf Weiteres.
»Wenn ich mich geirrt habe«, sagte ich also, »und meine Freundin Ihnen völlig fremd ist, bitte ich vielmals um Entschuldigung. Ich konnte mir nur nicht vorstellen, daß ein geistlicher Herr einer Dame aus irgendwelchen anderen Gründen bis an die Haustür folgt.«
Da hatte ich ihn. Er wurde knallrot (stell Dir vor, in seinem Alter!) und verteidigte seine kostbare Ehre, indem er die Wahrheit einräumte.
»Ja, ich habe die Dame früher schon einmal gesehen und heute wiedererkannt«, gab er zu. »Warum ich ihr gefolgt bin, lassen Sie bitte meine Sache sein. Ich bin bereit, die Ihre zu hören.«
Darauf schwieg er und sah sich unbehaglich um. Ich schwieg auch und sah mich ebenfalls um. Er meinte, delikate Angelegenheiten könnte man schlecht auf der Straße besprechen. Ich stimmte lebhaft zu. Er machte keine Anstalten, mich zu sich einzuladen. Ich machte keine Anstalten, ihn zu mir einzuladen. Hast Du je zwei fremde Katzen gesehen, die sich mißtrauisch umschleichen? Dann kann ich mir eine weitere Schilderung der Präliminarien ersparen.
Schließlich sagte der Pfarrer: »Tja, ähem, Ma'am – wollen wir unsere Unterhaltung trotzdem hier fortsetzen?«
»Von mir aus ja«, erwiderte ich. »Glücklicherweise sind wir wohl beide über die Jahre hinaus, in denen wir deswegen um unseren guten Ruf bangen müßten, nicht wahr?«
Kurzum, nach vorsichtigem Beschnuppern und leisem Fauchen kamen wir endlich zur Sache. Ich begann damit, daß sein Interesse für Dich, wie ich fürchtete, kein sehr freundschaftliches sei. Er

bestritt es nicht. Daraufhin erzählte ich ihm mit kühner Stirn alles, was Du mir von Deinem Besuch in Somersetshire erzählt hast. Erschrick nicht! Wenn Du jemandem einen Sack Lügen mundgerecht machen willst, garnierst Du ihn am besten mit der lauteren Wahrheit – das heißt, mit allen Sachen, die er ohnehin schon weiß. Nachdem ich den alten Knaben solchermaßen von meiner Redlichkeit überzeugt hatte, erklärte ich feierlich, Du seist inzwischen durch Leiden geläutert und ein ganz neuer Mensch geworden. Ich erweckte Deinen reizenden Mann von den Toten (natürlich ohne Namensnennung), machte ihn zum wohlhabenden Kaufmann in Brasilien (das erste, was mir einfiel) und zitierte das rührende Versöhnungsschreiben, das er an Dich, sein irrendes Weib, gerichtet hätte und in dem er Dich aufforderte, an sein großmütiges Herz zurückzukehren. Dieser Edelmut hätte Dein verhärtetes Gemüt erweicht und Dir innige Reuezähren entlockt, und – nun ging ich aufs Ganze – als er, der Pfarrer, uns im Kensington-Park begegnete, hättest Du gerade wieder mit bitteren Selbstvorwürfen Deines Vergehens gegen die arme, verblichene Mrs. Armadale gedacht. »Es ist ihr glühendster Wunsch, Sir«, behauptete ich, »alles wieder gutzumachen, wenigstens an ihrem Sohn; und da sie sich zu sehr schämt, Ihnen selbst vor Augen zu treten, hat sie mich Ihnen nachgeschickt, um zu erfahren, ob Mr. Armadale noch in Somersetshire lebt und ob er sich wohl herablassen würde, das Sündengeld, das ihr jetzt auf der Seele brennt, von ihr zurückzunehmen.« So meine Worte – Du wirst zugeben, daß sie einen Stein hätten erweichen müssen. Aber dieser Bauernpfarrer ist widerstandsfähiger als Stein. Ich erröte für ihn, denn er ermangelte sichtlich des Glaubens. Und so was predigt anderen Leuten Güte und Milde! Der Mann ist ein Schandfleck für die Kirche!
»Warum ist Ihre Freundin eigentlich nicht mit dem nächsten Dampfer zu ihrem Gatten nach Brasilien zurückgekehrt?« erkundigte er sich nur in beleidigend trockener Weise.
Ich war erbittert. Ich wurde sehr kurz. »Ihre Abreise steht dicht bevor. Darum liegt ihr ja so sehr daran, alle Schulden hier zu bereinigen.«
»Hm. Wie kann ich mich mit ihr in Verbindung setzen?«
»Schriftlich. Durch mich.«
»An welche Adresse?«
Da hatte ich ihn wieder! »Sie haben bereits vor meinem Haus gestanden, Sir«, sagte ich sehr von oben herab. »Sie könnten meinen Namen also jederzeit aus dem Londoner Adreßbuch erfahren; aber um Ihnen Zeit und Mühe zu ersparen, überreiche ich Ihnen hiermit meine Karte.«
»Vielen Dank, Ma'am. Und hier ist *meine* Karte, falls Ihre Freundin sich mit Mr. Armadale in Verbindung zu setzen wünscht.«

»Danke, Sir.«
»Danke, Ma'am.«
»Guten Abend, Sir.«
»Guten Abend, Ma'am.«
Damit trennten wir uns.

Er ging in unwürdiger Eile, was einem Geistlichen wirklich schlecht ansteht – und diese Herzlosigkeit! Ich komme einfach nicht drüber weg. Der Himmel sei jedem Sterbenden gnädig, dem *der* den letzten Trost spendet!

So, und was machen wir nun? Wenn wir diesen alten Gauner nicht gründlich auf den Holzweg schicken, verdirbt er uns die Chancen auf Thorpe-Ambrose – und das gerade jetzt, wo Du mit ziemlicher Sicherheit die Gouvernantenstelle dort bekommst! Was hat sich dieser Landpfarrer überhaupt in London herumzutreiben, statt seine Schäflein zu weiden? Gehört sich das? Sein Bischof sollte ihm einen scharfen Verweis erteilen!

Deine Dich liebende
Maria Oldershaw

2. Miß Gwilt an Mrs. Oldershaw

West Place, Brompton, 20. Juni

Meine liebe Alte,
keine Sorge, Dein plötzlicher Schubs hat mich kein bißchen beleidigt. Ich setzte mich an Dein Klavier und vergaß alles, bis Dein Bote mich wieder in diese Welt zurückriß. Aber Dein Brief ist köstlich; ich habe Tränen gelacht und bedauere nur, daß man Deinen Dialog mit dem Pfarrer nicht auf die Bühne bringen kann!

Um nun dem Ernst der Lage gerecht zu werden: Um Himmels willen, bleib, wo Du bist! Du hast mit Deinen Affären in Pimlico genug zu tun, und es ist ein Glück, daß Du ungesehen dort angelangt bist. Das Haus hier in Brompton wird beobachtet, wie Du mit dem Dir eigenen Scharfsinn schon vermutet hast. Schon eine Stunde nach unserer abrupten Trennung wurde ich durch laute Stimmen auf der Straße beim Klavierspiel gestört und ging kurz ans Fenster, um zu sehen, was da los sei. Eine Droschke hielt vor der Fremdenpension gegenüber; ein ehrbarer älterer Diener zankte sich mit dem Kutscher; der Herr des Dieners, eine sehr würdige Erscheinung mit Charakterkopf schlichtete den Streit – und wenige Minuten danach erschien der Charakterkopf vorsichtig an einem der Frontfenster. Keine Angst, er hat mich nicht gesehen. Ich blieb hinter der Gardine. Inzwischen habe ich mich durch ein paar kurze Inspektionen vergewissert, daß der Pfarrer und sein Diener sich in regelmäßigen Abständen auf ihrem Wacht-

posten ablösen, was sie wahrscheinlich Tag und Nacht fortzusetzen gedenken.
Daß der Pfarrer alles über mich weiß, ist ganz unmöglich. Aber daß er überzeugt ist, ich führe etwas gegen den jungen Armadale im Schilde, ist so sicher, wie zweimal zwei vier ist, und Deine rührende Erzählung hat ihn in diesem Glauben natürlich noch bestärkt. Wirklich sehr fatal, da gerade meine Bewerbung an den Major abgegangen ist und ich täglich aufgefordert werden kann, mich persönlich vorzustellen!
Eine hoffnungslose Situation, in der wir zwei hilflosen Frauen uns da befinden, nicht wahr? – Unsinn! Jetzt merkst Du vielleicht endlich, Mutter Oldershaw, wie recht ich heute früh hatte, als Du so giftig wurdest, weil ich es ablehnte, Dich unter Deinem eigenen Namen als Referenz anzugeben! Dazu bist Du in manchen Kreisen viel zu berü . . .hmt, meine Gute. Als ob Du's nicht selber wüßtest! Aber wie hast Du über die »unnütze« Ausgabe gestöhnt, als ich Dich zwang, noch eine möblierte Wohnung im vornehmen Bayswater zu mieten, wo Du als Mrs. Mandeville jedem etwaigen Besuch in meiner Sache getrost entgegensehen kannst!
Wie denkst Du *jetzt* über die unnütze Ausgabe, Du alter Geizkragen? Nun weißt Du, wohin Du Dich schon heute abend von Pimlico aus zurückziehen kannst, ohne irgendwelchen Spähern in den Rachen zu laufen! Danke mir auf den Knien, daß ich mich von Deinen Vipernblicken und Deinem Gezisch bei jeder Forderung an Deinen geliebten Geldbeutel nicht mehr so leicht einschüchtern lasse!
Vielleicht darf ich jetzt noch kurz eine kleine Schwierigkeit erwähnen, mit der *ich* fertig werden muß: Wie komme ich von hier nach Bayswater, ohne daß sich mir der Pfarrer oder sein Diener oder beide an die Fersen heften?
Mir wird wohl keine andere Wahl bleiben als das klassische Komödienmittel, mich zu verkleiden. Ich habe mir Dein Hausmädchen daraufhin genau angesehen. Außer der Figur haben wir wahrhaftig keine Ähnlichkeit, aber wenn ich sie in das Kleid stecke, das ich heute im Park getragen habe, sie irgendwohin schicke und unseren geistlichen Feind damit auf die falsche Fährte setze, kann ich vielleicht unbeobachtet nach Bayswater entkommen. Ein Glück, daß ich mich seit den gräßlichen Geschichten damals (Du weißt schon) selten unverschleiert in der Öffentlichkeit zeige, schon gar nicht an einem so belebten Ort wie London, und daß auch der Pfarrer infolgedessen mein Gesicht nie gesehen hat.
Letzte Frage: Ist der Person zu trauen und ist sie intelligent genug, die Verwechslungskomödie mitzuspielen? Wenn ja, gib's ihr schriftlich, daß sie sich mir zur Verfügung stellen soll. Ich sage vorläufig nichts.

Antworte möglichst umgehend. Solange ich nur mit dem Gedanken gespielt habe, als Gouvernante nach Thorpe-Ambrose zu gehen, war mir das Ganze im Grunde herzlich gleichgültig. Aber seit meine Bewerbung unterwegs ist, bin ich plötzlich energisch geworden. Ich gedenke allen Ernstes, Gutsherrin zu werden – und wehe dem, der sich mir in den Weg zu stellen versucht!

Deine
Lydia Gwilt

PS – Ich habe Vorsorge getroffen, daß der Bote unbehelligt nach Pimlico und zurück kommt. Er fährt erst zu einem Restaurant, wo man ihn kennt, entläßt die Droschke vor dem Eingang und benutzt dann einen Hinterausgang, der nur dem Wirt und seinen Freunden bekannt ist.

3. Mrs. Oldershaw an Miß Gwilt

Diana Street, Pimlico, 10 Uhr

Meine liebe Lydia,
Du hast mir recht roh und herzlos unter die Nase gerieben, daß ich in dieser aufreibenden Angelegenheit ein paar kleine Schwächen gezeigt habe. Eines der beklagenswertesten Zeichen der heutigen Zeit ist die zunehmende Respektlosigkeit vor dem Alter. Auch Du bist moralisch davon angefochten, meine Liebe, und bedarfst dringend eines leuchtendes Vorbildes. Ich liefere es Dir – indem ich Dir wieder einmal verzeihe.
Das Hausmädchen ist unbedingt vertrauenswürdig. Sie hat auch schon einiges hinter sich und versteht sich daher auf Diskretion. Ich füge eine Anweisung für sie bei.
Dein Plan, Dich in Bayswater wieder mit mir zu treffen, ist soweit ganz gut, muß aber noch bedeutend verfeinert werden. Es genügt nicht, daß der Pfarrer ein- oder mehrmals eine verschleierte Person für Dich hält; er soll auch ihr Gesicht sehen, und zwar unter Umständen, die ihn fest überzeugen, daß es *Dein* Gesicht ist. Ferner muß er die Person mit eigenen Augen nach Brasilien aufbrechen sehen, denn das hat er mir heute nachmittag am allerwenigsten geglaubt. Wenn Du Dich genau an meine Anweisungen hältst, glaubt er es vielleicht.
Morgen ist Samstag. Schicke das Hausmädchen in Deiner Aufmachung spazieren, und rühre Dich inzwischen nicht vom Fleck. Sage ihr, sie soll den Schleier unten behalten, natürlich mit keiner Bewegung verraten, daß sie sich beobachtet fühlt, und dann zurückkommen. Sowie sie da ist, soll sie sich ans offene Fenster begeben, achtlos den Schleier heben und kurz hinausschauen.

Dann soll sie zwei Minuten zurücktreten, Hut, Schleier und Schal ablegen und sich noch einmal zeigen, diesmal am besten in voller Figur auf dem Balkon. Das kann sie im Laufe des Tages ein paarmal (nicht zu oft) wiederholen. Am Sonntag schicke sie auf jeden Fall in die Kirche – bedenke, daß wir es mit einem Fachmann zu tun haben und Du jetzt eine geläuterte Seele bist! Wenn das ihn nicht überzeugt, daß er Dein Gesicht nun in- und auswendig kennt, und wenn dessen Häßlichkeit ihm den inneren Wandel nicht glaubhafter macht – dann, mein Engel, habe ich sechzig Jahre in diesem Jammertal verbracht, ohne etwas dazuzulernen.
Nun zum Montag. Ich habe inzwischen in den Schiffsfahrplan gesehen. Dienstag geht ein Dampfer von Liverpool nach Brasilien ab. Besser könnte es gar nicht passen! Du wirst also am Montag unter den Augen des Pfarrers nach Liverpool abreisen, und zwar folgendermaßen:
Um ein Uhr mittags schickst Du den Hausknecht nach einer Droschke, die offen vor der Haustür hält. Eine zweite bestellst Du an die übernächste Straßenecke hinter dem Platz. Das Hausmädchen fährt mitsamt dem nötigen Gepäck, das Ihr vorher mit irgendwelchem wertlosen Zeug vollstopft, zum Nordwestbahnhof ab. Sobald sie (nebst Beobachtern) außer Sicht ist, schlüpfst Du aus der Tür, steigst in die andere Droschke und kommst zu mir nach Bayswater. Inzwischen tut das Mädchen auf dem Bahnhof ihr möglichstes, sich in der Menge zu verlieren (ich habe eigens den Zug um 2.10 Uhr ausgesucht, der immer voll ist), läßt die Koffer irgendwo stehen (die finden später von allein ihren Weg ins Fundamt), geht zu ihren Freunden in der City und bleibt dort, bis sie weitere Anweisungen von mir bekommt.
Und was ist der Zweck all dieser Umständlichkeiten?
Der Zweck, meine liebe Lydia, ist Deine Sicherheit (und meine). Wenn der Pfarrer glaubt, daß Du wirklich nach Brasilien abgereist bist: gut. Dann sind wir seinetwegen alle Sorgen los. Wenn er es aber doch nicht glaubt: auch gut. Dann warnt er nämlich den jungen Armadale vor einer Person, *die wie mein Hausmädchen aussieht und nicht wie Du.* Das ist doppelt wichtig, weil wir ja nicht wissen, ob Mrs. Armadale nicht irgendwann mal Deinen Mädchennamen erwähnt hat. In diesem Fall wird die von dem Pfarrer beschriebene »Miß Gwilt« der Gouvernante Miß Gwilt dermaßen unähnlich sein, daß kein Mensch etwas anderes argwöhnen kann als eine zufällige Namensgleichheit.
Nun? Bin ich ganz so hohlköpfig, wie Du mich hinstellst? Aber ich überhebe mich nicht. In der Zeitung stehen täglich noch ganz andere Schwindeleien, und das Publikum schluckt sie widerstandslos. Ich wollte Dir nur zeigen, daß Dir meine Hilfe im Armadale-Fall noch immer recht nützlich sein kann und nicht mit den ersten

wichtigen Entdeckungen durch meinen harmlos aussehenden Privatdetektiv vom Shadyside Place geendet hat.
Sonst ist nichts zu melden, als daß Mutter Oldershaw im Moment gerade in den letzten Zuckungen liegt und, wie der Phönix aus der Asche, in fünf Minuten als Mrs. Mandeville auferstehen und in die Droschke nach Bayswater steigen wird. Ich muß im Herzen sehr jung geblieben sein, denn ich bin schon richtig verliebt in meinen neuen, romantischen Namen – Mandville klingt doch fast so gut wie Mrs. Armadale von Thorpe-Ambrose, nicht wahr?
Gute Nacht, mein Engel. Träum süß, mach keine Dummheiten – und auf Wiedersehen Montag nachmittag!

Deine getreue
M. O. (bzw. Mrs. Mandeville)

VI

Midwinter als Komödiant

Um die Mittagszeit des 21. Juni erging sich Miß Milroy just im eigenen Garten – der Zustand ihrer Mutter hatte sich so weit gebessert, daß sie nicht mehr dauernd dienstbereit zu sein brauchte –, als sie zwei Männerstimmen hörte: Die eine gehörte unverkennbar Allan, die andere war ihr fremd. Vorsichtig lugte sie durch die Sträucher am Zaun. Richtig! Da kam Allan vom Park her stracks auf das Cottage zu, in Begleitung eines schlanken, dunklen, erheblich kleineren Mannes, der ungeheuer lebhaft redete und lachte. Miß Milroy lief nun eiligst ins Haus, um ihren Vater auf den Besuch vorzubereiten. Mr. Armadale käme mit einem etwas geräuschvollen Herrn, der wohl der schon ein paarmal erwähnte Freund sein müßte.
Ob Miß Milroy sich nicht irrte? Konnte dieser geräuschvoll redende und lachende Fremde wirklich der sonst so scheue, stille, empfindliche Midwinter sein? Er war es. Seine Metamorphose hatte sich vor wenigen Stunden unter Allans eigenen, erstaunten Augen vollzogen.
Als Midwinter, nachdem er Mr. Brocks Alarmbrief weggesteckt hatte, wortkarg, umdüstert und in sich gekehrt am Frühstückstisch erschienen war, hatte Allan längst zuviel anderes im Kopf, um ihm besondere Beachtung zu schenken. Unter anderem hatte er, auf den Rat des Butlers, das Zinstag-Dinner auf Samstag, den 28. Juni, festgesetzt und erklärt, nun hätte Midwinter ja überreichlich Zeit, sich mit den Geschäften bis dahin vertraut zu machen. Midwinter

brachte ihn mit einer kurzen, fast wütenden Bemerkung zum Schweigen, und das Frühstück wurde in einer ungewohnt gewitterschwülen Atmosphäre beendet, die selbst Allan an die Nerven ging – bis Midwinter ihn plötzlich durch einen Ausbruch von exaltierter Heiterkeit überraschte.

»Na«, dachte er, »es scheint ihn doch zu erleichtern, daß er noch eine Woche Zeit hat. Nun lerne ich ihn endlich mal von seiner lustigen Seite kennen!«

Seine Menschenkenntnis trog ihn, wie meistens. Midwinter enthüllte ihm keineswegs einen neuen Charakterzug, sondern dieselbe leidende, ewig kämpfende Natur wie immer – nur unter umgekehrten Vorzeichen. Midwinter hatte Fragen nach dem Inhalt von Mr. Brocks Brief befürchtet und sich mit Gewalt zum Komödienspiel gezwungen, um den Freund abzulenken und ihm das Gefühl zu geben, alles sei in schönster Ordnung, womit er Allans fast unverwüstlichem Optimismus ja auch am meisten entgegenkam. Daß er es, wie alle sensitiven Menschen, gleich übertrieb, fiel Allan gar nicht auf. Er kramte alle Witze hervor, die er wußte, und haspelte sie ab, wie sie kamen, mit oder ohne Pointe – und Allan war begeistert. Allan vertraute ihm seine Heiratsabsichten an, und Midwinter brüllte vor Lachen über diese rasche Entwicklung, bis die Dienstboten draußen dachten, nun habe der sonderbare Freund ihres Herrn den Verstand ganz verloren. Mit lärmender Bereitwilligkeit begleitete er Allan zum Cottage. Und da standen sie nun vor der Tür, und Midwinter war einfach nicht mehr in der Lage, seinen tönenden Redefluß zu stoppen, so sehr er sich innerlich wand; kurzum, der scheue Mensch gebärdete sich wie ein aufdringlicher, unerträglicher Clown.

Das wurde noch schlimmer, als Allan ihn Miß Milroy in der üblichen Form vorzustellen versuchte. Midwinter fiel ihm zu seiner Verblüffung augenblicklich ins Wort und stellte sich selbst vor, mit einer plumpen Vertraulichkeit, die das junge Mädchen aufs äußerste befremden und abstoßen mußte. Er ließ vielsagende Blicke zwischen ihr und Allan hin und her wandern und erklärte spaßhaft, nun verstünde er die regelmäßigen Morgenspaziergänge seines Freundes . . . Dann merkte er, daß er die Grenzen überschritt, versuchte sich konfus zu entschuldigen und verlor vollends die Kontrolle. Aber reden mußte er um jeden Preis, und er äußerte in einem Atem die dümmsten Widersprüche – ob es heute nicht fürchterlich heiß sei und ob Miß Milroy in ihrem dünnen Musselinkleidchen nicht friere?

Dann kam der Major ins Zimmer, und bevor er zwei Worte sagen konnte, überschüttete Midwinter auch ihn mit einem fieberhaften Redeschwall. Er erkundigte sich mit übertriebenem Bedauern, als sei er der nächste und liebste Angehörige, nach Mrs. Milroys

Befinden und schwenkte in der nächsten Sekunde ebenso übertrieben auf die Uhr des Majors um, von der Allan ihm schon wahre Wunderdinge erzählt hätte. Er paradierte mit seinem Bücherwissen über die Straßburger Münsteruhr – und das vor einem Mann, der sich seit acht Jahren intensiv mit aller erreichbaren Fachliteratur darüber beschäftigt hatte. »Ihre Uhr soll ja mehr Apostel haben als die Straßburger«, schrie er in der aufgeräumten Manier des privilegierten alten Hausfreundes, »und der Hahn soll noch viel kunstvoller krähen – und ich sterbe förmlich vor Begierde, dieses Meisterwerk bewundern zu dürfen!«
»Pardon«, sagte der Major mit einem befremdeten Blick, der ihm tatsächlich für zwei Minuten Gehör verschaffte. »Ich kenne die Straßburger Uhr zufällig aus eigener Anschauung, und es klingt in meinen Ohren geradezu absurd, wenn jemand mein kleines Experiment mit ihr vergleicht oder gar annimmt, ich wollte mich damit messen. Was die Apostel betrifft, so habe ich mich selbstverständlich nicht unterstanden, mich an der Leidensgeschichte Christi zu vergreifen, sondern ein weltliches Thema für meine Spielerei gewählt. Die einzige Gemeinsamkeit zwischen den beiden Uhren ist also, daß sie beim Schlage zwölf zeigen, was sie können. Und da es in wenigen Minuten zwölf ist«, schloß der Major, »können wir jetzt gleich in meine Werkstatt gehen.« Er öffnete die Tür und nahm mit einer betont höflichen Entschuldigung den Vortritt.
»Na, was sagen Sie zu meinem Freund?« flüsterte Allan beim Hinausgehen Miß Milroy zu.
»Muß ich wahrheitsgemäß antworten?« flüsterte sie zurück.
»Natürlich!«
»Dann . . . ich finde ihn furchtbar!«
»Er ist der anständigste und beste Kerl unter der Sonne!« war Allans warme Flüsterverteidigung. »Bei näherer Bekanntschaft werden Sie ihn auch mögen. Bestimmt!«
Miß Milroy schnitt eine kleine Grimasse. »Wenn er mir weiter nichts zu sagen hat . . .!« dachte sie. »Und gestern früh hat er mir noch zweimal die Hand geküßt!«
In der Werkstatt des Majors sah man zunächst nur eine mittelgroße Standuhr in geschnitztem Ebenholzgehäuse, auf dem der unvermeidliche Saturn mit der Sense thronte. Unter dem Zifferblatt war eine halbkreisförmige Plattform angebracht, an deren beiden Enden sich je ein Miniatur-Schilderhäuschen mit geschlossenen Türen befand. Das Ganze stand auf einer einfachen Holzkiste, die vermutlich das Räderwerk enthielt.
Der Major benutzte die drei Minuten, die noch an dem magischen Mittagsschlag fehlten, zu einem kleinen einleitenden Vortrag. Hierbei vergaß er ganz die kühle und förmliche Offiziershaltung, die er eben noch gezeigt hatte, und wurde wieder zum fanatischen

Bastler und weltfremden Kauz, der aus nur zu begreiflichen Gründen seit acht Jahren sein Herz an ein und denselben Trost gehängt hatte. »Beim ersten Schlag«, wandte er sich mit merklichem Lampenfieber an die Gäste, »richten Sie bitte Ihr Augenmerk auf die allegorische Figur des Saturn. Er wird seine Sense bewegen und damit mahnend auf das Zifferblatt zeigen. Als nächstes erscheint hinter dem Glas eine Tafel mit dem vollständigen heutigen Datum. Beim letzten Schlag bringt der Saturn seine Sense wieder in die Ausgangsstellung, und ein Glockenspiel ertönt. Ich habe dazu meinen alten Regimentsmarsch verwendet. Nach einigen Takten öffnen sich gleichzeitig die Türen der beiden Schilderhäuschen. In dem einen werden Sie die Schildwache strammstehen sehen, und aus dem andern marschieren ein Korporal und zwei Mann hinüber zur Wachablösung. Diese erfolgt vorschriftsmäßig. Die neue Wache bleibt auf ihrem Posten, und die andern marschieren zurück. An dieser Stelle muß ich nun schon im voraus – gegebenenfalls – um Ihre freundliche Nachsicht bitten. Die Maschinerie ist ziemlich kompliziert, und seit dem Umzug haben sich einige Unregelmäßigkeiten eingeschlichen, die ich leider noch nicht völlig beheben konnte. Manchmal klappt alles wie am Schnürchen, und manchmal nicht. Ich kann nur hoffen, daß heute –«
Der erste Schlag der Uhr unterbrach ihn. Die Saturnfigur begann ruckartig die Arme zu bewegen und deutete langsam mit der Sense abwärts auf die Zwölf. Unter dem Zifferblatt erschien ein Papptäfelchen mit dem Datum. Midwinter applaudierte wie wild und rief Bravo, bis Allan bemerkte, daß Miß Milroy diese überflüssigen Beifallskundgebungen für eine Verhöhnung ihres Vaters hielt, und ihn mit einem Rippenstoß zur Mäßigung ermahnte. Mit dem letzten Schlag hob Saturn die Sense wieder und erstarrte zur früheren Reglosigkeit; das Glockenspiel begann, die Türen der Schilderhäuschen erbebten verheißungsvoll – und der Major verschwand plötzlich hinter dem Uhrgehäuse.
Irgend etwas stimmte offenbar nicht. Die rechte Tür flog zwar mit militärischer Pünktlichkeit auf, aber die linke verweigerte den Gehorsam. Der Korporal und seine zwei Soldaten kamen in vorbildlicher Disziplin anmarschiert, wenn auch sehr ruckhaft und mit allen Symptomen der Schüttellähmung, und prallten blindlings gegen die geschlossene Tür, ohne den geringsten Eindruck auf den dahinter verborgenen Wachtposten zu machen. Zwischendurch hörte man hastiges Hantieren und Werkzeuggeklirr, worauf Korporal und Soldaten plötzlich mit Blitzgeschwindigkeit zurückrutschten – die Gesichter weiterhin starr dem unerreichbaren Ziel zugekehrt – und sich hinter die eigene zuknallende Tür flüchteten. Genau im gleichen Moment erschien drüben jedoch die pflichtvergessene Schildwache mit präsentiertem Gewehr, eisern entschlos-

sen, sich nunmehr abzulösen zu lassen. Sie hatte gut warten. Jetzt blieb das andere Schilderhäuschen hartnäckig geschlossen, so sehr auch die unglücklichen Insassen mit ihren Holzleibern dagegen polterten. Der Major arbeitete frenetisch hinter den Kulissen, worauf die Dreiergruppe unversehens hervorschoß und über die Plattform raste – aber der Dienstverweigerer drüben war noch schneller, rettete sich wie der Blitz hinter die zufallende Tür und ließ die Ablösung auf wahrhaft teuflische Weise abermals daran abprallen. Und ausgerechnet jetzt streckte der Major den Kopf hinter dem Gehäuse hervor, um sich harmlos zu erkundigen: »Hat es nun geklappt?«

Die Situation war so unwiderstehlich komisch, daß Allan und Midwinter sich vor Lachen ausschütteten und sogar Miß Milroy, bei aller Rücksichtnahme auf die Gefühle ihres Vaters, sich das Kichern nicht ganz verbeißen konnte. Aber auch ein Heiterkeitserfolg hat seine Grenzen, und Midwinter überschritt sie in so peinlichem Maße, daß die beiden andern sehr rasch verstummten. Das war kein Lachen mehr – das war das reinste Delirium, und es äußerte sich in Formen, die Miß Milroy entsetzt zurückweichen ließen und selbst den geduldigen Major zu einem Blick nötigten, der deutlich sagte: Verlassen Sie das Zimmer! – Diesmal wurde Allan von seinen Impulsen ausnahmsweise richtig geleitet: Er packte seinen Freund am Arm, zerrte ihn aus der Werkstatt und aus dem Haus und ließ ihn nicht eher los, als bis sie im Park außer Sicht- und Hörweite waren.

»Grundgütiger! Was ist denn bloß in dich gefahren!« rief er heftig – und schrak zusammen, als Midwinter, endlich still geworden, ihm einen Moment das zerquälte und verwüstete Gesicht zukehrte. Dann lehnte er sich an einen Baum, brach in Schluchzen aus und flehte Allan mit einer kraftlosen Handbewegung an, ihn ein paar Minuten in Ruhe zu lassen.

»Wäre ich damals lieber an meinem Gehirnfieber gestorben«, sagte er matt, als er wieder einigermaßen zusammenhängend sprechen konnte. »Ich habe mich nie ganz davon erholt, Allan ... Ich bin halb verrückt und fühle mich dementsprechend. Geh bitte in das Cottage und entschuldige mich; ich schäme mich zu sehr, um selber zu gehen. Ich kann dir nicht sagen, wie es so weit mit mir kommen konnte – ich kann dich und die Milroys nur um Verzeihung bitten.« Er wandte das Gesicht ab, um es vor Allans besorgt forschenden Blicken zu verbergen. »Bitte sieh mich nicht an! Ich komme schon drüber weg.« Und als Allan ihn trotzdem erst nach Hause bringen wollte, rief er leidenschaftlich: »Zerreiß mir nicht das Herz mit deiner Freundschaft! Um Gottes willen, laß mich jetzt allein!«

Allan fügte sich schweigend. Er ging zu den Milroys zurück und bat so ernst, schlicht und aufrichtig um Nachsicht für Midwinters nervöse Entgleisungen, daß er sich die uneingeschränkte Hochachtung des Majors errang, bei Miß Milroy allerdings auf Ablehnung stieß. Ohne es selbst zu wissen, war sie bereits eifersüchtig auf diesen unmöglichen Freund, den Allan so warm verteidigte. Jedes Wort, das er sagte, war ein Stachel in ihrem Herzen.

»Wollen Sie nach dieser Erklärung so gut sein, Major Milroy, das endgültige Urteil über meinen Freund noch zu verschieben?« fragte Allan beim Abschied.

»Aber selbstverständlich, mit dem größten Vergnügen!« versicherte der Major und schüttelte ihm herzlich die Hand.

»Und Sie, Miß Milroy?« fragte Allan.

Sie verbeugte sich förmlich und erwiderte spitz: »*Meine* Meinung, Mr. Armadale, ist für Sie doch vollkommen belanglos!«

Allan entfernte sich. Miß Milroys plötzliche Kälte war ihm ein Rätsel, und seine grandiose Idee, sein Ansehen in der Nachbarschaft durch Heirat zu heben, geriet ins Wanken, noch ehe er die Gartentür hinter sich geschlossen hatte. Vielleicht war die erste Tugend eines Gutsherrn doch weise Vorsicht – und auf jeden Fall war es geraten, nichts zu überstürzen!

Aber der Pfad der Tugend ist bekanntlich dornig, und wer darauf wandelt, ist nicht immer in bester Laune. Allans Kopf sank auf dem Heimweg tiefer und tiefer, bis es aussah, als sei er von der Verzweiflung seines Freundes angesteckt. Die Zukunft auf Thorpe-Ambrose kam selbst ihm nicht mehr so unproblematisch vor, wie er sie sich zuerst vorgestellt hatte.

VII

Wichtige Neuigkeiten

Beim Betreten des Hauses erfuhr Allan zweierlei: erstens, »Mr. Midwinter sei spazierengegangen und bäte Mr. Armadale, ihn für einige Stunden zu entschuldigen«, zweitens, »ein Beauftragter von Mr. Pedgift, Mr. Bashwood, sei dagewesen, während beide Herren abwesend waren; er ließe seine ergebensten Empfehlungen ausrichten und werde sich die Freiheit nehmen, abends wiederzukommen«.

Midwinter kehrte erst gegen fünf bleich und schweigsam von seinem Spaziergang zurück. Allan versicherte ihm, daß in dem Cottage alles vergeben und vergessen sei, und kündigte ihm dann – um nur schnell von etwas anderem zu reden – Mr. Bashwoods

Besuch an. Midwinter schien sich kaum noch an den Namen zu erinnern; er hörte nur matt und zerstreut zu und sagte, er wolle sich jetzt, wenn es Allan recht sei, in seinem Zimmer ausruhen. Wenn er gebraucht würde, könnte man ihn ja jederzeit holen.
Allan war somit bis zum Dinner auf sich selbst angewiesen. Er begab sich in die große Bibliothek, stöberte unschlüssig in den Büchern und versuchte endlich, eines zu lesen. Sehr erfolgreich war dieses Unternehmen nicht, denn Miß Milroy brachte es auf mysteriöse Weise fertig, sich dauernd zwischen ihn und die Druckzeilen zu drängen. Je energischer er ihren kalten, schnippischen Abschied aus seinem Gedächtnis streichen wollte, desto mehr mußte er daran denken – und desto mehr empfand er die dringende Notwendigkeit, sich ihre verlorene Gunst zurückzuerobern. Ein abermaliger Besuch in dem Cottage, nur um sie zu fragen, ob er sie unwissentlich beleidigt hätte, war unmöglich. Er setzte sich an den Schreibtisch und bemühte sich, dasselbe brieflich zu tun, stellte aber trauernd fest, daß seine sonst so beachtlichen literarischen Fähigkeiten in diesem Fall versagten. Nachdem er längere Zeit an der Feder genagt hatte, entschloß er sich, den diplomatischen Weg einzuschlagen, Miß Milroy einfach irgend etwas zu schreiben, als ob gar nichts geschehen wäre, und erst einmal aus ihrer Antwort zu entnehmen, wie jetzt das Stimmungsbarometer bei ihr stand. Nur – worauf mußte sie antworten, und zwar möglichst schnell? Auf eine Einladung. Eine Einladung wozu? Knifflige Sache! Einen Ball konnte er schwerlich geben, nachdem er sich gerade bei der ganzen Nachbarschaft auf die begabteste Weise unbeliebt gemacht hatte. Zu einem Gala-Dinner gehörte außer dem Vater, der ohnehin mit eingeladen werden mußte, noch eine ehrwürdige ältere Dame, und da stand ihm höchstens Mrs. Gripper zur Verfügung (vorausgesetzt, daß er seine Gäste in der Küche empfangen wollte). Also, welche Art Einladung sollte es bloß sein? Wie immer, wenn es ihm darauf ankam, wußte Allan sich zu helfen. Wozu hatte man schließlich einen Leib- und Kammerdiener? Er klingelte Richard herbei und fragte diesen ohne Umschweife, wie die Blanchards es eigentlich früher angestellt hätten, wenn sie Freunde bei sich sehen wollten.
Richard glotzte seinen jungen Herrn verblüfft an. »Wie sie es ...? Nun, sie haben Einladungen verschickt, Sir, wie der übrige Landadel auch – zu Dinners und Bällen und Tees, und bei schönem Sommerwetter manchmal zu Gartenfesten, Ausflügen, Picknicks und –«
»Genügt schon!« schrie Allan strahlend. »Natürlich, eine Landpartie mit Picknick! Das wird ihr Spaß machen. Sie sind unbezahlbar, Richard. In fünf Minuten klingle ich wieder.«
Richard zog sich verwirrt zurück, und Allan ergriff die Feder, um

sie mit neugewonnenem Selbstvertrauen übers Papier eilen zu lassen:

Liebe Miß Milroy,
dummerweise ist mir erst nach dem Heimkommen eingefallen, daß ich Ihnen und Ihrem Herrn Vater ja ein Picknick vorschlagen wollte. Sie haben so lange in der Stube hocken müssen, daß ein Picknick Ihnen bestimmt sehr gut täte. Ein Picknick ist doch mal eine Abwechslung, und es macht großen Spaß, besonders wenn man anständigen Wein mitnimmt. Würden Sie die Güte haben und Ihren Herrn Vater zu dem Picknick überreden? Und wenn irgendwelche Bekannte von Ihnen gern an dem Picknick teilnehmen würden, laden Sie sie doch bitte in meinem Namen zu dem Picknick ein; ich kenne ja hier noch niemanden. Es soll *Ihr* Picknick werden! Ich sorge nun für das Drum und Dran – Kutschen, Picknickkörbe und so weiter. Bestimmen Sie bitte den Tag für das Picknick (möglichst bald, sonst riskieren wir, daß das Wetter umschlägt) und das Ausflugsziel. Der Bote soll Ihre Antwort gleich mitbringen. Mir liegt dieses Picknick sehr am Herzen.

In aufrichtiger Verehrung
immer Ihr
Allan Armadale

Allan gestand sich beim Durchlesen seiner Komposition offen ein, daß der Stil diesmal zu wünschen übrig ließ. »Das Wort ›Picknick‹ kommt ein bißchen zu oft vor«, dachte er. »Macht nichts – wenn sie der Sache nicht grundsätzlich abgeneigt ist, wird sie daran keinen Anstoß nehmen.« Er verschloß, siegelte und adressierte den Brief und schickte stehenden Fußes einen Boten damit ab.

Das duftende, in makelloser Schönschrift ausgefertigte Antwortbillettchen, das er enthielt, konnte sich mit Machiavellis besten Leistungen messen. Eine der edelsten Regungen der weiblichen Natur ist nun einmal die, sich um keinen Preis »etwas zu vergeben«, das heißt, in gewissen Fällen die nackte Wahrheit zu sagen. Daher ließ Miß Milroy mit keiner Silbe ahnen, wie bitter sie ihr Benehmen bereut hatte, kaum daß Allan aus der Tür war, und in welchen Freudentaumel sie seine unverhoffte Einladung versetzte. Ihr Briefchen war das formvollendete Meisterstück einer wohlerzogenen höheren Tochter. »Papa« figurierte darin ebenso häufig wie das Wort »Picknick« in Allans Epistel. »Papa« war also so gütig gewesen, auf Mr. Armadales gütige Anregung einzugehen. »Papa« fand ebenfalls, sie hätte sich eine kleine Abwechslung verdient, und sei daher bereit, ihretwegen seine ruhigen Gewohnheiten zu unterbrechen und sich anzuschließen. Im Namen »Papas« und mit »Papas« Genehmigung sei Mr. Armadales Vorschlag hiermit dankend angenommen. Mr. Armadales Frage nach weiteren Teilnehmern betreffend, so habe »Papa« auf zwei ihrer Bekannten hingewiesen, die seit kurzem in der Stadt Thorpe-Ambrose wohnten, eine ältere, verwitwete Dame und deren Sohn, der Pfarramtskandidat und von etwas schwacher Gesundheit sei. »Papa« sei der Ansicht, ein Tag in frischer Luft würde auch diesem jungen Geistlichen gut tun. Der kommende Dienstag würde »Papa« am besten passen; bis dahin hoffe er, seine Uhr repariert zu haben. Mit »Papas« besten Empfehlungen sei sie seine sehr ergebene Eleanor Milroy.

Wer hätte hinter diesem Schreiben das jubelnde Dankgebet vermutet, das sich Miß Milroys Herzen entrungen und ungefähr gelautet hatte: »Er hat mir geschrieben – er hat mir trotz allem geschrieben – der Liebste, Beste – nie wieder werd' ich patzig zu ihm sein, solange ich lebe!« Allan vermutete nichts dergleichen; er war auch so höchst zufrieden mit dem Erfolg seines diplomatischen Schachzugs. Miß Milroy (Eleanor hieß sie!) hatte die Einladung angenommen – folglich war Eleanor nicht mehr beleidigt. Als Midwinter wieder auf der Bildfläche erschien, hätte Allan sein Glück am liebsten gleich herausgesprudelt, schluckte es aber gerade noch rechtzeitig hinunter, denn Midwinters immer noch bleiche, verschlossene Miene ließ es nicht rätlich erscheinen, das Cottage und seine Bewohner zu früh wieder zu erwähnen. Während des Abendessens griff er daher auf das ihn nicht minder fesselnde, sichere und unerschöpfliche Thema »Schiffbau und Seefahrt« zurück. Dabei waren sie noch, als sie sich hinterher rauchend im Garten ergingen und die Abendkühle genossen. Beide dachten nun an nichts anderes mehr und erschraken deshalb gleichermaßen vor der langen, schwarzen Gestalt, die ihnen plötzlich im Zwielicht aus dem dunklen Gebüsch in den Weg trat, ohne daß sie auch nur das leiseste Geräusch vernommen hätten.

»Zum Teufel, wer sind Sie?« schrie Allan.

Die Gestalt nahm den Hut ab und näherte sich zögernd. Midwinter erkannte jetzt den schüchternen Mann in Trauer, den er neulich nach dem Weg gefragt hatte.

»Wer sind Sie?« wiederholte Allan.

»Ich b-b-bitte höflichst um Entsch-schuldigung«, stammelte der Fremde und wich verwirrt zurück, »der Diener sagte mir, ich . . . ich würde Mr. Armadale jetzt im G-garten . . .«

»Ach, dann sind Sie wahrscheinlich Mr. Bashwood?«

»Ich b-bin so frei, Sir.«

»Na, dann nehmen Sie's mir nicht übel, daß ich Sie so angefahren habe«, sagte Allan, »aber ich war nicht auf Ihr Auftauchen hier gefaßt. Ja, ich bin Armadale. Setzen Sie bitte Ihren Hut wieder auf. Und dies ist mein Freund, Mr. Midwinter, der Ihre Hilfe bei den

Verwaltungsangelegenheiten benötigt.«
»Wir kennen uns schon«, sagte Midwinter. »Mr. Bashwood war so freundlich, mir vor ein paar Tagen auf der Straße Bescheid zu sagen, als ich mich verlaufen hatte.«
»Nun setzen Sie doch endlich Ihren Hut wieder auf«, bemerkte Allan leicht irritiert, da Mr. Bashwood sich fortwährend verbeugte und offenbar kein Ende mehr fand. »Wo war denn das, Midwinter?«
»Das kann ich dir nicht genau sagen. Ich kenne mich in der Gegend noch nicht genügend aus. Mr. Bashwood wird es noch wissen.«
»Na, wo war es, Mr. Bashwood?« fragte Allan jovial, um dem Mann seine Befangenheit zu nehmen, während er den Rückweg zum Haus einschlug. Aber gerade seine herzhafte, direkte Art schien Mr. Bashwoods schwaches Nervensystem dermaßen zu erschüttern, daß die belanglose Frage den gleichen ängstlich-stammelnden Redefluß auslöste, wie Midwinter ihn schon neulich erlebt hatte.
»Es war auf der Straße, Sir – auf der Landstraße vielmehr, wenn Sie gestatten –, die nach Little Gill Beck führt . . . Ja, es ist ein sonderbarer Name, Mr. Midwinter«, er wandte sich in peinlicher Beflissenheit immer abwechselnd an beide, ». . . ein seltsamer Name, Sir, für eine seltsame Gegend . . . ich meine nicht das Dorf, sondern mehr die Nachbarschaft, Pardon, ich meine die weitere Umgebung . . . im allgemeinen. Sie haben vielleicht schon von den Norfolker Broads gehört, Mr. Midwinter? Was man im übrigen England einfach Seen nennt, Sir, nennt man in Norfolk nämlich Broads . . . kurzum, es handelt sich um eine ganze Seenplatte, gewissermaßen . . . eine Eigentümlichkeit unserer Landschaft, sehr sehenswert. Sie erstreckt sich bis zur Küste, vielmehr fast bis zur Küste, immer ein See nach dem andern . . . Fast alle flach, viel Schilf . . . Einige sind durch natürliche oder künstliche Kanäle verbunden . . . sehr schön, sehr einsam. Manchmal kommen Ausflügler hin, Sir . . . Man kann dort Vergnügungsboote mieten, Mr. Midwinter. Und die Wildentenjagd im Winter ist sehr . . . ergiebig. Ja, von Little Gill Beck zum Girdler Broad, dem ersten der Seen, Sir, ist es gar nicht weit, und . . .«
Mr. Bashwood hätte vermutlich bis zum Jüngsten Tag ziellos weitergeschwafelt, wenn Allan ihn nicht mit der sachlich-präzisen Frage: »Lohnt sich auch ein Tagesausflug?«, unterbrochen hätte, denn das einzige, was ihn interessierte, war ein etwa mögliches Ziel für sein geplantes Picknick.
»O ja, Sir. Gewiß, Sir. Von diesem herrlichen Landsitz hier wäre ein Wagen- und Bootsausflug sehr leicht an einem Tage zu kom . . . kom . . . kombinieren.«
Sie hatten mittlerweile die Freitreppe erreicht. Allan führte Mid-

winter und Mr. Bashwood, der vor ehrfürchtiger Scheu kaum das Portal zu durchschreiten wagte und immer zwei Schritt zurückblieb, in die Bibliothek und befahl dem Diener, eine Flasche Wein zu bringen. Midwinter betrachtete seinen Wegweiser indessen beim Schein der Petroleumlampe genauer. Seine Gefühle waren seltsam aus Mitleid und Argwohn gemischt; doch gewann das Mitleid allmählich die Oberhand, so sehr er sich auch bemühte, sein Mißtrauen wachzuhalten. Da hockte nun dieses armselige Nervenbündel ängstlich auf der Sesselkante, in seiner abgeschabten Trauerkleidung, mit seinen wäßrig-farblosen Augen, der ehrlichen alten Perücke und dem ebenso ehrlichen Kunstgebiß – da saß Mr. Bashwood, angstvoll, höflich, verschüchtert von Allans strotzender Jugendkraft und seiner lauten Stimme; trotz seiner Furchen und Runzeln wie ein besonders scheues Kind in Gegenwart selbstsicherer, fremder Erwachsener . . . Er war in der Tat ein mitleiderregendes Geschöpf.
»Was Sie auch für Kopfschmerzen haben mögen, Mr. Bashwood«, rief Allan krampfhaft munter, als der Wein serviert war, »hiervon werden Sie keine kriegen, und wenn Sie literweise trinken! Machen Sie sich's nur bequem . . . Ich lasse Sie jetzt mit Mr. Midwinter allein, damit Sie in Ruhe Ihre Angelegenheiten durchsprechen können.« Damit wandte er sich unvermittelt zur Tür. Midwinter sah kurz sein Gesicht, als er hinausging. Kein Zweifel: Trotz der Großmut, mit der Allan seinen Mitmenschen zu begegnen pflegte, war es Mr. Bashwood gelungen, ihn zu verstimmen.
Midwinter beeilte sich, die unbehagliche Pause zu überbrücken und zur Sache zu kommen.
»Sie wissen vermutlich«, begann er, »wieso ich als vollkommener Neuling auf landwirtschaftlichem Gebiet zu dem Verwalterposten hier gekommen bin und warum ich Ihre Hilfe brauche?«
Mr. Bashwoods Miene war immer noch ängstlich und schüchtern, aber seit Allans Verschwinden doch schon eine Spur erleichtert. Er wagte sogar, ein bißchen tiefer in seinen Sessel zu rutschen und sich mit einem Schlückchen Wein Mut zu machen.
»Ja, Sir«, antwortete er dann. »Mr. Pedgift hat mich . . . wenn ich mich so ausdrücken darf . . . weitgehend informiert. Ich soll Sie unterrichten . . . ich meine natürlich, nur beraten . . .«
»Unterrichten war der einzig zutreffende Ausdruck, Mr. Bashwood. Mr. Armadale hat sich von seiner Freundschaft leider verleiten lassen, mich mit Dingen zu betrauen, von denen ich überhaupt nichts verstehe. Soviel ich gehört habe, waren Sie selbst einmal Gutsverwalter. Darf ich fragen, bei wem und wo?«
»Bei Sir John Mellowship, Sir, in West-Norfolk. Möchten Sie vielleicht . . . ich habe es bei mir . . . mein Zeugnis sehen? Sir John hätte sich möglicherweise etwas freundlicher ausdrücken kön-

nen . . . Ich beklage mich nicht, Gott behüte! Und das ist ja nun auch alles vorbei und abgetan . . .« Seine wäßrigen Augen drohten einen Moment überzufließen, und seine Lippen zitterten wie seine Hände, als er die Brieftasche zückte, ein abgegriffenes altes Dokument zum Vorschein brachte und es Midwinter überreichte.
Das Zeugnis war sehr knapp und sehr kühl formuliert, aber doch in mancher Hinsicht aufschlußreich. Vor allem hatte Sir John, »um der Gerechtigkeit die Ehre zu geben«, Kenntnisse, Fleiß und Ehrlichkeit seines Verwalters keineswegs in Abrede gestellt. Wenn es nur darum gegangen wäre, hätte er ihn gern in seinen Diensten behalten. Leider hätten jedoch die privaten und familiären Schwierigkeiten Mr. Bashwoods – und nur diese – sein weiteres Verweilen auf dem Gut nicht wünschenswert erscheinen lassen. Mit besten Wünschen für sein künftiges Wohlergehen – Sir John Mellowship. Midwinter gedachte bei dieser letzten Zeile lebhaft des eigenen Zeugnisses, das sich noch in seinem Besitz befand und mit dem man ihn vor gar nicht so langer Zeit unbarmherzig von der Schule weggeschickt hatte . . . Das Mißtrauen, das ihn in Thorpe-Ambrose jedem Zufall und jedem neuen Gesicht gegenüber erfüllte, war keineswegs abgeschwächt, aber er brachte es nicht übers Herz, es gerade jetzt in Worte zu fassen, und legte schweigend den Brief auf den Tisch.
Die kurze Pause schien für Mr. Bashwood eine neue, unerträgliche Nervenmarter zu sein. Ohne das Zeugnis wieder an sich zu nehmen, trank er in verzweifelter Kühnheit noch ein Schlückchen Wein und setzte zu neuem Redefluß an.
»Ich werde Ihnen auf jede Frage Rede und Antwort stehen, Sir. Mr. Pedgift meinte auch, weder Sie noch Mr. Armadale würden das Zeugnis allein ausreichend finden. Sir John hat nicht erwähnt – er hätte sich freundlicher ausdrücken können, aber ich beklage mich nicht, Gott behüte, wie käme ich dazu . . . Er hat nicht erwähnt, worin meine privaten und familiären Schwierigkeiten bestanden. Sie wünschen natürlich . . .?« Er stockte, verwirrte sich und verlor den Faden.
»Wenn es nur mich anginge«, sagte Midwinter mit Überwindung, »würde das Zeugnis mir völlig genügen. Aber solange ich ein solcher Neuling auf diesem Gebiet bin, sind Sie nicht nur mein Lehrer, sondern der wahre Verwalter von Thorpe-Ambrose. Es ist mir sehr peinlich, Sie auszufragen; ich habe dergleichen noch nie getan. Aber vielleicht muß ich in Mr. Armadales Interesse wirklich . . . Ich könnte mich schließlich auch an Mr. Pedgift wenden, falls Sie es vorziehen, diese für Sie wahrscheinlich schmerzlichen Dinge nicht selbst . . .« Auch er verhaspelte sich nun und wußte nicht weiter.
Die Pause war bedrückend. Mr. Bashwood litt – zu allem anderen –

auch noch an dem beklagenswerten kleinen Übel, vor Nervosität an den Händen zu schwitzen. Er angelte verstohlen nach seinem Taschentuch, rollte es zu einem lockeren Ball und betupfte sich die Handflächen, rechts, links, rechts, links, mit der Regelmäßigkeit eines Perpendikels. Was bei jedem anderen höchstens lächerlich gewirkt hätte, wirkte bei ihm und in dieser Situation grausig und herzzerreißend zugleich.

»Mr. Pedgifts Zeit ist zu kostbar«, sagte er endlich. »Ich erzähle Ihnen lieber selbst alles Nötige, Sir – wenn Sie gütigst gestatten. Ich habe mit meiner Familie ... wenig Glück gehabt und, mit Verlaub gesagt, ziemlich schwer daran getragen, so unbedeutend ich bin. Meine Frau ...« Seine Hände krampften sich um das Taschentuch und standen plötzlich still. Er schluckte, fuhr sich mit der Zunge über die Lippen und fuhr fort: »Meine Frau hat meinem Ansehen ... ein wenig geschadet. Ich muß es leider gestehen. Bald nachdem ich die Verwalterstelle bekommen hatte, fing sie an zu ... trinken. Sie konnte es sich nicht mehr abgewöhnen, und es war nicht immer vor den Leuten und der Herrschaft zu verheimlichen. Zweimal wurde sie auch gegen Sir John ... ausfallend. Er entschuldigte es, zwar nicht sehr freundlich, aber er entschuldigte es. Ich ... ich mache niemandem einen Vorwurf, weder Sir John noch ... noch meiner Frau.« Er wies mit zitterndem Finger auf den schäbigen Biberhut mit dem Trauerflor, der neben seinem Sessel auf dem Teppich stand. »Sie ist vor einem Jahr im Trinkerasyl gestorben«, flüsterte er kaum vernehmlich.

»Bitte, Mr. Bashwood, quälen Sie sich nicht mit weiteren Erzählungen«, wehrte Midwinter beklommen ab. »Das genügt, denke ich. Es erklärt alles.«

»Unendlich verbunden, Sir«, erwiderte Mr. Bashwood und nahm mit Mühe so etwas wie Haltung an. »Aber wenn ich Sie nicht zu lange belästige – Mr. Pedgift hat mir sehr genaue Anweisungen gegeben –, und weil ich meine verstorbene Frau eigentlich nur erwähnt habe, weil, wenn sie Sir Johns Geduld nicht von Anfang an auf die Probe gestellt hätte, alles vielleicht anders gekommen wäre und –« Er gab es auf, das konfuse Satzgeflecht irgendwie zu Ende zu bringen, und versuchte es mit einem anderen Anfang. »Wir hatten zwei Kinder, Sir, einen Sohn und eine Tochter. Die Kleine starb, noch ehe sie aus den Windeln war. Aber mein Sohn blieb am Leben – und er war dann die eigentliche Ursache, daß ich meine Stellung verlor. Ich habe immer nur sein Bestes gewollt, Sir, wirklich ... Als er die Schule hinter sich hatte, brachte ich ihn in einem respektablen Büro in London unter, wo man allerdings eine Kaution verlangte. Es ... es war vielleicht sehr kurzsichtig von mir, aber ich hatte keine reichen Freunde, von denen ich das Geld borgen konnte, und deshalb verbürgte ich mich selbst für die

Zahlung einer ziemlich großen Entschädigungssumme, falls mein Sohn die Erwartungen seiner Vorgesetzten nicht erfüllte. Um es kurz zu machen: Er erfüllte sie nicht. Er ... Sie werden gütigst verstehen, was ich meine, Sir, wenn ich nur sage ... Er beging einige Betrügereien. Alles, was ich bei der Firma erreichen konnte, war, daß die Sache nicht gerichtlich verfolgt wurde. Ich war wohl ein schwacher Vater, Sir ... Mein Sohn James lag mir noch immer so am Herzen, daß ich ihn mit nach Hause nahm, um bessernd auf ihn einzuwirken, aber ich hatte wenig Erfolg. Er ging bald wieder auf eigene Faust nach London, und dort ist er noch, soviel ich weiß. Als ich das letztemal von ihm hörte, verdiente er sein Brot auf ... auf nicht sehr achtbare Weise. Er war in einer Privat-Auskunftei am Shadyside-Place beschäftigt.«

Mr. Bashwood murmelte diese Nebensächlichkeit (deren Bedeutung sich erst später herausstellen sollte) mit geistesabwesendem Blick vor sich hin. Offenbar hatte er schon wieder den Faden verloren und bemühte sich vergeblich, ihn zu finden und den Rest seiner Leidensgeschichte an der richtigen Stelle anzuknüpfen.

Midwinter gab ihm verständnisvoll das gesuchte Stichwort. »Wie kam es nun, daß Sie Ihres Sohnes wegen den eigenen Posten verloren haben?«

»Ja, richtig – ergebensten Dank, Sir! Verzeihen Sie gütigst die Abschweifung! Die Firma verzichtete also auf gerichtliche Verfolgung, nicht aber auf die Kaution – und dafür hatte ich mich mit meiner Unterschrift verbürgt. Es war den Herren nicht zu verdenken; die Summe deckte ungefähr ihre Verluste. Meine Ersparnisse reichten bei weitem nicht aus, und ich mußte ... Es gab keine andere Möglichkeit, Sir, auf mein Wort ... Ich mußte ein Darlehen zu sehr hohen Zinsen aufnehmen. Mein Gläubiger war darin unerbittlich, fast grausam – aber Gott behüte, ich mache ihm keinen Vorwurf; wenn er das Geld brauchte, war es schließlich sein gutes Recht. So kam ich allmählich um mein ganzes Eigentum, und Sir John reagierte auf diese Vorgänge, wie wohl die meisten Gutsherren reagiert hätten: Er lehnte es ab, einen Verwalter zu behalten, dem ständig der Gerichtsvollzieher auf den Fersen war und dessen Möbel in der Nachbarschaft verkauft wurden. Das war das Ende, Sir; ich brauche Sie nicht mit weiteren Einzelheiten zu belästigen. Falls Sie noch Erkundigungen einziehen wollen, Sir, hier ist Sir Johns genaue Adresse ...«

Midwinter lehnte mit einer raschen, verlegenen Handbewegung ab. »Ergebensten Dank, Sir«, flüsterte Mr. Bashwood, raffte sich aus dem Sessel auf und stellte sich auf die zitternden Beine. »Dann könnten Sie höchstens noch Mr. Pedgift um ein Führungszeugnis ersuchen. Ich bin Mr. Pedgift unendlich verpflichtet, daß er mich überhaupt genommen hat, auch wenn er manchmal ein bißchen

grob ist – aber ohne ihn säße ich jetzt wahrscheinlich im Armenhaus. Ich war ja vollkommen herunter.« Er bückte sich unsicher nach seinem trauerumflorten Hut. »Nun möchte ich Sie nicht weiter aufhalten, Sir. Ich wäre Ihnen sehr dankbar, wenn Sie mir nach einiger Bedenkzeit . . .«
»Ich brauche keine Bedenkzeit«, unterbrach ihn Midwinter freundlich. Im Geiste sah er sich vor Mr. Brock stehen, nachdem *er* seine Geschichte erzählt hatte, und mit stockendem Atem *sein* Urteil erwarten. »Morgen ist Sonntag«, fuhr er fort. »Können Sie gleich Montag früh mit dem Unterricht anfangen? Pardon«, unterbrach er Mr. Bashwoods sofort einsetzendes konfuses Dankgestammel, »einen Punkt haben wir noch gar nicht besprochen: Ihr Gehalt. Soll ich Mr. Armadale für diesen letzten Teil der Unterredung herbitten lassen? Ich fürchte nur, er weiß in solchen Dingen ebensowenig Bescheid wie ich. Vielleicht überlassen wir die Festsetzung Ihrer Vergütung Mr. Pedgift?«
Mr. Bashwood strebte in größter Verlegenheit auf die Tür zu. »Ja, ja, Sir – ja! Mr. Pedgift weiß das am besten. Behelligen Sie Mr. Armadale nicht mit diesen Nebensächlichkeiten – ich bitte ergebenst darum!« Seine wäßrigen Augen flackerten verstört, als habe Midwinter gedroht, statt des Gutsherrn einen bissigen Kettenhund auf ihn loszulassen. Er durcheilte die Halle unter abgehackten Versicherungen wie: »Selbstverständlich, Sir – höchst verbunden – Montag früh also – Sie werden sehr bald das wenige lernen, was ich Sie lehren kann – gar keine Schwierigkeit – Himmel, nein, gar nicht schwierig. Wünsche Ihnen ergebenst guten Abend, Sir – ah, welch schöner Sternenhimmel – freue mich auf den Spaziergang nach Hause –«
Im angstvollen Bestreben, sich einigermaßen gewandt zu verabschieden, geriet er in hoffnungsloses Stottern, flüchtete die Freitreppe hinunter, ohne Midwinters ausgestreckte Hand zu bemerken, und verschwand im Dunkel der Nacht.
»Ist dieser Bashwood endlich weg?« meldete sich Allan aus einer der anderen Türen, die in die Halle führten.
»Ja«, erwiderte Midwinter. »Er hat mir eine sehr traurige Geschichte erzählt. Ich schäme mich jetzt ein bißchen, daß ich diesem armen Pechvogel erst mißtraut habe. Montag früh fängt er mit dem Unterricht an.«
»Na schön«, sagte Allan. »Du brauchst nicht zu befürchten, alter Junge, daß ich euch je bei euren Studien störe. Ich kann mich natürlich irren, aber Mr. Bashwood gefällt mir nicht besonders.«
»Ich kann mich auch irren«, gab Midwinter etwas pikiert zurück. »Mir gefällt er!«

Am Sonntagmorgen trieb sich Midwinter beizeiten im Park herum, um den Postboten abzufangen – auf die bloße Möglichkeit hin, daß wieder ein Brief von Mr. Brock kommen könnte. Seine Ahnung hatte ihn nicht getäuscht. Er riß das Schreiben auf, kaum daß der Mann außer Sicht war, und las folgendes:

Mein lieber Midwinter,
obwohl ich noch nichts Definitives sagen kann, will ich Sie durch eine Zwischennachricht beruhigen, da mein letzter hastiger Brief Sie sicher in große Aufregung versetzt hat. Ich hatte keine Zeit mehr, Ihnen zu erzählen, daß die Ältere der beiden Damen, die ich im Kensington-Park traf, mich später auf der Straße ansprach und mir bezüglich der Frau mit dem roten Schal (ich nenne sie der Einfachheit halber weiter so, obwohl sie jetzt helle Sommerkleider trägt) eine ganze Reihe unverschämter Lügen auftischte. Ich glaube, ihr mit dieser Feststellung kein Unrecht zu tun. Jedenfalls hat mich ihr Verhalten noch mehr in der Überzeugung bestärkt, daß eine Verschwörung gegen Allan im Gange ist und daß diese Frau die Hauptrolle darin spielt.
Selbstverständlich habe ich daraufhin bereits alle vorläufig möglichen Schritte zu Allans Schutz unternommen. Ich bin (in Begleitung meines alten Dieners Robert) aus meinem Hotel in eine Fremdenpension umgezogen, die dem Haus der beiden Frauen gerade gegenüberliegt. Robert und ich beobachten das Haus ununterbrochen, Tag und Nacht, indem wir uns gegenseitig ablösen. Ich schweige über die Gefühle, die mich als Geistlichen und Gentleman bei dieser unwürdigen Tätigkeit bewegen. Schließlich blieb mir keine Wahl, und die letzte Bitte, die Allans Mutter auf dem Sterbebett an mich gerichtet hat, rechtfertigt alles. Gott helfe uns, amen!
Unser Opfer ist schon in einiger Hinsicht belohnt worden. Die Beobachtete hat bis jetzt keinerlei Verdacht geschöpft, daß wir ihr so nahe sind, und infolgedessen habe ich endlich ihr Gesicht gesehen! Auf der Straße zeigt sie sich nach wie vor nur tief verschleiert, aber heute (Samstag) erschien sie in ihrer Sorglosigkeit mehrmals unverschleiert am Fenster und sogar auf dem Balkon. Eine genaue Beschreibung schicke ich Ihnen noch. Für heute möge genügen, daß sie genauso alt aussieht, wie sie unseren Berechnungen nach sein muß (fünfunddreißig) und bedeutend reizloser ist, als ich sie mir (ich weiß nicht, warum) vorgestellt habe.
Das ist im Moment alles. Wenn sich bis Montag oder Dienstag weiter nichts Besonderes ergibt, werde ich meinen Rechtsanwalt ins Vertrauen ziehen müssen, obgleich mir dies in hohem Grade widerstrebt. Aber ich kann die Angelegenheiten, die mich eigentlich nach London geführt haben, auch nicht mehr lange so ver-

nachlässigen wie in den letzten Tagen. Auf jeden Fall seien Sie beruhigt: Allan droht keine unmittelbare Gefahr. Ich halte Sie auf dem laufenden.

Herzliche Grüße
Ihr Decimus Brock

Midwinter verwahrte den Brief wie den vorigen neben der Niederschrift von Allans Traum und murmelte:
»Keine unmittelbare Gefahr. Wie lange noch?«
Es sollte nicht mehr lange dauern. Er wußte nicht, wie nahe das Gefürchtete schon vor der Tür stand.

Am Montagmorgen zogen sich Mr. Bashwood und Midwinter pünktlich ins Verwaltungsbüro zurück, während Allan sich mit mindestens ebensolchem Eifer der Vorbereitung seiner Landpartie widmete. Dies hielt ihn den ganzen Tag in Trab, denn unter anderem war ihm die Idee gekommen, seine neuen Rechtsanwälte – Pedgift senior und junior – als Kenner der Gegend (und in Ermangelung anderer Freunde) zu dem Picknick einzuladen. Pedgift senior entschuldigte sich unter Hinweis auf seine Arbeitsüberlastung, aber Pedgift junior nahm mit Vergnügen an und versprach, sein möglichstes zum Gelingen der Exkursion beizutragen. Allans nächster Besuch galt den Milroys, um sich zu vergewissern, daß ihnen das gewählte Ausflugsziel und das inzwischen fertige Tagesprogramm wirklich genehm waren. Miß Milroy erklärte sich huldvoll – auch im Namen Papas – mit allem einverstanden, und nun hatte Allan nur noch eine Schwierigkeit zu überwinden, nämlich Midwinter zur Teilnahme zu bewegen.
Als Allan den Plan zum erstenmal vorsichtig zur Sprache brachte, hatte Midwinter in dürren Worten erklärt, er bliebe zu Hause. Das lag nicht einmal so sehr an seiner begreiflichen Scheu, den Milroys zu bald nach seiner beschämenden Entgleisung wieder vor Augen zu treten, wie an seinem festen Willen, Mr. Bashwoods Lehrgang keinen Tag zu versäumen. Daran prallten alle Bitten und Vorstellungen seines Freundes ab. Auch mit dem letzten Überredungsversuch am Montagabend erreichte Allan nur eine Kompromißlösung: Midwinter versprach, wenn auch widerwillig, gegen Abend an den Ort zu kommen, der für das romantische »Lagerfeuer« bestimmt war – das heißt, man hatte vor, zum Abschluß des Tages im Freien Tee zu kochen und dann zurückzukehren.
Dieser letzte Programmpunkt gab Midwinter Gelegenheit, sich mit den Milroys auf freundschaftlichen Fuß zu stellen. Zu größerem Entgegenkommen war er nicht bereit, und Allan sah denn auch ein, daß es zwecklos war, in ihn zu dringen.
So kam der heißersehnte Dienstag heran. Als erster der Gäste

stellte sich der junge Pedgift ein (etwas kurzbeinig, aber sportlich-elegant und von fröhlichem Selbstvertrauen erfüllt), um alle getroffenen Arrangements zu überprüfen und auf Grund seiner Lokalkenntnisse noch zu verfeinern. Allan und er waren eifrig damit beschäftigt, als das erste schwere Problem auftauchte: Allan erhielt unvermutet ein Briefchen von Miß Milroy und dazu den Bescheid, das Dienstmädchen von dem Cottage warte auf Antwort. Diesmal hatte Miß Milroy offensichtlich keine Zeit gehabt, in die Maske der wohlerzogenen höheren Tochter zu schlüpfen, oder ihre Gefühle waren mit ihr durchgegangen. Jedenfalls waren Stil und Handschrift im Vergleich mit ihrem vorigen Schreiben beklagenswert stürmisch:

Oh, Mr. Armadale! So ein Unglück – was machen wir nun? Papa hat soeben einen Brief von Großmama wegen der neuen Gouvernante erhalten. Ihre Referenzen sind ausgezeichnet, schreibt sie, und sie (die Gouvernante) wäre bereit, sofort zu kommen. »Je schneller, desto besser«, schreibt Großmama (ich finde das ziemlich verletzend), und wir sollen sie – die Gouvernante – heute oder morgen erwarten. Nun meint Papa, wir könnten Miß Gwilt unmöglich aufs leere Nest kommen lassen – *falls* sie heute kommt –, das heißt, ohne sie selbst zu empfangen – Mama ist ja dazu leider nicht in der Lage. Was *sollen* wir nur tun? Ich weine fast vor Enttäuschung und mein erster Eindruck von Miß Gwilt ist nun der denkbar schlechteste, obgleich Großmama behauptet, sie wäre reizend. Wissen Sie einen Ausweg, lieber Mr. Armadale? Dann wäre Papa vielleicht noch umzustimmen. Bemühen Sie sich nicht mit Schreiben, sagen Sie dem Dienstmädchen irgend etwas – hoffentlich fällt Ihnen die richtige Lösung ein. Ich habe mir extra einen neuen Hut für die Landpartie angeschafft und bin ganz außer mir.

Viele Grüße!
Ihre
E. M.

»Der Teufel hole Miß Gwilt!« stieß Allan aus Herzensgrund hervor und starrte seinen jugendlichen Rechtsberater hilflos an.
»Ich habe nichts dagegen, Sir«, erwiderte Pedgift junior verbindlich. »Dürfte ich mir die Frage erlauben, worum es sich handelt?«
Allan schilderte die Lage. Der junge Pedgift mochte seine Fehler haben, aber Einfallsmangel war ihn nicht vorzuwerfen, denn er sagte sofort:
»Laden Sie die Gouvernante doch einfach mit ein!«
Allan machte vor Staunen große Augen.
»Sie brauchen ja nicht alle Wagen und Pferde für unsere kleine

Gesellschaft«, fuhr Pedgift fort. »Sehr gut. Und wenn Miß Gwilt heute kommt, kann sie nicht vor fünf hier sein. Auch gut. Um diese Zeit lassen Sie einen offenen Einspänner vor dem Cottage warten, Mr. Armadale, und ich gebe dem Kutscher genaue Anweisungen, wohin er uns nachkommen soll. Für die Gouvernante hinterlassen wir ein nettes Entschuldigungsbriefchen nebst einem Imbiß und bitten sie, den Schluß und Höhepunkt des Ausflugs noch mitzumachen, falls sie nicht zu reisemüde ist. Was meinen Sie? Ich meine, sie muß schon sehr empfindlich sein, wenn sie sich dann noch vernachlässigt fühlt!«
»Großartig!« schrie Allan. »Sie soll wie eine Fürstin empfangen werden! Ich gebe ihr die Pony-Chaise mit dem weißen Zaumzeug – die kann sie sogar selber kutschieren, wenn sie will.«
Er kritzelte ein paar Zeilen zu Miß Milroys Beruhigung, erteilte die notwendigen Befehle, und zehn Minuten später war alles zur Abfahrt bereit.

VIII

Die Landpartie

Die kleine Gruppe, die in Major Milroys Wohnzimmer darauf wartete, abgeholt zu werden, hätte auf Uneingeweihte schwerlich den Eindruck gemacht, daß sie einem Tag voll ausgesuchter Vergnügungen entgegensah. Nach ihrer Lahmheit und Trübseligkeit zu schließen, hätte es ebensogut eine Hochzeit sein können.
Selbst Miß Milroys Stimmung war umwölkt, ungeachtet der Tatsache, daß das frisch gebügelte Musselinkleidchen und der neue Federhut ihr reizend standen. Allans gekritzelte Zeilen hatten ihr zwar in kraftvollen Ausdrücken versichert, das Gouvernantenproblem sei gelöst – aber solange sie nicht wußte, *wie*, und ob ihr Vater der gleichen Meinung sein würde, wagte sie noch nicht recht an die Landpartie zu glauben. Außerdem war ihr klar, daß dem Major, der sich in einen jahrelang nicht getragenen, zu eng gewordenen blauen Anzug gezwängt hatte, ein Hindernis in letzter Minute gar nicht so unwillkommen gewesen wäre, denn ohne seine Uhr war er wie ein Fisch auf dem Trockenen, und daß er diesen Zustand ihr zuliebe einen ganzen Tag lang erdulden sollte, war fast zuviel verlangt. Was nun die Witwe Pentecost und ihren Sohn, den Pfarramtskandidaten Samuel mit der schwachen Gesundheit, betraf, die von Allan unbekannterweise mit eingeladen worden waren, so hätte man in ganz Großbritannien lange nach

zwei Leuten suchen müssen, die weniger Anregung und Heiterkeit zu der Unternehmung beizusteuern versprachen. Ein bleicher junger Mann mit grüner Brille und wehem Lächeln mag ein Ausbund von Weisheit und Tugend sein – aber für ein Picknick ist er möglicherweise nicht ganz der rechte Mann. Eine fast taube alte Dame, deren Gedanken sich einzig und allein um ihren Sohn drehen und die, sooft er den Mund auftut (was in diesem Fall allerdings selten vorkam), augenblicklich schreit: »Was hat mein Sohn gesagt?«, mag wegen ihrer Schwerhörigkeit bedauert und wegen ihrer Mutterliebe respektvoll bewundert werden – aber auch sie sollte man, wenn möglich, nicht gerade zu einem Picknick einladen. Doch was half es? Da saßen sie nun unter dem Motto: »Laßt uns essen, trinken und fröhlich sein« als Gäste des Gutsherrn von Thorpe-Ambrose und harrten der Dinge, die da kommen sollten.
Glücklicherweise blies das Erscheinen Allans, nebst seinem getreuen Helfer Pedgift, einigen frischen Wind in die schlaffen Stimmungssegel. Der Plan, die Gouvernante nachkommen zu lassen, falls sie überhaupt heute schon eintraf, fand sogar die Zustimmung Major Milroys. Miß Milroy schrieb in artigster Schönschrift ein paar entsprechende Zeilen an Miß Gwilt, lief noch einmal hinauf, um ihrer Mutter auf Wiedersehen zu sagen, kehrte lächelnd und sichtlich erleichtert zurück und verständigte ihren Vater mit einem Blick, daß oben alles in Ordnung sei und ihrer Entfernung nichts mehr im Wege stünde. Die Gesellschaft begab sich also zu den am Gartentor wartenden Wagen und beratschlagte, wie man sich zu placieren habe.
Bei dieser zweiten ernsten Schwierigkeit erwies sich der junge Pedgift, wie schon bei der erstens als unübertrefflicher Retter in der Not. Als Idealbeispiel des modernen jungen Mannes war er stets imstande, sich zu amüsieren, ohne seine Geschäftsinteressen auch nur einen Moment außer acht zu lassen. Einen Klienten wie den Gutsherrn von Thorpe-Ambrose fanden sein Vater und er nicht alle Tage, und daher betrachtete er es als seine Hauptaufgabe, Allan auf diesem Ausflug ganz speziell, aber unaufdringlich zu umsorgen. Die zarten Beziehungen zwischen Miß Milroy und seinem Klienten hatte er natürlich auf den ersten Blick erkannt, und er verhielt sich dementsprechend, indem er sich – auf Grund seiner Lokalkenntnisse – erbot, die Führung im ersten Wagen zu übernehmen, wenn der Major Milroy und der junge Geistliche ihm die Ehre erweisen wollten, bei ihm Platz zu nehmen . . .
»Sie als Offizier werden sich nämlich besonders für die Reste eines römischen Feldlagers interessieren, das ich Ihnen zeigen kann«, wandte er sich strahlend an den Major, »und Sie« (jetzt wurde der Pfarramtskandidat geködert) »machen mir vielleicht die Freude,

Ihre Meinung über das neue Waisenhaus in Little Gill Beck zu äußern, zu dessen Bau mein Vater beigetragen hat!« So brachte er die beiden Herrn in seinen Wagen, ehe sie bis drei zählen konnten, und das selbstverständliche Resultat war, daß Allan und Miß Milroy zusammen fahren durften, wobei durch die Anwesenheit einer tauben alten Dame immerhin auch für die Schicklichkeit gesorgt war.

Nie hätte Allan auf ein so ausgedehntes Zusammensein mit Miß Milroy zu hoffen gewagt, wie es ihm die über einstündige Fahrt zu der berühmten Seenplatte bot. Die gute, dicke alte Dame machte das Glück der jungen Leute vollkommen (nachdem sie fünf Minuten von ihrem Sohn geredet hatte), indem sie nicht nur taub blieb, sondern auch blind wurde: Sie schlief in ihrer weichen Polsterecke, umfächelt vom lauen Sommerwind, friedlich ein. Allan raspelte Süßholz, Miß Milroy nahm dieses sehr begehrte Produkt des menschlichen Liebeshandels nicht ungern entgegen, und die Nase der Witwe Pentecost flötete dazu eine liebliche Begleitung auf zwei Tönen. Das Süßholzraspeln (nicht das Schnarchen, eine von Natur ernstere und zähere Angelegenheit) wurde nur gelegentlich durch Zurufe aus dem voranfahrenden Wagen unterbrochen, denn der junge Pedgift vergaß seine Pflichten nicht; von Zeit zu Zeit erhob er sich und schrie Allan durch die hohle Hand in den geistreichsten Redewendungen zu, welche Sehenswürdigkeiten sie just passierten. »Ja, wunderbar!« brüllte Allan dann jedesmal zurück, worauf der junge Pedgift befriedigt wieder im eigenen Wagen untertauchte und seine Nachbarn zur Rechten und zur Linken weiterhin mit alten Römern und Waisenkindern unterhielt.

Dabei hätte die Landschaft, die sie durchfuhren, von allen Teilnehmern etwas mehr Aufmerksamkeit verdient. Sie näherten sich allmählich einer der schönsten und eigentümlichsten Gegenden, die nicht nur Norfolk, sondern ganz England zu bieten hat. Bisher hatten sich nur Kirchtürme und Windmühlen als besondere Augenpunkte über das flache, grüne Marschland erhoben, aber plötzlich erschienen auch Segel am Horizont – Segel von unsichtbaren Schiffen auf unsichtbaren Gewässern. Diese gleitenden Segel glichen hier, tief im Binnenland, einer Fata Morgana. Aber nach und nach sah man auch zum Trocknen ausgespannte Fischernetze vor den Bauernhütten; kleine flache Boote lagen sonderbar ortsfremd zwischen bunten Gärtchen und Hühnerställen, und die Bauern selbst trugen Wasserstiefel zur üblichen Tracht des Ackerbürgers . . . Doch immer noch war das tiefer liegende, geheimnisvolle Wasserlabyrinth der Broads den Blicken verborgen. Wenige Minuten später bogen die Wagen von der festen Landstraße in einen schmalen, grünen Feldweg ein, und hier merkte man sofort, wie feucht und schwammig der Boden war, auf dem die Räder nun

vollkommen geräuschlos weiterrollten. Noch eine Wendung, und der Weg hörte plötzlich auf: Eine weite, glatte Wasserfläche, in der sich der blaue Sommerhimmel spiegelte, breitete sich unversehens vor den Ausflüglern aus – der erste der weltverlorenen, märchenhaften Norfolker Seen war erreicht.
Die Wagen hielten, das Liebesgeflüster brach jäh ab, die verehrungswürdige Witwe Pentecost erwachte im Nu und sah Allan streng an.
»Sie denken natürlich, ich habe geschlafen«, grollte sie, »aber Sie irren sich!«
Hier zeigte sich ein typischer Unterschied zwischen Mann und Weib: Während Allan tatsächlich vor Verlegenheit errötete, brach Miß Milroy in unschuldiges, perlendes Lachen aus, umarmte die alte Dame und rief: »Wie könnte Mr. Armadale so etwas denken! Natürlich wissen wir beide, daß Sie die ganze Zeit hellwach waren!«
»Ich möchte nur betonen«, fuhr die mißtrauische Witwe fort, »daß ich bei Wagenfahrten die Augen schließen muß, sonst werde ich schwindlig. Aber die Augen schließen und schlafen, Mr. Armadale, sind zwei ganz verschiedene Dinge. Wo ist mein Sohn?«
Kandidat Samuel erschien schweigend am Kutschenschlag und half seiner Mutter beim Aussteigen. »Hat dir die Fahrt gutgetan, Sammy?« erkundigte sie sich zärtlich. »Herrliche Landschaftsbilder, nicht wahr?« Inzwischen wuselte Pedgift der Jüngere schon emsig herum, um den nächsten Programmpunkt mit einem Bootsmann zu besprechen. Major Milroy setzte sich geduldig auf ein umgekehrtes Boot und sah heimlich nach der Uhr. War es schon Mittag? Ja, es war fast eins – und zum erstenmal seit vielen Jahren hatte seine geliebte Uhr daheim ohne ihn ihre Vorstellung gegeben. Ob es wohl heute geklappt hatte? Mit einem leisen Seufzer steckte er die Taschenuhr wieder ein. »Ich bin zu alt für Ausflüge«, dachte er, zerstreut um sich blickend. »Es macht mir keinen besonderen Spaß mehr. Nun kommt also noch eine Kahnpartie . . . Wo steckt eigentlich Nelly?«
Nelly – offiziell Miß Milroy – steckte mit dem Gastgeber hinter einem der Wagen, denn sie waren in einem tiefgründigen Gespräch über ihre gegenseitigen Vornamen begriffen. Allan war außerdem so nahe daran, seiner schönen Gefährtin einen unumwundenen Heiratsantrag zu machen, wie es nur je ein unvorsichtiger junger Mann von zweiundzwanzig Jahren gewesen ist.
»Bitte, antworten Sie mir ganz aufrichtig«, sagte Miß Milroy eben mit züchtig gesenkten Augen, »haben Sie nicht einen Schreck bekommen, als Sie zum erstenmal meinen Vornamen lasen?«
»Mir gefällt alles, was zu Ihnen gehört«, beteuerte Allan begeistert. »Eleanor ist ein wunderbarer Name! Aber Ihr Herr Vater

nennt Sie Nelly, wie ich ein paarmal gehört habe, und das gefällt mir beinahe noch besser.«

»Sehr verständlich, Mr. Armadale«, erwiderte Miß Milroy mit großem Ernst. »Es gibt einige unglückliche Wesen in der Welt, deren Taufnamen – wie soll ich es ausdrücken – Mißgriffe sind. Der meinige ist ein solcher Mißgriff. Meine Eltern können nichts dafür, denn man kann ja einem Baby unmöglich ansehen, wie es sich entwickelt. Leider habe ich mich meinem Namen nicht angepaßt. Bei Eleanor denkt doch jeder an eine hochgewachsene, edle, interessante Schönheit – also an das genaue Gegenteil von mir! So, wie ich aussehe, wirkt der Name einfach lächerlich. Nelly hingegen – das mag eben noch hingehen, das paßt, wie Sie selbst sehr richtig bemerkt haben. Nein, nein – nun fangen Sie nicht wieder an, mir Rosinen in den Kopf setzen zu wollen; das Thema *meines* Namens langweilt mich; ich denke jetzt an einen andern, der weitaus mehr der Rede wert ist . . .« Sie hob die Wimpern zu einem Blick, der deutlich sagte: »*Ihr* Name natürlich.«

Dann schlug sie die Augen wieder nieder und betrachtete den Boden wie ein besessener Geologe, der soeben eine ungemein interessante Erdschicht entdeckt hat.

»Welcher Name denn?« erkundigte sich Allan flüsternd.

Miß Milroy richtete ihre Antwort an die neuentdeckte Erdschicht, die wohl eine besonders hohe Leitfähigkeit besaß. »Wenn ich ein Mann wäre, würde ich nicht anders heißen wollen als . . . Allan!« Damit wandte sie plötzlich den Kopf ab und ihr Interesse dem Wagen zu. »Wie herrlich der Lack glänzt!« rief sie. »Womit mag dieser Hochglanz nur erzielt werden?«

Männer können hartnäckig sein. Allan weigerte sich in diesem Fall rundweg, auf die mutmaßlichen Kniffe der Wagenlackierer einzugehen. Statt dessen flüsterte er glühend: »Wenn Ihnen mein Name wirklich so gefällt, nennen Sie mich doch einfach Allan, bitte – und wenn's nur mal probeweise wäre!«

Sie zögerte. Das Rot ihrer Wangen vertiefte sich merklich, und nach ein paar Sekunden schüttelte sie lächelnd den Kopf. »Ich bring's nicht heraus . . . Nicht gerade jetzt.«

»Aber darf ich Sie Nelly nennen? Oder finden Sie es zu . . . überstürzt?«

Sie sah ihn an. Die musselinbedeckte Büste hob und senkte sich in beschleunigtem Tempo, aber in ihre dunkelgrauen Augen trat ein bisher noch nicht wahrgenommener, weicher Schimmer. »Das müssen *Sie* am besten wissen«, antwortete sie kaum hörbar.

Der hierauf einzig mögliche Satz lag bereits auf Allans Zunge, als der abscheuliche, schrille Tenor des jüngeren Pedgift dazwischenkrähte: »Mr. Armadale, wo sind Sie denn?«, von der anderen Seite eulenartige grüne Brillengläser aufblinkten und die taube Witwe

sich kreischend erkundigte, ob schon jemand ertrunken sei. Allan zischte etwas Unverständliches durch die Zähne und begab sich notgedrungen zu Pedgift, während Miß Milroy leise seufzte und tief aufgewühlt bei ihrem Vater Zuflucht suchte.
»Alles startbereit!« meldete Pedgift seinem Klienten mit strahlendem Diensteifer. »Ich habe das größte Boot genommen, in das wir alle zusammen hineinkönnen. Die kleinen Kähne da«, fügte er gedämpft hinzu, während er mit Allan zum Landesteg voranging, »fassen außer dem Bootsmann nur zwei Personen und kippen leicht um, und der Major hält es für seine Pflicht, mit seiner Tochter zu fahren, wenn die Gesellschaft sich trennen muß. *Das* wäre wohl kaum in Ihrem Sinne, Sir . . . Außerdem fürchte ich, daß die alte Dame (ich schätze sie auf annähernd zwei Zentner Lebendgewicht) einen solchen Kahn schon beim ersten Einsteigeversuch zum Kentern bringt, was uns alle ziemlich aufhalten und die Stimmung beeinträchtigen würde. Nun, was halten Sie von diesem eleganten Fahrzeug, Mr. Armadale?«
Das Fahrzeug war so absonderlich wie die ganze übrige Szenerie. Vor Allans fachmännischen Blicken erwies es sich als ein ausgedientes altes Rettungsboot, das einst manchen Sturm auf den wilden Ozeanen erlebt haben mochte und seine Tage nun auf den sanften, glatten Wellen der Broads beschließen durfte. Man hatte es mit einer gemütlichen kleinen Kajüte und einem für die Binnenschiffahrt geeigneten Segelmast ausgestattet. Für die kleine Gesellschaft, einschließlich der drei Lakaien und der Picknickkörbe, blieb Platz genug. Allan klopfte seinem tüchtigen Festordner anerkennend auf die Schulter, und sogar die Witwe Pentecost sah dem weiteren Verlauf des Tages relativ heiter entgegen, nachdem das schwierige Geschäft des Einsteigens ohne Zwischenfall überstanden war.
»Wenn irgend etwas passieren sollte«, verkündete sie laut, »mein Sohn kann schwimmen.«
Es war jedoch kaum wahrscheinlich, daß der bebrillte Kandidat dies beweisen mußte. Sanft glitt das Boot einem Grüppchen grüner Schilfinseln zu, die man am anderen Ende des Sees gewahrte. Miß Milroy war entzückt, Allan fühlte sich ganz in seinem Element, und der Major vergaß sogar zeitweilig seine Uhr, kurzum: Jeder empfand die Schönheit des Tages auf seine Weise. Mrs. Pentecost genoß sie nach Art einer Hellseherin, mit geschlossenen Augen.
»Schauen Sie sich mal um, Mr. Armadale«, raunte der junge Pedgift, »ich glaube, der Kandidat kommt allmählich in Stimmung!«
Der bleiche Gottesmann begann tatsächlich eine ungewöhnliche Lebhaftigkeit an den Tag zu legen, die den Verdacht erregte, daß sich Großes – etwa eine Predigt – in ihm Bahn brach. Er drehte den

Kopf mehrmals wie ein Vogel nach rechts und links, räusperte sich, faltete die Hände, und die grüne Brille richtete sich mit mildem Interesse der Reihe nach auf jeden einzelnen der Anwesenden. Zweifellos, der Geist kam über ihn, und man konnte sich plötzlich erschreckend klar vorstellen, wie er sich auf der Kanzel ausnahm.
»Selbst in dieser stillen, lieblichen Umgebung«, begann er leise den ersten Satz, den er seit der Morgenbegrüßung zur allgemeinen Unterhaltung beisteuerte, »selbst in dieser idyllischen Ruhe kann das christliche Gemüt nicht umhin – da die Extreme sich bekanntlich berühren –, der Unsicherheit alles irdischen Glücks zu gedenken. Wie, wenn diese Ruhe trügerisch wäre? Wie, wenn ein Sturm sich erhöbe und die aufgewühlten Wogen uns alle unter sich begrüben?«
»Keine Sorge, Sir«, tröstete Pedgift der Jüngere, »Juni und Juli sind hier im allgemeinen wettersicher – und Sie können ja schwimmen.«
Mrs. Pentecost, von der Geistestätigkeit ihres Sohnes offenbar mesmerisiert, riß unvermittelt die Augen auf und fragte eifrig: »Was hat mein Sohn gesagt?«
Kandidat Samuel wiederholte alles, Wort für Wort, in einer Tonstärke, die der Schwerhörigkeit seiner Mutter angepaßt war. Sie nickte begeistert und spann seinen Gedanken unter Verwendung ihres biblischen Zitatenschatzes aus:
»Er fährt daher im Wirbelsturm, Sammy, und gebietet den Winden!«
»Ein großes Wort! Ein edles Wort! Ein tröstendes Wort!« brüllte der Kandidat.
»Lieber Himmel«, flüsterte Allan, »wie stellen wir ihn jetzt wieder ab?«
»Leider sind Rettungsboote furchtbar schwer umzukippen«, flüsterte Pedgift zurück. »Wir können ihm nur auf eine Weise den Mund stopfen – es ist ohnehin fast drei. Wie wäre es, wenn wir die Picknickkörbe auspackten?«
Pedgifts Findigkeit war beispiellos. In fünf Minuten war das Boot an einer flachen Stelle zwischen dem Schilf zum Halten gebracht, der Inhalt der Körbe wurde auf dem Kajütendach ausgebreitet, und die Beredsamkeit des Kandidaten Samuel versiegte augenblicklich, denn es stellte sich heraus, daß er noch gewaltiger essen konnte als reden, und seine Mutter sorgte mit Argusblicken dafür, daß ihr zarter Junge ja nicht zu kurz kam.
Als endlich alle Teller, Flaschen und Gläser leer waren, strich schon das erste kühlere Lüftchen des langen Mittsommertages über die erhitzten Wangen der Gesättigten hin, und aller Augen richteten sich träge auf Pedgift. Was nun, damit sich keine Verdauungsschläfrigkeit ausbreitete? Der unermüdliche Maître de plaisir

war auf alles vorbereitet und wußte schon wieder etwas. »Wie wär's mit einer kleinen Wassermusik, Miß Milroy?« fragte er mit weltmännischer Leichtigkeit – Oh, Miß Milroy vergötterte Musik, ganz gleich, ob auf dem Wasser oder anderswo – nur nicht zu Hause, wenn sie selbst Klavier üben mußte.
»Fein. Dann wollen wir nur erst wieder in Fahrt kommen.« Er sagte den Bootsleuten Bescheid, verschwand einen Moment in der Kajüte und kam mit einer umgehängten Ziehharmonika wieder zum Vorschein. »Meine Damen und Herren? Darf ich mich als bescheidener Musikamateur vorstellen? Ich kann ein bißchen singen und mich dazu begleiten. Wenn niemand Einspruch erhebt, wird es mir ein Vergnügen sein, Ihnen –«
»Halt!« unterbrach Mrs. Pentecost mit Donnerstimme. »Ich liebe die Musik!«
Alles erstarrte bei diesem Bekenntnis, während sie hastig in ihrem riesigen Pompadour kramte und ein trompetenförmiges Hörrohr der altmodischen Art hervorzog. »Ich benutze das Ding nur selten«, erläuterte sie harmlos, »denn hinterher bin ich immer tauber als vorher. Aber Musik kann und will ich nicht missen! Ich schwärme für Musik! – So, junger Mann, jetzt können Sie anfangen.«
Pedgift der Jüngere hatte seinen Schock rasch überwunden, und Lampenfieber kannte er ohnehin nicht. Er gab also eine ganze Reihe von Liedern zum besten – nicht das moderne, leichte Zeug, das man bei seinem Alter und seinem sonstigen Wesen erwartet hätte, sondern vorwiegend kühne, patriotische Balladen, wie das englische Volk sie zu Beginn des Jahrhunderts liebte und auch heute noch liebt. »Sie müssen mir sagen, wann Sie genug haben«, bemerkte er zwischendurch. »*Ich* habe keine Hemmungen. Nun zur Abwechslung vielleicht mal was Gefühlvolles? Etwa ›Der Mistelzweig‹ oder ›Arme Mary Anne‹?«
Nachdem er dem allgemeinen Verlangen, beide Lieder zu hören, entsprochen hatte, schlug Pedgift respektvoll vor, nun sollten sich auch einmal andere Sangeslustige hören lassen. Er traue sich zu, jeden »irgendwie« zu begleiten, wenn der Vortragende nur so freundlich sein wollte, ihm vorher die jeweilige Tonart anzugeben.
»Ja, weiter, weiter!« schrie die Witwe Pentecost enthusiastisch. »Ich schwärme für Musik! Wir können beide gar nicht genug bekommen – nicht wahr Sammy?«
Der Kandidat erwiderte nichts, wofür er wohl seine eigenen Gründe haben mußte – diesmal allerdings nicht im Busen, sondern etwas tiefer. Unselige Menschheit! Selbst die reinste Mutterliebe kann mit irdischen Makeln behaftet sein. Ihrem übertriebenen Fütterungsinstinkt verdankte der Sohn jetzt eigenartige innere Umwälzungen und allmählich aufsteigende Übelkeitsgefühle. Aber sein Schweigen fiel nicht weiter auf, und auf sein Gesicht

achtete niemand, da im Moment jeder jeden zum Singen ermunterte. Miß Milroy flehte den Gastgeber geradezu leidenschaftlich an: »Bitte, bitte, Mr. Armadale, singen Sie etwas! Ich möchte Sie so gern hören!«
»Warum nicht?« meinte Allan gutmütig. »Ich kenne einen Haufen Melodien – das Schlimme ist bloß, daß ich die Texte nie behalten kann. Vielleicht schaffe ich ein irisches Volkslied. Meine arme Mutter hatte eine Schwäche für irische Musik; von ihr habe ich als Kind viel gehört.«
»Englisch, schottisch, irisch – auf musikalischem Gebiet bin ich überall zu Hause, Sir«, versicherte Pedgift junior und bewies es mit einem kühn improvisierten Präludium, in dem von jedem etwas vorkam. »Was soll's denn werden?«
»Das mit der Rosamunde, das kennt jeder . . . Wie fängt nur der Text an?«
»Meinen Sie: ›O wehe der Stunde‹? Nichts leichter als das.« Pedgift griff ein paar Akkorde. »Ist die Tonart so recht? Also dann – schießen Sie los, Sir!«
Mrs. Pentecost richtete ihr Hörrohr begierig auf Allans Lippen, und Allan erhob die Stimme:

»O wehe der Stunde,
da einst Rosamunde . . .«

begann er und hörte ratlos wieder auf. Zwei Takte später hörte auch die Begleitung auf. Das Publikum wartete.
»Zu dumm«, sagte Allan, »eben hab' ich den Text noch gewußt, und jetzt ist er wie weggeblasen. Versuchen wir's noch einmal; notfalls behelfe ich mich eben mit Lala . . .

O wehe der Stunde,
da einst Rosamunde . . .«

». . . den falschen Schwüren des Ritters erlag«, soufflierte Mrs. Pentecost.
»Danke, Ma'am«, sagte Allan höflich. »Nun kann bestimmt nichts mehr passieren.« Und er begann zum drittenmal:

»O wehe der Stunde,
da einst Rosamunde
den falschen Schwüren des Ritters erlag!
Der Mond schien so helle –«

»Nein!« protestierte Mrs. Pentecost.
»Ich bitte sehr um Verzeihung, Ma'am«, verteidigte sich Allan, »aber es geht doch so weiter: ›Der Mond schien so helle . . .«
»Der Mond tat nichts dergleichen! ›Der Mond hielt verborgen sein Licht bis zum Morgen – o Rosamunde, nun kommt's an den Tag!‹« deklamierte die Witwe.
Allan verbeugte sich dankend und öffnete den Mund abermals, aber ehe er den ersten Ton hervorbrachte, fuhr der Kandidat

plötzlich geisterbleich von seinem Platz in die Höhe und krallte die Finger konvulsivisch in seine Weste.
»Was ist denn mit Ihnen, Mr. Pentecost?« rief die erschrockene Gesellschaft im Chor.
»Mir ist so schlecht«, stöhnte der Kandidat.
In dem allgemeinen Aufruhr, der jetzt entstand, verstarb Rosamunde sang- und klanglos. Aber die Aufregung war ziemlich überflüssig, denn der Kandidat hatte eine Mutter, und die Mutter hatte einen Pompadour, dessen unergründliche Tiefe auch Medizinfläschchen aller Art barg.
»Sanft massieren, Sammy«, kommandierte sie. »Ich gebe dir gleich etwas . . . Kann nicht einer solange mein Hörrohr halten? Der Ärmste hat einen so schwachen Magen, Major. Und nun Schluß mit der Musik!« Sie schüttelte drohend den Zeigefinger gegen Mr. Pedgift. »Oder singen Sie einen Choral, wenn Sie meinem Sohn auf Ihre Art helfen wollen!«
Pedgift verzichtete auf den Choral, zumal er einen besseren Vorschlag machen konnte. Das Boot wechselte auf seine Anweisung hin den Kurs und landete in wenigen Minuten an einer kleinen Insel, in deren Schilf- und Rohrdschungel nur eine einzige, einsame Hütte stand.
»Meine Damen und Herren«, verkündete Pedgift, »hier kann ich Ihnen eine weitere Norfolker Eigentümlichkeit zeigen. Wollen Sie sehen, wie die Rohrschneider leben?«
Allan stimmte eifrig zu. Jede Ablenkung von Mrs. Pentecost und ihrem erkrankten Sohn, der sich bereits in Behandlung befand, war jetzt willkommen. Er und Pedgift halfen Miß Milroy galant aus dem Boot, der Major folgte, und nur die Witwe Pentecost blieb unbeweglich wie eine ägyptische Sphinx und hütete ihren Sammy, der sich inzwischen mit einer reichlichen Dosis Medizin im Leib auf der Seitenbank ausgestreckt hatte.

IX

Zufall oder Schicksal?

Es ging stark auf sechs, als Allan und seine Gäste die Insel betraten, und schon begann sich geheimnisvolle Abendstimmung über der einsamen, seltsamen Szenerie der Broads auszubreiten.
Diese Inselwildnis ähnelte keiner anderen. Hütte und Garten des Rohrschneiders sahen zwar ganz normal aus, standen aber auf schwankendem Grund, der unter jedem Schritt nachgab. In den

Fußstapfen der Besucher bildeten sich sofort kleine Pfützen. Die aus geteerten Brettern erbaute Behausung stand auf einem unsichtbaren Pfahlsystem, wie Pedgift erklärte, sonst wäre sie längst versunken. Daneben ragte ein kleiner hölzerner Aussichtsturm, der im Winter als Anstand für die Entenjäger diente. Jetzt bot er den Gästen einen prächtigen Überblick über das weite, kreuz und quer von silbrigen Gräben und Wasserspiegeln durchgezogene Marschland.

Die Rohrschneiderfamilie lud die Besucher gastfreundlich in die Hütte ein, die im Innern sehr gemütlich war und mit ihrer niedrigen Balkendecke und den winzigen Fenstern an eine Schiffskajüte erinnerte. Die gesunden, rotbackigen Kinder spielten mit Allan und Miß Milroy Verstecken, und der Familienvater erzählte spannende Geschichten von den Spritschmugglern, die früher ihre Fäßchen in den Broads zu versenken pflegten, weit außer Sicht der Küstenwache . . . Der einzige, der bei alledem die Uhr im Auge behielt und der verlassenen Pentecosts gedachte, war Pedgift der Jüngere. Endlich nahm er bei passender Gelegenheit Allan beiseite und sagte leise:

»Ich möchte nicht drängen, Mr. Armadale, aber die Zeit verfliegt, und wir sind schließlich noch mit einer Dame verabredet!«

»Mit welcher Dame?« fragte Allan verdutzt.

»Darf ich Sie an eine gewisse Pony-Chaise mit weißem Zaumzeug erinnern?« half Pedgift seinem Gedächtnis lächelnd nach.

»Himmel, die Gouvernante!« rief Allan. »Die hab' ich ja vollkommen vergessen!«

»Kein Grund zur Aufregung, Sir; wenn wir jetzt gleich aufbrechen, haben wir noch reichlich Zeit. Wir haben Miß Gwilt an den Platz bestellt, wo wir das Lagerfeuer machen wollen. Dieser Ort befindet sich am Ufer des nächsten Sees, der Hurle Mere heißt. Erinnern Sie sich nun?«

»Richtig, Hurle Mere!« sagte Allan. »Dahin wollte auch Midwinter nachkommen. Den dürfen wir keinesfalls versetzen – und die Gouvernante auch nicht, natürlich. Wo ist der Major?«

Der Major war gerade im Begriff, den Aussichtsturm zu ersteigen, und Pedgift konzedierte ihm dazu nicht nur weitere fünf Minuten, sondern machte sich auch gleich wieder nützlich, indem er mit hinaufkletterte, um das Panorama schneller und besser zu erklären, als es der Rohrschneider je vermocht hätte. Allan blieb indessen in tiefen Gedanken vor der Hütte stehen. Sein kurzes Gespräch mit Pedgift hatte ihm zum Bewußtsein gebracht, daß er den ganzen Tag überhaupt nicht an Midwinter gedacht hatte. Das war, seit er ihn kannte, noch nie vorgekommen, und er verspürte so etwas wie Gewissensbisse, als er sich den treuen Freund vorstellte, der für ihn über den Geschäftsbü-

chern gehockt hatte, während er sich nach Herzenslust amüsierte. »Braver alter Ozias!« dachte Allan gerührt. »Ich bin froh, daß ich ihn wenigstens am Hurle Mere wiedersehe – ein ganzer Tag ohne ihn ist doch nichts Rechtes!«
»Sie denken gerade an jemand, Mr. Armadale«, sagte eine sanfte Stimme hinter ihm. »Oder irre ich mich?«
Allan drehte sich rasch um und erblickte Miß Milroy, die ihrerseits gewisser zärtlicher Gespräche gedachte und die Gelegenheit günstig fand, ihren Verehrer zu weiteren Geständnissen zu ermuntern.
»Sie merken aber auch alles«, sagte Allan. »Ja, ich habe sehr intensiv an jemanden gedacht.«
Miß Milroy warf ihm einen leuchtenden Blick zu und senkte dann die Augen. Bei dem Gedanken an das, was jetzt kommen mußte, wurden ihr die Knie weich. Nur mit einem kleinen Hinauszögern konnte sie hoffen, die nötige Haltung zu wahren.
»Ich auch«, sagte sie deshalb leise. »Wenn ich Ihnen den ersten Buchstaben des Namens sage, an den ich gedacht habe – nennen Sie mir dann auch den ersten Buchstaben von . . . von *Ihrem* Jemand?«
»Was Sie wollen!« versicherte Allan enthusiastisch.
Sie senkte das Köpfchen noch tiefer. Gleich war es so weit. »Also – wie ist der erste Buchstabe?« hauchte sie.
Allan lachte und sagte: »M.«
Sie zuckte ein wenig zusammen. Sonderbar, daß er an sie noch unter ihrem Familiennamen dachte: . . . aber was machte das schon aus, solange er überhaupt an sie dachte!«
»Und Ihrer?« wollte Allan nun wissen.
Sie errötete, lächelte und flüstere widerstrebend: »A – wenn Sie es durchaus wissen müssen!« Ein vorsichtiger Blick belehrte sie, daß dieses A seine Wirkung getan hatte, und nun zog sie die Wonne dieser Minuten absichtlich und genußvoll in die Länge. »Wie viele Silben hat Ihr Jemand?« fragte sie weiter.
Hierauf konnte nur ein reiner Tor so dumm antworten, wie es Allan tat. Allan bewies seine bodenlose, erschütternde Unkenntnis der Frauenseele, indem er so wahrheitsgemäß antwortete, als ob er einen Tatbestand vor Gericht aussagen müßte: »Drei.«
Miß Milroys gesenktes Köpfchen flog in die Höhe, und ihre weit aufgerissenen Augen starrten ihn verständnislos an. »Drei?« wiederholte sie mit lahmer Zunge.
Allan begriff auch jetzt noch nicht; seine Natur war zu geradlinig. Er sah nur, daß Miß Milroy offenbar eine Erklärung brauchte und er gab sie ihr. »Meine Orthographie ist zwar mangelhaft«, sagte er mit fröhlichem Lachen, »aber ich glaube, Midwinter läßt sich ohne weiteres in drei Silben teilen. Nun müssen Sie mir auch ganz

genau sagen, an wen Sie gedacht haben, bitte! Was mag wohl mit A anfangen?«
»Das Alphabet!« schleuderte sie ihm vernichtend entgegen, wandte sich mit einem Ruck ab und ging zum Anlegeplatz des Bootes.
Allan war wie vom Donner gerührt. Eine Ohrfeige von Miß Milroys zartem Händchen (zu der sie zweifellos die größte Lust gehabt hätte) wäre für ihn kaum weniger verwirrend gewesen. »Was hab ich ihr denn bloß getan?« dachte er hilflos. Er hatte keine Zeit mehr, dem Problem auf den Grund zu kommen, denn der Major und Pedgift waren mit ihrer Besichtigung fertig und gingen mit ihm zum Boot zurück. »Ich bin neugierig, was sie jetzt zu mir sagt.«
Sie sagte gar nichts – jedenfalls nicht zu ihm. Sie würdigte Allan keines Wortes und keines Blickes mehr. Sie saß mit blitzenden Augen und hochgeröteten Wangen auf ihrem Platz und nahm an allem das tiefste Interesse: an den Genesungsfortschritten des Kandidaten, an den Meinungsäußerungen seiner Mutter, an Mr. Pedgift junior (dem sie sogar ostentativ neben sich Platz machte), am ferneren Schicksal der zurückbleibenden Rohrschneiderfamilie – an allem und jedem, nur nicht an dem jungen Mann, dessen Heiratsantrag sie noch vor zehn Minuten mit dem größten Vergnügen angenommen hätte. »Das verzeihe ich ihm nie!« schwor sie sich im stillen. »Welch eine Demütigung! Während ich an *ihn* gedacht habe, hat er nur an diesen Flegel gedacht . . . und sich an meiner Blamage geweidet! Dem Himmel sei Dank, daß Mr. Pedgift an Bord ist!«
In dieser Geistesverfassung setzte sie alle Verführungskünste ein, um Mr. Pedgift zu faszinieren und Allan bis aufs Blut zu züchtigen. Leider hatte sie das Pech, ihre Bemühungen an zwei vollkommen untaugliche Objekte zu verschwenden. Allan war zu harmlos, um die tieferen Beweggründe ihres veränderten Benehmens zu verstehen, und stellte nur betrübt fest, daß die reizende Nelly ihm zürnte, ohne daß er sich der geringsten Schuld bewußt war. Der junge Pedgift hingegen war nicht harmlos genug, um sich Nellys plötzlicher Gunst zu erfreuen und sich dafür womöglich die seines reichen Klienten zu verscherzen. Als er den enttäuschten Allan aufstehen und zum Bug gehen sah, erhob er sich augenblicklich von Miß Milroys Seite und folgte ihm. »Nein, meine reizende junge Dame«, dachte dieser aufstrebende Jurist, »Dienst ist Dienst, und Schnaps ist Schnaps . . . Tut mir leid, Miß, aber mit mir können Sie das nicht machen.«
Es ließ sich nicht leugnen: Die Stimmung der Gesellschaft war nicht mehr dieselbe wie vor einigen Stunden. Nelly hüllte sich nach der Desertion Mr. Pedgifts in erbittertes Schweigen; der Major war in den gewohnten Zustand träumerischer Geistesabwe-

senheit zurückgesunken, und sein Hirn tickte nur noch mechanisch weiter; der Kandidat lag zwecks weiterer Erholung in der Kajüte, und seine Mutter hielt mit griffbereiten Medizinfläschchen Wache vor der Tür. »Das nennt man einen Vergnügungsausflug!« bemerkte sie mit grimmiger Genugtuung. »Ist nicht jeder ein Narr, der ohne Not sein gemütliches Heim verläßt?«

Das Boot glitt inzwischen sacht durch den silbrigen Wasserirrgarten, der die beiden Seen voneinander trennte. Weit und breit war keine Spur menschlicher Ansiedlungen mehr zu erspähen. »Ziemlich öde Gegend, Sir, nicht?« bemerkte Pedgift, als müsse er sich in seiner Eigenschaft als Maître de plaisir entschuldigen. »Aber wir haben's gleich geschafft. Sehen Sie, hier fängt schon der Hurle Mere an.«

Das Schilfdickicht öffnete sich plötzlich auf beiden Seiten, und das Boot befand sich wieder auf einer ausgedehnten, fast kreisrunden Wasserfläche. Bald landete man an einem grasigen Uferstreifen, wo die Ankunft einer Ausflugsgesellschaft einige Rohrschneider offensichtlich verblüffte. Nein, bis jetzt hatten sie sonst niemanden gesehen, weder einen Herrn noch eine Dame – noch gar eine Pony-Chaise!

Auf diese Auskunft hin sah Mr. Pedgift abermals auf die Uhr und wandte sich dann an Miß Milroy. »Ihre Gouvernante scheint doch erst morgen zu kommen – oder es war ihr zu spät – oder sie war zu müde. – Jedenfalls werden wir sie heute hier nicht mehr sehen. Und was Ihren Freund betrifft, Mr. Armadale«, fügte er, zu Allan gewendet, hinzu, »so wissen Sie besser als ich, ob er Verabredungen einzuhalten pflegt.«

»Das tut er immer, und zwar aufs pünktlichste«, versicherte Allan und schaute sich mit unverhohlener Enttäuschung überall um. »Er kann nur durch irgendeinen Zufall aufgehalten worden sein.«

»Gut, dann kommt er also noch«, entschied Pedgift junior. »Ich schlage vor, wir zünden unverzüglich unser Lagerfeuer dort drüben an. Dann kann Ihr Freund uns auf keinen Fall verfehlen. Das Rauchsignal sieht er ja schon von weitem. So machen es die Indianer, wenn sich ein Stammesbruder in der Prärie verirrt hat, Miß Milroy . . . Ist das nicht wunderbar romantisch und stilecht? Die Gegend hier läßt sich doch ganz gewiß mit der wilden, unberührten Prärie vergleichen!«

Es gibt Herausforderungen (besonders wenn es sich um Kleinigkeiten dreht), denen die weibliche Natur nur in den seltensten Fällen widerstehen kann. Miß Milroy empfand in diesem Moment das unbezwingliche Bedürfnis, ihre Macht als einzige junge Dame der Gesellschaft zu erproben und Allans stupides Rendezvous mit seinem nichtswürdigen Freund zu vereiteln. Folglich schenkte sie dem jungen Pedgift einen Blick, der ihn eigentlich zum Schmelzen

hätte bringen müssen (aber wann wäre ein zielbewußter Jurist je geschmolzen?), und erklärte:
»Ich finde die Gegend einfach schauderhaft! Keine Spur von Romantik! Wenn Sie darauf bestehen, Ihr Lagerfeuer hier anzuzünden – dann bitte ohne mich. Ich bleibe solange im Boot. Und obgleich ich fast am Verdursten bin, werde *ich* erst da Tee trinken, wo wir heute mittag eingestiegen sind!«
Der Major murmelte etwas von einmal gemachten Plänen und soldatischer Pflichterfüllung, aber Miß Milroy fand zu ihrem unaussprechlichen Entzücken Unterstützung von seiten der Witwe Pentecost, die, nach kurzer, abfälliger Besichtigung des Ufers, empört fragte, wann und wo sie eigentlich endlich wieder in die Wagen und nach Hause kommen sollten? Nachdem Mr. Pedgift ihr mühsam klargemacht hatte, daß die Wagen nicht – wie sie angenommen hatte – hierher folgen sollten, sondern am Ausgangspunkt der Wasserfahrt auf sie warteten, erklärte sie sofort, keine Macht der Welt brächte sie und ihren todkranken Sohn in stockdunkler Nacht wieder aufs Wasser. »Wir fahren jetzt zurück, augenblicklich!« schrie die alte Dame in heftiger Erregung. »Bei Nacht und Nebel – wo Wasser ist, ist bei Nacht immer Nebel –, und wo Nebel ist, kriegt es mein armer Sammy auch noch auf der Lunge! Sie sind wohl alle wahnsinnig geworden! Ach was, schweigen Sie mir von Ihrem Mondschein und Ihrem Lagerfeuer – dummes Zeug! He, Sie da!« rief sie die staunenden Rohrschneider am Ufer an, »ich biete Ihnen Sixpence – jedem von Ihnen! –, wenn Sie mich und meinen Sohn in Ihrem Kahn da sofort an den anderen Broad zurückbringen!«
Nun legte sich Allan mit bewundernswerter Geduld und Gelassenheit ins Mittel.
»Beruhigen Sie sich bitte, Mrs. Pentecost. Es kommt natürlich gar nicht in Frage, daß Sie auf andere Weise zurückkehren, als Sie hergekommen sind. Da Sie und Miß Milroy mit dem letzten Programmpunkt nicht einverstanden sind, wird eben kein Lagerfeuer gemacht, und niemand außer mir braucht das Boot zu verlassen. Ich selbst *muß* hier ans Ufer gehen, denn mein Freund hat noch nie eine Verabredung gebrochen; er kann sich nur verspätet haben, und ich empfinde es als selbstverständliche Anstandspflicht, auf ihn zu warten. Das betrifft Sie alle aber nicht im geringsten. Sie haben Major Milroy und Mr. Pedgift als männlichen Schutz bei sich und können, wenn Sie gleich abfahren, vor Einbruch der Dunkelheit wieder in den Wagen sein. Ich folge Ihnen in einer halben Stunde mit meinem Freund – oder ohne ihn, falls er wirklich nicht mehr kommen sollte.«
»Das erste vernünftige Wort, das ich heute von Ihnen höre«, bemerkte Mrs. Pentecost, indem sie schleunigst wieder Platz

nahm. »Los, los!« schrie sie den Bootsleuten unter drohendem Fäusteschütteln zu, »wir wollen zurück sein, ehe der Nebel aufsteigt – das fehlte gerade noch!«
Allan verließ das Boot, wobei er Mühe hatte, den (klienten-)treuen Pedgift am Mitkommen zu hindern. »Nein, nein, Sie bleiben bei den Damen!« erwiderte er auf Pedgifts dringliches Geflüster. »Versuchen Sie die Stimmung an Bord wieder aufzuheitern – damit erweisen Sie mir den besten Dienst!«
Die Bootsmänner stießen ab, und Allan stand winkend am Ufer. Alle anderen winkten zurück, mit einziger Ausnahme Nellys, die abgesondert am äußersten Rand der Bank saß und ihr Schirmchen vors Gesicht hielt, als müsse sie sich vor den letzten Strahlen der sinkenden Sonne schützen. In Wirklichkeit wollte sie nur nicht zeigen, daß ihr die Augen überzuquellen drohten. Ihr Zorn gegen Allan war spurlos verflogen, und ihr Herz zersprang fast vor Reue, als sie ihn so einsam zurückbleiben sah. »Er ist so nett zu uns allen«, dachte sie, »und wie kleinlich und gemein habe ich mich benommen!« Im letzten Moment, als das Boot schon ziemlich weit auf dem Wasser war, stand sie mit einem Ruck auf und rief, unbekümmert darum, was die anderen von ihr denken mochten: »Kommen Sie bald nach!« Aber die Entfernung war zu groß. Allan hörte sie nicht mehr.
Das letzte, was er hörte, ehe das Boot wieder im Schilfdickicht verschwand, waren Ziehharmonikaklänge: Der wackere Pedgift machte sich auftragsgemäß nützlich, indem er, vermutlich auf Mrs. Pentecost Verlangen, eine getragene Hymne spielte.
Allan zündete sich eine Zigarre an und ging ein paar Minuten am Ufer hin und her. »Sie hätte wenigstens zum Abschied winken können!« dachte er. »Ich habe mir ihretwegen sämtliche Beine ausgerissen; ich habe ihr deutlich zu verstehen gegeben, wie gern ich sie mag – und das ist der Dank! Wenn sie jetzt schon so wetterwendisch ist . . .« Er blieb stehen und blickte geistesabwesend über die dunkelnde Wasserfläche und in den roten Sonnenball, der sie fast schon berührte. Irgend etwas an der Szene, er wußte nicht was, erinnerte ihn plötzlich an Midwinter und lenkte seine Gedanken von Nelly ab. Er kehrte der Sonne den Rücken und sah in die Richtung, aus der er den säumigen Freund erwartete.
Die Rohrschneider waren inzwischen unbemerkt gegangen. Weit und breit zeigte sich keine lebende Seele, kein Laut war vernehmbar, kein Lüftchen regte sich. Selbst Allan begann die Öde bedrükkend zu empfinden. Midwinters Verspätung betrug schon fast eine Stunde . . . Er hatte zu Fuß kommen wollen, mit einem Stalljungen von Thorpe-Ambrose, der die Gegend gut kannte und alle Abkürzungen wußte. Ob irgend etwas auf dem Gut passiert war? Oder unterwegs? Allan beschloß, auf gut Glück die nähere Umge-

bung abzusuchen. Er verfolgte eine Weile einen Fußpfad, der sich zwischen Kopfweiden hinschlängelte und sich plötzlich in einer Wiese verlor. Der Boden wurde hier allmählich trockener, es schien also landeinwärts zu gehen, aber von seinem Freund sah und hörte Allan immer noch nichts. Dann erblickte er jenseits der Wiese einen anderen Weg, der in scharfer Kehre zu einem Erlenwäldchen führte, und versuchte es mit diesem. Nach zwei weiteren Windungen erkannte er im ungewissen Dämmerlicht eine menschliche Gestalt, die an einem der Baumstämme lehnte. Noch wenige Schritte – und es bestand kein Zweifel mehr, daß er den Gesuchten vor sich hatte.

»Midwinter!« rief er verblüfft. »Was machst du denn hier? Wir hatten uns doch am Ufer verabredet!«

Midwinter wandte ihm langsam das Gesicht zu, ohne zu antworten. Seine Reglosigkeit und sein Schweigen wirkten in der eigentümlichen Abendatmosphäre, die alle Farben veränderte, doppelt sonderbar.

»Hast du dich verirrt?« fragte Allan eifrig weiter. »Wo ist denn der Junge?«

Endlich tat Midwinter den Mund auf. »Den habe ich zurückgeschickt, als der Weg zum See nicht mehr zu verfehlen war.«

»Warum bist du denn nicht ans Ufer gegangen?«

»Nimm's mir nicht übel, ich . . . ich hatte nicht den Mut!«

»Wieso Mut?« wiederholte Allan erstaunt. Dann legte er Midwinter lachend die Hand auf die Schulter. »Ach so! Du genierst dich immer noch vor den Milroys! Das war aber wirklich überflüssig, mein Lieber. Sie haben dir doch längst verziehen.«

»An diese Geschichte habe ich eben gar nicht gedacht, Allan. Ich . . . ich bin heute wieder in meinem schlechtesten Zustand, nervös, überreizt, jede Kleinigkeit regt mich auf . . .« Er versuchte sich der Hand und dem besorgten Blick des Freundes zu entziehen und brach plötzlich aus: »Also meinetwegen, wenn du es ganz genau wissen mußt: Ich bin in demselben Zustand wie in der Nacht auf dem Wrack! Ich habe eine rasende Angst, daß . . . daß uns beiden heute noch etwas Furchtbares geschieht! Trotzdem habe ich mich bis hierher geschleppt, weil ich mein Versprechen halten wollte, aber weiter kann ich nicht . . . Tu mir die Liebe, Allan, und laß mich jetzt allein zurückgehen!«

»Vor allem«, sagte Allan begütigend, »komm mal hier zwischen den Stämmen heraus ins Freie, da können wir weiterreden. Hier kriegt man ja keine Luft. Und dann all die wirren Schatten – da kommt ja dem gesündesten Menschen die Gänsehaut, sogar mir. Du hast dich einfach überarbeitet, das ist alles. Fünf Minuten weiter haben wir Wasser und offenen Himmel. Nach ein paar tiefen Atemzügen wird dein Kopf wieder klarer werden!«

Midwinter schwieg noch einen Moment, gab dann plötzlich nach. »Du hast recht, wie gewöhnlich. Ich belästige dich ganz zwecklos mit meinen Hirngespinsten. Was für eine dumme Idee, allein zurückzugehen! Wenn du nun ja gesagt hättest?«
»Na?« fragte Allan.
»Dann hätte mich nach zwei Schritten etwas daran gehindert. Also – gehen wir.«
Da der Fußpfad zum See für zwei zu eng war, übernahm Midwinter jetzt sogar die Führung. Allan war so in Gedanken versunken, daß ihm die Zigarre ausging und er kurz vor der letzten Biegung stehenbleiben mußte, um sie wieder anzuzünden. Midwinter trat inzwischen allein zwischen den letzten Stämmen in die offene Landschaft hinaus.
Allan war noch mit seiner Zigarre beschäftigt, als er den Freund hastig zurückkehren sah. Im roten Abendlicht erkannte er sein Gesicht noch deutlich genug, um heftig zusammenzufahren. Das Streichholz entfiel seiner Hand. »Großer Gott!« schrie er leise auf. »Wie siehst du denn aus? Wie damals . . . auf dem Wrack!«
Midwinter gebot ihm mit einer fahrigen Geste Schweigen und kam näher heran. Die brennenden, verstörten Augen auf Allans Gesicht geheftet, flüsterte er mit bleichen Lippen dicht an seinem Ohr: »Weißt du auch noch, was ich gesagt habe, als der Doktor dir deinen Traum auslegte?«
»Was für einen Traum? Ach den! Den hab ich längst vergessen!«
Midwinter nahm ihn bei der Hand zog ihn bis zu der Stelle, an der er eben selbst gewesen war.
»Erinnerst du dich *jetzt*?« flüsterte er mit ausgestrecktem Zeigefinger.
Die Sonne war gesunken, aber der ganze westliche Horizont war von flammender Abendröte überzogen, die sich auch in dem dunklen, glatten See widerspiegelte. Rechts und links erstreckte sich ödes, grünes Land. Die einzige menschliche Gestalt in dieser Einsamkeit war eine Frau, die reglos am Ufer stand und über das Wasser hinweg in die Purpurgluten blickte.
Die beiden Armadales starrten ihrerseits schweigend auf das Bild. Endlich flüsterte Midwinter:
»Nun lies deine eigenen Worte dazu noch einmal!«
Er zog das Manuskript von Allans Traum aus der Brieftasche, deutete auf eine bestimmte Stelle und sprach tonlos die Worte mit, die Allan las:

»Ich wartete auf irgend etwas. Das Dunkel öffnete sich wie ein Vorhang, und ich sah, wie auf einem Gemälde, einen großen, einsamen Teich, der von offenem Grasland umgeben war. Am jenseitigen Ufer leuchtete der rote Abendhimmel. Am diesseitigen Ufer stand der Schatten einer Frau.«

Midwinter ließ die Hand mit dem Manuskript sinken. Mit der anderen zeigte er weiter auf die einsame Gestalt am Seeufer.
»Da! Der Traumschatten ist Wirklichkeit geworden – zu einem lebendigen Menschen aus Fleisch und Blut! Die erste Vision ist in Erfüllung gegangen! Und wenn wir weiter zusammenbleiben, wirst du eines Tages auch den zweiten Schatten Gestalt annehmen sehen . . . meine.«
Die sonderbare Übereinstimmung hatte selbst auf Allan solchen Eindruck gemacht, daß er nicht gleich eine Antwort fand. Während dieser Pause begann die Gestalt am Ufer sich zu bewegen und langsam weiterzugehen. Allan tat unwillkürlich ein paar Schritte in gleicher Richtung, und als er an den letzten sichtbehindernden Bäumen vorbei war, sah er in geringer Entfernung die wohlbekannte weiße Pony-Chaise von Thorpe-Ambrose stehen.
Ihm fiel ein Stein vom Herzen. Erleichtert lachend wandte er sich zu Midwinter um.
»Was für einem blödsinnigen Zufall bist du aufgesessen – und ich beinahe auch! Es ist nur Miß Milroys Gouvernante. Also ist sie doch noch gekommen!«
Midwinter brachte kein Wort hervor. Er versuchte Allan nur zurückzuhalten, wie er ihn von der Kajütentür hatte zurückhalten wollen – vergeblich, heute wie damals. Allan befreite sich mit Leichtigkeit aus seinem krampfhaften Griff.
»Jetzt müssen wir uns doch bemerkbar machen! Wenn du sie nicht anreden willst, tue ich es.«
Er ging energisch voran, war aber noch nicht weit gekommen, als er hinter sich ein tonloses »Leb wohl!« zu hören glaubte. Sein Fuß stockte. Unheimlich berührt, fragte er laut: »Warst du das, Midwinter?« und drehte sich um.
Midwinter war nirgends mehr zu sehen.
Allan überlegte noch, was er zuerst tun sollte, als die einsame Gestalt am Ufer ihre Richtung änderte und auf die Bäume zukam. Zweifellos hatte sie Allans Anwesenheit jetzt bemerkt, und es war ganz unmöglich, vor ihr davonzulaufen und sie noch länger allein zu lassen. Er besann sich also auf seine Manieren und ging ihr entgegen.
Doch wäre er fast noch einmal vor Staunen stehengeblieben, als sie ihm nahe genug war, daß er ihre Züge unterscheiden konnte. Sie lächelte ihn fragend an, und ihre Schönheit verschlug ihm sekundenlang den Atem. Konnte das wirklich die Gouvernante sein?
Er nahm sich zusammen und stellte sich vor. »Armadale. Darf ich fragen, ob . . . ob ich das Vergnügen habe . . .«

Die Dame nahm ihm anmutig und liebenswürdig die Mühe der richtigen Wortwahl ab.
»Ja, ich bin Miß Gwilt«, sagte sie, die künftige Gouvernante von Miß Milroy.«

X

Steckbrief eines Hausmädchens

In Thorpe-Ambrose war alles still und dunkel, als Midwinter lange vor der übrigen Gesellschaft, allein zurückkam. Der Lakai, der auf sein Klingeln geöffnet hatte, erzählte nachher den anderen Dienstboten beim Essen, Mr. Armadales komischer Freund hätte wieder mal ›gottserbärmlich‹ ausgesehen, außer einer Lampe nichts gewollt und sich gleich in sein Zimmer zurückgezogen. Da war doch sicher wieder etwas schiefgegangen!
Midwinter packte inzwischen in fliegender Eile seine Habseligkeiten in eine Reisetasche. Dann suchte er die kostbaren Souvenirs zusammen, die Allan ihm bei verschiedenen Gelegenheiten geschenkt hatte – ein Zigarrenetui, eine Börse, ein Paar goldene Manschettenknöpfe –, und verwahrte sie in seiner Brusttasche. Schließlich griff er mit der einen Hand nach der Reisetasche und mit der anderen nach der Türklinke – und erst in diesem Moment kam er zur Besinnung.
Bis dahin hatte ihn nur eine fixe Idee getrieben: »Ich muß fort! Um Allans willen muß ich ihn für immer verlassen! Die eine Vision ist schon Wirklichkeit geworden . . . Ich muß fort, ehe auch die anderen es werden!« Aber nun erhob sich plötzlich eine zweite Stimme in ihm gegen diesen kopflosen Aberglauben und erteilte ihm einen strengen Verweis. »Wenn du in der Flucht die einzige Rettung siehst, mußt du gehen . . . Aber darfst du es so tun? So verletzend, ohne Abschied, ohne Erklärung? Hat *er* dich je im Stich gelassen? Schreib ihm wenigstens, wenn du dich nicht zu sprechen getraust, und bitte ihn um Verzeihung!«
Midwinter drückte die schon halb geöffnete Tür leise wieder zu, setzte sich an den Schreibtisch und nahm die Feder zur Hand.
Eine Stunde später war der Boden um ihn her mit zerknüllten Briefanfängen bedeckt, und Midwinters Kopf war in tränenloser Verzweiflung in die aufgestützten Arme gewühlt. Er brachte es nicht fertig, den inneren Kampf auf diese Weise zu beenden. Das Schicksal, an dessen warnende Stimme er jetzt fester glaubte denn je, forderte gnadenlos von ihm, zu gehen, solange es noch Zeit war.

Seine Liebe zu Allan hielt ihn ebenso gnadenlos zurück.
Endlich stand er mit einem Ruck auf, klingelte nach dem Diener und sagte durch den Türspalt: »Wenn Mr. Armadale zurückkommt, entschuldigen Sie mich bitte bei ihm. Ich bin übermüdet und möchte jetzt zu Bett gehen.« Nach diesem Bescheid schloß er die Tür ab, löschte die Lampe und setzte sich im Dunkeln wieder an den Schreibtisch. »Vielleicht kommt mir im Laufe der Nacht ein besserer Gedanke, was ich ihm schreiben kann ... Dann verschwinde ich im Morgengrauen.« Aber je länger er saß, desto stumpfer und leerer wurde sein Hirn, bis er Räderrollen und klappernde Pferdehufe hörte. Die Ausflugsgesellschaft war also wieder da. Mehrere Stimmen redeten abschiednehmend durcheinander, die Wagen setzten sich wieder in Bewegung, und in der nachfolgenden Stille waren nur noch zwei Stimmen klar und deutlich zu vernehmen: Allans und Mr. Pedgifts. Die beiden jungen Männer standen wahrscheinlich noch auf der Terrasse vor dem Eingang, denn Midwinter verstand durch das offene Fenster jedes Wort.
Ihre Unterhaltung drehte sich einzig und allein um die neue Gouvernante, die Allan gar nicht genug rühmen konnte. Nie, versicherte er mehrmals, nie im Leben hätte er eine so entzückende Plauderstunde verlebt wie die mit Miß Gwilt, als er sie im Kahn der Rohrschneider über die beiden Broads zu der wartenden Gesellschaft zurückruderte (die Pony-Chaise hatten sie mit dem Kutscher auf dem Landweg heimgeschickt). Mr. Pedgift stimmte allem zu, was sein Klient zum Lob der bezaubernden Dame sagte, machte ihn aber dann auf einen interessanten Nebenumstand aufmerksam, der seinem scharfen Juristenauge nicht entgangen war: Major Milroy und seine Tochter schienen von Miß Gwilt nicht ganz so unbefangen entzückt gewesen zu sein wie Mr. Armadale und, selbstverständlich, auch er.
»In der Familie ist eine Schraube locker«, meinte er in vertraulich gedämpftem Ton. »Haben Sie nicht bemerkt, was für einen Blick der Major und Miß Milroy tauschten, als Miß Gwilt sich wegen ihrer Verspätung entschuldigte? Nein? Nun, dann erinnern Sie sich vielleicht daran, *womit* Miß Gwilt sich entschuldigte?«
»Sagte sie nicht irgendwas über Mrs. Milroy?« fragte Allan unbestimmt.
»Ganz recht. Sie sagte, sie wäre pünktlich mit dem Nachmittagszug angekommen und hätte uns ohne weiteres zur vereinbarten Zeit am Hurle Mere erwarten können, wenn Mrs. Milroy sie nicht erst hinaufgebeten und über eine halbe Stunde festgehalten hätte.«
»Ja, und?«
»Sie vergessen augenscheinlich, Sir, was Sie so gut wissen wie die

ganze Nachbarschaft: Mrs. Milroy ist angeblich so leidend, daß sie, auf Anweisung des Arztes, niemals Besucher empfängt. Ist es da nicht etwas sonderbar, daß sie – noch dazu in Abwesenheit ihres Gatten und ihrer Tochter – plötzlich ganz gut imstande ist, eine ihr völlig fremde Dame zu empfangen?«

»Find' ich nicht weiter merkwürdig. Natürlich wollte sie die Gouvernante ihrer Tochter kennenlernen; so was ist schließlich ein Ausnahmefall.«

»Ein sehr vernünftiger Gesichtspunkt, Mr. Armadale. Aber der Major und Miß Nelly scheinen die Sache in etwas anderem Licht zu sehen. Das Mädchen machte bei Miß Gwilts harmloser Erwähnung ein heillos verängstigtes Gesicht, und der Major nicht minder – soweit man das (natürlich nur im tiefsten Vertrauen) einem tapferen Soldaten nachsagen darf. Mit dem Familienleben in Ihrem traulichen Cottage steht nicht alles zum besten, Mr. Armadale, und Miß Gwilt wird es nicht ganz leicht haben, sich da diplomatisch durchzuschlängeln.«

Die Stimmen entfernten sich. Wie es schien, brachte Allan den jungen Pedgift zum Parkausgang. Nach einer Weile kam er allein zurück, fragte einen Diener nach seinem Freund, und Midwinter hörte, wie seine Entschuldigung ausgerichtet wurde. Danach trat Stille ein, die nur noch vom Schließen einiger Türen und Fenster und vom Bellen eines Hundes unterbrochen wurde. Midwinter merkte daran, wie spät es allmählich wurde; aber er vermochte sich zu nichts mehr aufzuraffen und keinen Gedanken zu fassen. Er wartete nur noch mit stumpfer Ergebung auf den kommenden Tag. Erst nach einer langen Pause hörte er aufs neue Stimmen vor dem Hause, diesmal die eines Mannes und einer Frau. Es bedurfte keinen großen Scharfsinns, um aus den ersten Worten zu entnehmen, daß es sich um ein Dienstbotenrendezvous handelte: Der Mann war einer von Allans Lakaien und die Frau das Dienstmädchen Major Milroys. Auch sie sprachen nach der zärtlichen Begrüßung fast von nichts anderem als der welterschütternden Ankunft der neuen Gouvernante.

Das Dienstmädchen war offenbar von den schlimmsten Befürchtungen erfüllt – und zwar aus dem einzigen Grunde, weil Miß Gwilt zu gut aussah. Über kurz oder lang, prophezeite sie, würde es in dem Cottage zu einem schaurigen Krach kommen. Der arme Major führte ein Hundeleben mit seiner Missus, und dabei war er ein so guter Mann – hatte keinen anderen Gedanken im Kopf als seine Tochter und seine Uhr. Aber das sollte mal einer der Missus klarmachen, diesem eifersüchtigen Biest! Gewiß, sie war krank, und man mußte ihr vieles nachsehen, aber es war trotzdem furchtbar und sündhaft, wie sie sich anstellte, wenn zufällig mal eine hübsche Frau in die Nähe ihres Mannes geriet – wie eine Besesse-

ne! Und diese Miß Gwilt war hübsch, das mußte ihr der Neid lassen, trotz der roten Haare. Wenn der Gedanke, so etwas im Haus zu haben, die Missus nicht binnen kurzem an den Rand des Wahnsinns brächte und sie alle es ausbaden müßten ... Na, das Dienstmädchen wollte sich darüber nicht weiter auslassen. Schuld an allem war natürlich wieder mal die Mutter des Majors, die vor zwei Jahren, nach einem schrecklichen Zank mit der Schwiegertochter, das Haus verlassen und ihrem Sohn zum Abschied gesagt hatte (sie hatte es mit eigenen Ohren gehört), er sei ein Waschlappen, daß er sich von seiner Frau so unterkriegen ließe. Es ginge zu weit zu behaupten, daß die alte Dame nun eine hübsche Gouvernante ausgesucht hatte, um ihre Schwiegertochter zu ärgern – aber auf jeden Fall fiel es ihr nicht im Traum ein, auf die Eifersucht der Missus Rücksicht zu nehmen und eine tüchtige Gouvernante für ihre Enkelin nur ihres guten Aussehens wegen abzulehnen. Wie das alles enden sollte, wußte Gott allein. Die Stimmung in dem Cottage war schon jetzt grauenhaft. Miß Nelly hatte vollkommen verheulte Augen (und das nach einem Vergnügungsausflug!), die Missus hatte niemanden getadelt (ein ganz verdächtiges Zeichen), der Major hatte ihr trotz der späten Rückkehr noch durch die Tür gute Nacht gesagt (der Arme ahnte schon, was ihm blühte!), und die Gouvernante hatte sich in ihrem Zimmer eingeschlossen (auch nicht gerade erfreulich – als ob sie den Angestellten mißtraute!) ... So ging der Redefluß des Dienstmädchens fort und fort, bis es Mitternacht schlug und die Stimmen plötzlich verstummten; Midwinter wußte nicht, ob das Pärchen sich getrennt hatte oder nur weiter weggegangen war.
Nach einer abermaligen längeren Pause, in der er sich nicht regte, zündete er plötzlich die Lampe wieder an, griff zur Feder und schrieb nun ohne Zögern, in einem Zuge, alles nieder, was er Allan zum Abschied zu sagen hatte. Er staunte selbst, daß ihm die Sätze, um die er so lange vergeblich gerungen hatte, auf einmal mühelos zuflogen ... Erst nachdem er mit seiner Unterschrift geendet hatte, kamen ihm gewisse Zweifel. Er stand auf, tauchte den Kopf minutenlang in kaltes Wasser, sah eine Weile aus dem Fenster und kehrte dann an den Schreibtisch zurück, um das Geschriebene noch einmal durchzulesen. Es war von Anfang bis Ende ein einziger wirrer Unsinn, kaum zu entziffern, voller Wortverdrehungen und unfertiger Satzteile – jede Zeile war ein Beweis, daß das matte Hirn nicht mehr instande gewesen war, seinem Willen zu folgen. Midwinter zerriß das Blatt, gab den Kampf auf und ließ sich, wie er war, aufs Bett sinken. Wenige Sekunden später lag er in tiefem Erschöpfungsschlaf.
Ein Klopfen an der Tür weckte ihn. Es war hellichter Tag, die Lampe war von selbst erloschen, und draußen stand ein Diener mit

einem Brief in der Hand.
»Entschuldigen Sie die Störung, Sir«, sagte er, »aber es steht ›Eilt!‹ darauf, und darum dachte ich –«
Midwinter dankte und sah auf die Adresse. Der Mann hatte gut daran getan, ihn zu wecken. Der Brief war von Mr. Brock.
Er war noch so schlaftrunken, daß er seine Gedanken erst sammeln mußte. Das zerfetzte und zerknüllte Papier auf dem Fußboden erinnerte ihn daran, daß er um diese Zeit eigentlich schon längst aus dem Hause sein wollte. Er schloß die Tür schnell wieder von innen ab, damit Allan nicht etwa hereinkäme und Fragen stellte. Erst nachdem er das Papier weggeräumt hatte, öffnete er Mr. Brocks Brief (seltsam unbeteiligt, als ginge es ihn kaum noch etwas an) und las:

Dienstag

Mein lieber Midwinter,
schlechte Nachrichten werden durch lange Vorreden nicht besser. Darum gestehe ich Ihnen unumwunden: Die Frau ist mir entwischt!
Dieses abscheuliche Mißgeschick konnte nur passieren, weil ich gestern, Montag, unbedingt die Sache auf dem Vormundschaftsgericht erledigen mußte, wegen der ich ja eigentlich in London bin. Ich ging gegen elf aus dem Hause, und Robert blieb auf seinem Beobachterposten. Wie er mir später berichtete, fuhr um halb eins eine Droschke vor dem Nachbarhaus vor. Der Hausknecht verstaute mehrere Koffer und Hutschachteln darin, worauf die Frau selbst (tief verschleiert wie gewöhnlich) aus der Tür trat und einstieg. Robert hatte sich inzwischen natürlich auch eine Droschke kommen lassen und fuhr der Frau unauffällig zum Nordwestbahnhof nach. Dort sah er sie noch am Billettschalter und, gefolgt von einem Gepäckträger, auf dem Perron – und dann verlor er sie im Gedränge aus den Augen. (Die um diese Zeit ankommenden und abfahrenden Züge sind immer sehr stark besetzt.) Ich muß betonen, daß Robert in dieser Notlage das einzig Richtige tat – ich selbst hätte mich auch nicht anders verhalten –, indem er, statt sich auf dem Perron umzuschauen, gleich systematisch die Abteile absuchte. Er sagt, er könnte beschwören, daß die Frau in keinem war. Man könnte nun einwenden, daß die vielleicht hinten einstieg, während er vorn suchte, oder umgekehrt, aber ich glaube ebenfalls nicht (und weiß mich darin Ihrer Zustimmung sicher), daß die Frau überhaupt eingestiegen ist.
Nachdem ich diese fatale Geschichte gehört hatte, ließ ich notgedrungen jede fromme Scheu fallen, kehrte sofort in die City zurück und besprach die Sache vertraulich mit meinen Rechtsanwälten.

Das dauerte leider so lange, daß ich Ihnen gestern nicht mehr schreiben konnte. Die Unterredung mit den Herren Juristen war nicht sehr ermutigend. Sie wollen mir zwar helfen, behaupten aber, es werde sehr schwierig sein, die verlorene Spur wieder aufzufinden. In diesem Punkt bin ich durchaus anderer Meinung, und Sie, lieber Midwinter, sind jetzt der einzige Mensch, dem ich die Beweisführung zutraue, denn ich selbst kann ja leider nicht gleich nach Thorpe-Ambrose kommen.
Meine Rechtsanwälte sind der Meinung, die Frau hätte gemerkt, daß sie beobachtet wird, und würde sich infolgedessen hüten, zu bald persönlich in Thorpe-Ambrose zu erscheinen. Sie würde höchstens wagen, ihre Fühler indirekt, durch Mittelspersonen, auszustrecken, und wir könnten deswegen in Ruhe abwarten, was sich in der nächsten Zeit tut. Meine Meinung ist dem diametral entgegengesetzt. Nach allem bisher Erlebten streite ich zwar nicht ab, daß die Frau unsere Beobachtung zum Schluß gemerkt hat – aber sie verläßt sich zu sehr auf ihren Schleier und ist sich bestimmt nicht bewußt, daß wir ihr Gesicht kennen. Kaltblütig, wie sie ist, wird sie daher meiner Ansicht nach nicht die leisesten Hemmungen haben, uns zu »überrumpeln« und Allans Harmlosigkeit möglichst bald auszunutzen, das heißt, ehe ich sie daran hindern kann!
Zum Glück weiß sie nicht, daß Sie auch noch da sind! Sie können jetzt mit Leichtigkeit feststellen, ob meine Meinung richtig ist oder nicht. Achten Sie auf jede fremde Dame, die seit gestern (Montag) in der Gegend erschienen ist oder noch erscheinen wird. Benutzen Sie dann jede denkbare Gelegenheit, sie zu Gesicht zu bekommen, und vergleichen Sie ihre Züge mit folgendem »Steckbrief«:
Haar hellbraun, matt, ziemlich dünn. – Stirn hoch, aber schmal und auffallend fliehend. – Augenbrauen kaum sichtbar. – Kleine, etwas verquollene Augen, vermutlich dunkel. – Adlernase. – Abstand zwischen Nase und Mund zu groß, sehr schmale Lippen. – Teint welk, kränklich. – Unbedeutendes, fliehendes Kinn mit auffallendem Fleck links (Muttermal oder Narbe)!
Wenn die oben beschriebene Person in Thorpe-Ambrose oder der näheren Umgebung erscheint, ermächtige ich Sie, lieber Midwinter, hiermit, den nächsten Rechtsanwalt unter Berufung auf mich ins Vertrauen zu ziehen und die Person Tag und Nacht bewachen zu lassen. Die Kosten spielen hierbei keine Rolle. Dann alarmieren Sie mich bitte sofort. Ich steige dann in den ersten Zug nach Norfolk, gleichgültig, ob meine Londoner Angelegenheiten erledigt sind oder nicht.

Herzlichst
Ihr Freund Decimus Brock

Midwinter las diese Neuigkeiten, die ihn noch vor wenigen Tagen furchtbar erregt hätten, jetzt mit fatalistischer Gelassenheit. »Schade, daß ich diesen gütigen Mann nie wiedersehen werde«, war alles, was er dachte. »Es ist ja vollkommen zwecklos, dem Schicksal in den Arm fallen zu wollen. Aber den letzten Dienst, um den er mich bittet, kann ich ihm natürlich erweisen. Ein Blick ins Gesicht der neuen Gouvernante genügt – und dann brauche ich ihm nur noch zu schreiben, daß die Gesuchte hier eingetroffen ist.«

Er hörte, wie Allan im Nebenzimmer geräuschvoll mit seiner Morgentoilette begann, und beeilte sich deshalb, als erster aus dem Hause zu kommen, um die Begegnung zu vermeiden. Wie sollte er seinen Entschluß, Allan zu verlassen, sonst aufrechterhalten?

Erst im Park fühlte er sich sicherer. Er ging langsam zu einer efeuumrankten Laube, die etwa auf halbem Wege zwischen Herrenhaus und Cottage lag und nach allen Richtungen freie Sicht bot, und lernte dort den ›Steckbrief‹ auswendig, was ihm bei der kurzen, prägnanten Form, deren sich der Pfarrer bedient hatte, keinerlei Mühe machte. Midwinter konnte sich den Gesichtstyp der geschilderten Frau so lebhaft vorstellen, als hätte er ihr wohlgetroffenes Konterfei gesehen. An die Gespräche über die neue Gouvernante, die er in der vergangenen Nacht mitangehört hatte, erinnerte er sich überhaupt nicht mehr.

Es dauerte nicht lange, bis er in einiger Entfernung zwei spazierengehende Damen erspähte, die ihm im Moment den Rücken zukehrten. Die kleinere, molligere interessierte ihn nicht – es konnte natürlich nur die Majorstochter sein. Sein düster brennender Blick heftete sich einzig und allein auf die größere, schlankere, die sich in ihrem weichfließenden Gewand so verführerisch anmutig zu bewegen wußte: Das war dieselbe Frau, die er gestern abend zum erstenmal als lebendig gewordenes Traumbild am Seeufer gesehen hatte!

Die Möglichkeit, daß die Damen auf dem geschlängelten Weg noch in die Nähe der Laube kommen würden, war groß, und Midwinter brachte die Selbstbeherrschung auf, ein paar Minuten an Ort und Stelle zu warten, statt ihnen nachzugehen. Seine Geduld wurde belohnt. Die Spaziergängerinnen kamen, nachdem er sie hinter Bäumen und Sträuchern kurz aus den Augen verloren hatte, direkt auf ihn zu. Die Vorstellung, die Midwinter sich von Miß Gwilt gemacht hatte, hatte sich bereits so eingeprägt, daß er seinen Sinnen nicht traute, als er ihr unverschleiertes Gesicht immer deutlicher erkannte. Nichts, aber auch gar nichts stimmte mit der von Mr. Brock gelieferten Beschreibung überein! Das Haar mochte zwar in den Augen mancher Leute höchst »verdächtig« sein, denn es war leuchtend rot (im Mittelalter hätte man Miß Gwilt

deswegen vielleicht als Hexe verbrannt), aber eine wahre Pracht an gesunder, funkensprühender Üppigkeit und Fülle – hier konnte keine Rede von kränklich dünnem, farblich unauffälligem Haarwuchs sein. Ebenso schreiend war der Kontrast zwischen den von Mr. Brock geschilderten, fast häßlichen Allerweltszügen und der Schönheit die Midwinter entgegenkam. Keine Spur von fliehender Stirn, fliehendem Kinn, scharf gebogener Nase und dünnen Lippen – Miß Gwilt erfreute sich eines klassisch edlen, feingemeißelten Profils, eines wundervoll reinen, frischen Teints, roter, voller, lockender Lippen, ausdrucksvoll geschwungener, ziemlich dunkler Brauen und, vor allem, der schönsten blauen Augen, die man sich denken konnte – hier sah man endlich einmal das leuchtende Saphirblau, ohne jegliche Beimischung von Grau oder Grün, das man in der Poesie fortwährend, im Leben aber so gut wie nie antrifft. Kein Muttermal, keine Narbe entstellte das zierlichfeste, sanftgerundete weiße Kinn. Je näher die Dame kam, desto überwältigender entfalteten sich ihre Reize, desto jünger wurde sie, und desto mehr schwand die Möglichkeit dahin, daß sie und die steckbrieflich Verfolgte identisch sein könnten.
Sie bemerkte Midwinter, der wie angewurzelt in der offenen Laube stand, zuerst und wandte sich mit der ruhigen Frage an ihre kleine Begleiterin: »Ist dieser Herr ein Bekannter von Ihnen, Miß Milroy?«
Nelly erkannte ihn natürlich auf den ersten Blick. Ihr Vorurteil gegen ihn hatte sich inzwischen zu regelrechtem Abscheu gesteigert, weil sie ihm die Schuld an ihrem Zerwürfnis mit Allan zuschob. Sie wurde rot, machte ein ungnädig erstauntes Gesicht und erwiderte scharf:
»Er ist ein Freund des Gutsbesitzers, soviel ich weiß. Was er in der Laube zu suchen hat, entzieht sich meiner Kenntnis. Er scheint nicht zu wissen oder sich nicht darum zu kümmern, daß diese Laube zu *unserem* Pachtgrundstück gehört!«
Die Gouvernante betrachtete Midwinter, der sie seinerseits regungslos anstarrte, mit damenhaft zurückhaltendem Interesse. »Aber meine liebe Miß Milroy«, sagte sie sanft, »wenn es sich um einen Freund Mr. Armadales handelt, können Sie ihn wohl nicht als unbefugten Eindringling bezeichnen!«
Dieser ironisch-nachsichtige Ton reizte Nelly zum Widerspruch. Sie brauste auf. »Ich pflege meine Meinung offen auszusprechen, Miß Gwilt – die Geschmäcker sind eben verschieden!« Damit drehte sie sich auf dem Absatz um und machte sich allein auf den Nachhauseweg.
Miß Gwilt lächelte Midwinter entschuldigend an. »Ich hoffe, Sir, Sie legen die Worte eines so jungen Mädchens nicht auf die Goldwaage, auch wenn manches ein bißchen ungezogen

klingt . . .« Midwinter schwieg beharrlich, und erst jetzt zeigte sie sekundenlang ein leichtes Erstaunen über sein seltsames Benehmen, bemühte sich aber gleich mit entwaffnender Liebenswürdigkeit, ihm über seine vermeintliche Verlegenheit hinwegzuhelfen. »Da wir uns zufällig hier getroffen haben, Sir, würden Sie vielleicht so gut sein, Ihrem Freund ein paar Worte von mir auszurichten? Mr. Armadale hat mich gestern nämlich freundlicherweise zu einer Gutsbesichtigung eingeladen. Major Milroy hat seiner Tochter und mir erlaubt, heute zwischen zehn und elf hinüberzukommen . . .« Sie sah ihn abwartend an, lächelte, da seine Antwort immer noch ausblieb, plötzlich leise belustigt vor sich hin, wandte sich mit vollendeter Grazie ab und folgte ihrer trotzigen Schülerin.

Midwinter vermochte sich erst zu rühren, als sie außer Sicht war und der Bann, in den das unvermutete Erlebnis ihrer Schönheit geschlagen hatte, sich löste. Der einzige klare Gedanke in seinem Kopf war: »Mr. Brocks Beschreibung stimmt von Anfang bis Ende nicht!«

Er blickte benommen um sich, erkannte mühsam, wo er sich befand, und ging langsam in den Park zurück, ohne weiter auf den Weg zu achten. Alles war mit einem Schlage so verändert, daß Midwinter nicht wußte, wo er in dem nebelhaften Gedanken- und Gefühlsdurcheinander, das ihn erfüllte, zuerst ansetzen sollte, um mit sich und der neuen Situation ins reine zu kommen. Sein Entschluß, sich von Allan loszureißen, hatte ja einzig auf der festen Überzeugung gefußt, daß die gestrige Erscheinung am See die genaue Erfüllung von Allans Traumvision und somit eine finstere, unüberhörbare Warnung des Schicksals gewesen war. Seit Wochen erwartete er in nervöser Spannung das Auftauchen der einstigen Zofe aus Madeira, seit Wochen waren Mr. Brock und er dieser verhängnisvollen Person auf der Spur; er hatte sich fast bis zum Wahnsinn in den Gedanken verrannt, sie müsse nun auch in der Rolle der »Schattenfrau« wiederkehren, um das vor Jahrzehnten begonnene Unheil zu vollenden – und nun hatte Mr. Brocks Personenbeschreibung alles ad absurdum geführt! Die Dame, die er soeben mit eigenen Augen gesehen hatte, war eine Fremde, die an der ganzen Geschichte völlig unbeteiligt war!

Nachdem Midwinter, mühsam genug, diesen Schluß gezogen hatte, war der Schritt zu weiteren Folgerungen nicht mehr so schwer. Sein Instinkt – oder, besser gesagt, sein Aberglaube – hatte ihn also mehr als einmal getäuscht und ihm das Leben unnötig verbittert. Nicht das Schicksal, sondern der Zufall hatte ihn mit Allan auf das Wrack und die ahnungslose Miß Gwilt im Abendrot an den See geführt . . . Seine nichtig gewordenen Wahnvorstellungen waren ein Grund mehr, in brüderlicher Liebe an Allan festzuhalten und

nur noch auf sein Herz zu hören, statt auf die krankhaften Einflüsterungen seiner Phantasie . . .
Er atmete befreit auf. Endlich, endlich legte sich der Aufruhr seines Innern, und sein Geist erhob sich beseligt über alle Zweifel und Sorgen, die ihn fast zugrunde gerichtet hätten. Ein verwandelter Midwinter kehrte zum Gutshaus zurück, wo Allan gerade auf der Freitreppe stand und eifrig nach ihm ausschaute.
Dies war das Resultat der geschickten Intrige dreier Frauen. Mr. Brock fiel nicht nur selbst darauf herein, sondern entkräftete Midwinters vielgeschmähten Aberglauben leider gerade in dem Fall, wo dieser ihn geradewegs auf die Wahrheit gestoßen hätte. Einen solchen Doppelerfolg hätte sich sogar Mutter Oldershaw, die alles so listig eingefädelt hatte, nie träumen lassen!

XI

Miß Gwilt auf schwankendem Boden

1. Pfarrer Decimus Brock an Ozias Midwinter

Donnerstag

Mein lieber Midwinter,
es ist gar nicht mit Worten auszudrücken, welche Erleichterung mir Ihr lieber Brief gebracht hat. Ich bin aufrichtig froh, daß ich mich, wenigstens vorläufig, als falscher Prophet erwiesen habe. Sollte die Frau mit dem roten Schal doch noch erscheinen, so sind Sie ja jetzt auf der Hut. Sehr klug von Ihnen, daß Sie sich nicht in voreiliger Sicherheit wiegen und Ihr Rechtsanwaltsbüro beauftragt haben, Ihnen in Zukunft über jede Fremde, die sich in Ihrem Bezirk sehen läßt, sogleich Bericht zu erstatten.
Ich bin um so beruhigter, daß die Sache nun ganz in Ihren treuen und bewährten Händen liegt, als ich leider in den nächsten zwei Monaten (gegen meine ursprüngliche Absicht) nicht nach Thorpe-Ambrose kommen kann. Der Amtsbruder, der meine Vertretung übernehmen wollte, ist nämlich noch nicht frei. Infolgedessen muß ich übermorgen unbedingt wieder in Sommersetshire sein. Im Notfall – um es noch einmal zu sagen – würde ich natürlich alles stehen- und liegenlassen und auf Abruf jederzeit nach Thorpe-Ambrose kommen. Ganz unbesorgt kann man ja nie sein, solange die Person noch irgendwo auf Erden frei herumläuft. Hier in London haben wir sie jedenfalls seit ihrem Verschwinden auf dem Bahnhof nicht mehr gesehen.

Stets der Ihrige,
Decimus Brock

PS – Eben kommt ein kurzer Brief von meinen Rechtsanwälten. Sie haben wenigstens den Namen ausfindig gemacht, unter dem die Frau in London wohnte (und der wohl kaum ihr wirklicher ist!) – also keine besonders wichtige Information. Sie nannte sie Miß Gwilt.

2. Miß Gwilt an Mrs. Oldershaw

The Cottage, Thorpe-Ambrose, Samstag, den 28. Juni

Erschrick nicht, Mama Oldershaw, wenn ich diesen Brief mit der Kopie einiger fremder Zeilen anfange. Bei Deinem ausgezeichneten Gedächtnis wirst Du Dich ja erinnern, daß die Mutter des Majors so freundlich war, mir nach dem Interview am Montag noch einen Brief zu schreiben, der folgendermaßen anfing: ». . . entschuldigen Sie, daß ich Sie vor Ihrer Abreise nach Thorpe-Ambrose noch einmal stören muß. Als ich nämlich das Vergnügen hatte, Sie heute um zwei bei mir in Kingsdown Crescent zu sehen, war ich etwas zerstreut, weil ich um drei schon wieder verabredet war, und vergaß, Ihnen ein paar Kleinigkeiten zu sagen, die Sie meines Erachtens schon vor dem Eintritt in das Haus meines Sohnes wissen sollten . . .« Und so weiter; der Rest ist unwichtig. Wichtig sind einzig das schöne, ordnungsgemäße Datum (23. Juni 1851) und die Unterschrift. Und weißt Du, warum, meine ganz Schlaue? Weil mich dieser Brief vor der Identifizierung bewahrt hat, die sonst wahrscheinlich schon in der ersten Woche meines hiesigen Gouvernantendaseins passiert wäre!

Armadales Busenfreund, ein seltsamer junger Herr mit dem noch seltsameren Namen Ozias Midwinter (von dem noch einiges zu sagen sein wird), führte nämlich gestern abend ein Gespräch mit mir herbei, und zwar draußen im Park, unter vier Augen. Schon die ersten paar Sätze enthüllten mir, daß jemand in London meinen Namen in Erfahrung gebracht hat (zweifellos der Landpfarrer aus Somersetshire) und daß Mr. Midwinter von ebendemselben Jemand beauftragt ist, der neuen Gouvernante Miß Gwilt auf den Zahn zu fühlen, ob sie nicht etwa doch mit der aus Brompton verschwundenen Miß Gwilt personengleich ist. Ich erinnere mich, daß Du diese Gefahr in Betracht gezogen hast; aber so schnell hättest wohl selbst Du nicht damit gerechnet!

Ich muß Mr. Midwinter bescheinigen, daß er sich seiner heiklen Aufgabe sehr taktvoll entledigte. Zu meiner größten Überraschung sagte er gleich als Einleitung, er persönlich sei sicher, daß ich nicht dieselbe Miß Gwilt sein könnte, die »ein Freund von ihm« suchte, aber er wolle aus reiner Gefälligkeit dessen letzte Zweifel beheben . . . Kurzum, ob ich so großzügig sein würde, ihm eine einzige schlichte Frage zu beantworten? Jene andere Miß Gwilt werde seit letztem Montag vermißt; zuletzt habe man sie um zwei Uhr mittags auf dem Nordwestbahnhof inmitten der Menschenmenge am Zug nach Liverpool gesehen. Ob ich, die Gouvernante Miß Gwilt, ihn zu der Auskunft ermächtigte, ich sei an jenem Tag und zu jener Stunde bestimmt nicht dort gewesen?

Unnötig zu sagen, wie freudig ich die einzigartige Gelegenheit beim Schopf faßte, mich ein für allemal von jedem diesbezüglichen Verdacht zu reinigen. Ich betrachtete Mr. Midwinter mit empörtem Blick und reichte ihm den Brief der alten Mrs. Milroy. Er lehnte erst höflich ab, ihn zu lesen, aber nun bestand ich darauf. »Ich möchte keinesfalls mit einer Dame verwechselt werden«, sagte ich, »die – nach der Art Ihrer Erkundigung zu schließen – etwas fragwürdig zu sein scheint, nur weil ich unglücklicherweise ebenso heiße. Bitte lesen Sie Mrs. Milroys Brief und ziehen Sie daraus Ihre eigenen Schlüsse.« Nun sah er es schwarz auf weiß, daß ich Montag um zwei Uhr mittags bei der alten Dame in Bayswater war, meilenweit vom Nordwestbahnhof entfernt. Das verlegene Entschuldigungsgestammel, das hierauf folgte, magst Du Dir selbst ausmalen, und mein huldvoll verzeihendes Lächeln ebenfalls.

Natürlich hätte ich Midwinter in Ermangelung eines solchen perfekten Alibis auch an Dich oder an die alte Dame direkt verweisen können, aber das hätte Zeit gekostet und möglicherweise unliebsames Aufsehen erregt. So habe ich gestern abend auf die kürzeste und schlagendste Art bewiesen, daß ich nicht ich bin. Eine der Hauptgefahren, die mir in Thorpe-Ambrose drohen, ist gebannt. Dafür nehme ich gern in Kauf, daß ich eine Zeitlang für eine ziemlich unattraktive Person gelten mußte!

Nun zu meinen Zukunftsaussichten, soweit sie sich bisher abzeichnen. Fangen wir mit den erfreulichen Dingen an. Auf den jungen Armadale habe ich bereits tiefen Eindruck gemacht, bilde mir aber, weiß der Himmel, nicht viel darauf ein. Jedes halbwegs passable weibliche Wesen, dem etwas daran liegt, könnte ihn mühelos einwickeln. Gott, wie ich solche strahlenden, blonden, rosigen, lauten, ewig vergnügten Einfaltspinsel verabscheue! Trotzdem habe ich meine Zeit von der ersten Begegnung bis heute gut angewandt, sei beruhigt. Schwierigkeiten gibt es bei Armadale nicht, außer daß ich mich manchmal höllisch zusammennehmen muß, um meine wahren Gefühle zu verbergen – und die arten zuweilen in regelrechten Haß aus, wenn er mich zu sehr an seine Mutter erinnert. Ich habe selten oder nie einen Mann gesehen, dem ich mit weniger Gewissensbisse übel mitspielen könnte, und er wird mir zweifellos die Gelegenheit dazu geben, wenn weiter nichts dazwischenkommt, vielleicht sogar schneller, als wir denken. Ich bin gerade vom sogenannten Zinstag-Dinner im Herrenhaus zurück, einer nur halbjährlich stattfindenden großen Angelegenheit, bei der die Aufmerksamkeiten des Gutsherrn (sowie meine züchtige Zurückhaltung) bereits allgemeines Geflüster erregt haben.

Wenden wir uns nun meiner reizenden Schülerin Nelly zu. Auch sie ist rosig und dumm im höchsten Grade, plump, ungeschickt, sommersprossig, meist schlecht gelaunt und noch schlechter angezogen. So etwas kann mir überhaupt nicht gefährlich werden, obwohl sie mich haßt wie die Pest und mich sicher mit Wonne erwürgen würde. Ihre geringe Zuneigung ist für mich eine große Entlastung, denn außerhalb der Unterrichtsstunden und der Pflichtspaziergänge bin ich sie los. Aus meinen Beobachtungen habe ich mir gleich zusammenreimen können, daß sie die goldene Gelegenheit mit dem jungen Armadale zuerst tüchtig ausgenutzt hat (sie hatte Möglichkeiten, nebenbei bemerkt, mit denen wir überhaupt nicht gerechnet hatten), dann aber dumm genug war, ihn wieder durch die Finger schlüpfen zu lassen. Um das Dekorum zu wahren, muß sie trotzdem noch bei den seltenen geselligen Anlässen, wie heute, mit ihrem Vater im Herrenhaus erscheinen, und Du kannst Dir denken, wie sie auf Armadales nun an mich gerichtete Bärenkomplimente reagiert. Sie legt es tagtäglich darauf an, mich zu reizen, bis ich die Beherrschung verliere – aber den Gefallen tue ich ihr nicht. Dicht daran bin ich allerdings manchmal bei den Klavierstunden. Was ich da aushalten muß, ist nicht mit Worten zu schildern. Ich habe ja immer gesagt, daß im Interesse der leidenden Menschheit mindestens neunzig von hundert englischen Klavierdilettantinnen die Finger abgehackt werden sollten, und wenn es nach mir ginge, käme Miß Milroy als allererste dran.

Was den Major betrifft, so erfreue ich mich schon seiner besonderen Achtung. Ich bin immer bereit, ihm das Frühstück zu machen – seine Tochter nicht. Ich finde alles, was er in seiner Zerstreutheit verlegt – seine Tochter nicht. Ich gähne nie, wenn er lange Reden hält – seine Tochter gähnt. Ich mag den armen, harmlosen alten Herrn ganz gern; folglich ist über ihn weiter nichts zu sagen.

Insgesamt also glänzende Aussichten, nicht wahr, meine gute Oldershaw?

Aber natürlich ist auch hier ein Haar in der Suppe. Das heißt, in meinem speziellen Fall sind es gleich deren zween: Das eine heißt Mrs. Milroy, das andere Mr. Midwinter.

Mrs. Milroy ließ mich am Dienstag sofort nach meiner Ankunft an ihr Krankenlager bitten, was mich etwas erschreckte, da die alte Dame in London mir noch gesagt hatte, sie wäre viel zu leidend, um fremde Leute zu empfangen. Nun, ihrer direkten Aufforderung mußte ich wohl oder übel folgen. Sie hat irgendeine unheilbare Rückenmarkserkrankung, ist dauernd bettlägerig und bietet einen grauenvollen Anblick, zumal sie ihn mit zolldicker Schminke zu vertuschen sucht. Aber in puncto Intelligenz ist sie Mann und Tochter weit überlegen, dazu verlogen, intrigant und bösartig – oder ich müßte mich sehr irren. Darüber täuschte mich auch ihre überströmende Liebenswürdigkeit bei der Begrüßung nicht hinweg. Schon die Art, wie sie mich ins helle Licht setzte, während sie selbst das Gesicht möglichst im Schatten hielt, sprach Bände. Während dieser halbstündigen Besichtigung dürfte ihr nicht der kleinste attraktive Zug an mir entgangen sein, und nun brütet sie Unheil. Sinnlos, es zu leugnen, Mutter Oldershaw – ich bin einer krankhaft eifersüchtigen Frau in die Klauen geraten! Ich verstand alsbald die Schreckensblicke von Vater und Tochter, als ich am ersten Abend erwähnte, Mrs. Milroy habe mich empfangen, und ich verstehe das Getuschel und die lauernde Erwartung der Dienstboten täglich besser: Jedem ist klar, daß Mrs. Milroy mich beim kleinsten Anlaß hinauswerfen wird, und sie hat ja Tag und Nacht nichts anderes zu tun, als sich einen solchen Anlaß auszudenken. Dabei ist der brave alte Oberst so weltfremd und obendrein vom Basteln besessen, daß er mich überhaupt noch nie als Frau angesehen hat. Aber was hat das bei einer eifersüchtigen Gattin vom Schlage Mrs. Milroy zu sagen? Ich werde wahrscheinlich aufatmen, wenn der junge Armadale sich demnächst zum Heiratsantrag durchringt und der arme Major sich eine neue Gouvernante suchen muß.

Das Stichwort Armadale bringt mich auf seinen Freund Midwinter, von dem mir Gefahren ganz anderer Art drohen und gegen den ich mich nicht halb so gut gewappnet fühle wie sogar gegen Mrs. Milroy.

Erstens ist dieser Midwinter eine Persönlichkeit, und zweitens eine geheimnisumwitterte; beides ist Grund genug, sich über ihn Gedanken zu machen. Wieso hat der Pfarrer aus Somersetshire ihn ins Vertrauen gezogen? Warum war er bei unserem Gespräch im Park gleich so überzeugt, daß ich nicht die von seinem geistlichen Freund aufgespürte Miß Gwilt sein könnte? Wieviel weiß er überhaupt von der ganzen Geschichte? Auf alle drei Fragen weiß ich leider keine Antwort. Ich weiß noch nicht einmal, wie er und Armadale sich kennengelernt haben und wieso sie so befreundet sind, denn krassere Gegensätze als die beiden kann man sich kaum vorstellen. Midwinter ist klein, mager, beweglich, dunkel und klug. So jung er ist, dürfte er schon andere Dinge hinter sich haben, als den Leibvasallen eines begüterten Dummkopfes zu spielen, wie er es jetzt tut. Ich hasse ihn. Nein, das ist nicht wahr, aber ich muß hinter sein Geheimnis kommen; solange ich es nicht

weiß, macht er mich nervös. Außerdem muß ich mir seine gute Meinung sichern, denn er hat ziemlichen Einfluß auf den jungen Armadale und könnte mir sonst sehr hinderlich werden.
Na, und? wirst Du fragen. Warum sollte gerade der eine schlechte Meinung von dir haben? – Er hat eine gute, Mutter Oldershaw, aber das Schlimme ist, daß er trotzdem ein Hindernis zu werden droht, mit dem wir nicht gerechnet haben – er ist nämlich, leider, leider, schon jetzt ganz eindeutig in mich verliebt!
Sag nicht wie gewöhnlich: Ach was, das bildest du dir ja bei jedem ein. – Nach dem, was ich durchgemacht habe, sind verliebte Männer wahrhaftig keine Genugtuung mehr für meine Eitelkeit; im Gegenteil, sie erregen höchstens meinen Abscheu. Ich gebe zu, daß ich früher einmal . . . Unsinn! Nur keine Sentimentalitäten – und schon gar nicht in einem Brief an *Dich*! Lache nur nach Herzenslust, meine Teure. Was mich betrifft: Ich lache nicht, ich weine nicht; ich putze meine Feder und fahre mit meinem – wie nennt man das? – meinem Rapport fort.
Prüfen wir also sachlich, ob ich mich bezüglich Midwinters Verliebtheit täusche. Wir haben uns bisher, glaube ich, viermal getroffen: das erste Mal frühmorgens im Garten, wo er bei meinem Anblick wie versteinert in einer offenen Laube stand und sich bis zu meinem Weggehen nicht rührte. Vielleicht hat ihn nur der Schreck über mein rotes Haar so versteinert? Meinetwegen; legen wir's dem roten Haar zur Last. – Am gleichen Tag zeigte mir Mr. Armadale das ganze Gut; ich ging zwischen ihm und meiner Schülerin (die ein verdrießliches Gesicht machte, das sie nicht eben verschönerte), und wer kam plötzlich aus dem Verwalterbüro dazu? Der fleißige Midwinter, der sonst, wie aus Mr. Armadales lärmenden Späßchen hervorging, weder durch Schmeicheleien noch Drohungen von seiner Arbeit abgehalten werden kann. Schön, vielleicht mußte er doch einmal Luft schnappen, oder er fühlt sich heimlich zu Miß Milroy hingezogen – lassen wir's bei dieser plausibleren Erklärung, obgleich er nur mich anstarrte. – Die dritte Begegnung war die im Park, von der ich gleich anfangs erzählt habe. Ich schweige von seiner mühsam unterdrückten Erregung und seinen Blicken – alles nur die natürliche Verlegenheit eines jungen Mannes, der sich einer peinlichen Aufgabe entledigen muß. – Das vierte Mal war die Dinner-Party heute abend. Mr. Armadale wollte mich unbedingt auf dem Klavier hören, obgleich er sicher stockunmusikalisch ist; aber da sich im Herrenhaus ein erstaunlich guter Flügel befindet, spielte ich natürlich nicht übel. Hinterher umdrängte mich alles mit den gewohnten abgedroschenen Redensarten (meine allerliebste Schülerin lieferte ihr Sprüchlein wie eine fauchende Katze) – alle außer Midwinter. Er schwieg, bis wir gingen und er mich einen Moment allein in der

Halle erwischte. Er konnte nur gerade meine Hand drücken und zwei Worte sagen, mehr nicht. Überflüssig, Dir zu beschreiben, *wie* dieser Händedruck war und wie seine Stimme klang. Du hast mir immer erzählt, daß Dein seliger Mann Dich anbetete – also gedenke des ersten Mals, als er es Dir einst gestand. Worauf magst Du wohl damals seine Bewegung zurückgeführt haben? Sicher ausschließlich auf seine Musikleidenschaft, falls Du an jenem Abend auch Klavier gespielt haben solltest!
Nein – nun ganz im Ernst: Das Unglück ist geschehen. Und dieser junge Mann ist kein Hohlkopf, der seine Lieben wechselt wie das Hemd. Wenn die Glut, die sich in seinen großen schwarzen Augen ausdrückt, einmal entfacht ist, kann sie nicht so ohne weiteres wieder gelöscht werden. Sehr fatal! Mrs. Milroys Haß auf der einen Seite, Midwinters Liebe auf der anderen sind zwei Gefahren, denen ich mich nur entziehen kann, wenn ich mein eigentliches Ziel mit größerer Eile ansteuere, als ich ursprünglich wollte. Denn Trödelei ist hier ein zu großes Risiko.
Sonst ist nichts Besonderes zu melden. Damenkonkurrenz habe ich nicht zu befürchten, da sich der junge Armadale, ungeschliffen wie er ist, zum Glück in den besseren Kreisen der Nachbarschaft unmöglich gemacht hat. Die einzigen Gäste in Thorpe-Ambrose sind Pächter, Bauern, ein Rechtsanwalt mit seiner Familie, eine taube alte Dame mit ihrem Sohn, einem bleichsüchtigen jungen Theologen – kurzum, lauter unbedeutende Figuren. Dazu kommt die vielköpfige Dienerschaft, die ihren stupid-sonnigen (und anspruchslosen) jungen Herrn natürlich wunderbar findet und ihm offenbar treu ergeben ist.
Hierbei fällt mir noch eine absonderliche Type namens Bashwood ein – ein schlottriger, schäbiger, ramponierter Sechziger, der zur Zeit als Hilfskraft im Verwaltungsbüro arbeitet. Ich habe ihn nie zuvor gesehen, und er mich auch nicht, denn ich hörte einmal zufällig, wie er das Dienstmädchen vom Cottage fragte, wer ich bin. Um so merkwürdiger ist der außerordentliche (und für mich nicht schmeichelhafte) Eindruck, den ich auf diese Jammergestalt gemacht haben muß. Er zitterte vom Scheitel bis zur Sohle, wurde abwechselnd grau, grün und gelb und starrte mich an wie ein Kaninchen, das der Boa constrictor im Zoologischen Garten lebendig zum Frühstück serviert werden soll. Mr. Bashwood erinnert zwar tatsächlich an ein Kaninchen, aber erinnere ich so an eine Boa constrictor? Oder hat er Angst vor rotem Haar?
Aber nun Schluß – ich komme ins Schwatzen. Dabei bin ich so müde, es ist tiefe Nacht und unheimlich still, und die Sterne schimmern zum Fenster herein. Wenn ich nur schlafen könnte! Schicke mir wieder ein Fläschchen Laudanumtropfen, ich brauche sie dringender denn je, und schreibe mir bald einen Deiner witzi-

gen, boshaften, amüsanten Briefe. Ich melde mich jetzt nur, wenn ich wirklich Neues zu berichten habe.
Gute Nacht. Reserviere immerhin ein Eckchen Deines steinernen Herzens weiter für Deine

L.G.

3. Mrs. Oldershaw an Miß Gwilt

Diana Street, Pimlico, Montag

Meine liebe Lydia,
ich bin nicht in der Stimmung, Dir den gewünschten amüsanten Brief zu schreiben. Deine Nachrichten sind wenig ermutigend, und am schlimmsten finde ich den leichtfertigen Ton, in dem Du das alles abtust. Überlege gefälligst, wieviel Geld ich schon in dieses Projekt gesteckt habe und was für uns beide auf dem Spiel steht!
Wie Du so treffend bemerkst, findet sich immer ein Haar in der Suppe, und bei Dir gleich zwei – darf ich Dir empfehlen, auch das dritte Deiner Beachtung zu würdigen, nämlich den Pfarrer Brock? Wenn mir nicht rechtzeitig etwas einfällt, kann von dieser Seite aus immer noch das größte Malheur passieren! Es ist doch klar, daß Dein Erfolg bei dem jungen Armadale ihm brühwarm berichtet wird, was seinen Verdacht erneuern muß, und womöglich fährt er selber hin, um nach dem Rechten zu sehen. Und dann möchte ich mal sehen, wie Du Dich auf die Dauer allein aus der Affäre ziehst. Danke dem Himmel, daß Deine alte Oldershaw (ungeachtet Deiner fortgesetzten Sticheleien) immer noch da ist und zu Dir hält! Ich werde den wackeren Gottesstreiter abermals an der Nase herumführen, damit er schön bleibt, wo er ist. Er soll die verlorene Spur »seiner« Miß Gwilt unverhofft wiederfinden, und zwar in seiner nächsten Nachbarschaft. Solange er sie täglich vor Augen hat, wird er die Vorgänge in Thorpe-Ambrose für nebensächlich halten. Er hat uns viel Ärger gemacht; nun hänge ich ihn dafür ans Schürzenbändel meines Dienstmädchens. Eine erfrischende Idee – das, was man ausgleichende Gerechtigkeit nennt, meinst Du nicht?
Alles, was Du diesmal beizutragen brauchst, ist die augenblickliche Adresse Pfarrer Brocks, die Du ja leicht von Mr. Midwinter erfahren kannst. Das übrige machen mein Mädchen und ich.
Die Laudanumtropfen bekommst Du morgen. Inzwischen sei so gut und nimm Dich zusammen! Überlasse das Sternebegucken den Astronomen, die dafür bezahlt werden, und klappe Deine langbewimperten Augendeckel nachts zu. Die gütige Natur hat sie Dir, unter anderem, auch zu *diesem* Zweck gegeben.

Herzlichst Deine
Maria Oldershaw

4. Pfarrer Decimus Brock an Ozias Midwinter

Boscombe, Pfarrhaus, West Somerset,
Donnerstag, 3. Juli 1851

Mein lieber Midwinter,
rasch ein paar Zeilen, ehe die Post abgeht! Ich möchte Ihnen nur für Ihre Gewissenhaftigkeit danken und bei der Dame, die jetzt als Gouvernante Miß Milroys tätig ist, stille Abbitte tun.
Unsere Miß Gwilt – genauer gesagt, die Person, die sich auch so nennt – hat sich nämlich zu meinem grenzenlosen Erstaunen hier, in meiner eigenen Gemeinde, niedergelassen! Sie wohnt im Gasthof und ist von einem gutbürgerlich aussehenden Mann begleitet, der ihr Bruder sein soll. Was dieses unverfrorene Auftauchen bedeutet, muß ich natürlich erst im einzelnen herausfinden. Ich neige der Annahme zu, daß sie es als unmöglich erkannt hat, an Allan heranzukommen, ohne auf uns lästige Aufpasser zu stoßen, und daß sie nun vorhat, aus der Not eine Tugend zu machen und ausgerechnet über mich eine Verbindung nach Thorpe-Ambrose anzuknüpfen. Vor einer halben Stunde hatte das Paar schon die Unverschämtheit, mich auf der Dorfstraße zu grüßen! Außerdem haben sie sich bei mehreren Leuten nach Allans Mutter erkundigt, was natürlich, da sie hier bis zu ihrem Tode ein musterhaftes und stilles Leben geführt hat, keinerlei Resultate zeitigen kann. Sollten sie trotzdem irgendwelche Erpressungsversuche unternehmen, so werden sie mich gerüstet finden. Ich bitte meine Rechtsanwälte mit gleicher Post, mir einen zuverlässigen Mann zu schicken, der, solange ich ihn brauche, als unverdächtiger »Pfarrassistent« in meinem Hause wohnen wird. – In Eile herzliche Grüße!

Ihr getreuer
Decimus Brock

XII

Der Himmel bewölkt sich

Zehn Tage waren vergangen, seit Midwinter zum erstenmal Miß Gwilt und ihre Schülerin beim Morgenspaziergang beobachtet hatte. Bis heute war schönes Wetter gewesen, aber gegen Abend hatte sich der Himmel bezogen, und die Ortsansässigen sagten Regen voraus. Die Repräsentativräume des Herrenhauses waren alle leer, still und dunkel. Allan war bei den Milroys eingeladen, und Midwinter erwartete seine Rückkehr – ausnahmsweise nicht

in der großen Bibliothek wie gewöhnlich, sondern in dem kleinen Hinterzimmer, das Allans Mutter einst nach der Tragödie von Madeira als Zufluchtsort gedient hatte.
Das Zimmerchen hatte sich etwas verändert. Nichts war entfernt worden – weder die von Mrs. Armadale hinterlassenen Bücher, noch die alten Matten, noch die Niobe-Statuette, noch die paar Möbel –, aber einiges war hinzugekommen: drei Aquarelle, von denen eines Mrs. Armadale darstellte, eines das alte Haus in Somersetshire und eine Allans Jacht; und zwischen den Büchern, die in verblaßter Tinte den Vermerk: »Von meinem Vater« trugen, standen nun solche, in die von derselben Hand, aber mit dunklerer Tinte die Widmung: »Für meinen Sohn« geschrieben war. Überall hingen und lagen kleinere Gegenstände herum, die Allan teils als Souvenirs aufbewahrte, teils für seine jetzigen Mußestunden brauchte. Alles deutete darauf hin, daß auch er sich am liebsten in diesem Schlupfwinkel aufhielt, wenn er zu Hause war.
Und hier wartete Midwinter nun in aller Ruhe auf den abwesenden Freund – er, der bei Entdeckung des »Traumzimmers« am ersten Morgen von eisiger, abergläubischer Furcht geschüttelt worden war! Der Umschwung seiner Gesinnung und seines ganzen Wesens war Miß Gwilt zu verdanken; richtiger gesagt: seiner jetzigen Überzeugung, daß er sich schwächlicher- und beschämenderweise in Hirngespinste verbohrt hatte. Da er nicht der Mensch war, seine Fehler und Irrtümer zu vertuschen, hatte er mit Allan ganz offen darüber gesprochen und ihm vor allem nicht mehr verheimlicht, welch ein teurer Erinnerungsort dieses kleine Zimmer für ihn, den Sohn, sein mußte. Vorher hatte Midwinter sich nur noch durch behutsame Erkundigungen vergewissert, daß Allan in diesem Zusammenhang nicht etwa auf schmerzliche und peinliche Enthüllungen der einstigen Mitschuld seiner Mutter stoßen könnte. Aber von den wenigen Dienstboten, die schon vor zweiundzwanzig Jahren im Hause gewesen waren, wußte niemand mehr, als daß die junge Witwe und werdende Mutter sich damals begreiflicherweise völlig von jeder Geselligkeit zurückgezogen hätte; das schlimme Geheimnis war also nie über den allerengsten Familienkreis hinausgedrungen.
Nachdem Midwinter sicher war, daß nichts Allan aus seiner glücklichen Unwissenheit reißen und ihm die Erinnerung an die Mutter trüben konnte, zögerte er keinen Tag länger, ihm das Zimmer und die Bücher mit den verblichenen Inschriften selbst ausführlich zu zeigen. »Entschuldige, daß ich es nicht gleich am ersten Tag getan habe«, sagte er dazu einfach. »Ich wollte dich dummerweise nicht zu sehr dafür interessieren, weil es mir wieder einen meiner abergläubischen Schrecken eingejagt hatte – es erinnerte mich so an eine

gewisse Szene aus deinem Traum. Damit bin ich dir jetzt aber lange genug zur Last gefallen. Es soll nicht wieder vorkommen. Verzeih mir auch das – und damit wäre dann alles verziehen.«
Allan war unbefangen begeistert gewesen, endlich einen so hübschen, kleinen Privatraum mit wirklich persönlicher Atmosphäre gefunden zu haben, besonders im Gegensatz zu den anderen hochherrschaftlichen Zimmern des Wohntraktes, die für seinen Geschmack ja alle »eine Nummer zu groß« waren, wie er gleich nach der ersten Besichtigung gestanden hatte. Daß dies nun gar das Zimmer seiner lieben Mutter war, machte sein Glück vollständig. Noch am selben Tag brachte er – mit Midwinters bereitwilliger Hilfe – all seine Habseligkeiten und allen Krimskrams, an dem sein Herz hing, dorthin.
Midwinters Sieg über den eigenen Fatalismus schuf also gerade die nötigen Voraussetzungen zur Erfüllung der zweiten Traumvision, die andernfalls kaum möglich gewesen wäre. Denn sonst hätte Allan das Zimmer, in dem er sich nun täglich aufhielt, aus eigenem Antrieb höchstwahrscheinlich nie betreten.
Von keinen Ängsten mehr angefochten, wartete Midwinter nun, bald lesend, bald ruhig seinen Gedanken nachhängend, auf den Freund. Seit einigen Tagen hatte sich in Thorpe-Ambrose alles zum Besseren gewendet. Der gefürchtete Zinstag war ohne Schwierigkeiten und Zwischenfälle vorbeigegangen; Mr. Bashwood hatte ihn schon ausgezeichnet in seinen Aufgabenbereich eingeführt; die Pedgifts, Vater und Sohn, erwiesen sich als ebenso zuverlässige Helfer; Allan verstand sich gut mit seinen Pächtern und Bauerns – kurz: Wohin Midwinter auch blickte, zeigten sich freundliche Zukunftsaussichten.
Die Uhr schlug schon halb zwölf. Midwinter legte das Buch nieder, stand auf und ging an die halboffene Glastür, um in die Nacht hinauszusehen. Es war dunkel, still und schwül, und eben fielen die ersten schweren Regentropfen. Er war im Begriff, einen Diener herbeizuklingeln, um ihn mit einem Schirm zum Cottage zu schicken, als er Allans wohlbekannten Schritt über den Hof nahen hörte.
»Du kommst aber spät!« bemerkte Midwinter und ließ Allan an sich vorbei ins Zimmer treten. »War denn eine größere Gesellschaft drüben?«
»Nein, nur wir vier. Aber die Zeit ist mir verstrichen – ich weiß nicht, wie.« Allans Stimme klang ungewöhnlich gedämpft, und als er sich in einen der Korbsessel setzte, seufzte er sogar.
»Was fehlt dir denn?« fragte Midwinter. »Du kommst mir irgendwie bedrückt vor – kann das stimmen?«
Allan zögerte mit der Antwort. »Dir kann ich's ja sagen«, meinte er dann. »Kein Mensch braucht sich deswegen zu genieren. Es

wundert mich nur, daß du es nicht schon lange gemerkt hast! Natürlich steckt eine Frau dahinter. Ich bin verliebt.«
Midwinter lachte. »Miß Milroy war demnach heute abend ganz besonders bezaubernd?«
»Miß Milroy?« wiederholte Allan verständnislos. »Wer redet denn von Miß Milroy? Ich nicht!«
»Ja, aber wer ist denn dann die Glückliche?«
»Wer? Du stellst heute aber Fragen! In wen *könnte* man sich hier denn verlieben als in Miß Gwilt?«
Hierauf entstand eine plötzliche Stille. Allan saß in schlaffer, lässiger Haltung da, die Hände in den Hosentaschen, und blickte in den Nachtregen hinaus. Hätte er statt dessen seinem Freund etwas Beachtung geschenkt, so wäre er vielleicht ein wenig stutzig geworden.
»Du scheinst nicht einverstanden zu sein?« sagte er nach einer Weile, ohne sich umzuwenden.
Keine Antwort.
»Tja, es hätte auch wenig Zweck, irgendwelche Einsprüche zu erheben«, fuhr Allan fort. »Ich bin nun mal in Miß Gwilt verliebt, und es ist mir verdammt ernst.«
Jetzt antwortete Midwinter, sehr leise und beherrscht: »Dasselbe hast du mir vor vierzehn Tagen von Miß Milroy erzählt.«
»Pah! Das war doch bloß eine kleine Liebelei. Diesmal ist es ganz was anderes. Bei Miß Gwilt meine ich es ernst.«
Er drehte sich unvermittelt um, und Midwinter beugte sich ebenso schnell über ein Buch.
»Ich sehe schon, du hast was dagegen«, erklärte Allan mit einem gewissen Trotz. »Warum eigentlich? Weil sie nur eine arme Gouvernante ist? Nein, das ist es bestimmt nicht. Wenn du an meiner Stelle wärst, dächtest du wohl kaum an Standesunterschiede!«
»Nein . . . Wie käme ich dazu«, murmelte Midwinter und rückte mitsamt seinem Stuhl aus dem Lichtkreis der Lampe.
»Eine Gouvernante ist eine Dame, die nicht reich ist«, dozierte Allan, »und eine Herzogin ist eine Dame, die nicht arm ist. Das ist der ganze Unterschied, wenigstens in meinen Augen. Aber vielleicht stört dich der Altersunterschied? Daß sie ein paar Jährchen älter ist als ich, läßt sich ja nicht leugnen. Auf wieviel Jahre schätzt du sie, Midwinter? Ich sage: höchstens sieben- bis achtundzwanzig. Und du?«
»Es könnte stimmen.«
»Ist das nun wirklich so furchtbar? Würdest du dich an einem so geringen Altersunterschied stoßen, wenn du eine Frau rasend liebtest?«
»Sicherlich nicht, wenn ich . . .«

». . . sie rasend liebte. Sprich's ruhig zu Ende.«
Midwinter schwieg.
»Also«, resümierte Allan, »wenn auch du weder den Standes- noch den Altersunterschied als Hindernis ansiehst, was hast du dann eigentlich daran auszusetzen?«
»Ich habe kein Wort gesagt.«
»Nein, aber das ist es ja eben! Dein Schweigen ist ausdrucksvoll genug, mein Lieber.«
Wieder entstand eine Pause. Dann fragte Midwinter mit spürbarem Widerstreben: »Bist du deiner Gefühle ganz sicher, Allan? Denkst du im Ernst daran, dieser Dame einen Heiratsantrag zu machen?«
»Und wie ich daran denke! Ich kann ohne sie nicht mehr leben! Ich . . . ich bete den Boden an, auf den ihr Fuß tritt!«
»Seit wann –« Midwinters Stimme brach. Er sammelte sich einen Moment und begann die Frage noch einmal. »Seit wann treibst du diese neuartige Bodenanbetung?«
»Länger als du denkst. Und da ich dir ja alles anvertrauen kann –«
»Bitte, laß es!«
»Unsinn! Ich *muß* dir alles sagen. Da ist nämlich noch eine Kleinigkeit, die mich bedrückt, und ich brauche deinen Rat. Unter uns, ich habe schon ein paar Gelegenheiten gehabt, mich Miß Gwilt ohne Zeugen zu nähern, und –«
Midwinter stand plötzlich auf und ging an die Tür, die in den Korridor führte.
»Darüber reden wir lieber morgen weiter«, sagte er kurz. »Gute Nacht.«
Allan starrte verblüfft auf die Tür, die sich hinter seinem Freund schloß. Was ihn am meisten verwirrte, war die Tatsache, daß Midwinter zum erstenmal vergessen hatte, ihm beim Gutenachtsagen die Hand zu geben. Aber plötzlich ging die Tür wieder auf, und Midwinter kam zurück.
»Wir haben uns noch nicht die Hände gegeben«, sagte er heiser und holte das Vergessene abrupt nach. »Schlaf gut, Allan. Gott behüte dich. Morgen früh reden wir weiter. Gute Nacht.«
Allan blieb noch eine Weile, leicht verstört, mitten im Zimmer stehen, nachdem Midwinter ihn endgültig verlassen hatte. »Der Gute wird immer wunderlicher«, dachte er kopfschüttelnd. »Konnten wir die Sache nicht schnell fertig besprechen, wo wir nun schon mal dabei waren?«
Dann irrten seine Blicke und seine Gedanken jedoch wieder in Richtung des Cottage ab, und das letzte, was er vor sich hinmurmelte, ehe er sich zum Schlafengehen entschloß, war: Ob sie jetzt wohl auch an mich denkt?«

Sie dachte an ihn. Sie saß um diese Zeit über einen Brief an Mrs. Oldershaw und hatte gerade den zärtlichen Satz hingeschrieben: »Sei beruhigt – er hängt an der Angel!«

XIII

Abgang

Am nächsten Morgen regnete es immer noch. Midwinter erwartete Allan bereits am Frühstückstisch, was sonst nur selten vorkam. Er sah übernächtigt und abgespannt aus, begrüßte Allan aber mit ruhigem, gefaßtem Lächeln und knüpfte aus freien Stücken die nächtliche Unterhaltung genau da an, wo er sie abgebrochen hatte.
»Entschuldige, daß ich so schroff und unfreundlich war«, begann er. »Ich will es heute wieder gutmachen, indem ich mir alles ganz besonders geduldig anhöre, was du mir über deine Pläne mit Miß Gwilt zu sagen hast.«
»Jetzt möchte ich dich eigentlich nicht damit behelligen«, meinte Allan zögernd. »Du siehst aus, als ob du schlecht geschlafen hättest.«
»Ich schlafe schon seit längerer Zeit nicht gut«, sagte Midwinter leise. »Mit meiner Gesundheit steht es nicht zum besten. Aber ich glaube ein Mittel gefunden zu haben, mit dem ich mich kurieren kann, ohne erst einen Arzt zu bemühen. Darüber später. Jetzt besprechen wir erst einmal deine Angelegenheiten. Du hast heute nacht gewisse Schwierigkeiten angedeutet . . .« Er hielt inne. »Wäre es nicht vielleicht besser, du besprächest das alles mit Mr. Brock und nicht mit mir?«
»In diesem Fall finde ich dich geeigneter, schon weil wir Altersgenossen sind«, erwiderte Allan offenherzig. »Laß mich zuerst nur eine grundlegende Frage stellen. Mir kam es heute nacht so vor, als hättest du etwas dagegen, daß ich mich in Miß Gwilt verliebt habe. Habe ich mich geirrt oder nicht?«
Midwinter schwieg und zerkrümelte mit mageren, nervösen Fingern das Brot auf seinem Teller.
»Wenn du nämlich etwas dagegen hast«, fuhr Allan fort, »möchte ich wissen, was.«
Midwinter heftete die glühenden schwarzen Augen plötzlich mit einem langen, festen Blick auf Allans Gesicht, wobei er merklich erbleichte. »Gut, du liebst sie also«, sagte er nach einer Pause. »Liebt sie dich auch?«
»Hoffentlich hältst du mich nicht für einen Prahler, wenn ich das

zu bejahen wage«, sagte Allan verschämt lächelnd. »Aber ich sagte ja schon, daß ich sie gelegentlich ohne Zeugen sprechen konnte, und –«
Midwinters Augen senkten sich hastig wieder auf den Teller. »Ich verstehe«, unterbrach er. »Wenn es so ist, kann ich deine Frage beantworten. Ich habe nichts dagegen.«
»Willst du mir dann nicht gratulieren?« fragte Allan, immer noch etwas verlegen. »So eine wunderschöne und kluge Frau . . .«
Midwinter streckte ihm die Hand hin. »Ich schulde dir mehr als höfliche Glückwünsche. Ich schulde dir jede nur mögliche Hilfe, wenn es um dein Glück geht. Wie kann ich dir helfen?« Sein Händedruck wurde dabei immer fester und sein Gesicht immer bleicher. Allan erschrak.
»Was ist denn bloß mit dir los?« rief er. »Du siehst ja einfach hundeelend aus – und deine Hand ist eiskalt!«
»Ich falle eben dauernd von einem Extrem ins andere«, antwortete Midwinter mit gezwungenem Lächeln. »Weißt du noch, wie glühend heiß meine Hand war, als du sie zum allerersten Mal genommen hast? – Aber bleiben wir bei der Sache. Was siehst du noch für Schwierigkeiten? Du bist jung, reich, dein eigener Herr . . . und sie liebt dich. Ist dann nicht alles in bester Ordnung?«
»Ich weiß nicht recht, wie ich's ausdrücken soll«, erwiderte Allan zögernd. »Ja, die Liebe ist gegenseitig, und doch . . . ist noch etwas Fremdes zwischen uns. Wem das Herz voll ist, dem geht der Mund über – bei mir jedenfalls. Ich habe nicht die geringsten Hemmungen, ihr alles über mich zu erzählen, und über meine Mutter, und wieso ich hier Gutsbesitzer geworden bin – kurzum, meine ganze Lebensgeschichte. Sie kann wunderschön zuhören, und darum fällt es mir gar nicht auf, wenn wir zusammen sind – immer erst hinterher –, daß sie selbst nur sehr wenig spricht. Von ihrem Leben weiß ich noch nicht mehr als du und alle andern hier.«
»Vielleicht läßt du sie nur nicht zu Worte kommen. Hast du sie denn schon einmal gefragt?«
»Ja, neulich. Ich fragte sie nach ihrer Familie und früheren Erlebnissen und so weiter, aber ich muß es wohl wie gewöhnlich falsch gemacht haben, denn sie machte ein ganz sonderbares Gesicht . . . nicht direkt verletzt, aber . . . Herrje, da hast du's wieder! Nie finde ich im richtigen Moment das richtige Wort, und genau so war's natürlich bei ihr!«
»Immerhin muß sie dir doch irgendeine Antwort gegeben haben?«
»Ja, aber das ist nun eben das Schwierige. Sie sagte, eines Tages würde sie mir alles erzählen, aber ihre Geschichte sei so traurig, und ich sähe gerade so glücklich aus, daß sie es einfach nicht übers Herz brächte, davon anzufangen – und dabei stiegen ihr die Tränen in die Augen, Midwinter, dicke Tränen! Ich war vollkommen

erschüttert und habe natürlich nicht weiter in sie gedrungen. Nun weiß ich bloß nicht, wie ich je auf das Thema zurückkommen soll, ohne sie wieder zum Weinen zu bringen, und etwas mehr *muß* ich doch von ihr wissen. Nicht meinetwegen, sondern wegen Mr. Brock. Ich weiß ja nun, daß sie viel Unglück hinter sich hat, und für mich ist das ein Grund mehr, sie möglichst bald zu heiraten und glücklich zu machen – aber ich kenne unseren pflichtbewußten Brock. Wenn ich dem nicht genau über ihre Familie Auskunft geben kann (und hinter seinem Rücken kann ich schließlich nicht gut heiraten), stellt er sich von vornherein auf die Hinterbeine. Du sagst zwar ganz richtig, daß ich mein eigener Herr und mündig bin, und im äußersten Fall würde ich mich natürlich auch über Brocks Meinung hinwegsetzen, aber ohne Not möchte ich es nicht gern. Er war der beste und treueste Freund meiner armen Mutter und hat soviel für mich getan . . . na ja, du weißt ja, was ich meine.«

»Gewiß, Allan. Mr. Brock hat für dich immer wie ein Vater empfunden, und jede ernsthafte Uneinigkeit zwischen euch wäre das Betrüblichste, was ich mir vorstellen kann. Du mußt ihn unbedingt darüber beruhigen, daß die Frau, die du gewählt hast . . .« Midwinters Stimme versagte, und er verzichtete darauf, den Satz zu beenden.

»Ganz meine Ansicht!« rief Allan voller Eifer. »Und, siehst du, deshalb brauche ich so dringend deinen Rat. Wenn du an meiner Stelle wärst, Midwinter, hättest du bestimmt schon alles aus ihr herausgefragt, was du wissen willst – ganz taktvoll und unmerklich, ohne ihr weh zu tun. Ich kann das nicht. Ich bin in solchen Sachen wie der sprichwörtliche Elefant im Porzellanladen. Und familiäre Schwierigkeiten sind immer eine besonders kitzlige Angelegenheit – ich weiß wirklich nicht, wie ich eine so hochgebildete und empfindsame Frau wie Miß Gwilt danach fragen soll. Vielleicht ist da wirklich ein dunkler Punkt in der Familie, irgendein Verwandter, der sich schlecht aufgeführt und die anderen dadurch ruiniert hat . . . Ich könnte mir gut vorstellen, daß das arme Wesen nur deswegen ganz allein auf der Welt steht und sich sein Brot als Gouvernante verdienen muß. Nun habe ich mir inzwischen überlegt, daß der Major sich doch wahrscheinlich über ihr Vorleben informiert hat, bevor er sie engagierte – oder was meinst du?«

»Man sollte es annehmen, Allan.«

»Wieder genau meine Meinung! Eigentlich brauche ich also nur den Major zu fragen, nicht? Sobald ich ihre Lebensgeschichte in großen Zügen weiß, kann ich auch viel leichter auf die richtige Art mit ihr sprechen. Würdest du es erst mal so machen, wenn du an meiner Stelle wärst?«

»Ich weiß wirklich nicht recht, wie ich dir raten soll«, sagte Midwinter nach einer Pause. »Die Sache verlangt auf jeden Fall großes Zartgefühl.«

»Wenn du an meiner Stelle wärst ...« fing Allan wieder an. Midwinter konnte diese hartnäckige persönliche Formel allmählich kaum noch ertragen; daher unterbrach er Allan mit einiger Schärfe:

»Aber ich bin nicht an deiner Stelle. Meiner Ansicht nach solltest du auch dem Major gegenüber sehr vorsichtig sein, um dich nicht in ein schiefes Licht zu rücken. Möglicherweise ist er nicht sehr erbaut davon, daß du ihn nach den Privatangelegenheiten seiner Gouvernante aushorchen willst.«

Allan wurde rot.

»Lieber Himmel! Glaubst du wirklich, daß ich den Eindruck auf ihn machen könnte?«

»Nur, wenn er dich noch nicht genug kennt.«

»Ach, der kennt mich doch! Der kann mich doch nicht dermaßen mißverstehen, wenn ich ihn bitte, mir einen Rat zu geben, wie ich mit Miß Gwilt über persönlichere Dinge reden kann, ohne an etwa vorhandene alte Wunden zu rühren ... Da! Habe ich das nicht schon ganz elegant formuliert? Schließlich achten wir uns gegenseitig als Gentlemen, und –«

»Du gedenkst dem Major also gleich mitzuteilen«, fragte Midwinter mühsam, »daß du ehrbare Absichten auf Miß Gwilt hast?«

Merkwürdigerweise wurde Allan durch diese naheliegende Frage sichtlich verwirrt. »Ich ... ich weiß noch nicht«, erwiderte er stockend. »Ich dachte, ich strecke erst mal vorsichtig die Fühler aus und richte mich dann danach, wie er ... wie er reagiert.«

Diese Verzögerungstaktik sah Allan so wenig ähnlich, daß Midwinter nur mit einem stummen, fragenden Blick antwortete, der Allan noch mehr verwirrte.

»Siehst du, du hast meinen törichten kleinen Flirt mit Miß Milroy schon vergessen – aber der Major vielleicht nicht, und möglicherweise dachte er ... na ja, was alle Väter in solchen Fällen denken. Wäre es dann nicht ein bißchen peinlich, wenn ich ihm gleich ins Gesicht sagte, daß ich um die Hand seiner Gouvernante anhalten will und nicht um die seiner Tochter?«

Er wartete vergeblich auf Antwort. Midwinter öffnete zwar einen Moment den Mund, machte ihn aber sofort wieder zu. Allan fühlte sich sehr unbehaglich in seiner Haut, zumal der letzte Teil der Unterhaltung gewisse, nun unliebsame Erinnerungen an Nelly in ihm wachgerufen hatte. Er stand rasch vom Tisch auf und rettete sich in einen polternden Ton:

»Na los, nun sag schon was, statt dich in rätselhaftes Schweigen zu hüllen! Wie kommt es nur, daß du so einen uralten Kopf auf deinen jungen Schultern hast und aus jeder Mücke einen Elefanten

machst? Ich möchte jetzt deine klare Meinung wissen, ohne vieles Wenn und Aber: Rätst du mir ab, mit dem Major zu sprechen?«
»Ich rate dir weder zu noch ab, Allan. Ich kann – so, wie wir zueinander stehen – einfach nicht die Verantwortung übernehmen. Ich kann dich nur um zwei Dinge bitten.«
»Schön. Welche?«
»Erstens: Falls du mit dem Major sprichst, überlege dir jedes Wort zweimal – sprudle nicht so los wie üblich!«
»Wir reden ja seit fünf Minuten über nichts anderes als diese Notwendigkeit. Ich werd's nicht vergessen. Und zweitens?«
»Schreibe an Mr. Brock und ziehe ihn ins Vertrauen, bevor du entscheidende Schritte unternimmst! Willst du mir das versprechen?«
»Von Herzen gern. Noch etwas?«
»Nein. Das ist alles.«
Allan ging zur Tür. »Komm mit in mein Zimmer, da können wir eine Zigarre rauchen und in Ruhe weitersprechen. Der Diener kommt gleich zum Abräumen, und ich habe dir ja noch längst nicht alles über meine Begegnung mit Miß Gwilt erzählt.«
»Geh nur voran«, sagte Midwinter. »Ich komme in zwei Minuten nach.«
Er blieb noch einen Moment sitzen, ehe er sich müde erhob, zu einer der Fensternischen ging und einen fertig gepackten Rucksack hinter dem langen Vorhang hervorzog, wo er ihn vor dem Frühstück verborgen hatte. Es regnete noch immer. Er sah schwermütig in den grauen Tag hinaus, der sich in der fahlen Blässe seines Gesichts zu spiegeln schien. Nichts Jugendliches war mehr in seinen Zügen. Er schien über Nacht um zehn Jahre gealtert zu sein.

»Herrje!« rief Allan, als Midwinter mit Rucksack und Wanderstock in seinem Privatzimmer erschien. »Was soll denn *das* wieder heißen?«
»Nichts Besonderes«, erwiderte Midwinter. »Es heißt: Auf Wiedersehen.«
»Auf Wiedersehen?« schrie Allan und fuhr in die Höhe.
Midwinter drückte ihn sanft in den Sessel zurück, zog sich einen zweiten herbei und legte seine Wanderausrüstung daneben.
»Als du heute früh bemerktest, daß ich schlecht aussehe«, erklärte er ruhig, »sagte ich dir, daß ich etwas für meine Gesundheit tun wollte. Nun ist der Moment gekommen, etwas näher darauf einzugehen. Wie jedermann weiß und sieht, bin ich seit langem nicht ganz in Ordnung. Du hast darauf immer rührend Rücksicht genommen und mir Entgleisungen nachgesehen, die bei einem Gesunden unverzeihlich gewesen wären, auch unter Freunden.«
»Aber, mein Lieber«, protestierte Allan, »du hast doch hoffent-

lich nicht vor, ausgerechnet heute im strömenden Regen auf Wanderschaft zu gehen!«

»Der Regen und ich sind alte Bekannte«, versetzte Midwinter, »deswegen brauchst du dir keine Sorgen zu machen. Du weißt ja aus gelegentlichen Andeutungen, Allan, daß ich gegen Wetterunbilden von Kind an abgehärtet bin. Viel schlechter vertrage ich offenbar das allzu bequeme Leben, das wir hier führen. Um wieder ganz gesund zu werden, brauche ich mehr Bewegung in frischer Luft und dafür weniger üppige Kost, keine dauernde Bedienung, keine Wagen und keine weichen Kissen. Gib mir vierzehn Tage Urlaub, bitte! Mich zieht's in die Hochmoore von Yorkshire, in den Norden – und ich glaube dir versprechen zu dürfen, daß du nach meiner Rückkehr mehr Freude an mir hast. Vierzehn Tage verfliegen so schnell, daß du meine Abwesenheit kaum bemerken wirst. Mr. Bashwood führt das Büro solange weiter wie bisher; ich bin nicht unabkömmlich – also, ich bitte dich herzlich: Laß mich gehen!«

»Mir gefällt's nicht«, sagte Allan widerstrebend. »Mir gefällt dieser plötzliche Aufbruch ganz und gar nicht. Kommt mir wieder irgendwie verstiegen vor – nimm's mir nicht übel. Warum reitest du nicht, wenn du dich nach Bewegung in frischer Luft sehnst? Sämtliche Pferde in den Ställen stehen dir zur Verfügung. Und heute geht's schon gar nicht. Bei diesem Regen . . . Und für morgen habe ich die Milroys zu uns gebeten, natürlich mit Miß Gwilt, die wieder spielen wird – und du weißt ja nun, wie großartig sie spielt.«

Midwinter bückte sich nach seinem Rucksack, um eine Schnalle fester anzuziehen. »Ich werde Miß Gwilt hoffentlich noch gelegentlich hören, wenn ich wieder da bin«, sagte er von unten herauf.

»Weißt du, was dein einziger Fehler ist, mein Lieber?« bemerkte Allan. »Du hast einen furchtbaren Dickkopf. Und wenn du dir da mal was hineingesetzt hast, ist es mit Menschen- und Engelszungen nicht herauszukriegen. Also du willst wirklich gehen?« Er stand mit Midwinter zugleich auf. »Ich hätte nicht übel Lust, einfach mitzugehen und –«

»Und Miß Gwilt zu verlassen?« vollendete Midwinter leise.

Allan setzte sich, für den Moment zum Schweigen gebracht, wieder hin. Midwinter reichte ihm wortlos die Hand zum Abschied. Jeder bemühte sich, seine tiefe Bewegung vor dem anderen zu verbergen, und Allan tat es, seiner Natur gemäß, mit einer etwas krampfhaften Witzelei.

»Ich will dir mal was sagen: Du glaubst bestimmt immer noch an meinen idiotischen Traum. Denn natürlich läufst du jetzt nur vor mir davon!«

»Wie meinst du das?« fragte Midwinter unsicher, da Allan zu seinen Worten eine sehr ernsthafte Miene aufgesetzt hatte.
»Hast du neulich nicht selbst die Katze aus dem Sack gelassen, als du mir endlich Mutters Zimmer zu zeigen wagtest? Da hast du von meinen Traumvisionen gefaselt . . . Beim Zeus!« Allan sprang plötzlich wieder auf und sah sich im Zimmer um. »Jetzt erst sehe ich, daß sogar was dran ist! Der Regen schlägt gegen die Glastür – draußen sieht man nichts als ein Stückchen Rasen und Blumen – da steht die Niobe – und da stehst du, genau an der Stelle, wo der Schattenmann gestanden hat. Die Traumszene ist tatsächlich komplett, und diesmal habe *ich* es bemerkt!«
In Midwinters fahle Wangen schoß das Blut, und aus der Art, wie er die Übereinstimmung jetzt abzustreiten suchte, ging hervor, wie betroffen er war.
»Nein!« sagte er hastig. »Du vergißt einen wichtigen Umstand, wie gewöhnlich – im Traum hat der Schattenmann, bei sonst gleicher Szene, die Statuette vom Podest gestoßen, und du hast dich ärgerlich und beklommen nach den Scherben gebückt –, und das, Gott sei Dank, wird jetzt nicht passieren, womit das Ganze . . .« Er stockte und schlug beschämt die Augen nieder.
»Da haben wir's!« Allan zwang sich zu einem kleinen Lachen. »Die verdammte Nacht auf dem Wrack geht dir immer noch nach. Alles lastet auf dir wie eh und je.«
»Nichts lastet auf mir«, fuhr Midwinter ihn ungeduldig an, »als dieser Rucksack und das sinnlose Herumstehen. Schließlich will ich heute noch ein Stück vorankommen. Das Wetter scheint sich aufzuklären.«
»Kommst du auch wirklich zurück?« fragte Allan leise.
Midwinter öffnete die Glastür und trat in den Hof. »Ja«, erwiderte er einfach und weich. »In vierzehn Tagen. Leb wohl inzwischen, Allan, und viel Glück mit Miß Gwilt!«
Er entfernte sich rasch.
Allan war ihm unwillkürlich ein paar Schritte gefolgt, besann sich aber und kehrte zu seinem Sessel zurück. Er kannte Midwinter gut genug, um zu wissen, daß es keinen Zweck hatte, ihn aufhalten zu wollen. Vierzehn Tage lang mußte er also sehen, wie er ohne ihn zurechtkam . . . Der Regen strömte; es sah keineswegs nach baldiger Wetterbesserung aus, und Allan versank mehr und mehr in Trübsinn – einen Zustand, der ihm so wenig gemäß war, daß er schleunigst auf Abhilfe sinnen mußte. Er ließ sich also Hut und Schirm bringen und suchte im Cottage Zuflucht.
Das Gesicht des Dieners, der ihm den Schirm reichte, sprach Bände; nur merkte Allan so etwas nie. Infolgedessen ahnte er auch nicht, was die Dienerschaft von Midwinters plötzlichem Abschied dachte und wie alsbald das ganze Dorf darüber klatschte. Der

Krämer zum Beispiel hatte beobachtet, wie der wunderliche Herr, noch nicht weit vom Haus entfernt, sich im strömenden Regen zu einem Lausbuben niedergebeugt hatte, der sich über seinen Rucksack lustig gemacht und ihm eine bodenlose Frechheit nachgeschrien hatte.
Und was hatte Mr. Midwinter getan, statt ihm dafür, falls er ihn erwischte, die Hosen strammzuziehen? Er hatte ihn nachdenklich und mitleidig betrachtet, ihn freundlich zu sich gerufen und ihm einen Shilling geschenkt. »Bei dem rappelt's!« war die Schlußfolgerung des Krämers, die er mit einer bedeutsamen Fingerbewegung nach der Stirn unterstrich. »Das ist meine Meinung von Mr. Armadales Freund!«
Der Metzger des Städtchens, der Midwinter eine halbe Stunde später – immer noch im strömenden Regen – ebenfalls gesehen hatte, war derselben Meinung, hatte aber noch etwas restlos Bezeichnendes hinzuzufügen. »Ich sah ihn auf der anderen Straßenseite 'rankommen«, erzählte er einem gespannten Zuhörerkreis, »und – was meint ihr wohl? – plötzlich kam er 'rüber in meinen Laden und kaufte ein sehr anständiges Steak, prima Qualität, ist ja klar bei mir. Schön. Ich wickle es ihm ein, er zahlt, sagt guten Morgen und geht wieder hinaus. Und – was soll ich euch sagen? – ein paar Schritte weiter hockt er sich an den Bordstein, schneidet das Steak mit seinem Taschenmesser in Streifen und gibt es einem struppigen Straßenköter. Ein Steak, wiederhole ich, prima Ware, ein Sonntagsessen für einen Christenmenschen! – Ich bin ja auch ein Tierfreund, klar, das wißt ihr alle – aber so mit der Gottesgabe umzugehen! Dieser Mr. Midwinter sollte mal ordentlich hungern müssen. Dann würde ich nur sagen: Geschieht ihm recht!«
Soweit das Urteil der Kleinbürger über den im Regen entschwundenen Midwinter. Naturen wie die seine werden vom Kleinbürgerstandpunkt aus nie anders beurteilt, solange die Welt besteht.

Drittes Buch

I

Mrs. Milroy

Zwei Tage danach klingelte Mrs. Milroy, nachdem sie ihre langwierige morgendliche Schönheitspflege beendet hatte, ungeduldig nach der Pflegerin und fragte, ob der Postbote immer noch nicht gekommen wäre.

»Der Postbote?« wiederholte die Pflegerin ironisch erstaunt. »Ist Ihre Uhr stehengeblieben? Eine gute halbe Stunde müssen Sie schon noch warten.« Ihr Ton verriet, daß sie die Schwächen ihrer Herrin durch und durch kannte und sich, da diese von ihr abhängig war, herausnehmen durfte, soviel sie wollte. Mrs. Milroy ihrerseits war so an die schnippische Art ihrer Bediensteten gewöhnt, daß sie jetzt ihre Anweisungen erteilte, ohne davon Notiz zu nehmen.

»Wenn er kommt, sehen Sie zu, daß Sie ihn selbst abfangen«, befahl sie. »Der Brief, den ich erwarte, hätte schon vor zwei Tagen kommen müssen. Ich verstehe das nicht. Möglicherweise hat ihn das Dienstmädchen verschlampt.«

Die Pflegerin lächelte geringschätzig. »Irgendwen müssen Sie ja immer verdächtigen. Hoffentlich bin ich nicht wieder an der Reihe, wenn der Briefträger auch heute nichts bringt!« Damit ging sie hinaus.

Mrs. Milroy drehte sich langsam und mühselig auf ihrem Krankenlager um, bis das Gesicht dem Fenster zugekehrt war und das volle Tageslicht darauf fiel. Es war das Gesicht einer früher recht hübsch gewesenen Frau, die – den Jahren nach – immer noch in der Blüte des Lebens stand. Doch das jahrelange körperliche Leiden und die damit zusammenhängenden seelischen Veränderungen hatten ihre einstigen Reize für immer zerstört. Ins Unerträgliche verschlimmert wurde der Anblick dieses Wracks durch ihre Versuche, es zu übertünchen. Ihr spärlich und glanzlos gewordenes Haar wäre dem mitleidigen Betrachter nicht halb so unangenehm aufgefallen wie die goldblonde, jugendlich frisierte Perücke, ihr verwelkter Teint nicht halb so wie das unnatürliche Rouge auf Wangen und Lippen und die emailleähnliche Schminkschicht, die sie sich auf die Stirn zu kleistern pflegte. Ein Überfluß von Spitzen, Seidenbändern und glitzernden Schmuckstücken, der den Blick von ihrem zum Skelett abgemagerten Körper ablenken sollte, zog ihn nur um so stärker darauf und ließ alles durch die Kontrastwirkung grausiger erscheinen, als es wirklich war. Ein Heft mit Modekupfern, das reichgekleidete Damen in den graziösesten Posen ihrer gesunden Gliedmaßen darstellte, lag auf dem Bett, von dem Mrs. Milroy seit langen Jahren nicht mehr aufgestanden war, ein Handspiegel in Reichweite daneben. Nach diesem Spiegel griff sie auch jetzt, kaum daß sie sich allein wußte, und betrachtete sich mit verzehrendem Interesse.

»Von Tag zu Tag verfalle ich mehr«, dachte sie. »Mein Mann wird nur zu bald wieder frei sein . . . Aber vorher will ich dieses rothaarige Weibsbild aus dem Hause haben!«

Sie ließ den Spiegel auf die Bettdecke sinken und ballte die knochige Hand, die den Griff hielt, unwillkürlich zur Faust. Ihre Augen hefteten sich mit dem harten, stechenden Blick eines Raubvogels auf ein kleines Pastellporträt ihres Mannes, das an der gegenüberliegenden Wand hing. »Rotes Haar – das wirkt auf ältere Männer aufreizend, was?« zischte sie dem Bild höhnisch zu. »Rotes Haar, blutarmer Teint, ausgestopfter Busen . . . dazu der Gang einer Ballettratte und die leichten Fingerchen einer Taschendiebin – ah! *Miß* Gwilt! *Miß* – mit *den* Augen und *dem* Gang!«

Sie brach in heiseres Gelächter aus. »Die junge, die junge, die junge *Miß*!« wiederholte sie abgerissen, immer aufs neue, mit der ganzen giftigen Besessenheit, zu der unter allen fanatischen Lebewesen nur das fanatischste, eine eifersüchtige Frau, fähig ist.

Doch wir leben in einem Zeitalter, das für alle menschlichen Schwächen sofort die dazugehörige Entschuldigung findet. Darum wollen wir jetzt, um auch Mrs. Milroy zu entschuldigen, ihre Vergangenheit ein wenig unter die Lupe nehmen.

Sie hatte sehr jung geheiratet, und zwar einen Mann, der alt genug war, um ihr Vater zu sein, und damals den nicht unbegründeten Ruf genoß, seine gesellschaftliche Stellung gut zu nützen und viel Glück bei den Damen zu haben. Sie selbst, aus bescheideneren Kreisen und mäßig gebildet, hatte sich daher unendlich geschmeichelt gefühlt, als der umworbene Salonlöwe ihr seine Aufmerksamkeit zuwandte, und sich schließlich wirklich in ihn verliebt. Er seinerseits fühlte sich von ihrer rührenden Unerfahrenheit und Jugendfrische immer mehr angezogen, so daß er sie zum Staunen seiner bisherigen Kreise tatsächlich heiratete. Die Ehe wurde ungewöhnlich glücklich und blieb es, bis ihre kleine Tochter acht Jahre alt war. Dann aber schlug das Unglück gleich doppelt zu: Die junge Frau erkrankte, und der Major verlor durch Spekulationen, bei denen er schlecht beraten gewesen war, fast sein gesamtes Vermögen. Von diesem Moment an war es mit dem häuslichen Frieden vorbei.

An dem Major lag es nicht. Er hatte mittlerweile ein Alter erreicht, in dem Männer sich mehr nach Ruhe sehnen als nach gesellschaftlichem Glanz. Ihm genügte es, sich mit den gerade noch auskömmlichen Resten seines Vermögens aufs Land zurückzuziehen und sich seinem mechanisch-technischen Steckenpferd zu widmen. Eine etwa gleichaltrige, gebildetere und geduldigere Frau hätte diese Resignation wahrscheinlich verstanden und nicht nur gern geteilt, sondern sogar ihren besten Trost darin gefunden. Mrs. Milroy aber war durch nichts zu trösten. Weder ihre Natur noch ihre Erziehung hatte sie mit den nötigen Voraussetzungen ausgestattet, sich auf der Höhe des Lebens mit Siechtum und relativer Armut abzufinden. Der Fluch der unheilbaren Krankheit war für sie schon die Hölle auf Erden.
Leiden bringt manchmal die verborgenen guten Seiten eines Menschen ans Licht, aber mindestens ebensooft die schlechten. Mrs. Milroys gute Seiten hielten nicht stand, während ihre schlechten überhandnahmen. Alles, was kleinlich, falsch und bösartig in ihr war, wuchs im Verhältnis zu ihrem immer hoffnungsloseren körperlichen Zustand, bis es alles, was einst liebenswert gewesen, vollständig überwucherte. Erinnerungen an das lange Junggesellenleben ihres Mannes, die alte Angst vor Rückfällen und Seitensprüngen, die sie ihm in glücklichen, gesunden Ehetagen offen gebeichtet hatte und die immer grundlos gewesen waren, kamen jetzt in der schlimmeren Form des unterdrückten, verheimlichten, lauernden Argwohns zurück, der wie ein Krebsgeschwür in ihr fraß und schwärte und durch nichts mehr auszurotten war. Kein noch so unwiderleglicher Beweis des stillen und harmlosen Lebens, das ihr Mann jetzt führte, hätte dieses Mißtrauen der Kranken beschwichtigen können. Natürlich gab es auch bei ihr Zeiten trügerischer Ruhe, wie bei jedem Wahn – doch über kurz oder lang setzten die Anfälle von neuem ein. Sie verdächtigte wahllos jedes weibliche Wesen, vom Dienstmädchen angefangen, das in die Nähe ihres Mannes kam. Ihre Ausbrüche hatten der heranwachsenden Tocher die ersten Tränen der Scham in die Augen getrieben und die tiefsten Kummerfalten im Gesicht ihres Mannes verursacht.
Das Erscheinen Miß Gwilts hatte nun eine Krisis ausgelöst, die das bisher ängstlich gehütete Familiengeheimnis in die Öffentlichkeit tragen und das Leben anderer Leute beeinflussen sollte.
Nellys frühere Gouvernante war so reizlos gewesen, daß selbst Mrs. Milroy sie auf die Dauer nicht ernstlich als Versuchung für ihren Mann in Betracht gezogen hatte. Seltsamerweise hatte sie trotzdem geheiratet, und danach war der Major eigentlich entschlossen gewesen, seine Tochter in ein Internat zu schicken, um sie vor den unvermeidlichen Eheszenen zu bewahren, die für die

Ohren eines jungen Mädchens nicht das Richtige waren. Andererseits hing er sehr an Nelly, und sein innerer Kampf wurde schließlich doch durch das Engagement einer neuen Gouvernante entschieden. Major Milroy war schon so viel Kummer gewöhnt, daß er es vorzog, weiterhin beide Augen zu schließen, wie er es schon hundertmal getan hatte, und sich, wenn es allzu schlimm wurde, mit der alleinigen Gesellschaft seiner geliebten Uhr zu trösten. Außerdem dachte er in seiner Zerstreutheit gar nicht daran, daß eine Gouvernante zur Abwechslung auch einmal jung und hübsch sein könnte, nachdem er acht Jahre lang eine so unscheinbare Vertreterin dieses Berufs im Hause gehabt hatte.

Wie anders seine Frau! Sie dachte Tag und Nacht an nichts anderes – obwohl sie ihren neuen Argwohn vorerst mit keinem Wort verriet und nur darauf lauerte, die neue Gouvernante gleich bei ihrer Ankunft mit eigenen Augen zu sehen. Ihr Wunsch war erfüllt worden, und beim Anblick von Miß Gwilt war die schwelende Glut ihrer Eifersucht zu einem lodernden Feuer geworden.

Ihr haßerfüllter Verdacht richtete sich diesmal auch sofort auf die Mutter des Majors, mit der sie sich bitter verfeindet hatte. Er hatte niemanden sonst in London beauftragen können, die Bewerberinnen zu prüfen, und sie war ganz sicher, daß die alte Dame Miß Gwilt nur ausgesucht hatte, um ihr einen Tort anzutun. (Andere, normale Motive kommen für eine Frau, die sich in Mrs. Milroys Stadium befindet, ja nicht mehr in Frage.) Und so war es nicht verwunderlich, daß sie gleich am ersten Nachmittag, kaum daß Miß Gwilt die Tür des Krankenzimmers hinter sich geschlossen hatte, durch die Zähne zischte: »Spätestens nächste Woche fliegt sie 'raus!«

Fieberhaftes Grübeln, wie dies zu bewerkstelligen sei, kostete sie wieder einmal eine schlaflose Nacht.

Zunächst wurde die Pflegerin (nicht zum erstenmal) mit einem Kleidergeschenk bestochen, sich ihr als Spionin zur Verfügung zu stellen. Im Laufe der Jahre hatte fast die ganze, nutzlos gewordene Garderobe der Herrin auf diese Art die Besitzerin gewechselt. Die Pflegerin war – wie die meisten häßlichen Frauen – äußerst erpicht auf eleganten Tand, und diesmal bekam sie eine Robe, die ihr schon lange in die Augen gestochen hatte. Außerdem machte das geheime Ränkespiel ihr selber Spaß, so sehr sie Mrs. Milroy eben deswegen verachtete . . .

Doch ein Tag nach dem anderen verging, ohne daß Miß Gwilt ihren Feindinnen die geringste Handhabe lieferte. Sie hatten es diesmal mit einer Gegnerin zu tun, die ihnen beiden weit überlegen war.

Alle Versuche, den Major und die Gouvernante bei irgendwelchen

Formfehlern in Wort, Blick und Benehmen zu ertappen, verliefen ergebnislos. Nächtliches Spähen und Lauschen an Miß Gwilts Zimmer ergab, daß sie ihre Kerze meist sehr spät löschte und manchmal im Schlaf stöhnte – mehr nicht. Tagsüber konnte es höchstens Verdacht erregen, daß sie ihre Briefe stets selbst in den Kasten steckte, statt sie dem Dienstmädchen zu geben, und daß sie in ihren dienstfreien Stunden gern weite Spaziergänge unternahm, statt im Garten des Cottage zu bleiben. Einmal war die Pflegerin ihr verstohlen in den Park gefolgt – mit dem ziemlich beschämenden Resultat, daß Miß Gwilt sich nach wenigen Minuten gelassen umgedreht und aufreizend liebenswürdig gefragt hatte, ob sie die Pflegerin bitten dürfe, sich ihr beim Spazierengehen anzuschließen. Unnötig zu sagen, daß Mrs. Milroy in allem, was Miß Gwilt tat oder unterließ, Hinweise auf die raffinierteste Verderbtheit witterte, aber leider konnte sie ohne einen wirklich handfesten Grund nicht ihre Entlassung verlangen. Ihrem Brotherrn und ihrer Schülerin gegenüber verhielt sich Miß Gwilt tagaus, tagein unverändert korrekt – da war nichts zu machen.

Nachdem alle Versuche in dieser Richtung fehlgeschlagen waren, ließ Mrs. Milroy sich von ihrem Gatten den ausführlichen Bericht seiner Mutter geben, um möglicherweise darin den gesuchten Angriffspunkt zu finden.

Aber so gierig sie auch jede Zeile studierte: Nirgends war eine Lücke oder eine schwache Stelle. Die Mutter des Majors hatte der Bewerberin alle bei solchen Gelegenheiten üblichen Fragen gestellt und klare, sachliche Antworten erhalten. Höchstens der Schlußsatz des Briefes, in dem die alte Dame nach Erledigung des praktischen Teils noch ihren persönlichen Eindruck geschildert hatte, war etwas verfänglich. Er lautete:

»Ich war so beeindruckt von Miß Gwilts vornehmem Wesen, das in jeder Hinsicht auf beste Herkunft schließen läßt, daß ich die erste Gelegenheit wahrnahm, ihre Begleiterin leise zu fragen, wieso sie überhaupt Gouvernante geworden sei. ›Die übliche Geschichte‹, erwiderte Mrs. Mandeville. ›Ein trauriges Familienzerwürfnis, aus dem sie die für eine edle Natur einzig möglichen Konsequenzen zog. Sie spricht nie davon, und ich persönlich habe diese noble Zurückhaltung selbstverständlich immer respektiert.‹ Daraufhin war es für mich natürlich ebenso selbstverständlich, keine weiteren Fragen zu stellen. Der Privatkummer des armen Wesens geht uns nichts an. Ich habe es von jeher takt- und geschmacklos gefunden, Leute, die Unglück gehabt haben, mit unerbetenem Interesse zu belästigen, besonders wenn sie selbst eine so bewundernswürdige Haltung bewahren wie Miß Gwilt. Meine Pflicht habe ich erfüllt, indem ich mich in sachlicher Beziehung vergewisserte, eine kenntnisreiche, tüchtige und achtbare Lehrerin für mein Enkelkind gefunden zu haben.«

Da Mrs. Milroy diesen Absatz immer wieder mit dem glühenden Wunsch las, etwas Verdächtiges daran zu finden, fand sie ihn schließlich überaus verdächtig. Diesem geheimnisvollen Familienzerwürfnis mußte sie auf den Grund kommen, koste es, was es wolle! Die Gouvernante selbst auszufragen, versprach bei der bereits festgestellten Aalglätte dieses Geschöpfes wenig Erfolg. Besser war es, sich zuerst an die Dame zu wenden, die Miß Gwilt empfohlen hatte, und dann zu sehen, ob die Auskünfte in allen Punkten übereinstimmten . . .

Gedacht, getan. Mrs. Milroy schrieb einen kurzen, wohlüberlegten Brief an Mrs. Mandeville, in dem sie erklärte, daß ihr schlechter Gesundheitszustand sie leider nötige, die Erziehung ihrer Tochter vollständig in die Hände der Gouvernante zu legen. Aus diesem Grunde sei sie natürlich ängstlicher als andere Mütter darauf bedacht, ihr einziges Kind in wirklich zuverlässiger Obhut zu wissen, und Mrs. Mandeville möge ihr deshalb eine Frage verzeihen, die ihr vielleicht nach dem glänzenden Zeugnis, das sie Miß Gwilt bereits gegeben habe, etwas überflüssig vorkäme. Ihre, Mrs. Milroys, noch verbleibende leichte Unruhe bezöge sich auf die Umstände, die Miß Gwilt gezwungen hatten, als Gouvernante in fremden Häusern tätig zu sein, und sie bäte höflichst – natürlich unter Zusicherung vollkommener Diskretion – um diesbezügliche Aufklärung.

Nun wartete Mrs. Milroy schon seit Tagen vergeblich auf die Antwort, und ihre Ungeduld war kaum noch zu zügeln. Eben streckte sie die Hand wieder nach der Klingel aus, als die Tür aufging und die Pflegerin ungerufen hereinkam.

»War der Postbote da?« fragte Mrs. Milroy hastig.

Die Pflegerin legte wortlos einen Brief auf die Bettdecke und wartete dann mit unverhohlener Neugier auf die Reaktion ihrer Herrin.

Mrs. Milroy riß den Umschlag mit fliegenden Fingern auf. Sie traute ihren Augen nicht: Drinnen befand sich ihr eigener, vor Tagen abgeschickter Brief! Ein beigefügtes Druckblatt der Post belehrte sie, daß der Brief ordnungsgemäß an die richtige Adresse befördert worden, die Adressatin jedoch nicht aufzufinden gewesen sei.

»Stimmt was nicht?« fragte die Pflegerin, der Mrs. Milroys veränderter Gesichtsausdruck nicht entgangen war.

Sie erhielt keine Antwort. Mrs. Milroy suchte fieberhaft auf dem Nachttisch nach dem Brief ihrer Schwiegermutter, um die darin angegebene Adresse von Miß Gwilts Bürgin noch einmal mit der auf ihrem Brief zu vergleichen. Hatte sie beim Abschreiben etwa einen Fehler gemacht? Nein, hier wie dort stand deutlich und gleichlautend: »Mrs. Mandeville, 18, Kingsdown Crescent, Bayswater.«

»Stimmt was nicht?« wiederholte die Pflegerin und kam einen Schritt näher.

»Ja – Gott sei Dank!« stieß Mrs. Milroy plötzlich in wildem Triumphausbruch hervor. Sie warf der Pflegerin das Postformular zu und klatschte in die Knochenhände. »Dieses Weibsbild ist eine Hochstaplerin! Eine Hochstaplerin, Rachel, darauf können Sie Gift nehmen! Aaah! Ich will ans Fenster geschoben werden und zusehen, wenn die Gendarmen sie aus dem Haus zerren!«

»Sagen, daß jemand hochstapelt, und es beweisen, ist zweierlei«, bemerkte die Pflegerin, steckte die Hand in die Schürzentasche und brachte mit verschlagenem Blick einen zweiten Brief zum Vorschein.

»Für mich?« fragte Mrs. Milroy verdutzt.

»Nein«, antwortete die Pflegerin. »Für Miß Gwilt.«

Die beiden Komplizinnen sahen einander schweigend an – und verstanden sich.

»Wo ist sie?« flüsterte Mrs. Milroy nach einer Pause.

Die Pflegerin deutete mit dem Daumen in Richtung des Parks. »Spazieren – wieder mal ganz allein – und das vor dem Frühstück!«

Mrs. Milroy winkte sie aufgeregt näher heran. »Können Sie ihn unauffällig öffnen, Rachel?« flüsterte sie ihr ins Ohr.

Rachel nickte.

»Und auch wieder schließen . . . so, daß sie nichts merkt?«

»Können Sie die perlgraue Schärpe entbehren?« war Rachels Gegenfrage.

»Ja, ja!« sagte Mrs. Milroy ungeduldig.

Die Pflegerin öffnete wortlos den Kleiderschrank, nahm die Schärpe heraus und verließ das Zimmer. Fünf Minuten später kam sie mit dem offenen Brief zurück, legte ihn vor Mrs. Milroy auf die Bettdecke und sagte gelassen: »Schönen Dank auch für die Schärpe, Ma'am.«

Mrs. Milroy besah den Umschlag, der wie üblich gummiert und einfach über Dampf geöffnet worden war. Ihre Finger zitterten heftig, als sie das Innenblatt hervorzog, und die dicke Schminkschicht auf ihrer Stirn bekam einige Sprünge.

Rachel zog sich als Wächterin ans Fenster zurück. »Noch nichts von ihr zu sehen«, meldete sie. »Lassen Sie sich Zeit.«

Mrs. Milroy zögerte merkwürdigerweise, das Briefblatt, das alles entscheiden konnte, auseinanderzufalten. Sie hätte Miß Gwilt mit Wonne ermordet – aber irgend etwas hielt sie von dieser gemeinen Indiskretion zurück.

»Nanu, haben Sie jetzt auf einmal Skrupel?« fragte die Pflegerin

hohnlächelnd. »Sie können sich doch jederzeit mit Ihren edlen Mutterpflichten herausreden!«
»Biest!« zischte Mrs. Milroy. Und mit dieser offenen Meinungsäußerung überwand sie die letzte Hemmung und las.
Der Brief war offenbar in großer Eile geschrieben. Das Datum fehlte, und die Unterschrift bestand nur aus zwei Anfangsbuchstaben. Der Text war:

Diana Street

Meine liebe Lydia,
die Droschke steht schon vor der Tür, darum kann ich Dir heute nur schreiben, daß ich für drei, vier Tage – höchstens eine Woche – geschäftlich verreisen muß. Post wird nachgeschickt. Deinen Brief gestern erhalten. Lenke ihn von seinen dummen Fragen nach Deiner Lebensgeschichte so lange ab wie möglich. Je näher Du ihn kennenlernst, desto leichter wirst Du ihm dann etwas auf ihn Zugeschnittenes erzählen können. Aber vergiß nicht, was Du ihm erzählt hast, damit Du nicht plötzlich mit einer anderen Version kommst. Also nichts Kompliziertes – und vor allem nichts Überstürztes! Ich werde Dir noch diesbezügliche Vorschläge schreiben. Inzwischen riskiere nichts und triff Dich nicht zu oft mit ihm im Park.

Herzlichst
M. O.

»Triff dich nicht zu oft mit ihm im Park . . .?« murmelte Mrs. Milroy, weiter wie gebannt in den Brief starrend. »Mit . . . Rachel! Wo ist mein Mann?«
»In seinem Zimmer.«
»Das glaube ich nicht!«
»Dann lassen Sie's bleiben. Geben Sie jetzt den Brief und den Umschlag wieder her.«
»Können Sie ihn wirklich so zumachen, daß sie nichts merkt?«
»Was ich aufgekriegt habe, kriege ich auch wieder zu. Sonst noch Wünsche?«
»Nein, danke.«
Sich selbst überlassen, spann Mrs. Milroy sofort neue Angriffspläne. Der Brief hatte, wenn auch nicht viel, so doch die klare Tatsache enthüllt, daß sich eine Abenteuerin vermittels gefälschter Referenzen ins Haus geschlichen hatte. Aber da Mrs. Milroy unmöglich zugeben konnte, daß sie ihrerseits einen Privatbrief geöffnet hatte, waren ihr vorläufig die Hände gebunden. Sie konnte weder den Major noch Miß Gwilt selbst mit dem Inhalt des Briefes konfrontieren. Wie sollte sie trotzdem Gebrauch davon machen,

und zwar ohne Zeitverlust? Das war jetzt die große, nervenaufreibende Frage.
Je länger sie hin und her überlegte, desto deutlicher wurde ihr, daß ihr Triumph verfrüht gewesen war. Ihrem Mann konnte sie nur den einen – allerdings schon hinlänglich verdächtigen – Umstand erzählen, daß die Dame, die für Miß Gwilt Bürgschaft geleistet hatte, spurlos und ohne Angabe einer neuen Adresse verschwunden war. Aber sie kannte ihren Mann immerhin gut genug, um zu wissen, daß er einfach und offen die Gouvernante um eine Erklärung bitten würde – und daß diese sich nicht nur für den Moment glatt aus der Affäre ziehen, sondern auch ihrer Londoner Komplizin einen Wink geben würde, die Sache wieder einzurenken, war vorauszusehen; außerdem würde sie nach dieser Warnung doppelt gerissen vorgehen und dafür sorgen, daß man ihr bald überhaupt nichts mehr nachweisen konnte. Nein, tiefes Schweigen und heimliche Nachforschungen auf anderem Wege waren jetzt Mrs. Milroys einzige Waffen. Aber wen sollte sie mit intensiveren Nachforschungen betrauen? Die Pflegerin, selbst wenn sie ganz zuverlässig war (was Mrs. Milroy manchmal bezweifelte), war im Krankenzimmer unentbehrlich und konnte unmöglich für einen oder gar mehrere Tage weggeschickt werden, ohne daß es Aufsehen erregte. Wer kam sonst in Frage? Niemand. Mrs. Milroy wälzte sich verzweifelt von einer Seite auf die andere. »Oh, wenn ich doch nur einen einzigen Menschen hätte, der zu mir hält!«
stöhnte sie vor sich hin.
Sie schrak zusammen, als sie im selben Moment ein leises Klopfen und eine Stimme von draußen hörte:
»Darf ich hereinkommen?«
»Nelly? Was willst du?« fragte Mrs. Milroy scharf.
»Ich bringe dir nur das Frühstück, Mama.«
»Das Frühstück? Warum macht Rachel das nicht, wie gewöhnlich?« Sie überlegte sekundenlang und sagte dann ebenso scharf wie vorher: »Komm herein!«

II

Der Helfer ist gefunden

Nelly trat ein, das unveränderliche Krankenfrühstück – Tee, Toast und ein Stückchen Butter – vorsichtig auf einem Tablett vor sich hertragend.
»Was sind denn das für neue Moden?« fragte Mrs. Milroy ungnä-

dig und musterte die Tochter wie ein lästiges, ungerufenes Dienstmädchen.
»Ich dachte, es freut dich vielleicht . . .« flüsterte Nelly schüchtern. »Darum habe ich Rachel gebeten, dir ausnahmsweise einmal das Tablett bringen zu dürfen.«
»Nun, dann wünsche mir erst einmal auf manierliche Weise guten Morgen!« befahl die Mutter.
Nelly gehorchte und beugte sich über das Bett. Aber noch ehe ihre Lippen die geschminkte Wange Mrs. Milroys berührt hatten, wurde sie grob am Arm gepackt und dem Licht zugedreht. Nellys Gesicht war unverkennbar bleich und verstört, und ein Todesschrecken durchzuckte ihre Mutter. Wahrscheinlich hatte Miß Gwilt inzwischen gemerkt, daß ihr Brief widerrechtlich geöffnet worden war, und Rachel hielt sich deshalb wohlweislich außer Reichweite!
»Laß los, Mama«, bat Nelly zurückweichend. »Du tust mir weh!«
»Warum hast du mir heute das Frühstück gebracht?« begann Mrs. Milroy das Verhör von neuem.
»Das habe ich dir doch schon gesagt, Mama.«
»Gesagt, gesagt! Du lügst! Ich seh's dir am Gesicht an! Was ist der wirkliche Grund? 'raus mit der Sprache!«
Nelly schlug die Augen nieder. »Ich . . . ich . . .« stammelte sie mit Anstrengung –, »ich hab' mich über etwas geärgert . . . und wollte nicht mit den andern zusammen frühstücken. Darum bin ich heraufgekommen.«
»Geärgert? Was ist los? Wer hat dich geärgert? Miß Gwilt vielleicht?«
Nelly schlug rasch die Augen wieder auf und sah ihre Mutter erschrocken an. »Mama! Kannst du Gedanken lesen? Du machst einem ja Angst! – Ja, es war Miß Gwilt.«
Ehe Mrs. Milroy weiterfragen konnte, öffnete sich die Tür, und die Pflegerin sah herein, um sich gleichmütig wie immer zu erkundigen: »Alles in Ordnung? Miß Nelly wollte ja durchaus das Tablett 'raufbringen. Hoffentlich hat sie nichts hingeworfen.«
»Geh ans Fenster, Nelly«, befahl Mrs. Milroy. »Ich habe etwas mit Rachel zu besprechen.« Nachdem Nelly sich gehorsam zurückgezogen hatte, winkte sie hastig die Pflegerin heran und flüsterte: »Hat es geklappt? Oder . . .?«
»Was ich mache, mache ich ordentlich«, erwiderte die Pflegerin mit ihrem gewohnheitsmäßigen, mokanten Lächeln. »Selbstverständlich hat sie nichts gemerkt. Ich habe mit eigenen Augen gesehen, wie sie den Brief geöffnet und in aller Ruhe gelesen hat.«
Mrs. Milroy atmete erleichtert auf. »Danke«, sagte sie, nun wieder in lautem, normalem Ton. »Im Moment brauche ich nichts weiter.«

Die Pflegerin ging, und Nelly kam vom Fenster zurück. Mrs. Milroy nahm sie bei der Hand und betrachtete sie aufmerksamer und freundlicher als seit langem. Ja, ihre Tochter begann sie heute geradezu zu interessieren – weil auch sie etwas gegen Miß Gwilt auf dem Herzen hatte.

»Als du klein warst, dachte ich immer, du würdest mal ganz hübsch werden«, begann sie scheinbar abgelenkt, um nicht allzu direkt auf ihr Ziel loszusteuern. »Aber ich weiß nicht recht ... Heute siehst du jedenfalls in jeder Weise schlecht aus. Bist du krank? Oder was ist sonst mit dir los?«

Wenn das Verhältnis zwischen Mutter und Tochter normal gewesen wäre, hätte Nelly jetzt vielleicht unumwunden die Wahrheit gesagt, nämlich: »Kein Wunder, daß ich schlecht aussehe – mir ist das ganze Leben vergällt. Ich bin in Mr. Armadale verliebt, und ich weiß, daß auch er sich eine ganze Menge aus mir gemacht hat ... Leider hatten wir eine kleine Meinungsverschiedenheit, an der ich schuld war. Ich wollte es ihm sagen und alles wieder gutmachen ... Aber ich bin nie dazu gekommen. Jetzt steht Miß Gwilt zwischen uns. Sie hat ihn völlig verändert, sie hat ihn mir weggenommen ... Er behandelt mich seitdem wie eine Fremde. Ich kann nicht mehr offen mit ihm sprechen wie einst; ich kann ihm natürlich auch nicht schreiben, denn das sähe ja aus, als wollte ich mich ihm an den Hals werfen. Alles ist aus! Und diese Person ist daran schuld. Sie schikaniert mich den ganzen Tag – das kann sie so raffiniert, daß sie immer groß und unangreifbar dasteht und ich am Ende die Blamierte bin, ganz gleich, was ich sage oder tue. Ach, ich war so glücklich hier, bevor sie kam! Und nun bin ich todunglücklich ...« So oder ähnlich hätte Nelly sich ausgedrückt, wenn ihre Mutter ihr je Anteilnahme und Verständnis geschenkt hätte. Aber wie die Dinge standen, konnte sie nur den Kopf senken, um ihre aufsteigenden Tränen zu verbergen – und schweigen.

»Na, los!« Mrs. Milroy verlor allmählich die Geduld. »Sagtest du nicht vorhin, du hättest dich über Miß Gwilt geärgert? Weswegen?«

Nelly schluckte krampfhaft die Tränen herunter und antwortete mühsam: »Ach, weil sie mich dauernd reizt, Mama – und zwar mit Absicht, bestimmt! Ich kann es kaum noch ertragen!« Der Zorn überkam sie so, daß sie ihre Schüchternheit vergaß und mit dem Fuß aufstampfte. »Wenn das noch lange so weitergeht, werfe ich ihr etwas an den Kopf! Das wäre heute schon passiert, wenn ich nicht schnell aus dem Zimmer gegangen wäre. Bitte, bitte, Mama, sprich mit Papa darüber! Lieber gehe ich ins Internat, als das noch länger auszuhalten! Ich bin zu *allem* bereit, wenn ich nur diese Miß Gwilt loswerde!«

Nellys Stimme klang ihrer Mutter plötzlich wie süßes Himmels-

getön in den Ohren. Sie richtete sich langsam auf den Ellbogen auf. War es möglich? Kam ihr Hilfe von einer Seite, an die sie am allerwenigsten gedacht hatte?
Sie zwang sich zur Ruhe.
»So, du möchtest sie loswerden ... Hast du etwas Bestimmtes gegen sie vorzubringen?«
»Nein! Eben nicht! Das ist es ja, womit sie mich wahnsinnig macht! Miß Gwilt ist über jeden Vorwurf erhaben. Etwas Unausstehlicheres gibt es für mich überhaupt nicht, und ... das ist natürlich wieder etwas, was man nicht sagen dürfte, aber ... ich hasse sie!«
Mrs. Milroy forschte im Gesicht ihrer Tochter wie noch nie. Sie spürte genau, daß diesem Kleinmädchenhaß etwas Tieferes zugrunde lag – etwas, das von lebenswichtiger Bedeutung für sie selbst war –, und sie mußte dahinterkommen, um ihr eigenes Ziel zu erreichen. Ihre Miene und ihre Stimme wurden erstaunlich warm und teilnahmsvoll.
»Reg dich nicht so auf, mein Liebes, und gieße mir bitte eine Tasse Tee ein. Warum kommst du eigentlich mit deinem Kummer zu mir? Warum sprichst du nicht mit Papa?«
»Ich habe es versucht«, gestand Nelly. »Aber es war zwecklos – Papa ist doch viel zu gut, um so ein Frauenzimmer zu durchschauen! Außerdem benimmt sie sich ihm gegenüber natürlich reizend – immer umsichtig, nützlich, taktvoll und so weiter, also ein leuchtendes Vorbild für mich, wie's im Buche steht. Ich kann ihm einfach nicht begreiflich machen, was ich gegen sie habe – ich kann's ja auch *dir* nicht begreiflich machen –, meine Gründe verstehe nur ich selbst.« Sie goß mit bebenden Händen den Tee ein, warf prompt die Tasse um und brach in Tränen aus. »Da siehst du es – ich bin zu nichts nütze! Besser, ich laß dich in Ruhe – ich kann dir ja nicht mal eine Tasse Tee einschenken!«
Mrs. Milroy ergriff Nellys Hand und hinderte sie an der beabsichtigten Flucht. So geringfügig auch die Bemerkung über Miß Gwilts Benehmen gegen den Major gewesen war, hatte sie doch genügt, alle mühsam gebändigte Eifersucht wieder hell auflodern zu lassen. Sie ließ die Maske fallen und sagte hastig:
»Warte! Du bist genau am richtigen Ort! Sprich dich nur weiter über Miß Gwilt aus ... Ich stehe auf deiner Seite ... Ich hasse sie auch!«
»Du, Mama?« Nelly starrte sie verblüfft an.
Vor diesem kindlich ahnungslosen Blick schrak Mrs. Milroy noch ein letztes Mal zurück. Reste von Selbstachtung, Frauenstolz und Mutterinstinkt lebten kurz und schwächlich in ihr auf und beschworen sie, die Jugend und Unschuld ihrer Tochter zu respektieren. Aber Eifersucht achtet nichts und niemand – nur sich selbst.

Die Selbstquälerei langer Jahre glühte in Mrs. Milroys flackerndem Blick, alles aufgespeicherte Gift brach sich nach außen Bahn, als sie ihrer Tochter langsam und bedeutungsschwer zuraunte: »Wenn du Augen im Kopf hättest, hättest du gar nicht erst versucht, dich bei deinem Vater zu beklagen. Der hat seine ganz privaten Gründe, nichts auf Miß Gwilt kommen zu lassen!«
Viele Mädchen in Nellys Alter hätten die grobe Anspielung gar nicht verstanden. Nelly aber kannte ihre Mutter in dieser Beziehung leider schon gut genug, um sie aufs Wort zu verstehen. Sie fuhr zurück und wurde blutrot. »Aber Mama!« rief sie. »Wie kannst du so reden! Papa ist der beste und anständigste und gütigste – bitte, sprich nicht weiter! Ich will so etwas nicht hören!«
»Werde jetzt nicht unverschämt, du dummes Ding!« fauchte Mrs. Milroy sie an, um so wütender, weil sie sich im Unrecht fühlte. »Bildest du dir etwa ein, *du* müßtest mich daran erinnern, was ich deinem Vater schulde? Ich habe ihn schon geliebt und geehrt, als du noch lange nicht auf der Welt warst! Und als du dann kamst – na, du warst eine schöne Enttäuschung für mich, damit du's nur weißt, denn ich hatte mir natürlich einen Jungen gewünscht, du alberne Gans! Wenn du je einen Mann findest, der dumm genug ist, dich zu heiraten, kann er sich glücklich schätzen, wenn du ihn nur halb so – ach was, ein Viertel, ein Hunderttausendstel so verehrst, wie ich deinen Vater verehrt habe! Ah, jetzt heulst du – jetzt kommst du angekrochen, wenn's zu spät ist und du deine Mutter tödlich beleidigt hast! Ich war als junge Frau, weiß Gott, hübscher, als du je sein wirst – und ich wäre für deinen Vater durchs Feuer gegangen! Ich hätte mir für ihn den rechten Arm abhacken lassen!« Plötzlich kehrte sie das Gesicht zur Wand und vergaß momentan alles, ihre Tochter, ihren Mann, da die Erinnerung an die verlorene Schönheit sie überwältigte. »Meine Arme!« murmelte sie kaum hörbar. »Was hatte ich für wundervolle Arme!« Sie streifte heimlich die Spitzenmanschette von einem ihrer Handgelenke zurück und schauderte. »Und jetzt . . . nichts als Haut und Knochen – großer Gott!«
Nelly war neben dem Bett in die Knie gesunken und vergrub ihr Gesicht in der Decke. Voller Verzweiflung war sie heraufgekommen, weil sie nicht mehr wußte, wohin mit sich und ihrem Kummer – und das war der Erfolg! »Oh, Mama«, schluchzte sie, »du weißt doch, daß ich dich nicht kränken wollte! Aber ich kann es eben nicht hören, wenn du von Vater – bitte, bitte, verzeih mir!«
Mrs. Milroy drehte sich langsam wieder um und sah sie leer an. »Was?« fragte sie geistesabwesend.
»Verzeih mir, Mama, ich flehe dich auf den Knien an! Ich bin doch so furchtbar unglücklich . . . Bitte, sei gut zu mir! Kannst du mir nicht verzeihen?«

»Warte . . .« Mrs. Milroy mußte sich erst in die Gegenwart zurückfinden. »Ah, richtig!« sagte sie dann plötzlich. »Meinetwegen, ich werde dir noch einmal verzeihen – unter einer Bedingung.« Sie hob Nellys Kopf und sah ihr forschend ins Gesicht. »Sag mir, warum du Miß Gwilt haßt! Du mußt einen ganz bestimmten Grund dafür haben, aber den hast du bis jetzt noch nicht gestanden.«

Nelly ließ den Kopf schnell wieder sinken, aber das brennende Rot, das ihr in die Wangen schoß, zeigte sich auch in ihrem Nacken. Ihre Mutter sah es und ließ ihr etwas Zeit, bevor sie mit milderer Stimme wiederholte: »Also – warum haßt du sie?«

Die Antwort kam widerstrebend, tröpfelnd, Silbe für Silbe:

»Weil – sie – versucht –«

»Was?«

»Jemanden, der – viel zu – viel zu –«

»Weiter!«

»Viel zu jung für sie ist, zum –«

»Zum Heiraten zu bewegen?«

»Ja, Mama.«

Mrs. Milroy stockte der Atem. Sie beugte sich noch etwas weiter vor und zwang sich, ihre unwillkürlich zupackende Geste in eine Art Streicheln zu verwandeln.

»Wer ist es denn, Nelly?« flüsterte sie.

»Sagst du es auch niemandem weiter, Mama?«

»Niemals! Wer ist es?«

»Mr. Armadale.«

Mrs. Milroy ließ sich schweigend auf ihr Kissen zurücksinken. Daß ihr soeben das erste, gehütete Herzensgeheimnis ihres eigenen Kindes offenbart worden war, glitt spurlos an ihr ab. Was kümmerte sie Nellys erste Liebe! Sie hatte genug damit zu tun, die unerwartete Neuigkeit in das Zerrbild einzufügen, das ihre Eifersucht ihr vorgaukelte und an das sie unerschütterlich glaubte. »Ein Tarnmanöver«, dachte sie, »damit die dumme Kleine nicht merkt, auf wen sie es wirklich abgesehen hat!« Laut fragte sie nur: »Meinst du, daß sie damit Erfolg haben wird? Hat Mr. Armadale denn schon irgendwelches Interesse gezeigt?«

Nelly blickte auf. Das Schwerste hatte sie hinter sich. Sie hatte die Wahrheit über Miß Gwilt gebeichtet, und sie hatte sogar Allans Namen über die Lippen gebracht. Das übrige ging nun leichter.

»Er ist ganz vernarrt in sie – ich verstehe es einfach nicht!« sprudelte sie hervor. »Sie muß ihn regelrecht behext haben. Sie . . . oh, ich kann nicht darüber sprechen. Mir reißt schon die Geduld, wenn ich nur daran denke!«

»Wieso bist *du* denn so weitgehend über Mr. Armadales Privatangelegenheiten im Bilde?« bohrte Mrs. Milroy weiter. »Hat er dich

etwa über seine Neigung für Miß Gwilt ins Vertrauen gezogen?«
»Mich!« rief Nelly entrüstet. »Mir genügt es schon, daß er Papa ins Vertrauen gezogen hat!«
Das Wort »Papa« trieb Mrs. Milroys Spannung aufs äußerste. Sie stützte sich wieder auf die Ellenbogen und sagte: »Hol dir einen Stuhl, Kind, und erzähl mir alles ganz genau – jedes Wort, hörst du? Jedes Wort!«
»Ich kann nur wiederholen, was Papa mir erzählt hat.«
»Wann?«
»Samstag. Ich brachte ihm seinen Lunch in die Werkstatt. Da sagte er, Mr. Armadale hätte ihm gerade einen kurzen Besuch abgestattet und ihm etwas gesagt, was auch mich vielleicht interessieren könnte. Ich sagte nichts dazu, Mama – ich schwieg und wartete. Papa erzählte dann, Mr. Armadale hätte von seiner ... seiner Hochachtung vor Miß Gwilt angefangen und nach einigem Herumdrucksen gesagt, er müsse Papa ihretwegen etwas fragen, wozu er eigentlich nicht ganz berechtigt sei. Papa machte ihn humorvoll darauf aufmerksam, daß man in solchen Fällen am besten möglichst taktvoll vorginge. Mich interessierte die ganze Sache nicht besonders, Mama ... Mochte Mr. Armadale doch sagen oder tun, was er wollte! Was ging es *mich* an?«
»Eben, deine Meinung ist hier belanglos«, unterbrach Mrs. Milroy scharf. »Bleibe bei dem, was dein Vater gesagt hat. Wie verhielt er sich übrigens, solange von Miß Gwilt die Rede war? Wie sah er aus?«
»Wie immer, Mama. Er ging in der Werkstatt auf und ab, wie es seine Gewohnheit ist, und ich hakte ihn unter und ging mit ihm –«
»Rede doch nicht dauernd von dir!« fuhr Mrs. Milroy gereizt dazwischen. »Hat er dir nun gesagt, was Mr. Armadale über Miß Gwilt wissen wollte – oder nicht?«
»Doch, Mama. Mr. Armadale redete also eine Weile von seiner ... Hochachtung und so, und dann fragte er, ob Papa ihn nicht etwas näher über ihr früheres Familienunglück informieren könnte –«
»Was!?« entfuhr es Mrs. Milroy. Es war fast ein heiserer Schrei, und die längst gesprungene Schminkschicht auf ihrer Stirn begann an einigen Stellen zu bröckeln. Sie hing jetzt so dicht an der Bettkante, daß sie herauszustürzen drohte. »Familienunglück – hat er das Wort gebraucht?«
Nelly war aufgesprungen, um ihre Mutter in eine weniger gefährliche Lage zurückzubringen. »Mama! Hast du Schmerzen? Du machst so ein Gesicht ... Ich habe Angst um dich!«
»Es ist nichts, es ist nichts«, wehrte Mrs. Milroy mechanisch ab. »Nur die Nerven ... Achte nicht darauf. Schieb mir das Kissen höher – ja, so. Und nun weiter, weiter! Ich höre genau zu, auch wenn ich dich nicht ansehe.« Sie drehte das Gesicht zur Wand und

ballte die Fäuste unter der Bettdecke. »Jetzt hab' ich sie!« war ihr einziger Gedanke. »Jetzt hab' ich sie endlich!«
»Ich fürchte, ich habe schon viel zuviel geredet«, meinte Nelly eingeschüchtert. »Ich habe dich überanstrengt. Soll ich jetzt nicht lieber gehen und später wiederkommen?«
»Nein, erzähl zu Ende! Hat Mr. Armadale sonst noch etwas von Papa wissen wollen?«
»Nein, Papa hat ihn auf seine erste Frage hin ziemlich kurz abgefertigt. Er wiederholte mir seine Antwort ungefähr wörtlich: ›Da die Dame selbst mich nicht ins Vertrauen gezogen hat, Mr. Armadale, ist alles, was ich weiß und zu wissen brauche – und das gilt, verzeihen Sie das offene Wort, wohl auch für Sie –, daß sie auf Grund vorzüglicher Zeugnisse in mein Haus eingetreten ist.‹ Eine gute Abfuhr, nicht wahr, Mama? Er hat's nicht anders verdient – ich bemitleide ihn kein bißchen. Papa sagte dann noch, er hätte mir die ganze Geschichte nur erzählt, um mich zur Zurückhaltung zu ermahnen, falls Mr. Armadale seine Neugierde etwa bei *mir* befriedigen wollte. Als ob das zu befürchten wäre! Und als ob ich mich zu so etwas hergäbe! ... Das ist alles, Mama. Du glaubst nun hoffentlich nicht, daß ich Mr. Armadale hindern will, Miß Gwilt zu heiraten ... Soll er doch selig mit ihr werden! Was geht es mich an!« So rührend Nelly auch Gleichgültigkeit zu heucheln suchte, ihre schwankende Stimme und ihr Gesicht straften sie Lügen. »Mir geht's nur darum, Miß Gwilt loszuwerden – auf welche Weise, ist mir egal. Wenn sie nicht schleunigst heiratet, gehe ich lieber ins Internat. Das täte ich sogar auf jeden Fall lieber ... Meine Abneigung gegen das Internat ist ganz verschwunden. Ich hatte nur noch nicht den Mut, Papa selbst den Vorschlag zu machen, mich wegzuschicken. Ich weiß nicht, was mit mir los ist – ich habe zu nichts mehr Mut und Lust, und wenn Papa abends harmlos mit mir plaudern will, fange ich an zu heulen. Kannst du es ihm schonend beibringen, Mama, daß ich jetzt wegmöchte?«
Ihre Augen standen so voll Tränen, daß alles vor ihrem Blick verschwamm und sie nicht zu sagen gewußt hätte, ob ihre Mutter sie ansah oder nicht. Sie hörte nur die gleichgültig hingesprochene Antwort:
»Ja, ja, du bist ein braves Kind, du darfst ins Internat.«
Die grausame Kürze dieses Bescheids – und vor allem der Ton – machten Nelly plötzlich klar, daß ihre Mutter an andere Dinge dachte und alles, was ihren eigenen Kummer betraf, in den Wind geredet war. Sie ging schweigend beiseite, befeuchtete ihr Taschentuch mit kaltem Wasser aus der Karaffe und drückte es auf die Augen. »Miß Gwilt braucht nicht zu sehen, daß ich geweint habe!« dachte sie. Daß sie bei ihrer Mutter weder Sympathie noch Trost finden würde, hätte sie sich aus langer Erfahrung gleich

sagen können. Darum schluckte sie ihre Enttäuschung tapfer hinunter, als sie noch einmal ans Bett trat, um sich zu verabschieden. »Ich habe dich übermüdet, Mama«, sagte sie sanft. »Entschuldige – und erlaube, daß ich nun gehe. Du mußt ruhen. Wenn du willst, kann ich ja später wiederkommen.«

»Ja, ich muß ruhen«, wiederholte ihre Mutter ausdruckslos, »du kannst später wiederkommen.«

Nelly ging. Eine Minute später klingelte Mrs. Milroy bereits nach der Pflegerin. Überzeugter denn je, daß Miß Gwilt es einzig und allein auf ihren Mann abgesehen hatte und die dumme Nelly nur einem raffinierten Täuschungsmanöver zum Opfer gefallen war, mußte sie ihren Racheplan sofort in die Tat umsetzen. »Stützen Sie mich hoch«, befahl sie der eintretenden Rachel. »Und geben Sie mir mein Bettpult. Ich will einen Brief schreiben.«

»Sie sind viel zu aufgeregt«, wandte die Pflegerin ein.

»Haben Sie nicht gehört? Ich will mein Schreibzeug!«

Rachel erfüllte achselzuckend ihre Wünsche und äußerte dann ihre stereotype Formel: »Sonst noch etwas?«

»Ja. Kommen Sie in einer halben Stunde wieder. Sie werden den Brief persönlich ins Herrenhaus bringen.«

Die ironische Gelassenheit Rachels geriet einen Moment ins Wanken. »Du meine Güte! Sie haben doch nicht etwa die Absicht –«

»Ich habe die Absicht, an Mr. Armadale zu schreiben, jawohl«, erklärte Mrs. Milroy hart, »und Sie werden ihm den Brief eigenhändig geben und auf Antwort warten, und – merken Sie sich das – keine Menschenseele außer uns beiden darf etwas davon erfahren!«

Rachels Neugier war aufs höchste angestachelt. »Dann muß ich aber erst genau wissen, worum es sich handelt. Anders übernehme ich solche heiklen Aufträge nicht.«

»Ach, wenn ich doch nur selber gehen könnte!« stöhnte Mrs. Milroy. »Wie gern würde ich auf Ihre Hilfe verzichten!«

»Da Sie es aber nicht können«, versetzte Rachel mit brutaler Sachlichkeit, »ist es ratsam, es nicht mit mir zu verderben – besonders nach dem, was ich schon weiß.«

Diese deutliche Anspielung auf den geöffneten Brief veranlaßte Mrs. Milroy, klein beizugeben.

»Also schön, was wollen Sie wissen? Machen Sie's kurz – und dann gehen Sie!«

»Ich will wissen, was Sie an Mr. Armadale schreiben.«

»Ich werde ihn über die Gwilt-Affäre in Kenntnis setzen.«

»Was hat denn Mr. Armadale damit zu tun?«

Mrs. Milroy hielt den Brief hoch, der als unbestellbar an sie zurückgekommen war. »Beugen Sie sich zu mir, wir dürfen darüber nur flüstern ... Vielleicht horcht sie an der Tür. Sie erinnern

sich zweifellos, daß diese Mrs. Mandeville in Bayswater nicht aufzufinden war?«
»Ja, und?« flüsterte Rachel.
»Jetzt schicke ich Mr. Armadale nach Bayswater. Wir wollen mal sehen, ob *er* diese Mrs. Mandeville auftreibt.«
»Wie käme er dazu, für Sie in Bayswater herumzuschnüffeln? Was geht es ihn an?«
»Es wird ihn schon interessieren.«
»Ist er vielleicht neuerdings in die Gwilt verschossen?«
»Es scheint so.«
»Aha!« murmelte die Pflegerin. »Jetzt dämmert mir so manches!«

III

Die Lage wird kritisch

Derselbe Morgen, an dem sich das heimliche Drama in Mrs. Milroys Krankenzimmer zuspitzte und einer Gewaltlösung zudrängte, fand auch Allan in ungewöhnlich ernster und nachdenklicher Stimmung.
Selbst sein sonniges Gemüt war nicht ganz immun gegen die störenden Einflüsse der letzten Tage. Midwinters plötzlicher Aufbruch lag ihm ebenso schwer auf der Seele wie die höfliche Zurückweisung von Major Milroy. Zum erstenmal in seinem Leben ließ er seine schlechte Laune an anderen Leuten aus, zum Beispiel an der Dienerschaft, an Pedgift junior, der eine Geschäftsreise nach London vorhatte und sich erkundigte, ob er bei dieser Gelegenheit irgend etwas für Mr. Armadale miterledigen könnte, und – in gewissen Grenzen – sogar an Miß Gwilt, mit der er wieder ein frühes Rendezvous im Park gehabt hatte. Jetzt saß er verstimmt in seinem Privatkabinett, hüllte sich in Tabaksqualm und konnte sich selber nicht mehr leiden. »So geht das einfach nicht weiter«, dachte er. »Wenn kein Mensch mir helfen will, taktvoll und diplomatisch hinter Miß Gwilts traurige Lebensgeschichte zu kommen, muß ich eben wie üblich mit der Tür ins Haus fallen und sie direkt fragen.«
Nur: wie? Der notwendige Einleitungssatz war nach den Schlappen, die er bereits erlitten hatte, schwerer zu finden denn je. Allan versuchte sein träges Hirn durch heftiges Auf- und Abgehen im Zimmer anzuregen, wobei er jedoch bald durch das Auftauchen eines Lakaien gestört wurde.
»Herrje, was ist denn schon wieder los?« fragte er ungnädig.

»Ein Brief, Sir. Die Überbringerin wartet auf Antwort.«
Die Handschrift auf dem Umschlag war Allan unbekannt. Er riß ihn ungeduldig auf, und ein kleiner Zettel, der dem Brief beigefügt war, flatterte zu Boden. Darauf stand in derselben fremden Handschrift eine Adresse: »Mrs. Mandeville, 18, Kingsdown Crescent, Bayswater.« Nun völlig verdutzt, faltete er den Brief auseinander und sah zuerst nach der Unterschrift.
»Anne Milroy? Das kann nur die Frau des Majors sein«, murmelte er vor sich hin. »Was will denn die von mir?« Um dies herauszubekommen, tat er endlich, was ein Weiser gleich getan hätte: Er setzte sich hin und las.

Vertraulich!

The Cottage, Montag

Sehr geehrter Herr,
mein Name wird Sie, wie ich fürchte, an die grobe Unhöflichkeit erinnern, mit der ich vor einiger Zeit Ihre freundnachbarliche Geste vergalt. Ich kann mich nur damit entschuldigen, daß ich an jenem Tage an heftigen Schmerzen litt und Ihr Erdbeerkörbchen nur infolge meiner momentanen, vielleicht verständlichen Überreiztheit zurückgehen ließ. Später hat es mir leid getan. Bitte betrachten Sie meinen heutigen Brief als Ausdruck meines herzlichen Wunsches, den damaligen Fauxpas wieder gutzumachen und Ihnen, unserem Freund und Grundherrn, einen Dienst zu erweisen, soweit es in meinen geringen Kräften steht.
Wie ich höre, haben Sie sich bei meinem Gatten vergeblich nach Miß Gwilts Vorleben erkundigt. Ich zweifle nicht daran, daß Ihr Interesse an dieser liebenswürdigen Dame die achtbarsten Motive hat, die ich als Frau wahrscheinlich besser verstehe und würdige als ein Mann. Ich begreife auch, daß Sie sich nicht mit plumper Direktheit an Miß Gwilt selbst wenden wollen. Darum möchte ich Ihnen mit einigen Hinweisen helfen.
Zufällig habe ich vor einigen Tagen gerade aus ähnlichen Gründen an die Dame geschrieben, auf deren warme Empfehlung hin wir Miß Gwilt engagiert haben, denn auch mir fiel allmählich die ungewöhnliche Schweigsamkeit Miß Gwilts über persönliche Dinge auf. So sehr ich vornehme Zurückhaltung zu schätzen weiß, empfand ich es schließlich doch als meine Mutterpflicht, mich bei einer vertrauenswürdigen Mittelsperson diskret nach Miß Gwilts Familiengeschichte zu erkundigen. Die Antwort, die ich erhielt, war beruhigend, aber nicht erschöpfend. Meine Korrespondentin hat mir bis jetzt lediglich mitgeteilt, daß Miß Gwilt viel Schweres hinter sich hat, ihr eigenes Verhalten aber stets makellos und im höchsten Grade rühmenswert gewesen sei. Die Einzelheiten (ausschließlich familiärer Art, soviel ich den Andeutungen entnehme)

seien in einer Reihe von Briefen dargelegt, die sich im Besitz von Miß Gwilts Bürgin befinden. Die Dame ist an sich durchaus bereit, mich in diese Briefe Einblick nehmen zu lassen, möchte sie aber aus Verantwortungsgefühl gegen Miß Gwilt nicht der Post anvertrauen, sondern nur in absolut zuverlässige Hände geben. Sie bittet mich deshalb zu warten, bis sie oder ich eine für diese Mission geeignete Person gefunden habe.

Als ich nun von Ihrem Interesse für dieselbe Angelegenheit hörte, fuhr mir der Gedanke durch den Kopf, daß vielleicht Sie selbst willens wären, die Briefe bei der Dame abzuholen. Sollte Ihnen die Sache jedoch nicht so viele Umstände wert sein, so verzeihen Sie meinen Irrtum, vernichten Sie diesen Brief, und der Fall ist erledigt. Sollten Sie hingegen nicht abgeneigt sein, so brauchen Sie nur bei Mrs. Mandeville (Adresse anbei) einen Gruß von mir auszurichten, das versiegelte Päckchen, in dem sich die Briefe befinden, von ihr in Empfang zu nehmen und dieses nach Ihrer Rückkehr an mich weiterzuleiten. Ich würde Ihnen dann auf dem schnellsten Wege alles für Sie Wesentliche mitteilen.

Selbstverständlich habe ich mir reiflich überlegt, ob Sie die Schritte, die ich Ihnen zumute (da ich sie ja leider nicht selbst übernehmen kann), nicht irgendwie ehrenrührig finden könnten. Ich glaube: nein. Da es Ihrem und meinem Taktgefühl zuwiderläuft, Miß Gwilt mit für sie offenbar peinlichen Fragen zuzusetzen; da ich als Mutter ihrer Schülerin auf jeden Fall berechtigt bin, Näheres von ihr zu wissen, sehe ich in Ihrer Rolle nichts Unpassendes. Sie erweisen ja zwei Damen lediglich eine Gefälligkeit, indem Sie für die sichere Beförderung eines versiegelten Päckchens sorgen. Sollte ich bei Lektüre der Briefe auf einen schwerwiegenden Umstand stoßen, den ich Ihnen nicht mitteilen kann, ohne einen Vertrauensbruch zu begehen, so werde ich selbstverständlich erst unter vier Augen mit Miß Gwilt sprechen müssen. Finde ich aber, wie ich es mit Sicherheit erwarte, nur eine traurige Familiengeschichte, deren tapfere und schweigsame Überwindung ihr zur Ehre gereicht, so tue ich ihr sogar einen Dienst, indem ich Sie darüber informiere und Ihre Achtung vor ihr noch steigere. – Dies ist meine Ansicht, mit der ich Sie in keiner Weise beeinflussen will.

Wie Sie sich auch entscheiden mögen: Ich brauche wohl kaum zu betonen, daß ich Ihnen strengste Diskretion zusichere und das gleiche von Ihnen erwarte. Man ist in delikaten Angelegenheiten wie dieser nie sicher vor böswilliger Auslegung, sobald sich Unbefugte hineinmischen.

Ich verbleibe, Sir,
Ihre sehr ergebene
Anne Milroy

Allan war völlig hingerissen von diesem vernünftigen und sachlichen Schreiben, das ihm eine so unverhoffte Lösung seines eigenen Problems versprach – und tappte blindlings in die Falle. Was er in den nächsten zwei Minuten dachte und schrieb, ging in für ihn typischer Weise begeistert und konfus durcheinander.
»Beim Zeus, diese Frau ist mein rettender Engel! (Verehrte Mrs. Milroy,) Als ob sie geahnt hätte, in welcher Klemme ich bin! (ich kann Ihnen meine Dankbarkeit für Ihr gütiges Vertrauen nicht anders ausdrücken,) Morgen kriegt sie wieder Früchte oder Blumen. (als daß ich sofort nach London aufbreche) Das ganze Jahr hindurch, was die Jahreszeit gerade bietet. (und die Briefe abhole. Es wird mir das größte Vergnügen sein.) Ich Idiot! Wie konnte ich mich nur erst bei dem Major blamieren! Wenn man verliebt ist, darf man sich nur an reife, verständnisvolle Frauen wenden . . . Meine arme Mutter hätte nicht schöner handeln können, als jetzt Mrs. Milroy. (Ich gebe Ihnen mein Ehrenwort als Gentleman, daß ich das Päckchen hüte wie meinen Augapfel und kein Mensch außer Ihnen und mir von der ganzen Sache erfährt.) Ich hätte jedem fünfhundert Pfund gegeben, der mich aus meiner verzwickten Lage erlöst – und dieses Prachtweib tut es umsonst! (In Dankbarkeit und tiefster Verehrung Ihr ergebener Allan Armadale.)«
Nachdem er dieses Billetdoux eiligst zugeklebt und Mrs. Milroys harrender Botin hatte überbringen lassen, fiel ihm ein, daß er am nächsten Morgen wieder mit Miß Gwilt im Park verabredet war und sie keinesfalls unentschuldigt warten lassen konnte; andererseits hatte sie sich jede schriftliche Mitteilung verbeten. Diese momentane Verlegenheit wurde durch einen Zettel an den Major behoben, auf dem er diesem schrieb, er müsse heute noch geschäftehalber nach London, und falls »irgend jemand« aus dem Cottage dort etwas besorgt haben wollte, würde er es gern tun. Somit im Vollbesitz seiner Bewegungsfreiheit, nahm er sich den Fahrplan vor und stellte enttäuscht fest, daß er erst in einer guten Stunde zum Bahnhof zu fahren brauchte – viel lieber wäre er, seiner ganzen Natur nach, augenblicklich davongestürmt.
Als es dann endlich so weit war, prallte er auf dem Bahnsteig fast mit Pedgift junior zusammen, der, wie er sich jetzt erinnerte, ja ebenfalls eine Geschäftsreise nach London vorhatte. Natürlich waren beide entzückt, sich die langweilige Fahrt mit ihrer gegenseitigen Gesellschaft verkürzen zu können, und Pedgift machte sich seinem Klienten gleich wieder nützlich, indem er die Fahrkarten holte. Allan schlenderte derweile gemütlich auf und ab – und staunte nicht wenig, als er plötzlich in einer Ecke die schwärzliche Gestalt Mr. Bashwoods erblickte, der eben einem Schaffner etwas in die Hand drückte: einen Brief, wie es schien, mitsamt einem größeren Trinkgeld.

»Hallo!« schrie Allan ihm unbekümmert zu. »Wieder mal wichtige Obliegenheiten, Mr. Bashwood, was?«
Mr. Bashwood hätte nicht fürchterlicher zusammenfahren können, wenn Allan ihn bei einem versuchten Meuchelmord ertappt hätte. Er riß seinen speckigen alten Hut vom Kopf, verbeugte sich wieder und wieder und zitterte vor Nervosität vom Scheitel bis zur Sohle. »Nichts B-Besonderes, Sir, nur ein B-B-Briefchen«, stotterte er und ergriff unter weiteren Bücklingen, rückwärts stolpernd, die Flucht.
Allan drehte sich gleichgültig auf dem Absatz um. »An den Kerl werde ich mich nie gewöhnen«, dachte er. »Was hat er bloß immer zu bibbern wie das leibhaftige böse Gewissen, wenn man ihn nur anguckt? Denkt er vielleicht, ich interessiere mich für seine Privataffären?«
Mr. Bashwoods »Privataffäre« ging Allan näher an, als er ahnte. Das Briefchen, das er soeben dem Schaffner übergeben hatte, war nämlich von keiner Geringeren als Miß Gwilt, und die Adressatin war Mrs. Oldershaw. Der Inhalt lautete:

Sieh zu, daß Du so schnell wie möglich nach London zurückkehren kannst. Ich wittere Gefahr – meine liebe Schülerin scheint irgendeinen Rachefeldzug ausgeheckt zu haben. Heute früh hatte sie eine lange Unterredung mit ihrer Mutter (was sonst nie vorkommt), und eine halbe Stunde später stahl sich die Pflegerin heimlich aus dem Cottage und brachte einen Brief zum Herrenhaus hinüber. Darauf folgte die Ankündigung Armadales, er müsse plötzlich nach London – obwohl davon bei unserem heutigen Morgenrendezvous noch keine Rede war und wir uns für morgen um dieselbe Zeit wieder verabredet hatten. Die Lage scheint kritisch zu werden. Ich vermute, die kleine Gans hat sich zu einem letzten Kampf um die Stellung der künftigen Gutsherrin aufgerafft und sich die Unterstützung ihrer Mutter gesichert. Keine Angst, ich lasse mich deswegen noch lange nicht nervös machen. Du brauchst auch nichts zu unternehmen, ehe Du Weiteres von mir hörst. Nur Deine Anwesenheit in London wäre wünschenswert, weil ich Dich in den nächsten Tagen dort brauchen könnte.
Da Du immer alles genau wissen willst: Dieser Brief wird dem Zugschaffner des Mittagszuges übergeben, um den Umweg über die Post zu vermeiden, und mein Bote ist der wunderliche alte Knabe Bashwood, den ich Dir schon geschildert habe. Er hängt dauernd in meiner Nähe herum und zittert – ob vor Angst oder vor Bewunderung, entzieht sich meiner Kenntnis. Vielleicht ist es beides. Jedenfalls erledigt er kleine Aufträge immer pünktlich und gewissenhaft, und ich hatte im Moment keine andere Möglichkeit, Dich schnell zu benachrichtigen. L. G.

Allans und Pedgifts gemeinsame Fahrt gestaltete sich sehr vergnügt, wie bei Pedgifts unfehlbarem Instinkt für die Bedürfnisse seines Klienten nicht anders zu erwarten war. Er dachte nicht daran, ungebührliches Interesse für Allans Londoner »Geschäfte« zu zeigen, denn als gewitzter Jurist wußte er, daß nur eine Frau dahinterstecken konnte; alle anderen Geschäfte hätte Allan ja seinem Vater und ihm übergeben. In London angekommen, brachte er seinen Klienten sofort zu dessen größter Zufriedenheit in einem Hotel unter, in dem die Pedgifts seit drei Generationen abzusteigen pflegten, besorgte ihm eine Droschke – da Allan unverzüglich seine »Geschäfte« erledigen wollte – und verabredete sich mit ihm zum Dinner. Aber als die beiden jungen Leute gegen sieben wieder im Hotel zusammentrafen, stellte Pedgift in Allans Miene und Haltung eine merkliche Veränderung fest, die ihn nach einigem ergebnislosem Abwarten zu der Frage veranlaßte:
»Ihre Geschäfte scheinen nicht ganz glattgegangen zu sein, Sir? Entschuldigen Sie, daß ich frage – ich tue es nur, um Ihnen gegebenenfalls meine Hilfe anzubieten.«
»Ich bin wirklich etwas ratlos«, gab Allan zu. »Mir ist etwas Komisches passiert, worauf ich am allerwenigsten gefaßt war ... Können Sie mir Ihre Meinung sagen, ohne daß ich zu sehr ins Detail gehe?«
»Aber gewiß! Sie brauchen die Lage nur in knappen Umrissen zu skizzieren – ich bin ja kein heuriger Hase.« (O diese Weiber! dachte Pedgift dabei philosophisch.)
»Also ... ich habe eine Dame aufgesucht«, rückte Allan erwartungsgemäß, wenn auch zögernd heraus. »Eine ältere Dame«, betonte er hastig. »Sie heißt Mrs. Mandeville und wohnt Kingsdown Crescent Nummer achtzehn in Bayswater, das heißt ... sie wohnt eben *nicht* da ...
Verdammt, wie soll ich's nur ausdrücken ... Also, als ich hinkam und klingelte, erschien ein Diener und sagte, Mrs. Mandeville sei ausgezogen, unbekannt wohin, hätte nicht einmal eine neue Postadresse hinterlassen. Das ist alles. Was halten Sie davon?«
»Haben Sie weiter nichts gefragt?«
»Nein, ich bin wieder gegangen. Was hätte ich denn noch fragen können?«
Pedgift junior räusperte sich und nahm eine streng dienstliche Haltung an.
»Ich vermute, Sie sind interessiert daran, die Dame trotzdem noch ausfindig zu machen?«
»Ja, natürlich! Ich bin ja eigens nach London gefahren um sie zu sprechen!«
»In diesem Fall«, dozierte Pedgift junior und tippte bedeutsam mit dem rechten Zeigefinger in die linke Handfläche, »hätten Sie sich

zunächst erkundigen sollen, wann, wie und warum Mrs. Mandeville ausgezogen ist. Vielleicht hatte sie Streit mit irgendwem – vielleicht war sie in Geldverlegenheiten. Ferner wäre es wichtig zu wissen, ob sie allein auszog oder in Gesellschaft. Ferner, ob das Haus ihr gehört, oder ob sie dort nur zur Miete gewohnt hat. Ferner –«

»Halt! Halt! Mir brummt der Schädel!« rief Allan. »Natürlich, ich hab' mich mal wieder exemplarisch blöd angestellt – ich bin so was eben nicht gewöhnt!«

»Während ich von Kindesbeinen an nichts anderes gewöhnt bin«, flocht Pedgift bescheiden ein. »Verfügen Sie über mich, Sir, soweit Sie wollen.«

»Furchtbar nett von Ihnen. Nur . . . wenn Sie Mrs. Mandeville finden sollten . . . überlassen Sie das Weitere dann wieder mir?«

»Aber selbstverständlich!« (Na na, dachte Pedgift, wie ich dich kenne, wirst du nur zu froh sein, wenn ich dich auch hinterher nicht im Stich lasse!) »Morgen vormittag, Sir, fahren wir zusammen nach Bayswater. Bis dahin wollen wir uns den Appetit nicht verderben lassen, wenn ich bitten darf; das Essen in diesem Hotel ist nämlich vorzüglich. Erst das Vergnügen, dann die Arbeit! Pflücke die Rose, eh sie verblüht! Entschuldigen Sie meine scheinbare Leichtfertigkeit, Sir, aber die Londoner Luft steigt mir jedesmal zu Kopf; ich bin eigentlich ein Stadtmensch, müssen Sie wissen . . .«

Allan versuchte der gutgemeinten Überleitung zum »Vergnügen« möglichst heiter zu folgen, um kein Spielverderber zu sein, aber das Rätsel von Bayswater bedrückte ihn doch ziemlich, und daran konnte auch das großstädtische Amüsierprogramm, durch das ihn sein unermütlicher Rechtsberater in den späteren Abendstunden schleifte, wenig ändern. Pedgifts letzter Seufzer vor dem Einschlafen lautete daher abermals: »O diese Weiber!«

Am nächsten Morgen gegen zehn war er trotz aller Anstrengungen zu neuen Taten bereit, ebenso, zu Allans Erleichterung, die nötigen Fragen an der Haustür von Kingsdown Crescent 18 diesmal selbst zu stellen, während Allan gar nicht erst aus dem Wagen zu steigen brauchte. Pedgift benötigte kaum mehr als fünf Minuten, bis er, mit allen erreichbaren Anhaltspunkten versehen, zurückkam und Allan höflich ersuchte, nunmehr auszusteigen und den Kutscher zu entlohnen. Dann bot er ihm zeremoniell seinen Arm, führte ihn um die Ecke, über einen Platz und in eine Nebenstraße, in der sich ein Droschkenhalteplatz befand. Dort blieb Pedgift stehen und fragte scherzhaft, ob Mr. Armadale den nächsten Schritt nun schon selber voraussähe, oder ob er ihn etwa mit einer Erklärung belästigen müsse?

»Ob ich was sehe?« wiederholte Allan verwirrt. »Ich sehe nichts

als einen Droschkenstand.«
Pedgift junior lächelte milde und begann mit seinen Erläuterungen. Zunächst einmal war das Haus Kingsdown Crescent 18 ein Mietshaus. Er hatte darauf bestanden, die Eigentümerin zu sprechen – eine sehr nette Person übrigens, vor fünfzig Jahren mußte sie mal ganz Pedgifts Typ gewesen sein – ein Jammer, daß er da noch nicht auf der Welt war. Ach, richtig, Mr. Armadale interessierte sich ja gar nicht für Pedgifts Typ, sondern für Mrs. Mandeville – aber da war leider nicht viel zu erzählen. Sie hatte sich weder mit der Wirtin gezankt noch unbezahlte Rechnungen hinterlassen; sie war einfach ausgezogen, ruhig und vornehm, wie sie eingezogen war, ohne das geringste Aufheben zu machen – das schien eben so ihre Art zu sein. Wenigstens standen das Datum, die Uhrzeit und das Beförderungsmittel ihres Auszugs fest. Letzteres war eine Droschke gewesen, die der Diener von eben demselben Platz geholt hatte, vor dem sie jetzt standen. Nun gedächte er, Pedgift, die Droschkenkutscher der Reihe nach zu fragen, ob einer von ihnen sich an Mrs. Mandeville erinnerte . . . »Einen Moment, Sir.«
Damit ließ der weltgewandte junge Jurist Allan stehen und begann mit jedem der wartenden Kutscher ein kurzes Gespräch. An der siebenten Droschke hielt er sich am längsten auf, stieg schließlich ein und fuhr damit zu Allan zurück.
»Nehmen Sie Platz, Sir«, sagte er munter und öffnete den Schlag, »der richtige Mann ist gefunden. Er erinnert sich an die Dame. Die Adresse, die sie ihm angab, hat er zwar vergessen, aber er meint, er findet die Straße und das Haus auch so, wenn er erst einmal in der Gegend ist. So tüchtige Leute geben einem geradezu den Glauben an die Menschheit wieder, nicht wahr, Sir? Schauen Sie ihn nur an – ist er nicht das Urbild des zuverlässigen Kutschers?«
Trotz dieser ermutigenden Vorzeichen erforderte die Suchaktion ein gehöriges Maß von Geduld. Erst im weit entlegenden Stadtteil Pimlico begann der Kutscher sein Pferd zu zügeln und sich forschend in alle Richtungen umzublicken. Nachdem er sich ein- oder zweimal entschieden verfahren hatte, lenkte er in eine Sackgasse ein und hielt vor dem letzten Haus linker Hand, direkt an der abschließenden Mauer.
»Hier war's Gentlemen«, sagte er bestimmt und öffnete die Wagentür. Allan und Pedgift stiegen aus und betrachteten das Haus mit instinktivem Mißtrauen. Gebäude haben Gesichter wie Menschen – besonders solche in einer Großstadt –, und das Gesicht dieses Hauses war auffallend nichtssagend und undurchdringlich. Die Jalousien der Vorderfenster waren sämtlich heruntergelassen. Von vorn erschien es nicht größer als die übrigen Häuser der Sackgasse, aber das konnte täuschen; es hatte offenbar bedeutend

mehr Tiefe nach hinten hinaus. Im Parterre war ein großes Ladenfenster, durch das jedoch nichts zu sehen war als eine Reihe roter Vorhänge, die das eigentliche Innere vor jedem Blick verbargen. An der seitlich angebrachten Ladentür, deren oberer, verglaster Teil ebenfalls mit einem roten Vorhang versehen war, befand sich die verschnörkelte Inschrift »Oldershaw«. Ein zweiter Eingang, mit zwei Klingelzügen, »Privat« und »Praxis«, führte augenscheinlich in eine Arztwohnung, denn auf einem Messingschild stand der Name »Dr. med. Downward«. Der Gesamteindruck war, als kicherte das Haus in sich hinein: »Ja ja, ich habe meine Geheimnisse, und ich gedenke sie für mich zu behalten!«
»Das muß ein Irrtum sein«, sagte Allan schließlich. »Hier wohnt Mrs. Mandeville bestimmt nicht!«
»Das müssen Sie freilich am besten wissen, Sir«, erwiderte Pedgift junior leicht ironisch. »Sie kennen Mrs. Mandevilles Geschmack – ich nicht.«
»Ich doch auch nicht! Es wundert Sie vielleicht, es zu hören, aber Mrs. Mandeville ist mir persönlich vollkommen fremd!«
»Das wundert mich nicht im geringsten, Sir. Sie haben ja schon erwähnt, und die Wirtin in Bayswater bestätigte es mir, daß Mrs. Mandeville eine ältere, um nicht zu sagen alte Dame ist. Jedenfalls führt es zu nichts, wenn wir hier untätig herumstehen. Sie gestatten?« Er rüttelte, mit einem durchbohrenden Blick auf den roten Vorhang, an der Ladentür, die aber verschlossen war. Darauf klingelte er. Nach einer Weile erschien eine hagere, gelblich junge Person mit einem zerfledderten französischen Roman in der Hand und sah die Herren erstaunt an.
»Guten Morgen, Miß«, sagte Pedgift höflich. »Könnten wir bitte Mrs. Mandeville sprechen?«
Der Ausdruck der gelblichen Person wurde noch erstaunter. »Kenne ich nicht«, erwiderte sie mit hartem, ausländischem Akzent.
»Vielleicht kennt sie der Doktor nebenan?« fuhr Pedgift fort.
»Vielleicht«, sagte sie kurz und schlug ihm die Tür vor der Nase zu. »Eine recht unliebenswürdige junge Dame, Sir«, bemerkte Pedgift. »Nur gut, daß sie keine Bekannte von Mrs. Mandeville ist.«
Er begab sich an den anderen Eingang und klingelte dort.
Diesmal wurde die Tür von einem Diener in schäbiger Livree geöffnet. Auch er erklärte auf Pedgifts Frage nach Mrs. Mandeville mit sichtlichem Erstaunen, den Namen hätte er noch nie gehört.
»Äußerst seltsam, nicht?« sagte Pedgift zu Allan.
»Was ist seltsam?« erkundigte sich eine leise Stimme aus dem Hintergrund. Dort war plötzlich, absolut lautlos, ein schwarzgekleideter Herr aufgetaucht.
Pedgift junior erklärte höflich, worum es sich handelte, und fragte

anschließend, ob er das Vergnügen hätte, mit Dr. Downward zu sprechen.

Der Doktor bejahte mit einer Verbeugung. Er war, wenn der Ausdruck erlaubt ist, das fehlerfrei konstruierte Idealbild des Arztes, dem das Publikum, besonders der weibliche Teil desselben, bedingungslos zu vertrauen pflegt. Er hatte die dazu nötige Glatze, die nötige scharfe Brille, die nötige seriöse Kleidung und den nötigen seriösen Gesichtsausdruck. Seine Stimme war sanft und beruhigend, sein Lächeln tröstlich, sein Benehmen vertrauenerweckend. Das Messingschild draußen verriet nicht, ob er sich auf irgendeinen Zweig der Medizin spezialisiert hatte, aber er hatte seine wahre Berufung gänzlich verfehlt, wenn er kein Frauenarzt war.

»Sind Sie sicher, daß keine Namensverwechslung vorliegt?« fragte er mit starker Anteilnahme. »Ich habe Fälle erlebt, in denen solch ein Irrtum die größten Unannehmlichkeiten zur Folge gehabt hat. Nein? Sie irren sich nicht? Dann kann ich nur wiederholen, was mein Diener Ihnen bereits gesagt hat: Eine Mrs. Mandeville ist hier unbekannt. Oh, bitte, Sie brauchen sich nicht zu entschuldigen. Es war mir ein Vergnügen. Guten Tag.« Der Doktor zog sich so lautlos zurück, wie er gekommen war, der Diener in der schäbigen Livree hielt schweigend die Haustür auf, und im nächsten Moment standen Allan und sein Rechtsberater wieder auf der Straße.

»Mr. Armadale«, sagte Pedgift, »ich weiß nicht, wie Sie die Sache auffassen – ich persönlich stehe vor einem Rätsel.«

»Schlimm. Ich hoffte auf einen neuen Vorschlag von Ihnen.«

»Mir gefällt weder das Haus noch das Ladenfräulein, wenn es eins war, noch der Doktor«, erklärte Pedgift, »aber andererseits habe ich auch nicht den Eindruck, daß sie gelogen haben. Sie scheinen Mrs. Mandeville wirklich nicht zu kennen.«

Seine Eindrücke stimmten fast immer, und sie stimmten auch diesmal. Mrs. Oldershaw war mit ihren weisen Vorsichtsmaßregeln ein wenig übers Ziel hinausgeschossen, als sie keinen ihrer Vertrauten in Pimlico über ihre zeitweilige Namensänderung informiert hatte. Die Möglichkeit, daß jemand sie noch einmal unter dem Namen Mandeville suchen würde, nachdem sie ihre Rolle als Miß Gwilts Bürgin erfolgreich beendet hatte, war ihr nicht im Traum eingefallen.

»Was machen wir nun?« fragte Allan ungeduldig. »Hier erreichen wir jedenfalls nichts mehr.«

»Sehr richtig, Sir«, stimmte Pedgift zu. »Wir müssen uns etwas anderes einfallen lassen. Vor allem verhöre ich jetzt noch mal den Kutscher.«

Der Kutscher zeigte sich jedoch jedem Kreuzverhör gewachsen.

Den Verdacht, er hätte die richtige Adresse doch nicht wiedergefunden, entkräftete er mit dem Hinweis auf das »komische Ladenfenster«. »Das habe ich mir nämlich gemerkt, Gentlemen«, erklärte er, »weil ich noch nie ein Schaufenster gesehen habe, wo gar nichts dahinter ist als ein paar rote Lappen. So was merkt man sich!« Auf den nächsten Verdacht, er habe sich im Datum oder in der Person der Dame geirrt, zeigte er sich ebenso unerschütterlich sicher, daß dies nicht der Fall sei. Erstens war der Diener des Hauses Kingsdown Crescent 18 bei ihm und seinen Kollegen seit Jahren bekannt. Zweitens hatte er an dem betreffenden Tag nichts als Ärger mit seinen Fahrgästen gehabt, bis diese alte Dame kam und ihm besonders angenehm dadurch auffiel, daß sie ihr Geld im richtigen Moment abgezählt bereit hatte (neunundneunzig von hundert alten Damen fingen am Schluß der Fahrt erst umständlich zu suchen an) und daß sie sich weder über die Höhe der Summe beklagt, noch ihn angeschnauzt hatte (was neunundneunzig von hundert alten Damen taten). Er sei bereit, seine Aussage vor Gericht zu beschwören, wenn es sein müßte; sie könnten sich seine Nummer aufschreiben; nur müßten sie ihm dann natürlich seinen Arbeitsausfall bezahlen.
Pedgift notierte die Droschkennummer und fügte auch gleich die Namen Oldershaw und Dr. Downward sowie den Namen der Sackgasse – Diana Street – hinzu. »Tja«, bemerkte er dann, »das nützt uns nicht mehr viel. Ich schlage vor, wir fahren zu weiterer Beratung erst mal zum Hotel zurück.«
Während der Fahrt war er ungewöhnlich ernst und in sich gekehrt. Das bloße Verschwinden dieser Mrs. Mandeville aus Bayswater hätte ihn nicht sonderlich beunruhigt, denn auch hochachtbare Leute konnten durchaus vertretbare Gründe haben, sie für eine Weile ohne Angabe der Adresse ins ungestörte Privatleben zurückzuziehen. Aber der zweifelhafte Ort, an den sie sich vorher hatte fahren lassen, wenn die Aussage des Kutschers stimme – und Pedgift glaubte, daß sie stimmte –, rückte die Person der geheimnisvollen Dame in ein neues, ziemlich fragwürdiges Licht. Im Interesse seines Klienten (und auch aus eigener Neugier, die er vorher nicht verspürt hatte) mußte er jetzt versuchen, etwas mehr über Allans »Geschäfte« mit dieser Dame zu erfahren.
»Unsere nächsten Schritte werden nicht ganz leicht sein, Mr. Armadale«, sagte er. »Wäre es möglich, daß Sie mir noch ein paar Hinweise gäben?« Er bemerkte sofort an Allans Zögern, daß die Frage verfrüht war und er nichts erzwingen durfte. »Einstweilen«, fuhr er deshalb schnell fort, »könnte ich Erkundigungen über den merkwürdigen Laden und die beiden Namen Oldershaw und Downward einziehen. Ich habe heute sowieso noch auf verschiedenen Ämtern zu tun, und wenn überhaupt eine Auskunft zu erlan-

gen ist, bin ich an der richtigen Quelle.«
»Das kann jedenfalls nichts schaden«, meinte Allan. Auch er war ernster und zugleich neugieriger geworden, als es seiner sonstigen Natur entsprach. Undeutlich und schemenhaft begann er den Zusammenhang zwischen Miß Gwilts auffallender Zurückhaltung in puncto Vorleben und der Unauffindbarkeit ihrer Bürgin zu ahnen.
»Wissen Sie was?« sagte er plötzlich. »Ich steige hier aus und gehe spazieren. Sie kommen dann schneller auf Ihre Ämter.« Er ließ den Kutscher halten.
»Treffpunkt Hotel – sagen wir, um zwei?« fragte Pedgift.
Allan nickte, trat auf die Straße hinunter, und die Droschke fuhr ohne ihn weiter.

IV

Allan in Bedrängnis

Pünktlich um zwei stellte sich Pedgift junior im Hotelsalon ein. Er war kaum wiederzuerkennen; die sprühende Munterkeit, die sonst alle seine Unternehmungen kennzeichnete, schien für heute restlos verausgabt zu sein. Er begrüßte Allan zwar höflich wie immer, aber ohne das gewohnte Schmunzeln, und der dienstbeflissene Oberkellner wurde mit einem Satz entlassen, den er noch nie von Pedgift-Lippen vernommen hatte:
»Danke, wir brauchen jetzt nichts.«
»Sie sind irgendwie deprimiert«, stellte Allan hellsichtig fest. »Haben Sie nichts über das Haus in Pimlico erfahren können?«
»Doch, Mr. Armadale. Sogar von drei verschiedenen Seiten. Und alle drei Auskünfte stimmen überein.«
Allan rückte mit seinem Sessel hastig näher. In den Stunden des Alleinseins hatten sich seine eigenen unangenehmen Vorgefühle beklemmend verstärkt. Halb ersehnte, halb fürchtete er die notwendige Aufklärung.
»Ehe ich zur Sache komme«, nahm Pedgift wieder das Wort, »muß ich Ihnen leider eine oder zwei Fragen stellen. Bitte halten Sie mich nicht für zudringlich. Wenn die Sache . . . äh . . . weniger peinlich wäre, würde ich bestimmt nichts fragen. Sind noch andere Leute außer Ihnen am Resultat meiner Nachforschung interessiert?«
»Ja«, erwiderte Allan zögernd. »Ich glaube, soviel dürfen Sie wissen.«
»Und beziehen sich besagte Nachforschungen eigentlich weniger

auf Mrs. Mandeville selbst als auf eine mit ihr in Verbindung stehende Person?«

Allan zuckte zusammen, überlegte eine Weile und räumte schließlich widerwillig ein: »Ja.«

»Ist besagte Person eine jüngere Frau?«

»Woher wissen Sie denn das?« entfuhr es Allan. Zu spät erkannte er, daß die Frage damit schon bejaht war, und nahm sich zusammen. »Nun fragen Sie aber nichts weiter, bitte! Ich komme gegen einen spitzfindigen Juristen wie Sie einfach nicht auf. Andererseits habe ich mich ehrenwörtlich zum Schweigen verpflichtet . . . Sie verstehen meine Zwangslage, hoffe ich?«

Pedgift hatte in der Tat genug verstanden. Nur die Macht der Gewohnheit bewahrte ihn davor, seine Verlegenheit allzu offenkundig zu zeigen.

»Ich frage nichts mehr, Sir«, versicherte er gedämpft. »Ich möchte Ihnen nur noch einen Rat geben – wenn Sie mich im Moment freundlichst als vollgültigen Vertreter meines Vaters betrachten wollen. Er würde Ihnen zweifellos dasselbe sagen wie ich, nämlich: Lassen Sie die ganze Geschichte fallen!«

»Wieso?« warf Allan ein.

»Weil der Droschkenkutscher uns möglicherweise doch vor das verkehrte Haus gefahren hat. Ich empfehle Ihnen dringend die Annahme, er *hat* sich geirrt, und damit wäre dann alles erledigt.«

Der gutgemeinte Rat kam an den Falschen. Allan war so wenig gewillt wie die meisten Männer, sich auf dem Höhepunkt der Spannung mit Halbheiten abspeisen zu lassen.

»Wie Sie wünschen, Sir«, sagte Pedgift resigniert. Und dann beugte er sich nahe an Allans Ohr und erzählte ihm flüsternd, was er über das Haus in Pimlico und dessen Bewohner erfahren hatte. Er schloß mit den Worten: »Hoffentlich sind Sie mir nun nicht gram. Ich hätte es Ihnen wahrhaftig gern erspart.«

Allan quittierte den Schock, den er erlitt, mit Schweigen, woraus allein man schon den Grad seiner Erschütterung ermessen konnte. Am liebsten hätte er sich jetzt noch zu Pedgifts gutem Rat geflüchtet, an einen Irrtum des Droschkenkutschers zu glauben, und die Sache auf sich beruhen lassen. Aber das ging nicht mehr. Miß Gwilts Abneigung, über ihr Vorleben zu sprechen, paßte nur allzu gut zu dem, was er soeben gehört hatte. Sie, ihre »Bürgin« und das Haus in Pimlico standen in Beziehungen zueinander, aus denen sich nur *ein* fürchterlich naheliegender Schluß ziehen ließ. Die schöne Gouvernante von Thorpe-Ambrose war eine unselige Gefallene, die sich in ihrer Not mit lichtscheuem Gesindel eingelassen hatte, auf betrügerische Weise wieder in ein achtbares Haus gelangt war und nun in ständiger Furcht vor Entdeckung leben mußte ... So stand Miß Gwilt vor Allans plötzlich geöffneten Augen da!

Sah er ihr Bild nun richtig – oder immer noch falsch? Hatte sie sich den Rückweg in anständige Kreise und einen ehrbaren Beruf mit Hilfe eines gefälschten Zeugnisses erschlichen? Ja. War sie, um nicht in die Gosse zurückzusinken, gezwungen, ihr Vorleben zu verheimlichen, weil sie sich vollkommene Aufrichtigkeit einfach nicht leisten konnte? Ja. War sie also, wie Allan vermutet hatte, das bemitleidenswerte Opfer eines gewissenlosen Verführers? Nein. Das war sie nicht. Hier ging Allans Folgerung meilenweit an der Wahrheit vorbei. Die wahre Geschichte von Miß Gwilts Verbindung mit dem Haus Pimlico (dessen fragwürdiger Charakter an sich vollkommen zutreffend geschildert worden war) sollte im Laufe der kommenden Ereignisse noch enthüllt werden – eine Geschichte, die nicht halb so abstoßend und doch tausendmal schlimmer war, als Allan und sein Rechtsberater sich jetzt träumen ließen.

»Ich hätte es Ihnen gern erspart, Sir«, wiederholte Pedgift, als die Pause sich zu beängstigend ausdehnte. »Ich konnte mir ja denken, daß es Sie schwer treffen würde.«

Allan sah auf und erwiderte mühsam: »Ich bin tief getroffen, weiß Gott. Ich bin total niedergeschmettert. Aber dafür können Sie nichts. Im Gegenteil, Sie habe mir einen Dienst erwiesen, für den ich Ihnen sicher dankbar sein werde, sobald ich meine fünf Sinne wieder beisammen habe. Inzwischen ...« Er suchte qualvoll nach Worten. »Inzwischen möchte ich auf Ihren gutgemeinten Rat von vorhin zurückgreifen ... Begraben wir die ganze Geschichte, ja?

Wir wollen nie wieder davon reden, weder miteinander noch zu anderen Leuten. Ich bitte Sie inständig darum. Wollen Sie mir das versprechen?«

Pedgift versprach es ihm, aber ohne die frische, herzhafte Berufsmanier, mit der er sonst »abgeschlossene Fälle« ad acta zu legen pflegte. Allans zerquältes Gesicht schien ihm einige Zweifel bezüglich der Abgeschlossenheit dieses Falles einzuflößen. Er stand noch einen Moment unschlüssig da – und ungewöhnlich zartfühlend ließ er Allan dann allein.

Vielleicht wäre weniger Zartgefühl besser gewesen, denn Allan folgte in seiner Zwangslage wie immer seinem ersten Impuls, statt gründlich nachzudenken, und klingelte sofort nach Schreibmaterial, um sich wenigstens seiner Verpflichtung gegen Mrs. Milroy zu entledigen. Obwohl er jetzt klar einsah, daß seine Neigung zu Miß Gwilt keiner ernsthaften Belastungsprobe gewachsen war und er, wenn auch mit Schmerzen, auf seine Liebes- und Ehephantasien verzichten mußte, war es doch sein ritterliches Bestreben, sie nicht vor Dritten bloßzustellen. »Ich muß eine Weile von Thorpe-Ambrose wegbleiben«, dachte er. »Ich bin jetzt nicht imstande, sie wiederzusehen und mit ihr zu sprechen, als ob nichts passiert wäre . . . Aber von mir wird keiner ihr jammervolles Geheimnis erfahren!« Unter diesem Leitgedanken betrachtete er den Brief an Mrs. Milroy als die allergeringste Schwierigkeit und tat die Sache mit fliegender Feder folgendermaßen ab:

Dunn's Hotel, Covent Garden, Dienstag

Verehrte Mrs. Milroy,
leider kann ich nicht, wie vorgesehen, schon heute nach Thorpe-Ambrose zurückkehren, weil ein Zwischenfall (der mit unserer Sache nichts zu tun hat) mich auf unbestimmte Zeit in London festhält. Ihren Auftrag konnte ich zu meinem Bedauern nicht ausführen, da es mir nicht gelungen ist, Mrs. Mandeville zu sprechen. Haben Sie nochmals Dank für Ihr gütiges Vertrauen und Ihre Hilfsbereitschaft. Vermutlich wird Mrs. Mandeville Ihnen das bewußte Päckchen demnächst auf anderem Wege zukommen lassen. Bis dahin haben Sie bitte Geduld.

Mit den besten Empfehlungen
Ihr sehr ergebener
Allan Armadale

Auf diese Art glaubte der Ahnungslose, sich sehr klug aus der Affäre zu ziehen. In Wirklichkeit gab er Mrs. Milroy die scharfgeschliffene Waffe in die Hand, die sie suchte.

Nachdem er den Brief adressiert und versiegelt hatte, saß er eine Weile müßig, und zum erstenmal kamen ihm bei dem Gedanken: »Ach, wenn doch Mutter noch lebte!« die Tränen in die Augen. Aber Stoßseufzer führen zu nichts, und er wandte sich schweren Herzens den praktischen Fragen zu, die es jetzt zu lösen galt. Zunächst schrieb er noch ein paar Zeilen an Mr. Bashwood: Seine Abwesenheit vom Gut würde etwas länger dauern, und Mr. Bashwood möge sich in etwaigen verwaltungstechnischen Zweifelsfällen an Mr. Pedgift den Älteren wenden.

»Wohin nun mit mir?« dachte er, ins Leere starrend. Überwältigende Sehnsucht nach seiner Jacht und der See erfüllte ihn, nach den alten, sorglosen Tagen, in denen es zu seinem Glück genügt hatte, das Rauschen und Glucksen der Wellen zu hören, frischen Wind um die Ohren zu spüren und faul in der Sonne zu liegen. Schon sprang er auf, um sich nach dem nächsten Zug nach Sommersetshire zu erkundigen und Hals über Kopf an die geliebte Küste zu fahren – setzte sich aber gleich mit kläglicher Miene wieder hin. Nein, in seinem jetzigen Zustand konnte er sich Mr. Brock nicht zeigen und dessen unvermeidliche Fragen über sich

ergehen lassen ...« Ich werde ihm lieber schreiben, daß er die Jacht überholen lassen soll«, dachte er, »und erst hinfahren, wenn Midwinter wieder da ist und mitkommen kann.« Beim Gedanken an den abwesenden Freund seufzte er tief auf. Nie hatte er die Lücke, die Midwinter bei seinem plötzlichen Aufbruch in sein Leben gerissen hatte, derart schmerzlich empfunden wie jetzt.
Zum Glück dauerte es nicht allzu lange, bis Pedgift wieder nach ihm sah, wobei er sich überflüssigerweise für die »Störung« entschuldigte, denn Allan fühlte sich mittlerweile so einsam und verlassen, daß er ihn aufatmend willkommen hieß. »Ich habe mich entschlossen, noch ein Weilchen in London zu bleiben«, sagte er. »Hoffentlich können Sie mir Gesellschaft leisten?« Pedgift junior war gerührt, und gerechterweise muß hier gesagt werden, daß der sonst so geschäftstüchtige Anwalt Allan in diesem Moment überhaupt nicht mehr als Klienten sah. Ungeachtet des goldenen Hintergrunds von Thorpe-Ambrose, tat er ihm aufrichtig leid. »Das ist ein Wort, Sir!« stimmte er begeistert zu. »Meine dienstlichen Obliegenheiten sind wie Kautschuk, ich kann sie nach Belieben in die Länge ziehen. Und zwischendurch amüsieren wir uns nach Herzenslust, wie man es nur in London kann! Theater, die große Ausstellung im Hyde-Park – oh, das Programm überlassen Sie nur getrost mir. Sie werden auf Ihre Kosten kommen!«
Er hielt Wort und ließ ihn anderthalb Tage lang kaum zu Atem, geschweige denn zu unerquicklichem Grübeln kommen. Aber am Donnerstag früh erhielt Allan Mrs. Milroys Antwort auf seinen (vermeindlich abschließenden) Brief und erkannte schon bei den ersten Worten, daß die Serie seiner unangenehmen Überraschungen keineswegs abgeschlossen war.

Streng vertraulich!

The Cottage, Thorpe-Ambrose, Mittwoch

Sir,
soeben erreichte mich Ihr eigenartiger Brief, der bei mir nicht nur Staunen, sondern geradezu Bestürzung ausgelöst hat. Nachdem ich Ihnen aufs freundlichste entgegengekommen bin, fertigen Sie mich plötzlich auf eine Art ab, die ich sowohl unverständlich als auch unhöflich nennen muß. Ihre Empfehlung, Geduld zu haben, läßt nur darauf schließen, daß Sie alle weiteren Schritte Ihrerseits ablehnen. Im Interesse meiner Tochter muß ich Sie nachdrücklichst ersuchen, mich näher zu informieren, welche Gründe für den Fehlschlag Ihrer Mission und vor allem für Ihren unvermittelten Rückzug vorliegen, nachdem Sie mir noch am Montag jede erdenkliche Hilfe zugesagt haben.
Mein Gesundheitszustand erlaubt mir keine langwierigen Korrespondenzen. Ich erkläre daher kurz und bündig, daß ich, falls Sie

Ihr Verhalten nicht postwendend zu meiner völligen Zufriedenheit erklären, genötigt bin, meinen Gatten von den Umständen, die uns zur Prüfung von Miß Gwilts Vorleben veranlaßten, in Kenntnis zu setzen. Zur Klärung aller weiteren Fragen werde ich ihn dann auf Sie verweisen.

Ihre sehr ergebene
Anne Milroy

Allan war wie betäubt, als er plötzlich die Krallen und Zähne der Frau sah, der er in seiner angeborenen Gutgläubigkeit nur die edelsten Motive zugetraut hatte. Freilich verstand er auch jetzt nicht das Geringste von ihren wirklichen Absichten; er spürte lediglich, daß sie ganz anderes im Sinn gehabt hatte, als ihm zu helfen, und daß er ihr irgendwie auf den Leim gegangen war. Die Drohung, dem Major alles zu erzählen, was für ihn der einzige Lichtblick in dem unerfreulichen Schreiben (Mrs. Milroy hatte damit nur ihre mangelhafte Kenntnis der männlichen Natur bewiesen). »Wenn es schon Streit geben soll«, dachte Allan, »spreche ich mich wahrhaftig lieber mit einem Mann aus!«
Er beantwortete Mrs. Milroys Brief mit einer kurzen, nichtssagenden Entschuldigung, was in diesem Fall zufällig das Klügste war, denn mit jeder längeren Epistel hätte er sich ihr nur noch fester in die Hand gegeben. Am übernächsten Tag kam als Beweis, daß sie ihre Drohung wahrgemacht hatte, ein Brief des Majors.

Vertraulich!

The Cottage, Thorpe-Ambrose
Freitag, den 11. Juli 1851

Lieber Mr. Armadale,
als ich das letztemal das Vergnügen hatte, Sie zu sehen, stellten Sie mir eine Frage bezüglich der Gouvernante meiner Tochter, die, wie Sie sich erinnern werden, einen Moment der Verlegenheit zwischen uns verursachte.
Heute früh kam das Thema nun wieder zur Sprache, und zwar auf eine Weise, die mich in äußerstes Erstaunen versetzt. Um es kurz zu machen: Meine Frau teilte mir mit, Miß Gwilt stehe in dem Verdacht, uns vermittels gefälschter Referenzen betrogen zu haben. Auf meine Fragen hin erfuhr ich zu meiner noch größeren Verblüffung, ich hätte mich, um die Sache im einzelnen zu klären, an keinen Geringeren als Sie, Mr. Armadale, zu wenden. Weiter wollte mir meine Frau nichts sagen.
Unter diesen eigentümlichen Umständen fühle ich mich zu der Frage verpflichtet, ob Sie tatsächlich Dinge über Miß Gwilt bzw. deren Referenzen in Erfahrung gebracht haben, von denen ich nicht das mindeste weiß? In diesem Falle sehe ich mich leider

gezwungen, weiterzugehen und zu fragen, auf welche Weise Sie Ihre diesbezüglichen Informationen gesammelt haben und wie dieselben lauten.
Ich darf Sie höflichkeitshalber daran erinnern, daß ich zu diesen Fragen nicht nur berechtigt, sondern verpflichtet bin. Schließlich geht es meiner Frau und mir um unseren kostbarsten Besitz, unsere einzige Tochter, die wir der Obhut Miß Gwilts anvertraut haben. Es liegt jetzt bei Ihnen, den einmal geäußerten Verdacht gegen die letztgenannte Dame zu beweisen oder zu zerstreuen.
Da ich persönlich nie den geringsten Anlaß hatte, Miß Gwilts guten Ruf in Zweifel zu ziehen, werde ich die Aussprache mit ihr verschieben, bis ich Ihre Antwort, die ich möglichst bald erbitte, in Händen habe.

Mit vorzüglicher Hochachtung!
David Milroy

Dieser klare und ehrliche Männerbrief behob Allans letzte Unsicherheit, ob Mrs. Milroy ein Doppelspiel mit ihm getrieben hatte oder nicht. Sie hatte es – obwohl der Zweck ihm nach wie vor schleierhaft war –, und er saß nun in einer raffinierten Zwickmühle. Selbstverständlich hielt er sich an sein Versprechen, den Briefwechsel mit Mrs. Milroy keinem Menschen gegenüber zu erwähnen (obgleich sie das ihre bedenkenlos gebrochen hatte), und im offenbaren Vertrauen darauf hatte sie ihn vor die Alternative gestellt, sich selbst vor dem Major in ein schiefes Licht zu rücken – oder ihm ins Gesicht zu sagen, daß seine eigene Frau ihn belog. Allan zerhieb den gordischen Knoten auf gewohnte Art, ohne eine Sekunde zu zögern. »Ich habe mich mal wieder wie ein Idiot hereinlegen lassen«, dachte er, »aber ich werde trotzdem weder mein Ehrenwort brechen noch die Ursache sein, daß ein unglückliches Geschöpf wieder in den Sumpf getrieben wird, dem es mit aller Gewalt zu entrinnen sucht . . .« – und unter diesem Leitgedanken schrieb er dem Major ebenso kunstlos, wie er seiner Frau geschrieben hatte, er bedauere außerordentlich, seinen Freunden und Nachbarn unruhige Stunden bereitet zu haben, sähe sich aber nicht in der Lage, nähere Auskünfte zu erteilen.
Am Montag kam die Antwort des Majors, die zugleich den Abschluß dieser unerquicklichen Korrespondenz darstellte.

The Cottage, Thorpe-Ambrose, Sonntag

Sir,
Ihre Weigerung, meine Fragen zu beantworten, läßt sich nur auf eine Art auslegen. Sie bestätigen damit nicht nur die Andeutungen meiner Frau, sondern belassen die Gouvernante meiner Tochter in der fragwürdigen Lage, in die Sie sie gebracht haben. Um ihr

Gerechtigkeit widerfahren zu lassen, sehe ich mich nunmehr genötigt, ihr im Beisein meiner Gattin unsere Korrespondenz zu zeigen, ihr die gehabten Gespräche zu wiederholen und sie selbst dazu Stellung nehmen zu lassen.
Bevor ich schließe, noch ein paar Worte über unsere künftigen Beziehungen, da wir nicht schon wieder umziehen können und daher notgedrungen Ihre Pächter bleiben. Sie werden meine Ansichten wahrscheinlich altmodisch finden, aber früher gab es in unseren Kreisen eine Art Ehrenkodex, der unsere Handlungen bestimmte. Dazu gehörte, daß man einer Dame nicht nachspionierte, es sei denn, man sei als Gatte, Vater oder Bruder für ihren Lebenswandel und ihren Ruf verantwortlich gewesen. Wer es sonst tat, ohne schwerwiegende Gründe zu seiner Rechtfertigung vorbringen zu können, wurde nicht mehr als Gentleman angesehen. Möglicherweise denkt man darüber heutzutage anders; aber ich bin zu alt, um mich moderneren Ideen anzupassen. Ich bitte Sie also, in Zukunft jeglichen Privatverkehr mit mir und meinen Angehörigen zu unterlassen und uns als Fremde zu betrachten.

Hochachtungsvoll
David Milroy

Pedgift vermerkte diesen Tag als schwärzesten Montag, den er je erlebt hatte, in seinem Gedächtnis. Allan versank, nachdem seine erste Wut verraucht war, in einen Zustand hoffnungsloser Depression, aus der er für den Rest des Tages durch nichts zu erretten war, obwohl Pedgift alle Register zog. Nun, da sein Verdammungsurteil gesprochen war und der Major ihm ein für allemal die Tür gewiesen hatte, gedachte Allan naturgemäß reuiger und sehnsüchtiger denn je des verlorenen Paradieses – und Nellys. »Wenn *sie* mich hinausgeworfen hätte«, dachte er bitter, »wäre kein Wort dagegen zu sagen; von *ihr* hätte ich eine solche Quittung verdient. Aber von ihm?«

Am nächsten Tag kam wieder ein Brief, aber glücklicherweise ein angenehmer, nämlich von Mr. Brock, der inzwischen nicht untätig gewesen war. Er glaubte in aller Unschuld, Miß Gwilt (Mrs. Oldershaws Hausmädchen, das ihm nach Somersetshire gefolgt war) endgültig das Handwerk gelegt zu haben, indem er sie nach sorgfältiger Beobachtung zur Rede gestellt und gezwungen hatte, ihm schriftlich zu versichern, daß sie sich Mr. Armadale nie nähern werde – weder brieflich noch persönlich. Im Vollgefühl seines Sieges hatte der gute Pfarrer seinem Schützling nun einen höchst vergnügten Brief geschrieben (ohne Miß Gwilt natürlich mit einem Wort zu erwähnen). Er war ein bißchen verwundert, daß Allan schon jetzt wieder von Thorpe-Ambrose weg und an die See

drängte, versprach aber, die Jacht wunschgemäß überholen zu lassen, und bot ihm und Midwinter aufs herzlichste die Gastfreundschaft seines Pfarrhauses an, wann immer sie kommen wollten.
Dieser Brief wirkte Wunder. Allans Lebensgeister hoben sich augenblicklich bei der Aussicht auf die bevorstehenden, ihm einzig gemäßen Ferien von den Anstrengungen des Gutsbesitzerdaseins. Er zählte die Tage an den Fingern ab: Heute war Dienstag, und wenn Midwinter sein Versprechen hielt, nicht länger als zwei Wochen wegzubleiben, mußte er am Sonntag zurück sein. Allan gedachte ihm eine Zeile nach Thorpe-Ambrose zu schreiben, daß er sofort nach London kommen sollte – dann waren sie beide, wenn alles gut ging, heute in einer Woche schon zusammen auf der geliebten Jacht und allem irdischen Verdruß entrückt.
Aber am Donnerstag kam wieder ein Brief, der ihm seine Reisepläne sofort vereitelte. Pedgift junior, der zuerst am Frühstückstisch war, überreichte ihm das Schreiben mit einer stummen, unheilverkündenden Verbeugung.
»Für mich?« fragte Allan, der jetzt vor jedem Brief instinktiv zurückwich.
»Ja, Sir – von meinem Vater«, erwiderte Pedgift. »Er hat ihn einem an mich gerichteten Schreiben beigelegt. Ich darf Sie schonend darauf vorbereiten, daß er – äh – vielleicht ein bißchen unangenehm ist, und Ihnen zum Ausgleich etwas besonders Schönes für heute vorschlagen. Wie wäre es mit einem Gala-Dinner und einem Opernbesuch, vorausgesetzt, daß nicht gerade eine moderne deutsche Oper auf dem Spielplan steht?«
»Ist auf Thorpe-Ambrose etwas schiefgegangen?« unterbrach Allan nervös.
»Es scheint so, Sir – leider.«
Allan setzte sich gottergeben hin und las.

Vertraulich!

High Street, Thorpe-Ambrose
17. Juli 1851

Sehr geehrter Herr,
ich kann es nicht länger vor meinem Gewissen verantworten, Sie über gewisse Ereignisse und Gerüchte im unklaren zu lassen, die Sie zu meinem lebhaften Bedauern nahe angehen.
Am vergangenen Montag hörte ich zum ersten Mal, daß irgend etwas mit der neuen Gouvernante Major Milroys nicht stimmen sollte und daß Sie, Mr. Armadale, in die Sache verwickelt wären. Ich hielt es für den üblichen dummen Klatsch und Tratsch, ohne den die Kleinstädter hier ja nicht leben können, und achtete nicht weiter darauf. Am Dienstag wurden die Gerüchte jedoch durch

interessante Einzelheiten aus »bestinformierten Kreisen« untermauert, und am Mittwoch machten sich auch die meisten Adelsfamilien der Umgebung zu Wortführern der öffentlichen Meinung. Heute schlägt die allgemeine Erregung derartige Wellen, daß ich Sie pflichtgemäß davon in Kenntnis setzen muß.
Die Vorwürfe, die man Ihnen macht, sind folgende:
Sie haben letzte Woche einen Briefwechsel mit Major Milroy geführt, in dem Sie Miß Gwilts guten Ruf in Zweifel ziehen, ohne für die von Ihnen geäußerten Verdachtsmomente die geringsten Beweise anzuführen. Der Major hat Miß Gwilt daraufhin ehrenhafterweise Gelegenheit gegeben, sich gegen weitere üble Nachrede zu verteidigen, indem er ihr – mit der Versicherung, er persönlich sei davon unbeeinflußt – den Inhalt der Korrespondenz mitteilte. Diese Großherzigkeit des Majors wurde von Miß Gwilt noch übertroffen. Sie dankte ihm in den angenehmsten Formen für sein Vertrauen und bat zugleich um ihre Entlassung.
Diesen Schritt begründete sie, soweit ich den umlaufenden Berichten entnehme, damit, daß sie aus Selbstachtung und aus Achtung gegen ihre hochverehrte Bürgin, Mrs. Mandeville, auf jede Rechtfertigung verzichtet, solange es sich um undefinierbare Anwürfe eines relativ Fremden handle. Andererseits werde sie, solange der geringste Makel auf ihr hafte, nicht in der abhängigen Stellung einer Gouvernante bleiben, sondern sich als Privatperson in der Nähe niederlassen – wohlgemerkt: in der Nähe, um sich nicht durch eine überstürzte Abreise abermals falschen Vermutungen auszusetzen – und, so schwer es ihr in ihrer mißlichen wirtschaftlichen Lage fiele, abwarten, wie die Zeit in ihrer Sache entschiede. Sollten ihre Feinde den Mut haben, zu neuen, massiveren Angriffen anzusetzen, so werde sie öffentlich dazu Stellung nehmen.
Diese edle Haltung hat allgemein den gewünschten Effekt hervorgerufen. Ich persönlich bin überzeugt, daß sie ohnehin den Wunsch hatte, das Haus des Majors, nicht aber die Gegend zu verlassen, und bestimmte Ziele damit verfolgt. Am Montag ist sie bereits in eine billige Mansarde am Stadtrand umgezogen. Gleichzeitig hat sie vermutlich ihrer Bürgin einen Wink gegeben, denn gestern erhielt der Major einen Brief von Mrs. Mandeville, der von tugendhafter Entrüstung strotzt und in dem sie sich zu jeder gewünschten Auskunft bereit erklärt. Das Schreiben ist überall herumgezeigt worden und hat Miß Gwilts Position außerordentlich gefestigt. Man betrachtet sie geradezu als Heldin – der heutige Leitartikel des *Thorpe-Ambrose Mercury* vergleicht sie mit der Jungfrau von Orleans! Der Pfarrer hat vor, ihr leuchtendes Beispiel in seine nächste Sonntagspredigt einzuflechten. Die fünf unerbittlichsten Tugendwächterinnen der Stadt (ich nenne keine Namen, aber sie sind alle fünf alte Jungfern und das Rückgrat

unserer Kirche) haben Miß Gwilt bereits Sympathiebesuche abgestattet. Eine öffentliche Kundgebung zu ihren Ehren wurde nur auf Miß Gwilts eigenen Willen unterdrückt, und zum Lohn für diese Bescheidenheit ist man allerorten eifrig bemüht, ihr wenigstens Klavierschüler zuzuschanzen, damit sie nicht verhungert. Und schließlich hatte ich selbst die Ehre ihres Besuchs. Sie erschien mit Märtyrerlächeln und in wundervoller Haltung, um mir mitzuteilen, daß sie Ihnen, Mr. Armadale, keinen Vorwurf mache – ihrer Meinung nach seien Sie nur das ahnungslose Werkzeug in den Händen anderer, raffinierter Leute gewesen. Ich nahm mich bei diesem Gespräch sehr in acht, denn ich glaube nicht so ganz an Miß Gwilts Edelmut und bin durch meinen Beruf daran gewöhnt, erst einmal alle möglichen Motive in Betracht zu ziehen, ehe ich mich von einem überzeugen lasse.

So lächerlich die ganze Sache scheint, hat sie leider auch eine ernste Seite, um deretwillen ich diesen Brief schreibe.

Ich halte es für unmöglich, daß Sie sich weiterhin von den Lästermäulern verleumden lassen wie bisher, ohne energische Schritte dagegen zu unternehmen. Unglücklicherweise haben Sie sich schon viele Feinde gemacht, deren rührigster mein Kollege Darch ist. Auch er zeigt jetzt überall einen Brief herum, den Sie ihm seinerzeit in der Cottage-Angelegenheit geschrieben haben und dessen wirklich etwas unüberlegte Form die öffentliche Meinung gegen Sie noch verschärft. Sie stehen nun nach allen Richtungen als Störenfried da (um die mildeste der allgemein gebrauchten Bezeichnungen zu wiederholen), der aus purer Lust am Unfug überall Hader und Zwietracht sät. Ich bitte Sie deshalb dringend, so schnell wie möglich nach Thorpe-Ambrose zurückzukehren, um mit mir die nächsten Schritte zu beraten. Was Miß Gwilt betrifft, so habe ich bestimmte Vermutungen, die ich dem Papier nicht anvertrauen möchte. Im Moment möge Ihnen die Zusicherung genügen, daß ich schon ein Mittel weiß, die Lästermäuler zum Schweigen zu bringen – nur brauche ich dazu die Rückenstütze Ihrer persönlichen Anwesenheit. Es wird schon höhnisch behauptet, Sie hätten jetzt Angst, sich wieder auf Ihrem eigenen Gut blicken zu lassen!

Mit besten Empfehlungen
Ihr sehr ergebener
A. Pedgift sen.

Der letzte Satz des Briefes war entscheidend. Allan sprang auf die Füße wie von der Tarantel gestochen und schrie nach dem Fahrplan.

»Wann geht der nächste Zug? Ich muß augenblicklich nach Thorpe-Ambrose! Wenn nicht gleich einer geht, mieten Sie mir

einen Sonderzug – die Kosten sind mir vollkommen egal!«
»Wie wär's erst mal mit einem Telegramm an meinen Vater?« schaltete Pedgift junior besonnen ein. »Auf diese Weise können Sie Ihre Gefühle noch viel schneller ausdrücken – und billiger.«
»Stimmt«, sagte Allan. »Danke für den Rat. Also telegraphieren Sie! Ihr Vater soll bis zu meiner Ankunft jeden, der schlecht über mich redet, laut und deutlich einen Lügner nennen! Setzen Sie das in balkengroße Lettern hin, Pedgift!«
»Da kennen Sie unsere Kleinstädter schlecht«, erwiderte Pedgift lächelnd. »Mit etwas Grips und elektrischem Strom (die moderne Technik ist etwas Fabelhaftes) können wir in Thorpe-Ambrose eine viel wirksamere Fernbombe hochgehen lassen!« Er warf schon ein paar Worte auf einen Zettel: *Zur allgemeinen Kenntnis: Mr. Armadale kommt mit dem nächsten Zug.*
Allan sah ihm über die Schulter. »Viel zu zahm«, mäkelte er. »Machen Sie's kräftiger!«
»Das überlassen Sie nur getrost meinem Vater, Sir«, sagte Pedgift. »Der ist auch nicht auf den Mund gefallen.« Er klingelte und beauftragte den eintretenden Kellner mit der sofortigen Besorgung des Telegramms.
Nun, da wenigstens ein Schritt getan war, gewann Allan allmählich seine Fassung wieder. Er sah noch einmal in den Brief des Rechtsanwalts und gab ihn dann Pedgift junior zum Lesen. »Haben Sie eine Ahnung, was Ihr Vater zu meiner Ehrenrettung vorhat?« fragte er dabei.
Pedgift hob die Schultern. »Sein Plan scheint jedenfalls irgend etwas mit seiner Privatmeinung über Miß Gwilt zu tun zu haben.«
Wieso? Er weiß doch sicher nichts Nachteiliges über sie?«
»Tja . . . Sie werden sich wundern, Sir, woraus mein Vater manchmal welche Schlüsse zieht. Seine lange Erfahrung am Old Bailey hat ihn, wie er immer sagt, mit den Schattenseiten des schönen Geschlechts vertraut gemacht.«
Allan, von plötzlicher Scheu übermannt, fragte nicht weiter. Statt dessen sagte er: »Dann wollen wir mal die Koffer packen und die Rechnung bezahlen.«
Als sie dann endlich im Zug nach Norfolk saßen, begegneten sie, ohne es zu ahnen, einem etwas längeren Telegramm, das in entgegengesetzter Richtung durch die Drähte nach London flog. Es war ein Code-Telegramm, das nach der Dechiffrierung durch die Empfängerin, Mrs. Oldershaw, etwa folgendes ergab:
»Gute Neuigkeiten! Er kommt zurück. Ich werde eine Unterredung mit ihm herbeiführen. Beste Aussichten. Seit Verlassen des Cottage kann ich mich frei bewegen und brauche keine spionierenden Weiber mehr zu fürchten. Midwinter ist glücklicherweise

nicht da. Ich komme nicht nach London, solange die Gefahr besteht, beobachtet zu werden. Thorpe-Ambrose gefällt mir viel zu gut. Außerdem habe ich noch ein Hühnchen mit Miß Milroy zu rupfen.«
Gegen Abend war Allan wieder zu Hause und erwartete Pedgift senior zur Lagebesprechung.

V

Pedgifts Meinung

Pedgift senior kam, nach einer kurzen Vorberatung mit seinem Sohn, allein ins Herrenhaus.
Da der geneigte Leser den Sohn schon ziemlich genau kennt, erübrigt es sich, den Herrn Papa besonders vorzustellen, denn, abgesehen vom Altersunterschied, ähnelten sich die beiden wie ein Ei dem andern. Das ältere Ei war etwas größer und schwerer als das jüngere und verfügte über etwas mehr Solidität, vertiefte Lebenserfahrung und schärferen Witz. Alle Angelegenheiten, die Zähigkeit und Selbstvertrauen erforderten, waren daher vorläufig noch am besten bei Pedgift senior aufgehoben.
Er fuhr in seinem leichten, offenen Jagdwagen vor, den er grundsätzlich selbst kutschierte; die Traberstute, die ihn zog, war weit und breit berühmt. Pedgift senior war überhaupt ein Sportsmann, und seine Kleidung wich insofern von der des Sohnes ab, als er sich bei jedem Wetter und jeder Gelegenheit in Reithosen, Stiefeln und kecken, hellgetüpfelten Krawatten zeigte. Außerdem schnupfte er, während sein Sohn Rauchtabak vorzog. Langjährige Bekannte wußten, daß stets ein besonderer Geistesblitz zu erwarten war, wenn Pedgift senior seine Prise ein paar Sekunden zwischen der Schnupftabaksdose und seiner Nase in der Schwebe hielt. Sein Erfolg beruhte zum Teil auf dem im Laufe einer langen Praxis zur Meisterschaft entwickelten diplomatischen Trick, das beste Argument oder den kühnsten Vorschlag bis zum Schluß der Verhandlung zurückzuhalten. Meistens hatte er sich sogar schon offiziell verabschiedet und war an der Tür, wenn ihm plötzlich »zufällig« etwas einfiel«, was der ganzen Sache eine verblüffende Wendung gab. Seine Freunde nannten dieses eindrucksvolle Verfahren »Pedgifts Postskriptum«, und fast jeder im Bezirk Thorpe-Ambrose wußte, was es bedeutete, wenn der Rechtsanwalt, schon im Abgang begriffen, an der Schwelle plötzlich stockte, sich umdrehte, die Schnupftabaksdose zückte und mit den Worten: »Apropos, da

fällt mir noch etwas ein ...« ein als hoffnungslos aufgegebenes Problem im Handumdrehen löste.
Soviel über den Akteur, den die dramatischen Ereignisse von Thorpe-Ambrose vorübergehend in den Vordergrund rückten und der für unseren gesellschaftlich geächteten Helden im Moment der einzige Retter in der Not war.
»Guten Abend, Mr. Armadale«, eröffnete Mr. Pedgift in fröhlich-vertrauenerweckendem Ton die Unterredung. »Vielen Dank, daß Sie meinen unangenehmen Brief mit Ihrem sofortigen Erscheinen beantwortet haben. Sie haben hoffentlich verstanden, daß ich Ihnen unter den obwaltenden Umständen gar nicht anders schreiben konnte?«
»Ich habe leider nicht viele Freunde mehr«, erwiderte Allan schlicht. »Ich freue mich, daß Sie zu den wenigen gehören.«
»Ich bin Ihnen für Ihre gute Meinung sehr verbunden, Mr. Armadale, und werde mich mehr denn je bemühen, sie zu verdienen. Hat unser Familienhotel in London Ihren Ansprüchen genügt? Es hat einen vorzüglichen Keller – wenn ich dabeigewesen wäre, hätten Sie wahrscheinlich besseren Wein bekommen. Mein Sohn versteht unglücklicherweise nichts davon.«
Allan war jedoch nicht aufgelegt, mit netten Plaudereien dieser Art lange um den heißen Brei herumzugehen. »Das Hotel war sehr angenehm«, erwiderte er deshalb kurz, »und Ihr Sohn hat sich rührend um mich bemüht. Aber wir sind nicht mehr in London, sondern in Thorpe-Ambrose, und Sie täten mir einen Gefallen, wenn wir sofort zu den niederträchtigen Lügen kämen, die hier über mich verbreitet werden. Wer hat gesagt«, rief er zornig, »ich traue mich nicht mehr, mich in der Gegend blicken zu lassen? Nennen Sie mir den Kerl, der das zuerst zu behaupten gewagt hat, damit ich ihn auf offener Straße mit der Pferdepeitsche zur Rede stelle!«
Pedgift senior zückte gelassen seine Schnupftabaksdose und hielt die erste Prise auf halbem Wege in die Luft.
»Sie können nicht die ganze Nachbarschaft auspeitschen, Sir«, bemerkte er. »Außerdem halte ich es für verfehlt, in dieser delikaten Angelegenheit auf die Waffen eines Kutschers zurückzugreifen.«
»Und was schlagen Sie statt dessen vor?« fragte Allan ungeduldig. »Wie soll ich mich zur Wehr setzen?«
»Ich wüßte zwei Wege, Sir – einen kürzeren und einen längeren. Um Ihnen zu sagen, welcher der bessere ist, müßte ich allerdings erst wissen, was Sie eigentlich veranlaßt hat, diese unseligen Nachforschungen über Miß Gwilts Vorleben anzustellen. Sind Sie selbst auf die Idee gekommen, diese Mrs. Mandeville aufzusuchen? Oder hat Sie jemand anderes damit beauftragt?«

Allan zögerte. »Es war *nicht* meine Idee«, sagte er dann. Weiter nichts.

»Das habe ich mir doch gleich gedacht!« strahlte Pedgift senior. »Wir können also den kurzen Weg zu Ihrer Rechtfertigung einschlagen, indem wir einfach den wahren *spiritus rector* nennen. Soll der sich dann verantworten. Dürfte ich den Namen erfahren?«

»Tut mir Leid, Mr. Pedgift, wir werden den längeren Weg wählen müssen«, erwiderte Allan leise. »Der kürzere ist mir aus mehreren Gründen verbaut.«

Daß er es ernst meinte, mußte Mr. Pedgift nach einigen Prisen einsehen, so wenig er sonst gewöhnt war, ein Nein seiner Klienten als endgültig zu betrachten. Allan erwies sich in puncto Diskretion als unbeugsamer Gentleman und hätte sich eher erschlagen lassen, als Mrs. Milroy preiszugeben.

»Schön«, sagte der Rechtsanwalt endlich, ohne sich von seiner Niederlage entmutigen zu lassen. »Sie haben gewählt. Beschreiten wir also den längeren Weg, der, wie ich Sie gleich informieren möchte, von meinem Büro ausgeht und – meines Erachtens – über ziemlich sumpfige Pfade zu Miß Gwilt führt.«

Allan starrte seinen Rechtsberater nur mit aufgerissenen Augen an.

»Da Sie den *spiritus rector* dieser trüben Affäre leider nicht nennen wollen«, erinnerte Pedgift milde, »bleibt Ihnen kaum etwas anderes übrig, als die Notwendigkeit Ihrer Nachforschungen zu beweisen.«

»Und wie?« stammelte Allan.

»Indem Sie dem ganzen Bezirk von Thorpe-Ambrose, Stadt und Land, einwandfrei darlegen, was meiner festen Meinung nach sogar der Wahrheit entspricht; daß der momentane Publikumsliebling Miß Gwilt tatsächlich eine Abenteurerin der übelsten Sorte ist – eine gemeingefährliche Person. In nüchternen Worten, Sir: Wir werden unter Umständen viel Zeit und Geld aufwenden müssen, um die Wahrheit über Miß Gwilt herauszubringen.«

Bevor Allan eine Antwort fand, klopfte es an der Tür, und einer der Diener erschien auf der Schwelle.

»Zum Donnerwetter, ich habe mir doch jede Störung verbeten!« sagte Allan ungeduldig. »Was ist los? Grundgütiger, hört das denn nie auf? Schon wieder ein Brief?«

»Ja, Sir«, stammelte der Mann und hielt ihm den Brief mit ausgestrecktem Arm hin. »Und . . . und der Bote wartet auf Antwort.«

Allan erwartete und fürchtete daraufhin, Mrs. Milroys Handschrift zu sehen. Er irrte sich. Die Adresse war zwar sicher von einer Dame geschrieben, aber nicht von der Gattin des Majors.

»Wer kann das sein?« murmelte er mechanisch, worauf der Rechtsanwalt prompt antwortete: »Miß Gwilt.«

Allan öffnete den Brief. Er war von Miß Gwilt. Er starrte seinen Rechtsanwalt wiederum sprachlos an.
»Ich kenne Damen dieser Art von früher her«, erklärte Pedgift senior mit der Schlichtheit, die einem erfahrenen Mann besonders gut zu Gesichte steht. »Die meisten waren, wie ich zugeben muß, nicht so hübsch wie Miß Gwilt, aber genauso verdorben. Bitte, lassen Sie sich nicht vom Lesen abhalten.«
Allan las. Es waren nur wenige Zeilen.

Miß Gwilt läßt sich Mr. Armadale bestens empfehlen und bittet um Bescheid, wann eine private Unterredung heute abend oder morgen vormittag möglich wäre. Miß Gwilt hofft, sich wegen dieses Ansinnens nicht eigens entschuldigen zu müssen, da sie Mr. Armadale für einen gerechten und ehrenhaften Mann hält, der es nicht zulassen wird, daß eine schutzlose Frau den gröbsten Anwürfen ausgesetzt bleibt, die er unwissentlich selbst verursacht hat, und der die Sache selbstverständlich wieder ins reine bringen wird.

Allan gab den Brief in stummer Verzweiflung an seinen Rechtsanwalt weiter, Mr. Pedgift las ihn und gab ihn zurück. Seine Miene drückte ehrliche Bewunderung aus. »Großer Gott«, rief er mit Gefühl, »was für ein Jurist ist an dieser Frau verlorengegangen!«
»Sie tun, als ob das Ganze ein Spaß wäre«, sagte Allan gekränkt. »Mir geht die Sache scheußlich an die Nieren. Ich mochte sie so gern«, fügte er fast unhörbar hinzu, »so . . . sehr gern.«
Mr. Pedgift wurde augenblicklich wieder ernst.
»Heißt das etwa, daß Sie Miß Gwilt empfangen wollen?« erkundigte er sich mit echter Besorgnis.
»Ich kann sie doch nicht abweisen! Soll ich den Beleidigungen, denen sie bereits ausgesetzt war, noch die Krone aufsetzen?«
Pedgift verschluckte die Antwort »Ohne weiteres!« und hielt sich an den einmal eingeschlagenen längeren Weg. »Mr. Armadale«, sagte er feierlich, »Sie haben mir vorhin die Ehre erwiesen, mich einen Ihrer wenigen Freunde zu nennen. Darf ich Sie in dieser Eigenschaft etwas fragen, bevor Sie in Ihr Unglück rennen?«
»Bitte sehr«, erwiderte Allan zerstreut und blickte wie gebannt auf den Brief – den ersten und einzigen, den er je von Miß Gwilt erhalten hatte.
»Sie sind schon einmal einer ungenannten Person in die Falle gegangen. Müssen Sie durchaus in die zweite gegen?«
»Ich glaube nicht, daß hier dergleichen zu befürchten ist, Mr. Pedgift.«
»Dann frage ich anders herum, Mr. Armadale. Wir Rechtsanwälte lassen uns nicht so leicht entmutigen. Glauben Sie, daß Sie sich

nach Ihren Londoner Entdeckungen auf Miß Gwilts Aussagen verlassen können?«
»Möglicherweise kann sie alles erklären«, sagte Allan und dachte an die schöne Hand, die diese Zeilen geschrieben hatte.
»Möglicherweise? Aber mein bester Mr. Armadale, ganz sicher kann und wird sie alles erklären! Ich sagte ja schon, daß an ihr ein Advokat verlorengegangen ist! Ich traue ihr zu, daß sie ihre Unschuld von Anfang bis Ende lückenlos beweisen kann!«
Sein Ton nötigte Allan, sich endlich von Miß Gwilts anmutiger Handschrift loszureißen, und Pedgift nützte seine Chance, schnell fortzufahren:
»Wenn Sie diese Dame empfangen, begehen sie eine Torheit, wie sie mir in meiner langen Praxis noch nicht vorgekommen ist. Natürlich hat ihr Besuch nur den Zweck, Ihre Schwäche für sie auszunützen. Die Folgen können unabsehbar und fürchterlich sein. Jeder weiß, wie sehr Sie ihr bis vor kurzem den Hof gemacht haben – jeder erwartete stündlich Ihre Verlobung –, und nun sind Sie schon wieder weich und wollen sich dem satanischen Charme und der Schönheit Ihres interessanten ›Opfers‹ ausliefern! Sie, eine der besten Partien von ganz England! Sie, das Wunschobjekt aller heiratswütigen Jungfern in weitem Umkreis! Sind Sie sich gar nicht bewußt, in welcher Gefahr Sie schweben?« Pedgift griff erregt in die Schnupftabaksdose. »Wenn Sie partout Ihren Mut zeigen wollen: Nächstens kommt ein Zirkus in die Stadt. Empfangen Sie den Tiger, aber lassen Sie Miß Gwilt draußen!«
»Ist Ihre Meinung von Miß Gwilt nicht übertrieben schlecht?« murmelte Allan betreten.
»Darüber reden wir weiter, nachdem Sie ihren Boten abschlägig beschieden haben. Sie werden ja sehen, was bald darauf passiert. Wollen Sie bitte meinem Rat folgen, *nicht* auf Miß Gwilts Wunsch einzugehen?«
»Täte ich ja gern, wenn ich nur wüßte, wie«, sagte Allan. »Die Unterredung würde ja natürlich für beide Seiten furchtbar peinlich . . .«
»Aber Mr. Armadale, nichts leichter, als dem auszuweichen! Sie brauchen nicht einmal schriftlich zu antworten. Lassen Sie dem Boten einfach ausrichten, Sie hätten der Dame nichts mehr zu sagen.«
Dies setzte Pedgift schließlich durch, so sehr sich Allan auch zunächst sträubte – er fand es zu brutal –, worauf Pedgift aufatmend das unterbrochene Gespräch fortsetzte.
»Es ehrt Ihre warmherzige Jugend, Sir, daß Sie in Miß Gwilt noch immer ein Objekt des Mitleids sehen. Für einen Mann meines Alters und meiner einschlägigen Erfahrung ist es ebenso natürlich, eine gerissene Betrügerin in ihr zu vermuten, die rechtens hinter

Gitter gehört. Ich werde meine Meinung noch begründen. Zunächst möchte ich ein kleines Experiment machen. Halten Sie es für möglich, daß Miß Gwilt trotz Ihres abschlägigen Bescheids den Versuch unternimmt, herzukommen und die Unterredung zu erzwingen?«

»Unmöglich! Niemals!« rief Allan warm. »Miß Gwilt ist eine Dame – und wird mich von nun an meiden wie die Pest!«

»Warten wir's ab, Sir. *Ich* behaupte, daß sie baldigst in eigener Person erscheint, womöglich noch heute. Gestatten Sie, daß ich dem Diener klingele und ihn beauftrage, Miß Gwilt im Fall ihres Auftauchens zu sagen, Sie wären nicht zu Hause. Warum zögern Sie, Mr. Armadale? Wenn Ihre Einschätzung der Dame stimmt, ist es ja nur eine reine Formsache, weil der Diener gar keine Gelegenheit hat, den Auftrag auszuführen. Trifft jedoch meine Vermutung zu, so sind Vorsichtsmaßnahmen sehr angebracht.« Pedgift griff bereits nach dem Klingelzug. »Jetzt bin ich doch neugierig, wer von uns beiden recht behält!«

Allan fühlte sich mittlerweile genügend herausgefordert, um auf die Probe einzugehen, obwohl er sich beim Erscheinen des Dieners verlegen abwandte und aus dem Fenster starrte, während Pedgift den Mann kurz informierte und sich dann zufrieden die Hände rieb. »So, dem Schlimmsten wäre nun vorgebeugt! Sie können sich wieder umdrehen, Mr. Armadale. Unser Gespräch ist noch nicht zu Ende.«

Allan kam mit verstockter Miene vom Fenster zurück. »Ich habe schon angenehmere Unterhaltungen geführt, Mr. Pedgift. Nehmen Sie's mir bitte nicht übel, aber ich hoffe, Sie sind bald fertig.«

»Ich bin fertig, sobald Ihnen vollkommen klar ist, daß Sie nur einen Weg beschreiten können, um aus Ihrer jetzigen schiefen Lage herauszukommen: Sie müssen die Nachforschungen über Miß Gwilts Vorleben weiterführen. Ich bin überzeugt, daß das Endresultat Sie vor der ganzen Nachbarschaft glänzend rechtfertigt.«

»Wollte Gott, ich hätte nie mit diesen Nachforschungen angefangen!« brach Allan leidenschaftlich aus. »Nichts kann mich dazu bewegen, Sie fortzusetzen!«

»Warum nicht?« fragte Pedgift ruhig.

»Sie fragen noch: ›Warum?‹! Ihr Sohn hat Ihnen ja wohl erzählt, was wir in London herausgefunden haben – genügt das nicht? Selbst wenn ich persönlich weniger . . . weniger Mitleid für Miß Gwilt empfände; selbst wenn es sich um eine mir fremde Person handelte – halten Sie mich für fähig, weiter in der Vergangenheit einer unglücklichen, betrogenen Frau herumzuspionieren und die Einzelheiten dann auch noch der Öffentlichkeit bekanntzumachen? Meines Erachtens wäre ich ein noch gemeinerer Schuft als der Kerl, der sie einst hilflos sitzengelassen hat . . . Und Sie fragen: ›Warum‹! Sie setzen mich in Erstaunen, Mr. Pedgift, wirklich . . . Ich muß schon sagen . . . !«

»Ihre Hand, Mr. Armadale!« unterbrach Pedgift mit Inbrunst. »Ich ehre Ihre edle Empörung! Mag die Nachbarschaft sagen, was sie will: *ich* weiß, daß Sie ein Gentleman im schönsten Sinne des Wortes sind. Aber nun hören Sie«, fügte er geschäftsmäßig trokken hinzu und ließ Allans Hand los, »was ich zu *meiner* Rechtfertigung anzuführen habe. Wäre es nicht denkbar, daß Sie sich über Miß Gwilts Unglück etwas zu romantische Vorstellungen machen?«

»Nichts weist darauf hin, daß sie es selbst verschuldet hat«, erwiderte Allan bestimmt.

»Das sagen Sie, Sir. Mein eigener Eindruck von Miß Gwilt ist nach allem, was ich gesehen und gehört habe, wesentlich anders. Sie sehen die Dame als unschuldiges Opfer, aber immer noch als Dame . . . hm . . . Ich nicht. Sache, sachte, Mr. Armadale! Warten Sie das Ergebnis unseres kleinen Experiments ab, ehe Sie aufbrausen! Inzwischen haben Sie etwas Nachsicht mit mir abgebrühtem Juristen, der die Ideale seiner Jugend verloren hat, und versuchen Sie meinen Standpunkt objektiv zu sehen. In den Jahren meiner Gerichtstätigkeit habe ich weibliche Durchtriebenheit von allen Seiten kennengelernt, glauben Sie mir, während Ihre Erfahrungen auf diesem Gebiet noch nicht allzu umfangreich sein dürften. Miß Gwilts Reaktion, als die Lage für sie brenzlig wurde, zeigt mir deutlich, daß sie mit allen Wassern gewaschen ist. Sie hat alles so zu drehen verstanden, daß sie im günstigsten Licht dasteht und das Haus des Majors, wo ihr der Boden ohnehin zu heiß wurde, mit Märtyrermiene verlassen konnte. Was aber tut sie, statt – wie es jede Anfängerin täte – nach einem solchen Skandal so weit wie möglich zu entfliehen? Sie bleibt mit kühner Stirn in der Stadt und schlägt dadurch gleich drei Fliegen mit einer Klappe. Erstens ist jeder Simpel nun felsenfest überzeugt, daß sie wirklich nicht um ihren guten Ruf zu zittern braucht; zweitens bleibt sie Ihnen, Mr. Armadale, nahe genug, um Sie bei erster Gelegenheit wieder um den kleinen Finger zu wickeln und doch noch Gutsherrin zu werden, wenn Sie (und ich) nicht scharf aufpassen; drittens gibt es Ihnen (und mir) keine Möglichkeit, ihr im Fall unbesieglichen Mißtrauens nach London zu folgen und ihre dortigen Helfershelfer aufzuspüren. Handelt so eine Unglückliche, die nur das Opfer einer einzigen schwachen Stunde ist und zu einem relativ harmlosen Betrug greifen muß, um ihr verlorenes Ansehen durch nunmehr makellosen Lebenswandel zurückzuerobern?«

»Sie können Ihre Ansicht sehr klug schildern«, murmelte Allan mit spürbarem Widerstreben, »sehr klug, das ist nicht zu leugnen.«

»Mit anderen Worten: Ihr gesunder Menschenverstand sagt Ihnen allmählich, daß etwas daran sein könnte«, dolmetschte Pedgift senior. »Ich behaupte nicht, daß ich jetzt schon eine genaue Vorstellung von der Art ihrer Verbindung mit den Leuten im Pimlico hätte. Ich behaupte nur, daß diese Verbindung anders zustande gekommen ist, als Sie denken. Miß Gwilt hat ihre eigene Art, Verbindungen zu suchen und zu finden. Zu mir kam sie beispielsweise in der offenkundigen Absicht, mich auf ihre Seite zu bringen, indem sie mir in den schönsten, christlich-verzeihenden Formen mitteilte, daß sie *Ihnen* keinen Vorwurf mache.«

»Glauben Sie eigentlich je an die Aufrichtigkeit eines Menschen, Mr. Pedgift?« warf Allan ein.

»O doch, Mr. Armadale, manchmal schon«, erwiderte der Rechtsanwalt gelassen. »Sooft ich es in meiner Eigenschaft als Jurist kann. In den Jahren meiner Gerichtspraxis fiel mir häufig die Aufgabe zu, Entlastungsmaterial für weibliche Untersuchungshäftlinge zu sammeln und zu diesem Zweck die eigenen Aussagen der Damen aufzunehmen. Im Laufe der Zeit stellte ich fest, daß die wirklichen Verbrecherinnen in einem Punkt sämtlich übereinstimmten, so verschieden sie auch äußerlich und in ihrem Gehaben sein mochten. Hübsch oder häßlich, fett oder mager, alt oder jung, wütend, verschüchtert, fromm und zuversichtlich, in Tränen zerfließend, Selbstmorddrohungen ausstoßend . . . Alles lief auf dasselbe hinaus. Man brauchte nur plötzlich den Finger auf den schwachen Punkt der jeweils erzählten Geschichte zu legen, und aus war's mit edlem Zorn, Schüchternheit, frommer Zuversicht, Tränen und Verzweiflung. Blitzschnell war jede, aber auch jede dieser Frauen wieder im Vollbesitz ihres nüchternen Verstandes und besann sich auf den raffinierten kleinen Schwindel, den sie sich für den Fall, daß alle schauspielerische Ablenkung nichts helfen sollte, schon zurechtgelegt hatte. – Miß Gwilt war in Tränen, Sir, die ihr entzückend standen; sie bekam nicht einmal eine rote Nase dabei. Ich legte den Finger unvermutet auf den schwachen Punkt *ihrer* Geschichte – und siehe da, sofort hörte sie auf, ihre wunderschönen Blauaugen mit dem Taschentuch zu betupfen, und ich bekam die exakt auf ihren Fall zugeschnittene Lüge zu hören. Ich fühlte mich ordentlich zwanzig Jahre jünger – ein herrliches Gefühl – und glaubte mich einen Moment in die traulichen Mauern von Newgate zurückversetzt, mit dem Notizbuch in der Hand!«

»Gleich werden Sie behaupten«, rief Allan erbost, »Miß Gwilt hätte bestimmt schon mal im Gefängnis gesessen!«

»Möglicherweise verdient sie es, Sir«, erwiderte Mr. Pedgift und schnippte mit dem Deckel seiner Schnupftabaksdose, »aber heutzutage wäre gerade das ein Grund, daß sie nie ein Gefängnis von innen gesehen hat. In unserem gefühlvollen Zeitalter ist das Publikum doch immer auf seiten einer schönen Angeklagten! Mein lieber Mr. Armadale! Selbst wenn Miß Gwilt einen Mordanschlag auf Sie oder mich verübte, und selbst wenn Richter und Geschworene unmenschlich genug wären, sie dafür ins Gefängnis zu schikken, würden Presse und Publikum nicht ruhen, bis sie wieder heraus wäre. Lesen Sie keine Zeitungen? Die heutige Gesellschaft hegt eine zärtliche Vorliebe für schwarze Schafe – wenn sie nur schwarz genug sind. Ich bin überzeugt, daß wir in Miß Gwilt eines der schwärzesten Schafe vor uns haben . . . Aber Sie sind ja überzeugt, daß sie eine Dame ist.«

»Bis jetzt haben Sie mir durch nichts das Gegenteil bewiesen!« erwiderte Allan hitzig.

Der Rechtsanwalt lehnte sich im Sessel zurück, lächelte und wollte gerade wieder das Wort nehmen, als es draußen an der Haustür klingelte.

Die Köpfe beider Herren wendeten sich ruckartig der Halle zu.

»Nun also, da ist die Dame schon«, bemerkte Pedgift sanft.

»Sie ist es nicht!« widersprach Allan hitziger denn je.

»Ich glaube, doch!«

Sie warteten gespannt. Das Öffnen der Haustür war zu hören, nicht aber irgendwelche Stimmen; dazu war die Entfernung zu groß. Eine marternd langgezogene Pause verstrich, ehe die Haustür wieder zuklappte. Allan sprang auf und klingelte stürmisch, während Pedgift senior in sich hineinlächelte und seine Nase mit einer Extra-Prise erfrischte.

»Wollte jemand zu mir?« fuhr Allan den eintretenden Diener an.

Der Mann warf Pedgift einen Blick grenzenloser Hochachtung zu und erwiderte:

»Miß Gwilt.«

»Eigenlob liegt mir nicht, Sir«, sagte Pedgift, als der Diener gegangen war. »Aber wie denken Sie *nun* über Ihre Dame?«

Allan zuckte in stummer Verzweiflung die Achseln.

»Um auf Ihre eigene Ehrenrettung zurückzukommen«, fuhr Pedgift energischer fort, »darf ich mich jetzt erkundigen, nachdem unser vereinbartes kleines Experiment mir in gewisser Weise recht gegeben hat?«

»Ich kann nicht, Mr. Pedgift«, stöhnte Allan. »Ich kann eine Frau nicht öffentlich bloßstellen – ganz gleich, wie sie sich benimmt. Lieber lasse ich die Leute weiter über mich klatschen. Sie tun es ja sowieso.«

»Wenn Sie sich absolut nicht zu der nötigen Schärfe durchringen können, Sir, sollten Sie Miß Gwilt wenigstens daran hindern, noch

mehr Unheil in dieser Gegend anzurichten. Gestatten Sie mir, sie mit aller gebotenen Diskretion überwachen zu lassen, solange sie in der Stadt wohnt?«
Allan schüttelte den Kopf.
»Ist das Ihr endgültiger Entschluß, Sir?«
»Ja, Mr. Pedgift. Nehmen Sie trotzdem meinen herzlichen Dank für Ihren wohlmeinenden Rat.«
Pedgift erhob sich mit resignierter Miene und griff nach seinem Hut. »Also dann – guten Abend, Sir«, sagte er und ging zur Tür. Allan hatte sich aufatmend ebenfalls erhoben, da er in seiner Unschuld das Gespräch für beendet hielt. Ältere Bekannte Pedgifts hätten ihm geraten, ruhig sitzen zu bleiben. Die Zeit war reif für »Pedgifts Postskriptum‹, auf dessen Unvermeidbarkeit schon die Schnupftabaksdose hinwies, die er in der einen Hand hielt, während er mit der anderen die Klinke ergriff.
»Auf Wiedersehen«, sagte Allan.
Pedgift öffnete langsam die Tür – hielt inne – überlegte – zog die Tür sacht wieder ins Schloß – kehrte auf leisen Sohlen zurück, eine Prise auf halbem Wege zwischen Dose und Nase – sagte: »Apropos, da fällt mir noch etwas ein . . .« – und setzte sich wieder in den eben verlassenen Sessel.
Auch Allan setzte sich erstaunt wieder hin. Rechtsanwalt und Klient sahen einander an, und die zähe Unterhaltung begann von neuem.

VI

Pedgifts Postskriptum

»Mir ist gerade an der Tür noch etwas eingefallen«, bemerkte Pedgift senior.
»Allerdings, das sagten Sie schon.«
»Möchten Sie es nicht hören, Mr. Armadale?«
»Wenn Sie es wünschen . . .«
»Aber gern, Sir! Es ist folgendes. Da Sie alle sonstigen Maßnahmen ablehnen, lege ich großen Wert darauf, Miß Gwilt während ihres Aufenthalts in Thorpe-Ambrose überwachen zu lassen. Nun fiel mir eben ein, daß Sie, wenn Ihnen schon nichts an der eigenen Sicherheit liegt, vielleicht doch geneigter sein werden, meinem Rat zu folgen, wenn ich Sie darauf hinweise, daß auch die Sicherheit einer anderen Person auf dem Spiel steht.«
»Welcher anderen Person?« fragte Allan mißtrauisch.

»Einer jungen Dame . . . einer Nachbarin. Darf ich ganz im Vertrauen den Namen nennen? Ich meine Miß Milroy.«
Allan zuckte zusammen und verfärbte sich. »Miß Milroy? Was hat denn sie mit der ganzen unerfreulichen Affäre zu tun?«
»Urteilen Sie selbst, Sir. Ich habe heute vormittag in Ihrem Interesse einen Besuch in dem Cottage gemacht. Major Milroy hat seine Meinung über Sie derart freimütig ausgedrückt, daß ich den innigen Wunsch empfand, ihn vor Übertreibungen zu warnen. Es ist immer dasselbe mit diesen stillen, weltfremden Sonderlingen – wenn sie einmal aufwachen, kennen sie kein Halten mehr, und es ist zwecklos ihnen mit Vernunftgründen zu kommen. Am besten schildere ich Ihnen den Verlauf meines Besuchs – er war kurz – von Anfang an. Miß Nelly war übrigens auch da; sie sah nicht so blühend aus wie sonst – blaß, sehr blaß, fand ich, und viel zu bedrückt für ihr Alter. – Nun denn, der Major fuhr steil in die Höhe, als er mich sah, und versuchte mich gleich mit dem ersten Blick zu durchbohren. Haha, das haben schon andere versucht . . . Ich bin jederzeit bereit, dem Mann mittelgradigen Schwachsinn zu bescheinigen (wer sonst wäre imstande, sich sein halbes Leben lang mit einer Uhr zu beschäftigen?). Natürlich benahm ich mich trotzdem wie ein Christenmensch und nickte ihm freundlich zu. ›Schönes Wetter heute, nicht wahr?‹ – ›Was wollen Sie von mir?‹ schnauzte er mich an. ›Sie um eine kurze Unterhaltung bitten, Major Milroy.‹ Auf dieses Stichwort wollte Miß Nelly feinfühlig das Zimmer verlassen, aber was tut dieser Narr von Vater? Er hält sie zurück. ›Bleib nur da, mein Kind, ich habe mit diesem Herrn nichts zu besprechen‹, erklärt dieser militärische Idiot und probiert abermals die Gewalt seines Blickes an mir aus, bis ihm die Augen aus dem Kopf treten. ›Sie sind Mr. Armadales Rechtsberater, und wenn Sie etwa seinetwegen kommen, verweise ich Sie hiermit an meinen Rechtsanwalt.‹ (Darch natürlich!) ›Vorläufig läßt sich die Sache noch auf inoffiziellem Wege bereinigen, hoffe ich‹, war meine Erwiderung. ›Ich möchte Sie zu diesem Zweck bitten, Ihre Meinung über meinen Klienten künftig etwas vorsichtiger auszudrücken, wenigstens in der Öffentlichkeit. Wir sind noch nicht am Ende des Miß-Gwilt-Skandals, und es ist nicht undenkbar, daß der Fall eine Wendung nimmt, durch die alle, die heute auf Mr. Armadale schimpfen, blamiert dastehen.‹ Wie erwartet, geriet der arme schwache Trottel hierauf total außer Rand und Band. Was er alles sagte, brauche ich nicht zu wiederholen, aber er ist in seinen Äußerungen ganz ausfallend geworden. Ich nickte wiederum freundlich, wünschte ihm einen guten Tag und ging. Als ich mich nach Miß Nelly umsah, war sie verschwunden. Meine Erzählung scheint Sie etwas zu beunruhigen, Sir?« fügte Pedgift milde hinzu, da Allan aufgesprungen war und mit großen Schritten im Zimmer

hin und her ging. »Ich werde Ihre Geduld nicht mehr lange in Anspruch nehmen und zur Sache kommen.«
»Verzeihung«, murmelte Allan, nahm wieder Platz und bemühte sich, das Bild der armen, blassen Nelly aus seiner Vorstellung zu verdrängen.
»Als ich das Cottage verlassen hatte«, fuhr Pedgift fort, »und gedankenverloren den Rückweg durch den Park einschlug, stolperte ich fast über Miß Nelly, die an der Grenze der beiden Grundstücke auf mich gewartet hatte. ›Nur ein Wort, Mr. Pedgift!‹ sprach sie mich mit dem Mut der Verzweiflung an. ›Glaubt Mr. Armadale etwa, *ich* hätte etwas mit dem Skandal zu tun?‹ Sie hätten sie dabei sehen müssen. Sir – schrecklich aufgeregt und mit Tränen in den Augen. Tränen, wie ich sie aus meiner Gerichtspraxis *nicht* kenne. Ich war so gerührt, daß ich ihr den Arm reichte und sie zur Beruhigung zwischen den Bäumen weiterführte (ein netter neuer Redestoff für unsere Klatschmäuler, wenn einer mich in *der* Situation gesehen hätte!) ›Meine liebe Miß Nelly‹, sagte ich, ›wie kommen Sie denn auf die Idee, daß Mr. Armadale *Ihnen* etwas Schlechtes zutrauen könnte?‹«
»Warum haben Sie ihr nicht gleich gesagt, daß ich keinen Moment etwas Derartiges gedacht habe?« rief Allan empört. »Wie konnten Sie sie darüber auch nur eine Sekunde im Zweifel lassen?«
»Weil ich Jurist bin«, erwiderte Pedgift trocken. »Ich kann meinen Beruf nun mal nicht verleugnen, auch nicht in romantischer Parkkulisse und mit einem hübschen jungen Mädchen am Arm. Ich bleibe vorsichtig. Aber nun regen Sie sich nicht auch noch auf, Sir; bevor ich mich von Miß Milroy verabschiedete, sagte ich ihr klar und unmißverständlich, daß Sie nie auf den Gedanken gekommen wären, ihr zu mißtrauen.«
»War sie erleichtert?« fragte Allan.
»Jedenfalls bedurfte sie daraufhin meines stützenden Arms nicht mehr, Sir. Sie flehte mich nur noch an, niemandem etwas von unserem Gespräch zu verraten, besonders Ihnen nicht. Wenn Sie nun wissen wollen, warum ich Miß Milroys Vertrauen trotzdem mißbrauche, erlauben Sie mir, hinzuzufügen, daß sie mir einige bezeichnende Dinge über die Dame erzählte, die Sie vor einer Viertelstunde mit ihrem Besuch beehren wollte – über Miß Gwilt.«
Allan hielt in seiner rastlosen Wanderung inne und kehrte zu seinem Sessel zurück.
»Im Ernst?« fragte er.
»Das kann man wohl sagen, Sir. Ich gebe Miß Nellys vertrauliche Mitteilungen nämlich nur deshalb an Sie weiter, weil ich das Gefühl habe, sie schützen zu müssen. Kommen wir auf meine wohlüberlegte Fangfrage zurück, wieso sie auf die Idee käme, Sie,

Mr. Armadale, trauten ihr eine Rolle im Gwilt-Skandal zu. Die Antwort bereitete ihr nicht geringe Verlegenheit, denn sie mußte dazu wohl oder übel berichten, in welcher Form sich der Abschied zwischen ihr und ihrer Gouvernante abgespielt hatte. Die beiden waren allein. Miß Gwilt begann ungefähr so: ›Ihre Mutter hat es abgelehnt, mir auf Wiedersehen zu sagen. Folgen Sie ihrem Beispiel?‹ Miß Nellys Antwort war für eine Sechzehnjährige bemerkenswert vernünftig. Sie sagte: ›Wir haben uns nie recht miteinander befreunden können, Miß Gwilt, und ich glaube nicht, daß die Trennung einer von uns das Herz zerreißt. Aber ich sehe nicht ein, warum wir nicht auf die übliche Weise voneinander Abschied nehmen sollten‹, und damit hielt sie ihr die Hand hin. Miß Gwilt sah ihr gerade ins Gesicht, ohne die Hand zu nehmen, und sagte zur Erwiderung nur den einen Satz: ›*Noch sind Sie nicht Mrs. Armadale.*‹ Ruhig, Sir! Es geht noch weiter. Miß Nelly war natürlich wie vom Donner gerührt und brachte etwas heraus wie: ›Sie schamlose Person, was erlauben Sie sich . . .‹, worauf Miß Gwilt wiederum in aller Ruhe antwortete: ›Niemand hat mich je beleidigt, Miß Milroy, ohne es früher oder später bitter zu bereuen. Sie werden es auch noch bereuen.‹ Mit dieser kühlen Schlußbemerkung verließ sie das Zimmer. Miß Nelly scheint nun die Drohung nicht halb so schwer zu nehmen wie Miß Gwilts Verdächtigung, *sie* hätte ihre Position hinterhältig unterminiert, um sie aus dem Haus zu treiben und gleichzeitig bei Ihnen auszustechen. Ruhig, Sir! Ich bin noch immer nicht ganz fertig. Der unvermutete Angriff hatte Miß Nelly so bestürzt und erschüttert, daß sie gleich darauf zu ihrer Mutter ging, um sich bei ihr womöglich Aufklärung und Rat zu holen. Aber Mrs. Milroy war nicht ansprechbar. Sie erklärte lediglich, zu krank zu sein, um über die unangenehme Geschichte noch ein Wort zu verlieren, und in diesem hinfälligen Zustand ist sie seither verblieben. Daraufhin versuchte es Miß Nelly bei ihrem Vater – der ihr augenblicklich den Mund verbot und schrie, er wolle Ihren Namen in seinem Hause nicht mehr hören. Auf diese Weise tappt das arme Kind noch heute im Dunkeln und fühlt sich von allen Seiten aufs peinlichste mißverstanden.«
»Ich muß ihr unbedingt helfen!« platzte Allan heraus. »Sie wissen ja nicht, welche Gründe . . .« Er stockte verwirrt. »Ich muß ihr helfen«, wiederholte er dann ernst, »um jeden Preis!«
»Meinen Sie das ehrlich, Mr. Armadale? Entschuldigen Sie die Frage – aber *wenn* Sie es ehrlich meinen, haben Sie ein ebenso einfaches wie wirksames Mittel in der Hand.«
»Welches?« fragte Allan drängend. »Ich sehe keins!«
»Sie brauchen mir lediglich Vollmacht zu geben, Sir, Miß Nelly vor Miß Gwilt zu beschützen.«

Nachdem er seinem Klienten solchermaßen die Pistole auf die Brust gesetzt hatte, lehnte Mr. Pedgift sich in seinem Sessel zurück, um die Wirkung in aller Ruhe zu beobachten.
Allans Miene verdüsterte sich. Er rutschte unbehaglich auf seinem Platz hin und her.
»Sie verstehen's noch besser als Ihr Sohn, einen in die Enge zu treiben, Mr. Pedgift«, sagte er, »und er kann's schon gut genug für meinen Bedarf!«
»Besten Dank, Sir, auch im Namen meines Sohnes, für das Kompliment, das Sie unserer Firma zollen. Aber wenn Sie Miß Nelly im Ernst helfen wollen, ist das der einzige Weg. Alles, was sonst zu ihrer vorläufigen Beruhigung geschehen kann, habe ich bereits besorgt. Sie verließ mich heute vormittag sichtlich erleichtert. Miß Gwilts Abschiedsdrohung scheint ihr keinen besonderen Eindruck gemacht zu haben – aber mir um so mehr, Mr. Armadale! Sie kennen meine Meinung über Miß Gwilt, und ein Beispiel ihrer Zähigkeit haben Sie soeben selbst erlebt. Würden *Sie* die Drohung einer solchen Frau als leeres Geschwätz abtun?«
Allan spürte, daß er unter dem Druck der Tatsachen immer mehr an Boden verlor. »Gibt es denn gar keinen anderen Weg, Miß Milroy zu schützen?« fragte er kleinlaut.
»Möchten Sie vielleicht ihren natürlichen Beschützer, den Herrn Papa, ins Vertrauen ziehen?« war Pedgifts ironische Gegenfrage. »Ich fürchte, daß Sie in ihm keinen sehr aufmerksamen Zuhörer finden. Oder wollen Sie Miß Nelly selbst in dürren Worten mitteilen, daß sie in ständiger Gefahr schwebt? Oder soll ich als Vermittler bei Miß Gwilt vorsprechen und ihr klarmachen, daß sie ihrer Schülerin grausam unrecht tut? Gutes Zureden hat bei Frauen erfahrungsgemäß wenig Zweck – besonders wenn die eine glaubt, daß die andere ihr eine gute Partie vereitelt hat. Nicht daß ich den Gang zu Miß Gwilt scheue! Ich bin wasserabstoßend imprägniert und kann noch eine ganze Reihe von Tränengüssen aushalten!«
»Zum Teufel, lassen Sie Ihre Geistesblitze, und sagen Sie mir, was ich tun soll!« schrie Allan wütend.
»Was ich schon mehrmals gesagt habe, Sir: Lassen Sie Miß Gwilt unauffällig bewachen, solange sie in der Gegend bleibt. Die Auswahl des geeigneten Mannes dafür übernehme ich. Und wenn sich binnen einer Woche nichts Wesentliches ergibt, bin ich sogar bereit, die Überwachung wieder einzustellen. Da das Ganze eine Schutzmaßnahme für Miß Milroy ist, halte ich meinen Vorschlag für sehr gemäßigt. Bitte antworten Sie, Sir. Ja oder Nein?«
»Kann ich mir die Sache nicht noch eine Weile überlegen?« fragte Allan mit der ganzen Hilflosigkeit eines gradlinigen Menschen, der sich in die Enge getrieben fühlt.
»Gewiß, Mr. Armadale. Aber vergessen Sie nicht, daß Miß Milroy

während Ihrer Bedenkzeit weiterhin mutterseelenallein im Park spazierengeht, wie sie es gewöhnt ist, und keine Ahnung hat, was ihr dabei passieren kann, und daß Miß Gwilt die Gewohnheiten ihrer Schülerin kennt und womöglich davon Gebrauch macht.«

»Also meinetwegen – tun Sie, was Sie wollen!« rief Allan verzweifelt. »Nur quälen Sie mich nicht länger mit Ihren finsteren Andeutungen!«

Rechtsanwälte und Bibelsprüche werden im allgemeinen nicht in einem Atem genannt, aber Pedgift senior hatte im Laufe dieses Gesprächs wieder einmal die Wahrheit des Wortes bewiesen: »Die Stille ist mächtiger als der Sturm.« Als er sich erhob, hatte er die Gelenkigkeit der Jugend in den Beinen und die abgeklärte Weisheit des Alters auf den Lippen. »Vielen Dank für die Aufgeschlossenheit, mit der Sie mich angehört haben, Sir«, sagte er sanft. »Ich kann Sie zu Ihrer Entscheidung nur beglückwünschen. Auf Wiedersehen.«

Damit ging er zur Tür. Die Schnupftabaksdose steckte diesmal unsichtbar in seiner Tasche, und auch er verschwand – ohne daß ihm auf der Schwelle noch ein weiteres Postskriptum »einfiel«.

Allan blieb niedergeschlagen zurück. »Wenn die Woche bloß endlich herum wäre!« dachte er sehnsuchtsvoll. »Wenn ich nur Midwinter wieder hier hätte!«

Inzwischen stieg der Rechtsanwalt schon fröhlich in sein leichtes Jagdwägelchen und griff nach den Zügeln. »Hüh, Alte! Ich habe noch nie eine Dame warten lassen – und heute abend muß ich mich noch um eine besonders reizvolle Geschlechtsgenossin von dir kümmern!«

VII

Miß Gwilts Martyrium

Die Randbezirke der Kleinstadt Thorpe-Ambrose, die an das gleichnamige Gut angrenzen, genießen mit Recht den Ruf, zu den hübschesten Villenvierteln von ganz Norfolk zu gehören. Hier wohnen die reichen und angesehenen Leute, die sich vorzügliche Architekten und Landschaftsgärtner leisten können; hierhin führt der bevorzugte Abendspaziergang der weniger Reichen; und jedem fremden Gast, der die Gegend kennenlernen möchte, wird zuallererst die Besichtigung dieses Prunk- und Paradeviertels empfohlen.

Genau entgegengesetzt, also am weitesten von Gut und Herrenhaus entfernt, befand sich anno 1851 allerdings noch ein Armenviertel entfernt, das nicht ganz so ansehnlich und daher allen Lokalpatrioten ein Dorn im Auge war. Die Häuser wurden immer schwindsüchtiger und baufälliger, die Straßen immer dürftiger; auf verwahrlosten, lange aufgegebenen Bauplätzen sammelte sich allmählich, wie es schien, der ganze Müll der Stadt; die Bevölkerung, soweit man sie zu sehen bekam, bestand vorwiegend aus kreischenden Kindern, streunenden Hunden und Katzen und schlampigen Dienstmädchen. Gegen Abend verschwanden auch diese, und eine unheimliche, wenig vertrauenerweckende Stille senkte sich über die öde Gegend.

Doch heute abend tauchte im Dämmer eine Figur auf: Es war Mr. Bashwood. Langsam und vorsichtig schlängelte er sich, von der Landstraße her kommend, zwischen Haufen von altem Eisen und zerbrochenen Ziegeln hindurch in eine der unfertig gebliebenen Gassen. Er schien große Dinge vorzuhaben. Sein Gebiß blitzte weißer denn je durch die Dämmerung, seine Perücke war sorgfältig frisiert, die Trauerkleidung auf Hochglanz gebürstet. Sein krampfiges Lächeln und seine nervös zwinkernden, wäßrig-farblosen Augen verrieten heftige Erregung. Plötzlich zuckte er zusammen und lehnte sich zitternd an eine halbverfallene Mauer, denn er hatte die Dame gesehen, die ihm in einiger Entfernung entgegenkam. »Da ist sie«, flüsterte er stoßweise vor sich hin, während ihm das Blut in das ausgemergelte Gesicht schoß. »Oh, wäre ich doch der Boden unter ihren Füßen – oder der Handschuh an ihrer Hand!«

Sie näherte sich ihm mit ihrem ruhigen, anmutig-weichen Gang, und Mr. Bashwood, der immer mehr in einen Zustand wirrer, taumelnder Ekstase geriet, erkannte jetzt die sehnlich Erwartete mit jedem Schritt deutlicher: Die Dame war Miß Gwilt.

Sie war mit wohlberechneter, erlesener Ärmlichkeit gekleidet. Ihr prachtvolles Haar bedeckte das simpelste, weißgarnierte Strohhütchen, das in der Stadt aufzutreiben gewesen war. Der helle, bedruckte Sommerstoff des schlichten Kleides wie auch die dünne, schwarze Mantilla, die sie um die Schultern trug, zeugten von Geschmack und bescheidenen Mitteln. Eine einzelne rote Locke, der üppigen Haarkrone entflohen, ringelte sich glänzend neben dem elfenbeinfarbenen Hals hernieder. Die eine ihrer makellos sauber, aber billig behandschuhten Hände raffte den Saum des Kleides ein wenig, um ihn vor der Berührung mit der schmutzigen Straße zu bewahren, die andere hielt ein Sträußchen einfacher Gartenblumen. Den Kopf leicht gesenkt, die Augen niedergeschlagen, kam sie Mr. Bashwood näher und näher, und in jeder ihrer lautlosen geschmeidigen Bewegungen lag genau die Mischung von züchtigem Anstand und körperlicher Lockung, die den Männern

am unfehlbarsten die Sinne benebelt.
Plötzlich hob sie den Kopf. »Mr. Bashwood! Welch eine Überraschung!« rief sie im Ton äußersten Erstaunens. »Wie kommen denn *Sie* in diese jämmerliche Gegend?« Während er irgend etwas stammelte, flüsterte sie leise und scharf: »Vorsicht! Ich werde beobachtet – Mr. Armadales Spitzel steckt hinter einem dieser Häuser. Sprechen Sie laut und deutlich von gleichgültigen Dingen! Es muß so aussehen, als hätten wir uns nur zufällig getroffen. Los, fragen Sie mich, wie es mir geht! *Laut!* Sie sehen mich nie wieder, wenn Sie Ihr Gezitter nicht augenblicklich einstellen und sich normal benehmen!«
Sie hatte ihn völlig in ihrer Gewalt und wußte es. Er gehorchte in grauenvoller Wonne, während er sie mit den Blicken verschlang, ohne freilich sein Beben ganz unterdrücken zu können.
»Danke, ich richte mich ein, so gut es geht«, erwiderte sie laut. »Ich verdiene mir etwas Geld mit Klavierstunden. Wenn Sie mich bei Ihren Bekannten in der Stadt empfehlen wollten, Mr. Bashwood, wäre ich Ihnen zu großem Dank verbunden. – Was gibt es Neues?« fügte sie flüsternd hinzu. »Haben Mr. Armadale und Miß Milroy sich inzwischen getroffen? Nein? Bestimmt nicht? Bleiben Sie auf der Wacht – wenn es passiert, muß ich es unbedingt wissen! Fragen Sie mich doch etwas – nach meinem Honorar oder so. Lauter! Nicht so ängstlich! Sie werden hier nicht bespitzelt, sondern ich! Wenn Sie sich noch lange so ungeschickt anstellen, muß ich mir einen anderen Vertrauten suchen!«
Wieder riß Mr. Bashwood sich zusammen und brachte ein paar laute, bedeutungslose Sätze zustande. Dann keuchte er tonlos: »Mein Herz . . . klopft so wahnsinnig . . . Sie bringen mich um!«
»Armes, gutes Herz!« flüsterte sie im Ton ironischer Zärtlichkeit. »Herzklopfen in Ihrem Alter? Was soll ich davon denken?! Also, ich erwarte Ihre täglichen Berichte . . . Normalerweise«, fuhr sie im gleichen Atem laut fort, »nehme ich fünf Shilling pro Stunde – ich glaube, das ist wirklich nicht zuviel, und außerdem besorge ich alle Noten für meine Schüler zum halben Preis.«
Als sie ihn mit der Anmut einer Katze verließ, die des Spiels mit der Maus plötzlich überdrüssig geworden ist, war er ihr willenloser Sklave. Ihn schwindelte. Er lehnte sich sekundenlang kraftlos an die Mauer und drückte die Blume, die sie zum Abschied aus ihrem Sträußchen gezogen und ihm überreicht hatte, an die heißen, trockenen Lippen. Diese Blicke! Dieses herrisch fordernde Stirnrunzeln – und zugleich dieses verheißungsvolle Lächeln! Seine Lebenserfahrungen hatten ihn an Kummer und Erniedrigung aller Art gewöhnt; aber auf diese verzehrende Leidenschaft an der Schwelle des Alters hatten sie ihn in keiner Weise vorbereitet. »Oh, wenn ich doch noch einmal jung sein könnte!« dachte er

fiebernd. »Als ich in den Zwanzigern war . . . vielleicht hätte sie mich da geliebt!« Dann zuckte er zusammen und sah benommen um sich. »Sie hat mir befohlen, nach Hause zu gehen . . . Himmel . . . Hoffentlich sieht sie sich nicht um und merkt, daß ich immer noch hier stehe!« Steifbeinig eilte er der Stadt zu, so voller Angst vor ihrem etwaigen Zorn, daß er nicht einmal einen verstohlenen Blick über die Schulter riskierte und daher auch nicht bemerkte, daß der Spion aus seinem Schlupfwinkel gekommen war und sich, jede Mauer und jeden Gerümpelhaufen als Deckung benutzend, an Miß Gwilts Fersen heftete.
Mit wiegenden Hüften, unbeirrt und graziös, ohne Eile schritt sie weiter, dem offenen Land zu. Am Ende der unfertigen Vorstadtgasse teilte sich der Weg in zwei Richtungen; ein Pfad schlängelte sich durch die Wiesen eines benachbarten Bauernhofes, der andere führte über eine kleine Anhöhe zur Chaussee. Miß Gwilt blieb einen Moment stehen und überlegte, ohne auch nur andeutungsweise zu verraten, daß sie sich verfolgt wußte. Dann schlug sie den Weg zur Landstraße ein. »Dort kann er sich nicht mehr verstecken – dort stelle ich Ihn!« dachte sie.
Sie führte ihr Vorhaben mit vollendeter Geschicklichkeit und Selbstbeherrschung durch. Nach etwa dreißig Schritten auf der menschenleeren Landstraße ließ sie ihr Sträußchen fallen, bückte sich mit einer halben Kehrtwendung danach, »bemerkte« den Mann hinter sich, der sich zu verstecken suchte – und ging sofort weiter, allmählich rascher und rascher, so daß der Spitzel befürchten mußte, sie in der Dunkelheit aus den Augen zu verlieren. Er fiel auf die List herein und beschleunigte sein Tempo ebenfalls, bis der Abstand nur noch wenige Meter betrug und er fast mit Miß Gwilt zusammengeprallt wäre, als sie urplötzlich stehenblieb und sich umdrehte.
»Bestellen Sie Mr. Armadale einen schönen Gruß von mir«, sagte sie mit klarer Stimme, »und daß es ziemlich sinnlos ist, mich beobachten zu lassen.«
»Ich . . . ich beobachte Sie nicht, Miß«, stotterte der Mann, durch diese kühle Anrede aus der Fassung gebracht.
Sie betrachtete ihn verächtlich von oben bis unten. Der Kerl war klein und schwächlich. Sie war ihm nicht nur an Größe, sondern vermutlich auch an Körperkräften überlegen.
»Nehmen Sie wenigstens den Hut ab, Sie erbärmliche Kreatur, wenn Sie mit einer Dame reden!« herrschte sie ihn an und schleuderte seinen Hut mit einer blitzschnellen Handbewegung über den Chausseegraben in eine Pfütze auf der anderen Seite.
Diesmal war der Spitzel klüger. Er wußte so gut wie sie, daß seine Niederlage besiegelt war, wenn er ihr den Rücken kehrte, um seinen Hut wiederzuholen. »Seien Sie froh, daß Sie eine Frau

sind«, knurrte er und starrte sie durch die tiefe Dämmerung so drohend an, wie es ihm von unten herauf nur möglich war.
In diesem Moment bemerkte Miß Gwilt aus dem Augenwinkel, daß dort, wo die Landstraße im Dunkel verschwamm, ein einsamer Wanderer aufgetaucht war, der sich rasch der Stadt näherte. In ihrer Situation konnte das keine zusätzliche Gefahr, sondern nur erwünschte Hilfe bedeuten. Sie maß den Spitzel mit noch höhnischerem Blick als zuvor.
»Ob ich wohl stark genug bin, Sie Ihrem Hut nachzuwerfen?« überlegte sie laut. »Ich hätte fast Lust, es zu versuchen . . .«
Aber auch der Spitzel hatte inzwischen Mut gefaßt. »Versuchen Sie's doch«, sagte er grob. »Sie sind eine hübsche Frau, und ich habe nichts dagegen, wenn Sie Ihre Arme um mich . . .« Er stockte und wich einen Schritt zurück; er hatte den näherkommenden Fremden gesehen und verlegte sich nun doch lieber aufs Abwarten.
Miß Gwilt ging dem Fremden ein paar Schritte entgegen. Dieser kam mit dem leichten, gleichmäßigen Gang des erfahrenen Wanderes heran, einen Rucksack auf dem Rücken, den Knotenstock in der Hand. Allmählich wurden seine Gestalt und sein Gesicht erkennbar. Es war ein sehr dunkler, südländischer Typ . . . Zum erstenmal an diesem Abend zeigte Miß Gwilt eine gewisse Erregung.
»Ist es möglich?« stieß sie mit weicher, verhaltener Stimme hervor. »Sind Sie es wirklich?«
Er war es: Midwinter, der sich nach seiner vierzehntägigen Wanderung auf dem Rückweg nach Thorpe-Ambrose befand.
Er blieb seinerseits wie versteinert stehen und sah sie mit stockendem Atem an. Da war sie, deren Bild ihm unaufhörlich und auch eben jetzt vorgeschwebt hatte – sie selbst, in Fleisch und Blut – es konnte keine Täuschung sein! »Miß Gwilt!« brachte er endlich leise heraus und hielt ihr mechanisch die Hand hin.
Sie nahm sie mit zartem, innigem Druck. »Wie froh bin ich über dieses unverhoffte Treffen! Sie kommen wie vom Himmel gerufen . . . Sehen Sie den Mann da? Er verfolgt und belästigt mich schon seit geraumer Zeit . . .«
Midwinter ging augenblicklich wortlos an ihr vorbei und auf den Spitzel zu, der trotz des schwachen Lichtes genug in seiner Miene las, um schleunigst über den Straßengraben zu springen und das Weite zu suchen.
Midwinter schickte sich an, ihm nachzusetzen, wurde aber von Miß Gwilt sanft an der Schulter zurückgehalten. »Lassen Sie ihn laufen«, sagte sie. »Sie wissen ja nicht, in wessen Auftrag er arbeitet.« Auf Midwinters stummen, fragenden Blick fuhr sie fort: »Ja, in Thorpe-Ambrose sind seltsame Dinge geschehen, seit Sie uns verlassen haben. Man hat mich gezwungen, meine Stellung

bei Major Milroy aufzugeben, und seitdem werde ich von käuflichen Spitzeln auf Schritt und Tritt beobachtet. Fragen Sie nicht nach dem Warum und vor allem nicht nach dem Initiator des Ganzen – wenigstens jetzt noch nicht. Ich kann nicht darüber reden, ehe ich mich etwas gefaßt habe. Wollen Sie die Güte haben, mich heimzubegleiten? Es ist kein Umweg für Sie. Und vielleicht . . . darf ich auch Ihren Arm nehmen? Ich muß gestehen, daß mein bißchen Kraft jetzt erschöpft ist . . .« Ihre Stimme erstarb, und sie klammerte sich wankend an Midwinters schnell dargebotenen Arm. Die Herrscherin, die mit einem Wink ihres kleinen Fingers über Mr. Bashwood gebot, die Amazone, die es auf einen Ringkampf mit dem Spitzel hätte ankommen lassen, hatte sich im Handumdrehen in ein rührendes, bebendes, hilfsbedürftiges Geschöpf verwandelt, das ohne männlichen Schutz verloren war. Mit der freien Hand führte sie das Taschentuch an die Augen. »Die Not entschuldigt vieles«, murmelte sie erstickt. »Ich . . . ich verfüge über Sie wie über einen alten Freund . . . Aber Gott weiß, wie nötig ich einen brauche!«

Auf dem Rückweg zur Stadt nahm sie sich mit herzzerreißender Tapferkeit zusammen, steckte das Taschentuch bald wieder weg und bestand darauf, sich von Midwinters Wanderung erzählen zu lassen. »Schlimm genug, daß ich Ihnen so zur Last falle«, sagte sie, »da will ich Ihnen nicht noch das Gemüt beschweren. Wo sind Sie überall gewesen? Was haben Sie gesehen? Sie tun ein weiteres gutes Werk an mir, wenn Sie ganz normal mit mir plaudern und mich von all dem andern ablenken . . .«

So erreichten sie das armselige Haus am Stadtrand, in dem Miß Gwilt jetzt wohnte. Sie blieb stehen, seufzte leise und streifte den rechten Handschuh ab, um Midwinter die Hand zu reichen. »Ja, dies ist nun mein Zufluchtsort geworden«, sagte sie einfach. »Es ist still und sauber, und mehr kann ich bei meiner Armut wirklich nicht verlangen. Schade, daß wir uns schon verabschieden müssen . . .« Sie zögerte und vergewisserte sich mit einem raschen Rundblick, daß sie unbeobachtet waren, bevor sie hinzufügte: »Oder könnte es irgendwie falsch ausgelegt werden, wenn ich Sie noch zu einer Tasse Tee hereinbitte? Ich bin Ihnen so unendlich dankbar, Mr. Midwinter, und vielleicht ist es Ihnen nicht unlieb, sich vor der letzten Etappe Ihres langen Weges noch ein wenig auszuruhen.«

Wie hätte er der Einladung widerstehen sollen? Der magnetische Einfluß ihrer Persönlichkeit, dem er auf seiner Wanderung zu entkommen gehofft hatte, war mit der Entfernung immer stärker statt schwächer geworden. Der bloße Klang ihrer Stimme, jede ihrer leichten Berührungen durchrieselten seine Adern und sein hochempfindliches Nervensystem wie ein Feuerstrom. Sie war

seine erste, um des Freundes willen gewaltsam unterdrückte Liebe, und was er nie zu hoffen gewagt hätte, geschah: Sie lud ihn zu sich ein. Welcher junge Mann von Midwinters verborgen glühendem Temperament hätte sie jetzt verlassen? Er vermochte es nicht.
Ein dumm und schläfrig aussehender Bursche öffnete ihnen die Haustür – selbst er strahlte, als er Miß Gwilt erblickte. »Bringen Sie mir bitte die Teemaschine, John«, sagte sie freundlich zu ihm, »und noch eine Tasse. Borgen Sie mir für zwei Minuten Ihre Kerze, damit ich bei mir oben Licht machen kann? Dann störe ich Sie heute abend nicht mehr.« – »Sie stören mich nie, Miß«, erklärte der Bursche mit linkischer Galanterie, während sie lächelnd die Kerze aus seiner Hand nahm. »Die Leute sind einfach rührend gut zu mir«, flüsterte sie Midwinter hörbar zu, als sie ihm voran die Treppe zu ihrer kleinen Mansardenwohnung hinaufstieg. Sie zündete einige Kerzen an, drehte sich dann schnell zu Midwinter um und half ihm geschickt beim Ablegen seines Rucksacks, ehe er protestieren konnte. »Im Mittelalter rechneten die Damen es sich zur Ehre an, ihren Rittern die Rüstung abzunehmen«, sagte sie scherzend. »Gönnen Sie mir das Privileg, *meinem* Ritter denselben Dienst zu erweisen!« Hierauf nahm sie selbst Hütchen und Mantilla ab und legte sie sorgfältig beiseite. »Ich gehe nicht nach nebenan, um in den Spiegel zu sehen und mich für Sie schön zu machen; es tut mir leid um jede Minute Ihrer Gesellschaft – Sie müssen eben mit mir vorliebnehmen, wie ich bin.«
Midwinter sah hingerissen zu, wie sie rasch, geräuschlos und ohne überflüssiges Hin und Her einen Teetisch für zwei deckte. Das Stübchen war äußerst dürftig möbliert, aber die Bewohnerin hatte es verstanden, ihn mit den geringfügigsten Zutaten – ein paar Büchern, einem Nähkörbchen, einer Blumenvase – eine persönliche Atmosphäre zu geben. Aber das Wunderbarste war sie selbst, der Nuancenreichtum ihres Ausdrucks, ihre unaffektierte, damenhafte Selbstbeherrschung, die Art ihres Sprechens und ihr intelligentes aufmerksames Zuhören – und bei alledem war sie eine Augenweide, von der in jeder Sekunde eine leise, sinnliche Verlokkung ausging, ohne daß sie sich je zu den gängigen Mitteln weiblicher Koketterie herabgelassen hätte.
»Irre ich mich«, sagte sie plötzlich in eine Pause hinein, nachdem sich das Gespräch eine Viertelstunde lang ausschließlich um Midwinters Wandererlebnisse gedreht hatte«, »wenn ich Ihnen sage, daß Sie mit den Gedanken eigentlich ganz woanders sind? Sie scheinen etwas bedrückt . . . Hängt es mit der sonderbaren Situation zusammen, in der Sie mich hier antreffen?«
Midwinter kämpfte gegen die Betörung ihrer Stimme an, um klar und vernünftig zu antworten. »Natürlich möchte ich gern wissen, was in meiner Abwesenheit alles geschehen ist. Andererseits

möchte ich aber um nichts in der Welt ein Thema anschneiden, das für Sie schmerzlich ist.«
Sie sah ihn dankbar an und richtete den Blick dann auf das Teelöffelchen, mit dem sie zerstreut spielte. »Ich habe das bewußte Thema mehr um Ihretwillen vermieden«, sagte sie leise. »Aber Sie werden ja doch alles erfahren, wenn nicht von mir, dann von anderen. Das Wichtigste sollen und müssen Sie aus meinem eigenen Munde hören: Ich mache Ihrem Freund Mr. Armadale keinen Vorwurf. Ich klage lediglich die Leute an, die ihn als ahnungsloses Werkzeug mißbraucht haben.«
Midwinter zuckte zusammen: »Ist es denn möglich, daß Allan Sie irgendwie in diese Lage . . .« Er stockte, da sie mit einer sanften beschwörenden Geste ihre Hand auf die seine gelegt hatte.
»Zürnen Sie mir nicht, wenn ich Ihnen die reine Wahrheit sage? Ihr Freund hat mich allerdings in diese Lage gebracht – die ganze Lawine wurde durch ihn ausgelöst –, aber ich bin fest überzeugt, Mr. Midwinter, daß er sich nichts Böses dabei gedacht hat. Er und ich sind gleichermaßen einer Intrige zum Opfer gefallen, *er* als der reichste Junggeselle weit und breit, und *ich* als Miß Milroys vermeintliche Rivalin.«
»Miß Milroy?« wiederholte Midwinter verblüfft. »Aber Allan hat mir kurz vor meinem Aufbruch doch noch selbst gesagt –«
»– daß er mich über alle Maßen bewundert, nicht wahr? Armer Junge, er bewundert jedes weibliche Wesen – er ist ja noch ein ganz unbeschriebenes Blatt!« Miß Gwilt legte das Teelöffelchen auf die Untertasse zurück, seufzte und wurde wieder ernst. »Wenn mich eine Schuld trifft, so die, daß ich mir seine Komplimente gefallen ließ, ohne das flüchtige Interesse, das er mir schenkte, auch nur im geringsten zu erwidern. Ich unterschätze dabei weder seine menschlichen Qualitäten noch die beneidenswerte Stellung, die er seiner künftigen Frau bieten kann. Aber das Herz einer echten Frau läßt sich von solchen Erwägungen nicht lenken, Mr. Midwinter. Ich für meine Person habe nie daran gedacht, den Tanz um das goldene Kalb – pardon, ich meine den Herrn von Thorpe-Ambrose – mitzumachen.«
Sie sah Midwinter bei dieser stolzen Äußerung gerade ins Gesicht, und er schlug vor ihrem klaren Blick die Augen nieder, während ihm das Blut in die Wangen stieg. Das Pochen seines Herzens sprengte ihm fast die Brust. Allan war ihr also gleichgültig! Zum erstenmal, seit sie sich kannten, war er in Versuchung, seine eigenen Interessen vor die seines Freundes zu setzen.
»Wie gesagt, ich habe mir ein wenig von ihm den Hof machen lassen, und für diese Eitelkeit habe ich schwer büßen müssen«, fuhr Miß Gwilt fort. »Wenn das Verhältnis zwischen meiner Schülerin und mir etwas freundschaftlicher gewesen wäre, hätte

ich ihr gern versichert, daß ich ihrem Wunsch, Mrs. Armadale zu werden, in keiner Weise entgegenstand, schon gar nicht als Nebenbuhlerin. Aber leider hat mich Miß Milroy vom ersten Tage an fühlen lassen, wie sehr sie mich verabscheute und mir mißtraute. In ihrer Eifersucht hat sie Mr. Armadales jungenhafte Schwärmerei für mich zweifellos ganz falsch aufgefaßt. Nun war es ihr einziges Bestreben, mich in seiner Achtung herabzusetzen, und sie dachte sich einen Plan aus, bei dem ihre Mutter ihr wahrscheinlich geholfen hat, denn auch sie hatte ihre Gründe – die ich aus Anstand unerwähnt lassen möchte –, mich sobald wie möglich aus dem Hause zu treiben. Wie dem auch sei, die Verschwörung war erfolgreich. Mr. Armadale wurde durch einen plumpen Trick hineingezogen, und ehe er überhaupt merkte, wie er den Damen auf den Leim gegangen war und was er mit seiner Gutgläubigkeit anrichtete, sah ich mich schon gezwungen, meine Stellung bei Major Milroy zu kündigen. Seien Sie nicht zu ärgerlich auf Miß Milroy, Mr. Midwinter – sie ist zu jung für ein vorschnelles Verdammungsurteil. Sicher hat sie auch ihre guten Seiten, worüber Sie sich bei Leuten erkundigen müssen, die nicht das Unglück haben, ihr zu mißfallen. Für mich ist das alles unwichtig. Ich möchte nur wieder und wieder betonen, daß ich Mr. Armadale keine Schuld an der ganzen traurigen Affäre gebe.«
»Aber wie konnte er sich zum bloßen Werkzeug Ihrer Feinde degradieren lassen!« rief Midwinter. »Verzeihen Sie meine Aufregung, Miß Gwilt . . . nur . . . Allans guter Name ist mir mindestens ebenso wertvoll wie mein eigener!«
Wieder sah sie ihn voll an, und in ihren Zügen malte sich eine zarte, unwiderstehlich nach Ausdruck drängende Begeisterung. »Oh, wie ich Ihre Freundestreue bewundere! Glückliche Männer! Wenn wir Frauen doch nur einmal so zusammenhielten!« Ihre Stimme schwankte; sie bändigte ihren Ausbruch und sah vor sich hin auf das Tischtuch. »Ich gäbe gern das bißchen gute Aussehen hin«, bekannte sie leise, »das mir nichts als Unannehmlichkeiten einträgt, wenn ich dafür nur einen einzigen wahren Freund fände, wie Mr. Armadale ihn an Ihnen hat. Aber dies Glück wird mir wohl nie beschieden sein . . . Wo waren wir stehengeblieben, Mr. Midwinter? Richtig, Sie wollten wissen, wie Ihr Freund die unschuldige Ursache meines neuesten Mißgeschicks werden konnte. Dazu muß ich Ihnen erst etwas über mich selbst sagen. Ich teile das Schicksal vieler, sehr vieler Gouvernanten, Mr. Midwinter; ich bin ein Opfer trauriger Familienverhältnisse. Und außerdem habe ich die Schwäche, daß es mir entsetzlich widersteht, Fremde in diese Dinge einzuweihen. Aber dieses beharrliche Schweigen über meine Familie setzt mich in meiner abhängigen Position natürlich manchen Mißverständnissen aus oder wirkt sogar verdächtig.

Empfinden auch Sie mein Schweigen als . . . als Anlaß zum Argwohn, Mr. Midwinter?«
»Gott behüte!« erwiderte er mit starker Bewegung. »Es dürfte keinen Menschen auf Erden geben, der ein solches Schweigen besser versteht und würdigt als ich!«
Sie drückte ihm impulsiv die Hand. »Das habe ich doch gewußt! Oh, ich habe es gleich bei unserer allerersten Begegnung geahnt, daß auch Sie viel gelitten haben und Ihren Kummer schweigend in sich verschließen! Seltsame Übereinstimmung! Ich glaube an Ausstrahlungen, geheime Sympathieströmungen, wie Mesmer sie lehrt – Sie auch?« Sie zuckte zusammen, als er, überwältigt von ihrem Ton, ihren Worten und ihrer warmen Berührung, seine brennenden Lippen auf ihre Hand drückte. »Bitte nicht!« flehte sie mit versagender Stimme. »Ich bin selbst schuld daran – was müssen Sie von mir denken – schonen Sie mich! Ich bin Ihnen ja auf Gnade und Ungnade ausgeliefert – ich, die ich keinen einzigen wahren Freund auf Erden habe!«
Midwinter wandte sich ab und verbarg das Gesicht in den Händen. Miß Gwilt stellte sachlich interessiert fest, daß er am ganzen Leibe zitterte. »Er liebt mich – er liebt mich wirklich!« dachte sie überrascht. »Und ich? Ob ich ihn vielleicht auch geliebt hätte . . . in einem anderen Leben?«
Die Stille dehnte sich auf mehrere Minuten aus. Ihr Appell an seine Ritterlichkeit hatte die Wirkung, die sie weder vermutet noch beabsichtigt hatte, daß er sie kaum noch anzusehen wagte. Endlich nahm sie zuerst wieder das Wort.
»Vergessen wir dies Intermezzo«, sagte sie mit sanftem, bezauberndem Lächeln, »und kehren wir zum Thema zurück. Wenn ich mich recht erinnere, waren wir bei unserer beiderseitigen Gewohnheit, Fremde nicht mit Privatangelegenheiten zu behelligen. Nun, dieses Schweigen hat mir, wie ich erst hinterher erfuhr, in meiner letzten Stellung sehr geschadet, denn Miß Milroy baute darauf ihren eifersüchtigen Racheplan auf. Sie veranlaßte, daß noch einmal Erkundigungen über mich eingezogen wurden, und – so leid es mir tut, es sagen zu müssen – Ihr Freund gab sich dazu her, diese heimlichen Nachforschungen in London selbst anzustellen. Auf welche Weise er dazu gebracht worden ist, weiß ich nicht.«
Midwinter fuhr von seinem Platz in die Höhe – wollte etwas sagen – und setzte sich wortlos wieder hin.
»Sie müssen ihm mildernde Umstände zubilligen«, erinnerte ihn Miß Gwilt zartfühlend. »Ich tue es ja auch. Er ist so arglos und so leicht beeinflußbar . . . Nun wollte es der Zufall, daß meine Bürgin, Mrs. Mandeville, gerade verzogen war. Der bloße Umstand, daß er sie nicht finden konnte, scheint nun auch Mr. Armadales Mißtrauen gegen mich erweckt zu haben – warum, ist mir ein

Rätsel. Genug, er blieb über eine Woche in London. Was er dort tat, entzieht sich meiner Kenntnis. Alles das geschah hinter meinem Rücken; ich wußte von nichts und mißtraute niemandem; ich war in meinem kleinen Pflichtenkreis so weit zufrieden, wie man es eben mit einer renitenten Schülerin sein kann. Infolgedessen fiel ich aus allen Wolken, als Major Milroy mir eines schönen Morgens die Briefe zeigte, die er mit Mr. Armadale während dessen Abwesenheit gewechselt hatte, und zwar in Gegenwart seiner Frau, weil ich mich in ihrem Beisein dazu äußern sollte. Ich kann und will Mrs. Milroys Verhalten nicht schildern – ihr furchtbares Leiden entschuldigt alles. Leider kann ich ebensowenig den Inhalt der Briefe wörtlich wiedergeben; ich war im Moment zu verwirrt und erschüttert, um mir alles zu merken. Jedenfalls lief der Briefwechsel darauf hinaus, daß Mr. Armadale über das Ergebnis seiner Londoner Nachforschungen jede Auskunft verweigerte, was ein sonderbares Licht auf mich warf. Der Major war sehr freundlich und versicherte mich mehr als einmal seines unerschütterlichen Vertrauens; aber was konnte sein guter Wille gegen das Vorurteil seiner Frau und die bösartige Eifersucht seiner Tochter ausrichten? Was sollte ich in dieser Lage tun? Gegen vage Verdächtigungen kann man sich nicht verteidigen; und im Hause des Majors konnte ich, da man mich verdächtigte, auch nicht bleiben. Mein vielleicht unangebrachter Stolz – ich bin als Dame erzogen und aufgewachsen, und gewisse Empfindlichkeiten werde ich mir wohl nie abgewöhnen –, mein Stolz also bewog mich, augenblicklich zu kündigen. Seien Sie deswegen nicht zu besorgt, Mr. Midwinter. Das düstere Bild hat auch seine hellen Seiten. Die freundliche Teilnahme mehrerer Damen hat mich beinahe überwältigt, ich habe Klavierschüler in Aussicht und brauche auf keinen Fall zu befürchten, je auf materielle Unterstützung angewiesen zu sein. Das einzige, was mich noch bedrückt und worüber ich mich, glaube ich, mit Recht beklage, ist folgendes. Mr. Armadale ist seit einigen Tagen aus London zurück. Ich habe ihn natürlich sofort brieflich um eine klärende Aussprache gebeten. Sie werden es kaum glauben – er hat dieses Ansuchen schroff abgelehnt, zweifellos immer noch unter dem Einfluß anderer, mir übelwollender Personen. Und damit nicht genug. Er hat mir auch noch den Spitzel auf die Fersen gesetzt, von dessen ständiger Verfolgung erst Sie mich vorhin auf der Landstraße befreit haben. Seien Sie mir nicht böse, daß ich es Ihnen sage, aber das *müssen* Sie schließlich wissen.«

Midwinter war wieder auf die Füße gesprungen, und diesmal fand seine Erregung Worte.

»Nein, das ist unglaublich! Wenn der Kerl Ihnen etwa gesagt haben sollte, daß er in Allans Diensten steht, so hat er gelogen. Verzeihen Sie, Miß Gwilt, und mißverstehen Sie mich nicht, ich

flehe Sie an! Selbstverständlich bezweifle ich *ihre* Worte nicht; ich will nur sagen, daß hier ein fürchterlicher Irrtum vorliegen muß. Die Zusammenhänge verstehe ich sowieso nur notdürftig, aber das eine weiß ich mit absoluter Sicherheit: Allan ist einer Niedrigkeit wie der, mit Spionen gemeinsame Sache zu machen, nicht fähig! Irgendein Schuft tarnt sich mit seinem Namen. Ich werde Ihnen den Beweis bringen. Ich ruhe und raste nicht, bis ich die Sache aufgeklärt habe – der Gedanke ist mir unerträglich! Entschuldigen Sie, daß ich mich so abrupt verabschiede, aber selbst das Glück Ihrer Gesellschaft ist mir vergällt, solange in diesem Punkt nicht Klarheit herrscht ... Oh«, bracht er verzweifelt aus, »wenn ich es nur mit Worten ausdrücken könnte, was ich für Sie empfinde!«
Seine Stimme versagte vor ihrem feuchtschimmernden Blick. »Sie sind der großherzigste und edelste Mensch, den ich kenne«, flüsterte sie. »Ich will gern glauben, was *Sie* glauben ... Aber nun gehen Sie!« Sie drückte kurz und krampfhaft seine Hand und wandte sich ab. »Um unser beider willen – gehen Sie!«
Sein Herz schlug zum Zerspringen, als er sie abseits auf einen Stuhl sinken und das Taschentuch an die Augen pressen sah. Eine Sekunde stand er noch unentschieden da – dann griff er hastig nach Rucksack und Stock und stürzte, ohne sich noch einmal umzublikken, hinaus.
Miß Gwilt stand sofort auf, als sie die Haustür unten ins Schloß fallen hörte. Ihr Gesicht war völlig verändert: bleich, hart, viel, viel älter und von stummer Qual gezeichnet. »*Ihn* zu belügen fällt mir schwerer, als ich dachte«, murmelte sie vor sich hin, während sie ein paar Schritte hin und her ging und schließlich müde vor dem Spiegel, der über dem Kamin hing, stehenblieb. Sie stützte beide Arme auf den Sims und sah sich selbst melancholisch forschend in die Augen. »Du ungereimtes Geschöpf! Hast du denn immer noch einen Rest von Gewissen? Hat dieser Mann es wieder zum Leben erweckt?«
Unmerklich änderte sich ihr Spiegelbild. Ein zartes Rot kehrte in die Wangen zurück, die Augen begannen wieder sanft und zärtlich zu schimmern, die halbgeöffneten Lippen atmeten rascher und heißer, so daß sich die Oberfläche des Spiegels etwas trübte. Sie schreckte plötzlich aus ihren Gedanken auf und wich zurück. »Was ist denn jetzt mit mir los?« fragte sie sich verwirrt. »Wäre ich wahnsinnig genug, *so* an ihn zu denken?«
Sie lachte spöttisch auf, ging an ihren Schreibtisch und schlug den Deckel mit hartem Knall zurück. »Höchste Zeit, zur Tagesordnung zurückzukehren«, sagte sie und setzte sich, um einen Bericht an Mrs. Oldershaw zu verfassen.
»Heute abend lief mir Mr. Midwinter unter äußerst günstigen Umständen über den Weg, und ich habe die Situation nach Kräften

genutzt. Eben ist er in großer Erregung von mir zu seinem Freund Armadale gestürzt, was einen weiteren Erfolg für mich zeitigen wird. Entweder geraten sich die beiden meinetwegen in die Haare, oder Midwinter setzt durch, daß ich im Herrenhaus wieder manierlich empfangen werde. Die eine Möglichkeit ist so gut wie die andere. Im ersteren Fall kann ich dann nämlich als Friedensengel auftauchen und die Streithähne aufs christlichste wieder versöhnen . . .«

Ihre Hand stockte, schrieb zögernd noch ein paar Sätze hin, strich sie heftig durch – und plötzlich zerriß Miß Gwilt wütend den ganzen Brief, schleuderte die Feder von sich und drehte sich rasch auf dem Stuhl um. Ihr Blick hing selbstvergessen an dem Platz, wo Midwinter gesessen hatte, während sie mit der Schuhspitze nervös auf den Boden pochte. »So jung du bist«, dachte sie, »hast du doch schon Ungewöhnliches erlebt, sonst wärest du nicht, wie du bist – und ich muß und will es wissen!«

Das Schlagen der Uhr brachte sie zu sich. Es war spät. Sie stand seufzend auf und ging wieder vor den Spiegel, wo sie sich auszukleiden begann und ihre üppigen Flechten löste, um sie für die Nacht zu bürsten. Gleichgültig sah sie auf die schimmernde Pracht ihrer Schultern und ihres Busens, über den sich die feurige Wolke des gelösten Haars senkte. »Wenn er mich jetzt sähe . . .!« dachte sie. Dann löschte sie die Kerzen bis auf eine, die sie in ihr Schlafzimmer mitnahm. »Midwinter?« murmelte sie auf der Schwelle. »Ich glaube nicht recht an den Namen – und da fangen *meine* Nachforschungen an!«

Midwinter traf erst in tiefer Nacht im Herrenhaus ein. Die unverhoffte Stunde mit Miß Gwilt, um die seine Gedanken in vierzehntägiger Einsamkeit unablässig gekreist hatten, und die erschütternden Neuigkeiten, in denen Allan eine so unrühmliche Rolle spielte, hatten ihn dermaßen verwirrt, daß er sich in der Finsternis zweimal verlaufen hatte. Und als er dann endlich vor dem wohlbekannten Haus stand, kam es ihm seltsam fremd vor. Es war ihm ein Rätsel, wie er sich schließlich doch noch hingefunden hatte.

Vorn war alles dunkel und verschlossen. Midwinter war im Begriff, um den Seitenflügel herum in den Hof zu gehen, als sein Fuß stockte. Dort saßen zwei der Diener friedlich rauchend im Freien – er erkannte sie an den Stimmen – und unterhielten sich über Allan.

»Ich wette um eine halbe Krone, daß die Nachbarschaft ihn vom Gut jagt, ehe die nächste Woche herum ist!« sagte der eine.

»Topp, die Wette gilt!« erwiderte der andere. »So leicht läßt Mr. Armadale sich nicht aus seinem eigenen Haus treiben!«

»Und wenn die Leute ihm nächstens die Fenster einschmeißen? Er legt es ja geradezu darauf an! Nicht genug mit dem ganzen Ärger, den er sich schon eingebrockt hat – jetzt läßt er auch noch die Gouvernante bespitzeln. Ich weiß es genau. Und wenn *das* erst allgemein bekannt wird –«

Ein Frösteln überlief den Lauschenden. Nach der Trennung von Miß Gwilt war es sein einziges Bestreben gewesen, sich heute noch mit Allan auszusprechen und alle Mißverständnisse zu beseitigen. Jetzt wußte er nicht mehr, was er denken sollte, und hoffte inbrünstig, Allan sei schon schlafen gegangen. Er brauchte Zeit, um mit den neu auf ihn einstürmenden Zweifeln fertigzuwerden. Mit diesem Gedanken trat er um die Ecke und zeigte sich den erstaunten Dienern, die sich sofort erboten, ihren Herrn zu benachrichtigen. Er hätte sich vor einer halben Stunde zurückgezogen, da er für heute nicht mehr mit der Ankunft seines Freundes rechnete, hätte aber ausdrücklich befohlen, ihn gegebenenfalls auch mitten in der Nacht zu wecken.

»Nein, stören Sie ihn nicht«, sagte Midwinter. »Das ist *mein* ausdrücklicher Wunsch.«

Er ließ sich eine Kerze geben und betrat das Haus durch den Hintereingang.

Die beiden Diener sahen ihm mit verwundertem Kopfschütteln nach.

VIII

Sie kommt zwischen die Freunde

Ein regelmäßiger Tagesplan war im Herrenhaus von Thorpe-Ambrose unbekannt. Allan, schon als Junge gewohnt, seinen Impulsen nachzugeben, ließ sich als Gutsherr weniger denn je von der Uhr »tyrannisieren«, wie er es nannte. Statt dessen tyrannisierte er andere (ohne es sich klarzumachen), zum Beispiel die unselige Mrs. Gripper, die nie wußte, wann der Herr zum Frühstück zu erscheinen geruhte – manchmal vor acht, manchmal erst gegen Mittag. Das Dinner war die einzige Ausnahme: Zu dieser Hauptmahlzeit erschien Allan meistens pünktlich.

Als Midwinter am Morgen nach seiner Rückkehr gegen neun an Allans Tür klopfte, fand er das Zimmer bereits leer. Er fragte unten bei den Dienern – niemand hatte ihn gesehen, niemand hatte das sonst übliche mehrfache Klingeln von ihm vernommen. Kurzum, keiner konnte Midwinter über Allans Verbleib Bescheid geben, außer daß er eben nicht im Hause war.

Midwinter ging auf die große Terrasse hinaus und überlegte auf

der obersten Stufe der Freitreppe, wohin er sich zu wenden habe. Daß Allan gerade jetzt, da er sich innerlich auf die notwendige Aussprache vorbereitet hatte, spurlos verschwunden war, steigerte seine Nervosität. Er war ohnehin in der Stimmung, in der Kleinigkeiten genügen, empfindliche Menschen aus dem seelischen Gleichgewicht zu bringen.
Auch Wetterfühligkeit mochte hineinspielen. Der Himmel war bedeckt, schwüle, warme Windstöße kamen von Süden; die Atmosphäre war mit Elektrizität geladen – wahrscheinlich war ein Gewitter im Anzug.
Während Midwinter noch unschlüssig dastand, kam unten einer der Stallknechte vorbei, und dieser zeigte sich über Allans Morgenunternehmungen besser unterrichtet als die Hausbediensteten. Allan war vor über einer Stunde hintenherum – also durch den Hof und an den Ställen vorbei – in den Park gegangen, und zwar mit einem Blumenstrauß in der Hand.
Hintenherum – mit einem Strauß in der Hand? Was sollte das heißen? Die leichte Lächerlichkeit des Bildes ärgerte Midwinter unverhältnismäßig, als er ebenfalls »hintenherum« ging, um Allan auf gut Glück zu folgen.
Allan war, was niemand wußte, schon zum zweitenmal vor dem Frühstück mit einem Strauß unterwegs. Der einzige herzerwärmende Eindruck, den er von seinem Gespräch mit Pedgift senior zurückbehalten hatte, war die Schilderung von Nellys Seelenkonflikten gewesen. Ihre Angst, von ihm, Allan, falsch beurteilt zu werden, hatte sie in seinen Augen wieder zur rührenden, unendlich anziehenden Engelsgestalt gemacht – sie war ja der einzige Mensch in der ganzen Nachbarschaft, dem noch etwas an seiner guten Meinung lag! Geächtet und verlästert, wie er war, ohne Midwinters Beistand, hungerte und dürstete er nach freundlichen Blicken und Worten, und er dachte immer reuiger und sehnsüchtiger an das liebe junge Ding zurück, das ihm die ersten Tage in Thorpe-Ambrose verschönt und das er dann so frevelhaft leichtfertig beiseite geschoben hatte. Dies empfinden und zur Versöhnungstat schreiten war bei Allan ein und dasselbe. Schon gestern hatte er sich am frühen Morgen aus dem Hause geschlichen, um mit einem Strauß (aber ohne feste Vorstellung, was er dazu sagen sollte) in der Nähe des Cottage herumzulungern; aber Nelly war zu seinem Leidwesen nicht erschienen. Heute versuchte er es in einem anderen Teil des Parks – vielleicht hatte sie inzwischen die Richtung ihrer Morgenspaziergänge gewechselt.
Midwinter seinerseits suchte erfolglos nach Allan. Nach einer Weile kehrte er in den Hof zurück und ging langsam zwischen den Blumenrabatten hin und her, um den Freund lieber hier zu erwarten.

Gegen zehn hörte er endlich die wohlbekannte Stimme von den Ställen her. Allan hatte den Zweck seines Morgenspaziergangs auch heute nicht erreicht, denn der Strauß war noch in seiner Hand. Er schenkte ihn resigniert einem der Kutscherkinder, die dort spielten. Dann wandte er sich dem Haus zu, erblickte Midwinter und stieß einen Freudenschrei aus.
»Wach' ich oder träum' ich?« Er schüttelte ihm begeistert beide Hände. »Midwinter – alter Bursche –, Gott sei Dank, daß du wieder da bist! Wo kommst du so plötzlich daher? Bist du vom Himmel gefallen?«
Midwinter erklärte seine nächtliche Rückkehr und fragte nach Allans Ergehen, worauf dieser auf ganz ungewohnte Art seine schallende Stimme dämpfte und sich erst einmal scheu umsah.
»Ja, du wirst dich wundern – seit du mich allein hier sitzengelassen hast, habe ich Vorsicht gelernt! Du hast ja keine Ahnung, was hier alles passiert ist und in was für einer ekelhaften Bredouille ich bin!«
»Ich weiß mehr, als du denkst, Allan«, erwiderte Midwinter.
»Was? Auch die Geschichte mit Miß Gwilt? Und das Kesseltreiben gegen mich in der Nachbarschaft? Ist der Klatsch schon so weit über Thorpe-Ambrose hinausgedrungen?«
»Gleichgültig wie – ich habe es erfahren«, sagte Midwinter leise.
»Grundgütiger! Aber wo denn nur? Warst du vielleicht gestern abend noch in der Stadt? Oder hast du Pedgift getroffen? Oder hast du die letzten Nummern unseres Blättchens gelesen, das sich vor lauter ›Pressefreiheit‹ fast überschlägt?«
Leises Donnergrollen rumorte in der Ferne. Midwinter blickte zum blauschwarz bezogenen Himmel auf. Die ersten schweren, großen Regentropfen klatschten vereinzelt hier und da auf den Rasen.
»Komm hier herein«, sagte Allan und ging auf die offenstehende Tür seines Privatkabinetts zu. »Wir gehen besser durchs Haus zum Frühstück.« Ein heftiger Windstoß trieb ihnen die Regentropfen ins Zimmer nach. Midwinter schloß vorsorglich die Glastür. Allan hatte seine Absicht, gleich zum Frühstück weiterzugehen, schon vergessen. Das unterbrochene Gespräch lag ihm zu sehr am Herzen.
»Wo oder von wem hast du denn das Ganze schon gehört?« wiederholte er seine Frage.
»Von Miß Gwilt selbst«, antwortete Midwinter ernst.
Allans Gesicht verdüsterte sich. »Ich wollte, du hättest meine Version zuerst gehört«, sagte er. »Wo hast du Miß Gwilt gesehen?«
»Bevor ich darauf eingehe«, sagte Midwinter etwas gezwungen, »muß ich dich meinerseits etwas fragen, Allan. Ist es wahr, daß du

in irgendeiner Weise in die Dinge verwickelt gewesen bist, die zu der jetzigen peinlichen Situation geführt haben?«

Allan antwortete erst nach einer Pause, in der seine Verlegenheit deutlich spürbar wurde: »Ja, in gewisser Weise schon . . . Aber das ist eine lange, komplizierte Geschichte, Midwinter. Ich habe mich verleiten lassen, etwas zu versprechen und auszuführen, was ich besser unterlassen hätte, denn die . . . die betreffende Person hat mir die Sache ganz anders dargestellt und mich dabei elend hereingelegt. Soviel kann ich dir erklären, ohne mein Schweigeversprechen zu brechen. Du sagst ja auch dies keinem Menschen weiter, nicht wahr? Ich kann, wie immer, auf deine Diskretion zählen?«

»Halt!« warnte Midwinter. »Vertraue mir keine fremden Geheimnisse an, solange es sich vermeiden läßt – das soll man auch unter engsten Freunden nicht tun.« Er sah, wie Allan die Röte ins Gesicht stieg, und legte ihm begütigend die Hand auf die Schulter. »Ich sehe schon, daß du meine Frage nicht ohne weiteres beantworten kannst. Willst du es dir lieber noch ein Weilchen überlegen? Gehen wir vielleicht erst zum Frühstück?«

Aber Allan war viel zu begierig, sich vor Midwinter zu rechtfertigen, als daß er sich von der Stelle gerührt hätte. Sie standen beide dicht vor der geschlossenen Glastür, wo es noch am hellsten war, während draußen das Gewitter näherzog.

»Deine Frage ist an sich einfach genug«, sagte Allan. »Nur erfordert die Antwort gewisse . . . gewisse Vorreden . . . und du weißt ja, wie wenig mir so was liegt –«

»Du kannst dich also nicht ganz von Schuld freisprechen?« fragte Midwinter noch leiser als zuvor.

»Du triffst den Nagel mal wieder auf den Kopf!« strahlte Allan bewundernd. »Nicht ganz, aber –«

»Das tut mir leid«, sagte Midwinter und blickte mit plötzlich verschlossener Miene zu Boden.

»Leid? Aber mein Lieber, du weißt ja die Begleitumstände noch gar nicht. Warte doch, bis ich dir alles erklärt habe!«

»Da dir Erklärungen bekanntlich nicht liegen«, sagte Midwinter, Allans eigenen Ausdruck wiederholend, »laß es lieber. Ich fürchte, es verschlimmert die Sache nur.«

Allan sah ihn stumm und verdutzt an.

»Du bist mein Freund – mein bester und nächster Freund«, fuhr Midwinter fort. »Ich ertrage es nicht, daß du dich vor mir zu rechtfertigen versuchst, als wäre ich dein Richter oder als zweifelte ich an dir.« Er hob bei den letzten Worten den Kopf und sah Allan wieder frei und offen in die Augen. »Außerdem erinnere ich mich eben an etwas, womit ich dir vielleicht den Hauptteil deiner Erklärungen abnehmen kann. Kurz bevor ich zu meiner Wanderung aufbrach, sprachen wir über einige heikle Fragen, die du an Major

Milroy richten wolltest. Ich erinnere mich, daß ich dich damals warnte und dir empfahl, dieses Vorhaben noch sehr reiflich zu überlegen. Sollten meine Befürchtungen eingetroffen sein, daß du dich mit eben diesen Fragen in eine schiefe Lage gebracht hast? Hat Miß Gwilt deshalb ihre Stellung gekündigt? Darf ich mit Recht annehmen, daß du das Unheil ganz unwissentlich und gegen deinen Willen über ihr Haupt heraufbeschworen hast?«

»Ja«, erwiderte Allan, wiewohl etwas mühsam, »das darfst du mit Recht annehmen. Es stimmt.« Der Regen prasselte inzwischen gegen die Glastür, und Allan verfolgte geistesabwesend einige der in Zickzacklinien herabeilenden Tropfen mit dem Finger. »Du bist nicht irgend jemand, Midwinter«, setzte er dann von neuem an. »Ich möchte dir doch am liebsten alles ganz genau erzählen.«

»Wenn du durchaus willst . . . Aber mir genügt es schon, wenn du mir versicherst, daß du Miß Gwilt nicht absichtlich aus ihrer Stellung vertrieben hast. Zwischen dir und mir braucht über diesen Punkt dann nichts mehr gesagt zu werden. Nur eine einzige Frage noch in diesem Zusammenhang, die mir viel wichtiger ist, weil sie sich mir gestern abend aufgedrängt hat. Ich habe mit eigenen Augen gesehen und mit eigenen Ohren gehört, daß . . .« Er unterbrach sich und ging auf die Korridortür zu. »Aber wollen wir nicht erst hinaufgehen?« fragte er, um Zeit zu gewinnen.

Es war zwecklos. Allan war taub und blind gegen Midwinters Versuche, die Peinlichkeit der Szene zu mildern. Er folgte ihm zwar mechanisch ein paar Schritte, blieb aber gleich wieder stehen. »Midwinter!« entfuhr es ihm plötzlich, als dämmerte ihm erst jetzt der Ernst der Lage auf. »Was ist denn mit dir? Sind wir uns wegen dieser blöden Geschichte irgendwie entfremdet?«

Midwinter ließ die Hand von der Klinke und kam zurück. Der Moment restloser Offenheit ließ sich nicht länger aufschieben. Um der Freundschaft willen, die sie verband, mußte jetzt kühn und rückhaltlos gesprochen werden. Er folgte Allan wieder an die verregnete Glastür, um sein Gesicht bei dem, was er zu sagen hatte, deutlicher zu sehen.

»Gib mir die Hand, Allan.« Er hielt sie eine Weile mit festem Druck. »Ja, es *ist* etwas Fremdes zwischen uns getreten, und wir müssen uns beide ehrlich bemühen, es für immer auszumerzen. Du hast mich vorhin gefragt, wann und wo ich Miß Gwilt gesehen habe. Ich traf sie gestern abend auf der Landstraße am andern Ende der Stadt. Glücklicherweise kam ich gerade zurecht, um sie von einem lästigen Verfolger zu befreien. Ich hätte den Burschen verprügelt, wenn Miß Gwilt nicht selbst gesagt hätte, ich sollte ihn laufen lassen. Sie gab einen höchst sonderbaren Grund dafür an. Sie sagte, ich wüßte ja nicht, in wessen Diensten der Mann stünde.«

Allans Gesicht wurde rot. Er wich Midwinters Blick aus, indem er in den strömenden Regen hinaussah. Gleichzeitig trennten sich ihre Hände, und eine längere, beklemmende Pause entstand. Midwinter sprach schließlich weiter, nachdem er vergeblich auf eine Äußerung Allans gewartet hatte.

»Später erklärte Miß Gwilt sich deutlicher. Ich erfuhr erstens, daß der Mann ein bezahlter Spitzel gewesen sei. Das verblüffte mich, aber ich hielt es immerhin für möglich. Zweitens sagte Miß Gwilt jedoch, der Mann würde von *dir* bezahlt – und das halte ich nun für ganz und gar unmöglich! Das kann ihr nur irgendein Schuft, der mit in der Verschwörung steckt, vorgelogen haben!«

Allan wandte sich hastig von der Glastür ab, um sich Midwinters Blick zu stellen. »Jetzt *muß* ich alles erklären!« sagte er entschlossen.

Midwinter wurde allmählich aschfahl – bei ihm immer ein Zeichen heftiger innerer Erregung. »Was gibt es zu erklären?« fragte er tonlos und trat einen Schritt zurück, ohne die dunkelglühenden Augen von Allans Gesicht zu wenden. »Ja oder nein!«

»Du weißt nicht, was ich weiß, Midwinter. Was ich getan habe, hat seine guten Gründe. Und, was schwerer wiegt, ich habe mich diesmal von einem klugen, erfahrenen Mann beraten lassen.«

»Hast du meine Frage nicht verstanden?« fragte Midwinter in ungläubigem Ton. »Du scheinst mir die ganze Zeit nicht richtig zugehört zu haben?«

»Doch, ich habe jedes Wort gehört und verstanden«, versicherte Allan. »Aber bitte, hör auch du genau hin! Ich wiederhole: Du weißt nicht, was ich weiß. Miß Gwilt hat, unter anderem, ihre ehemalige Schülerin bedroht. Miß Milroy ist in Gefahr, solange ihre Gouvernante in dieser Gegend bleibt.«

»Laß mich mit Miß Milroy in Frieden«, erwiderte Midwinter mit einer verächtlichen, wegwerfenden Handbewegung. »Unser Gespräch geht nicht um Miß Milroy . . . Großer Gott, Allan, muß ich aus all diesen Ausflüchten schließen, daß du Miß Gwilt wirklich nachspionieren läßt?«

»Ein für allemal, mein Lieber – willst du mich jetzt anhören oder nicht?«

»Anhören?« schrie Midwinter, dessen Augen plötzlich Feuer sprühten und dessen heißes Kreolenblut dunkel in die bleichen Wangen schoß. »Womit wäre die Beschäftigung eines Spions zu rechtfertigen? Genügt es noch nicht, daß du dich ohne jede Befugnis in Miß Gwilts Privatangelegenheiten gemischt und sie aus ihrer Stellung vertrieben hast? Mußt du dir die Finger auch noch mit dem niedrigsten, gemeinsten Mittel beschmutzen, das man sich vorstellen kann, indem du einen feigen Schnüffler bezahlst? Und vor vierzehn Tagen hast du mir noch erzählt, du liebtest die

Frau, die du jetzt auf so schäbige Art unter Druck setzt! Nicht nur das – du hast allen Ernstes deine künftige Gattin in ihr gesehen! Es ist nicht zu glauben! Bin ich denn verrückt? Habe ich mir alles nur eingebildet, was du damals gesagt hast und was du jetzt sagst? Rede ich überhaupt mit Allan Armadale? Ich glaube dein Gesicht zu erkennen, aber . . . Halt, es gibt noch eine denkbare Lösung. Irgendein Schuft hat deine Gutmütigkeit und deinen Namen mißbraucht und alles das angeblich in deinem Auftrag getan, hinter deinem Rücken . . .«

Allan kannte das Temperament seines Freundes und blieb bewundernswert geduldig. »Wenn du dich weiterhin weigerst, mich anzuhören, brechen wir dieses Gespräch lieber ab. Ich werde schon noch an die Reihe kommen.«

»Mir genügt dein Wort, wenn du sagst, daß der Spion *nicht* von dir bezahlt wird!«

»Und wenn es eine ernste Notwendigkeit gäbe, von der du nichts weißt –«

»Ich erkenne keine wie auch immer geartete Notwendigkeit an, eine hilflose Frau feige und hinterhältig zu verfolgen!«

Wieder schluckte Allan eine rasche, gereizte Antwort hinunter. »Sie käme dir vielleicht nicht ganz so hilflos vor«, sagte er statt dessen, »wenn du die Wahrheit wüßtest.«

»Du wagst das Wort ›Wahrheit‹ noch in den Mund zu nehmen?« rief Midwinter außer sich. »Du? Nachdem du ihr nicht einmal Gelegenheit zu einer Aussprache gegeben hast? Nachdem du feige genug warst, sie ungehört von der Schwelle weisen zu lassen?!«

Allan beherrschte sich noch immer, obwohl die Anstrengung, die es ihn kostete, sich allmählich in seiner Miene verriet. »Ich muß deinem hitzigen Temperament viel zugute halten«, sagte er. »Trotzdem bin ich über die Heftigkeit deines Tons einigermaßen erstaunt. Deine wilden Attacken lassen mich beinahe vermuten, daß du . . .« er zögerte einen Moment und vollendete den Satz dann mit gewohntem Freimut: ». . . daß du jetzt selber in Miß Gwilt verschossen bist!«

Der Ausdruck »verschossen« goß noch Öl ins Feuer. Midwinter sah sein tiefstes, heiligstes Gefühl nicht nur plump ans Licht gezerrt, sondern zugleich lächerlich gemacht.

»Wer hat dir das Recht gegeben, das zu sagen?« fragte er drohend.

»Lieber Himmel«, erwiderte Allan schlicht, »ich hab's dir doch auch gesagt, als *ich* in sie verschossen war. Was ist denn dabei? Für mich ist es nur ein bißchen schwer zu verdauen, daß du, weil du in sie . . . verliebt bist, gleich alles glaubst, was sie dir erzählt, und mich überhaupt nicht mehr zu Worte kommen läßt. Gibt es denn nur noch entweder sie oder mich?«

»In diesem Fall – ja!« schrie Midwinter. »Wenn ich zwischen dem

Chef eines Spitzels und dessen Opfer zu wählen habe, bin ich entschieden auf der Seite des Opfers!«
»Geh nicht zu weit, Midwinter. Auch meine Geduld ist nicht unerschöpflich.«
Aber als Allan in Midwinters qualverzerrtes Gesicht sah, vor dem jeder andere in diesem Moment zurückgewichen wäre, gewann seine Gutmütigkeit noch einmal die Oberhand. Seine Augen wurden feucht. »Vorhin«, sagte er leise, »hast du mich um meine Hand gebeten, und ich habe sie dir gegeben. Willst du mir jetzt um unserer Freundschaft willen die deine geben, damit wir zur Vernunft kommen, bevor es zu spät ist?«
Midwinter wich vor seiner ausgestreckten Hand zurück, von der Glastür weg, bis er mit dem Rücken beinahe an die Säule mit der Niobe-Figur stieß.
»Nein!« zischte er rasend. »Wenn ich Miß Gwilt das nächste Mal die Hand reiche, soll sie nicht von Spionen –«
Die heftige, weitausholende Geste, mit der er seinen Arm zurückriß, traf die Säule. Die Statuette schwankte, stürzte und zerschellte am Boden.
Der Regen peitschte immer noch schräg über Rasen und Blumen und trommelte dumpf an die Glastür. Drinnen standen die beiden Armadales, zwei dunkle Umrisse vor dem helleren Viereck der regennassen Scheiben, die zerbrochene Niobe zwischen sich.
Allan regte sich als erster und bückte sich nach den Trümmern.
»Geh jetzt«, sagte er, ohne aufzublicken, »damit nicht noch etwas passiert, was wir beide unser Lebtag bereuen.«
Midwinter ging langsam zur Korridortür. Die Hand auf der Klinke, blickte er noch einmal benommen auf die Szene zurück. Sein Zorn hatte sich in namenloses Grauen verwandelt.
»Der Traum!« war alles, was er flüsternd hervorbrachte. »Der Traum!«
In diesem Moment drückte jemand die Klinke von außen auf, und ein Diener erschien, um zu fragen, ob die Herren nicht frühstükken wollten.
Midwinter starrte ihn mit bleichem, leerem Gesicht an. »Führen Sie mich hinaus«, murmelte er hilflos. »Mir wird schwarz vor den Augen . . . Alles dreht sich . . .«
Der Diener griff hastig nach seinem Arm und führte ihn wortlos weg.
Allan richtete sich erst aus seiner gebückten Haltung auf, als die Tür sich wieder geschlossen hatte. Er ließ die aufgehobenen Stücke der Figur fallen, setzte sich an den Tisch und verbarg das Gesicht in den Händen.

IX

Sie erfährt alles

1. Mr. Bashwood an Miß Gwilt

Thorpe-Ambrose, 20. Juli 1851

Hochverehrte Dame,
nehmen Sie meinen tiefempfundenen Dank für Ihre liebenswürdigen Zeilen, die mir gestern durch Ihren Boten ausgehändigt wurden. Selbstverständlich ist mir Ihr Wunsch Befehl, mich nur brieflich mit Ihnen in Verbindung zu setzen, solange die Gefahr besteht, daß Sie beobachtet werden. Darf ich respektvoll hinzufügen, daß ich die Zeit herbeisehne, wie ich noch nie etwas herbeisehnte – die Zeit, in der mir das Glück Ihrer Gegenwart und des persönlichen Gedankenaustauschs wieder beschieden sein wird?

Ihrem Wunsch gemäß, keinen Tag ohne Bericht verstreichen zu lassen, war ich auch heute, Sonntag, im Verwaltungsbüro des Herrenhauses. Ich kann meine Anwesenheit ja immer mit dringender Arbeit begründen. Leider kam ich zu spät, um mit eigenen Augen und Ohren etwas von der schweren Auseinandersetzung mitzuerleben, die heute früh, wie es scheint, zwischen Mr. Armadale und Mr. Midwinter stattgefunden hat. Ich muß meinen diesbezüglichen Bericht auf das beschränken, was ich von einem der Diener gehört habe. Dieser erzählte mir, daß er aus Mr. Armadales kleinem Privatkabinett eine Zeitlang erregte Stimmen gehört und, als er schließlich hinging, um an das Frühstück zu erinnern, Mr. Midwinter in einem so furchtbaren Zustand vorgefunden habe, daß er beim Hinausgehen gestützt werden mußte. Der Diener wollte ihn in sein Schlafzimmer bringen, damit er sich dort hinlege und etwas erhole; doch Mr. Midwinter lehnte dies ab und bat, in der Bibliothek allein gelassen zu werden. Kaum hatte der Diener seinem Wunsch entsprochen und sich ins Erdgeschoß zurückbegeben, als er die Haustür oben zufallen hörte und, eiligst wieder hinauflaufend, feststellen mußte, daß Mr. Midwinter das Haus verlassen hatte. Dies alles geschah während des heutigen Gewitters, bei dem es, wie Sie sich erinnern werden, in Strömen goß. Der Diener meinte, Mr. Midwinter habe den Verstand verloren; doch hoffe ich aufrichtig, daß dies nicht der Fall ist. Mr. Midwinter ist einer der wenigen Menschen, die mich je freundlich behandelt haben, wofür ich ihm unendlich dankbar bin.

Als ich hörte, Mr. Armadale hielte sich noch immer in seinem Privatkabinett auf, ging ich sofort ins Büro zurück, das, wie Sie vielleicht noch wissen, im gleichen Seitenflügel untergebracht ist,

und öffnete Tür und Fenster halb, um etwaige weitere Ereignisse mitanhören zu können. Hochverehrte Dame – noch vor kurzer Zeit hätte ich eine solche Handlungsweise im Hause meines Brotherrn nicht mit meiner Dienstauffassung vereinbaren können. Ich beeile mich, hinzuzufügen, daß solche Bedenken mir jetzt fernliegen. Ich sehe meinen höchsten Ruhm und Stolz darin, Ihnen dienstbar sein zu dürfen.
Das Gewitter, das inzwischen näher gekommen war und sich in starken Blitzen und Donnern entlud, schien die Wiederaufnahme der Beziehungen zwischen Mr. Armadale und Miß Milroy, die Sie mit solcher Sicherheit erwarteten, für heute unmöglich zu machen. Doch seltsamerweise hat gerade das Gewitter mich in die glückliche Lage versetzt, Ihnen die erwünschten diesbezüglichen Informationen liefern zu können. Vor etwa einer Stunde begab sich folgendes: Einer der Reitknechte kam im Regen über den Hof gelaufen, klopfte an die Glastür von Mr. Armadales Kabinett und meldete, als dieser öffnete, die Frau des Kutschers hätte aus ihrer Wohnung, die auf den Park hinausgeht, Miß Milroy ganz allein unter einem Baum gesehen, wo sie offensichtlich vor dem Regen Schutz gesucht habe. Da dies bei Gewitter bekanntlich gefährlich sei und die junge Dame bedeutend näher am Herrenhaus als an dem Cottage stünde, sei Mr. Armadale vielleicht geneigt, den ungewöhnlichen Umständen Rechnung zu tragen und Miß Milroy den Schutz des Herrenhauses anzubieten.
Mr. Armadale hatte den Mann kaum zu Ende gehört, als er schon nach Schirmen und Regenmänteln rief und selbst ins Freie rannte, statt die Sache seinen Bediensteten zu überlassen. Bald danach kamen er und der Reitknecht aus dem Park zurück, Miß Milroy – denkbar gut beschirmt und eingehüllt – zwischen sich. Ein Zimmermädchen erhielt den Befehl, Miß Milroy in eines der Gastzimmer zu führen und mit trockenen Kleidungsstücken zu versorgen, während Mr. Armadale sich in den Salon verfügte und sie dort erwartete. Ich zögerte nicht, trotz des strömenden Regens, um das Haus herumzuschleichen, um von außen ins Musikzimmer zu gelangen, das, wie Sie wissen, direkt an den Salon anschließt. Ihnen zu Gefallen, liebe verehrte Dame, schrecke ich vor nichts zurück, und es wäre mir ein Vergnügen, dreimal täglich bis auf die Haut einzuregnen, wenn ich Ihnen damit einen Dienst erweisen könnte. Übrigens brauchen Sie bei mir keinen Rheumatismus oder dergleichen zu befürchten. Ich bin nicht so alt, wie ich zur Zeit infolge erst kürzlich überwundener Mißgeschicke erscheine, und erfreue mich sogar einer ungewöhnlichen Rüstigkeit und Elastizität, die mein Äußeres, vor allem durch Ihre beglückende Nähe, zweifellos bald wieder günstiger beeinflussen wird.
Aus meinem Versteck im Musikzimmer konnte ich das Gespräch

der Herrschaften zum größten Teil verstehen, einige sehr leise Sätze ausgenommen. Miß Milroy erklärte zunächst, es sei durchaus nicht ihr Wunsch und Wille gewesen, Mr. Armadales Schutz in Anspruch zu nehmen; nur das Gewitter habe sie dazu gezwungen. Erstens habe ihr Vater aus guten Gründen jeden Verkehr zwischen Cottage und Herrenhaus abgebrochen . . . Hier fiel Mr. Armadale ihr bereits ins Wort. Er sagte, der Zorn des Majors beruhe auf einem totalen Verkennen der wahren Sachlage, und beschwor Miß Milroy, ihn deswegen nicht so grausam zu verurteilen wie ihr Vater. Er fügte einige leise Sätze hinzu, die ich nicht verstehen konnte. Als er die Stimme wieder hob, brachte er eigentlich nur ziemlich konfuse, grammatisch nicht einwandfreie Ausrufe zu Gehör; doch schien Miß Milroy, nach ihren Erwiderungen zu schließen, zu verstehen, was er meinte, und sich überzeugen zu lassen, daß ihr Vater in einem bedauerlichen Irrtum befangen sei. Trotzdem führte sie noch den zweiten Grund an, der ihr den ungewollten Aufenthalt in seinem Hause peinlich mache: Er, Mr. Armadale, hätte sich gegen sie persönlich so schlecht benommen, daß sie den festen Vorsatz gehabt hätte, nie wieder mit ihm zu sprechen.

Gegen diesen Vorwurf verteidigte Mr. Armadale sich nicht. Er gab sofort zu, mit seinem Benehmen die strengste Strafe verdient zu haben, flehte Miß Milroy aber an, Barmherzigkeit zu üben, da er seine Strafe schon »weghätte«, wie er es ausdrückte. Er sei in der ganzen Nachbarschaft verfemt, und gerade heute habe sogar sein liebster, nächster Freund »in dasselbe Horn getutet« wie alle andern. Weit und breit halte keine Seele mehr zu ihm, er sitze vereinsamt und kummerbeladen da, das Herz breche ihm, er sehne sich verzweifelt nach ein wenig Wärme und Freundlichkeit – und deshalb, nur deshalb wage er Miß Milroy zu bitten, alles Vergangene zu vergeben und zu vergessen.

Die Wirkung seiner Worte kann ich nur erraten, da die Antwort der jungen Dame unverständlich blieb; doch bin ich fast sicher, daß sie weinte, und Mr. Armadale beschwor sie nochmals, ihm nicht das Herz zu brechen. Danach wurde fast nur noch geflüstert, was mir Ihretwegen sehr unangenehm war. Mich näher an die Verbindungstür zu schleichen, wäre ein zu großes Risiko gewesen, zumal Mr. Amadale zu meinem Schrecken plötzlich ins Musikzimmer kam, um einer dort stehenden Vase einige Rosen zu entnehmen. Ich stand hinter einem Vorhang und wurde glücklicherweise nicht bemerkt. Leider kann ich über den Rest des Gesprächs, nachdem er in den Salon zurückgekehrt war, sehr wenig berichten, da es noch leiser geführt wurde als zuvor. Als das Gewitter abgezogen war, begleitete Mr. Armadale die junge Dame noch bis zum Parkeingang, und ich sah, daß sie seine Rosen in der Hand hatte. Meiner

bescheidenen Meinung nach war ihre Zuneigung zu ihm sein bester Fürsprecher.
Ihr Befehl, nichts zu verbergen, hochverehrte Dame, zwingt mich zu einer Erwähnung, bei der ich erröte: Miß Milroy hat mit deutlicher Bezugnahme auf Sie einmal den Ausdruck »diese Person« gebraucht, und Mr. Armadale sprach, als er seine frühere Bewunderung eingestand, sogar von »Torheit« und »Verirrung«. Ich zitterte vor Empörung, als ich dies hören mußte. Ich stehe zur Zeit in Mr. Armadales Diensten, was mich nicht hindert, ihn zu verachten. Wer Sie nicht bewundert und verehrt oder, noch schlimmer, seine ehemals einzig zutreffenden Empfindungen später als Verirrung schmäht, hat jegliches Recht auf den sonst schuldigen Respekt verwirkt.
Ich hoffe, mich vorläufig Ihres Vertrauens würdig erwiesen zu haben, und verbleibe, liebe, hochverehrte Dame,

Ihr dankbarer und zutiefst ergebener Diener
Felix Bashwood

2. Mrs. Oldershaw an Miß Gwilt

Diana Street, Montag, 21. Juli

Meine liebe Lydia,
heute nur einige Zeilen, die ich zur Richtigstellung unseres Verhältnisses für unerläßlich halte.
Der Ton Deiner letzten beiden Briefe gefällt mir nicht, und noch weniger gefällt mir, daß ich heute überhaupt keinen Brief bekommen habe und Du Dich folglich nicht an die Abmachung hältst, mir, solange der Ausgang unserer Unternehmungen ungewiß ist, täglich Bericht zu erstatten. Ich kann daraus nur schließen, daß Du auf Thorpe-Ambrose alles verpatzt hast.
Ich will weder Kraft noch Zeit noch Papier damit verschwenden, Dir Vorwürfe zu machen. Ich erlaube mir lediglich, Dir mit gewohnter Offenheit einige Punkte in Erinnerung zu rufen, die Du total vergessen zu haben scheinst.
Erstens bin ich ebenso interessiert daran wie Du, daß Du endlich Herrin von Thorpe-Ambrose wirst. Zweitens habe ich Dir (von meinen vielen guten Ratschlägen und aktiven Hilfeleistungen ganz zu schweigen) die nötigen Geldmittel zum Erreichen unseres Zwecks vorgeschossen. Drittens bin ich im Besitz Deiner eigenhändig unterschriebenen Schuldscheine, deren Rückzahlungsfrist demnächst abläuft. Viertens bin ich als Freundin denkbar nachsichtig, aber als Geschäftsfrau, meine Liebe, lasse ich nicht mit mir spaßen. Das wäre für den Moment alles.
Denke nun nicht etwa, daß ich wütend bin. Ich bin nur niederge-

schlagen und in begreiflicher Sorge. Am liebsten würde ich »auf Taubenschwingen« à la David von allem wegfliegen und meinen Frieden haben.

In alter Treue
Deine Maria Oldershaw

3. Mr. Bashwood an Miß Gwilt

Thorpe-Ambrose, 21. Juli

Hochverehrte Dame,
dieser Brief wird Sie, wie ich hoffe, nur wenige Stunden nach meinem gestrigen erreichen. Ich habe das unaussprechliche Glück, Ihnen eine gute Nachricht übermitteln zu dürfen: Mr. Armadale wird seine schmählichen Maßnahmen gegen Sie, das heißt, die Überwachung Ihrer Privatangelegenheiten, noch heute einstellen. Ich schreibe dies, verehrteste Freundin, mit Tränen in den Augen, welche mir von Gefühlen erpreßt werden, die ich schon im vorigen Brief kurz anzudeuten wagte (s. §§ I, 3 und 6). Verzeihen Sie gütigst diese persönliche Abschweifung. Es liegt daran, daß ich mich schriftlich besser ausdrücken kann als mündlich, insbesondere Ihnen gegenüber (ein Phänomen, dessen Ursache wiederum in den erwähnten Gefühlen zu suchen ist).
Doch ich fasse mich und setze meinen sachlichen Bericht fort.
Heute früh erschien der ältere Mr. Pedgift auf speziellen Wunsch Mr. Armadales im Herrenhaus, und ich fand Mittel und Wege, mit deren Beschreibung ich Sie nicht aufhalten will, die ganze Unterredung durch ein offenes Fenster zu belauschen. Mr. Armadale kam sofort zur Sache und verlangte die Entfernung des Ihnen auf die Fersen gesetzten Detektivs. Auf Mr. Pedgifts Fragen verhehlte er nicht, daß dieser plötzliche Gesinnungsumschwung auf den gehabten Streit mit seinem Freund Mr. Midwinter zurückzuführen sei. Mr. Midwinters Vorhaltungen, so grausam und ungerecht sie auch in mancher Beziehung gewesen seien, hätten ihn jedenfalls in dem einen Punkt überzeugt, daß es eines Edelmannes unwürdig sei, einen Spion zu beschäftigen, ganz gleich, welche Gründe dafür anzuführen wären.
Ohne Ihren Befehl, keine Einzelheit, die Sie betrifft, unerwähnt zu lassen, würde mich tiefe Scham daran hindern, Mr. Pedgifts Antwort wiederzugeben. Ich bin Mr. Pedgift für frühere Wohltaten zu Dank verpflichtet – aber selbst wenn er mein leiblicher Bruder wäre, könnte ich ihm nie verzeihen, in welchem Ton er sich über Sie, hochverehrte Dame, aussprach und mit welcher Hartnäckigkeit er Mr. Armadale wieder gegen Sie aufzuhetzen versuchte.
Zunächst attackierte er Mr. Midwinter, dessen Meinung er für

belanglos erklärte, da Sie ihn ja offensichtlich »um den Finger gewickelt« hätten. Nach dieser groben Anzüglichkeit, die nur von seiner Unkenntnis Ihres wahren, hoch über den seinen erhabenen Charakters zeugt, ging Mr. Pedgift zu Miß Milroy über, indem er Mr. Armadale fragte, ob ihm nichts mehr an dem Schutz dieser Dame gelegen sei. Was er damit gemeint hat, ist mir unerfindlich. Mr. Armadale erwiderte kurz, er werde Miß Milroy schon auf seine eigene Art zu schützen wissen. Dennoch gab Mr. Pedgift sein Vorhaben nicht auf – ich erröte für ihn! –, sondern verfiel nun sogar auf die abstruse Idee, Mr. Armadale solle eine Beleidigungsklage gegen mehrere seiner Nachbarn anstrengen, und zwar mit dem einzigen Zweck, Sie in den Zeugenstand zu bringen und somit in eine Gerichtsaffäre zu verwickeln, »bei der sich dann manche Überraschung ergeben könnte«. Mr. Armadale lehnte auch dies ab. Hierauf entfernte sich Mr. Pedgift, wie ich aus dem Klang seiner Stimme schloß, kam aber noch einmal zurück (eine Eigentümlichkeit, die jedem seiner Klienten und Mitarbeiter bekannt ist) und schlug vor, sich mit Scotland Yard in Verbindung zu setzen. »Die Klärung des gesamten Miß-Gwilt-Problems«, sagte er wörtlich, »ist wahrscheinlich eine Identitätsfrage. Es kostet nicht die Welt, einen Beamten aus London für kurze Zeit herkommen zu lassen, und dann wird es sich schon herausstellen, ob sie der Polizei bereits bekannt ist oder nicht.« Ich versichere nochmals, meine über alles Verehrte, daß ich dies nur aus Pflichtgefühl wiedergebe. Ich zitterte vor Empörung vom Scheitel bis zur Sohle, als ich diese unglaublichen Worte hörte, und Sie bemerken an meiner Schrift, daß die Empörung mich auch jetzt von neuem ergreift. Doch . . . schweigen wir von meinen Privatempfindungen, da mein Bericht noch nicht zu Ende ist.
Obgleich ich Mr. Armadale aus den gestern angegebenen Gründen (vgl. § 10) nicht mehr schätze, muß ich zu seiner Ehre sagen, daß er diesmal fest blieb. Seiner Stimme war sogar eine gewisse Gereiztheit zu entnehmen, als er antwortete: »Sie haben mich schon das letzte Mal zu etwas überredet, dessen ich mich jetzt aus Herzensgrund schäme, und das soll mir nicht noch einmal passieren.« Hierauf ließ auch Mr. Pedgift den bisher höflichen Ton gegen seinen Klienten fallen und erklärte: »Wenn Sie meinen Rat in diesem Licht sehen, ist es wohl besser, Sie verzichten in Zukunft gänzlich darauf. Ich kann in dieser Angelegenheit nichts für Sie tun, wenn Sie mir beide Hände binden. Die Sache wird schlecht für Sie ausgehen, und ich habe keine Lust, Ihretwegen meinen Ruf als Rechtsanwalt aufs Spiel zu setzen. Ich muß die Ehre, Ihr Rechtsberater zu sein, unter diesen Umständen ablehnen; Sie lassen mir keine andere Wahl.« – »Tut mir leid«, erwiderte Mr. Armadale, »aber ich habe jetzt genug von den Scherereien wegen Miß Gwilt,

und ich gedenke in der Sache keinen Finger mehr zu rühren.« – »Ich auch nicht«, sagte Mr. Pedgift, »denn mein berufliches Interesse an dem Fall hat mit dieser Minute aufgehört; aber lassen Sie sich zum Abschied eins sagen, Mr. Armadale: Mit einfacher Passivität ziehen Sie sich nicht mehr aus der Affäre. Die Sache ist nicht aus der Welt zu schaffen, nur weil Sie (und ich) keinen Finger mehr rühren; das werden jetzt nämlich andere besorgen, und eines Tages werden Sie noch Ihr blaues Wunder erleben.«

Ich habe, glaube ich, den ganzen Schlußdialog vollkommen wortgetreu wiedergegeben. Der Eindruck auf mich war unbeschreiblich und erfüllte mich mit einem Entsetzen, das ich selbst kaum verstehe. Vielleicht lag es daran, daß Mr. Pedgifts letzte Worte erschreckend laut klangen – er hatte sich unversehens dem Fenster genähert und mich, wie ich fürchte, dabei bemerkt. Als er kurz darauf abfuhr, sah er mich – wieder mit Dienstobliegenheiten beschäftigt – in der Nähe des Pförtnerhäuschens und hielt bei mir an, um mich zu fragen: »Na, Sie scheinen sich auch ziemlich für Miß Gwilt zu interessieren, was? Befriedigen Sie Ihre Neugierde, wie Sie wollen – ich habe nichts dagegen.« Ich wurde selbstverständlich nervös, brachte es aber fertig, ihn zu fragen, was er damit meinte. Er antwortete nicht direkt, sondern sah mich nur auf sehr eigenartige Weise an, lachte dann plötzlich, murmelte vor sich hin: »Was es nicht alles gibt!« und fuhr davon.

Ich behellige Sie mit dieser Kleinigkeit nur der Vollständigkeit halber und weil Sie vielleicht Mr. Pedgifts Ideenverbindung durchschauen: Ich sehe mich dazu außerstande. Ich kann mich nur entrüstet gegen die ordinäre Unterstellung der »Neugierde« verwahren, da ich aus Motiven handle, die . . . Doch ich wage nicht, deutlicher zu werden.

Sachlich ist nur noch hinzuzufügen, daß die Umstände es mir erlauben, Ihnen weiterhin jederzeit zu Diensten zu stehen. Mr. Armadale hat mich gerade kurz im Büro aufgesucht und mir gesagt, daß ich die Verwaltungsgeschäfte in Mr. Midwinters Abwesenheit bis auf weiteres weiterführen soll. Somit bin ich, verehrteste Dame,

stets und völlig der Ihrige,
Felix Bashwood

4. Allan Armadale an Pfarrer Decimus Brock

Thorpe-Ambrose, Dienstag

Mein lieber Mr. Brock,

ich bin in einer scheußlichen Patsche. Midwinter hat mich nach einem Krach Hals über Kopf verlassen; mein Rechtsanwalt desgleichen; und alle Nachbarn zeigen mir die kalte Schulter (ausgenommen nur die liebe kleine Nelly Milroy, die mir verziehen hat). Ich rede wieder mal nur von mir, aber was soll ich machen? So unglücklich wie in diesem sogenannten Herrenhaus war ich noch nie. Bitte, kommen Sie recht bald zu Besuch! Sie sind der einzige wirkliche Freund, der mir geblieben ist, und ich möchte Ihnen so gern mein Herz ausschütten. (Ehrenwort: Ich kann nichts dafür!)

Herzliche Grüße
Ihr Allan Armadale

PS – Ich würde ja lieber zu Ihnen kommen, denn Thorpe-Ambrose ist mir regelrecht verleidet, aber ich kann Miß Milroy gerade jetzt aus bestimmten Gründen nicht allein lassen.

5. Robert Stapleton an Allan Armadale, Esq.

Boscombe, Pfarrhaus, Donnerstag

Sehr geehrter Herr,
unter den letztangekommenen Briefen befindet sich einer mit Ihrer Handschrift auf der Adresse. Leider muß ich Ihnen mitteilen, daß der Herr Pfarrer im Moment nicht imstande ist, ihn zu öffnen und zu lesen. Er ist an einem leichten, aber schwächenden Fieber erkrankt, das, wie der Doktor sagt, von Sorge und Überanstrengung herrührt. Ich bin derselben Meinung, denn als wir letzten Monat in London waren, hatten wir – zu allen sonstigen Geschäften – wirklich sehr viel Aufregung mit der Person, die wir beobachtet haben und die uns zum Schluß doch entwischt ist, und die ganze Geschichte hat meinen armen Herrn sehr angegriffen und mich auch. Gestern oder vorgestern hat er noch von Ihnen gesprochen und gesagt, Sie brauchten von seiner Krankheit gar nichts zu erfahren, wenn es nicht schlimmer würde; aber jetzt, da Sie geschrieben haben, muß ich Ihnen doch Bescheid geben, sonst ängstigen Sie sich noch viel mehr und ganz unnötig. Es geht ihm schon etwas besser. Der Doktor sagt, er muß vor allem Ruhe haben und darf sich nicht wieder aufregen. Also bitte, kommen Sie nicht etwa, es ist nicht nötig, und erwähnen Sie nicht, daß ich Ihnen geschrieben habe. Ich halte Sie aber gern auf dem laufenden, falls Sie es wünschen.

Ihr ergebener Diener,
Robert Stapleton

PS – Die Jacht ist bestens überholt und jederzeit startbereit. Sie ist auch frisch gestrichen und sieht prachtvoll aus.

6. Mrs. Oldershaw an Miß Gwilt

Diana Street, 24. Juli

Miß Gwilt!

Seit drei Tagen warte ich vergebens auf Antwort von Ihnen. Wollen Sie mich mit Absicht beleidigen, oder sind Sie gar nicht mehr in Thorpe-Ambrose? Auf jeden Fall lasse ich mir diese Behandlung nicht länger gefallen, und wenn ich es nicht vermag, wird das Gericht Sie zur Ordnung rufen.

Ihr erster Schuldschein (über dreißig Pfund) wird nächsten Dienstag, den 29. Juli, fällig. Bei normal-rücksichtsvollem Verhalten hätte ich die Frist bereitwillig verlängert; aber wie die Dinge liegen, werde ich den Schuldschein präsentieren und meinen Beauftragten anweisen, im Nichtzahlungsfall die üblichen Maßnahmen einzuleiten.

Maria Oldershaw

7. Miß Gwilt an Mrs. Oldershaw

Paradise Place 5, Thorpe-Ambrose, 25. Juli

Mrs. Oldershaw!

Da die Zeit Ihres Beauftragten zweifellos kostbar ist, möchte ich ihn bei seinen Maßnahmen unterstützen. Er kann mich ab sofort in der Mansarde obiger Adresse verhaften lassen. In meiner jetzigen Lage und bei den Gedanken, die ich hege, erweisen Sie mir den besten Dienst, indem Sie mich hinter Schloß und Riegel bringen.

L. G.

8. Mrs. Oldershaw an Miß Gwilt

Diana Street, 26. Juli 1851

Lydia, mein geliebtes Dummchen,

je länger ich in dieser schlechten Welt lebe, desto klarer wird mir, daß die schlimmsten Feinde von uns Frauen unsere eigenen Launen sind. In was für einen beklagenswerten Briefstil sind wir beide verfallen! Welch trauriger Mangel an Selbstbeherrschung, Liebling, auf beiden Seiten!

Ich, als die ältere, will Dir mit gutem Beispiel vorangehen, indem ich mich entschuldige. Deine grausame Vernachlässigung hatte mich zu meinen letzten Briefen getrieben. Wenn ich jemanden liebe und bewundere, bin ich etwas überempfindlich gegen schlechte Behandlung – mein Herz ist nun einmal, ungeachtet meiner sechzig Jahre, jung und verletzlich geblieben. Verzeih,

also, daß ich mich mit der Feder abreagiert habe, statt still in mein Taschentuch zu schluchzen – das war die einzige andere Möglichkeit, die Du Deiner armen, treuen Maria gelassen hast!
Du mußtest das eigentlich wissen und brauchtest mich nicht gleich so schroff beim Wort zu nehmen. Als ob ich wirklich fähig wäre, Dich (und betrüge Deine Schuld auch das Zehnfache) einsperren zu lassen! Dich, meine Busenfreundin! Habe ich das verdient, nach all den Jahren unserer innigen Gemeinschaft? Wie schwach wir unseligen Frauen sind! Aber es ist sinnlos, sich über ewige Naturgesetze zu beklagen; man muß sie eben hinnehmen und nicht zuviel voneinander erwarten. Wenn ich bedenke, daß unser aller Urmutter nur aus einer Rippe erschaffen wurde (die der Besitzer später nie vermißt zu haben scheint, so unwichtig war sie), staune ich mehr über unsere Tugenden als über unsere Schwächen.
Doch ich beginne zu sinnieren wie jener zauberhafte Narr bei Shakespeare, der seine Gedanken »vogelfrei« nennt. Im Grunde ist alles nur Ausdruck meines sehnlichsten Wunsches, wieder im alten freundschaftlichen Ton von Deinem Ergehen zu hören. Mein Interesse an den Ereignissen in Thorpe-Ambrose kommt erst in allerletzter Linie. Unnötig hinzuzufügen, daß ich die Frist des am Dienstag fälligen Schuldscheins selbstverständlich (zu den üblichen Bedingungen) verlängere, sagen wir vorerst um sechs Wochen. Tu mir die Liebe, darauf einzugehen.

Deine Dich wahrhaft mütterlich liebende
Maria Oldershaw

9. Miß Gwilt an Mrs. Oldershaw

Paradise Place, 27. Juli

Soeben Deinen Brief erhalten, dessen Unverfrorenheit mich trotz aller diesbezüglichen Erfahrungen verblüfft. Bin ich ein Kind, das man erst anfährt und dann mit süßen Worten beschwatzt, wenn alle Drohungen keinen Erfolg haben? Du wirst das Kind, mit dem Du es hier zu tun hast, noch kennenlernen, Mrs. Oldershaw – meine, ach, so mütterliche Freundin!
Mein Schweigen, das Dich so gekränkt hat, hatte seine guten Gründe. Einer davon war regelrecht *Furcht*, Dich weiterhin an meinen geheimsten Gedanken teilhaben zu lassen. Diese Furcht belastet mich nun nicht mehr. Ich werde offen niederschreiben, was ich denke – und wenn Du am Schluß dieses Briefes nicht bitter bereust, Deinen ersten Entschluß, mich einsperren zu lassen, nicht eingehalten zu haben, heiße ich nicht mehr Lydia Gwilt!
Ich weiß nicht mehr, wo meine Berichte stehengeblieben sind, und es ist mir auch egal. Fülle etwaige Lücken mit Deiner eigenen regen

Phantasie. Ich gehe hier nur bis zum letzten Sonntag zurück.
Am Vormittag war ein heftiges Gewitter, das sich erst gegen zwölf Uhr verzog. Ich ging deshalb nicht aus, sondern wartete hier auf Nachricht von Midwinter oder sein persönliches Erscheinen. (Falls Du Dich über diese schlichte Erwähnung Midwinters – ohne »Mr.« – wunderst: Wir sind einander inzwischen so nahe gekommen, daß übertriebene Förmlichkeit lächerlich wäre.) Im Verlauf eines nicht uninteressanten Beisammenseins am Samstagabend hatte ich ihm erzählt, daß sein Freund Armadale mir nachspionieren ließe. Er wollte es nicht glauben – und verließ mich in großer Erregung, um schnurstracks ins Herrenhaus zu gehen und die Sache aufzuklären. Vorher küßte er mir noch die Hand und versprach, mir am nächsten Tag (Sonntag) das Resultat seiner Unterredung mit Armadale mitzuteilen. Ich hatte aus mehreren Gründen den Eindruck, daß er sein Wort unbedingt halten würde.
Nun denn – am Sonntagvormittag war also das schon erwähnte Gewitter, aber nach zwölf wurde es wieder schön, die Leute fingen an, auszugehen; ich saß träumerisch an meinem elenden kleinen Mietklavier, hübsch angezogen und auch sonst nicht übel aussehend – aber Midwinter kam nicht. Erst am Spätnachmittag, als meine Laune schon beträchtlich gesunken war, wurde mir ein Brief von ihm gebracht, und zwar von einem fremden Boten, der gleich wieder wegging. Ich war im ersten Moment wirklich wütend, denn ich hatte mir mehr Erfolg von meiner persönlichen »Ausstrahlung« versprochen; aber als ich dann den Brief las, wurde ich sehr nachdenklich und blieb es für den Rest des Tages.
Midwinter begann mit einer Entschuldigung, daß er meine Worte angezweifelt hätte. Mr. Armadale hätte inzwischen selbst zugegeben, daß der Spion von ihm bezahlt würde. Daraus hatte sich der von mir vorausgesehene Streit entwickelt, und Midwinter hatte sich für immer von seinem teuersten Freund losgesagt. – Soweit war ich von dem Inhalt des Briefes keineswegs überrascht. Die leidenschaftliche Art, in der Midwinter von »ewiger Trennung« schrieb, amüsierte mich höchstens, wenn ich an meinen Plan dachte, als Friedensengel im Herrenhaus aufzutauchen und die auf ewig Getrennten wieder zusammenzuführen.
Aber dann kam etwas, was meine Gedanken in eine ganz andere, völlig neue Richtung drängte. Ich schreibe den zweiten Teil des Briefes am besten wörtlich ab:
»Erlassen Sie es mir, den inneren Kampf zu schildern, der dazu führte, daß ich Ihnen dies nur schreibe, statt selbst zu kommen und mit Ihnen zu sprechen. Eine erbarmungslose Notwendigkeit bestimmt mein künftiges Leben. Ich muß England verlassen, ohne zu zögern, ohne auch nur einmal zurückzuschauen. Zwingende, fürchterliche Gründe, die ich bisher allzu leichtfertig beiseite ge-

schoben habe, liegen dafür vor, daß Mr. Armadale und ich uns nach dem heutigen Streit nie wieder begegnen dürfen. Nie mehr darf ich unter dem gleichen Dach mit ihm wohnen, nie mehr dieselbe Luft atmen wie er; ich muß Berge und Meere zwischen uns legen und mich, notfalls unter einem angenommenen Namen, vor ihm verbergen. Ich bin schon früher gewarnt worden, wie kein Mensch je gewarnt worden ist – und ich habe alle Zeichen sträflich mißachtet. Ich weiß jetzt, daß die Folgen entsetzlich sein werden, wenn ich dem Zauber, der mich zu Ihnen zieht, nachgebe – entsetzlich für den Mann, dessen Leben so seltsam mit Ihrem und meinem verquickt ist, der Sie eine Zeitlang verehrt hat und mein teuerster Freund gewesen ist. Und doch – obwohl ich das alles so klar sehe wie den Himmel über mir – fühle ich noch eine Schwäche in mir, die vor dem Opfer, Sie nie wiederzusehen, zurückbebt. Ich kämpfe mit dem Mut der Verzweiflung dagegen an. Noch vor einer Stunde war ich Ihrem Haus ganz nahe – und habe mich gezwungen, es nicht zu betreten. Werde ich die Kraft aufbringen, Ihrem Bannkreis ganz zu entfliehen, nun, da das Bekenntnis meiner Liebe schon zwischen jeder Zeile steht? Die Zukunft wird es zeigen . . . Ich wage nicht, weiterzudenken und weiterzuschreiben.«

Ein merkwürdiger Briefschluß, der mich in fieberhafte Neugier versetzte. Seine Liebeserklärung war leicht genug zu verstehen, aber was meinte er nur mit seinen »Warnungen« und »Zeichen«? Welcher Streit, auch der heftigste, könnte einen jungen Mann gleich veranlassen, sich vor dem andern unter falschem Namen zu verbergen und, wie er es so romantisch ausdrückt, »Berge und Meere« zwischen sich und ihn zu legen? Und, vor allem, was ginge es den Tölpel Armadale an, und wieso wäre es »entsetzlich« für ihn, wenn Midwinter seinen Gefühlen folgte und zu mir käme?

Nun sehnte ich ihn wirklich herbei, um alle diese Rätsel zu lösen. Ich wurde geradezu tiefsinnig . . . Abends gab es Kirschpudding, und ich war kindisch genug, an den Kernen abzuzählen, ob er kommen würde oder nicht. »Er kommt – er kommt nicht – er kommt – er kommt nicht« – und so weiter. Es endete mit »Er kommt nicht«, worauf ich den Appetit verlor, das Tablett wegholen ließ und dem Schicksal mit einem zähneknirschenden: »Er muß kommen!« meinen geballten Willen entgegensetzte. – Oh, Mrs. Oldershaw, meine Busenfreundin, meine treusorgende Pflegemutter – mit welchem Vergnügen ich Dir diese Kleinigkeiten erzähle! Wie ist Dir zumute, wenn Du all das schöne Geld zusammenzählst, das Du bereits auf die künftige, vermögende Mrs. Armadale verwettet hast, und nun hören mußt, daß ich mit Herzklopfen – ja, mit Herzklopfen! – auf einen anderen Mann wartete?

Es wurde später und später. Ein Blick in den Fahrplan belehrte mich, daß sonntags nur ein einziger Zug von Thorpe-Ambrose abgeht (ein Hoch der englischen Sabbat-Heiligung!), und der war abgegangen, lange bevor Midwinter mir geschrieben hatte. Ich stand auf und sah in den Spiegel. Der Spiegel machte mir ein Kompliment, das dem Kirschkern-Orakel glatt widersprach. Außerdem flüsterte er mir zu: »Stell dich lieber hinter die Gardine; er wird es nicht bis morgen aushalten, ohne wenigstens das Haus, in dem du wohnst, noch einmal von weitem zu sehen!« Ich folgte dem guten Rat. Es war schon fast dunkel, und die Straße lag still und menschenleer. Endlich hörte ich näher kommende Schritte, und mein Herz tat einen kleinen Sprung (schon wieder das Herz! Man sollte es nicht für möglich halten, daß ich noch eins habe!) »Midwinter!« sagte ich mir – und er war es.

Ich sah ihn zögernd näher kommen, immer wieder zurückweichend, immer wieder magnetisch angezogen, den Blick unverwandt auf mein Fenster gerichtet. Ich nahm schnell Hut und Schal und schlüpfte durch die Hintertür aus dem Haus. Niemand sah mich. Aber noch im Garten fiel mir ein, daß ja sicher irgendwo in der Nähe der Spitzel auf mich lauerte. Wenn der mich und Midwinter zusammen sah, war es mit der Chance, Mrs. Armadale zu werden, ein für allemal vorbei – und etwas Bedenkzeit wollte ich doch noch haben; andererseits konnte ich Midwinter bei meiner brennenden Neugierde auch unmöglich abreisen lassen, ohne ihn noch einmal zu sprechen. In dieser Zwangslage kam ich zu der Kompromißlösung, das Rendezvous um vierundzwanzig Stunden zu vertagen. In meiner Tasche steckte ein alter Brief von Dir, und ich schrieb mit dem Spielzeugbleistift, der immer an meiner Uhrkette hängt, auf das abgerissene leere Blatt: »Ich muß Sie unbedingt sprechen. Heute ist es unmöglich; aber seien Sie morgen zur selben Zeit wieder da – dann können Sie mich für immer verlassen, wenn Sie wollen. Überholen Sie mich unauffällig, und sagen Sie im Vorbeigehen, ohne stehenzubleiben oder mich anzusehen: Ja, ich verspreche es.«

Dann faltete ich den Zettel ganz klein zusammen, ging auf die Straße, näherte mich Midwinter von hinten und drückte ihm, als er sich zusammenzuckend umdrehte, rasch den Zettel in die Hand, worauf ich ruhig weiterging wie bei meinen üblichen Abendspaziergängen. Midwinter folgte mir sehr bald. Ich kann nicht sagen, daß er mich nicht ansah – seine schwarzen Augen brannten förmlich durch die Dämmerung –, aber sonst hielt er sich an meine Vorschriften. »Ja, ich verspreche es«, flüsterte er, »ich kann nicht anders.« Damit war er schon vorbei. Ich konnte nicht umhin, mir vorzustellen, wie dieser plumpe Armadale in der gleichen Situation alles verpatzt hätte . . .

Den Spion bemerkte ich während dieses Spaziergangs nicht, aber natürlich zerbrach ich mir trotzdem den Kopf, wie ich das Rendezvous am nächsten Abend unbeobachtet bewerkstelligen sollte. Mir fiel nichts ein – Midwinters Brief schien meine Geisteskräfte in ganz ungewöhnlichem Maße gelähmt zu haben, und ich dachte eigentlich viel mehr an Dinge, die Dir, Mrs. Oldershaw, schwer mißfallen hätten . . . Der nächste Tag brachte zwei Briefe von meinem getreuen Vasallen Bashwood. Der erste berichtete von der Versöhnung Miß Milroys und Armadales (meine Gefühle kannst Du Dir vorstellen!), der zweite von einem Streit zwischen Armadale und seinem Rechtsanwalt. Der Flegel von Thorpe-Ambrose hatte nach Midwinters Vorhaltungen wenigstens so viel Schamgefühl entwickelt, meine Bewachung einstellen zu lassen (worauf wiederum der Rechtsanwalt die diplomatischen Beziehungen abbrach). Für mich war zunächst die Entfernung des Spions das einzig Wichtige. Ich hatte endlich meine Bewegungsfreiheit wieder; die Unterredung mit Midwinter war nicht mehr gefährdet; und was Miß Milroy und ihren verliebten Goldfasan betraf, so konnte ich mir meine nächsten Schritte in aller Ruhe überlegen. Im Grunde war mir alles außer Midwinter unwichtig, auch meine Rachegelüste gegen die dumme kleine Milroy, die sich jetzt wieder so emsig ins Zeug legte, statt meiner Mrs. Armadale zu werden . . . Verstehst Du eine so veränderte Gemütsverfassung, Mutter Oldershaw? Ich verstand sie ja selbst nicht . . .

Endlich kam der Abend. Ich sah zur bestimmten Zeit aus dem Fenster, und da war er. Wieder verließ ich das Haus unbemerkt durch die Hintertür; meine Wirtsfamilie saß beim Essen. »Wir dürfen hier nicht zusammen gesehen werden«, flüsterte ich Midwinter zu. »Ich werde vorangehen; folgen Sie mir einfach.«

Er erwiderte nichts darauf. Was in dieser Stunde in ihm vorging, kann ich nicht einmal erraten, denn er blieb – nachdem er sich pünktlich zum Rendezvous eingestellt hatte – so auffallend hinter mir zurück, als wollte er fast wieder umkehren.

Nach einer Weile, in der Nähe halbfertiger, noch unbewohnter Häuser, blieb ich stehen und sagte zu ihm: »Man könnte fast meinen, Sie hätten eine Todesangst vor mir!«

»Ja, ich habe eine Todesangst vor Ihnen«, antwortete er leise, »vor Ihnen und vor mir selbst.«

Das war weder ermutigend noch schmeichelhaft, aber in meiner aufs höchste gesteigerten Wißbegierde hätte ich mir noch ganz andere Grobheiten gefallen lassen. Ich sagte nur: »Muß ich um die notwendige Aussprache betteln wie um eine Gnade, nachdem Sie mir einen solchen Brief geschrieben und mir Ihr Kommen versprochen haben?« Das traf ihn merklich – er war im nächsten Moment an meiner Seite, bat mich um Verzeihung und sagte, ich sollte ihn führen, wohin es mir beliebte. Als ich daraufhin den Weg fortsetzte, hörte ich ihn hinter mir murmeln: »Was sein soll, wird sein. Es gibt kein Ausweichen.« Mich schauderte es – ich weiß nicht warum; an den Worten lag es nicht, eher am Ton –, jedenfalls hatte ich plötzlich nicht übel Lust, mich auf dem Absatz umzudrehen, ihm guten Abend zu wünschen und unverrichteterdinge nach Hause zu gehen. Sieht mir nicht sehr ähnlich, nicht wahr? Es war auch nur eine ganz flüchtige Anwandlung. Deine reizende Lydia war gleich wieder im Vollbesitz ihrer fünf Sinne.

Allmählich kamen wir in die offene, einsame Abendlandschaft hinaus. Ich hätte Midwinter ja lieber wieder bei traulichem Kerzenlicht in meinem Zimmer gehabt, aber in diesem Klatschnest konnte ich das nicht so schnell zum zweitenmal riskieren. Also ging ich schweigend weiter und weiter voran, und jedesmal, wenn ich mich umsah, erblickte ich ihn im gleichen Abstand hinter mir wie einen Schatten.

Ich muß mein Schreiben unterbrechen. Das sonntägliche Geläute ist ausgebrochen, und das Gebimmel treibt mich zum Wahnsinn. Wozu braucht man heutzutage, da jeder Kirchgänger auf irgendeine Uhr sehen kann, noch Glocken? Schämt sich die Kirche nicht, sich auf diese Weise in Erinnerung bringen zu müssen? Welch ein Armutszeugnis für die Pfaffen!

So, sie haben ihre Schäflein endlich zusammengetrommelt, und ich kann weiterschreiben.

Ich wußte nicht recht, wohin mit ihm – die Landstraße, so leer sie auch im Moment war, war wohl nicht der rechte Ort für eine ernsthafte Unterredung, zumal man dort nie vor unliebsamen Begegnungen sicher ist. Ich wandte mich also dem ausgedehnten Weideland zu, über dem schon die Abendnebel wallten. In einer Bodensenke schimmerte ein kleiner Tümpel, und in der Nähe lagen ein paar gefällte Baumstämme. In der Ferne, kaum noch erkennbar, zog eine Viehherde heimwärts. Alles war traumhaft still. Ich setzte mich auf einen der Baumstämme, schaute mich nach Midwinter um und sagte leise: »Nun kommen Sie . . . hier können wir endlich in Frieden miteinander reden.«

Warum ich das alles so genau schildere? Weil es mir einen unauslöschlichen Eindruck gemacht hat. Noch in der letzten Sekunde meines Lebens (und sei es auf dem Schafott) werde ich diese Abendszene vor mir sehen – den silbernen Nebel, das silberne Wasser, die ziehende Herde weit hinten im nächtig-dämmrigen Schieferblau. Nur keine Aufregung deswegen, würdige Mutter Oldershaw! Manchmal habe ich nun mal solche poetischen Regungen, besonders, wenn ich, wie heute vormittag, noch ein wenig unter der Nachwirkung meiner geliebten Laudanumtropfen stehe.

Er kam – sonderbar lautlos, wie ein Schlafwandler – und setzte sich schweigend zu mir. Ich war wie im Fieber; ich konnte weder Hut noch Handschuhe ertragen, legte beides neben mich und streckte schließlich, als meine Nerven am Zerreißen waren, bittend die Hand nach ihm aus. Die seine, noch glühender als meine, schloß sich augenblicklich darum – unbeschreiblich, wie, aber Du kannst es Dir denken. Danach war kein Schweigen mehr möglich; ich mußte mich auf den Zweck dieser Zusammenkunft besinnen und sofort zu sprechen anfangen.
»Verachten Sie mich nicht, daß ich Sie so weit in die Einsamkeit führen mußte«, sagte ich, »aber Sie wissen ja nun, wie mir alles, was ich tue, ausgelegt wird und wie ich um meinen Ruf bangen muß. Ihr Brief läßt mir keine Ruhe. Er hat meine höchste Teilnahme erweckt und mich zugleich beängstigt. Sie können es mir kaum verübeln, daß ich Sie um eine nähere Erklärung bitte.«
»Es ist zu spät«, sagte er in einem Ton, der meine Nerven noch mehr zum Zittern brachte als das Schweigen vorher. »Wir sind beide auf einem Weg ohne Umkehr. Ich erwarte jetzt nur *eine* Frage.«
»Welche?«
Ein krampfhaftes Zittern ging von seiner Hand wie ein elektrischer Strom auf mich über, und ehe ich wußte, wie mir geschah, war ich in seinen Armen. »Ich liebe dich«, flüsterte er, preßte den Kopf an meine Brust und brach in Tränen aus, als ob die Qual eines ganzen Lebens hervorbräche ... So ungewöhnlich sein Verhalten als Mann war, so ungewöhnlich war das meine als Frau. Glücklicher- oder unglücklicherweise (ich weiß es nicht) unterließ ich den üblichen Protest, der uns Frauen in solchen Situationen vorgeschrieben ist. Wie mir zumute war, als ich sein heißes Schluchzen und seine Tränen an meinem Herzen spürte, ist nicht zu schildern. Es gab eine Zeit, in der ich mich auf der Stelle rasend in ihn verliebt hätte ... Erweckte er jetzt mein Mitleid? Ich weiß es nicht, und es ist ja auch egal. Jedenfalls streichelte ich ihm irgendwie, ohne mein bewußtes Zutun, das Haar, obwohl ich gleichzeitig bei gewissen Erinnerungen an früher zusammenschauerte. Dennoch tat ich es. Wie inkonsequent Frauen sein können!
»Lassen Sie sich Zeit«, flüsterte ich nach einer Weile. »Ich mache Ihnen keinen Vorwurf; Sie sind zu erregt – Sie müssen sich erst beruhigen.«
Meine Worte brachen den Bann. Mir fiel wieder ein, wozu ich hier war, und ich platzte, ohne lange zu überlegen, mit der ersten Frage heraus.
»Wie soll ich an Ihre Liebe glauben? Bis jetzt haben Sie mich nur mit rätselhaften Andeutungen geängstigt ... Was bedeutet die Stelle in Ihrem Brief, es würde entsetzliche Folgen für Mr. Arma-

dale haben, wenn Sie mich wiedersähen? Was hat Mr. Armadale damit zu tun?«
Er hob mit erschreckender Plötzlichkeit den Kopf und ließ mich los. Der verhaßte Name wirkte auf ihn immer noch – und ich dankte ihm innerlich bitter für die Beleidigung, die in seiner Reaktion für *mich* lag. So zu mir gebracht, konnte ich mich endlich wieder auf mein eigentliches Ziel konzentrieren – es war höchste Zeit! »Glauben Sie an Träume?« fragte er zu meiner maßlosen Verblüffung, ohne auf meine Frage einzugehen. Und da ich ihn nur staunend anstarrte, fuhr er ebenso abrupt fort: »Haben Sie oder Ihre Verwandten jemals mit Allan Armadales Eltern in Beziehungen gestanden? Waren Sie – oder Verwandte von Ihnen – jemals auf Madeira?«
Stell Dir meine Gefühle vor! Ich vereiste buchstäblich vom Scheitel bis zur Sohle. Seine Frage verriet, daß er Mitwisser von Mrs. Armadales Geheimnis war, obgleich er damals, als ich zwölfjähriges Ding ihr und ihrem sauberen Bräutigam als Sündenbock diente, noch gar nicht geboren sein konnte. Das war an sich schon erschreckend genug. Aber noch alarmierender war, daß er Gründe haben mußte, mir irgendeine Verbindung mit den damaligen Ereignissen zuzutrauen!
»Nein«, brachte ich mühsam heraus, »ich weiß gar nichts von seinen Eltern – wie sollte ich?«
»Und Sie waren nie auf Madeira?«
»Aber nein!«
»Seltsam!« murmelte er abgewandten Gesichts, »und doch standen Sie so gewiß als Schattengestalt am See, wie ich gestern der Schatten am Fenster war!«
Dieses offensichtlich wirre Geschwätz hätte mich unter anderen Umständen an seinem Verstand zweifeln lassen, wenn seine Frage nach Madeira nicht alle üblichen Sorgen in den Hintergrund gedrängt hätte. Jetzt mußte ich unbedingt herausbekommen, wieso und von wem er in das Geheimnis eingeweiht war – und mit wem ich es überhaupt zu tun hatte. Seine Bindung an Armadale war unnatürlich, wenn nicht ein weiteres Geheimnis dahintersteckte; sie hielt seiner Liebe zu mir immer noch die Waage. Mein Einfluß war sogar im Schwinden – ich mußte ihn schleunigst wiederherstellen.
»Sie sind grausam!« klagte ich leise. »Habe ich das verdient? Jetzt fürchte ich mich geradezu in der Einsamkeit und Dunkelheit hier. Oh, Mr. Midwinter, was habe ich Ihnen getan, daß Sie mich so ängstigen und verwirren?«
»Ich – Sie – verwirren?« wiederholte er, wie aus einem Traum erwachend, als wüßte er gar nicht mehr, was er gesagt hatte – vielleicht hatte er wirklich nur, wie leidenschaftliche Naturen es

zuweilen tun, laut mit sich selbst geredet. Ich war in Versuchung, den Moment *seiner* Verwirrung auszunutzen und weiterzufragen, aber irgendein Instinkt warnte mich, den Namen Armadale zu rasch wieder zu nennen. Es war sicherlich klüger, meinen Wissensdurst vorerst auf seine eigene Person zu beschränken, die mir Rätsel genug aufgab. Wie ich schon in einem meiner früheren Briefe erwähnte, habe ich immer vermutet, daß er trotz seiner Jugend schon ungewöhnliche Erlebnisse oder Leiden hinter sich haben mußte, und je öfter ich ihn sah, desto stärker bewegte mich die Frage, wer sich hinter dem Namen Midwinter verbarg. Wenn man selbst mehrmals den Namen gewechselt hat, ist man gegen unwahrscheinlich klingende Namen bei andern natürlich besonders argwöhnisch. Ich beschloß also, ihn bei erster Gelegenheit ebenso abrupt zur Rede zu stellen, wie er es gerade bei mir getan hatte, und zu sehen, wie er sich aus der Affäre zog.
Inzwischen hatte er den Arm wieder um mich gelegt und flüsterte weich: »Ich weiß kaum, was ich sage – in meinem Kopf geht alles wild durcheinander. Es ist soviel geschehen, womit ich erst fertig werden muß . . . Ich wollte Sie nicht ängstigen. Können Sie mir verzeihen?«
»Ich habe nichts zu verzeihen«, erwiderte ich. »Wir sind beide verwirrt – und unvorsichtig – und unglücklich.« Dann ließ ich den Kopf auf seine Schulter sinken und fragte stockend, wie gegen meinen Willen:
»Lieben Sie mich denn wirklich?«
Sein lautes, schneller werdendes Herzklopfen war die deutlichste Antwort. »Wenn Sie wüßten!« stieß er hervor. »Wenn Sie nur wüßten . . .!« Seine Stimme versagte, und ich wußte vor allem, daß er mich im nächsten Moment küssen würde, wenn ich es nicht verhinderte. »Nein«, murmelte ich und senkte den Kopf tiefer, »es kann nur eine vorübergehende Laune sein . . . Sie halten mich im Arm, als ob ich Ihre Braut wäre, aber –«
»*Seien* Sie meine Braut!« flüsterte er glühend und versuchte vergebens, mein Gesicht zu sich aufzuheben; er wußte ja nicht, mit was für gräßlichen Erinnerungen ich in diesem Moment kämpfte und was für ein Schwindel mich packte, so daß ich krampfhaft die Augen schloß, um die Gesichter jener anderen Männer nicht zu sehen . . . »Ich liebe dich! Ich bitte dich, meine Frau zu werden!« hörte ich derweilen über mir. »Meine Geliebte – mein Engel – antworte doch!«
Ich nahm mich zusammen. »Und wenn ich Ihre Gefühle erwiderte?« antwortete ich. »Wenn ich Ihnen wirklich mein ganzes künftiges Leben anvertraute?« Ich mußte innehalten und nach Luft ringen. Der Abend schien mir jetzt unerträglich schwül. »Könnten Sie mich denn mit gutem Gewissen unter Ihrem jetzigen Namen

heiraten?« fuhr ich endlich fort.
Er zuckte fürchterlich zusammen und drohte mich loszulassen, aber nun ließ ich ihn nicht los, und mein Kopf an seiner Schulter war diesmal ein magisches Gegengewicht zu ... zu allem, was in dieser Minute durch seine Seele gehen mochte. Endlich fragte er abgerissen:
»Wer hat Ihnen ... Wer hat dir gesagt ... Nein, niemand kann es gesagt haben ... Aber wie kommst du darauf, daß ich nicht ...« Er stockte wieder.
»Daß du nicht wirklich Midwinter heißt?« vollendete ich sanft für ihn. »Ich weiß selbst nicht, wie ich darauf gekommen bin ... Frauen haben manchmal hellsichtige Momente, besonders wenn sie lieben. Du heißt also anders?«
»Dich kann ich nicht betrügen«, sagte er nach einer langen Pause, jetzt schon ruhiger. »Nein, Midwinter ist nicht mein richtiger Name.«
Ich schmiegte mich ein wenig enger an ihn. »Welcher dann?«
Er zögerte immer noch. Allmählich hob ich das Gesicht. Meine Wange streifte die seine, und ich flüsterte, die Lippen dicht an seinem Ohr: »Du hast kein Vertrauen. Kein Vertrauen zu der Frau, die fast schon bereit war, die Deine zu werden.«
»Wenn ich den Namen sage«, murmelte er, »muß ich auch das übrige erzählen.«
»Und warum nicht?« Meine Wange lag jetzt an seiner. »Wie könnte ich einen Mann lieben, geschweige denn heiraten, der mir ein Fremder bleiben will?«
Darauf, dachte ich, gäbe es keine plausible Antwort mehr, aber er hatte eine. »Es ist eine schreckliche Geschichte. Sie könnte dein Leben verdunkeln, wie sie das meine verdunkelt hat. Darum möchte ich sie dir lieber ersparen.«
»Ich fürchte nichts«, erklärte ich und drückte mich immer fester an ihn. »Wenn ich dein Leben teilen soll, will ich es ganz tun. Sprich!«
»Schwörst du mir heilig zu, daß du das Geheimnis wahrst?« fragte er. »Daß nie jemand außer dir und mir eine Silbe davon erfährt?«
Ich versprach es ihm mit einem Kuß – und stieß ihn dann plötzlich wild zurück. Ich weiß nicht, ob ich es absichtlich tat, um ihn endgültig aus seiner Reserve zu reißen. Jedenfalls schrie ich ihn an: »Ich hasse Sie! Sie haben mich dazu gebracht, mich selbst zu vergessen! Verlassen Sie mich augenblicklich! Ich will Ihr Geheimnis nicht wissen! Ich will Sie nicht mehr sehen! Ich kann allein nach Hause gehen – vor der Dunkelheit ist mir am allerwenigsten bange!«
Damit wollte ich wegstürzen, aber er packte mich bei der Hand und hielt mich fest. »Setze dich«, sagte er in einem ganz neuen Ton. Es war ein Befehl, wie ihn nur ein Mann geben kann. »Dieser Aus-

bruch hat mir meinen Mut zurückgegeben. Jetzt sollst du erfahren, wer ich bin.«
Ich gehorchte, und im nächtlichen Dunkel erfuhr ich . . .

Soll ich Dich wirklich so weit einweihen? Nur um der Genugtuung willen, Dich zu verblüffen und Dir zu zeigen, mit was für einem »Kind« Du es zu tun hast und was für Gedanken dieses Kind wälzt? Zügle Deine Neugierde – ich muß erst mein Tagebuch zu Rate ziehen, um zu sehen, ob es nicht Wahnsinn wäre, Dir meine jetzigen Pläne anzuvertrauen. Ich habe in der vergangenen Woche ausführlicher und gewissenhafter denn je Tagebuch geführt, denn die kleinste Vergeßlichkeit könnte sich bei dem, was ich vorhabe, eines Tages katastrophal auswirken. Seit jenem Gespräch mit Midwinter darf ich micht nicht mehr auf mein Gedächtnis verlassen, so ausgezeichnet es ist; ich muß jedes Wort, jeden Zusammenhang bei Bedarf wieder und wieder nachprüfen können.
»Himmel, mach dich nicht so wichtig!« wirst Du sagen. »Das ist doch wieder bloß so ein Trick, um die Spannung zu erhöhen!«
Vielleicht. Warte nur. Die zornige Aufwallung, in der ich die Feder ergriff, um Dir das kalte Grausen vor Deinem »Kind« beizubringen, hat sich gelegt, und mein Tagebuch wird mir sagen, ob es klug wäre, Dich alles wissen zu lassen.

X

Miß Gwilts Tagebuch

Montag, den 21. Juli, elf Uhr abends. – Midwinter und ich sind eben auseinandergegangen. Wir trennten uns auf meinen Wunsch schon weit vor der Stadt; er kehrte über einen der Wiesenpfade zu dem Hotel zurück, in dem er jetzt wohnt, und ich ging über einen anderen nach Hause.
Die Festsetzung eines neuen Rendezvous habe ich vermieden, indem ich versprach, ihm morgen vormittag deswegen zu schreiben. Ich brauche die Nachtstunden, um mich zu fassen und – soweit ich kann – kühl und sachlich die nächsten Schritte zu überlegen, die sich für mich aus der völlig veränderten Situation ergeben. Wenn ich nicht alles Punkt für Punkt aufschreibe, wird mein Hirn bis morgen früh in einem Zustand sein, den man nur aus Fieberträumen kennt und in dem alle Gedanken nur um gewisse atemberaubende Eindrücke kreisen – um den Brief seines sterbenden Vaters, den er erst so spät erhielt, um die gespenstische

Nacht auf dem Wrack, und vor allem um den Namen, den Namen . . .
Er heißt Allan Armadale! Das muß ich mir wieder und wieder vorsagen. Es gibt zwei Allan Armadales, den Blonden, dessen Existenz mir schon lange bekannt war und der der Sohn meiner einstigen Herrin ist – und den Dunklen, der sich mir erst heute zu erkennen gab und für die übrige Welt Ozias Midwinter heißt. Und was das Sonderbarste an der Sache ist: Die Namensvetternschaft beruht weder auf direkter Verwandtschaft noch auf reinem Zufall. Der Vater des blonden Armadale trug den Namen von Geburts wegen, wurde aber infolge schlechter Aufführung enterbt und verstoßen. Name und Erbe wurden rechtmäßig auf den Vater des dunklen Armadale übertragen. Und so gibt es jetzt zwei junge, unverheiratete Armadales, um die meine Gedanken kreisen . . .
Der blonde Armadale bietet seiner künftigen Frau zu seinen Lebzeiten achttausend Pfund im Jahr und nach seinem Tode zwölfhundert; aus diesen einleuchtenden Gründen bin ich seit Wochen hinter ihm her, obgleich er mir als Mann widerwärtig ist wie nur selten einer. Der dunkle Armadale hingegen lebt von einer jämmerlichen kleinen Rente, mit der seine künftige Frau haushälterisch umgehen muß, wenn sie für beide reichen soll; dafür ist er ein Mann, den ich . . . nun ja, den ich hätte lieben können, wenn ich ihm als die junge, liebesfähige Frau begegnet wäre, die ich einmal war und die ich nicht mehr bin.
Und – Allan der Blonde ahnt nichts davon, daß er einen Namensvetter hat. Allan der Dunkle heißt für ihn und alle Welt standhaft Ozias Midwinter. Seinen wirklichen Namen wissen nur der Pfarrer in Somersetshire (auf dessen Verschwiegenheit er sich verlassen kann), ein paar anonyme Ämter, bei denen er in seltenen Fällen eine Unterschrift zu leisten hat, und seit heute – ich.
Es gibt zwei Allan Armadales – zwei Allan Armadales – zwei Allan Armadales! So, nun habe ich es dreimal hingeschrieben, das genügt. Zu den nächsten Tatsachen!
Der Mord auf dem französischen Holzfrachter . . . Was folgt für mich daraus? Nichts. Der Mord ist natürlich ein guter Grund für den dunklen Armadale, sein Geheimnis vor dem Blonden, dem Sohn des Ermordeten, zu wahren; aber mich persönlich geht er nichts an. Ich erinnere mich wohl, daß damals in Madeira das Gerücht aufkam, bei dem Schiffbruch sei nicht alles mit rechten Dingen zugegangen. *War* es ein Verbrechen? Kann man es dem Mann verdenken, der um die Frau betrogen worden war, daß er den gemeinen Betrüger in der Kajüte einschloß und darin ertrinken ließ? Ja, einen Vorwurf kann man ihm machen. Die Frau, um die es ging, war den ganzen Aufwand wahrhaftig nicht wert!
Ich habe bei den damaligen Vorgängen nur eine Nebenrolle ge-

spielt, und das für mich einzig Wichtige ist mir jetzt ganz klar: Midwinter (ich muß den häßlichen Decknamen weiter gebrauchen, auch in diesen privaten Zeilen, sonst gerät alles hoffnungslos durcheinander), Midwinter ahnt nicht, daß ich das zwölfjährige Zöfchen in Madeira war, das auf Befehl seiner hochachtbaren jungen Herrin einen Brief fälschte . . . Nicht viele Mädchen in diesem Alter hätten erstens eine fremde Handschrift so gut nachahmen und zweitens auch noch den Mund halten können; aber darauf kommt es jetzt nicht an. Worauf es ankommt, ist, daß Midwinters erschreckende Frage, ob ich je etwas mit Allan Armadales Eltern zu tun gehabt hätte, nur mit seinem eigentümlich starren Glauben an einen Traum, also mit nichts Tatsächlichem, zusammenhängt. Ich fragte ihn, ob er mich denn für so alt hielte, daß ich die Elterngeneration noch gekannt haben könnte – was der Ärmste in rührender Verwirrung verneinte. Gut, daß er mich jetzt nicht sieht – im Moment sehe ich vermutlich gut und gern wie fünfunddreißig aus. Soll ich den Spiegel befragen? Nein . . . Bleibe sachlich, Lydia, und schreibe weiter!

Eine Frage verfolgt mich beinahe so hartnäckig wie der Gedanke an die Namensgleichheit: Kann ich Midwinters Aberglauben benutzen, um ihn mir künftig wirkungsvoll vom Leibe zu halten? Nachdem ich mich heute abend weiter hinreißen ließ, als nötig gewesen wäre, wird er natürlich mit echt männlicher Selbstsucht und Ungeduld auf seinen Heiratsantrag zurückkommen. Soll ich ihn mit dem berühmten Traum abschrecken? Nachdem er abwechselnd an den Traum geglaubt und nicht geglaubt hat, ist er jetzt, seinem eigenen Geständnis nach, wieder beim Glauben angelangt. Soll ich ihm sagen, daß auch ich daran glaube? Ich hätte mehr Grund dazu, als er ahnt. Ich war nicht nur die Zofe, mit deren Hilfe Mrs. Armadale damals ihren Vater getäuscht hat – ich war auch die Frau, deren Selbstmordversuch die Kette der Ereignisse auslöste, durch die der junge Armadale in den Besitz seines jetzigen Vermögens kam; dieses Vermögen lockte mich wiederum nach Thorpe-Ambrose, und, das Allerseltsamste, ich war tatsächlich die Frau, die als »Schatten« am See stand, genau so, wie der junge Armadale es im Traum vorausgesehen hatte! Zufälle . . . Aber gibt es so viele und sonderbare Zufälle hintereinander? Ich muß sagen, daß ich ziemlich nahe daran bin, selbst an den Traum zu glauben!

Jedenfalls könnte ich behaupten, ich dächte jetzt so wie er. Nach reiflicher Überlegung hielte ich es für besser, wenn er sich auf ewig von mir trennte, ehe es zu spät sei und auch die dritte Traumvision sich erfüllte. Er müsse mich verlassen und, wie er geschrieben hätte, Berge und Meere zwischen sich und den Mann legen, der den gleichen Namen trägt wie er . . .

Aber wenn er sich jetzt aus Liebe zu mir über alles hinwegsetzt?

Wenn er sich nach dem verzweifelten Satz richtet, den ich ihn ausstoßen hörte und erst jetzt verstehe: »Was sein soll, wird sein!« Wenn er es für zwecklos hält, dem Schicksal in den Arm fallen zu wollen und deswegen auf jedes eigene Glück zu verzichten? Wenn – wenn –

Ich höre besser auf. Schreiben ist keine Erleichterung; es macht alles nur schlimmer. Ich dachte, ich würde dabei zu klaren, praktischen Plänen kommen ... Weit gefehlt. Mitternacht ist vorüber, und ich sitze da wie die dümmste und hilfloseste Person auf Erden! Ich gehöre ins Bett.

Wenn ich vor zehn Jahren einen Midwinter gefunden und aus Liebe geheiratet hätte, würde ich jetzt möglicherweise keine schwereren Sorgen haben, als vor dem Schlafengehen noch einmal auf Zehenspitzen ins Kinderzimmer zu huschen und nach unseren Kindern zu sehen. Ob ich meine Kinder wohl geliebt hätte, wenn ich je welche gehabt hätte? Sinnlose Frage.

Dienstag, zehn Uhr vormittags. – Welcher Apotheker hat eigentlich zuerst Laudanumtropfen hergestellt? Wer es auch gewesen sein mag, ich danke ihm aus tiefstem Herzen. Was gäbe es für einen Chor, wenn alle körperlich und seelisch Leidenden, denen er schon geholfen hat, sich zu einem Lobgesang auf ihn zusammenschlössen! – Dank seiner war ich köstliche sechs Stunden lang in den Lethe getaucht, bin mit beruhigtem Gemüt erwacht, habe Midwinter ein nettes, vernünftiges Briefchen geschrieben, mit Genuß meinen Tee getrunken, mit noch mehr Genuß bei der Morgentoilette getrödelt – und all diese Wunder kommen aus dem kleinen, bescheidenen Fläschchen, das in diesem Moment auf meinem Nachttisch steht. Laudanum, meine Wonne! Wenn ich sonst nichts mehr liebe – dich liebe ich!

Midwinters Antwort auf meinen Brief sehe ich mit Ruhe entgegen; er kann nur auf eine Weise antworten. Ich habe ihn um eine kurze Bedenkzeit gebeten, weil meine »Familienangelegenheiten« einige Überlegung erfordern, auch in seinem Interesse. Beim nächsten Treffen würde ich ihm alles erzählen (was soll ich bloß sagen?), und inzwischen bäte ich ihn, tiefstes Schweigen über unsere neuen, vertrauten Beziehungen zu bewahren. Solange wir nicht offen vor alle Welt hintreten könnten, bäte ich ihn – meinem Ruf zuliebe –, kein Wiedersehen erzwingen zu wollen. Ich würde ihm dafür, wenn er Wert darauf legte, gern täglich schreiben und im übrigen die notwendige Trennung so kurz zu halten suchen wie möglich.

Dieser herzbewegend schlichte, rührende Brief hat natürlich einen Schönheitsfehler, ich weiß. Midwinter bleibt mir nun zwar aus dem Weg, während ich mein Netz zum zweitenmal nach dem

stupiden Goldfisch im Herrenhaus auswerfe – aber wenn ich damit Erfolg habe, kommt noch ein peinlicher Tag der Abrechnung, den ich auf keine Weise umgehen kann. Wie soll ich Midwinter dann bändigen? Womit könnte ich ihn beschwatzen, damit er nur still ist? Ich müßte alles an mich herankommen lassen wie gewöhnlich – aber diesmal schwindet mir irgendwie der Mut, wenn ich an die unvermeidliche Stunde denke, da ich ihm Rede und Antwort stehen muß. Meinem Tagebuch kann ich's ja anvertrauen, daß er mir leid tut und daß ich mir nur mit Grausen seine Gefühle vorstelle, wenn er hört, daß ich die Herrin von Thorpe-Ambrose werde . . .
Aber noch bin ich nicht Gutsherrin, und ich kann auch keinen Schritt in dieser Richtung unternehmen, solange ich nicht Midwinters Bestätigung habe, daß er mir vorerst nicht mehr in die Quere kommt. Geduld! Ich muß mich zur Ablenkung ans Klavier setzen. Die Mondscheinsonate steht noch aufgeschlagen da und lockt . . . Werde ich die Nervenkraft haben, sie zu Ende zu spielen, und nicht, wie es mir das letztemal passierte, mittendrin abbrechen müssen, weil ich den geheimnisvollen, abgründigen Schauern, die mich aus ihr anwehten, einfach nicht gewachsen war?
Fünf Uhr nachmittags. – Sein Antwortbrief ist da. Mein Wunsch ist ihm Befehl: Er ist abgereist und schickt mir eine Londoner Adresse, unter der ihn meine weiteren Nachrichten erreichen. »Zweierlei«, schreibt er, »tröstet mich ein wenig über die Trennung hinweg – erstens, daß Du sie nicht länger ausdehnen wirst als unbedingt nötig, und zweitens, daß ich mich in London nach Erwerbsmöglichkeiten umsehen kann. Solange ich allein war, lag mir nie viel an Geld, und mein kleines Einkommen hat mir vollauf genügt; aber nun denke ich an meine künftige Frau, der ich alles zu Füßen legen möchte, was sie sich wünscht.« Armer, lieber Kerl! Ich wünschte schon fast, ich hätte ihn nicht weggeschickt . . .
Ha, wenn Mutter Oldershaw dieses Tagebuchblatt sehen könnte! Heute früh kam ein Brief von ihr, in dem sie mich grob an meine Schulden erinnert und den Verdacht äußert, ich hätte alles verpatzt. Soll sie sich nur giften! Ich antworte der alten Hexe gar nicht – habe jetzt wahrhaftig wichtigere Dinge im Kopf.
Es ist ein schöner Nachmittag, ich muß an die frische Luft – ich darf nicht weiter über Midwinter sinnieren. Ob ich zum Herrenhaus gehe und mein Versöhnungsexperiment wage? Alles ist denkbar günstig; kein Spion verfolgt mich, kein Rechtsanwalt ist da, der mein Hereinkommen verhindert. Bin ich heute hübsch genug? Ich denke schon, besonders gemessen an dieser kleinen, plumpen, sommersprossigen Person, die von Rechts wegen auf die Schulbank gehört, und zwar mit einem Lineal im Rücken, zwecks Verbesserung ihrer schauderhaft krummen Haltung . . . »Die Kinder-

stube ist noch längst nicht tot – sie riechen penetrant nach Milch und Butterbrot« – wie genau Byron seine holden Backfische gekannt hat!
Acht Uhr. – Eben bin ich vom Herrenhaus zurückgekommen. Ich habe Armadale gesehen und gesprochen, und das Resultat läßt sich in drei kurze Worte fassen: Es ist vorbei. Meine Chance, Gutsherrin von Thorpe-Ambrose zu werden, ist ungefähr ebensogroß wie die, daß ich eines Tages den englischen Thron besteige.
Soll ich das der Oldershaw schreiben und nach London zurückkehren? Nein, nur keine Überstürzung. Erst einmal in aller Ruhe überlegen.
Also: Es war ein komplettes Fiasko, obwohl alle Umstände mich begünstigten. Ich traf ihn allein auf der Auffahrt vor dem Haus, brauchte mich also gar nicht erst mit lästigen Dienern auseinanderzusetzen. Mein Auftauchen brachte ihn in die größte Verlegenheit, aber er war durchaus bereit, mich anzuhören. Ich habe ihm nach Kräften zugesetzt, erst schlicht und eindringlich, dann mit Tränen; kurzum, ich zog alle Register und überzeugte ihn auch völlig, eine arme Verfolgte vor sich zu haben, die durch sein unseliges Eingreifen unschuldig zu leiden hätte. Nachdem das erledigt war, verwandelte ich mich in eine Missionarin der christlichen Nächstenliebe und sprach mit solcher Salbung von seinem Zerwürfnis mit dem teuersten Freund, für das wiederum ich die unschuldige Ursache gewesen sei, daß sein ekelhaft rosiges Gesicht buchstäblich erbleichte und er mich mit gepreßter Stimme bat, ihm nicht länger das Herz zu zerreißen. Alles gut und schön – aber seine alten Gefühle für *mich* habe ich nicht wieder zum Leben erweckt. Ich kenne mich in Männern genügend aus, um mir da nichts vorzumachen. Wir gingen als Freunde auseinander, und damit basta.
Habe ich deswegen jeden Morgen der Versuchung widerstanden, Ihnen in den Park zu folgen, Miß Milroy? Ich habe Ihnen gerade die nötige Zeit gelassen, sich an meinen Platz zu drängen und sich bei Armadale wieder einzuschmeicheln, nicht wahr? So wird noble Zurückhaltung belohnt! Hätte ich nur . . . nun, das ist jetzt einerlei. Die Zukunft birgt noch einige Überraschungen, und noch sind Sie nicht Mrs. Armadale, meine siegesgewisse junge Dame! Eines kann ich Ihnen schon heute versprechen: Wen er am Ende auch heiraten mag – Sie werden es jedenfalls nicht sein. Dafür werde ich sorgen, damit wir endlich quitt sind!
Nein, ich schreibe dies nicht in einem meiner Wutanfälle, ich bin vollkommen kühl und ruhig, wie ich es nur einmal zuvor gegenüber einer ähnlich unerträglichen Herausforderung gewesen bin. Das damalige Resultat wage ich nicht einmal diesen Seiten anzuvertrauen, die niemand außer mir je zu Gesicht bekommt. Ich

würde mich nicht wundern, wenn das Resultat auch diesmal ... Genug!
Auf dem Rückweg vom Herrenhaus ging ich bei Mr. Bashwood in der Stadt vorbei. Er war nicht zu Hause. Ich hinterließ ihm eine Zeile, daß ich ihn heute abend sprechen möchte. Es ist Zeit, daß ich ihn von seiner Pflicht, Armadale und die Milroy zu beobachten, entbinde. Ich weiß noch nicht, was ich unternehmen werde, um mich bei ihr zu revanchieren – aber es könnten sich Situationen ergeben, in denen ich nicht mehr solch ein Hasenherz wie Mr. Bashwood als Vertrauten haben möchte!
Und bei alledem geht mir dauernd Midwinters Geschichte im Kopf herum, ohne Sinn und Verstand ...
Da, es klopft! Kein Mensch kann so schüchtern klopfen wie der alte Bashwood. Herein!
Neun Uhr. – Endlich bin ich ihn wieder los. Er hat mich in einer neuen Rolle überrascht.
Er hat mich heute nachmittag mit Armadale gesehen (obgleich ich ihn nicht bemerkt habe; als Beobachter ist er tatsächlich tüchtig!) und berichtete mir nun den neuesten Dienstbotenklatsch. Demnach herrscht im Souterrain die weise Meinung, Armadale und ich wären wieder »gut miteinander« und er würde mich nun wohl doch heiraten. »Sie hat ihn mit ihrem roten Haar verrückt gemacht«, war eine der elegant formulierten Meinungsäußerungen, und »da kann die kleine Miß nicht mit – die wird jetzt das Nachsehen haben!« Gott, wie ich diese plumpen Simplifizierungen ungebildeter Leute hasse!
Bashwood stotterte das alles wirrer und nervöser denn je heraus; aber was wirklich mit ihm los war, erkannte ich erst, als ich ihm sagte, er brauche Mr. Armadale und Miß Milroy ab sofort nicht mehr zu beobachten. Er schnappte nach Luft und sah aus, als bekäme er im nächsten Moment einen Schlaganfall. Stammelnd, keuchend und hutdrehend brachte er endlich heraus: »Aber Miß Gw-Gw-Gwilt, ver-verzeihen Sie d-die Fr-Frage – Sie werden Mr. Armadale doch nicht etwa wi-wi-wirklich heiraten?« Grundgütiger, der Alte war eifersüchtig! Nie habe ich ein so eifersuchtverzerrtes Gesicht gesehen wie seins – und das in seinem Alter!! Wäre ich in humorvoller Laune gewesen, so hätte ich ihn einfach ausgelacht; aber wie die Dinge lagen, verlor ich die Geduld und wurde wütend. Ich sagte ihm in dürren Worten, er sei ein alter Esel und solle sich gefälligst auf seine Verwaltungsgeschäfte konzentrieren, bis er wieder gebraucht würde. Er duckte sich wie gewöhnlich, aber beim Abschied hatten seine farblosen Greisenaugen einen Ausdruck, den ich Mr. Bashwood nie zugetraut hätte. Liebe bewirkt die erstaunlichsten Verwandlungen ... Wäre es möglich, daß der alte Bashwood durch sie noch rebellisch wird?

Mittwoch. – Meine Kenntnis von Miß Milroys Gewohnheiten brachte mich gestern abend noch auf eine Idee, die ich heute früh ausführte.

Solange ich in dem Cottage war, pflegte sie regelmäßig schon vor dem Frühstück einen Spaziergang zu machen – just um dieselbe Zeit, in der *ich* damals meine heimlichen Zusammenkünfte mit dem jungen Armadale hatte. In der Annahme, daß meine frühere Schülerin wenigstens in dieser Hinsicht etwas von mir gelernt hat, beschloß ich, meine Schritte heute zur bewußten Zeit in Richtung des Cottage zu lenken. Um nicht zu verschlafen, verzichtete ich sogar auf meine geliebten Tropfen und verbrachte eine entsprechend unerfreuliche Nacht, war dafür aber geradezu froh, um sechs aufstehen und bald danach in die frische Morgenluft hinausgehen zu können.

Ich war noch keine fünf Minuten in der Parkgegend, wo die beiden Grundstücke aneinander stoßen, als ich sie aus dem Cottage kommen sah. Offenbar hatte auch die kleine Milroy eine schlechte Nacht hinter sich, denn sie sah ausgesprochen verheult und verquollen aus.

Zweifellos hatte sie etwas auf dem Herzen, was sie in die »Einsamkeit« trieb, denn sie watschelte immer schneller und schneller durch den Park auf das Wäldchen zu, wo die Bäume am dichtesten stehen. Ich folgte ihr in einiger Entfernung ohne die geringste Sorge, daß sie mich bemerken könnte, denn da dieses holde Köpfchen nie mehr als einen Gedanken auf einmal beherbergt, sah sie sich nicht ein einziges Mal um; und als sie im Wäldchen endlich ihre Schritte verlangsamte, war ich auch schon zwischen den Bäumen und konnte jederzeit im Bruchteil einer Sekunde hinter einen Stamm treten.

Nicht lange, so knackte und raschelte es im Unterholz, und schwere Schritte trampelten uns entgegen – ich wußte so gut wie die Milroy, wer allein das sein konnte, und sie meldete sich auch gleich mit einem piepsigen: »Hier bin ich!« Armadale tauchte aus der Bodensenkung auf, in der das Wäldchen endet, meinem Versteck genau gegenüber. Sie setzten sich zusammen an den Abhang, und ich machte es mir ebenfalls bequem und konnte jede Phase des Stelldicheins mühelos verfolgen wie auf einer Bühne.

Der Dialog begann mit seiner geistreichen Bemerkung, daß sie betrübt aussähe, worauf das raffinierte kleine Biest natürlich wieder zu heulen anfing, was denn auch den gewünschten Eindruck machte. Er nahm ihre Hand und versuchte sie tölpelhaft zu trösten. Nein, sie wollte sich nicht trösten lassen. Furchtbare Zukunftsaussichten hatten ihr in der letzten Nacht den Schlaf geraubt. Ihr Vater hatte ihr nämlich am vergangenen Abend kurz und bündig mitgeteilt, daß er endlich ein Internat für sie gefunden und sie bereits dort angemeldet hätte. Jetzt mußten nur noch ihre Sachen in Ordnung gebracht werden, und dann hieß es: ade!

»Solange diese gräßliche Miß Gwilt im Haus war«, sagte das liebe Kind unter anderem, »war ich durchaus bereit, ins Internat zu gehen – ich hätte mit Freuden alles getan, um bloß von ihr wegzukommen. Aber jetzt ist ja alles anders; ich fühle mich einfach zu alt, um mich noch an so einen richtigen Schulbetrieb zu gewöhnen; ach Gott, Mr. Armadale, und es bricht mir das Herz –« Sie stockte und schleuderte ihm einen Blick zu, der den Satz deutlicher als Worte vollendete. Jede erwachsene Frau würde sich einer dermaßen dick aufgetragenen Koketterie schämen; aber das sind die »süßen, unschuldigen Mädchenknospen« unserer Tage, die in rührseligen Familienromanen bis zum Erbrechen verherrlicht werden!

Nun denn – selbst Armadale, so vernagelt er ist, konnte nicht umhin, *den* Blick zu verstehen. Er entfesselte einen verworrenen Redeschwall, nahm sie um die – sagen wir Leibesmitte, da von Taille in diesem Fall nicht gut die Rede sein kann – und machte ihr, um sie von der Schmach des Internats zu erretten, kurzerhand einen Heiratsantrag.

Wenn ich sie alle beide in diesem Moment mit einem Blitzstrahl hätte erschlagen können, so hätte ich es mit dem größten Vergnügen getan. Da ich aber leider kein blitzeschleudernder Jupiter bin, konnte ich nur abwarten, wie sich Miß Milroy, am Ziel ihrer Bestrebungen angelangt, verhalten würde.

Zunächst hielt sie es klischeegetreu für nötig, die tugendhaft Entrüstete zu spielen. Wie Mr. Armadale nur an so etwas denken könnte, nachdem er sich mit Miß Gwilt kompromittiert und ihr Vater ihm das Haus verboten hätte! Ob er sie mit seinen Worten fühlen lassen wollte, wie unverzeihlich sie sich selbst über Anstand und Schicklichkeit hinweggesetzt hätte, indem sie sich hier heimlich mit ihm traf? War es eines Edelmanns würdig, einem hilflosen Mädchen Vorschläge zu machen, deren Unausführbarkeit ihm doch genauso klar sein müßte wie ihr? Und so weiter, und so weiter. Kein Mann mit einem normal funktionierenden Gehirn hätte dieses durchsichtige Geschwätz für etwas anderes genommen, als es war; aber Armadale nahm es tatsächlich ernst und versuchte sich zu verteidigen.

Er beteuerte grützdumm und bieder, daß seine Absichten wirklich die allerehrbarsten wären, daß der Major sicher ein Einsehen haben und sich versöhnen lassen würde; übrigens könnten sie ja schlimmstenfalls miteinander durchbrennen – das hätten schon viele junge Paare im Fall hoffnungsloser Familienschwierigkeiten getan, und meistens hätten die vorher unzugänglichen Eltern hinterher alles verziehen und doch noch ihren Segen gegeben. –

Dieser Sturmangriff brachte Miß Milroy natürlich in eine gewisse Klemme: Entweder mußte sie jetzt zugeben, daß sie sich nur geziert hatte, oder sich noch einmal entrüsten. Als Heuchlerin, die sie ist, gab sie einer abermaligen Tugend-Explosion den Vorzug. »Was erlauben Sie sich, Mr. Armadale! Wie herzlos, wie rücksichtslos – wie kommen Sie dazu, mir so etwas zuzumuten! Gehen Sie, verlassen Sie mich auf der Stelle!« Unglaublich, aber wahr – der Trottel nahm auch jetzt alles wörtlich, hauchte »Verzeihung« und zog ab wie ein begossener Pudel. Hat die Welt schon mal einen derartigen Waschlappen gesehen?
Miß Milroy hatte offensichtlich auch nicht ganz mit einem solchen Effekt ihrer Worte gerechnet. Ich war neugierig, wie sie sich mit der unvermuteten Lage abfinden würde, nachdem Armadale das Feld geräumt hatte. Erst sah sie ihm eine Weile verdutzt nach, dann fing sie an, töricht zu grinsen, stand auf, ging ein paar Schritte in die Richtung, in der er verschwunden war, und reckte den Hals – und dann drehte sie sich plötzlich wieder um und brach zum soundsovielten Mal in Tränen aus. Ich bin nicht so leicht auf den Leim zu führen wie Armadale und durchschaute auch diese Solo-Szene des primitiven Geschöpfes. Morgen früh wird sie natürlich ganz zufällig wieder im Park sein. Übermorgen wird sie ihn zu einer Wiederholung seines Antrags ermuntern und schon gefaßter zuhören. Überübermorgen wird sie nur noch ein wenig verwirrt sein, wenn er auf die etwaige Notwendigkeit einer heimlichen Trauung zurückkommt. Und wieder ein paar Tage später, wenn die Koffer schon fürs Internat gepackt sind, wird sie sich mit dem Gedanken des Durchbrennens völlig befreundet haben. Die Zeit ist immer der beste Verbündete der Männer, wenn es um Frauen geht; sie brauchen nur noch ein bißchen Geduld beizusteuern, dann schafft sie es fast allein.
Nachdem die kleine Milroy schließlich nach Hause gegangen war, blieb ich noch eine Weile, wo ich war, und dachte nach. Um die Wahrheit zu sagen, hatte mich die belauschte Liebesszene doch auf eine Weise beeindruckt, die nicht ganz leicht zu beschreiben ist. Ich sah die Geschichte jetzt gewissermaßen in einem neuen Licht, denn eins war mir klargeworden, was ich bisher nicht einmal von weitem in Betracht gezogen hatte: Sie hat ihn ja wirklich lieb!
Ich habe allerlei mit ihr abzurechnen, und jetzt, da ich dies weiß, besteht keine Gefahr, daß ich ihr nicht alles, was ich ihr verdanke, restlos mit gleicher Münze heimzahle. Bis heute früh dachte ich nur an den Triumph, Miß Milroys Ehrgeiz im Wege zu stehen und ihr die Chance, in führende Gesellschaftskreise aufzurücken, ein für allemal zu verbauen. Aber da nun tatsächlich junge Liebe im Spiel ist, sieht die Sache anders aus. Soll ich an meine eigene

Jugend denken und sie in Frieden lassen? Die Versuchung ist groß, aber . . . Nein! Sie hat mir ja auch ungerührt die einzige, schwer erkämpfte Chance genommen, die Ketten zu zerbrechen, die mich immer noch an eine Vergangenheit binden, an die schon der bloße Gedanke eine Folter ist. Sie hat mich in eine Lage zurückgeworfen, die kein Landstreicher mit mir tauschen würde. Nein, Miß Milroy! Nein, Mr. Armadale! Ich habe kein Mitleid mehr mit Ihresgleichen!

Seit einigen Stunden bin ich zurück. Bis jetzt ist alles Nachdenken ergebnislos verlaufen. Seit ich Midwinters sonderbaren Brief am letzten Sonntag erhielt, scheint mich meine blitzschnelle Reaktionsfähigkeit verlassen zu haben. Ich denke an ihn und seine Geschichte, und mein Kopf ist wie gelähmt. Ich weiß nicht mehr, was ich tun soll. Es wäre natürlich ein leichtes, Major Milroy einen Wink über die verbotenen Wege seiner Tochter zu geben. Aber der Major liebt seine Nelly; Armadale ist darauf erpicht, sich wieder mit ihm auszusöhnen; Armadale ist nicht nur vermögend, sondern auch bereit, sich den Bedingungen des Älteren zu fügen – über kurz oder lang sind sie wieder die besten Freunde, und der Hochzeit steht nichts mehr im Wege. Ich könnte da nur für den Moment ein bißchen Unfug stiften; das wäre kindisch. Für immer trenne ich sie damit nicht.

Auf welche Weise sonst? Ich sehe keine. Allmählich könnte ich mir die Haare einzeln ausreißen – oder das Haus niederbrennen – oder, am besten, die ganze Welt in die Luft jagen, wenn ich genügend Schießpulver hätte – in solch eine Raserei versetzt mich meine Ohnmacht!

Armer, lieber Midwinter! Ja, »lieber« – da steht's, und ich lasse es stehen. Ich bin so furchtbar allein. Ich brauche jemanden, der gut und liebevoll zu mir ist. Ich möchte seinen Kopf wieder an meinem Herzen fühlen. Ich habe nicht geringe Lust, einfach nach London zu gehen und ihn zu heiraten. Bin ich verrückt geworden? Leute, die sich so elend fühlen wie ich, werden leicht verrückt. Ich muß ans Fenster, ich bekomme keine Luft mehr. Ob ich gleich hinausspringe? Besser nicht – man kommt so entstellt unten an, und so viele Leute sehen die unschöne Leiche . . .

So, die frische Luft hat mir gut getan. Mir ist eben eingefallen, daß auch ich die Zeit auf meiner Seite habe. Außer mir weiß vermutlich keiner etwas von den heimlichen Treffen Armadales und der Milroy in aller Morgenfrühe. Falls der alte, eifersüchtige Bashwood jetzt aus eigenem Antrieb Beobachtungen anstellen will, was Armadale treibt, wird er damit erst beim täglichen Dienstantritt im Verwaltungsbüro beginnen. Er weiß nichts von Miß Milroys Frühaufsteherei, und wenn er kommt, ist Armadale längst aus dem Park zurück. Ich rechne noch etwa eine Woche, bis sie zu allem,

was Armadale vorschlägt, ja sagt, und bis dahin fällt mir schon etwas ein . . .
Es heißt also warten. Und Midwinter ist in London, und ich habe keine Ahnung, wie die Sache mit ihm ausgehen soll; meine Börse wird täglich magerer, und noch sind keine Klavierschüler erschienen, um sie wieder aufzufüllen; Mutter Oldershaw lauert im Hintergrunde auf ihr Geld, das sie unbarmherzig eintreiben wird, sobald sie merkt, daß ich nichts erreicht habe – was für erfrischende Aussichten! Ich muß mir nur unaufhörlich vorsagen: Mach dir nichts draus! Jedenfalls bleibe ich in Thorpe-Ambrose (und wenn ich meine letzten Kleider verkaufen und den Bauern im Wirtshaus zum Tanz aufspielen muß) – ich bleibe, bis meine Stunde kommt und Armadale und die Milroy büßen, was sie mir angetan haben!
Sieben Uhr. – Das Ausharren wird mir noch schwerer fallen, als ich dachte. Meine Stellung in der Nachbarschaft ist erschüttert.
Zwei der ältesten und häßlichsten von den vielen häßlichen alten Jungfern, die sich meiner annahmen, als ich bei Major Milroy kündigte, waren eben hier. Sie erklärten sich mit der ganzen geschmacklosen Aufdringlichkeit, deren nur englische Wohltätigkeitsdamen reifen Alters fähig sind, als Abordnung meiner Gönnerinnen. Aus ihren Vorreden ergab sich, daß die Kunde von meiner Versöhnung mit Armadale sich wie ein Lauffeuer in der ganzen Stadt verbreitet hat.
Die einhellige Meinung meiner Gönnerinnen (der sich auch Major Milroy anschließt, wie sie betonten) war nun, daß ich einen unverzeihlichen Fauxpas begangen habe, als ich einen Mann aufsuchte und sogar freundschaftlich mit ihm sprach, dessen Name in der ganzen Gegend zum Schimpfwort geworden ist, und zwar gerade infolge seines schmählichen Benehmens gegen mich. Mein totaler Mangel an Selbstachtung habe nun hier und da der Vermutung Nahrung gegeben, irdischer Reichtum sei mir mehr wert als Charakter, und ich würde meinen Beleidiger womöglich doch noch heiraten! Meine Gönnerinnen wären selbstverständlich zu edelgesinnt, um so etwas von mir zu glauben. Sie fühlten sich lediglich verpflichtet, mich im christlichen Geist zu ermahnen, dergleichen nicht wieder zu tun, widrigenfalls ich alle meine wahren Freunde in der Stadt nötigte, sich von mir zurückzuziehen und ihre bisher so gern gewährte Protektion zu beenden.
Nachdem sie mir diese wohlgesetzte, fleißig einstudierte Rede mit verteilten Rollen gehalten hatten, reckten sich meine beiden Gorgonen bolzengerade auf ihren Plätzen auf, als wollten sie sagen: »Sie haben das Wort Tugend gewiß schon oft gehört, Miß Gwilt, aber wir bezweifeln, daß Sie seine volle Bedeutung schon einmal erfaßt haben, ehe sie Ihnen in Menschengestalt, nämlich in unserer, erschien!«

Ich antwortete auf die sanfteste, damenhafteste Manier. Nichts erstaunt und kränkt gewisse Christen mehr, als wenn man sie unvermutet an gewisse christliche Grundsätze erinnert.
»Habe ich denn etwas Unrechtes getan?« fragte ich mit großen, unschuldigen Kinderaugen. »Gewiß, Mr. Armadale hat mich beleidigt, und deshalb bin ich hingegangen und habe ihm ausdrücklich verziehen. Liegt hier nicht ein Irrtum vor, meine Damen? Sie können doch nicht wirklich gekommen sein, um mich im christlichen Geist zu ermahnen, eine christliche Tat zu unterlassen beziehungsweise, da sie nun einmal geschehen ist, zu widerrufen?«
Meine beiden Gönnerinnen standen auf wie ein Mann. Ich bin fest überzeugt, daß manche Weiber nicht nur Katzengesichter haben, sondern auch Katzenschwänze. Die Schwanzspitzen dieser beiden Katzen bewegten sich jedenfalls langsam und bedrohlich unter ihren Krinolinen; ich sah die Wellenbewegungen ganz deutlich.
»Auf Widersetzlichkeit waren wir gefaßt, Miß Gwilt«, sagten sie, »aber nicht auf Gotteslästerung. Guten Abend.«
Damit gingen sie, und Miß Gwilt dürfte von nun an für alle Frommen der Stadt erledigt sein.
Welche Folgen kann dieses alberne Intermezzo sonst noch haben? Eine sehe ich bereits: Miß Milroy wird eine der ersten sein, die davon hört. Sie wird Armadale wegen unserer »Versöhnung« zur Rede stellen, und der kann ihr seine unerschütterliche Treue nur durch einen abermaligen, noch weit dringenderen Heiratsantrag demonstrieren. Höchstwahrscheinlich beschleunigt das ihre Entscheidung. Sie wird sich mit Recht sagen, daß lange Ziererei jetzt tatsächlich dazu führen kann, daß sie ihn verliert, und sich lieber seiner versichern, solange sie ihn fest am Bändel hat. – Wenn es morgen früh nicht regnet, werde ich wohl wieder in den Park spazieren müssen.
Mitternacht. – Da ich meine Tropfen wieder nicht nehmen darf, gebe ich besser gleich alle Hoffnung auf Schlaf auf und widme mich weiter meinem Tagebuch. Sehr gut würde ich heute wahrscheinlich auch mit Hilfe der Tropfen nicht schlafen.
Ich weiß nicht, warum mir plötzlich die Abschiedsworte dieses ekelhaften Rechtsanwalts an Armadale wieder eingefallen sind. Ich habe Bashwoods Brief hervorgesucht, um sie noch einmal genau zu lesen: ». . . Die Sache ist nicht aus der Welt zu schaffen, nur weil Sie (und ich) keinen Finger mehr rühren; das werden jetzt nämlich andere besorgen, und eines Tages werden Sie noch Ihr blaues Wunder erleben.«
Was und wen kann er damit gemeint haben? Und was meinte er dann, als er den alten Bashwood beim Wegfahren sah und ihn ermunterte, seine Neugierde zu befriedigen – er hätte nichts dagegen? Denkt dieser niederträchtige Pedgift womöglich, Bashwood

wäre imstande . . .? Lächerlich! Als ob ich diese Jammergestalt nicht nach Belieben lenken könnte! *Dem* fällt es nicht im Traum ein, in meiner Vergangenheit herumzustochern! Das haben schon ganz andere Leute versucht – und waren hinterher nicht klüger.
Trotzdem habe ich jetzt das unbehagliche Gefühl, ich hätte Bashwood nicht so kurz und ungeduldig wegschicken sollen. Ich werde ihn morgen wieder meiner Gunst versichern und ihm irgendeinen kleinen Auftrag geben. Zum Beispiel könnte er sein Augenmerk jetzt auf die beiden Pedgifts richten und mir mitteilen, ob die Möglichkeit besteht, daß sie Armadales Angelegenheiten wieder übernehmen. Halte ich für völlig unwahrscheinlich; aber Bashwood wird sich geschmeichelt fühlen und sich wieder wichtig vorkommen, und – das ist die Hauptsache – solange ich ihn beschäftige, kommt er mir nicht anderweitig ins Gehege.

Donnerstag, neun Uhr vormittags. – Eben aus dem Park zurück. Meine Prophezeiung war goldrichtig: Sie waren beide wieder da, zur selben Zeit, am selben lauschigen Plätzchen, und die junge Miß wußte »alles« über Armadales Begegnung mit mir, und ihre Tonart war dementsprechend.
Nachdem Armadale einige Sätze über mich geäußert hatte, die ich ihm nicht vergessen werde, bewies er ihr programmgemäß seine Treue mit einem neuerlichen Heiratsantrag, und diesmal holte er sich keinen Korb. Tränen, Küsse und Schwüre folgten, und meine verflossene Schülerin schüttelte ihrem nunmehrigen Verlobten auf die rührendste, kindlichste Art ihr Herz aus. Zu Hause sei es beinahe ebenso entsetzlich wie im Internat, gestand sie. Ihre Mutter würde mit jedem Tag zänkischer, und die Pflegerin – die einzige, die sie noch gelegentlich gebändigt hatte – war nach einer wütenden Szene auf und davon gegangen. Ihr Vater kümmerte sich um nichts mehr als um seine Uhr und war fester entschlossen denn je, sie, Nelly, möglichst bald wegzuschicken, damit sie die unwürdigen Auftritte am Krankenbett ihrer Mutter nicht mehr miterlebte. Natürlich war es unter diesen Umständen sehr schwer, eine neue Pflegerin zu bekommen, und so weiter, und so weiter. Ich hörte mir all diesen häuslichen Kummer mit an und wartete, inwieweit er die Zukunftspläne des Pärchens beeinflussen würde, und endlich wurde meine Geduld belohnt.
Bei einem so hohlköpfigen Verehrer wie Armadale mußte sich natürlich das Mädchen zu der ersten Anregung entschließen. Sie kam mit einer Idee, auf die selbst ich nicht gekommen war. Armadale sollte an ihren Vater schreiben, und zwar, damit er nicht seine üblichen Dummheiten anstellte, genau das, was sie sich schon für ihn ausgedacht hatte. Zunächst sollte er seinem tiefen Leid über die Entfremdung zwischen ihm und dem Major Ausdruck geben und

die Erlaubnis zu einer klärenden Aussprache erbitten. Das war vorläufig alles, und der Brief sollte auch nicht gleich heute abgehen, weil ein paar Bewerberinnen für die Pflegestelle bei Mrs. Milroy kommen würden und der Major, dem es vor den bevorstehenden Interviews graute, hinterher schwerlich in der Stimmung sein würde, Armadales Gesuch wohlwollend in Erwägung zu ziehen. Freitag wäre ein passender Tag für den Brief, und wenn die Antwort trotzdem ungünstig ausfiele, müßten sie sich Samstag früh zwecks weiterer Beratung wieder hier treffen. »Ich will meinen Vater nicht länger hintergehen«, schnupfte die holde Unschuld, »er ist immer so gut zu mir. Und wenn ihr nur wieder Freunde werdet, ist es ja auch gar nicht mehr nötig.« Das war das letzte, was ich hörte, denn mir genügte es, und ich ging vor ihnen weg. Samstag früh wird es sich ja zeigen, wie der Major reagiert hat, und bis dahin will ich mir die ganze Geschichte aus dem Kopf schlagen.

Auf dem Rückweg stattete ich Bashwood einen Besuch ab. Er war noch beim Frühstück: verbeulter schwarzer Teekessel, ranzige Butter, ein Penny-Wecken, monatelang nicht gewaschenes Tischtuch. Mir wird noch bei der Erinnerung übel.

Ich ging dem alten Jämmerling um den Bart, bis ihm die Tränen kamen und er vor wonniger Rührung eine rote Nase kriegte. Selbstverständlich wird er den Pedgifts jetzt nachschnüffeln, wann und wo sich ihm die Möglichkeit bietet. Pedgift senior beschreibt er als äußerst hartnäckig; nichts wird ihn bewegen, im Fall Armadale nachzugeben, wenn dieser nicht den ersten Schritt tut und sich nach ihm richtet. Pedgift junior wäre eher zu einer Verständigung ohne solche Bedingungen geneigt. Soweit Bashwoods Meinung über seine Vorgesetzten. Für mich ist sie ohne Bedeutung. Bashwood ist jedenfalls wieder mein ergebener Sklave, und das war ja der ganze Zweck der Übung.

Eben kommt die Post – reichlich spät heute – und bringt mir einen Brief von Midwinter.

– – – Es ist ein bezaubernder Brief. Ich bin geschmeichelt und erregt zugleich, als wäre ich noch ein ganz junges Mädchen. Kein Wort des Vorwurfs, daß ich ihm noch nicht geschrieben habe; kein lästiges Drängen wegen der versprochenen Heirat. Er berichtet mir einfach eine Neuigkeit. Durch Vermittlung seines Rechtsanwalts hat sich ihm die Möglichkeit eröffnet, als Auslandskorrespondent an einer neugegründeten Londoner Zeitung mitzuarbeiten. Diese Tätigkeit setzt natürlich voraus, daß er England verläßt und auf den Kontinent geht, was ja völlig mit seinen eigenen Wünschen übereinstimmt; aber er will nicht endgültig zusagen, ehe er nicht weiß, ob auch mir ein längerer Auslandsaufenthalt recht wäre. Mein Wunsch entscheidet – nur muß er sich bis zu einem bestimmten Zeitpunkt äußern, und die Frist bis dahin ist (falls ich zustimme) auch die Frist, in der ich mich zum Heiraten entschließen muß. Er weist darauf mit keiner Silbe hin, da es selbstverständlich ist. Er bittet mich lediglich, ihm ab und zu mit ein paar Zeilen über die Zeit unserer Trennung hinwegzuhelfen. – Das ist der ganze Brief; nicht übermäßig lang, aber jedes Wort taktvoll und klug und voll verhaltener Wärme.

Daß er gern ins Ausland gehen möchte, ist kein Wunder – auch wenn er es nicht ausspricht, spielt da seine fixe Idee, er müsse »Berge und Meere zwischen sich und den anderen Armadale legen« mit hinein. Als ob man seinem Schicksal auf diese Art entrinnen könnte! Sonderbar, daß ein so kluger Mensch so unlogisch denken kann – eine Schwäche, die er bei jedem anderen sofort entdecken würde und nur bei sich selbst nicht sieht. Und doch bringt ihn mir gerade diese menschliche Schwäche näher. Ich bin in der größten Gefahr, beide Augen zu schließen, alles Vergangene auf sich beruhen zu lassen und mich dieser letzten Liebe zu ergeben . . . Hat Eva Adam nach dem Sündenfall nicht erst richtig geliebt? Ich an ihrer Stelle hätte es getan . . . Ich muß Midwinter ein nettes Briefchen schreiben, mit einem Kuß, und ihn noch um eine kurze Bedenkzeit bitten. Es eilt ja zum Glück nicht.

Fünf Uhr. – Eben war meine Wirtin »auf einen kleinen Schwatz« bei mir. Sie belästigt mich oft und gern und hat immer eine Menge zu erzählen, was mich ihrer Meinung nach interessieren müßte.

Diesmal berichtete sie, daß sie heute nachmittag Mrs. Milroys bisherige Pflegerin, die eine Bekannte von ihr ist, zur Bahn gebracht hat. Natürlich wurden bei der letzten Gelegenheit noch einmal alle Ereignisse in dem Cottage eingehend besprochen, und mein Name spielte dabei keine geringe Rolle. Wenn die Ansicht der Pflegerin ausschlaggebend wäre, hätte ich Miß Milroy zu Unrecht verdächtigt. Nicht sie, sondern ihre Mutter hätte dann Mr. Armadale als Spürhund nach London geschickt, und zwar aus krankhafter Eifersucht. Die immer unerträglicher werdenden Zustände in dem Cottage, auch nach meinem Ausscheiden, hätten denselben Grund, denn Mrs. Milroy sähe in meinem Verbleiben in der Stadt den untrüglichen Beweis, daß ich noch immer mit dem Major in Verbindung stände und sie uns in ihrer Hilflosigkeit nur nicht auf die Schliche kommen könnte. Infolgedessen sei sie mittlerweile so unausstehlich geworden, daß kein Mensch es mehr mit ihr aushalten könnte, und sie, die Pflegerin, sehe schwarz für ihre unglückliche Nachfolgerin. Lange bleiben werde bestimmt keine mehr, und dem armen Major werde wohl kaum etwas anderes übrigbleiben, als seine Frau demnächst in eine Nervenheilanstalt zu stecken.

Soweit die langatmigen Auslassungen meiner Wirtin, die mich

weiß Gott nicht interessierten. Selbst wenn die Ansicht der Pflegerin stimmt, was ich nach wie vor bezweifle, kann sie an meinen Entschlüssen nichts ändern. Jedenfalls hat Miß Milory – und keine andere – meine Aussichten ruiniert, Gutsherrin von Thorpe-Ambrose zu werden, und darauf allein kommt es an. Wenn die Schnüffelei in London wirklich nur Mrs. Milroys Idee war, so büßt sie durch ihre Krankheit schon genügend dafür. Mich geht sie nichts mehr an – und der Himmel bewahre mich vor weiteren Einblicken in ihr Seelenleben, besonders durch die Brille meiner Wirtin!

Neun Uhr. – Bashwood hat mir die neuesten Nachrichten aus dem Herrenhaus gebracht. Demnach hat Pedgift junior heute einen Wiederanbiederungsversuch unternommen, der aber fehlgeschlagen ist. Die Ursache dieses Fehlschlags bin wieder einmal ich. Armadale wäre an sich durchaus versöhnungsbereit, vorausgesetzt, daß Pedgift senior ihm verspricht, nie wieder auf das Thema Miß Gwilt zurückzukommen. Eben das ist aber die einzige Bedingung, die Pedgift senior *nicht* annimmt, weil er es mit seiner Pflichtauffassung gegenüber dem Klienten Armadale nicht vereinbaren könnte. Endeffekt: Rechtsanwalt und Klient bleiben getrennt, und ich habe ein Hindernis weniger zu fürchten.

Pedgift der Ältere hätte ein sehr ernst zu nehmendes Hindernis werden können, wenn er mit seinem Rat durchgedrungen wäre, einen Beamten der Londoner Polizei herkommen zu lassen. Ich frage mich manchmal, ob es nicht klüger wäre, auch hier den dichten Schleier zu tragen, ohne den ich in London und an vielen anderen belebten Orten nie ausgehe. In diesem kleinen Klatschnest würde allerdings gerade ein Schleier unliebsames Aufsehen erregen, zumal im Sommer, und nachdem alle mein Gesicht und mein rotes Haar ohnehin kennen.

Es ist schon fast zehn – ich habe beim Schreiben lange Pausen gemacht. Eine unsägliche Mattigkeit hat mich ergriffen. Warum nehme ich nicht meine Tropfen und gehe zu Bett? Morgen findet kein Rendezvous statt, ich brauche also nicht früh aufzustehen. Warum versuche ich in diesem übermüdeten Zustand klar in die Zukunft zu sehen, was mir doch nicht einmal bei hellwachem Verstand gelingt? Ich weiß nicht, was mit mir los ist. Ich fühle mich jämmerlich und sehe auch so aus – elend und alt. Wenn mir jetzt jemand gütig zuredete, würde ich in Tränen ausbrechen. Glücklicherweise ist niemand da, der mir zuredet . . .

Die Nacht scheint windig zu werden. Ich sehe den Mond durch die Wolken jagen und höre den Wind um alle Ecken winseln und stöhnen. Meine Nerven sind nicht mehr so gut, wie sie waren. Eben bin ich vor einem Schatten an der Wand fast zu Tode erschrocken – und dann sah ich erst, daß es mein eigener war.

Schatten ... Nun muß ich wieder an Midwinter denken. Ich werde seinen Brief noch einmal lesen und dann schlafen gehen.
... Es wird noch dahin kommen, daß ich mich wirklich in ihn verliebe. Wenn ich noch lange in dieser Einsamkeit und Ungewißheit bleibe, so unentschlossen, meinem früheren Selbst entfremdet ... dann werde ich mich in ihn verlieben. Wahnsinn! Ich! Mit meinen Erfahrungen!
Angenommen, ich faßte trotzdem einen meiner sprunghaften Entschlüsse und heiratete ihn. Er ist zwar arm, aber er gäbe mir seinen Namen und die sichere, geachtete Stellung einer Ehefrau. Mrs. Armadale! Klingt hübsch. Mrs. Allan Armadale! Noch hübscher.
Nein, meine Nerven haben doch gelitten. Jetzt erschreckt mich schon meine eigene Handschrift mit dem Namenszug! Allerdings ist die Sache unheimlich genug, um auch stabilere Leute zu erschrecken. Ich habe es mir noch nie so klargemacht, daß ich Mrs. Armadale heißen würde – ganz gleich, welchen von den beiden ich heirate. Sowohl als Frau des Blonden als auch als Frau des Dunklen hieße ich Mrs. Armadale. Warum war ich denn immer nur so versessen auf die *eine*, mir im Grunde widerwärtige Möglichkeit, Mrs. Armadale zu werden? Mir schwirrt der Kopf, wenn ich auf den Namenszug blicke und spüre, daß hier ein neuer Gedanke ansetzen könnte – aber mir fällt nichts ein.
Was sollte auch dabei herauskommen? Selbst wenn ich nach London ginge und ihn unter seinem richtigen Namen heiratete (anders werden wir natürlich gar nicht registriert), würde er hinterher doch seinen scheußlichen Decknamen beibehalten und mich bitten, dasselbe zu tun. Also hieße ich vor aller Welt Mrs. Midwinter. Grauenhaft! Und ihn dürfte ich nur mit »Ozias« anreden – nicht auszudenken. Und doch würde ich ihm den Gefallen tun.
Übrigens könnte sich meine Nachgiebigkeit bezahlt machen: Angenommen, der Trottel aus dem Herrenhaus machte noch als Junggeselle eine längere Reise, und während seiner Abwesenheit würde hier bekannt, daß es neuerdings eine Mrs. Armadale gibt – oder ich tauchte sogar unter diesem Namen auf –, dann würden seine eigenen Dienstboten als erste sagen: »Wir haben's ja kommen sehen, daß er sie doch noch heiratet!« Und der ganze Chor der Nachbarschaft, voran meine tugendhaften »Gönnerinnen«, würde einstimmen ... Nein, das geht nicht. Wenn ich Midwinter heirate, muß ich seinen wirklichen, schönen, romantischen Namen beim Verlassen der Kirche hinter mir lassen, oder ich bringe meinen Mann und mich in eine schiefere Lage denn je.
Meinen Mann! Als ob ich ernsthaft an Heirat dächte! Ich denke nicht daran, und damit Schluß.

Freitag vormittag. – Dank meinen Tropfen habe ich gründlich ausgeschlafen und setzte mich in bedeutend besserer Verfassung zum Frühstück. Da kam als erster Morgengruß ein Brief von der alten Oldershaw.
Mein Schweigen hat die erwartete Wirkung auf Mutter Isebel ausgeübt. Sie wittert den richtigen Grund dahinter und zeigt demgemäß die Krallen. Wenn ich bis nächsten Dienstag nicht dreißig Pfund zurückzahle, schickt sie mir den Büttel auf den Hals. Fein! Ich habe noch knapp fünf Pfund in der Tasche, nicht die leiseste Aussicht, etwas dazuzuverdienen, und keinen Freund, der mir auch nur Sixpence borgen würde. Als ob ich nicht Sorgen genug hätte – diese eine hat mir gerade noch gefehlt!
Midwinter würde mir natürlich helfen, wenn ich es fertigbrächte, gerade ihn um Hilfe anzugehen – aber das würde mich verpflichten, ihn zu heiraten. Ist meine Lage schon so verzweifelt, daß es gar keinen anderen Ausweg mehr gibt – und sollte ausgerechnet *das* der trostlose Grund für eine Heirat sein?
Nein – abwarten. Mein Kopf ist dumpf und schwer; ich muß in die frische Luft, um besser nachzudenken.
Zwei Uhr. – Ich glaube, Midwinters Aberglaube hat mich angesteckt. Ich fühle mich Ereignissen zugetrieben, die ich zwar noch nicht sehe, die aber nicht mehr fern sind.
Heute hat mich Miß Milroy eindeutig, mit Absicht und vor Zeugen beleidigt.
Nachdem ich eine Zeitlang, wie gewöhnlich, in möglichst menschenleerer Gegend spazierengegangen war und ohne besonderen Erfolg über meine nächsten Schritte nachgedacht hatte, fiel mir ein, daß ich ein paar neue Federn und Papier brauchte, und ich ging deswegen in einen Laden des Städtchens. Kaum hatte ich meinen Wunsch ausgesprochen, als die Tür wieder aufging und eine weitere Kundin eintrat. Wir erkannten einander im selben Moment – es war Miß Milroy.
Außer dem Mann, der mich bediente, waren noch seine Frau und ein Verkäufer anwesend. Die Frau begüßte Miß Milroy höflich mit Namen und fragte nach ihrem Begehr. Hierauf sah die junge Person mir mit einer beispiellosen Unverschämtheit direkt ins Gesicht und erwiderte: »Danke, im Moment nichts. Ich komme lieber später wieder«, worauf sie ostentativ den Laden verließ.
Die drei Leute sahen mich betreten schweigend an. Ich zahlte schweigend, nahm schweigend meine Einkäufe und ging schweigend hinaus. Ich weiß nicht, wie ich mich früher in einer solchen Situation verhalten hätte. In meiner jetzigen Schwäche wäre ich fast meinem ersten Impuls gefolgt, Miß Milroys kleinliche Gehässigkeit mit einer ebensolchen zu vergelten und dem Major ein Licht über seine Tochter aufzustecken. Ich war schon auf dem Weg

zum Cottage, als ich mich eines Besseren besann und nach Hause ging. Nein, meine junge Dame: Mit solchen Albernheiten befasse ich mich nicht. Am Ende kriegen Sie Ihren Vater doch immer herum, mag er auch vorübergehend ein bißchen strengere Töne anschlagen. Ich vergesse nicht, daß ich Sie nur über Armadale wirklich treffen kann . . Mein Kopf taugt zwar nicht mehr soviel wie früher, aber dem Ihrigen dürfte er doch noch überlegen sein!
Da liegt Mutter Oldershaws Drohbrief. Ich weiß noch immer nicht, was ich antworten soll. Armadale wäre der einzige, den ich um ein Darlehen bitten könnte. Es läge ein gewisser Witz darin, wenigstens *etwas* aus ihm herauszuholen, und ich glaube, er gäbe mir jetzt jede Summe, nur um mich loszuwerden. Aber die Erniedrigung . . . Pah! Was kümmert es mich, was ein Bursche von mir denkt, den ich hasse und verachte wie Armadale? Und doch – mein Stolz (oder was es sonst sein mag) wehrt sich noch ungestüm gegen den Gedanken.
Erst halb drei. Wie sich die Stunden dehnen! Diese endlos langen Sommertage sind entsetzlich – ich muß das nutzlose Grübeln aufgeben und irgend etwas tun. Klavierspielen? Dazu bin ich wirklich nicht in der Stimmung. Meine Stickerei weitermachen? Dabei fange ich doch bloß wieder an zu denken. Ein Mann in meiner Lage würde sich wahrscheinlich mit Schnaps betäuben. Ich bin kein Mann, und ich mag keinen Schnaps.
Ich werde meine Kleider durchsehen; vielleicht ist hier und da etwas in Ordnung zu bringen.

Ist wirklich schon eine Stunde vergangen? Mehr als eine Stunde – und mir kommt es vor wie eine Minute.
Ich bin jetzt nicht imstande, das heute Geschriebene durchzulesen, aber irgendwo muß der Satz stehen, daß ich etwas zutreibe, was ich nur noch nicht sehe. Jetzt sehe ich es! Der Nebel vor meinen Augen ist zerrissen!
Die Lösung fiel mir in die Hand. Ich habe sie nicht gesucht. Und wenn dies meine letzte Stunde wäre: Ich könnte mit reinem Gewissen beschwören, daß ich sie nicht gesucht habe!
Ich sah meine Kleider und meine Wäsche durch. Eine harmlosere Beschäftigung läßt sich nicht denken. Dann ordnete ich den Inhalt verschiedener Schachteln und kam schließlich an das Kästchen, das ich immer verschlossen halte, weil auf seinem Boden ein Päckchen Briefe liegt – die Briefe des Mannes, für den ich einst alles geopfert und dessentwegen ich Furchtbares durchlitten habe, der aus mir gemacht hat, was ich jetzt bin. Hundertmal habe ich diese Briefe schon verbrennen wollen, aber ich habe es nie getan. Als ich sie heute wieder in die Hand bekam, dachte ich: »Lesen werde ich sie jedenfalls nicht!« – und dann las ich sie.

Was habe ich noch mit diesem feigen, herzlosen Schuft zu tun? Oh, dieser jammervolle weibliche Hang, Erinnerungen zu bewahren, auch wenn die Liebe längst tot ist! – Ich überflog sie alle, bis zu dem letzten, mit dem er damals meinen versagenden Mut anspornte. Und da stieß ich auf die inzwischen völlig vergessene Passage:

»Es ist lächerlich, wenn Du schreibst, ich verlange mehr von Dir, als eine Frau vermag. Frauen vermögen noch ganz andere Dinge; Du brauchst nur die täglichen Zeitungsberichte etwas genauer zu verfolgen. Hier ein Beispiel weiblicher Entschlossenheit, das erst gestern unter den Prozeßberichten stand und mir imponiert, obwohl es mit unserem Fall nicht die geringste Ähnlichkeit hat:

Eine verheiratete Frau war angeklagt, sich fälschlich als Witwe eines ertrunkenen Seeoffiziers ausgegeben zu haben, um in den Genuß seines nicht unbeträchtlichen Vermögens und seiner Pension zu kommen. Ihr schwerkranker Mann, dem sie treu ergeben war, und der Totgemeldete hatten zufällig den gleichen Namen, und der Mann brauchte dringend Geld, um seine Gläubiger zu befriedigen. Die unerschrockene Frau nahm alles auf sich und fädelte den Betrug so geschickt ein, daß sie bestimmt Erfolg damit gehabt hätte, wenn der Totgemeldete nicht plötzlich quicklebendig wiederaufgetaucht wäre. Die Sache kam vors Gericht. Der Seeoffizier war ein gutmütiger Kerl, und die Frau war so hübsch, daß er sie am liebsten laufen gelassen hätte, wenn sein Rechtsanwalt es ihm gestattet hätte. Bei der Gegenüberstellung sagte er ihr unter anderem: ›Sie haben wohl nicht damit gerechnet, daß der Ertrunkene heil und gesund zurückkehrt?‹ – ›Nein, ich habe nicht damit gerechnet‹, erwiderte sie, ›und das war Ihr Glück.‹ – ›Wieso? Was hätten Sie denn gemacht, wenn Sie früher erfahren hätten, daß ich gar nicht tot war?‹ – ›Ich hätte Sie umgebracht!‹ sagte sie, ohne mit der Wimper zu zucken. – Da! Das nenne ich weiblichen Mut!«

Ich las diesen letzten Brief nicht zu Ende. Beim Lesen dieser Zeilen war mir die blitzartige Erleuchtung gekommen, was ich zu tun habe. Es ist grauenerregend, es ist unerhört, es übersteigt alles Dagewesene – aber es muß sein, und meine Nerven müssen es durchhalten. *Wenn innerhalb einer bestimmten Frist mit Allan Armadales Tod zu rechnen ist, könnte ich als seine wohlversorgte Witwe in Thorpe-Ambrose auftreten!*

Das ist, in kurzen Worten, die Quintessenz der schauerlichen Versuchung, die jetzt an mich herantritt – besonders schauerlich, da sie ungerufen, wie ein Gespenst, aus dem Schutt meiner Vergangenheit heraufgestiegen ist.

Ja, dieser Brief muß jahrelang auf mich gewartet haben, um noch einmal einen Zweck zu erfüllen, an den der Schuft, der ihn schrieb, nie gedacht hat. Er nennt dieses »Musterbeispiel weiblichen Mu-

tes« nur, um mich aufzustacheln, ohne zu ahnen, daß es eines Tages genau auf meinen Fall passen würde.
Das ist unheimlich genug, aber noch immer nicht das Unheimlichste an der Sache. Seit Tagen bin ich in meinem Tagebuch immer wieder ganz dicht an dieselbe Lösung herangekommen, ohne es selbst zu merken! Alle scheinbar müßige Gedankenspielerei deutet in dieselbe Richtung, und erst jetzt, nachträglich, sehe ich es!
Allan Armadale muß innerhalb einer bestimmten Frist sterben, dann ist alles übrige ein Kinderspiel.
Dreierlei ist nötig. Erstens muß ich mich mit Midwinter in aller Heimlichkeit unter seinem richtigen Namen trauen lassen. Zweitens muß Armadale, noch ledig, eine weite Reise antreten und unter fremden Leuten sterben. Drittens – warum zögere ich? –, drittens muß ich, nachdem Armadales Todesnachricht in Thorpe-Ambrose eingetroffen ist, als Witwe hier erscheinen und den Trauschein vorweisen, um meine Erbansprüche geltend zu machen. Nur mein Mann und ich wissen von der schicksalhaften Namensgleichheit. Die übrige Welt, soweit sie hier in Frage kommt, kennt nur einen einzigen Allan Armadale, den blonden Gutsbesitzer. Sein dunkler Freund, der Ozias Midwinter hieß, gilt dann schon längst als irgendwo im Ausland verschollen . . .
Was ängstigt mich noch? Die Furcht vor Hindernissen? Die Furcht vor Entdeckung?
Alle Umstände sind denkbar günstig. Die ganze Nachbarschaft ist überzeugt, daß ich es darauf anlege, den Gutsherrn zu heiraten. Seine Schwärmerei für mich ist noch in bester Erinnerung. Niemand außer mir weiß, wem er jetzt seine Neigung zugewandt hat und mit wem er sich heimliche Stelldicheins gibt. Miß Milroy soll ins Internat, und ein anonymer Brief an den Major könnte ihre – zumindest vorläufige – Trennung von Armadale noch beschleunigen. Armadale selbst kann ich binnen drei Tagen zu einer Reise nach London veranlassen, denn bei unserer letzten Unterredung beteuerte er wieder und wieder, er würde alles tun, um die Freundschaft mit Midwinter wiederherzustellen, wenn Midwinter es nur zuließe. Ich brauche Midwinter also nur zu bitten, Armadale zu einer versöhnenden Aussprache nach London zu zitieren. Midwinter tut, was ich will, und Armadale tut, was Midwinter will – er hätte nichts Eiligeres zu tun, als nach London zu fahren.
Sämtliche Schwierigkeiten sind nicht der Rede wert, bis auf die eine: Armadales unbedingt notwendiger Tod.
Sein Tod. Die meisten Frauen würden vor diesem Gedanken zurückschrecken. Muß ich es auch? Warum?
Ich hasse ihn. Erstens wegen seiner Mutter. Zweitens um seiner selbst willen. Drittens für die Art, wie er mir hinter meinem

Rücken nachspioniert hat. Viertens für meine zerstörten Hoffnungen. Ich wollte ohne Gewaltanwendung aus meinem Elend heraus. Er hat sich sein Los selbst zuzuschreiben – er zwingt mich jetzt zur Gewalt!
Er und das Mädchen, das ihn mir weggenommen und mich noch heute frech beleidigt hat! Welch eine Rache, wenn sie von seinem Tod erfährt – und welch ein Triumph für mich, wenn *ich* dann als seine Witwe erscheine! Doch für mich wäre es noch mehr als Triumph, es wäre meine Rettung. Endlich hätte ich einen unangreifbaren Namen, eine unangreifbare gesellschaftliche Stellung, und die Vergangenheit könnte nicht mehr an mich heran! Sicherheit, Luxus, Reichtum! Zwölfhundert Pfund im Jahr wären mir sicher, durch das doppelt und dreifach beglaubigte Testament des alten Blanchard, an dem keine Macht der Welt, auch Armadale selbst nicht, etwas ändern kann! Nie habe ich über soviel Geld verfügt, nicht einmal in meinen besten Zeiten. Und was habe ich gerade jetzt? Knapp fünf Pfund in der Tasche und die Aussicht vor Augen, nächste Woche im Schuldgefängnis zu landen.
Aber, o Gott . . . wie soll, wie kann ich den Plan durchführen, nach allem, was ich schon hinter mir habe?
Gewisse Leute würden das an meiner Stelle ganz anders empfinden. Sie würden sagen: Aller Anfang ist schwer – das zweite Mal geht es schon viel leichter. Ich bin immer noch nicht weit genug, um mir diese Auffassung zu eigen zu machen. Ich verstehe es nicht. Warum zaudere ich?
. . . Vor fünf Minuten habe ich das Tagebuch erschöpft zugeklappt. Ich war an einem toten Punkt angelangt; ich konnte nicht weiterdenken. Jetzt ist es mir wie Schuppen von den Augen gefallen. Jetzt weiß ich wieder, was mich hemmt. MIDWINTER!
Habe ich denn ganz den Verstand verloren? Wie ist es möglich, daß ich eine Stunde lang jedes Für und Wider erwogen, meine Chancen berechnet und den Namen Midwinter mehrmals hingeschrieben habe, ohne daran zu denken, daß – selbst wenn alle anderen Hindernisse glatt überwunden werden – *er* das eine, grundlegende, unlösbare Problem bleibt?
Soll ich nun überlegen, wie auch dieses Problem . . . allenfalls . . . zu beseitigen wäre? Oder soll ich diesen Punkt unter dem Motto: »Kommt Zeit, kommt Rat« einstweilen auf sich beruhen lassen?
Nein! Ich kann nicht. Die ganze Sache ist unausführbar; ich lasse sie fallen und schließe mein Tagebuch endgültig.
Sechs Uhr. – Ich war eine Weile unten bei meinen Wirtsleuten; das Geschwätz der Frau und die Zudringlichkeit der Kinder (die mit ihrem berühmten »unfehlbaren Instinkt« in mich vernarrt sind) treiben mich zum Wahnsinn. Ich bin wieder heraufgekommen, um an Mutter Oldershaw zu schreiben.

Die Angst, daß ich der Versuchung doch noch erliege, schnürt mir die Luft ab. Ich muß mich dazu aufraffen, ihr meinen eigenen, freien Willen entgegenzusetzen. Zum erstenmal in meinem Leben soll Mutter Oldershaw mein rettender Engel sein. Der ironische Witz, der in diesem Gedanken liegt, erleichtert es mir, ihn auszuführen. Sie hat mir mit Verhaftung gedroht, wenn ich meine Schulden nicht bezahlen kann – also schön, soll sie mich verhaften lassen! In meinem jetzigen Zustand ist es das Beste, was mir und allen Beteiligten passieren kann. Ich werde ihr schreiben, daß sie mir damit einen Gefallen tut.

Samstag vormittag. – Ausnahmsweise habe ich gestern gut daran getan, einer momentanen Aufwallung zu folgen und der Oldershaw nur ein paar kurze Zeilen zu schreiben. Das einzige, was seitdem geschehen ist, begünstigt mich insofern, als es meine Bedenkfrist etwas verlängert.

Heute früh belauschte ich wieder das verabredete Treffen Armadale–Milroy. Armadale hatte inzwischen die Antwort des Majors auf seine Bitte um eine klärende Aussprache erhalten und gab sie der kleinen Milroy, die sie schweigend und sichtlich bedrückt las. Hinterher redeten sie natürlich darüber. Der Major ist also vorläufig nicht von dem einmal eingeschlagenen Kurs abzubringen. Er erklärt, daß er sich seine Meinung über Armadale nicht auf Grund des allgemeinen Klatsches, sondern auf Grund seiner eigenen Briefe gebildet hätte und keine Lust verspüre, die damals abgeschlossene Korrespondenz wieder zu eröffnen oder Armadale gar persönlich zu empfangen.

Diese Kleinigkeit war mir gestern völlig entfallen. Wenn der Major nicht so starrköpfig an seiner Meinung festhielte, hätte die Sache schlecht für mich ausgehen können: Es wäre durchaus möglich gewesen, daß er, versöhnt, einer sofortigen Verlobung zugestimmt hätte – und von diesem Moment an wären alle etwaigen Pläne meinerseits hinfällig geworden. Wie die Dinge jetzt liegen, muß das Pärchen noch mehr auf Geheimhaltung seiner Beziehung bedacht sein als zuvor – und ich kann zu einem mir genehmen Zeitpunkt immer noch dazwischentreten. Ein anonymer Brief an den Major wäre, nachdem er Armadale nochmals ausdrücklich abgewiesen hat, sicher besonders wirkungsvoll.

Die Liebesleute überlegten in ihrer Ratlosigkeit lange hin und her, was nun zu tun sei, und die Strenge des Majors zeitigte die üblichen Früchte: Armadale kam natürlich auf seinen Vorschlag zurück, sie müßten zusammen durchbrennen und sich heimlich trauen lassen, und diesmal hörte sie ihn ohne jede tugendhafte Empörung an. Was bleibt ihr auch anderes übrig? Außerdem wären die Umstände einem heimlichen Entweichen günstig: Ihre

Kleider- und Wäscheausstattung für das Internat ist fast fertig, und nächsten Samstag, wenn die Schulferien zu Ende sind, soll sie abreisen. Sie verabredeten, am Montag wieder zusammenzukommen und weitere Einzelheiten zu besprechen.
Das letzte, was ich hörte und sah, bevor ich mich zurückzog, war eine typische Geschmacklosigkeit Armadales, die meiner flügellahmen Energie wieder einen kleinen, gesunden Ruck gab. Er sagte nämlich in seiner plumpen, selbstgefälligen Art: »Na, eins braucht uns keine Sorgen zu machen, Nelly – ich hab' Geld genug für alles!«, worauf er sie küßte. Geld und Küsse in einem Atem! Diese Plumpheit und die Erinnerung an ihre gestrige, nicht minder plumpe Beleidigung im Laden erleichtern mir manches.
Heute ist Samstag. Sonntag, Montag, Dienstag – noch drei volle Tage. Vor Mittwoch kann ich nicht verhaftet werden. Meine jämmerlichen fünf Pfund schmelzen inzwischen wie Butter an der Sonne – und der Dorftölpel prahlt vor seinem Schatz mit seinem Geld! Und sie bebte und errötete, als er sie mit diesem Wort auf den Lippen küßte! Für ihn und sie (und vielleicht sogar für mich) wäre es besser, wenn der Büttel mich schon gestern abgeholt hätte.
Angenommen, ich hätte die Mittel, Thorpe-Ambrose mit dem nächsten Zug für immer zu verlassen, ins Ausland zu gehen und in einer ganz anderen Umgebung ein neues Leben zu beginnen. Würde ich es tun und alle Gedanken an Armadale und sein Vermögen verbannen? Vielleicht. Aber ich habe die Mittel eben nicht. Und wo sollten sie herkommen, wenn nicht von Armadale?
Eben sehe ich den erniedrigenden Gedanken, Armadale um ein Darlehen zu bitten, in einem neuen Licht. Ich werde ihn darum bitten. Er soll noch eine Chance haben, seine Börse, mit der er so prahlt, zu einem besserem Zweck zu benutzen, als er ahnt. Ein Moment der Großzügigkeit kann noch vieles ändern. Ich werde gleich gehen, damit ich mir das Demütigende eines solchen Ganges nicht zu deutlich ausmale und wieder wankend werde.
Drei Uhr. – Er hat sein eigenes Schicksal besiegelt. Auch er hat mich beleidigt. Gestern seine Liebste, heute er ... mit voller Absicht, erbarmungslos, am hellichten Tage!
Ich hatte die Stadt durchquert und war schon ein paar hundert Meter auf der Landstraße zum Herrenhaus, als Armadale mir höchstpersönlich entgegenkam, zu Fuß und offensichtlich bestrebt, möglichst rasch in die Stadt zu gelangen. Er sah mich – erkannte mich – wurde knallrot – blieb zögernd stehen – nahm den Hut ab – und bog plötzlich in einen Feldweg ein, der, wie ich zufällig weiß, genau in die andere Richtung führt. Deutlicher hätte er mir nicht sagen können: »Nein, Ma'am, ich will nicht mit Ihnen reden; ich traue mich nicht; Nelly könnte davon hören und mir wieder die Hölle heiß machen!« Der Feigling! Ich bin von Män-

nern allerhand gewöhnt, aber das ist mir noch nicht vorgekommen – daß einer vor mir davonläuft, als ob ich die Pest hätte!
Kein Wort weiter. Der Feldweg, auf dem er mir auswich, führt in seinen Tod. Ich habe Midwinter geschrieben, er soll mich nächste Woche in London erwarten – ich sei bereit, ihn zu heiraten.
Vier Uhr. – Vor einer halben Stunde habe ich mich zum Ausgehen fertiggemacht, um den Brief eigenhändig in den Kasten zu stecken. Und nun sitze ich immer noch da, und der Brief liegt vor mir auf dem Tisch.
Meine Zweifel drehen sich nicht mehr um Armadale – der ist für mich erledigt. Ich denke jetzt nur noch an Midwinter selbst. Kann ich diesen ersten Schritt meines Planes wirklich tun, ehe ich mir darüber klargeworden bin, was ich später mit meinem Mann mache? Wie soll meine Verwandlung aus der Gattin des lebenden Armadale in die Witwe des toten Armadale vonstatten gehen, ohne daß sich der lebende dazwischenstellt?
Ich *muß* es mir überlegen, ob ich will oder nicht. Warum kann ich diesen Punkt nicht so kalt in meine Berechnungen einbeziehen wie die anderen? Ich fühle seine Küsse, seine Tränen, seine Arme . . . Er ist weit weg, und doch empfinde ich seine Nähe wie nichts sonst. Er ist dauernd um mich und verwirrt meine Gedanken.
Ich warte noch ein wenig. In ein paar Stunden kann einem viel einfallen. Außerdem geht heute sowieso keine Post mehr ab. Morgen kommt vielleicht schon Antwort von der Oldershaw – besser, ich warte erst ab, was sie schreibt. Es hat ja gar keinen Sinn, Bestimmungen für nächste Woche zu treffen, wenn ich am Mittwoch wirklich verhaftet werde. Ich warte bis morgen.

Sonntag vormittag. – Es hilft nichts – alles, was geschieht, treibt mich in ein und dieselbe Richtung. Der Druck wird immer stärker.
Mutter Oldershaws Antwort ist da. Das alte Luder hat sich wieder auf Schmeicheln und Schwanzwedeln verlegt. Sie wittert schon, daß ich auf meine eigene Art doch noch zum Erfolg kommen werde, und zwar ohne ihren Beistand. Da ihre Drohung wirkungslos an mir abgeprallt ist, bin ich plötzlich wieder ihre heißgeliebte Lydia. Sie tut ganz schockiert, daß ich ihr wirklich zugetraut habe, sie ließe ihre Busenfreundin einsperren – und bettelt mich förmlich an, weiter ihre Schuldnerin zu bleiben!
Wer könnte der Versuchung widerstehen, alles das mit einem Ruck abzuschütteln? Ich kämpfe nicht mehr. Mein Brief an Midwinter geht heute ab.
. . . Der Brief ist im Kasten. Der erste unwiderrufliche Schritt ist getan. Ich bin erleichtert und werde von Minute zu Minute ruhiger.
Midwinter wird den Brief morgen erhalten. Nun muß Armadale

dazu gebracht werden, im Laufe der nächsten Woche nach London zu fahren – mit demselben Zug wie ich. Je mehr Leute uns zusammen abreisen sehen, desto besser.
Und was wird aus meiner Ehe mit Midwinter? Wir werden sehen. Kommt Zeit, kommt Rat. Ich stürze mich also blindlings in dieses furchtbare Wagnis? Jawohl. Bin ich verrückt geworden? Möglich. Oder habe ich Midwinter zu gern, um der Sache kaltblütig ins Gesicht zu sehen? Auch möglich. Wer fragt danach?
Noch habe ich meinen eigenen Willen, und ich *will* nicht mehr daran denken! Da liegt Mutter Isebels widerlicher Schmeichelbrief. Den werde ich jetzt beantworten, da habe ich an etwas anderes zu denken – und ich bin gerade in der richtigen Stimmung, ihr die gebührende Antwort zu erteilen!

Miß Gwilts Brief an Mrs. Oldershaw (Schluß)

So, inzwischen habe ich mein Tagebuch befragt, ob ich Dir vertrauensvoll mitteilen kann, was ich von Midwinter erfahren habe und was meine neuen Pläne sind. Mein treues Tagebuch hat erwidert: »Unter gar keinen Umständen!« Folglich schließe ich diesen Brief mit den besten Grüßen und meiner demütigen Bitte um Verzeihung, daß ich Dich im dunkeln lasse.
Vielleicht komme ich nächstens nach London, und vielleicht erzähle ich Dir dann mündlich, was ich Dir (und der Post) heute lieber nicht anvertraue. Nimm das aber bitte nicht als bindendes Versprechen. Es kommt ganz darauf an, welchen Eindruck Du beim etwaigen Wiedersehen auf mich machst. Deine Verschwiegenheit bezweifle ich nicht, aber – manchmal – Deinen Mut.

L. G.

PS – Vielen Dank für Dein Anerbieten, die Rückzahlungsfrist zu verlängern. Ich lehne es ab. Du wirst das Geld am Fälligkeitstage erhalten. Ich habe einen Freund in London, der die Überweisung mit Freuden für mich erledigen wird. Da wunderst Du Dich? Du wirst Dich noch über manches wundern, Mutter Oldershaw, bevor wir beide allzu viele Wochen älter geworden sind!

XI

Zwischen Liebe und Gesetz

Als Miß Gwilt am Montagmorgen ihren nun schon gewohnten Beobachtungsposten am Rande des Wäldchens erreichte, wunderte es sie ein wenig, Nelly allein am Rendezvousort vorzufinden. Ihr Erstaunen wuchs, als der saumselige Liebhaber zehn Minuten später mit einem dicken Folianten unter dem Arm erschien und sich damit entschuldigte, daß er »ewig« in der Bibliothek hätte kramen müssen, ehe er diesen Band gefunden habe, der möglicherweise als einziger von all den »gräßlichen alten Schwarten« etwas für ihn und Nelly Wissenswertes enthielte.
Wäre Miß Gwilt am vorhergehenden Samstag bis zum Schluß des Stelldicheins geblieben, so hätte sie gleich gewußt, was das mysteriöse Buch unter Allans Arm bedeutete, und Nellys Bereitwilligkeit, die dadurch verursachte Verspätung zu entschuldigen, vollkommen verstanden. Es gibt *ein* Ereignis im menschlichen Leben – nämlich die Heirat –, dem sogar Backfische die feierlichste, tiefgründigste (und manchmal etwas hysterische) Gedankenarbeit widmen. Infolgedessen war Nelly beim zärtlichen Abschied am Samstag urplötzlich von Zukunftssorgen überfallen worden und hatte Allan mit der unvermittelten Frage verblüfft, ob ihre Pläne nicht gesetzwidrig seien? Sie erinnerte sich dunkel, früher mal irgendwo, wahrscheinlich in einem Roman, von einem durchgebrannten Liebespaar gelesen zu haben, mit dem es ein schreckliches Ende genommen hatte: Die Braut war unter Schreikrämpfen nach Hause geschleppt worden, während der Bräutigam in den Kerker geworfen wurde, wo er für den Rest seines Lebens bei Wasser und Brot schmachtete, und – noch entsetzlicher – seine wunderschönen Locken wurden ihm ratzekahl abgeschoren. Nelly hatte nun rundheraus erklärt, daß sie, *falls* sie sich überhaupt auf eine heimliche Trauung einließe (was sie noch keineswegs fest versprochen habe), erst genau Bescheid wissen müsse, ob die Polizei sich nicht womöglich noch mehr für ihre Eheschließung interessieren könnte als Pfarrer und Küster. Allan als Mann müßte das doch eigentlich wissen! Wenn nicht, so sei er verpflichtet, schleunigst alles erreichbare Informationsmaterial herbeizuschaffen, mehr noch um seinet- als um ihretwillen, denn bei dem bloßen Gedanken, sein wunderschönes blondes Haar könne abgeschnitten werden, sterbe sie schon im voraus tausend Tode – von ihrem endgültig sicheren Tod an gebrochenem Herzen gar nicht zu reden. »Das ist nicht zum Lachen!« war Nellys energisches Schlußwort gewesen. »Ich weigere mich, einen einzigen weiteren Schritt

mit dir zu tun, bevor wir die Heiratsgesetze kennen!«

Das Resultat dieser Unterredung war also Allans Erscheinen mit den gewichtigen Gesetzkommentaren von Blackstone, just an demselben schicksalhaften Montagmorgen, an dem auch Midwinter die schriftliche Zustimmung Miß Gwilts zu einer heimlichen Trauung erhielt. Wieder einmal bewahrheitete sich das geheimnisvolle Naturgesetz, daß die Extreme von Tragik und Komik, Grauen und Groteske sich berühren. Hier finstere Entschlossenheit und Mordgedanken – dort zwei ahnungslose, kindliche Gemüter, die die Lösung aller Probleme in einem verstaubten Wälzer zu finden hofften . . . Die Personen waren angetreten, die Szenerie ließ nichts zu wünschen übrig, das nächste Bild der makabren Posse konnte beginnen.

»Nun suche die uns betreffenden Paragraphen heraus«, befahl Nelly, nachdem sie und Allan es sich am grasigen Abhang bequem gemacht hatten. »Wir werden nach der Methode vorgehen, die man ›Arbeitsteilung‹ nennt«, fügte sie wichtig hinzu. »Du liest laut vor, und ich mache Notizen.«

Hierauf zückte sie ein nettes kleines Notizbuch nebst Bleistift, schlug es irgendwo in der Mitte auf, um rechts und links je eine leere Seite zu haben, und versah die rechte mit der Überschrift GÜNSTIG, die linke mit der Überschrift UNGÜNSTIG. »›Günstig‹ bedeutet, daß das Gesetz auf unserer Seite steht«, erläuterte sie, »und ›ungünstig‹ natürlich das Gegenteil. Wenn wir alles eingetragen haben, können wir so eine Art Schlußsumme ziehen, und je nachdem, ob ein Plus oder Minus herauskommt, verhalten wir uns. Und da wird immer behauptet, Mädchen könnten nicht rechnen! Guck mich nicht so an – schau gefälligst in den Blackstone und lies vor!«

»Könntest du mir vielleicht erst noch einen Kuß geben?« fragte Allan bescheiden.

»Ich denke nicht daran! Wie kommst du nur auf solche Ideen – in unserer todernsten Lage, wo es sich um lebensentscheidende Dinge dreht und wir beide unsere ganze Geisteskraft einsetzen müssen!«

»Eben deshalb möchte ich zur Aufmunterung einen Kuß«, erklärte Allan mit der biedersten Miene. »Ich glaube, er würde meinen Geist klären.«

»Oh, dann . . . das ist etwas anderes! Wenn dein Kopf davon klarer wird, bringe ich natürlich gern jedes Opfer. Aber nur einen«, flüsterte sie kokett, schon dicht vor seinen Lippen. »Und paß auf den Blackstone auf! Du zerknitterst ja die Seiten!«

Die Gesprächspause dauerte ziemlich lange. Sowohl der Blackstone als auch das Notizbuch rollten gemächlich den Abhang hinunter.

Endlich holte Allan beides wieder, und Nelly schalt mit blitzenden Augen und geröteten Wangen (ein Zustand, in dem sie immer am reizendsten aussah): »Wenn das noch einmal vorkommt, setze ich mich zwei Meter weiter weg und drehe dir den Rücken zu! *Wirst* du jetzt bitte mit dem Vorlesen anfangen?«

Allan schlug den Blackstone seufzend zum zweitenmal auf und stürzte sich mannhaft ins Dornengestrüpp der englischen Gesetzgebung.

»Seite zweihundertachtzig«, deklamierte er. »Ehegesetze. Da verstehe ich gleich den ersten Satz nicht: ›Allgemeinbemerkung: Vor dem Gesetz ist die Eheschließung einem Kontrakt gleichzusetzen.‹ Was das wohl heißen soll? Ich dachte immer, Baumeister und solche Leute unterzeichnen Kontrakte, zum Beispiel, daß die Maurer zu einer bestimmten Zeit fertig werden – und dann trödeln sie ewig und drei Tage, wie meine arme Mutter immer zu sagen pflegte.«

»Steht denn gar nichts über Liebe da?« erkundigte sich Nelly wißbegierig. »Sieh mal die nächsten Absätze durch.«

»Kein Wort«, sagte Allan nach einer Pause. »Immer nur dieser blöde ›Kontrakt‹, der kommt in jedem Satz dreimal vor.«

»Dieser Blackstone muß ein gefühlloses Scheusal gewesen sein! Lies weiter. Kommt nicht wenigstens *irgend* etwas, was auf unseren Fall zutrifft?«

»Vielleicht das hier: ›Ehehindernisse. Falls zwei Personen in einem eheähnlichen Verhältnis zusammenleben, die gesetzlich nicht zur Eheschließung berechtigt sind, so ist von Konkubinat, nicht ehelicher Gemeinschaft zu reden.‹ Diese Fremdwörter! Was meint er nun wieder mit ›Konkubinat‹? Die wichtigsten Ehehindernisse sind: a) eine noch bestehende frühere Ehe, b) eine geschiedene Ehe, falls der frühere Ehepartner noch am Leben ist –«

»Halt!« unterbrach Nelly eifrig. »Das muß ich notieren.« Dann schrieb sie feierlich unter die Überschrift GÜNSTIG: »Ich war noch nie verheiratet. Allan war noch nie verheiratet. Wir sind beide bis dato vollkommen unverheiratet.«

»Soweit steht unsere Sache glänzend«, bemerkte Allan, ihr über die Schulter blickend.

»Weiter«, sagte Nelly. »Gibt's noch mehr Ehehindernisse?«

»Ja: ›c) Heiratsunmündigkeit. Die gesetzliche Eheschließung ist bei männlichen Jugendlichen erst mit dem abgeschlossenen vierzehnten Lebensjahr, bei weiblichen mit dem abgeschlossenen zwölften statthaft.‹ Donnerwetter!« unterbrach sich Allan lachend. »Der alte Blackstone fängt aber früh an!«

Nelly war bereits so ernsthaft und sachlich mit dem Eintragen dieser weiteren günstigen Notiz beschäftigt, daß sie für humorvolle Glossen keinen Sinn hatte. »Allan ist alt genug zum Heiraten.

Ich auch.« Sie setzte den Bleistift ab und sah mit ins Buch. »Diesen ganzen Unsinn über ältere Männer und Frauen unter zwölf kannst du weglassen. Schämt der sich nicht? Frauen unter zwölf –! Kommt noch ein vernünftiges Ehehindernis?«
»›d) Schwachsinn oder Geistesgestörtheit‹.«
Nelly trug augenblicklich auf der rechten Seite ein: »Weder Allan noch ich sind schwachsinnig oder geistesgestört.« – »Jetzt mußt du umblättern.«
Allan blätterte um. »›e) Blutsverwandtschaft ersten Grades, insbesondere –‹«
»Genügt schon!« warf Nelly frohgemut ein und kritzelte eilends auf die GÜNSTIG-Seite: »Wir lieben einander, ohne im mindesten blutsverwandt zu sein, weder ersten noch letzten Grades.« – »Ist jetzt endlich Schluß mit den Ehehindernissen?«
»Ich weiß nicht«, sagte Allan. »Da steht noch eine ganze Menge, aber alles in Hieroglyphen. Kannst du das entziffern? ›*Marr. Acts, 4 Geo. iv. c. 76, and 6 and 7 Will. iv. c. 85 (q).*‹ Ich glaube, da fängt Blackstone an zu spinnen! Überschlagen wir den ganzen Unsinn; vielleicht kommt er auf der nächsten Seite wieder zu sich und redet wenigstens halbwegs verständliches Englisch.«
Er wollte umblättern, aber Nelly fuhr plötzlich mit einem aufgeregten: »Moment!« dazwischen. Mit zitterndem Zeigefinger verfolgte sie einige Zeilen in der Mitte der Seite und rang dann in stummer Verzweiflung die Hände. »Ich hab's ja geahnt!« brachte sie endlich heraus. »O Himmel, da steht es!«
»Wo?« fragte Allan. »Ich sehe nichts von Kerker und Haarestutzen – oder steht *das* etwa in den Hieroglyphen?«
»Sei jetzt bitte ernst!« wies ihn Nelly zurecht. »Wir sitzen beide auf einem Vulkan . . . Da!« Ihr Zeigefinger tippte heftig auf die fatale Stelle. »Lies das! Das wird dir den Ernst unserer Lage zum Bewußtsein bringen!« Sie richtete die Spitze ihres Bleistiftes zum erstenmal auf die »ungünstige« Seite des Notizbuches und wartete mit tragischer Miene, während Allan sich sonor räusperte und vorzulesen begann.
»›Das Gesetz verbietet die Heirat von Personen unter einundzwanzig Jahren ohne die ausdrückliche Genehmigung der Eltern bzw. Vormünder.‹« – (Nelly schrieb zitternd: »Ich werde erst siebzehn, und die Umstände hindern mich daran, Papa ins Vertrauen zu ziehen.«) – »›Um Zuwiderhandlungen zu verhindern, schreibt das Gesetz die öffentliche Verkündigung des Aufgebots vor, mit Ausnahme von bereits verwitweten Personen unter einundzwanzig Jahren, die in jedem Fall als heiratsmündig gelten.‹« (»Allan ist kein Witwer, ich bin keine Witwe, infolgedessen sind wir beide nicht heiratsmündig.«) – »›Eltern bzw. Vormünder können gegen das Aufgebot Einspruch erheben‹« (»Papa erhebt bestimmt Ein-

spruch.«), »›in welchem Fall das Aufgebot hinfällig wird.‹ Gestatte, daß ich mal Luft hole«, warf Allan hier ein. »Schauderhaft gewundene Art, sich auszudrücken – da schreibe ja sogar ich einen besseren Stil! Kopf hoch, Nelly! Es gibt ganz bestimmt noch eine vernünftige Art, sich trauen zu lassen, ohne all diesen Unsinn mit Aufgebot und Hinfälligkeit . . . Das ist was für hinfällige Aktenkrüppel, aber nicht für uns!«
»Das ist noch nicht alles«, sagte Nelly mit Grabesstimme. »Die Hinfälligkeit ist harmlos im Vergleich mit dem, was noch kommt.«
»Machen wir's wie mit einer bitteren Pille«, schlug Allan resolut vor. »Schlucken wir sie rasch – dann ist sie weg. Also: ›Die Sondergenehmigung, ohne Aufgebot zu heiraten, kann nur erteilt werden, wenn mindestens eine der beteiligten Parteien beeidet, daß ihr kein Ehehindernis, insbesondere solche der Blutsverwandtschaft oder der bereits bestehenden Ehe, bekannt ist‹ – na, das kann ich mit gutem Gewissen beeiden! –, ›ferner muß mindestens eine der beteiligten Parteien vor Beantragung einer solchen Sondergenehmigung ihren Wohnsitz seit mindestens fünfzehn Tagen innerhalb des Kirchspiels oder der Gemeinde gehabt haben, in der die Trauung stattfinden soll.‹ – Uff! Von mir aus können sie mich fünfzehn Tage lang in einen Hundezwinger sperren, wenn ich dafür die Heiratslizenz bekomme. Ist doch alles denkbar einfach, Nelly! Warum schüttelst du denn immer noch den Kopf? – Ach so, ich soll weiterlesen. Bitte sehr. ›Falls eine der besagten Parteien das einundzwanzigste Lebensjahr noch nicht vollendet hat und nicht verwitwet ist, muß sie beeiden, entweder im Besitz der Zustimmung der erziehungsberechtigten Personen zu sein, oder aber, daß die Personen, denen das Zustimmungsrecht obliegt, nicht mehr am Leben oder verschollen sind. In erster Linie ist es die Autorität des Vaters . . .‹« Dieses Donnerwort verschlug Allan einen Moment die Rede. »In erster Linie muß dein Vater zustimmen«, faßte er dann den stumm zu Ende gelesenen Satz in merklich gedämpftem Ton zusammen. »Wir können nicht direkt schwören, daß er's schon getan hat und nur am persönlichen Erscheinen verhindert ist . . . Oder was meinst du?«
Nelly antwortete lediglich mit ausdrucksvollem Schweigen, machte eine letzte Eintragung und reichte Allan das Notizbuch hinüber. In großen, zittrigen Buchstaben stand unter UNGÜNSTIG »Unsere Heirat ist unmöglich, außer wir schwören einen Meineid.«
Die Liebesleute sahen einander über den unerbittlichen Blackstone hinweg kläglich an.
»Mach das Buch zu«, sagte Nelly schließlich entsagungsvoll. »Wir brauchen gar nicht erst zu lesen, was für Strafen auf Meineid stehen – ich weiß ohnehin, daß wir da alles über Polizei, Kerker und Haarschneiden schwarz auf weiß fänden. Für unseren Bedarf

genügt reichlich, was wir schon wissen. Alles ist aus! Ich muß am Samstag ins Internat reisen, und du mußt versuchen, mich so bald wie möglich zu vergessen. Vielleicht treffen wir uns in Jahrzehnten einmal wieder, wenn du schon Witwer bist und ich Witwe, oder wenn das grausame Gesetz uns auf jeden Fall für heiratsmündig erklärt – und wir überhaupt nichts mehr davon haben, weil ich dann uralt und häßlich bin und du mich natürlich gar nicht mehr lieben kannst, und so sinken wir dann ins Grab – je eher, desto besser. Leb denn wohl!« Nelly raffte sich gramvoll auf und sah mit schwimmenden Augen auf Allan nieder. »Es hat keinen Sinn, daß wir uns mit einem langgezogenen Abschied das Herz zerreißen ... Es sei denn, daß dir noch irgendwas eingefallen ist?«

»Aber ja!« schrie Allan. »Eben ist mir eine blendende Idee gekommen! Wie wär's mit der Schmiede von Gretna Green?«

»Kommt gar nicht in Frage«, lehnte Nelly empört ab. »Nichts könnte mich dazu bewegen, mich von einem Hufschmied trauen zu lassen!«

»Sei doch nicht gleich beleidigt; ich hab's gut gemeint. Der Schmied von Gretna Green hat schon massenhaft Paare getraut, darunter die aller-allervornehmsten, und man hört immer, daß es bei ihm viel hübscher und romantischer ist als in einer Kirche. Na gut, wenn dir das nicht paßt, müssen wir uns eben etwas anderes einfallen lassen.«

»Es gibt nichts anderes«, sagte Nelly.

»Es gibt ganz bestimmt noch was, womit wir Blackstone umgehen können – auch ohne Meineid. Wir müßten bloß alle Gesetzesfinessen kennen! Ich werde jemanden konsultieren, der damit Bescheid weiß. Ist natürlich auch ein Risiko, aber wer nichts wagt, gewinnt nichts. Was meinst du zu dem jungen Pedgift? Er ist ein netter Kerl und hält ganz sicher den Mund, wenn wir ihn ins Vertrauen ziehen.«

»Nicht um die Welt!« rief Nelly. »Wenn du diesem ordinären Burschen *deine* Geheimnisse erzählen willst, kann ich dich nicht daran hindern, aber *meine* ... Nein! Ich hasse ihn!« Sie hatte aus irgendwelchen Gründen einen hochroten Kopf bekommen und stampfte zornig auf. »Ich verbitte mir überhaupt, ausnahmslos, daß du jemanden aus Thorpe-Ambrose in unser Geheimnis einweihst. Am selben Tag noch würde die ganze Stadt über *mich* klatschen, und natürlich würde es heißen, ich wäre die treibende Kraft gewesen. Meine Liebe zu dir«, fügte Nelly aufschluchzend hinzu und zückte das Taschentuch, »mag eine unglückliche sein und von Papa in der Knospe geknickt werden, aber das ist immer noch besser, als daß sie von Hinz und Kunz durch den Schmutz gezogen wird!«

»Sch ... sch!« machte Allan erschüttert. »Sei doch nur ruhig!

Nein, nein, keiner in Thorpe-Ambrose wird es erfahren . . .« Nach einer kurzen, unruhigen Denkpause erhellte sich sein Gesicht von neuem. »Weißt du was? Wir haben ja noch die ganze Woche vor uns. Ich fahre einfach nach London und erkundige mich dort!«

Hinter ihnen im Gebüsch raschelte es einen Moment, aber die Liebenden waren viel zu sehr in ihr Problem vertieft, um darauf zu achten. Miß Gwilt erstarrte nach ihrer unwillkürlichen Bewegung aufatmend wieder zur früheren Reglosigkeit. *Ihr* Problem, wie sie Allan zu einer Reise nach London veranlassen könnte, versprach sich von selbst zu lösen!

»Nach London?« wiederholte Nelly, noch halb verständnislos.

»Ja, nach London! Das ist doch genügend entfernt von Thorpe-Ambrose, nicht wahr? Und ich kenne da ein paar Rechtsanwälte, die alle meine Angelegenheiten erledigt haben, bevor ich hierherkam. Die kennen sich aus – Blackstone ist ein Waisenknabe dagegen! Und wir stehen uns aufs freundschaftlichste; ich habe sie sogar schon mal allesamt zu einer Kreuzfahrt auf meiner Jacht eingeladen! Leider hatten sie damals keine Zeit, aber sie waren tief gerührt und sagten, sie seien mir zu ewigem Dank verpflichtet. Na also – nun können sie's beweisen. Bitte, laß mich ausreden. Ich verrate ihnen deinen Namen nicht. Ich beschreibe dich lediglich als ›junge Dame, der meine ganze Zuneigung gehört‹, und wenn sie fragen, wo du wohnst, sage ich: in Schottland – oder Irland – oder auf einer der Kanalinseln – oder wo du willst. Keiner aus dem Büro ist je hier gewesen, das ist schon ein Vorzug, und jeder kann mir in fünf Minuten sämtliche Auskünfte geben, die wir brauchen – das ist noch einer. Und gescheit sind sie! Du machst dir einfach keinen Begriff. Die haben den ganzen Blackstone im kleinen Finger und lachen bloß darüber. Was die mir sagen, das ist narrensicher, und paß auf, im Handumdrehen sind wir verheiratet, ohne Meineid und ohne alles, und *du* brauchst zu der ganzen Geschichte überhaupt nichts weiter beizutragen als . . .« Er nahm Nelly in den Arm und ersetzte den Rest des Satzes durch einen außerordentlich beredten Kuß.

Nellys Widerstand schmolz wie Butter an der Sonne. Als Allan ihren Mund endlich freigab, flüsterte sie nur noch eine einzige Frage, indem sie nervös an einem seiner Hemdknöpfe drehte: »Wirst du sehr lange wegbleiben?«

»Ich fahre gleich heute mit dem Elf-Uhr-Zug ab«, versprach Allan kühn. »Dann kann ich morgen abend schon wieder hier sein – allerspätestens Mittwoch.«

»Wenn es Mittwoch wird, mußt du mir aber zwischendurch schreiben«, flehte Nelly und schmiegte sich enger an ihn. »Ich sterbe ja sonst vor Angst und Ungewißheit. Bitte, bitte, versprich es mir!«

Allan versprach großzügig, zwei- oder dreimal zu schreiben, wenn es sie freute – ha, *er* gehörte nicht zu den Leuten, die nicht mit der Feder umgehen konnten!
»Und daß du mir nicht etwa gleich in London bleibst, ganz gleich, was die Rechtsanwälte dort dir raten«, fuhr Nelly fort. »Du mußt auf jeden Fall zurückkommen und mich abholen. Allein brenne ich nicht durch – das wäre wirklich zuviel verlangt!«
Allan gab ihr sein heiliges Ehrenwort, zurückzukommen und sie abzuholen. Aber Nelly war noch immer nicht ganz zufrieden. Sie kehrte zum Ausgangspunkt des Ganzen zurück und verlangte zu wissen, ob Allan seiner Gefühle *vollkommen* sicher sei. Allan rief den Himmel zum Zeugen seiner unwandelbaren Liebe an. Er tat es inbrünstig und laut, doch Nelly lechzte nach weiteren Schwüren. Ob er seinen Entschluß auch nie bereuen und ihr nie, nie eine andere Frau vorziehen würde und –
Der ferne Stundenschlag der Gutsuhr unterbrach endlich Allans stürmische Beteuerungen. Nelly zuckte zusammen: Um diese Zeit erwartete ihr Vater sein Frühstück; mit anderen Worten, der Abschied ließ sich nicht länger hinausschieben. Sie verbarg das Gesicht an Allans Brust. »Papa war immer so gut zu mir«, murmelte sie erstickt. »Es kommt mir so häßlich und so herzlos vor, daß ich ihn heimlich verlassen und hinter seinem Rücken heiraten will . . . Gibt es denn gar keinen Weg, ihn noch schnell zu versöhnen, statt daß du zu diesen Rechtsanwälten nach London fährst?«
Sie wußte so gut wie er, sie sinnlos die Frage war, nachdem der Major erst vor wenigen Tagen aufs neue seine Unversöhnlichkeit bekundet hatte. Die Erinnerung an seinen Brief gab ihr ihre Entschlossenheit zurück; sie schob Allan von sich, ehe er eine Antwort fand, und bedeutete ihm fast ungeduldig, er solle gehen. Aber als er nach einem letzten Winken verschwunden war, machten sich die widerstreitenden Empfindungen in ihrer Brust in einem Strom von Tränen Luft. Nie war ihr der Heimweg zum Cottage so schwergefallen wie heute – aber es half nichts; auch sie mußte sich jetzt beeilen.
Als sie sich hastig entfernte, teilten sich die Zweige hinter ihr, und Miß Gwilt trat lautlos auf das sonnige, freie Plätzchen hinaus, wo das Liebespaar noch eben gesessen hatte. Hochaufgerichtet, schön und triumphierend stand sie da und sah der kleiner und kleiner werdenden Gestalt nach, die dem Cottage zueilte.
»Weine nur!« sagte sie halblaut, und ihre Lippen verzogen sich zu einem verächtlichen Lächeln. »Du hast mehr Grund zum Weinen, als du ahnst . . . Deinen Schatz siehst du nie wieder!«

XII

Skandal auf dem Bahnhof

Eine Stunde später wußte Miß Gwilts Wirtin nicht, was sie sagen sollte – ein seltenes Ereignis –, während ihre Kinder um so lauter durcheinanderschrien. Ein »unerwarteter Zwischenfall« hatte die Mieterin genötigt, auf der Stelle zu kündigen und sofort, mit dem Elf-Uhr-Zug, nach London aufzubrechen.

»Haben Sie die Güte, für halb elf eine Droschke für mich zu bestellen«, hatte Miß Gwilt nach Erledigung der Rechnung gebeten, »und entschuldigen Sie mich, Sie liebes, gutes Wesen – Sie werden für meine Lage Verständnis haben! –, wenn ich mich nicht mehr zeige, bis die Droschke vor der Tür steht. Ich muß ja in aller Eile packen.«

Aufatmend schloß sie die Tür von innen ab und setzte sich unverzüglich an den Schreibtisch. »Jetzt ist der Brief an den Major fällig!« dachte sie. »Was wirkt am überzeugendsten?«

Die Eingebung ließ nicht lange auf sich warten. Miß Gwilt durchwühlte ihren Vorrat an Federn, suchte mit Bedacht die schlechteste aus, die da war, und malte mit schiefen, ungelenken Lettern folgenden Text auf ein leicht beschmutztes und zerknittertes Blatt Papier:

Werther Herr,

mein Gewüssen treipt mir Sie etwas zu berichten was Sie glaub ich [Klecks] wissen sollten. Ihre werthe Miß Tochter geht nemlich mit den jungen Gutsbesiezer Mr. Armadale [verwischt] was Sie glaub ich nich gern sehn und ich meine Sie solten wissen das sie sich dauernd mit ihm trift immer friehmorgens wenn sie angeblich is spazzieren. [Klecks] Ich wirde mir da nie reinmischen wenns ware liebe wäre aber der junge Herr meints nich erlich mit sie da bin ich fest von ieberzeugt. Ich weiß bestimt in Wirklichkeit liebt er ne ganz andre wo ich hier nich nennen wil und mit Ihre werthe Tochter tut er sich blos amüsiren. Schitzen Sie ihr dafor! Ich bin blos eine geringe Person und trau mir nicht meinen Nahmen hierdrunter zu sezen weil mich das fiel Ärger machen kan [Klecks] drum grüße ich Sie werther Herr Major nur so als –

Eine die es gut mit Sie meint.

»So!« sagte Miß Gwilt, als sie das Blatt zusammenfaltete. »Wenn ich Romanschriftstellerin von Beruf wäre, hätte ich ein Dienstmädchen nicht schöner und naturgetreuer schreiben lassen können!« Sie adressierte einen passenden Umschlag an Major Milroy, bewunderte noch einmal das mühselige Gekrakel, das ihre sonst so leichte Hand hervorgebracht hatte, und verließ für fünf Minuten das Haus, um den Brief selbst in den Kasten zu stecken.

Dann packte sie ihre Koffer, umsichtig und wohlüberlegt wie immer, und als die Droschke vor der Tür stand, war alles fertig. Miß Gwilt erschien in einem schlichten, gutsitzenden Reisekostüm bei der Wirtsfamilie, um sich zu verabschieden. Zum erstenmal hatte sie den dichten Schleier, den sie in London zu tragen pflegte, um ihr einfaches Strohhütchen geschlungen, ohne ihn freilich vorläufig herunterzulassen. »In der Eisenbahn kommt man manchmal mit so ungezogenen Männern zusammen«, erklärte sie der Wirtin, »und da genügt es leider nicht, sich zurückhaltend zu kleiden und zu benehmen, wenn man so auffallendes Haar hat wie ich.« Sie war ein wenig blasser als sonst, aber so herzgewinnend liebenswürdig, daß den braven Leuten die Rührungstränen in die Augen stiegen und sie sich kaum von ihr trennen mochten. Der Wirt bekam einen Händedruck, die Wirtin sogar einen Kuß, die Kinder wurden alle miteinander umarmt und bekamen einen Shilling für einen Kuchen, den sie unter sich teilen sollten. »Wie glücklich wäre ich, wenn ich jedem zum Andenken einen Sovereign schenken könnte!« flüsterte sie der Mutter zu. Selbst der plumpe, etwas schwachsinnige Hausbursche, der das Gepäck in die Droschke lud, wurde in Miß Gwilts Allgüte einbezogen. »Guter John!« sagte sie innig, als er ihr dienstbeflissen den Wagenschlag aufriß, »ich bin leider so arm, daß ich nur noch Sixpence für Sie übrig habe, aber ich lege meine allerherzlichsten Wünsche dazu. In ein paar Jahren sind Sie ein tüchtiger, stattlicher Mann, heiraten Sie dann ein recht nettes, braves Mädchen! Und nochmals tausend Dank!« Sie streichelte ihm mit ihrem behandschuhten Finger leicht die Wange, schenkte ihm ihr sonnigstes Lächeln und stieg ein.

»Und nun ist Armadale an der Reihe«, dachte sie, als die Droschke davonfuhr und sie das Zurückwinken einstellte.

Allan hatte sich vor lauter Sorge, den Zug zu verpassen, zeitiger als gewöhnlich zum Bahnhof begeben. Nachdem er sich die Fahrkarte gekauft und sein geringes Gepäck in der Obhut eines Trägers gelassen hatte, schritt er, Nellys gedenkend, auf dem Perron hin und her, als er dicht hinter sich das Rascheln eines Kleides hörte, sich unwillkürlich umdrehte – und sich unvermutet Miß Gwilt gegenübersah.

Diesmal gab es kein Entkommen. Rechts war die Bahnhofsmauer, links waren die Geleise, am Ende des Bahnsteigs gähnte ein Tunnel, und Miß Gwilt hatte ihn bereits im liebenswürdigsten Ton angesprochen und gefragt, ob er auch nach London führe.

Allan wurde puterrot. Er konnte es nicht ableugnen. Sein bloßes Hiersein und die auf fünf Schritt lesbaren Anhänger an seinem Gepäck sprachen eine allzu deutliche Sprache. Es blieb ihm nichts übrig, als das klar Ersichtliche zu bestätigen und sich ans andere Ende der Welt zu wünschen.

»Welch erfreulicher Zufall!« strahlte Miß Gwilt. »Ich fahre auch nach London. Darf ich es wagen, Mr. Armadale – da Sie ja allein zu reisen scheinen –, mich für die Dauer der Fahrt unter Ihren Schutz zu stellen?«

Allan geriet in die fürchterlichste Verlegenheit. Alle die Leute, die einzeln und in Grüppchen auf dem Perron standen und gleich ihm auf den Zug warteten, kannten ihn und Miß Gwilt natürlich vom Sehen und Hörensagen. Was mußte das jetzt wieder für einen Eindruck machen! In seiner Verzweiflung fiel ihm nichts Besseres ein, als sein Zigarrenetui hervorzuziehen und eine Entschuldigung zu stammeln, die so ungeschickt war, daß sie schon hart an Beleidigung grenzte: »Ich . . . ich bin aber ein unverbesserlicher Raucher, und manchen Leuten wird in meiner Nähe direkt schlecht . . .«

Weiß Gott! dachte Miß Gwilt, während sie lebhaft und gutgelaunt erwiderte: »Oh, mir macht das gar nichts aus; im Gegenteil, ich rieche nichts lieber als den Rauch einer guten Zigarre. Wie oft habe ich die Männer schon um dieses Privileg beneidet! Ich fürchte, Sie finden mich etwas aufdringlich«, setzte sie rasch und leise hinzu, »aber, um die Wahrheit zu sagen, ich möchte bei dieser Gelegenheit sehr gern ein paar private Worte über Mr. Midwinter mit Ihnen sprechen.«

Im gleichen Moment fuhr der Zug ein, und Allan hatte – ganz abgesehen von dem Stichwort »Midwinter« – keine andere Wahl mehr, als sich den Grundregeln der Höflichkeit zu beugen und Miß Gwilt vor aller Augen in das Abteil zu helfen, das der Bahnhofsvorsteher ihnen mit schallender Stimme freihielt. »Der Teufel hole Sie!« knirschte Allan innerlich, als der Mann vertraulich zwinkernd flüsterte: »Ich werde dafür sorgen, daß Sie ungestört bleiben, Sir!«, wofür er ihm am liebsten einen Kinnhaken versetzt hätte. »Ich brauche nicht das ganze Abteil!« schrie er hilflos, aber seine Stimme wurde vom schrillen Pfiff der Lokomotive übertönt, die Tür wurde hinter ihm zugeschlagen, und der Zug setzte sich stampfend und zischend wieder in Bewegung.

Der Stationsvorsteher bildete in diesem Moment bereits den Mittelpunkt einer sensationslüsternen Gruppe von Leuten, die Freunde oder Verwandte zur Bahn gebracht hatten und so in den unverhofften Mitgenuß des Schauspiels gekommen waren. Jetzt bombardierten sie den biederen, offenbar eingeweihten Beamten mit Fragen.

»Sie hat ihn also doch noch herumgekriegt, nicht wahr?« – »Ob sie

wohl als Ehepaar zurückkommen?« – »Hätte die kleine Milroy nicht besser zu ihm gepaßt? In die war er doch zuerst verknallt!« – »Ach was, die war in *ihn* verknallt! Hat sich mitten im Gewitter beim Herrenhaus herumgedrückt, damit er sie reinholen mußte und –« – »Ein Waschlappen, dieser Armadale! Stinkreich, und läßt sich von einer rothaarigen Person einfangen, die gut und gerne zehn Jahre älter ist als er! Was meinen *Sie* dazu, Mr. Mack?«
»Meine Damen und Herren«, erwiderte der Stationsvorsteher militärisch knapp, »meiner Meinung nach ist sie ein verteufelt hübsches Weibsbild. Ich habe das größte Verständnis für Mr. Armadale. Wenn ich an seiner Stelle wäre, würde ich sie vom Fleck weg heiraten!«
Mit diesem kurzen, aber inhaltsreichen Spruch machte er rechtsum kehrt und zog sich in die unangreifbare Festung seines Dienstraumes zurück.
Die Bürger von Thorpe-Ambrose sahen einander kopfschüttelnd an, besprachen das Ereignis noch eine Weile in erregtem Flüsterton und zerstreuten sich dann, um es brühwarm zu ihren Lieben nach Hause zu bringen.
Der letzte, der den Bahnsteig verließ, war ein gichtgeplagter, aber sehr scharfäugiger alter Herr, der seine Umgebung bei jedem Schritt genauestens zu mustern pflegte. Er entdeckte, was keiner der anderen entdeckt hatte: die reglose, schwärzliche Gestalt, die sich in den Schatten eines Mauerpfeilers drückte. »Nanu!« sagte der alte Herr und blieb stehen. »Ist das nicht Mr. Bashwood?«
Es *war* Mr. Bashwood. Sein einmal erweckter detektivischer Spürsinn hatte ihn, auch ohne besonderen Auftrag, zum Bahnhof getrieben, um das Rätsel von Allans plötzlicher Reise nach London zu lösen. Was jedermann gesehen und gehört hatte, hatte auch er gesehen und gehört und so ausgelegt, wie jedermann es auslegen mußte – nur daß er in ganz ungewöhnlichem Maße davon beeindruckt schien. Er stand wie versteinert an der Wand, eine Hand an die Stirn gepreßt, in der andern den Hut, glasigen Blicks, eine ungesunde, hitzige Röte in den hohlen Wangen, das Gesicht immer noch starr dem Tunnel zugewandt, in dem der Zug schon vor zehn Minuten verschwunden war.
»Kopfweh?« fragte der gichtische alte Herr mitfühlend. »Lassen Sie sich einen guten Rat geben: Gehen Sie nach Hause und legen Sie sich hin.«
Die Stimme setzte eine Art Mechanismus in Mr. Bashwood in Tätigkeit. Er verbeugte sich wie eine Marionette und plapperte ausdruckslos die Worte nach: »Kopfweh. Ja, Sir. Ich gehe nach Hause und lege mich hin.«
»Und nehmen Sie eine Pille«, empfahl der alte Herr noch, worauf er dem Ausgang zuhumpelte.

»Ich nehme eine Pille«, sagte Mr. Bashwood tonlos in die Luft hinein.
Fünf Minuten später kam der Gepäckträger, der den Auftrag hatte, die Sperre über Mittag zu schließen, und fand Mr. Bashwood immer noch an der Mauer vor, den glasigen Blick starr auf den dunklen Tunneleingang gerichtet.
»Kommen Sie, Sir!« sagte der Gepäckträger. »Ist Ihnen nicht gut oder was? Dann nehmen Sie am besten einen Magenbitter.«
»Ja«, erwiderte Mr. Bashwood, als ob er aus dem Schlaf spräche, »dann nehme ich am besten einen Magenbitter.«
Der Gepäckträger führte ihn am Arm hinaus. »Da«, er zeigte auf eine der nächsten Kneipen, »da kriegen Sie einen anständigen Tropfen.«
»Da kriege ich einen anständigen Tropfen«, plapperte Mr. Bashwood ihm nach wie ein Papagei. Er versuchte mechanisch in die angegebene Richtung zu gehen, begann aber nach wenigen Schritten zu taumeln, zu stolpern – und nur ein Laternenpfahl, an den er sich in letzter Sekunde klammerte, verhinderte, daß er lang hinschlug.
Der verdutzte Gepäckträger rannte ihm nach und nahm ihn wieder am Arm. »Sagen Sie mal, Sie *haben* wohl schon gehörig einen in der Krone?« Für ihn wurde der Fall jetzt erst interessant. »Was war's denn? Bier?«
»Bier«, echote Mr. Bashwood tonlos.
Der Gepäckträger hatte jetzt zwar Mittagspause, aber wenn ein biederer englischer Arbeiter einen Betrunkenen sieht, schiebt seine grenzenlose Sympathie alle Privatinteressen beiseite. Folglich verzichtete auch dieser heroisch auf sein Mittagessen und zog Mr. Bashwood behutsam, aber energisch zur Kneipe. »Ich sag's ja: Magenbitter ist das einzig Wahre. Damit kommen Sie wieder auf die Beine!«
Der Rat des guten Samariters hätte nicht wunderbarer wirken können, wenn Mr. Bashwood tatsächlich betrunken gewesen wäre. Kaum hatte er das erste Gläschen getrunken, als er sichtlich zu sich kam. Sein vom Schock gelähmtes Nervensystem belebte sich wie ein müdes Schlachtroß, das plötzlich die Trompete wieder hört. Die Stumpfheit seines Blicks verschwand zugleich mit der Fieberhitze seiner Wangen, und nach wenigen Sekunden vermochte er seinem Helfer sogar zu danken und ihm ebenfalls ein Glas anzubieten. Unnötig zu sagen, daß der Gepäckträger seine eigene Medizin sehr gern nahm, wenn auch in seinem Fall nur als Vorbeugungsmittel, und dann beschwingten Schrittes das Lokal verließ, innerlich doppelt erwärmt vom Magenbitter und dem unvergleichlichen Hochgefühl, eine gute Tat vollbracht zu haben.
Bald nach ihm machte sich auch Mr. Bashwood auf den Heimweg,

immer noch leicht benommen, aber keiner Stütze mehr bedürftig. Ab und zu flüsterte er vor sich hin: »Ich werde mich rächen! Sie hat mich hintergangen! Ich werde mich rächen, und wenn es mich den letzten Penny kostet!«
Die Straße lag mittäglich leer im gleißenden Sonnenlicht. Der einzige schwarze Strich darauf war Mr. Bashwood in seinen Trauerkleidern, ganz wie an jenem Tag, der schon so weit entrückt schien, als Midwinter ihn zum erstenmal getroffen hatte. Nach einer Weile setzte er sich auf einen Meilenstein, lüftete die braune Perücke ein wenig von seinem schwitzenden Kahlkopf und bemühte sich, etwas mehr zu denken als den einen Satz, der ihm bleischwer auf der Seele lag: daß Miß Gwilt ihn von Anfang an mit voller Absicht genasführt hatte und daß er sich für diese Schmach rächen mußte. Selbstvorwürfe durchzuckten sein Hirn: »Hätte ich mich doch etwas eleganter gekleidet! Wäre ich doch etwas draufgängerischer gewesen – vielleicht hätte sie mein Alter dann nicht so gemerkt!« Aber schon ballten sich seine zitternden, feuchtkalten Hände wieder zu Fäusten. »Ich werde mich rächen! Sie hat mich hintergangen! Ich werde mich rächen, und wenn es mich den letzten Penny kostet!« Es war schrecklich bezeichnend für ihn, daß er nicht einen Moment daran dachte, sich an seinem Rivalen Armadale zu rächen – Armadale existierte für ihn überhaupt nicht. Seine Liebe wie seine eifersüchtige Wut konzentrierten sich einzig und allein auf sie – auf Lydia Gwilt.
Das Rollen eines Wagens schreckte ihn auf. Er sah sich um und erblickte Mr. Pedgifts schnell herannahenden Einspänner. Das erinnerte ihn an das letztemal, als Mr. Pedgift bei ihm angehalten und ihm mit sardonischem Lächeln geraten hatte, »seine Neugierde bezüglich Miß Gwilt zu befriedigen«, und es erinnerte ihn auch an die letzten Sätze des belauschten Gesprächs zwischen dem Rechtsanwalt und Allan Armadale. »Wenn der mir hilft, kann ich fürchterliche Rache an ihr nehmen!« durchschoß es ihn, und schon hörte er sich schreien: »Halt, Sir, halt!«
Pedgift senior zügelte seine Traberstute ein wenig, hielt aber nicht an. »Was wollen Sie?« rief er im Vorbeifahren. »Ich muß Sie sprechen, Sir!« – »Dann kommen Sie in einer halben Stunde in mein Büro. Im Moment habe ich keine Zeit.« Pedgift ruckte leicht am Zügel, die Pferdehufe klapperten wieder schneller, und in Sekundenschnelle war der Wagen außer Sicht.
Mr. Bashwood setzte sich wieder. Die Abfuhr, die ihm von Miß Gwilt zuteil geworden war, hatte ihn gegen jede andere Abfuhr unempfindlich gemacht. »Eine halbe Stunde«, murmelte er vor sich hin. »Sehr gut, sehr gut . . . Zeit genug, um mich zu sammeln. Sehr liebenswürdig von Mr. Pedgift, daß er mir noch etwas Zeit gegeben hat.«

XIII

Das Herz eines alten Mannes

Pünktlich auf die Minute klopfte einer der Angestellten des Rechtsanwaltsbüros Pedgift & Sohn an die Zimmertür seiner beiden Chefs und meldete, Mr. Bashwood warte »auf Grund persönlicher Verabredung« im Vorzimmer.

Pedgift senior sah belästigt von seinen Papieren auf; er hatte die Begegnung am Straßenrand schon völlig vergessen. »Frag ihn, was er will«, sagte er zu seinem Sohn, »und wenn es nichts wirklich Wichtiges ist, soll er ein andermal wiederkommen.«

Pedgift junior verschwand und kehrte sehr rasch zurück.

»Na?« fragte der Vater.

»Tja«, erwiderte der Sohn, »ich weiß nicht recht . . . Er bibbert und stottert mehr denn je. Das einzige, was ich begriffen habe, ist, daß er dich unbedingt sprechen will. Meiner Meinung nach fühlt er einen Anfall von geistiger Umnachtung herannahen und möchte sich vorsorglich erkundigen, in welchen Fällen das als mildernder Umstand gilt und in welchen nicht.«

»Augustus!« sagte Pedgift senior in genau demselben ironisch-feierlichen Ton, »du verwechselst unser Zimmer mal wieder mit einem Gerichtssaal. Ich muß dich zum soundsovielten Mal daran erinnern, daß schlechte Witze hier nur selten ›schallendes Gelächter‹ hervorrufen. Laß ihn in Gottes Namen herein.«

Mr. Bashwood durfte eintreten, und Pedgift junior zog sich zurück, nicht ohne seinem Vater im Abgehen zuzuflüstern: »Wenn's ganz schlimm wird, gib ihm ein Senfpflaster auf die Herzgrube und eine Wärmflasche an die Füße – wird von allen Nervenärzten empfohlen!«

»Setzen Sie sich, Bashwood«, sagte Pedgift senior. »Aber vergessen Sie nicht, daß bei uns Zeit Geld ist. Machen Sie's also möglichst kurz und schmerzlos.«

Sein trockener, wenn auch keineswegs unfreundlicher Ton, der auf Dämpfung und Beruhigung berechnet war, bewirkte leider das Gegenteil – Mr. Bashwood stürzte sich sofort in eine hilflos stammelnde Entschuldigungsrede, daß er seinem verehrten Chef die Zeit stehle, und hielt erst inne, als er sich, wie üblich, hoffnungslos verhedderte. Dabei hatte er sich so klug und glasklar zurechtgelegt, was er zu sagen hatte; doch vor der abwartenden, unbewegten Miene Mr. Pedgifts waren alle wohlformulierten Einleitungssätze wie weggeblasen, und er platzte nach mehrmaligem Luftschnappen und fahrigem Herumfummeln übergangslos heraus: »Wissen Sie schon das Neueste, Sir?«

»Geht es *mich* etwas an?« war die unbarmherzig kurze Gegenfrage.
»Es . . . es betrifft eine Dame, Sir . . . das heißt, weniger eine Dame . . . vielleicht . . . als einen jungen Herrn, für den Sie sich bis vor kurzem ziemlich interessiert haben. Oh, Mr. Pedgift – pardon, Sir – Sie werden es kaum glauben . . . Mr. Armadale und Miß Gwilt sind heute nach London gefahren . . . zusammen und allein, Sir . . . ich meine, in einem für sie beide reservierten Abteil. Alle Augenzeugen sind der Meinung, daß . . . daß sie in London heiraten werden . . . Oh, Sir, meinen Sie das auch?«
Die letzten Worte waren mit ungewöhnlicher Lautstärke und Energie hervorgestoßen, und die Miene des Rechtsanwalts wurde noch kühler und reservierter.
»Wie ich Mr. Armadale kenne«, antwortete er ruhig, »traue ich ihm jede Unüberlegtheit zu, also auch die, Miß Gwilt ohne Besinnen zu heiraten, falls sie es darauf anlegt. Ihre Neuigkeit überrascht mich nicht sonderlich, Bashwood. Der junge Mann tut mir höchstens leid. Das sage ich ganz ehrlich, obwohl er meinen Rat in den Wind geschlagen hat. Und noch mehr bedauere ich eine andere Person, deren Namen ich lieber nicht nennen möchte. Nur . . . warum erzählen Sie mir das eigentlich? Was geht es mich noch an? Was ist überhaupt mit Ihnen los?« fügte er etwas beteiligter hinzu, da Mr. Bashwoods abgründige Verzweiflung nicht mehr zu übersehen war. »Sind Sie krank? Oder steckt noch etwas hinter der Sache, was Sie sich nicht zu sagen getrauen? Sie kennen meine Büroordnung gut genug – Sie können doch unmöglich während der Geschäftsstunden hergekommen sein, nur um mir zu erzählen, daß der junge Armadale drauf und dran ist, sich fürs ganze Leben zu ruinieren. Das habe ich ja seit Wochen kommen sehen, und ich habe es ihm bei unserem Abschiedsgespräch laut und deutlich gesagt, wie Sie selber wissen.«
Das Stichwort »Abschiedsgespräch« gab Mr. Bashwood den verlorenen Faden wieder.
Er griff ihn begierig auf.
»Richtig, Sir – nur deshalb wollte ich Sie so dringend sprechen! Sie erinnern sich gewiß, Mr. Pedgift – Sir –, daß Sie mich damals nach dem Verlassen des Herrenhauses . . . in der Nähe des Gutsportals überholten.«
»Kein Kunststück«, bemerkte Pedgift. »Meine Stute ist allemal ein bißchen schneller als Sie, Bashwood. Los, los, kommen Sie zur Sache!«
»Sie haben damals gehalten und mich angesprochen«, fuhr Bashwood fort, kühner und kühner werdend. »Sie sagten, ich schiene mich ja auch sehr für Miß Gwilt zu interessieren und – ich weiß noch die genauen Worte – ich solle meine Neugier ruhig auf jede

Art befriedigen; Sie hätten nichts dagegen.«
»Sie hatten ganz zufällig unter Mr. Armadales Fenster gestanden«, sagte Mr. Pedgift und unterstrich seinen Sarkasmus mit einer Prise. »Ich erinnere mich. Daher kam ich zu der vielleicht irrigen Vermutung, Sie wären neugierig.«
»Ich leugne es nicht, Sir. Ich war neugierig, und ich bin es immer noch.«
»Warum?« fragte Pedgift senior trocken.
Mr. Bashwood knäulte nervös sein Taschentuch zusammen und betupfte sich damit verstohlen die schwitzenden Handflächen.
»Ich glaube nicht in der Ansicht fehlzugehen«, begann er nach einer peinlichen Verlegenheitspause, »daß Sie, Sir, sich . . . sich eine sehr ungünstige Meinung über Miß Gwilt gebildet haben und . . . und daß Sie beinahe überzeugt sind, sie . . .«
»Mein lieber Mann«, unterbrach der Rechtsanwalt, »warum drükken Sie sich so gewunden aus? Sie haben das bewußte Abschiedsgespräch ja Wort für Wort mitangehört, und Sie sind nicht taub – folglich wissen Sie genau, wie ich über Miß Gwilt denke.«
Mr. Bashwood war, wie schon auf der Landstraße, unempfindlich gegen alle Anspielungen und Sticheleien. Nach dem betäubenden Schlag, den er von Miß Gwilt empfangen hatte, konnten ihn die sarkastischen Bemerkungen des Anwalts nicht mehr treffen.
»Sie sind überzeugt, Sir«, fuhr er fort, »daß es im Vorleben der genannten Dame einige . . . dunkle Punkte gibt, die großes Aufsehen erregen würden, wenn sie ans Licht kämen?«
»Auch das haben Sie damals gehört«, sagte Pedgift genauso trokken wie zuvor.
»Wenn ich mich nicht irre, glauben Sie sogar, daß Miß Gwilt . . . der Londoner Polizei bereits bekannt sein könnte?«
Pedgifts Geduld erlahmte. »Sie sitzen jetzt schon seit zehn Minuten hier herum und halten mich mit Dingen auf, die wir beide wissen. Sagen Sie endlich geradeheraus, was Sie wollen!«
Die eifersüchtige Liebe, die in Mr. Bashwood wühlte und in seinen hageren Wangen brannte, machte einen Helden aus ihm. Er straffte sich und nahm Mr. Pedgifts Herausforderung an wie ein in die Enge getriebenes Schaf, das sich dem Wolf entgegenstellt.
»Ich will Ihnen sagen, Sir«, erwiderte er, »daß ich mir Ihre Auffassung zu eigen gemacht habe. Auch ich glaube, daß Miß Gwilts Vergangenheit mehrere dunkle Punkte enthält – und ich möchte der Mann sein, der sie ans Licht bringt.«
Pedgift nahm die Gelegenheit wahr, auf seine bisher unbeantwortete Frage zurückzukommen, und fragte noch einmal: »Warum?«
Mr. Bashwood zögerte. Konnte er seinem Chef beichten, daß er töricht genug gewesen war, sich in Miß Gwilt zu verlieben und sich sogar zu ihrem Spitzel erniedrigen zu lassen? Konnte er sagen: Sie

hat mich von Anfang an belogen und mich nun, da ich meinen Zweck erfüllt habe, rücksichtslos beiseite geschoben? Nun ist sie mit einem anderen weggefahren; Glück, Ehre und letzte Hoffnung hat sie mir geraubt ... In mir ist nichts mehr als das glühende Verlangen nach Rache. Ich will ihren Triumph vergiften, indem ich ihre schwachen Stellen auskundschafte und sie öffentlich bloßstelle. Dafür würde ich meinen letzten Spargroschen und meinen letzten Blutstropfen hergeben. Was habe ich sonst noch von meinem bißchen Geld und meinem erbärmlichen Leben? – Konnte er das alles in Mr. Pedgifts nüchternes, sachliches, abwartendes Gesicht sagen? Nein. Er schluckte die Worte herunter, die sich ihm auf die Zunge drängten, und blieb stumm.
Pedgifts Miene verhärtete sich allmählich. Endlich, als ihm die Pause zu lang wurde, sagte er:
»Einer von uns beiden muß jetzt offen reden, und da Sie anscheinend nicht dazu imstande sind, tue ich es. Ihr überraschender Wunsch, Miß Gwilts Vergangenheit aufzudecken, ist nur mit zwei Motiven zu erklären. Das eine wäre außerordentlich gemein (ich setze nur den Fall, Bashwood, Sie brauchen also nicht beleidigt zu sein), das andere ungewöhnlich edel. Ich kenne Sie als anständigen Menschen und schalte daher das erste Motiv von vornherein aus – daß Sie mit den etwaigen Resultaten Ihrer Nachforschungen erpresserische Ziele im Auge haben, oder so etwas Ähnliches. Kein Wort mehr darüber; ich halte Sie dessen für so unfähig wie mich selbst. Das andere mögliche Motiv wäre ... Aber vielleicht sind Sie jetzt so weit, daß Sie doch selbst darüber sprechen möchten?«
»Ich ziehe es vor, Sie weiterreden zu lassen, Sir«, murmelte Bashwood mit niedergeschlagenen Augen.
»Schön. Da Sie keiner Gemeinheit fähig sind, käme also nur das edle Motiv in Frage. Mr. Armadale hat Ihnen einen guten Posten gegeben und die Verwaltungsgeschäfte des Gutes, nachdem Mr. Midwinter ausgeschieden ist, vertrauensvoll und vorbehaltlos in Ihre Hände gelegt. Es könnte sein, daß Sie ihm ungewöhnlich dankbar dafür wären. Ich habe die menschliche Natur in meiner langjährigen Praxis von allen Seiten kennengelernt und gefunden, daß Dankbarkeit eine Eigenschaft ist, auf die man nur selten stößt – aber immerhin, sie kommt vor. Nach Ihren traurigen früheren Erfahrungen könnte ich mir schon vorstellen, daß Sie Mr. Armadales Vertrauen so dankbar zu würdigen wissen und dermaßen bestrebt sind, alles für sein Wohl zu tun, daß es Ihnen unerträglich ist, ihn in sein Unglück rennen zu sehen, ohne wenigstens den Versuch zu machen, ihn zu retten. In Kürze lautet meine Frage also: Glauben Sie, daß die Heirat zwischen Mr. Armadale und Miß Gwilt noch verhindert werden kann, wenn es Ihnen rechtzeitig gelingt, ihn über ihr Vorleben aufzuklären? Wollen Sie ihm die

Augen öffnen? Wenn das der Fall ist –«
Er hielt verblüfft inne, denn Mr. Bashwood war unbeherrscht aufgesprungen und stand plötzlich mit einem so strahlenden Gesicht vor ihm, daß er um zwanzig Jahre verjüngt schien. Er rang nach Luft und gestikulierte aufgeregt mit beiden Händen, um sich Gehör zu verschaffen.
»Sie meinen ... ob ich die Heirat verhindern will, indem ich ... Mr. Armadale ... ihr wahres Gesicht zeige? Ja, Sir, wenn das möglich ist ... Oh, wenn das möglich wäre! Ja, ja, ja!«
Pedgift senior betrachtete ihn mit gemischten Gefühlen. »Komisch«, bemerkte er, »daß Sie sich so erregen, nur weil meine Vermutung den Nagel auf den Kopf getroffen hat.«
Wie genau er den Nagel auf den Kopf getroffen hatte, ließ selbst der vielerfahrene Pedgift sich nicht träumen. Er hatte Mr. Bashwoods Seele mit einem Schlag aus der erstickenden Fessel der Rachsucht erlöst und ihm einen höheren Zweck seines Unternehmens gezeigt, der ihm überhaupt noch nicht in den Sinn gekommen war. Er konnte die Heirat, die er in seiner blinden Rage für unvermeidlich gehalten hatte, ja noch verhindern – nicht in Allans Interesse, sondern in seinem eigenen – und die verlorengeglaubte Frau möglicherweise doch noch für sich gewinnen! Ihm schwindelte bei dem bloßen Gedanken. Der totale Umschwung seines Lebens, dem er entgegenging, flößte ihm fast Furcht ein.
»Eins ist mir jetzt klar«, dachte Pedgift indessen. »Sein wahres Motiv ist weder das erste noch das zweite, sondern ein drittes, das er mir verheimlicht. Meine Bemerkung hat ihm eine Chance gegeben, mich irrezuführen, und die hat er mit nur allzu auffälliger Begeisterung ergriffen. Von mir aus –! Wenn ich noch Armadales Rechtsanwalt wäre, würde ich der Sache ja nachgehen, aber so habe ich kein Interesse daran, Bashwood zu verhören, bis er sich in einem halben Dutzend dummer Lügen verstrickt. Mich geht die ganze Geschichte nichts mehr an. Mag der alte Umstandskrämer sehen, was er auf eigene Faust erreicht ... Meinen Segen hat er.«
Nachdem Mr. Pedgift innerlich zu diesem Schluß gekommen war, stand er entschlossen auf, um zu zeigen, daß er das Gespräch als beendet ansah.
»Soweit es mich betrifft, ist das Thema Gwilt-Armadale erledigt, Bashwood«, sagte er. »Nur noch ein paar Worte – Sie wissen ja, daß ich meine Schlußworte grundsätzlich im Stehen spreche. Einige Zusammenhänge sind mir zwar dunkel und mögen es auch bleiben, aber ich habe jetzt jedenfalls – endlich! – herausgekriegt, was Sie mit Ihrem geschätzten Besuch bei mir bezwecken. Sie wollen meine Hilfe.«
»Wenn ... wenn Sie so gütig sein wollten, Sir?« stammelte Mr. Bashwood. »Wenn ich Ihre Meinung und Ihren Rat ...«

»Moment, Baschwood. Wir wollen das mal fein säuberlich auseinanderhalten. Ein Rechtsanwalt kann seine Privatmeinung haben wie jedermann, aber wenn er seinen Rat erteilt, wird es amtlich – *die* Unterscheidung sollten Sie in meinem Büro mittlerweile gelernt haben. Also: Meine Meinung können Sie jederzeit hören; ich habe nie ein Geheimnis daraus gemacht. Ich glaube, daß Miß Gwilt einige – hm – Abenteuer hinter sich hat, die sogar Mr. Armadales unbekümmerte Verliebtheit abkühlen würden, wenn er davon wüßte, und ihn dazu brächten, sich die Heirat mit ihr noch dreimal zu überlegen – immer vorausgesetzt, daß er tatsächlich die Absicht hegt, sie zu heiraten, denn das ist ja vorläufig nur eine zwar naheliegende, aber unbewiesene Vermutung Ihrerseits. Auf welche Weise man nun vorgehen müßte, um Miß Gwilts Vorleben rechtzeitig zu durchleuchten (denn binnen vierzehn Tagen kann sie verheiratet sein, wenn nichts geschieht) – *das* ist eine Frage, auf die einzugehen ich entschieden ablehne. Hier hört die freie Meinungsäußerung auf, wenigstens bei einem Juristen.«
»Oh, Sir, nehmen Sie es doch nicht so streng!« flehte Mr. Bashwood. »Verweigern Sie mir nicht Ihren unschätzbaren Rat! Ich . . . verzeihen Sie, wenn ich es so direkt zu sagen wage . . . Ich habe in den letzten Monaten ein paar Pfund erspart, und meine Bedürfnisse sind bescheiden . . . Dürfte ich vielleicht . . .?« Er fingerte bebend nach seiner alten, abgenutzten Brieftasche und machte Miene, sie auf Mr. Pedgifts Schreibtisch zu legen.
»Stecken Sie das Ding augenblicklich wieder ein!« befahl Pedgift senior. »Dieses Argument haben schon ganz andere Leute bei mir versucht und zu ihrem Erstaunen einsehen müssen, daß es noch unbestechliche Rechtsanwälte gibt. Ich habe Ihnen gesagt, daß ich mit dem Fall nichts zu tun haben will, und dabei bleibt es. Wenn Sie wissen wollen, warum, so nehmen Sie bitte zur Kenntnis, daß Mr. Armadales Angelegenheiten mich nicht mehr interessieren, seit ich seine Rechtsvertretung niedergelegt habe. Was ich sonst noch für Gründe haben mag, spielt hier keine Rolle; dieser eine genügt. Machen Sie, was Sie wollen, und übernehmen Sie die Verantwortung gefälligst selbst. Vielleicht haben Sie Glück und kommen mit heiler Haut davon – die Zeit wird es lehren. Alles Gute auf den Weg! Ich muß zu meiner Schande gestehen, daß ich bis zum heutigen Tage keine Ahnung hatte, was für ein Held in Ihnen steckt.«
Diesmal spürte sogar Mr. Bashwood die unverhohlene Ironie seines ehemaligen Vorgesetzten. Er verzichtete auf jede weitere Bitte. Er sagte nicht einmal auf Wiedersehen. Er wandte sich schweigend ab, ging zur Tür, öffnete sie lautlos und verschwand.
Sein plötzliches Verstummen und sein veränderter Gesichtsausdruck waren Pedgift senior nicht entgangen. »Mit dem nimmt es

mal ein schlechtes Ende«, sagte er halblaut vor sich hin, indem er sich setzte, in seinen Papieren blätterte und die unterbrochene Arbeit wieder aufnahm.
Draußen im Büro fiel Mr. Bashwoods verwandelte Haltung ebenfalls auf. Ein so trotziges, ja entschlossenes Gesicht hatten Pedgift junior und die Schreiber noch nie bei ihm gesehen, und da sie gewohnt waren, sich über den alten Sonderling lustig zu machen, fanden sie die Veränderung wahnsinnig komisch. Mr. Bashwood blieb jedoch taub gegen die rüden Witzeleien, die von allen Seiten auf ihn niederprasselten. Er pflanzte sich vor Pedgift junior auf, sah ihm forschend ins Gesicht und sagte in geistesabwesendem Ton, als dächte er laut: »Ob *Sie* mir wohl helfen könnten?«
»Sofort ein Konto für Mr. Bashwood eröffnen!« rief Pedgift junior den prustenden Angestellten zu. »Einen Sessel her – und einen Fußschemel, aber bitte schnell! Versteht ihr nicht, daß wir an Mr. Bashwood einen neuen Klienten haben? Handgeschöpftes Büttenpapier und ein Gros feinste Gänsekiele – Mr. Bashwoods Fall muß würdig verewigt werden! Mein armer Vater wird sich nach einem anderen Partner umsehen müssen, denn ab heute mache ich mich selbständig – mit einem Klienten wie Mr. Bashwood bin ich ein gemachter Mann. Nehmen Sie doch Platz, Sir, ich flehe Sie submissest an: Tun Sie mir doch die Ehre, Platz zu nehmen!«
Mr. Bashwood schien nichts zu sehen und nichts zu hören. Er wartete geduldig, bis Pedgift junior seinen Witzvorrat verausgabt hatte, und wandte sich dann still zur Tür.
»Ich hätte es mir gleich sagen sollen«, murmelte er in demselben geistesabwesenden Ton wie zuvor. »Er ist ganz und gar der Sohn seines Vaters – ich könnte vor seinen Augen tot umfallen, und er würde sogar darüber noch Witze reißen.« Damit strich er gedankenlos über seinen schäbigen Biberhut und verließ das Büro.
Das triste möblierte Zimmer im ärmeren Teil der Stadt, in das er zurückkehrte, war mit Erinnerungen an Miß Gwilt erfüllt, deren Anblick ihm, wohin er sich auch wandte, brennend ins Herz stach. Auf dem Kamin hatte er eine Art kleinen Altar aufgebaut, auf dem die längst verdorrten Blumen lagen, die sie ihm im Laufe der Zeit huldreich geschenkt hatte. An der Wand hing ein geschmackloser Farbdruck, den er hatte einrahmen lassen, weil die darauf dargestellte Frau ihn von fern an Miß Gwilt erinnerte. In seiner plumpen Mahagonikommode lagen die paar kurzen, befehlenden Briefe, die sie ihm geschrieben hatte, als er in Thorpe-Ambrose – einzig *ihr* zu Gefallen – Spitzeldienste versah. Und über der Lehne des Sofas, das nachts sein Bett war, hing die schreiend blaue Seidenkrawatte, die er sich gekauft hatte, weil sie einmal gesagt hatte, frische Farben gefielen ihr. Seitdem hatte er sie jeden Morgen umknüpfen wollen – und es schließlich doch nie gewagt.

Dieser Anblick gab ihm den Rest. Er packte die Krawatte, als sei sie eine Schlange, die er erwürgen könnte, und schleuderte sie mit einem Fluch in die Zimmerecke.

Eine Weile saß er in sich zusammengesunken da; dann erhob er sich steifbeinig und ging an seinen Schrank. »Mir ist, als hätte ich Fieber«, dachte er. »Ich habe Durst . . . Vielleicht wird mir nach einer Tasse Tee besser.« Er nahm die Teebüchse heraus und maß mit einem Löffelchen die Menge ab, die er sich täglich gestattete, wobei seine Hände derart zitterten, daß er die Hälfte verschüttete. »Nein, ich bin zu nichts mehr nütze!« dachte er, indem er die Teeblätter sorgfältig zusammenkratzte und zu den andern in die Kanne tat.

Da er keine Kochgelegenheit im Zimmer hatte, mußte er jedesmal, wenn er kochendes Wasser brauchte, in die Küche hinunter, wo er unvermeidlich mit seiner Wirtin zusammentraf. Diese Wirtin gehörte zu den zahllosen englischen Matronen, die mit wahrem Genuß den dornigen Pfad des Lebens wandeln und nichts Schöneres kennen, als in ihren und anderer Leute Wunden herumzustochern. Ihr einziges Laster war Neugier; im übrigen bestand sie aus lauter Tugenden. Sie achtete Mr. Bashwood sehr, weil er ein pünktlich zahlender, ruhiger und höflicher, also rundum angenehmer Mieter war.

»Ah, Sie wünschen Teewasser, Sir?« fragte sie entgegenkommend. »Ach du meine Güte, Sie sehen aber jämmerlich aus, wenn Sie mir die Bemerkung erlauben!«

Damit hatte sie zweifellos recht. Die heftigen Gemütsbewegungen dieses Tages waren nicht spurlos an Mr. Bashwood vorübergegangen. Er befand sich jetzt fast wieder in dem hilflosen Zustand, in dem er auf dem Bahnhof gewesen war, und mußte sich setzen, nachdem er seine Teekanne auf den Herd gestellt hatte.

»Das Leben ist schwierig, Ma'am«, sagte er leise, »und ich finde, je länger es dauert, desto schwieriger wird es.«

»Da sprechen Sie ein wahres Wort aus, Sir!« stimmte die Wirtin mit gramvoller Leidenschaft zu. »Ich bin auch schon lange reif für den Totengräber . . . Aber ich will Ihnen was sagen, Sir: Sie sind einfach zu einsam. Jedes Leid wird erleichtert, wenn auch nicht viel, wenn man es mit einem anderen Menschen teilen kann. Ach, wäre doch Ihre liebe Frau noch am Leben, dann hätten Sie einen Trost!«

Ein schmerzliches Zucken lief über Mr. Bashwoods Gesicht, als die Wirtin ihn ahnungslos an seine Ehehölle erinnerte. Er hatte ihr gleich nach seinem Einzug erzählen müssen, daß er Witwer sei und kein sehr glückliches Familienleben gehabt hätte; aber es war ihm trotz ihres Bohrens gelungen, die näheren Einzelheiten, die er nur Midwinter anvertraut hatte, für sich zu behalten – sie hätte alles

gleich in der ganzen Nachbarschaft weitererzählt.
»Was mein Mann ist, dem sage ich täglich«, fuhr die Wirtin fort, während sie das Feuer unter dem Teekessel besser in Gang zu bringen versuchte, »›Sam‹, sage ich, ›was würdest du bloß ohne mich anfangen?‹ Und wenn er nicht gerade schlecht gelaunt ist – gleich kocht es, Mr. Bashwood –, gibt er offen zu: ›Elizabeth, ich wäre aufgeschmissen.‹ An seinen schlechten Tagen sagt er allerdings – Gott verzeih ihm –, daß er ins Wirtshaus gehen würde, und das tut er dann meistens auch. Ach ja, wem erzählen Sie was von Schwierigkeiten und Kummer! Ein Mann mit erwachsenen Kindern sollte sich schämen, ins Wirtshaus zu gehen und sich vollaufen zu lassen! – Haben Sie nicht auch erwachsene Kinder, Sir? Mir ist doch so, als hätten Sie mal was von Töchtern gesagt – o je, o je, und alle tot, Sie Ärmster!«
»Ich hatte nur eine, Ma'am«, berichtigte Mr. Bashwood ergeben, »und die ist schon als ganz kleines Kind gestorben.«
»Ach so, richtig, nur eine . . . Wo ist die Teekanne? Jetzt kocht es. Nur eine! Muß ein schwerer Verlust gewesen sein, Sir. Wenn's das einzige Kind ist –«
Mr. Bashwood sah die Wirtin mit leeren Augen an. Nun hatte sie ihm nach dem ehelichen Unglück auch sein Unglück als Vater ins Gedächtnis gerufen, das er über der Leidenschaft zu Miß Gwilt eine Zeitlang völlig vergessen hatte. »Es war nicht das einzige, Ma'am«, sagte er widerstrebend, da die Wirtin sich umgedreht hatte und sichtlich auf eine Äußerung wartete. »Ich habe noch einen Sohn. Ich habe mein Möglichstes getan, um ihn zu einem rechtschaffenen Mann zu erziehen, aber er hat es mir schlecht gedankt.«
»So etwas!« Die Wirtin schlug in lebhaftester Teilnahme die Hände zusammen. »Und das hat Ihnen das Herz gebrochen, nicht wahr? Oh, der Himmel wird ihn dafür strafen, früher oder später, dessen können Sie gewiß sein! Moses hat nicht umsonst das vierte Gebot auf seine Gesetzestafeln geschrieben, Sir! Wo ist er denn jetzt, und was macht er?«
Mr. Bashwood war heute zu erschöpft, um eine ausweichende Antwort zu finden. Fast ohne sein Zutun sagte er ungefähr dasselbe, was er bisher nur Pedgift und Midwinter gesagt hatte:
»Soviel ich weiß, ist er in London, Ma'am. Als ich das letztemal von ihm hörte, verdiente er sein Brot auf etwas fragwürdige Weise; er war bei einer privaten Detek . . « Mitten im Wort hielt er inne, und vor den Augen der erstaunten Wirtin ging eine seltsame Veränderung mit ihm vor. Er schob die volle Tasse zurück, die sie ihm gerade hingestellt hatte, und sprang auf. Sein Blick belebte und seine hohlen Wangen röteten sich. Die Wirtin, die ihren ruhigen Mieter noch nie so gesehen hatte, wußte einen

Moment kaum, was sie sagen sollte, und entschloß sich dann, beleidigt zu sein.
»Ich hoffe, ich habe nichts Verkehrtes gesagt.« Sie schniefte hörbar durch die Nase.
»Aber ganz im Gegenteil, Ma'am, ganz im Gegenteil!« versicherte Mr. Bashwood beängstigend stürmisch. »Mir ist nur eben etwas eingefallen ... etwas sehr Wichtiges. Entschuldigen Sie, ich muß sofort in mein Zimmer, einen Brief schreiben ... ja, einen Brief, einen Brief, einen Brief. Verzeihen Sie, ich bin Ihnen außerordentlich verbunden, aber ... für einen Moment muß ich mich verabschieden, verzeihen Sie, verzeihen Sie.« Er fuchtelte konfus herum, schüttelte der verdutzten Wirtin plötzlich inbrünstig die Hand und eilte – unter Zurücklassung seiner Teekanne – aus der Küche.
In seinem Zimmer angelangt, schloß er sofort die Tür hinter sich ab und lehnte sich an den Kamin, um wieder zu Atem zu kommen. Als er sich etwas gefaßt hatte, holte er sein Schreibzeug aus der Kommode und setzte sich damit an den Tisch. »Ihr könnt mir gestohlen bleiben, Pedgift und Sohn!« stieß er mit rabiatem Fingerschnippen hervor. »Ich habe selber einen!« Dann fügte er allerdings kleinlaut hinzu: »Wenn er nur noch bei der Detektivagentur ist ... Und wenn es mir nur gelingt, ihm so zu schreiben, daß es ihn rührt!«
Nach langem, mühsamem Nachdenken brachte er endlich folgenden Brief zustande:

Mein lieber James,
Du wirst Dich wundern, nach so langer Pause meine Handschrift zu sehen. Fürchte bitte nicht, daß ich Dich um Geld angehen oder Dir Vorwürfe machen will. Ich habe zwar schwer an der Abzahlung Deiner Schulden zu tragen gehabt, bin aber besten Willens, alles Vergangene vergangen sein zu lassen.
Falls Du noch bei der privaten Detektivagentur arbeitest, könntest Du mir einen großen Gefallen tun. Ich interessiere mich für eine Dame, über deren Vergangenheit ich ein paar nähere Auskünfte brauche. Bitte mache Dich über dieses Geständnis nicht unnötig lustig. Wenn Du wüßtest, was ich wegen dieser Dame schon ausgestanden habe, würdest Du eher Mitleid mit mir empfinden.
Da ich weiß, daß Du nicht viel Geduld hast, will ich Dich nicht mit langen Vorreden ermüden. Bei Deinem jetzigen Beruf genügt es ja auch, wenn ich Dir sage, daß ich Grund zu der Vermutung habe, daß die betreffende Dame keine ganz einwandfreie Vergangenheit hat. Ich muß wiederholen, daß ich außerordentlich interessiert bin, Näheres darüber zu erfahren, und zwar schon innerhalb der

nächsten vierzehn Tage, sonst hat es wahrscheinlich keinen Zweck mehr.

Ich weiß nicht, nach welchen Richtlinien in einem Auskunftsbüro gearbeitet wird, aber ich könnte mir denken, daß Du zunächst die Adresse der Dame haben müßtest, um mir helfen zu können. Unglücklicherweise ist mir ihre derzeitige Adresse unbekannt. Ich kann nur sagen, daß sie heute nach London abgefahren ist, und zwar in Begleitung eines Herrn, für den ich jetzt arbeite und der mir wahrscheinlich binnen kurzem schreiben wird, weil er meines Wissens nicht viel Geld bei sich hat und wünschen wird, daß ich ihm welches nachschicke.

Meinst Du, daß wir damit anfangen können? Ich schreibe schon »wir«, mein lieber Junge, weil ich im Grunde doch fest auf Dein freundliches Verständnis und Deine Hilfe baue. Ich habe auch wieder ein paar kleinere Ersparnisse, die ich Dir für diesen Zweck selbstverständlich zur Verfügung stelle. Bitte antworte postwendend! Wenn Du nur ein bißchen die schreckliche Ungewißheit erleichterst, unter der ich jetzt dahinvegetiere, machst Du all den Kummer und die Enttäuschungen wieder gut, die ich früher um Deinetwillen erlitten habe, und verpflichtest zu unendlichem Dank

Deinen Dich liebenden Vater
Felix Bashwood

Nachdem er seine geröteten Augen getrocknet hatte, schrieb Mr. Bashwood die Adresse: Mr. James Bashwood, c/o Privat-Detektivagentur, Shadyside Place, London. Dann ging er aus und steckte den Brief eigenhändig in den Kasten. Es war Montag. Wenn James wirklich postwendend antwortete, konnte er Mittwoch morgen auf Post rechnen. Inzwischen mußte er sich, so gut es ging, mit seinen Verwaltungsarbeiten auf Thorpe-Ambrose betäuben.

Am Dienstagnachmittag verbreiteten sich auf dem Gut gewisse Gerüchte, die von der Dienerschaft auch zu Mr. Bashwood weitergetragen wurden, ohne ihn jedoch irgendwie zu berühren – sein Geist kreiste einzig um die eigene fixe Idee. In dem Cottage sollten sich dramatische Dinge abgespielt haben. Erst hatte der Major seine Tochter zu einer Unterredung unter vier Augen in sein Zimmer beordert, und als Miß Nelly wieder zum Vorschein kam, waren ihre Augen, laut Aussage des Dienstmädchens, dick verheult. Das war gestern nachmittag gewesen, und heute früh hatte der Major die Hausbewohner mit dem kurzen Bescheid überrascht, Miß Nelly brauche einen Erholungsaufenthalt an der See, und er werde sie deshalb persönlich mit dem nächsten Zug nach Lowestoft bringen. Nun waren die beiden bereits abgefahren, beide sehr schweigsam und ernst, aber offensichtlich in bestem Einverneh-

men. Die Bediensteten des Herrenhauses brachten diese umwälzende Neuigkeit natürlich mit der nicht minder aufregenden gemeinsamen Abreise Allans und Miß Gwilts in Verbindung. Dem widersprachen jedoch die Bediensteten des Cottage entschieden. Sie führten folgende Gegengründe an: Sowohl der Major als auch Miß Nelly hatten von Montag mittag bis zu ihrer Abfahrt keinen Fuß vor die Tür gesetzt und keine Menschenseele gesprochen, konnten also gar nichts von dem Skandal auf dem Bahnhof gehört haben. Und Mrs. Milroy war sofort in Wut geraten, als die neue Pflegerin nur versuchsweise Miß Gwilts Namen nannte, und hatte ihr den Mund verboten, weswegen auch ihr die Sensation von Thorpe-Ambrose vorenthalten geblieben war. Darum mußte inzwischen noch etwas anderes passiert sein, was keiner wußte. Miß Milroys plötzliches Bedürfnis nach Luftveränderung konnte jedenfalls nicht direkt mit Allans und Miß Gwilts schamloser Aufführung am hellichten Tage zusammenhängen.
Soweit der Dienstbotenklatsch, der Mr. Bashwood zum einen Ohr hinein- und zum anderen wieder herausging, da er nicht geeignet war, seine vorgefaßte Meinung zu ändern, Allan und Miß Gwilt beabsichtigten in London zu heiraten. Dies war und blieb, ganz im Sinne Miß Gwilts, die Meinung aller . . . Mr. Bashwood fieberte lediglich dem Mittwochmorgen entgegen, und diesmal wurde er nicht auf die Folter gespannt: Der Postbote brachte ihm tatsächlich die ersehnte Antwort des verlorenen Sohnes. Zitternd eilte er mit dem Brief in sein Zimmer zurück, schloß sich ein und las:

Shadyside Place, 29. Juli 1851

Mein lieber Alter,
mysteriöse Angelegenheiten sind in unserer Agentur an der Tagesordnung, das liegt in der Natur der Sache, aber Dein überraschendes Schreiben schlägt (wenigstens in meinen Augen) alles bisher Dagewesene. Seit wann interessierst Du Dich für die Heimlichkeiten schöner Damen? Oder solltest Du gar den Gedanken hegen, mich auf Deine alten Tage noch mit einer Stiefmutter zu beglücken? Dann kann ich nach den Eheerfahrungen, die Du hinter Dir hast, nur Deinen Mut bewundern. Wie dem auch sein möge, es ist Dir jedenfalls gelungen, mich neugierig zu machen.
Denke nicht, daß ich Dich verulke! Auch ich will mich heroisch zeigen und einer so billigen Versuchung widerstehen. Ich habe sogar schon eine Viertelstunde meiner kostbaren Zeit dazu verwendet, ernsthaft über Deinen Fall nachzudenken. Thorpe-Ambrose klang mir irgendwie bekannt, und als ich in meinem Notizbuch nachschlug, sah ich, daß ich vor noch gar nicht so langer Zeit selbst dort gewesen bin, um gewisse Erkundigungen einzuziehen. Unsere Auftraggeberin war eine muntere und gescheite alte

Dame – so gescheit, daß sie unter falschem Namen bei uns auftrat. Natürlich war es eine Kleinigkeit für uns, ihren richtigen herauszufinden. Sie heißt Mrs. Maria Oldershaw. Falls Du ausgerechnet sie als meine künftige Stiefmutter ins Auge gefaßt hast, empfehle ich Dir wärmstens, Dir die Sache noch dreimal zu überlegen.

Wenn der Gegenstand Deines Interesses aber nicht sie, sondern eine andere ist, so kann ich Dir vorläufig nur einen Tip geben, wie Du ihre jetzige Adresse erfährst. Sobald Du den ersten Brief Deines Chefs erhältst, mit dem sie durchgebrannt ist (ich hoffe und bete für Dich, daß er nicht jung und hübsch ist), so komm selbst nach London und melde Dich hier im Büro. Ich gebe Dir dann jemanden mit, der Dir beim Beobachten Deines Chefs fachmännisch beisteht; und falls er mit der Dame tatsächlich Beziehungen aufrechterhält, erfährst Du im Handumdrehen, wo sie logiert. Das Weitere überlasse dann nur getrost Deinem Dich liebenden Sohn. Keines der pikanten Histörchen ihrer Vergangenheit wird Dir vorenthalten bleiben.

Ein paar Kleinigkeiten müssen wir natürlich von vornherein regeln. Ich bin gern bereit, Dir die Vaterhand zu schütteln und wieder nett zu Dir zu sein; aber wenn Du auch früher einige Ausgaben meinetwegen hattest (Kinder kosten nun mal was – eine Binsenwahrheit, die sich alle Eltern vorher überlegen sollten!), so kann ich Deine bevorstehenden Ausgaben doch nicht aus meiner eigenen Tasche bezahlen. Ich stelle daher ausdrücklich die Bedingung, daß Du für alles selber aufkommst. Möglicherweise müssen wir einige unserer Mitarbeiterinnen bemühen, falls Deine Unbekannte zu klug und zu schön ist, als daß ihr nur mit männlichen Methoden auf die Schliche zu kommen ist. Droschken, Porti, Theaterkarten (oder Geld für den Klingelbeutel, wenn es sich um eine fleißige Kirchgängerin handelt) – alles das und vieles mehr läppert sich zusammen. Meine persönlichen Ratschläge gebe ich Dir als Gratiszugabe. Ich denke, Du wirst diesen Vorschlag als recht und billig begrüßen. Also – vergessen wir die Vergangenheit, und auf vergnügtes Wiedersehen!

Dein getreuer Sohn
James Bashwood

Der unselige Vater drückte in seiner Begeisterung über die zugesagte Hilfe den Brief, dessen empörenden Ton er überhaupt nicht merkte, an die Lippen. »Mein guter Junge!« murmelte er gerührt ein über das andere Mal. »Mein guter, treuer Junge!«

Endlich faßte er sich genügend, um an die zunächst nötigen Schritte zu denken. Am dringendsten war das Zeitproblem; Mr. Pedgift hatte ihm ja gesagt, daß Miß Gwilt, wenn sie wollte, in vierzehn Tagen verheiratet sein könnte. Fast zwei Tage davon waren schon

vorbei. Mr. Bashwood trommelte nervös mit den Fingern auf der Tischplatte, während er sich fragte, wieviel Geld Allan wohl bei sich gehabt hatte, als er nach London fuhr, und wann er wegen einer Überweisung schreiben würde. Morgen, übermorgen – oder etwa noch später?
Mr. Bashwood saß zwei weitere Tage lang wie auf glühenden Kohlen; dann endlich kam der erwartete Brief. Allan bat kurz und bündig um die Überweisung einer größeren Summe, gab die Adresse seines Londoner Hotels an und schloß mit den vieldeutigen Worten: »Ich bleibe bis auf weiteres hier.«
Ein Stöhnen der Erleichterung entrang sich Mr. Bashwood. Nachdem er den Auftrag erledigt hatte, packte er unverzüglich seine Reisetasche, um selbst nach London zu fahren. Ganz obenauf legte er die sorgfältig geglättete knallblaue Seidenkrawatte. »Sie mag lebhafte Farben«, dachte er, »und wer weiß – vielleicht gefalle ich ihr jetzt damit!«

XIV

Miß Gwilts Tagebuch

All Saint's Terrace, New Road, London, 28. Juli (Montag abend). – Ich kann kaum noch die Augen offenhalten, so müde bin ich. Aber in meiner jetzigen Situation darf ich mich nicht nur auf mein Gedächtnis verlassen, sondern muß vor dem Schlafengehen unbedingt den Verlauf des Tages schriftlich festhalten.
Bis jetzt scheint das Glück mir treu zu bleiben (lange genug hat's gedauert, ehe es sich mir zuwandte!). Ich habe Armadale genötigt, allein in einem Separatabteil mit mir nach London zu fahren (bei dem Flegel mußte ich fast Brachialgewalt anwenden), und zur Zeit dürften die zahlreichen Augenzeugen den neuesten »Skandal« schon in der ganzen Stadt verbreiten. Die erste halbe Stunde der Reise war eine ziemliche Strapaze, denn Armadale gab sich nicht einmal Mühe, sein Mißtrauen zu verbergen. Aber allmählich wurde er zahm, erstens, weil ich mit keinem Wort nach dem Zweck seiner Reise fragte, und zweitens, weil ich nur von Midwinter redete und Armadale auf die günstige Gelegenheit hinwies, sich in London mit ihm auszusprechen und zu versöhnen. Auf diese Weise brachte ich es fertig, daß er bald völlig auftaute und sich halbwegs benahm wie ein Gentleman, der die Ehre und das Vergnügen hat, einer Dame auf einer langen Eisenbahnfahrt Gesellschaft zu leisten.

In seinem leeren Schädel war natürlich kaum ein anderer Gedanke als der an seine und Miß Milroys Liebesaffäre. Es ist nicht zu schildern, wie plump er dauernd von sich selber zu reden versuchte, ohne mich zu sehr ins Vertrauen zu ziehen oder gar den Namen seiner Holden zu erwähnen. Ein Wink mit dem Zaunpfahl jagte den andern – und dabei war er fest überzeugt, mich höchst diplomatisch über seine wahren Absichten im dunkeln zu lassen. Ich konnte mir nur mit Mühe das Lachen verbeißen, wenn ich dabei an meinen anonymen Brief an den Major dachte. Die ganze Szene prickelte mir wie Sekt in den Adern: Da saß ich, liebenswürdig und harmlos mit dem Mann plaudernd, dessen Leben ich im geeigneten Moment auszulöschen gedenke, wie man ein Stäubchen vom Kleid schnippt . . . Ein paarmal ertappte ich mich dabei, daß ich lauter lachte, als es meine Art ist; und schon eine ganze Weile vor der Ankunft in London fand ich es äußerst rätlich, mein Gesicht mit dem Schleier zu verhüllen.

In London selbst konnte ich ihn leicht bewegen, gleich vom Bahnhof aus mit mir zu Midwinter ins Hotel zu fahren. Er brannte nur so darauf, seinen teuren Freund wiederzugewinnen (zweifellos aus dem Hauptgrunde, weil er dann auf dessen Hilfe in der Milroy-Affäre rechnete). Schwierigkeiten hatte ich nur von Midwinter zu befürchten. Da die gemeinsame Reise nach London sich so plötzlich ergab, hatte ich keine Gelegenheit mehr gehabt, seinen Aberglauben, er und sein Freund müßten getrennt bleiben, zu beschwichtigen. Ich bat Armadale deshalb, in der Droschke vor der Hoteltür zu warten, während ich erst allein hineinging, »um den Weg für ihn zu ebnen«.

Glücklicherweise war Midwinter im Hause. Seine Seligkeit, mich ein paar Tage früher als erwartet wiederzusehen, hätte mich beinahe angesteckt . . . Ach, warum soll ich die Wahrheit in meinem eigenen Tagebuch vertuschen – bei der Begrüßungsumarmung vergaß ich die übrige Welt so vollständig wie er und empfand wieder wie ein junges Mädchen. Ein paar herrliche Sekunden lang existierte nichts und niemand außer uns beiden – bis mir leider der Kerl draußen in der Droschke einfiel und ich mit einem Schlage wieder fünfunddreißig wurde.

Die Seligkeit wich von seinem Gesicht, als er hörte, wen ich mitgebracht hätte. Er schaute gequält drein, gab aber meinen Bitten bald nach, wobei seine alte Anhänglichkeit an den Freund mitgespielt haben mag; im Grunde war seine Versöhnungsbereitschaft (gegen alle eigenen Bedenken) nur ein Zeichen dafür, daß er *mir* nichts abschlagen kann.

Ich blieb im Hotelsalon, während er Armadale hereinholte, weiß also nicht, wie sie sich im ersten Moment des Wiedersehens benahmen. Aber, o Gott, welch ein Unterschied zwischen den beiden

jungen Männern, als sie dann zusammen den Salon betraten! Natürlich waren sie beide aufgeregt, aber in der Art, wie es sich bei jedem zeigte, enthüllte sich die ganze abgrundtiefe Kluft zwischen ihren Naturen: Der gräßliche Armadale war röter, lauter und plumper denn je, während der feinfühlige Midwinter blaß war und sich noch mehr zurückhielt als sonst, nur wenige leise Worte äußerte und seine ganze Seele in den Blick legte, mit dem er mich ansah. Für Armadale hingegen war ich überhaupt nicht mehr vorhanden; er redete beständig über mich hinweg und an mir vorbei – während Midwinter mich selbstverständlich mit ins Gespräch zu ziehen suchte, und zwar nicht nur aus Höflichkeit, sondern weil er in jeder Minute wissen wollte, was ich dachte und fühlte. Als Armadale ihn endlich einmal zu Worte kommen ließ, wollte er mich in die Pension bringen, die er schon vorsorglich für mich ausgesucht hatte, damit ich mich nicht selbst um den Kutscher und das Gepäck zu kümmern brauchte und mich von der Reise ausruhen könnte. Als ich dankend ablehnte und sagte, wegen dieser Kleinigkeit wollte ich die Freunde nicht gleich wieder auseinanderreißen, machte der Flegel Armadale kein Hehl aus seiner Erleichterung, mich schon loszuwerden und Midwinter für sich allein zu haben. Ich war noch nicht zur Tür hinaus, als er sich bereits mit beiden Ellbogen auf den Tisch lümmelte, einen Brief zu krakeln begann (zweifellos an Miß Milroy) und dem Kellner über die Schulter zubrüllte, er wollte ein Zimmer im gleichen Hotel. Damit hatte ich ohnehin gerechnet. Bei allem Widerwillen, den ich gegen den Burschen empfinde, ist es meinen Zwecken sehr dienlich, ihn nun sozusagen dauernd unter den Augen zu haben.
Jetzt sitze ich in einem sehr netten kleinen Appartement, das aus Wohn- und Schlafzimmer besteht und zu einem Haus gehört, in dem mich kein Mensch kennt. Ich habe die Miete für eine Woche vorausbezahlt. In meiner Börse befinden sich noch genau drei Shilling und neun Pence. Midwinter um Geld zu bitten, ist mir unmöglich, nachdem er schon meine neulich fällige Schuld an die Oldershaw beglichen hat. Ich werde morgen meine Uhr mitsamt Kette ins Pfandhaus bringen, das wird mich die nächsten vierzehn Tage über Wasser halten – und mehr brauche ich ja nicht. In spätestens vierzehn Tagen bin ich Midwinters Frau!

29. Juli, zwei Uhr mittags. – Heute früh habe ich Midwinter ein paar Zeilen geschrieben, daß ich ihn um drei hier erwarte. Dann ging ich aus und erledigte meine dringendsten Angelegenheiten. Die erste, das Versetzen der Uhr, ist kaum noch der Rede wert. Man hat mir mehr darauf geliehen, als ich erwartete; ich kann mir also vielleicht vor der Hochzeit sogar ein einfaches neues Sommerkleid leisten.

Mein anderer Gang war ungleich wichtiger. Ich suchte ein Notariat auf, um mich über eine wichtige Rechtsfrage zu informieren.
Mir war schon gestern abend klar (ich war nur zu müde, darüber weiterzuschreiben), daß ich heute nicht mit Midwinter sprechen kann – so, wie wir jetzt zueinander stehen –, ohne wenigstens den Anschein zu erwecken, daß ich bereit bin, ihm alles über mich selbst zu erzählen. Mit Ausnahme von ein oder zwei Andeutungen, die ich schon gemacht habe, kann ich meiner Phantasie freien Lauf lassen. Da ich bis jetzt überhaupt nichts erzählt habe, brauche ich nicht zu befürchten, mich in Widersprüche zu verwickeln. Ich muß nur strikt darauf achten, nicht aus der Rolle zu fallen, die ich in Thorpe-Ambrose gespielt habe, denn bei der traurigen Berühmtheit, die mein *anderer* Name erlangt hat, kann ich Midwinter nur unter meinem Mädchennamen Lydia Gwilt heiraten.
Da ich sonst keinen Juristen kenne, dem ich trauen kann, meldete ich mich kühn bei ebendemselben Rechtsanwalt, der mich damals vertreten hat – in jener fürchterlichsten Zeit meines Lebens, an die ich jetzt aus begreiflichen Gründen weniger denn je denken mag. Er war erstaunt und keineswegs entzückt, mich wiederzusehen. Noch ehe ich den Mund aufgemacht hatte, sagte er, ich wolle ihn doch hoffentlich nicht *wieder* in eigener Angelegenheit bemühen! Das stark betonte Stichwort »wieder« bewog mich, die in solchen Fällen so beliebte »Bekannte« heranzuziehen, in deren Auftrag ich lediglich ein paar Fragen zu stellen hätte. Auf dieser Basis (wir verstanden einander vollkommen) konnte er mir als höflicher Mensch Auskunft erteilen und mich doch in gehörigem Abstand halten, und in zwei Minuten wußte ich, was ich wissen wollte.
Nach den heute gültigen Gesetzen kann ich Midwinter also unter meinem Mädchennamen heiraten, ohne die Tatsache, daß ich Witwe bin, zur Sprache zu bringen. Meine neue Ehe kann nur dann annulliert werden, wenn der Ehemann später erfährt, daß ihm etwas verschwiegen worden ist, und aus diesem Grunde einen Prozeß gegen mich anstrengt. Nun, dazu wird es nie kommen. Midwinter wird eines Tages (wenn ich nicht auch *das* irgendwie verhindere) einen ganz anderen Betrug entdecken, nämlich den, daß ich die Stellung der vermögenden Witwe seines Freundes eingenommen habe – aber bis dahin werden wir ohnehin wieder getrennt sein.
Schon halb drei! Midwinter wird in einer halben Stunde hier sein – höchste Zeit, daß ich mich vor den Frisierspiegel setze. Außerdem muß ich mir eine schlicht-ergreifende kleine Lebensgeschichte ausdenken. Habe ich etwa Lampenfieber? Irgend etwas flattert an der Stelle, wo ganz früher mal mein Herz war. Lieber Himmel, und das bei meinen fünfunddreißig Jahren – und nach meinen Erfahrungen!

Sechs Uhr. – Eben ist er gegangen. Unser Hochzeitstag ist festgesetzt.

Eigentlich wollte ich mich hinlegen, um mich etwas zu entspannen, aber ich kann nicht. Dieses Tagebuch läßt mir keine Ruhe. Ich habe viel einzutragen, was ich später nicht vergessen oder durcheinanderbringen darf.

Am besten fange ich mit dem Unangenehmsten an, dann habe ich's hinter mir – mit dem ekelhaften Schwindel, den ich ihm über meine angeblichen Familienschwierigkeiten erzählt habe.

Die Wirkung, die dieser Mensch auf mich ausübt, ist mir ein Rätsel. In seiner Gegenwart erkenne ich mich selbst kaum wieder. Mein wahres Ich zeigte sich zum Beispiel gestern in der Eisenbahn, als ich Armadale auf den Leim führte. Eigentlich müßte doch etwas Gruseliges daran sein, daß ich mit einem lebendigen jungen Mann tändelte, dessen Witwe ich demnächst zu sein gedenke; aber mich hat der Gedanke nur köstlich amüsiert und mich nicht einen Moment gehindert, ihn nach allen Regeln der Kunst zu belügen. Warum läuft es mir nun schon bei dem kleinsten, vergleichsweise harmlosen Schwindel, den ich Midwinter erzähle, eiskalt den Rükken hinunter, wenn ich sehe, daß er mir alles vorbehaltlos glaubt? Ich hatte einen dicken Klumpen im Hals und wäre fast in hysterische Tränen ausgebrochen, als er mich nach den ersten Sätzen bat, nicht weiterzusprechen – er sähe ja, wie sehr es mich quälte. Und einmal (ich zittere noch bei der Erinnerung) entging ich nur um Haaresbreite der Versuchung, alle Verstellung fallenzulassen und ihm die ganze Wahrheit preiszugeben . . . Er sagte: »Wenn ich dich mehr lieben könnte, als ich dich liebe, würde ich es jetzt tun, da ich nun weiß, was du gelitten hast«, und ich hätte am liebsten aufgeschrien: »Lügen, alles Lügen! Heirate die elendeste Straßendirne; du wirst an ihr immer noch eine bessere Frau haben als mich!« Ja – soweit brachten mich seine feuchtgewordenen dunklen Augen und der bebende Unterton seiner Stimme, oder doch beinahe. Mir sind, weiß Gott, schönere und klügere Männer als er begegnet – dutzendweise. Warum erschüttert gerade er mein ganzes Wesen so von Grund auf? Ist das Liebe? Ich war doch immer der festen Meinung, daß man nicht mehr als einmal im Leben so lieben kann, wie ich einst geliebt habe. Habe ich mich damals nicht allen Ernstes aus Liebe umbringen wollen? Oder war das trotzdem nicht die wahre Liebe? Mußte ich erst fünfunddreißig werden, um den Unterschied zu erkennen – jetzt, da es zu spät ist? Ach, lächerlich! Was nützen alle Fragen und Seelenwühlereien! Je mehr man fragt, desto weniger versteht man, und desto mehr betrügt man sich selbst . . .

Nun habe ich schon zwei Seiten vollgeschrieben, und nichts davon hat den geringsten sachlichen Wert für meine künftigen Zwecke.

Ich muß schleunigst notieren, was ich wirklich gesagt habe, damit ich mir bei späteren Gelegenheiten nicht widerspreche.
Die Geschichte, die ich Midwinter erzählt habe, könnte in jedem Leihbibliotheksroman stehen. Vater tot, Vermögen verloren, mißratene Brüder, die ich nie wiederzusehen hoffe, eine seit Jahren bettlägerige Mutter, die ich mühsam ernähre ... Nein! Ich kann das ganze widerliche Zeug jetzt nicht ausführlich wiederkäuen. Er hat alles geglaubt, und ich schäme mich in Grund und Boden ... Er hat sich von diesen abgedroschenen Phrasen rühren lassen, weil ich sie ihm als *meine* Lebensgeschichte auftischte! Nein, lieber riskiere ich spätere Widersprüche mit allen denkbaren Folgen, als daß ich mich jetzt noch länger dabei aufhalte!
Endlich war ich mit meinen Lügen fertig, und er war an der Reihe, von sich und seinen Zukunftsplänen zu sprechen. Welche Erleichterung war das – und ist es nun aufs neue!
Er hat das Angebot der neuen Zeitung, wovon er mir schon nach Thorpe-Ambrose schrieb, nun angenommen und wird als Auslandskorrespondent zunächst nach Neapel geschickt. Eine andere italienische Stadt wäre mir lieber gewesen, denn gerade mit Neapel verbinden sich mir gewisse Assoziationen, die ich nicht auffrischen möchte; aber gleichviel. Wir werden am 11. August abreisen. Bis dahin müssen wir natürlich verheiratet sein.
Diesbezüglich gibt es nicht die geringste Schwierigkeit. Alles ist so einfach, daß ich fast in den Aberglauben verfalle, im letzten Augenblick müßte doch noch etwas dazwischenkommen.
Der Vorschlag, ganz im stillen zu heiraten, den ich nicht zu machen wagte, kam zu meiner grenzenlosen Erleichterung von Midwinter selbst. Da er ja seinen wahren Namen weiterhin verbergen will, liegt es in seinem Interesse, keinen Bekannten zu der Trauungszeremonie einzuladen, am allerwenigsten seinen Freund und Namensvetter Armadale. Er wohnt schon eine Woche in London; in einer weiteren Woche kann er die Heiratsgenehmigung beantragen und sich in der Kirche des Viertels, in dem auch sein Hotel steht, trauen lassen. Unsere Eile ist mit dem Zeitungsauftrag und dem nahen Abreisetermin genügend begründet. Weitere Formalitäten sind nicht vonnöten. Ich brauchte zu allem nur noch ja zu sagen, und ich sagte es so stürmisch, daß ich einen Moment fürchtete, er würde Verdacht schöpfen. Nichts dergleichen. Die nächsten Minuten waren unvergeßlich zauberhaft ...
Ich war notgedrungen die erste, die auf den Boden der Tatsachen und damit zu seinem Freund Armadale zurückkam. Ich mußte ja aus mehreren Gründen wissen, was die beiden gestern nach meinem Weggang noch miteinander geredet hatten.
Aus Midwinters Antwort merkte ich gleich, daß Armadale ihm ein

Schweigeversprechen abgenommen hatte – worüber, war für mich nicht schwer zu erraten. Natürlich handelte es sich um *seine* beabsichtigte heimliche Trauung mit der kleinen Milroy. Armadale scheint deswegen heute vormittag schon bei seinem Rechtsanwalt hier in London gewesen zu sein. Was der ihm gesagt hat, ist für die Zukunft belanglos; er wird die Verwirklichung seiner törichten Träume so und so nicht erleben.
Hierauf stellte Midwinter eine Frage, die früher oder später kommen *mußte*: ob sein Freund unter dem Siegel der Verschwiegenheit von unserer Verlobung unterrichtet werden dürfte. »Ich stehe dafür ein«, sagte er wörtlich, »daß Allan unser Geheimnis respektiert und nicht zur Trauung kommt, wenn ich ihm ausdrücklich sage, daß wir es aus privaten Gründen nicht wünschen. Er kann sich dann denken, was er will; *fragen* wird er jedenfalls nichts weiter, und so vermeiden wir es am sichersten, daß er, und sei es durch einen dummen Zufall, bei der Zeremonie erscheint und plötzlich hört, daß wir den gleichen Namen tragen.« Hierin mußte ich ihm recht geben, und Armadale wird nun wohl schon in unsere Verlobung eingeweiht sein.
Das Nächstwichtige ist für mich jetzt, zu erfahren, was Major Milroy nach Empfang meines anonymen Briefes über die Zukunft seiner Tochter beschlossen hat. Ich hoffe, daß Armadale mein »Vertrauen« damit vergilt, daß er über den Stand seiner Liebesaffäre auch mir gegenüber redseliger wird.
Der Rest des Nachmittags verflog wie ein schöner Traum. Zeitweilig gestattete ich mir den Luxus, alles in seinen Armen zu vergessen. Wie inbrünstig er mich liebt . . . Ach, mein armer Junge, warum . . . Nichts weiter darüber. Ich muß nüchtern bleiben.
Morgen vormittag treffen wir uns im Regent's Park. Je weniger er sich hier blicken läßt, desto besser. Die Mitbewohner des Hauses sind mir zwar sämtlich fremd, aber es ist klüger, ich versetze mich im Geiste schon jetzt fortwährend nach Thorpe-Ambrose und bringe keinen Menschen auch nur von fern auf die Idee, daß ich mit Midwinter verlobt sein könnte. Bei etwaigen Nachforschungen kann sogar die Aussage meiner jetzigen Wirtin zu meinen Gunsten oder Ungunsten ins Gewicht fallen.

30. Juli. – Große Neuigkeiten! Armadale hat einen Brief von Miß Milroy erhalten. Mein anonymes Schreiben hat seine Wirkung getan. Der Major hat seine Tochter schon von Thorpe-Ambrose entfernt, und mit allen Flucht- und Heiratsplänen ist es ein für allemal vorbei. Das entnahm ich schon Midwinters ersten Sätzen, als wir uns heute im Park trafen. Ich tat, als ob ich aus allen Wolken fiele und meine angeborene weibliche Wißbegierde nur mit Mühe zügeln könnte. »Denke nicht, daß ich dich ausfragen möchte«,

sagte ich, »schließlich sind dein Freund und ich doch nur ganz flüchtige Bekannte . . .«
»In Allans Augen bist du weit mehr«, erwiderte Midwinter, »nachdem ich ihm mit deiner Erlaubnis erzählt habe, daß wir einander fürs Leben angehören.«
»Was hat er dazu gesagt?« fragte ich in der unbehaglichen Erinnerung an Armadales Nachforschungen in London – ich mußte unbedingt wissen, ob er sie Midwinter gegenüber nicht etwa bei der Gelegenheit erwähnt hatte (auch wenn er damals nur relative Bagatellen herausgebracht haben kann).
»Im ersten Moment war er natürlich sehr erstaunt«, erwiderte Midwinter arglos, »aber dann hat er herzlich gratuliert. Unseren Wunsch, ihn nicht bei der Trauung dabeizuhaben, hat er übrigens erfreulich gelassen hingenommen. Er meinte, du hättest sicher Gründe für eine heimliche Eheschließung, die man respektieren müsse.«
»Und was hast du darauf gesagt?«
»Daß der Wunsch nach einer heimlichen Trauung von *mir* ausginge. Ich hielt es dann noch für richtig, hinzuzufügen – da auch er sich ja leider von dem Gerede in Thorpe-Ambrose hatte irreführen lassen –, daß du mir inzwischen deine ganze traurige Geschichte anvertraut hättest und ich vollkommen begriffe, warum du vor anderen nicht darüber sprechen wolltest.«
Ich atmete auf. Er hatte genau das Richtige gesagt – und auf die richtige Weise. »Hab Dank«, sagte ich, »daß du mich so kurz und schön vor deinem Freund gerechtfertigt hast. Ist er jetzt geneigt, sich wieder normal zu mir zu benehmen?«
»Ach, der Arme kann es kaum erwarten, dich zu sehen«, antwortete Midwinter. »Er ist ganz verzweifelt wegen Miß Milroy. Ich habe schon versucht, ihn zu trösten, aber in solchen Fällen ist die Anteilnahme einer Frau durch den besten Freund nicht zu ersetzen. Du mußt ihm gut zureden und sehen, ob du ihm raten kannst.«
»Gern«, sagte ich. »Wo ist er denn?«
Er war im Hotel, und wir begaben uns gleich zu ihm. Ich betonte meine Hilfsbereitschaft dermaßen, daß wir sogar eine Droschke nahmen, um ihn nur keinen Augenblick länger als nötig seiner einsamen Seelenqual zu überlassen. Ich mußte wissen, was Armadale nach diesem Schlag zu tun gedachte, und ihn, wenn irgend möglich, so beeinflussen, daß er England für längere Zeit verläßt. So etwas Albernes wie Armadale in seiner Doppelaufregung über die eigene verlorene Braut und mich als Midwinters Braut habe ich mein Lebtag nicht gesehen. Sein Benehmen kindisch zu nennen, wäre eine ungerechte Kränkung aller Kinder, die nicht als hoffnungslose Idioten zur Welt gekommen sind. Er beglückwünschte

mich überströmend herzlich und verfluchte noch im gleichen Atem die niederträchtige anonyme »Petzerin«, ohne zu ahnen, daß Segen und Fluch ein und derselben Person galten. Ebenso konfus war sein Urteil über den Major: In der einen Sekunde ließ er demütig gelten, daß dieser als Vater nicht anders handeln konnte; in der nächsten warf er ihm vor, er hätte überhaupt keine Gefühle mehr für irgendwas außer seiner Uhr. Mit Tränen in den Augen erklärte er seine süße Nelly für einen Engel in Menschengestalt – aber, so fügte er mürrisch hinzu, ein Mädel mit Schneid wäre dem herzlosen Vater nun gerade durchgebrannt, hätte sich irgendwie zu ihm nach London durchgeschlagen und ihn auf der Stelle geheiratet, komme, was da wolle. – Nachdem er sich etwa eine halbe Stunde ausgetobt hatte, gelang es mir, ihn zu beruhigen und mit ein paar zart verständnisvollen Worten das aus ihm herauszulocken, was mich einzig und allein interessierte: Miß Milroys Brief.
Es war ein endlos langes, geschwätziges, wirres Geschreibsel – was brauch' ich mich näher über die stilistische Begabung meiner ehemaligen Schülerin auszulassen. Ich übergehe die schwülstigen Liebesbeteuerungen und die mit Tinte umrahmten nassen Küsse (eine Dienstmädchengewohnheit, bei der einem übel werden kann) und notiere den mühsam genug festgestellten Sachverhalt:
Nach Empfang des anonymen Briefes zitierte der Major seine Tochter zu einem Gespräch unter vier Augen und zeigte ihr den Brief. »Ich habe es schwer genug mit deiner Mutter, Nelly; mache es mir nicht noch schwerer, indem du mich belügst.« Das war alles, was der arme alte Herr zunächst dazu sagte. (Ich habe ihn immer gern gehabt, und er mich auch, obwohl er es nicht offen zu zeigen wagte.) Sein Appell rührte denn auch ans Herz seiner Tochter (falls ihr Bericht nicht zweckdienlich gefärbt ist), so daß sie (selbstverständlich) in Tränen ausbrach, ihm um den Hals fiel und alles gestand.
Statt der verdienten Ohrfeige gab er ihr Zeit, sich zu fassen, und vergewisserte sich dann durch eingehendere Fragen, daß ihr Herz tatsächlich Allan Armadale gehörte. Dies scheint ihn, trotz seiner eigenen (wohlbegründeten und instinktsicheren) schlechten Meinung von Armadale, sehr in Verlegenheit gebracht zu haben, denn dem zielstrebigen Schluchzen und Flehen seines Lieblings war der gute, schwache Alte doch nicht ganz gewachsen. Immerhin weigerte er sich standhaft, einer überstürzten Verlobung und Heirat zuzustimmen. Er billigte seinem etwaigen Schwiegersohn lediglich eine »Prüfungszeit« zu, und zwar unter folgenden Bedingungen:
Für das nächste halbe Jahr hat jegliche Verbindung zwischen Armadale und Nelly, sowohl persönlich als auch schriftlich, zu unter-

bleiben. Die junge Dame hat in diesen sechs Monaten Gelegenheit, sich im Internat weiterzubilden, und der junge Herr, sich anderweitig umzusehen. Sollten beide nach Ablauf dieser Probezeit noch gleichen Sinnes sein und Armadales Betragen dem Major eine vorteilhaftere Meinung beigebracht haben, so steht der Verlobung nichts mehr im Wege – und wenn alles gut geht, dürfen sie dann nach weiteren sechs Monaten heiraten.
Ich könnte den guten alten Major für dieses salomonische Urteil küssen! Klügere und bessere Bedingungen wären selbst mir nicht eingefallen. Sechs Monate strikter Trennung, ohne jeden Nachrichtenaustausch, genügen reichlich! Bei mir müßte schon alles fehlschlagen, wenn ich bis dahin nicht längst in attraktive Trauer gekleidet und allgemein als Armadales Witwe anerkannt wäre!
Der Major brachte seine Bedingungen so vernünftig und menschlich vor, daß dem Liebespaar anstandshalber gar nichts anderes übrigbleibt, als sich danach zu richten. Er machte seiner Tochter klar, daß ihr noch eine ganze Portion Bildung und gesellschaftlicher Schliff zur künftigen Gutsherrin fehle (wie wahr!), daß sie mit achtzehn immer noch jung genug zum Heiraten sei (!), daß wahre Liebe schon, weiß Gott, längere Zeiträume und schlimmere Prüfungen überstanden habe und daß sie nun beide zeigen könnten, wie tief ihre Gefühle wirklich seien. Er erlaubte ihr noch einen Brief – damit sie ihm diese Entscheidung selbst mitteilen könnte – und ihm die notwendige Antwort, damit sie wisse, ob er einverstanden sei oder nicht. Dann aber müsse für sechs Monate Schweigen herrschen, schon um ihres guten Rufes willen, und bis zur glücklichen Beendigung der Probezeit dürfe niemand von der ganzen Affäre etwas hören.
Ich muß gestehen, daß das mustergültige Verhalten des Majors mich mehr beeindruckt hat als alles andere. Ich philosophiere seitdem über ein moralisches Problem – ausgerechnet ich. Gibt es nicht einen Lehrsatz, das heißt, laufen nicht alle Lehrsätze darauf hinaus, daß die Tugend nur Gutes bewirken kann? Stimmt das? Hier haben wir nun das Beispiel Major Milroys, der sich unbedingt tugendhaft verhält und genau das tut, was man von einem liebevollen, anständigen, vorsichtigen und gütig-energischen Vater verlangt – und gerade durch seinen Anstand, seine Güte etc. ebnet er *mir* den Weg, wie es der schlimmste Komplize einer gewohnheitsmäßigen Verbrecherin nicht besser hätte tun können. Ja, auf solche Gedanken kommt man, wenn man Sinn für die Ironie des Lebens hat und obendrein in blendender Laune ist. Seit langem habe ich nicht mehr so strahlend hübsch und jung ausgesehen wie heute!
Um der Ordnung halber noch einmal zu Miß Milroys Brief zurückzukehren (es fiel mir wirklich schwer, das stupide Gejammer

ganz durchzulesen, um die paar für mich notwendigen Informationen herauszufischen): Ihr Vater ist mit ihr zwecks »Luftveränderung« an die See gefahren, nach Lowestoft, und bringt sie nächsten Sonntag von dort aus ins Internat. Der Major zeigt damit deutlich, wie sehr er Armadale mißtraut; er läßt sie lobenswerterweise nicht mehr aus den Augen, bis er sie in Sicherheit weiß. Armadale soll seine Antwort also nach Lowestoft schicken.
Nachdem ich mich mit teilnahmsvoller Miene durch diese Epistel hindurchgekämpft hatte, beratschlagten wir zu dritt, was nun zu tun sei.
Armadale wollte zunächst natürlich einen flammenden Protest an den Major schicken. Er behauptete, eine sechsmonatige Trennung von seiner geliebten Nelly wäre sein Tod! (Dabei strotzte sein widerliches rotes Gesicht nur so von Gesundheit; der stirbt leider nicht so leicht . . .) Sogar Midwinter schien sich beim Anhören dieser Phrasen ein bißchen für ihn zu schämen und unterstützte mich bei meinen Bemühungen, ihn zur Vernunft zu bringen. Schließlich machten wir ihm klar, was jedem Gentleman ohnehin klar gewesen wäre: daß der pure Anstand ihm gebot, dem Beispiel der jungen Dame zu folgen und sich der wahrhaftig milden Prüfung zu unterziehen. Nur so könne er seine Nelly *und* die Achtung seines künftigen Schwiegervaters gewinnen. Unnötig zu sagen, was ein Hohlkopf tut, wenn zwei gescheite Leute ihn eine Weile in diesem Sinne bearbeiten: Er gibt nach und hält die neue Idee schließlich für seine eigene. Armadale versprach also, sich mit den Bedingungen des Majors einverstanden zu erklären, worauf ich ihn nur noch daran erinnerte, daß Midwinters und meine Verlobung auch vor den Milroys geheimzuhalten sei.
Die nächste Frage, die mir auf den Lippen lag, war, ob er nach Thorpe-Ambrose zurückkehren wollte (für diesen Fall hatte ich mir schon einige Möglichkeiten überlegt, es zu verhindern). Aber ich brauchte gar nichts zu sagen, denn er kam mir mit der leidenschaftlichen Erklärung zuvor, daß keine zehn Pferde ihn jetzt nach Thorpe-Ambrose zurückbrächten. Alles dort, inklusive der Leute, sei ihm verhaßt. Keine Nelly erwarte ihn mehr im Park, kein Midwinter leiste ihm in dem öden Haus Gesellschaft . . . »Lieber Steine klopfen, als allein da herumzuhocken!« war sein anschauliches Schlußwort, dem ich lebhaft zustimmte.
Darauf hatte Midwinter einen Vorschlag zu machen. Der unternehmungslustige alte Pfarrer, der Mutter Oldershaw damals soviel Ärger bereitet hat, ist, wie ich dem Gespräch entnommen habe, inzwischen krank gewesen, aber es soll ihm schon wieder besser gehen. »Fahre doch für eine Weile nach Somersetshire«, sagte Midwinter also, »und besuche unseren lieben Mr. Brock!«
Armadale war sofort Feuer und Flamme. Außer seinem lieben

alten Mentor konnte er ja dort seine Jacht wiedersehen, nach der er sich schon lange sehnte. Ja, glänzende Idee! Ein paar Tage wollte er noch das Zusammensein mit Midwinter genießen, und dann würde er nach Somersetshire fahren. Aber wohin dann?

Nun war ich an der Reihe. »Sie haben eben Ihre Jacht erwähnt, Mr. Armadale«, sagte ich, »und wissen, daß Ihr Freund demnächst nach Italien geht. Wollen Sie nicht eine Seereise durchs Mittelmeer unternehmen und Ihren Freund – und dessen Frau – in Neapel besuchen?«

Die Worte »und dessen Frau« flocht ich mit der reizendsten mädchenhaften Schüchternheit ein, die Armadale zweifellos an ähnliche Darbietungen seiner angebeteten Nelly erinnerte, denn er war hingerissen. Ja, eine Seereise und ein Aufenthalt in Neapel – das war natürlich die beste Art, die lange, trübselige Prüfungszeit hinter sich zu bringen! Er sprang polternd auf und zerquetschte mir im Überschwang der Dankbarkeit beinahe die Hand. Gräßlich, solche Leute, die ihre Gefühle immer nur handgreiflich auszudrücken wissen!

Midwinter fand meinen Vorschlag im Prinzip ebensogut wie Armadale, erhob aber einige Bedenken. Die Jacht, sagte er, sei für eine so ausgedehnte Seereise zu klein; Armadale müsse sich für das Mittelmeer ein größeres Schiff besorgen. Sein Freund war anderer Meinung und verteidigte seine geliebte Jacht aufs hitzigste. Sie debattierten noch über diesen Punkt, als ich ging. Wie sie sich einigen, ist mir gleich – Hauptsache, Armadale kehrt nicht nach Thorpe-Ambrose zurück und begibt sich, unseren Spuren folgend, ins Ausland. Dies beides ist nun jedenfalls sicher. Sollte Armadale seinen Dickkopf durchsetzen und doch die kleine Jacht nehmen, so besteht die vage, aber wunderbare Möglichkeit, daß sie mir alle weiteren Sorgen abnimmt, indem sie mit ihm untergeht …

Fünf Uhr. – Mein märchenhaftes Glück in der Armadale-Angelegenheit hatte mich so in Schwung gebracht, daß ich nicht imstande war, mich in der Pension auszuruhen, sondern gleich wieder ausging. Da ich nun einmal im Zuge war, konnte ich ebensogut auch gleich meine Geschäfte mit Mutter Oldershaw bereinigen.

Unterwegs überlegte ich mir, daß ich diesmal am besten dauernd meine jetzige Unabhängigkeit von ihr betonen würde. Midwinter hat schon einen Teil meiner Schulden bezahlt und mir versprochen, den Rest bis zum Fälligkeitstage ebenfalls zu bezahlen. Ich bin ihr also im Moment haushoch überlegen, und es ist immer eine wahre Wonne, wie höflich und entgegenkommend das alte Luder dann wird. Vielleicht, dachte ich, kann ich sie noch einmal brauchen, ohne ihr meine wichtigsten Geheimnisse zu verraten – denn die behalte ich von jetzt an für mich, unter allen Umständen.

Aber als ich nach Pimlico kam, erlebte ich eine Überraschung. Das Haus war abgeschlossen – sowohl auf Mrs. Oldershaws als auch auf Dr. Downwards Seite –, ein amtliches Siegel hing an der Ladentür, und auf der Straße lungerte ein Mann herum, der natürlich ein ganz normaler Müßiggänger sein konnte, mich aber fatal an einen Polizeibeamten in Zivil erinnerte. Da ich die eigenartige und stets etwas riskante Praxis Dr. Downwards zur Genüge kenne, vermutete ich, wahrscheinlich mit Recht, daß ihm etwas Ernstliches passiert und sogar die schlaue Oldershaw diesmal mit betroffen sei. Ich hielt mich deshalb keinen Moment länger als nötig in der Diana Street auf, nahm die erste Droschke, die an der Ecke vorbeikam, und fuhr zu dem Postamt in der City, das ich bei meiner Abreise von Thorpe-Ambrose zum Nachschicken etwa noch ankommender Briefe angegeben hatte.
Richtig, unter den Postlagersendungen war ein Brief für mich in Mutter Oldershaws lieber Handschrift. Sie bestätigte meine Vermutung, daß der Doktor in Schwierigkeiten geraten und sie leider in die Sache verwickelt sei; sie beide hätten sich für eine Weile in einen relativ sicheren Schlupfwinkel zurückgezogen. Der Brief schloß mit einigen giftigen Seitenhieben auf mich und der Versicherung, daß sie und ich noch nicht miteinander fertig wären. Dieser wohlbekannte Ton war mir eine große Beruhigung: Hätte sie auch nur von fern geahnt, was ich vorhabe, so wäre sie vor Dienstfertigkeit und Liebe übergeflossen.
Inzwischen habe ich den Brief verbrannt. Bis auf weiteres ist die Verbindung zwischen mir und der Oldershaw also abgerissen, was den Vorteil hat, daß ich mich um sie und meine Schulden nicht mehr zu kümmern brauche, und den Nachteil, daß ich alle schmutzigen Arbeiten selbst verrichten muß. In diesem Fall ist das aber wohl im Hinblick auf die Zukunft das Sicherste.

31. Juli. – Weitere nützliche Informationen. Ich war heute vormittag wieder mit Midwinter im Park verabredet und erfuhr von ihm alles Weitere über Armadales nächsten Schritte.
Nachdem der Brief an Miß Milroy geschrieben, von Midwinter gutgeheißen und abgeschickt war, nahm Midwinter die Gelegenheit wahr, mit Armadale zu besprechen, wie das Gut während seiner Abwesenheit weiter verwaltet werden sollte (an solche Nebensächlichkeiten hätte Armadale von sich aus natürlich keinen Gedanken verschwendet!). Sie beschlossen, den größten Teil der Dienerschaft zu beurlauben und Mr. Bashwood mit der Oberaufsicht zu betrauen. (Mr. Bashwoods Bleiben ist mir irgendwie unbehaglich, aber eine bessere Lösung wüßte ich auch nicht.) Alles flüssige Geld – eine beachtliche Summe – soll auf Armadales Namen in Coutts' Bank deponiert werden, damit er es ständig zur

Verfügung hat, ohne erst zeitraubende Briefe an seinen Verwalter schreiben zu müssen. Aber wer sollte in besonders schwierigen Fällen eingreifen? Die ganze Last der Verantwortung war Mr. Bashwood nicht zuzumuten, und mit den drei Rechtsanwälten in Thorpe-Ambrose ist Armadale ja zu meinem Glück hoffnungslos verfeindet. Midwinter hat nun auch da einen Ausweg gefunden, indem er Armadale einen Rechtsanwalt vorschlug, der nicht allzuweit von Thorpe-Ambrose entfernt, in Norwich, praktiziert. Er hat dann gleich selbst an diesen Mann geschrieben, damit Armadale nicht wieder alles verdirbt.

Diese Einzelheiten, so trocken sie klingen, können für mich sehr wichtig werden. Armadale hat mit dem heutigen Tag jede Verbindung mit Thorpe-Ambrose, selbst die schriftliche, abgebrochen. Für die Leute dort ist er schon so gut wie tot. Sie werden nicht besonders staunen, wenn sie eines Tages vernehmen, daß er wirklich tot ist.

1. August. – Keine Neuigkeiten, außer daß ich einen ruhigen, herrlichen Ferientag mit Midwinter verbracht habe. Wir fuhren in einem Mietwagen nach Richmond, wo wir spazierengingen, zu Mittag aßen und . . . Ach, es hat keinen Zweck, daß ich es immer noch vor mir selbst zu leugnen versuche. Ich liebe ihn.

Nun sitze ich wieder allein in der Pension, und meine Stimmung sinkt von Minute zu Minute. Vielleicht ist bis jetzt alles zu glatt gegangen. Trübe Vorahnungen beschleichen mich, deren ich mich kaum erwehren kann – und es liegt nicht nur an der drückenden Londoner Luft, die mir auf die Dauer immer zugesetzt hat . . .

2. August, drei Uhr. – Was Vorahnungen betrifft, so irre ich mich genausooft wie andere Leute; aber diesmal habe ich Grund zu der Befürchtung, daß ich gestern abend eine bessere Prophetin war, als mir lieb ist.

Nach dem Frühstück ging ich zu einer Schneiderin, deren Salon ich einige Straßen weiter gesehen hatte, um ein Sommerkleid zu bestellen. Von dort fuhr ich zu Midwinters Hotel, verabredete einen weiteren Ausflug mit ihm und fuhr gleich wieder zurück. In der Droschke stank es aber dermaßen nach schlechtem Tabak, daß ich es nicht lange aushielt, den Kutscher unterwegs halten ließ und den Rest des Weges zu Fuß zurücklegte. Hierbei bemerkte ich zum erstenmal, daß mir jemand folgte.

Dieser Jemand könnte natürlich ein Auge auf meine Figur geworfen haben – auf mein Gesicht bestimmt nicht, denn das war wie immer durch einen dichten Schleier geschützt. Ob er mich schon bei früheren Gelegenheiten beschattet hat, weiß ich nicht; ebensowenig, ob er mir bis zur Pension nachgegangen ist oder nicht. Als

ich mich vor dem Eintreten noch einmal vorsichtig umsah, war er – anscheinend – nicht mehr da. Ich muß jetzt abwarten und sehr genau achtgeben, dann werde ich bald Bescheid wissen.
Fünf Uhr. – Es stimmt: Ich werde beobachtet. Vor zehn Minuten hörte ich eine fremde Frauenstimme draußen auf dem Korridor, und dann wurde plötzlich die Tür meines Wohnzimmers aufgerissen, dieselbe Frau fragte: »Ist das mein Appartement?« und ging stracks auf mein Schlafzimmer zu, in dem ich mich gerade befand, obwohl die Wirtin hinter ihr laut und deutlich geantwortet hatte: »Nein, eine Treppe höher.« Ich hatte eben noch Zeit, ihr die Schlafzimmertür vor der Nase zuzuschlagen, ehe sie mich sah. Draußen erfolgte das obligate Erklärungs- und Entschuldigungsgestammel, und dann wurde ich notgedrungen für diesmal in Ruhe gelassen.
Mir ist nun völlig klar, daß jemand an meiner Identifizierung interessiert ist, und wenn ich nicht so blitzschnell reagiert hätte, wäre es ihnen schon durch dieses eine plumpe Überrumpelungsmanöver gelungen. Ich sage »ihnen«, weil der Mann, der mir auf der Straße folgte, und die Weibsperson zweifellos zusammenarbeiten, und beide dienen irgendwem, der sich im Hintergrund hält. Kann es Mutter Oldershaw sein? Oder wer sonst? Meine Lage ist auf jeden Fall kritisch. Ich muß noch heute hier ausziehen, ohne eine Spur zu hinterlassen.

Gary Street, Tottenham Court Road, 3. August. – Ich habe meinen gestrigen Entschluß ausgeführt (nachdem ich Midwinter ein Briefchen schrieb, in dem meine »kranke Mutter« als Entschuldigung für mein plötzliches Verschwinden herhalten mußte) und ein neues Logis gefunden, das so weit von dem vorigen entfernt ist, daß mir unmöglich jemand gefolgt sein kann, ohne daß ich es irgendwann gemerkt hätte. Die Flucht hat einiges gekostet, aber mein Zweck ist erreicht. Meine vorige Wirtin hat sich für Geld und gute Worte bereit erklärt, meine Koffer zur nächsten Gepäckaufbewahrung bringen zu lassen und mir den Gepäckschein postlagernd zu senden. Dann, während die Droschke mit meinen Sachen in die eine Richtung fuhr, machte ich mich, nur mit einer kleinen Handtasche versehen, unauffällig in anderer Richtung davon.
Zur Sicherheit fuhr ich erst noch zu dem Modesalon, in dem ich gestern meine Bestellung aufgab, wobei ich bemerkt hatte, daß die Angestellten durch einen Hintereingang kamen und gingen. Ich ließ die Droschke an der Vordertür warten, ging hinein und sagte der Inhaberin, daß ich von einem Mann belästigt würde, den ich loswerden wollte. Sie möchte mich bitte durch den Hintereingang hinauslassen, dann mindestens zehn Minuten warten, den Kutscher bezahlen (ich gab ihr das abgezählte Geld) und ihn mit dem

Bemerken, die Anprobe dauerte länger als erwartet, wegschicken. – Eine Minute später war ich draußen in einer stillen Seitengasse, in der nächsten auf einer belebteren Straße, wo ich einen gerade vorbeikommenden Omnibus erwischte – und nun erst hatte ich das sichere Gefühl, wieder meine eigene Herrin zu sein.
Jetzt darf ich mich einige Tage lang nicht in der Nähe des Hotels blicken lassen, denn es ist ja möglich, daß auch Midwinter und Armadale meinetwegen beobachtet werden. Ich habe Midwinter geschrieben, daß die Pflege meiner Vielzweck-Mutter mich vorläufig in Anspruch nähme und daß wir uns leider nur brieflich in Verbindung setzen könnten. Solange ich nicht weiß, wer mein verborgener Feind ist, kann ich unmöglich mehr riskieren.

4. August. – Midwinter und Armadale haben mir beide geschrieben. Midwinter drückt seinen Kummer über unsere Trennung in den zärtlichsten, verständnisvollsten Worten aus; Armadale bittet mich um Hilfe in einer für ihn sehr peinlichen Angelegenheit. Ihm ist ein Brief von Major Milroy nach London nachgeschickt worden, den er seinen Zeilen beigefügt hat, da er nicht imstande wäre, den Inhalt zu wiederholen.
Der Major scheint nach seiner Rückkehr vom Internat, wo er seine Tochter nun abgeliefert hat, sofort die Sensation von Thorpe-Ambrose (Armadales und meine gemeinsame Abreise) erfahren und daraufhin ungesäumt zur Feder gegriffen zu haben.
Der Brief ist kurz, streng und unmißverständlich. Der Major lehnt es zwar ab, die allgemeine Folgerung zu glauben, weil er Armadale eines so »kaltblütigen Verrats« denn doch nicht für fähig hält, aber er rät ihm ernstlich, in Zukunft vorsichtiger zu sein, einige Grundregeln des Anstands zu lernen und den Klatschmäulern keine Nahrung mehr zu geben, sonst könne er ihn schon aus diesem Grunde nicht als passenden Bewerber für seine Tochter in Betracht ziehen. Der Brief schließt: »Ich erwarte und wünsche keine Antwort hierauf. Mit bloßen Beteuerungen ist mir nicht gedient. Ich werde Sie einzig und allein danach beurteilen, wie Sie sich in den nächsten sechs Monaten verhalten. Hoffen wir, daß mir nichts Nachteiliges mehr zu Ohren kommt. Außerdem untersage ich ausdrücklich, daß Sie diesen Brief etwa als Vorwand benutzen, die getroffene Vereinbarung zu brechen und wieder an meine Tochter zu schreiben. Dafür liegt um so weniger ein Grund vor, da Sie sich vor ihr nicht zu rechtfertigen brauchen. Sie weiß nichts von dem obengenannten Gerücht, und ich werde um ihrer Seelenruhe willen, an der mir als Vater mehr als an allem anderen gelegen ist, dafür sorgen, daß sie auch in Zukunft nichts davon erfährt.«
Armadale fleht mich, die »unschuldige Ursache« dieses neuen

Malheurs, nun an, meinerseits an den Major zu schreiben und die Sache aufzuklären. Er hätte sich ja schließlich der Kavalierspflicht nicht entziehen können, mich auf meinen Wunsch hin, da wir uns nun einmal zufällig auf dem Bahnhof getroffen hatten, bis London zu begleiten.
Ich verzeihe die naive Unverschämtheit dieses letzten Satzes, weil er mir mit seinem ebenso naiven Vertrauen zugleich einen unschätzbaren Dienst erweist. Nun weiß ich wenigstens genau, daß die kleine Milroy ahnungslos ist und ich von ihr nichts zu fürchten habe. Wenn sie etwas gehört hätte, wäre sie bei ihrem sprunghaften Temperament durchaus imstande, etwas Verrücktes zu tun, um ihren Liebhaber zurückzuerobern und mich aufs übelste bloßzustellen. Was den von Armadale erbetenen Brief an Major Milroy betrifft, so werde ich ihn natürlich völlig beruhigen: Ich hätte sofort ein stilistisch meisterhaftes Schreiben verfaßt und abgesandt – worauf ich ihm einige Tage später nur noch zu sagen brauche, der Major hätte mit Befriedigung davon Kenntnis genommen und erklärte die Sache für erledigt. Basta!
Weiter ist heute nichts Besonderes oder Verdächtiges zu melden. Meine Feinde, wer sie auch sein mögen, haben meine Spur verloren und sollen sie nun garantiert nicht mehr wiederfinden, bis ich England verlasse. Ich habe mir den postlagernd nachgesandten Gepäckschein abgeholt; das Gepäck lasse ich jedoch, wo es ist. Es würde mich nur belasten, solange ich die Wege, die ich eventuell noch einzuschlagen habe, nicht klarer sehe.

5. August. – Wieder zwei Briefe aus dem Hotel. Midwinter teilt mir auf die reizendste und taktvollste Art mit, daß seine vorgeschriebene »Residenzpflicht« in London morgen erfüllt ist und er dann die gerichtliche Heiratsgenehmigung für jeden beliebigen Tag beantragen kann. Letzter Termin für mich, es mir anders zu überlegen und nein zu sagen. Aber ich will nicht nein sagen. Ich kann nicht . . . Mehr brauche ich jetzt nicht zu schreiben.
Armadales Brief ist, dem Himmel sei Dank, ein Abschiedsbrief. Er dankt mir für meine freundliche Bereitwilligkeit, die Sache mit dem Major »auszubügeln«, und freut sich auf unser baldiges Wiedersehen in Neapel. Da er nicht das Vergnügen haben kann, bei der Hochzeit seines Freundes zugegen zu sein, dessen private Gründe er selbstverständlich respektiert, hält ihn nichts mehr in London; er fährt heute abend schon nach Somersetshire ab, bleibt eine Weile bei seinem alten Freund, dem Pfarrer, und segelt dann vom Bristol-Kanal in Richtung Mittelmeer – natürlich, trotz Midwinters Bedenken, in seiner eigenen »fabelhaft seetüchtigen« Jacht.
Außer dem Brief hat er mir übrigens noch einen Ring als Hochzeitsgeschenk geschickt. Es handelt sich um einen ziemlich küm-

merlichen Rubin in denkbar geschmackloser Fassung. Ich möchte mal wissen, mit was für Juwelen er seine süße Nelly überschütten würde ... Gibt es etwas Verächtlicheres als einen knauserigen jungen Gutsbesitzer? Hoffentlich geht seine lächerliche kleine Jacht mit ihm unter!
Midwinters Brief hat mich so aufgeregt, daß ich kaum weiß, was ich schreibe. Nicht, daß ich vor dem unvermeidlich Kommenden zurückschrecke ... Ich fühle mich nur zu schnelleren Entschlüssen angetrieben, als ich eigentlich möchte. Wenn nichts dazwischenkommt, bin ich Ende der Woche schon mit Midwinter verheiratet. Und dann ...?

6. August. – Wenn ich nicht dauernd auf alles gefaßt wäre, hätte mich heute der Schlag gerührt. Midwinter hat heute, nach dem Einholen der Heiratslizenz, ein Telegramm von Armadale vorgefunden, des Inhalts, daß Mr. Brock (der Pfarrer) einen Rückfall erlitten hat und die Ärzte alle Hoffnung aufgeben. Das Schlimme daran ist, daß der Sterbende Midwinter noch einmal sehen will. Selbstverständlich ist er mit dem nächsten Zug nach Westen abgefahren. Er hat mir lediglich versprochen, mir gleich heute abend, nachdem er bei Mr. Brock war, ausführlich zu schreiben.
Großer Gott! Mr. Brock ist der einzige Mensch außer mir, der Midwinters Geheimnis kennt. Was werden sie in dieser Abschiedsstunde am Sterbebett miteinander reden?
Werden die Schatten von Madeira wieder heraufbeschworen? Wird Midwinter im Ansturm der Gefühle nicht auch von mir sprechen?

7. August. – Der versprochene Brief ist da. Ein Stein fällt mir vom Herzen: Sie haben überhaupt nichts mehr miteinander gesprochen. Als Midwinter ankam, war schon alles vorbei. Armadale empfing ihn mit der Todesnachricht an der Tür.
Nach allem, was ich in den vergangenen Wochen durchgekämpft habe, reißt dieses letzte Ereignis ganz eigentümlich an meinen Nerven. Als ich mein Tagebuch gestern schloß, fürchtete ich nur noch diese einzige Möglichkeit der zufälligen Entdeckung. Als ich es heute wieder aufschlug, war auch sie wesenlos geworden – für immer dahin durch Mr. Brocks Tod. Wenn ich nur wüßte, was das Schicksal damit beabsichtigt!
Die Beerdigung findet am Samstagvormittag statt; die beiden Freunde wollen natürlich dabei sein. Aber Midwinter will zwischendurch schnell noch einmal nach London kommen und heute abend auf dem Wege vom Bahnhof ins Hotel hier vorsprechen, auf die Hoffnung hin, daß ich ihn empfangen kann. Ja, ich will ihn sehen – einerlei, ob es riskant ist oder nicht. Aber wenn er wirklich

gleich vom Bahnhof aus kommt und nicht erst vom Hotel, sehe ich kein ernstliches Risiko.
Fünf Uhr. Meine Nerven sind wirklich zerrüttet. Kleinigkeiten, die ich früher kaum beachtet hätte, liegen mir jetzt stundenlang auf der Seele.
Weil ich nicht mehr wußte, wie ich diesen Tag ohne irgendeine Beschäftigung überstehen sollte, ging ich vorhin zu der Schneiderin, die mein neues Sommerkleid in Arbeit hat. Ich hätte schon gestern zur Anprobe kommen sollen, aber es war mir in der Aufregung um Mr. Brocks Tod entfallen. Nun bin ich wieder hier und bedauere, daß ich mich überhaupt noch einmal um das dumme Kleid gekümmert habe.
Auf der Straße begegnete mir nichts Verdächtiges, aber im Modesalon selbst. Ich fürchte, meine Verfolger haben ihr Ziel, mein Gesicht zu sehen, doch noch nicht aufgegeben und zu diesem Zweck eins der Nähmädchen oder sogar die Inhaberin bestochen.
Ich muß betonen, daß ich keinen sicheren Anhaltspunkt für meinen Verdacht habe, aber zweierlei fiel mir als absonderlich auf: erstens, daß sich unnötig viele Frauen im Anproberaum zu schaffen machten (allerdings ist im Schneiderhandwerk jetzt die geschäftsschwache Zeit, und die meisten Nähmamsells sind neugierig), und zweitens, daß die Person, die das Kleid an mir absteckte, mich beständig so drehte, daß ich die mit einem Vorhang versehene Glastür, die in den Arbeitsraum führt, vor Augen hatte. Sie behauptete, nur so hätte sie genügend Licht – und das mochte stimmen; das Fenster war rechts von mir. Trotzdem irritierte mich das Ganze. Um einen Vorwand zu haben, ihnen meine Adresse zu verschweigen, erklärte ich, dies und das wäre noch nicht nach meinem Geschmack und ich müßte noch einmal zur Anprobe kommen, ehe sie das Kleid fertigmachen und mir schicken könnten.
Hoffentlich ist alles nur Einbildung. Egal, ich folge meinem berühmten Instinkt und verzichte auf das Kleid. In diesen Laden bringt mich keine Macht der Welt noch einmal!
Mitternacht. – Vor einer Stunde haben wir uns getrennt, und seitdem sitze ich vor meinem Tagebuch, die Feder in der Hand, und denke an nichts als an ihn. Mir fehlen die Worte, um zu beschreiben, was in mir vorgeht. Ich kann nur das Resultat des heutigen Abends festhalten: Mein Entschluß ist ins Wanken geraten. Midwinter hat ihn erschüttert, ohne es zu wissen. Zum erstenmal, seit ich auf Armadales Vermögen reflektiere, habe ich das Gefühl, daß der Mann, den ich in Gedanken schon zum Tode verurteilt hatte, doch noch mit dem Leben davonkommen wird.
Hat meine Liebe zu Midwinter mich so verändert? Oder hat *seine* Liebe mich schon so ganz und gar zu einem Teil *seines* Wesens

gemacht? Heute abend habe ich begriffen, was es heißt, »in einem anderen aufzugehen«. Er war sehr erregt und bekümmert über den plötzlichen Todesfall in Somersetshire – und auch ich fühlte mich so jämmerlich, als wäre der alte Pfarrer einer meiner besten Freunde gewesen, nur weil *er* um ihn trauert. Außerdem weiß ich, obwohl er es nicht gesagt hat, daß er Mr. Brocks Tod als schlechtes Omen für unsere Heirat betrachtet. Ich weiß es, weil ich jetzt genau dasselbe empfinde. Sein Aberglaube ist auch mein Aberglaube. Als er sich etwas beruhigt hatte und das Thema wechselte, um von unserer Zukunft zu sprechen – denn wenn er seine neue Tätigkeit nicht gleich mit einem Vertragsbruch beginnen will, müssen wir nächsten Montag abreisen –, da war *ich* es, die bei dem Gedanken zusammenzuckte, daß unsere Trauung so rasch nach Mr. Brocks Begräbnis stattfinden soll. Ja, ich ließ mich von meinem Impuls soweit hinreißen, daß ich ihm sagte, er solle lieber allein nach Italien gehen – ich würde unter diesen Umständen gern noch hierbleiben und auf bessere Zeiten warten. Sein neues Leben sollte nicht unter so belastenden Vorzeichen beginnen.

Er schloß mich in die Arme, seufzte tief auf und küßte mich mit herzzerreißender Zärtlichkeit. Nie vergesse ich den traurigen, innigen Ton, in dem er erwiderte: »Ohne dich habe ich überhaupt kein Leben mehr.« Und da erwachte in meiner Seele wie ein Echo der Gedanke: Warum soll ich den Rest meines Lebens eigentlich nicht so verbringen – glücklich und geborgen in seiner Liebe, ohne nach dem Reichtum oder gar dem Leben eines anderen Menschen zu trachten? – Ich kann diesen Wandel in mir weder erklären noch verstehen, aber so dachte ich, und so denke ich immer noch. Ich betrachte die Hand, die diese Zeilen niederschreibt, und frage mich, ob das wirklich noch die Hand Lydia Gwilts ist . . .

Armadale –

Nein! Ich will diesen Namen nie mehr schreiben – ich will nicht einmal mehr an ihn denken.

Oder doch, nur einmal noch, weil es zu meiner Beruhigung beiträgt, daß ich ihn weit weg, auf hoher See weiß, wenn ich als verheiratete Frau England verlasse. Midwinter hat mir gesagt, daß Armadale unmittelbar nach dem Begräbnis absegeln will; die alte Heimat wäre ein zu trauriger Aufenthalt für ihn, nun, da nach der Mutter auch sein väterlicher Freund gestorben ist. Vielleicht sehen wir uns in Neapel wieder – vielleicht auch nicht. Werde ich auch ihm mit gewandelten Gefühlen entgegentreten können? Ich weiß nicht, ich weiß nicht!

8. August. Ein paar Zeilen von Midwinter. Er ist wieder nach Somersetshire unterwegs, um rechtzeitig beim morgigen Begräbnis zu sein und von Armadale Abschied zu nehmen. Morgen abend

wird er zurückkommen.
Vor seiner Abreise hat er noch die letzten Formalitäten erledigt, und unsere Trauung ist auf Montag früh festgesetzt. Spätestens um halb elf muß die kirchliche Zeremonie beendet sein, damit wir unseren Zug nicht verpassen.
Drei Tage noch – heute, morgen, Sonntag – liegen dazwischen. Die Zeit macht mir keine Angst; die vergeht. Ich habe nur Angst vor mir selber. Ich muß alle Gedanken aus meinem Hirn verbannen außer dem einen, daß ich ihn liebe. Ich liebe ihn! Tag und Nacht, bis zum Montagmorgen, will ich nichts anderes mehr denken als diese drei Worte: Ich liebe ihn!
Vier Uhr. – Leider werden mir von der Außenwelt nun doch noch andere Gedanken aufgezwungen. Meine gestrigen Befürchtungen waren keine Einbildung. Die Schneiderin *muß* von meinen Feinden bestochen worden sein, und durch meine Idiotie, mich dort noch einmal zu zeigen, haben sie meine verlorene Spur wiedergefunden. Ich weiß mit absoluter Sicherheit, daß ich der Person meine Adresse nicht gegeben hatte, und trotzdem kam heute ein Bote mit dem neuen Kleid, der Rechnung und ein paar höflichen Begleitzeilen: Da ich heute vormittag zur angegebenen Stunde nicht erschienen sei, hätten sie sich erlaubt, das Kleid meinen Anweisungen gemäß fertigzumachen, und hofften, daß ich nun nichts mehr daran zu bemängeln hätte; andernfalls wären sie gern bereit . . . etc. Ich traf den Boten im Korridor, und mir blieb nichts anderes übrig, als ihm das Paket unbesehen abzunehmen, die Rechnung zu bezahlen und meine wahren Gefühle mit keinem Wort zu verraten. Auf jede Frage hätte der Bote (zweifellos noch ein Spion) ja doch nur erwidert, er wisse von nichts. Und wenn ich zu der Schneiderin ginge und sie zur Rede stellte, würde sie ohne Wimpernzucken behaupten, ich hätte ihr die Adresse gegeben. Sie warten ja nur darauf, daß ich die Nerven verliere und meiner gestrigen Dummheit noch weitere folgen lasse. Das einzig Gescheite ist jetzt, mich nicht von der Stelle zu rühren und mir andere Sicherheitsvorkehrungen auszudenken – soweit ich noch dazu imstande bin.
Sieben Uhr. – Mein Gehirn funktioniert wieder. Ich glaube, ich bin schon aus dem Gröbsten heraus.
Eben bin ich von einer langen Droschkenrundfahrt zurückgekommen. Erst habe ich meine Koffer vom Westbahnhof zur Gepäckaufbewahrung des Südostbahnhofs transportiert, wo sie, schon auf Midwinters Namen etikettiert, bis zur Abreise am Montag bleiben. Dann war ich auf dem Hauptpostamt und habe einen Brief an Midwinter aufgegeben, den er morgen früh im Pfarrhaus erhält. Nun brauche ich bis Montag keinen Fuß mehr vor die Tür zu setzen.

Midwinter wird nach Erhalt meines Briefes, ohne es zu wissen, meine Sicherheitsmaßnahmen unterstützen. Unsere Zeitnot zwingt ihn sowieso, seine Hotelrechnung zu begleichen und das Gepäck wegzuschaffen, bevor die Trauung stattfindet. Ich habe ihn lediglich gebeten, mich zwecks Zeitersparnis nicht hier abzuholen, sondern mich in der Kirche zu erwarten. Wie ich dorthin komme, ist meine Sache. Es wäre ja lächerlich, wenn ich meinen Spitzeln, jetzt, da ich von allem Ballast frei bin, nicht zum letztenmal mit altgewohnter Eleganz entschlüpfte!
Es war im Grunde überflüssig, daß ich Midwinter noch einmal geschrieben habe, da er doch morgen abend wieder hier sein will. Aber ich habe meine sonderbaren Bitten nicht stellen können, ohne sie – ich hoffe, auch dies zum letztenmal – mit meinen angeblichen Familienschwierigkeiten zu begründen. Das brachte ich nur noch schriftlich fertig. Ich kann ihn nie mehr von Angesicht zu Angesicht belügen – nie mehr.

9. August, zwei Uhr nachmittags. – Heute bin ich sehr früh aufgestanden und befinde mich seitdem in ungewöhnlich deprimierter Stimmung. Zum Teil liegt das daran, daß ich schlecht geschlafen und wild geträumt habe – nicht von Midwinter und der schönen Zukunft, wie ich gehofft hatte, sondern von einer ins Gigantische gesteigerten Verschwörung gegen mich. Ich wurde von einem Versteck ins andere gescheucht wie ein wehrloses Tier, nirgends leuchtete ein Hoffnungsstrahl, und Mutter Oldershaw war der Hauptfeind, der mich immer wieder aus dem Dunkeln angriff.
Immerhin hat die gräßliche Nacht *etwas* Erfreuliches gezeitigt, nämlich die spontane Sympathie des Zimmermädchens, das mir für Montag jede erdenkliche Hilfe zugesichert hat. Als sie mir das Frühstück brachte, machte sie eine mitleidige Bemerkung über meine Blässe, worauf ich sie ins Vertrauen zog, das heißt, ich erzählte ihr, daß ich heimlich verlobt sei, aber böse Feinde hätte, die nichts unversucht ließen, um mich noch in letzter Minute von meinem Liebsten zu trennen. Sie war hingerissen – so eine interessante und romantische Geschichte war ganz nach ihrem Herzen –, und ein Zehnshillingstück machte sie vollends zu meiner ergebenen Freundin. Jetzt ist sie in jeder Arbeitspause bei mir und schmiedet begeisterte Hilfspläne. *Ihr* Schatz ist Gardesoldat und hat über das Wochenende Urlaub. Gegen einen kleinen Obolus wird er gern bereit sein, vor dem Haus Wache zu stehen, und der diensttuende Spitzel kann möglicherweise eine unangenehme Überraschung erleben, die seine Aufmerksamkeit von mir ablenkt – besonders heute abend gegen halb neun, wenn ich Midwinter erwarte.

Wie soll ich nur die langen, öden Stunden bis dahin überstehen? Ich glaube, ich verdunkle das Zimmer, lege mich hin und trinke für eine Weile Vergessen aus meinem Laudanumfläschchen.
Elf Uhr. – Eben haben wir uns zum letztenmal getrennt, ehe der Tag kommt, an dem wir Mann und Frau werden wollen.
Wie immer, wenn er da war, habe ich viel nachzudenken. Mit ihm ist eine Veränderung vorgegangen, die ich auf den ersten Blick bemerkte. Obgleich er von dem Begräbnis und dem anschließenden Abschied von Armadale sehr bewegt war, sprach er mit einer Selbstbeherrschung darüber, die mir an ihm neu ist. So blieb es auch, als das Gespräch sich unseren eigenen Plänen und Hoffnungen zuwandte. Er war sichtlich enttäuscht, daß »die letzte Regelung meiner Familienangelegenheiten« mich hindert, ihn morgen zu sehen, und noch weniger paßte ihm der Gedanke, mich allein zur Kirche kommen zu lassen, statt mich hier abzuholen. Bei alledem bewahrte er jedoch eine so gelassene, zukunftsgläubige Ruhe, daß ich schließlich nicht umhinkonnte, ihn zu fragen:
»Ist auf deiner Reise sonst noch etwas geschehen? Ich habe das Gefühl, als ob du mir das Wichtigste noch nicht erzählt hättest.«
»Dein Gefühl täuscht dich nicht, mein Herz«, erwiderte er und griff nach seiner Brieftasche, dem er ein längeres Schreiben in einer mir fremden Handschrift entnahm. »Aber bevor du dies liest, muß ich dir etwas gestehen, was ich dir bisher verschwiegen hatte: meine letzte, nun überwundene Schwäche.«
Nach dieser Einleitung sagte er mir ganz offen, daß die Erneuerung seiner Freundschaft mit Armadale hier in London für ihn unablässig von geheimen abergläubischen Befürchtungen überschattet gewesen sei. Als ihn der Ruf an Mr. Brocks Sterbelager erreichte, hätte er fest vorgehabt, dem Pfarrer seine trüben Ahnungen zu enthüllen und einen letzten Rat zu erbitten. Daß der Tod ihm zuvorgekommen war und sein Vorhaben für immer vereitelt hatte, war ihm wie eine nachdrückliche Bestätigung seiner Zukunftsängste erschienen. Seine einzige Erleichterung sei der Gedanke an den bevorstehenden Abschied von Armadale gewesen, und er hätte im stillen beschlossen, es nie zu dem geplanten Wiedersehen in Neapel oder anderswo kommen zu lassen. Diesen Entschluß im Herzen, sei er nach dem Begräbnis in das Gastzimmer im Pfarrhaus gegangen, das man für ihn hergerichtet hatte – und hätte dort einen Brief des verstorbenen Pfarrers vorgefunden, der, wie der Diener ihm später sagte, gerade erst entdeckt worden war. Er mußte nach dem Schreiben unbemerkt unter das Bett gefallen sein.
»Nun lies ihn«, sagte Midwinter nach dieser Vorrede. »Wenn du fertig bist, wirst du verstehen, warum jetzt endlich Friede und Zuversicht in meiner Seele herrschen und warum ich Allan in alter

brüderlicher Liebe die Hand reichen und mit ehrlichem Herzen ›Auf Wiedersehen‹ sagen konnte.«
Der Brief beeindruckte mich in erstaunlichem Maße, wenn man bedenkt, daß ich weder Midwinters Aberglauben noch gar seine Liebe zu Armadale je geteilt habe. Hier ist er. Ich erbat mir Midwinters Erlaubnis, ihn in seiner Gegenwart abzuschreiben, um damit einen der denkwürdigsten Tage meines Lebens gebührend hervorzuheben.

Boscombe, Pfarrhaus, 2. August

Mein lieber Midwinter,
zum erstenmal seit meiner Erkrankung fühle ich mich wieder wohl genug, um die inzwischen eingetroffene Post durchzusehen. Zu meiner Bestürzung fand ich dabei einen Brief von Allan, der schon vor zehn Tagen gekommen ist und in dem er mir mitteilt, daß Sie sich mit ihm überworfen und ihn verlassen haben. Das ist eine schlimme Neuigkeit, mein Freund, über die ich stundenlang nachgegrübelt habe, und nun muß ich Ihnen das Resultat meiner Gedanken schreiben.
Ich erwarte nicht, daß Sie mir die Ursachen dieser plötzlichen Trennung näher erläutern. Wie ich Sie kenne, kann ich mir schon denken, daß der böse Geist des Aberglaubens, den ich schon einmal vertrieben zu haben hoffte, wieder über Sie gekommen ist – denn nichts anderes könnte zu einem völligen Bruch zwischen Ihnen und Allan führen. Gott gebe mir die Kraft, Ihr Gemüt noch einmal und dann für immer von allen feindlichen Einflüsterungen zu befreien!
Am liebsten würde ich Sie natürlich sehen und sprechen; aber da ich Ihre jetzige Adresse nicht weiß, muß ich den Brief nach Thorpe-Ambrose schicken und hoffen, daß Ihnen die Post von dort nachgeschickt wird.
Selbstverständlich nehme ich zu Ihren Gunsten an, daß kein gewöhnlicher Streit Ihre erprobte Freundestreue so erschüttern konnte, sondern daß außerdem noch etwas geschehen ist, was Ihren Fatalismus zu bestätigen schien, weil es irgendwie mit den Warnungen Ihres sterbenden Vaters übereinstimmt. Von dieser Annahme gehe ich aus, wenn ich jetzt an Ihren überlegenen Verstand und Ihr besseres Ich appelliere.
Wenn Sie bei der Überzeugung bleiben, daß das Geschehene – was es auch sein mag – nicht mehr mit bloßem Zufall und Ihrer eigenen nervösen Bereitschaft, hinter den gewöhnlichsten Vorkommnissen eine besondere Bedeutung zu suchen, zu erklären ist, dann, mein Freund, erniedrigen Sie sich wirklich zum Werkzeug blinder Schicksalsmächte. Sie machen sich unfähig zu jeder reinen menschlichen Beziehung und zerstören sowohl Ihr eigenes Glück

als auch das des Freundes, der Ihnen in offenherziger brüderlicher Liebe zugetan ist. Beständig liegen Sie im Kampf zwischen dem Lichten und Guten, dem Ihre Natur zustrebt, und dem Bösen, das Sie in Gestalt der »Erbsünde« verfolgt und auf einem Verbrechen fußt, das Ihr Vater beging, als Sie selbst noch gar nicht auf der Welt waren. Wenn Sie dem Bösen immer mehr Gewalt über Ihre Seele einräumen, kann Ihr Weg gar nicht anders enden, als wohin er jetzt zu weisen scheint: in Selbstvernichtung, Finsternis und dumpfer Verzweiflung, die wiederum eine Sünde vor Gott ist und den Menschen tiefer hinabsinken läßt als die unwissende, hilflose Kreatur.

Richten Sie den Blick nach oben, mein schwergeprüfter, lieber Freund! Fassen Sie den Mut und die Hoffnung, die Christus uns alle gelehrt hat, und verbannen Sie mit den Waffen des christlichen Geistes die letzten andrängenden Zweifel! Erst dann werden Sie wahren Frieden finden und begreifen, welche Gnadengeschenke Freundschaft und Liebe sind. Gottes Weisheit ist unendlich; was auch geschehen mag, das Natürliche wie das Übernatürliche, geschieht allein durch Ihn. Wer sich dieser Weisheit anvertraut, kann nicht fehlgehen; es gibt nichts Böses, das Er nicht zum Guten wenden kann, und uns steht es nicht zu, an Seinem Ratschluß zu deuteln.

Gedenken Sie jetzt der allgültigen Lehren Christi und rufen Sie alles in sich auf, was an Dankbarkeit, Geduld, Liebe und Vergebung in Ihrer eigenen Brust ruht, um das rechte Verhältnis zu Ihren Mitmenschen zu gewinnen. Den Rest können Sie getrost Gott überlassen, dessen Geschöpf Sie sind, und dem Heiland, der sein Leben für uns alle hingab, auf daß wir gerettet werden.

In diesem Glauben habe ich von Jugend an gelebt und ihn stets durch Gottes Güte und Barmherzigkeit bestätigt gefunden. Ich bitte Sie allen Ernstes, ihn auch zu dem Ihren zu machen. Für mich ist der Glaube die Quelle alles Guten, was ich je tun durfte, und allen Glücks, das mir je zuteil wurde. Er hat meine dunklen Stunden erhellt und, wann immer ich verzagen wollte, meine Hoffnung neu belebt. Auch jetzt, da ich hier liege und nicht weiß, ob ich noch einmal genesen oder bald sterben werde, schöpfe ich Trost und Gelassenheit aus dem Glauben. Möchte doch auch Ihnen die gleiche Gnade und Erleuchtung zuteil werden! Dann werden Sie selbst in der größten Not nie ohne Hilfe sein, wie ich es nie war. Dann werden Sie erkennen, daß Gott Sie und Allan nicht ohne Grund zusammengeführt hat, aber daß Er anderes damit bezweckt, als Ihr schuldbeladener Vater in der Qual seines Gewissens prophezeien zu müssen glaubte. Ich bestreite nicht, daß Ihnen schon viel Sonderbares und Verwirrendes begegnet ist und Ihnen noch mehr dergleichen widerfahren kann. Sollte ich dann nicht mehr leben

und niemand da sein, der Ihnen, wie ich es jetzt versuche, Mut zuspricht, so gedenken Sie meiner Worte, die ebenfalls die letzten Worte eines Sterbenden sein können: Ich lebe und sterbe im festen Glauben, daß Gott Sie und Allan zu Ihrer beider Heil zusammengeführt hat. Das Opfer Christi, ich sage es in Ehrfurcht, findet auch unter uns irdischen Menschen immer wieder seine Entsprechung. Wenn Allan je in Lebensgefahr schwebt, werden *Sie* und kein anderer es sein, den Gott zu seinem Retter auserkoren hat.
Hoffentlich sehen wir uns noch einmal. Auf jeden Fall bitte ich Sie, zu Allan, der ohne Sie verlassen ist, zurückzukehren. Ich bleibe bis zum letzten Atemzuge

Ihr von Herzen getreuer Freund
Decimus Brock

. . . *Sie* und kein anderer werden es sein, den Gott zu seinem Retter auserkoren hat!
Diese Worte haben mich in tiefster Seele erschüttert. Mir ist, als stünde der Tote neben mir und durchschaute mich und meine geheimen Mordpläne bis auf den Grund. Die Lebensgefahr, die Armadale bedroht – bin ich!
Wenn dieser alte Mann kurz vor seinem Tode echten prophetischen Blick besaß, wird Armadale dem Tod entgehen, ganz gleich, was ich tue. Und das Opfer meiner Anschläge kann statt seiner Midwinter sein.
Entsetzlicher Gedanke! Nie, nie darf es dahin kommen! Die bloße Vorstellung macht meine Hand zittern und mein Herz stocken. Gesegnet sei diese Schwäche! Gesegnet sei der Brief des alten Pfarrers, der die Wandlung, die sich schon in mir anbahnte, vollendet! Fällt es mir denn schwer, auf die Versuchung zu verzichten, nun, da alles so glatt nach meinen früheren Wünschen zu gehen versprach? Nein! Schon die leiseste Möglichkeit, daß mein Liebster dabei zu Schaden kommen könnte, genügt mir, von dem Plan abzustehen. Ich liebe ihn, wie ich nie, nie in meinem Leben geliebt habe!

Sonntag, der 10. August. – Der Vorabend meines Hochzeitstages. Ich schließe dieses Buch ab und versiegle es, um es nie wieder zu öffnen.
Der große Sieg über mich selbst ist errungen. Mit reinem Herzen werde ich morgen Midwinter mein Jawort geben. Ich bin wie erlöst. Oh, du mein Geliebter, mein rettender Engel! Ab morgen bin ich ganz dein, und kein Gedanke soll je in mir Raum haben, den ich nicht ehrlich und offen mit dir teilen kann!

XV
Der Hochzeitstag

Ort der Handlung: ein Zimmer in einem der altertümlichen Gasthöfe, die noch hier und da am Themseufer stehen. Zeit: Montag, der 11. August 1851, neun Uhr morgens. Person: Mr. Bashwood, der auf Anraten seines Sohnes nach London gereist ist und seit gestern in besagtem Gasthof logiert . . .

Mr. Bashwood hatte noch nie so jämmerlich alt und hilflos ausgesehen, wie er jetzt aussah. Die dauernden Frost- und Fieberschauer, in denen seine Leidenschaft ihn zu leben zwang, hatten ihm merklich zugesetzt, seine Nerven völlig zermürbt und sein Äußeres verwüstet. Sein hagerer Körper war noch eckiger und schlottriger geworden, sein Gesicht war mumienhaft eingeschrumpft. Besonders deutlich aber wurde diese schlimme Veränderung durch die Gala, in die er sich geworfen hatte. Nie, auch in seinen besten Jugendjahren nicht, hatte er es gewagt, sich so geckenhaft zu kleiden. Mit dem verzweifelten Entschluß, Miß Gwilts Aufmerksamkeit auf sich zu lenken, koste es, was es wolle, hatte er seine Trauergewänder abgeworfen und sogar den Mut aufgebracht, die grellblaue Seidenkrawatte umzuknüpfen. Ferner trug er eine silbergraue Reitjacke, die er sich aus bemitleidenswert durchsichtigen Gründen bei Allan abgeguckt hatte, eine weiße Weste und modische, auffallend buntkarierte Hosen. Seine Perücke hatte er mit penetrant duftender Pomade geglättet und so in die Stirn und die Schläfen frisiert, daß ein Teil seiner Runzeln unter den öligen Fransen verschwand. Kurzum, sein Anblick war zum Lachen – oder zum Weinen. Angesichts dieser erbarmungswürdigen Kostümierung hätten ihm seine Feinde vergeben, und seine Freunde hätten ihn lieber tot im Sarge gesehen; aber der arme Pechvogel hatte ja weder Freunde noch Feinde . . .

Ruhelos ging er im Zimmer hin und her. Bald sah er auf die Uhr, bald aus dem Fenster, bald auf den reichgedeckten Frühstückstisch. Als der Kellner mit der Teemaschine hereinkam, wurde er zum soundsovielten Mal mit den gleichen nervösen Worten angesprochen, den einzigen, die dieser wunderliche Kauz heute früh anscheinend hervorbringen konnte. »Mein Sohn kommt zum Frühstück. Mein Sohn ist sehr wählerisch, sehr verwöhnt . . . Er muß von allem das Beste haben, kalte Küche, warme Küche . . . Tee oder Kaffee zur Auswahl, hören Sie? – und so weiter.« Und zum soundsovielten Mal gab der Kellner mit unerschütterlichem Gleichmut die beruhigende Antwort: »Sehr wohl, Sir, verlassen Sie sich auf mich.«

Endlich näherten sich draußen gemächliche Schritte, die Tür ging auf, und der langersehnte verlorene Sohn schlenderte seelenruhig herein, eine kleine schwarze Aktentasche in der Hand.
»Donnerwetter, Alter!« waren seine Begrüßungsworte, während er seinen aufgeputzten Vater mit ironischer Anerkennung musterte. »Du könntest ja vom Fleck weg mit deiner Angebeteten vor den Traualtar treten!«
Mr. Bashwood schüttelte ihm die Hand und versuchte in sein Lachen einzustimmen.
»Du bist guter Laune, Jimmy . . . Aber das warst du ja immer, schon als kleines Kind. Komm, mach es dir bequem, ich habe ein gutes Frühstück bestellt. Nur vom Besten . . . vom Besten. Nein, welch eine Freude, dich wiederzusehen! Welch eine Erleichterung! Wenn du wüßtest, wie ich . . .« Er setzte sich dem Sohn gegenüber, und sein Gesicht rötete sich vor Anstrengung, die einzige Frage, die ihm auf der Seele brannte, noch eine Minute höflichkeitshalber hinauszuzögern. Aber es half nichts; ungestüm durchbrach sie die Schranken der Selbstbeherrschung: »Was hast du herausgefunden, Jimmy? Erzähle mir alles über sie! Ich komme um, Jimmy, wenn ich noch länger warten muß! Sprich, ich bitte dich, sprich!«
»Alles zu seiner Zeit«, erwiderte Bashwood der Jüngere, vollkommen ungerührt von den sichtlichen Qualen seines Vaters. »Jetzt wollen wir erst mal in Ruhe frühstücken, nicht? Auf die Dame kommen wir noch früh genug zu sprechen. Immer langsam, alter Herr, nur keine Überstürzung!«
Lächelnd und leise vor sich hinsummend begutachtete er die Platten und Schüsseln, deren Deckel er einzeln hob, als hätte er den ganzen Vormittag Zeit zu dieser ungleich interessanteren Beschäftigung. Für jeden normalen Beobachter wäre es schwer gewesen, den wahren Charakter des jungen Bashwood zu erkennen. Sein jugendlich harmloses Gesicht mit den wohlgenährten, glatten Wangen, sein blondes Haar, sein stets zum Lächeln bereiter Mund, sein offener, treuherziger Blick, der vor niemandem zurückscheute – alles das konnte auf arglose, brave Durchschnittsmenschen nur den denkbar günstigsten Eindruck hervorrufen. Nur ein unbestechlicher Menschenkenner, wie es ihn unter Tausenden nur einmal gibt, hätte hinter der trügerischen Fassade auf den ersten Blick den nichtswürdigen Schuft erkannt, der er wirklich war und den die moderne Gesellschaft eigens für ihre Zwecke heranzüchtet. Der Privatdetektiv ist ein typisches Produkt unserer Zeit und des Fortschritts der Zivilisation: ein Mensch, dessen Beruf es ist, auf den geringsten Verdacht hin (sofern es sich für ihn auszahlt) unter fremde Betten zu kriechen, an fremden Türen zu horchen und durch Schlüssellöcher zu spähen. Die Detektivagenturen schießen wie

Pilze aus dem Boden, der Bedarf ist gewaltig, und ihre Angestellten erwiesen sich als berufsuntauglich, wenn sie zum Beispiel in Gegenwart ihres Vaters noch menschlichen Empfindungen unterlägen, und seien es auch nur Mitleid oder ein Rest von Schamgefühl.

»Sei nicht ungeduldig mit mir, Jimmy«, bettelte Mr. Bashwood, während der Sohn sich mit Gemütsruhe aus verschiedenen Schüsseln bediente. »Versuche dich, wenn du kannst, in meine Lage zu versetzen ... Ich bekam deinen Brief gestern früh. Dann kam die lange Reise von Thorpe-Ambrose nach London, der entsetzlich langgezogene Abend und die noch schlimmere Nacht – und das alles, nachdem du mir geschrieben hattest, du weißt, wo sie wohnt, aber kein Wort weiter. Wenn du in meine Jahre kommst, Jimmy, wirst du merken, wie schwer eine solche Ungewißheit zu ertragen ist ... Was hat dich eigentlich gestern abgehalten, hierherzukommen, wie du es mir versprochen hattest?«

»Ein kleines Dinner in Richmond«, erwiderte der Sohn. »Gib mir eine Tasse Tee.«

Mr. Bashwood beeilte sich, diesem Wunsch nachzukommen, aber seine Hand zitterte so, daß er den Tee neben statt in die Tasse goß. »Himmel, verzeih ... Ich bin so ungeschickt, wenn ich nervös bin«, stammelte der alte Mann, während der Sohn ihm die Teekanne abnahm. »Du trägst mir doch hoffentlich nicht nach, was ich dir bei unserer letzten Begegnung sagte? Ich gebe ja gern zu, daß ich starrköpfig und unvernünftig war, als ich durchaus in London bleiben und dich bei deinen Nachforschungen unterstützen wollte, statt, wie du mir gleich rietest, ruhig nach Thorpe-Ambrose zurückzukehren. Inzwischen habe ich eingesehen, wie recht du hattest, mich noch am gleichen Abend wieder heimzuschicken, nachdem ich dir die verschleierte Dame beim Verlassen des Hotels gezeigt hatte, und das Weitere mit deiner viel größeren Erfahrung allein und unauffällig in die Wege zu leiten. Wenn du mir jetzt noch nicht alles erzählen willst«, schloß er mir versagender Stimme, »sag mir wenigstens, wie du ihr auf die Spur gekommen bist ... Bitte, Jimmy, bitte!«

Der Sohn blickte kurz von seinem Teller auf. »Eins kannst du gern wissen«, erwiderte er mit vollem Mund, »das Wie hat mich mehr Geld und Zeit gekostet, als ich veranschlagt habe, und je eher wir darüber ins reine kommen, desto schneller wirst du erfahren, was du so dringend wissen willst.«

Der Vater griff wortlos nach seiner abgenutzten Brieftasche und nach der Börse und legte beides vor den Sohn hin. Bashwood der Jüngere öffnete zuerst die Börse, stellte mit einem verächtlichen Heben der Brauen fest, daß sie nur wenige Münzen enthielt, und gab sie dem Vater wie ein Almosen zurück. In der Brieftasche befanden sich noch vier Fünfpfundscheine. Drei davon nahm der

Sohn an sich, worauf er auch die Brieftasche mit einer spöttisch übertriebenen Verbeugung dem Vater wieder aushändigte.
»Tausend Dank«, sagte er. »Das meiste geht an meine Assistenten, und der Rest ist für mich selbst. Eine der wenigen Dummheiten meines Lebens war, dir auf deinen ersten Brief zu schreiben, du könntest meine persönlichen Dienste gratis haben. Wie du siehst, beeile ich mich, diesen Irrtum zu berichtigen. Ein paar Stunden meiner Freizeit hätte ich dir gern geopfert, mein lieber Alter, aber diese vertrackte Geschichte hat ja tagelang gedauert und mich von anderen, wichtigeren Arbeiten abgehalten. So war mein Anerbieten nicht gemeint, und so hast du es hoffentlich auch nicht aufgefaßt!«
»Nein, nein, Jimmy, selbstverständlich nicht. Ich beklage mich nicht, lieber Junge. Ich habe dir doch gleich geschrieben, daß dir meine Ersparnisse zur Verfügung stehen; also reden wir nicht mehr vom Geld. Bitte, erzähl mir nun endlich, was du über sie erfahren hast!«
»Außerdem«, fuhr der Sohn unerschütterlich mit seiner Selbstrechtfertigung fort, »hast du meine erfahrenen Dienste noch sehr billig bekommen. Bei jedem anderen hättest du mindestens das Doppelte zahlen müssen, weil der Mr. Armadale auch noch beobachtet hätte. Diese Ausgabe habe ich dir erspart, da du ja felsenfest überzeugt bist, daß der Herr die Dame hier in London heiraten will. Folglich haben wir unser Augenmerk nur auf die Dame gerichtet. Solange wir wissen, wo sie ist, wissen wir, daß der Herr nicht weit sein kann.«
»Sehr richtig, Jimmy. Aber wie kommt es, daß Miß Gwilt allein euch soviel Schwierigkeiten gemacht hat?«
»Weil sie ein verteufelt kluges Frauenzimmer ist«, antwortete Bashwood der Jüngere. »Einmal hat sie uns in einem Modesalon abgehängt, indem sie durch die Hintertür verschwand. Wir haben uns daraufhin mit der Inhaberin geeinigt und darauf gewartet, daß sie wiederkommen würde, um das bestellte Kleid anzuprobieren. Die gescheiteste Frau wird unvorsichtig, wenn es sich um ein neues Kleid handelt – und siehe da, selbst Miß Gwilt hatte diese weibliche Schwäche. Mehr brauchten wir nicht. Als sie kam, betätigte sich eine unserer Angestellten als Probiermamsell und sorgte dafür, daß der Mann, der hinter der Glastür stand und durch einen Vorhangschlitz lugte, ihr Gesicht sehen konnte. Er erkannte sie augenblicklich nach der Personenbeschreibung – denn du mußt wissen, auf ihre Weise ist sie eine Berühmtheit. Natürlich verließen wir uns nicht nur auf die äußere Übereinstimmung, die eine zufällige Ähnlichkeit sein konnte, sondern zogen einen Beamten von Scotland Yard hinzu, der sie bestimmt kannte. Dieser Beamte trug ihr als angeblicher Laufbursche das fertige Kleid nach Hause –

ihre neue Adresse hatten wir inzwischen aufgespürt –, traf sie im Korridor und erkannte sie sofort mit hundertprozentiger Sicherheit. Tja, lieber Alter, du hast Glück gehabt, daß deine Miß Gwilt eine alte Bekannte der Polizei ist! Wäre sie minder berühmt und berüchtigt, so hätten wir ihr vielleicht wochenlang nachstellen müssen, und das hätte dich Hunderte gekostet. In Miß Gwilts Fall ging alles relativ rasch. Nach ihrer Identifizierung durch den Scotland-Yard-Beamten dauerte es nur noch einen Tag, bis ich ihre ganze Lebensgeschichte schwarz auf weiß in Händen hatte.
Ich habe sie dir mitgebracht. Da in meiner schwarzen Aktentasche ist sie.«
Mr. Bashwood fuhr auf und griff mit hageren, gekrümmten Fingern wie mit Raubvogelfängen nach der Aktentasche, aber der Sohn hielt spielerisch ein Schlüsselchen in die Höhe, kniff lächelnd ein Auge zu, schüttelte den Kopf und ließ das Schlüsselchen wieder in der Westentasche verschwinden.
»Immer mit der Ruhe, alter Herr! Eines nach dem andern – ich bin noch lange nicht mit Frühstücken fertig.«
»Aber ich kann doch nicht länger warten!« schrie Mr. Bashwood außer sich. »Es ist schon neun Uhr vorbei! Und vor vierzehn Tagen ist sie mit Mr. Armadale nach London gefahren! Von heute an können sie jederzeit heiraten! Vielleicht werden sie schon diesen Moment getraut! Ich kann nicht mehr warten!«
»Der Mensch kann alles«, dozierte der Sohn, der sich unverhohlen an der Fassungslosigkeit seines Vaters weidete. »Auch du kannst warten, wenn dir nichts anderes übrigbleibt. Bist du auf einmal gar nicht mehr neugierig auf meine Erzählungen? Du setzt mich in Erstaunen. Warum fragst du mich nicht, wieso ich Miß Gwilt schon mehrmals eine aktenkundige Persönlichkeit genannt habe? Und wie ich zu ihrer Lebensgeschichte gekommen bin? Wenn du in aller Ruhe wieder Platz nimmst, erzählte ich es dir gern. Aber wenn du es vorziehst, von einem Fuß auf den anderen zu treten, beschränke ich mich indessen auf mein Frühstück.«
Mr. Bashwood kehrte mit einem tiefen Seufzer an seinen Platz zurück.
»Ich wünschte, du nähmst manches ein bißchen ernster, Jimmy«, sagte er bedrückt. »Für dich ist das alles natürlich nur ein guter Spaß.«
»Spaß?« wiederholte der Sohn. »In meinen Augen ist die Geschichte ernst genug, verlaß dich drauf. Deine Miß Gwilt ist knapp dem Strick entgangen, und die Papiere in meiner Aktentasche sind die Unterlagen ihres damaligen Verteidigers. Nennst du das einen Spaß?«
Wieder sprang der Vater steil in die Höhe, aber nicht vor Entset-

zen. Seine wäßrigen Augen strahlten, und in seinen verwitterten Zügen malte sich ein grauenhafter Triumph.
»Sie ist knapp dem Strick entgangen?« stieß er glückselig hervor. »Man wollte sie zum Tode verurteilen? Ah-ha-ha! Das dürfte Mr. Armadale neu sein! Das wird ihn endlich das Gruseln lehren!«
Fast schien es, als ob es sogar den abgebrühten Sohn bei diesem völlig unerwarteten und rätselhaften Temperamentsausbruch seines Vaters gruselte.
»Na, nun reg dich mal ab«, sagte er, obgleich es ihm im Moment Mühe machte, seinen ironisch-überlegenen Ton beizubehalten. Aber Mr. Bashwood hatte sich ohnehin schon gefaßt. Er setzte sich, wischte sich mit dem Taschentuch die Stirn und nickte seinem Sohn lächelnd zu. »Keine Sorge, Jimmy, ich rege mich über nichts mehr auf. Frühstücke nur in Ruhe weiter. Jetzt kann ich warten.«
Von nun an wartete er tatsächlich mit fast unheimlicher Geduld, immer vor sich hinnickend, lächelnd und lautlos die Lippen bewegend. Sein Sohn beendete inzwischen das Frühstück mit herausfordernder Langsamkeit, zündete sich umständlich eine Zigarre an, warf einen schrägen Blick auf den Vater und entschloß sich endlich, da dieser immer noch kein Zeichen der Ungeduld von sich gab, die Aktentasche zu holen, aufzuschließen und die Papiere auf dem Tisch auszubreiten.
»Wie willst du die Geschichte hören?« fragte er. »Ausführlich oder in Kurzfassung? Ich habe hier ihren ganzen Lebenslauf. Ihr Verteidiger hat die Geschworenen nach allen Regeln der Kunst bearbeitet, um ihr Mitleid zu erregen: unglückliche Jugend, erlittenes Unrecht und so weiter – alles uralt und wohlbekannt, aber es tut immer wieder seine Wirkung auf das empfindsame Publikum. Soll ich ebenso vorgehen? Soll ich dir ihr Bild malen, wie sie war, als sie noch kurze Kleidchen und Spitzenunterhosen trug? Oder kann ich das überspringen und sie dir gleich als Untersuchungsgefangene auf der Anklagebank vorstellen?«
»Ich will alles von ihr wissen«, erklärte Mr. Bashwood. »Alles Gute, alles Schlimme – besonders letzteres. Du brauchst mich nicht zu schonen, Jimmy. Kann ich die Papiere nicht selber durchlesen?«
»Nein. Für dich wäre das ja doch das reinste Chinesisch. Danke deinem Schöpfer, daß du einen gewitzten Sohn hast, der sich durch so was durchfindet und die Quintessenz in gefälliger Form servieren kann. Ich schmeichle mir, daß es in ganz England keine zehn Männer gibt, die darin mit mir konkurrieren könnten. Es ist ein Talent, alter Herr, mit dem nur wenige Menschen begnadet sind, und es sitzt hier – im Köpfchen!«
Er tippte sich ausdrucksvoll mit dem Finger an die Schläfe, nahm das Manuskript wieder an sich und begann mit sichtlicher Genug-

tuung über die eigene Schläue und Wortgewandtheit seinen Vortrag.
»Miß Gwilts erster Auftritt vollzog sich vor etwa einem Vierteljahrhundert auf dem Marktplatz von Thorpe-Ambrose. Ein herumziehender Quacksalber, der Duftwässer, Medizinen und Schönheitsmittel verkaufte, kam mit seinem Karren in das Städtchen und stellte als lebendes Beweisstück für die Wunderwirkung seiner Haarmixturen ein hübsches kleines Mädchen zur Schau, das eine erstaunliche rotgoldene Haarfülle besaß. Der Name des Marktschreiers war Oldershaw. Seine Frau war auch dabei und leitete die Schönheitsmittelabteilung seiner fahrbaren Drogerie. Nach seinem Tod hat sie das in größerem Stil weitergeführt und eine große Kundschaft unter der Damenwelt gewonnen; übrigens ist sie mit der munteren alten Dame identisch, in deren Auftrag ich kürzlich selbst in Thorpe-Ambrose war. Wer das hübsche kleine Mädchen war, brauche ich dir nicht zu sagen. Nun denn, als der Quacksalber damals seine Wässerchen anpries und den Leuten die Seidenmähne der Kleinen von allen Seiten vorführte, wollte es der Zufall, daß eine junge adlige Dame gerade über den Marktplatz fuhr und den Kutscher halten ließ, um zu sehen, warum sich da so viele Neugierige drängten. Der Anblick des kleinen Mädchens, das da als Ausstellungsobjekt dienen mußte, gewann ihr Herz im Sturm. Die gefühlvolle junge Dame war die Tochter des Gutsbesitzers Blanchard von Thorpe-Ambrose. Sie fuhr stracks nach Hause und schilderte ihrem Papa das Schicksal dieses unschuldigen kleinen Opfers gewissenloser Vagabunden mit so eindringlichen Worten, daß die Oldershaws noch am selben Abend förmlich ins Herrenhaus gebeten und von Mr. Blanchard nach ihrem Wohin und Woher ausgefragt wurden. Sie erklärten die Kleine für ihre Nichte, was natürlich glatter Schwindel war, und nahmen dankbar das Anerbieten an, das Kind während ihres Aufenthalts in Thorpe-Ambrose die Dorfschule besuchen zu lassen. Schön, die Kleine trat am nächsten Morgen an – und am übernächsten Tag waren die Oldershaws spurlos verschwunden, und der Gutsherr hatte das Kind auf dem Hals. Offenbar hatten die Oldershaws ihre Reklamewirkung überschätzt, das Geschäft mit ihr lohnte sich nicht, und sie packten deshalb die günstige Gelegenheit beim Schopf, jemand anderem die Sorge für ihren Lebensunterhalt zu überlassen. Schluß des ersten Aktes. Alles soweit klar?«
»Vollkommen klar, Jimmy. Nur eins verstehe ich nicht: Wenn sie nicht mit diesen Oldershaws verwandt war . . . wer war sie denn nun wirklich?«
»Eine berechtigte Frage. Leider hat sie bisher noch keiner beantworten können, Miß Gwilt eingeschlossen. Ihren Aussagen nach kann sie sich an ihre früheste Kindheit nur so weit erinnern, daß

sie bei einer sogenannten Pflegemutter war, irgendwo auf dem Lande, wo sie viel Prügel und wenig zu essen bekam – ein Schicksal, das sie mit mehreren weiteren Pflegekindern teilte. Die Frau wußte auch nichts weiter von ihr, als daß sie Lydia Gwilt hieße und daß ein Rechtsanwalt ihr ein jährliches Unterhaltsgeld für sie überwies. Aber als sie acht Jahre alt war, hörten diese Zahlungen plötzlich auf, der Rechtsanwalt erklärte sich für nicht weiter zuständig, niemand schrieb, niemand kümmerte sich mehr um die kleine Lydia. Glücklicherweise kamen um diese Zeit gerade die Oldershaws durch die Gegend und versprachen sich von der hübschen Kleinen geschäftlichen Auftrieb; die Pflegemutter trennte sich gegen eine kleine Abfindung gern von ihr, und die Oldershaws entledigten sich ihrer dann auf die schon beschriebene Weise. Soviel über ihre Geburt und Familie. Lydia Gwilt kann die Tochter eines Herzogs sein – oder auch eines Strauchdiebs. Ihre Herkunft ist jedenfalls von romantischem Dunkel umhüllt; jeder mag seine eigenen Schlüsse ziehen, der Phantasie sind keine Schranken gesetzt. Willst du jetzt ein bißchen phantasieren, oder soll ich mit den tatsächlich vorliegenden Berichten fortfahren?«

»Fahre fort, Jimmy . . . Bitte, fahre fort.«

Bashwood der Jüngere tat einen Blick ins Manuskript, um sein Gedächtnis aufzufrischen. »Der nächste Akt wirft ein kurzes Streiflicht auf merkwürdige Familienzustände. Zunächst schien das Glück der kleinen, verlassenen Lydia Gwilt hold zu sein. Sie wurde von einer liebenswürdigen jungen Dame und deren reichem Vater verwöhnt, und die gesamte Dienerschaft katzbuckelte um sie herum, weil sie Miß Blanchards neuestes Spielzeug war. Nach einer Weile reisten Mr. Blanchard und seine Tochter ins Ausland und nahmen Lydia als allerliebstes, flinkes und gelehriges Kammerzöfchen der jungen Dame mit. Als sie nach längerer Zeit zurückkamen, war die Tochter schon verheiratet und verwitwet – und das hübsche Kammerzöfchen hatte sie auch nicht mehr. Das tauchte plötzlich mutterseelenallein in einem erstklassigen französischen Internat wieder auf. Lydia genoß dort, wie sich erst beim Prozeß herausstellte, eine vorzügliche und vielseitige Erziehung; man hatte ihr obendrein einen anständigen Unterhalt gewährt, bis sie heiratete oder sich sonstwie auf eigene Füße stellte – unter der einen Bedingung, daß sie sich nie mehr in England blicken ließ. Mehr wollte Miß Gwilt nicht einmal ihrem Verteidiger sagen, auch als ihr schon das Messer an der Kehle stand. Sie weigerte sich standhaft, über die Erlebnisse der Blanchards im Ausland Näheres zu erzählen; sie verschwieg sogar den Namen, den ihre junge Herrin als Ehefrau und Witwe führte. Eine sonderbare Grille, nachdem so viele Jahre darüber verflossen waren! Man konnte daraus nur schließen, daß sie Mitwisserin eines blamablen Familiengeheimnisses geworden war und die Blanchards ihr die teure Erziehung in Frankreich nur bezahlten, um sie in sicherer Entfernung zu halten. Der Grund ihrer Verschwiegenheit ist ebenso klar: Sie hoffte durch geduldiges Abwarten eines Tages größeren Vorteil für sich herauszuschlagen als durch vorzeitiges Plappern. Hut ab vor einer so gescheiten Frau! Die hat sich den Wind um die Nase wehen lassen und sich in der Welt umgesehen und auch wirklich etwas daraus *gelernt!*«

»Ja, Jimmy, ja ja, ganz sicher. Wie lange blieb sie in dem französischen Internat?«

Bashwood der Jüngere blätterte in seinen Papieren nach.

»Bis sie siebzehn war. Dann passierte ein ›unerfreulicher Zwischenfall‹, wie es hier mild umschrieben ist. Tatsache war, daß der Musiklehrer des erstklassigen Instituts sich blindwütig in Miß Gwilt verliebte. Der Mann war sonst ein respektabler Familienvater vorgerückten Alters, und da die Sache absolut aussichtslos war und er sich im falschen Moment erinnerte, daß er noch etwas Gehirn im Kopf hatte, nahm er eine Pistole und versuchte diesen lästigen Rest an die Wand zu spritzen. Die Ärzte retteten sein Leben, nicht aber seine Verstand, und er endete da, wohin er schon lange gehörte, nämlich in einer Irrenanstalt. Da Miß Gwilts sündige Schönheit die Ursache des ganzen Skandals war, konnte das erstklassige Institut sie natürlich unmöglich weiter in seinen Mauern dulden, obgleich sie sich erwiesenermaßen von Anfang bis Ende tadellos verhalten hatte. Ihre ›Gönner‹ – die Blanchards – wurden benachrichtigt, und diese schickten sie in ein anderes Internat, diesmal in Brüssel. Was fehlt dir denn? Was gibt's da zu seufzen?«

»Ich kann mir nicht helfen, Jimmy . . . Ich mußte noch an den armen Musiklehrer denken. Erzähle weiter.«

»Da bist du in guter Gesellschaft, Dad, denn auch Miß Gwilt vergaß ihn nicht so bald, ihrem eigenen Bericht zufolge. Sie dachte sehr viel über die ganze Geschichte nach, ging in sich und wurde von einer frommen Dame, in deren Obhut sie zwischen den beiden Internaten war, vollends ›bekehrt‹, wie der Fachausdruck heißt. Der Priester an der belgischen Schule scheint zwar ein vernünftiger Mann gewesen zu sein und gemerkt zu haben, daß das Mädchen dem religiösen Wahn zutrieb, aber ehe es ihm gelang, sie zu beruhigen, wurde er schwerkrank, und sein Amtsnachfolger war ein Fanatiker, dem diese ringende Seele natürlich ein gefundenes Fressen war. Der Erfolg seiner Rettungsaktion war, daß Lydia nach weiteren zwei Jahren ihren Entschluß kundtat, ihr Leben in einem Kloster zu beschließen. Ja, da machst du große Augen! Eine Lydia Gwilt als Nonne – das ist eine weibliche Spielart, die man nicht oft zu sehen kriegt . . .«

»Hat sie wirklich den Schleier genommen?« warf Mr. Bashwood

hastig ein. »Hat man das zugelassen, bei einem so jungen und alleinstehenden Mädchen, das offenbar nicht einen einzigen wohlwollenden und uneigennützigen Berater hatte?«

»Die Blanchards wurden natürlich um ihr Einverständnis gebeten«, erwiderte Bashwood der Jüngere. »Na, du kannst dir an den Fingern abzählen, daß *die* nichts gegen Lydias Verschwinden in einem Kloster hatten! Im Gegenteil, nie dürften sie erleichterter aufgeatmet haben als bei Erhalt des Briefes, mit dem sie feierlich von ihnen und allem Irdischen für immer Abschied nahm. Aber der Orden, den sie gewählt hatte, war bei der Neuaufnahme weltflüchtiger junger Damen bedächtiger und hielt sich an die wohlerprobten Regeln. Lydia mußte erst ein Jahr als Novizin hinter sich bringen, ehe sie die ersten Gelübde ablegen durfte, und ein weiteres, bevor sie endgültig zur Nonne geweiht wurde. Nun, bei dem klugen Mädchen regten sich schon nach dem ersten Jahr einige Zweifel – und nach dem zweiten war sie wieder so weit zu Verstand gekommen, daß sie auf den Schleier verzichtete. Als sie sich wieder in Freiheit sah, befand sie sich in einer ziemlich schiefen Lage. Die Nonnen hatten kein Interesse mehr an ihr, die Internatsvorsteherinnen, bei denen sie sich als Lehrkraft bewarb, lehnten sie als zu hübsch ab, und ihr ehemaliger Seelenretter erklärte, sie sei vom Teufel besessen, und weigerte sich rundweg, ihr irgendwie weiterzuhelfen. Ihr blieb nichts übrig, als noch einmal an die Blanchards zu schreiben und sie zu bitten, ihr wenigstens mit einer Empfehlung zu einem Start als Musik- oder Sprachlehrerin zu verhelfen. Ihr Brief kam als unbestellbar zurück. Auf ihre Erkundigungen erfuhr sie, daß Mr. Blanchard tot und seine Tochter unbekannt verzogen sei. Da sie wußte, daß die Familie Blanchard nicht nur aus diesen beiden bestand, schrieb sie nunmehr an den jetzigen Gutserben, der ihr nicht selbst antwortete, sondern sie durch seinen Rechtsanwalt informieren ließ, er hätte mit den Angelegenheiten seiner Schwester nichts zu tun und würde gerichtlich vorgehen, falls sie, Lydia Gwilt, jemals den Versuch wagte, ihn oder andere Mitglieder der Familie in Thorpe-Ambrose um Geld anzugehen. Ihre Versuche, die Adresse ihrer einstigen Herrin ausfindig zu machen, verliefen ebenso ergebnislos: Alle, die sie wußten – außer dem Rechtsanwalt zum Beispiel der Bankier der Familie –, hatten strikte Anweisung, ihr jede Auskunft zu verweigern. Ihr Eintritt ins Kloster war den Herrschaften damals ein gar zu willkommener Anlaß gewesen, jede Verbindung mit ihr abzubrechen und sich etwaigen weiteren Verpflichtungen zu entziehen. Hätte sie nun ein bißchen Geld gehabt, so hätte sie nach England fahren und die Blanchards persönlich vom hohen Pferd herunterholen können; aber da sie keinen roten Heller hatte, war sie hilflos. Du wirst fragen, wovon sie lebte, solange die nutzlose Korrespondenz hin und her ging. Sie schlug sich kärglich als Klavierspielerin in einem Brüsseler Amüsierlokal durch. Selbstverständlich wurde sie von den Männern förmlich belagert, aber zum allgemeinen Erstaunen erwies sie sich als unzugänglich wie Granit. Einer ihrer abgeblitzten Verehrer, ein Russe, machte sie mit einer Landsmännin bekannt, deren Name so unaussprechlich war, daß wir sie der Einfachheit halber nur ›die Baronin‹ nennen wollen. Die beiden Damen gefielen einander auf den ersten Blick, und die Baronin bot Miß Gwilt den Posten einer Vorleserin und Gesellschafterin an. Endlich eröffneten sich ihr neue Aussichten – nach außen hin sah alles wunderbar glatt und verlockend aus. Der Blick hinter die Fassade kam erst später.«

»Wieso, Jimmy? Ging es mit der Baronin auch wieder schief?«

»Folgendermaßen, Dad. Die Baronin war eine reiselustige Dame und nahm Miß Gwilt überallhin mit, und Miß Gwilt war zunächst selig. Sie reisten in ganz Europa herum, und wohin sie auch kamen, sammelte sich ein gleichgesinnter Freundeskreis um sie – kein Wunder bei zwei so charmanten Damen. Die Baronin lud unermüdlich Gäste ein, und bei diesen Empfängen wurde regelmäßig Karten gespielt. Ahnst du schon was? Um die Sache kurz zu machen, will ich nur sagen, daß das Glück am Ende fast immer auf seiten der Baronin und ihrer intimsten Freunde war. Mit einem Wort, es handelte sich um eine Bande von Schwindlern, Hochstaplern und Falschspielern, denen die schöne, gebildete Miß Gwilt als kostbarer Lockvogel diente. Sie behauptet, von alledem keine Ahnung gehabt zu haben. Sie selbst konnte gar nicht Karten spielen und tat niemals mit, und in der Baronin hätte sie nie etwas anderes als eine wirklich wohlmeinende, offenherzige Freundin gesehen. Glaub's oder nicht . . . Dieses mondäne Reiseleben dauerte fünf Jahre und hätte vielleicht bis heute gedauert, wenn die Baronin nicht eines Tages in Neapel einen reichen Engländer namens Waldron in ihren Kreis aufgenommen hätte. Aha, bei dem Namen zuckst du zusammen, was? Du hast natürlich den berühmten Waldron-Prozeß in den Zeitungen verfolgt wie alle Welt? Und nun weißt du auch, wer Miß Gwilt ist, nicht wahr?«

Er sah seinen Vater neugierig an, aber dieser beherrschte sich auf erstaunliche Weise, und wenn er geglaubt hatte, ihm mit dem Namen Waldron einen Schlag zu versetzen, sah er sich getäuscht. Der Alte wirkte keineswegs erschüttert, sondern eher freudig angeregt. »Erzähle mir alles genau, Jimmy«, sagte er ganz ruhig. »Ich gehöre zu den wenigen Leuten, die die Prozeßberichte nicht verschlungen haben. Ich habe nur oberflächlich davon gehört.«

Bashwood der Jüngere schüttelte den Kopf. »Du lebst hinter dem Mond, wie immer«, stellte er fest. »Also, was den Prozeß betrifft, so kann ich dich über jede Einzelheit informieren. Aber kehren wir erst noch einmal zu der Baronin und Mr. Waldron zurück. Er war eine Zeitlang ihr regelmäßiger Abendgast, spielte Karten und ließ sich von der Bande ausplündern, ohne mit der Wimper zu zucken – mit anderen Worten, er ließ es sich etwas kosten, in Miß Gwilts Nähe zu sein. Erst als er glaubte, sich ihr genügend angenehm gemacht zu haben, ließ er den ganzen Fälscherklub erbarmungslos auffliegen. Die Polizei griff ein, die Baronin kam ins Kittchen, und Miß Gwilt stand vor der Wahl, Mr. Waldrons persönlichen Schutz anzunehmen oder sich wieder allein und mittellos in der Welt herumstoßen zu lassen. In dieser Zwangslage zeigte sich erst ihre ganze Tugend – oder ihre überlegene Klugheit, was wahrscheinlicher ist. Sie erklärte Mr. Waldron zu dessen grenzenlosem Erstaunen, daß sie die Welt nicht fürchte und sich nur in allen Ehren mit ihm verbinden könne; andernfalls verabschiede sie sich auf der Stelle und für immer. Ihr Ultimatum wurde beantwortet wie stets, wenn ein verliebter Mann und eine zielbewußte Frau im Spiel sind: Mr. Waldron machte zum Entsetzen seiner Familie und Freunde aus der Not eine Tugend und heiratete sie.«

»Wie alt war er?« fragte Mr. Bashwood eifrig dazwischen.

Sein Sohn brach in Lachen aus. »Ungefähr im gleichen Alter wie dein dich liebender Sohn, Daddy, und reich genug, um deine ehrwürdige Brieftasche mit Tausendpfundnoten zum Bersten zu bringen! Aber laß den Kopf nicht hängen; die Ehe wurde trotz Jugend und Reichtum nicht glücklich. Das Paar lebte weiter auf dem Kontinent, und zunächst ließ sich alles ganz gut an. Mr. Waldron setzte natürlich sofort nach der Heirat ein neues Testament auf und sorgte im süßen Rausch der Flitterwochen fürstlich für seine etwaige Witwe. Leider verfliegt besagter Rausch wie jeder andere, meist noch schneller, und Mr. Waldron begann seine Rolle als Ehemann ziemlich bald als Last zu empfinden. Er war launisch und jähzornig, mit sich und der Welt unzufrieden, und die erste, die es zu spüren bekam, war natürlich seine Frau. Er stritt mit ihr, er verdächtigte sie, er war rasend eifersüchtig auf jedes männliche Wesen, das sich in ihre Nähe wagte. Ruhelos zogen sie fast vier Jahre lang von Ort zu Ort, wie seine Launen und seine Eifersucht es ihm eingaben, und kehrten schließlich nach England zurück. Kinder hatten sie nicht. Mr. Waldron besaß ein einsames altes Haus in der endlosen Heide von Yorkshire, und dort schloß er sich und seine Frau nun von allem geselligen Leben ab; nur ein paar Dienstboten und Hunde durften noch in ihre Nähe kommen. Diese Behandlung einer schönen und geistvollen jungen Frau mußte sich früher oder später rächen, und wenn eine solche Frau der Verzweiflung nahe ist, pflegt der Ritter, der sich die Lage zunutze macht, nicht lange auszubleiben. In diesem Fall war der Ritter eine ziemlich dunkle Figur, ein Kubaner, der sich Kapitän

Manuel nannte und, so sagte er wenigstens, in der spanischen Marine Dienst getan hatte. Er hatte das Ehepaar Waldron auf der Heimreise nach England kennengelernt, trotz des eifersüchtigen Gatten ein paarmal mit ihr gesprochen und ihren Verbannungsort ausfindig gemacht. Kapitän Manuels Aussehen und Wesen wird als das eines kühnen Draufgängers beschrieben, eines geheimnisumwitterten Piraten; die Frauen flogen auf ihn und –«

»Sie ist nicht wie alle Frauen!« unterbrach Mr. Bashwood heftig. »Oder ist sie etwa auch . . .?« Seine Stimme versagte mitten im Satz.

»Ob sie auch auf ihn geflogen ist, wolltest du fragen?« vollendete der Sohn spöttisch. »Na, und wie! Sie gestand unumwunden ein, daß sie sich sofort rettungslos in ihn verliebt hat, allerdings mit dem Zusatz, daß sie sich nach außen hin einwandfrei verhielt – was im Hinblick auf ihren eifersüchtigen Mann wahrscheinlich sogar stimmt. Ungefähr sechs Wochen lang beschränkten sich die Liebenden auf einen heimlichen Briefwechsel; der Kubaner, der das Englische in Wort und Schrift fließend beherrschte, hatte sich eine Magd des düsteren Hauses in Yorkshire als Postillon d'amour angeheuert. Die Krisis wurde von Mr. Waldron selbst herbeigeführt. Ob er Wind von der heimlichen Korrespondenz bekommen hatte oder nicht, ist nie geklärt worden. Sicher ist nur, daß er eines Tages in schlechterer Laune denn je von einem Ritt heimkehrte, daß seine Frau sich gegen seine Pöbeleien verwahrte und er ihr dafür mit der Reitgerte ins Gesicht schlug. Nicht sehr gentlemanlike, das muß man zugeben. Aber der Schlag mit der Reitgerte zeitigte ein erstaunliches Resultat, dessen Mr. Waldron sich nie versehen hätte: Seine stolze Frau wurde auf einmal so demütig und nachgiebig, wie er es sich nur wünschen konnte. Vierzehn Tage lang unterwarf sie sich klaglos allen seinen Launen, las ihm jeden Wunsch vom Gesicht ab und widersprach mit keiner Silbe, er mochte sagen, was er wollte. Jeder normale Mann hätte hinter einer so auffälligen Verwandlung Unrat gewittert – ob auch Mr. Waldron es tat, kann ich dir nicht sagen. Jedenfalls war die Strieme auf dem Gesicht seiner Frau noch nicht völlig verblaßt, als er erkrankte, und zwei Tage später war er tot. Was sagst du nun dazu?«

»Daß er es verdient hat!« rief Mr. Bashwood erregt und schlug zum ironischen Vergnügen seines Sohnes zur Bekräftigung sogar mit der flachen Hand auf den Tisch.

»Der Arzt, der sich um den Sterbenden bemühte, war nicht ganz deiner Meinung«, bemerkte Bashwood der Jüngere. »Er zog noch zwei Kollegen hinzu, und als es mit Mr. Waldron aus war, weigerten sich alle drei, einen unverfänglichen Totenschein auszustellen. Eine gerichtliche Untersuchung folgte, die Aussagen der Ärzte und der Dienerschaft deuteten alle in ein und dieselbe Richtung, und Mrs. Waldron wurde unter Mordverdacht verhaftet. Ein erfolgreicher Anwalt übernahm ihre Verteidigung, sammelte das ganze Material, das ich jetzt hier in Händen habe, und – was ist denn nun schon wieder mit dir los?«

Mr. Bashwood war aufgesprungen und machte Miene, seinem Sohn die Papiere mit Gewalt zu entreißen. »Ich muß das selber nachlesen!« ächzte er. »Bisher war viel zu wenig von dem Kapitän aus Kuba die Rede! Und dabei war *er* der Mörder, Jimmy – ich schwöre jeden Eid, daß er es war!«

»Das hat keiner, der den Fall aufmerksam verfolgt hat, je bezweifelt«, erwiderte der Sohn gelassen. »Nur konnte es leider keiner beweisen. Setz dich wieder hin, Dad, und beruhige dich. In diesen Papieren steht nichts über Kapitän Manuel als die Privatmeinung des Verteidigers, die wenig praktischen Wert hat. Am meisten Ärger machte dem hilfsbereiten Anwalt die schöne Angeklagte selbst, da sie den Kapitän von Anfang bis zum Ende deckte und keinen Finger rührte, um die Schuld von sich auf ihn abzuwälzen. Was sie ihm statt dessen sagte, hielt er für gelogen. Erstens, daß sie überhaupt nichts von einem Verbrechen wüßte und nach wie vor des Glaubens sei, ihr Mann sei eines natürlichen Todes gestorben. Das überraschte den Rechtsanwalt nicht; seine Klientinnen waren gewohnheitsgemäß unschuldig. Zweitens gab sie zwar zu, einen heimlichen Briefwechsel mit dem Kapitän geführt zu haben, aber er hätte nur geplant, sie zu entführen, worauf sie nach der barbarischen Aufführung ihres Gatten schließlich auch eingegangen sei. Der Verteidiger verlangte die Briefe zu sehen. ›Die sind natürlich alle verbrannt‹, erwiderte sie. Der Rechtsanwalt dachte sich sein Teil dazu. Sehr möglich, daß Manuel *ihre* Briefe verbrannt hatte, als er hörte, daß die Leiche gerichtlich untersucht wurde; aber es widerspricht allen Erfahrungen, daß eine Frau sich von den Briefen ihres Liebhabers trennt, solange sie ihn noch liebt, ganz egal, was sie damit riskiert. Der Verteidiger erkundigte sich dann diskret nach den Vermögensverhältnissen des Kubaners und erfuhr, daß er so abgebrannt war, wie ein Kubaner nur sein kann. Seine nächste Frage war folgerichtig die nach ihren Erbansprüchen. Mrs. Waldron erwiderte edel indigniert, daß ihr Gatte wenige Tage vor seinem Abscheiden ein Testament gemacht habe, in dem ihr von dem ganzen Riesenvermögen nur die läppische Summe von fünftausend Pfund zugestanden wurde. Ob vielleicht ein früheres Testament vorhanden gewesen wäre, das durch das neue umgestoßen worden sei? wollte der Verteidiger wissen. Jawohl; Mr. Waldron hatte gleich nach der Heirat eines gemacht und ihr selbst in Verwahrung gegeben. Ob sie darin besser versorgt gewesen wäre? – Natürlich; schon ihre jährliche Rente hätte das Zehnfache betra-

gen. – Ob sie dieses erste, nun ungültige Testament jemals dem Kapitän gegenüber erwähnt hätte? – Jetzt erkannte sie die Falle und erwiderte wie aus der Pistole geschossen: ›Nein, nie!‹, was den Verdacht des erfahrenen Rechtsanwalts nur bestätigte. Er machte ihr klar, daß sie ihr Leben aufs Spiel setzte, wenn sie ihm nicht reinen Wein einschenkte. Sie behauptete mit echt weiblicher Hartnäckigkeit, nichts anderes getan zu haben. Der Kapitän seinerseits benahm sich ebenfalls musterhaft. Er gab zu, die Entführung geplant und Mrs. Waldron dazu überredet zu haben; ihre Briefe hätte er natürlich aus Rücksicht auf ihren Ruf immer gleich nach Erhalt verbrannt. Er blieb freiwillig in der Gegend und stellte sich den Behörden zur Verfügung. Da man keinerlei Verdachtsmomente gegen ihn fand, brauchte er am Prozeß nur als Zeuge teilzunehmen. Meiner bescheidenen Meinung nach kann kein Zweifel herrschen, daß Manuel von dem ersten Testament mit den fünfzigtausend Pfund gewußt und sich deshalb nur zu gern bereit erklärt hatte, Mrs. Waldron nach dem Tode ihres Gatten zu heiraten. Und wenn irgendwer sie bewogen hat, sich ihres Gatten zu entledigen, um schneller Witwe zu werden, kann es nur Manuel gewesen sein. Und da sie kaum in der Lage war, sich als dauernd Eingeschlossene und Bewachte selbst das nötige Gift zu beschaffen, muß Manuel es ihr in die Hände gespielt haben.«
»Ich glaube nicht, daß sie ihn vergiftet hat!« rief Mr. Bashwood. »Wenn Waldron überhaupt vergiftet worden ist, war der Kapitän selbst der Mörder!«
Sein Sohn faltete die Dokumente zusammen, ohne auf den Zwischenruf einzugehen, steckte sie sorgfältig wieder in die Aktentasche und brachte statt dessen ein vergilbtes Zeitungsblatt zum Vorschein.
»Hier ist einer der damaligen Prozeßberichte«, sagte er. »Du kannst ihn nachher in Ruhe durchlesen, wenn du willst. Im Moment brauchen wir uns nicht mit Nebensächlichkeiten aufzuhalten. Das Plädoyer des Verteidigers war sehr geschickt aufgebaut, wie du meinen Erzählungen wohl schon entnommen hast: Er stellte seine Klientin als vom Schicksal verfolgten Unschuldsengel hin, dessen Mißgeschicke sich von Kind an ständig gesteigert hatten und nun sogar in einer unverdienten Mordanklage gipfelten. Als tatsächliche Entlastungspunkte konnte er anführen, daß niemand Mrs. Waldron den Besitz von Gift hatte nachweisen können, und zweitens, daß die Gerichtsärzte, obwohl sie übereinstimmend erklärten, Mr. Waldron sei vergiftet worden, ganz verschiedener Ansicht über die Art des Giftes waren. Diese beiden Entlastungspunkte waren zwar gut und machten den gebührenden Effekt, aber die Argumente der Anklage wogen doch noch schwerer. Die Angeklagte hatte ihrem eigenen Geständnis nach nicht

weniger als drei ausreichende Motive zum Gattenmord gehabt: erstens war sie von ihm barbarisch schlecht behandelt worden, zweitens glaubte sie in den Genuß einer großen Erbschaft zu kommen (denn das zweite Testament, das diese Hoffnung zunichte machte, wurde ihr ja erst nach seinem Tode bekannt), und drittens hatte sie die Flucht mit einem anderen Mann geplant. Ferner ergaben sämtliche Zeugenaussagen den unumstößlichen Indizienbeweis, daß nur die Angeklagte selbst die Möglichkeit gehabt hatte, ihrem Gatten das Gift beizubringen. Was sollten die Geschworenen mit einem so klaren Fall anfangen? Ihr Spruch lautete selbstverständlich ›Schuldig‹, und der Richter schloß sich dem an. Der weibliche Teil des Publikums reagierte mit hysterischen Weinkrämpfen und Ohnmachtsanfällen, und der männliche benahm sich auch nicht viel besser. Sogar der Richter schluchzte, und die Geschworenen bebten wie Espenlaub. Die ganze Szene, als das Todesurteil ausgesprochen wurde, dürfte in der Geschichte der englischen Justiz einmalig dastehen. Und dennoch erfreut sich Mrs. Waldron alias Miß Gwilt heute der besten Gesundheit! Sie läuft frei herum, und wenn es ihr Spaß macht, kann sie noch beliebig viele Leute, die ihr zufällig nicht passen, mit Gift aus dem Wege räumen. Eine hochinteressante Figur! Ich kann dir nur raten, dich gut mit ihr zu stellen, alter Herr, denn Justitia hat keine Schrecken für sie . . .«

»Wie kam es zu ihrer Begnadigung?« fragte Mr. Bashwood atemlos. »Ich erinnere mich dunkel, mal davon gehört zu haben, aber ich hab's inzwischen vergessen. Hatte sich nicht der Innenminister persönlich für sie verwendet? Ja, ich glaube, es war der Innenminister . . . Endlich einer, der seinen Posten verdient!«

»Sehr richtig, alter Herr«, stimmte Bashwood der Jüngere hohnlächelnd zu. »Unser Innenminister war ein williges Werkzeug unserer modernen, aufgeklärten und freien Presse – ein Mann nach dem Herzen unserer Zeit. Weißt du wirklich nicht, wie unsere charmante Angeklagte dem Galgen entging? Dann muß ich es dir erzählen. Das Todesurteil war kaum ausgesprochen, als etliche junge, revolutionäre Journalisten in ihre Redaktionen stürzten und herzzerreißende Leitartikel über den Prozeß losließen. Am nächsten Morgen loderte das gesunde Volksempfinden auf wie Zunder, und der Prozeß wurde noch einmal aufgerollt, diesmal auf geduldigem Zeitungspapier und von lauter Amateurjuristen. Es hagelte Leserbriefe; jeder fühlte sich bewogen, zur Feder zu greifen, und je weniger Sachkenntnis dahinterstand, desto flammender wurden die Ergüsse – und alle, alle wurden gedruckt. Dutzende von Ärzten, die weder den Sterbenden noch die Leiche gesehen hatten, erklärten sich zum Schwur bereit, daß Mr. Waldron eines natürlichen Todes gestorben sei. Winkeladvokaten und durchgefallene Assessoren, die beim Prozeß gar nicht zugegen gewesen waren, attackierten die Jury, von deren Mitgliedern einige schon ihre Gerichtserfahrungen gemacht hatten, als die Angreifer noch nicht geboren waren. Aber die öffentliche Meinung war selbstverständlich auf seiten der Dilettanten, und allerorten protestierte der brave Bürger gegen das Gesetz, das zu seinem eigenen Schutz da war und das er mit seinen Steuergeldern bezahlte. Der Innenminister, allmählich dem Wahnsinn nahe, begab sich zum Richter, um ihn zu einer Revision des Urteils zu bewegen. Der Richter blieb bei seinem Urteil. Der Innenminister fragte: ›Aber wenn die Anklage so und so formuliert worden wäre statt so und so – was hätten Sie und die Geschworenen *dann* getan?‹ Auf diese Frage konnte der Richter natürlich nur die Achseln zucken, und das genügte dem Innenminister vorerst. Er kam auf die Uneinigkeit der Gerichtsärzte bezüglich des verwendeten Gifts zurück und schlug vor, das Gutachten eines berühmten Professors entscheiden zu lassen; und als der berühmte Professor erklärte, erstens sei das Gift heute nicht mehr feststellbar, und zweitens kenne er den Fall nicht genügend, da war der Innenminister seiner Sache sicher und restlos beruhigt. Das Todesurteil flog in den Papierkorb, und die Presse jubilierte. Aber das Allerschönste kommt noch. Weißt du, was das Volk tat, als seinem Willen so plötzlich stattgegeben und die schöne Gefangene begnadigt wurde? Die öffentliche Meinung schlug gegen den allgemeinen Liebling um. Nicht daß man sie nun doch hängen sehen wollte, nein; aber für *so* unschuldig hielt man sie denn doch nicht, daß sie gleich auf freien Fuß gesetzt werden könnte ... So ein *bißchen* Strafe würde ihr nichts schaden, hieß es jetzt, nur so zur Hebung der allgemeinen Moral; das gesunde Volksempfinden verlangt dergleichen – also 'ran, Herr Innenminister!«

»Mach keine Witze, Jimmy!« schrie Mr. Bashwood verzweifelt. »Bitte, bitte, laß das! Sie können sie doch nicht noch einmal verurteilt haben? Das gibt es ja gar nicht! Niemand kann zweimal wegen derselben Anklage vor Gericht gestellt werden!«

»Pah! Kleinigkeit! Sie wurde eben wegen etwas anderem vor Gericht gestellt, damit das verehrliche Publikum seinen Willen bekam. Glücklicherweise war sie so unvorsichtig gewesen, sich darüber aufzuhalten, daß ihr Gatte sie mit einem Federstrich fast völlig enterbt hatte, und bei der gerichtlichen Untersuchung war festgestellt worden, daß Mrs. Waldron sich einige Edelsteine aus dem kostbaren Familienschmuck angeeignet und ins Miederfutter genäht hatte. Sie erklärte dies als eine geringe und angesichts der Umstände wohl entschuldbare Notwehrhandlung, aber das Gericht erklärte es als Diebstahl an der Erbmasse. Diese relative Bagatelle, die während des Mordprozesses als unwichtig übergangen worden war, bot nun die schönste Handhabe, das lädierte Ansehen der Justiz wiederherzustellen. Mrs. Waldron war von der Mordanklage freigesprochen, aber dafür wurde sie unverhältnismäßig hart wegen Diebstahls verdonnert, und alle Welt war zufrieden.«

»Wieder ins Gefängnis!« flüsterte Mr. Bashwood erschüttert. »O Himmel – nach all den ausgestandenen Leiden wieder ins Gefängnis!«

»Ja«, sagte der Sohn, indem er aufstand und sich gemütlich reckte und streckte, »das war das Ende vom Lied. Sie hat ihre zwei Jahre abgesessen und ist nun ungefähr seit dreien wieder auf freiem Fuß. Wie sie sich bis heute durchgeschlagen hat, erzähle ich dir ein andermal, wenn du wieder mal ein paar Pfundnoten lockermachst. Im Moment hast du genug für dein Geld gekriegt, meine ich. Hoffentlich bist du mir dankbar genug, um gelegentlich an mich zu denken und auch mal was für mich zu tun. Ohne meine Aufklärung hättest du wahrscheinlich Himmel und Hölle in Bewegung gesetzt, um diese bezaubernde Miß Gwilt zu heiraten!«

Mr. Bashwood war ebenfalls aufgestanden und sah seinem Sohn gerade ins Gesicht. »Ich würde sie auch jetzt noch heiraten«, sagte er mit fester Stimme.

Bashwood der Jüngere prallte zurück. »Was? Nach allem, was ich dir erzählt habe?«

»Trotz allem, was du mir erzählt hast.«

»Auf die Gefahr hin, daß sie dich beim ersten kleinen Ehekrach vergiftet?«

»Auf die Gefahr hin, daß sie mich schon nach vierundzwanzig Stunden vergiftet!«

Der vielerfahrene Privatdedektiv ließ sich auf seinen Stuhl zurücksinken, als würden ihm die Knie weich. »Übergeschnappt!« stellte er tonlos fest. »Das ist der flackernde Irrsinn!«

Mr. Bashwood kümmerte sich nicht um ihn. Er sah auf die Uhr und nahm hastig seinen Hut vom Garderobenständer.

»Ich möchte zwar noch viel mehr über sie hören«, sagte er, »alles, was sie in den letzten drei Jahren gemacht hat, jede Kleinigkeit . . . Aber die Zeit rennt uns davon. Für heute muß es genug sein. Möglicherweise ist sie schon auf dem Weg zur Trauung!«

Der Sohn sprang auf und war mit zwei Schritten zwischen seinem Vater und der Tür. »Wo willst du hin?«

»Ins Hotel.« Der Vater suchte vergeblich an ihm vorbeizukommen. »Zu Armadale.«

»Warum das?«

»Um ihm alles zu sagen, was du mir erzählt hast!« Das grauenhafte Triumphlächeln breitete sich wieder auf seinen verwitterten Zügen aus. Er packte mit bebenden Krallenfingern den Arm des

Sohnes und flüsterte vertraulich: »Mr. Armadale ist jung, er hat noch das ganze Leben vor sich, er hängt am Leben . . . *Mich* schreckt keine Gefahr mehr, aber ihn!«

»Moment«, unterbrach der Sohn. »Bist du denn immer noch so sicher, daß Armadale der Mann ist?«

»Welcher Mann?«

»Der sie heiraten will!«

»Selbstverständlich, wer sonst? Laß mich vorbei, Jimmy, bitte!«

Der Spitzel lehnte sich mit dem Rücken an die Tür und überlegte kurz. Mr. Armadale war reich. Mr. Armadale ließ sich eine Information, die ihn vor der Unbesonnenheit bewahrte, Miß Gwilt zu heiraten, wahrscheinlich etwas kosten – falls er nicht schon genauso irrsinnig war wie sein Vater. Mindestens hundert Pfund konnten dabei herausspringen, wenn er die Sache selbst in die Hand nahm – jedoch kein Penny, wenn er sie dem Alten überließ.

Er lächelte plötzlich und sagte leichthin, indem er die Tür freigab und nach Hut und Aktentasche griff: »Ich gehe mit und helfe dir. Na, was meinst du dazu?«

Der Vater schloß ihn in die Arme und stammelte mit rührungserstickter Stimme: »Verzeih . . . ich weine vor Freude . . . Du bist so gut zu mir, Jimmy, so unendlich gut! Nimm auch die letzte Fünfpfundnote; ich komme ohne sie aus . . . Nimm sie, tu mir die Liebe!«

Der Sohn riß schwungvoll mit einer Hand die Tür auf und lehnte mit der anderen die dargebotene Brieftasche ab. »Zum Teufel, Dad, hältst du mich für so eine Krämerseele?« rief er im Brustton gekränkter Großmut. »Steck dein Geld wieder ein, und machen wir, daß wir wegkommen! Ich spendiere sogar eine Droschke, damit wir den glücklichen Bräutigam notfalls noch auf dem Weg zur Kirche erwischen!«

Gesagt, getan. In der Droschke kam Mr. Bashwood sofort auf Miß Gwilts unterbrochenen Lebenslauf zurück.

»Erzähl mir nun den Rest«, bat er und streichelte zärtlich die Hand des Sohnes. »Wir haben ja auf dem ganzen Weg zum Hotel Zeit . . . und du hilfst mir so sehr damit, Jimmy!«

Der junge Bashwood war im Gedanken an Mr. Armadales Geld in solcher Hochstimmung, daß er die Leidenschaft seines Vaters nur noch von der komischen Seite sah.

«Laß mich erst einmal nachprüfen, ob du bisher alles richtig verstanden hast«, erwiderte er in scherzhaftem Lehrerton. »Eine Figur aus der Geschichte ist sang- und klanglos verschwunden. Na, welche wohl?«

Er hatte das Gedächtnis seines Vaters unterschätzt. Mr. Bashwood vergaß nicht eine Silbe, die sich auf Miß Gwilts Leben bezog. »Der ausländische Schuft, der an allem schuld war und den sie unter

eigener Lebensgefahr gedeckt hat!« antwortete er prompt. »Sprich nicht von ihm, Jimmy – sprich von ihr!«
»Ich *muß* aber von ihm sprechen«, sagte der Sohn, »wenn du wissen willst, was nach Verbüßung der Gefängnisstrafe aus Miß Gwilt wurde. Sie wurde nämlich Mrs. Manuel. Tja, alter Herr, und wenn du mich noch so ungläubig anstarrst – es hilft nichts, ich weiß es amtlich. Im letzten Spätjahr kam eine fremde Dame zu uns und wies sich vermittels Trauschein als rechtmäßige Ehefrau Kapitän Manuels aus. Er hatte sie vor Jahren, während seines ersten Aufenthaltes in England, geheiratet und war dann bald spurlos verschwunden. Sie hatte eben erst entdeckt, daß er inzwischen wieder in England gewesen sein und in Schottland zum zweitenmal geheiratet haben sollte, ohne von ihr geschieden zu sein, und deswegen beauftragte sie unsere Agentur mit den notwendigen Nachforschungen. Diese ergaben, daß die zweite Gattin des Bigamisten Manuel keine andere war als die Heroine des berühmten Waldron-Prozesses, die, was wir damals noch nicht wußten, aber jetzt wissen, mit deiner hinreißenden Freundin Miß Gwilt identisch ist.«
Mr. Bashwoods Kopf war tief auf die Brust gesunken. Er knotete seine bebenden Finger ineinander, daß die Gelenke knackten, und blieb stumm.
»Kopf hoch, Alter!« ermunterte ihn der Sohn. »Nach dem Gesetz war sie so wenig die Frau des Kapitäns, wie sie vorläufig deine ist – mag er ihr vorgeschwindelt haben, was er wollte –, und jetzt steht er dir jedenfalls nicht mehr im Weg. Im letzten Dezember ist er bei Nacht und Nebel auf den Kontinent entwichen, und seitdem weiß niemand, wo er geblieben ist. In den zwei, drei Jahren, die er mit Miß Gwilt zusammenlebte, seit sie aus dem Gefängnis war, hatte er ihre geerbten fünftausend Pfund bis auf den letzten Heller durchgebracht, und man konnte sich bloß fragen, woher er dann noch das Reisegeld genommen hat. Auch diese Frage ist inzwischen beantwortet: von ihr! Sie hatte auch das noch für ihn aufgebracht, und nun saß sie in einer elenden Londoner Bruchbude und wartete vertrauensvoll auf den versprochenen Brief ihres ›Mannes‹, um ihm ins Ausland zu folgen, sobald er sich dort eine neue, sichere Stellung verschafft hätte. Nächste logische Frage: Wo hatte sie das Geld für ihn aufgetrieben? Darüber kann man nur Vermutungen anstellen. Meine ganz persönliche Meinung ist, daß sie die Adresse ihrer früheren Herrin, der geborenen Blanchard, schließlich doch noch herausgekriegt und endlich ein bißchen Profit aus ihrer Kenntnis des Familiengeheimnisses geschlagen hat. In meinen Augen nähert sich diese Vermutung der Wahrscheinlichkeit, weil ihr in diesen Jahren eine mütterliche Freundin zur Seite stand, die genau die richtige Frau war, solche Sachen zu

deichseln. Nun rate mal, wie diese mütterliche Freundin hieß! Aber wie solltest *du* darauf kommen . . . Mrs. Oldershaw natürlich!«

Mr. Bashwood sah hastig auf. »Wie konnte sie nur zu dieser Frau zurückgehen, die sie als Kind im Stich gelassen hat?«

»Vielleicht hat sie sich zunächst nur ein Haarwuchsmittel von ihr kaufen wollen«, spöttelte der Sohn. »Ich brauche dir wohl kaum zu sagen, daß man im Gefängnis mit Miß Gwilts Lockenpracht kurzen Prozeß gemacht hatte – und Mrs. Oldershaw war mittlerweile eine Berühmtheit in ganz England geworden, was die Wiederherstellung ramponierter Frauenschönheit betrifft. Selbst deine wunderschöne Freundin wird damals einige Nachhilfe gebraucht haben . . .«

»Mag sein«, sagte Mr. Bashwood ungeduldig, »das interessiert mich nicht. Was ich wissen will, ist etwas ganz anderes. Hat Kapitän Manuel ihr geschrieben und sie aufgefordert, ihm nachzukommen?«

»Der? Na hör mal, du bist wohl nicht ganz bei Troste! Der wußte doch, daß aus ihr nun nichts mehr herauszuholen war, und pries sich glücklich, sie los zu sein! Von allen Seiten versuchte man ihr die Augen zu öffnen; man bewies ihr, daß seine erste Frau noch lebte und ihre Ehe ungültig war – umsonst, sie wollte nichts glauben; sie glaubte ausschließlich und hartnäckig an ihn und wartete auf den versprochenen Brief. Es muß Monate gedauert haben, bis sie die letzte Hoffnung aufgab, ihn je wiederzusehen.«

»Um Gottes willen, welch entsetzliche Lage!« murmelte Mr. Bashwood abgewandten Blicks. »Was sollte sie nun tun, an wen konnte sie sich wenden?«

»Soweit ich mich in Frauen auskenne«, erwiderte der Sohn munter und ungerührt, »wird sie wohl versucht haben, sich umzubringen – aber das ist wieder reine Vermutung. Weiter bin ich mit meinen Nachforschungen nicht gelangt, Dad. Was Miß Gwilt im Frühjahr und Sommer dieses Jahres getrieben hat, entzieht sich meiner Kenntnis. Wenn du sie heute triffst und recht schön bittest, erzählt sie dir vielleicht den Rest ihrer Geschichte selbst.«

Mr. Bashwood, der immer noch den Blick abgewandt hielt und aus dem Wagenfenster sah, krampfte plötzlich die Hand um den Arm des Sohnes.

»Still!« flüsterte er in heftiger Aufregung. »Wir sind da . . . gleich halten wir vor dem Hotel! O Gott, Jimmy, fühlst du, wie mein Herz klopft?«

»Ach was, laß mich mit deinem Herzen in Ruhe«, sagte der Sohn grob. »Nimm dich zusammen – oder warte am besten hier in der Droschke, während ich drinnen nachfrage.«

»Nein, ich komme mit! Ich kann nicht warten!«
Sie betraten also das Hotel gemeinsam und fragten nach Mr. Armadale. Die Antwort war, nach einigem Zögern und Weiterfragen unter dem Personal, daß Mr. Armadale schon vor sechs Tagen abgereist sei. Nur Mr. Armadales Freund, Mr. Midwinter, sei noch länger geblieben, hätte aber heute früh ebenfalls seine Rechnung beglichen und das Hotel verlassen. Mr. Armadale sei irgendwohin aufs Land gereist, zu einem Begräbnis, soweit man sich an seine Worte erinnerte. Über Mr. Midwinters Verbleib wußte man nichts.
Mr. Bashwood sah seinen Sohn sprach- und hilflos an. Dieser schleppte ihn ohne weiteren Aufenthalt in die Droschke zurück.
»Alles Schwindel!« sagte er ärgerlich. »Wir fahren jetzt zu Miß Gwilts Adresse. Wetten, daß wir Mr. Armadale wohlverwahrt bei ihr finden?«
Der Vater küßte dem Sohn in überströmender Dankbarkeit die Hand. »Jimmy, du bist mein einziger Trost! Ohne dich hätte ich jetzt nicht weitergewußt!«
»Diesmal bleibst du aber im Wagen«, befahl der Sohn, als sie das zweite Ziel erreicht hatten. »Jetzt wird die Sache delikat. Ich gehe erst mal allein hinein, damit du mir in deiner Aufregung nichts verpfuschst.«
Er klopfte an die Haustür und trat, als diese geöffnet wurde, sofort an dem Diener vorbei in den Korridor.
»Ich habe Miß Gwilt eine Botschaft zu überbringen«, sagte er kurz. »Streng persönlich.«
»Sie ist nicht mehr da«, erwiderte der Diener. »Gestern abend ist sie ausgezogen.«
James Bashwood verschwendete keine Zeit mehr mit dem Diener, sondern verlangte die Hausbesitzerin zu sprechen. Diese bestätigte, daß Miß Gwilt ausgezogen sei. Wohin? Das wußte sie nicht. Auf welche Weise sie sich entfernt hätte? Zu Fuß. Um welche Zeit? Zwischen neun und zehn Uhr abends. Aber wie hätte sie denn ihr Gepäck transportiert? Die hatte gar kein Gepäck mehr bei sich. Ob ein Herr sie begleitet oder abgeholt hätte? Nein, keine Menschenseele. Miß Gwilt hätte den ganzen Tag still in ihrem Zimmer verbracht und keinen Besuch gehabt.
Mr. Bashwood der Ältere starrte bleich und verzerrt aus dem Droschkenfenster, als der Sohn endlich wieder aus der Haustür kam. »Ist sie nicht da, Jimmy?« fragte er tonlos.
»Ach, halt den Mund!« schrie ihn der Sohn unbeherrscht an. In diesem Moment der Ratlosigkeit kam seine wahre Natur zum Durchbruch. »Ich bin noch lange nicht am Ende meines Lateins!«
Damit überquerte er die Straße und begab sich in ein Kaffeehaus, das direkt gegenüber lag. Am Fenster saßen zwei Männer in

erregtem Flüstergespräch. James Bashwood gesellte sich ohne Zögern zu ihnen, die erschrocken aufblickten, und fragte in scharfem, aber ebenfalls gedämpftem Ton:
»Wer von euch hatte hier gestern abend zwischen neun und zehn Dienst?«
»Ich, Sir«, gab der eine widerstrebend zu.
»Haben Sie das Haus da drüben einen Moment aus den Augen gelassen? Verdammt noch mal, ja! Ich seh's Ihnen schon am Gesicht an!«
»Nur eine Minute, Sir, wirklich! Plötzlich kam ein baumlanger Soldat herein und –«
»Das langt schon«, unterbrach Bashwood. »Ich kann mir denken, was der Soldat gemacht hat und wer ihn geschickt hat. Sie sind fristlos entlassen, Sie erbärmlicher Esel! Jetzt ist die Person uns nach all den Mühen doch wieder durch die Lappen gegangen!« Er drehte mit einem Fluch um, verließ das Kaffeehaus und kehrte zu der wartenden Droschke zurück.
»Sie ist uns entflohen!« rief sein Vater, noch ehe er den Mund auftat. »O Jimmy, Jimmy, dein Gesicht spricht Bände!« Er sank wimmernd in seine Wagenecke zurück. »Sie sind schon verheiratet«, stieß er dann hervor und kippte nach vorn, so daß der Hut ihm vom Kopf fiel, ohne daß er im geringsten darauf achtete. Dann riß er sich plötzlich wieder zusammen, packte den Sohn am Jackettaufschlag und schrie: »Halte sie auf! Halte sie auf!«
»Zurück zum Hotel!« rief Bashwood der Jüngere dem Kutscher zu und schüttelte den Vater dann wütend ab. »Halt endlich den Mund, sag ich dir! Ich muß jetzt in Ruhe nachdenken.«
Sein Gesicht hatte alle verbindliche Glätte und Harmlosigkeit verloren. Sein Berufsstolz – denn auch Spitzel haben ihren Stolz! – war bis ins Mark getroffen. Nun hatte ihn dieses Frauenzimmer schon zum zweitenmal überlistet!
Wieder im Hotel angelangt, versuchte er die Angestellten mit einem großzügigen Trinkgeldangebot zu näheren Auskünften zu bewegen, mußte aber feststellen, daß sie wirklich und wahrhaftig nicht mehr wußten, als sie ihm bereits gesagt hatten. Er überlegte einen Moment und erfragte dann für alle Fälle den Weg zur nächsten Kirche. Die Möglichkeit, Armadale und Miß Gwilt dort zu finden, war gering, aber es war der letzte Versuch, der ihm übrigblieb.
»Schnell!« sagte er dem Kutscher, nachdem er ihm die neue Adresse gegeben hatte und wieder zu seinem Vater einstieg.
»Jede Minute ist kostbar – und ich glaube, der Alte macht allmählich schlapp.«
Seine Beobachtung traf zu; Mr. Bashwood war um diese Zeit bereits sprachunfähig. Als der Wagen anruckte, klammerte er sich

mit beiden Händen an den Sohn, um nicht vom Sitz zu fallen, und ließ den Kopf hilflos an seine Schulter sinken, was Bashwood dem Jüngeren höchst unangenehm war.
Die Kirche des Viertels lag ziemlich weit von der Straße zurück und war von einem umzäunten, freien Platz umgeben. James Bashwood schüttelte die Umklammerung seines Vaters ab, stieg aus, eilte allein über den Vorplatz und begab sich schnurstracks in die Sakristei. Dort fand er nur den Küster vor, der eben das Kirchenbuch wegschloß, und einen jungen Gehilfen, der ein Chorhemd auf einen Bügel hängte.
»Könnte ich bitte das heutige Heiratsregister einsehen?« fragte Bashwood ohne Umschweife.
Der Küster legte das Buch feierlich noch einmal auf ein Pult und öffnete es. Heute vormittag hatten hintereinander drei Trauungen stattgefunden – und die ersten beiden Unterschriften auf der Seite waren »Allan Armadale« und »Lydia Gwilt«.
Selbst der abgebrühte Spitzel, so wenig er die Wahrheit hinter diesen beiden Unterschriften ahnte, zuckte zusammen. Es war geschehen! Und er hätte es vielleicht noch verhindern können, wenn er seinen Vater nicht aus purer Niedertracht so lange mit dem Frühstück aufgehalten hätte . . .
Er gab das Kirchenbuch schweigend zurück, verließ die Sakristei und blieb draußen, die Hände trotzig in die Taschen gestopft, noch minutenlang stehen, um über seine selbstverschuldete Pleite nachzudenken. Als der Küster ihm nachkam, beschloß er, einen Shilling zu opfern und den Mann noch ein bißchen auszufragen. Wenn er das frischgetraute Ehepaar einholen konnte, waren seine Kenntnisse Armadale vielleicht trotz allem noch einen Hunderter wert.
»Wann hat denn die erste Trauung stattgefunden?« fragte er den Küster beiläufig.
»Etwa vor anderthalb Stunden«, war die Antwort.
»Wissen Sie, wohin das Paar dann gefahren ist?«
Der Küster machte ein geheimnisvolles Gesicht und schwieg, bis er seinen Shilling sicher in der Tasche hatte. »Sie sind überhaupt nicht gefahren, Sir«, sagte er dann. »Sie sind zu Fuß gekommen und gegangen.«
»Ist das alles, was Sie wissen?«
»Ja, Sir, das ist alles, was ich weiß.«
Der Küster ging seiner Wege, und Bashwood blieb wütend zurück. Er fühlte sich so unerträglich blamiert, daß er seine gewohnte Dickfelligkeit erst zurückgewinnen mußte, ehe er seinem Vater wieder unter die Augen trat. Aber plötzlich tauchte der Droschkenkutscher innerhalb der Umzäunung auf.
»Kommen Sie mal schnell, Sir, ich fürchte, dem alten Herrn wird schlecht!«

Bashwood der Jüngere runzelte belästigt die Stirn und ging mit. Als er den Wagenschlag öffnete, richtete sich sein Vater etwas auf und starrte ihm geisterbleich, mit weitaufgerissenen Augen entgegen. Seine Lippen bewegten sich mühsam, ohne daß ein Laut hervordrang.

»Nichts mehr zu machen«, sagte der Sohn kurz. »Sie ist heute schon in aller Frühe mit Armadale getraut worden.«

Der alte Mann schwankte sekundenlang hin und her, schloß die Augen und fiel plötzlich vornüber. »Zum Hospital!« schrie der Sohn den Kutscher an, während er seinen Vater in die Ecke zurückdrückte und hastig die blaue Krawatte lockerte. »Er hat einen Schwächeanfall. Das kommt davon, wenn man sich für seinen Alten sämtliche Beine ausreißt«, fügte er mürrisch hinzu. »Ein netter Vormittag war das, wahrhaftig!«

Das nächste Hospital war nur wenige Minuten entfernt, und der Arzt vom Dienst nahm sofort eine Untersuchung vor.

»Meinen Sie, daß er sich noch mal aufrappelt?« fragte Bashwood der Jüngere grob.

»Wer sind Sie denn überhaupt?« fragte der Arzt scharf dagegen.

»Sein Sohn.«

»Wirklich? Man merkt wenig davon«, gab der Arzt zurück, nahm ein Medikament von der assistierenden Schwester entgegen und kehrte dem Sohn unverhohlen den Rücken. Nach einigen Minuten sagte er, ohne sich umzudrehen: »Ja. Für diesmal scheint es noch gut zu gehen.«

»Kann er wieder in sein Hotel? Er ist nur besuchsweise in London.«

»Wenn er dort gepflegt wird, ja. In ein oder zwei Stunden dürfte er transportfähig sein.«

James Bashwood legte seine Karte auf den Tisch. »Ich lasse ihn dann abholen oder komme selbst wieder«, sagte er. »Inzwischen darf ich mich wohl entfernen? Meine Zeit ist kostbar. Hier haben Sie meinen Namen und meine Adresse.«

»Was für eine gefühllose Bestie!« sagte die Schwester empört, als sich die Tür hinter ihm schloß.

»Nein, nur ein Mensch«, erwiderte der Arzt ruhig.

Mr. Bashwood erwachte abends zwischen neun und zehn Uhr in seinem Gasthofbett. Der lange Schlaf und die Medikamente hatten ihm wohlgetan; allmählich kam er wieder zu sich und erinnerte sich schwach, was geschehen war. Auf dem Nachttisch brannte eine Lampe, und darunter lag ein Brief in der Handschrift seines Sohnes. Mr. Bashwood nahm ihn und entzifferte langsam:

Lieber Dad,
nachdem ich Dich sicher aus dem Hospital und in Deinen Gasthof zurückgebracht habe, wirst Du es mir hoffentlich nicht übelnehmen, wenn ich meine Pflichten Dir gegenüber als beendet betrachte und mich wieder meinen eigenen Angelegenheiten zuwende. Ich habe auch ohne Dich genügend zu tun. Daher kann ich Dich heute nicht mehr besuchen, und morgen habe ich einen auswärtigen Auftrag zu erledigen. Mein Rat ist: Fahre, sobald Du kannst, nach Thorpe-Ambrose zurück und mach Deine Verwaltungsarbeit weiter wie bisher. Mr. Armadale wird Dir ja irgendwann mal geschäftlich schreiben. Ich will mit der ganzen Sache nichts mehr zu tun haben, das sage ich Dir lieber gleich ausdrücklich. Wenn Du noch nicht genug hast, kannst Du natürlich immer noch versuchen, das Ehepaar auseinanderzubringen. Wie, überlasse ich völlig Dir.
Achte auf Deine Gesundheit.

Dein Dich liebender Sohn
James Bashwood

Der Brief fiel aus der matten Hand des Alten auf die Bettdecke. »Ich hätte mich so gefreut, wenn Jimmy mich noch einmal besucht hätte«, murmelte er. »Aber es ist lieb von ihm, daß er mir wenigstens einen guten Rat gibt.«
Nach einer Weile nahm er den Brief wieder auf und las ihn noch einmal. »Ja«, sagte er, »ich kann gar nichts anderes tun, als wieder an meine Arbeit zu gehen. Ich bin zu alt und zu arm, um ihnen allein nachzujagen.« Langsam rann eine Träne unter den geschlossenen Lidern hervor über die faltige Wange. »Ich habe meinem armen Jimmy so viel Mühe gemacht«, murmelte er abgerissen vor sich hin, »so viel unnütze Mühe . . . Verzeih, Jimmy . . .« Noch während des Sprechens überwältigte ihn die Müdigkeit, und er schlief wieder ein.
Von einem Kirchturm schlug es zehn. Um diese Zeit näherte sich der Zug mit Midwinter und seiner Frau schon Paris. Zur selben Stunde sichtete Allan an Bord seiner Jacht den Leuchtturm von Land's End und setzte Kurs auf Ushant und Finisterre.

Viertes Buch

I

Miß Gwilts Tagebuch

Neapel, 10. Oktober 1851. – Heute ist es genau zwei Monate her, seit ich mein Tagebuch mit dem Vorsatz schloß, es nie wieder zu öffnen.

Warum bin ich meinem Entschluß untreu geworden? Warum habe ich mich dem einzigen vertrauten Freund meiner schwersten und bösesten Stunden wieder zugewandt? Die Antwort lautet: Weil ich einsamer denn je bin – obgleich mein Mann eben jetzt im Nebenzimmer sitzt und schreibt. Das Elend ungezählter Frauen ist auch mein Los geworden, und da mich niemand hören will, muß ich aufs neue zur Feder greifen, um meinem beklommenen Herzen ein wenig Luft zu verschaffen . . .

Wie überglücklich waren wir doch in den ersten Tagen unserer Ehe! Es ist nicht zu fassen, daß ich nach knapp zwei Monaten schon daran zurückdenke wie an einen längst verblaßten, seligen Traum! Tag und Nacht zermartere ich mir den Kopf mit der Frage, was ich oder er oder wir beide falsch gemacht haben könnten, aber ich finde keine greifbare Ursache unserer Entfremdung; ich kann mich nicht einmal erinnern, wann, wie und wobei die erste leichte Trübung unseres strahlenden Glücks eintrat.

Wenn ich ihn nicht so unsagbar innig liebte, wäre mein jetziger Zustand leichter zu ertragen. Vielleicht würde ich auch eher damit fertig werden, wenn Midwinter mir die Abkühlung seiner Gefühle so brutal zeigte wie andere Männer. Aber das ist nicht geschehen und wird nie geschehen. Es liegt nicht in seiner Natur, andere bewußt zu quälen. Nie entschlüpft ihm ein hartes Wort, nie sehe ich ein unfreundliches oder gereiztes Gesicht. Nur im Schlaf seufzt er manchmal herzbrechend, und wenn ich das höre und seine Träume zu erraten suche, fühle ich, wie unaufhaltsam er mir entgleitet. Tagsüber tut er sein möglichstes, mich zu schonen und mir die Wahrheit zu verbergen; doch seine Küsse sind leidenschaftslos geworden, und sein Händedruck sagt mir nichts mehr. Immer häufiger und immer länger verschanzt er sich hinter seiner abscheulichen Schreiberei, und in den wenigen Stunden, die er mir notgedrungen widmen muß, hüllt er sich mehr und mehr in Schweigen.

Trotz alledem kann ich mich eigentlich nicht beklagen – viele Frauen würden diese Unwägbarkeiten überhaupt nicht bemerken. Ich aber möchte täglich ein dutzendmal zu ihm laufen, ihm die Arme um den Hals schlingen und ihn anflehen: Um Gottes willen, sprich dich aus, bekenne mir den Grund deiner Enttäuschung, schrei mich an – tu, was du willst, nur zieh dich nicht so lautlos von mir zurück! ... und jedesmal wird der natürliche Impuls durch seine grausam-rücksichtsvolle, untadelige Haltung wieder abgetötet. Ich dachte, ich hatte mit meinen beiden früheren Männern – dem Grobian, der mich peitschte, und dem Schuft, der mich sitzenließ – schon das Schlimmste durchgemacht; aber man lernt nie aus. Midwinter fügt mir mit seiner Sanftmut jetzt schärfere Schmerzen zu, als diese beiden es mit ihrer Niedertracht je vermochten.
Immer wieder frage ich mich: Bin ich zu alt für ihn? Bin ich nicht mehr schön? – Nein, das kann nicht der Grund sein. Ich weiß, wie ich aussehe, und wenn ich es nicht wüßte, würden es mir die Blicke anderer Männer sagen. Außerdem kann das Problem bei einem Menschen wie Midwinter nichts mit solchen Äußerlichkeiten zu tun haben; es liegt viel tiefer. Mein ständiges Grübeln hat mich schon beinahe zu der fixen Idee gebracht, daß es unbekannte Schwingungen und Ausstrahlungen gibt, die die Vergangenheit jedes Menschen verraten und auch Liebende wieder voneinander trennen müssen, wenn Unvereinbares zusammenstößt. Midwinter hat nie etwas Böses getan, während es mir vielleicht immer noch anhaftet wie untilgbare Pockennarben der Seele ... O Gott! Spürt er das? Hat selbst eine Liebe wie die meine, eine Reue wie die meine, nicht die Kraft, die Spuren vergangener Missetaten auszulöschen?
Hierauf gibt es keine Antwort. Ich kann nur auf die rein sachliche Feststellung zurückkommen, daß mit unserer Ehe etwas nicht stimmt und wir uns unmerklich von Tag zu Tag mehr voneinander entfernen. Nun denn – ich werde wohl im Laufe der Zeit härter werden und mich auch damit abfinden.
Eben fuhr draußen eine Kutsche mit einem gutgekleideten italienischen Ehepaar und mehreren fröhlich lärmenden Kindern vorüber; die Dame plauderte und lachte temperamentvoll mit ihrem Mann – ein beneidenswertes Geschöpf. Ah, Signora, wenn es Ihnen in Ihrer Kindheit und Jugend ergangen wäre wie mir ...

11. Oktober. – Vor genau zwei Monaten, am 11. August, haben wir geheiratet. Morgens beim Aufstehen erwähnte keiner von uns das Datum, aber ich nahm mir vor, besonders hübsch und strahlend am Frühstückstisch zu erscheinen, ihn auf diese Weise daran zu erinnern und, wer weiß, möglicherweise sogar alte Gefühle in

ihm zu erwecken ... Unnötig zu sagen, welche Mühe ich mir mit meiner Toilette gab. Aber als ich hinunterkam, hatte er schon in aller Eile allein gefrühstückt und mir nur einen kurzen Entschuldigungszettel hingelegt: Da heute die Post nach England abginge, müsse er seinen Zeitungsbericht nebst Begleitbrief sofort fertigmachen. Meiner unmaßgeblichen Meinung nach hätte er damit noch ein halbes Stündchen warten können ... Ich gestattete mir ausnahmsweise, in sein Zimmer zu gehen und ihn mit der Frage: »Hast du nicht ein bißchen Zeit für mich?« zu stören. »Gern«, erwiderte er zusammenzuckend, »wenn du es wünschst ...« Dabei war er in Gedanken so meilenweit weg, das heißt bei dem eben unterbrochenen Satz, daß ich sagte: »Nein, ich wünsche es nicht mehr. Du bist anderweitig beschäftigt. Entschuldige.« Ich war noch nicht zur Tür hinaus, als er schon weiterschrieb. Ich habe früher oft gehört, daß die Frauen von Schriftstellern besonders übel dran wären – jetzt weiß ich, warum.

Wie ich gestern schon gesagt habe: Ich muß eben lernen, mich damit abzufinden. (Nebenbei bemerkt – was für ein Blödsinn war das mit den »Schwingungen« und »Ausstrahlungen«! Ich müßte mich in Grund und Boden schämen, wenn das je ein Unbefugter zu lesen bekäme!) Hoffentlich geht Midwinters lächerliches Blättchen bald wieder ein! Oder, noch besser, hoffentlich verreißt ein angesehener Kritiker diesen Artikel, den er mit seinem (eher meinem) Herzblut schreibt, damit er einmal einen gehörigen Dämpfer bekommt!

Und was mache ich nun mit dem Rest des Vormittags? Ich kann nicht spazierengehen; es regnet. Wenn ich mich ans Klavier setze, störe ich den emsigen Journalisten nebenan. Grundgütiger – so einsam wie hier war ich nicht einmal in meiner Mansarde in Thorpe-Ambrose! Lesen? Nein – neuerdings hasse ich Bücher im allgemeinen und Autoren im besonderen. Ich werde in meinem eigenen Tagebuch blättern und mich in die Zeit zurückversetzen, als ich noch Pläne schmiedete und Intrigen spann – damals hatte ich doch wenigstens immer etwas, was mich in Atem hielt ...

Ich gebe ja zu, daß seine Schreiberei für ihn wichtig ist, aber er hätte mir doch einen Blick gönnen und sagen können: »Wie gut siehst du heute aus«, und dann hätte er sich vielleicht erinnert ... Aber er denkt nur noch an seine Zeitung.

Zwölf Uhr. – Dank meinem Tagebuch ist endlich wieder eine Stunde herum. Was für ein Leben habe ich in Thorpe-Ambrose geführt! Es ist ein Wunder, daß ich dabei nicht den Verstand verloren habe. Noch beim Wiederlesen hämmert mir das Herz, und meine Wangen werden heiß.

Es regnet, es regnet – und der Journalist nebenan kritzelt und kritzelt. Ich will mich lieber nicht zu lange mit meiner Gedanken-

welt von damals befassen. Aber was bleibt mir anders übrig?
Angenommen – nur angenommen! –, ich hegte noch dieselben Absichten wie an jenem Tage, als ich im Separatabteil mit Armadale nach London fuhr –?
Ich bin aufgestanden und ans Fenster gegangen, um mich mit dem Anblick des neapolitanischen Straßenlebens zu zerstreuen. Was ich sah, war ein Leichenzug. Die Kerzen der schwarzgekleideten Hinterbliebenen zischten und qualmten im Regen, das Glöckchen klingelte, und die Priester leierten monoton ihre Gebete herunter – eine reizende Aufmunterung! Da kehre ich doch lieber zu meinem Tagebuch zurück.
Angenommen also, ich hätte mich nicht geändert und verfolgte noch dieselben Absichten wie einst: Wie stünde es heute mit dem Risiko? Ich habe Midwinter unter seinem wirklichen Namen geheiratet und damit den ersten Schritt getan, der mich, meinem nun aufgegebenen Plan gemäß, zur gesellschaftlichen Stellung von Armadales Witwe und in den Besitz einer ansehnlichen Erbschaft führen sollte. An dieser Grundtatsache hat sich nichts geändert, so rein mein Herz auch am Hochzeitstag selbst war. Würden die heutigen Umstände nun den zweiten Schritt begünstigen (den ich nicht zu tun beabsichtige; es ist nur eine Gedankenspielerei) oder nicht? Es ist ganz interessant und unterhaltend, meine etwaigen Chancen zu berechnen. Wenn sie zu gut ausfallen, werde ich das Blatt später ausreißen.
Aus Sparsamkeitsgründen wohnen Midwinter und ich weitab von dem teuren englischen Viertel, in der Richtung von Portici. Wir haben keine Bekanntschaft mit irgendwelchen Landsleuten geschlossen; unsere Armut, Midwinters Menschenscheu und (soweit es die englischen Damen betrifft) meine fatalen Reize werden es auch in Zukunft verhindern. Midwinter trifft sich mit den Leuten, die er beruflich sprechen muß, im Café, nie hier, womit er mir einen Wunsch erfüllt, denn ich bin nicht ganz sicher, ob nicht noch einige Bekannte von mir hier wohnen, obgleich es Jahre her ist, seit ich zum letztenmal in Neapel war. Kurz und gut: Bis jetzt ist keine Menschenseele aufgetaucht, die später in England behaupten könnte, sie hätte Midwinter und mich als Ehepaar irgendwo in Italien gesehen.
Der einzige, der mir einen Strich durch die Rechnung machen könnte, wäre Armadale selbst. Ist er vielleicht aus irgendwelchen Gründen vorzeitig nach Thorpe-Ambrose zurückgekehrt? Oder hat er sich über die Bedingungen des Majors hinweggesetzt, wieder an ihn und Miß Milroy geschrieben und sich, falls der Alte inzwischen nachgegeben hat, doch schon offiziell mit ihr verlobt?
Nichts dergleichen ist passiert. Ich weiß genau über Armadales Unternehmungen Bescheid, seit er England verlassen hat, denn er

schreibt Midwinter alles, und ich darf die Briefe natürlich lesen. Zunächst einmal hat er mit seiner lumpigen kleinen Jacht Schiffbruch erlitten – genau das, wovor Midwinter ihn gewarnt und was ich erhofft hatte –, aber er und die Besatzung sind mit dem Leben davongekommen und haben auch Papiere, Wertgegenstände und so weiter gerettet. Die Leute sind auf Armadales Empfehlung gleich in Lissabon auf einem Überseeschiff angeheuert worden (die Jacht ging vor der portugiesischen Küste unter), und Armadale hat vergeblich versucht, dort, und später in Gibraltar, eine neue, seetüchtigere Jacht zu bekommen. Den dritten Versuch will er nun hier in Neapel machen, wo eine im Trockendock liegen und zu verkaufen oder zu vermieten sein soll. Er hat weder nach Hause geschrieben – es war nicht nötig, weil er reichlich Geld bei sich hat – noch die leiseste Lust gehabt, nach dem Schiffbruch dorthin zurückzukehren. Mr. Brock ist tot, Miß Milroy im Internat, und der einzige Freund, zu dem es ihn zieht, ist hier, in Neapel. Midwinter erwartet sein Eintreffen schon seit einer Woche; jede Minute kann er überraschend ins Zimmer kommen, während ich noch über ihn schreibe.

Verlockender könnten die Umstände nicht sein – besonders, wenn ich dabei an das Unrecht denke, das Armadales Mutter mir zugefügt hat, an die unverschämte kleine Milroy, die sich in ungestörter Zuversicht als künftige Gutsherrin sieht, und an meinen verblassenden Traum vom glücklichen, zufriedenen Leben an der Seite des geliebten Mannes . . . Was bleibt mir noch, wenn dieser Traum in Bälde gänzlich zerronnen sein wird? Ach, wenn es doch nicht so regnete; ich müßte ausgehen und mich auf andere Gedanken bringen.

Vielleicht ändert Armadale seine Absicht und kommt gar nicht nach Neapel. Als er zuletzt von Gibraltar aus schrieb, wartete er zwar auf einen englischen Handelsdampfer, der ihn hierher mitnimmt, aber wenn ihm die Sache zu langweilig wird oder er von einer verfügbaren Jacht in einem anderen Hafen hört, ist er durchaus imstande, woanders hinzufahren. Ich habe das Gefühl, daß dies die klügste Tat seines Lebens wäre . . .

Eigentlich wollte ich dieses Blatt ja ausreißen, aber ich lasse es drin – mein Tagebuch ist zu hübsch gebunden, als daß ich es so barbarisch behandeln könnte. Ich werde mich jetzt mit etwas Harmloserem beschäftigen: wieder einmal meine Sachen aufräumen und auf Hochglanz bringen. Es ist wenig genug, was ich nach all meinen Mißgeschicken noch besitze . . .

Ich habe meine Sachen aufgeräumt. Das erste, was ich in der Kommodenschublade fand, war Armadales lumpiges Hochzeitsgeschenk, der armselige kleine Rubinring. Das verbesserte meine Stimmung nicht, und als mir gleich als nächstes mein Laudanumfläschchen in die Finger geriet, ertappte ich mich bei der Berechnung, welche Dosis wohl nötig wäre, um einen ausgewachsenen Mann ins bessere Jenseits zu befördern. Warum ich in plötzlichem Schrecken nicht die Berechnung, sondern die Schublade abschloß, weiß ich selber nicht. Und da sitze ich nun wieder und habe nichts, absolut nichts mehr zu schreiben und zu tun. Wird dieser entsetzlich langgezogene Tag nie enden? Passiert denn gar nichts, um mich aus diesem grauen Stumpfsinn zu erlösen?

12. Oktober. – Midwinters ach so wichtiger Zeitungsbericht ist gestern abend abgegangen. Ich gab mich darauf der törichten Hoffnung hin, daß er mich heute ein wenig mit seiner Aufmerksamkeit beehren und mir einen Teil seiner freien Zeit widmen würde. Irrtum! Er hatte nach seiner langen Schreiberei eine schlechte Nacht und stand mit Kopfschmerzen und in katzenjämmerlichster Stimmung auf. Gegen diesen Zustand kennt er nur ein Heilmittel: Er kehrt zu seinen alten Landstreichergewohnheiten zurück und verschwindet, niemand weiß wohin. Heute früh fragte er mich pro forma (wohl wissend, daß ich kein Reitkleid habe), ob ich ihn auf einem elenden, rachitischen kleinen Gaul, den er sich zu mieten erbot, begleiten wollte! Ich »zog es vor«, zu Hause zu bleiben. Wenn ich kein anständiges Reitkleid und kein anständiges Pferd bekomme, reite ich nicht. Statt eine andere Art der Fortbewegung vorzuschlagen, ritt Midwinter also allein los. Ich hatte ohnehin schon jede Lust verloren, aber er hätte trotzdem etwas vorschlagen können . . .
Solange er weg ist, kann ich Klavier spielen; das ist mein einziger Trost. Und ich bin gerade in der richtigen Stimmung für Beethoven – es gibt da einen Sonatensatz, der mich immer an das Stöhnen der verlorenen Seelen im Fegefeuer erinnert. Heute will ich mich zu ihnen gesellen.

13. Oktober. – Aus unserem Wohnzimmerfenster haben wir den Blick aufs Meer, und heute mittag fuhr ein Dampfer unter englischer Flagge in den Golf ein. Midwinter ist zum Hafen gegangen, weil es vielleicht der Dampfer von Gibraltar ist, mit dem Armadale kommen wollte.
Zwei Uhr. – Es *ist* der Dampfer von Gibraltar. Armadale hat der langen Reihe seiner Dummheiten noch die größte hinzugefügt, seine Verabredung mit uns tatsächlich einzuhalten.
Wie wird es nun mit uns dreien ausgehen?
Wer weiß!

16. Oktober. – Zwei Tage lang habe ich nichts eingetragen, und zwar aus dem einzigen Grunde, weil Armadale mir unerträglich

auf die Nerven fällt. Sein bloßer Anblick versetzt mich schon in die schlimmsten Tage von Thorpe-Ambrose zurück. Wahrscheinlich habe ich mich gefürchtet, meinen Gefühlen allzu freien Lauf zu lassen; aber heute ist mir alles egal, und ich erlaube mir den gefährlichen Luxus, wieder zur Feder zu greifen.
In Norfolk glaubte ich, Armadales Stupidität bis zur äußersten Grenze erforscht zu haben, aber meine Erfahrungen hier in Neapel belehren mich eines anderen. Seine Dummheit ist grenzen- und bodenlos. Er wohnt in einem Hotel in Santa Lucia, ist aber fast den ganzen Tag bei uns und unterhält uns ausschließlich mit zwei Themen: der Jacht, die er hier zu kaufen gedenkt, und Miß Milroy. Kaum glaublich, aber wahr – er schüttet *mir* sein Herz aus (»Es ist so schön, sich mit einer reifen, verständnisvollen Frau auszusprechen.«) und appelliert fünfzigmal täglich an *meine* Sympathie für die arme, süße Nelly! Wie die arme, süße Nelly mit mir umgegangen ist, scheint ihm vollständig entfallen zu sein, falls er überhaupt je einen Gedanken daran verschwendet hat. Ein solcher Mangel an Takt und Einfühlungsvermögen ist mir bei einem aufrecht gehenden Lebewesen noch nie vorgekommen. Ich staune immer wieder, daß er normale Haut hat und keinen Rhinozerospanzer und daß er menschenähnliche Laute hervorbringt, statt zu grunzen oder zu röhren. Gestern abend fragte er mich (ausgerechnet mich!), wieviel Hundert pro Jahr die Frau eines reichen Mannes für ihre Garderobe ausgeben dürfte. »Setzen Sie den Betrag nicht zu niedrig an«, fügte er mit seinem idiotischen Grinsen hinzu. »Meine Nelly soll eine der bestangezogenen Frauen Englands werden, wenn wir endlich verheiratet sind!« Das mir – nachdem er um mich herumgebalzt ist wie ein verliebter Gockel, ehe er es mit der Angst bekam und reumütig zu seiner süßen Nelly zurückkehrte; mir, die ihm in einem Kattunkleid gegenübersaß und deren Mann sein kleines Einkommen durch Artikelschreiben aufbessern muß! Genug davon. Das andere Thema ist die Jacht, für die ich, um nur nicht dauernd von der süßen Nelly zu hören, ein geradezu rasendes Interesse bekunde. Sie soll wunderschön sein, teilweise aus Mahagoni, aber leider schon ziemlich alt, und es wird nicht ganz leicht sein, die notwendige Besatzung für sie anzuheuern. Armadale will sie erst einmal für eine Probefahrt mieten und danach entscheiden, ob er sie kauft oder nicht. Davon also redet Armadale, solange er nicht von seiner süßen Nelly spricht, prunkt mit unverständlichen Fachausdrücken und spinnt, was man, glaube ich, »Seemannsgarn« nennt – und Midwinter, dem die Zeitung angeblich keine Minute für seine Frau übrigläßt, kann plötzlich stundenlang dabeisitzen und sich vorbehaltlos seinem Freund und meiner unwiderstehlichen hölzernen Rivalin widmen.
Nein, ich lasse das Schreiben für heute besser bleiben. Meine

vornehme Erziehung gerät sonst in Konflikt mit dem tigerhaften Gelüst, jemanden in der Luft zu zerreißen, das mir manchmal bis in die Fingerspitzen hinein kribbelt. Das ist nicht ladylike. Eine echte Dame kennt keine Leidenschaften!

17. Oktober. – Heute früh bekam Midwinter einen Brief von seinen Sklaventreibern in London, der ihn veranlaßte, sich noch frenetischer als bisher in die Arbeit zu stürzen. Armadale war selbstverständlich unser Lunch- und Dinnergast. Gesprächsthema beim Lunch: die Jacht. Gesprächsthema beim Dinner: Miß Milroy. Armadale beehrte mich mit der vertrauensvollen Bitte, morgen früh einen Einkaufsbummel mit ihm zu machen und, meines unfehlbaren Geschmacks wegen, einige Geschenke für die Geliebte mit ihm auszusuchen. Ich bin ihm nicht an die Gurgel gesprungen – ich habe mich lediglich mit einer höflichen Ausrede entschuldigt. Mein Staunen über die eigene Geduld wächst von Stunde zu Stunde.

18. Oktober. – Armadale war heute schon zum Frühstück da, um Midwinter noch zu erwischen, bevor er sich an seinen Schreibtisch zurückzieht.
Die gestrige Lunch-Konversation wurde fortgesetzt. Armadale hat mit Hilfe eines Agenten und eines Dolmetschers (selbstverständlich kann er kein Wort Italienisch) die Jacht gemietet, aber noch keine Besatzung gefunden. Der Dolmetscher versteht nichts von Seefahrt und Seeleuten; folglich ist Midwinters Assistenz unerläßlich, und Midwinter hat ihm versprochen, im doppelten Tempo (!!) zu arbeiten, um seinem Freund in dieser wichtigen Sache Hilfe zu leisten. Sobald die Besatzung beisammen ist, sollen die Vorzüge und Schwächen der Jacht auf einer Kreuzfahrt nach Sizilien erprobt werden – und Midwinter muß natürlich zwecks Meinungsäußerung mitmachen. Mir wurde freundlicherweise die Damenkabine, die sich an Bord befindet, zur Verfügung gestellt. Armadales schmeichelhafter Kommentar zu besagter Damenkabine: »Ich will nämlich Nelly auf alle meine Reisen mitnehmen, wenn wir erst verheiratet sind, und Sie als Dame können mir nach der Probefahrt ja am besten sagen, was an der Kabine alles noch fehlt, damit Nelly es dann recht behaglich hat!«
Es gibt Frauen, die solche Burschen in die Welt setzen. Sind deswegen alle anderen gezwungen, sie darin zu dulden? Meiner Meinung nach sollten sie ausmerzen, was sie nicht verschuldet haben!
Was mich am tiefsten verletzt, ist die Tatsache, die ich nur zu deutlich erkenne, daß Midwinter in Armadales Gesellschaft eine Art Zuflucht findet . . . vor mir. Er ist wie verwandelt, wenn

Armadale hier ist, und vergißt meine Anwesenheit fast so vollständig, wie er sie an seinem Schreibtisch vergißt. Und ich ertrage es, ohne mich zu beklagen! Was für eine christliche Mustergattin ist doch aus mir geworden!

19. Oktober. – Nichts Neues. Wiederholung des gestrigen Tages.

20. Oktober. – Midwinter hat eine schwere Migräne, arbeitet aber trotzdem, um die Urlaubsfahrt mit seinem Freund zu ermöglichen.

21. Oktober. – Es geht ihm immer schlechter. Allmählich wird er auch nach außen hin gereizt; ich darf ihn kaum ansprechen, damit er nicht aus der Haut fährt. Zwei Nächte lang hat er nicht geschlafen und die Tage verbissen am Schreibtisch verbracht, alles um Armadales willen. Normalerweise würde er die Warnung der Natur ernst nehmen und die Arbeit ruhen lassen, solange er sich ihr nicht gewachsen fühlt. Aber jetzt zwingt er sich das Letzte ab. Wie lange werde ich noch schweigend zusehen können?

22. Oktober. – Heute nacht zeigte es sich unmißverständlich, daß Midwinter sein Gehirn überfordert. Er fiel in einen fiebrigen, entsetzlich ruhelosen Schlummer, in dem er fortwährend stöhnte, redete und mit den Zähnen knirschte. Soviel ich den unzusammenhängenden Wortfetzen entnehmen konnte, träumte er teils von seinem früheren Vagabundendasein mit den tanzenden Hunden, teils von der Nacht, die er mit Armadale auf dem Wrack der *Grâce de Dieu* verbracht hat. Erst gegen Morgen wurde er ruhiger, und auch ich schlief endlich ein. Als ich nach kurzer Zeit wieder aufwachte, war ich allein. Nebenan war Licht, wie ich durch den Türspalt sah. Ich stand lautlos auf, ging hin und sah Midwinter, den Rücken mir zugekehrt, vor dem Schreibtisch sitzen. Doch schien ihn die Erschöpfung schon wieder überwältigt zu haben, denn sein Kopf lag zurückgesunken auf der Sessellehne, und eine seiner Hände hing matt über die Armstütze. Was hatte ihn nur zu dieser nachtschlafenden Zeit an den Schreibtisch getrieben? Ich schlich mich etwas näher, um einen Blick auf die Papiere vor ihm zu werfen – und erkannte Mr. Brocks aufgeschlagenen Brief. Darunter sah noch ein anderes Manuskript hervor, und ich erkannte auch dies: Es war Armadales sattsam bekannter Traum.
Das genügte mir. Ich ging wieder zu Bett, ohne mich bemerkbar zu machen, und dachte ernsthaft nach.
Auf der Reise durch Frankreich hatten wir einen sehr netten irischen Arzt als Abteilgenossen, mit dem wir uns den ganzen Tag lang ausgezeichnet unterhielten. Dieser Arzt muß ein guter Beobachter gewesen sein, denn er sagte Midwinter schon nach wenigen

Stunden: »Sie neigen dazu, sich zu übernehmen – Ihr Gesicht verrät mehr, als Sie denken. Achten Sie auf Ihre Gesundheit! Die Folgen geistiger Überanstrengung könnten bei Ihnen schneller eintreten und schlimmer sein als bei anderen, robusteren Leuten. Wenn Sie merken, daß die Nerven Ihnen nicht mehr ganz gehorchen wollen, legen Sie sofort die Feder hin – gehen Sie nicht über die Warnung hinweg!«
Nach meiner heutigen Beobachtung weiß ich, wie recht der Doktor hatte. Midwinters Nerven gehen mit ihm durch. Sie quälen ihn mit den alten abergläubischen Ängsten, die unser Leben hier tatsächlich beeinflussen können, wenn er nichts dagegen tut. Ich bin gespannt, wie er sich nach seiner heimlichen nächtlichen Lektüre verhalten wird. Wenn sich seine Überzeugung, daß Armadale in unserer Nähe in schicksalhafter Gefahr schwebt, wieder befestigt hat, wird er keinen Finger mehr rühren, um die Besatzung für Armadales Jacht zusammenzubringen, und ganz bestimmt wird er es ablehnen, bei der Probefahrt mitzusegeln – von meiner Teilnahme ganz zu schweigen.

23. Oktober. – Mr. Brocks letzter Brief scheint vorläufig doch noch mehr Überzeugungskraft auf ihn auszuüben als der Traum (immerhin bezeichnend, daß er auch dieses fatale Manuskript weiter aufbewahrt!), denn er arbeitet nach wie vor, um sich für die Kreuzfahrt frei zu machen.
Zwei Uhr. – Armadale lungert in der Wohnung herum wie gewöhnlich und will dauernd wissen, wann Midwinter ihm endlich ganz zur Verfügung steht. Midwinter kann diese Frage noch nicht beantworten; alles hängt davon ab, wie weit er in den nächsten Tagen mit seiner Arbeit kommt. Armadale setzte sich enttäuscht und unmanierlich gähnend zu mir, die plumpen Pfoten natürlich tief in die Taschen vergraben. Ich nahm mir ein Buch vor; aber der Tölpel versteht ja keinen Wink, daß man für eine Weile in Ruhe gelassen werden möchte, und fing wieder mit seinem ewigen Gewäsch an: was für ein Turteltaubenleben er mit seiner süßen Nelly führen würde, und was für schöne Dinge sie als seine Frau alles haben sollte – ein eigenes Reitpferd, eine eigene Pony-Chaise, ein entzückendes Boudoir und so weiter und so weiter. Kurzum, alles, was mir eigentlich zustand, soll dieser kleinen Gans in den Rachen geworfen werden – *wenn ich es zulasse*.
Sechs Uhr. – Armadale ist immer noch da; einen zäheren Gast hat die Welt noch nicht gesehen. Vor einer halben Stunde hat Midwinter für heute mit der Arbeit aufgehört; er sah vollkommen erledigt aus. Ich hungere unbeschreiblich nach Musik, und heute wird im San Carlo Bellinis *Norma* gegeben. Da mir plötzlich der Gedanke kam, daß ein Opernabend Midwinter wahrscheinlich ebenso gut-

tun würde wie mir, fragte ich ihn, ob wir uns nicht zu dritt eine Loge nehmen sollten. Er antwortete stumpf und gleichgültig, dazu sei er nicht reich genug, worauf Armadale (vornehm wie immer) seine geldstrotzende Börse in der Luft schwenkte und schrie: »Aber *ich* bin reich genug, alter Junge – ist ja egal, wer bezahlt, es kommt alles aufs gleiche heraus.« Damit ergriff er seinen Hut und trampelte hinaus, daß die Wände bebten. Ich sah ihm vom Fenster aus nach und dachte: Deine Witwe, teurer Freund, kann sich eine Loge auf Lebenszeit mieten, wenn es ihr Spaß macht, ohne deswegen irgend jemandem verpflichtet zu sein . . . Inzwischen marschierte dieser Kretin pfeifend die Straße entlang und klimperte so prahlerisch mit dem Silber in seiner Tasche, daß alle Bettler hinter ihm herliefen.
Mitternacht. – Endlich allein! Werde ich die Kraft haben, die gräßlichen Erlebnisse dieses Abends gleich frisch aus dem Gedächtnis niederzuschreiben? – Auf jeden Fall muß ich die Kraft aufbringen, ein neues Blatt aufzuschlagen und es zu versuchen.

II

Fortsetzung des Tagebuchs

Wir waren also im San Carlo. Armadales Unbildung zeigte sich wieder einmal im strahlendsten Licht: Er hatte, in Unkenntnis des Unterschieds zwischen einer Oper und einem Schauspiel, eine Loge in nächster Nähe der Bühne genommen, damit wir möglichst viel zu *sehen* kriegten! Ein Glück für unsere Trommelfelle, daß Bellinis herrliche Melodien meist zart und durchsichtig orchestriert sind, sonst wären wir taub geworden.
Ich hielt mich zunächst wohlweislich im Hintergrund der Loge, nur für den Fall, daß ein alter Bekannter von früher auch im Theater sein könnte. Aber nach und nach lockte mich die geliebte Musik immer weiter aus meinem Versteck, bis ich mich, ohne es zu merken, auf die Logenbrüstung lehnte und von dort auf die Bühne blickte.
Meine Unvorsichtigkeit kam mir erst zum Bewußtsein, als eine Entdeckung mir sekundenlang das Blut in den Adern gefrieren ließ.
Einer der Choristen sah während des Singens plötzlich zu mir herauf. Seiner Druidenrolle gemäß war er mit einer langen weißen Perücke und einem wallenden weißen Bart ausgestattet, aber die Augen waren trotz der Vermummung unverkennbar – die Augen

des Mannes, mit dem ich eine Wiederbegegnung auf Erden am meisten fürchtete – Manuel!
Ohne mein Riechfläschchen wäre ich möglicherweise in Ohnmacht gefallen. So konnte ich die schwindenden Sinne gerade noch rechtzeitig zusammenraffen und mich wieder in den Schatten zurückziehen; aber sogar Armadale merkte etwas und fragte mich fast im gleichen Moment wie Midwinter, ob mir etwas fehlte. Ich sagte, die Hitze setze mir etwas zu, aber es sei nur vorübergehend. Binnen einiger Minuten hatte ich mich so weit gefaßt, daß ich beim nächsten Auftreten des Chors wieder auf die Bühne sehen konnte, ohne mich selbst zu zeigen. Ja, da war der Sänger wieder! Aber zu meiner grenzenlosen Erleichterung schenkte er unserer Loge diesmal keinerlei Beachtung. Ich habe mich nun halbwegs damit beruhigt, daß mich eine zufällige, wenn auch ungewöhnliche Ähnlichkeit genarrt hat. Ganz beruhigt könnte ich freilich nur sein, wenn ich mehr von dem Gesicht des Mannes gesehen hätte.
Im ersten Zwischenakt gab es (nach der mir unverständlichen italienischen Gepflogenheit) ein albernes Ballett, das ich keineswegs zu sehen wünschte, obwohl ich meinen Schreck inzwischen einigermaßen überwunden hatte. Aber ich fühlte mich im Theater nicht mehr wohl und malte mir alle möglichen und unmöglichen weiteren Begegnungen aus; und auf Midwinters und Armadales Befragen erklärte ich, auf den Rest der Vorstellung wohl leider doch verzichten zu müssen.
Armadale war ausnahmsweise artig genug, sich beim Verlassen der Oper verabschieden zu wollen – aber nun war es Midwinter, der ihn förmlich zwang, zum Essen wieder mit zu uns zu kommen; augenscheinlich war ihm alles lieber als ein ruhiger Abend mit mir allein. Ich mußte wohl oder übel der Höflichkeit Genüge tun und ihn ebenfalls einladen, und natürlich ließ er sich nicht lange bitten.
Zehn Minuten Ausruhen, kaltes Wasser und etwas Eau de Cologne stellten mich so weit wieder her, daß ich den Herren wie gewöhnlich bei Tisch Gesellschaft leisten konnte. Auf meine Entschuldigungen, daß sie die Oper meinetwegen vorzeitig hätten verlassen müssen, versicherten beide glaubwürdig, dies hätte für sie durchaus kein Opfer bedeutet. Midwinter war zu erschöpft für Kunstgenüsse, und Armadale brüstete sich als echter Engländer geradezu damit, daß er mit Opern einfach nichts anfangen könnte. Das sei wohl »mehr was für Damen«. Seine süße Nelly schwärme auch immer für Sängerinnen und Geiger und solche Leute . . .
Ich war nicht in der Lage, mich nach dem, was ich durchgemacht hatte, schon wieder mit seiner süßen Nelly malträtieren zu lassen, und versuchte mein möglichstes, ihn auf ein anderes, weniger aufreizendes Thema zu bringen. Er schwafelte unentwegt von seiner Nelly weiter – bis ich fast auf den Verdacht kam, er täte es

absichtlich, um mich zu ärgern. Aber nein, sein rotes, dummes Gesicht war wie ein offenes Buch: Er war ehrlich überzeugt, uns besonders nett zu unterhalten. Ich warf Midwinter einen hilfeflehenden Blick zu – fiel ihm denn nichts auf? Konnte *er* nicht eingreifen? Nein; er war ebenso am Rande seiner Kräfte wie ich, wenn auch aus anderen Gründen, und hörte gar nicht zu. Mit niedergeschlagenen Augen saß er da und dachte wahrscheinlich über die Fortsetzung seines Artikels nach.

Als das Essen endlich vorbei war, stand ich auf und trat ans Fenster. Armadale, ohne jedes Gespür dafür, wie lästig er mir fiel, folgte mir. Hätten meine Kräfte ausgereicht, ihn aus dem Fenster zu werfen, so hätte ich es in diesem Moment mit Wonne getan. Da mir leider die nötige Kraft mangelte, starrte ich über den Golf und gab ihm den gröbsten Wink mit dem Zaunpfahl, den eine Dame sich erlauben kann:

»Eine wunderschöne Mondnacht, Mr. Armadale, nicht wahr? Ich würde an Ihrer Stelle zu Fuß zum Hotel gehen.«

Er hörte nicht hin; jedenfalls blieb die erhoffte Wirkung aus. Auch er glotzte nun mit sentimentalen Fischaugen in den Mondschein hinaus, ächzte tief und sagte genau das, was jetzt kommen mußte:

»Ob der Mond jetzt wohl auch in England so schön scheint? Ob meine, süße, kleine Nelly jetzt wohl hinaufschaut und an mich denkt?«

Ich hielt es nicht länger aus. Ich explodierte.

»Himmelherrgottnochmal!« fuhr ich ihn an, »gibt es auf dem ganzen weiten Erdboden kein Thema mehr außer Miß Milroy? Oder ist Ihr Horizont so eng? Ich habe es sterbenssatt! Reden Sie endlich von etwas anderem!«

Er blickte dämlicher drein denn je und wurde rot bis unter die buttergelben Haarwurzeln. »Entschuldigen Sie«, stotterte er halb erstaunt, halb beleidigt. »Ich hatte wirklich keine Ahnung, daß Sie noch . . .« Er hielt verwirrt inne und sah so plump von mir zu Midwinter, daß ich ohne weiteres den Rest des Satzes erriet:

». . . daß Sie noch immer auf Nelly eifersüchtig sind, wo Sie doch nun Midwinter haben!« Dieser Esel! Das hätte er wahrscheinlich seinem Freund als Erklärung gesagt, wenn ich mich umgedreht und das Zimmer verlassen hätte!

Midwinter hatte uns wider Erwarten gehört und vollendete den Satz auf seine Weise, aber mit einem Ton und einem Blick, deren ich mich nicht von ihm versehen hätte:

»Du hattest sicher keine Ahnung, Allan, daß eine Dame so schnell einer schlechten Laune nachgeben kann.«

Das erste schneidend ironische Wort, der erste verächtliche Blick von meinem Mann – und das in Gegenwart Armadales und durch seine Schuld!

Mein Zorn war wie weggeblasen. Etwas anderes, Unnennbares gab mir augenblicklich meine Haltung zurück, und ich ging wortlos aus dem Zimmer.
Drüben im Schlafzimmer setzte ich mich hin und dachte ein paar Minuten lang nach – worüber? Das gedenke ich nicht einmal diesen verschwiegenen Seiten anzuvertrauen. Dann stand ich auf, öffnete . . . einerlei, was. Hierauf nahm ich von Midwinters Nachttisch . . . Basta. Zuletzt sah ich auf meine Uhr. Es war halb elf; normalerweise pflegte Armadale um diese Zeit zu gehen. Ich begab mich unverzüglich zu den Herren ins Wohnzimmer zurück, näherte mich Armadale und sagte mit meinem freundlichsten Lächeln . . .
Nein! Ich werde mich hüten, hier schwarz auf weiß zu verewigen, was ich sagte und tat. Ich habe genug von Armadale – und daß sein Name in jedem zweiten Satz auftaucht, den ich schreibe! Darum übergehe ich alles, was in der nächsten Stunde geschah, und nehme den Faden erst wieder an dem Zeitpunkt auf, an dem unser Besucher uns endlich verließ . . . Aber kann ich beschreiben, was dann unter vier Augen zwischen meinem Mann und mir vorging? Warum soll ich mich noch einmal unnötig aufregen, statt auch diese Stunde mit Stillschweigen zu übergehen? Andererseits: Wozu führt man überhaupt Tagebuch, wenn nicht als Rechenschaftsbericht für sich selbst, so peinlich sich das auch wieder auswirken kann, wenn es je anderen Leuten in die Hände fällt? Erst neulich las ich von einem gerissenen Dieb, der sorgfältig alles aufzuschreiben pflegte, was er gestohlen hatte, und an Hand dieser Liste überführt wurde. Was bringt die Menschen zu solchen himmelschreienden Dummheiten? Warum bin ich auch nicht dauernd auf der Hut, statt meine bösen Absichten konsequent durchzuführen wie ein finsterer Romanschurke? Warum, warum, warum?
Gleichgültig, warum – ich *muß* mir von der Seele schreiben, was sich heute nacht zwischen Midwinter und mir abspielte, als wir allein waren. Ich kann nicht anders, weiß der Himmel, warum – ich weiß es nicht.
Es ging auf Mitternacht. Armadale war gegangen. Ich saß in Nachthemd und Frisierumhang vor dem Spiegel und war gerade dabei, mein Haar aufzulösen, als Midwinter hereinkam.
Er war beängstigend bleich und sah mich mit einem starren, verzweifelten Blick an, der mir durch und durch ging. »Setze dich«, sagte er und deutete befehlend auf den Stuhl, von dem ich bei seinem Eintreten aufgefahren war, »ich habe ernsthaft mit dir zu reden.«
Ich dachte an das, was ich getan – vielmehr zu tun versucht – hatte, und mir wurde nachträglich fast schlecht vor Grauen. Mit weichen Knien und niedergeschlagenen Augen setzte ich mich wieder hin.

Er ging ein-, zweimal im Zimmer hin und her und blieb dann vor mir stehen. »Wenn Allan morgen wiederkommt«, begann er mit schwankender Stimme, worauf er schon innehalten und sich sammeln mußte. Es gelang ihm. Ich bewundere oft den eisernen Willen, mit dem er auch die heftigsten Gemütsbewegungen besiegt. »Wenn Allan morgen wiederkommt«, sagte er noch einmal, nun in bestimmtem Ton, »schicke ihn bitte sofort in mein Zimmer. Ich werde ihm sagen, daß meine Arbeit mich leider noch auf unabsehbare Zeit in Anspruch nimmt und er sich daher ohne meine Hilfe nach einer Besatzung für die Jacht umsehen muß. Wenn er sich dann in seiner Enttäuschung an dich wenden sollte, mache ihm keine Hoffnung, daß es irgendwelchen Zweck hat, wenn er noch wartet. Rede ihm statt dessen zu, sich ohne weitere Zeitverschwendung mit Hilfe eines Dolmetschers die besten Leute auszusuchen, die er bekommen kann. Je eher er sich damit beschäftigt und je seltener wir ihn infolgedessen in den nächsten Tagen sehen, desto besser. Du erweist mir den größten Gefallen, wenn du darauf hinwirkst. Und noch eins. Sobald die Jacht startbereit ist und Allan seine Einladung an uns wiederholt, wünsche ich, daß du mit aller Entschiedenheit ablehnst. Das gilt dann für uns beide, da auch Allan schließlich einsehen wird, daß ich dich nicht – ganz abgesehen von meiner Arbeit – hier im fremden Land allein lassen kann. Er wird alle möglichen Argumente ins Feld führen, aber laß dich auf nichts ein. Ich wünsche nicht, daß du je an Bord dieser Jacht kommst.«
Ich weiß nicht, was größer war, meine Überraschung oder meine Erleichterung. Ich hatte eine ganz andere Rede von ihm erwartet und befürchtet. Nun fand ich wieder den Mut, zu ihm aufzublicken und auf normale Weise zu antworten.
»Verlaß dich darauf, daß sämtliche Anweisungen gewissenhaft ausgeführt werden«, sagte ich. »Aber muß ich blind gehorchen wie ein Soldat? Oder darf ich fragen, was dich zu dieser plötzlichen Änderung deiner Entschlüsse veranlaßt?«
Sein Blick verdunkelte sich, und er ließ sich mit einem schweren, hoffnungslosen Seufzer an der anderen Seite der Frisierkommode nieder.
»Ist dir der Grund wirklich so unklar?« fragte er leise und ließ eine lange Pause eintreten. »Muß *ich* dir das eben erst Erlebte ins Gedächtnis zurückrufen?« Er wartete wieder und sah mich mit einem seltsam zwiespältigen Gesichtsausdruck an, in dem sich Grauen und Mitleid mischten. Mein Herz klopfte heftig. Ich sagte nichts, um mich nicht durch ein unwillkürliches Beben meiner Stimme zu verraten.
»Ich weiß, daß ich überarbeitet und nervös bin«, fuhr er endlich fort. »Es ist durchaus möglich, daß ich in diesem Zustand manche

harmlosen Vorkommnisse ganz falsch auslege. Vielleicht klärt es die Situation, wenn ich dir meine Eindrücke der letzten Stunde schildere und dich bitte, sie mit den deinen zu vergleichen. Solltest du finden, daß ich etwas übertreibe, aber mein Gedächtnis mir einen Streich spielt, so unterbrich mich sofort und stelle den betreffenden Punkt richtig.«

»Gern«, erwiderte ich unter Aufgebot aller Willenskraft, »obwohl ich nicht weiß, auf welches Vorkommnis du dich besonders beziehst. Der Abend verlief doch wirklich harmlos.«

»Ich weiß nicht«, murmelte er. »Also – laß mich mit dem Moment beginnen, in dem du Allan, meiner Meinung nach ziemlich unbeherrscht, wegen seiner ständigen Erwähnung Miß Milroys über den Mund fuhrst. Ich möchte mich bei dieser Gelegenheit noch entschuldigen, daß ich dich daraufhin fast ebenso gereizt anfuhr; das gehörte sich ebenfalls nicht. Wir waren eben beide übermüdet. Du reagiertest nun auf die einzig richtige Art, indem du aus dem Zimmer gingst. Nach kurzer Abwesenheit kamst du zurück und entschuldigtest dich liebenswürdig und in bester Haltung bei Allan, was Allan mit gewohnter Herzlichkeit aufnahm. Soweit war alles wieder ins Lot gebracht. Allan redete nun zur Ablenkung von dem neapolitanischen Wein, an den er sich noch nicht recht gewöhnt hätte, und bat um ein weiteres Glas davon, damit er schneller auf den Geschmack käme, wie er sich ausdrückte. – War bis hierher alles richtig?«

Meine Lippen waren wie gelähmt, aber ich brachte mich dazu, mit gespieltem Gleichmut zu bejahen.

»Du nahmst Allan die Karaffe aus der Hand«, fuhr Midwinter fort, »und sagtest lächelnd: ›Aber zwingen Sie sich doch nicht, Mr. Armadale, wenn Ihnen der Wein nicht schmeckt – ich weiß ein halbalkoholisches Limonadenrezept, das sich besser für englische Zungen eignet. Wollen Sie mir das Vergnügen machen, es zu probieren?‹ Allan stimmte begeistert zu und wollte bei der Zubereitung zusehen; aber du sagtest, Zusehen verwirre dich, und du würdest ihm das Rezept lieber später aufschreiben, wenn es ihm gefiele. – Stimmt das oder nicht?«

Diesmal brachte ich keinen Laut heraus. Ich konnte nur nicken. Midwinter sprach weiter.

»Allan ließ dir lachend deinen Willen, und während du dich am Tisch zu schaffen machtest, sahen wir beide zum Fenster hinaus aufs Meer. Nach einer Weile bemerkte Allan scherzend, das verheißungsvolle Geplätscher hinter ihm mache ihn schon ganz durstig. Ich trat zu dir und sagte, du brauchtest aber lange, um ein paar Zitronen auszupressen. Darauf wollte ich mich wieder abwenden, aber du hieltest mich am Arm zurück, reichtest mir ein eben gefülltes, randvolles Glas, und ich gab das Glas an Allan weiter. –

Ist meine Schilderung korrekt?«
Wieder konnte ich nur stumm nicken. Das Hämmern meines Herzens benahm mir den Atem.
»Allan hob das Glas an die Lippen ... wurde im selben Moment kreidebleich ... das Glas entfiel seiner Hand ... er taumelte und wäre hingestürzt, wenn ich ihn nicht gehalten hätte ... Hast du es auch gesehen, oder bilde ich mir das alles nur ein? Um Gottes willen, sprich! War diese Szene wahr – oder nur ein Trugbild meiner Phantasie?«
Das Hämmern meines Herzens setzte plötzlich aus. Im nächsten Moment schoß etwas Glühendheißes, Wildes durch meine Adern, und ich fuhr in flammender Empörung von meinem Platz auf – in dieser letzten Not fand ich sogar die Sprache wieder.
»Deine Fragen sind eine Beleidigung!« brach ich aus. »Und dein forschender Blick ist erst recht eine Beleidigung! Denkst du etwa, ich hätte ihn vergiften wollen?«
Die unüberlegten Worte waren heraus, ehe ich sie zurückhalten konnte. Es war das Letzte, was eine Frau in meiner Lage hätte sagen dürfen – aber ich hatte es gesagt!
Auch er war erschrocken aufgesprungen und griff nach meinem Riechfläschchen. »Um Himmels willen, beruhige dich – du bist ja außer dir! Ich vergaß, daß du heute abend ebenso überanstrengt warst wie ich. Verzeih! Aber du hast mich ja vollkommen mißverstanden! Beruhige dich, bitte, beruhige dich!«
Er hätte ebensogut einem tollwütigen Tier zureden können, sich zu beruhigen. Nachdem ich wahnsinnig genug gewesen war, den verräterischen Satz herauszuschreien, beharrte ich starrköpfig darauf, mich wegen der Limonade zu verteidigen, obwohl Midwinter mich beschwor, still zu sein; er hätte nicht einen Augenblick an Gift gedacht.
»Ich habe dir sofort gesagt, was in der Limonade war, als Mr. Armadale die Besinnung verlor!« schrie ich wütend. »Ich sagte dir, daß ich etwas von dem Brandy, den du immer auf dem Nachttisch stehen hast, in den gezuckerten Zitronensaft gemischt hätte. Woher sollte ich wissen, daß dieses Mannstrumm ausgerechnet gegen Brandy überempfindlich ist? Er hat es ja dann gleich selbst erklärt, als er wieder zu sich kam – der bloße Geruch hat ihn umgeworfen! Kann ich dafür? Hat Mr. Armadale dich nicht anschließend an irgendeinen Fall erinnert, in dem ihm dasselbe passierte – ich glaube, als ihr zusammen auf der Insel Man wart –, weil irgendein Doktor ihm genauso ahnungslos wie ich ein Getränk anbot, in dem Brandy war?«
Ich betonte meine Ahnungslosigkeit noch mehrmals, und das mit vollem Recht. Was ich auch sein mag: Eine Heuchlerin bin ich nie gewesen. Was den Brandy betraf, war ich wirklich ahnungslos.

Hätte ich von Armadales Idiosynkrasie gewußt, so hätte ich bestimmt etwas anderes in das Glas getan, um den Geschmack von . . . egal, was . . . zu überdecken.
Midwinter hörte sich meinen Wortschwall stumm und erschüttert an. Als ich endlich schwieg, zog er einige Papiere aus seiner Brieftasche und legte sie offen vor mich hin.
»Wenn ich dich nicht überzeugen kann, daß du meine Fragen völlig mißverstanden hast und ich dir nicht den geringsten Vorwurf mache«, sagte er, »lies dies noch einmal.«
Es war das wohlbekannte Manuskript von Armadales Traum. Ich begriff endlich. Mir fiel ein Stein vom Herzen. Binnen weniger Sekunden war ich wieder ich selbst.
»Erinnerst du dich an die beiden Traumbilder, die schon in Thorpe-Ambrose in Erfüllung gegangen sind?« fragte Midwinter. »Ich wollte dich nur darauf aufmerksam machen, daß heute abend auch die dritte Vision wahrgeworden ist – hier bei uns.« Er zeigte auf die betreffende Stelle, und ich las, was ich schon einmal gewußt, aber längst wieder vergessen hatte:
»Das Dunkel öffnete sich zum drittenmal, und ich sah die beiden Schatten, den männlichen und den weiblichen, zusammenstehen. Der Schattenmann stand mir näher als die Schattenfrau. Ich hörte ein Geräusch, als würde etwas eingegossen. Sie berührte mit einer Hand den Schattenmann und reichte ihm mit der andern ein Glas. Er nahm es und reichte es mir. Ich setzte es an den Mund, und im selben Moment wurde mir entsetzlich schwach vom Scheitel bis zur Sohle. Mir wurde schwarz vor den Augen.«
Die Übereinstimmung war tatsächlich verblüffend. Ich sah Midwinter sprachlos an. Er legte mir schwer die Hand auf den Arm.
»Verstehst du *jetzt*, warum ich das Ganze noch einmal mit dir rekonstruieren wollte? Ich klammerte mich noch an die Hoffnung, daß meine übermüdeten Nerven mich irregeführt hätten und wenigstens einige Einzelheiten der Szene in Wirklichkeit ganz anders verlaufen wären. Aber verstehst du nach dieser abermaligen Warnung auch, warum ich Allan nicht mehr helfen und erst recht nicht mit ihm auf die Jacht will? Warum ich mich hinter Ausflüchten verschanze, um meinen besten Freund künftig von uns fernzuhalten?«
»Hast du denn Mr. Brocks tröstlichen Brief ganz vergessen?« fragte ich dagegen.
Er schlug heftig mit der flachen Hand auf das offene Manuskript. »Wenn Mr. Brock miterlebt hätte, was wir heute erlebt haben, wäre wohl sogar sein Glaube ins Wanken gekommen!« Dann sank seine Stimme zum Flüstern herab, und seine großen schwarzen Augen glühten unnatürlich. »Dreimal ist Allan im Traum vor uns gewarnt worden, und dreimal wurde die Warnung durch eine

genaue Entsprechung im realen Leben bekräftigt. Der Sinn ist nicht mehr zu ignorieren. Auf unserem Leben liegt ein Fluch! Oh, wären wir uns doch nie begegnet! Wäre ich deinem Bannkreis doch entflohen, wie mir mein Schutzengel riet, solange es noch Zeit war! Allans Zukunft hängt davon ab, daß unsere Wege sich für immer scheiden. Nie wieder dürfen wir die gleiche Luft atmen . . . Unter Wildfremden, in der schlechtesten Gesellschaft, wird er sicherer sein als in unserer! Und wenn er uns auf den Knien anfleht, seine Jacht wird ohne uns absegeln . . . Und erst im Jenseits, wo alle Qual endet, darf ich ihm sagen, wie sehr mein Herz in dieser Welt an ihm gehangen hat!«

Der Gram überwältigte ihn; die letzten Worte waren nur noch ein Schluchzen. Er steckte sein Manuskript hastig ein, drehte sich abrupt um und verließ mich. Die Tür des Schlafzimmers schloß er hinter sich ab.

Wie mir zumute war, kann und will ich nicht schildern. Er hatte den Tag unserer ersten Begegnung verflucht . . . Er wünschte jetzt, meinem »Bannkreis« beizeiten entflohen zu sein; sein »Schutzengel« hatte es ihm geraten . . . Wer würde einer Frau wie mir den namenlosen Schmerz glauben, den er mir damit zufügte? Gewiß, er hatte es nur in der Erregung und unter dem Einfluß seines verrückten Aberglaubens gesagt. Das mag ihn entschuldigen, während ich durch nichts zu entschuldigen bin. Wenn ich ihn nach wie vor liebe, so ist das meine Sache, und ich muß eben dafür leiden. Ich selbst verdiene weder Liebe noch Mitleid. – Großer Gott, welch ein Durcheinander!

Eben hat es eins geschlagen. Ich höre Midwinter nebenan immer noch hin und her gehen. Was mag er jetzt denken? Nun . . . auch ich denke nach; er läßt mir ja genügend Zeit dazu. Kommt Zeit, kommt Rat.

Manchmal nimmt das Schicksal die seltsamsten Wendungen, und vielleicht rechtfertigt es noch den Aberglauben meines liebenswürdigen Gatten, der vorhin den Tag unserer ersten Begegnung verflucht hat. Bis jetzt habe ich *ihm* keinen Grund dazu gegeben, aber möglicherweise gebe ich ihm bald einen. Und falls ich je wieder ein Getränk für Allan Armadale zusammenbraue, werde ich bestimmt keinen Brandy hineintun!

24. Oktober. – Nur zwölf Stunden sind seit meiner letzten Eintragung vergangen, und schon sehe ich mich vor die Notwendigkeit gestellt, wieder etwas Entscheidendes zu unternehmen!

Diesmal bleibt mir gar keine andere Wahl. Flucht oder Ausweichen hätten meinen Ruin bedeutet; meine einzige Verteidigung lag im Nachgeben. Kurz: Der schon halb vergessene Schreck in der Oper gestern war nur zu begründet. Der Chorist, der mich an Manuel

erinnerte – war tatsächlich Manuel!
Heute früh, als Midwinter bereits wieder am Schreibtisch saß, kam unsere Hauswirtin mit einem schmuddeligen kleinen Billett zu mir. Ein Blick auf die Schrift genügte – Manuel hatte mich gestern abend in der Opernloge erkannt und war uns während des Zwischenaktes unbemerkt gefolgt, um meine Adresse auszukundschaften. Das alles wußte ich, noch ehe ich den Brief öffnete. Drinnen standen nur zwei Zeilen, ohne Anrede und Unterschrift: Er erwarte mich binnen zehn Minuten in einer Seitengasse, die zum Strand führt; falls ich nicht erschiene, fasse er dies als Aufforderung auf, persönlich bei uns in der Wohnung vorzusprechen.
Meine gestrigen Erlebnisse müssen mich irgendwie gestählt haben. Angesichts dieser neuen Belastungsprobe fühlte ich mich jedenfalls plötzlich wieder als die Frau, die ich einst war, und ging ohne Zögern aus dem Haus, als sei nichts Besonderes geschehen.
Manuel erwartete mich in der Gasse, und erst als ich ihm von Angesicht zu Angesicht gegenüberstand, quoll die ganze Erinnerung an das Elend, das ich seinetwegen erduldet habe, in mir auf. Ich dachte an mein getäuschtes Vertrauen, an die grausame Heiratskomödie, die er mit mir aufführte, obgleich er genau wußte, daß seine erste Frau noch lebte; ich dachte an seine Treulosigkeit und meine Verzweiflung, die mich damals bis zum Selbstmordversuch getrieben hatte. Ich verglich ihn mit Midwinter und fühlte zum erstenmal den letzten Rest meiner Selbstachtung schwinden, als ich mich fragte, wie ich nur je auf einen solchen Schurken hatte hereinfallen können . . .
Nun war ich ihm wieder auf Gnade und Ungnade ausgeliefert, was er mit seinen höhnisch-galanten Floskeln eher betonte als bemäntelte. Ich ließ ihn reden, wie er wollte, ohne ihn anzusehen, und achtete nur darauf, ihn mir auf Armeslänge vom Leibe zu halten. Natürlich wollte er Geld. Seine Kleidung war in jämmerlichem Zustand, und das gierige Glitzern seiner Augen kannte ich von früher her. Nach vielem Gerede von alten Gefühlen und Reue erging er sich in Klagen über sein Unglück – er, der mich einst bis zum letzten Penny ausgepreßt hat, von allem übrigen ganz zu schweigen! – und fragte, ob ich es mit ansehen könnte, daß er so zerlumpt herumliefe und jetzt als Chorsänger ein Hundeleben führen müsse . . .
Nur der Ekel bewog mich, endlich mein Schweigen zu brechen, um die Sache abzukürzen.
»Sie wollen Geld«, sagte ich. »Und wenn ich nichts erübrigen kann?«
»Dann«, erwiderte er aalglatt, »muß ich mich daran halten, daß Sie selbst mir stets teurer waren als alle Reichtümer der Welt. Ich müßte die qualvolle Notwendigkeit erwägen, meine Rechte auf Sie

den beiden Herren gegenüber geltend zu machen, die Sie gestern abend in die Oper begleitet haben – vorzugsweise demjenigen, der sich zur Zeit Ihrer besonderen Gunst erfreut.«
Hierauf würdigte ich ihn keiner Antwort. Er wußte so gut wie ich, daß er nicht das leiseste Recht auf mich hatte; aber ich wußte auch so gut wie er, mit welchen anderen Mitteln er mich erpressen konnte und im Fall meiner Weigerung bedenkenlos erpressen würde. Ich schwieg und blickte starr aufs Meer. Gerade kam ein kleines Boot von Santa Lucia her über den Golf gesegelt. Ich erkannte den Wimpel am Mast: Es mußte Armadale sein, der uns wieder einmal auf dem üblichen Wege besuchen wollte. Im selben Moment durchzuckte mich ein Gedanke, den ich auch jetzt, bei näherem Überlegen, nur genial nennen kann. Ich sah Manuel, meines Widerwillens ungeachtet, plötzlich in die Augen und fragte: »Und was würden Sie sagen, wenn ich jetzt reich wäre? Würden Sie mich ein für allemal in Ruhe lassen, wenn ich Ihnen hundert Pfund anböte?«
Sein Zusammenzucken verriet deutlich, daß er nicht halb so viel erwartet hatte, aber er faßte sich schnell und erwiderte mit der alten Unverschämtheit: »Genügt bei weitem nicht!«
»Mehr kann ich Ihnen nicht bieten. Aber wenn ich Ihnen eine Möglichkeit zeigte, sich das Doppelte und Dreifache, vielleicht sogar das Fünffache selbst zu verschaffen – hätten Sie dann die Kühnheit, es sich zu holen?«
Seine Augen glitzerten mehr denn je. »Bei wem?« flüsterte er mit stockendem Atem. »Und was riskiere ich dabei?«
Ich gab ihm kurz und bündig Auskunft. Ich warf ihm Armadale zum Fraß vor, wie ich einem Raubtier, das mich verfolgte, einen Brocken Fleisch zugeworfen hätte.
»Es handelt sich um einen reichen jungen Engländer, der vor einigen Tagen die Jacht *Dorothea* hier im Hafen gemietet hat und dringend eine Besatzung dafür braucht. Sie als ehemaliger Seeoffizier wären der richtige Mann, ihm Ihre Dienste anzubieten; er wird Sie mit offenen Armen willkommen heißen, zumal Sie sowohl das Englische als auch das Italienische fließend beherrschen und sich hier in Neapel auskennen. Der junge Herr kann kein Wort Italienisch und ist dementsprechend hilflos, ganz abgesehen von seiner sonstigen Weltunkenntnis und Unerfahrenheit. Er hat sich für eine mehrmonatige Reise mit beachtlichen Barmitteln ausgestattet. Soviel zur Person. Über das Risiko urteilen Sie selbst.«
Manuels Augengeglitzer wurde unerträglich. Selbstverständlich war ein solches »Risiko« für ihn eine Bagatelle, über die er kein Wort mehr zu verlieren brauchte.
»Wann und wo kann ich den jungen Herrn sehen?« fragte er begierig.

Ich trat ein Stück vor und sah, daß Armadale eben gelandet war und ausstieg. »Dort sehen Sie ihn schon«, sagte ich.
Manuel prägte sich die Gestalt Armadales, der sorglos seiner Wege schlenderte, mit einem langen Blick ein und zog sich dann, wie ich, in die Gasse zurück. Nach einer kurzen Pause, in der er offensichtlich mit sich zu Rate ging, fragte er gedämpft:
»Wie viele Freunde werden mit ihm fahren, wenn die Jacht bemannt ist?«
»Er hat nur zwei Freunde hier«, erwiderte ich, »den anderen Herrn, der gestern in der Oper dabei war, und mich selbst. Wir sind beide zu der beabsichtigten Probefahrt nach Sizilien eingeladen, aber wir werden beide ablehnen.«
»Ist das sicher?«
»Ich verbürge mich dafür.«
Wieder überlegte er, wobei sich seine Züge, die bisher nur nackte Gier gezeigt hatten, allmählich besorgniserregend veränderten. Er murmelte etwas auf spanisch vor sich hin, wischte sich die Stirn, erbleichte und sah mich plötzlich mit durchbohrendem Mißtrauen an.
»Eine letzte Frage«, sagte er. »Was ist eigentlich Ihr *wirkliches* Interesse an der Sache?«
Ich zuckte zusammen. Erst seine Frage brachte mich darauf, daß ich ein Interesse an der Sache hatte, das mir im einzigen Bestreben, Manuel von Midwinter fernzuhalten, noch gar nicht in den Sinn gekommen war. Meinem Tagebuch erzähle ich keine Lügen. Nicht von fern hatte mich der Gedanke gestreift, daß Manuel wie gerufen in meine eigenen Pläne passen könnte!
»Sie sind allzu bedenkenlos bereit, mir diesen jungen Engländer zu opfern«, fuhr Manuel fort, da ich nicht antwortete. »Wären Sie es auch, wenn nicht ein eigenes Motiv dahintersteckte? Ich wiederhole meine Frage. Was ist Ihr Interesse dabei?«
»Ich habe sogar zwei Interessen«, erwiderte ich rasch. »Erstens will ich mir meine Stellung hier erhalten, und zweitens will ich, daß Sie sich endlich für immer aus meinen Augen scheren!«
Er lachte. »Die Dame führt eine kräftige Sprache«, bemerkte er mokant. »Ob Sie mich für immer loswerden, wird die Zukunft lehren. Und was Ihre Stellung hier betrifft, so machen Sie mich neugierig. Sie hätten Ihre Bedingungen klugerweise stellen sollen, *bevor* Sie mir alles Wissenswerte über Ihren jungen Engländer erzählten!«
»Meine Bedingungen gelten auch nachträglich«, entgegnete ich scharf. »Ich verlange, daß Sie mich binnen fünf Minuten verlassen. Ich verlange, daß Sie sich nie wieder in der Nähe meiner Wohnung zeigen. Und ich verbiete Ihnen ausdrücklich, sich noch einmal mit mir oder dem andern Herrn, der gestern mit mir in der

Oper war, in Verbindung zu setzen oder es auch nur zu versuchen!«
»Und wenn ich nicht darauf eingehe? Was wollen Sie dann machen?«
»In diesem Fall brauche ich dem jungen Engländer nur eine kleine Warnung zukommen zu lassen – und Sie werden sich weiterhin als Chorist Ihr Brot verdienen müssen.«
»Sie scheinen sehr kühn vorauszusetzen, daß ich bezüglich des Engländers schon entschlossen bin. Woher wissen Sie so genau, daß Ihr Hinweis mich zum Ziel führt?«
»Ich kenne *Sie*«, antwortete ich. »Das genügt.«
Wir maßen uns einen Moment wortlos mit den Blicken. Das genügte ebenfalls. Wir verstanden einander.
»Ich nehme Ihre Bedingungen an«, sagte er schließlich in verschwörerischem Flüsterton. »Solange Sie schweigen, werde auch ich schweigen – vorausgesetzt natürlich, daß Sie mich nicht angelogen haben. Sonst werden Sie mich wiedersehen. Inzwischen werde ich meine Papiere zusammensuchen und mich dem Engländer vorstellen. Wie heißt er? Wo wohnt er?«
Ich sagte ihm den Namen und die Hoteladresse und wandte mich zum Gehen.
Doch er kam mir noch einmal nach.
»Nur ein Wort noch. Auf See passieren manchmal Unfälle, wie Sie wissen. Falls diesem Herrn etwas zustoßen sollte: Wünschen Sie es dann nicht auf dem schnellsten Wege zu erfahren? Oder sind Sie tatsächlich so wenig an ihm interessiert?«
Ich überlegte einen Moment. Da er mir nicht glaubte, daß ich ihm Armadales Geld (und wahrscheinlich auch sein Leben) nur in die Hände spielte, um ihn loszuwerden, wollte er mit dieser Fangfrage natürlich meine geargwöhnten Nebenzwecke aus mir herauslokken. Und wenn er diese lohnend fand, würde er sich auch in Zukunft an meine Fersen heften. Hierauf gab es nur eine Antwort. Was ich wissen mußte, würde ich im Fall der Fälle auch aus den Zeitungen erfahren, und zwar zuverlässiger als aus dem Munde Manuels.
»Besten Dank«, sagte ich förmlich. »Der junge Mann interessiert mich nicht. Es ist mir einerlei, was aus ihm wird.«
Manuel sah mich mit einer Hochachtung an, die er mir bisher nicht einen Moment gezeigt hatte. »Ich weiß nicht, was für ein Spiel Sie spielen«, sagte er langsam, »aber das eine kann ich schon jetzt prophezeien: Sie werden es gewinnen!«
Er nahm mit großer Geste den Hut ab, verbeugte sich und erlöste mich endlich von seinem Anblick. Ich machte einen kleinen Umweg, um mich in der frischen Luft zu erholen, und ging nach Hause.

Der erste Mensch, dem ich in unserer Wohnung begegnete, war Armadale, der mich sofort anflehte, meinen ganzen Einfluß auf Midwinter geltend zu machen. Er hatte ihn schon gesprochen und war untröstlich über seine endgültige Weigerung, die Kreuzfahrt mitzumachen. Natürlich sagte ich ihm, daß ich den Entschluß meines Mannes respektiere und mich nicht einmischen werde, worauf er seinem Erstaunen über meine Fügsamkeit auf die plumpste Weise Ausdruck gab. »Wenn ich erst mit Nelly verheiratet bin«, sagte er unter anderem, »kann sie mich um den kleinen Finger wickeln – und ich bin überzeugt, Sie könnten das mit Midwinter auch, wenn Sie nur wollten!« Wenn der Idiot es darauf angelegt hätte, die letzten Regungen meines Gewissens auszulöschen, hätte er es nicht geschickter anstellen können. Schließlich brachte ich ihn mit einem Blick zum Schweigen, das heißt, er beschränkte sich nun darauf, über seine sonstigen Schwierigkeiten zu murren. »Nicht einmal eine vernünftige Hilfe beim Anheuern der Besatzung habe ich – wo ich doch kein Wort von dem Kauderwelsch hier verstehe! Und der Dolmetscher hält Fischer und Matrosen für dasselbe – du meine Güte! Was nützt mir die schöne Jacht, wenn ich nichts mit ihr anfangen kann?«
Morgen wird er wieder vergnügter in die Zukunft blicken. Und ich auch!

25. Oktober, zehn Uhr abends. – Manuel hat ihn geködert!
Armadale ist eben weggegangen, nachdem er uns über eine Stunde mit seinen Freudenausbrüchen über das »unverschämte Glück«, endlich einen »Retter in der Not« gefunden zu haben, aufgehalten hat.
Er war mittags wieder auf der Mole, wo er vergeblich versuchte, sich den dort herumlungernden Hafentypen verständlich zu machen. Schon war er nahe daran, für diesmal alle Hoffnung aufzugeben, als ein distinguierter Fremder ihn mit der höflichen Frage ansprach, ob er ihm helfen könnte. Er sei sowohl des Englischen als auch des Italienischen mächtig, kenne Neapel gut und sei lange Jahre selbst zur See gefahren. – Wie Armadale darauf reagierte, läßt sich denken: Er fiel dem höflichen Fremden beinahe um den Hals, vertraute ihm augenblicklich all seinen Kummer an und erteilte ihm Vollmacht, in seinem Namen eine Mannschaft für ihn zusammenzustellen. Der Fremde war jedoch nicht nur höflich, sondern auch höchst korrekt und ehrenhaft; er bestand darauf, erst die üblichen Formalitäten zu erfüllen und Armadale seine Legitimationen vorzulegen, zu welchem Zweck er Armadale zwei Stunden später im Hotel aufsuchte. Der Kindskopf war noch ganz erfüllt von der »tragischen Lebensgeschichte«, die Manuel ihm aufgetischt hatte (politische Flucht, heroisch ertragene Leiden etc.

etc.) . . . Als Manuel das Hotel verließ, war er als Armadales Erster Offizier und Steuermann fest engagiert und beauftragt, nunmehr schleunigst die sonst noch nötigen Leute aufzutreiben.
Armadale hatte Manuels Papiere mitgebracht, um sie Midwinter zu zeigen. Es war interessant zu beobachten, wie Midwinters abergläubische Überzeugung, Armadale sei in der fremdesten und schlechtesten Gesellschaft immer noch sicherer als in unserer, nun von seiner nimmermüden Anteilnahme in den Hintergrund gedrängt wurde. Er prüfte die Papiere scharf und mißtrauisch wie ein Geschäftsmann (unnötig zu sagen, daß sie in bester Ordnung waren) und errötete erst, als er sie Armadale zurückgab, dabei wohl meinen leicht ironischen Gesichtsausdruck bemerkte und sich jetzt erst der eigenen Inkonsequenz bewußt wurde. »Du scheinst den richtigen Mann gefunden zu haben, Allan«, sagte er kurz. »Ich gratuliere.« Das war sein ganzer Abschied, worauf er sich sofort wieder an seinen Schreibtisch zurückzog, und dort sitzt er jetzt noch.
Meine einzige Sorge ist nun, daß er sich von Armadale doch noch zu der Probefahrt überreden läßt!

30. Oktober. – Meine Sorge war nur zu berechtigt. Armadales Dickfelligkeit ist beispiellos. Tagelang hat er uns dermaßen mit seiner zudringlichen Bettelei zugesetzt, daß ich abends zu erschöpft war, um auch nur eine Zeile in mein Tagebuch zu schreiben. Heute (die Jacht ist startbereit) unternahm er den letzten Angriff auf Midwinter allein. Ich hörte das Stimmengemurmel beängstigend lange durch die geschlossene Tür und machte mich auf das Schlimmste gefaßt. Wenn Midwinter nachgab, war alles umsonst – und die Rache Manuels an mir, wenn mein Mann seine Pläne durchkreuzte, konnte ich mir lebhaft ausmalen . . .
Endlich, endlich öffnete sich die Tür des Arbeitszimmers, und Armadale kam allein zu mir heraus.
»Ich habe die Ehre, mich von Ihnen zu verabschieden, Ma'am«, sagte er schroff. »Und ich hoffe nur, daß meine zukünftige Frau meinen besten Freund nie so enttäuscht, wie die Frau meines Freundes *mich* enttäuscht hat!«
Ein wütender Blick, eine wütende, steife Verbeugung – und er war draußen.
Eine Zentnerlast war mir vom Herzen! Mir schwindelte fast vor Erleichterung . . . Aber dieses Glück war nur von sehr kurzer Dauer.
Dann dachte ich wieder an Midwinter. Ich öffnete leise die Tür und sah zu ihm hinein. Er saß am Schreibtisch, das Gesicht in den Händen verborgen, und die Tränen sickerten ihm durch die Finger. »Bitte, laß mich allein«, sagte er undeutlich, ohne seine Haltung zu

verändern. »Ich werde schon drüber wegkommen.«
In sentimentalen Romanen steht immer, das Frauenherz sei »unergründlich«, und heute muß ich die Wahrheit dieses Satzes bescheinigen. Ich verstehe mich selbst nicht mehr. Die Art, wie Midwinter mich wegschickte, schnitt mir ins Herz wie dem sanftesten Klischee-Gänschen. Und das, nachdem mein eiskalt ausgeklügelter Plan endlich Erfolg versprach! Wer enträtselt solche Anwandlungen?
... Mitternacht vorüber. Die Jacht ist eben bei günstiger, leichter Brise ausgefahren. Ich sah sie vom Fenster aus als langen, schwarzen Schatten mit geblähten Segeln aus dem Golf gleiten. Ringsumher flimmerte das Mondlicht auf dem Wasser.
Und am Balkongeländer nebenan lehnte mein Mann und flüsterte inbrünstig: »Gott der Allmächtige schütze und bewahre dich, Allan Armadale! Leb wohl – leb wohl für immer!«

III

Die Aufzeichnungen werden abgebrochen

London, 19. November. – Ich bin wieder allein in der großen Stadt, zum erstenmal seit unserer Heirat. Vor einer knappen Woche sind wir aus Neapel aufgebrochen. Midwinter ist noch in Turin.
Seit meiner letzten Eintragung ist so viel passiert, und meine Geistes- und Körperkräfte waren derart beansprucht, daß ich mir bestenfalls ein paar Zettelnotizen machen konnte, aus denen ich jetzt kaum noch klug werde. Ich will versuchen, dieses Durcheinander notdürftig zu ordnen; vielleicht fallen mir dann auch die Begleitumstände in der richtigen Reihenfolge wieder ein.
Am 3. November (wir waren noch in Neapel) kam ein Brief von Armadale aus Messina. Er berichtete, daß die Jacht bei anhaltend gutem Wetter »Rekordzeit« gefahren wäre. Die meisten Besatzungsmitglieder seien zwar ziemliche Rauhbeine, aber Captain Manuel und der englische Maat (»ein ganz prächtiger Bursche«) würden bewundernswert mit ihnen fertig. Nach diesem vielversprechenden Anfang wollte Armadale die Kreuzfahrt natürlich noch etwas ausdehnen, und zwar auf Vorschlag Captain Manuels in die Adria, deren Häfen – laut Captain Manuel – besonders eigenartig und sehenswert sein sollten. Postskriptum: Vor der Abreise sei er noch schnell auf der Bank gewesen, um sich ein paar Hunderter in Gold zu holen, und dort müsse er sein Zigarrenetui liegengelassen haben. Er vermisse es sehr, weil es ein liebes An-

denken sei, und Midwinter möchte doch bitte auf der Bank danach fragen und es gegebenenfalls bis zum nächsten Wiedersehen für ihn aufbewahren.
Dieser Brief, so alltäglich er schien, gab mir mancherlei zu denken. Im stillen vermutete ich gleich (und vermute es noch jetzt), daß Manuel Armadale nicht ohne tieferen Grund auf die Schönheiten der Adria hingewiesen hat – diese Gewässer sind viel einsamer und unbekannter als das Mittelmeer, insbesondere die Straße von Messina. Auch daß Armadale sich noch »ein paar Hunderter in Gold« geholt hat, wie er so lässig schreibt, war bestimmt nicht auf seine eigene Initiative zurückzuführen (denn normale, sichere Kreditbriefe hätten ihm bei unvorhergesehenen Auslagen in jedem Hafen denselben Dienst getan). Aus diesen beiden Anzeichen schloß ich, daß ich gut daran täte, meine vielleicht sehr bald notwendig werdende Heimkehr nach England vorzubereiten.
Nur: *Wie* ich das bewerkstelligen sollte, und zwar ohne Midwinter, fiel mir in der schlaflosen Nacht, die ich nach Erhalt des Briefes verbrachte, trotz unablässigen Grübelns nicht ein.
Am nächsten Morgen hatte ich mich kaum angekleidet, als Midwinter mit einem eben angekommenen Schreiben seiner Londoner Redaktion zu mir ins Zimmer trat. Eine erfreuliche Neuigkeit! Midwinters erste Zeitungsberichte hatten solchen Anklang gefunden, daß man beschlossen hatte, ihn schon jetzt an eine verantwortlichere und interessantere Stelle in Turin zu versetzen. Ob er in der Lage und willens sei, diesen neuen Posten möglichst umgehend einzunehmen?
Noch ehe er die bange Frage aussprechen konnte, die ihm im Gesicht geschrieben stand, versicherte ich ihm, ich sei selbstverständlich sofort zum Umzug bereit, wenn sich ihm dadurch bessere Zukunftsaussichten eröffneten. (Turin lag ja schon auf dem Wege nach England und hatte daher auch für mich die größte Anziehungskraft!) Midwinter war von meiner »Selbstlosigkeit« sichtlich gerührt und dankte mir mit herzlicheren, ungezwungeneren Worten, als ich sie seit Wochen von ihm gehört hatte. Beim Besprechen der näheren Einzelheiten erwähnte er, daß wir uns Briefe, die etwa nach der Abreise für uns ankämen, vorerst postlagernd nach Turin nachschicken lassen müßten, und dieses Stichwort brachte mir die plötzliche Erleuchtung, um die ich in der vergangenen Nacht vergeblich gerungen hatte. Natürlich konnte ich in Turin wieder einmal meine unschätzbaren »Familienschwierigkeiten« vorschützen und mich jederzeit dringend nach England abberufen lassen!
Am 9. November trafen wir in Turin ein, und an diesem und den folgenden Tagen ging Midwinter immer selbst auf die Post, um nach Briefen zu fragen. Aber am 13. hatte er so viel anderes vor,

daß er mich bat, ihm diesen Gang abzunehmen. Auf eine solche Gelegenheit hatte ich schon mit steigender Nervosität gewartet, und ich ergriff sie unverzüglich. Als Midwinter abends nach Hause kam, erzählte ich ihm mit bebender Stimme (wozu ich mich nicht einmal zu verstellen brauchte), ich hätte die Nachricht erhalten, die Krankheit meiner »Mutter« habe nunmehr eine alarmierende Wendung genommen, und ich dürfe keine Zeit verlieren, wenn ich sie noch einmal sehen wollte.

So merkwürdig und unglaublich es klingt: Noch immer sträubte sich alles in mir dagegen, Midwinter ins Gesicht hinein zu belügen, und ich schämte mich maßlos. Wieder eine Inkonsequenz, die mir kein Mensch glauben würde, aber es ist so. Und, was noch verrückter ist, ich hätte zum zweiten- und letztenmal jeder Versuchung entsagt und wäre bei Midwinter geblieben, wenn er seine spontan geäußerte Absicht, mich nach England zu begleiten, aufrechterhalten hätte. Um seinetwillen hätte ich auch jetzt noch alle bösen Pläne aufgegeben und versucht, das erträumte friedliche und harmlose Eheglück mit ihm doch noch Wirklichkeit werden zu lassen . . .

Rede ich mir das nur ein? Vielleicht. Es ist ja nun egal. Wozu male ich mir immer wieder aus, was hätte sein können – im Leben zählen nur die nüchternen Tatsachen.

Tatsache ist, daß Midwinter sich nur zu schnell von mir überzeugen ließ, ich sei alt genug, um allein zu reisen, und daß er es seinen Zeitungsleuten schulde, die gerade erst übernommenen neuen Aufgaben nicht zu vernachlässigen. Der Abschied von mir fiel ihm unvergleichlich leichter als der von seinem Freund; darüber gab ich mich keiner Täuschung hin, und seine dringende Bitte, ihm täglich zu schreiben, bewertete ich als das, was sie war: eine reine Höflichkeitsformel. Im Grunde war er froh, mich los zu sein. Vielleicht hat er in Turin schon eine Frau kennengelernt, die ihm besser gefällt als ich. Meinetwegen! Ich bin die letzte, die sich seinem Glück in den Weg stellt! Sein Verhalten hat mich gründlich von meiner Schwäche für ihn kuriert. Und wenn ich nächstens als Witwe und Erbin Allan Armadales in Thorpe-Ambrose einziehe, brauche ich auf *seine* Gefühle beziehungsweise Nichtgefühle keinerlei Rücksicht mehr zu nehmen!

Die Reise nach London verlief ohne Zwischenfälle. Ich habe mich in einem ruhigen und billigen Hotel einlogiert, und meine erste Tat war, den Wirt um sämtliche Nummern der *Times* seit Anfang November zu bitten. Er hatte sie nicht mehr, erbot sich aber freundlicherweise, mich morgen in ein Zeitungsarchiv der City zu bringen, wo alle Nummern aufbewahrt werden. Bis morgen muß ich also meine Ungeduld, etwas über Armadales Schicksal zu erfahren, noch zügeln.

Gute Nacht, mein reizendes Spiegelbild, das mich aus diesen letzten Seiten anblickt . . .!

20. November. – Noch kein Wort, weder in den Todesanzeigen noch in den Unfallberichten. Ich habe die Zeitungen so genau durchgesehen, von der ersten bis zur letzten Spalte, daß mir unmöglich etwas entgangen sein kann. Geduld! Nachrichten aus jenen einsamen Gewässern reisen langsam. Ab heute liegt jeden Morgen die *Times* auf meinem Frühstückstisch.

21. November. – Noch immer nichts. Ich habe heute, um den Schein zu wahren, an Midwinter geschrieben.

Nachdem das erledigt war, geriet ich (ohne jeden besonderen Grund) in eine dermaßen deprimierte Stimmung, daß ich, um mich nur irgendwie abzulenken, nach Pimlico fuhr. Selbst Mutter Oldershaws Gesellschaft wäre mir in diesem Zustand lieber gewesen als gar keine!

Ich fand überraschende Veränderungen vor. Dr. Downwards Teil des Hauses war noch leer. Aber der Laden war renoviert und aufgehellt, und die jetzige Inhaberin war eine mir völlig fremde Modistin. Auf meine Frage nach Mrs. Oldershaws Verbleib gab sie mir ohne weiteres deren neue Adresse, woraus ich schließe, daß die »Schwierigkeiten«, die Mutter Oldershaw im August zum Verschwinden nötigten, nunmehr, wenigstens soweit es sie betraf, behoben sind. Was hingegen aus dem Doktor geworden ist, konnte oder wollte mir niemand sagen.

Ob es der Anblick des Hauses war, bei dem mir beinahe übel wurde, oder der Ärger über meine eigene Charakterlosigkeit, weiß ich nicht – genug, kaum daß ich Mutter Oldershaws neue Adresse hatte, verging mir jegliche Lust, sie zu besuchen. Ich fuhr zwar ein Stück in ihre Richtung, sagte dem Kutscher dann aber plötzlich, er solle umkehren und mich zum Hotel zurückbringen. Ich weiß selber nicht, was mit mir los ist. Die Ungewißheit wegen Armadale zerrt an meinen Nerven. Wann werde ich endlich wieder etwas klarer in die Zukunft blicken können?

22. November. – Der Schleier ist zerrissen – auf eine Art und Weise, die ich mir nie hätte träumen lassen! Der Schreck, der mich heute beim Lesen der Zeitung durchfuhr, ist nicht zu beschreiben, und noch jetzt wage ich kaum zu glauben, daß ich richtig gelesen habe. Können Wind und Wellen wirklich meine Bundesgenossen geworden sein? Die Jacht ist mit Mann und Maus untergegangen; alle (auch Manuel!) sind ertrunken, und –

Ich klebe hier besser den Zeitungsausschnitt ein, da steht es viel sachlicher und klarer, als ich es jetzt ausdrücken kann.

Schweres Schiffsunglück am Kap Spartivento. – Wie wir jetzt erst erfahren, ist die von einem Engländer gecharterte Privatjacht *Dorothea* am 5. November an der äußersten Südspitze Italiens untergegangen. Der Hergang des Unglücks wird uns aus zuverlässiger Quelle folgendermaßen geschildert: Am 6. November sichtete die italienische Brigg *Speranza*, die im Auftrag einer Handelsgesellschaft die Route Venedig–Marsala befährt, bei Tagesanbruch die treibenden Teile eines Wracks und setzte ein Boot aus, um sie im einzelnen zu prüfen. Tags zuvor hatte ein Sturm geherrscht, wie sie um diese Jahreszeit im Süden zwar häufig, in so unerwarteter Plötzlichkeit und Stärke aber nur selten vorkommen. Das Treibgut bestand aus zersplitterten Planken, einem Hühnerverschlag und Überresten der Kajüteneinrichtung, die eine nur zu deutliche, melancholische Sprache sprachen. Schließlich behob die Auffindung eines Rettungsringes, an den eine verkorkte Flasche gebunden war, die letzten Zweifel über das Schicksal der Besatzung. Die Flasche enthielt einen Zettel mit der hastig hingeworfenen Botschaft: »Vor Kap Spartivento, 5. November, 4 Uhr nachmittags. Wir haben beide Rettungsboote verloren und ein Leck mittschiffs; der Hauptmast ist über Bord, das Ruder gebrauchsunfähig. Gott sei uns allen gnädig – wir sinken. John Mitchenden, Maat.« – Der Kapitän der *Speranza* erstattete nach der Ankunft in Marsala dem britischen Konsul Bericht und übergab ihm dabei die geborgenen Gegenstände.
Sofortige Nachfragen in Messina ergaben, daß die Unglücksjacht, von Neapel kommend, am 3. November dort eingelaufen und alsbald weitergesegelt war. Sie war von einem Mr. Armadale aus Thorpe-Ambrose, Norfolk, gemietet, der sich selbst an Bord befand; ob er Verwandte oder Freunde auf diese Fahrt mitgenommen hatte, war bisher noch nicht mit Sicherheit festzustellen. Leider besteht kein Zweifel, daß niemand das Unglück überlebt hat.

Soweit der klare, unmißverständliche Bericht der *Times*. Ich weiß kaum noch, wo mir der Kopf steht, und denke an hundert nebensächliche Dinge zugleich, statt mich jetzt auf das Wichtigste und Nächstliegende zu konzentrieren. Am besten unternehme ich vor morgen gar nichts. Ein Tag mehr oder weniger macht nun auch nichts mehr aus.

23. November, acht Uhr morgens. – Über Nacht hat sich mein Kopf geklärt. Ich sehe jetzt, was ich zu tun habe.
Zunächst muß ich vor allem wissen, was in Thorpe-Ambrose vorgeht. Solange ich diesbezüglich ahnungslos bin, wäre es im höchsten Grade leichtsinnig, als »Witwe« dort aufzutauchen. Erst muß ich mich von irgend jemandem informieren lassen, und der

einzige, an den ich schreiben kann, ist – leider – Bashwood.
. . . So, der Brief ist fertig. Oben steht »Streng vertraulich« und als Unterschrift »Lydia Armadale«. Der Text ist so vorsichtig abgefaßt, daß der alte Esel mich auf keine Weise bloßstellen kann, auch wenn er mir meine schlechte Behandlung noch nachträgt und den Brief aus Gehässigkeit herumzeigt. Übrigens glaube ich nicht, daß er das tun wird. Männer in seinem Alter verzeihen einer hübschen Frau alles, wenn sie nur mit dem kleinen Finger winkt. Ich habe eine Andeutung einfließen lassen, daß meine Ehe nicht sehr glücklich geworden sei und ich dies der Unbedachtheit zuschriebe, einen *zu jungen* Mann geheiratet zu haben. Im Postskriptum kommen dann noch ein paar reuige Worte dieser Art . . . Das dürfte genügen! Zehn Uhr. – Ich habe die Abschrift meines Trauscheins, die ich mir am Tage der Hochzeit vorsorglich ausfertigen ließ, eben noch einmal Wort für Wort geprüft und dabei zu meinem Schrekken zum erstenmal etwas bemerkt, was unter Umständen meinen ganzen Plan durchkreuzen kann.
Midwinters Personalien könnten, da er natürlich von Anfang an nur unter seinem richtigen Namen genannt wird, durchaus für die des anderen Armadale gelten. »Alter: 21« (statt 22) kann als einfacher Flüchtigkeitsfehler erklärt werden. Sonst stimmt alles. »Familienstand: ledig; Letzter Aufenthaltsort: Frant's Hotel, Darleystreet; Name und Beruf des Vaters: Allan Armadale, Gutsbesitzer.« Aber – was passiert, wenn es irgendeinem kleinlichen Federfuchser einfällt, die Abschrift mit der Originaleintragung im Kirchenbuch zu vergleichen? Midwinters und Armadales Handschrift unterscheiden sich voneinander wie Tag und Nacht, und wer je Allan Armadales ungelenken Namenszug gesehen hat, wird ihn nie im Leben mit der Unterschrift im Kirchenbuch verwechseln!
Kann ich mich, im Bewußtsein einer solchen Fußangel, in meiner Sache noch frei und sicher bewegen? Wenn ich doch nur eine erfahrene und verschwiegene Person wüßte, die mich beraten könnte! – Jedenfalls muß ich jetzt noch einmal gründlich nachdenken.
Sieben Uhr. – Ein Unglück kommt selten allein: Seit ich mein Tagebuch wegschloß, bin ich zum zweitenmal am gleichen Tag zu äußerster Vorsicht ermahnt worden (durch eine Erfahrung, die ich mir gut merken werde); andererseits habe ich aber, wie ich glaube, den richtigen Helfer und Berater gefunden.
Da mir niemand Besseres einfiel, an den ich mich wenden konnte, beschloß ich, aus der Not eine Tugend zu machen und Mutter Oldershaw einen Überraschungsbesuch abzustatten. Zweifellos würde sie entzückt sein, ihr verschwundenes Herzblättchen Lydia wieder in die Arme zu schließen! Natürlich hatte ich vor, ihr erst

genau auf den Zahn zu fühlen, ehe ich ihr irgend etwas von meinen Nöten erzählte.

Ein säuerlich-muffiges, ältliches Wesen machte mir die Tür auf und wies mich auf meine Frage nach Mrs. Oldershaw empört darauf hin, wie unschicklich es sei, am Sonntag Besuche zu machen. Wenn ihre Herrin nicht leider wegen Unpäßlichkeit das Zimmer hüten müßte, wäre sie um diese Zeit selbstverständlich in der Kirche!! Sie, die Dienerin, hielt es für unwahrscheinlich, daß Mrs. Oldershaw mich empfangen werde. Ich erwiderte sanft, ich hielte es für sehr wahrscheinlich, und sie möge mich bitte als »Miß Gwilt« melden. Das wirkte. Wenige Minuten später wurde ich ins Wohnzimmer gebeten.

Da saß Mutter Isebel – mit einem Gesicht, als sei sie schon auf dem direktesten Wege ins Himmelreich, schiefergrau gewandet, eine schmucklose Haube auf dem Kopf und graue Pulswärmer an den Händen, die sittsam im Schoß lagen und ein aufgeschlagenes Gesangbuch hielten. Bei meinem Anblick verdrehte sie fromm die Augen, daß man nur noch das Weiße sah, und begrüßte mich mit dem vorwurfsvollen Seufzer: »O Lydia, Lydia! Warum bist du nicht in der Kirche?«

Wäre ich in besserer Laune gewesen, so hätte ihr Schauspieltalent mich herzlich amüsiert; aber heute war mir nicht nach Lachen zumute, und da meine Schulden alle längst bezahlt sind, fühlte ich mich nicht verpflichtet, auf ihre neue Rolle einzugehen. »Blödsinn!« sagte ich unumwunden. »Steck dein Sonntagsgesicht in die Tasche und hör gut zu. Ich habe Neuigkeiten über Thorpe-Ambrose, die dich interessieren werden.«

Kaum fiel das Wort Thorpe-Ambrose, so verdrehte die alte Komödiantin abermals die Augen und weigerte sich rundweg, mich anzuhören. Alles Fragen und Drängen war nutzlos. Sie schüttelte immer nur leise stöhnend den Kopf und informierte mich, daß sie den Lüsten und Eitelkeiten dieser Welt für immer entsagt habe. »Ich bin ein neuer Mensch geworden, Lydia!« wagte diese gerissene alte Gaunerin mir ins Gesicht zu sagen. »Nichts kann mich bewegen, deinen tückischen Anschlägen auf den Reichtum eines törichten jungen Mannes noch einmal mein Ohr zu leihen!«

Hierauf hätte ich mich fast auf dem Absatz umgedreht und sie mit ihrem Gesangbuch allein gelassen, wenn mich nicht ein naheliegender Gedanke noch einen Moment aufgehalten hätte. Daß ihre »Schwierigkeiten« im August, egal, woraus sie im einzelnen bestanden, sie jedenfalls genötigt hatten, ihr früheres Geschäft scheinbar oder wirklich aufzugeben, war ja nun klar. Nicht minder klar war, daß sie es beim Wiederauftauchen aus ihrem Versteck zweckmäßig gefunden hatte, dem allgemeinen englischen Brauch zu folgen und sich mit dem sanften Deckmantel heuchlerischer

Frömmigkeit zu umhüllen. Schön, das war ihre Sache; aber ehe ich das Haus verließ, mußte ich mich noch vergewissern, ob Mutter Oldershaws »Läuterung« so weit ging, daß sie sogar auf gewisse frühere Abmachungen mit mir verzichtete. Das war ein unfehlbarer Prüfstein.
»Wenn meine tückischen Anschläge dich nicht weiter interessieren«, sagte ich, »gibst du mir sicher gern das Dokument zurück, das ich dir für den Fall meines Erfolges ausstellen mußte, als du – hm – noch nicht ganz so von allem Irdischen gereinigt warst wie jetzt?«
Das alte Luder drückte zur Abwechslung beide Augen fest zu und schauderte höchst eindrucksvoll.
»Heißt das nun ja oder nein?« fragte ich.
»Aus moralischen und religiösen Gründen: Nein, Lydia.«
»Und aus unmoralischen und weltlichen Gründen«, entgegnete ich, »bedanke ich mich herzlich für diesen Blick in deine Karten.«
Mehr brauchte ich tatsächlich nicht zu wissen. Mutter Oldershaw gedachte nichts mehr zu riskieren und nichts mehr zu borgen; sie überließ das weitere Durchfechten meiner Sache mir allein. Verlor ich, so konnte sie ihre Hände in Unschuld waschen. Gewann ich, so konnte sie mir jederzeit unseren damaligen Kontrakt unter die Nase halten und schamlos ihre Prozente einkassieren. Aber in meiner augenblicklichen Situation wäre es verschwendete Zeit und Mühe gewesen, ihr deswegen eine Szene zu machen. Ich schrieb mir das Ganze als Warnung für die Zukunft ins Gedächtnis und stand auf, um mich zu verabschieden.
In diesem Moment pochte es draußen zweimal kurz und scharf an der Wohnungstür. Mrs. Oldershaw wußte augenscheinlich, was dieses Klopfen bedeutete, denn sie erhob sich in unwürdiger Hast und klingelte das Mädchen herbei. »Sagen Sie draußen, daß ich krank bin und niemanden empfange«, befahl sie und wandte sich dann ebenso schnell zu mir: »Und du bleibe jetzt gefälligst noch ein paar Minuten!«
Es war unfein und gehässig von mir, ich weiß – aber nach dem eben Erlebten fühlte ich den unwiderstehlichen Drang, Mutter Oldershaw eins auszuwischen. »Ich kann nicht mehr bleiben«, erwiderte ich mit frommem Augenaufschlag. »Du hast mich ja selbst daran erinnert, daß ich noch in die Kirche muß . . .« Und damit entschlüpfte ich ihr, ehe sie es verhindern konnte.
Im Korridor hörte ich gerade, wie eine Männerstimme nach Mrs. Oldershaw fragte, und ich erkannte die Stimme augenblicklich – es war Dr. Downward! Die Dienerin leierte ihr Sprüchlein herunter, worauf er merklich gereizt erwiderte: »So, sie ist krank? Dann geben Sie ihr diese Karte und richten Sie dazu aus: Wenn ich das nächste Mal komme, hoffe ich sie so weit genesen vorzufinden,

daß sie mich unter allen Umständen empfängt!«
Hätte sein Ton freundschaftlicher geklungen, so wäre mir wohl kaum etwas an einer Erneuerung unserer Bekanntschaft gelegen gewesen. Aber wie die Dinge lagen, war ich erstens neugierig und zweitens von dem Bedürfnis beseelt, mit jemandem zu sprechen, der offenbar, gleich mir, einen Groll gegen Mrs. Oldershaw hegte. Wieder einer meiner kleinlichen, unschönen Charakterzüge! Kurzum, ich verließ das Haus unmittelbar nach dem Doktor, folgte ihm ein Weilchen unbemerkt und sprach ihn dann an.
Von hinten war mir seine Erscheinung so vertraut wie seine Stimme, aber als er sich zusammenzuckend nach mir umdrehte, folgte ich seinem Beispiel und zuckte ebenfalls zusammen, denn er zeigte mir ein vollkommen verändertes, wildfremdes Gesicht! Sein kahler Schädel war von einer kunstvollen, graumelierten, absolut natürlich wirkenden Perücke bedeckt, wozu er sich einen Schnurrbart hatte wachsen lassen, der, entweder von Natur oder mit chemischer Nachhilfe, genau zum Haupthaar paßte. Statt der dicken, kreisrunden Brille von früher trug er jetzt einen schwarzgerandeten Kneifer mit schwarzer Schnur, und statt des weißen Halstuches einen himmelhohen Stehkragen mit schwarzer Krawatte. Nichts an diesen strengen, reservierten Zügen erinnerte mehr an das sanftmütige, runde, vertraueneinflößende Gesicht von einst ... Nur seine Figur war noch die alte, und seine höfliche, angenehm gedämpfte Stimme desgleichen.
»Welch hocherfreuliches Wiedersehen, meine liebe Miß Gwilt!« sagte er, nachdem er sich von seinem Schreck erholt und sich mit einem diskreten Rundblick vergewissert hatte, daß niemand uns beobachtete. »Aber gestatten Sie mir, einen kleinen Irrtum Ihrerseits zu berichtigen ... Ich heiße nicht Dr. Downward; der ist verstorben und begraben. Darf ich Ihnen meine Karte überreichen und Sie bitten, jenen Herrn nie wieder, auch nicht aus Versehen, zu erwähnen?«
Ich nahm die Karte und las:

Doctor Le Doux
Chefarzt des Sanatoriums
Fairweather Vale
Hampstead

»Wie ich sehe, hat sich bei Ihnen mancherlei verändert«, sagte ich leise. »Name, Wohnort, Aussehen –«
»– und mein medizinisches Fachgebiet«, ergänzte der Doktor. »Ich habe von einem Kollegen, der wenig Mittel und noch weniger Unternehmungsgeist besaß, alles Nötige erworben, darunter ein neuerbautes, teilweise soeben bezugsfertig gewordenes Sanatorium für Nervenkranke. Einige privilegierte Personen können die Räumlichkeiten bereits besichtigen – bitte, erweisen Sie mir die

Ehre und kommen Sie ebenfalls. Wir scheinen den gleichen Weg zu haben; darf ich Ihnen meinen Arm anbieten? Wollen Sie mir nun erzählen, welchem glücklichen Umstand ich dieses Wiedersehen verdanke?«

Ich schilderte ihm wahrheitsgemäß meinen Besuch bei Mrs. Oldershaw und drückte dann (mit dem Hintergedanken, mir über die jetzigen Beziehungen zwischen ihm und seiner alten Verbündeten Klarheit zu verschaffen) mein Erstaunen aus, daß sie sich vor ihrem alten Freund, wie ich mit eigenen Ohren gehört hatte, verleugnen ließe. Die Reaktion des Doktors, so vorsichtig er auch blieb, bestätigte meine Vermutung, daß auch in diesem Fall eine Entfremdung eingetreten sei. Sein Lächeln schwand, und er rückte nervös seinen Kneifer zurecht.

»Verzeihen Sie, wenn ich es Ihnen überlasse, Ihre eigenen Schlüsse zu ziehen«, sagte er nur. »Ich spreche unter den obwaltenden Umständen nicht gern darüber. Außerdem dürften die Schwierigkeiten, die unsere Partnerschaft in Pimlico beendeten, für eine so junge und brillante Frau wie Sie von geringem Interesse sein. Erzählen Sie lieber von sich! Haben Sie Ihre Stellung in Thorpe-Ambrose aufgegeben? Wohnen Sie jetzt wieder in London? Kann ich irgend etwas für Sie tun?«

Diese letzte Höflichkeitsfrage war für mich bedeutsamer, als er ahnte. Doch ehe ich sie beantwortete, mußte ich eine kleine Bedenkpause haben.

»Sie waren so freundlich, mich zu einer Besichtigung Ihres neuen Sanatoriums einzuladen, Doktor«, sagte ich. »Ich würde unsere Unterhaltung gern fortsetzen, aber nicht hier auf der Straße. Dürfte ich Sie vielleicht heute nachmittag in Hampstead besuchen?« Er erklärte, gerade auf dem Wege dorthin zu sein, und schlug mir vor, gleich mitzukommen, aber ich schützte eine andere Verabredung vor und stieg in den nächsten Omnibus, der zufällig gerade neben uns hielt. »Heute nachmittag also«, war mein vorläufiger Abschied, »ich habe ja Ihre Karte!«

Ins Hotel zurückgekehrt, überlegte ich mir mein Problem noch einmal sehr genau. Midwinters eigenhändige Unterschrift im Heiratsregister war nicht aus der Welt zu schaffen. Auf Mutter Oldershaws Rat und Hilfe konnte ich nicht mehr rechnen; ich hatte es von jetzt an mit einer hinterhältig lauernden Feindin zu tun, die mich wahrscheinlich schon bei meinem letzten Aufenthalt in London heimlich beobachtet hatte. Mein alter Rechtsanwalt, der mich schon so ungnädig empfangen hatte, als ich von ihm nur wissen wollte, ob ich Midwinter unter meinem Mädchennamen heiraten könnte, schied von vornherein aus: Nie würde er sich zu einer Urkundenfälschung hergeben und seinen Ruf meinetwegen aufs Spiel setzen. Nur ein einziger möglicher Helfer war mir noch

geblieben – der Doktor, der in Pimlico gestorben und in Hampstead wieder auferstanden war.
Ich kannte ihn als einen der skrupellosesten, gescheitesten und vorsichtigsten Geschäftemacher von ganz London; überdies kannte er die Gesetze wie ein mit allen Wassern gewaschener Jurist. Besonders günstig traf es sich für mich, daß er offenbar mit Mrs. Oldershaw verkracht war. Das bewahrte mich vor der sonst immer naheliegenden Gefahr, daß die beiden sich gegen mich verbündeten und mich gemeinsam erpreßten. Außerdem war er zur Zeit aus Gründen, die er selbst am besten wußte, ängstlich auf die Wahrung seines Inkognitos bedacht – meine Verschwiegenheit war also für ihn mindestens ebenso wichtig wie die seine für mich. Summa summarum: Ich hätte mir für meinen Zweck keinen geeigneteren Mann aussuchen können als ihn. Dennoch zögerte ich stundenlang, ehe ich mich wirklich zu der versprochenen Nachmittagsvisite in Hampstead entschloß, ich weiß selbst nicht, warum. Erst gegen drei ließ ich mir eine Droschke kommen und fuhr ab.
Das Sanatorium war nicht ganz leicht zu finden. Fairweather Vale erwies sich als eine noch ziemlich öde Neubaugegend am Südrand von Hampstead. Unter dem bedeckten Novemberhimmel nahm sich alles noch trübseliger aus. Eine kürzlich erst gepflasterte Straße führte zwischen liederlichen Bauplätzen mit halbfertigen Häusern dahin; überall bot sich der gleiche Anblick von Bretterstapeln, Steinhaufen, Schubkarren und allem möglichen Gerümpel. Nur ein ziemlich großes, schlecht proportioniertes Haus am Ende dieser Reihe war schon fertig, das heißt, außen bereits verputzt, und stand in einem frisch angelegten, aber noch trostlos kahlen Garten. Über dem eisernen Gittertor glänzte ein funkelnagelneues Messingschild, auf dem in großen schwarzen Lettern das Wort SANATORIUM stand. Als ich den Klingelzug in Bewegung setzte, hallte es durch die leeren Innenräume wie ein Sterbeglöckchen, und der eisgraue, schwarzgekleidete Diener, der mir öffnete, sah aus, als hätte er schon einmal im Grabe gelegen. Ein Geruch von feuchtem Gips quoll mir entgegen. Ich spürte das alles im Moment gar nicht so wie jetzt in der Erinnerung; aber ich weiß noch, daß ich beim Überschreiten der Schwelle fröstelte – was schließlich in der naßkalten, zugigen Novemberluft kein Wunder war.
Ich bat den eisgrauen Diener, mich als Mrs. Armadale zu melden, und wurde in den Warteraum geführt, wo ein Feuer im Kamin qualmte, das vor Feuchtigkeit nicht leben und nicht sterben konnte. Die einzige Lektüre auf dem runden Mitteltisch waren die schlichtgebundenen wissenschaftlichen Publikationen des Doktors, der einzige Wandschmuck das respekteinflößende Diplom einer ausländischen Universität (fein säuberlich unter Glas und Rahmen), das mein alter Freund wahrscheinlich mitsamt dem

dazugehörigen fremden Namen eingehandelt hatte.
Er ließ nicht lange auf sich warten. Als er mich sah, schlug er in belustigtem Erstaunen die Hände zusammen.
»Und ich hatte keine Ahnung, wer ›Mrs. Armadale‹ sein könnte! Wie raffiniert von Ihnen, meine Liebe, daß Sie mich nicht schon heute vormittag auf Ihren Namenswechsel hingewiesen haben ... Aber bitte, kommen Sie doch in mein gemütliches Privatkabinett. Eine so gute alte Freundin wie Sie fertige ich selbstverständlich nicht im allgemeinen Wartezimmer ab.«
Das »gemütliche Privatkabinett« befand sich auf der Rückseite des Hauses, von wo man noch Bäume und Felder sah. Weniger erfreulich war der Anblick der Instrumentenkästen und mehrerer Regale voller Gläser, in denen farb- und formlose Präparate, wahrscheinlich Leichenteile, in einer gelblichen Flüssigkeit schwammen. Über dem Kamin hing eine Sammlung photographischer Porträts; rechts und links davon zeigten zwei grausig realistische Plakate die Auswirkungen fortschreitenden Wahnsinns auf das menschliche Antlitz, und dazwischen stand der in gotischen Buchstaben auf Pergament gemalte Spruch: »Vorbeugen ist besser als heilen.«
»Ja, hier habe ich mich nun mit meinem Galvanisierapparat und allem sonstigen Zubehör eingerichtet«, sagte der Doktor behaglich, während er mir einen Sessel an den Kamin rückte. »Wie ich sehe, hat die stumme, aber eindringliche Mahnung verschiedener Dekorationsstücke auch auf Sie, meine teure Dame, ihren Eindruck nicht verfehlt. Ich leite kein Irrenhaus, nein, das überlasse ich neidlos andern – *meine* Behandlung wird das Übel im Keim ersticken und den Ausbruch verhindern! Im Moment sind natürlich noch keine Patienten im Haus, aber sie werden sich bald genug einstellen. Die Nervenleiden, die, wenn nicht rechtzeitig behandelt, zum Wahnsinn führen können, nehmen in unserer Zeit rapide zu. Ich kann warten, wie es meine großen Vorgänger Harvey und Jenner getan haben. Bitte, stellen Sie doch die Füße zum Wärmen auf den Kaminvorsatz! Und nun erzählen Sie ... Sie haben inzwischen geheiratet? Meinen herzlichen Glückwunsch! Und was für ein wohlklingender neuer Name! Sie haben das schönste Los des Weibes erwählt, wie ich ja immer sage; nichts geht doch über einen liebenden Gatten und ein trautes Heim –«
Ich unterbrach seinen Redefluß.
»Ja, ich bin verheiratet, aber die Umstände sind etwas komplizierter, als Sie anzunehmen scheinen«, sagte ich. »Mein Los ist nicht so segensreich ausgefallen. Gerade jetzt befinde ich mich in ernsthaften Schwierigkeiten, und meine Situation kann demnächst sogar gefährlich werden.«
Der Doktor rückte mit seinem Sessel näher und wechselte sofort in seinen alten, vertrauenerweckenden Berufston über.

»Sie wünschen also meinen Rat?« fragte er milde. »Nun, Sie wissen von früher her, daß ich schweigen kann wie das Grab ... und daß ich nicht so leicht zu schockieren bin.«
Ich zögerte noch immer. Aber schließlich war ich mit dem Vorsatz hergekommen, mir die einzig mögliche Hilfe zu holen, und mußte endlich den Mund auftun, wenn ich nicht unverrichteterdinge wieder gehen wollte. Ich erzählte ihm also in kurzen Worten das unumgänglich Nötige, nicht mehr. Ich machte kein Geheimnis aus meiner Absicht, als Armadales Witwe aufzutreten, und nannte auch ohne Zögern die Beträge, um die es ging (denn der Doktor konnte sich ja sowieso jederzeit Einblick in das Testament des alten Blanchard verschaffen). Dafür verschwieg ich ihm freilich einige Begleitumstände, die mit dem rein sachlichen Problem, das jetzt zu lösen war, nichts zu tun hatten. Ich zeigte ihm den Zeitungsbericht über den Untergang der Jacht, sagte aber nichts über meine Privatunternehmungen in Neapel. Ich ließ ihn bei der Meinung, die genaue Namensgleichheit der beiden Armadales sei purer Zufall. Ich erklärte ihm, daß mein Mann aus persönlichen Gründen unter einem Decknamen lebe und sein richtiger Name nur einigen Behörden und mir bekannt sei – aber den Decknamen behielt ich wohlweislich für mich, schon um eine etwaige Korrespondenz zwischen dem Doktor und Midwinter zu verhindern. Ich gab zu, daß ich meinen Mann »irgendwo« auf dem Kontinent gelassen hätte, und ließ den Doktor aus meinen ausweichenden Antworten den Schluß ziehen (eine direkte Lüge brachte ich hier einfach nicht über die Lippen), Midwinter wisse von meinen Plänen und halte sich zweckdienlicherweise im Hintergrund, um die Durchführung des Betrugs nicht zu stören. Nach diesem übelsten Punkt der Unterhaltung konnte ich den Rest wieder ziemlich wahrheitsgetreu darstellen und dem Doktor immer wieder versichern, daß infolge meiner steten Vorsorge eine Enthüllung durch dritte Personen so gut wie ausgeschlossen sei.
Ton und Blick des Doktors zeigten immer deutlicher, daß mein Plan ihm einleuchtete. »Soviel ich sehe«, sagte er schließlich, »kann Ihr wirklicher Gatte, sobald Sie als Witwe des verstorbenen Mr. Armadale anerkannt sind, nichts als sein Wort in die Waagschale werfen, wenn und falls er wieder Ansprüche auf Sie erheben will. Und darauf, glaube ich, können Sie es getrost ankommen lassen. Verzeihen Sie, daß ich mich nicht unbedingt auf die weitere Willfährigkeit dieses mir unbekannten Herrn verlasse. Es ist ja immerhin denkbar, daß es später einmal zu Mißhelligkeiten zwischen Ihnen kommt, und es ist besser, wenn man für solche Fälle von vornherein gerüstet ist. Hängt das letzte Hindernis, das Sie bereits erwähnten, mir aber noch nicht erklärt haben, vielleicht mit ihm zusammen?«

Der abfällige Ton, in dem er von Midwinter sprach, setzte mir in ungeahnter Weise zu. In mir wallte etwas auf, was gefährlich an die alten, törichten Gefühle erinnerte, die ich für immer eingesargt zu haben glaubte. Ich beeilte mich, wieder zur Sache zu kommen und rückte nun endlich mit dem eigentlichen Beweggrund meines Besuches heraus – der Unähnlichkeit der beiden Handschriften, die mir solches Kopfzerbrechen machte.
Meine mangelhaft verhüllte Angst schien dem Doktor Spaß zu machen.
»Aber, meine liebe Dame, ist das alles?« fragte er zu meiner unendlichen Erleichterung lächelnd, als ich ausgeredet hatte. »Seien Sie beruhigt: Die beglaubigte Abschrift Ihres Trauscheins wird den Rechtsvertretern des verstorbenen Mr. Armadale völlig genügen. Keiner wird auf den Einfall kommen, extra im Kirchenbuch nachzuschlagen, um noch einmal dasselbe zu lesen. Einem ernsthaften Zweifler würde die Eintragung dort nämlich auch nichts beweisen.« »Was!« rief ich verblüfft, »ist die Eintragung im Kirchenbuch etwa kein Beweis, daß ich ordnungsgemäß getraut worden bin?«
»Sie ist ein Beweis, daß Sie *irgendwann* geheiratet haben. Es muß durchaus nicht der Gutsherr von Thorpe-Ambrose gewesen sein. Unsere altehrwürdigen, dankenswert lockeren Trauungsvorschriften gestatten es, daß jeder Jack Brown oder Tom Smith sich als Mr. Armadale trauen lassen kann, wenn es ihm beliebt. Seine Angaben werden, bis auf einige lächerliche Nebensächlichkeiten, ja gar nicht nachgeprüft. Ich habe mich vorhin schon im stillen amüsiert, verehrte Dame – jetzt kann ich's ja gestehen –, daß Sie immer wieder den glücklichen Zufall der Namensgleichheit betonten. Sie hätten Ihr romantisches Wagnis ebensogut mit jedem anderen Mann ins Auge fassen können, der sich bereit erklärte, als Allan Armadale zu unterschreiben. Sie mußten nicht unbedingt einen echten Namensvetter auftreiben. Jeder Smith oder Brown hätte den gleichen Zweck erfüllt.«
Mein Temperament ging sekundenlang mit mir durch.
»Ich heirate aber nicht jeden Smith oder Brown!« fauchte ich, ehe ich mich zusammennahm und scheinbar kaltblütig hinzufügte: ». . . und außerdem wäre ich ohne die Namensgleichheit gar nicht auf die ganze Idee gekommen.«
»Verzeihung«, sagte der Doktor mit einem Lächeln, das mich noch mehr aufreizte (aber nun hielt ich den Mund), »die persönliche Seite der Angelegenheit war mir über der geschäftlichen einen Moment entfallen. Um auf letztere zurückzukommen, darf ich Ihnen jedenfalls versichern, daß kein mißtrauischer Rechtsanwalt sich mit Schriftvergleichen aufhalten wird. Viel wahrscheinlicher ist es, daß man die Nennung eines Trauzeugen von Ihnen verlangt,

der persönlich bei der Zeremonie zugegen war und die Identität von Braut und Bräutigam glaubhaft bestätigen kann.«
»Aber ich habe Ihnen doch schon gesagt, daß wir außer dem Pfarrer und dem Küster keinen Zeugen hatten – und diese beiden würden, falls sie sich überhaupt noch an uns erinnern, das Äußere meines Mannes ganz anders beschreiben als das des verstorbenen Mr. Armadale!«
»Wie gut, daß inzwischen Dutzende von Paaren in derselben Kirche getraut sein dürften und niemand sich mehr genau an all die fremden Gesichter erinnert«, versetzte der Doktor. »Natürlich brauchen Sie zu diesem Zweck einen persönlichen, seriösen Freund von tadellosem Ruf, an dessen Aussage, falls sie verlangt wird, nicht zu zweifeln ist. Kennen Sie eine solche Persönlichkeit?«
»Höchstens Sie!« erwiderte ich unverblümt.
Er lachte leise. »O diese köstliche weibliche Direktheit! Wie oft habe ich mich ihrer schon erfreut!« Dann stand er auf und deutete mit einer großartigen, feierlichen Geste auf seine neue Umgebung. »An diesem weitläufigen Etablissement, das nach den modernsten Erkenntnissen zum Wohl der Leidenden eingerichtet ist, mögen Sie selbst ermessen, wie sehr sein Leiter auf seinen makellosen Ruf bedacht sein muß, wenn nicht der ganze Aufwand vergebens gewesen sein soll. Mit dem Erfolg meines Sanatoriums steht und fällt –«
»Warum so viele Worte«, unterbrach ich ungeduldig. »Wollen Sie gegebenenfalls mein Zeuge sein – ja oder nein?«
Er ließ seine theatralische Haltung fallen und verwandelte sich wieder in den guten alten Bekannten.
»Vorläufig weder ja noch nein, meine Verehrteste«, sagte er liebenswürdig. »Geben Sie mir bitte vierundzwanzig Stunden Bedenkzeit. Morgen nachmittag werde ich Ihnen meine klare Entscheidung mitteilen. Entweder lehne ich dann jede wie auch immer geartete Beteiligung an der ganzen Geschichte ab, oder ich stelle mich Ihnen rückhaltlos zur Verfügung. Ist es Ihnen so recht? Vorzüglich. Bis morgen also. Wo kann ich Sie erreichen?«
Ich gab ihm meine Hoteladresse und verabschiedete mich. (Natürlich wohne ich dort unter dem Namen Mrs. Armadale; Midwinter schreibt mir postlagernd.) Der Doktor wollte mir noch das Sanatorium zeigen, als sei ich wirklich nur deswegen gekommen, aber ich lehnte ab. Diese überflüssige Heuchelei, nachdem wir uns restlos verstanden hatten, war mir zuwider . . .
Und da sitze ich nun über meinem Tagebuch und warte ab, was der morgige Tag bringt. Ich glaube, mein geschäftstüchtiger alter Freund wird ja sagen.

24. November. – Er hat ja gesagt, aber unter Bedingungen, die mir fast den Atem verschlugen. Für *so* geschäftstüchtig habe selbst ich ihn nicht gehalten! Er verlangt für seine Dienste nicht weniger als sechshundert Pfund – das ist die Hälfte meines ersten Jahreseinkommens als Armadales Witwe!
Alle Proteste prallten an seiner aalglatten, gewinnenden Offenherzigkeit ab. Nur der Gedanke an seine Schuldenlast, sagte er, hätte ihn bewogen, sich überhaupt auf mein Ansinnen einzulassen. Der Erwerb und die Einrichtung des Sanatoriums hätten ungeheure Summen verschlungen, und sowohl seine Mittel als auch die einiger Gläubiger seien erschöpft. Im Hinblick auf das Wohl seiner künftigen Patienten nehme er nun noch ein großes zusätzliches Risiko auf sich – für sechshundert Pfund, keinen Heller weniger.
Natürlich endete es damit, daß ich mich einverstanden erklärte, weil mir keine andere Wahl blieb, und der Doktor brachte unsere Abmachung unverzüglich zu Papier. Der Gerechtigkeit halber muß ich hinzufügen, daß er auch sonst keine Zeit verlor und die Thorpe-Ambrose-Kampagne auf der Stelle eröffnete.
Auf seinen Rat schrieb ich einen kurzen Brief »an die Rechtsvertreter des verstorbenen Allan Armadale, Esq., Thorpe-Ambrose, Norfolk«, in dem ich mich, ohne auf Einzelheiten einzugehen, als die Witwe des Verunglückten meldete. Ich sei soeben erst nach England zurückgekehrt und erbäte von den Herren Rechtsanwälten weitere Richtlinien. Eine beglaubigte Kopie meines Trauscheins zu meiner Legitimierung anbei. Hochachtungsvoll Lydia Armadale, geb. Gwilt. – Der Doktor brachte das Schreiben eigenhändig zur Post.
Sonderbar . . . Jetzt, da der erste Schritt getan ist, bin ich nicht halb so aufgeregt und ungeduldig, wie man meinen sollte. Ich denke viel mehr an Midwinter als an Thorpe-Ambrose. Vorsichtshalber habe ich ihm heute noch einmal geschrieben, aber es wird wohl mein letzter Brief sein. Ich bin schrecklich deprimiert, wenn ich ihn mir allein in Turin vorstelle. Und ich weiß nicht, wie ich den Tag der Abrechnung mit ihm überstehen soll, der vielleicht schon sehr nahe ist . . .

25. November. – Heute um zwei war der Doktor, wie verabredet, wieder bei mir. Inzwischen hat er mit einem Rechtsanwalt (natürlich ohne ihn ins Vertrauen zu ziehen) über Heiratsbeweise im allgemeinen gesprochen. Es ist so, wie er sagte: In Zweifelsfällen muß ein zuverlässiger Zeuge amtlich die Identität des betreffenden Ehepaares bestätigen. Möglicherweise werde ich noch im Laufe dieser Woche aufgefordert, einen solchen Zeugen beizubringen.
Angesichts dieser Möglichkeit meint der Doktor, ich sollte jetzt besser nach Hampstead umziehen, damit wir einander jederzeit

schnell erreichen können. Er hat sich erboten, mir ein ruhiges Quartier zu suchen. Ich bin gern bereit – schon damit ich nicht dauernd in Versuchung bin, aufs Postamt zu gehen und nach Midwinters Briefen zu fragen. Der Gedanke an ihn hat mir letzte Nacht wieder den Schlaf geraubt. Heute früh habe ich beschlossen, ihm nicht mehr zu schreiben und seine Briefe nicht mehr abzuholen.

Nach dem Weggang des Doktors fiel mir noch eine scheußliche, aber unumgängliche Notwendigkeit ein: Ich muß mir ja endlich Trauerkleidung besorgen! Jeden Moment kann sich jemand melden, vor dem ich meine Rolle als Armadales Witwe im Ernst spielen muß . . . Und wie habe ich mir das Geld für diese Anschaffungen besorgt? Durch den Verkauf von Armadales Rubinring! Übrigens erfuhr ich beim Juwelier, daß er bedeutend wertvoller war, als ich angenommen hatte. Für einige Zeit bin ich aller Geldsorgen ledig.

Dann begab ich mich in das große Spezialgeschäft für Trauerkleidung in der Regent Street und bestellte binnen vierundzwanzig Stunden (man ist dort naturgemäß auf kurzfristige Aufträge eingerichtet) eine komplette Witwenausrüstung vom Scheitel bis zur Sohle.

Bei der Rückkehr ins Hotel erwartete mich nach all diesen Nervenstrapazen eine weitere Überraschung, auf die ich am allerwenigsten gefaßt war. Ein älterer Herr habe nach mir gefragt und säße im Besuchszimmer. Und wer war es? – Bashwood!

Er hatte meinen Brief heute früh erhalten und war mit dem nächsten Zug nach London geeilt, um mir persönlich darauf zu antworten. Ich hatte ihm ja allerhand zugetraut, aber *das* nicht. Soviel Aufwand um meine bescheidene Person! Ich muß gestehen, daß ich mich einen Moment geradezu geschmeichelt fühlte. Diese Anwandlung verging allerdings, als er mich mit Tränen, stöhnenden Liebeserklärungen und Vorwürfen zu belästigen begann. In einer Viertelstunde war er Wachs in meinen Händen. Devot lächelnd, strahlend und hingerissen hing er an meinen Lippen und beantwortete jede meiner Fragen wie ein Musterschüler.

Das Wichtigste in Kürze:

Armadales Todesnachricht ist auch zu Miß Milroy gedrungen. Sie hat daraufhin einen solchen Nervenzusammenbruch erlitten, daß ihr Vater sich genötigt sah, sie nach Hause zu holen. Der Arzt kommt täglich. Muß ich sie nun bemitleiden? Nun . . . Ich denke an das Mitleid, das sie einst für mich übrig hatte, und vergelte es ihr in genau gleicher Weise.

Im Herrenhaus hat sich nichts abgespielt, was mich entmutigen könnte. Die Verhältnisse sind klarer, als ich zu hoffen wagte. Gestern sind die Rechtsanwälte der verschiedenen Beteiligten zu

einer Beratung zusammengekommen. Mr. Darch (der langjährige Berater der Blanchards, der sich dann mit Armadale so bitter verfeindet hatte) vertritt Miß Blanchard, die in Ermangelung männlicher Erben die nächste Erbberechtigte ist, und Mr. Smart aus Norwich vertritt den verstorbenen Armadale. Die beiden Rechtsanwälte sind einstweilen zu folgender Einigung gekommen: Bis die Begleitumstände von Armadales Tod geklärt sind, gilt Miß Blanchard jedenfalls als Universalerbin.
Sobald sich nun herausstellt, daß Armadale eine Witwe hinterlassen hat, wird daher Mr. Darch, wie Bashwood meint, über meine Ansprüche entscheiden, denn meine Rente soll aus den Gutseinnahmen bestritten werden und muß daher aus Miß Blanchards Tasche kommen. Morgen werde ich wahrscheinlich erfahren, ob diese Ansicht stimmt, denn mein Brief muß heute früh eingetroffen sein.
Bashwood selbst stellte sich mir restlos zur Verfügung. Sein Platz im Verwaltungsbüro ist bereits von einem Beauftragten Miß Blanchards eingenommen, und er flehte mich fast auf den Knien an, mein ergebener Sklave sein und mir auf Schritt und Tritt folgen zu dürfen. Aber ich kann jetzt außer dem Doktor niemanden in London brauchen, ganz abgesehen davon, daß ich Bashwood natürlich in dem Glauben gelassen habe, ich sei wirklich Armadales Witwe. Als Beobachter und Berichterstatter in Norfolk kann er mir viel nützlicher sein.
Er schaute bitter enttäuscht drein, als ich ihm dies in schonenden Wendungen mitteilte. Wahrscheinlich hatte er sich schon in der glorreichen Rolle des »Witwentrösters« gesehen. Aber ein paar hold verschämte Anspielungen auf künftige Möglichkeiten genügten, ihn vollständig mit dem harten Muß der Gegenwart auszusöhnen. »Wenn etwas Unvorhergesehenes passiert«, war sein letzter Einwand, »und ich Sie nicht rasch genug erreichen kann – was soll ich denn dann tun?«
»Nichts«, erwiderte ich. »Auf jeden Fall mischen Sie sich nicht ein und schweigen Sie. Sie können mir ja immer schreiben oder telegraphieren oder – aber nur im allerdringendsten Notfall – selbst nach London kommen.« Damit gab er sich schließlich zufrieden. Ich gestattete huldvoll, daß er zum Abschied meine Hand küßte, und schickte ihn zum Abendzug.
Jetzt, da ich allein bin und mir alles noch einmal ins Gedächtnis zurückrufe, muß ich eine gewisse Veränderung im Benehmen meines schlottrigen Verehrers erwähnen, die mich etwas beunruhigt. Selbst in seinen aufgeregtesten Momenten, bei der Begrüßung zum Beispiel – ja, selbst unter Tränen hatte er eine Art, mich anzusehen, die mir neu an ihm war. Später ließ er einige Worte fallen, als hielte er eine schönere Zukunft mit mir (!) schon für

ausgemachte Sache. Wäre er jünger und wagemutiger, so käme ich fast auf den Gedanken, er hätte irgend etwas über mich erfahren, was ihm seiner Meinung nach einige Macht über mich gibt und womit er mir drohen kann, falls ich ihn noch einmal an der Nase herumführen sollte. Aber nein – bei dem alten Bashwood ist das eine absurde Idee! Meine Nerven sind im Moment so angespannt und überreizt, daß ich Gespenster sehe. Ich habe, weiß Gott, Wichtigeres zu tun, als mich mit Bashwoods Seelenregungen zu befassen. Morgen werde ich hoffentlich erfahren, wie die Rechtsanwälte auf meine Witwenansprüche reagieren.

26. November. – Bashwood hat insofern richtig prophezeit, als Darch mir geantwortet hat. Er bestätigt mein Schreiben in dürren Worten und erklärt, außer dem Trauschein sei »der Form halber« noch ein Identitätsnachweis erforderlich, bevor irgendwelche weiteren Schritte unternommen werden könnten. Er bitte um die Adresse meines eigenen Rechtsberaters, falls ein solcher vorhanden sei.
Zwei Uhr. – Der Doktor war da, um mir mitzuteilen, daß er in der Nähe des Sanatoriums, etwa zwanzig Gehminuten entfernt, eine passende kleine Wohnung für mich gefunden hätte. Ich zeigte ihm Darchs Brief, den er gleich zu seinem Rechtsanwalt mitnahm. Sehr bald kam er mit den nötigen Anweisungen wieder. Ich habe Mr. Darch die Adresse »meines« Rechtsanwalts mitgeteilt und mich sonst aller Kommentare enthalten. Morgen wird der Doktor die verlangte Erklärung auf der Behörde abgeben, und ich werde in meiner neuen Witwentracht nach Hampstead umziehen.

Fairweather Vale Villas, 27. November. – Die Erklärung des Doktors ist amtlich zu Papier gebracht – ein formvollendetes, unanfechtbares Dokument! –, und ich sitze schwarzgewandet in meiner neuen Wohnung. Der zweite Akt des Dramas hat begonnen.
Sonderbarerweise habe ich gar kein Lampenfieber mehr. Ich spiele meine Rolle so gut ich kann, aber hinter den Kulissen bin ich still und niedergeschlagen. Der Gedanke an Midwinter läßt mich auch in der neuen Umgebung nicht los. Es wird noch einige Zeit vergehen, ehe ich überall öffentlich als Armadales Witwe erscheine. Bis dahin fürchte ich nichts – aber *dann*? Früher oder später muß Midwinter von meinem Doppelspiel erfahren. Was wird er tun? Als ich heute früh zum erstenmal die Trauerkleidung anlegte, schoß mir der primitive Gedanke durch den Kopf: Er wird mich töten. Diese Todesahnung ist den ganzen Tag nicht von mir gewichen, so sehr sie auch zeitweilig durch meine hektische Tätigkeit in den Hintergrund gedrängt wurde, und eben jetzt erfüllt sie mich wieder ganz und gar. Wenn es nicht zu spät wäre . . .
Lächerlich! Ich klappe mein Tagebuch für heute besser zu.

28. November. – Der Rechtsanwalt des Doktors hat die Identitätserklärung in meinem Namen an Mr. Darch geschickt. Da er von jetzt an alle weitere Korrespondenz übernimmt, wurde meine neue Adresse gar nicht erst angegeben, und ich bat, dies auch in Zukunft nach Möglichkeit zu unterlassen. »Haben Sie Angst, daß Mr. Darch Ihnen persönlich auf den Leib rückt?« fragte der Doktor lachend. Ich fand es am einfachsten, alle Diskussionen zu umgehen, indem ich schlicht zugab: »Ja, ich habe Angst.«
Seitdem hat sich meine Stimmung etwas gehoben. Es ist ein angenehmes Gefühl, daß mich niemand mehr so leicht aufstöbern kann, wenn ich es nicht selbst veranlasse. Hierauf stellte ich zum erstenmal vor dem Spiegel fest, wie entzückend mir die Witwentracht steht, und ich brachte sogar die Kraft auf, mich als liebenswürdig-rührende Mieterin bei meinen Hauswirten einzuführen.
Mein Schlaf wurde in der Nacht noch ein wenig durch Midwinter beunruhigt, aber heute habe ich die gräßliche Wahnidee, die mich gestern verfolgte, ganz überwunden. Ich kenne ihn zu gut, als daß ich ausgerechnet von ihm Gewalttaten befürchten müßte! Und noch weniger brauche ich mir einzubilden, daß er seine Ansprüche auf eine Betrügerin wie mich geltend machen wird. Die einzige schwere Prüfung, der ich entgegensehe, ist die, meine neue Rolle auch in seiner Gegenwart ohne ein Wimpernzucken durchzuführen. Dann wird seine abgrundtiefe Verachtung mein bester Schutz sein. An dem Tag, an dem ich ihn von Angesicht zu Angesicht verleugne, werde ich ihn zum letztenmal gesehen haben.
Werde ich fähig sein, ihn zu verleugnen? Werde ich ihm in die Augen sehen und mich dabei benehmen können, als sei er für mich nie etwas anderes gewesen als ein Freund meines Mannes? Wie soll ich das jetzt schon wissen? – Hat es je eine so verliebte Närrin gegeben wie mich? Warum schreibe ich dauernd von ihm? Jedes Wort bringt mich doch nur dazu, wieder intensiver an ihn zu denken . . . Ich muß mich zu einer Energieleistung aufraffen. Von jetzt an soll sein Name nicht mehr auf diesen Seiten erscheinen.

Montag, 1. Dezember, vier Uhr nachmittags. – Der letzte Monat des alten, abgenutzten Jahres 1851 ist angebrochen. Wenn ich mich zum Rückblick verführen ließe, müßte ich, wie schon in so vielen Jahren meines Lebens, eine traurige Bilanz ziehen. Aber ich habe mich entschlossen, nicht mehr zurückzublicken, sondern nur noch vorwärts, und dabei gedenke ich zu bleiben.
Während der letzten beiden Tage hat sich nichts Wesentliches ereignet. Am 29. habe ich dem alten Bashwood meine neue Adresse mitgeteilt, und heute hat »mein« Rechtsanwalt einen Brief von Darch bekommen, in dem dieser alle weiteren Entscheidungen verschiebt, bis er die Sache mit Miß Blanchard beziehungsweise

ihren Treuhändern (den Testamentsvollstreckern des alten Mr. Blanchard) durchgesprochen hat. Der Doktor meint, das wäre die typische Art von Juristen, Zeit zu gewinnen und die eigene Rechnung zu verlängern. Ich neige eher der Ansicht zu, Darch hat Verdacht geschöpft, daß nicht alles mit rechten Dingen zugeht, und will deshalb –

Zehn Uhr abends. – So weit war ich gekommen, als ich eine Droschke vor der Tür halten hörte und, als ich aufgeschreckt ans Fenster eilte, keinen anderen als Bashwood mit einer Gelenkigkeit herausklettern sah, die ich ihm nie zugetraut hätte. Trotzdem war ich so wenig auf die erschütternde Neuigkeit gefaßt, die er mir brachte, daß ich, während ich ihn draußen schon die Treppe hinaufhasten hörte, noch lächelnd in den Spiegel sah und mich fragte, wie ich dem verliebten alten Knacker wohl in meiner Witwenhaube gefallen würde!

Das Lächeln verging mir, als er mit verzerrtem Gesicht, flackernden Augen und verrutschter Perücke in mein Zimmer trat und sorgfältig die Tür hinter sich schloß. »Ich habe mich auft–tragsgemäß verhalten«, flüsterte er atemlos, »ich habe den M–mund gehalten und bin sofort abgereist, um es nur . . . nur Ihnen persönlich zu sagen!« Darauf packte er mich am Arm – eine Kühnheit, die ich nur seiner Aufregung zuschreiben kann. »Wie soll ich's nur herausbringen!« keuchte er. »Ich bin schon außer mir, aber für Sie . . .«

»Beruhigen Sie sich«, sagte ich und drückte ihn in einen Sessel. »Sprechen Sie erst, wenn Sie dazu imstande sind. Ich sehe ja schon, daß Sie schlechte Nachrichten von Thorpe-Ambrose bringen.«

Er griff mit einer Hand in die Brusttasche und zog einen Brief halb heraus, zauderte aber nach einem unsicheren Blick auf mich, ihn mir zu geben. »Ja, schlechte, das heißt . . . un–un–unerw–wartete Nachrichten, allerd–dings nicht von Thorpe-Ambrose . . .«

»Nicht von Thorpe-Ambrose? Woher denn?«

»Aus . . . aus einem Hafen d–der Adria!«

Die erste furchtbare Ahnung dämmerte in mir auf. Ich brachte kein Wort mehr heraus; ich konnte nur befehlend die Hand nach dem Brief ausstrecken. Er zögerte noch immer, ihn mir zu geben. »Lieber nicht . . .« stammelte er sinnlos. »Es kann Ihr Tod sein . . .«

Ich riß ihm den Brief weg. Ein Blick auf den Umschlag genügte. Ich war wie versteinert. Bashwood stotterte ängstlich auf mich ein, aber ich sah und hörte nichts. Was allmählich meine Betäubung durchdrang, war einzig und allein die furchtbare Wahrheit, daß der Mann, dessen Witwe zu sein ich vorgab, noch lebte! Zum zweitenmal war er auf unbegreifliche Weise meinen Anschlägen entronnen, und mir drohte jeden Moment die persönliche Gegen-

überstellung und Entlarvung!
Als mir endlich wieder zum Bewußtsein kam, wo ich mich befand, lag Bashwood schluchzend vor mir auf den Knien. Er fragte, ob ich ihm zürnte, und jammerte über seine eigenen »zugrunde gerichteten Hoffnungen«, alles wirr durcheinander. Ich schob ihn sanft von mir und bat ihn, mich jetzt zu schonen und mich in Ruhe den Brief lesen zu lassen.
Sofort verkroch er sich gehorsam in die äußerste Ecke des Zimmers. Das letzte, was ich von ihm hörte, war eine gemurmelte Verfluchung des Meeres, das den andern nicht behalten hatte . . .
Die Gefühle, mit denen ich den Brief entfaltete, sind nicht zu beschreiben. Es wäre auch sinnlos. Ich füge statt dessen den Brief selbst hier ein.

Fiume, Illyrien, 21. November 1851

Lieber Mr. Bashwood,
Sie werden sich wundern, daß ich Ihnen plötzlich von einem Adria-Hafen aus schreibe, und Sie werden sich noch viel mehr wundern, wenn Sie hören, warum.
Stellen Sie sich vor: Ich wäre beinahe einer Bande von Räubern und Mördern zum Opfer gefallen! Der Raub ist ihnen gelungen, der Mord nicht. Letzteres verdanke ich einzig und allein der Gnade Gottes.
Vor einem guten Monat habe ich eine neue Jacht in Neapel gemietet (die alte, selbstgebaute ist leider, leider kaputt, aber ich will mich jetzt nicht damit aufhalten) und bin mit einer frisch angeheuerten Besatzung losgesegelt, um die Adria kennenzulernen. Zwei Tagereisen hinter Messina kamen wir in einen der Stürme, die dort um diese Jahreszeit oft ganz unvermutet losbrechen. Die Jacht hielt sich tapfer – ich könnte vor Wut heulen, wenn ich daran denke, daß sie jetzt trotzdem auf dem Meeresgrund liegt! – und überstand alles, und abends hatte sich die See bis auf eine leichte Dünung wieder völlig beruhigt. Ich ging ins Logis und schlief binnen fünf Minuten fest ein; natürlich hatte ich tüchtig mit zugepackt und war müde. Zwei Stunden später weckte mich das Klirren eines kleinen Gegenstandes, der durch das Luftloch der Kajütentür fiel. Ich sprang auf und fand einen Schlüssel, der in einen Fetzen Papier eingewickelt war – und dieser Fetzen erwies sich bei näherem Zusehen als ein Brief meines Maats an mich!
Bis zu diesem Moment hatte ich keine Ahnung gehabt, in welcher Gesellschaft ich mich befand. Bis auf einen, eben den Maat, waren es sämtlich Verbrecher, die vor nichts zurückschreckten; aber die Anzeichen, die mich hätten warnen sollen, konnte ich mir natürlich erst nachträglich zusammenreimen. Der Einfachheit halber kopiere ich hier den Brief:

»Sir – verhalten Sie sich mäuschenstill, bis Sie ein Boot steuerbords abstoßen hören, oder Sie sind ein toter Mann! Ihr Geld ist gestohlen, die Jacht wird angebohrt, und der Kajütenriegel wird von außen festgenagelt, damit Sie nicht herauskönnen. Tote reden nicht mehr. Ihr sauberer Steuermann will, daß alles so aussieht, als wäre die Jacht in dem heutigen Sturm mit Mann und Maus gesunken. Ich muß eine Flaschenpost schreiben, daß wir sinken, und sie werfen ein paar zerbrochene Rahen und Möbel ins Wasser. Wenn ich nicht scheinbar mitmache, bringen sie mich auch um. Aber ich will nicht zum Mörder werden und hoffe, daß ich Sie noch retten kann. Ich werfe Ihnen den Kajütenschlüssel durchs Luftloch. Erschrecken Sie nicht, wenn Sie mich am Riegel hämmern hören: Ich tue vor den andern so, als schlüge ich lange Nägel ein, aber ich nehme nur ganz kurze, die Sie mit einem kräftigen Ruck leicht aufkriegen. Aber tun Sie das um Gottes willen erst, wenn wir mit dem Rettungsboot weg sind! Die Jacht schwimmt dann mindestens noch eine Viertelstunde. Lassen Sie sich backbord ins Wasser, wo man Sie nicht sehen kann, und halten Sie sich an irgendwas fest; es wird ja für genügend Treibgut gesorgt. Die Nacht ist klar. Vielleicht werden Sie rechtzeitig von einem Schiff gesichtet und aufgenommen. Mehr kann ich leider nicht für Sie tun. Gott sei mit Ihnen! Ihr sehr ergebener J. M.«

Ich hatte kaum fertiggelesen, als ich schon gedämpftes Hämmern an der Außenseite der Tür hörte. Ich glaube nicht, daß ich feiger bin als andere Leute, aber ich muß gestehen, daß mir der kalte Schweiß ausbrach. Dagegen half nur, daß ich meine Gedanken fest auf eine mir sehr liebe Person daheim in England sammelte. »Um ihretwillen muß ich durchkommen«, sagte ich mir, »auch wenn meine Chancen noch so schlecht stehen.«

Hierauf steckte ich einen Brief der genannten Person sowie den Zettel des Maats in eine leere Flasche (für den Fall, daß ich ihn irgendwann lebend wiedersähe und für seine Unschuld zeugen müßte), verkorkte sie, hängte sie mir nebst einer kleinen Flasche Whisky um den Hals und zog mir alles Überflüssige aus, um besser schwimmen zu können. Bis ich soweit war, hatte das Hämmern aufgehört, und es war eine Weile so totenstill, daß ich das Glucksen und Gurgeln des eindringenden Wassers mittschiffs hörte. Endlich hörte ich das Abstoßen des Rettungsbootes, in dem die Schufte sich retteten (das Wort »Schuft« gilt natürlich nicht für meinen Freund, den Maat!). Ich wartete noch ein paar Minuten und richtete mich dann nach den erhaltenen Anweisungen. Er hatte Wort gehalten; die Kajütentür ging mühelos auf. Ich kroch auf allen vieren über das Deck und ließ mich backbord ins Wasser gleiten. Dort schwammen eine Menge Sachen herum. Ich hielt mich an einem Hühnerkäfig, der mir als erstes in die Finger kam, und schwamm damit ein paar hundert Ellen weit weg, die Jacht immer als Sichtschutz zwischen mir und dem sich entfernenden Boot. Dann nahm ich erst mal gegen die Kälte und den drohenden Wadenkrampf einen tüchtigen Zug aus meiner Whiskyflasche. Eine Minute darauf sank die Jacht. Der Mond schien, und wenn die Bande ein Fernglas gehabt hätte, hätte sie meinen Kopf erkennen können, obwohl ich sehr aufpaßte, daß ich immer hinter dem Hühnerkäfig blieb.

Die Kerle waren aber ihrer Sache so sicher, daß sie sich nur aus Leibeskräften in die Riemen legten, und ich hörte ihre streitenden Stimmen über das ruhige Wasser schallen. Das Geschrei brach erst ab, als am Horizont ein Segel auftauchte, und nun machten sie, daß sie davonkamen. Das Segel wurde größer und größer – es war eine Brigg – und kam allmählich in Rufweite. Ich hatte wahrhaftig Glück. Nach einer Stunde oder so wurde ich an Bord gezogen. Ich schlotterte schon an allen Gliedern und konnte kein Wort von dem Kauderwelsch, mit dem die fremden Matrosen auf mich einschrien, verstehen. Außerdem hätte ich vor Zähneklappern kaum antworten können. Ich wurde in die Kajüte gebracht und muß noch in derselben Nacht ein heftiges Fieber bekommen haben, denn von der weiteren Fahrt kann ich beim besten Willen nichts erzählen. Ich kam erst hier in Fiume wieder zu mir. Ein ungarischer Kaufmann, Teilinhaber des Handelskahns, der mich aufgefischt hat, sorgt für mich mit einer rührenden Gastfreundlichkeit, für die ich einfach keine Worte finde. Zum Glück spricht er fließend Englisch (er kann sich besser ausdrücken als ich), hat mich von Kopf bis Fuß neu eingekleidet und versorgt mich auch mit Reisegeld, sobald mir der Arzt die Heimreise erlaubt. In einer Woche werde ich wohl soweit sein. Erwarten Sie mich also nach Erhalt dieses Briefes in höchstens zehn Tagen.

So einen langen Brief habe ich mein Lebtag nicht geschrieben, aber ich weiß nicht, wie ich das alles nach meiner sonstigen Gewohnheit auf eine Seite hätte kriegen sollen. Außerdem bin ich noch ein bißchen wirr im Kopf. Den Rest erzähle ich Ihnen dann mündlich.

Heute früh ist mir erst eingefallen, daß zu Hause womöglich durch eine irrtümliche Zeitungsmeldung oder sonstwas die Meinung herrscht, ich wäre ertrunken. Das wäre ja gräßlich! Bitte, *wenn* meine Befürchtung zutrifft, gehen Sie sofort zu Major Milroy und zeigen Sie ihm diesen Brief. Im Grunde ist er nämlich für *ihn* geschrieben. Ich hoffe, daß er unter diesen besonderen Umständen so gütig sein wird, das beiliegende Extrabriefchen an Miß Milroy weiterzusenden. Warum ich beiden nicht direkt schreiben kann, ist eine Sache für sich; ich brauche sie Ihnen jetzt wohl nicht zu erklären und vertraue darauf, daß Sie meine Bitte auch so erfüllen. Sie brauchen hierauf nicht zu antworten. Ihr Brief würde mich doch nicht mehr in Fiume erreichen, weil ich in einer Woche sicher schon auf der Heimreise bin.

Mit freundlichen Grüßen
Ihr Allan Armadale

PS – Bitte gehen Sie auf jeden Fall zu Major Milroy, einerlei, ob der Untergang der Jacht in England bekannt geworden ist oder nicht.

Als ich den Brief zu Ende gelesen hatte und aufblickte, saß Bashwood mir gegenüber (ich hatte seine Wiederannäherung nicht bemerkt) und starrte mich so intensiv forschend an, als wollte er meine geheimsten Gedanken ergründen. Nun schlug er beschämt die Augen nieder und zog sich schnell wieder zurück. Da er ja fest daran glaubte, ich sei wirklich mit Armadale verheiratet, mußte ihn meine Reaktion auf die wunderbare Errettung meines Mannes brennend interessieren. Ich ließ mir also gar nichts anmerken, sondern stand auf und reichte ihm die Hand.
»Sie haben mir einen großen Dienst erwiesen, der unsere Freundschaft für immer festigt«, sagte ich. »Vorläufig möchte ich nicht weiter darüber reden, das heißt, bis ich von einem wichtigen Gang zurückkehre. Würden Sie mir Mr. Armadales Brief für kurze Zeit leihen und hier auf mich warten?«
Er versprach alles, was ich wollte. Ich machte mich zum Ausgehen fertig und fragte dann sicherheitshalber, ob wirklich niemand außer ihm und mir etwas von dem Brief wüßte. – Nein, keine Seele! – Und was er mit der erwähnten Einlage an Miß Milroy gemacht hätte? – Die hatte er in der Tasche. Ich ließ mir das Briefchen geben, überflog es (der Inhalt war ohne die geringste Bedeutung) und warf es kurzerhand ins Feuer. Dann ließ ich Bashwood bei mir sitzen und begab mich mit Armadales Schreiben ins Sanatorium.
Der Doktor war nicht da, und der Diener wußte nicht, wann er wiederkäme. Ich ging daher in sein Arbeitszimmer, schrieb ihm zwei Zeilen und steckte sie mit Armadales Brief zusammen in einen Umschlag, den ich versiegelte. Dann sagte ich dem Diener, ich würde in einer Stunde nochmals nachfragen, und verließ das Haus.
Bevor ich wußte, was der Doktor zu der ganzen Geschichte meinte, hatte ich keine Lust, in meine Wohnung zurückzukehren und mir den Rest meiner Nerven von Bashwood zerrütten zu lassen. Ich wanderte also ziellos in der unfertigen Siedlung herum, zu betäubt, um viel zu denken oder die körperliche Ermüdung zu spüren. Mein Zustand erinnerte mich nebelhaft an den Tag, vor Jahren, als die Gefängniswärter mich zur Urteilsverkündung in den Gerichtssaal holten. Auch damals war mir zumute gewesen,

als erlebte gar nicht ich diese furchtbaren Stunden, sondern irgendeine gespenstische Doppelgängerin. Heute kam nur noch dazu, daß ich mich ein paarmal benommen fragte, warum man mich damals eigentlich nicht gehängt hatte . . .

Als ich schließlich wieder im Sanatorium anlangte, erfuhr ich, der Doktor warte schon seit einer halben Stunde dringend auf mich.

Ich fand ihn in einem Sessel vor dem Kamin, wo er in zusammengesackter Haltung ins Feuer starrte. Neben ihm, im Lichtkreis der Leselampe, die auf einem Tischchen stand, lag Armadales offener Brief – und ein aufgeschlagenes Kursbuch. Dachte er an Flucht? Seinem Gesicht, als er sich nach mir umdrehte, war absolut nichts zu entnehmen.

»Kommen Sie ans Feuer«, sagte er nur. »Es ist abscheulich klamm heute.«

Ich tat schweigend nach seinen Worten. Der Doktor rieb sich fröstelnd die Knie. Als er nach längerer Zeit endlich wieder den Mund auftat, sagte er:

»Sie sehen ziemlich elend aus. Fehlt Ihnen etwas?«

»Nichts weiter als dumpfer Kopf und brennende Augen«, erwiderte ich. »Es liegt vermutlich am Wetter.«

»Eine Tasse Tee würde Ihnen gut tun«, meinte der Doktor. Ich stimmte höflich zu, und er erteilte dem Diener den entsprechenden Auftrag. Bis der Tee kam, ging er schweigend hin und her, und ich saß ebenso schweigend am Kamin. Erst das heiße Getränk belebte mich etwas. Und nun erst kam der Doktor zur Sache, indem er unvermittelt sagte:

»Ich würde zehntausend Pfund darum geben – wenn ich sie hätte –, wenn ich nie auf Ihre wahnsinnige Spekulation auf Mr. Armadales Tod eingegangen wäre!«

Seine unterdrückte Heftigkeit hatte mit seiner sonstigen glatten Manier nichts mehr zu tun. Hatte er selbst solche Angst, oder wollte er hauptsächlich mich einschüchtern? Ich beschloß, mir darüber von vornherein Klarheit zu verschaffen.

»Einen Moment, Doktor«, sagte ich. »Machen Sie mich etwa für diese ungeahnte Wendung verantwortlich?«

»Wie sollte ich das«, erwiderte er steif. »Natürlich konnte kein Mensch die Rettung Armadales voraussehen. Wenn ich jetzt den Wunsch hege, ich hätte mich nie auf dieses unsichere Geschäft eingelassen, spreche ich damit keinen Vorwurf gegen Sie aus, sondern nur gegen meine eigene Dummheit. Aber ich sage Ihnen noch eines, meine Verehrte: Ich lasse mich durch Armadales Wiederauferstehung nicht ruinieren – jedenfalls nicht kampflos! Für mich steht noch einiges mehr auf dem Spiel als für Sie; wollen Sie sich das bitte ganz klarmachen. *Sie* haben nicht Ihren letzten Penny in die Errichtung eines Sanatoriums gesteckt! *Sie* haben

keine falsche Identitätserklärung vor dem Magistrat abgegeben! Wissen Sie, daß dergleichen vor dem Gesetz als Meineid gilt und dementsprechend bestraft wird?«
Ich unterbrach ihn. Glücklicherweise wurde ich wütend, und das brachte mich schneller zu mir als der Tee. »Lassen wir die Frage, wer von uns beiden am meisten riskiert hat, besser auf sich beruhen«, sagte ich kalt. »Erklären Sie mir lieber, was Sie mit Ihrer Behauptung meinen, Sie ließen sich nicht kampflos ruinieren. Ich sehe ein Kursbuch auf Ihrem Tisch. Gedenken Sie zu . . . verreisen? Und nennen Sie das Kampf?«
»Verreisen?« wiederholte der Doktor indigniert. »Sie scheinen schon wieder zu vergessen, daß mein ganzes Vermögen in diesem Sanatorium steckt!«
»Sie wollen also bleiben?«
»Selbstverständlich!«
»Und was wollen Sie tun, wenn Mr. Armadale demnächst in England eintrifft?«
Eine müde Winterfliege summte schwerfällig auf den Doktor zu. Er fing sie mit raschem Griff und zeigte mir die geschlossene Faust. »Wenn diese Fliege Armadale hieße«, sagte er, »und Sie hätten sie so in der Hand wie ich diese hier – was würden Sie mit ihr machen?« Seine Augen glitten vielsagend von meinem Gesicht über meine Witwentracht, und auch ich schaute an mir hinunter. Ein Prickeln lief durch meine Adern. Der alte tödliche Haß erwachte von neuem, und mit ihm kehrte auch meine alte Entschlossenheit zurück.
»Umbringen natürlich«, sagte ich kurz.
Der Doktor tat, als ob er zusammenführe, und starrte mich mit etwas zu dick aufgetragenem Entsetzen an.
»Umbringen! Ermorden! Und das sagen Sie so einfach . . . Ich bin entgeistert! Solche Worte in *meinem* Sanatorium, das der Erhaltung des Lebens geweiht ist!«
Seine edle Empörung machte auf mich nur geringen Eindruck; dazu kannte ich ihn zu lange. Ich sah ihm fest in die Augen, bis er verlegen lachte und lieber wieder auf seinen normalen, vertraulich-sanften Ton zurückgriff.
»Ich bitte tausendmal um Entschuldigung! Ich hätte aus langer Erfahrung wissen müssen, daß man die Äußerungen einer Dame nicht zu wörtlich nehmen darf. Allerdings muß ich mir noch die Bemerkung gestatten, daß unsere Situation nicht zum Scherzen einlädt. Darf ich Ihnen einen ernsthaften Vorschlag unterbreiten?« Er benutzte die Fliege in seiner Hand weiterhin zur Verdeutlichung seiner Worte. »Hier habe ich also Mr. Armadale. Ich kann ihn nach Belieben loslassen oder festhalten – und er weiß das. Wenn ich nun zu ihm sagte« – er sprach jetzt komödiantisch die

gefangene Fliege an –: »›Sichern Sie mir und dieser Dame zu, uns in keiner Weise gerichtlich verfolgen zu lassen, Mr. Armadale? Dann, aber nur dann, werde ich Sie freigeben . . .‹ Was, meinen Sie, wird Mr. Armadale darauf früher oder später antworten müssen? Zweifeln Sie noch daran, meine Gnädigste, daß die Sache« – er öffnete illustrativ die Hand und ließ die Fliege davonsummen –, »zu allseitiger Zufriedenheit enden wird?«

»Solange sie nur Fliegen fangen und nicht Mr. Armadale, scheint mir Ihre Zuversicht etwas voreilig«, antwortete ich. »Haben Sie denn schon eine bestimmte Idee, wie Sie *ihn* auf den Leim locken können?«

»Jawohl«, sagte der Doktor und klopfte mit der Hand auf das offene Kursbuch. »Ich habe vorhin nachgesehen, wann die Abendzüge von Dover und Folkestone ankommen. Mein Vorschlag ist, daß wir eine vertrauenswürdige Person, die auch Mr. Armadale kennt, allabendlich zum Bahnhof schicken, damit sie den Ankömmling schon beim Verlassen des Abteils mit Sicherheit abfängt.«

»Und wer soll diese vertrauenswürdige Person sein?«

»Am besten wohl der Herr, an den Mr. Armadales Brief gerichtet ist – Mr. Bashwood.«

Mich durchfuhr der Verdacht, daß er und Bashwood sich schon kannten. Der Doktor beruhigte mich, noch ehe ich den Mund zu einer diesbezüglichen Frage geöffnet hatte:

»Ich habe den Namen zwar heute zum erstenmal gelesen, aber ich nehme an, meine Folgerung, daß Sie Mr. Bashwood mindestens ebensogut kennen wie Mr. Armadale, ist richtig. Wie kämen Sie sonst in den Besitz dieses Briefes? Ich kann Sie unmöglich mit der Vermutung beleidigen, Sie hätten ihn gestohlen . . . Also hat Mr. Bashwood Sie aus freien Stücken sofort ins Vertrauen gezogen, und das ist der Grund, warum ich ihn vertrauenswürdig nenne. Freilich wüßte ich gern noch einige Einzelheiten über ihn.« Er stellte eine Reihe präziser Fragen, die ich ebenso präzis beantwortete. Erst als ich zum Schluß die Bemerkung einfließen ließ, Bashwood sei mir blind ergeben, fragte der Doktor leicht beunruhigt nach dem Warum.

»Nun ja, wenn Sie's durchaus wissen müssen – weil er verliebt in mich ist«, erwiderte ich nach kurzem Zögern.

»Ah, dann . . .!« rief der Doktor erleichtert. »Ist er denn noch so jung?«

»Im Gegenteil. Er ist über sechzig.«

Der Doktor lehnte sich in seinem Sessel zurück und lachte leise in sich hinein. »Unsere Aussichten werden ja immer besser«, meinte er. »Ein verliebter Alter ist zu allem fähig, wenn das charmante Objekt seiner Bewunderung ihn richtig zu lenken weiß. Und was ist natürlicher, als daß der Gutsverwalter den heimkehrenden

Gutsherrn vom Bahnhof abholt, noch dazu nach solch einem aufregenden Brief?«

Er hatte recht; alles das paßte wie bestellt. Nur das schwierigste Problem war damit noch nicht gelöst. »Und wie wollen Sie Armadale vom Bahnhof hierher bringen?« fragte ich unverblümt. »Er will doch sofort nach Thorpe-Ambrose weiter!«

»Verzeihen Sie, wenn ich darauf eine etwas ungalante Antwort gebe«, erwiderte der Doktor sanfter denn je. »Was verführt die meisten Männer zu den dümmsten, unüberlegtesten Handlungen? Die holde Weiblichkeit! Auch Mr. Armadale wird sich an einem seidenen Fädchen in jede beliebige Richtung ziehen lassen, wenn er glaubt, daß am anderen Ende die Dame seines Herzens auf ihn wartet. War da nicht«, er griff wieder nach Armadales Brief, »irgendwo am Schluß eine junge Dame erwähnt, für die noch eine Extranachricht beigelegt war . . . Wo ist diese Beilage übrigens?«

Ich war in wundervoller, blitzartiger Erleuchtung auf die Füße gesprungen. Miß Milroy! Hatte mir Bashwood nicht erzählt, daß sie auf Armadales Todesnachricht hin erkrankt war? Was war plausibler, als daß sie jetzt in einem Sanatorium lag? Miß Milroy, die mir unwissentlich als Lockvogel diente – welch herrliche Revanche, endlich!

»Kümmern Sie sich nicht um die Beilage«, sagte ich hastig. »Die ist vorsichtshalber verbrannt. Alles Wesentliche können Sie von mir erfahren. Ja, Miß Milroy löst das letzte Problem. Sie ist heimlich mit Armadale verlobt. Sie hat die irrtümliche Todesnachricht gelesen und soll seitdem ernstlich krank sein. Bashwood wird ihm das bei seiner Ankunft auf dem Bahnhof als erstes berichten, und –«

»Großartig!« fiel mir der Doktor ins Wort. »Mr. Bashwood braucht also nicht einmal zu lügen – er braucht nur die Wahrheit ein wenig zu frisieren. Wenn Mr. Armadale hört, daß die Geliebte seinetwegen erkrankt ist und sich hier unter meiner Obhut befindet, wird er zweifellos auf dem schnellsten Wege zu ihr eilen. Gratulieren wir uns gegenseitig, meine Verehrte! Und nun gestatten Sie, daß ich Ihnen dieses Kursbuch für Mr. Bashwood überreiche. Richten Sie ihm meine besten Empfehlungen aus – das Lesezeichen liegt bereits an der richtigen Stelle!«

Ich hatte ganz vergessen, wie lange der unselige Bashwood schon auf mich wartete, verabschiedete mich daher ohne weitere Zeremonien (nur mit dem Versprechen, morgen früh wieder von mir hören zu lassen) und war zwanzig Minuten später zu Hause. Auf die nun folgende Unterhaltung mit Bashwood kann und mag ich nicht näher eingehen; mir fehlt die Geduld. Es war so erniedrigend einfach, diesen alten Hampelmann nach meinen Wünschen tanzen zu lassen! Mit einem Jüngeren hätte ich es wahrscheinlich schwerer gehabt, aber dafür hätte ich jetzt auch nicht diesen schlechten

Geschmack im Mund. Kurzum: Soweit es an Bashwood liegt, kann der Plan, Armadale sofort vom Bahnhof ins Sanatorium zu locken, nicht fehlschlagen. Ich hätte ihn als Fußabtreter benutzen können, nachdem ich ihm gewisse Hoffnungen auf die Zukunft gemacht hatte. Es war widerlich.
Wichtig ist, daß Bashwood immer noch keine Ahnung von den wirklichen Zusammenhängen hat. In seinem süßen Wahn scheinen ihm manche Unstimmigkeiten gar nicht aufzufallen. Es genügt ihm, mir bedingungslos zu gehorchen.
Mitternacht. – Ich sitze noch immer da und brüte vor mich hin. Die kurzfristige, siegesgewisse Hochstimmung, die mich während der Unterredung mit dem Doktor ergriff, ist völlig verflogen, und mein Kopf ist dumpf und leer wie zuvor. Ist meine Energie schon verbraucht – gerade jetzt, wo die härtesten Proben noch bevorstehen? Oder ahne ich ein Unheil, das seine Schatten vorauswirft und gegen das ich machtlos bin?
Nur gut, daß mein Tagebuch mir nicht erlaubt, solche düsteren Gedanken nach alter Gewohnheit auszuspinnen. Ich bin am unteren Rand der letzten Seite angelangt und muß dieses Buch beschließen – diesmal wirklich und für immer.
Leb wohl, mein alter, vertrauter Freund und Gefährte! Niemand kennt mich wie Du, und ich glaube, ich habe mehr an Dir gehangen als an irgendeinem lebenden Menschen.
Torheit, alles Torheit!

Letztes Buch

I

Auf dem Bahnhof

Am Abend des 2. Dezember nahm Mr. Bashwood zum erstenmal seinen Beobachtungsposten auf dem Südostbahnhof ein, sechs Tage früher, als Allan, seinem Brief zufolge, eigentlich zu erwarten war. Der aus seiner langjährigen Praxis an Überraschungen gewöhnte Doktor hatte gemeint, »Mr. Armadale könnte in seiner beneidenswerten Jugend pervers genug sein, sich schneller zu erholen, als die Vorschriften seines Arztes ihm gestatten.« Mr. Bashwoods vorzeitige Entsendung war daher zwecks Vermeidung unliebsamer Überraschungen unerläßlich.

Vom 2. bis 7. Dezember stand der Ex-Verwalter allabendlich pünktlich und geduldig auf dem Perron, wo die von Dover und Folkestone kommenden Züge einliefen, und überzeugte sich Abend für Abend, daß kein bekanntes Gesicht unter den Aussteigenden war.

Vom 2. bis 7. Dezember erstattete er Miß Gwilt (wir bleiben bei diesem Namen, um keine Verwirrung zu stiften) getreulich Bericht, mündlich oder schriftlich, und sie gab diese Berichte an den Doktor weiter, dessen Zuversicht auf das Gelingen des wohlaufgebauten Planes selbst durch sechsmaligen Mißerfolg nicht ins Wanken geriet. Erst am Vormittag des 8. Dezember zeigte es sich, daß Miß Gwilts empfindliches Nervensystem der dauernden Spannungen nicht mehr recht gewachsen war, und – wunderlich genug – ihre innere Gereiztheit übertrug sich sofort auf den Doktor, als er zur üblichen Stunde bei ihr vorsprach.

»Nichts Neues natürlich«, sagte er nach einem einzigen Blick auf ihr Gesicht und setzte sich mit einem tiefen Seufzer. »Seltsam, höchst seltsam . . .«

Miß Gwilt sah ärgerlich von ihrer Stickerei auf. »Sie scheinen heute eine ziemlich trübe Stimmung mitzubringen. Oder haben Sie Angst?«

»Angst, meine Gnädigste«, verwahrte sich der Doktor würdevoll, »sollte man Männern nie vorzeitig unterstellen, insbesondere wenn sie einen so friedlichen Beruf ausüben wie ich. Ich habe keine Angst. Ich bin nur etwas trübe gestimmt, wie Sie ganz zutreffend bemerkten. Meine Natur ist, wie Sie wissen, eher sanguinisch und

hoffnungsvoll. Wäre sie es weniger, so hätte ich gewisse Bedenken, die mir erst heute gekommen sind, vielleicht schon vor einer Woche gefaßt.«
Miß Gwilt warf die Handarbeit ungeduldig beiseite. »Wenn jedes überflüssige Wort einen Shilling Strafe kostete, würden Sie sich kürzer und klarer ausdrücken!«
»Ich hätte gewisse Bedenken vielleicht schon vor einer Woche gefaßt«, wiederholte der Doktor, ohne Miß Gwilts Einwurf die geringste Beachtung zu schenken. »Um es deutlicher zu sagen: Ich bin jetzt durchaus nicht mehr so sicher, daß Mr. Armadale sich den Bedingungen, die meinen – und in geringerem Grade auch Ihren – Interessen dienen, kampflos fügen wird. Ich zweifle, wohlgemerkt, nicht daran, daß er sich ins Sanatorium locken läßt, wohl aber daran, daß er innerhalb desselben so lenkbar bleibt, wie ich ursprünglich vorausgesetzt habe. Angenommen«, der Doktor heftete plötzlich einen festen, durchbohrenden Blick auf Miß Gwilts Gesicht, »er leistet uns zähen Widerstand und hält wochenlang, ja monatelang durch, wie es schon manch einer vor ihm in ähnlichen Situationen getan hat? Dann nehmen wir mit dieser . . . sagen wir, Freiheitsberaubung ein Risiko auf uns, das mit jedem Tage wächst und mich in die peinlichste Zwangslage bringt. Mein Haus ist zur Aufnahme der ersten Patienten bereit; täglich erwarte ich Besuche und Anmeldungen; Mr. Armadale kann mit diesen Patienten Kontakt aufnehmen – oder sie mit ihm –, eine Botschaft ist nur zu leicht aus dem Haus geschmuggelt und erreicht die Gesundheitsbehörde. Obgleich wir angeblich in einem freien Land leben, traue ich diesen verknöcherten Bürokraten, was sage ich, diesen bezahlten Despoten ohne weiteres zu, beim Lordkanzler einen Haussuchungsbefehl zu erwirken und mein Haus – Himmel! *Mein* Sanatorium! – vom Dachboden bis zum Keller zu durchschnüffeln! Nicht, daß ich Sie entmutigen oder gar erschrecken wollte, Verehrte; die Vorkehrungen, die wir für unsere persönliche Sicherheit getroffen haben, könnten nicht besser sein. Ich möchte Sie nur bitten, sich eine etwaige Haussuchung vorzustellen – und sich die Folgen selbst auszumalen.« Bei den letzten Worten hatte sich der Doktor feierlich erhoben und griff nach seinem Hut, als wolle er sich verabschieden.
»Haben Sie mir weiter nichts zu sagen?« fragte Miß Gwilt kühl.
»Nein. Aber vielleicht möchten Sie etwas dazu bemerken?«
Er war, den Hut in der Hand, regungslos stehengeblieben. Die beiden sahen einander eine volle Minute schweigend in die Augen.
»Mir scheint, wir verstehen uns«, sagte Miß Gwilt endlich halblaut.
»Pardon«, der Doktor legte pantomimisch den Kopf schief und die Hand ans Ohr, »was haben Sie gesagt?«

»Nichts.«
»Nichts?«
»Wenn Sie heute zufällig wieder eine Fliege gefangen hätten«, sagte Miß Gwilt sarkastisch, »würde ich Sie wohl abermals mit einem meiner ›kleinen Scherze‹ schockieren.«
Der Doktor schien allmählich seine gute Laune zurückzugewinnen. Er wehrte mit einer höflich-humoristischen Geste ab.
»Wie hart von Ihnen, daß Sie mir diese kleine Geschmacksverirrung noch immer nicht verziehen haben!«
»Ist das alles? Ich warte!« Miß Gwilt drehte sich mit ihrem Sessel verächtlich zum Fenster und nahm ihre Stickerei wieder auf.
Der Doktor näherte sich ihr und legte die Hand auf die Rückenlehne.
»Ich hätte allerdings noch eine Frage – und anschließend einen Vorschlag. Dürfte ich zunächst die Frage stellen?«
»Ich lausche gespannt.«
»Warum sehe ich Sie noch immer in Witwentracht, obwohl wir beide wissen, daß Mr. Armadale lebt und nach England zurückkehrt?«
Miß Gwilt erwiderte, ohne eine Sekunde zu zögern oder in ihrer Arbeit innezuhalten:
»Weil ich eine sanguinische Natur bin – wie Sie. Ich glaube an die außerordentlichsten Zwischenfälle. Mr. Armadale könnte zum Beispiel noch bei der Heimreise verunglücken.«
»Wie aber, wenn er gesund und munter in London eintrifft?«
»Dann könnte er in Ihrem Sanatorium sterben.«
»Madam!« protestierte der Doktor in sonorem Baß, den er seinen kurzen Ausbrüchen tugendhafter Entrüstung vorbehielt. »In *meinem* Sanatorium . . . Freilich, Zwischenfälle können überall vorkommen«, fügte er im gewohnten sanften Plauderton hinzu, »auch die ärztliche Kunst ist nicht dagegen gefeit. Der Tod findet seinen Weg, leider auch ins beste Sanatorium. Wenn Sie auf Zwischenfälle vertrauen, ich betone nochmals, *wenn* . . .«
Er unterbrach sich. Die kurze Stille war so tief, daß das gleichmäßige, rasche Gestichel Miß Gwilts deutlich zu hören war.
»Möchten Sie Ihren Satz nicht beenden?« fragte sie schließlich, ohne aufzublicken.
»Da Sie meine Frage bereits beantwortet haben, komme ich nunmehr auf meinen Vorschlag zurück. Es handelt sich um eine weitere Sicherheitsmaßnahme. Sie werden verstehen, Gnädigste, daß ich mich auf das Funktionieren von Zufällen nicht allzusehr verlasse. Die Lage meines Sanatoriums ist einerseits günstig, andererseits aber – wenn zum Beispiel ein rascher Gedankenaustausch notwendig wäre – ungünstig. Droschken haben in dieser Neubaugegend noch Seltenheitswert, und zu Fuß brauchen wir

jeweils zwanzig Minuten, um einander zu erreichen. Ich weiß wenig von Mr. Armadales Wesen und Gewohnheiten; Sie hingegen kennen ihn gut. Für mich könnten sich Situationen ergeben, in denen ich unbedingt Ihres erfahrenen Rates bedarf. Kurzum: Es wäre wünschenswert, daß wir für einige Zeit unter ein und demselben Dach wohnten. Darf ich Sie in unser beider Interesse bitten, verehrte Dame, aus diesen Erwägungen in mein Sanatorium überzusiedeln?«

Miß Gwilts Nadel hielt zum erstenmal auf halbem Wege inne. »Ich verstehe«, sagte sie so leise wie schon einmal, und auch jetzt mimte der Doktor wieder den Schwerhörigen. Das leise, gefährliche Lachen, mit dem sie seine komödiantische Leistung quittierte, bewog ihn jedoch, die Hand schleunigst sinken zu lassen. »Da Sie so erpicht darauf sind, bei allem den Schein zu wahren«, fuhr sie ruhig fort, »werden Sie mich wohl kaum als normalen Logierbesuch in Ihr Haus einladen?«

»Aber meine liebe, verehrte Dame, Ihre Frage überrascht mich!« entgegnete der Doktor mit Emphase. »Welcher Arzt könnte es sich leisten, die Gebote der Schicklichkeit zu mißachten? Selbstverständlich ist mein und Ihr makelloser Ruf nur dann nicht gefährdet, wenn Sie sich gütigst bereit erklären, als Patientin in meinem Sanatorium zu weilen.«

»Bis wann muß ich mich entscheiden?«

»Können Sie es nicht gleich tun?«

»Nein.«

»Morgen?«

»Ja. Haben Sie sonst noch etwas zu sagen?«

»In dieser Angelegenheit nichts mehr.«

»Dann verschwinden Sie gefälligst. *Ich* pfeife auf die Gebote der Schicklichkeit – ich will jetzt allein sein. Guten Tag.«

»O die Frauen, die Frauen!« lächelte der Doktor, dessen seelisches Gleichgewicht nun vollkommen wiederhergestellt war. »So entzückend impulsiv! So zauberhaft unbekümmert in der Wahl ihrer Worte! Und Sie, meine Verehrteste, sind die Krone Ihres Geschlechtes – ich habe es ja immer gesagt! Leben Sie wohl! Bis morgen!«

Miß Gwilt sah ihm mit finsterer, verächtlicher Miene vom Fenster aus nach. »Das erste Mal hat mich Armadale selbst dazu getrieben«, dachte sie. »Das zweite Mal war es Manuel. Muß ich mich ausgerechnet von diesem feigen Gauner zum dritten- und letztenmal dazu treiben lassen?«

Sie wandte sich abrupt ab und betrachtete lange und nachdenklich ihr eigenes Spiegelbild im Witwenkleid.

Der Tag verging, ohne daß sie sich entschied. Die Nacht kam, und sie zögerte noch immer. Der neue Morgen dämmerte herauf, und

der letzte, folgenschwere Entschluß war noch immer nicht gefaßt. Mit der Frühpost kam Mr. Bashwoods üblicher Bericht: Er hatte am Vorabend wieder einmal vergebens auf Allan gewartet.
»Das bedeutet mehr Zeit!« dachte sie leidenschaftlich. »Ich lasse mich von niemandem zu Entschlüssen drängen, ehe es unbedingt nötig ist!«
An diesem Morgen des 9. Dezember überraschte sie den Doktor durch einen Besuch in seinem Privatkabinett, wo er noch beim Frühstück saß.
»Ich brauche mehr Zeit«, sagte sie ohne Umschweife, kaum daß der eisgraue Diener die Tür hinter ihr geschlossen hatte.
Der Doktor sah ihr am Gesicht an, daß er den Bogen nicht überspannen durfte, und erwiderte sanfter denn je:
»Die Zeit vergeht . . . Und wenn Mr. Armadale heute abend schon hier ist?«
»Ich brauche mehr Zeit!« wiederholte sie laut und heftig.
»Ja doch, ja!« beschwichtigte der Doktor und sah nervös zur Tür. »Dämpfen Sie Ihre Stimme, ich bitte Sie – die Dienstboten können Sie hören! Darf ich mich darauf verlassen, daß Sie Ihre Antwort dann nicht noch einmal hinausschieben?«
»Das hängt von dem Grad meiner Verzweiflung ab«, erwiderte Miß Gwilt kurz und verließ ihn.
Der Doktor köpfte sein Ei und lachte vor sich hin. »Ganz recht, meine Teure!« dachte er. »Ich weiß, wohin die Verzweiflung dich schon früher getrieben hat . . . Ich glaube, ich kann ihr auch diesmal vertrauen.«
Abends um dreiviertel acht bezog Mr. Bashwood wieder seinen nun schon gewohnten Beobachtungsposten auf dem London-Bridge-Bahnhof. Seine gehobene Stimmung drückte sich seit Tagen in unaufhörlichem Schmunzeln und Lächeln aus. Abgesehen davon, daß Miß Gwilt nun schon über eine Woche auf seine Hilfe angewiesen war, hatte er ja noch eine stille Reserve, ein Machtmittel: seine geheime Kenntnis ihres Vorlebens. Dies war jedoch nicht die Ursache seiner anhaltenden Euphorie. Die erste Wiederbegegnung mit Miß Gwilt, die erste Berührung ihrer Hand und der Zauber ihres Blicks hatten jeden Rachegedanken in ihm ausgelöscht. Ihre Huld und seine Eitelkeit hoben ihn jetzt in den siebenten Himmel der Selbsttäuschung, die ihn für alles Erlittene überreich entschädigte. Er glaubte wieder an seine Angebetete wie an die Wirkung seiner stutzerhaften Winterkleidung – ja, er summte sogar vor sich hin! Der arme, abgewirtschaftete alte Knacker, der seit seiner Kindheit keinen Anlaß zum Singen mehr gehabt hatte, summte, indem er stöckchenschwingend auf dem Bahnsteig hin und her ging, einen uralten Schmachtfetzen vor sich hin, soweit er sich an die Melodie erinnern konnte . . .

Fünf Minuten nach acht kündigte ein schriller Lokomotivenpfiff das Nahen des Zuges an, und wenige Minuten später begann der Schwarm der aussteigenden Passagiere an Mr. Bashwood vorbei dem Ausgang zuzustreben. Allans Gesicht wäre seinem geübten Blick nicht entgangen, aber es war auch diesmal nicht dabei. Nur zur restlosen Sicherheit wandte Mr. Bashwood sich schließlich, wie er es allabendlich tat, zum Zollabfertigungsraum, um die dort Wartenden noch einmal zu mustern. Er vergewisserte sich, daß Allan wirklich nicht da war, und wollte gerade den Bahnhof verlassen, als er eine erstaunte Stimme hinter sich hörte:
»Nein . . . Das kann doch nicht Mr. Bashwood sein?!«
Er fuhr herum und sah sich einem Herrn gegenüber, den er heute und hier nicht im Traum zu sehen erwartet hätte.
Der Herr war – Midwinter!

II

Im Sanatorium

Midwinter fand zuerst die Sprache wieder, obwohl er über Mr. Bashwoods äußere Veränderung mehr als verdutzt war, was er sich aber nicht anmerken ließ.
»Ich habe Sie überrascht, wie ich sehe«, sagte er. »Vermutlich haben Sie jemand anderen erwartet? Vielleicht Allan? Will er denn schon jetzt wieder nach Hause kommen?«
So natürlich es war, daß Midwinter sofort nach seinem Freund fragte – Mr. Bashwood kam dadurch außer Fassung, als handle es sich bereits um ein hochnotpeinliches Verhör. Da ihm nichts anderes einfiel, suchte er sein Heil in glattem Leugnen.
»M–meinen Sie Mr. Armadale? O nein, ich erw–warte ihn in k–keiner Weise«, stotterte er in unnötiger Hast. »Ich . . . ich weiß gar nichts von Mr. Armadale . . . habe seit Mo–monaten nichts von ihm gehört . . . Willkommen in der Heimat, Sir!« suchte er nervös abzulenken. »Auch von Ihnen . . . auch von Ihnen wußte ich ja gar nichts. Es ist lange her, seit wir das Vergnügen hatten . . . das Vergnügen hatten, ja. Waren Sie denn auch . . . im Ausland? Hat es Ihnen gefallen? Man muß sich w–wohl an m–manches erst gewöhnen, Sir, wenn ich mir die Bemerkung . . . Andere Völker, andere Sitten, ach ja, ach ja . . . ja. Aber nun bleiben Sie wohl wieder in England?«
»Ich weiß es noch nicht«, antwortete Midwinter. »Ich war genötigt, meine Pläne zu ändern und ganz unerwartet zurückzukeh-

ren.« Nach momentanem Zögern fuhr er gedämpft fort: »Es sind ernste Sorgen, die mich herführen. Solange diese nicht behoben sind, kann ich keine weiteren Pläne machen.«
Das Licht einer Lampe fiel auf sein Gesicht, und Mr. Bashwood bemerkte jetzt erst, wie abgekämpft und verändert er aussah.
»Oh, das tut mir aber leid ... sehr, sehr leid. Kann ich mich irgendwie ... nützlich machen?« Aus Mr. Bashwood sprach jetzt teils die alte devote Beflissenheit, teils die schwache Erinnerung, daß Midwinter einst auf Thorpe-Ambrose sein Befürworter gewesen war.
Midwinter dankte und wandte sich traurig ab. »Kaum, Mr. Bashwood, aber ich bin Ihnen für Ihr freundliches Angebot sehr verbunden.« Er überlegte einen Moment und sprach unbewußt halblaut vor sich hin. »Wenn sie *nicht* krank ist? Wenn ein Unglück geschehen ist? Vielleicht läßt sich durch eine Nachfrage in Thorpe-Ambrose doch irgend etwas über ihren Verbleib feststellen ...«
Mr. Bashwoods Neugier regte sich schon bei dem Wort »sie«. Miß Gwilt hatte ihm die gesamte Weiblichkeit wieder unendlich interessant gemacht.
»Handelt es sich um eine Dame, Sir?« wagte er deshalb zu fragen.
»Ja, ich suche meine Frau«, erwiderte Midwinter schlicht.
»Ihre Frau!« rief Mr. Bashwood aufs höchste erstaunt. »Sie haben inzwischen geheiratet, Sir? Meine ... meine herzlichsten Glückwünsche, Sir! Darf ... darf ich mir die Freiheit erlauben, Sie zu fragen, ob ich die Dame –«
Midwinter schlug befangen die Augen nieder. »Ja, Sie kennen die Dame«, sagte er. »Sie hieß früher Miß Gwilt.«
Mr. Bashwood prallte zurück, als hätte Midwinter plötzlich eine geladene Pistole auf ihn gerichtet. Die Augen drohten ihm aus dem Kopf zu treten, das Gesicht erschlaffte zu fast idiotischer Ausdruckslosigkeit, und das nervöse Zittern, das er in der letzten Woche fast überwunden hatte, schüttelte ihn am ganzen Leibe.
»Was ist denn?« fragte Midwinter verwundert.
Keine Antwort.
»Ist es so undenkbar«, fuhr er leicht gereizt fort, »daß Miß Gwilt und ich geheiratet haben?«
»Miß Gwilt und ... und *Sie*?« stammelte Mr. Bashwood hilflos. »Mrs. Armadale ... *Ihre* Frau?« Er riß sich plötzlich mit letzter Anstrengung zusammen und schwieg. Aber seine Verblüffung spiegelte sich jetzt auf Midwinters Gesicht wider. Wie kam dieser Bashwood, der letzte Mensch auf Erden, den er ins Vertrauen gezogen hätte, dazu, den Namen zu nennen, unter dem die heimliche Trauung stattgefunden hatte?
Er faßte Mr. Bashwoods Arm und führte ihn in eine stillere Ecke der Bahnhofshalle.

»Wieso nennen Sie meine Frau Mrs. Armadale?« forschte er. »Was meinen Sie damit?«
Auch diesmal kam keine Antwort. Mr. Bashwood begriff nur, daß die ohnehin komplizierte Lage noch viel komplizierter geworden war – aber wieso, war ihm ein unlösbares Rätsel. Aus dieser Verstrickung gab es keinen Ausweg mehr.
»Was meinen Sie damit?« wiederholte Midwinter, nun in sehr bestimmtem Ton.
»Nichts, Sir! Ich . . . ich g–gebe Ihnen mein . . . mein heiliges Ehrenw– wort!« Er fühlte die Hand auf seinem Arm fester zupakken; er sah Midwinters Augen in der dämmrigen Beleuchtung auffunkeln und wußte aus Erfahrung, daß mit diesem Mann nicht zu spaßen war, wenn er in Zorn geriet. In seiner Not und jämmerlichen Schwäche wußte er keine andere Zuflucht als die abermalige Lüge, und mochte sie auch noch so dumm klingen. »Ich habe Ihre . . . Ihre Frau Gemahlin doch gar nicht . . . Mrs. Armadale genannt, Sir . . . Ich wollte nur fragen, ob Mr. Armadale es schon weiß und . . .«
»Sie sprachen von *Mrs.* Armadale!«
»Aber nein, Sir, bei m–m–meiner Ehre, Sie irren sich . . . Sie haben sich verhört, ganz gewiß . . . Ich sprach von Mr. Armadale . . . W-wie könnte es anders . . . Bitte, Sir, ich . . . ich habe es eilig . . . Darf ich mich jetzt ver–verabschieden . . . Ich . . .«
Midwinter hielt ihn noch einen Moment fest, und in diesem Moment wurde ihm klar, was er als nächstes zu tun hatte.
Der Grund seiner plötzlichen Heimreise war, wie offen zugegeben, Sorge um seine Frau, deren sonst ziemlich regelmäßige Lebenszeichen eine volle Woche lang ausgeblieben waren. Der erste Verdacht, daß etwas anderes dahintersteckte als Krankheit oder unverschuldete Widrigkeiten, hatte ihn jedoch erst hier, auf dem Bahnhof, wie ein eisiger Anhauch durchschauert, als Mr. Bashwood auf die Erwähnung seiner Heirat hin in offensichtlicher Verwirrung den Namen »Mrs. Armadale« verlauten ließ. Einige sonderbare Wendungen in Lydias letzten Briefen, über die er bei Erhalt hinweggelesen hatte, kehrten jetzt in anderem Licht in sein Gedächtnis zurück. Auch ihre Bitte, ihr nur postlagernd zu antworten, an deren praktische Notwendigkeit er geglaubt hatte, sah er nun zum erstenmal als möglichen Versuch, ihre Spur in London zu verwischen. Die einzige Adresse, die er wußte, war die, wo ihre Mutter angeblich wohnte und wohin er »zwecks Vermeidung langer Diskussionen« nie schreiben durfte. Jetzt beschloß Midwinter, getrieben von einer inneren Panik, deren tiefste Ursache er nicht zu ergründen wagte, die aber alle bisherigen Vorsätze beiseite schob, vor allem das Rätsel zu lösen, auf welchem Wege Bashwood von seiner heimlichen Ehe erfahren haben könnte. Jeglicher Versuch,

eine klare Aussprache mit dem angstschlotternden Alten herbeizuführen, war offensichtlich zwecklos. Midwinter sah sich gezwungen, ebenfalls die Waffen der Verstellung und der Lüge zu gebrauchen.
Er ließ Mr. Bashwoods Arm plötzlich los und heuchelte verlegene Zerknirschung. »Verzeihen Sie meine Grobheit. Nur Sorge und Übermüdung entschuldigen mich. Und nun lassen Sie sich nicht länger aufhalten, bitte . . . Guten Abend.«
Die Bahnsteige waren um diese Zeit verödet; die Reisenden, die mit dem Fährzug von Dover gekommen waren, mußten noch die Gepäckkontrolle im Zollgebäude über sich ergehen lassen. Sich scheinbar von jemandem zu verabschieden und ihn dennoch im Auge zu behalten, war gar nicht so einfach, und nur die Erinnerung an gewisse Zigeunerpraktiken seiner Jugend ermöglichte es Midwinter, dieses Kunststück zu vollbringen. Auf dem Weg zum Warteraum verschwand er hinter einigen auf ein totes Gleis abgeschobenen Waggons – und beobachtete von dort aus, wie Mr. Bashwood zu den vor dem Bahnhof wartenden Mietdroschken hastete. Hierauf war es ihm ein leichtes, Mr. Bashwood in einer zweiten Droschke zu folgen, nachdem er dem Kutscher doppelte Entlohnung versprochen hatte. Der Herr in dem ersten Wagen hätte eine Adresse in Hampstead angegeben, wie der aufmerksame Mann ihn informierte. Während der langwierigen Fahrt zum nordwestlichen Stadtrand fragte Midwinter mehrmals nervös, ob die andere Droschke noch in Sicht sei, und jedesmal antwortete der Kutscher beruhigend: »Direkt vor unserer Nase, Sir.«
Es mochte halb zehn Uhr sein, als sein Wagen endlich hielt. Die andere Droschke wartete vor einer Haustür. Mr. Bashwood war bereits ausgestiegen und verschwunden, aber der Kutscher lehnte müßig am Schlag und sah sich mit gelinder Neugier nach den Ankommenden um. Midwinter entließ seine Droschke mit der versprochenen reichlichen Entlohnung, zückte, einer jähen Eingebung folgend, noch eine Halbkronenmünze, näherte sich dem fremden Kutscher und drückte das Geld in die bereitwillig dargebotene Hand.
»Ist der Herr, den Sie gefahren haben, hier hineingegangen?« fragte er und deutete auf die Haustür.
»Jawohl, Sir.«
»Haben Sie zufällig gehört, bei wem er sich melden ließ?«
»Er hat nach einer Dame gefragt, einer Mrs. . . . Mrs. . . . Also jetzt hab' ich doch den Namen vergessen, Sir! Aber es war irgendso 'n ungewöhnlicher Name; er würde mir gleich wieder einfallen, wenn –«
»Midwinter vielleicht?«
»Nein – klang ganz anders.«

»Armadale?«
»Stimmt genau, Sir! Mrs. Armadale!«
»Sind Sie sicher, daß der Herr ›Mrs.‹ gesagt hat und nicht ›Mr.‹?«
»Na, *so* genau hingehört hab' ich nun wieder nicht, Sir, aber ich bin ziemlich sicher.«
Midwinter beschloß, diese Grundfrage auf der Stelle selbst zu klären. Er stieg die wenigen Stufen zur Haustür empor und griff nach dem Klingelzug. In diesem Moment drohte ihn seine aufgestaute, furchtbare innere Erregung zu überwältigen; ihm schwindelte, ein langer, wütender Stich zuckte ihm durch Herz und Hirn; er mußte sich am Geländer festhalten und ein paarmal tief aus- und einatmen, bis der Nebel vor seinen Augen schwand. Dann zog er die Klingel.
Ein Dienstmädchen öffnete ihm die Tür. Midwinter wollte fragen: Ist Mrs. Armadale zu Hause? Aber trotz aller Energie brachte er den Namen nicht über die Lippen und fragte statt dessen:
»Ist Ihre Herrin zu Hause?«
»Ja, Sir.« Das Mädchen führte ihn ohne weiteres in einen kleinen Salon – und er sah sich einer verhutzelten alten Dame mit freundlichem Gesicht und munteren, blanken Augen gegenüber.
»Oh, Verzeihung, hier scheint ein Mißverständnis zu walten«, sagte Midwinter. »Ich wollte eigentlich zu . . .« Wieder brachte er trotz aller Mühe den Namen nicht heraus.
»Zu Mrs. Armadale?« half die alte Dame lächelnd ein.
»Ja.«
»Die wohnt eine Treppe höher. Führe den Herrn hinauf, Jenny.«
»Wen darf ich melden, Sir?« fragte das Mädchen unterwegs.
»Der Name tut nichts zur Sache. Ich werde erwartet.«
Mr. Bashwood hatte kaum seinen aufgeregten Bericht über die Begegnung auf dem Bahnhof hervorgestottert – die Beherrscherin all seiner Gedanken und seines Tuns saß noch stumm und starr vor Entsetzen da –, als sich die Tür ihres Zimmers öffnete und Midwinter selbst auf der Schwelle stand. Er trat einen Schritt vor, um mit einer mechanischen Bewegung die Tür hinter sich zu schließen, und fuhr fort, seine Frau schweigend anzusehen, mit einem Blick, der in seiner unnatürlichen Selbstüberwindung bedrohlicher war als alle Worte und sie schon in der ersten Sekunde bis ins Tiefste zu durchschauen schien.
Sie erhob sich unter diesem Blick, wie von einer unsichtbaren Macht gezogen, aus ihrem Sessel und stand ihm nun stumm und aufrecht gegenüber – in ihrer Witwentracht.
Er hob langsam die Hand, deutete auf das schwarze Kleid und fragte, immer noch mit furchteinflößender Ruhe: »Was hat das zu bedeuten?«
Sie blieb steinern wie eine Statue, totenstill; selbst ihr kaum

merklicher, hastiger Atem schien plötzlich zu stocken. Möglicherweise hätte eine weitere Minute dieses absoluten Schweigens sie gerettet; aber ihre unselige Charakterstärke überwand schließlich auch diese Krisis ihres – und seines – Lebens. Kreidebleich, mit harten, verfallenen, plötzlich alt gewordenen Zügen, hielt sie dem durchdringenden Blick ihres Gatten stand und sprach ohne Zittern, klar und deutlich die unwiderruflichen Worte aus:
»Mr. Midwinter! Unsere flüchtige Bekanntschaft berechtigt Sie wohl kaum, sich mir gegenüber eine solche Frage anzumaßen!«
Hierauf wurde das Schweigen noch tiefer und unheimlicher als zuvor. Aus allen drei Gesichtern war der letzte Rest von Farbe gewichen. Midwinter schien erst nach einer Ewigkeit die Anwesenheit Bashwoods zu bemerken, der bebend am Kamin lehnte und ihn anstarrte.
»Ich habe Ihnen einmal einen kleinen Dienst erwiesen«, sagte er, ohne die Stimme zu heben, »und Sie haben mich dafür Ihrer ewigen Dankbarkeit versichert. Reicht diese Dankbarkeit so weit, daß Sie mir wenigstens eine schlichte Frage wahrheitsgemäß beantworten?«
Schweigen. Mr. Bashwood starrte ihn mit weitaufgerissenen, wäßrig-farblosen Augen an und zitterte.
Die Pause dehnte sich unerträglich. Allmählich stieg das heiße, von seiner Mutter ererbte Blut wieder dunkel in Midwinters fahle Wangen, und seine schwarzen Augen begannen gefährlich zu glühen.
»Bestätigen Sie«, fragte er, immer noch unnatürlich beherrscht, »daß diese Dame, die wir beide kennen, früher Miß Gwilt hieß?«
Bashwood war auch jetzt keiner Antwort fähig. Statt seiner raffte Lydia zum zweitenmal ihren tollkühnen Mut zusammen und verleugnete ihren Mann abermals.
»Sie nötigen mich zu wiederholen, daß Sie sich zuviel herausnehmen, Mr. Midwinter. Sie vergessen den Respekt, den Sie einer fremden Dame schuldig sind!«
»Einer Fremden?« Midwinter fuhr so wild zu ihr herum, daß Bashwood einen kurzen, heiseren Schreckensschrei ausstieß. »Fremd?« Er biß die Zähne aufeinander. »Bist du meine Frau – oder nicht?«
Sie begegnete seinem Blick mit dem Trotz einer verlorenen Seele, die sich selbst in die Hölle gebracht hat. »Ich bin *nicht* Ihre Frau«, sagte sie schneidend.
Midwinter taumelte zum erstenmal, tastete wie ein Blinder nach irgendeinem Halt, lehnte sich schwer an die Wand und sah die Frau an, die viele Male in seinen Armen eingeschlafen war – und die ihn jetzt nicht mehr kennen wollte.
Bashwood hatte sich verstohlen an Lydias Seite geschlichen. »Um

Gottes willen – schnell – ins andere Zimmer!« keuchte er tonlos und versuchte sie wegzuziehen. »Er bringt Sie sonst noch um!«
Sie schüttelte die Hand des Alten belästigt ab. Ein seltsamer Schimmer breitete sich auf ihrem ausdrucksleeren Gesicht aus; die starren Lippen umspielte ein grauenhaft verzücktes Lächeln.
»Und wenn schon!« sagte sie. »*Soll* er mich doch töten!«
Midwinter schrie auf wie ein zum Wahnsinn Getriebener, stieß sich von der Wand ab, schnellte mit verglasten Augen und zu Krallen gekrümmten Fingern auf Lydia zu – und fiel ihr, nach einem Moment der Erstarrung, ohnmächtig in die Arme.
Sie kniete rasch mit ihrer Last nieder, bettete seinen Kopf in ihren Schoß und packte den Arm Bashwoods, der ihr konfus helfen wollte, mit stählernem Griff. »Holen Sie den nächsten Arzt«, befahl sie, »und sorgen Sie dafür, daß die Leute aus dem Haus wegbleiben!« Ihr Ton und ihr Blick hätten auch den Tapfersten bewogen, sofort und widerspruchslos zu gehorchen. Mr. Bashwood gehorchte, ohne einen Laut von sich zu geben.
Kaum allein, umklammerte Lydia ihren bewußtlosen Mann mit einer Leidenschaft und Zärtlichkeit, die weit jenseits aller Trostmöglichkeiten lag. Weder in Tränen noch in Worten vermochte ihre grenzenlose Reue sich Luft zu machen. Sie konnte den Geliebten nur stumm ans Herz pressen und seine Stirn, seine Wangen, seine Lippen mit Küssen bedecken, bis wie wieder hastige, stampfende Schritte auf der Treppe hörte. Bashwood hatte nur zu schnell einen Arzt gefunden – sie erinnerte sich jetzt, daß einer nur wenige Häuser entfernt wohnte. Stöhnend umfaßte sie das geliebte Gesicht zu einem letzten langen Blick . . . Als Bashwood, die Hauswirtin und der Arzt eintraten, lag Midwinters Kopf wieder auf ihren Knien wie zuvor.
Die steinerne Schönheit der Frau nahm den fremden Arzt so gefangen, daß sie seine Aufmerksamkeit fast gewaltsam von sich ab- und auf den Bewußtlosen lenken mußte.
Midwinter wurde zum Sofa getragen und das Fenster weit geöffnet. Dann sagte der Arzt nach oberflächlicher Untersuchung: »Eine tiefe Ohnmacht, weiter nichts.«
Lydias Kraft drohte einen Moment auszusetzen; sie lehnte sich schweratmend an den Kaminsims. Außer Bashwood bemerkte niemand ihre vorübergehende Schwäche. Er führte sie zu einem Sessel, während die Wirtin dem Arzt behilflich war, und flüsterte ihr ängstlich zu:
»Wollen Sie hier warten, bis er zu sich kommt?«
Erst diese Frage brachte ihr die Situation mit all ihren grausamen Konsequenzen wieder klar in Erinnerung. Sie blickte zum Sofa hinüber, seufzte unwillkürlich, kämpfte einen Moment mit sich und stellte dann die Gegenfrage:

»Steht Ihre Droschke noch vor der Tür?«
»Ja.«
»Dann fahren Sie damit sofort zum Sanatorium und warten Sie dort am Tor auf mich.«
Bashwood zögerte; erst ein kalter, befehlender Blick trieb ihn hinaus. Fast im selben Moment sagte der Arzt:
»Er kommt allmählich zum Bewußtsein, Ma'am. Die Atmung wird schon kräftiger.«
Lydia dankte mit einer stummen Verbeugung, sah noch ein letztesmal zum Sofa – und zog sich lautlos in ihr Schlafzimmer zurück.
Kurze Zeit danach regte sich der Patient. »Wo ist sie?« war seine erste, noch etwas benommene Frage an den Arzt und die Wirtin, die beobachtend neben dem Sofa standen.
Die Wirtin klopfte an die Schlafzimmertür, erhielt aber keine Antwort. Sie ging hinein und fand das Zimmer leer. Auf dem Toilettentisch lag ein mit Geld beschwerter Zettel, auf dem die hastig hingeworfenen Zeilen standen:
»Nach dem heutigen Vorfall kann ich unmöglich hier wohnen bleiben. Bitte bezahlen Sie den Arzt. Meine Mietschuld erhalten Sie morgen, wenn ich mein Gepäck hole.«
»Wo ist sie?« fragte Midwinter die zurückkehrende Wirtin abermals.
»Nicht mehr im Hause, Sir.«
»Das glaube ich nicht!«
Die alte Dame hielt ihm ärgerlich den Zettel hin. »Falls Sie ihre Handschrift kennen, glauben Sie es vielleicht doch!«
Midwinter las die wenigen Zeilen und gab ihr den Zettel zurück. »Ich bitte Sie von ganzem Herzen um Verzeihung«, sagte er, und in seinem Ton lag etwas, was den Ärger der alten Dame nicht nur beschwichtigte, sondern augenblicklich in inniges Mitleid verwandelte.
»Hier scheint ja ein trauriges Mißverständnis vorzuliegen«, sagte sie taktvoll. »Soll ich der Dame morgen etwas von Ihnen ausrichten?«
Midwinter stand auf und stützte sich noch einen Moment auf die Sofalehne. »Ich komme selbst wieder. Ich muß sie noch sprechen, bevor sie Ihr Haus endgültig verläßt.«
Der Arzt begleitete ihn bis auf die Straße und fragte freundlich, ob er ihn heimbringen könnte. »Sie sollten lieber fahren, wenn es weit ist. Zu Fuß können Sie sich heute nicht mehr viel zumuten, ganz abgesehen von der Erkältungsgefahr.«
Midwinter dankte ihm mit einem Händedruck. »Ich bin an lange Fußwanderungen und kalte Nächte gewöhnt, Sir. Ich bin nicht so hinfällig, wie ich im Moment scheine, und die frische Luft wird

meinen Kopf am ehesten klären. Wollen Sie mir bitte zeigen, wo der nächste Weg ins offene Land führt? Ich habe morgen eine ernste Entscheidung zu treffen«, fügte er leiser hinzu, »und werde keine Ruhe finden, ehe ich mit mir selbst ins reine gekommen bin.«

Der Arzt begriff, daß er es mit keinem gewöhnlichen Menschen zu tun hatte. Er gab ihm den erbetenen Hinweis und verabschiedete sich ohne weitere Bemerkungen.

Alleingeblieben, blickte Midwinter lange schweigend zum Himmel auf. Die Nacht war klar geworden, und er erkannte viele der Sterne, deren Namen er zuerst von seinem Pflegevater, dem Landstreicher, auf öder Heide gelernt hatte. Sehnsüchtig gedachte er jener fernen Tage, die ihm nie so sorglos-glücklich erschienen waren wie jetzt.

Endlich riß er sich vom Anblick der Sterne los und schritt tiefer in die dunkle Einsamkeit des unbebauten Landes hinein. Mit finster zusammengezogenen Brauen starrte er vor sich hin.

»Heute hat sie ihren Mann verleugnet«, sagte er nach einer Weile laut. »Morgen soll sie ihren Herrn kennenlernen!«

III

Die purpurne Phiole

Mr. Bashwood erwartete Miß Gwilt befehlsgemäß am Tor des Sanatoriums, als sie tief verschleiert aus dem Dunkel auf ihn zukam, seinen Arm nahm und ihn ein paar Schritte weiterführte, damit der Kutscher sie nicht hören konnte.

»Denken Sie von mir, was Sie wollen«, sagte sie schnell, ohne den Schleier zu heben, »ich wünsche heute abend nichts mehr von dem Vorgefallenen zu hören. Fahren Sie zu Ihrem Hotel zurück, als ob nichts geschehen wäre. Morgen abend gehen Sie zum Bahnhof wie immer, und Ihren Bericht liefern Sie hier im Sanatorium ab. Kein Wort weiter! Nur dann glaube ich, daß es einen Mann auf Erden gibt, der mich wahrhaft liebt. Eine einzige Frage – und wir sind geschiedene Leute!«

Eine Minute später rollte die Droschke mit Mr. Bashwood davon. Miß Gwilt öffnete das eiserne Gittertor und ging langsam zum Haus. Als sie die Klingel zog, überlief sie ein Schauder, und sie lachte kurz und bitter auf. »Immer noch menschliche Gefühle!« dachte sie. »Wer hätte mir das noch zugetraut?«

Ausnahmsweise ließ sich der Doktor seine Verblüffung anmerken,

als Miß Gwilt um elf Uhr nachts in seinem Studierzimmer erschien.
»Himmel, Sie?« rief er. »Was soll denn das heißen?«
»Das heißt«, erwiderte sie, »daß ich mich schon heute abend statt morgen früh entschlossen habe, auf Ihren Vorschlag einzugehen. Sie als erfahrener Frauenkenner sollten wissen, daß wir immer unseren Impulsen nachgeben. Nun, auch ich handle jetzt impulsiv. Sie können mich hierbehalten oder wieder wegschicken, ganz nach Belieben.«
»Wegschicken?« wiederholte der Doktor, der seine Fassung rasch zurückgewann. »Aber meine liebe, verehrte Dame, welch unsinnige Alternative! Ihr Zimmer wird sofort bereit sein! Haben Sie Ihr Gepäck bei sich? Nein? Soll ich es holen lassen? Auch nein? Sie können sich heute nacht so behelfen? Bewundernswerte Ausnahme unter den Frauen! Aber legen Sie doch Hut und Schleier ab ... Setzen Sie sich ans Feuer. Sie wollen Ihr Gepäck morgen selbst holen? Welche Energie! Welche Unabhängigkeit! Einfach wundervoll! Was darf ich Ihnen anbieten?«
»Das stärkste Schlafmittel, das Sie je zusammengebraut haben«, erwiderte Miß Gwilt kurz. »Und inzwischen lassen Sie mich gefälligst in Ruhe. Ich werde sonst allen Ernstes Ihre Patientin!« fügte sie wild hinzu. »Ich werde verrückter als alle Verrückten, wenn Sie mich weiter mit Ihrem Geschwätz belästigen!«
Der Doktor verwandelte sich augenblicklich in den ernsten, verständnisvollen Leiter seines Sanatoriums.
»Nehmen Sie in der dunklen Ecke dort Platz. Kein Mensch wird Sie stören. In einer halben Stunde werden Sie von der Schwester in Ihr Zimmer geführt, und auf dem Nachttisch wird das Schlafmittel bereitstehen. Gute Nacht.« Er verließ das Privatkabinett und begab sich in den Praxisraum auf der anderen Seite des Korridors. »Die Geschichte setzt ihr doch stärker zu, als ich ihr je zugetraut hätte«, dachte er. »Du lieber Himmel – nach *dem* Leben immer noch ein Rest von Gewissen!«
Der Praxisraum war mit den modernsten Apparaten und Instrumenten ausgestattet; nur ein einziges hübsches antikes Schränkchen fiel sonderbar aus dem sachlich-schmucklosen Rahmen. Rechts und links davon waren zwei Sprachrohre in die Wand eingelassen; über dem einen stand auf einem Schildchen das Wort ASSISTENT, über dem andern OBERIN. Der Doktor sprach kurz in das zweite Rohr, worauf alsbald eine ältere Frau erschien, den Befehl entgegennahm, das Zimmer für Mrs. Armadale herzurichten, knickste und wieder ging.
Der Doktor schloß nun das große Mittelfach des antiken Schränkchens auf, das eine stattliche Auswahl der in der Medizin gebräuchlichen Gifte enthielt. Nachdem er ein Laudanumfläschchen

herausgenommen und auf den Tisch gestellt hatte, betrachtete er eine Weile nachdenklich die anderen Flaschen und Dosen, schüttelte zweifelnd den Kopf und begab sich zu einem der offenen Regale an der Wand gegenüber. Aus der langen Reihe der hier aufgestellten bauchigen Flaschen wählte er bedachtsam eine, die mit einer gelben Flüssigkeit gefüllt war, und stellte sie ebenfalls auf den Tisch. Dann öffnete er eine Seitentür des Schränkchens, das verschiedene hübsche böhmische Kunstgläser enthielt, entnahm ihm eine hohe, schmale, purpurrot schimmernde Phiole mit Glasstöpsel, füllte sie mit der gelben Flüssigkeit aus der dicken, alltäglichen Flasche, auf deren Grund nur noch ein kleiner Rest blieb, und stellte sie, nachdem er den Glasstöpsel wieder in den Hals gedrückt hatte, an seinen Platz zurück. Die andere Flasche füllte er mit destilliertem Wasser auf, dem er mit vorsichtig dosierten chemischen Zusätzen die Originalfarbe verlieh, und stellte sie wieder ins Regal. Als der Doktor mit all diesen mysteriösen Vorbereitungen fertig war, lachte er befriedigt vor sich hin und trat an eines der Sprachrohre, um seinen Assistenten und Laboranten Benjamin zu sich zu rufen.

Benjamin erschien in der obligaten, vom Hals bis zu den Füßen reichenden weißen Schürze. Der Doktor schrieb feierlich das Rezept für einen Beruhigungstrank aus und reichte es seinem Helfer. »Sofort fertigmachen, Benjamin«, sagte er dazu in sanft-melancholischem Ton. »Die erste Patientin ist soeben eingetroffen – eine Mrs. Armadale, Zimmer eins im zweiten Stock. Ein schlimmer Fall, Benjamin«, er seufzte geistesabwesend, »ein trauriger Fall.« Er setzte sich, öffnete das brandneue Krankenbuch und trug seine Diagnose ausführlich und ordnungsgemäß ein. »Brauchen Sie das Laudanum noch?« fragte er dann aufblickend. »Nein? Dann stellen Sie es bitte ins Schränkchen zurück, schließen Sie ab und geben Sie mir den Schlüssel. Ah, Sie sind fertig, wie ich sehe. Kleben Sie noch ein Etikett drauf: ›Fünfzehn Tropfen vor dem Schlafengehen‹, und geben Sie es der Oberin, Benjamin – niemand anderem als der Oberin.«

Während der Assistent sich entfernte, war der Doktor bereits mit einem Stapel ansprechend gedruckter Einladungskarten zur »Besichtung des Sanatoriums am . . . um . . .« beschäftigt. Ein gutes Dutzend davon füllte er mit dem Datum des nächsten Tages, dem 10. Dezember, und der Zeit zwei Uhr nachmittags aus, adressierte sie an ebenso viele Familien der Nachbarschaft, deren Namen er aus einer Liste ablas, klingelte den eisgrauen Diener herbei und befahl ihm, diese Einladungen am frühen Morgen überall persönlich abzuliefern. »Damit wäre wohl vorläufig alles getan«, dachte er händereibend, als der Diener sich zurückgezogen hatte. Seine weiteren Gedanken wurden nur durch den Eintritt der Oberin

noch einmal kurz gestört.
»Die Dame verlangt von mir, daß ich sie morgen früh punkt sieben Uhr wecke, Sir«, sagte sie, »und daß eine Droschke vor der Tür steht, sobald sie angezogen ist. Sie will ihr Gepäck durchaus selbst holen. Was soll ich tun?«
»Alles, was die Dame will«, erwiderte der Doktor. »Keine Sorge, sie kommt zurück ... Sie kommt freiwillig ins Sanatorium zurück!«

Die Frühstückszeit im Sanatorium war auf halb neun festgesetzt. Miß Gwilt hatte bis dahin tatsächlich ihren ganzen Umzug allein bewerkstelligt und saß bereits am Tisch, als der Doktor eintrat. Ihre Pünktlichkeit erstaunte ihn.
»Aber wozu eine solche Energieverschwendung?« meinte er mit mildem Vorwurf. »Wozu diese Eile, Verehrteste? Sie hatten doch noch den ganzen Vormittag zur Verfügung!«
»Reiner Tatendrang«, erwiderte sie kurz. »Je länger ich lebe, desto ungeduldiger werde ich.«
Der Doktor dachte sich sein Teil. Miß Gwilt wirkte nicht nur bleich und gealtert, sondern eigentümlich starr; sie verzog beim Sprechen keine Miene, und in ihren sonst so ausdrucksvollen Augen zeigte sich kein Schimmer ihres lebhaften Temperaments. So undurchdringlich und selbstbeherrscht hatte er sie noch nie gesehen. Er schloß daraus, daß er ihr heute einiges sagen könnte, was gestern abend noch nicht möglich gewesen war.
»Sie haben also Ihr Gepäck wieder bei sich«, begann er. »Gestatten Sie mir den Rat, diese schwarze Haube abzulegen und auch das Kleid zu wechseln.«
»Warum?«
»Wissen Sie nicht mehr, was Sie mir bei einer unserer letzten Begegnungen gesagt haben? Daß immerhin die Möglichkeit bestünde, daß Mr. Armadale in meinem Sanatorium stirbt?«
»Das kann ich auch heute wiederholen, wenn Sie Wert darauf legen.«
Der Doktor, taub gegen alle Ironie, fuhr fort: »Die Chance ist gering, sehr gering – aber solange überhaupt eine Chance besteht, ist es geraten, sehr genau darüber nachzudenken. Nehmen wir also an, er stirbt wirklich, und die unumgängliche amtliche Untersuchung hier im Hause folgt. Wie müssen wir uns verhalten? Unseren Rollen gemäß – Sie als Witwe des Verstorbenen, ich als Ihrer beider Trauzeuge und Arzt. Als solche werden wir auf jede wie auch immer geartete Frage Rede und Antwort stehen müssen. Nun ist mein Gedanke – ich möchte fast sagen: mein Entschluß – folgender: In dem natürlich vollkommen unwahrscheinlichen Fall, daß Mr. Armadale plötzlich stirbt, geben wir ganz offen zu, daß

wir von seiner Errettung aus Seenot gewußt und Mr. Bashwood beauftragt haben, ihn vermittels einer frommen Lüge hierher zu locken. Auf die Frage, was wir mit der frommen Lüge meinen, erklären wir, daß Mr. Armadale leider schon bald nach der Heirat Anzeichen geistiger Verwirrung gezeigt, Sie aufs schmählichste vernachlässigt und nur nach einer gewissen Miß Milroy geschmachtet habe, mit der heimlich verlobt zu sein er sich einbildete. Dieser Wahn habe Ihnen, seiner rechtmäßigen Gattin, verständlicherweise so zugesetzt, daß Sie, insbesondere nach den aufregenden Nachrichten von seinem Tod und der unerwarteten Wiederauferstehung, selbst einem Nervenzusammenbruch nahe waren, sich in meine Obhut begaben und mich gebeten haben, Ihren Mann sofort nach seiner Rückkehr auf seinen jetzigen Geisteszustand zu untersuchen und gegebenenfalls zu behandeln. In der traurigen Voraussicht, daß er sich einer solchen Untersuchung nicht freiwillig unterziehen würde, hätten wir uns seines Wahnes erinnert und ihm bei der Ankunft mitteilen lassen, nicht seine Frau, sondern der Gegenstand seiner verliebten Hirngespinste, Miß Milroy, erwarte ihn hier. Ich hätte ihn dann untersucht und mit Schrecken feststellen müssen, daß sein Hirn tatsächlich im letzten Stadium einer jener rätselhaften, rasch fortschreitenden Krankheiten gewesen sei, die bis heute unerforscht sind und unweigerlich zum Tode führen. – Soweit unsere Richtlinien, an die wir uns in unser beider Interesse halten sollten. Und um nun auf Ihr Witwenkleid zurückzukommen: Meinen Sie nach den soeben gehörten Darlegungen nicht auch, daß es entschieden verfrüht ist, es schon jetzt zu tragen?«

»Soll ich es gleich ausziehen?« war alles, was Miß Gwilt erwiderte, indem sie sich vom Frühstückstisch erhob.

»Es genügt, wenn Sie sich zu irgendeiner beliebigen Zeit vor zwei Uhr mittags umkleiden«, sagte der Doktor.

Sie sah ihn mit mattem Interesse an. »Warum gerade vor zwei?«

»Weil ich heute zum erstenmal zur Besichtigung des neuen Sanatoriums eingeladen habe. Und die Führung findet zwischen zwei und vier statt.«

»Was geht mich das an?«

»Sie sind immerhin meine erste Patientin. Und ich halte es für wünschenswert, daß Sie von möglichst vielen respektablen und unparteiischen Leuten in dieser Eigenschaft gesehen werden.«

»Ihr Motiv kommt mir ziemlich weit hergeholt vor. Sollte das wirklich Ihr einziger Beweggrund sein?«

»Aber meine liebe Dame!« rief der Doktor. »Habe ich *Ihnen* je etwas verborgen? Kennen Sie mich denn noch immer nicht gut genug?«

»Ja, ich kenne Sie«, antwortete sie mit müder Verachtung. »Ich

wäre reichlich begriffsstutzig, wenn ich Sie nicht auch diesmal verstünde. Schicken Sie nach mir, wenn Sie mich brauchen.«
Damit verließ sie ihn und kehrte in ihr Zimmer zurück.

So kurz befristet die Einladung des Doktors auch gewesen war und so freudlos sich das Sanatorium von außen präsentierte: Um Viertel nach zwei waren zumindest die weiblichen Mitglieder der eingeladenen Familien vollzählig erschienen. Die erbarmungswürdige Eintönigkeit, die das Leben des englischen Mittelstandes bestimmt und auf dem ehernen Grundsatz: »Trautes Heim – Glück allein« beruht, nötigt die Frauen, während die Männer ihren Geschäften nachgehen, jede nur einigermaßen schickliche Gelegenheit zu ergreifen, für ein paar Stunden in die »Öffentlichkeit« zu entkommen. Folglich hatten sich außer einem gebrechlichen alten Herrn und einem verschlafenen kleinen Jungen, die das männliche Geschlecht vertraten, nicht weniger als sechzehn Damen eingefunden, alte und junge, verheiratete und ledige – alle von dem gemeinsamen Wunsch beseelt, in erster Linie einander und in zweiter das Sanatorium zu besichtigen. Aufgeputzt wie zum Kirchgang, ihre brennende, undamenhafte Neugier nur mühsam unter gespielter Herablassung verbergend, strömten sie durch das triste Eisenportal – ein so bezeichnender wie betrüblicher Anblick!
Der Leiter des Sanatoriums empfing die Gäste im Vestibül, eine Dame am Arm, die von den hungrigen Augen der Besucherinnen förmlich verschlungen und im Nu von Kopf zu Fuß abtaxiert wurde.
»Meine erste Hauspatientin«, stellte der Doktor Miß Gwilt vor. »Sie ist erst gestern abend angekommen und möchte die Gelegenheit wahrnehmen, die Führung mitzumachen, da meine zahlreichen Verpflichtungen mir bis jetzt leider keine Zeit gelassen haben, ihr die Räume zu zeigen. Sie erlauben, Ma'am?« fügte er hinzu, indem er Miß Gwilt seinen Arm entzog und ihn höflich der ältesten der Besucherinnen bot. »Zerrüttete Nerven – Ehesorgen!« flüsterte er der Alten vertraulich zu. »Entzückende Frau! Tragischer Fall!« Er seufzte delikat und führte die Alte der übrigen Herde voran. Miß Gwilt machte still und unauffällig den Schluß.
Am Fuß der Treppe drehte sich der Doktor plötzlich um und hielt eine Ansprache an das Publikum.
»Meine sehr verehrten Damen und Herren! Bevor ich Sie in die einzelnen Räumlichkeiten führe, muß ich wegen einiger Unvollkommenheiten Ihre Nachsicht erbitten. Das Wartezimmer und mein Studierzimmer – auf dieser Seite des Korridors – sowie das Ordinationszimmer – dort – sind fertig, aber im großen Salon arbeiten noch die Maler und Tapezierer. Dort werden sich die Hauspatienten, sobald die Wände trocken sind, zu fröhlichen klei-

nen Geselligkeiten versammeln. Nichts, was das Leben verschönt, bereichert und durchgeistigt, soll meinen Schutzbefohlenen vorenthalten bleiben! Zum Beispiel wird allabendlich musiziert werden, und –«
Hier erhob sich ein schwaches Raunen unter der Zuhörerschar, und eine ehrbare Familienmutter unterbrach den Doktor mit der Frage, ob dieses allabendliche Musizieren auch sonntags stattfände, und, wenn ja, welche Art von Musik dann erlaubt sei?
»Selbstverständlich nur geistliche Musik, Ma'am«, erwiderte der Doktor. »Sonntags gibt es nur Händel – allenfalls auch einmal einen der getragenen Sätze von Haydn. Indessen wird Musik, wie ich eben schon sagen wollte, nicht die einzige Unterhaltung sein, die ich meinen Patienten biete. Auch für Lektüre, die sie von ihren nervösen Leiden ablenkt, wird gesorgt.«
Wieder wurde getuschelt, und eine andere ehrbare Familienmutter erkundigte sich, ob mit »Lektüre« etwa moderne Romane gemeint seien.
»Nur solche, die ich selbst sorgfältig geprüft und ausgewählt habe!« versicherte der Doktor. »Nichts Schmerzliches, nichts Aufregendes! Davon gibt es im wirklichen Leben genug – Grund genug, es in Büchern nicht zu dulden. Die englischen Autoren, die in meiner Bibliothek vertreten sein werden (Ausländer kommen ohnehin nicht in Frage), müssen das bieten, was der gesund empfindende Leser heutzutage verlangt: ideale Gestalten, sittlichen Ernst, Reinheit und zuweilen ein wenig harmlosen Humor – mit einem Wort, Lektüre, bei der wir uns wohlbefinden.«
Diesmal war das Geraune, das der Erklärung des Doktors folgte, unumwunden beifällig. Der Doktor ließ diesen günstigen Schlußeindruck nachwirken, indem er das Thema »Unterhaltung« damit abschloß und die Schar bat, ihm die Treppe hinauf zu folgen. Wieder ging er mit der Alten, auf deren Atemnot er rührende Rücksicht nahm, langsam voran, und wieder folgte ihm alles – zuletzt, schweigsam und unauffällig, Miß Gwilt. Fast jede der Damen sah sich mit der Absicht, sie anzusprechen, nach ihr um; doch jeder, einer nach der anderen, flößte etwas Seltsames, Unentzifferbares in dem stillen Gesicht eine solche Scheu ein, daß ihnen die gutgemeinten Worte auf den Lippen erstarben. Der vorherrschende Eindruck war, daß der Doktor taktvoll die Wahrheit verschleiert hatte und seine Patientin nicht nur nervenleidend, sondern regelrecht geistesgestört sei.
Im Korridor des ersten Stocks angelangt, wartete der Doktor, bis alle sich um ihn versammelt hatten, und wies dann mit weitausholender Geste auf die numerierten Türen rechts und links.
»Die Zimmer sind alle gleich, bis auf dieses eine hier, Nummer vier«, sagte er nach einer kurzen Schilderung seiner Vorstellung

von allgemeiner Krankenhaushygiene, »darum genügt es, wenn Sie hier hineinsehen. Sollte Ihnen etwas Besonderes auffallen, so erwähnen Sie es bitte.«

Das Zimmer war nicht sehr groß, aber durch ein breites Fenster angenehm hell und recht behaglich möbliert. Das einzige, was den Besuchern auffiel, war das Fehlen des gewohnten Kamins, worauf der Doktor sie belehrte, daß die Krankenzimmer im Winter auf die modernste und gesündeste Weise, nämlich durch Warmwasserröhren, geheizt würden. Die eigentliche »Entdeckung«, auf die er angespielt hatte, war den Besuchern verborgen geblieben, weswegen er alle auf den Korridor zurückbat, um ihr Augenmerk selbst darauf zu lenken.

»Meine Damen und Herren – zuvor noch ein Wort über Nervenleiden und ihre Behandlung. Was geschieht normalerweise, wenn Sie, was Gott verhüte, unter irgendwelchen seelischen Belastungen zusammenzubrechen drohen und deswegen Ihren Arzt aufsuchen? Er hört Sie an, behorcht und beklopft Sie, verschreibt Ihnen ein Stärkungsmittel und empfiehlt Ihnen, in Zukunft alle Aufregungen zu meiden. Ein ausgezeichneter Rat – nur die Möglichkeit, ihn zu befolgen, liefert Ihr Hausarzt leider nicht mir. In meinem Sanatorium hingegen brauchen Sie die Aufregungen gar nicht erst zu meiden – sie werden unter allen Umständen von Ihnen ferngehalten! Unüberwindliche Barrieren stehen zwischen Ihnen und jeglicher Sorge, jeglichem kleinen, alltäglichen Ärgernis! Weisen Sie mir *eine* klappende Tür in diesem Hause nach, wenn Sie können! Nennen Sie mir den Dienstboten, der in *diesem* Hause mit Geschirr klirrt, und er wird augenblicklich entlassen! Bemerken Sie auch nur einmal Hundegebell, Kindergeschrei, Hammerschläge oder Hähnekrähen – und ich schließe mein Sanatorium am selben Tag! Sie lächeln . . . Aber fragen Sie einmal einen Nervenkranken, ob ihm bei diesen Bagatellen zum Lachen zumute ist! Fragen Sie ihn, ob er diesen Belästigungen zu Hause, im Amt, auf der Straße oder sonstwo entgehen kann! Was nützen sämtliche Medizinen, wenn zehn Minuten Hundegebell oder Kindergeschrei hinreichen, den vielleicht schon halb Geheilten wieder an den Rand des Zusammenbruchs zu treiben? Kein ernst zu nehmender Arzt in ganz England wird abstreiten, daß dies eins der schwierigsten Probleme ist . . . Hier greift nun mein System ein. Die seelische Behandlung ist bei mir untrennbar mit der rein medizinischen verbunden; sie schaltet bei Tage alle Störungen aus und folgt dem Patienten sogar bei Nacht unmerklich in sein Zimmer, lindernd, beschwichtigend und heilend . . . Wie? Das werden Sie gleich sehen.«

Der Doktor hielt inne, um nach dieser schwungvollen Einleitung Atem zu schöpfen, und richtete zum erstenmal, seit die Besucher

da waren, den Blick auf Miß Gwilt, die den Blick erwiderte und allmählich etwas aus dem Hintergrund hervortrat.
Der Doktor überbrückte die kleine Pause mit einem Hüsteln und fuhr fort:
»Nehmen Sie an, meine Damen und Herren, der neue Patient ist soeben eingetroffen. In seinem Gemüt herrscht ein chaotisches Durcheinander von schreckhaften Vorstellungen, die seine Angehörigen zu Hause, in der besten Absicht, ihm zu helfen, erst recht auf die Spitze getrieben haben. Vielleicht haben sie ihm nachts einen Aufpasser ins Zimmer gesetzt, damit er sich nichts antut, oder ihm verboten, sich einzuschließen. Er kommt hierher, und sein erster Satz lautet: ›Ich will keinen andern in meinem Zimmer haben!‹ – ›Gewiß nicht; es ist ja ein Einzelzimmer‹, erwidere ich ruhig. ›Und ich bestehe darauf, mich einzuschließen!‹ – ›Aber bitte sehr, tun Sie, wie es Ihnen beliebt.‹ Er geht also in sein Einzelzimmer und riegelt sich ein, schon halb beruhigt und zu erquickendem Schlummer bereit, weil man ihm endlich seinen Willen gelassen hat. ›Sehr schön‹, werden Sie sagen, ›aber wenn er nachts trotzdem einen Anfall bekommt, was dann?‹ Ich werde es Ihnen zeigen . . . Hallo, junger Freund!« wandte sich der Doktor plötzlich jovial an den schläfrigen kleinen Jungen, der erschrocken zusammenfuhr, »wir spielen jetzt mal ein schönes Spiel miteinander. Du bist der arme, kranke Mann, und ich bin der gute Onkel Doktor. Geh in dieses Zimmer und riegle die Tür von innen zu! Brav, mein Junge! Hast du auch fest zugeriegelt? Sehr gut. Nun denkst du wohl, ich kann nicht mehr zu dir herein? Ich warte nur ab, bis du eingeschlafen bist – dann drücke ich den kleinen weißen Knopf hier draußen neben der Tür, der im Tapetenmuster kaum zu sehen ist – hokuspokus, der Riegel drinnen gleitet lautlos in den Türpfosten zurück – und ich spaziere hinein, wann ich will.« Er öffnete die Tür, ließ den verblüfften kleinen Jungen heraus und wandte sich wieder erklärend an die Erwachsenen:
»Das Öffnen und Schließen des Fensters reguliere ich auf ähnliche Weise von außen, ohne Wissen des Patienten. Versteift er sich darauf, in warmen Sommernächten fast zu ersticken oder sich bei winterlichen Stürmen die Schwindsucht zu holen – bitte schön! Er ist der Herr seines Zimmers! Nur nicht widersprechen! Aber über seine Gesundheit wache ich trotzdem, und zwar vermittels dieses in einer Rille verborgenen Handgriffs, mit dem ich das Fenster geräuschlos öffnen und schließen kann, je nachdem. Auch sonst weiß ich meine ärztlichen Pflichten zu erfüllen, ohne meinen hypersensiblen Patienten damit zu beunruhigen. Ungeachtet aller Vorsichtsmaßnahmen können selbst in diesem Sanatorium Krankheitsfälle auftreten, welche die Desinfizierung eines Zimmers erforderlich machen, oder der Patient bringt außer seinem

nervösen Leiden noch ein anderes, organisches, mit, sagen wir: Asthma. Er müßte inhalieren, hat aber eine Todesangst vor allen Dampfapparaten und chemisch-physikalischen Prozessen, die sich mit Gebrodel und Gezisch vor seiner Nase abwickeln. ›Ich lasse mich nicht ausräuchern!‹ schreit er, sobald die erste Andeutung fällt, und ist schon bei der bloßen Idee einer Atemlähmung nahe. ›Gut‹, sage ich, ›lassen wir es, Sie werden auch ohne Inhalieren gesund.‹ Fortan wird kein Wort mehr davon gesprochen, aber bei Nacht, wenn er schläft, sorge ich dafür, daß mein Patient die heilsamen Dämpfe trotzdem einatmet. Zu diesem Zweck ist ein ganz einfacher Apparat hier unter der Holztäfelung in die Mauer eingelassen. Hätten Sie gedacht, daß eine der Tafeln sich wie eine Tür aufschließen läßt? Sehen Sie!«

Nach einem kurzen Blick auf Miß Gwilt, den er dann rasch über das übrige Publikum weitergleiten ließ, zog der Doktor einen kleinen Schlüssel aus der Brusttasche, öffnete das Türchen und enthüllte ein quadratisches Mauerfach, in dem sich nichts weiter befand als ein Steingutkrug mit einem Glastrichter obenauf, einem Korken, der den kurzen Schnabel verschloß, und einem gebogenen Glasrohr, das durch diesen Korken gebohrt war und den Krug mit der Innenwand des Krankenzimmers verband.

»Haben Sie nun verstanden, mit welch einfachem Trick ich die Dämpfe zu meinem Patienten leite, ohne daß er etwas davon hört und sieht?« erkundigte sich der Doktor bescheiden, während er (mit einem abermaligen kurzen, aber bedeutsamen Blick zu Miß Gwilt) die Tafeltür wieder abschloß und den Schlüssel in seiner Tasche verwahrte; und da seine Frage allgemein bejaht wurde, forderte er das Publikum auf, nunmehr die Praxisräume und die Küche zu besichtigen.

Miß Gwilt schloß sich dem Schwarm nicht an, und diesmal fiel es niemandem mehr auf, daß sie allein zurückblieb. Wie gebannt betrachtete sie die Zimmernummer und die Wandtäfelung, hinter der sich der soeben gezeigte Dampfapparat verbarg. Sie hatte verstanden. Wieder einmal hatte ihr der Doktor ohne ein direktes, ihn selbst bloßstellendes Wort die nötigen praktischen Winke zur Ausführung des geplanten Verbrechens gegeben – vor anderthalb Dutzend nichtsahnenden Zuhörern, die für seine Unschuld zeugen würden, falls später doch etwas schiefging. Der Apparat eignete sich offensichtlich zur Herstellung nicht nur heilender, sondern auch anderer Dämpfe – eine Möglichkeit, die dem Doktor wahrscheinlich erst in diesen Tagen eingefallen war. Um was für Dämpfe es sich handelte und wie man sie erzeugte, würde Miß Gwilt auch noch erfahren; daran zweifelte sie nicht. Heute noch, wieder »ganz nebenbei« und in Gegenwart eines harmlos-gutgläubigen Zeugen.

Endlich wandte sie sich ab und ging langsam die Treppe hinunter. »Diesmal wird Armadale dem Tod nicht entrinnen«, dachte sie dumpf. »Der Doktor bringt ihn um – aber nur durch meine Hand!«
Die Besucher waren im Ordinationszimmer, als Miß Gwilt sich wieder unauffällig dazugesellte, und alle Damen bewunderten gerade das schöne antike Zierschränkchen. Natürlich wurde die neugierige Frage laut, was darin sei. Der Doktor vergewisserte sich mit einem schnellen Blick, daß Miß Gwilt in Hörweite war, schüttelte lächelnd den Kopf und erwiderte: »Wirklich nichts Interessantes – nur lauter kleine schäbige Flaschen mit medizinischen Giften, die ich wohlweislich streng unter Verschluß halte. Darf ich Sie nun in die Küche bitten? Ich erhoffe von Ihnen, meine Damen, manchen fachkundigen und wertvollen Rat . . .« Er ließ die Gesellschaft an sich vorbei in den Korridor treten, wies Miß Gwilt mit einer stummen Kopfbewegung an, zurückzubleiben, und folgte den andern.
Eine Viertelstunde später wurde die Besucherschar mit Prospekten des Sanatoriums versehen und wortreich hinauskomplimentiert. Die Damen äußerten sich begeistert über die gehabten Eindrücke, und als sie in feiertäglich aufgeputzter Prozession wieder durch das Eisentor strömten, wie sie gekommen waren, sagten sie zueinander: »Welch ein bedeutender Mann!«
Der Doktor kehrte, zerstreut vor sich hin summend und von seinem Assistenten begleitet, in das Ordinationszimmer zurück, wobei er Miß Gwilt, die in einer Ecke stand, geflissentlich übersah. Nach kurzem Zögern ging sie ihm ein paar Schritte nach und sagte in kaltem, ausdruckslosem Ton, als leiere sie eine auswendig gelernte Lektion herunter:
»Ich bin so neugierig wie die anderen Damen, Doktor. Wollen Sie nicht wenigstens *mir* zeigen, was in diesem hübschen Schränkchen ist?«
Der Doktor lachte gutmütig.
»Die alte Geschichte! Blaubarts einzige verschlossene Kammer läßt den Frauen natürlich keine Ruhe! (Bleiben Sie ruhig hier, Benjamin, ich brauche Sie noch!) Meine liebe, verehrte Dame, was interessiert Sie eigentlich so an ein paar ganz ordinären Medizinfläschchen? Nur der Umstand, daß sie zufällig Gift enthalten?«
Miß Gwilt leierte ihr Sprüchlein noch einmal her, diesmal mit der Variante: »Uns Frauen interessiert eben nicht nur, was wir sehen, sondern was wir uns darunter vorstellen – und wenn wir ein Giftfläschchen sehen, stellen wir uns gleich das ganze Drama vor, das geschehen kann, wenn es in unrechte Hände kommt.«
Der Doktor tauschte einen überlegen lächelnden Blick mit seinem Assistenten.
»Merkwürdig, Benjamin, nicht wahr? Wie unwissenschaftliche

Gemüter doch an ihren romantischen Vorstellungen hängen! – Meine liebe Dame«, wandte er sich nun wieder an Miß Gwilt, »wenn Ihr Sinn *danach* steht, brauche ich mein Giftschränkchen gar nicht erst aufzuschließen. Ein Rundblick über die offenen Regale in diesem Zimmer leistet Ihnen bei genügender Phantasie genau dieselben Dienste. Da stehen alle möglichen chemischen Flüssigkeiten und Substanzen, jede für sich harmlos und nützlich . . . aber in bestimmten Verbindungen mit anderen, ebenso harmlosen und nützlichen Substanzen können sie eine ebenso furchtbare, ja tödliche Wirkung entfalten wie nur irgendeines der Gifte, die ich in dem bewußten Schränkchen unter Verschluß halte.«

Miß Gwilt sah dem Doktor sekundenlang ins Gesicht und ging dann gehorsam zu den offenen Regalen hinüber.

»Erklären Sie mir doch ein paar dieser Substanzen«, sagte sie.

Der Doktor lächelte gutmütiger denn je und ging geduldig auf die Grille seiner nervenleidenden Patientin ein. Er zeigte auf die bauchige Flasche, deren Inhalt er am Vorabend in aller Stille in eine andere umgegossen und die er mit gelbgefärbtem Wasser aufgefüllt hatte, und begann seinen Vortrag:

»Sehen Sie diese biedere, runde, ausgesprochen gemütlich wirkende Flasche? Ihr Inhalt hat einen langen lateinischen Namen, mit dem ich Sie nicht erst belasten will – nennen wir sie einfach ›unsere brave Dicke‹. Sie ist anerkannt brav; dieses gelbe Zeug wird täglich in aller Welt von Zehntausenden von Menschen als harmloses Hausmittel gebraucht. Nie ist sie für sich allein in einem Mordprozeß aufgetaucht, nie hat sie atemlose Spannung in einem Roman erregt oder gar eine finstere Rolle auf der Bühne gespielt. Nein, unsere brave Dicke tut keiner Fliege etwas zuleide, und niemand braucht sie vor Kindern und Narren wegzuschließen. *Aber* bringen Sie sie mit einer gewissen, überall erhältlichen mineralischen Substanz zusammen – harmlosen kleinen Brocken –, übergießen Sie diese Bröckchen in Abständen von fünf Minuten mit, sagen wir, sechs Dosen aus unserer braven Dicken, und Sie können etwas erleben! Äußerlich ist die Sache noch immer harmlos; Sie sehen bei jedem Guß nur eine Menge kleiner Blasen aufsteigen; aber leiten Sie das Gas durch eine Röhre in eine geschlossene Kammer: Selbst ein Samson, ein Goliath würde in dieser Kammer binnen einer halben Stunde sterben! Sterben, sage ich, langsam sterben, ohne etwas zu riechen, zu sehen, zu hören – und ohne etwas anderes zu empfinden als überwältigende Müdigkeit. Und nach seinem Tod würde ein ganzes Ärztekollegium keine Spuren feststellen, absolut keine, und auf dem Totenschein stünde ›Herzschlag‹ oder ›Atemlähmung‹ oder sonst so etwas Übliches. Wie gefällt Ihnen *das*, meine liebe Dame, bei Ihrer Neigung zu roman-

tischen Schauergeschichten? Ist unsere brave Dicke nicht mindestens so interessant wie die populären Schurken Arsenik und Strychnin, die ich da drüben eingekerkert habe? – Nun glauben Sie vielleicht, daß ich Sie mit einer erfundenen Geschichte abspeise ... Fragen Sie meinen Assistenten hier, fragen Sie Benjamin, ob« – er betonte jedes Wort einzeln –, »ob sechs Dosen aus dieser Flasche, in Abständen von fünf Minuten auf eine bestimmte mineralische Substanz gegeben, die von mir beschriebene Wirkung hervorrufen? Ist es so, Benjamin, oder nicht?«
Der so plötzlich direkt Angesprochene, der sich andächtig in Miß Gwilts Anblick versenkt hatte, kam errötend zu sich und bestätigte eilfertig die Ausführungen seines Chefs.
»Es ist so, Ma'am«, sagte er mit einer Verbeugung. »Wenn die Gasproduktion über eine halbe Stunde hingezogen wird, wäre die Wirkung ganz die beschriebene. Und«, fügte er hinzu, um seine eigenen Kenntnisse ein wenig herauszustreichen, »zum Schluß wäre das Gasvolumen in der Kammer ausreichend, um auf jeden, der sie betritt, binnen fünf Minuten tödlich zu wirken ... Oder irre ich mich, Sir?«
»Nein, Sie haben vollkommen recht, Benjamin«, lobte der Doktor. »Aber ich denke, Mrs. Armadale, für die erste Chemiestunde reicht es. Wie? Sie haben noch Fragen? Sie wünschen wohl etwa gar ein Experiment zu sehen? Was sagen Sie zu solchem Lerneifer, Benjamin!« Der Ton des Doktors glich dem eines gütigen Vaters, der seinem verwöhnten Kind jeden Willen tut. »Also, Benjamin, Mrs. Armadale will durchaus sehen, wie die kleinen Blasen entstehen. Warum nicht – so ein Experiment ist ja zum Glück noch ungefährlich. Sehen Sie doch, ob Sie irgendwo ein paar von den Brocken finden, die wir dazu brauchen. Ich nehme an, die liederlichen Handwerker haben genug davon auf dem Grundstück herumliegen lassen.«
Benjamin hatte kaum das Zimmer verlassen, als der Doktor anfing, verschiedene Schubladen aufzuziehen und darin zu kramen, als hätte er etwas verlegt, was er dringend brauchte, und könnte sich absolut nicht besinnen, wo es sei. »Herrje!« rief er plötzlich, ausdrucksvoll innehaltend, »was ist denn das? Ein Nachschlüssel? Ein Nachschlüssel, so wahr ich lebe, zu meinem Inhalierapparat oben an Nummer vier! Nein, wie vergeßlich man mit den Jahren wird!« Er wandte sich kopfschüttelnd zu Miß Gwilt um. »Ich hatte keine Ahnung mehr, daß dieser zweite Schlüssel überhaupt in meinem Besitz ist. Ich hätte ihn nie vermißt, wahrhaftig, wenn jemand ihn stillschweigend an sich genommen hätte! So etwas!« Damit schusselte er ans andere Ende des Zimmers, um dort ebenfalls Schubladen aufzuziehen und darin zu kramen – und ließ den eben »gefundenen« Nachschlüssel offen auf dem Tisch liegen.

Miß Gwilt hatte schweigend abgewartet, bis er mit seiner Komödienszene fertig war. Nun glitt sie ebenso schweigend zum Tisch, nahm den Schlüssel und steckte ihn in die Tasche ihres einfachen grauen Hauskleides.

Bald darauf kam der Assistent mit einer Schale zurück, in der einige weißliche Brocken lagen.

»Vielen Dank, Benjamin«, sagte der Doktor. »Bitte feuchten Sie sie einstweilen schon mit Wasser an, während ich unsere brave Dicke herunterhole.«

Kleine Mißgeschicke kommen bekanntlich in den besten Familien vor – und auch die geschicktesten Arzthände sind nicht unfehlbar. Denen des Doktors entglitt die Flasche auf halbem Wege zwischen Regal und Tisch und zerschellte klatschend und splitternd auf dem Fußboden.

Der Doktor schlug sich in komischer Verzweiflung auf die Finger. »Wie könnt ihr mir so einen Streich spielen, ihr bösen, plumpen Dinger! Nun ja, nun ja – vom Schelten wird die brave Dicke auch nicht wieder heil. Haben wir woanders noch etwas von dem Zeug, Benjamin?«

»Keinen Tropfen, Sir.«

»Keinen Tropfen!« echote der Doktor. »Teure Mrs. Armadale, können Sie mir verzeihen? Mein Ungeschick hat unser kleines Experiment für heute vereitelt. Erinnern Sie mich bitte daran, Benjamin, daß ich das Nötige nachbestelle – und, um Himmels willen, bemühen Sie sich nicht selbst, lassen Sie den Diener das Zeug aufwischen und die Scherben wegräumen! Unsere brave Dicke ist jetzt harmlos genug, verehrte Dame; Dielen und Scheuerlappen ergeben bestimmt keine tückischen Gasblasen! Es tut mir so schrecklich leid, daß ich Sie für heute enttäuschen muß.« Mit diesen beschwichtigenden Reden bot der Doktor Miß Gwilt den Arm und führte sie aus dem Ordinationszimmer.

»Haben Sie mich für den Moment genügend bearbeitet?« fragte sie, als sie draußen allein waren.

»Du liebe Güte, welch eine Ausdrucksweise!« rief er sanft gekränkt und fügte dann höflich hinzu: »Dinner um sechs«, während sie sich schon in eisigem Schweigen abwandte und zur Treppe ging.

Eine geräuschlose Uhr, die selbst den reizbarsten Nerven nichts anhaben konnte, war auf dem Treppenabsatz des ersten Stocks in die Wand eingelassen. Sie zeigte auf ein Viertel vor sechs, als das leichte Rascheln eines Frauenkleides in der Stille der oberen Regionen vernehmbar wurde. Miß Gwilt kam langsam vom zweiten Stock her durch den Korridor, hielt vor Nummer vier inne, lauschte einen Moment in die Runde und öffnete dann die Tafel, die das

Geheimfach verbarg, mit ihrem Nachschlüssel.
In dem schattigen Gehäuse sah sie zunächst nur, was sie schon gesehen hatte: den Krug, den Glastrichter und das gebogene Leitrohr. Sie hob den Trichter ab, nahm einen mit einem Kerzenstümpfchen versehenen Stab, den sie in der Nähe bemerkte und der normalerweise zum Anzünden der Gaslampen diente, und stocherte mit dem hölzernen Ende kurz in dem Krug herum. Das schwache Geräusch einer Flüssigkeit, in der einige härtere Partikel klapperten, war alles, was an ihr Ohr drang. Sie zog den Stab wieder heraus und berührte das nasse Ende vorsichtig mit der Zungenspitze. In diesem Fall war ihre Vorsicht unnötig. Die Flüssigkeit war – Wasser.
Als Miß Gwilt den Trichter wieder auf die Öffnung setzte, bemerkte sie seitlich hinter dem Krug noch ein hohes, mattschimmerndes Gefäß und zog es hervor. Es war eine purpurne, mit einem Glasstöpsel verschlossene Phiole, in der auch die Flüssigkeit, mit der sie gefüllt war, dunkel erschien. Außen auf dem Glas waren fünf dünne weiße Teilstriche zu sehen . . .
Kein Zweifel: Der Apparat war insgeheim für sie vorbereitet worden – dieser genau erklärte Apparat, zu dem nur sie selbst (außer dem Doktor) einen Schlüssel hatte.
Sie stellte die Phiole zurück und schloß das Gehäuse ab. Einen Moment stand sie noch da, den Schlüssel in der Hand, und starrte auf die nun durch nichts mehr auffallende Stelle. Dann, ganz plötzlich, schoß ihr das Blut in die bleichen Wangen, und ihre erstarrten Züge zeigten zum erstenmal an diesem Tage einen natürlichen Ausdruck. Sie stürzte zur Treppe zurück, hastete atemlos in ihr Zimmer, riß mit fliegenden Händen ihren Mantel aus dem Schrank und setzte den Hut auf. »Ich bin nicht im Gefängnis!« stieß sie leidenschaftlich hervor. »Noch kann ich mich frei bewegen! Ganz gleich, wohin – nur fort aus diesem Haus!«
Schon war sie zurück an der Tür, schon hatte sie die Hand auf der Klinke, als die Erinnerung an ihren verleugneten Mann sie durchzuckte.
Langsam ließ sie die Hand sinken, langsam nahm sie Hut und Mantel wieder ab und warf sie auf das Bett. »Nein«, murmelte sie, »das Schlimmste ist schon geschehen – *diese* Kluft läßt sich nie mehr überbrücken!«
Es klopfte von draußen, und die Stimme des Doktors meldete höflich, daß es Zeit zum Essen sei. Miß Gwilt öffnete die Tür und trat zu ihm hinaus.
»Um welche Zeit kommt der Fährzug heute abend an?« fragte sie ihn flüsternd.
»Um zehn«, erwiderte der Doktor unbekümmert laut, mit dem deutlichen Unterton: *Mich* kann alle Welt hören!

»Und welches Zimmer gedenken Sie meinem Mann zu geben, falls er kommt?«
»Haben Sie einen bestimmten Wunsch?«
»Nummer vier.«
»Gut, dann reservieren wir Nummer vier für Mr. Armadale«, willigte der Doktor liebenswürdig ein: Er wahrte den Schein bis zum äußersten. »Vorausgesetzt natürlich, daß wir es bis dahin nicht für einen Asthmatiker brauchen!«

Der Abend verging.
Es wurde Nacht.
Einige Minuten vor zehn war Mr. Bashwood wieder auf dem Posten, um den Fährzug, dessen Ankunft sich, den Gezeiten entsprechend, allabendlich etwas verschob, zu erwarten. Der diensttuende Bahnhofsinspektor, der die sonderbare Figur schon kannte und seinen anfänglichen Verdacht, es handle sich um einen Taschendieb, mangels Diebstahlsanzeigen inzwischen fallengelassen hatte, stellte heute abend beim Auftauchen seines Freundes zwei auffällige Begleiterscheinungen fest. Die erste war die kummervolle und ängstliche Miene, die der sonst so fröhliche alte Geck plötzlich zur Schau trug. Die zweite war ein kleiner, schlanker, südländisch dunkler Herr, der sein Gepäck mit dem Namen »Midwinter« abends zuvor im Zollraum gelassen hatte, erst heute vor etwa einer halben Stunde zurückgekehrt war, um es abzuholen, und den alten Gecken, der immer auf den Zug von Dover wartete, aus einiger Entfernung zu beobachten schien.
Was hatte Midwinter auf dem Bahnhof zu suchen? Und warum erwartete auch er die Ankunft des Fährzuges?
Nachdem Midwinter in der letzten Nacht auf seiner ziellosen Wanderung bis Hendon gelangt war, hatte er ein Zimmer im dortigen Gasthaus genommen und aus Erschöpfung bis in die frühen Morgenstunden geschlafen – was seine Frau wiederum hellsichtig vorausgeahnt und in ihre eigenen Pläne einbezogen hatte. Als er sich wieder in Hampstead meldete, konnte die Wirtin ihm nichts weiter sagen, als daß ihre Mieterin alles mit ihr geregelt hätte und mit ihrem ganzen Gepäck davongefahren sei; das Ziel hätte sie weder ihr noch dem Dienstmädchen verraten.
Midwinter kehrte mit dem festen Entschluß, seine Frau zu suchen, bis er sie fand, in die belebteren Innenbezirke der Stadt zurück und durchwanderte die Straßen, bis die Ermüdung ihn wiederum zu kurzer Rast zwang. Nach dem Erlebnis des gestrigen Abends wußte er, daß es zwecklos war, sich bei Lydias Mutter erkundigen zu wollen – er zweifelte nicht mehr daran, daß sowohl die Mutter als auch deren Adresse erfunden waren. Doch gegen Abend durchzuckte ihn plötzlich die einzige erfolgversprechende Idee, um die er

den ganzen Tag vergeblich gerungen hatte: Bashwood! Wahrscheinlich stand Bashwood heute abend wieder am Zug, um die Person abzuholen, die er eindeutig schon gestern erwartet hatte, die aber nicht gekommen war. Hierbei fiel Midwinter auch sein Gepäck ein, das er, um Bashwood zu folgen, im Zollraum gelassen hatte und ohnehin noch abholen mußte. Diese Notwendigkeit konnte er mit der Klärung der Frage verbinden, *wen* Bashwood, der so offensichtlich ein ergebener Sklave seiner Frau war, eigentlich erwartete . . .

Während seines Aufenthalts in Italien hatte er nichts von Allans angeblichem Tod erfahren und ahnte infolgedessen auch nichts von dem wahren, fürchterlichen Zweck, den Lydia mit ihrer Witwenkostümierung im Auge hatte. Die grauenhafte Szene in ihrem Zimmer hatte in ihm nur den vagen Verdacht, daß sie ihn betrog, zur Gewißheit werden lassen. Anders konnte er jetzt ihre Abreise, das Ausbleiben ihrer Briefe, das eiskalte Ableugnen ihrer ehelichen Verbindung und das offene Führen des bisher geheimgehaltenen Namens Armadale nicht auslegen. Ihr Verhalten hatte ihn zu dem Schluß genötigt, daß sie in irgendeine schändliche Liebesaffäre verwickelt war und sich vorsorglich auf die niederträchtigste Weise gegen seine etwaigen Ansprüche gesichert hatte.

Und nun stand er auf dem Bahnsteig und beobachtete Bashwood, fest überzeugt, daß diese Jammergestalt der gefügige Diener und Botengänger seiner treulosen Frau war und ihr jetziges Versteck kannte. Und höchstwahrscheinlich war der Mann, mit dem sie ihn betrogen hatte, derselbe, den Bashwood seit gestern so ausdauernd erwartete!

Der Zug hatte Verspätung und war, als er endlich eintraf, überfüllt. Midwinter geriet in den Strudel der Aussteigenden und verlor Bashwood für einige Minuten aus den Augen. Als er sich wieder durchgekämpft hatte, sah er Bashwood eifrig auf einen großen Mann einreden, der einen weiten Flauschmantel trug und ihm, Midwinter, den Rücken kehrte. Er vergaß alle Vorsichtsmaßnahmen, die er sich vor Eintreffen des Zuges eingeprägt hatte, und ging geradewegs auf die beiden zu. Bashwood sah sein drohendes Gesicht, verstummte und wich ängstlich einen Schritt zurück. Der Mann im Flauschmantel hingegen drehte sich um – und Midwinter erkannte im vollen Licht der Bogenlampe Allans vertrautes Gesicht!

Eine Sekunde später standen sie wortlos, Hand in Hand, und konnten einander nur ansehen. Allan erholte sich als erster von seiner freudigen Überraschung.

»Gott sei Dank, daß du da bist!« sagte er inbrünstig. »Ich frage nicht, wieso und warum – die Tatsache genügt. Bashwood hat mir schlechte Nachrichten gebracht, Midwinter. Nur du kannst mich

jetzt trösten und . . .« Seine Stimme versagte, und er senkte den Kopf.
Sein Ton und seine Haltung riefen Midwinter auf, jetzt zuerst der alten Freundschaft zu gedenken und sein persönliches Leid in den Hintergrund zu drängen. Er nahm Allan teilnahmsvoll beiseite und fragte ihn, was geschehen sei.
Hierauf erfuhr er zum erstenmal von dem Untergang der Jacht, der ihn nicht wenig entsetzte, und der irrtümlichen Todesmeldung. Aber Allan hielt sich dabei nicht weiter auf, sondern erging sich sofort in Klagen über die von Bashwood überbrachte Meldung, seine süße Nelly sei vor Kummer über seinen vermeintlichen Tod so schwer erkrankt, daß der Major sie in ein Sanatorium hätte bringen müssen – nicht in Norfolk, sondern hier, in der Nähe von London.
Midwinter sah sich, ehe er antwortete, mißtrauisch nach Bashwood um, der sich wieder herangeschlichen hatte und offenbar scharf beobachtete, wie er reagierte.
»Hat Mr. Bashwood dich eigens hier erwartet, um dir das zu sagen?« fragte er leise.
»Ja«, erwiderte Allan arglos, »denke dir, der Gute hat Abend für Abend auf mich gewartet, um mich gleich beim Verlassen des Zuges zu erwischen und mir die schlimme Neuigkeit schonend beizubringen.«
Midwinter wußte nicht, was er sagen sollte. Seine eigenen finsteren Vermutungen über die Mission, die Bashwood auf dem Bahnhof zu erfüllen hatte, waren durch Allans Erscheinen gegenstandslos geworden – oder, jedenfalls im Moment, einfach nicht damit zu vereinen. Allan war weder der Liebhaber seiner Frau noch in irgendeine sonstige Intrige Lydias verwickelt . . . und dennoch hatte Bashwood zweifellos ihn und keinen anderen erwartet. Das Rätsel- und Lügengespinst war nur zu entwirren, wenn Midwinter es sofort bei der schwächsten Stelle anpackte. Hatte Bashwood nicht gestern abend noch behauptet, er wüßte nichts von Allans Verbleib und hätte seit Monaten nichts von ihm gehört? Wieso erwartete er ihn dann Abend für Abend am Bahnhof?
Nachdem Midwinter Bashwood auf dieser einen Lüge ertappt hatte, lag der Verdacht nur zu nahe, daß er auch Allan belogen hatte. Er wandte sich plötzlich zu Bashwood und fragte:
»Wer hat Sie eigentlich mit dem Überbringen dieser traurigen Nachricht über Miß Milroy beauftragt?«
»Der Major natürlich!« warf Allan lebhaft ein, ehe Bashwood überhaupt antworten konnte.
»Und wie heißt der Arzt, der Miß Milroy behandelt?« Midwinter hatte auch diese Frage an Bashwood gerichtet, und wieder antwortete Allan statt seiner.

»Ach, er hat irgend so einen ausländischen Namen . . . Jedenfalls leitet er ein Sanatorium in Hampstead. Wo war es noch genau, Mr. Bashwood?«

»Fairweather Vale, Sir«, erwiderte Bashwood kaum hörbar und sichtlich ungern.

Die Adresse des Sanatoriums erinnerte Midwinter augenblicklich an die vergangene Nacht. In Hampstead, Fairweather Vale, hatte er seine Frau aufgespürt! Der erste Wahrheitsschimmer begann das mysteriöse Dunkel der Zusammenhänge zu durchdringen. Midwinter erriet instinktiv, daß Lydia auch jetzt hinter allem steckte, so wenig ihm auch einleuchtete, was Allan und Miß Milroy mit ihren Intrigen zu tun haben sollten.

»Der Major ist natürlich bei seiner Tochter in Hampstead?« forschte er beharrlich weiter.

Da Allan ihn ebenfalls fragend ansah, antwortete Bashwood notgedrungen. »Nein, er ist wieder in Norfolk.« Dann riß er sich plötzlich zusammen und fügte die ausschließlich an Midwinter gerichteten Worte hinzu: »Ich verwahre mich gegen die Art Ihres Verhörs, Sir. Mr. Armadale weiß schon alles, was ich ihm zu sagen hatte.«

Diese beiden Sätze – ohne jegliches Stottern und in scharfem Ton hervorgebracht – klangen aus Bashwoods Mund so unwahrscheinlich, daß Midwinter ihn nur fassungslos anstarren konnte. Auch den dazugehörigen Gesichtsausdruck, der aus Übelwollen, Mißtrauen und Verschlagenheit zusammengesetzt war, sah er zum erstenmal. Doch bevor er etwas dazu äußern konnte, mischte sich Allan wieder ein.

»Sei mir nicht böse, wenn ich zum Aufbruch dränge! Aber der Weg nach Hampstead ist weit, und es wird immer später. Ich fürchte, das Sanatorium ist schon geschlossen, wenn ich ankomme.«

Midwinter zuckte zusammen. »Du willst doch nicht etwa heute noch nach Hampstead?«

Allan griff nach seiner Hand und drückte sie heftig. »Wenn du sie so liebtest wie ich«, flüsterte er, »würdest du auch nicht an Ruhe denken, ehe du wenigstens den Arzt gesprochen und von ihm erfahren hättest, wie es ihr geht. Mein armes, liebes, weiches Seelchen! Vielleicht, wenn ich plötzlich heil und gesund vor ihr stehe . . .« Seine Stimme brach, und er wandte schnell den Kopf ab, um seine nassen Augen zu verbergen.

Midwinter sah Bashwood an. »Haben Sie die Güte, sich ein paar Schritte zu entfernen. Ich habe etwas mit Mr. Armadale zu besprechen.« Das gefährliche Glimmen in seinen Augen bewog Mr. Bashwood, sich wortlos außer Hör-, wenn auch nicht außer Sichtweite zu begeben. Als dies geschehen war, legte Midwinter seinem

Freund mit einem warmen, sprechenden Blick die Hand auf die Schulter.

»Allan«, sagte er, »ich habe meine Gründe . . .«

Schon stockte er.

Was konnte er unter diesen Umständen für triftige Gründe angeben, solange er selbst im dunkeln tappte? »Ich habe meine Gründe«, fuhr er trotzdem mit Anstrengung fort, »dich vor Mr. Bashwood zu warnen. Glaube nicht so ohne weiteres alles, was er sagt!«

Allan zeigte sein Erstaunen unverhohlen. »Was? Das sagst du – wo du doch früher immer für Bashwood eingetreten bist? *Ich* mochte ihn zuerst nicht, aber *du* hast ihm von Anfang an vertraut!«

»Vielleicht habe ich mich geirrt, Allan. Vielleicht hat dein Instinkt besser funktioniert. Auf jeden Fall bitte ich dich dringend, an Major Milroy zu telegraphieren, ehe du weitere Schritte unternimmst. Tu mir den Gefallen!«

»Aber da kriege ich die Antwort frühestens morgen vormittag, und ich werde verrückt, wenn ich die ganze Nacht warte!« wandte Allan ein. »Deine Andeutungen haben mich noch kribbeliger gemacht, als ich war. Schön, ich verlasse mich nicht mehr auf Bashwood – aber ich muß und werde zum Sanatorium fahren und mich selbst überzeugen, ob Nelly dort ist oder nicht! Der leitende Arzt wird das ja wohl am besten wissen!«

Midwinter sah ein, daß weiteres Abraten sinnlos war. Ihm blieb nur eine Kompromißlösung. »Darf ich dann wenigstens mitkommen?« fragte er.

Allans Gesicht strahlte zum erstenmal freudig auf. »Aber natürlich, du lieber, guter Kerl! Genau darum wollte ich dich bitten – du mußt es mir mal wieder an den Augen abgelesen haben!«

Midwinter winkte den Ex-Verwalter wieder heran. »Mr. Armadale fährt zum Sanatorium«, sagte er kurz, »und ich fahre mit. Werden Sie uns begleiten?«

Mr. Bashwood, der erstens den Befehl hatte, Allan nicht aus den Augen zu lassen, und sich zweitens vor die vertrackte Notwendigkeit gestellt sah, Midwinters Wiederauftauchen zu erklären, nickte mürrisch. Wenig später setzte sich eine Droschke vom Bahnhof in Richtung Hampstead in Bewegung. Drinnen saßen Midwinter und Allan, und draußen saß Mr. Bashwood neben dem Kutscher auf dem Bock.

In dieser Nacht zwischen elf und zwölf hörte Miß Gwilt, die allein am Korridorfenster des zweiten Stocks stand, das langerwartete Räderrollen einer Droschke, die rasch näher kam und schließlich vor dem Tor des Sanatoriums hielt. Im ungewissen Mondlicht erkannte sie Mr. Bashwood auf dem Kutschbock . . . Das konnte nur bedeuten, daß er heute nicht allein kam! Sie öffnete das

Fenster einen Spalt weit, um besser zu sehen und zu hören, und sah mit stockendem Atem Allan aus der Droschke steigen. Wider alles Erwarten drehte Allan sich jedoch um und sagte etwas zu jemandem, der ihm aus dem Innern des Wagens folgte – und noch ehe dieser Jemand sichtbar wurde, erkannte Lydia an der Stimme ihren Mann.

Sie versteinerte, genau wie am Vorabend, als Midwinter sie unversehens in ihrer Witwentracht überrascht hatte. An dieser Starrheit ihrer Haltung und ihres Gesichts merkte Bashwood, der sich heimlich zu ihr hinaufschlich, während Allan und Midwinter sich dem Doktor melden ließen, daß er keinen ausführlichen Bericht mehr zu liefern brauchte. »Ich kann nichts dafür!« war alles, was er hervorstieß, als sie sich mechanisch zu ihm umwandte. »Sie haben sich auf dem Bahnhof getroffen, und ich konnte sie nicht auseinanderbringen.«

Miß Gwilt holte langsam und tief Atem und gebot ihm mit einer kurzen Geste Schweigen. »Warten Sie«, sagte sie tonlos. »Ich kann mir die Zusammenhänge schon denken.«

Damit begann sie mit schleppenden Schritten im Korridor hin und her zu gehen, von einem Ende zum andern, geistesabwesend und gespenstisch wie eine Nachtwandlerin. Nur die angeborene Anmut ihrer Bewegungen war auch jetzt noch nicht von ihr abgefallen.

»Sie wollten mich sprechen?« sagte sie plötzlich mit einer Stimme, die wie von weit her kam, und mit Augen, die an Bashwood vorbei ins Leere starrten.

Er raffte allen Mut zusammen, wie er es noch nie gewagt hatte.

»Treiben Sie mich nicht zur Verzweiflung!« schrie er unterdrückt auf. »Übersehen Sie mich nicht so hochmütig – nun, wo ich alles von Ihnen weiß!«

»*Was* wissen Sie?« fragte sie ebenso geistesabwesend wie zuvor.

»Daß nicht Mr. Armadale der Mann ist, der Sie mir geraubt hat! Es war Midwinter! Das habe ich Ihnen schon gestern am Gesicht angesehen – und heute sehe ich es wieder. Warum, warum, warum nennen Sie sich dann bis zum heutigen Tage Mrs. Armadale?«

Die jammervolle Kühnheit, mit der er diese Frage hervorstieß, war so herzzerreißend, daß sogar Miß Gwilt etwas aus ihrer Erstarrung zurückkam und ihm einen erstaunlich sanften Blick gönnte.

»Sie tun mir leid«, murmelte sie. »Ich wünschte, ich hätte von Anfang an Mitleid mit Ihnen gehabt.«

Er rang nach Worten – was hatte er sich alles auf dem Weg vom Bahnhof hierher zurechtgelegt, mit welchen Drohungen hatte er sie einschüchtern wollen! Mochte sie tun, was sie wollte, mochte sie Intrigen spinnen und Verbrechen begehen – aber sie sollte es

sich reiflich überlegen, *ihn* noch einmal zu betrügen oder gar von sich zu stoßen! Doch selbst in diesem günstigen Augenblick brachte er nichts von alledem über die Lippen. Er war hilflos, vollkommen entwaffnet, nur weil sie das Wörtchen »Mitleid« ausgesprochen hatte, und weinte in fassungsloser Rührung die Altweibertränen, die auch bei unglücklichen alten Männern so locker sitzen.
Miß Gwilt nahm zu allem Überfluß noch seine Hand und sagte, ihrerseits ohne jede Bewegung, aber in freundlich-geduldigem Ton: »Ich bin Ihnen sehr dankbar. Warten Sie noch ein wenig; morgen werden Sie alles erfahren. Wenn Sie auch an allem zweifeln, was ich Ihnen bisher gesagt habe, auf dieses eine können Sie sich verlassen: *Morgen ist alles überstanden!*«
Wenn Mr. Bashwood auf dieses Versprechen hin – denn für ihn war es ein Versprechen – Worte gefunden hätte, so wäre er nicht mehr dazu gekommen, sie ihr zu sagen, denn auf der Treppe waren jetzt Schritte zu hören. Er zog sich hastig ans andere Ende des Korridors zurück, wobei er nur mehrmals vor sich hinmurmelte: »Morgen ist alles überstanden! Morgen ist alles überstanden!«
Noch während seines Rückzugs erschien der Doktor auf dem Treppenabsatz. »Bleiben Sie nur da, Sir«, sagte er munter. »Ich habe nichts mit Mrs. Armadale zu besprechen, was nicht alle Welt hören könnte!«
Bashwood achtete nicht auf ihn. Er murmelte immer noch verzückt: »Morgen ist alles überstanden«, und der Doktor ging lächelnd und achselzuckend an ihm vorbei auf Miß Gwilt zu.
»Sie haben wohl schon gehört, Mrs. Armadale«, begann er mit deutlichster, sonorer Bühnenaussprache, »daß Ihr Herr Gemahl eingetroffen ist. Gestatten Sie mir die Bemerkung, verehrte Dame, daß nicht der geringste Grund zur Beunruhigung vorliegt. Wir sind auf alle seine Wahnideen eingegangen, und er ist jetzt sanft wie ein Lamm. Er hat sogar eingesehen, daß er die junge Dame um diese nachtschlafende Zeit nicht mehr besuchen kann, und sich auf morgen vertrösten lassen. Da leider kein Hotel in der Nähe ist, habe ich ihm selbstverständlich die Gastfreundschaft meines Sanatoriums angeboten, was er dankbar akzeptiert hat. Ein vortrefflicher Anfang, verehrte Dame! Ich wollte, jeder Patient machte es uns so leicht! Nur ein ganz, ganz kleiner Haken ist bei der Sache, den ich nicht unerwähnt lassen kann, bevor wir uns alle zur Ruhe begeben.«
Der Doktor unterbrach sich und lauschte einen Moment zum Treppenhaus hin. Als unten alles ruhig blieb, fuhr er in merklich gedämpftem Ton fort:
»Besagter kleiner Haken ist ein angeblicher Freund Mr. Armadales, den er wider Erwarten mitgebracht hat und der den seltsamen Namen Midwinter trägt. Kennen Sie diesen Herrn zufällig?«

Bei dieser Frage fixierte er Miß Gwilt mit einem bohrend mißtrauischen Blick, der seinen gelassenen Ton Lügen strafte.
»Ja, er ist ein alter Freund meines Mannes«, erwiderte sie. «Bleibt er etwa auch ...?« Ihre Stimme versagte, und sie schlug sekundenlang die Augen nieder. Dann hatte sie ihre kurze Schwäche überwunden und beendete ihre Frage. »Bleibt er heute nacht auch hier?«
»Mr. Midwinter scheint ziemlich reizbar zu sein und obendrein schlechte Manieren zu haben«, bemerkte der Doktor, ohne den Blick von ihr zu wenden. »Als er hörte, daß Mr. Armadale meine Einladung annahm, bestand er einfach darauf, ganz kurz und schroff, ebenfalls hier im Sanatorium zu übernachten.«
»Und Sie haben klein beigegeben?« fragte Miß Gwilt in ungläubigem, aber beherrschtem Ton. »An Ihrer Stelle hätte ich ihm die Tür gewiesen!«
Ihre steinerne Haltung war für den Doktor zugleich eine Beruhigung und eine Warnung, ihr vor der kommenden Nervenprobe nicht mehr zuviel zuzumuten. Er vertauschte die Rolle des Inquisitors daher schleunigst wieder mit der des fürsorglichen Arztes. »Wenn ich nur meinen eigenen Gefühlen folgen dürfte«, lenkte er seidenweich ein, »hätte ich das allerdings gern getan. Aber leider zeigte auch Mr. Armadale den lebhaften Wunsch, nicht von seinem Freund getrennt zu werden, und Sie wissen ja, verehrte Dame: Wir müssen ihm jetzt, soweit möglich, seinen Willen lassen. Es wäre zu riskant gewesen, ihm gleich nach seiner Ankunft zu widersprechen und dadurch womöglich einen Anfall auszulösen – ganz zu schweigen von dem offenbar explosiven Temperament seines Freundes. Schließlich möchte ich wegen einer solchen Bagatelle keinen Skandal in meinem Sanatorium heraufbeschwören! Kurz und gut, Mr. Midwinter bleibt hier und erhält ein Zimmer neben Mr. Armadale – die Herren wollen es nun einmal so haben. Sie kennen ja die Zimmer im ersten Stock, verehrte Dame. Welche sollten wir Ihrer Meinung nach den Herren geben?«
»Geben Sie Mr. Armadale Nummer vier.«
»Und seinem Freund das Nebenzimmer, also Nummer drei? Gut, gut – ich glaube selbst, daß das die ruhigsten und behaglichsten Zimmer sind. Ich werde sofort das Nötige veranlassen. Sie brauchen sich nicht zu beeilen, Mr. Bashwood«, rief er dem Alten herzlich aufmunternd von der Treppe aus zu. »Das Haus ist noch nicht abgeschlossen; Sie können gehen, wann Sie wollen. Aber sitzen Sie nicht mehr zu lange auf, Mrs. Armadale! Ihr zartes Nervensystem braucht viel Schlaf. ›Müde bin ich, geh zur Ruh ...‹ Wunderbarste Poesie! So schlicht! So einfach! So ergreifend! – Gott behüte Sie! Gute Nacht!«
Als der Doktor endlich verschwunden war, wagte sich Mr. Bash-

wood aus der Korridorecke hervor und trat dicht an Miß Gwilt heran. Zitternd vor fieberhafter Spannung fragte er:
»Muß ich jetzt gehen?«
»Nein. Bleiben Sie. Ich habe Ihnen versprochen, daß Sie morgen alles erfahren. Warten Sie hier.«
Er sah sich zaghaft um. »Aber der Doktor«, stammelte er. »Der Doktor hat doch gesagt –«
»Der Doktor kümmert sich um nichts, was ich heute nacht unternehme. Und ich wünsche, daß Sie bleiben. Außer meinem sind alle Zimmer dieses Stockwerks leer. Nehmen Sie eins davon.«
Mr. Bashwood suchte vergebens sein Zittern zu unterdrücken. »Darf ich fragen . . .« begann er.
»Fragen Sie nichts. Ich brauche Sie. Das genügt.«
»Aber sagen Sie mir doch wenigstens . . .«
»Ich erkläre Ihnen alles morgen früh. Erst muß diese Nacht vorüber sein.«
Bashwoods Neugier wurde stärker als die Angst. »Ist es etwas so Schreckliches?« flüsterte er. »Zu schrecklich, als daß Sie es mir erzählen könnten?«
Miß Gwilt verlor die Geduld. »Gehen Sie!« zischte sie in plötzlich ausbrechender Wut. »Ihr Mißtrauen ist berechtigt! Warum sollten Sie mir blindlings folgen! Also gehen Sie – machen Sie, daß Sie fortkommen, ehe das Haus abgeschlossen wird! Ich werde auch ohne Sie fertig!« Sie zündete eine der Kerzen an, die in der Nische des Korridorfensters zum allgemeinen Gebrauch bereitstanden, und machte Miene, Mr. Bashwood die Treppe hinunterzuleuchten.
Er folgte ihr ein paar Schritte stumm, wie betäubt. Niemand, der soviel von ihrem Vorleben wußte wie er, hätte sich noch darüber hinwegtäuschen können, daß er eine zum Äußersten Getriebene vor sich hatte. Auch Bashwood täuschte sich nicht mehr. Er wußte nun, als hätte sie es ihm laut und deutlich gesagt, daß für heute nacht ein abscheuliches Verbrechen geplant war, und das Entsetzen darüber brach sogar den Zauber, den sie auf ihn ausübte. Zum erstenmal seit langem dachte und handelte er wieder wie ein Mensch mit freiem Willen. Ja, er wollte gehen.
Auf dem Treppenabsatz des ersten Stocks blieb sie stehen, drehte sich nach Bashwood um und reichte ihm die Hand. »Das letzte Stück finden Sie wohl allein«, sagte sie gedämpft. »Unten ist es hell genug. Leben Sie wohl. Vergessen Sie mich, und vergeben Sie mir. Wir sehen uns nicht wieder.«
Dem Abschiedsblick ihrer im Kerzenlicht schimmernden Augen und ihren Worten hätte er vielleicht widerstanden, aber die magnetische Berührung ihrer Hand schlug ihn im letzten Moment wieder in den alten Bann. Hilfslos, wie im Krampf, umklammerte

er die kühlen Finger und keuchte: »Ich kann Sie nicht verlassen! Was soll ich tun?«

»Das werden Sie gleich sehen«, erwiderte sie ohne Zögern und führte ihn an der Hand den Korridor des ersten Stocks entlang. »Merken Sie sich dieses Zimmer!« flüsterte sie, indem sie kurz vor Nummer vier innehielt und mit einer Kopfbewegung darauf hinwies. Dann führte sie ihn bis zum Ende des Korridors weiter, wo sich eine Kammer befand, deren Tür in Augenhöhe mit einem schmalen Gittereinsatz versehen war. Diese Kammer sollte, sobald das Sanatorium voll in Betrieb war, bei Nacht eine Aufsichtsperson beherbergen, die durch das Gitter sämtliche Zimmer des Stockwerks kontrollieren konnte, ohne selbst gesehen zu werden. Vorläufig stand die Kammer natürlich noch leer. Miß Gwilt öffnete die Tür und führte Mr. Bashwood hinein.

»Hier sollen Sie bleiben, während ich wieder hinaufgehe«, sagte sie leise. »Riegeln Sie sich vorsichtshalber ein. Es ist zwar dunkel hier, aber die Gaslampe im Korridor bleibt brennen. Ihre Aufgabe ist, sich durch das Gitter zweifelsfrei zu vergewissern, daß Mr. Armadale das Zimmer Nummer vier bezieht und es später nicht noch einmal verläßt. Wenn Sie Nummer vier nur eine Sekunde aus den Augen lassen, bis ich zurückkomme, werden Sie es Ihr Leben lang bereuen! Aber wenn Sie alles tun, was ich Ihnen sage, sehen wir uns morgen wieder, und Sie können Ihren Lohn fordern. Abgemacht? Antworten Sie augenblicklich – ja oder nein!«

Mr. Bashwood war nicht imstande, eine hörbare Antwort herauszubringen; statt dessen küßte er im Überschwang seiner Gefühle ihre Hand, bis sie sie ihm entzog und die Kammer verließ. Durch das Gitterfenster sah er sie mit weichen, lautlosen Bewegungen zur Treppe gleiten, einen Moment nach unten lauschen und verschwinden. Dann herrschte eine Weile Stille. Der Doktor schien mit den neuen Gästen noch in seinem Privatkabinett zu konversieren.

Die ersten Stimmen, die Mr. Bashwood auf seinem Lauscherposten aufhorchen ließen, waren die zweier Dienstmädchen, die mit frischen Laken über dem Arm in die Zimmer drei und vier gingen. Während sie drinnen die Betten bezogen, plauderten und lachten sie durch die offenen Türen miteinander. Sie waren offensichtlich in Hochstimmung, weil »endlich ein bißchen Leben ins Haus kam«. Gestern eine Patientin, heute gleich zwei – wenn das so weiterging, hatte die Langeweile bald ein Ende!

Nach wenigen Minuten waren die Mädchen mit ihrer Arbeit fertig und kehrten ins Erdgeschoß zurück, um schlafen zu gehen. Im ersten Stock herrschte wieder Stille.

Dann ertönten männliche Schritte und Stimmen auf der Treppe, und diesmal erschien der Doktor selbst, gefolgt von Allan und Midwinter. Der Hausherr zeigte seinen Gästen die Zimmer, und alle drei verschwanden für eine Weile in Nummer vier. Dann kamen der Doktor und Midwinter allein wieder heraus; der Doktor zeigte mit einer formellen Verbeugung auf die Tür von Nummer drei; Midwinter ging wortlos hinein und riegelte die Tür, wie deutlich zu hören war, sofort von innen zu. Der Doktor ging leise pfeifend zur Treppe, besann sich aber plötzlich und blieb abwartend stehen. Fast gleichzeitig näherten sich von unten neue, rücksichtsvoll gedämpfte Schritte, und der Assistent und die Oberschwester wurden sichtbar. Beide verbeugten sich im Vorübergehen schweigend vor ihrem Chef, der ihnen leutselig zuwinkte, und setzten ihren Aufstieg zur Mansarde fort, wo die ihnen vorbehaltenen Räumlichkeiten lagen. Als sie außer Sicht waren, wartete der Doktor noch ein Weilchen, bis er lautlos zum Zimmer Nummer vier zurückging, das Türchen in der Holztäfelung daneben aufschloß, in das Gehäuse blickte und einen länglichen, purpurrot schimmernden Gegenstand herausnahm. Er hielt ihn einen Moment prüfend gegen das Gaslicht, nickte, stellte ihn zurück und schloß das Gehäuse wieder ab. Darauf schlich er ohne weiteren Aufenthalt auf Zehenspitzen zur Treppe und verschwand.

Mr. Bashwood hatte das Geheimfach und den Apparat darin nur undeutlich gesehen, aber das Benehmen des Doktors sprach Bände ... Eine unerträgliche, eisige Furcht kroch ihm durch alle Glieder und drohte ihm den Herzschlag und den Atem zu lähmen. Fast ohne zu wissen, was er tat, riegelte er sich ein. Dann starrte er reglos weiter durch den engen Gittereinsatz in den leeren Korridor.

Langsam und zäh verrannen die Minuten, und nichts geschah. Mr. Bashwood fühlte sich von tausend unsichtbaren Gefahren umlauert, und um nicht irgendwelchen Halluzinationen zu erliegen, begann er in seiner Not stumm zu zählen: eins, zwei, drei ... Er kam bis hundert, und noch immer rührte sich nichts. Bei hundertzwanzig aber öffnete sich plötzlich die Tür von Nummer drei, und Midwinter erschien im Korridor. Sein Auftauchen war für Mr. Bashwood um so erschreckender, als er trotz seines angespannten Lauschens vorher nicht das geringste Geräusch hinter jener Tür vernommen hatte.

Midwinter stand einen Moment regungslos da und lauschte seinerseits. Dann ging er ans Treppengeländer, beugte sich darüber, um ins Vestibül hinunterzusehen, kehrte zurück und begann nun systematisch sämtliche Türen zu beiden Seiten des Korridors zu untersuchen. Alle waren offen, und er überzeugte sich, daß alle außer seinem eigenen und Allans unbewohnt waren. So kam er schließlich auch an die Kammer, in der Bashwood versteckt war, und drückte auf die Klinke, die als einzige nicht nachgab. Er sah durch den Gittereinsatz und hielt lauschend das Ohr daran: Drin-

nen war es stockdunkel, und kein Laut war zu hören. »Soll ich die Tür mit Gewalt aufbrechen?« überlegte er. »Nein, besser nicht ... Das würde dem Doktor nur einen willkommenen Vorwand geben, mich hinauszuwerfen.« Er ging langsam den Korridor zurück und betrachtete nun scharf die Wände, besonders in der Umgebung von Allans Zimmertür. Und hier entdeckte sein von Jugend an geübtes Auge, was keinem anderen je aufgefallen wäre: das kaum sichtbare Schlüsselloch in der Holztäfelung. Er tastete das dazugehörige Quadrat ab und versuchte mit den Nägeln in die haarfeine Rille zu fahren, um es aufzustemmen, was ihm jedoch nicht gelang. Von unbestimmtem Verdacht gepeinigt, stellte er seine Bemühungen ein und untersuchte die Wände um sein eigenes und mehrere andere Zimmer mit verdoppelter Aufmerksamkeit. Sein Argwohn bestätigte sich: Nirgends – außer neben Allans Tür – deutete auch nur das kleinste Anzeichen darauf hin, daß sich ein Geheimfach in der Wand befand!
Unfähig, sich diese Entdeckung gleich zu erklären, lehnte sich Midwinter an den Sims des Korridorfensters und dachte nach. Hätte Mr. Bashwood das Arbeiten seines Hirns so genau sehen können, wie er jetzt sein Gesicht sah, so hätte er wohl vor Aufregung den letzten Rest von Verstand verloren. In Midwinters Kopf fügten sich nämlich die scheinbar zusammenhanglosen Erlebnisse und Beobachtungen vieler Wochen Stück für Stück zusammen; sie verdichteten sich zu immer engeren Kreisen, und alle Gefahrensignale wiesen hartnäckig auf ein und denselben Mittelpunkt hin: Allans Zimmer. Er zweifelte nicht daran, daß seine Frau sich irgendwo in diesem Haus verborgen hielt und nicht nur der jämmerliche Bashwood, sondern auch der Doktor mit ihr im Einverständnis war. Gemeinsam hatten sie Allan mit einer raffinierten Lüge ins Sanatorium gelockt, und das konnte nur eines bedeuten – sein Freund schwebte in Lebensgefahr!
Der Zweck dieses Komplotts blieb Midwinter zwar dunkel (obwohl er bei längerem Nachdenken auch darauf gekommen wäre), aber die feste Überzeugung, *daß* eine Verschwörung im Gange war, zog den augenblicklichen Entschluß nach sich, sie unter allen Umständen zu vereiteln, und er brauchte seine ganze Geisteskraft zum Ersinnen der geeignetsten Gegenmaßnahmen. Alle Privatnöte, alle Schwäche, ja selbst der Aberglaube, der seinen Geist in besseren Zeiten so oft unnötig verdüstert hatte, waren jetzt angesichts der tatsächlich drohenden Gefahr wie ausgelöscht – hier befreite und bewährte die innere Größe seiner Natur sich endlich ganz. Die einzige Frage, die ihn noch sekundenlang beunruhigte, war, ob und wie er Allan bewegen könnte, das Zimmer mit ihm zu tauschen.
Mr. Bashwood sah mit klopfendem Herzen, wie Midwinter sich plötzlich einen kurzen Ruck gab, ohne weiteres Zögern zur Tür des

bewußten Zimmers ging und anklopfte. »Allan, schläfst du schon?« hörte er ihn leise fragen.
»Nein«, antwortete Allan von innen. »Komm herein.«
Midwinter drückte die Klinke nieder, besann sich aber plötzlich, sagte: »Moment, ich habe etwas vergessen«, wandte sich ab und kam schnurstracks auf Mr. Bashwood zu, der sich schleunigst duckte und den Atem anhielt. »Für alle Fälle«, hörte er Midwinter murmeln und bemerkte dann mit Entsetzen, daß über ihm ein Taschentuch zwischen die Stäbe des Gittereinsatzes gestopft wurde, und zwar so sorgfältig, daß nicht die kleinste Lücke offen blieb. Nachdem Midwinter den Späher da drinnen – falls einer vorhanden war – solchermaßen gezwungen hatte, sich durch Entfernen oder Verschieben des Taschentuchs zu verraten oder für alle weiteren Vorgänge blind zu bleiben, kehrte er zu Allans Zimmer zurück und trat ein.
»Meine Nerven sind mal wieder in scheußlichem Zustand«, beklagte er sich. »Ich glaube nicht, daß ich heute nacht ein Auge zutun werde. Das Fenster in meinem Zimmer rattert bei jedem Windzug. Wie ist es bei dir? Ah, deins scheint in Ordnung zu sein . . . Mich macht so etwas verrückt. Ich kann einfach nicht einschlafen.«
»Aber mein lieber Junge«, rief Allan lachend, »dem kann abgeholfen werden – tauschen wir doch einfach die Plätze! Ach was, zier dich nicht! Bei *mir* brauchst du dich wahrhaftig nicht wegen deiner Nerven zu entschuldigen! Mir macht ein klapperndes Fenster nichts aus. Nachdem der Doktor mich einigermaßen wegen meiner armen, süßen kleinen Nelly beruhigt hat, merke ich doch ganz verdammt die Reisemüdigkeit und werde schlafen wie ein Murmeltier, verlaß dich drauf!« Er griff schon nach seiner Reisetasche. »Machen wir schnell; die Kerze ist beinah heruntergebrannt.«
»Aber sei recht leise«, ermahnte ihn Midwinter flüsternd, während er die Tür für ihn öffnete, »wir dürfen um diese Zeit nicht das ganze Haus aufwecken.«
»Ja, ja«, flüsterte Allan zurück. »Gute Nacht – ich hoffe, in fünf Minuten schläfst du so fest wie ich!«
Midwinter brachte ihn noch in Nummer drei, wo die Nachttischkerze inzwischen ebenfalls nahe am Verlöschen war. »Gute Nacht«, sagte er fast unhörbar, schloß die Tür und kam in den Korridor zurück.
Sein erster Gang führte wieder zu der Kammer, wo er sich überzeugte, daß das Taschentuch noch genauso fest zwischen den Stäben steckte, wie er es hineingestopft hatte, und daß weiterhin nichts zu hören war. Langsam wandte er sich zum Zimmer Nummer vier. Gab es wirklich keinen anderen Weg, Allan zu schützen, als den von ihm eingeschlagenen? Nein, es gab keinen. Jede offen

gezeigte Verteidigungsbereitschaft oder gar Herausforderung hätte die Feinde, was sie auch vorhaben mochten, nur vorzeitig gewarnt und ihre Pläne nicht durchkreuzt, sondern bestenfalls geändert oder auf einen etwas späteren Zeitpunkt verschoben. Nur indem er die Verschwörer seinerseits täuschte und für diese Nacht Allans Platz einnahm, konnte er den allzu vertrauensseligen Freund retten. »Und das eine ist wenigstens sicher«, dachte Midwinter, als er das Zimmer betrat und den Riegel vorschob, »*mich* werden sie nicht im Schlaf überrumpeln!«

Mr. Bashwood hatte von allem nur das Schließen des Riegels gehört und wagte allmählich wieder aufzuatmen. Nach Minuten, als alles still blieb, wagte er noch mehr: Er schob erst vorsichtig einen Zipfel des Taschentuchs beiseite – wartete – lauschte – dachte an Miß Gwilts Befehl, das Zimmer Nummer vier keinen Moment aus den Augen zu lassen – und ermannte sich aus Furcht vor ihrem Unwillen schließlich so weit, das ganze Taschentuch durch die Stäbe zu sich hereinzuziehen. Er wollte es zitternd in die Tasche stecken, malte sich aber sofort das etwaige Verhör aus, wenn es bei ihm gefunden wurde, und warf es hinter sich in eine Ecke der Kammer. Dann starrte er mit Beben und Herzklopfen weiter durch das Gitter und wartete auf Miß Gwilt.

Es war Viertel vor eins. Der wandernde Mond beschien jetzt die Front des Sanatoriums und warf von Zeit zu Zeit, wenn das fliegende Gewölk ihn freigab, einen langen, blausilbernen Strahl durch das Korridorfenster. Der Nachtwind seufzte und wimmerte zuweilen schwach um die Ecken des von keinem Baum geschützten Hauses.

Der Minutenzeiger der großen Uhr auf dem Treppenabsatz hatte das Zifferblatt noch einmal fast zur Hälfte umrundet, als Miß Gwilt endlich geräuschlos vom zweiten Stock herunterkam. »Kommen Sie heraus«, flüsterte sie Mr. Bashwood durch das Gitter zu. Dann nahm sie ihn wieder bei der Hand und führte ihn unter allen erdenklichen Vorsichtsmaßnahmen die Treppe hinauf in den oberen Flur. Erst dort wagte sie ihn flüsternd zu fragen:

»Ist Mr. Armadale in Nummer vier untergebracht worden?«

Er nickte nur bejahend. Die Kehle war ihm wie zugeschnürt.

»Antworten Sie mit Ja oder Nein. Hat er das Zimmer nicht mehr verlassen?«

»Nein.«

»Haben Sie auch wirklich die ganze Zeit genau hingesehen?«

»*Ja!*« stieß er fast wild hervor. Miß Gwilt stutzte, nahm ihre auf einem Tischchen abgestellte Kerze und leuchtete ihm ins Gesicht. Mr. Bashwood bot einen grauenvollen Anblick. Er war leichenfahl, die Augen drohten ihm aus dem Kopf zu treten, und die Kiefer mit dem falschen Gebiß schnatterten wie im Fieberfrost. Sie zog daraus nur den Schluß, daß er am Ende seiner Kräfte war, und keinen anderen. Hätte sie ihm weniger streng eingeschärft, unter allen Umständen aufzupassen, und ihm nicht für den Fall, daß dies unmöglich war, mit ihrer Ungnade gedroht, so hätte sie vielleicht die Wahrheit erfahren. Doch der unselige Alte dachte jetzt nur noch daran, seine eigenen letzten Hoffnungen nicht zu gefährden, und das gab ihm die Kraft, seine Lüge zu wiederholen, als sie ihre Frage mechanisch noch einmal stellte.

Sie glaubte ihm. Daß dieser ihr völlig hörige Mensch, den sie unzählige Male selbst belogen hatte, ihr – wenn auch aus anderen Motiven – mit gleicher Münze heimzahlen könnte, kam ihr nicht in den Sinn.

»Sie sind überanstrengt«, sagte sie ruhig. »Das alles war zuviel für Sie. Legen Sie sich jetzt schlafen. Ich habe Ihnen eine Decke in das letzte Zimmer dort gelegt. Gute Nacht.«

Sie reichte ihm den Leuchter und gab ihm die Hand. Wieder klammerte er sich daran fest wie ein Ertrinkender und flüsterte ihr in letzter Verzweiflung Worte zu, die er sich normalerweise nie herausgenommen hätte:

»Nicht, nicht – tun Sie es nicht! Ich flehe Sie an! Gehen Sie nicht wieder hinunter!«

Sie befreite ihre Hand aus seinem fiebrigen Griff und gebot ihm Schweigen. »Wir sehen uns morgen. Und nun kein Wort mehr!«

Ihr stärkerer Wille besiegte den seinen, wie immer. Er wagte nicht mehr zu widersprechen oder ihr nachzugehen, als sie sich der Treppe zuwandte; nur sein halbirrer, grausig verzückter Blick folgte ihr, solange sie sichtbar blieb. Sie hatte gegen die Nachtkälte einen langen roten Schal um die Schultern geschlungen und auf der Brust festgesteckt; das üppige Haar hing jetzt aufgelöst über den Rücken herab. Bashwood starrte auf dieses glänzende, funkensprühende Gewoge, das auf dem tiefroten Grunde wie lebendige Feuerflammen zu züngeln schien, auf die schmale weiße Hand, die das Treppengeländer entlangglitt, auf die ganze verführerische Grazie der unter ihm Entschwindenden. Dann erst gelang es ihm, sich loszureißen und gehorsam das Zimmer aufzusuchen, das sie ihm angewiesen hatte.

»Die Nacht ist nicht mehr lang«, sagte er sich zum Trost. »In wenigen Stunden sehe ich sie wieder, sie hat es mir versprochen . . . Und inzwischen werde ich von ihr träumen!«

Miß Gwilt stand eine Weile lauschend auf der letzten Treppenstufe still, ehe sie den Korridor des ersten Stocks betrat. Doch statt direkt auf ihr Ziel loszugehen, wandte sie sich zunächst zum Fenster und blickte hinaus. Der Mond war gerade hinter den Wolken, und draußen war nichts zu erkennen als die paar weitverstreuten Straßenlaternen des neuen Vororts. Sie wandte sich ab und sah auf

die Uhr. Es war zwanzig Minuten nach eins.
Zum letzten Male rang sie mit sich und ihrem Entschluß, der durch das Bewußtsein, daß ihr Mann jetzt mit ihr unter einem Dache war, so unendlich kompliziert wurde. Zum letzten Male flüsterte ihr eine innere Stimme zu: »Überlege reiflich! Gibt es wirklich keinen anderen Weg?«
Sie überlegte, bis der Minutenzeiger der Treppenuhr auf halb zeigte. »Nein!« sagte sie sich dann. »Meine einzige Chance liegt darin, daß ich das einmal Begonnene kaltblütig zu Ende führe. *Sein* Strafgericht wird ausbleiben, wenn er weiß, daß jedes Wort, das er ausspricht, mich aufs Schafott bringen kann. Ich kenne ihn. Er wird schweigen.« Bei diesem Gedanken war ihr das Blut glühend in die Wangen gestiegen. Zum erstenmal richtete sie den Blick mit einem bösen, ironischen Lächeln auf die Tür von Nummer vier. »Schlaf gut«, dachte sie in höhnischer Siegessicherheit, »in einer halben Stunde bin ich deine Witwe!«
Sie öffnete das Gehäuse des Inhalierapparates und nahm die purpurne Phiole heraus. Nach einem Blick auf die Uhr goß sie vorsichtig die erste der sechs durch weiße Teilstriche markierten Dosen in den Glastrichter. Dann stellte sie die Phiole an ihren Platz und lauschte. Sie hatte zumindest ein leises Aufbrausen und Zischen erwartet, aber sie hörte überhaupt nichts; der tödliche Prozeß da drinnen ging in Totenstille vor sich. Sie wandte sich ab. Der Mond schien in diesem Moment klar durchs Fenster, und sogar das Stöhnen des Windes hatte aufgehört.
Oh, die Zeit, die Zeit! Wenn doch mit einem Guß alles erledigt und abgetan gewesen wäre!
Sie ging ins Vestibül hinunter, schritt dort hin und her und lauschte an der Treppe, die ins Souterrain zu den Mädchenkammern führte. Sie stieg wieder in den ersten Stock und kehrte noch einmal um. Die fünf Minuten dehnten sich ins Endlose. Der Uhrzeiger rückte und rückte nicht weiter. Es war zum Wahnsinnigwerden.
Dennoch war die Pause schließlich vorbei. Als Miß Gwilt die Phiole zum zweitenmal ergriff und die zweite Dosis in den Trichter goß, verschwand der Mond allmählich hinter den Wolken, und das Nachtbild hinter den Fensterscheiben verdunkelte sich langsam.
Die Ratlosigkeit, die sie vorher hinunter und herauf, hin und her getrieben hatte, war so plötzlich von ihr gewichen, wie sie gekommen war. Diesmal lehnte sie einfach am Fensterbrett und starrte gedankenlos in die Schwärze hinaus. Irgendwo in der Ferne heulte ein Hund. Sie horchte stumpfsinnig auf die an- und abschwellenden Laute und wartete, als das Geheul verstummte, noch stumpfsinniger auf das vermutlich baldige Wiedereinsetzen. Ihre Arme lagen wie Blei auf dem Fensterbrett; die Stirn hatte sie ans Glas

gelehnt, ohne auch nur die Kälte zu spüren. Erst als der Mond sich wieder aus den Wolken hervorkämpfte, kam sie aufschreckend zu sich und sah, daß diesmal nicht nur fünf, sondern volle sieben Minuten verstrichen waren.

Während sie schnell, aber mit Sorgfalt die dritte Dosis abmaß, kam die Situation ihr so klar zum Bewußtsein wie den ganzen Abend noch nicht. Ihre Pulse beschleunigten sich wie im Fieber und klopften in ihren Schläfen. Rasch und lautlos ging sie im Korridor hin und her, die Arme in den roten Schal gewickelt, und sah alle Augenblicke nach der Uhr.

Schon nach drei Minuten fürchtete sie wieder, die Nerven zu verlieren. Der Korridor wurde zu klein für die unbeherrschbare Ruhelosigkeit, die in ihren Gliedern zuckte. Sie stieg wieder ins Vestibül hinab und lief dort im Kreis herum wie ein wildes Tier im Käfig. Plötzlich fühlte sie durch das Kleid eine weiche Berührung an den Beinen und sah erschrocken an sich hinunter. Es war nur die Hauskatze, die aus der Küche heraufgekommen war und ihr Gesellschaft leistete – eine große, dicke, gemütlich schnurrende Katze. Miß Gwilt bückte sich schnell, nahm das Tier auf die Arme und schmiegte die Wange an den runden Kopf, der ihre Haut wohlig streichelte. »Armadale haßt Katzen!« flüsterte sie in das seidige Ohr. »Komm mit – bald wirst du ihn tot sehen!« Im nächsten Moment entsetzte sie sich selbst vor ihren ausschweifenden Gedanken, ließ die Katze schaudernd wieder auf den Boden und scheuchte sie ins Souterrain zurück. Dann eilte sie in kopfloser Hast die Treppe zum ersten Stock hinauf. Erst in diesem Moment war ihr die Gefahr eingefallen, die ihr von Midwinters Anwesenheit im Hause drohte. Sie verstand jetzt nicht mehr, wie sie so lange an alles mögliche hatte denken können, nur daran nicht! Wie, wenn er noch wach war? Sie wußte doch, wie schlecht er schon unter normalen Umständen schlief . . . Wenn er plötzlich herauskam und sie vor dem offenen Apparat ertappte, die verräterische Phiole in der Hand?

Sie schlich an die Tür von Nummer drei und horchte. Die tiefen, gleichmäßigen Atemzüge eines Schlafenden drangen schwach, aber unverkennbar an ihr Ohr. Sie richtete sich erleichtert auf, stand einen Moment still, um sich zu beruhigen, und wollte dann mechanisch auch an der Tür von Nummer vier lauschen – unterließ es jedoch. An *dieser* Tür war jetzt jegliches Lauschen überflüssig. Der Schläfer da drinnen mußte von der vergifteten Luft längst betäubt sein. Von ihm war kein Erwachen mehr zu befürchten; er schlief allmählich in den Tod hinüber . . .

Dennoch zitterte ihre Hand heftig, als sie die Phiole zum viertenmal an den Trichter hielt. Die Angst vor ihrem Mann ließ sie nicht mehr los. Noch zweimal mußte sie je fünf Minuten pausieren . . .

Wenn ihn nun irgendein Geräusch aufschreckte, bevor sie hier draußen fertig war? Oder wenn er, wie sie es oft genug miterlebt hatte, auch ohne den geringsten äußeren Anlaß aus dem Schlafe fuhr?
Sie klappte die Tür des Gehäuses zu und sah sich nach einem Versteck um, in dem sie sich während der endlosen letzten Pausen verbergen könnte. Die Kammer, in der Mr. Bashwood gesteckt hatte, bot sich auch ihr als selbstverständlicher Zufluchtsort an.
Das erste, was sie beim Öffnen der Tür sah, war das in die Ecke geworfene Taschentuch. Sie hob es im Glauben auf, Mr. Bashwood hätte es versehentlich verloren, betrachtete es flüchtig – und erkannte in der einen Ecke das eigenhändig gestickte Monogramm ihres Mannes!
Ihr Herz setzte einen Moment aus. Sie war drauf und dran, in den zweiten Stock hinaufzustürzen, Bashwood aus dem Schlaf zu rütteln und eine Erklärung zu fordern. Aber das hatte keinen Sinn; es war zu gefährlich, sich jetzt aus der Nähe des Apparates zu entfernen und womöglich gerade über dem Kopf ihres Mannes Lärm zu machen. Außerdem stand sowieso unzweifelhaft fest, daß Midwinter sein Zimmer nach dem Weggang des Doktors noch einmal verlassen – und daß Bashwood ihr nichts davon gesagt hatte. Wie kam nur das Taschentuch hierher? War Midwinter wenigstens *jetzt* in seinem Zimmer – oder wo sonst? In ihrer Aufregung vergaß sie, daß sie schon einmal an Nummer drei gelauscht hatte, und tat es wieder. Drinnen atmete jemand, kein Zweifel – langsam, tief und regelmäßig. Aber was sie das erste Mal beruhigt hatte, genügte ihrer nun verzehnfachten Unsicherheit und Angst nicht mehr; sie mußte sich mit eigenen Augen vergewissern, daß ihr Mann schlief.
Die vom Doktor mit Recht gerühmte geräuschlose – und übrigens nicht einmal verriegelte – Tür öffnete sich langsam, Zoll für Zoll, nur eben weit genug, daß Miß Gwilt vorsichtig durch den Spalt sehen konnte. Der Kopf des Schläfers war nur undeutlich auf dem Kissen zu erkennen, aber es kam ihr vor, als wäre er nicht ganz so dunkel wie sonst. Und dieses laute, kräftige Atmen! Der Atem ihres Mannes war doch immer ganz leicht, kaum zu hören . . .
Sie schob die Tür weiter auf, um mehr Licht aus dem Korridor ins Zimmer zu lassen – und da lag der Mann, dem sie heute zum drittenmal nach dem Leben trachtete! Friedlich schlafend lag er in dem Zimmer, das für ihren Mann bestimmt war und dessen Luft keinem Lebewesen etwas anhaben konnte!
Die sofortige Erkenntnis, was hier geschehen war, schleuderte sie fast zu Boden. Mit einer stummen, verzweifelten Geste taumelte sie in den Korridor zurück. Die Tür des Zimmers fiel hinter ihr zu, aber nicht laut genug, um Allans gesunden Schlaf zu stören. Miß

Gwilt hingegen drehte sich bei dem leisen Geräusch um und starrte die Tür einen Moment wie betäubt an. Dann, noch bevor ihr Verstand ihr wieder gehorchte, handelte sie rein instinktiv, stürzte zur Tür von Nummer vier und rüttelte verzweifelt an der Klinke. Die Tür war von innen verriegelt.
Mit beiden Händen, hastig und ungeschickt, tastete sie die Wand nach dem Knopf ab, dessen Funktion der Doktor, wie sie sich dumpf erinnerte, auf seiner Besichtigungsrunde genau erklärt hatte. Zweimal verfehlte sie ihn; das dritte Mal hatte sie ihn endlich gefunden und drückte mit aller Kraft darauf. Der Riegel innen glitt zurück, und sie fiel mit der nachgebenden Tür mehr ins Zimmer, als sie es betrat.
Obwohl die frische Luft aus dem Korridor mit ihr eindrang und obwohl erst wenig mehr als die Hälfte der für das Opfer berechneten Gasmenge produziert sein konnte, war Miß Gwilt schon beim ersten Atemzug zumute, als ob Eisenklammern um ihren Hals und ihre Stirn zuschnappten. Sie hielt den Atem an und stürzte auf Midwinter zu, der mitten im Zimmer lag, als sei er auf halbem Wege zur Tür zusammengebrochen. Das Bett war unberührt.
Mit der erstaunlichen Kraft, die Frauen in Notfällen aufbringen, packte sie ihn unter den Achseln und zerrte ihn möglichst weit in den Korridor hinaus. Ihr Hirn wirbelte, als sie ihn niederlegte; aber sie kroch auf den Knien zurück, um die vergiftete Luft am Nachströmen zu hindern. Es gelang ihr, die Tür zu schließen und sich an der Klinke aufzurichten. Sie wagte nicht, nach dem reglosen Körper ihres Mannes zu sehen, sondern sammelte nur ein paar Sekunden Kraft, um an das Korridorfenster zu gelangen und es aufzureißen. Der scharfe Winterwind fegte herein – und nun erst getraute sie sich, zu ihrem Mann zurückzukehren, neben ihm niederzuknien und ihm genau ins Gesicht zu sehen.
Bedeuteten diese bleifarbenen Lider und Lippen schon den Tod?
Sie achtete darauf, daß der volle Luftstrom vom Fenster her sein Gesicht traf, befreite ihn von der Krawatte, öffnete Weste und Hemd und bettete den halb entblößten Oberkörper auf ihre Knie. Die Hand auf seinem Herzen, dessen Schlag nur noch fadendünn zu ahnen war, den Blick auf die Uhr gerichtet, erwartete sie die Entscheidung der Natur. An der Uhr gemessen, war die Zeit nur kurz – und doch lang genug, um sie in Gedanken ihre ganze Liebe zu Midwinter noch einmal vom ersten Augenblick an erleben und den Entschluß in ihr reifen zu lassen, der für sie die einzig mögliche Konsequenz dieses Rückblicks war. Sie senkte den Blick wieder auf das geliebte Gesicht, und über ihr eigenes breitete sich allmählich eine seltsame Stille aus, die Gefaßtheit eines Menschen, der den Kampf aufgegeben hat und dem Ende, wie es auch sei, gelassen entgegensieht.

Als das dünne Flattern unter ihrer Hand allmählich kräftiger und rhythmischer wurde, die Brust sich dehnte und die halbgeöffneten Lippen zum erstenmal hör- und sichtbar einatmeten, beugte sie sich schweigend nieder und küßte ihn auf die Stirn. Beim Wiederaufblicken leuchteten ihre Augen in einem sanften Schimmer, der ihr ganzes Gesicht wie von innen her erhellte und ihr zum letztenmal den Zauber ihrer vollen fraulichen Schönheit verlieh.
Sie legte Midwinters Kopf behutsam auf den Boden, nahm ihren roten Schal ab, rollte ihn zu einem flachen Kissen zusammen und schob es ihm unter den Nacken. Dann fühlte sie noch einmal nach seinem Herzschlag, der sich mit der wiedereinsetzenden Atmung merklich gekräftigt hatte. »Es wäre mir vielleicht schwergefallen«, murmelte sie halblaut. »Du machst es mir leicht. Hab Dank, Liebster.«
Damit stand sie auf und wandte sich dem Zimmer Nummer vier zu.
Im Begriff, die Türklinke niederzudrücken, hielt sie inne und dachte ruhig: »Ah, fast hätte ich die Hauptsache vergessen . . . Mein bester Freund, die purpurne Phiole, ist noch nicht leer!«
Mit fester Hand und gesammelter, aufmerksamer Miene goß sie die fünfte Dosis in den Trichter. »Noch fünf Minuten Wartezeit«, sagte sie sich dann nach einem Blick auf die Uhr und versank in dasselbe stille, gefaßte Sinnen wie zuvor. »Ob ich ihm ein Abschiedswort schreibe?« war die Frage, die sie jetzt bewegte. »Soll ich ihm die Wahrheit beichten, bevor ich ihn für immer verlasse?«
Unter den Anhängseln, die sie an der Uhrkette trug, war wie immer ein kleiner goldener Bleistift. Aber sie hatte kein Papier bei sich. Nach sekundenlangem Überlegen kniete sie noch einmal neben Midwinter nieder und steckte die Hand in die Brusttasche seines Jacketts. Ja, die Brieftasche war am gewohnten Platz. Sie suchte zwischen den Papieren nach einem leeren Blatt und fand, daß nur eine Rückseite des altbekannten Briefes von Mr. Brock unbeschrieben war. Auf diese Seite schrieb sie ihre Abschiedszeilen, indem sie sich neben ihrem bewußtlosen Mann auf die Fersen niederließ und die Brieftasche als Schreibunterlage benutzte.

Mein Liebster,
ich bin schlechter, als selbst Du je ahnen konntest. Du hast mit Deinem Zimmertausch Armadales Leben gerettet. Nun weißt Du auch, was ich vorhatte und als wessen »Witwe« ich auftreten wollte. Ich bitte Dich nicht um Verzeihung, denn was ich getan habe, ist unverzeihlich. Aber vielleicht ahnst Du im Rückblick auch, daß selbst ich meine guten Momente hatte – und daß ich Dich tief und zärtlich geliebt habe. Ich wünsche Dir baldiges Vergessen in der Liebe einer besseren Frau, die Deiner würdig ist.

Möglicherweise hätte ich diese Frau sein können, wenn ich früher nicht ein so elendes Leben geführt hätte. Nun ist das alles nicht mehr wichtig. Ich kann das Unrecht, das ich Dir angetan habe, nur mit meinem Tod wiedergutmachen, und ich sterbe mit Freuden – nun, da ich weiß, daß Du weiterlebst. Selbst meine Schlechtigkeit hat eine moralische Seite: Sie hat sich nie gelohnt. Bis zu diesem Augenblick war ich nie glücklich. Leb wohl!

Deine
Lydia

Sie faltete den Brief zusammen, schob ihn in Midwinters Hand und drückte sanft seine Finger darum zu, um sicher zu sein, daß er ihn beim Erwachen gleich fände. Dann sah sie auf die Uhr und stellte fest, daß die letzte Pause um war. Noch einmal beugte sie sich über ihren Mann und berührte seine Lippen zu einem hauchzarten Abschiedskuß.

»Leb wohl, mein Engel – leb weiter!« murmelte sie ihm unhörbar zu. »Du hast noch das ganze Leben vor dir, und es wird dir noch viel Glück und Ehre bringen . . . Denn nun bist du ja von *mir* befreit!« Unfähig, sich damit von ihm zu trennen, strich sie das schwarze Haar aus der bleichen Stirn und verweilte noch einige Sekunden stumm und hingegeben in seinem Anblick. »Es war kein Verdienst, dich zu lieben – ich konnte nicht anders«, dachte sie dann mit einem Seufzer und stand auf. Es war die letzte Schwäche gewesen, die sie sich gestattet hatte. Sie nickte der Uhr zu, als antworte sie auf eine von einem lebenden Wesen ausgesprochene Mahnung, ging an den Apparat und leerte die purpurne Phiole bis zum letzten Tropfen.

Noch immer war das Korridorfenster schwach vom Schein des langsam untergehenden Mondes erhellt. Sie blickte, die Hand auf der Klinke, einen Moment hinaus.

»Verzeih mir, Gott!« sagte sie halblaut. »Himmel, sei mein Zeuge, wie ich gelitten habe!«

Damit öffnete sie die Tür und schloß sie sofort hinter sich.

Kurze Zeit herrschte im Korridor absolute Stille.

Dann ein gedämpfter Fall im Innern des Zimmers.

Und wieder Stille.

Der Minutenzeiger der Uhr wanderte stetig weiter, geräuschlos, unbeirrbar. Es mochte eine Viertelstunde vergangen sein, als Midwinter sich zum erstenmal regte und die Augen aufschlug. Nach einer Weile stützte er sich auf einen Arm, betrachtete benommen den roten Schal, der ihm als Kissen gedient hatte, und entdeckte dann den knisternden Brief in seiner Hand.

Wenige Minuten später tauchte der spähende Kopf des Doktors auf der Treppe auf. Sein erwartungsvoller Blick fiel zuerst auf die purpurne Phiole, die geleert am Boden lag – und dann auf den Mann, der sich soeben vor dem weitoffenen Fenster am Ende des Korridors aufrichtete.

Epilog

I

Neues aus Norfolk

Mr. Pedgift senior (Thorpe-Ambrose) an Mr. Pedgift junior (Paris)
High Street, 20. Dezember 1851

Mein lieber Augustus,
Dank für Deinen lieben Brief, den ich gestern erhielt. Du scheinst Deine Jugend ja wirklich »in vollen Zügen«, wie Du es – hoffentlich nicht zu wörtlich – nennst, zu genießen. Nun, ich gönne Dir Deine Weihnachtsferien von Herzen. Als ich in Deinem Alter war, habe ich es gemacht wie Du, und (wie schön, wenn man das von sich sagen kann) ich habe meine Jugend bis heute nicht vergessen!
Alle Achtung, daß Du trotz Paris noch Neugier auf die heimischen Ereignisse bekundest, besonders auf den Ausgang der mysteriösen Sanatoriumsaffäre. Deine Neugier ehrt Dich; sie ist in unserem Beruf unerläßlich und führt manchmal zu großen Resultaten. In diesem Fall werde ich Dich allerdings etwas enttäuschen müssen. Alles, was ich von der Geschichte weiß, habe ich von Mr. Armadale, und der ist sich über eine Reihe wichtiger Punkte selbst völlig im unklaren.
Daß er und Mr. Midwinter unter falschen Vorspiegelungen in das Sanatorium gelockt wurden und dort die Nacht verbrachten, habe ich Dir schon erzählt. Inzwischen ist mir auch bekanntgeworden, daß Mr. Midwinter längere Zeit besinnungslos gewesen sein muß (wieso, ist eine der ungeklärten Fragen) und daher über den betreffenden Zeitraum nichts aussagen kann. Der Doktor, der meiner Ansicht nach eine Hauptrolle in der ganzen Angelegenheit gespielt hat, mimte bei der gerichtlichen Untersuchung den Ahnungslosen und kämpfte lediglich um die eigene weiße Weste und sein eben erst eingerichtetes Sanatorium, für das er sogar in dieser Situation mit bemerkenswertem Geschick Reklame machte. Daß seine erste Patientin (?), die verhängnisvolle Person, die wir unter dem Namen Miß Gwilt kennen, tot aufgefunden wurde, konnte er zwar nicht bestreiten, aber da der Gerichtsarzt als Todesursache Herzschwäche feststellte, war es unmöglich, ihm einen Strick daraus zu drehen. *Ich* glaube freilich, daß die Untersuchung aller Begleitumstände, wie meist in solchen Fällen, beklagenswert oberflächlich war.

Ferner glaube ich, daß Mr. Midwinter besondere Gründe hat, sich auf seine lange Ohnmacht und die daraus folgende Aussageunfähigkeit zu berufen, und daß Mr. Armadale rücksichtsvoll seinem Beispiel folgt, wenn er behauptet, er hätte alles verschlafen.
Der Schlüssel zur Lösung des ganzen Rätsels liegt meiner festen Überzeugung nach in dem nun offen zutage liegenden Betrugsmanöver der Gwilt, die sich nach der irrtümlichen Zeitungsmeldung von Mr. Armadales Tod sofort als angebliche »Witwe« schriftlich an seine Testamentsvollzieher wandte. Aber was sie schon Monate vorher auf diese Idee gebracht und wie sie Mr. Midwinter bewogen haben kann, sie nicht nur zu heiraten (was tatsächlich geschehen ist), sondern die Eintragung im Kirchenbuch als »Allan Armadale« zu unterschreiben – das sind Fragen, die auch Mr. Armadale in ungeheuchelte Verlegenheit setzen. Er weiß es wirklich nicht und will es auch nicht wissen. Seine stereotype Antwort ist: »Midwinter wird schon seine Gründe gehabt haben. Er ist und bleibt mein bester Freund – das genügt mir.« Inzwischen hat er sogar Miß Blanchard aufgesucht und sie beschworen, den alten Darch wegen des Betrugsmanövers zum Schweigen zu bringen, und da es ja nun ohnehin im Sande verlaufen ist, hat der alte Starrkopf sich knurrend gefügt.
Die – ich kann es nicht genug betonen – unglaublich oberflächliche gerichtliche Untersuchung im Sanatorium drehte sich nur um die Todesursache, und so kamen all diese »Nebendinge« dort überhaupt nicht zur Sprache. Die unselige Person ist übrigens gleich in Hampstead auf dem großen Friedhof begraben worden. An dem Begräbnis nahmen nur Mr. Midwinter und Mr. Armadale (auf sein eigenes ausdrückliches Verlangen) teil, und auf ihrem Grabstein steht nichts als ein großes L und ihr Todesdatum. Der Anfangsbuchstabe ihres *Vor*namens und das Datum dürften wohl auch die einzigen Dinge sein, die bei ihr mit Sicherheit gestimmt haben.
Nun denn, sie ruhe in Frieden. Die beiden Männer, die ihr vermutlich am meisten zu verzeihen haben, haben ihr verziehen, und ich habe dem nichts hinzuzufügen.
Was den Doktor betrifft, nach dem Du Dich so angelegentlich erkundigst, so ist ihm nicht nur kein Härchen gekrümmt worden, sondern er steht – Du magst es glauben oder nicht – ganz groß da. Seine Freunde und Bewunderer hatten nichts Eiligeres zu tun, als ein mit zwanzig Unterschriften versehenes Memorandum zu verfassen, in dem sie ihre »Teilnahme an dem traurigen Unglücksfall, der die Eröffnung seines Sanatoriums überschattet hat«, ausdrükken und ihm ihr »unvermindertes Vertrauen auf seine ärztlichen Fähigkeiten sowie seine unantastbare Integrität« bescheinigen. Ich sage dem Mann eine große Karriere voraus, wie sie in unserem

aufgeklärten neunzehnten Jahrhundert jedem gerissenen Schurken winkt, solange er schlau genug ist, immer den Schein zu wahren. Hoffen wir, daß die göttliche Gerechtigkeit auf die Dauer doch den längeren Atem hat.

Nun aber zu erfreulicheren Dingen! Miß Nelly ist auf die Glücksnachricht vom Wiederauferstehen Mr. Armadales mit Zauberschnelle genesen und, meiner bescheidenen Ansicht nach, hübscher denn je. Sie ist jetzt bei ihrer Großmama in London, und Mr. Armadale erinnert sie täglich an seine Existenz (für den Fall, daß sie dieselbe aus purer Zerstreutheit vergißt). Sie wollen im Frühjahr heiraten und beten zum Himmel, daß Mrs. Milroys Tod nicht dazwischenkommt. Die Ärzte haben die Angehörigen auf ihr baldiges Ende vorbereitet; ob es nun noch ein paar Wochen oder ein paar Monate dauert, können sie natürlich nicht vorhersagen. Sie soll sich schon sehr verändert haben und gegen Mann und Tochter die Sanftmut und Zärtlichkeit selbst sein – was aber in diesem Fall leider nur ein untrügliches Anzeichen der nahenden Auflösung ist. Der Arzt hat es schwer, das dem armen alten Major begreiflich zu machen. *Er* sieht nur, daß sie im Wesen endlich wieder der sanften jungen Frau ähnelt, die er einst geheiratet hat, und sitzt nun gern stundenlang an ihrem Bett und erzählt ihr von seiner Wunderuhr.

Mr. Midwinter war nach der Sanatoriumsgeschichte einige Tage lang so krank, daß er seinem Freund und dem zugezogenen Arzt große Sorgen machte. Es muß eine Art Nervenschock gewesen sein, über dessen Ursachen – siehe oben! – sich der Patient jedoch beharrlich ausschwieg. Jetzt ist er auf dem Wege der Besserung, wovon ich mich selbst überzeugte, als ich am Wochenende in London war. Er und Mr. Armadale wohnen zusammen in einer ruhigen Pension. Midwinter sah zwar noch recht mitgenommen und auffallend gealtert aus – traurig bei einem so jungen Mann! –, sprach aber mit einer Festigkeit und Tapferkeit von seinen nächsten Berufsplänen, die man bei vielen doppelt so alten Leuten vergebens sucht. Über seine Privatnöte weiterhin kein Wort. Dabei bin ich überzeugt, daß er fast Unerträgliches durchgemacht hat und noch durchmacht. Dieser Midwinter ist ein ungewöhnlicher Mann, von dem man hören wird, oder ich bin ein betrüblich schlechter Menschenkenner und werde mir nie mehr über irgendwen ein Urteil erlauben.

Neugierig, wie Du bist, wirst Du nun wissen wollen, was ich sonst noch in London gesucht habe. Der Hauptgrund meiner Reise (mit Sonntagsrückfahrkarte) war eigentlich die strittige Aktienangelegenheit, die auch Dir soviel Sorgen bereitet hat, die aber jetzt durch ein persönliches Gespräch mit unserem Londoner Vertreter unerwartet rasch und günstig abgeschlossen werden konnte. Natürlich trafen wir uns in »unserem« Hotel am Covent Garden. Der Kellner

William erkundigte sich mit wahrhaft väterlichem Wohlwollen nach Dir und läßt Dich herzlich grüßen. Unsere Zimmerfee Matilda hat immer noch Zahnweh, sagte aber, Du hättest ihr bei Deinem letzten Besuch so gut zugeredet, daß sie jetzt *beinahe* entschlossen ist, sich den hohlen Backenzahn unten links ziehen zu lassen.
Sonntag abend war der eine Sohn des Vertreters mein Dinnergast (der, dem Du nach seiner Blamage mit den türkischen Pfandbriefen den Spitznamen »Mustapha« angehängt hast!), und Mustapha verhalf mir zu einem unvergeßlichen Erlebnis . . . Aber das muß ich Dir ausführlicher erzählen, weil es auch Dich an ein unvergeßliches Erlebnis erinnern wird. Ich verrate Dir vorerst nur das Stichwort »Pimlico«!
Also, nach dem Dinner hatte Mustapha, wie all Ihr jungen Leute, kein Sitzfleisch mehr und fragte mich, ob ich nicht Lust hätte, mir die allerneueste Posse anzusehen. »Was, Posse?« erwiderte ich verdutzt. »Heute, am heiligen englischen Sonntag?« »Oh, auf der Bühne darf sich natürlich nach wie vor kein Komödiant blicken lassen«, entgegnete der respektlose Jüngling, »dafür feiern sie auf der Kanzel Triumphe wie nie zuvor. Kommen Sie nur mit und sehen Sie sich den neuesten Sonntags-Star an, von dem ganz London spricht!«
Was sollte ich machen, Mustapha ist (als echter Türke) kein Weintrinker – also ließ ich mich überreden.
Er brachte mich in eine Straße im West End, die bei unserer Ankunft schon völlig von Wagen blockiert war – wäre es nicht Sonntag abend gewesen, so hätte ich gedacht, alle Welt strömte in eine Gala-Opernvorstellung. »Na, was habe ich Ihnen gesagt?« bemerkte Mustapha und dirigierte mich zu einem weitoffenen Haustor, neben dem eine sternförmige Gaslampe und ein großes Plakat hingen. Ich hatte gerade noch Zeit, die Überschrift zu lesen: *»Sonntagsreden über die Lüste und Eitelkeiten dieser Welt, gehalten von einem bekehrten Sünder«*, als Mustapha mich schon am Ärmel weiterzupfte und mir zuflüsterte: »Eintritt frei, aber man gibt hier üblicherweise eine halbe Krone.« Zwei ernste, schweigende Herren, die wie wachthabende Erzengel rechts und links der Passage standen und mit Halbkronenstücken beladene Teller präsentierten, illustrierten Mustaphas Worte, und auch wir gaben »das Übliche«, worauf der Eintritt frei war. Wir kamen in einen langen Saal, der gerammelt voll war, und am Rednerpult stand . . . Na, wer wohl? Nicht ein männlicher Sünder, wie ich erwartet hatte (aber vielleicht hatte ich das Plakat in der Eile falsch gelesen), sondern ein weiblicher – und diese Sünderin war keine andere als MUTTER OLDERSHAW!!! Mein lieber Augustus, so etwas von Eloquenz habe ich trotz langjähriger einschlägiger Erfahrungen noch nicht miterlebt, weder im Gerichtssaal noch anderswo. Die Frau

verfügte über einen Wortschatz . . . und eine Puste!! Mein Leben lang werde ich bewundernd daran zurückdenken. Sie redete, wenigstens solange wir da waren, über »gefallene Frauen«, deren Gewohnheiten und Abenteuer sie – natürlich nur zum Zwecke der Abschreckung, Läuterung und frommen Erbauung – mit allen Details schilderte. Und das Publikum? Vorwiegend Damen aus den besten Kreisen, Augustus – und in den ersten Reihen, so wahr mir Gott helfe, sämtliche alten Vetteln der Lebewelt, die Mutter Oldershaw früher aufzupolieren pflegte. – Da saßen sie, immer noch aufgedonnert und geschminkt, und verdrehten die Triefaugen in religiöser Verzückung gen Himmel, daß es eine wahre Pracht war! – Was mich betrifft, so überließ ich es Mustapha, die Vorstellung bis zum Schluß zu genießen, und ging nach einer halben Stunde, indem ich im stillen Shakespeare zitierte: »Herr, was für Narren sind wir Sterblichen!«

Habe ich Dir sonst noch etwas zu erzählen? Ja, richtig: Der arme alte Bashwood ist nun total übergeschnappt. Er geht umher, aufgeputzt wie ein Zirkuspferd, und lädt alle Leute zu seiner demnächst stattfindenden Hochzeit mit der schönsten Frau der Welt ein. Weiter hat er keinen Gedanken mehr im Kopf, auch nicht die geringste Erinnerung an Sachen, die er uns vielleicht erzählen könnte . . . Aber er ist restlos glücklich dabei, und das ist für den armen Kerl ja die Hauptsache. Wir müssen in Zukunft nur verhindern, daß die Dorflümmel Schindluder mit ihm treiben, wie sie es schon mehrfach getan haben. Irgendein ruhiges Plätzchen, wo er für den Rest seiner Tage anständig verpflegt wird, muß sich für ihn finden lassen. Wer hätte je gedacht, daß sich ein alter, ausgemergelter Mann wie Bashwood noch einmal derartig verliebt? Die fatale Schönheit dieser Frau scheint tatsächlich drei Generationen in Atem gehalten zu haben!

Nun, ich will mich nicht weiter in Betrachtungen darüber verlieren; der Brief ist schon lang genug. Komm gesund zurück, mein lieber Junge. Solltest Du in Paris eine besonders hübsche Schnupftabakdose sehen, so denke daran, daß Dein Vater gegen ein solches Weihnachtsgeschenk seines Sohnes nichts Wesentliches einzuwenden hätte.

Dein Dir herzlich gewogener
A. Pedgift sen.

Postskriptum – Ja, ich halte es auch für sehr wahrscheinlich, daß der von Dir beigelegte französische Zeitungsausschnitt Mr. Armadale interessieren wird. Ich habe ihn gleich an ihn weitergeschickt. Die Beschreibung der Matrosen, die da irgendwo auf den Liparischen Inseln wegen »vorenthaltener Löhnung« mit ihrem Kapitän in Streit gerieten und ihn erschlugen, klingt ganz nach der Räuberbande, von der Mr. Armadale erzählt hat. Ein Glück für die menschliche Gesellschaft, daß *solche* Burschen nur selten den Schein wahren können! Wenn unsere Vermutung zutrifft, ist dies einer der eklatanten Fälle, in denen die Schurkerei sich selbst bestraft.

II

Midwinter

Ende April fand Allans Hochzeit mit Nelly Milroy statt.

Den Vorabend des großen Tages verbrachte der Bräutigam allein mit seinem Freund im Herrenhaus von Thorpe-Ambrose. Sie unterhielten sich bis tief in die Nacht hinein, vorwiegend über die Zukunftspläne des jungen Paares, und Allan kam dabei vom Hundertsten ins Tausendste. Beide merkten kaum, daß es Mitternacht schlug – und als sie sich endlich erhoben, um zur Ruhe zu gehen, war der Hochzeitstag schon ein paar Stunden alt.

»Nun haben wir die ganze Zeit bloß von *meiner* Zukunft geredet, Midwinter«, sagte Allan plötzlich. »Laß uns, bevor wir auseinandergehen, auch noch ein Wort über deine sagen! Ich weiß ja schon, daß du dich ganz auf die Schriftstellerei verlegen willst, und du hast mir versprochen, daß die Literatur nie zwischen uns treten wird, obwohl ich nicht viel von Büchern verstehe. Und wenn du auf Reisen gehst, wirst du hoffentlich nie vergessen, zu mir zurückzukommen – mein Haus ist dein Haus. Ich erwähne das nur, weil . . . na ja, weil wir in der nächsten Zeit wohl nicht oft Gelegenheit haben werden, so unter vier Augen zusammenzusein wie früher, und weil ich gern wüßte, ob du morgen nicht . . .« Seine Stimme versagte, und seine offenen blauen Augen trübten sich ein wenig. Er ließ den Satz unbeendet.

Midwinter half ihm, wie immer, und sprach die fehlenden Worte selbst aus.

»Du möchtest wissen, ob ich nicht allzu schweren Herzens zu deiner Hochzeit komme, nicht wahr?« fragte er leise. »Ich glaube, ich kann dich beruhigen. Nur muß ich dazu, nachdem wir bis jetzt nur in die Zukunft geblickt haben, ganz kurz auf die Vergangenheit zurückkommen.«

Sie setzten sich noch einmal in die eben verlassenen Korbsessel. Allan sah Midwinter am Gesicht an, daß auch er bewegt war. »Ist es wirklich nötig, die Vergangenheit aufzurühren?« fragte er besorgt. »Du quälst dich doch nur . . . und wozu?«

»Es ist aus zwei Gründen nötig, Allan. Ich wollte dir schon lange dafür danken, daß du, um mich zu schonen, vollkommenes Schweigen über eine Sache gewahrt hast, die dir innerlich doch mancherlei zu schaffen gemacht haben muß. Du weißt, was ich meine: die Unterschrift im Heiratsregister. Es ist dein Name, geht dich also sehr viel an – und doch hast du nie davon gesprochen, um mir nicht weh zu tun. Aber heute, bevor du selbst deinen Namen ins Kirchenbuch schreibst, *muß* diese Sache zum ersten- und letztenmal zwischen uns erwähnt werden. Nicht geklärt . . . Denn erklären kann ich dir nichts. Ich kann dich nur im Namen unserer Freundschaft um den letzten, äußersten Vertrauensbeweis bitten, daß du meine Versicherung, daß ich schuldlos an der Sache bin, unbesehen hinnimmst. Es ist ungeheuerlich, was ich von dir verlange! Aber ich habe schwerwiegende Gründe, dir die Erklärung, die mich rechtfertigen würde, zu verweigern – Gründe, die sogar Mr. Brock gelten gelassen hätte –, und ich bitte dich einfach, mir zu glauben, wie du *ihm* glauben würdest, wenn er jetzt vom Himmel herab für mich spräche.«
»Aber selbstverständlich glaube ich dir!« rief Allan. »Ich habe dir nie etwas Unehrenhaftes zugetraut . . . nur irgendwie komisch schien es mir . . . Bitte, sprich nicht mehr davon. Ich schwöre dir, daß ich keinen Gedanken mehr darauf verschwende.« Und wer Allan kannte, mußte auch ihm aufs Wort glauben; seine glückliche Natur und seine Ahnungslosigkeit machten es ihm leicht, alles Unangenehme rasch zu vergessen – und diese Ahnungslosigkeit über die furchtbare Vorgeschichte seines Lebens hatte sein nie erkannter Namensvetter ihm nun, soweit menschliche Vorsorge es vermochte, auf Lebenszeit gesichert.
»Der zweite Grund, warum ich auf die Vergangenheit zurückgreife«, fuhr Midwinter fort, »wird für dich noch beruhigender sein. Ich habe viel aus ihr gelernt und das alte Wort, daß Gutes auch aus Nacht und Finsternis kommen kann, bestätigt gefunden. Die abergläubischen Ängste und Zweifel, die mich und dich so oft grundlos gepeinigt haben, werden nie wieder zwischen uns treten. Ich kann nicht behaupten, daß die sogenannte vernunftgemäße Erklärung deines Traumes mir heute annehmbarer scheint als damals auf der Insel Man. Ich gebe zu, daß überall die sonderbarsten Zufälle an der Tagesordnung sind, aber das Wort ›Zufall‹ gilt für mich nicht mehr, wenn, wie in deinem Fall, drei Visionen hintereinander vor unseren eigenen Augen in Erfüllung gehen. Ich halte deinen Traum immer noch für eine überirdische Eingebung – nur verstehe ich jetzt seinen Sinn anders. Einst glaubte ich, wie du weißt, er sei dir gesandt, um dich vor mir zu warnen. Jetzt aber, nach all dem gemeinsam Durchlebten, *weiß* ich, daß er für uns beide ein Wink von oben war, noch fester und brüderlicher als zuvor zusammen-

zuhalten. Bist du nun zufrieden? Wir stehen beide hoffnungsvoll am Beginn eines neuen Lebensabschnitts, auch ich . . . Wir werden verschiedene Wege gehen, wie es Brüder tun müssen, aber ob wir nun hier zusammensitzen oder Gebirge und Meere zwischen uns liegen: wir werden einander bis zum letzten Atemzug verbunden bleiben.«

Sie drückten einander schweigend die Hände. Allan war der erste, der seine tiefe Rührung überwand und im gewohnten, jungenhaften Ton sagte:

»Ich bin ja riesig gespannt, was aus dir wird, Midwinter. Jeder sagt, daß du eine große Zukunft vor dir hast, und nach den paar Leseproben, die ich bis jetzt sehen durfte, glaube ich es auch – unbedingt. Wer weiß, ob Nelly und ich uns in ein paar Jahren nicht schon im Abglanz deines Ruhmes sonnen können?«

»Wer braucht es zu wissen?« erwiderte Midwinter gedankenvoll. »Ich halte mich an den letzten Brief unseres lieben alten Pfarrers Brock: Alles liegt in Gottes Hand. In diesem Glauben kann ich der Vergangenheit ohne Murren gedenken und gelassen in die Zukunft blicken.«

Er war bei den letzten Worten aufgestanden und an die Glastür getreten. Draußen dämmerte schon der Morgen. Der erste zarte Schimmer, der sein Gesicht traf, versprach einen warmen, heiteren Frühlingstag.

Bitte umblättern:

Martine Carton

Medusa und Die Grünen Witwen
Band 8023

Nofretete und Die Reisenden einer Kreuzfahrt
Band 8038

Victoria und Die Ölscheiche
Band 8067

Apollo und Die Gaukler
Band 8068

Martina oder Jan-Kees verliert seinen Kopf
Band 8113

Hera und Die Monetenkratzer
Band 8141

Joseph Hayes

An einem Tag wie jeder andere
Roman. 320 Seiten. Ln.
(auch als Fischer Taschenbuch Band 8083)

bongo bongo bongo
Roman. 347 Seiten. Ln.
Fischer Taschenbuch Band 8010

Der dritte Tag
Roman. 368 Seiten. Ln.
(auch als Fischer Taschenbuch Band 1071 lieferbar)

Der Schatten des Anderen
Roman. 366 Seiten. Ln.
(auch als Fischer Taschenbuch Band 2015 lieferbar)

Die Stunden nach Mitternacht
Roman. 160 Seiten. Ln.

Eine lange dunkle Nacht
Roman. 385 Seiten. Ln.
(auch als Fischer Taschenbuch Band 8171)

Insel auf dem Vulkan
Roman. 318 Seiten. Geb.
(auch als Fischer Taschenbuch Band 5138 lieferbar)

Sonntag bis Mittwoch
Roman
Fischer Taschenbuch Band 8056

Zwei auf der Flucht
Roman. 376 Seiten. Ln.
(auch als Fischer Taschenbuch Band 8172)

S. Fischer Verlag
Fischer Taschenbuch Verlag

fi 254/2

»Die wunderbarste Nach-Erzählung der Sage um König Artus, die ich je gelesen habe. Absolut unwiderstehlich.«
Isaac Asimov

Marion Zimmer Bradley

Die Nebel von Avalon

Roman. 1118 Seiten, geb.

Marion Zimmer Bradley schuf ein gewaltiges Epos in der großen Tradition der Ritterromane, die anhand der Genealogie und des Schicksals großer Helden ein Stück Zeit- und Kulturgeschichte erzählen. Aber wohl zum ersten Mal sind es nicht nur die Ritter, sondern ebensosehr faszinierende Frauen, die das Geschehen bestimmen. In diesem Roman geht es nicht nur um Zeitkolorit oder um das Heraufbeschwören vergessener Ideale, sondern um Einblicke in geistige Zusammenhänge und um das Erhellen eines unverständlichen, märchenhaften Geschehens. Eifersucht, Kampf und Ängste, Haß und Liebe, Lust und schmerzliche Loyalität, Fanatismus und Leidenschaft, Magie, Macht und Ehrgeiz setzen folgenschwere Ereignisse in Gang und bestimmen das Leben der Menschen. Im Strom des großen Geschehens ist es ihre Zerrissenheit und Unsicherheit, ihr Denken, Fühlen und Handeln, dem man mit atemloser Spannung folgt.

Wolfgang Krüger Verlag

fi 452/1

Wilkie Collins

»Es gibt keinen zeitgenössischen Romancier, der nicht etwas von Collins lernen könnte: die Kunst, den Leser zu interessieren.«
[T.S. Eliot]

Der rote Schal
Roman. Band 1993

Ein verhängnisvoller Name und eine schöne Unbekannte mit dem roten Schal bringen schicksalhafte Verstrickungen und tödliche Gefahr in die spannende Handlung dieses klassischen Kriminalromans, der bereits 1866, bei seinem Erscheinen, die Leser im viktorianischen England in Atem hielt. »Der rote Schal« ist das zweite Hauptwerk von Wilkie Collins, von dem T.S. Eliot später sagte, er habe »die ersten und besten modernen englischen Detektivromane« geschrieben.

Lucilla
Roman. Band 8135

»Einer der besten und einer der erfreulichsten und psychologisch interessantesten Romane von Collins. Hier werden wir endlich einmal mit Kriminal- und Gespenstergeschichten verschont und erhalten dafür eine höchst fesselnde Erzählung voll psychologischen wie pathologischen Interesses. An Stelle des sonst unvermeidlichen genialen Detektivs oder Advokaten, welcher das übliche geheimnisvolle Verbrechen ans Tageslicht bringt, ist hier ein deutscher Augenarzt getreten, welcher die Katastrophe herbeiführt, indem er der blinden Heldin die Sehkraft wiedergibt.«
(Interpretation von 1885)